寺田正夫
愛と人生の開拓記

寺井 稔

創英社／三省堂書店

この物語はフィクションであり、実在の個人・団体などとは一切関係がありません。

目次

序に代えて

1. 時代背景

日本は明治時代に始まった富国強兵政策を目標に、工業化政策に全力投入し、その結果、大陸へ侵入を始めた。満州国の建設、中国事変、さらには大東亜共栄圏を掲げて東南アジアへと軍を進めた。すると、各所で欧米の植民地政策と対立した日本は、多数の軍人、軍属そして開拓民あるいは企業人を派遣した。そして、東南アジアからヨーロッパの植民地支配を継続した人たちとの武力衝突が生じた。短期戦略を目標にしたアメリカ合衆国との戦争は、案に相違して長期化した。アメリカ軍は東南アジアの島嶼占領を次々と恢復し、沖縄戦を戦って同地を占領するに至り、日本本土への空襲も激しくなった。アメリカ軍は日本の住居が木造であることを研究し、焼夷弾を開発して焦土作戦に出た。一方、これを迎え撃つ日本軍は弾薬を初め軍装備が底をついていた。

そして昭和二十年八月十五日、天皇陛下はポツダム宣言を受け入れる決心をして連合軍に通知した。戦争継続を主張する陸軍は本土決戦を唱えたが受け入れられなかった。

終戦を迎えると海外へ派遣されていた軍人、軍属そして一般人の本国への帰還が始まった。その数は膨大なものであったために働く場を得ることができなかった。終戦後の復活には、朝鮮動乱が大きな影響を与えた。ありあまっていた帰還者が日本工業の復活とともにそのほとんどを吸収した。それでも不足した働き手を充当すべく、農・漁・山村の次男、三男が農業を離れることになった。これが農・魚・林業の衰退につながった。工業がさかんになっても食料品や各種の生活物資は極端に不足していた。このような時期に主人公の寺田正夫は小学生、中学生、高校生の時間を過ごすことになる。

2. 寺田正夫の日常生活

貧しい家庭に育った正夫の日常生活は過酷なものであった。小学生の頃から慣れない畑仕事を手伝いつつ、また、正夫には特別な役割分担があった。それは井戸から家庭で使用する水を汲んでくることであった。当時水道がなかったため、約五十mほど離れた井戸から釣瓶で汲み上げ、二十ℓ入る木製の桶を天秤棒で担いで運ぶことであった。水を入れた桶の重量は約五十kgになる。それを家事用に朝夕一回ずつとドラム缶の風呂用に四回(百六十ℓ)、少なくとも六回は水を運ぶことになる。ドラム缶の高さは正夫の身長よりも高く、二十五kgもある桶を持ち上げて水を入れることは大変な作業であった。そのほかに家事用と風呂焚き用の薪を六百mほど離れた松林に取りに行くことである。これは松の枯れ枝を一mほどの長さに切り、縄で縛ったもの二、三束を背負子で毎日二回以上運ぶことであった。

農業の手伝いは、主として種まき、雑草取りそして収穫である。その他に麦踏みや収穫した農産物を棒で叩き脱穀する作業も加わった。

履き物は柱を足の大きさに切り自分で編んだ縄に布切れを巻いたものを鼻緒として付けたもので過ごした。冬期には古老に作り方を教えてもらい作ったわら靴を履いていた。また、魚を獲るために竹を細工して〝ど〟というものを作った。魚は重要なタンパク源になった。このように必要なもので作れるものは作って使用した。

3. 寺田正夫の学生生活

正夫は集団疎開に行ってからむさぼるように書物を読むようになった。学校の教科書は何回も読むうちにすべて覚えてしまうほどであり、近所に書物を持っている人がいると聞けば、読ませてほしいと頼んで読むといった具合であった。また、正夫には特別な人物である山形教諭（高校教諭）がいた。のちに山形教諭が正夫の生きる方向に大きな影響を与えることになるのである。書物を読むということが正夫に物事を考える力を与えていった。それが高等学校で別の形で発揮されることになるのである。高等学校で化学クラブに入った正夫はその才能に目覚めた。その頃、中学の同級生の女子から交際を求められたのである。しかし、正夫は自分の将来のことについて考えており山形教諭に助言を求めた。

4. 寺田正夫と只野明子

正夫と只野明子との出会いには化学クラブの先輩の力が働いた。明子と初めて会ったのは正夫が明子の高校の学園祭に行った時であった。翌年、正夫の高校の学園祭に明子が友人と来た。明子は翌日も来て、正夫に交際を申し込んできたのである。正夫は明子と付き合うことを承諾した。二学期終了前になり、明子から手紙を受け取り、その内容は年内に一度会わないかというものだった。そこで、正夫は待ち合わせの場所に行った。明子は自分の家で昼食をとらないかと言ったのである。その時、正夫は明子が両親を東京大空襲で亡くし祖父母に育てられたことを知り、彼女の料理の味は祖母に教えられたものであることも知った。しかし、明子の経歴はまだ不明のままであった。

翌春、明子のピアノの発表会で明子の祖父から交際を認められた。そして正夫は高校三年生から只野家の書生となり只野家に入った。正夫は只野家で何のために勉強をするのかを学び、広い視野を持つことの大切さを知らされた。その頃、明子の祖父は不治の病に見舞われて予後一年と診断されていた。正夫は祖父の病気は今の医学ではどうしようもないことを知り悔しさを噛みしめた。

正夫は夏休みの予備校の講習会で初めて明子の学力を知った。明子はおおらかで朗らかな性格だったが合理的な思考能力を持っていたのである。また、合気道三段の腕前、ピアノ演奏では芸術大学の特待生に推薦されているという。正夫はこれらのことを知り驚いた。こんなに素晴らしい人が自分のことを好きになるはずがないとすら思った。

明子の祖父母は正夫と明子に結婚の意志があるならば仮祝言をしてもよいと伝えた。祖父の病気の進行が早くなったこともあり、そう提案したのである。明子は正夫と二人でいるときは正夫に甘えた。駅で待ち合わせをして家へ戻るとき正夫は明子を背負って歩くのだったが、背負われるとすぐに寝てしまう。正夫は明子が祖父母との生活でどこか緊張しているのかもしれないと察したのだった。しかし、正夫はそんな明子を愛おしく思った。

高等学校での正夫の成績は、非常な努力と思考方法を工夫することで群を抜いて上がった。入学以来すべての科目を満点で通してきた某生徒が転校したので二番手の正夫がトップとなった。正夫は少し有頂天になるところだったが、明子に勉強する目的がまちがっていると指摘され詫びた。明子の考えは勉強でも研究でも生涯努力するものであり、狭い範囲内の中での成績は問題ではないというものである。目標にどれだけ近付けたかが問題であることを諭してくれた。やがて、卒業を迎える頃、明子から出産が近いことを告げた。正夫は高等学校を首席で卒業し、新東京大学科学1類に合格した。手続きのために上京し両親と話したところ、結婚を許し祝福してくれた。母親からのお土産を明子に渡すと、明子は自分に両親ができることを実感した。正夫は産まれてくる子供に片親だけが記載された戸籍は申し訳ないと、急ぎ役場に婚姻届を提出した。そして明子は双子の男児を出産した。

5．寺田正夫の交友関係

高等学校で正夫に信頼できる友人ができた。実家が寺院の甲斐健樹で中学の理科教諭の話を聞いて化学に興味を持ち化学クラブに入った。正夫は化学クラブに入らないかと誘われて入ることにし、それ以来、二人は無二の親友となりいろいろなことを話した。

また、正夫が医学部をめざしていることがきっかけとなり、隣町の外科医院の息子である楯山茂とは進学のことでよく話しあった。楯山は医師になること以外を考えたことがないという。正夫は大学の内容についてもほとんど知らなかったが、楯山はすでに目標を定めている状態だった。しかし、楯山に出会い、自分が何をしたいかを考えるようになり、化学に興味を持つようになった。育ちも生き方もちがう二人は不思議と仲良くなっていた。

そして正夫の考え方に影響を与えた先輩がいた。大川高校の先輩で第一東北大学理学部三年生山口泰二である。山口は化学における考え方を教えてくれた。

正夫には忘れてはならない人生の先輩が何人もいる。多くの人達が手を差し伸べてくれた。正夫はその人達に感謝し、そのことを決して忘れないだろう。また、明子とその祖父母と多くの人たちにいろいろな場面で考え方の基本を教えてもらった。特に明子の家では社会に出たときの考え方や祖父からは研究する上での考え方を教えられた。明子からは日常生活の習慣や料理についても教えてもらった。正夫はいろいろな人達によって励まされ、ものの考え方や勉強のしかたなど多くのことを教えられた。それが将来いろいろな場面で役立つであろうと信じて疑わなかったからである。

寺田正夫大川高等学校入学

大川高等学校を受験した諏訪中学校生徒四人を寺田正夫（正夫）のクラス担任教諭が引率して合格発表を見に行った。高等学校の正門近くの掲示板に、正夫を含めて全員の氏名がでていた。それを全員で確認した後で担任教諭は、生徒四人を連れて大川市内の中華そば屋へ入りラーメンを生徒にご馳走した。ラーメンを食べ終わると店の主が、お祝いだと言って杏仁豆腐を出してくれた。

正夫達は町の人たちも祝ってくれたことに感動した。別の店で大学芋をおごってくれた。生徒達はうまいうまいと言って食べた。その後、担任は歌の上手な少女が主役の映画を見せてくれた。担任教師も嬉しかったのだ。

正夫が家へ帰ると弘兄が「おめでとう」と言った。そして正夫の父親の言葉を伝えた。

「正夫、将来への出発点に着くことができてよかったな。自分の将来のためにいろいろなことを勉強しなさい。学校の勉強だけでなく友達とたくさん話をしたり、たくさんの本を読むことも重要だと言うことを忘れないように」

「はい、お父さん、僕は頑張ります」と正夫はこの言葉を心に刻んだ。

正夫は両親と兄姉に感謝した。しかし、正夫には問題があった。十八㎞離れた高等学校へ通学するための方法を考えなければならなかった。通学には三種類の方法がある。第一の方法は、自宅から七㎞を歩いて軽便鉄道の大新田駅へ行き、そこから軽便鉄道で西大川駅へ行き、国鉄の列車（現在のＪＲ）に乗って大川駅へ行く。大川駅で下車して、徒歩で大川高等学校へ行く方法がある。第二の方法は、片道約十八㎞の距離を自転車に乗って通学するという方法である。これは体力がいることと自転車が必要なことだ。正夫は自転車にはあまり乗ったことがないが、乗れることは乗れる。が、十八㎞の距離を自転車に乗るのは実際には自信がなかった。それは練習すればなんとかなるだろうと考えていた。第三の方法は、大川高等学校の近くに下宿することだ。

正夫の場合、下宿と列車通学はとても経済的に無理だった。したがって、残るのは自転車通学と言うことになる。そのためには自転車を何とかして手に入れなければならなかった。親や兄たちに相談しても今の我が家の家計状況では買ってもらえるとは思えなかった。正夫は非常に困ってしまった。いろいろ考えた末に思いついたのが諏訪橋のたもとにある自転車店に相談してみることだった。正夫は自転車店の脇に古い自転車が野ざらしになっているのを見たのを思いだしたのだ。早速、翌日自転車店に行った。正夫は自転車店の店先で、

「こんにちは、僕は寺田正夫と言います」

「いらっしゃい」

と店内から返事があった。

「すみません僕は客ではなく、すこし相談というか、お願いがあってお邪魔しました」

「ほう、どんな話だね。何か私にお手伝いできることがあるのかな」

「はい。じつは、僕は四月から大川市にある大川高等学校へ通学することになったのですが、家の事情があって新しい自転車を買ってもらうことができないのです。それでお店の裏においてある古い自転車の使える部品をできたらいただいてそれを組み立てて何とか乗れるようにできないかと思ったのです」

「なるほどな。裏においてあるのは何時か捨てるものだから、自分で組み立ててみるのならやってみるといい。わからないことは、私に時間があるときに教えてあげよう。しかし大変なことだと思うぞ」

「ありがとうございます。それでしばらくお店で自転車を組み立てるのを見学させていただいてもよろしいでしょうか。もちろん僕にできることはお手伝いさせていただきます」

「それはいいな。誰でも部品を見てすぐに組み立てることなんて不可能だからな。雑用を手伝ってくれるのは私も助かるかもしれないしな」

「ありがとうございます。明日から来ますのでよろしくお願いします」

「がんばれよ。いろいろな意味で期待しているからな。私は沢田という」

というわけで自転車店との話は良い方向にすすんだ。家に帰って弘兄に話すとそれはよかったな、と言って喜んでくれた。

「畑の手伝いをしばらくできないかもしれないけれど」

「そのことは心配しなくてもいい。何とかなるだろうから。それよりお前も大変だなあ」

「勉強できるんだから頑張るよ」

「そうだな。これからどんな社会になっていくのかわからないから勉強だけはしっかりやっておくことが必要だ」

「ありがとう、弘兄さん。僕、頑張るよ」

「それで、自転車店へはいつから行くのだ」

「明日からだけど、入学式までには組み立てて自転車を完成させないと学校へ行けないから」

「まあいろいろ経験してみるのはいいことだ。正夫なら出来ると思うぞ」

以上のようなわけで正夫は気になって仕方がなかったが、畑の手伝いは当分できないかもしれない事を兄の弘に申し訳ないと思った。自転車店の店主は、左手が肩のすぐしたから先がないことがわかった。だから右手一本で自転車の組み立てや修理をやっていたのだ。

こうして正夫は通学のためにどうしても自転車を組み立てなければならないので部品の名前をノートに書き留めることから始めた。明日からは店で店主が新しい自転車を組み立てるのを図に書き、部品の名前を書きながら見学させてもらうのだと思うとなんだか胸が締め付けられるような緊張感が出てきた。

正夫は、翌日から新しい自転車の組み立てを手伝いながら勉強を始めた。しかし、沢田は、部品にはほとんど触らせなかった。慣れないものが部品に触ると思わぬ傷を付けることがあるからだと説明した。それで正夫の手伝いは道具を手渡すといったことに限られていた。これは道具の特色と使い方を覚えるのに有効だった。

沢田は、今日の作業はそれで終わりだというので、正夫はいくつかわからないことがあったのでお聞きしたいというと、店主は、

「なんだい」

といって聞いてくれた。

「リムにスポークを取り付けてから、リムを回しながら一本一本締め具合を確かめていったのはどうしてですか」

「ほほう。よくみていたな。先ほど少しだけ説明したけれど、スポークの張りが均等になっていないと何かのちょっとしたこと、例えば人が小石に躓くようなことがあるとリムが曲がってしまうことがあるのだな。それでスポークのとめ方にゆるいところがあるとリムが極僅かだが左右に揺れるのだ。その揺れを防ぐように張りを調整していたのだ」

「目で見てわかるほどゆれるのですか」

「それは素人にはわからないが熟練してくるとわかるようになる。正夫の親父さんは飾り職だったのかい。道理で飲み込みが早いと思ったよ。蛙の子は蛙だな。わっはっは」

といって最後は大きな声で笑っていた。また〝蛙の子は蛙だな〟という言葉を聞いた。今日の見学はこれで終了だった。

「ありがとうございました。明日もよろしくお願いします」

「また明日おいで」

正夫は午後から英一と待ち合わせて町の本屋へ行くことになっていたので橋のところで待っていた。英一と会うのは久しぶりのような気がした。

橋のたもとでしばらく待っていると英一が走ってきた。

「正夫、遅くなってごめんな」

「そんなに遅くなっていないよ。それに僕の方も少し前に見学が終わったんだ」

「そうだったのか。それで自転車を作れそうなのか」

「まだ何ともいえないけれど。何とかしなければね。学校へ行けなくなってしまうから頑張るよ」

「そうだな。俺に何か手伝えることがあったら言ってくれよな」

「うん。ありがとう。それじゃあ出かけるか」

「初めに、いつもの電気店によってもいいかい」

「もちろんだよ」

電気店に着くとお上さんが、

「父ちゃんは仕事で出かけているので、店でしばらく待っていることができるなら、その辺の腰掛けに座って本でも見ていてもいいよ」

といってくれた。しかし二人は町中の本屋へ行ってくるからと言って電気店を出た。

この季節にしては少し風が暖かく天気もよかったので町中はたくさんの人が歩いていた。正夫はこんなにたくさんの人を見たのは久しぶりだった。

正夫が大川市へ行くのは大川高等学校の入学式の日だったので、それまでは本屋に行くのは我慢するしかなかった。それよりあと二週間で自転車を作れるかどうかが問題だった。

英一もよい本が見つからなかったと言うので二人とも手ぶらで本屋を出て、町の西の方にある大新田高校を見に行くことにした。その高校は、正夫が住んでいる兵舎の隣の棟に住んでいた山形が勤めている学校だ。この学校は農業科が中心だったのでとても広い農場を持っているという話だった。校舎は木造で古い感じがした。そういえば大川高校は一部木造三階建てだった。ちょうど、漢字の日という字のような格好だった。その他に講堂と図書館と体育館が別棟で有った。校庭にはテニスコートが幾つも並んでいた。そのほかに野球場と四百メートルのトラックがあった。正夫は、大川高等学校を初めて見たとき、古い高校にしては敷地がすごく広いと思った。大新田高校を外から眺めて、その先にある大きな公園に行ってみた。公園には小さな子供連れの母親がたくさんきていて何かを話しながら笑っていた。正夫の子供の頃の風景とは全く違うものだった。

ほぼ一時間は過ぎたと思ったのでまた電気店に行ってみた。しかし店主はまだ戻っていなかった。それで店のおばさんにまた近いうちに来ますと言って帰ることにした。正夫は少し疲れていたので、バスに乗りたかったけれども、もったいないので歩くことにした。お昼の食事をしていないことを思い出したら、突然おなかがすいてきた。それで食品店でコッペパンを買って歩きながら食べることにした。英一も付き合ってくれたので恥ずかしくなかった。

翌日、自転車店では車体部分の組み立てをやることになっていた。沢田の妻は仕事場の奥の座敷にいて子供をあやしながら客と話をしていた。聞くともなしに耳に入ってきた言葉のなかに、

「弟子が入ったのか」

という言葉が聞こえた。妻は、

「違うのっしゃ。少し訳ありで勉強にきているというか、手伝いに来ているのっしゃ」

と答えていた。客は、

「どうりで帳面にせっせと何かを書いているな」

「四月から大川高等学校へ行くことになっているらしいんだわ」

「そうかあ。頭いいんだなや。どこのガキだ」

「大原の開拓団の子だ」

「あそこの人たちも頑張っているなあ。百姓仕事を初めてやる人もいるそうだのにさあ」

「うんだねえ」

「そんだら、自転車ができあがったら知らせてけさいん」

「はい。ありがとさんです。うんだらお明日」

といって客は帰っていった。その日は午後三時頃まで勉強させてもらった。昼食を食べないでノートを見ていると沢田の妻が丼を持ってきてこれを食べなさい。といって正夫にカケうどんをご馳走してくれた。うどんの上に生卵が一つのせてあった。これをかき混ぜて食べるととてもおいしかった。いつもの早食いで食べてしまうと、妻が出てきてもう一杯食べるかいと言ってくれた。正夫は本当はもう一杯食べたかったけれども、お手伝いを何もしないで勉強させてもらっているので我慢して、「もうお腹がいっぱいです。ご馳走様でした」とお礼を言って汁まで飲んだ丼を返した。


正夫が家に帰ると兄は畑から戻っていなかったので、明かりのついていない家全体が何か大きく見えた。正夫は早速、風呂の水を入れ替えて沸かし始めた。しばらく見ていなかった新聞を持ってきて風呂を焚きながら薪が燃える明かりで読み出した。時々暗くなって薪が燃え尽きていることに気がつくことがあった。慌ててマキをくべて明るくなってからまた読んだ。新聞に書いてあることが理解できているかどうかわからないけれども、この頃、農家の次・三男の人たちが都会へたくさん出て行くと書いてあるのが目についた。何故都会へ出て行ってしまうのだろうか。都会の近くに農業ができる畑や田んぼがあるとも思えないし、住むところはどうするのだろうか。それと元々の農家の方はどうするのだろうかなどと余計なことを心配しても仕様がないとわかっているのにこんなことを考えてしまうのだった。


風呂が沸いたので、次に食事の用意をした。用意と言っても秋刀魚のみりん干しを焼くという程度のことだ。これは弘兄が文通をしている石巻というところに住んでいる人が送ってきたものだった。みりん干しは少し甘く美味しかった。それから味噌汁を作って終わりだ。食事の用意ができたとき、ちょうど弘兄が畑から戻ってきた。

「お帰りなさい。お風呂が沸いているし、ご飯の用意もできているよ」

「うん。ありがとうな。先に風呂に入るか」

「ぬるくなっていたらそう言ってね。薪をくべるから」

「わかった。囲炉裏の方にも熾きを入れておいてくれると助かるが」

「わかった。炬燵を暖めておくよ」

弘が風呂から出てきて夕食になった。正夫は自転車店でご馳走してくれたうどんの話をした。それから明日にはお店で新品の自転車ができあがると言うことも話した。

「どうだ。おまえの自転車はできそうか」

「まだ何ともいえないのだけれど。自転車ができないと困るんだよね」

「一度、鉄工場の兄さんに相談してみるか」

「それはまだ止めてほしいんだ。どうしてもできないとなったら相談してみるから」

「よし、わかった。明日も自転車店に行くんだろ。早く寝るといい」

　翌日、自転車店に着くと、沢田はもう仕事を始めていた。正夫は慌てて、

「おはようございます。遅くなってすみません」

「はい、おはよう。今日は最後の調整だから見ていてもつまらないかもしれないよ」

「とんでもないことです。仕上げをしっかりやらないとあとで不具合がでることがあるから念には念を入れてやることだ。と父が言っていました」

「そうか。君は親父さんの言ったことをよく覚えているのだな」

「はい。僕が知らなかったことはできるだけノートに書き付けていましたから」

「今度もしっかりノートに書いていたようだな。いっそ高校へ行くのを止めてここで働かないか。君ならきっと一人前になれると思うぞ」

「ありがとうございます。でも僕にはどうしてもやりたいことがあるのです。そのためには勉強しなければならないのです」

「なるほど。希望が叶えられるように頑張るんだぞ。私も何か手伝えるといいけれどな」

「ありがとうございます。力の限り頑張ります」

と話しながら、沢田の手元と目の先をじーっと見つめていた。

　正夫は、こんな作業を道具もないのに果たしてできるのだろうかと心配になってきた。単に組み立てるだけなら今までのことをノートに書いてきたので、それを見ながらできるかもしれないけれど全く自信がなくなってしまった。正夫はそのことを店主に言うと、

「自分で乗る自転車は乗りながら少しずつ調整していけばなんとかなるが、危険なこともあるから絶対にスピードを出してはいけないんだ。これだけは注意しておくぞ」

「はい。わかりました」

「だいたい自転車はペダルをこいで乗っているときには倒れないのが不思議だと思わないか」

「それは僕の不思議帳に書いてあります。どうしてなんでようか」

「それはな、高等学校へ行って物理学を習うと理解できるようになるだろう。説明するのは私にはうまくできないが、〝慣性〟という言葉があることだけ覚えておきな

さい」

「慣性ですか」

そして新しい自転車が完成した。このすばらしい自転車に誰が乗るのだろうか。正夫は母に言われていたけれど少し羨ましかったた。

午後になって客がその自転車を受け取りにきた。正夫は店主に試運転はしないのですかと聞いたら、

「私が組み立てた自転車に不具合が出たという話を聞いたことがないので試運転の必要はない」

といって笑った。

さて明日から、今度は自分の自転車を組み立てることになるので今夜は記録したノートを調べ直しておくことにした。

夜になると鉄工場へ行っている兄の隆が家にきた。

正夫はジャガイモの千切りを入れた味噌汁を作った。夕食を食べ終わった後で、隆は二つのいい話をしてくれた。一つはこの家に電灯線を引いて明かりが点くようにしてくれるということだった。この話は、正夫が英一と行った大新田町の電気店の主人に偶然相談したのがきっかけでとんとん拍子に話がまとまったということだった。電気店の主人が正夫のことを覚えていて格安の料金で工事をしてくれるという話だった。しかも代金は隆が払ってくれるというので二重に驚いてしまった。驚いたというよりも嬉しさの方が何倍も大きかった。これで夜も本を読んだり勉強したりできるようになるのだった。この頃、正夫は少し目が悪くなったようで、遠くの方がぼやけて見えるようになっていたので心配していたのだ。

もう一つの話は、

「正夫は諏訪川の橋のたもとの自転車店で自転車の組み立てを手伝っているんだってな」

「名目はそういうことになっているのだけれどね。実際は新品の部品には手を触れさせてくれないんだ。だからおじさんのやっていることを見てノートに書き留めているだけなんだ」

「なんで自転車店に行っているのだ」

「それはね、大川高校へ通う自転車を、捨ててある部品からいいところをより出して自分で組み立てようと思ったからなんだ」

「それでできそうなのか」

「それがね全然自信ないんだ」

「なんでだ」

「部品はある程度まとめられるようなんだけど、道具がね」

「そうだろうな。部品がたくさんあるとそれぞれ合った治具、これは道具のことだけどな、が必要なんだ。それがないと微妙な調整ができないから出来上がった自転車に乗っていて危険なこともあるんだな」

「……」

「それでな。鉄工所の社長が、古いがまだ十分乗れる自

転車を一台くれると言う話があった。それをお前に上げようと新子と相談したんだ。どうだそれでもいいかな。自転車店で勉強したことはもし故障した時に修理するのに役に立つだろうから無駄にはならないしな」

　正夫は少しの間、話の内容を理解するのに時間が必要だった。

「えっ、本当なの」

　正夫は涙が出るほどうれしかった。今まであまり話をしたことがない兄がこんないい話を持ってきてくれるなんて、夢を見ているようだった。

　隆が帰った後で小兄さんが、

「よかったな。電灯がついて夜も勉強ができるようになるし、通学用の自転車まで手に入るなんて。お盆と正月が一緒に来たようなもんだな」

「そうだね。これで少し時間ができれば畑の作業を少しは手伝えるようになると思うんだけどね」

「まあ、畑の作業はそんなに心配するな。牛がいるし、父さんの作ってくれた種播き機があるから大丈夫だ。それよりお前は体が普通の子より小さいから初めは大変だろうが片道十八km、往復三十六km、慣れてくれば要領が掴めるだろうからがんばれよ」

「うん。がんばるよ」

　この言葉を正夫は何回口にしただろうか。本当に毎日毎日三年間頑張れるのだろうか。いや頑張らなければならないのだと改めて心に誓った。

　その夜は嬉しくてなかなか眠ることができなかった。翌朝目が覚めた。いつの間にかぐっすり寝てしまったのだ。外は明るくなっていた。太陽が東の山から登り始めるところだった。昨日、隆が持ってきてくれたおかずの残りと味噌汁の残りを温めて朝食の用意をした。

　正夫は世界が広がってきたような感じがしてきた。八時頃に家を出て沢田自転車店へ向かった。店主になんて言えばよいのかを考えながら歩いた。愛香山から見える諏訪山はこの時期には珍しくくっきり見えた。正夫はこれはますますいい傾向だと思った。しかし父が言っていたように、いいことが続いた後はいつもよりさらに気を付けないといけないぞという言葉を思い出した。今歩いているこの坂道も自転車で下るとスピードが出るのだろうな。そのことも気を付けなければならないと思った。

　沢田自転車店につくと沢田は何だか寛いでいるように見えた。

「おはようございます」

「ああ、おはよう。今日はなんだか晴れ晴れした顔をしているな。何かいい夢でも見たのか」

「はい。夢でなくいい話を、この川っぷちにある鉄工所で働いている兄が夕べ家にもってきてくれたんです」

「ほう。兄さんが鉄工所で働いているのか。あそこには時々お世話になることがあるんだ。するとあの細面の人が君の兄さんなのかね」

「そうです。二年ほど前から働かせてもらっています」

「それでその兄さんがどんないい話を持ってきてくれたのだ」

「はい。一つは僕の家に電灯が付くことになったのです。今までは毎日灯油ランプが明かりだったんです」

「まだ電灯が付かなかったのか。それじゃあ本もあまり読めなかったんだろう」

「はい、そうなんです」

「もう一つはどんなことだい」

「はい。それは、鉄工所の社長さんが僕のことを聞いて、自分の家で使っていた古い自転車をくれることになったんです。三年間もつかどうかわからないが、それで通学してみなさいと言ってくれたのだそうです」

「そうか。それは良かったではないか。私も心配していたんだ。君もこの何日間か私の作業を見てノートに書いていたから、自転車の構造は少しは理解できただろう。まあ何か修理しなければならないことが起きたら私の店に持ってきなさい。自分で修理できるところは道具を貸してあげるから自分で修理してみるといい」

「ありがとうございます。今後もよろしくおねがいします。短い間でしたけれども嫌な顔を見せずに組み立てを見させていただいたことを本当に感謝しています」

「いやあ、そんなに言われるとこちらが恥ずかしくなってしまうよ」

「それから奥さんにもお礼を言いたいのですが」

「今日は上の子の学校のことで中学校へ行っているよ。帰ってきたら伝えておこう」

「御馳走していただいたうどんがとっても美味しかったとお伝えください」

「うん、わかった。そう伝えておこう」

「それではこれで。ほんとうにありがとうございました」

　とお礼を言って店を出た。

　正夫は隆が来た二日後に自転車をもらいに鉄工所へ行った。兄さんが待っていてすぐに社長のところへ連れて行ってくれた。

「おはようございます。僕は寺田正夫と言います。よろしくお願いします」

「やあ、おはよう。なかなかしっかりした子のようだね。君の兄さんには大変お世話になっているよ。そうだ君の家に牛がいたね。その牛に引かせる牛車はここで輪っかをはめたんだよ」

「そうだったんですか。それで兄さんがここで働かせてもらっているんですね」

「君と話をしていると普通の大人と話をしているみたいだね。俺はもっとわらすかと思っていたんだけどなあ」

「すみません」

「ところで、正夫君は大川高校へ入学するんだってな」

「はい。合格はしたのですが、その後のことが少し心配です」

「ほう、君の心配事というのはどんなことなんだい。もしかしたら解決策があるかもしれないぞ」

「ありがとうございます。しかしこれは自分のことですから自分で解決しなければならない問題なのです」

「どんなことなんだい。大人の考えを聞いてみるのも何かの参考になるかもしれないと思うがな」

「ありがとうございます。でもこれは自分の時間をどうするかの問題ですから」

「そうか。隆君の話だと君は家の手伝いもしっかりやっているようだね。そうか、大川高校へは自転車でも一時間半はかかるから家へ帰ってくるのは夕方五時過ぎになってしまうだろうな。そうすると家の手伝いをする時間が無くなってしまうと、正夫君はこのことを言っているんだな」

「え、何でわかったんですか。その通りなんです。これはすぐ上の兄さんと相談してみます」

「そうだな。何か解決策が見つかるかもしれないよ。これからの君は自分の将来のことを考えてしっかり勉強しなければならないことはわかっているね」

「はい」

「ところで、君は沢田自転車店で手伝いをしながら廃品から自転車を作ろうとしていたんだってな」

「はい。沢田さんにお願いして組み立てるところを見学させてもらいました。でも、特殊な道具が必要な部品もあって難しいなあと思い始めていました。けれど頑張るしかないと覚悟していました」

「そうか。それでその自転車のことだけれどな。隆君にも話したのだが。君の入学祝いといえるほどのものでは無いけれどな、工場にある少し古いがまだ十分に乗れる自転車を正夫君にあげることにしたのだ。使ってくれるかい」

「ありがとうございます。喜んで使わせいただきます」

「そんなに喜んでもらえると、俺の方も嬉しいよ」

「正夫よかったな。これで大川高校へ通学できるな」

「隆兄さん、ありがとう。僕頑張るよ」

「それじゃ、工場へ行こう」

正夫は社長、兄と三人で工場へ向かった。工場は敷地の西側にあった。そして南側に諏訪川が流れていた。

工場は諏訪川の西側たもとにある鍛冶屋を大きくしたような感じだった。ただ、大きな機械があっちこっちにあった。諏訪川に近いところに資材置き場があった。その脇に数台の自転車が置いてあった。社長さんはその中では一番きれいな自転車を指さして、

「この自転車なんだけどね、気に入ってくれるかい」

と言った。正夫は言葉も無くその自転車を見つめていた。夢にまで見た自転車が今自分のものになろうとしている。

「正夫、どうしたんだ。何とか言えよ。忘れていることがあるんじゃないのか」

正夫は、はっとして、

「すみません。こんなに立派な自転車を本当にくださる

のですか」

「そうだ。今からこの自転車は正夫君のものだ。よかったな」

「ありがとうございます。大切に使わせていただきます」

「隆君、君の弟はいつもこんな話し方をするのかね」

「そうなんですよ。もっと子どもらしく話してくれるといいんですがね。親の影響かもしれませんね」

「僕の話し方はそんなにおかしいですか」

「特におかしくはないけれど、何となく打ち解けないような気がすることもあるんじゃないのかな。もう少し普通にしゃべった方がいいと思うぞ」

「重ね重ねありがとうございます。これから気をつけます」

「これだ。そうか。正夫君は本をたくさん読むんだってな。本の中の会話が普通だと思ってしまったので、いつの間にかそんな風な話し方になってしまったのかもしれないな」

正夫は工場の社長にお礼を言って、自転車を門の外まで押していった。県道へ出て自転車に乗った。チェーンの回る軽い音と風が頬に当たる心地よさが何とも言えなかった。正夫は今までの自分と変われると思った。小学校の前を通って愛香山の坂道の登り口についた。この坂を自転車に乗ったまま登れるのだろうか。昇ってみなければわからないので自転車に乗ったまま坂を上り始めた。しかし左側の草原に黒い斑の入った白い牛が草を食べているところへ来たら自転車が前へ進まなくなってしまった。仕方なく自転車から降りて坂を押しあがることにした。体力はあると思っていたのに、足がいうことを聞かなくなってしまった。自転車を押しながら峠のところに着くと息が弾んでいた。あとは下り坂だから安心だった。西のほうを見ると諏訪山がかすんでいた。正夫の住んでいた兵舎の隣の建物に住んでいた山形の家は峠から西に向かう緩い坂道を下り、前に線路だったところの近くだと聞いていたので行ってみることにした。その道は小砂利がごろごろしていたので自転車では走りにくかった。山形の家に着いた正夫はドアを軽くたたいた。ドアが開いて山形夫人が顔を覗かせた。

山形は学校へ行っていて不在だったが、夫人に大川高校へ合格して四月から通学することになったと話した。山形さんにはいろいろお世話になりました。ありがとうございましたとお伝えくださいと言って道へ戻った。帰りは来た道を戻るのではなく林を通って県道へ出る道を行くことにした。途中に利夫の家がある。正夫はなんとなく自転車を利夫に見せたくなっていたのだった。利夫も大川高校へ行く仲間だ。利夫の家に着くと利夫が庭で自転車を磨いていた。

「やー、利夫君元気だった」

「よー、正夫君か。今日はどうしたの。何かあったの」

「ちょっとね。兄さんの勤めている鉄工場へ行ってきた帰りに、どうしているかと思って寄ってみただけなんだ」

「もうすぐ学校が始まるね」

「そうだね。僕もさ、自転車で高校へいけることになったんだ。そのことを知らせようと思ったんだ」

「どうしたのさ」

「兄さんの勤めている鉄工所の社長さんが大川高校入学のお祝いだと言ってくれたんだ」

「それは良かったじゃない」

「帰りに乗ってきたのだけれど、愛香山の向こう側の坂道は自転車に乗ったままでは登れなかったんだ」

「あそこは結構きついからね。大川高校までの道はどうなんだろうね」

「そうだね。距離は十八㎞だけど少し心配だね」

「他の仲間はどうするのだろうね。何か聞いていない」

「最近誰にも会っていないからわからないなあ」

「相川君は大川市に親戚がいるのでそこに寄宿するって言ってたのを聞いたけどね」

「自転車で通学する仲間はみんな一緒に行こうと話し合っておいたほうがいいね」

「そうだね」

「そろそろ僕家へ戻らなければ」

「そう。じゃまたね」

　利夫は元気だった。そして自転車で通学することにしたようだし、仲間がいるのは心強いことだった。


家へ戻ったけれど弘は畑からまだ帰っていなかった。

　正夫は弾む気持ちを抑えて風呂と食事の用意をした。

　弘は太陽が山の向こうに見えなくなってから帰ってきた。弘は家へ着くとすぐ風呂に入った。その間に正夫は夕食を整えた。おかずはいつものように目刺しを焼いたのと、ネギを刻んだものを実にした味噌汁を作っておいたものを温めた。あとは最近家の畑でも採れるようになった葉菜の茹でたものだった。風呂から出てきた弘は、湯飲みで水を飲みながら、

「今日、隆兄さんの鉄工所へ行ったんだろう」

　と言った。

「うん、行ってきたよ。それで自転車をもらってきた。裏の薪置き場においてあるよ」

「そうか。じゃあちょっと見てくるかな」

　と言って薪置き場へ行った。正夫も後に付いていった。

「なかなかいい自転車じゃないか。ところでお前自転車に乗れるのか。自転車に乗れるなんて話を聞いたことがないけどな」

「うん。乗れるよ」

「いつ覚えたんだい」

「中学二年生の時に、英一君が自転車に乗っているのを見たんだ。そのとき練習させてもらったんだ。初めは三角乗りで坂を下っていたんだけど、あれはとっても乗りにくかったのですぐ普通に乗ってペダルをこげるように

なったんだ。その後にもずいぶん練習させてもらったよ。だから自転車に乗るのは平気なんだ」

「初めは転んだだろう。一直線に付いているだけの自転車が倒れないのがおかしいと思っただろう」

「そうなんだよね。それが問題なんだけどね」

「そのことは高等学校で教えてくれるかもしれないな」

「誰かもそう言っていたよ」

「腹が減ってきたな。夕飯にしようか」

「うん。もう用意できているよ」

「すまないな」

「そんなことはないよ。兄さんは仕事をしてきたんだから僕が用意するのは当たり前さ」

　そして夕食を食べた。夕食が済むと弘はいつものように青年団の会合があると言って外へ出て行った。正夫は後片付けをしてから今日届いた新聞を読み出した。

　新聞によると、朝鮮半島の戦争はアメリカ大統領の発案で停戦する話し合いの方向に向かっているようだった。韓国と北朝鮮との境界線のことやどうやって停戦状態を維持するかについての話し合いだという。

　それから地方の次・三男の人たちが東京など大都市周辺に行くのについては、日本の工業が生産を始めたために工場で働く人がたくさん必要になったことが原因だと言うことらしかった。

　それから「大学進学適性検査」と言うのが行われていて、その結果によって国立および公立大学へ入れるかどうかが決められると言うことが書いてあった。今年の大学入学試験は終わって合格者の発表も終わったと言うことだった。しかし、この検査で大学入学者の適正が本当に分かるのかどうかに疑問があると言われ始めたために再検討に入るかもしれないと書いてあった。

　正夫の疑問がまた生まれてきた。日本の企業はどんなものを生産するようになったのだろうか。まさか戦争で使う兵器を作り始めたなんてことは無いと思うけど。もう一つの記事にあった「進学適性検査」というのは？　大学へ入るための条件は入学試験に合格すればいいのだと思っていたけれどそれだけでは無いらしいことが分かった。

　三年間の高等学校を卒業して、大学が四年間だからこれから大学を卒業するまでに後七年も勉強しなければいけないのだ。社会に出て働くようになるまでずいぶんいろいろなことを勉強しなければならない。その後も勉強が続く。

　新聞にはいろいろなことが書いてあった。地方の次・三男が大都市に集まれば住むところがたくさん必要になると言うことで東京にはアパートという家がたくさんできた。そのことについて政府は国の予算で耐火性のアパートを作る計画を議論していると言うことも書いてあった。

　三月の終わりに母が家へ帰ってきた。父と上の兄は東京に残って仕事を続けていた。母は正夫の通学が順調にいくまで諏訪村にいてくれると言うことだった。久しぶりに母の作ってくれた食事を食べて、こんなに美味しかったのかと驚いてしまった。東京に残った父の仕事は従兄の脇田大介の注文がたくさんあって忙しいそうだ。

大川高等学校の入学式は四月六日だ。その前に生徒に対して高校生活の指導が実施されたり、教科書の販売などが前々日の四月四日と五日に行われる。

四月四日、午前七時に正夫は初めて自転車に乗って大川高等学校に向かって出発した。正夫と英一と利夫が南村から自転車で行く三人組になった。相川と鈴木は大川市の親戚の家に下宿をすると言っていたので、もう大川市へ行ってしまった。正夫たちは諏訪村の役場のある中心部の少し外れにある進の家の前で強や進たちと落ち合った。全員が集まったので出発した。正夫は入学試験の時は列車で行ったのでそんなに遠いとは思わなかったけれど十八㎞というのはどのくらいの距離なのかまだ実感が無かった。小野田川の橋も少し急な坂道になっていた。橋を渡り突き当たりを右の道に折れる。すると軽便鉄道の駅があった。それを過ぎると東西に延びる少し大きな道に出る。それを大川市までまっすぐに東に向かう。

途中高田川を過ぎると西大川駅への分岐道がある。それを過ぎてさらに東に進むと信田小学校があり、それを過ぎると陸羽東線の線路を渡る。ここはもう大川市になる。線路を過ぎるとやがて塚目小学校があった。そしてまもなく大川市の市街地に入る。

市街地に入ると三日町の三叉路に突き当たる。英一たちは大川工業高等学校へ行くのでそこで左折して行く。正夫と利夫は右折して少し行ってから左折すると大川高等学校だ。自転車置き場に自転車をおいて鍵をかける。そして指定された教室へ行くのだが、その前に連絡掲示板を見に行った。正夫は二組だったが、利夫は四組だった。相川は五組、鈴木は三組だった。諏訪村から通学する生徒は全員別のクラスになっていた。掲示板には今日と明日の予定が書いてあった。それを確認し利夫と帰りの約束をして教室へ行った。教室にはもうほとんどの生徒が集まっていた。黒板に座席表が書いてあったのでその位置に座った。周りは当然ながら見知らぬ顔ばかりだった。

やがてベルが鳴り、少しして担任の先生が入ってきた。先生は細面で眼も細く、いかにも数学の教員だという感じだった。姓名は「鈴木博」と自己紹介した。そして出席簿を取り出して生徒の姓名を呼びながら出欠を取り出した。高校では姓名の五十音順に呼ばれた。正夫は寺田だからクラス六十名の中ほどから少し後に呼ばれた。これは嬉しかった。諏訪小学校と中学校ではいつも生年月日順だったので一番目か二番目に呼ばれていた。

欠席者はいなかった。先生は次に一人三十秒間で自己紹介をするようにと指示した。出身地とか家の仕事とかを話す生徒が多かった。正夫は一人ずつ出身地を書いた。大川市内の生徒が一番多く半分くらいいた。後は西の温泉地からくるものや北の方の町からくるものなどがいた。そのほとんどの生徒は列車通学できる生徒は列車で通学するという。市内から来る生徒は徒歩で通学し、残りは自転車通学だった。自己紹介は立って話したのでその生徒の体格がほぼ掴めた。大きな生徒は普通の大人のような体格の生徒がいたし、中には正夫より小柄な生徒もいた。面白かったのは、市内から通学する生徒の半数くらいは眼鏡をかけていたことだった。

　自己紹介が終わると、先生はガリ版刷りの冊子を配った。その中には、大川高校生徒としての心構えみたいなものが書かれていた。先生はそれを読みながら一つずつ説明してくれた。

　その中に未成年者は飲酒、喫煙はいけないというのに混ざってパチンコ屋など大人の遊戯施設に入ってはいけないというのもあった。健康に留意し、身体を鍛え、勉学に励むことという項目もあった。次に時間割表が書いてあった。教科一覧と担当者氏名も書いてあった。一年生は国語（現代文、古文）、数学（解析Ⅰ）、英語（リーダー、英文法）、生物、一般社会の他に漢文、ドイツ語、音楽、美術があった。

　正夫は、教室にはいろいろな生徒がいるのを発見した。頭の良さそうな顔をしている生徒がいた。眼鏡をかけている生徒が十五人くらいいた。髪の毛を伸ばしている生徒もいた。その生徒たちは、入学式までには坊主頭にしてこなければいけないそうだ。友達になれそうな人を探してみると、その時はあまり見つからなかった。正夫にとっては中学の友達、例えば英一のような人と会えるかどうかが問題だった。しかしこれは時間がたてば解決するだろうし、正夫は授業のある間だけの付き合いになることはわかっているので、あまり気にしないことにした。

　それにしても十八㎞という距離は初めてのせいか、ずいぶん遠かった気がした。道は覚えるまでもなく大新田町へ行って、直交する道を東に向かえばいいだけだからもう覚えてしまった。雨の日はどうするのだろうとか、雪が積もったらどうするのだろうかなどと今から考えてもどうしようもないことだった。しかし、この地方は春と秋には猛烈に強い西風が吹くことを知っていたので、その風を避けて通学できる道を探さなければならないぞと先輩が教えてくれた。こういうことはその時になったら考えることにした。

　今日は校舎内のいろいろな場所を先輩が一緒に回ってくれたので今度は迷子にならないでいいだろう。正夫たち一年生の教室は北校舎の一階だった。校舎の北側にテニスコートがたくさん並んでいた。体育館は校舎の北西部にあった。正面玄関は南側にあったので通常はそこから校舎に入ることはないだろうと思った。校舎への出入り口は南東部にある昇降口が使えるとの話だった。自転車置き場は体育館の北側と正門の東、図書館の裏手を使うようにと指示されていた。

　ところで同じクラスの生徒の話では、学年のクラス分けは入学試験と内申書の成績順になっているというがどうだろうか。正夫は二組だから成績はそんなに悪くなかったことになるのか。噂話には耳を貸さないほうが良いと母さんが言っていたので無視することにした。

　今日は教科書を買って家に帰ることにした。利夫のところへ行ってみたけれど利夫のクラスの人はもう帰ってしまってだれもいなかった。正夫は自転車置き場に急いでいったけれど利夫の自転車はなくなっていたので、先に帰ったことを知った。仕方がないので正夫は一人で、朝来た道を自転車に乗って走り出した。三日町のすぐ西のところで思いがけずに雅子の姿を見つけた。本当に驚いてしまった。こんな偶然があるのだと思った。しかし、今日は声をかけずに知らないふりをして通り過ぎた。少し行ったところで正夫はこのまま帰ってしまってよかったのだろうかと迷ってしまった。こういうのを罪悪感というのだろうか。でも仕方なかった。何しろ家まではずいぶん遠いのだから急いで帰らなければいけないのだからと変な理屈をつけていた。

　四月五日。今日は高校へ着くと、いろいろなクラブの人たちがたくさん待ち受けていて、自分の入っているクラブはこんなにいいところだと言って新入生を勧誘していた。正夫は将来のことを考えて「生物クラブ」に入ることに決めていた。それで生物クラブの人に捉まってしまい説明を聞く羽目になった。そうこうしていたら、鈴木と相川がやってきた。正夫は久しぶりに二人に会った。二人と合うのは中学校を卒業してから初めてだった。二人とも大川市内に住むようになったので会うことがなかったのだ。

　明日はいよいよ入学式だ。明日から本当の大川高等学校の生徒になるのだ。正夫はいつの間にかそういう自覚が出てきた。今日は利夫と二人で帰ることになった。

　結局、正夫は生物クラブに入ることに決めた。ただし、いつでも参加できるとはかぎらないという条件を許してもらった。

　今朝、登校するとき風はまったくなかったのだけど下校時刻になって西風がかなり強く吹いてきた。それがこんなに強い風だったとは思いもしなかった。

　正夫と利夫は懸命に自転車をこいで西へ向かったけれど、とうとう堪えきれずに自転車から降りて歩き出してしまった。途中から村の中に入って防風林伝いに行く道をとることにした。しかし、初めての村なので途中で道に迷ってしまい農作業をしている人に道を尋ねることもあった。

　ようやくのことで小野田川の橋に着いた。正夫はかなり疲れてしまった。久しぶりに見た河原に生えている木や草の葉が新芽を出し始めて黄緑色になっていた。正夫はこの新芽の萌葱色が一番好きな色だったので今日のこの色を心に焼き付けた。

川を越えるとすぐ諏訪村だ。県道は東京の道と違って舗装されていないので、自動車や牛車・馬車の轍の痕で凹んだ部分があり自転車の通るところが狭くなっていた。しかし自動車は少ししか走っていないので自動車の通るところを走っても問題はなかった。県道は工事の人が一人で鶴嘴（ツルハシ）で山になっているところを削って全体が平らになるようにしていた。でも何かで固めるわけではないのですぐ元に戻ってしまうのだった。

二人はやっとのことで諏訪村に入り、中学校への行き帰りに愛香山の峠に来た時にはいつも諏訪山を見るところで諏訪山をみた。しかし、利夫はこんな風景を見ることにあまり関心を見せなかった。

「僕はいつかあの山の向こう側へ行ってみたいと思っているんだけど」

「向こう側へ行ってもここともあまり変わりがないんじゃないのかなあ」

「そうかもしれないけれどもね。僕はまだ見たことがないものに何故かあこがれというか、とても興味があるんだよ」

「正夫って少し変わっているとみんなが言っていたけど、ほんとうなんだね」

「そうかなあ。僕はみんなが今まで通りやってきたことをそのまま続けていくのは変だと思うのだけれど。利夫君はそう思わないのかい」

「特にそうは思わないけれどね」

「ところでさ、僕は生物クラブへ入ることにしたのだけど、利夫君はどこかに入ったの」

「特に入りたいところがなかったので、どこにも入らなかった」

「生物クラブへ入っても、何かをやる時間がないと思うんだ。それでね先輩の部員の人がそれでもいいから取りあえず名前を書いておいてくれというので書いただけなんだけどね」

「もっとよく考えたほうがいいよ。クラブに入ると部費というのが毎月必要になるそうだし、退部するときには大変らしいよ」

「えッ。お金がかかるの。それは困るよ」

「それだったら、明日入学式の後で取り消しにいったら」

「そうだね。そうするよ。利夫君と話ができてよかった」

利夫は正夫より大人だなあとそのとき思った。

入学式と高等学校の授業

四月六日。今日は大川高等学校の入学式だ。母はいつもより早く起きて朝食と弁当まで用意してくれた。正夫の着ている制服は、進駐軍のコックが着ていたものを拾ってきて母が染めてくれたものだった。母は新しい服を買ってやれないで済まないねと言っていたけれど、正夫はそんなことには頓着がないと言って笑った。ただ履くものは手作りの草履というわけにいかなかったので角材を切って作った下駄を履いていくことにした。形はなんとかできたけど鼻緒の穴をあけるのは大変だった。正夫が穴をあけた方法は、焼け火箸（五寸釘）を真っ赤に焼いて下駄に押し付けて焦がして穴をあけた。鼻緒は縄をきつくなって母に布で覆ってもらったものだ。上履きはもちろん手作りの藁草履だった。

カバンは進駐軍が捨てていったテントの布を母が縫って作ってくれたものだ。これは中学校でも使っていたものだった。このカバンについて一つだけ困ったことがあった。それは普通の糸で縫ってあるので使っているうちに糸が切れてしまうことだ。その修理は正夫には何とも困ったことだった。しかし正夫は高等学校へ行けるということで頭の中がいっぱいで他のことは気にならなかった。

今日の天気はうれしいことに晴れていた。こんな日は午後になると強い風が吹くことが多いので帰りの道を考えなければならなかった。井戸から水を汲んできて、顔を洗い歯を磨いた。ついでに冷水摩擦を行った。

「正夫、朝食の用意ができましたよ」

「はーい。すぐ行きます」

みそ汁とジャガイモを薄切りにして油でいためたものが出ていた。そして驚いたことに目玉焼きがついていた。

「わあー、すごい目玉焼きが付いているね。母さん」

「今日は、正夫の新しい門出の日だからね。昨日南村の農家で卵をわけてもらってきたのよ」

「父さんたちも、もう起きている時間かなあ」

「そうね。父さんたちは夜早く寝てしまうので朝早いから、もう起きてご飯を食べている頃でしょうね」

「いただきます」

と言って正夫は朝食を食べた。今日は入学式だけだから早く帰れると思ったけれど、弁当を持っていくことにした。朝食を食べ終わって身支度が終わるころに英一が誘いに来た。正夫はすぐに表へ飛び出していった。

「英一君、おはよう。今日は天気が良くてよかったね」

「正夫君、おはよう。そうだね。もう出かける用意ができた」

「うん。今出かけるところだったんだ。ぴったりだったね」

「じゃあ行こうか。利夫君を待たせると悪いから」

「母さん、兄さん行ってきます」

「はい。気を付けていくのですよ。英一さん、正夫をよろしくね」

「はい。おばさん。大丈夫ですよ」

といって正夫は自転車を押して家の裏から県道に出た。初めの下り坂だ。松林のところへ来たけど利夫はまだ来ていなかった。少し待っていると利夫の丸顔が見えた。まだ眠そうな感じだった。

「利夫君。おはよう」

「おはよう。英一君、正夫君。待たせてしまったかなあ」

「そうでもないよ」

「今日は少し早めに家を出てきたからほんの少し前に着いたんだ」

「そんならよかったけど」

「じゃあ出かけよう」

正夫たちは愛香山の緩い坂道を登り始めた。一本松川は水量が多かった。もう田んぼの代掻きの季節だから水がたくさん必要なんだ。この川の水は、正夫の家の畑の奥にある貯水池から流れてくる。先は大平村まで続いているという話だった。

愛香山の峠に着くと諏訪山が朝日に輝いているように見えた。下り坂になると右側の草原に牛が数頭草を食べているのが見えた。正夫たちはお喋りもしないでひたすらペダルをこいだ。諏訪川を越えて進の家へ着いたが、進はまだ起きたばかりで今朝食を食べているという話だった。強が先に来ていた。強が少し話があると言って手招きしたのでみんなが強の周りに集まった。

「実はな。諏訪村から大川市にある高等学校へ行っている先輩たちが、二、三年生だけれどね、今度の日曜日に歓迎会をしてくれるんだってさ」

「なにそれ」

「毎年やっているらしいんだけどね、何かご馳走してくれるらしいんだ」

「へえー。どこでやるのさ」

「中学校の教室を借りるんだって。だからその日は十一時頃までに集まっているようにと言ってきたんだ」

「うれしいね。学校のことなんかも聞けるのかもしれないね」

「そうだ僕はクラブのことを聞いてみたいな」

「じゃあ、そういうことでね」

話が終わったころに進が出てきた。それで大新田町へ向かって出発した。

正夫達は大川高等学校への道を順調に自転車を走らせることができた。何事もなく大川高校学校へ着いた。教室へ行くとすでに生徒全員がそろっていた。ベルが鳴り担任の先生がやってきた。クラス委員はまだ決まっていなかったので僕たちはぞろぞろと立ち上がった。先生が教壇に立つと今度は声をそろえて、おはようございますと言って頭を下げた。正夫たちは入学式がこれから行われることでかなり緊張していた。

「諸君、おはよう。これから講堂へ行き入学式に出席してもらいます。ローカにでて大体でよいから身長の低い方から高い方へ二列に並んで私の後についてきてください」

誰も返事をしないでぞろぞろとローカにでて並びだした。先生は先頭に立って少しいらいらしているように見えた。正夫たちだけでなく他のクラスも同じようだった。正夫は高等学校の生徒はこんなにだらだらしているのかと失望とまでは行かないけれども変な感じになった。それでも何とか身長の順に二列に並び隣のクラスの後について講堂へ行った。大川高等学校には体育館のほかに講堂という大きな部屋があるのを前に聞いて知っていた。何人くらいいるのだろうか。全校生徒数は一千百人くらいいると言っていたので座席数はそれ以上はあるのだろう。正夫たちが講堂に入ると大きな拍手が講堂中に鳴り響いた。正夫たちを歓迎してくれたのだ。

新入生たちが全員席に着くまで拍手は続いていた。新入生全員が着席すると右手に立っていた先生が手を上げて拍手を終わらせた。急に静かになったのでみんなはきょろきょろと辺りを見回した。

来賓の方々を導いて校長先生と教頭先生が講堂へ入ってきた。先ほどの進行係の先生が、

「起立！」

と言ったので生徒は全員起立した。椅子は作り付けだったのでがたがた言う音はしなかった。校長先生と来賓が舞台の右と左に置いてあった椅子に着くと、

「着席」

との声で、正夫たちはざわざわと着席した。

「これより昭和二十七年度入学式および始業式を始めます。初めに国歌斉唱をお願いします」

講堂にいる全員で国歌を歌った。斉唱が終わると、司会者が、

「小和田校長先生のご挨拶をお願い致します」

校長は今年度から替わったらしい。大川市から通学してくる生徒が話しているのが聞こえた。それによると小和田校長先生は三月末まで岩手県の盛岡市にある高等学校の校長だったらしい。奥さんと正夫らと同学年の娘さんが一人いて、学校の近くにある官舎に住んでいると言っていた。

校長先生は椅子から立って先生方に少し頭を下げてからゆっくり歩きだし途中で来賓席の方々にお辞儀をしてから、大きな花が飾ってある机のところへきた。校長先生は生徒たちを右から左へと顔を回して話し始めた。

「ただいまご紹介いただきました大川高等学校の校長をこれから務めさせていただきます小和田洋です」

誰か上級生の人が拍手をした。そうしたら生徒全員がそれに続いて拍手をした。校長先生は少しの間拍手が止むのを待っていた。拍手が止むと、

「初めに新入生の諸君、ご入学おめでとう。この伝統ある大川高等学校へ入ることは皆さんの将来にとって必ずや大きな意義を持つことになることと信じて止みません」

と話し出した。その後、校長は太平洋戦争の敗戦と、教育行政の変遷について話された。最後に、

「皆さんがこれから勉強していくことは、将来の日本にとって大変重要なことです。日夜勉学に研鑽し自らの人格を形成して、社会へあるいは大学をめざしていただき

たい」

　そのあと三分間くらい話が続き、最後に高校生としての認識について話した。その中で高校生に相応しくないことをしたり、未成年者が入ってはいけないところへ出入りしないようにといった注意をした。

　式が終わり教室へ戻ると、欠伸をする生徒がいた。担任の教師が紙の束を幾つも持って教室へきた。何種類もの印刷物を配るために一番前の席に座っていた生徒に一列分の用紙を渡していった。それらは、学校の配置図、いろいろな決まり、つまりこれが生徒遵守事項というものだ。授業料等の納付方法、図書館の簡単な紹介と貸し出し等の規則、授業時間割表、学校への届けの出し方などがかいてあった。どれが先でどれが後かは不明だったけれども先生は一つずつ簡単に説明していった。学校の配置図の中に一区画クラブの部室というのがあった。後で生物クラブに断りに行くのでしっかり場所を覚えた。

　今日の予定が全部終了したので、正夫は生物クラブの部室へ行った。部屋には生徒が五、六人いた。何か新入生のことを話していたようだった。

「すみません。ここに生物クラブの人がいますか」

「ほい。俺たち全部生物クラブ員だけど、何か用事すか」

「僕は寺田正夫といいます。昨日生物クラブへ入部すると言って名前を書いたのですが、取り消したいのですが。よろしくお願いします」

「少し待ってけさいん。えーと、寺田正夫君だったっけ」

「はい。そうです」

「うんあった。了解しました。一つ聞きたいんだけど、どうして昨日の今日なんだい」

「はい、それは僕は諏訪村の南外れに住んでいて大川高校へ自転車で通学するので、ほとんどクラブ活動をやる時間がないことが分かったんです。それで申し訳ありませんが取り消してください」

「オッケー。了解したよ。また夏休みとか時間ができたら見に来るといいさ」

「ありがとうございます」

「ところで君はどこの生まれだい。諏訪村じゃないだろう」

「はい小学校三年生まで東京にいました」

「うんだべさ」

「それじゃ。これで…」

　正夫は生物クラブ入部取り消しがすんなりいったのでほっとした。それで急いで利夫の待っている自転車置き場へいった。利夫は相川と話をしていた。

「よう、正夫、久しぶりだな。元気だった」

「あれ、相川君ではないか。久しぶりだね。といっても昨日会ったばかりだけどね」

「うん。大川市には諏訪村からきている生徒が全部で二十人くらいいるようだぜ。ところでさ今度の日曜日に諏訪中学校で俺らの歓迎会をやってくれるんだってね」

「そうなんだ。嬉しいような恥ずかしいような変な気分だな」

「でも年齢は一つか二つ違うだけだから何でもないべ」

「そうだな」

「それもそうだけど、時々俺らだけで集まろうよ」

「そうだな」

「じゃあ、俺は帰るわ」

「今どこに住んでいるの」

「稲葉っていうところだけど、ここから歩いて十分間くらいかな」

「近いんだね」

「落ち着いたら一度遊びに来れば」

「ありがとう。どんなところか行ってみたいな。ね、利夫君」

「そうだな」

「それじゃあ、またな」

　相川はゆっくり歩いて通用門の方へ行った。通用門を出るとすぐに国鉄の線路があって、その少し先の左側に美味しい団子屋があるって誰かが言っていた。

　正夫は利夫と帰ることにした。自転車のカギを外して通路に引き出した。今日は通用門の方から出てみることにした。細い道を何回か右に左に曲がって、大新田町へ行く三差路のところへ出た。昨日のような西風は吹いていなかった。そういえば二人とも弁当を食べていないことに気がついた。それで西大川駅へ行く道の向こうの高田川のところで弁当を食べることにした。そこまでは五十分以上かかるけれども我慢してペダルをこいだ。県道の両側に広がる田は代掻きが終わって水が張ってあった。もうじき田植えが始まる。

　正夫の家の畑でもいろいろな作物の種蒔きが始まる。手伝わなければと思って、はっと歓迎会のことを思い出した。正夫は今晩弘に言わなければ予定していると困らせてしまうと思った。

　正夫たちは高田川に着いたので川岸の草原で弁当を食べた。そこでしばらく二人で話をした。入学式で校長先生が言った高校生が入ってはいけないところのことやその他いろんなことを話した。正夫はこれからも利夫とはいろいろなことを話す機会があるだろうと思った。とりあえず今日は大新田駅の近くにあるパチンコ屋というところへ入ってみようと話が決まった。そして大新田町に向かって自転車を走らせた。

　正夫たちは駅の近くに自転車を止めて、帽子と上着を脱いでカバンの中に入れて自転車にしっかり結び付けた。そしてパチンコ屋に入っていった。そこには縦型のコリントゲームの器械がたくさん並んでいた。うろうろしていると玉売り場と書いたところにいたお姉さんが、「遊ぶの?」といったので、ドギマギしながら「はい」と返事をした。するとお姉さんはあなた方が来るところじゃないのだけど、今はまだお客さんがいないから一回だけやらせてあげる。と言って十円分の鉄の玉、ボールベアリングの大親分のようなものを渡してくれた。それを機械の穴に一個ずつ入れて右下にある取っ手のようなものを押し下げて手を放すと、玉が上の方へ向かって飛び上がり下の釘の間を通って一番下の少し大きめの穴に入ってしまった。この動作を玉があるだけやると十円分の玉は全部下の穴へ入って終わりになった。

正夫は、これがパチンコだというものだということが分かった。全然面白くなかった。それでもう金輪際やらないと決めた。

帰り際にさっきのお姉さんが「もう来ちゃ駄目よ」といって片目をつぶった。正夫たちは校長先生が言ったことがよく理解できた。

正夫と利夫は後で考えると他にお客さんがいなかったので良かったと思った。それで利夫とこのことは内緒にしておこうと決めた。諏訪村に入るとなんとなくほっとした。でも後ろめたい気持ちがしばらくついて回った。

そして四月七日から高等学校の授業が始まった。正夫はいろんな先生の授業のやり方に慣れるまで少し時間がかかると思った。中学校の授業のやり方とはかなり違うし、進み方が早かった。これでは予習をしていかないと追いついていけなくなるかもしれないと思った。

授業のうちドイツ語は初めてだったので、誰でも同じ状態だった。正夫は単語の意味が分からないので辞書がほしかった。当分は図書館へ通い、辞書を借りて調べることにする。

漢文は家にあった漢和辞典で間に合うかもしれなかった。初めは中国の昔の人が作った漢字だけの詩を暗唱することから始まった。漢文の先生は菅原という名の大柄の丸坊主の人だった。噂では大川市の北の方の寺の住職だそうだ。

音楽の授業は、まず楽譜を覚える必要があった。そういえば中学では歌うことが中心だったような気がした。音楽の庄子教諭は小柄の眼鏡をかけた方で、何となくショパンという作曲家に似ているとうわさされていた。授業は歌を覚えるだけでなく、コールユーブンゲンという音符だけの教科書を音符の音階と長さで読ませるのがつらかった。

美術の教師はいかにも画家といった風貌の方だった。先輩の話ではあまり授業らしいことはしない。絵を描くことはほとんどなく美術作品の鑑賞が中心のようだった。先生の仲間の人たちが集まって開く展覧会には必ず鑑賞に行かされるという話だった。そしてどの絵が印象に残ったかという感想文を書かされるという。

以上の授業は一年生時だけの授業で二年次からはなくなる。

国語は、現代文と古文に分かれている。授業時間は現代文が週に四回、古文は週二回だった。古文は教科書を見ると、なんだか外国語のような部分もあると気がついた。クラスの人の中には古語辞典を持っている生徒がいた。これもとりあえずは図書館へ通うことにする。

理科は一年生は生物学、二年生で化学、三年生は物理学と地学に分かれるのだそうで、正夫は一年生だから生物学を学ぶのだ。今までたくさんの疑問があった生物には本当に興味があった。先生はまだ若い体格のよい方だった。

数学は、一年生は解析Ⅰ、二年生は幾何学、三年生は解析Ⅱと言うのを勉強するという。解析Ⅰは中学の数学の教師がクラブ活動として教えてくれたので少し理解が進んでいると思う。数学の教師は正夫のクラスの担任だった。正夫はこの先生は眼鏡をかけるともっとすっきりするんじゃないかと思った。

社会科は、一年生は一般社会というのを勉強する。その内容は戦争に負けて社会がアメリカ合衆国を手本にし、人間の権利とか、社会の構成とかいろいろな社会の制度について勉強する。そういえば諏訪村では時々村長リコールという運動をしていた。あれも社会制度の一部になるのだろうか。社会科の先生は印象の薄い方だった。

高校の授業は全部同じ教室でやるらしい。しかし三年生は時々教室を移動しているので授業科目によっては教室を変わることもあるらしい。

一年生の授業でも音楽は講堂でやる。というのは講堂にピアノがあるからだ。

高等学校の授業は、九時からホームルームがあってその後、九時十分から五十分間の授業が始まる。だから正午までに三時限、五十分間休憩があって午後一時から授業が再開される。通常は午後四時までの三時限、水曜日は午後二時限で午後三時に放校になる。土曜日は午前中三時限で十二時には授業が終わる。毎日授業が終わると手早く教室やその他の指定されている場所の掃除をして帰ることになる。

正夫が高校生になって初めての授業は国語だった。教科書は使わずこれからやる授業のやり方などを説明するだけで終わった。土曜日まではどの授業も同じだった。

こうして正夫の高等学校の一週目の授業は終わった。そして日曜日になった。

弘は初めが肝心だから歓迎会に行ってきなと言った。正夫たちは少し早めに行こうと相談していたので十時頃に家を出た。中学校へ着くとほかの新入生たちはもう集まっていた。教室で待っていると先輩たちが入ってきた。正夫は緊張したけれど、すでに先輩と知り合いの生徒もいて親しげに話をしていた。

諏訪村から県立の大川高等学校と大川工業高等学校へ通学している上級生は十六人いた。正夫たち一年生は九人だった。

先輩たちが新入生の歓迎会を開いてくれるのは初めてのことらしい。この前は誰かが毎年やっていたと言っていたのだが。これは用務員のおばさんの話で分かった。

一年生は一年生で固まって上級生の方を時々見ながら

学校のことを話していた。そのとき用務員のおばさんが上級生の一人を呼び出してローカで何かを話していた。その上級生は、仲間で話をしてから一年生のところへきて誰か二人で大新田町へ買い物に行ってくれないかと言った。何でも肉が少し足りないので買いに行ってくれと言った。その頃何かというとやっていたアミダくじをやった結果、進と正夫が行くことになった。正夫たちは先輩から書き付けとお金を預かって自転車で大新田町の肉屋に向かった。肉屋に着くと書き付けを見ながら肉を買い代金を渡して店を出た。正夫は初めて生のブタ肉の色を見た。赤い塊の上に白いものが乗っていた。正夫は「その白いものは何ですか」と肉屋の店主に聞くと、「これは脂肪だよ。これが無いのもあるけど脂肪がついている方が旨いんだよ」と教えてくれた。肉の包みを進が持って自転車に乗って中学校へ戻った。買ってきた肉と釣り銭を先輩に渡した。上級生はご苦労さんと言ってそれを受け取り、すぐ用務員室へ持って行った。上級生は机を移動してロの字形に並べて席を作った。もちろん正夫たちも手伝った。

　それからしばらくすると、用務員夫婦が大きな鍋とお釜それと大きなお皿を持って教室へきた。それを教壇に置くとおばさんがさらにご飯を盛りつけだした。用務員は戻っていったかと思ったら、何か生の野菜やタクアンみたいなものが入った大きな器を五個持ってきた。それを机の上に適当においた。それから黄色いどろっとした液体をお皿のご飯の上にかけだした。上級生はガラスのコップにやかんから水をついでいった。

　このとき正夫は突然、新潟の小学校で村の人が開いてくれた学童疎開の送別会を思い出した。あのときのご飯は美味しかったなあと懐かしくなった。そういえばあの農家のおじさんとおばさんたちはどうしているだろうかと思った。

「おい寺田、なにぼんやりしてるんだ」

「え、はい。すみませんちょっと思い出したことがあったので」

「その話を後で聞くからな。今は席に着いてくれ」

「はい」

　準備が全部終わると佐々木という三年生が、立ち上がって、

「一年生諸君、大川高等学校と大川工業高等学校へ入学おめでとう。諏訪村から通学するのは大変だろうが頑張ってほしい。俺たちも君たちが何か困ったことがあったら相談に乗るからいつでも訊ねてきてくれ。これだけは言っておくが、他の町や村から来る連中に勉強でも運動でも根性でも負けるな。激励はこれで終わりだ。それでは歓迎会を始める。初めに一年生から自己紹介をしてもらおうか」

　正夫は上級生の顔と名前をしっかり覚えようと思ったけど無理だった。次にフルーツ牛乳で乾杯をした。このフルーツ牛乳というのは何ともいえない美味しさだっ

た。次に食事になった。お皿に盛ってある黄色いものはカレーライスという。さっき正夫と進で買ってきた肉が入っている。正夫はどれが肉なのか分からなかった。この白いのが肉かもしれないと思った。肉屋で見た肉は白いものがついていたからそう思ったが、食べてみれば分かると思った。

　三年生の「それでは食事にします」という声でみんなは一斉にがつがつ食べた。正夫はカレーライスというのは初めて食べるものなので少しずつ中身を確かめながら食べた。

　白いものはジャガイモだった。赤いものはにんじんだった。なんだか甘い透き通るようなものはタマネギというのだそうだ。これは正夫の家では作っていない野菜だった。最後に焦げ茶色の塊がいくつか入っていた。それを食べてみると、正夫がこれまで一度も食べたことが無いものだった。つまりこれが肉というものだったのだ。正夫は生まれて初めて肉というものを食べた。その美味しさに不覚にも我を忘れてしまった。肉は噛めばかむほど美味しさが増してくるようだった。この肉は何の肉だろう。先ほど買い物に行ったとき何と書いてあったか思い出せなかった。後で進に聞くことにした。

「寺田、お前なにやってるんだ。さっきからカレーの具ばかり食べているけど。どうしたんだ」

「あ、いえあまり美味しかったのでよく味わっていたんです」

「カレーはな、飯と一緒に食うともっと美味しくなるんだぞ」

「そうですか。じゃ」

　と言ってご飯と一緒に食べてみた。これがまた不思議なほど美味しかった。これがカレーライスなんだと思った。ライスはたぶん飯のことだと思う。だけどカレーというのはどんな意味なんだろうかと、また自分の悪い癖が出てきたと思った。

　歓迎会は食事の後学校生活のいろんな問題を上級生が教えてくれた。大体は先生方の話だった。Aと言う先生は授業はおもしろいが試験は難しいとか、Bと言う先生は試験勉強を特別やらなくても大丈夫とかといった話だった。正夫はクラブ活動のことを聞いてみた。

「俺は一年生の時、初めは庭球部に入っていたが、自転車で通学しているとあまり練習時間がとれなくてそれで止めてしまった」

　正夫と同じ大原台に住んでいる先輩が言った。この人は小田茂夫と言って工業高校へ行っていた。

「俺は、郷土歴史クラブに入っていたのっしゃ。でもな土曜日や日曜日に古墳の調査に行くのは家の都合で難しくなってきたのっしゃ、それで退部してしまった。夏休みまでは頑張ったんだけんどもな」

　と田中靖二という二年生の人が言った。この人は関の辻から大川高校へ初めは自転車で通学していたんだそうだけど、勉強が大変になってきて大川市に下宿するようになった人だ。

その他の先輩たちも一年生の初めに興味あるクラブに入ったけれども遠距離を自転車で通学すると時間がとれないという理由で一年生の時の夏休みまでにはみんな退部してしまったらしい。

特に夏休みには合宿というのがどのクラブでも行われるそうだ。合宿は三泊四日くらいの日程で行くが、どこに宿泊するかによっては費用が結構かかると言うことだった。それに合宿に行かないとクラブに入っているのが難しくなると言っていた。

新入生歓迎会は、いろいろな話をしたので三時間近くかかってしまった。後片付けは一年生がやると言って、先輩たちに、

「ありがとうございました。これからもよろしくお願いします」

と言ってその日は解散になった。後片付けの後、一年生が集まってお互いの状況を話し合った。工業高校では一年生の授業は大川高校とほとんど同じだった。ただドイツ語とか音楽の授業はなかった。美術は学科によって授業があると言うことだった。

大川工業高校は、機械科、電気科、建築科、土木科の四学科で構成されている。大川高校は普通科だけの学校だったので三年生の理科・社会科の選択までは全員が同じ科目を勉強することになっている。

そんなこんなで中学校を出たのは午後四時くらいになってしまった。愛香山の峠で自転車を止めてみんなで諏訪山を見ていた。僕たちはそれぞれ将来のことを考えていた。誰かが独り言のように何かを言い出した。

「工業高校へ行った人は卒業するとすぐに就職するのかなあ」

「そうだね。だけど僕たちは、就職するか更に上の学校へ行くのかを決めなければならないんだよね」

「俺らはもうどんな仕事をするか大体決めて工業高校へ入ったんだ。だから卒業するときには仕事を始めることになるんだ」

「だからもういろんなことを悩むことはないよね」

「それはそうだけどさ。高校を卒業した後もいろんなことを選択できるだろう。それはそれほど悪いことではないと思うけどな」

「それもそうだね」

「うん。そうも言えるね」

「まだ高校の勉強が始まったばかりだから、いろいろ考えるよりも今やることをしっかりやると言うことだね」

「そうだな」

とここで話も尽きたので家へ帰ることにした。相川は明日の朝早く家を出てバスで大新田駅へ行くと言っていた。健は、国道へ出て三森町を通って大川市へ行くという。そのとき正夫はその道はどのくらいの距離なのかを聞いてみた。

「はっきりしたことは分からないけれど、多分十五㎞く

らいときいたことがあるけど。どうしてそんなことを」

「それはね、学校から家へ帰るとき、大新田町への道は西風が強くて自転車がこげないくらいになるんだ。それで西風に直面しないで諏訪村へ帰る道がないかと探しているんだ」

「それなら三森町を通る道がいいかもしれないよ。だけどね、その道を通るときは西風がちょうど横風になるから注意も必要だから気をつけなけりゃね」

「ありがとう。その道を通るときは気をつけるよ」

正夫はこれで西風の日の帰路についての問題は一応解決した。英一と利夫も聞いていたからもう分かったと思うので、進たちに教えてあげようと思った。

ある日、利夫が突然漫画の話をし出した。今月初めに発売された子供雑誌に手塚治虫という作家の書いた「鉄腕アトム」という漫画がとってもおもしろいというのだ。アトムと言うのは理科で学んだ原子のことだ。利夫の話によるとアトムはお茶の水博士が作り出したロボットという人間の形をした自分で動く人形だそうだ。そして鉄腕と言うほどだから腕力も強いのだ。つまり腕力の強い正義の味方というわけだ。

作者の手塚治虫という人は、まだ若くいつもベレー帽をかぶっているそうだ。数日後、正夫は利夫から雑誌を借りて鉄腕アトムを初めて読んだとき、すぐにアトムが好きになってしまった。正義の味方というのがとても気に入った。そのために毎月一回その雑誌を買うことになった。

正夫は高等学校の授業は、慣れてきたのに逆に難しくなったような気がしていた。普通は慣れてくると簡単になるものだそうだけれど、勉強は違うものかもしれない。というのは新しいことを次から次へと覚えていくのは大変なことだからだ。これは矛盾していると思うのだけど正夫にとっては事実だから仕方がない。例えば数学の問題の解き方を教科書に載っている方法で解くのは基本だからそれほど難しくない。だけど練習問題になると分からないことがある。中学校の数学の先生が言っていた勉強法を変えなければならないというのはこのことかもしれないと正夫は思った。

英語の先生は英語は発音を正しく覚え、口に出せるようになることが一番だ、後は単語をたくさん覚えることだと言った。正夫の家の西の防風林にきていたアメリカ兵の発音は何だか変に濁っているような話し方だったけれども、あれでも仲間の間では通じていたのだから不思議だし、正夫のしゃべった英語が通じたのも事実だ。単語は初めは身の回りのものの名前をたくさん覚えることから始めるのがおもしろいとも先生が言った。

英語の藤先生は大川市内の映画館で少し前まで外国映画の弁士をやっていたという話だった。正夫は小さい頃、父に連れられて古い映画を見に行ったことがあった。そのとき映写幕の左手に人が立っていて映画の内容にしたがって、説明をしたり話し声を口にしていた。あの人が活動弁士というのだと教えてくれたのを思い出した。藤先生は活動弁士だった。

正夫は音楽の授業に閉口し始めていた。というのは音楽の先生は、正夫くらいの身長でそれほど太ってもいなかったのにとっても大きな声を出すのだった。そしてコールユーブンゲンの譜面を正確に声を出せるようになるまで何回でも繰り返し練習させるのだった。中学校での音楽は先生の弾くピアノの音に続いて歌うだけで譜面は音程をたどるだけで、音符の長さなど考えたことがなかった。高等学校では音程とともに音符にしたがって音の長さも重要になる。でも譜面を見て音を正確に出せるようになってくるととても楽しくなった。それと時々クラシックの曲を鑑賞することができたのが正夫にはとても印象深かった。特にベートーベンという作曲家の第三番の交響曲「英雄」と第六番の「田園交響曲」は、正夫に新しい音楽の世界を開いてくれた。もう一つ、みんなで合唱する「My Old Kentucky Home」と言うアメリカの歌を覚えたことだ。この歌を覚えるのにも少なくとも十回以上練習させられた。音楽もきちんとやるとなかなか大変なものだということが分かった。

美術の授業は、有名な画家の絵を写真で示しながらその絵が描かれたときの時代背景や、どんな目的で描かれたかについて話をした。西洋には宗教画という分野があり、キリストや聖母マリアそれからキリストの弟子たちを描いた絵画がたくさんあるそうだ。それはそれなりにおもしろいと思った。とにかく正夫は絵とか音楽とかを作り出す能力には欠けているようなので、せめてそれらを鑑賞するだけの知識を持ちたいと思った。図書館で書籍を見ることにした。幸い高等学校には専門の先生がいるので図書館にも芸術関係の本が多かった。

一般社会という授業は、戦争が終わって急遽外国、特にアメリカ合衆国から民主主義の考え方や国を動かしていく国会議員の選び方や経済の仕組み、そして社会保障などについて勉強する。これらは人間が生きていく上での権利というものを学ぶことだ。社会を運営していく上で必要な制度というものがある。それは三権分立思想と言う。三権というのは立法権、司法権そして行政権という。そしてそれらはお互いに干渉することができない独立したものだという。

立法というのは、衆議院・参議院と言う国会の二つの独立した立法府で国民が生活していく上で必要ないろいろな規則、つまり法律を作ることである。司法というのは自分の権利を維持するために法律に従うことだ。行政というのはいろいろな法律に従って社会を正常に運営し、人々の幸福を築いていくことだ。しかし正夫は、まだ勉強を始めたばかりなので、これらのことを正しく理解したとは言えない。いずれにしてもこれからどんなことを勉強するかの問題だと思った。

今日は朝から雨が降っていた。正夫はコウモリ傘をもって自転車に乗るのは初めてだったので少し怖かった。英一が迎えに来た。彼はどんな格好をしているかと思ったら、正夫と同じでコウモリ傘を持っていた。弘はまだ寝ていたので母さんが見送ってくれた。

「いってきます」

「気を付けていっておいで」

英一と二人でいつもの待ち合わせ場所のところで待っているとすぐに利夫が雨合羽を着てやってきた。この時期によく雨合羽を用意していたと思った。正夫は少しうらやましくなってしまったが、母さんのことを思い出して何も言わなかった。必要なものが全部そろっていることなんてあるわけがないと知っていた。

進の家へ着くと、他の子たちはもうそろっていた。正夫たちも今日は少し早めに家を出てきたのだったけど、他の子たちも雨が降っていたので早めに家を出たということだった。進も雨合羽を着ていた。雨合羽というのは、表面にゴムが塗ってあり、なんだか重そうな感じだった。それと雨を通さないけど空気も通さないので、もしかすると暑いかもしれないと思った。

全員がそろったので正夫たちは出発した。諏訪村の道では自動車に一台も会うことはなかったけれども、大新田町に入ると貨物自動車とすれ違うことがあった。傘を差していると自動車が通るとき風に煽られてよろけないように注意が必要だった。それと自転車同士がすれ違うときも注意しなければならない。お互いに傘を差しているので、前方が遮られて見難くなっているからだ。道路の右側と左側に分かれて通行すればよいのだが、東へ向かう生徒、正夫たちのことだが、横着して左側でなく右側を走っていた。すれ違うときに、うっかりすると転んで側溝にはまってケガをするかもしれないから注意しなければならない。こうして気をつけながら初めて雨降る中を学校へ急いだ。

正夫は学校へ着いて自転車置き場へ自転車をおいて背伸びをしたとき、何気なく足下を見るとズボンの下の方が泥だらけになっていた。何でこんなことになったのだろうか。自転車に乗っていたのにこんなに汚れるなんて考えられなかった。雨の日に下駄をはいて走ったり急ぎ足で歩くとズボンの後ろが泥だらけになるのは下駄のかかとの部分で泥水をはねあげるからだけど、今日のはズボンの前が泥だらけになっているのだ。

利夫のズボンはあまり汚れていなかった。そこで正夫は利夫の自転車と自分の自転車を比べてみた。そこで一つの発見をした。利夫の自転車の前輪のカバーの下の方に十五㎝ほどのゴムの板が付いていたけど正夫のには付いていなかった。これが原因だとすぐ分かった。これは帰ったらすぐに何かで作らなければと思った。

正夫はこの問題はそれで解決できることが分かったので教室へ急いだ。席に着くとすぐに授業開始のベルが鳴った。一分ほどしてドイツ語の先生が教室へ入ってきた。ドイツ語の先生の声はすごく大きいので初めは驚いたけど、慣れてくると元気があってなんて言ったら先生に失礼だけれど、正夫はドイツ語は先生のように大きな声で話すのかと思った。「ヤホール」これは「もちろん」だという意味だ。生徒の間でこのヤホールという言葉がはやった。なにかにつけてヤホールというのはおかしいと思うのだけど、口にすると安心するのだった。先生は生徒を指名して予習をしてこないと、

「アッハ　ゾー」

と言う。この言葉は、正夫には失望したときに発する言葉に聞こえたけれど実際には、

「今度やりなさい」

と言っているように思えた。ドイツ語は一時限の中でほとんどクラスの半数が当てられるので「アッハ　ゾー」が出ると全員に当たることがあるので生徒たちは戦々恐々とするのだった。

高等学校でも掃除当番があるのが分かった。一年生は自転車置き場の整理と昇降口の一つを担当する。当然のことだがホームルームの教室は自分たちでやるのだ。クラスの人数は六十人なので十人の六班に分けて掃除をするので、一週間おきにどこかの当番が回ってくる。一番楽なのは自転車置き場の整理だと思っていたが、自転車の台数が非常に多くみんな授業開始直前に登校してくるので乱雑に自転車を放置していた。それを一台ずつ並べていくのは大変な作業だった。もちろん下校時には自転車通学の生徒は帰ってしまった後なので台数は少なくなっていたが、クラブ活動をしている生徒は結構な数なのでその生徒たちの自転車はまだ残っていた。

もう一つ、クラブ活動特に運動部に所属している生徒は掃除当番でも授業が終わるとすぐいなくなってしまうので実際に掃除をやる生徒の数は少なくなってしまう。残った生徒はぶつぶつ言いながらも掃除するのだった。しかし、ホームルームの時にそのことを話題にすることはなかった。ここが中学校と違うところの一つだった。

昇降口の当番は床の掃除をするだけで普段は楽だったけれども、雨が降ると土間とすのこ板が泥だらけになってその泥を落とすのが大変だった。朝付いた泥は帰りの時間には乾いてしまい、専用の泥落としを使わなければ落ちなくなってしまうのだ。

どこの掃除でも楽なことはないのだなと思った。

正夫は教室の掃除当番は机と椅子を重ねて前方か後方に寄せてから拭き掃除をして元のように戻すのだった。一見大変そうだったけれども、どこの掃除も同じようなものだった。それよりも掃除をすることは自分の心の中まできれいにすることだと何かの剣豪伝に書いてあった。昔の人はいいことを言ったものだと感心してしまう。

ある日の漢文の授業のことだった。漢文の先生は太った大柄のかなり年配の方だった。正夫たちはもっと若い先生の方にならないかなあと思っていたのだけれど選ぶことができないので仕方なかった。ところがこの教諭は、外観・容貌に似合わずとっても優しく、教え方がう

まい先生だった。声は深みがあり、詩を読むのにとっても適していると思う。それが日本語の詩でなくてもだ。

この授業で正夫は初めて中国の人が作った漢文・漢詩というものに出会った。漢字だけで作った文章というのは、初め読むのが大変だった。上から下へ漢字の音をそのまま読むのが中国語だという。日本人でも昔の人は同じように読んだと言うことだった。しかし正夫たちには上から下へ音読みするのは少しはできるけれども意味は全く分からなかった。そのために文章の中に漢数字の一、二、三などと小さな送り仮名が着けられていた。そのほかには返り点という記号も使われていて、その順序で読めばよいことを先生が教えてくれた。それで漢字が読めれば現代の日本語のように読んで意味が通じるようになった。

漢字を読めるようになると、漢字で書いた詩を読む練習をした。漢詩は教員の指導によって通常全部暗記しておくことが要求された。正夫たちは初めそんなことは無理だと言って不満を言ったけれども、教師は君たちの年代ならそんなに難しいことはないはずだ。と言うことで、漢文の授業がある前の日は、正夫は風呂を焚きながらしっかり漢詩を覚えることにした。

正夫は漢詩を暗記していて気がついたことがある。それは中国の人はとんでもない大げさな表現をすることがあると言うことだ。例えば「白髪三千丈」というのだ。ただ「丈」と言うのが、日本では十尺だからおおよそ三メートルということになる、中国でどんな長さを表すか分からない。普通に考えると、こんなに髪が長くなることはないだろう。先生はこれはそのくらい長く髪が伸びるまでの時間、つまり永遠と言うことを表現しているのだと説明してくれた。

正夫は漢詩にはあるリズムがあることに気が付いた。それは五言絶句とか七言絶句というのがあるということだ。五言絶句というのは五字を一区切りとして通常は四行で起承転結をつまり一つの情景を表現するのだ。七言絶句というのは同じように七字四行で構成されている。

送友人　　　薛　涛

水国兼葭夜有霜
月寒山色共蒼蒼
誰言千里自今夕
離夢杳如関塞長

これは薛涛という人が作った「送友人」という七言絶句だ。普通の漢文は上から文字をそのまま読み下るのだ。教科書には返り点がついているので文字の区切りがはっきりして、読めれば意味が通じた。先生は漢詩を読んで情景が目に浮かぶようになったら漢詩のすばらしさが分かるようになると言った。

正夫は漢詩を覚えるうちに漢字の意味に興味を持つようになった。今まであまり気にならなかったけれど日本で使っている漢字には音読みと訓読みの二種類の読み方があり、音読みの場合は漢字の意味よりもその漢字の持つ様子というか景色のようなものを表していると思うようになった。もちろんこれは正夫の独りよがりかもしれなかった。

正夫は古い時代の中国人は、壮大な規模の自然を詠うかと思えば、人情味あふれる詩を書く。もちろん同じ人が両者を書くとは限らないけれど凄いと思った。

そういえば山下雅子は詩が好きだったけれど自分で詩を作ることはなかったのだろうかと正夫は考えた。今度会った時に聞いてみようと思った。

少年易老学難成
一寸光陰不可軽
未覺池塘春草夢
階前梧葉已秋聲
（朱子）

これまで覚えた漢詩の中で正夫の好きなものの一つだ。

その日の授業がすべて終わったので、正夫は帰り支度をして自転車置き場へ行った。今日は晴れているのに珍しく西風が吹いてなかった。正夫は利夫の自転車があったので少しの間利夫が来るのを待っていたが、なかなか来ないので一人で門を出た。小野田川の長い坂道を下り終わったところで大川女子高校の制服を着ている人に追いついた。その人は山下雅子だった。正夫は少し先まで言って自転車を降りて山下雅子を待った。

「やあ、しばらくぶりだね。元気だった」

「あら、寺田君。久しぶり」

「一緒に歩いてもいいかい」

「嬉しいわ。どこかで休んでいこうかしら」

「そうだね。あの池のところがいいかなあ」

正夫たちはゆっくり歩いた。前に一度、台風が来る前に雅子と来た大きな丸い池のところに着いた。池の水面が見えるところに座った。

少しの間二人とも黙って水面を見ていた。水面を見ていると時々水面を何かが跳ねているのが見えた。よく見ると小さな魚が水面から飛び上がっているのだった。

「雅子さん、水面を見て。小さな魚が飛び跳ねているよ」

「あら、ほんとだ。かわいいわね」

「きっと水面近くを小さな虫が飛んでいるのかもしれないね」

正夫は無粋なことを言ってしまったのに気が付かなかった。

「大川高校の様子を話してくれない」

「今ね漢詩の暗唱とドイツ語がおもしろくてね。学校が楽しくてしょうがないんだ」

「私の方も漢文をやっているわ。先生は大柄の坊主頭の方なの」

「へえ。大川高校の漢文の先生も同じ感じだよ」

「名前はなんていうの」

「菅原っていう教諭だけど、名前は知らない」

「私の方の先生も菅原っていうの。もしかしたら同じ人かもしれないわね」

「きっとそうだよ」

「私は日本の詩ばかり読んでいたのだけど、漢詩もおもしろいと思った。何か大げさな表現が気になるけど、詩の中の世界が目に浮かんでくるような気がするの」

「僕もそう思っていた。何か大げさだけど、稀有壮大っていう感じがするんだ」

「あなたって少し変わったわね。何か大人っぽくなったような気がする」

「変わったといえば、本を読む時間が少し少なくなったかなあ」

「そうじゃなくて、ギラギラしていたのが無くなってきたっていうのかしら」

「もしかしたら高校の勉強に追われていて周囲のことに気が回らなくなったのかもしれない」

「まだ二カ月で勉強も大変でしょうね」

「雅子さんも同じだろう。大川市からくる生徒は変に大人ぶっているんだなあ。この前、生物の授業で先生が教科書を読めっていうので読んでいたら突然みんなが笑いだしたんだ。僕は何が何だかわからないので、そのまま続けて読んでいたら、先生がやはりおかしいかなといったのでまたみんなが笑った」

「変な人たちね」

「それで思い出したんだけど、僕が初めて諏訪小学校へ来たとき、小学校四年生の先生が黒板に〝木〟という字を書いて読める人といったけど誰も手を揚げなかったので僕が手を挙げて〝き〟と読んだら先生が違うといったのでびっくりしたことがあったんだ。先生は〝ち〟と読むんだといったんだ」

「ずいぶん前のことね」

「そうだね。でもあれは僕がこの村のことを何も知らなかったのでしくじったんだと思ったのさ」

「そんなことがあったのね」

　正夫たちはその後も高校のことなんかを話し合った。

　六月のある日曜日に、正夫は久しぶりに畑に行った。畑は一面黄金色に染まっていた。小麦と大麦が収穫の時期を迎えていた。正夫は真っ先にイチゴ畑に行ってみた。真っ赤に育ったイチゴは鈴なりに実っていた。正夫は弘に断ってイチゴを口に入れた。とたんに口の中がいい香りと甘い汁で満たされた。正夫はふとこれを雅子にも食べさせてあげたいと思った。弘のところへ行って、

「イチゴを友達に食べさせたいんだけどいいかなあ」

「ああ、いいよ。たくさん持って行ってあげな」

「ありがとう」

　正夫は新聞紙を袋状に折ってその中にイチゴを丁寧に入れた。袋の中から甘い香りが立ちこめてきた。

「正夫。イチゴは早く持って行ってあげないと傷んでしまうぞ。今日はあまりやることがないから、これからすぐ友達のところへ持って行ってやれ」

「手伝いをしないでいいの」

「次の日曜日は麦の刈り入れだから一所懸命手伝ってもらうぞ」

「はい。じゃ、行ってくるね」

　正夫は、はやる気持ちを抑えながらゆっくり家へ向かった。弘の姿が見えなくなると小走りになった。しかしイチゴのことを考えてゆっくり歩くことにした。正夫は家についてすぐ自転車に乗って雅子の家へ向かった。道路は砂利道だったのでゆっくり走った。愛香山の峠も気がつかないうちに通り過ぎてしまった。役場への道に曲がると向こうから雅子がこっちへ歩いてきた。正夫は自転車を止めて息を整えた。

「あら、正夫君。今日は日曜日なのにどこかへ行くの」

「やあ。実はね、雅子さんにいいものを届けに来たんだ」

「どういうこと」

「うん。僕の家の畑でイチゴを作っているんだけど、今日畑へ行ってみたらたくさんイチゴがなっていたんだ。食べてみるととっても美味しかったので雅子さんにも食べてもらおうと思って持ってきたんだ。これなんだけど、自転車で揺れたから、もしかすると潰れているかもしれないけど、どうぞ」

「わあ、いい香りがするわ。一つ食べてもいいかしら」

「もちろんさ」

　雅子は、イチゴをしばらく見つめてから口に運んだ。しばらく口を膨らませて目をつぶっていた。

「美味しい」

　と言ってもう一つ口に入れた。

「正夫君。これを家の人にも食べさせたいの。持って行ってもいいかしら」

「もちろんさ。喜んでくれるといいね」

「ありがとう。これを家においてくるから、少し散歩しない」

「うん、いいよ」

　正夫は自転車を引きながら雅子と並んで歩いた。町中をこんな風に歩いたら噂話の種になるんじゃないかと心配になったけど、雅子はお構いなしに話をしながら歩いていた。お寺の前の家から大柄の女性が出てきた。この人は中学の同級生だった高橋靖子という名前だったと思う。彼女は僕たちの方を珍しげに見ていたが、僕が手を上げて挨拶をすると作り笑いをして家の方へ戻っていった。雅子は気がつかないふりをしていたようだった。

「靖子さんは、人のことをあまり気にしない人だから心配いらないわ」

「そう。おしゃべりの人だったら雅子さんに迷惑がかかるかと心配していたんだ」

「噂話がでても相手にしなければ自然に消えてしまう

わ」

　ちょうどそのとき雅子の家の前に来たので、雅子はイチゴを持って家の中に入っていった。雅子はすぐに年配の女性を連れて戻ってきた。

「こんにちは、あなたが寺田正夫さんですね。雅子から話を聞いています。この度はイチゴをたくさんいただいてありがとうございました。今一粒食べてみたらとっても美味しいので驚きました」

「家の畑にたくさん出来ましたので、少しお持ちしました」

「そうだ、雅子、家に上がってもらったら」

「母さん。これから近くを散歩してくるから、上がってもらうのはまたにするわ」

「そうかい。ゆっくりしておいで」

「はい」

　正夫たちは線路を歩こうと思ったけれど、そこは正夫の膝を越えるほどの草が生い茂っていたので中学校へ行ってみることにした。

　中学校は日曜日だったので生徒は誰もいなかった。正夫たちは校庭の真ん中辺に行った。そこから見た中学校の校舎は卒業して三ヶ月ほどしか過ぎていないのにもう遠い昔のように思えた。二階建ての校舎の窓からたくさんの生徒の姿が見えるような気がした。大きな声でおしゃべりをしている子たちがいた。

「正夫君、どうしたの」

「えっ、ああごめんね。何かぼうっとしてしまったんだ。僕が大川高校へ行けるようになったのが不思議になってね」

「ここへ来て正夫君は昔の正夫君に戻ってしまったのかしら」

「いや、そんなことないよ。僕はもう元に戻らないよ。諏訪村に来てから六年間いろんなことを経験したけど、それは苦しかったと思うよりも楽しいことだったと思うことにしたんだ」

「そう。やっぱり正夫君は変わったんだ。でも良い方に変わったのよね」

「良い方かどうかはわからないけれど、昔のことを引きずっていては何も前に進まないことに気がついたんだ。だからどうなるか分からないけど自分を変えようと思ったんだ」

「私には難しいけど、きっとよいことだと思うわ」

「そうだ。僕はね、初め生物クラブに入ろうと思ったんだ」

「そうなの」

「だけど、それは止めたんだ」

「なんで」

「うちの畑で見る作物の生長やそれを食べるいろいろな虫、そしてそれを餌にする鳥がいるよね」

「私の家には畑や田んぼがないからそういうことを見たことも考えたこともなかったわ」

「それからね、中学校の理科の先生に質問して分かったんだけど、牛には胃が四つもあるんだって」

「え、胃が四つもあるってどうしてなのかしら」

「それはね、いろいろ難かしい話もあるんで説明できないんだけど、それはもっと上の学校、つまり大学へいったときに勉強することなんだって」

「やっぱり大学へ行くためには東京の高等学校の方がレベルが高いからいいのかしら」

「それはどうかと思うけど。東京にはたくさんの高等学校があるだろうからね。それとどうやって比べるかと言うこともあるんじゃないのかなあ」

「そうよね。どこの学校でもいいからしっかり勉強すればいいと思うわ」

「そうだね。自分のことだからね」

　正夫はこんな話をしたくはなかったけれど、成り行きで仕方なかった。正夫たちは二階の教室に入ってみた。教室の中は変わっていなかった。窓から外を見ると南西の方に奥羽山脈の山々が低い雲の上にぼんやりと見えた。雅子の手が正夫の手に触れた。彼女の手は熱かった。手が触れている間正夫は何か今まで感じたことがない熱いものが胸に涌いてきた。正夫は、はっとして体をよじった。すぐに雅子が正夫の方を向いた。雅子の顔がまぶしく感じて少し離れた。

　正夫はちょっと長居をしたことに気がついて、そろそろ帰らなければと思った。

「今何時頃かなあ」

「正夫君が来たのが十時頃だから、お昼少し前くらいだと思うわ」

「そろそろ帰らなければ。明日からまた学校だからね」

「少し私の家によっていかない」

「それは少し恥ずかしいけれど」

「でも母さんにあとでっていってしまったし」

　正夫たちは昇降口に向かい履き物を出して校舎を後にした。正夫は雅子の家に自転車を預けてきたことを忘れていた。それで校舎を出たところできょろきょろしていた。

「正夫君、どうしたの」

「乗ってきた自転車がないんだ」

「自転車は私の家においてきたわよ」

「そうだったね」

　門の方へ歩いていると運動部の生徒らしいのが三、四人歩いてきた。お互いに挨拶をしてすれ違った。少し行ってから振り返ると中学生もこっちを向いて正夫たちの方を見ながら何か言っていた。正夫は手を上げてひらひらと手のひらを動かした。すると彼らも手を振った。

　雅子の家へ着くと、雅子の母親が待っていてイチゴのお礼を言った。

「とっても美味しいイチゴをご馳走さまでしたね。粒が大きくて甘くて香りがよくて」

「家の畑にたくさんなっているので機会があったらまた

持ってきます」

「こんなにすばらしいイチゴを町に売りに行かないのですか」

「母さんがいるときは大新田町へ売りに行ったことがあります。とても評判がよくてすぐ売り切れになってしまいました」

「そうでしょうね」

雅子の母親はあんなに喜んでくれたのが、正夫には意外だった。何故かというと正夫は何か厚かましいことをしてしまったのではないかと心配だったからだ。

明日からまた学校だ。

正夫の家の畑では菜種はもうすでに収穫されて大原開拓団の精油製造所へ買い取ってもらっていた。春に播種したものが大きくなってきたし、ジャガイモも五十cmほどの草丈になっていた。コウリャンやトウモロコシは一メートルほどにもなっていた。

大麦と小麦の収穫は近所の人と助け合いでやることになると弘が言っていた。今年から開拓団の指導で「相互扶助」という制度が出来たらしい。四町歩の畑を家族だけで運営するというのは無理なことが分かってきたので考えられたらしい。ただ畑をきちんと手入れしている家やそうでない家、作付面積が大きかったり小さかったりするといろんな不満が出ることが予想されるので面積に応じて組合から補助金が出ることになっていると言う。正夫はそれでも不満が出るような気がした。しかしこれは組合の決めることだし正夫が何かを言える立場でもない。

高等学校では、少し友達が出来た。例えば氏家康宏だ。彼は何か病気でもしているように肌の色が白かった。その上に日本人と言うよりはどこかの外国人のような顔をしていた。

彼は変なものを好んで集めていると言っていた。それは外国の切手だった。昼休みの時間にそれらを楽しそうに同級生に見せながら外国の話をしていた。

その頃、正夫の姉さんは会社に来る外国の切手を切りとって送ってくれたことがあった。その話を氏家に話すと彼は是非それを見せてほしいと言った。それで後日それを探し出して氏家に見せた。彼はもう夢中になって譲ってほしいと言った。僕は少し迷ったけれどもあげることにした。すると彼はこの頃では珍しい三色ボールペンというものをくれた。僕はこちらの方がよほど価値があると思えた。彼はまた切手が手に入ったら譲ってほしいと言っていた。人には他人には分からない不思議な考え方をすることがあるものだと思った。それで正夫は姉に葉書を書いた。

もうじき高等学校で初めて一学期の中間試験が始まる。正夫にとっては高等学校での初めての試験なので不安があったけど、高等学校の勉強はおもしろくしっかりやったので合格点を採れると思った。

新聞によるともうじき梅雨に入るようだ。正夫は雨が降り出したら十八㎞離れた高等学校の通学路を傘を差しながら自転車に乗るのは少し怖いと思った。でも一人で走るのではないのでそれほど心配はしなかった。大新田町から大川市までの間は高田川の坂道があるだけで後はずーっとほとんど平坦な道だったから風が吹かなければ問題なかった。この前の雨の日に自転車で帰ってくるとズボンが泥だらけになっていた。泥水で汚れた衣類は一度乾いてしまうとなかなか落ちないと母さんが言っていた。それで汚れる原因を調べてみると車輪カバーに泥除けを付けてないことが分かった。後輪にも泥除けを付けていなかったので学生服の背中まで泥が少し跳ね上がっていた。もう一つの問題はズボンの前の膝から下の方が濡れることだった。他の生徒の自転車をみると前輪を支えているホークに沿って布か何かでカバーが付けてあった。しかしカバーを付けると風の強い日には抵抗が大きくなってこれも大変だと考えた。正夫はそういう場合は取り外せるようにしておけば済むことに気がついた。泥除けをいざ作るとなると材料をどうするかなどいろいろな問題が出てきた。英一の自転車を見せてもらうと、少し厚くて硬いゴムで出来ていることが分かった。リームカバーには泥除けを取り付けるための穴が四カ所空いていた。英一の自転車で泥除けの型を取ってきた。材料は型の大きさの袋を厚手の布で作って、その中に厚いボール紙を同じ大きさに切って入れた。リームカバーに止める穴は位置を決めてあらかじめ開けておいた。ところが何で止めるかという問題が出てきた。弘に話したら、そういうやり方を泥縄式と言うんだと笑われてしまった。仕方がないので諏訪川たもとの自転車店に助けを求めることにした。

自転車店の店主は快く相談にのってくれた。それでまた店の裏側の廃品置き場で使えるようなものを探して取り外し、留めねじと一緒にもらってきた。泥除けの穴と僕の乗っている自転車の穴との位置が少しずれていた。それで鉄工所の兄さんに穴の位置を合わせるように穴を開けてもらいに鉄工所へ行った。そのときイチゴを持って行った。それを社長と兄にあげた。社長さんはとても喜んでくれた。高校のことなんかを少し話してから穴位置を合わせて取り付けてくれた。正夫は大人のやることが早いので驚いた。ついでにいろんなところに油まで差してくれた。

兄の隆はあまり家へ来ないので、どうしているかを見てきてくれと弘に言われていたので、正夫は隆と少し話をしてきた。家に戻ってから隆兄はあまり変わった様子はなかったと弘に話した。

たくさんの大人の協力で正夫は安心して大川高校へ通学できるのだと言うことをつくづくありがたいことだと思った。中間試験は予想よりもよい結果が得られた。それで日本育英会というところの奨学金の申請をすることになった。申請書を出してまもなく、結果について担任の先生から話があった。正夫には上に三人の兄がいるし両親も健在なので、もっと生活が苦しい生徒に回すことになった。と言う。正夫は家の事情を話して反論することなど思いも付かなかったのでそのまま奨学金を借りることが出来なくなった。

しとしとと小雨降る日が四日間続いた。新聞は梅雨に入った模様と伝えていた。正夫は自転車の整備をしておいたので、通学は問題なかった。ただみんなが同じように傘を差しながら自転車をこいでいるので進行方向から来る大新田高校の生徒と衝突しそうになったことがあった。お互いに対面通行を守っていればそういうことは起きないのにと思った。

六月下旬になって諏訪村も梅雨に入った。つい先日、田植えが済んだと思っていたけれど通学路の両側に広がる田んぼの稲は二十cmほどに育っていた。霧を踊らせているそよ風に葉先が優しく揺れてた。霧は立っていると体にまとわりつくように感じたけれども、自転車で走っていると僕の体をよけて後ろへ流れていくように感じた。傘は差していてもあまり役に立たなかった。まさか蓑《みの》を着ていくことは出来ないので何か工夫しなければならなかった。大新田町から通っている生徒や大川市の郊外から通学している生徒は雨合羽を頭からすっぽり被っていたのでよごれないと言っていた。この地方では雨に濡れることを「よごれる」と表現する。雨合羽を被るといやなこともあるらしい。というのは雨合羽は表面に黒いゴムを薄く塗ってあるので通気が悪く熱いというのだ。だから高校へ着くころには体が汗まみれになってしまう。もちろん雨合羽には脇の下に通気穴が開けてあるらしいのだけどあまり役に立たない。

梅雨時は農家にとっても大切な時期である。この時期、田んぼの水加減は秋の収穫量に大きな影響がある。だから農家の人たちは雨が降るからと言ってのんびり休むことが出来ない。農家の人たちは、朝早くから菅笠を被り蓑を身につけて田んぼを見回っている。正夫は菅笠や蓑は小出のおじいさんに作り方を教えてもらい自分で作った。だけどそれを身につけて高校へ行くわけにはいかなかった。だから継ぎ布が縫い付けられたコウモリ傘をさして自転車に乗って高校へ通った。英一は梅雨の間は大川市内の親戚の家から通学している。

梅雨というのはいつも雨が降っているわけではないことを正夫は気がついていた。霧雨は雨粒よりもかなり小さく、目に見えるほどの水滴が舞ったり、土砂降りの雨の日もある。そして時々は太陽が顔を出して暑くなる日もある。晴れていても天気はすぐ変わることもある。そのために梅雨の間は雨具をいつも持ち歩くのだった。

正夫はラジオがあれば気象通報を聞けるのにと残念に思った。

高等学校の中間試験の結果が発表された。主要五科目の採点結果が上位百番まで張り出された。正夫は九十八番目に氏名が書いてあった。トップとの得点差は五〇点近くもあった。正夫はそのことに驚いてしまった。元々少しの差があることは予想していたがこれほどとは思っていなかったのだ。諏訪村から大川高等学校に入学した他の生徒は、発表された氏名の中には入っていなかった。例えば大川市内の町の子とどこが違うのだろうかと正夫はしきりに考えてみた。正夫自身の生活を考えるとおそらく勉強する時間が全然違うのだろうと思った。しかし、それだけではないだろうと考えたとき、同級生の楯山茂のことに気がついた。彼の父親は大新田町の外科病院の院長だった。彼は長男なので親の病院を継がなければならないと言っていた。そのためには仙台にある第一東北大学の医学部にどうしても入らなければならないと言っていたのを思い出した。正夫はこれだと思った。楯山茂はもう将来のことを考えて目的を立てていた。その目的のために小さい頃から勉強の仕方が違うのだ。目的のためにどんな勉強をしたらよいかを知っていたのだ。

正夫は楯山茂と知り合ったばかりなので一度突っ込んだ話をしてみようと考えた。こんなことは早いほうがよいと思った正夫は翌日学校で楯山茂に話しかけた。

「楯山君、君の家は外科病院だってね」

「そうだけど。それがどうしたんだい」

「僕も将来、医学に進みたいと思っているんだけど。実際にどんなことをやるのかを知りたいと思ってね」

「そうかあ、寺田君も医学部志望か。するとライバルになるかもしれないなあ」

「いやライバルになるつもりはないよ。僕は基礎医学をやりたいと思っているんだ」

「なるほどな。それで何で基礎医学なんだい」

「それはあまり言いたくないんだけど、小学校から中学まで僕は学校一番の読書家だと先生に言われたんだ。それで、いろんな人の伝記を読んだ。その中にパスツール伝というのがあった。それを読んでパスツールという人に感動したんだ。それで何とかパスツールのようになりたいと思ったんだ」

「そういう将来の決め方もあるかもしれないな。俺の場合は少し違うけどな。俺は兄妹四人の家で男は俺だけだったんだ。それで小さいときから医者になることが当たり前のことになっていたんだな」

「そうだったのか。楯山君はそれでいいと思っているんだね」

「もちろん、そうだといいたいのだけど、自然の成り行きで医者になろうと思っていた。今、君に言われて本当にこれでいいのかどうかもう一度考え直してみることにするよ」

「僕は余計なことを言ってしまったのかもしれないね。もしそうなら、ごめんな」

「いや、こんなことは初めてなのでよかったと感謝しているよ」

「そんならよかったよ」

「そうだ、寺田君が医者をどう思っているか一度俺の家へ遊びに来ないか。手術室なんかを見せてあげるよ」

「ほんとうかい。ぜひ一度見せてほしいな」

「それじゃ親父の都合を聞いて何時がよいかを決めよう」

「ありがとう」

正夫は何か期待に胸が膨らんできた。そして次の週の土曜日に楯山外科病院の見学に行くことになった。

その後、大川高等学校の北の方へ十五㎞ほどのところにある中清水町と言うところから通学している甲斐健樹と正夫は友達になった。甲斐健樹の家はお寺だった。それで甲斐健樹は漢文の授業が得意だった。漢文の授業で教師が漢詩の暗唱を生徒に求めるが誰も出来ないときには必ず甲斐健樹を指名する。彼は十分にそれに応えた。時々は正夫もその二番手として指名されることがあった。正夫は大方は教師の期待に答えることが出来た。そんなことで寺田正夫と甲斐健樹は話をするようになった。甲斐健樹の家の近くにはたくさんの湖沼があり、冬になるとたくさんの渡り鳥がやってくると教えてくれた。

正夫は誰かが何かの本に書いていた、面白い魚がいるかもしれないと考えた。その魚の名前は鉄魚という。

鉄魚の発見は一九二二年頃とされる。その特徴は初めはフナのような体型をしているが、成長するにつれて（成魚は体長十三㎝ほど）各部のヒレが長くなるという特徴があった。体色は淡い鉄さび色をしている。それが鉄魚という名前の由来だと言われている。

甲斐健樹は正夫に夏休みになったら一度遊びに来ないかと誘った。正夫はそのことがとっても楽しみだった。誰かの話では、甲斐健樹の住む一帯は無数の湖沼があり、その昔仙台藩に納める金魚を育てていたと伝えられている。鉄魚というのは金魚に似ているところがある。ということで大学の先生がいろいろ研究をして鉄魚は金魚とフナの交雑種ではないかと言われている。正夫はそんなことを調べなくてもいいのじゃないかと思ったが自分と同じように何でも知りたがる人がいることを知った。

甲斐健樹と話をしているうちに、彼が化学部に入っていることを知った。そこで化学部の話を聞くことが出来た。化学部は部員数が三学年併せて四〇人ほどいる。部活動の日は毎週水曜日と土曜日の放課後に化学実験室で行われる。それと夏休みが始まると毎週二日か三日は朝から夕方まで秋の学園祭に向けて準備や上級生が下級生の指導をしてくれると言うことだった。

正夫は実験室の様子を見に行くことになった。友達が増えたのでいろんなことを知る機会が増えた。正夫は自分が大げさに言えば世の中のことをほとんど知らないことに気がついた。中学校の時はいろいろなことは英一に教えてもらったが、親しい友達はあまりいなかったので偏った知識に傾いていた。

正夫が同級生の楯山茂と約束していた楯山外科病院を

見学する日が来た。土曜日の午後は授業がないので放課後すぐに大新田町へ自転車で急いだ。楯山茂は列車通学なので大川駅へ急いでいった。正夫との約束の時刻は午後一時半なので十二時四〇分大川発の列車で間に合う。正夫はいつもの川端で昼食のおにぎりを食べた。食べ終わったとき、川の少し上流の鉄橋を軽便鉄道が通ったのでまた自転車に乗って大新田町へ向かった。軽便鉄道の列車は自転車より速く走るので影がどんどん小さくなって町家の影に見えなくなってしまった。

　正夫は大新田町の町中に入り、通称お寺通りを右に曲がった。その少し先の左側に楯山外科病院がある。道路側が二階建ての家のところに「楯山外科病院」と大きな文字で書かれた看板が出ていたので正夫は迷うことがなくほっとした。一月に英一と大新田町に来たときはあまり気にしてなかったのでそれに気付かなかったのだった。

　正夫は楯山外科病院の住居部分の玄関の柱に着けてあったボタンを押した。胸がドキドキしていた。家の中で足音がして近づいてきた。すぐに玄関の扉が開いて楯山茂が出てきた。

「やあ、早かったね。はいってけさん」

　正夫は茂の言葉に違和感を感じた。でもそんなことは顔に出さなかった。

「遅くなってすまなかったな」

「いやあそんなことはないさ。むしろこんなに早く着くとは思っていなかった。ところで昼飯は食ったのか」

「いつもの高田川の土手のところで食べるんだけど、今日もそうしたよ」

「そう。まあとにかく上がれよ」

「お邪魔します」

　正夫は医者の家へ入るのは初めてだったので緊張して身体の動きがぎこちなくなっていた。

「荷物はそこに置いて治療室を見てみるかい」

「それを楽しみにしていたんだ」

「だけどなあ、見て驚くことになるかもしれないぞ」

「それは覚悟しているつもりだけど」

「それじゃ、こっちへ付いてきて」

と言って楯山茂は正夫を診療室へつれていった。

　玄関を入って左の方へローカを進んだ。楯山の家族の居住部分との境には木製の扉があった。茂はその扉を開けて正夫を招き入れた。二つめの部屋の扉を開けて、

「ここが診察室兼院長室だ。つまり俺の父親の仕事場ということだ」

「僕はあまり医者にかかったことがないので初めて診察室をみた」

「まあ、医者なんて関わらない方がいいんだ」

「それはそうかもしれないけど、病気がなくならない限り医者は必要なんだろうな」

「そうだな。親父は外科だからここには仕事の道具はほとんどない。となりの部屋の処置室にいろんな道具がお

いてある」

「仕事の道具ってどんなものかなあ。パスツール伝には狂犬病に噛まれた子の傷に、近くの鍛冶屋で使っていた焼け火箸を使って応急措置をしたと書いてあった」

「時と場合によっては緊急の手段として手近にあるものを利用することもあるそうだ」

「それはそうだよね。道具がないからといって病院まで運ぶ余裕がないこともあるだろうしな」

　茂は次の処置室の扉を拳で軽くたたいた。返事がないので構わず扉を開けて正夫を室内に入れた。正夫は茂が親の仕事室の扉をなぜ叩いたのだろうかと考えた。後で聞いてみようと思った。

「ここが処置室だ。外科の場合、出血していることがあるのでここで診察することもある」

　正夫は少し胸がどきどきしてきた。自分では平静に思っていたが、やはりだんだん興奮してきたようだった。正夫は処置室に入ると辺りを見回していた。

「処置室では程度の軽い怪我の治療をする」

「外科の仕事ってほとんど分からないんだけど、切ったり縫ったりするって聞いたことがあるんだけど本当なのかなあ」

「それは治療の目的によるさ。傷口に泥やゴミが入っていて取りにくいときには傷口を少し切ってそれを洗い出し、消毒して必要な薬を付けて傷を縫うんだな。その道具がここに揃えてある」

「僕の家の近くに戦闘機乗りの人がいて、上半身にいくつか穴が空いていたんだ。それは敵機の機関砲に撃たれ、ようやく基地に戻って傷を縫ったと聞いたことがあった」

「その人はよく助かったな。出血多量で危なかったんだろうな。その道具がこのガラス戸棚の中においてある。ハサミやメス、これはナイフのようなものだ、それとピンセットなど手当てをする道具だ」

「全部ピカピカだね」

「処置で使うときには、道具を前もって熱湯の中にいれて消毒してから使うんだ」

「前もっていろんな準備が必要なんだね。僕の家でやっている農業でも冬の堆肥作りから始まって、畑を耕して土を細かくしておくことなど、いろんな前準備が必要なんだ。仕事は何でもそうなんだね」

「さて、次は手術室へ行こう。ここは手術台がおいてあるだけだからあまり面白くないかもしれないな」

　といって居住部分との境目の扉の方へもどった。茂はふと思い出したように、

「そうだ、この奥は入院患者の部屋になっている」

　といって奥の方を指さした。ローカの奥の方の右側に部屋がいくつかあった。部屋は全部和室のようだった。左側は庭になっていて一番奥に炊事場と洗面所などがある。入院患者は付き添いの家族が炊事の準備をすることになっている。大きな病院は病院で食事を作ってくれる

んだが、うちみたいな小さいところではそこまで出来ないのが現状だ」

　茂は手術室の扉を拳で軽くたたいた。返事がなかったので扉を開けて正夫を連れて中へ入った。

　正夫は手術室へ入ると物珍しげに部屋の中をぐるっと見回して、絶句してしまった。

　手術室の中はシーンとしていた。手術台は正夫の胸くらいの高さになっていた。その下にホーロー引きの大きめの容器があり、その中に血だらけになったガーゼが山のように入っていた。正夫はそれを見て絶句してしまったのだった。正夫は戦争中空襲で真っ黒に焼け焦げた死体をたくさん見てきたが体から出血していることはなかった。正夫は人間の血がこんなに鮮やかな赤さとは思わなかったのだ。正夫はしばらく血にまみれたガーゼの山から目を離すことが出来なかった。

「今日は午前中手術があったらしいな。何時もはすぐに片付けておくのだが何か忙しかったのかもしれない。正夫、どうした。大丈夫か」

　と茂が言ったのも正夫には聞こえなかったようだ。

「正夫。大丈夫か」

　正夫ははっと気がついた。何故か意識が遠くに行ってしまったようだった。

「ああ、ごめん。少し驚いてしまったらしい」

「人の血の赤さに驚いたのかな。外科以外の医師はほとんど血を見ることはない」

「僕は戦争中にたくさんの死体を見てきた。だから……」

「死体と病人や怪我人は違うのかもしれないなあ。こんなことを言っては神様に叱られるかもしれないけれどな。息をしていることとしていないこととは全然違うことなんだと思うんだ」

「何だか難しい話になってきたなあ」

「そうだな。医者というのは人間の生命に関わる仕事だからそういうことはきちんと考えを出しておかなければならないんだ」

「なるほどな。それは医者だけのことではないかもしれないなあ。どんな仕事でもその仕事の本質というか基本的なことを考えておかないと、仕事をするときに迷ってしまうことになるんだな」

「まあ、この話は機会をつくってまたやることにして、これで終わりだ」

「ありがとう。いろいろ勉強になった。でも少し疲れてしまった」

「今度は俺の部屋へ行こう。最も俺一人の部屋じゃなく寝るときは親父と一緒だ」

　茂はそう言って、居住部分のローカ脇の階段を上がっていった。正夫も茂について二階へ上った。その部屋は正夫の家の床のある部分ほどもあるような大きな部屋だった。正夫は圧倒されて言葉に詰まってしまった。

「ちょっと待っていてくれ」

といって茂は下の部屋へ行った。二、三分間経つと茂はお盆の上に取っ手のついた白い器と水差しのようなもの持って戻ってきた。部屋の真中辺に座ると取っ手のついた器に水差しのようなものから濃い茶色の液体を注ぎ始めた。

「いい香りだね。これは何だい」

「これはコーヒーって言うんだ。初めは苦いと感じるけれど少し砂糖を入れると味が全く変わるんだ。それに好みによって牛乳を少し入れるとさらに美味しくなるし飲みやすくなる。まあ飲んでみてくれ」

正夫はおそるおそる茶色の液体、つまりコーヒーが入った容器を手に持ってまず香りをかいでみた。少し焦げた香りがしたが悪臭ではなかったので安心した。

正夫はコーヒーを飲みながら改めて茂の部屋を見回した。

「ところで一つ質問があるんだけど」

「何だい。俺に分かることなら何でも聞いてくれ」

「病気とか怪我で手術をするとあれだけの出血があるのだから、治療費というか費用も結構かかるんだろうなと思ったんだ」

「それはそうだな。生命が関わることもあるし、治療の内容によっても違うけどそれなりの費用は必要になるな」

「そうだろうな。本で読んだんだけど、高額の治療代がかかるので医者にかかれないという人がいたり、治療代がわりに野菜を持っていくなんて書いてあったけど、さすがにそれはないだろうね」

「前者についてはあるかもしれないな。しかし後者の例は聞いたことがないな」

「時代が違うからね。変なことを聞いてしまった。悪かった」

「医者と言っても生活があるし、慈善事業でやっているわけじゃないからな」

「当然だね」

「少し落ち着いたら、音楽でも聴こうか」

「ここで音楽を聴けるのか。何もないじゃないか」

「どんな曲がいいかな」

といいながら階段近くの壁の所へいって大きな布を取り除いた。そこには当時は非常に高額で裕福な家庭にしかなかった蓄音機のセットがおいてあった。道路側の壁には棚がありたくさんの円盤があった。それはレコードだった。中学校の放送室で初めてみたものと同じものだった。

茂はこれがいいかといいながら、一枚のレコードを蓄音機にセットした。

「俺の好きな曲の一枚だ」

すぐにすずやかな音が出だした。そして女性歌手の歌が聞こえた。英語の歌だったけれど歌詞を聴き取ることが出来た。そのレコードは、パテイ・ペイジという女性歌手が歌っている「テネシー・ワルツ」という曲だった。正夫はこの歌は悲しい歌だと思った。

　正夫は家に蓄音機がないのに、このレコードを貸してほしいと茂に言ってみようと考えた。それほどこの曲が気に入ってしまった。しかしそれを言葉にしなかった。その代わり将来自分で働いてお金を手に入れることが出来るようになったら、一番目にこの曲のレコードを手に入れようと心に決めた。なんだか正夫はおかしくなってクスリと笑ってしまった。それを茂が目ざとく見つけて、

「寺田君、どうしたんだい。テネシー・ワルツという曲は自分の恋人を友人に紹介したら、恋人はその友人と仲良くなってどこかへ行ってしまったという失恋の歌だぜ、笑うのはおかしいんじゃないか」

「あ、ごめん。テネシー・ワルツが失恋の歌だと言うことは歌詞を聴いて分かっていたよ。だからそのことが可笑しくなったのじゃないんだ。僕は小学生の頃から自分が面白いと思ったことや不思議だと思ったことをノートに書いておく癖があったんだ。この曲を聞いたとき、僕はとっても気に入ったので大人になって蓄音機を買ったら、この曲を最初に手に入れようと思ったんだ。そのことをノートに書いておかなければと思ったとき、また自分の癖が始まったと可笑しくなったんだ」

「そうか。正夫にはそんな癖があったんだね。実は俺にも同じような癖があるんだ」

　といって茂は数冊のノートを持ち出してきた。日記帳のように日付を書いて、その下にその日の出来事が書いてあった。その中に不思議と思ったことが書いてあった。茂の興味は正夫の興味とは少し違っていた。正夫の興味は自然現象が中心で、人間のことはほとんど関係ないことだったが、茂の興味はほとんど人間の行為や考え方や行動が中心だった。

「子供の頃は誰も同じようなことに興味を持つんだなあ。ところで正夫はずいぶんたくさん本を読んでいるんだな。家に本があったのかい」

「家にはほとんどなかったけれど、近所の人で学校の先生や会社を経営していた人がいて本をたくさん持っていたんだ。それを貸してもらって読んでいたんだ。後は中学校とか公民館の本もどんどん借りて読んだんだ。今度は大川高校の図書室の本もどんどん借りて読むつもりだけどね。ただ通学に時間が掛かってなかなか本を読むところまでいかないんだ」

「それじゃ、まとまった本を読むところまでいっていなかったんだな」

「そうだね、何か手当たり次第という感じだった」

「それで今はどんな本を読みたいと思っているのかな」

「出来れば哲学の本を読んでみたいと思っているんだ」

「それはいいなあ。人間の本質を知るためにも哲学書をひもとくのはいいと思う。俺も親父に勧められているんだ」

「哲学書は一度読んだだけでは理解できないことが多

かったので、これからは何回も繰り返して読んでみようと思っているんだ」

「親父は、学生の頃よく分からないけど「マルクス」とかという人の本も読んだと言っていたな。それはいわゆる三大哲学者といわれる人とは違うらしい」

「三大哲学者って、もしかしたらショーペンハウェルとかバイロンといった人たちのことかなあ。しかしあの人たちは詩人だったし、そうかプラトン、アリストテレス、カントのことかもしれないな」

「君は何でそんな人の名前を知っているんだい」

「名前だけは何でか知っていたんだ。どんな人なのかは全く知らないけどね」

　パテイ・ペイジのテネシー・ワルツはとっくに終わっていた。茂と正夫は話に夢中になっていたので時間が経ったのも分からなかった。部屋が薄暗くなっているのに気が付いた正夫は急に立ち上がった。

「もうこんなに暗くなってしまった。長居をしてしまい悪かったね」

「いや、初めて友達とこんなに真剣に話をした。うれしかった」

「今日は僕にとっては記念すべき日になった。またいつか話をしたいな。それと僕は目が開いたような気がする。今まではただ何となく病人を助けることが医者の務めだと思っていた。でもこの話はまた長くなるからやめにしよう」

「そうだな。今度君の家に行くよ。どんなに広い畑を耕作しているか見たいしな」

「家は粗末だけど、畑には驚くかもしれないな。今日は本当にありがとう」

「暗くなってしまったから気をつけて帰ってくれ」

「じゃ、また学校でな」

　正夫は心が満たされた気分になっていた。

　正夫はまだ七月半ばだというのに夕方六時を過ぎるとこんなに暗くなるのかと思っていたら、いつの間にか雲が空一面を埋めていた。急いで自転車をこいで家に向かった。小野田川を越えて、諏訪村に差し掛かった。諏訪村の商店街の中心部にあるバスの停留所のところへ来た時に雅子が歩いていた。目ざとく正夫を見つけた雅子は正夫に合図を送った。正夫は気づかない振りをしようとしたが、そうもいかなかったので自転車を止めた。

「正夫君、今日は土曜日なのにずいぶん遅かったのね」

「やあ、久しぶり。元気だった。今日は学校の帰りに楯山茂君の家に招かれて話し込んできたんだ。いつの間にかこんなに遅くなってしまった」

「楯山茂ってあの大新田町の楯山外科病院の人すか」

「そう。僕が医者になりたいと思うと言ったら一度遊びに来いと言われてね。その日が今日だったんだ」

「少しお話したいけど、今日はもう遅いから夏休みになったら会いたいわ」

「そうしてくれると嬉しいな。じゃまた今度会おう」

「気を付けて帰ってね」

「ありがとう。じゃあね」

　正夫はいいことって続くものだなあと思った。家に着くと弘が食事を済ませて何かの雑誌を読んでいた。

「遅くなってごめんなさい。思わず話が進んでしまったものだから」

「それでどうだった。病院っていうのはあまり行きたくなるようなところじゃなかっただろう」

「そうだね。とくに外科はいろいろ見せてもらったけれど気持ちが悪いものもあった」

「そうか。ま、とにかく夕飯を食え。俺はこれから青年団の会合があるので組合事務所に行ってくる」

「大変だね。先に寝ているかもしれないよ」

「そうしな」

　弘は半そでシャツ一枚で外へ出かけて行った。正夫は食事を済ませてから後片付けをし、教科書を取り出して復習を始めた。

　明日は久しぶりに畑へ行って手伝いをすることにしていた。農作業は、そろそろジャガイモの収穫の時期になってきたし、毎日行うナスやキュウリ、トマトの収穫も始まり大新田町に売りに行くのが弘の日課になっていた。弘が売りに行く野菜は朝収穫したばかりのものだから、町の人は弘が野菜を売りに来るのを待っているようになっていた。

　近頃は弘が独身であることを知って嫁をもらわないかと持ちかける人まで出てきた。

　翌日、目が覚めると、正夫は前の井戸から水を汲んできた。その水で顔を洗って、朝食の支度をした。

　弘は昨夜遅くまで会合に出席していたのでまだ寝ていた。正夫は、この時期どんなことが話し合われるのか知らないけれど、組合の人たちは熱心だなあと思った。

　諏訪村の農家の人たちも農業協同組合の研究会で新しい農業技術や作物の品種改良などの勉強を始めていた。正夫の父親が正夫に言っていた「新しく生まれ変わった日本ではまず手始めに農業を変えることから始まるだろう」と言うことが実践されているのだ。

　弘が起きてきて正夫と一緒に朝食を取り、にぎりめしの弁当を作って牛車を引いて畑へ向かった。正夫は久しぶりに畑に来たのでその変わりように驚いた。父親が中心になって耕作していた時とはずいぶん変わっていた。

　イチゴはもう収穫時期が過ぎたので、土を掘り返してあった。イチゴは同じ耕地で連作できないことがわかっていたので苗を別の場所に移植してあった。

　耕地の半分ほどは大豆が植えられていた。ジャガイモや大根はそれでも結構広い耕地に植えてあった。そのほかスイカやマクワウリがコウリャンに囲まれるように植えてあった。小豆畑があり、小松菜、キュウリ、ナス、トマトその他の野菜が植えてあった。

　その日の農作業は大豆畑の雑草取りだった。大豆は茎丈が七〇cmほどもあり、雑草はそれに負けないほどの草丈になっていた。正夫は高等学校へ入学しても身長は僅かしか伸びていないので大豆畑の中でしゃがむと頭の上の麦ワラ帽子しか見えなくなってしまった。しかし雑草を引き抜くのは畑の土が軟らかくなっていたのであまり力を入れなくてもよかった。

午前中に弘と正夫は二反歩ほどの大豆畑の雑草を抜いた。久しぶりに畑作業をした正夫は、昼食の時には腰が痛くてまっすぐ立つことが出来なくなってしまった。

「正夫、よく頑張ったな。お前は弁当を食べたらかえって勉強しろ。俺は夕方までやって帰るから」

「それじゃ、あまり手伝いをしたことにならないじゃないの」

「畑仕事はな、収穫時期の短い作物の場合はとにかく、焦ってやってもだめだ。それより勉強の方を頑張れ」

「それじゃ、そうさせてもらうよ。いつも弘兄さんにばかり苦労させてごめんね」

「俺は少しも苦労しているとは思っていないぞ。この頃は組合の指導も徹底してきたので作業の効率がよくなってきたと他の人たちも言っているし、俺もその通りだと思う。だからお前も勉強の仕方をよく考えて効果を上げるようにすることだ」

「このごろ山形のおじさんが言っていた勉強の方法を変えると言うことが分かってきたんだ。昨日もそのことを楯山茂君と話したんだ」

「いい友達が出来たみたいだな。いい友達とは長いつきあいをすることだ」

「弘兄さんありがとう」

正夫は弘と一緒におにぎりを食べて、ひとりで家にもどった。

正夫は英一の家を覗いてみた。英一は不在だったが、彼の姉さんがいた。

「こんにちは。英一君はいますか」

「あら、寺田君。久しぶりね。英一は裏の畑で父を手伝っているからいってみたら。たまには遊びに来なさい」

「ありがとうございます。そのうち寄らせていただきます。英一君のところへ行ってみます」

「じゃあね」

正夫は英一の家の裏手へ行った。ここらへんは家畜を飼っている家が数軒ある。そのために辺り一面トウモロコシ畑になっていた。トウモロコシは正夫の背丈よりも高く繁っていた。中には実を付けて髭のようなものが実の先から出ていた。茎の先には穂が出ていて白い花が咲いていた。正夫は身長が低いのでトウモロコシ畑の周辺は何も見えなかった。正夫はトウモロコシ畑の途切れるところまで歩いて行った。そこには英一の姿があった。近くに英一の父親と母親と妹たちがいた。何かの種まきをしているようだった。この時期に種まきをするのは秋野菜の白菜とエンドウ豆だ。正夫は近くまで行ってから英一に声を掛けた。

「英一君、久しぶり」

「よお、正夫か。久しぶりだな。それで今日は何か」

「いや、とくに用事じゃないけど畑へ行った帰りにちょっとどうしているかなあと思って顔を見に寄ったんだ」

「そうか。今のところ元気にしている。日曜日くらいは家の手伝いをしなければな」

「そうだな。僕も同じだ。忙しそうだから、元気な顔を見たし帰るとするか」

「近いうちにゆっくり話そう」

「そうだね。じゃ」

「バイバイ」

正夫は英一のお陰でこの四月に家に電灯がつくようになったのを思い出した。あの大新田町の電気屋が特別に安く電灯線を引いてくれた。あの電気屋は律儀に正夫との約束を守った。正夫はずいぶんいろいろな人たちに助けられて、勉強する場所がよくなった、そんなことを考えると正夫は身を引き締めて勉強しなければと改めて自分に言い聞かせた。

正夫の両親とくに母親ヨシは東京と諏訪村とを何回も往復していた。子供たちだけをおいておくのは何か気がかりなのだろう。それと正夫のために東京の様子を少しずつ知らせてくれるのだった。

明治生まれのヨシが東京から仙台を経由して諏訪村へくるというのは大変なことだった。列車で一人旅をするだけでも異例と思われるような時代だった。

正夫の父親良祐の仕事は母親ヨシの甥のおかげで順調だった。良祐の仕事は一日中作業台の前に胡座をかいて座っているだけだったので、銭湯へ行くのが唯一の楽しみだった。仕事は午後六時にはきちっと終わることにしていた。仕事が終わるとすぐに銭湯へ行くのだ。そのためにヨシが洗面器に湯銭（入浴代）と手ぬぐいと石鹸などを入れて用意しておく習慣になっていた。毎日同じ時刻に銭湯へ行くと顔なじみが出来て、無口の良祐もさすがに世間話をするようになった。

正夫は家に戻って勉強を始めた。英語と数学がどうしても勉強不足なので、まず数学の問題集を取り出して問題を解き始めた。中学校の時の正夫は数学が好きだったはずなのに高等学校の数学は、授業についていくのが精一杯だった。数学はどれだけ問題を解くかが勝負だと数学担当教員が言っていた。それで勉強も数学が中心になるのだった。数学は問題を解くのは一人でやるのが普通だったが、英語は仲間がいると勉強が進むので誰かと組んでやりたかったが適当な友達がいなかった。それで正夫は出来るだけ声を出して教科書を読むことにしていた。それと時々家の西の防風林にくるアメリカ兵と出来るだけ話をしようと考えた。

高等学校はもうじき夏休みになる。夏休みには大川高等学校の同級生が家へ来ることになっていた。

この頃、正夫は時間がほしいと思うようになった。それに関連して思い出したのが小学生の頃読んだ漫画の「自分の複製」の話だった。その複製の自分は元の自分の言うことを完全に聞くのだろうかという疑問があった。もしかしたら元の自分と同じことを考えるなら同じことをしてしまうのじゃないだろうかなどと考えた。

元の自分と複製の自分とは少し違う必要がある。その違いは複製品は、自分の言うことに従わなければ意味がない。

そんな訳で自分の複製を望むのは無理だとわかった。正夫は時々突拍子もないことを考えることがあった。それは国民学校へ入り、ラジオで「潜水飛行艇トビウオ号」という子供向けの放送劇を聴いた頃から始まった。

そして空襲から逃れるために新潟の寺に学童疎開をしたころに一時その空想は激しくなったが、戦争が終わり両親兄姉のところへ戻ってからは収まっていた。複製人間のことを考えたのは久しぶりだった。

正夫は苦しいときにそんな考えが浮かんでくることに自分で気付いていたのでそれ以上考えることをやめた。数学の問題集に戻って集中して回答を始めた。数学の問題はヒントが分かると後は筋道をたどれば答えにたどり着くことができることを知った。

今日は関数の問題をやっていたが、方程式をつくるために変数を決めて変化する割合、つまり変化率がわかれば半部解けたようなものだと考えた。方程式は社会のいろんなところで使われていることにも気が付いた。前に父親が言っていた経済の問題や広く言えば総てのものがAとBとの関係で、ある程度理解できるといっていたことを思い出した。今は生きていくことと関係のないようなことを勉強しているので、ムダとも思える。しかしもっと難しいことを勉強するためには現在やっていることをしっかり身につけなければならないこともわかっていた。

問題を五題解いたとき少し頭を切り替えようと思った。すると昨日のことが思い出された。正夫は町場の子というか楯山茂が自分よりも大人に思われた。あんなにしっかりした目標をもって勉強している茂を尊敬してしまった。

正夫は次に英語の教科書を取り出し、声を出して読み始めた。そしてまた変なことを考えた。自分の読んだ英文をレコードにしておけばそれを聴きながら劇の台本の読み合わせのようなことができる。そうすれば勉強しやすくなると思った。

正夫は文章を読みながら意味を考えていた。このとき赤ちゃんはどうやって言葉を覚えるのだろうと考えた。それは親や兄弟あるいは近所の人たちが繰り返し言ったりして、赤ちゃんは事柄と言葉の関係を知るのかもしれないと考えた。こんなことを考えると正夫が英語を勉要する方法を考え直さなければならないと気がついた。元々好奇心の強い正夫はそれをすぐ実行に移した。

正夫は教科・科目によってそれぞれ違う勉強方法を考

え出していった。こうして正夫は高等学校の勉強が面白くなった。

大川高等学校もいよいよ明日から夏休みに入る。同級生は八月の初めに正夫の家へ来ることになった。彼らの目的は県道西側に来ているアメリカ兵にあるらしい。アメリカ兵と会話がしたくて来るのだ。ちょうどその頃にアメリカ兵が来ているとよいのだが。朝鮮戦争がどうなっているのか正夫は忘れていた。父親がいないと新聞記事を解説してくれる人がいないのでニュースの中には理解できないことがあった。それで夏休み期間中とくに第一週目の初め頃にアメリカ兵がいつものように来ているかどうか心配になっていた。もう一つ、夏休み中に一晩泊まりで鉄魚という魚がいる沼のある中清水町の甲斐健樹の家を訪ねることにしていた。これも正夫にとっては初めての経験になることでもあり楽しみにしていた。

そんなある日、弘が一枚の葉書を手渡してくれた。それは雅子からのものだった。夏休みに入ったら一度会いたいと言う内容だった。雅子は夏休みに入ったら諏訪町農業協同組合の事務所で手伝いをすることになっていると書いていた。

正夫は明日高校へ行って、家へ来たいという同級生と甲斐健樹といつ会うかについて打ち合わせをしなければならないと思っていた。高等学校での初めての夏休みは人と会う約束が三つも出来てしまった。

翌日、正夫は同級生と正夫の家にいつ来るかを相談した。その結果夏休みが始まる二七日（月）か二九日（火）のどちらかの日に来ることになった。大川市生まれの同級生はもう相談してあったようだった。人数は五人ということだった。

次に正夫は、甲斐健樹と相談をした。そして八月一、二日に甲斐健樹の家を訪ねることにした。甲斐健樹の家のある中清水町というのは大川市の北方十五㎞ほどのところにあり、県道からの道が分かりにくいのでバス停留所に迎えに来てくれることになった。大川高校の生徒との約束が決まったので、正夫は家に帰ったらすぐ弘兄に報告することにした。

正夫は雅子のことをどうするかを考えた。その結果、今日は土曜日なので授業は午前中に終わるので帰りに例の池のところで待っていることにした。しかし雅子が放課後すぐ帰ってくるかわからないので心配だった。

正夫は放課後、直ちに自転車に乗って例の池を目指した。そこで弁当のおにぎりを食べていると、池の水面に波紋が出来るのが見えた。雨が降ってきたのかと思ったが、そうではなかった。だいいち太陽が頭頂付近にあった。池の表面をよく見ていると小さな魚が水面近くにいる小さな虫を食べるために水面から飛び跳ねていたのだった。それを眺めていると時間の経過が分からなかった。しばらくそうしていると肩を叩かれたので驚いて振り返った。そこに雅子がいた。正夫は素早く立ち上がった。

「やあ、雅子さん。いつ来たのか全然分からなかった」

「今来たところ。正夫君が真剣な顔をして水面を見ていたので声を掛けなかったの」

「そうだったの。昨日家へ帰ったら雅子さんの葉書が着いていたのでここで待っていたんだ」

「そう。正夫君がどうしているのかなあと思って話をしたくなったの」

「俺も会いたいと思っていたんだ。それで葉書をもらったので今日会えたらと思ってここで待っていたんだ」

「私も座っていいかしら」

「もちろんだよ」

といって正夫はズボンのベルトに挟んで持っていた手ぬぐいを草の上に広げた。

「ありがとう。正夫君って相変わらず優しいのね」

「これは何かの映画に出てきた場面を覚えていたので一度やってみたかったんだ。迷惑だった」

「そんなことは全くないわ。うれしいわ。何か恋人同士みたいね」

「え、恋人同士って？」

「あらごめんなさいね。これも映画の場面にあったので一度言ってみたかったの。ほほほ」

その後、正夫と雅子は、お互いの高校の話をして長い時間を過ごした。

正夫は、雅子が言った「恋人同士」という言葉が理解できなかった。「恋人」というのは何だろうかを考えた。これまで読んだ本にもそんな言葉は出てこなかったし、いろいろ考えたが結局分からなかったので考えても無駄だと思っていつの間にかその言葉を忘れてしまった。

正夫が家に帰ってくると、県道の西側の防風林の中に新しいアメリカ兵が来ていた。林の中には電線が張り巡らされていた。夕方になると明かりがともりその明るさはすべてアメリカ兵がいなくなるときに穴に埋めてしまうあの電池の塊のようなものでまかなっていた。

翌日の日曜日に正夫は、畑へ行った。正夫は畑に来るたびに畑の様子が一変しているので驚いた。早稲種の大豆は、枝豆としても食べられるほどに莢が大きくなっていた。これは同級生が来たときに食べさせることが出来る。そのほかの普通の大豆は、葉の付け根に薄い紫色の小さな花をたくさん付けていた。コウリャンとトウモロコシは花を付ける穂先が出てきた。大根は葉の付け根の下に白い少し太い根が出ていた。

ジャガイモはもうすぐにでも収穫しなければならないほどになり、葉が枯れ始めていたし中には芯の部分が黄色で花びらが白や紫色の花が咲いているものもあった。トマトやナス、キュウリは今が盛りとたくさん実がついていた。これはお土産に持って行ってもらえると正夫は考えた。

夕方、家に戻った正夫はアメリカ兵のいる林の中へ入っていった。アメリカ兵に話しかけるきっかけを求めていた。大きなテントの近くに来たとき、テントの中から白い上着とズボンを身につけた人が出てきた。

「そこで何をしているのですか」

　と日本語で話しかけられたので正夫は驚いてしまった。それでポカンとしていると、再び
「君はここで何をしているのかと訊いているんだけどな」

「あ、すみません。てっきりアメリカの方かと思っていたもので驚いてしまいました。僕はあそこに見える家の者です。実は明日高等学校の同級生が家へ来たいと言っているのですが、アメリカの兵隊さんと少し話をしたいと言っているのでそういう人がいないかと探していたのです」

「そうか。君は高等学校の生徒なんだね。アメリカ兵は明日、明後日と休養日だから誰か見つけておいてあげよう」

「本当ですか。うれしいです。同級生が来ても心配しなくてすみます。お願いします」

「日本の将来を担う君たちにいろんな便宜を図るのは、今の俺たちの義務かもしれないからなあ。と大げさな話じゃないんだがな」

「お兄さん、いやおじさんかな。このお礼に家で採れる野菜を明日持ってきます。出来たらアメリカの兵隊さんに食べさせてあげてください」

「それはありがたい話だな。何しろ新鮮な野菜はなかなか手に入らないんでね。期待しているよ。出来れば取引ということにしてもいいんだけどね」

「そうですか。朝一番に採れたものを持ってきます。量はどれくらい必要ですか」

「兵隊全員にと言うのは無理だろうから、とりあえず将校の人たちの分だけということにしようかな。それで人数は十人分として適当な量を見積もってくれ」

「わかりました」

　正夫は運がよかったと思った。ちょうど親切な人と知り合えたことは偶然だった。正夫はこの話を夜になって食事の時に弘に話した。

「正夫はいい人と知り合えて運がよかったな。野菜は明日一緒に行って収穫しよう」

「弘兄さんありがとう。反対されると思っていたんだ」

「俺が反対する理由は何もないだろうが」

「そうだね。父さんでさえ初めはアメリカ嫌いだったけど、今じゃそんなこともなくなってしまったからなあ」

「そうだね。父さんは野球をやることさえ嫌っていたからね」

「アメリカのよいところが分かってきたのだろうな」

　翌日、正夫と弘は朝早く畑へ行った。そしてキュウリ、ナス、トマト、ネギなどをたくさん収穫した。それを牛車に乗せて防風林の大きなテントに持って行った。そこで昨日のお兄さんが何か料理を作っていた。

「お兄さん、昨日はありがとうございました。これは

今、家の畑で採ってきたものですが、よろしければ使ってください」

「ハイ、ユー。これはこれは美味しそうな野菜だね。ありがとう。それでね、将校の一人に君のことを話したら、日本のハイスクールの生徒が話をしたいというなら許可しようと言ってくれた。一つだけ条件があるそうだよ。それはね、思想や政治の話をしないことと言うことだった。これは約束してほしい」

「分かりました。同級生の人たちに守るように言っておきます」

「それじゃ彼らが来たら、私に連絡してくれ。将校の人に紹介するから」

「ありがとうございます」

　こうして同級生が来ても、アメリカ兵との話が上手く運ぶように準備をととのえることが出来た。

　正夫は翌日の朝も早く起きて畑へ行った。昨日と同じように野菜を収穫して、J・ヤスダ、これは昨日会ったアメリカ軍コックの名前だ、のところへ持っていった。

「ハイ、正夫。今日も野菜をたくさんありがとう。兵隊たちはとても喜んでいたよ。将校の人たちもとても感謝していた」

「そうですか。僕も嬉しいですし、兄も喜んでいました。よろしければ毎日持ってきます」

「私たちを含めて兵隊たちのここでの滞在期間は秘密になっているんで他の人には言わないでほしいんだけど、一週間と決められている。後五日間だけです。それで正式な契約は出来ません。と将校が言っていました。しかし特別に個人契約として代金を支払う用意があると言っていました。それでどうですか」

「僕には判断できませんが、兄に伝えておきます。後で結果をお知らせします」

「ところで、君の同級生は何時頃くるのだろう」

「彼等はここから十八㎞の道を自転車で来るので、ここへ着くのははっきり分かりませんが、十時から十時三十分の間といっていました」

「何人くるんだったかなあ。食事の用意をしてあげようと思っているんだけどな。将校の許可はもらってあるから心配しなくてもいい」

「彼らも僕も兵隊さんと一緒に食事をとれるなんて嬉しいです。友人たちは五人で僕も入れると六人です。本当に迷惑ではないのでしょうか」

「それは心配いらないけど、特別のものを作るわけにはいかないから、兵隊と同じものになるけど大丈夫だな」

「もちろんです。僕たちは食べ物の好き嫌いを言える時代に育っていません」

「それじゃ友達が来たらみんなで来なさい」

「それじゃまた後できます」

　正夫は同級生に昼食に何を食べさせようかと迷っていたので、ヤスダさんの食事の招待にほっとした。しかしどんなものを食べさせてくれるのか少し心配だった。

正夫は家に戻って体を冷水摩擦した。冷たい水の肌触りが心地よかった。

それから手ぬぐいを冷水に浸けて同級生が来たら汗を拭いてもらおうと思ってタライの中に井戸水を入れ手ぬぐいを浸ける用意をしておいた。まだ九時過ぎなので同級生が来るまで余裕があった。それで国語の教科書を出して九月から授業でやるところに目を通し始めた。一編の小説を読み終わったときちょうど同級生の話し声が聞こえた。正夫は教科書をしまって入り口の引き戸を開けた。同級生五人は家の前で自転車を降りたところだった。

「やあ、疲れただろう。冷たい水につけておいた手ぬぐいがあるからそれで汗をふいてくれ。それから冷たい水を飲むかい」

「寺田君の家はずいぶん遠いんだね。毎日自転車で大川市まで行くのは大変だね」

「うん。でももう慣れたので大変とは思わなくなったけれどね」

「でもさ、坂道が三カ所もあったぜ。二つは川の土手を越える坂とは言え結構きつかったよ」

「少し休んだら道路の西側の防風林の中にいるアメリカ兵のところへ行こう。その前にこれだけは伝えておいてくれと言われていることがあるんだ。それは兵隊との話の中で思想と政治と戦闘のことは話題にしないでほしいそうだ」

「みんな分かったな。寺田君の言ったことを守るようにな」

「初めに、将校の食事を作るヤスダコックさんのところへ行く。そのヤスダさんが僕たちを将校のテントへ連れて行って紹介してくれる。将校と少し話をしてから、将校の紹介で一般兵士の中から教員経験者や大学卒業生を数人紹介してくれるそうです。中心はその兵士と話をすることになっている。大体十一時三十分頃までの約一時間を予定してくれることになっているので時間を守ってほしいと言っていました。その後で将校の好意で食事をご馳走してくれるそうです。日本人に合わないかもしれないけれど、アメリカ人はこんな食事をするんだと言うことを知ることが出来るかもしれません。以上です」

「日本語の出来る人はいるのかなあ、少し心配になってきたな」

「ヤスダコックは日系人なので日本語が出来るけど将校や兵士はどうか分かりません。僕も初めて会うのだから」

「ちょうどいい時刻になったから、まずヤスダコックのところへ行こう」

こうして正夫たちは自転車を家の土間に入れて戸締まりをして出かけた。

正夫は同級生をともなってヤスダコックのいるテントに向かった。同級生たちは緊張してこちこちになっていた。

「寺田君は全然緊張していないようだね。どうして」

「そんなことないよ。僕だって緊張しているよ、だって今日は将校にも会うことになっているからね」

「寺田君はその程度なのか」

「ヤスダコックとはもう何回か話をしたし、普通の兵隊さんとはジープに乗せてもらったり、時々英語を教えてもらうことがあるから慣れてしまったのかなあ」

「ジープに乗せてもらったこともあるのか。すごいなあ」

「そこに見えるのがヤスダコックのテントだよ。ちょっと待っててくれ、ヤスダコックに話してくるから」

　そう言って正夫はヤスダコックのテントの入り口に立って同級生が来たことを伝えた。ヤスダコックが表に出てきたので、正夫は同級生に手招きして近くに来るように合図した。同級生たちがテントのところに来たので、正夫はヤスダコックに同級生を紹介した。高校生たちはそれぞれ英語で自己紹介をしていった。

「やあ、よく来たね。私とは日本語でいいよ。だけどこの後は片言でもいいから英語、正式にはアメリカ語で話しなさい。勉強にもなるからね。君たちがゆっくり話せば彼らもゆっくり話してくれます。しかし彼らはゆっくり話すことになれていないことがあるので理解できなかったらゆっくり話すように言いなさい。では将校のテントへ行きましょう」

「はい分かりました」

　彼らは普段使い慣れないような話し方をしたのでヤスダコックは少し顔を和らげたように見えた。すぐ近くの大きめのテントが将校の居住しているところだった。

　ヤスダコックは、「ハイ」と言って将校のテントに入って何かを話してすぐ出てきた。十秒くらいして背の高い一見怖そうな顔をした青緑色の服を着た人が出てきた。彼の服の胸には意味が分からないがとってもきれいな帯章がたくさん着いていた。彼はテントの前で立ち止まって正夫たちの顔を一人ずつ見ながら、

「Good Morning！ High Schoolboys. My name is Shorter, or Shorter Sourenthon.」

「Good morning Mr.Sourenthon！ We are nice to meet you. We are high schoolboys of Ohkawa High School. And We came from Ohkawa City.」

「You spoke perfect American.」

　それから高校生たちは自己紹介をした。正夫は最後に自己紹介した。高校生たちは将校のテントに入れてもらった。テントの内部には奥の方にハンモックが吊るされていた。入口に近いところに折り畳み式のテーブルと、テーブルを囲むように八人分の折り畳み式椅子があった。そこに座るように言われて高校生はそれぞれが椅子に座った。それから Shorter は日本の印象を話し始めた。彼は高校生が理解しやすいように少しゆっくり話していた。彼はアメリカ中央部のミゾーリ州セントルイス近くの町の出身だといい、町のようすを紹介してくれ

た。

　ミゾーリ州は一大農業州で有数の小麦生産地だそうだ。州の東の方をミシシッピ河が南北に流れている。州都はジェファーソンビルというところでとても美しい都市だという。ミシシッピ川流域の景観や丘陵地帯の湖とその周辺の楓林が色づくとすばらしい景色になるという。Shorter は手振りを交えて話をした。そして最後に家族で写した写真を見せてくれた。写真には彼の奥さんと三人の子供が写っていた。ほとんどのアメリカの兵隊はいつも家族とか恋人の写真をポケットに入れているという。Shorter は、

「Any question?」

　高校生は顔を見合わせていたが、誰も質問しないので正夫が質問した。

「I was great impressed with your talking about your home country. Thank you very match.」

「Not at all. Now, we move to another parson.」

　Shorter に導かれて少し離れたテントに向かった。そして二本の木の間に張ったハンモックの上で何かの本を読んでいる兵隊に話しかけた。その兵士はＯＫといってハンモックから降りてきた。

「Boys, this is Summy Willson. Summy,they are Japanese high school students. They have very interesting American high school student. So, would you talk about your experiences with them?」

「OK. Boys come on here. So, I was teacher at Chesapeake high school in Virginia.」

　Summy は、片言の日本語を交えて Virginia 州の高等学校について話し出した。途中で生徒たちにここまで分かったかいといいながら話を続けた。Virginia の美しい風景と非常に住みよいところというのを強調した。高校生たちはも Summy の話の途中で何回も質問した。その都度 Summy は身振りを交えて丁寧に説明してくれた。

　時刻はいつの間にか昼近くなっていたので、感謝の気持ちを込めてお礼を言った。大川高校生たちは箱に入ったものを Summy に渡した。Summy は驚いたようにその箱を受け取り、箱を開けてもいいかと尋ねた。高校生がどうぞというと、Summy は包装紙を丁寧に開いて箱を開けた。中身を見て再び驚いたという仕草をした。箱の中にはひな人形の男雛と女雛の一対が入っていた。Summy はそれを抱きしめるように抱えて、〝Thank you!〃 と何回もいいながら、これはすぐに家族の元に送ってあげたいが良いかといい、高校生にこれが妻と娘だと話し、家族の写真を見せた。写真には高校生くらいのよく似た二人の女性が母親と思われる年配の女性と写っていた。Summy は愛おしげに若い女性は双子だといった。

　正夫たちは、それが写真だとしても初めてアメリカ人の若い女性を見て感動してしまった。

　ちょうどそのとき、ヤスダコックが昼食の支度が出来

たと呼びに来た。高校生たちはSummyと握手をして分かれた。Summyは機会があったらアメリカへ来てほしいといってハンモックに登っていった。

ヤスダコックの用意してくれた昼食は、アメリカの家庭料理だといいながら楽しんで食べてくれといった。

テントの中の大きなテーブルには大きな皿が数枚並んでいた。それと一人一人に中型の皿が置かれナイフ、フォークとスプーンが並べてあった。高校生たちは目を見張って皿の上の料理を見た。そこには食べたこともないような焼いた肉の大きな切り身が人数分乗せてあった。もう一つの皿には正夫が兵舎にいた頃アメリカ軍が食べさせてくれたうどんのようなもの、つまりスパゲッチが山盛りになっていた。そして別の皿には生野菜になにかの液体を掛けたものが乗っていた。これは後で訊いたところ「サラダ」というものだそうだ。

高校生たちがすぐにも食べたい素振りをしていると、ヤスダコックが深めの皿を持ってきた。それは黄色いどろっとしたものに一cm角ほどの焦げたものが入っていた。それは「コーンスープ」というものだそうだ。

ヤスダコックはスープから食べなさいというのでその通りにした。塩分が少し足りないと思っていると白い細かい粒の入った瓶を出してくれた。それは「テーブルソルト」という塩だった。それを適当に振りかけてスプーンで掬って口に入れるととても美味しくなった。それからサラダを食べて最後に焼いた肉、これはステーキというそうだ。一人分が二百グラムもあり、口に入る大きさに切り取って、話をしながら食べるようにとヤスダコックが言うのでその通りにした。正夫を初め高校生たちは夢中で食べた。肉は何とも言えないほど美味しかった。全員が食べ終わったのでご馳走様でしたというとちょっと待ちなさいといって、小さい皿に白と焦げ茶色の半球を重ねたようなものを持ってきた。これは小さなスプーンで食べた。これは「アイスクリーム」というものだと教えてくれた。それも食べ終わると、これで終わりだといって黒っぽい液体の入った白いコップを持ってきた。これは好みによって砂糖とミルクを入れると飲みやすいよといった。これは「コーヒー」という飲み物でアメリカ人はみんなが飲んでいるといった。高校生たちは皆が残すものなく全部食べたので満腹になった。

アメリカ軍はこのような食事をしているので強いのかなあなどと話し合った。

ヤスダコックは、この野菜は正夫の家の畑で今朝採れたものだとみんなに紹介してくれた。大川市から来た生徒たちは驚いたように正夫を見た。

大変なご馳走をありがとうございましたといって高校生たちは防風林から道路に出て正夫の家に行った。家で休んでいる間にいろんなことを話し合った。

正夫は同級生が持ってきたリュックサックに、今朝採れた野菜をたくさん入れてこれを持って行ってくれといった。

「そういえば、コックさんが野菜は全部寺田君の家の畑でとれたものだと言っていたけど、どういう意味なんだい」

「ヤスダさんとは彼がここへ来た時に初めて話をしたんだ。そのときヤスダさんは新鮮な野菜がなくて困っているというので、試しに少し持って行ったんだよ」

「それで」

「翌日うちの畑でとれた野菜をもっていく約束をして、翌日持っていったんだ」

「それから」

「ヤスダさんはそれを食べてみてこれは美味しいね。野菜はやはり新鮮さが命だからな、と言ってくれて、将校と話をしてこれを明日から我々がここにいる間、購入できるようにしたいがどうだろう、と言ったので僕は兄に相談して見ると言ってその日は帰った。夜、兄に相談すると兄はお前の好きにしてよいと言ってくれたので、すぐにヤスダさんにそのことを伝えたんだ」

「でもさ、最初は怖かったろう?」

「もちろん怖かったよ。でもね話をしてみると決して怖がる必要のない人だった。それにヤスダと言う姓名が日本人じゃないかと思ったので安心できたよ」

「それで毎日朝早く野菜を収穫して持って行ったんだね」

「ヤスダさんは日本人だったのか」

「詳しくは聞いていないけれども何かの時に母親のことを母上って言ったことがあるんだ。それで日本人かなって考えたんだけどね。そういう人を日系人と呼ぶそうだけど」

「そうだね。それから毎日野菜を持っていっているんだね」

「そうだけど。街へ売りに行くよりは楽だし。値もよくつけてくれるんだ」

「なるほどね」

「話は変わるんだけどね、寺田君は兄さんの手伝いをしているんだろう。それで毎日どれくらい勉強しているんだい」

「僕が勉強できる時間は雨の日は五、六時間かな。それ以外の日は夜三時間くらいかなあ」

「そうかあ。俺なんか兄が国立一期大学へ入ったもんだから〝もっと勉強しないと大学へなんか入れないぞ〟って言うのでたまんないよ」

「だって君なんかよく下調べもしているようだし、僕は羨ましいと思っていたのだけれど」

「正夫君はどこで勉強しているの。机とか、本棚みたいなものが無いみたいなんだけれど」

「机なんてないし、本棚もないよ。食事が終わり後片付けが済んでから勉強するのだけれど、同じ食卓でやっているよ」

「そうかあ。二宮金次郎みたいだね」

「それって褒めているわけではないよね」

「いや、案外佐藤は褒めているのかもしれないよ。もしかしたら俺と同じように羨ましいと思っているのかもしれないなあ」

「へえー、そうなのか」

正夫の同級生たちはそろそろ帰ると言って立ち上がった。

「遠くからきてくれてありがとう」

「いやお礼を言うのは俺たちだぜ。今日は本当にありがとう。では、バイバイしようか。寺田君ありがとう。機会を作ってまた来たい」

と、
中でも一番利発そうな佐々木真一という生徒が言ってリュックサックを背負って自転車にまたがった。そしてみんなが口々にバイバイと言って自転車をこぎだした。正夫はほっとした表情で彼らを見送っていた。

正夫はそれからしばらくして風呂を沸かし、夕飯の支度を始めた。ヤスダコックがくれた肉をどうやったらよいかわからなかったので弘が戻るまでそれはそのままにしておいた。

正夫は翌日から午前中は畑の手伝いをして、弘と一緒に弁当を食べ後始末をすると家へ戻って勉強するいう生活に戻っていた。夜は薄暗い電灯の下で勉強をしていた。中学生の頃は英一たちとよく水浴びしに一本松川へいったが、この夏はそういうこともなくなった。

英一とも会う機会が少なくなった。学校が違い勉強する内容が変わったので話が合わなくなったことやたくさんいる兄弟の一番上ということで責任感が湧いてきたのかもしれない。他方、正夫は同じくらいの兄姉の末っ子だからまだ甘えるところがあったようだ。これが正夫と英一の二人の間の大きな違いだった。その違いが二人の将来進む道の違いとなって現れたと考えることが出来る。正夫は、どちらかといえば自分のことだけを考えればいいので理想の世界を考えていた。しかし、英一は弟妹のことも考えなければならないので現実の問題を見据えた将来を選んだとも考えられるのだ。

子供はいつ頃から自分の将来について考え始めるのだろうか。侍が統治していた古い時代は、武士の子息はおおよそ十四歳くらいで「元服」という儀式を経て大人への門を開く。それで頭髪の形も幼児型から大人の型に変えることになり、場合によっては見習いとして職場へいくことになる。したがって、武士の子息は幼少の時期おそらくは女子と同席しないようになる七歳頃から勉学と武道に励むようになる。そのときには自分の将来についてある程度知っていたと推測される。

寺田正夫は高等学校に入って新しく友達が出来ていろんな考え方があることを知った。それまで自分のことが行動の中心だったが、他人の存在も考えに入れなければいけないことがあるのを知った。

夕方、弘が畑から戻ってきた。そこで正夫はヤスダコックから大きな肉の塊をもらったけどどうしたら良いか分からなかったので弘が戻るのを待っていたといった。しかし弘もどうしたら良いか分からなかった。弘も諏訪村に来てからこんなに大きな塊の肉を食べたことがなかったのだ。

「昼食をヤスダコックにご馳走になったんだろう。そのとき肉は出なかったのか」

「そうだ、肉を一cmくらいの厚さに切って油で焼いてあったなあ。とても美味しかった」

「それを思い出して焼いてみな。そうだ野菜を採ってきたからヤスダさんのところへ持っていきな。そしてどうやって食べるか聞いてくるといい」

「そうだね。じゃ、ちょっとヤスダさんのところへ行ってくるね」

「ああ」

　正夫は野菜を手製の一輪車に山のように乗せてヤスダコックのところへ行った。ヤスダコックは兵隊の食事が終わって一休みしているところだった。

「ヤスダさん、こんばんは。今日採ってきた野菜を持って来ました」

「やあ、いつもありがとう。兄さんによろしく伝えてください」

「ヤスダさんにちょっと聞きたいことがあるのですが。その前に今日は友人たちを歓迎してくれてありがとうございました。彼らは大変感謝していました」

「Not at all.　それで何を聞きたいですか」

「今日いただいた肉をどうやって食べたら良いか分からないのですが」

「そうですか。肉の食べ方には二つあります。一つは今日の昼食で食べたように一cm位の厚さに切って、油をしいたフライパンで焼く方法ですね。味は胡椒や醤油で十分でしょう。これが一番易しいです。もう一つはこのくらいの大きさに角切りにしてカレールウや牛乳で野菜とともに煮るのです。これは味付けが困難ですよ」

　正夫は高校へ入学したとき先輩たちが歓迎会を開いてくれたときにご馳走してくれたカレーライスを思い出した。

「分かりました。家へ戻ってステーキを焼いてみます」

「Good luck!」

　家に戻った正夫は弘にヤスダコックに教えてもらった方法で焼いてみるといって準備を始めた。その間に弘は牛に餌をやり、明日の用意をして風呂に入った。その間に正夫は食事の用意をした。二人だけの食事は久しぶりにご馳走になるなと正夫は得意になった。

　翌日、ヤスダコックのところへ野菜を持って行くとヤスダコックが今日は少し話があるといった。

「実はな、正夫。私たちのここでの休暇はあと二日で終わりになる。その後は別のところへ行くことになっているが、それがどこか言えません」

「え、あと二日でどこかへ行ってしまうんですか。せっかく知り合えたのに残念です」

「それで野菜のことだが、出来れば次のコックに引き継いでいきたいが知り合いのコックが来るかどうか分からないんだ。一応は伝言をしていくがな」

「ありがとうございます」

「それからこれはこれまでの野菜の代金だ。取っておいてください」

　といってヤスダは封筒を正夫に渡した。

「兄さんは代金は遠慮するようにといっていましたのでこれは受け取れません」

「正夫。君はまだ若すぎるから世の中のことをあまり知らないんでそう言うのだと思うんだが、何か品物をあげたりもらったりする行為に対して代価を払わないのには限界があるんだと。通常は個人的な量がその限界だね。それ以上の場合は代価を払うのが当然のことなんだ。そうでないと長くその行為を続けていくことは出来ないんだよ。君と君の兄さんは毎日大量の野菜を持ってきてくれた。それは好意で済ますことが出来ない量に相当するんだ。だからこれを君の兄さんに渡してほしい」

「分かりました、ヤスダさん。これは兄に渡します」

「君と知り合えて、私は日本の良いところを知ることが出来た。これからも友人としてつきあっていこう」

「僕の方こそよろしくお願いします。それでは明日も野菜を持ってきます。バイバイ」

「See you again!」

　正夫は、ヤスダコックと本当の友人になったように感じた。この前話をした兵隊達とも住所氏名を交換したのでこれからは文通できると期待した。

　正夫は突然干し草の香りを思い出した。これから夏の間に牛の食料とする草を刈りにいく日課が入ってくる。刈ってきた草は家の前の道路にバラ撒いて乾燥させる。乾燥した草は束ねて縄で縛り、牛小屋の二階に積み上げるのだ。そこが一杯になれば冬期間の牛の食料の心配がなくなる。

　正夫は思った。何故今頃干し草のことを考えたのだろうか。今の状態と何も関係がなさそうだったのでそのまま忘れてしまった。

　正夫は家に戻って弘に、ヤスダコックの話を伝えて封筒を渡した。弘は分かったといって封筒を受け取り中を改めた。封筒の中には百円札が十枚入っていた。弘は、

「これは」

　といって、封筒の中身を正夫に見せた。正夫はそれを見てビックリした。

「兄さん、これって」

「うん。手紙は入ってないけど野菜の代金ってことだとしたらもらいすぎだな」

「そうだね」

「明日会ったらそう言っておくよ」

「そうだな。返すわけにもいかないだろうからな」

　正夫は考えた。ヤスダコックは家の畑でとれた野菜をあの将校や兵隊たちもとっても喜んでくれたと言った。

新鮮な野菜は現地で調達しないと食べられないそうだから、きっとおいしかったのだろう。ヤスダコックはあの部隊付きなので部隊が移動すれば一緒についていくらしい。それで明後日部隊が移動するのとともに次のところへ移っていくのだと思った。次の部隊がやってきたときヤスダコックの話が伝わっていたらまた野菜をもっていってあげようと弘に言うつもりだった。

畑仕事は雑草との戦いのようなものだった。正夫は毎日次々と生えてくる雑草を種がつかないうちに抜いていた。そんなある日、甲斐健樹から葉書が届いた。葉書には、自分の家に来る日を八月五～八日の間にしてほしいと書いてあった。その後になるとお盆期間になるので予定を立てられないということだった。

正夫はその日の夕食後にそのことを弘に相談した。弘は天気が良ければ行ってもいいといった。

正夫は早速葉書を書いた。鉛筆で書こうかと思ったが消えてしまうと困るので、同級生の一人と外国切手と交換した三色ボールペンで書くことにした。

「葉書受け取りました。君の家へは八月五日に行きます。よろしくお願いします。バスの停留所まで迎えに来てくれると助かります。僕の家には電話がないので連絡することが出来ません。話が出来るのを楽しみにしています」

正夫は少し簡単すぎるかなと思ったが、会えば一日中話が出来るので簡単にした。早速翌朝大原台郵便局へ葉書を出しに行った。

毎年のことだが八月の天気は降雨の日が少ない。しかし台風が来ると話が変わる。正夫の家にはラジオがないので天気の変化を読めない。それで台風の進路を新聞で見ると、英一の家へ行ってラジオを聞かせてもらっていた。気象情報を聞きながら白地図の所定の座標位置に天気、気圧、風向、風力などを書き込んでいくのだ。この作業は、さすがに鉱石ラジオでは細かい座標位置と気圧配置を聞き取るのは難しく、出来なかった。

天気を気にしても仕方がないので正夫は、兄の手伝いで毎日畑へ出かけた。

ヤスダコック達の所属する中隊は、次の駐屯地へ移動していった。代わりの中隊は西の防風林に留まらずに大原台の奥の山の麓の方でキャンプするようだった。そのために野菜を買ってもらうことはなかった。

正夫は弘兄と朝早く採れた野菜を牛車に積んで大新田町まで売りに行った。野菜は好評で持って行ったものは毎日全部売り切れてしまった。正夫の母親が売りに行っていたとき買ってくれた人たちが覚えていてまた買ってくれるようだった。帰りに大新田町の魚屋で魚を買うこともあった。そんな日の夕食は二人にとってご馳走を食べることが出来た。

甲斐健樹と化学クラブ

いよいよ甲斐健樹の家へ泊まりがけで行く日が来た。弘は、これを持っていきなといって紙袋の中にコウリャンの実を入れたものを布の袋に入れて持たせた。コウリャンは珍しいものだから食べ方を説明すれば喜んでくれるだろうといった。

　天気は快晴だった。正夫は野菜を積んだ牛車について大新田町までついて行った。大川市への分かれ道で弘と別れて東に向かった。太陽はすでに高いところにあった。途中一台の自動車とすれ違うこともなく大川市に入った。北へ向かう広い通りに着いたところで一休みした。そして北へ向かって自転車をこいだ。三十分間くらい進むと少し大きい町になった。その中央あたりにバス停留所があり、そこに甲斐健樹が待っていた。

「やあ、甲斐君おはよう」

「おす、寺田君早かったね」

「そう、大新田町まで朝採れた野菜を売りに行く兄と一緒に家を出たから早く着くことが出来た。それに自動車が全く走っていなかったので、すいすい来てしまった」

「それはよかった。ここから俺の家まで十分ほどかかるけど大丈夫かな」

「もちろん大丈夫だよ」

「じゃ、出発しようか。話は家に着いてからいっぱい出来るからな」

「分かった、出発しよう」

　正夫達は、甲斐健樹の家に向かって自転車を走らせた。途中は低い山林と田んぼが広がっていた。曲がりくねった道幅数メートルの道を進むと甲斐健樹の家へ着いた。

　甲斐健樹の家は寺院だと聞いていた正夫は甲斐健樹の家を見て少し変だなあと感じた。正夫の知っているお寺は大きな木がたくさん生えていて、広い庭があって、鐘撞き堂があって、大きな屋根の本堂があって、お寺の入り口には大きな山門があるのだ。ところが甲斐健樹の家のお寺は、普通の家のようだった。正夫の知っているお寺の構成物はなにもなかった。その理由を後で機会を作って甲斐健樹に聞いてみようと思った。

「寺田君、ここが我が家だ。こちらへ来てくれ。冷たい水がある」

　といって甲斐は家の裏の方へ正夫を連れて行った。そこには四本の柱に屋根が乗っている井戸小屋があった。小屋の天井から金属の輪がつり下げてあり、それに太い縄が下がっていた。縄の先には木の桶がぶら下がっていた。甲斐はその桶を井戸の中に落とし水をくみ上げた。近くに置いてあったひしゃくに水を汲んで正夫に渡した。正夫はそれを美味しそうにのどを鳴らしながら飲んだ。

「この水はとても冷たいね。僕の家の前の井戸水は夏になると生ぬるくなって美味しくないんだけど」

「この周辺は小高い丘陵地になっているから地下水は冷たいんだ。冬は逆に温かくなるんだ」

「さっきバス停留所からくる途中の山がそうだったんだ。でもそんなに高くはなかっただろう」

「そうだな。高いところで百メートルくらいかな」

「それでもこんなに冷たい水が出るんだね。ところでさ。話が変わるんだけど、一つ聞いてもいいかなあ」

「なんだい改まって。もちろん何でも聞いてくれ」

「ちょっと聞きにくいことなんだけどね。甲斐君の家はお寺だろう。僕の知っているお寺とはちょっと違うんだけど、どうしてなのかなあ」

「分かった。普通のお寺と違うのに気がついたんだな」

「そうなんだ。鐘撞き堂とか本堂がないようなんだけど、お寺って感じがないんだなあと思ってね。こんなことを聞いて気を悪くしないでほしいんだけど」

「なんだそんなことか。それはな、お寺にも階級っていうか一般のお寺の下に末寺というのがあるんだ。そういうお寺は普通のお寺のように形式が整っていないんだ。というのは檀家数が少なくて収入がほとんどないから日常は自作農家のような生活をしている。檀家に法事があるときだけお寺になるんだ」

「へー、そういうお寺もあることを知らなかった」

「人口の少ない村ではよくあることだ。だから気を悪くすることはないし、正夫の疑問も当然だと思うさ」

　健樹の家は平屋でL字型になっていた。南向きのところは家族の居住部分の母屋でその東側に屋根続きで広い土間を挟んで牛小屋があった。母屋に続く東向きのところが法事をするときに使う部屋だった。庭には野菜が何種類も植えられていた。

　健樹について母屋の土間に入ると、そこは正夫の家と同じように炊事場があった。健樹は正夫に冷たい水ですすいだ手ぬぐいを渡して、

「これで汗を拭くといい。さっぱりするから」

といった。

「ありがとう」

　正夫は手ぬぐいで首筋から腕、そしてシャツの下の肌を拭いた。

「甲斐君。ありがとう。おかげでサッパリした」

「それでは部屋に上がってくれ。両親は畑へ行っているのでいないが夕方には帰ってくる。それまで話をしよう。その前に遠いところをよく来てくれたね。母の用意してくれた昼飯がある。まずは食事をしよう」

　健樹が正夫を食卓のところへ連れて行った。そこには布巾を掛けた大きめのザルと小さな徳利のようなものが用意してあった。布巾を取るとうどんがたくさんのっていた。二人が座ると健樹がお椀を取り徳利からつけ汁を注いでくれた。

「さあ食べてくれ。夏は毎日、母の打ったうどんを食べているのでいつものようにしてくれたようだ。たくさん

あるから残らず食べよう」

うどんを食べ終わると健樹は台所へ行き桶の中からマクワウリを取り出して食卓へ持ってきた。食卓の上に薄いまな板を置き包丁でマクワウリを切って大きな皿の上にのせて正夫の方へ押し出した。

「これはこの辺ではマクワウリと呼んでいる。種子の部分が甘く、歯のあいだから果汁を吸い種子を皿にはき出すといい。果肉は皮をむくからそれから食べるんだ」

といって健樹はマクワウリの皮をむき始めた。そして縦の四半分になるように切った。マクワウリの果肉はミカンの皮のような色をしていた種子は焦げ茶色でその周りを網のように繊維が種子を支えていた。

正夫は自分の家のマクワウリと果肉の色が違うのが不思議だった。正夫の家のは黄色だった。

食事が終わると、健樹が後片付けをして自分の部屋に連れて行った。正夫は健樹と向き合って健樹の顔を見て健樹の歯が銀色になっているのに気がついた。健樹は虫歯になったので歯医者へ行き今のような銀歯にしてもらったのだろうと思った。しかしそのことは聞かないことにした。

健樹の部屋にはたくさんの和綴じの書物が置いてあった。

正夫は思わずその中の一冊を手に取ろうとした。すると鋭い声が健樹の口から飛び出した。

「正夫ちょっと待ってくれ。それは触らないでほしい」

正夫は思わず固まってしまった。そしておずおずと手を引っ込めた。

「正夫、驚かせて悪かった。でもな、それは非常に貴重な冊子なんだ。父の言いつけで俺が模写している最中なんだ。本物の方は扱い方を知らない人が触ると紙が崩れてしまうことがあるんだ。それほど古いものなんだ」

「ごめん。僕は本には目がないんで、これを見たとたんに手に取ってみたくなってしまったんだ。悪かった」

「模写したものを見せてあげよう」

といって、健樹は障子紙のような巻物を正夫に見せた。

「これはこのお寺に代々伝えられてきた村の歴史書のようなものなんだ。この近辺の出来事が細かく書いてあるらしい。俺は模写することは出来るがほとんど読めないのでどんなことが書いてあるのかは父に聞かないとわからないんだ」

「昔の人が書いたものは字が上手いのかどうかサッパリ分からないね。甲斐君は読む稽古もしているんだろう。いつ頃から模写しているの」

「模写は中学へ入った頃から習い始めたんだ。文字の読み方は小学校に入った頃から習い始めたんだが、小さい頃は近所の子供らとこの辺の山をかけずり回って遊ぶことの方が面白かったんで、勉強の方はおざなりだったなあ」

「すごいね。僕は印刷されたものはほとんどの漢字も読めるんだけど、書く方は全く文字の形が出来ていないと父や先生に言われたよ」

古文書の模写は生半可に出来るものじゃないと思った。巻物に書いてある甲斐健樹の書いたものは本物とは比べることは出来ないが、正夫にはたいしたもののように見えた。その上に古文書を読むことが出来るというのは、正夫にとっては雲の上にすんでいる人間のように思えた。

「ところで変なことを聞いてもいいかなあ」

「もちろんいいさ。なんでもきいてくれ」

「甲斐君は、このお寺の一人息子なんだろうね。だからこういうことを勉強しているんだろう」

「いや。実はな、俺には兄が二人と姉が三人いるんだ。だからこの寺は長男が継ぐんだが、檀家のない寺なんかを継いでも仕方がないといって外へ出てしまったんだ。それで実際はどうなるか分からないんだが、俺が何とかしなければと父親のいうことを聞いているんだ」

「やあ、ごめんな。込み入ったことを聞いてしまって」

「何でもないさ」

「それで何で、高校で化学クラブに入ってるんだろう」

「それは、中学の理科の先生が俺だけじゃなくクラス全員に、「これからの社会は化学が中心になるだろうから化学のことを少し詳しく知っていることが良いだろう」と言ったんだな。それで高校へ入ったら化学クラブへ入ることにしていたんだ」

「そうかあ。中学の先生の言ったことはずいぶん影響しているね。僕は、数学の先生が『これからはどんな分野で仕事をすることになっても数学が重要な役割を持つだろう』というので中学三年生の時に数学クラブというのを作ってくれてしっかり勉強したんだ。高校では数学クラブはなかった」

「でどうして化学クラブへ入ったんだい」

「僕はね好奇心が強く自然を観察することが好きだった。それと医者になりたいと思っていたんで初めは生物クラブへ入ろうと思ったんだけど、生物クラブの活動時間と家の仕事とがぶつかってしまい、時間がとれそうもないので、登録したけど取り消させてもらったんだ。それで甲斐君と話をして化学クラブへ入ることにしたってわけさ」

二人はいつの間にか話に夢中になって時間の経つのが分からなかった。太陽が丘の上の林に掛かる頃になって健樹の両親が農作業から帰ってきた。

「初めまして。僕は健樹君の同級生で寺田正夫と言います。今日はお邪魔します」

「ああ、健樹の友達すか。寺田…何でしたかね」

「寺田正夫です。今夜泊めていただきます」

「母さん、ご馳走作ってくれな」

「はいはい。田舎ですからね、大した物は出来ませんがね」

「正夫君、これが父だ」

「初めてお目にかかります。寺田正夫と言います」

「そうすか健樹の同級生と言いましたね」

「はい。学校では健樹君に仲良くしてもらっています」

「そうすか。健樹をよろすくおねげいします」

二人は健樹の部屋に戻った。少しして健樹は正夫を外へ連れ出した。二人は裏の丘の頂上へ上がった。そこからは西の山に太陽が今にも沈んでいく様子が見られた。

「ここは、俺の大好きな場所だ。何かどうしたら良いか判断に困ったときや、いやなことがあったときにはここへ来て夕日を眺めるんだ」

「僕にも同じようなところがあるよ。そこは愛香山というんだけどね。そこから諏訪山に太陽が沈むときの夕日がとってもきれいなんで僕の一番のお気に入りなんだ」

「俺たちって似ているところがあるな」

「そうだな」

しばらくすると丘の麓の方で鐘の鳴るのが聞こえた。西の空に一番星の金星が明るく燦めいていた。そのすぐ近くに細い月が浮いていた。

健樹は、

「晩飯の用意が出来たようだから家へ戻ろうか」

「もうそんな時刻なのか。ここは素晴らしいところだな。今夜ここへ星を見に来れないかなあ」

「それは出来るけど、またどうして」

「特別な理由はないんだけど、きっと天の川をクッキリ見ることが出来るのじゃないかと思ったんだ」

「俺は夜ここへ来たことが一度もないなあ。ちょうどいい機会だから晩飯を食ったらもう一度ここへ来てみよう」

二人は健樹の家へ戻った。

「健樹、風呂はどうするね。夕飯の前に入るかい、それとも後にするかい」

「もう一度裏山さ行くからその後にするべ」

「うんだら、夕飯にするべ。友達も食卓についてけさいん」

健樹は正夫を食卓へ座らせた。向かい側に健樹が座った。健樹の両親も席について夕食が始まった。食卓の上には野菜の揚げ物と煮物、川魚の焼いたものが鉢に山盛りの漬け物とともに賑やかにのっていた。四人でこんなに食べることが出来るのかと思うほどの量だった。突然正夫のお腹が「ぐう」となった。

健樹の父親は黙ってガラスのコップに注がれた酒を飲んでいた。

健樹の母親は、

「健樹、お前も飲むか」

と言ったが健樹は、

「いらねえ」

と正夫の方を見ながら断った。

正夫は、久しぶりに揚げ物を食べた。やはり自分が作ったものとは違うなと思った。焼き物の魚は前に食べた鮎という魚だった。これも美味しかった。それで二尾も食べてしまった。

健樹の父親は酒を飲み終わると「朝が早いからもう寝る」と言って奥の部屋へ行ってしまった。

正夫たちは、あまりしゃべらずに食事をした。

「ごちそうさまでした」

と正夫が言って食事が終わると、健樹はラジオのスウィッチをつけた。ちょうどニュースの時間だったので世界や日本国内ではいろんなことが起きていることを伝えていた。その中に国内のいろんなところにＮＨＫの放送局が開局していることを伝えていた。正夫はラジオをほしいと思った。

「そろそろ裏山へ行ってみるか」

と健樹が蚊取り線香に火をつけながら言ったので正夫も出かける用意をした。二人は満天の星明かりを頼りに裏山へ登った。さっきの場所へ着いて二人は並んで腰を下ろした。正夫は北の空を見上げた。北極星はすぐ見つかった。それを手掛かりに北斗七星、カシオペア、白鳥座までたどり着いたとき、健樹が話しかけた。

「正夫は高校卒業したら何をするつもりなんだい」

「えっ」

「高等学校を卒業したらというか、将来何をしたいんだい」

「そのことか。大川高校へ入っていろんな友達ができて話をしているうちに、いろんなことをやってみたくなって困っているんだ」

「そうか。正夫は長男じゃないよな」

「うん、ちがうよ。九人兄弟の一番下なんだ。と言っても上の四人はもう亡くなってしまったけどね。どうしてそんなことを聞くんだい」

「俺は前にも言ったように末っ子なんだけど、家のことを考えると、もしかしたら家を継がなければならないかもしれないんだ。だけど俺自身は一度は広い世界を見てみたいと思うことがあるんだ」

「それはそうだよね。健樹は末っ子といったよね。それじゃ上に兄姉がいるのに何で家を継がなければならないのかなあ」

「それはね、上の人たちはこの家を継いでもしようがないと考えているみたいなんだ」

「でも、それってどう考えたらいいのか僕にはわからないなあ」

「そうだよなあ。さっきも言ったけど、たぶん檀家のない寺を受け継いでも将来のことを考えると狭い世界に閉じこもってしまうと考えているのかもしれない」

「僕は、小さいときからいろんな本を読んできたんだ。それで将来はこんなことをやってみたいと思うことが固まってきた。でももっと違う世界があるかもしれないと思うこともあり、その時は違うことをしたくなるかもしれない」

「そうだなや。俺の親父も俺に好きなことがあったらやってもよいと言ってくれているんだが、それが悩みでもあるのっしゃ」

　健樹は少し堅苦しさを覚えたのか方言が出た。

「話が変わるけど、甲斐君は星には興味がある？」

「星かあ、七夕の時くらいしか見ることはなかったなあ。正夫はさっきぐるっと星空を見ていたなあ。何か特別なことが分かったのすか」

「いや、あれはね、とってもきれいに天の川が見えたので、ついでに知っていた星座を追ってみたんだ。これだけはっきり見えると知っている星座がほとんど見えるかなと思って北極星を原点に天頂まで追っかけてみたんだ。知っている星座は全部見えたので感動してしまった」

「正夫は星座に興味を持っているんだなあ」

「というよりはいろんなものが変わっていくのがおもしろくてね。小学生の頃から不思議帖なんてものを作って、見たり聞いたりしたことで理由がわからないことを書きつけてきたんだ。そうしたら中学の理科の先生が何故かを考えてみなさいというので、少しずつ実行しているんだ。星のことは東京にいた頃、兄が屋根の上にあった物干し台に上がって星座を教えてくれたのがきっかけで見るようになったんだ」

「東京かあ。正夫は東京で生まれたんだな。一度行ってみたいなあ」

　二人はその後もいろんなことを話し合った。正夫が空を見上げると星座の向きが変わっていた。午後九時近い時刻になっているようだった。その気配で健樹は、

「そろそろ家へ戻ろうか。明日は沼を見に行く予定だから。少し休んでおかないとな」

「そうだな。楽しみだね」

　正夫と健樹は丘を下り始めた。家に着くと健樹の母親が風呂を追い炊きしておいてくれた。

「健樹、後は頼むよ。私も先に寝るからね」

「わかった」

　二人は一緒に風呂に入って背中を流しあった。

　寝床に入って健樹と話をしていた正夫は、自分が勘違いしていることに気がついた。甲斐健樹の家の近くにある中伊豆沼にいると思っていた鉄魚は諏訪村の隣町の山深いところにある魚採り沼というところに生息していると言う。中伊豆沼は渡り鳥の中継地で、冬になる前に白鳥の大群がやってくるところだという。初夏の頃は沼一面に蓮の花が咲き、それは見事なものだと言うことだった。折角来たのだから、中伊豆沼を見に行くことにして寝に着いた。

　正夫は疲れていたのですぐに寝てしまった。そして話し声と釣瓶を引き上げる音を聞いて目が覚めた。健樹はもう起きて家の手伝いをしているようだった。土間の東側にある牛小屋のあたりで牛の餌を切っているような音が聞こえた。その音は家で弘がいつもやっている音と同じだった。しばらくして土間に戻った健樹と母親が話をしているのが聞こえてきた。静かに聞いているとどうや

ら正夫のことを話しているようだった。あの小さい体で諏訪村の南外れから自転車に乗ってここまで来たのかとか、言葉遣いが丁寧だとか行っているようだった。正夫はまたうとうとしてしまった。

　美味しそうな味噌汁の香りで正夫ははっきり目を覚ました。起き上がってズボンをはきシャツを着て寝床をたたみ、土間の方へ行った。

「おはようございます」

「おはようがす」

　と健樹の母親が返事をしてくれた。父親は近くの畑へ行っていると言うことだった。

　健樹が土間の方へ顔を出して、

「おはようがす。よく眠れたすか」

と言った。

「ぐっすり眠ってしまいました。寝坊をしてすまない」

「なにそんなことはないさ。何もやることがないからもっと寝ていても良かったのっしゃ」

「でも太陽がずいぶん高くなっているね」

「夏は、日が昇るのが早いからねや」

　正夫は顔を洗ってくるからと言って裏の方へ行き、井戸水を汲み上げた。ついでに手ぬぐいで冷水摩擦をした。体がすっきりしたので深呼吸をしてぐるりと回って庭の方にでた。庭には、大きなヒマワリが五、六本大きな花を咲かせていた。花は何となく東の方を向いているように見えた。道路に近い方の畑にトウモロコシの花が咲いていた。それは穂先の部分が籾殻のようになっていてその間から小さい黄色いしべが見えるので分かった。そこで正夫は突然思い出した。兄の弘からお土産として持ってきたコウリャンを渡すのを忘れていたのだった。正夫は自転車のところへ行き、コウリャンが入った袋を鞄から取り出して健樹のところへ行った。

「昨日忘れていたんだけど、僕の兄がこれを持って行けと言って渡してくれたんだ。どうぞ」

「何だべさ。赤くてきれいなものだなや。これは何でっしゃ」

「これはコウリャンというものの実（種子）で来年畑に蒔いて収穫してから実を粉に挽いて食べることも出来るんだ。食べ方はね、この実を石臼で粉に挽いて水で練り、団子のようにして蒸すんだ。それを餅米のように搗くと餅のようになるんだよ。後は餅と同じように食べるんだ。紅くてきれいな餅になるんだ」

「初めて聞く名だなや。親父に見せてどうするか決めよう」

「健樹、朝ご飯の用意が出来たよ」

「朝食の用意が出来たらしい。家へ入ろう」

　家へ入ると食卓に食事の用意がしてあった。真っ白なご飯が茶碗に山盛りに盛ってあり、味噌汁と漬け物と納豆（後で聞いた名前）がでていた。正夫は健樹と向かい合って食卓に着いた。

「お父さんは」

「親父はひと仕事して九時頃に戻ってきてから朝食を食べるんだ。だから心配しなくてもいいさ」

「いただきます」

といって食事を始めた。正夫は納豆というものを初めて食べた。納豆は大豆を蒸して稲ワラで作った苞《ツト》に入れて適温でしばらく寝かすと出来るという。豆が納豆菌によって発酵して糸を引くようになるとできあがりだ。納豆を器に移して生卵と醤油を入れてかき混ぜてご飯に掛けて食べる。

　正夫は初めは納豆のにおいと糸の粘りで辟易していたが、健樹の食べる様子を見て、それを真似して食べてみた。何とも不思議な味がしたが、残すのは出してくれた人に失礼だからと思って全部食べてしまった。

「正夫は、納豆が好きらしいねや」

「いや、初めて食べたので好きか嫌いかまだ分からないけど嫌いじゃないね」

「そうか、それじゃ準備が出来たら中伊豆沼へ出かけようか」

　八時前に正夫と健樹は自転車に乗って中伊豆沼に向かって出発した。

　中伊豆沼への道は牛車がすれ違うのがやっとの広さの道が曲がりくねって続いていた。道の北西側はおおむね林になっていた。健樹の話だと、冬になると雪がたくさん降り、諏訪村と同じように北西の風が吹くと吹雪になるので、それを防ぐために道の北西側が林になっていると言うことだった。坂道はほとんどなく約三十分ほどで中伊豆沼に到着した。沼へ近づくにしたがって空気が何となくいい匂いが混ざってきた。その匂いは沼に到着して初めて分かった。中伊豆沼はかなり広い面積だったが大きな葉で埋まっていて葉の間から茎がすっと伸びて先に桃色の大きな花が咲いていた。中にはこれから咲く握り拳の大きさの蕾もあった。水面をしゃがんでみると一面が桃色に見えた。

「凄いね、そしてきれいだし、いい匂いがする。これは何という花だろう」

「正夫は知らなかったんだな。これは蓮という花だ。ほら仏様の台座に飾られているあの花だ」

「そうか。これが蓮という花なんだな」

「少し沼の周りを回ってみようか」

「そうだね。何か変わったものを見れるかもしれない」

「この中伊豆沼の付近にはたくさんの鳥が棲んでいるし、冬になるとたくさんのハクチョウ、コクチョウやカモやその他の渡り鳥類がやってきて、これもとっても素晴らしい光景だ。水中には小さな魚が何種類もいるという話だ。それにトンボもここで誕生するという話だ。とくにイトトンボが有名だ」

「一つの沼がたくさんの生き物を育てるんだね。ハクチョウか、一度見てみたいなあ」

「ハクチョウはその名前の通り、全身が真っ白な羽毛と羽根で覆われている。大きさはツルと同じくらいかなあ。秋の終わり頃から冬の初め頃の間に北の方から飛んでくるんだ。その時期になると、夜が明けると沼一面が雪が積もったように真っ白になっているので驚いてしまうと、この辺に住んでいる人たちが言っているのを聞いたことがある」

「そんなにいっぱい飛んできたら餌を探すのが大変だろうね」

「まあそれほどこの沼は餌になる生物が豊富と言うことだろう」

「自然の力って素晴らしいなあ」

「そうさな。俺たち人間が生きているのも自然の力があるからさ。この池は初めは川があったところだったそうだが、大水で川筋が変ってここに水たまりが出来、それが沼になったそうだ。それが今ではこんなに大きな沼となり水田用の貯水池になっている」

「それも自然の力だね」

「正夫って面白いな。自然のことになると、もう夢中になってしまうんだなや」

　二人はいろんなことを話し合いながら中伊豆沼の周囲を一周した。沼の周辺には家が一軒もなく、木製の見晴台とも言えないようなものが数カ所あるだけだった。

　二人は中伊豆沼を一回り見てから南側にある小沼へ行ってみた。小沼もハスの花がたくさん咲いていた。小沼は中伊豆沼の半分ほどの広さという。周辺は田んぼが広がっているだけで、中伊豆沼と似ている風景だった。そこから少し離れたところにこんもりとした林が転々とあった。そこがこの辺の田んぼの持ち主の農家だった。

　二人はお腹がすいてきたので弁当のおにぎりを食べることにした。ところが水を持ってくるのを忘れてしまったことに気がついた。そこで帰り道の一軒の農家へ寄って水を飲ませてもらうことにした。

「こんにちは。誰かいませんか」

「誰っしゃ。なんか用ですか」

　といって若い女性が奥から出てきた。ちょうど正夫達と同じくらいの年格好だった。

「俺たちは大川高校の一年年生だけど、今中伊豆沼を見て来たところですが、焼きめし食おうと思ったんだけんど、水持ってくるの忘れてなや。井戸水飲ませてけさいん」

　と健樹が言った。

「そうですか。どうぞ。今湯飲み出してやっから」

「ありがとうございます」

「どうぞローカさ腰掛けてください」

　といって女性が土間の方へ行き、台所から湯飲みを二個もって戻ってきた。

「これ使ってください」

「ありがとうございます」

「今井戸水を汲んできてやっから、少し待っててけさいん」

　女性が井戸の方へ行った。正夫と健樹は顔を見合わせてしまった。戻ってきた女性が小さなヤカンを二人の脇に置いた。女性も座敷の方へ座って二人を見ていた。健樹は焼きめしを一個女性の方へ差し出して、

「これ一緒に食ってください」

といった。女性は驚いたように持っていた団扇を止めて二人を見た。

「そんなこと」

といって押し戻したが、健樹が再び進めるとおずおずと手を出した。

「もしかしたら、君は大川女子校の生徒ですか」

と正夫が聞いた。すると女性は、

「そうです。今年入学した一年生です」

「やっぱりそうですか。もしかしたらと思ったんですが」

「あんだら二人ともこの近くの人ですか」

「はい、俺は新滝に住んでいます。名前は甲斐健樹といいます」

「僕は、諏訪村から来ました。寺田正夫といいます」

「わたすは留子っていいます」

そこで三人は学校のことなど少しの間話をした。焼きめしを食べ終わると出された水を飲んだ。冷たくて美味しい水だった。

「俺は近くていいんですが、正夫はこれから二時間ほど自転車で諏訪村まで帰るのでこれで帰ります」

「そうですか。ずいぶん遠くからきたのね。そうだ、おれのクラスにも諏訪村から来る人がいます。えーと、なんとか雅子といったけど、名字は分かりません」

「雅子なら知っています。中学三年生の時、同級生だったから」

「そうですか。雅子さんにはわたすのこと言わないでください。こんな田舎に住んでいるのを知られたくないですから」

「別に田舎に住んでいるのは僕の家も同じです。でもいいません」

「今日は突然立ち寄らせてもらって悪かったねや。冷たい水ありがとうさんでした」

「今日はとってもいい日になりました。それと水をご馳走様でした」

「もう少しゆっくりしていけたら良かったのにね」

「それでは、さようなら」

といって正夫と健樹の二人は、留子の家を後にした。

健樹の家に着くと健樹の両親は野良へ行っていていなかった。正夫は健樹ともっと話をしたかったけど、これから二時間以上自転車で帰るので健樹の家を出ようとした。すると健樹が「ちょっと待っててけさいん」と言って土間に入っていった。そして正夫がコウリャンを入れてきた袋に何かを入れて持ってきた。

「これは俺の家の田圃でとれた餅ごめだ。帰ったら正夫の兄さんに渡してけさいん」

「ありがとう。かえってすまなかったね。御両親によろ

しく伝えてください。それじゃ、夏休みが終わったらまた会おうね」

「それじゃ、元気でな」

と言って正夫は健樹の家を出た。正夫は暗くなる前に家に着くように自転車を懸命にこいだ。小野田川を渡ると何故かほっとしたのだった。まだ太陽が高いうちに諏訪村に入ったので少し余裕が出来た。池のところまで来たとき何故か雅子は何をしているのかなあと頭に浮かんきた。

午後四時頃に雅子がどこかへ出かけているかもしれないと思ったけれど。正夫は雅子の家を訪ねてみることにした。雅子の家の方に行くT字路を右に曲がってお寺のところで偶然雅子に会った。

「あら、正夫君、今頃どこさ行くのっしゃ」

「あ、うん。君がどうしているかと思って寄ってみようと思ったんだ」

「あら嬉しい。それで今日は何処かへ行ってきのすか」

「雅子さんはこれから何処かへ行くところだったのかい」

「ちょっとバス停のところまで買い物に行くところだったんだけど、それはいつでもいいの」

「じゃあ、少し歩こうか」

「嬉しい。どっちへ行く」

「そうだね中学校へ行ってみようか」

「それじゃ、この路地を通っていきましょうか」

「こんな路地があったかなあ」

「ここは私の姉の家、つまり嫁いだ先なのっしゃ」

「そう、姉さんがこんな近くに住んでいたのかあ」

正夫と雅子は路地に入って百メートルほど行くと、湧水のところを通るいつもの脇道に出た。そこを右に曲がって湧水の松の木の下を通り抜けると、もう中学校がすぐそこにあった。まだ中学校を卒業して半年も経っていないのに、ずいぶん懐かしく感じた。

「僕は、昨日大川高校の同級生の家へ行って一晩泊めてもらってきたんだ。彼の家の近くに中伊豆沼というのがあって、僕はそこに鉄魚がいると思っていたんだけど、僕の勘違いで、鉄魚は別のところに生息しているんだということを教えられた。だけど蓮の花が中伊豆沼とその近くのもう一つの沼にたくさん咲いていて周辺にいい香りを漂わせていた」

「中伊豆沼なら私も知っているわ。冬になるとハクチョウやカモの仲間の渡り鳥がたくさん飛来する沼だった。中学二年生の時に大川市にいる姉が連れて行ってくれたことがあったわ」

「大川市にも姉さんがいるの。そうか雅子さんは七人の姉さんがいたんだったよね。彼は甲斐健樹といって大川高校で同じ化学部に入っているんだ。それでいろんな話をしたくて言ったんだ」

「中伊豆沼のあるところは山ばっかりで、後は田んぼしかなかったのを覚えているわ」

「ほんとにその通りだったなあ。面白いのは彼の家は檀家のないお寺なんだって。それで両親はいつも農業をやっているようだった。彼はバッチだったけどそのお寺を継ぐことになるといっていた」

「檀家のないお寺ってあるのかしらね」

「あるんだね。彼の家はもうずいぶん長い間そのお寺を守って受け継いできたんだって言っていた」

　二人は中学校の教室へ入って、教室の窓から山を見ながら話を続けた。

「中学校は変わっていないわね。まだ五ヶ月しか経っていないから当然ね」

「僕はいつも一人で本ばっかり読んでいたなあ」

「そうね。私が話しかけたら驚いて、震えているように見えたわね」

「それは驚いたさ。女子に話しかけられたのは、初めてだったからね」

「あら、本当かしら。女子の間では何かと話題になっていたの知らなかったのすか」

「そんな話始めて聞いたよ。身長がなくて痩せていつも同じ洋服を着ている男子に、女子が関心を持つわけないと思うがな」

「でも私が話しかけたでしょう。修学旅行の時、同じ組の班長をやって少し話をしたけど、他の女子に羨ましがられたんだから」

「そんなこと信じられないよ」

「女子の中には、大原台の男子に正夫君ってどんな人なのと聞いていた子もいたわ」

「そうか、今分かった。英一君って覚えているかなあ」

「覚えているわ。その子にいろいろ聞いていたんだから」

「分かった。思い出したよ。ある日、英一君が僕に変なことをいったんだ」

「なんていったのっしゃ」

「なんだっけ…。そうだ『正夫、学校中の噂にならないように注意した方がいいぞ』って言ったんだ。僕は何のことかサッパリ分からなくて戸惑ってしまったんだ。それで英一君に何のことかって聞いたんだけど、そのうち分かるかもしれないなといって話してくれなかったんだ。僕はそのことは分からないまま忘れてしまったんだ」

「正夫君は、たくさん小説を読んでいたのに、恋愛小説みたいのは読んだことなかったのすか」

「何それ。分からないなあ」

「やっぱりね」

　太陽が諏訪山の右肩に掛かってきたし、それに頭の中がもやもやしてきたので、正夫は家に戻らなければならないと思った。

「今日は突然寄ってしまって悪かったね。そろそろ帰らないと兄が心配するから」

「そうね、疲れているんでしょう。戻りましょう」

教室を出ようとしたとき雅子は知らん顔をして正夫の手に触れた。正夫は驚いて思わず手を引っ込めてしまった。中学校の校舎を出て湧水のところへ来たとき雅子は再び正夫の手に触れた。正夫は雅子に手を握られるままにしていた。雅子の手は燃えるように熱かった。正夫はこの前会ったとき、「私たちって恋人同士みたいね」といったのを思い出した。これがそういうことかもしれないと正夫は思った。二人は手をつないだまま雅子の家の方に歩いた。自転車を片手に引きながら歩くのは大変だったが、正夫は自分の胸が温かくなるのを感じた。正夫にとって今日は特別な日になったのを感じた。

家へ着くと弘がもう畑から戻っていて、牛の餌を作っていた。正夫は自転車を片づけるのもそこそこに弘のところへ行った。

「弘兄さん、ただいま。何か手伝うことないかなあ」

「おお、お帰り。遠いところへ行ってきたんだ。疲れているだろう。少し休んだら風呂を沸かしてくれ。夕飯は俺が作るから。風呂の水は今朝取り替えておいたから、そのまま薪を焚きつければいいようになっている」

「兄さんありがとう。じゃあ、風呂を焚き付けるから」

正夫は家に入り風呂釜の下に薪を入れて火を付けた。燃えさかってくる火を見ていると眠気がしてきてうとうとした。火が弱くなると暗くなるので、はっと目が覚めた。薪が燃え尽きようとしているのに気がついて慌てて薪を継ぎ足した。するとあたりが明るくなった。正夫は昨日から今日に掛けての体験を思い出してみることにした。

蓮の花のいい香り、健樹はそれは仏様のいるところの香りだといっていた。その香りのするところは極楽というのだって言っていたな。生きているうちにいいことをすれば、死んだ後、多分極楽にいけるのだろう。そしていろんな花に囲まれて時を忘れて過ごすのだ。正夫はここで疑問が湧いてきた。そういう状態は死後の世界と言うらしいが、楽しいと言うことは生きているということなのかどうかだ。これは健樹に会ったら聞いてみようと思った。戦争中たくさんの人たちが死んでしまったけど、あの人たちは極楽へ行くことが出来ただろうか。すると次にもう一つ疑問が出てきた。極楽で人はどれくらい過ごすのかなあと考えた。次に行くところがなかったら、極楽はどうなってしまうのだろうか。そこのところで正夫はいつもの循環思考に入るのを中止することにした。

健樹の家の裏山で見た星空は感動的だったなあ。今までも天の川や星空を数え切れないほど見てきたけど、あんなに感動的な星空を見たのは初めてだった。流れ星もたくさん見ることが出来たし、一番驚いたのは北西方向に見えたプレアデス座とスバル座だった。六個の星がはっきり見えた。そして、はくちょう座が天頂付近に大きなつばさを広げているのがはっきり分かった。

蓮の花は花びらが何重にもかさなっているのと、両手で大事なものを囲むように一重のものとがあるという話だった。お弁当の焼きめし（焼きおにぎり）もおいしかったし、水を飲ませてくれた農家の若い女性が大川女子高校生だったのも意外だった。最も意外だったのは、健樹が昔の書き付けを写書しているということだった。

　それから疲れていたのに何で雅子に会いたいと思ったのだろうか。帰りの道で雅子の熱く燃えるような手と繋いで歩いたことも感動だった。

　弘が家へ入ってくると台所で何かを始めた音を聞いて正夫ははっとした。風呂桶の湯をかき回して湯加減を見るとちょうどいい温度になっていた。

「弘兄さん、風呂が沸いたけど、僕が夕飯作るから兄さんが先に風呂に入ったら」

「いや、俺は後でいいからお前が先に風呂を使いな」

「じゃ、そうさせてもらうね」

「ゆっくり入って体をもみほぐした方がいいぞ。とくに足と腕をな」

「そうするよ。じゃ、先に入るね」

「ゆっくり入るといいさ」

　正夫は着替えを持って風呂場へ行って、着ていた服を脱いだ。初めにそれを洗ってから、体を洗った。夕べも健樹の家で風呂に入ったのに肌を擦ると垢がたくさん出てきた。正夫は先に体を洗って良かったと思った。夏の間は風呂の湯の温度が下がらないので追い炊きをしないですむのが楽だった。

　正夫が風呂から出ると食事の用意が出来ていた。正夫は鮎の串焼きを健樹の家でもらってきたのを忘れていた。それと餅米を弘に渡した。弘は「魚は焼いてあるから日持ちするだろう。今日はこれで済まそう」と言って夕食が始まった。

　正夫は甲斐健樹の家のことを夕飯を食べながら話し出した。弘は話を聞いて時々頷いていた。

「それじゃあ正夫はずいぶん楽しかったんだな」

「人の家に泊まるのは初めてだったし緊張もしたよ。でも楽しかったなあ。昨日の夕飯はうどんだったんだけど、お母さんが作ってくれるんだって言っていた。それと今朝の食事に納豆というのがでた。これはよくかき混ぜて糸が白くなったら醤油を入れて、またかきまわしてご飯に掛けて食べるんだって。初めは匂いとねばねばが気持ち悪かったけどすぐ慣れたし、美味しいと思うようになった」

「そうか。一日三度米の飯を食うのは贅沢かもしれないな」

「でも、うどんを作るのは大変らしいよ」

「雨が降って畑へ行けない日に作ってみようか。誰かに作り方を聞いてみよう」

「楽しそうだね。僕もやってみたいな」

「そうだな、二人で作ることにしようか」

　そんな話をしていたので食事はすぐ終わってしまった。後片付けは正夫がやり、弘は風呂に入った。

正夫は夕方、月を見るのを忘れていた。食器洗いが終わったので外へ出て空を見上げた。ここは近所の家の明かりがついていたので健樹の家の裏山ほどよく見えなかった。愛香山へ行けばもっとよく見えるかもしれないと思った。

正夫は明日からは弘と畑仕事をするのだと思って早めに寝ることにした。

夏休み中、正夫は懸命に農作業を手伝った。大根の葉の付け根が青くなって、根の長さも六十cmほどになってきた。七十cmを越えれば収穫の時期を迎える。八月の半ば頃になると真っ白な蕎麦の花が咲き出した。紅い茎と緑の葉、その葉の付け根に花が咲いている。ジャガイモの収穫も終了した。大豆の茎は七十cmほどの高さになり、葉の付け根のところに花芽が出てきた。

作物は毎日見ているとあまり気がつかないけれど、二、三日間見ないと体型が変わったり花が咲いたり変化しているのが分かった。大新田町への野菜売りは一日おきに行くことにしたので、町の人にも顔が売れてきたなと弘が正夫に言うことがあった。

進駐軍の兵隊は、山の麓でキャンプすることが多くなった。これは諏訪町の役場の要請で、変な言い方をすれば人里離れたところでキャンプするようになったということだった。それは兵隊達の中に村の女性に悪さをするものがあったからだそうだ。これとは逆に正夫の家の南にある家の女性達は兵隊がいなくなると一人もいなくなった。大原台に住んでいる中学の同級生の姉さんは、正夫にはどういう意味か分からなかったけれど「オンリー」という名で南村の小学校の分教場の谷の向こう側に一軒の家を借りて住みだしたということだ。その人は家の道路側を改造して駄菓子とか雑貨の商いを始めたと噂されている。正夫は見ていないのではっきりしたことは分からなかったが、彼女の両親は先々のことを心配して仙台の本部のあるアメリカ軍の中隊長とかいう人に頼んでそのようにしてもらったらしい。初めは近所の人たちにずいぶん差別されたらしいが少しずつ溶け込んでいるとも噂された。

諏訪村のような小さな社会の中では、周囲の人たちとうまくやっていかないと住み続けることが難しかった。そんな話が大原台住民の中で話題になったことがあったけど、いつの間にか忘れられてしまったようだ。

夏休みが終わり近くなって大根の収穫が始まる頃に、台風がやってきた。雨はそれほどでもなかったが、強風が数時間続いたのでコウリャンとトウモロコシの茎が倒れてしまった。トウモロコシは実の部分が泥だらけになってしまったので売り物にならないと弘が言った。コウリャンは支えの柵を作って茎を立たせることで何とか実がつくだろうと予想された。背丈の低い作物は大方被害がなかった。大根は、葉が泥だらけになったが葉先を切って運ぶので問題ないということだった。ただ、畝の盛り土が下がってしまい根に日光が当たるようになってしまったので、買い主と相談してすぐに収穫を始めることになった。大根の収穫は、大根を抜いて葉を切り落とし四本ずつ縄で二箇所を縛る。牛車の台に木枠を作り、大根に傷がつかないようにムシロを敷きその上に大根をのせる。大根の搬送は毎日買い主の工場まで六、七回も牛車で往復する作業だったので大変だった。それで大きな損害は出なかったのが幸いだった。

農作業で多忙を極めていたが、世の中はいろいろ変化していた。朝鮮戦争の話は新聞に載らなくなった。その代わり中国の南に位置するヴェトナムという国の政情が怪しいようだと新聞に出るようになった。

国内でも破壊防止法が公布された。その内容に異議があるということで何回も何回もデモが行われた。そして突然衆議院が解散されてしまった。そのために十月に選挙が行われることになった。吉田内閣はかなり強引に日本を引っ張っていると新聞に書いている。

正夫に関係あるかもしれないことも話題に上っていた。それは高等学校を卒業して大学に入るためには、大学の授業を続けていけるかどうかとかなどを判定するために行われる大学進学適正検査というものだ。それを改革することが検討され出したということだった。ここでいう大学というのは国立の大学のことだ。

この進学適性検査で不合格になった場合、つまりある基準の点を取れない場合は国公立大学以外の私立大学へ進学することは出来る。国公立大学と私立大学とでは学費の差が大きいので家庭の収入によっては私立大学へ進学するのをあきらめる人もいるという。これは高等学校の生徒には重大なことだった。進学適性検査はどうなるのだろうと正夫は思った。

もうすぐ夏休みが終わる。正夫は高校授業の復習を始めた。

大川高等学校へ入って初めての夏休みはあっという間に終わってしまった。いろんな初めての体験をした。諏訪村以外のところの友人の家へ行ったのも初めてだったし、三十㎞以上も離れたところへ自転車で行ったのも初めてだったし、人の家へ泊まったのも初めてだった。それらの中で最も記憶に残ったことは外国人と直に話をしたことだった。

正夫の高等学校は九月三日から再開される。そのためか前日の午後、突然、隆が義姉とともに家へやってきた。何か重箱のようなものを持ってきた。義姉が正夫の家へ来たのはこれで三度目だった。正夫は、義姉が二度目に来たとき、変な仕草をすることに気がついた。それは右手で左手の第四、五指を隠すように見えたのだ。それで気をつけていると台所で洗い物をするときに小指と薬指の先の部分がないのが見えた。しかしそのことは自分の中にしまっておくことにした。というよりどうでも良いことに気がついたのだった。

「正夫は明日からまた学校だな。毎日自転車で通っていて疲れるだろう」

　と隆が聞いた。

「初めは疲れたけど今はもう慣れて平気になったよ」

「これからも事故に遭わないように気をつけて通ってくれ」

「うん、ありがとう。気をつけるよ」

「二人は食事をきちんと食べているのすか」

　と義姉が尋ねた。

「交代で何とかやっているよ。毎日同じような食事内容だけどね」

　と弘が応えた。

「畑の方はどうなっているんだ」

「忙しいときは、青年団でお互いに手伝うことになっているし、正夫もよく手伝ってくれるので何とか出来ている」

「そうか。俺も手伝えるといいんだがな。鉄工所の仕事も一年中忙しくて、なかなか時間を作れないんだ。分かってくれ」

「気にしないでいいよ。今言った状態だから」

「ところで野菜を大新田町へ売りに行っているそうだな。どうなんだ。少しは生活費の足しになっているのか」

「たいした金額ではないけれど、日用品は不自由しないですんでいるよ」

「それはそうと、両親から便りは来るか」

「月に一度、母さんから便りが届くよ。仕事が忙しいらしい。少し先になるけど脇田さんが大井町というところへ引っ越しするといっていた。両親は甥の家の庭に小さな家を作ってそこを仕事場兼住むところにするという話だよ」

「そうか。従兄さんは神田に住んでいたんだけどな。その前は本町だったな。そういえば本町の家はお前達も知っているな。空襲のあと数日身を寄せていたところだった」

「そうだね。でもあの頃のことは思い出したくないんだ」

「そうだったな。悪かった」

　会話は少しの間途切れてしまった。すると義姉が目で合図をした。

「ああ、そうだった。今日はおかずを少し持ってきたんだ。この鍋に入っているのはカレーだ。あまり食べることがなかっただろう。このまま暖めて飯に掛けて食べるといい。それからこっちは母さんがよく作ってくれた肉入りのジャガイモの煮っ転がしのようなものだ、食べてみてくれ。それとこっちは鮎の甘露煮だ頭からかぶりつくと美味いぞ」

「ありがとう。正夫、今日は大変なご馳走だな」

　正夫は黙って頷いた。蓋付きの鍋と重箱が三段重ねになっていた。

「それじゃ、これで帰るけど、二人ともたまには家へもよってほしいとこれの両親もいっている」

「ありがとう。少し余裕が出来たら一度訪ねるよ」

　義姉が来ると何だかぎこちなくなってしまう弘と正夫だった。薄暗くなったので兄たちは帰っていった。

　兄たちが帰った後、二人はそれぞれの仕事を済ませて食事にした。鍋のカレーを温めて熱いご飯に掛けて食べた。肉の塊が入っていた。そういえば、進駐軍に野菜を売っていたことを話すのを忘れたしまったなといって二人で笑った。ヤスダコックがくれた肉は牛の肉で何故か少し油の匂いがしたが慣れるとそれが旨味だったような気がしてきた。

　カレーはそれなりに美味かった。弘は初めて食べる味なので初めは躊躇していたが、二皿も平らげていた。まだ残っていたので明日朝もこれを食べることにした。

　食事の後片付けが済んで風呂に入ると、弘はまた青年団の会に出かけていった。正夫は朝食の準備をしてから布団を敷いて横になった。寝転んで本を読もうと思っていたのに疲れていたので寝てしまった。

　二学期が始まった。諏訪村の県道外れに住んでいる進の家の前に大川市の高校へ行く生徒達が集合していた。ここで集まってみんなで大川市へ向かうことがいつの間にか習慣のようになっていた。というのは進がいつも遅れて家を出てくるからだ。そのせいで急がなければ授業時刻に遅刻しそうな日が時々あった。

　九月の初日は珍しく進が先に待っていた。それですぐ出発することが出来た。大新田町まではほとんど自動車に出会うことはなかった。大新田町から東への道も同じように自動車とすれ違うのは珍しかった。

　台風の影響は大原台開拓団入植者にはほとんどなかったが、大川高等学校へ行く途中の田んぼにはかなり被害が出ていた。収穫前の稲が水で洗われたように根元から折れているだけでなく根が丸見えになっているところもあった。大新田町の東向こうの高田川が上流で氾濫したようだった。農家の人たちが倒れた稲を数株ずつ束ねて立たせていた。家が農家の子は、ここはずいぶん被害が出ているなと他人事と思えないといったように呟いた。

　大新田町から出ている軽便鉄道と国鉄の陸羽線の列車には影響がなかった。正夫が大川高校へ着くと自転車置き場がいつもより混雑していた。久しぶりに登校したので到着時刻が重なってしまい順番待ちになっていた。自転車を所定の位置に置いて鍵を掛けて教室へ行った。教室内はみんなが話をしていたのでがやがやと騒々しかった。席に着くと早速、進駐軍の兵隊に会いに来た生徒が正夫のところへやってきた。

「やあ、久しぶり。この前はありがとう。みんなも喜んでいたよ。今も進駐軍は来ているのかい」

「やあ、お早う。この前は両親が東京へ行っていて何も出来なくて悪かった。それから進駐軍は来ているけど山の麓の方でキャンプを張っているので家の西の林の中には来ていない」

「そうか残念だなあ。一緒に行った仲間達はまた行きたいって話していたんだ。ヤスダさんって言ったっけ、あのコックさんがご馳走してくれた牛肉は美味かったなあ。親に話したらそれは大変なご馳走になったなっていわれた」

「そうだったね。僕も兄に話したら羨ましがっていた」

「そうだよなあ」

「ヤスダコックは家の野菜をたくさん買ってくれたんで助かったよ。今どこにいるのかなあ」

「朝鮮に行ってしまったのかなあ」

「でもさ、朝鮮半島の戦争は休戦状態が続いているって新聞には書いてあったしね」

「そうだったな。国と国の間のことは手続きがずいぶん厄介なんだろうからなあ。このまま戦争が終わればいいのになあ」

「そうだね。戦争なんて何も解決しないとある人が新聞に書いていたけど、僕も全く同感だ。ところで大川市もこの前の戦争で空襲に遭ったのかい」

「俺の知る限りでは、空襲はなかったな。何しろ田んぼばかりだからね」

「でも僕が新潟県へ学童疎開で行っていたところの近くの小さな町でも空襲されたと言っていた」

「正夫君は東京にいたんだったね。東京で空襲に遭ったのかい」

「そう。昭和二十年三月十日未明の空襲で十万人以上の人が犠牲になったとき、僕の家も焼かれたんだ」

「そうかあ。いつか機会があったらその話を聞きたいな」

「僕としてはあまり話したくない思い出だから、もっと時間が経って大人になったらそんな機会があるかもしれないけどね。今は思い出したくないんだ」

「悪かったな。忌まわしいことを思い出させてしまったようだ」

「それよりもこの夏休みはどうしていたんだい」

「俺の家は小さな食堂をやっているんでそれを手伝っていた。そうだ、君のところでもらった野菜を親に見せたら、いい野菜だと言っていた。出来たら毎日届けてくれるとありがたいとも言っていたけど、それは遠いから無理だと言っておいた」

「そうだな、近ければ運べるんだけど、ちょっと無理だね」


話をしている間に授業開始のベルが鳴った。

生徒たちは教科書やノートを取り出して机上に置いた。授業開始の一時間目は生物学の授業だった。生物の授業は「分類学」、つまりある生き物があったとする。その生き物は動物か植物かを調べてどちらかに分類する。その後、体の特徴や生き方の特徴によって種類分けをする。正夫はここで思い出した。アメリカ兵の瞳は日本人と異なってきれいな青色をしていた。これも分類の一つなのだろうと思った。

正夫は中学の理科の先生に質問した牛の反芻に関して

偶蹄目と奇蹄目の違いも分類学の問題だと考えた。そのとき先生が上の学校へ行くとそのようなことを勉強することになると行っていたのを本当だと思った。九月からは生物の発生の仕組みについて勉強することになる。生物学は正夫にとって楽しい科目の一つだった。

　放課後、正夫は甲斐健樹と化学クラブの部室へ行った。先輩達も来ていた。正夫達が入っていくと先輩達は雑談を急に止めた。

「やあ、君たちよく来たな。こっちへ来て冷たい水を飲めや」

「こんにちは。ありがとうございます」

　といって部室の前の方へ行った。部室は化学の実験室を使っている。先輩達の氏名を聞いたんだけど正夫は一人も覚えていなかった。健樹は一人の先輩の名前を呼んでその隣に座った。正夫もおずおずと健樹の隣に座った。先輩達は注ぎ口の付いたガラスの入れ物で水を飲んでいた。健樹と正夫の前にも同じものに水を入れて出してくれた。後でそれはビーカーという実験器具だと知った。

「俺は佐々木信綱という。三年生だ。今日は上級生で十月末にやる学園祭のことを話し合おうと有志だけで集まったんだ。君たちが来たのでちょうどいい。そこに座って話を聞いてくれ。もし何か意見があったら遠慮なく話してくれてもいいぞ」

「意見なんてとんでもありません。話を聞かせてください」

「それじゃ始めようか。初めに去年やったことを反省もかねて古川に話してもらう」

「分かった。それじゃ去年の学園祭で何をやったか話す」

　といって古川計雄という先輩が話し始めた。

　昨年は金属の化学的性質というテーマとアルコールの酸化というテーマを中心に実験過程とその結果を展示した。学園祭に来るお客の中心は、中学生だというので色が変化するのを見せたという。最後に花火を作って見せたという。

「おおむねこんなところだったと思う。何か付け加えることがあったら頼む」

「とくに付け加えることはないと思うが、山城達はどうだ」

「俺もとくに付け加えることはないが、去年は全部でどのくらいお客が来たんだろう。誰か記録を取ってないかなあ」

「そうだな。記録を取っていたという話はこれまでなかったと思うなあ」

「俺も聞いたことがなかったなあ」

　と鳴尾という先輩が言った。

「それじゃ今年からお客の数を数えておくというのはどうだろうか」

「それはいいな。部会で決めることにしよう。それで今年はどんなテーマにするかだけどなあ。何か案があったら言ってほしい。一年生も遠慮なく言っていいぞ」

　正夫と健樹は顔を見合わせて黙っていた。二人とも化学について勉強を始めたばかりなのでサッパリ分からなかったのだ。

「今日集まってすぐテーマを決めるというわけにも行かないだろうから、来週のこの時間までにテーマを提案できるように考えてきてほしい。できれば少しは具体的なことが分かると話を進めやすいと思うのでよろしく」

と、古川が言った。正夫はちょっと時間が気になったので部屋の中をぐるりと見回したが、時計はなかった。それに気がついた古川が、

「どうした寺田。なにか気になったか」

「いえ、ちょっと今何時かなあと思ったもので」

「寺田の家は諏訪村だったな。自転車に乗ってくると言っていたがどのくらい時間が掛かるんだ」

「はい。普通に自転車をこいでいるとだいたい一時間二十分から三十分くらいかかります」

「甲斐はどうだ」

「俺のところは北へ自転車で三十分くらいだすなあ。寺田の家と比べれば三分の一くらいの距離ですが」

「そうか。寺田君は遅くなると大変だから、今日はこれで解散にしよう。三年生はもう少し残って話を続けよう」

「それでは失礼します。今後もよろしくお願いします」

　と言って正夫と健樹は部室を後にした。正夫は健樹に、

「ありがとう」

と言ってそのまま自転車置き場の方へ行った。

　正夫は家に帰ってからせめて教科書があったら何か考えることが出来るのだけどなあと思った。明日学校の図書館に行って何か簡単な化学の本を調べてみようと思った。

　大川高等学校では「化学」の授業は二年生で勉強することになっているので正夫の持っている中学の理科の教科書を持ち出して化学と関係ありそうなところを調べてみた。しかし、どこが価格に関連しているかをすぐには見つけられなかった。正夫はこれまでの不思議帳を持ち出して何か不思議な現象がなかったどうか調べてみた。そこには自然現象や生き物に関することしか書いてなかった。

　正夫は食事の用意をして風呂を沸かし弘が畑から戻ってくるのを待っている間に、新聞を読み出した。そこでふと新聞の科学記事があったのを思い出した。

　科学記事の中に〝パームチッド〟という言葉を見つけた。これは高純度の石炭から水を化学的にきれいにする物質を作ることが出来るといった話であった。これは試してみる価値があるかもしれないと思い、切り抜きを作った。そして記事を詳細に読み始めた。しかし分からない言葉がたくさん出てきてほとんどお手上げの状態に

なってしまった。それで新聞の切り抜きを先輩に見せてみようと思った。しかし自分でも前もって少しは調べておかなければと考えた。

　弘が畑から戻ってきた。牛の世話が終わると家の中に入ってきた。

「お帰りなさい」

「正夫、もう戻ってきたのか」

「この時期は風がないので早く帰ることが出来るんだ。西風が吹くと自転車に乗ってペダルをこぐことが出来ないからどうしても遅くなってしまうんだけどね。そうだ風呂を沸かしてあるし夕飯の支度も出来ているよ。どっちを先にする」

「先に風呂へ入って、それから夕飯にしよう。夜はまた青年団の話し合いがあるから出かけなければならない」

「いつも大変だね。お風呂に入っている間に夕飯盛り付けておくよ」

「正夫はもう風呂に入ったのか」

「ちょっと調べることがあったので風呂にまだ入ってないよ」

「そうか。じゃ風呂に入ってくるか」

　そう言って弘は裏の風呂場へ行った。正夫はいつものように囲炉裏の横に食卓を出して粗末ながらも栄養のありそうな菜を並べた。味噌汁も温め直した。

　弘が風呂から上がってくるとすぐに食卓のところへ座った。

「そろそろまた台風が来る時期だな。新聞には台風のことが何か書いてないか」

「気がつかなかったけど明日英一君にラジオで何か言ってないか聞いてみるよ」

「我が家にもラジオがあるといいんだけどな。もう少ししたら買えるかもしれないが、それまで英一君の世話になるな」

「英一君みたいに自分で作れるといいんだけどね。そっち方面は全くだめだから」

「そう何でも出来たら大変だ。人にはそれぞれ得意な分野があるというしな」

　そんな話をしている間に食事が終わった。

「この頃気がついたんだけどな、正夫は身長が伸びたんじゃないか」

「そういえば、自転車をこぐのが少し楽になったような気がしていた。やはり身長が伸びたのかなあ」

「今までが小さすぎたからこれからどんどん伸びるかもしれないな。今に俺を追い越してしまうかもしれないぞ」

「そんなに急に伸びないよ」

　食事の後片付けがおわると、今度は正夫が風呂に入った。正夫は今日学校であったことを思い出していた。化学クラブの部室は授業で使う実験室だったこと。その実験室は生徒が自分で実験をやるように作ってあることが分かった。そういうことが分かると早くそこで実験をしたいと思う正夫だった。先輩が言っていたことでもう一つ、机が階段状になっている実験室があるらしい。そこは教員が生徒の前で実験を見せるところだそうで階段教室という名前が付いているという。

　この頃友達も増えてきたし、今日のように先輩と話が出来る機会も出来た。そう思うと高等学校へ入って良かったと思うようになり、ますます高等学校が楽しくなってきた。しかし相変わらず、授業の進むのが早くて追いついていくのがやっとで自分の方が先に進むことが出来ないのが悔しかった。

　正夫は体を洗っていると、何故か雅子のことを思い出した。彼女は勉強に付いて行っているんだろうなあ。

　正夫は久しぶりに雅子に会いたいという気持ちがわいてきた。しかしその一方で、雅子に会って何がどうなるのだろうかとも思うのだった。正夫はこんな気持ちになったのは初めてだった。この前雅子に会ったとき、手を繋いで歩いたら正夫の心が何だか温かくなった。正夫は自分がどうなってしまったのだろうかと戸惑った。正夫は今まで読んだ書籍の中にこのような状態を書いたものを読んでいなかった。本の内容をよりどころにしていた感じのあった正夫にとってこれが最も困ることだった。その上に〃私たちって恋人同士みたい〃と言った雅子の言葉も意味が分からなかった。正夫はこれまでどうしようもないことはしばらくそっとしておくことにしてきた。それで今の状態もどう考えたら良いか分からなかったのでしばらくそのままにしておくことにした。

　翌日から、正夫は高等学校へ行くと時間を作っては図書館にこもるようになった。甲斐健樹が気になって、正夫にどうしたんだと言って心配してくれた。

「甲斐君は〃化学〃のことをどれくらい知っているんだい。僕は中学の理科で勉強したことしか知らないんだ」

「それはおれだって同じさ。それで正夫は図書館で何を調べているんだ」

「この前部室へ行ったとき先輩が学園祭でやるテーマを考えておくようにと言っていただろう。それで少し気になることがあって、そのことを図書館で調べているんだ」

「それってどんなことだ」

「僕の家で取っている新聞の記事の中に純水を作る装置のことが載っていたんだ。その純水って何だろうと思ってね、調べていたんだ」

「純水ね。俺も初めて聞く言葉だなあ」

「今までは蒸留水と言っていたんだけどね、今はイオン交換樹脂というのが出来てそれで蒸留水に代わる純水というのを作るって書いてあったんだ」

「ということは、純水というのは蒸留水と同じかそれに近いものなんだな。蒸留水というのは中学の理科でガラスの装置を使って作ったのを見たことがある」

「それは俺も見たことがあったさ。それで純水はどんな性質があるのか、そして蒸留水と何が同じで何が違うのかを知りたかったんだ。純水を作るイオン交換樹脂ってどんなものかを知りたくなった。それでイオン交換樹脂というのがどんなものか調べているんだ」

「そうか。俺もその話にのった。一緒に調べて、そして先輩に話してみよう」

それから一週間が経った頃、正夫達は純水と蒸留水との違いを調べたことを一枚の紙にまとめた。その結果は字の上手い健樹が書くことにした。そしてイオン交換樹脂については理解できないこともあってもう少し時間が必要だった。

健樹の方は、いろんな花や食べ物にそれぞれ違う香りがあることに興味を持った。その香りの違いがどこにあるのかを不思議に思っていた。そのことも二人で調べてみた。例えば、夏になると氷水が店で売られている。赤いのはイチゴの香りがした。しかし実際にイチゴの実は入っていなかった。それで店の人に聞いたら氷水の香りはほとんど合成品だと教えてくれた。しかし店の人はどうやってそれを作るのかについては知らなかった。ついでに氷水の甘味についても聞いてみた。店の主人の話は、

「昔は、砂糖水を使っていたが、今はサッカリンかズルチンが主に使われている」

ということだ。ということは氷水は氷の他は人工合成物が使われているようだった。

正夫は、弘がポンセンベイを作っていたとき、サッカリンを水に溶かして米や豆、あるいはスルメにかけていたことを思い出した。サッカリンそのものは薄い茶色がかった塊だった。それを砕いて使うのだが小さい粉をなめてみるとっても苦かった。だから使う時は少量を水に溶かして使っていた。

正夫と健樹はこのことも調べていくうちにイチゴの香りを作ってみたいと思うようになった。すぐ作り方を調べるとそれほど難しくないように思われた。

二人はこれらの結果を部室へ持って行き先輩に話した。

先輩達は、香りの合成はそんなに困難ではないがイオン交換樹脂を作るのはほとんど不可能かもしれないといった。しかし顧問の先生に話してみるといってくれた。その結果はその週の土曜日にわかるので部室へ来るようにと言われた。

正夫と健樹は少しだけ手応えを感じた。しかし実際に実験するのは怖かった。

学園祭まであと一ヶ月半になった頃、正夫と健樹は先輩に呼び出された。その間にもちょくちょく部室に行っていたのにその日は特別に必ずくるようにという話だった。正夫と健樹が当日部室の実験室へ行った。そこには白い上っ張りを着た先生が二人いた。先輩の紹介でこの二人は化学の先生だということが分かった。正夫は僕も早くあのような白い上っ張りを着たいと思った。年配の方は金井先生といい有機化学を担当すると言うことだっ

た。若い方は栗山先生といい、基礎化学と無機化学の担当だという話だった。栗山先生は昨年春東京の理科学園大学を卒業したばかりだという。

「寺田そして甲斐、君たちのことを両先生に話したところ大変興味を待たれて是非君たちに会いたいというので今日その設定をして両先生に来ていただいた。それでは両先生お願いします」

金井先生が初めに話し出した。

「三年生から君たちのことを聞いた。香料つまり君たちの考えた氷り水にかけるあの赤い色をした液体に入っているイチゴの香りを一般的に香料と呼ぶのだが、結論から言って合成は可能だし、君たちにも実験方法と使用量を間違えなければ簡単にできるだろう。しかし実施するには危険を伴うことがあるので、それなりの訓練が必要になる。これは何でも同じことだから分かると思うが」

「はい」

と正夫と健樹は同時に返事をした。

「それでももし君たちが自分でこの実験をやってみたいというのなら、君たちはこれから基本的な化学用語を勉強し、器具の取り扱い方を覚えてほしい。それで次に会う日までにこの本、これは二年生になると使う化学の教科書だ、を読んでおいてほしい。私の話は以上です。では栗山先生、後をよろしくお願いします」

といって金井先生が若い栗山先生に話の続きを渡した。

「私は栗山と言います。君たちの持ってきた話は、一部はここでは不可能なことが含まれています。残りの部分もかなり大変だろうと思います。初めに蒸留水のことはもう知っているようですね。一般的には蒸留水が今の地球上で簡単に入手することが出来る一番きれいな水と言ったら大げさに聞こえるかもしれないが、間違いないでしょう。蒸留水はどんな使い道があるかと言うことは君たちが調べたことで十分でしょう。蒸留水の何がそんなに重要かというと、水の中に不純物が僅かしか入っていないことです。水道水を例に取ると、世界の国や日本でも地方によっては不純物の含有量は違うのですが、一リットルの水道水を全部乾燥させると、かなりの白い物質が底にのこります。日本の水道水は人間が飲む分にはそれでもいいのですが、その白い物質が他の場合には作業の邪魔をすることがある。それでその物質を出来るだけ除去したのが蒸留水だ。そしてよりきれいな蒸留水を作るために蒸留した水を更に蒸留するといった方法で精製していくのです。今一番きれいな水は、水素と酸素を反応させて作った水です。しかしこれはかなり高価なものになるので実際にはやっていません。それでは大量にきれいな水が必要なときにどうすれば良いかと考えた人達がいます。その人達は長年かかってイオン交換樹脂というものを作り出しました。それを使って作った水を純水と呼びます。ここまでわかりましたか」

「難しいお話ですが、何とか理解できたと思います」

「よろしい、大変よく出来ました。その原理はこの紙に書いた図を見ながら説明します。きれいな水の中には重金属や腐食性のある物質が含まれていないという条件が付きます。図の中にHイオンが付いているところがありますね。この水素が水中の金属と置き換わるのです。これがイオン交換の簡単な説明になります。これをたくさん使って大量の重金属が入っていない水が得られます。それから他方、OHイオンが付いている部分がありますね。このOHイオンが水中の硝酸イオンや硫酸イオンあるいはその他のマイナスイオン物質と入れ替わります。金属イオンやマイナスイオンはイオン交換樹脂にくっつき水の中にはHイオンとOHイオンが入ります。これらはどうなりますか」

「えーと、水素イオンと水酸化イオンは結合して水になるのかなあ」

「その通りです。君はなかなかいいセンスをしているようですね。水になればそれは求めるものですから純水が出来るのです。実際に、イオン交換樹脂をガラスの筒に入れてそこに水道水を通すことによって大量に純水をえることができるのです。ここまで何か質問がありますか」

「はい先生、今のお話ですとHイオンとOHイオンが同時に同じところにあるとそれら同志はくっついて水になってしまい、重金属やマイナスイオン物質と交換する前にそれ同士で水になってしまうことはないのでしょうか」

「寺田君、いいところに気がつきましたね。その通りです。それでHイオンの付いたものこれを〝陽イオン交換樹脂〟と言います。OHイオンの付いたものを〝陰イオン交換樹脂〟と言います。それぞれを別の容器に入れるのです。これで問題は解決ですね」

「分かりました。ありがとうございました」

「次に寺田君が新聞で読んだパームチッドというのが手軽に出来るのじゃないかということですが、これには少なくとも瀝青炭、出来れば無煙炭が必要です。普通の石炭では不純物が多すぎて利用できないというのが一般的です。ここでこの実験をすることは無理のような気がします。そこでイオン交換装置というのを大川市の衛生試験所で持っていると言うことですからそれを借りて展示することは可能だという話をもらいました。それには手続きが必要なので日数も掛かるようですから、どうするかを上級生の人達と相談してください。結果が出たら速やかに連絡してください」

正夫と健樹は先輩の方を見た。

「その件は後で相談することにしよう」

ということでその日の先生の話を考えて相談することに決まった。

その日はそれで帰ることにした。健樹と別れて自転車置き場へ行くと、残っている自転車は正夫の自転車一台だけになっていた。九月も半ばになると太陽が沈むのが早くなってきた。正夫は一人自転車に乗って帰途についた。あの若い栗山先生が、正夫のことを褒めてくれたのを思い出していた。センスがいいと言ってくれたけど、それはどういう意味なのか考えた。しかし分からなかった。

小野田川の橋を渡ったところで女学生が一人で歩いているのが見えた。正夫の自転車にはライトが付いていないのでゆっくり走っていた。その女学生を追い越すとき、

「あ、正夫君じゃない」

と声をかけられた。その声を聞いて、その女学生が雅子だとすぐ分かった。正夫は自転車を降りて雅子と並んで歩き出した。

「やあ、雅子さん偶然だね。今日はずいぶん遅かったんだね」

「正夫君も遅いじゃないの。また何処かへ寄ってきたのすか」

「いや、そうじゃなくて、クラブのことで化学の先生と話をしていて遅くなってしまったんだ」

「何でまた、先生がクラブのことで正夫君に会いたかったのかしら」

「学園祭のテーマを先輩に考えろと言われて、疑問だったことを書いて出したら、それを先輩が先生に見せたんだって。それを見た先生が僕に会いたいと言って今日会うことになった」

「それって、もしかしたら凄いことじゃないのかしら」

「それほどのことじゃないよ。その話は後日にして、今日は遅いから送っていくから自転車の後ろに乗って」

「そうね。じゃ送ってけさいん」

といって雅子は正夫の自転車の後ろに横向きに乗って正夫の体に両手を回した。正夫はドキマギしてしまったが雅子がするままにしておいた。走り出したとき少し自転車が揺れたので雅子は一層しっかり正夫にしがみついた。自転車が順調に走り出しても雅子は正夫にしがみついていた。雅子の家までは、ほんの短い距離だったが正夫にまた変化が出てきた。自転車で走っている間、正夫達は一言も話をしなかった。

雅子の家に着くと、雅子は自転車から降りて正夫の目をじっと見つめてから握手を求めてきた。正夫は思わず手を出して雅子の小さな手を握った。すると正夫の体中が熱くなってきた。正夫は慌てて雅子の手を離そうとしたが、雅子は握った手に力を入れて自分の方へ引き寄せようとした。正夫は慌てて手を振り戻して体を離した。雅子は笑顔になって、

「正夫君、ありがとう」

と言って家に入っていった。正夫は自転車に乗って家へ急いだ。愛香山に差し掛かったとき太陽は山の陰になって空を真っ赤に染めていた。正夫は、明日もいい天気になるなと思って坂道を下り始めた。

正夫が家に着くと、弘も今しがた畑から戻ってきたと

ころらしく、牛の世話をしていた。

「弘兄さん、遅くなってごめんね。先生と話をしていて遅くなってしまったんだ。すぐ風呂を沸かすからね」

「お前も疲れているだろう。そんなに慌てなくてもいいからゆっくりやりな」

「うん、わかった」

正夫は今朝のうちに風呂の水を入れ替えておいて良かったと思った。すぐ火を付けて薪に火が燃え移ると、台所へ行って味噌汁を作り、目刺しを焼きだした。味噌汁の実はジャガイモの千切りと小松菜をひとつまみ入れたものにした。

牛の世話が終わった弘が家に入ってきた。そして風呂の前にしゃがんで風呂を沸かしていた。正夫は、食事の用意をしながら弘に声をかけた。

「兄さん、遅くなって悪かったね」

「そんなことを気にしなくてもいいさ。それより遅くなると自転車でも危ないことがあるから気をつけろよ」

「うん。気をつけるよ」

と言ったが正夫は何故か後ろめたさを感じていた。そのわけは分からなかった。

二人だけの食事を終わると、珍しく弘は正夫に学校の話を聞きたいといった。

正夫は今学校では学園祭の準備に入って、みんなが忙しそうに話し合ったり、何かを作ったり活気があると話した。

「今日ね、二年生になって習うことになっている化学の先生に呼び出されていろんな話をした」

「何でまた二年生の先生と話をすることになったんだい」

「それはね、今年の学園祭のテーマに僕と甲斐健樹君と考えたことが先生の目を引いたらしくてね。それで僕たちの話を聞きたいと言っていた」

「それって凄いことかもしれないな。それでどうなった」

正夫は今日のことを弘に詳しく話した。話を聞き終わると、弘はがんばれよといって正夫を励ました。

正夫は雅子の手を握ったとき、雅子が自分の方へ正夫を引き寄せようとした、あれはどういうことだったのだろうかと考えた。正夫にはそのとき自分から手をふりほどいて体を離したが、そうしなかったらどういうことになっていたのだろうかと。

考えたが分からなかった。正夫はこの頃の雅子の様子が変だと思うようになった。やたらと正夫の体に触ろうとしたりするし、言葉の端々にも何か大人の話のようなところが目立つようになってきた。しかし、正夫にとってそういう雅子の行為の一つひとつが何故か雅子が大人になったように感じた。正夫はそういう雅子と話をしたり、この頃は手を握られるのがとっても心地よくなってきた。正夫は、集団疎開から帰ってきたとき上野駅で出迎えてくれた母が正夫を抱きしめてくれたときもいい心地だったのを思い出した。しかし雅子が正夫の手を握ってきたときとは少し感じが違っていた。

　正夫はいくら考えても分からないので、一時雅子のことから考えをそらすことにした。そうしなければ学園祭のことが目前に迫っているので考える時間が足りなくなることと思ったからである。

　その夜、弘はいつものように青年団の会合に出かけた。その後で先生が貸してくれた化学の教科書を読み出した。初めに物質とか、元素とか、分子や原子の定義というか言葉の説明が書いてあった。物質は地球を構成しているものすべてがあてはまるようだし、物質は分子や原子で構成されているらしいと思った。簡単に言うと正夫が毎日何気なく使ったり飲んだりしている水は、水素原子二個と酸素原子一個から出来ている。分子の種類は無限にあるが、原子の種類は、存在が予想されるものを含めても約百種類に満たない。その原子が組み合わさって分子が出来るとしたら、どのくらいの種類があるのか見当も付かないくらいたくさんあるのだろうと想像した。中学の理科の先生が生物の種類は数十万から数百万種類といっていた。とするとそれらを全部調べることなんて到底不可能だと思った。

　しかし、それを全部覚える必要なんてないことが分かった。というのは生物と同じように何か特徴のあるもので分類していけば覚える必要は全くないのだろう。

　次に出てきたのが、原子の周期表というものだった。それは原子の特徴で八つのグループにすることが出来ると言うことだった。原子には、番号が振ってあった。H（水素、Hは原子記号という）は一番だった。正夫は周期表くらいは覚える必要があるだろうと思った。

　こうして正夫は化学という学問の扉を開くことになった。教科書を読み進めていく間に、時間が過ぎていった。弘が家に戻ってきたとき、さすがの正夫も教科書を抱きかかえる格好で寝てしまった。

　弘はその姿を見て、正夫はまた新しい世界を見つけたらしいと思った。弘は教科書を正夫の手からはずして枕元において寝に着いた。

　今夜も夜空は満天の星が輝いていた。

　正夫は、西の防風林で鳴く鳥たちのさえずりで目を覚ました。太陽の光が窓から室内に射し込んでいた。そういえば今年はカッコウが鳴くのを聞かなかったと思った。枕元に化学の教科書が置いてあった。奥の部屋では兄の弘がまだ寝ていた。正夫はそっと起き上がって外へ出た。日の出山辺りが明るくなっていたので、もうすぐ太陽が昇る時刻だと思った。正夫は土間に戻って水桶二個と天秤棒を持ち出し、初めに風呂桶に水を汲む作業に取りかかった。

　南の井戸から三往復水を運んだ。四回目の水は台所の水桶と一樽は風呂へ入れた。そして一休みしてから食事の支度に取りかかった。そこへ弘が起きてきた。

「弘兄さん、おはよう」

「正夫、おはよう。相変わらず早いな。牛に餌をやってすぐ戻ってくる。そうしたら朝食にしよう」

「うん。それまでに朝食の準備を済ませておくよ」

正夫は食事の準備が済むと登校の準備をした。それも済むと自転車の手入れを始めた。機械油は隆の会社で少しわけてもらったのでそれを使っている。自転車の手入れが終わり、手を洗っていると、牛の世話をし終わった弘が戻ってきた。それで二人は食事を始めた。

「弘兄さんも毎夜会議で大変だね。昨夜は戻ってきたのが分からなかった」

「お前は本を抱えて寝ていた」

「本を枕元においてくれたのは兄さんだったのか」

「大事そうな本だったので枕元へ移しておいた」

「ありがとう。先生にお借りした本なので汚したりしたら大変だった」

二人は食事が終わると、正夫は後片付けをした。そこへ英一が誘いにきた。

「おはよう、英一君」

「おはよう、正夫君。出かける準備が出来たかい」

「もう準備できているよ。それじゃ、兄さんいって参ります」

「気をつけていきな」

正夫と英一は、正夫の家のすぐ裏から県道へ出て自転車に乗って走りだした。利夫は珍しく先に県道まで来ていた。

「おはよう、利夫君」

と二人は利夫に挨拶した。利夫も、

「おはよう。正夫君と英一君。今日は珍しく早く起きることが出来たんで待っていたんだ。初めてのことかな」

「それじゃ、出かけようか」

三人は愛香山の坂を登りだした。こちら側の坂は勾配が緩やかだったので朝は楽だった。峠のところまで来て一息入れた。正夫はそのとき諏訪山付近の空の雲が赤く染まっているのを見た。正夫はそれをみて天気が帰りまで持つといいのだけどと密かに念じた。

大川高等学校へ着いて、すぐ健樹を探した。健樹の方も正夫が登校するのを待っていたようだった。

「寺田、おはよう。待っていたぜ」

「健樹君、おはよう」

二人は、化学クラブの部室へいった。朝はあまり時間が無いので詳しい話は昼食の時にということにして学園祭の課題として出来そうかどうかだけを話し合った。二人とも調べる時間が少なかったけど、香りを作る話も純水の話も可能性があると言うことでまとまった。ちょうど授業開始の予鈴が鳴ったので教室へ戻った。午前中の授業はあっという間に終わってしまった。正夫と健樹は教室に留まって学園祭のテーマについて話し合った。その結果、具体的に何をどうするかを細かく書き出すことになった。

正夫にとっても健樹にとっても高等学校の学園祭は初

めてなので、先輩の意見を聞きながら進めようと言うことにした。先生への報告は具体的なことがはっきりしてからすることになった。それは先輩にも相談した結果その方がいいということになった。

　正夫と健樹は必死になって化学の教科書を読んだ。そして必要なところをノートに抜き書きしていった。そのノートはすでに三冊目になっていた。

　正夫は、例えば〝水がきれい〟というのには、いろいろな定義のようなものがあることを知った。

　きれいな水の基本は無色透明なことだ。次に水を何に使うかによってきれいな水の程度が変わる。例えば人間の飲食用に使用する水は、無色透明無味無臭で人間にとって有害な微生物や化学物資が含まれていないこと。この水は生物学の研究に使われるという。次に化学の研究に使用される水だ。この水には、蒸留水が含まれる。微少な物質を扱うためには蒸留水を繰り返し蒸留して精製したものを使う場合もある。しかし、精製蒸留水を大量に使用することは経費の関係で特別な場合しかない。

　そのために少なくとも化学物質（各種金属イオン）を除去した水を作る方法が研究された。そして出来上がったものがイオン交換樹脂というものだ。これには陽イオンを取り込むための陽イオン交換樹脂と陰イオンを取り込むための陰イオン交換樹脂という二種類のイオン交換樹脂がある。これらの樹脂をそれぞれ別の二本の管に入れて使用する。つまり例えば陽イオン交換樹脂を通した水を更に陰イオン交換樹脂に通す。そうすることで水の中に含まれる金属イオンのような陽イオンと硫酸イオンのような陰イオンが除去される。樹脂は水の中に入らないないように非常に微細な物質も通さない濾紙あるいは何かの膜で挟み込まれている。

　これがイオン交換樹脂を通した水だ。この水がどのくらいきれいかを計るために電気伝導度計というものが使われている。これは水の中にイオンがあれば電気を通しやすくなるのでイオンが少なくなれば電気伝導度は小さくなるという原理を利用しているという。しかしこの辺の原理は正夫にまだまだ理解できなかった。

　正夫は化学という学問は奥が深いものだと感動した。中学の理科の先生が言っていた、学問は知識が増えれば増えるほど更にその先を知りたくなるものだという言葉を思い出した。そして何より健樹が調べている〝香り〟を作るときも原料とは全く異なる物質を化学反応で作ることが出来る。そのような物資の変化についても感動した。自然界にある花の匂いは、植物や動物が普通に出しているが、それも基本的には水と二酸化炭素が原料となっているという。この一ヶ月くらいの間に、正夫は素晴らしいの一語では言い表せられない世界があることを知った。

　正夫と健樹は、図書館で調べたことは少し古いということが分かってきた。それで本の発行年を奥付でみると、少し古いものばかりだった。ということは〝教科書の方が信頼できる〃と言うことだねといって二人で頷き合った。

　正夫と健樹の他にも一年生が数人いたが、彼らとはほとんど話をしたことがなかった。それで彼らが何を調べているのか全く分からなかった。次の部会の時に少し話し合ってみようと決めた。

　部会の日になった。化学クラブ部員はほとんど全員が実験室に集まった。顧問の先生は遅れて出席してくださるという話だった。部会が始まった。三年生の山城学が黒板の前に立って、

「これから部会を開きます。初めに十一月の学園祭に向けて、計画がどこまで進行しているか各グループの責任者から報告してもらいます。その後で寺田、甲斐両君から提案があります。それでは第一グループからお願いします」

　ということで幾つかのグループ責任者（ほとんどが三年生）が説明を始めた。それを聞いていくうちに正夫はまた新しい知識を身につけていった。面白かったのは、アルコールから酢酸を造る実験だった。もう一つ面白いものがあった。それは鉛とスズの合金が元の金属と融点（溶ける温度）が変わることだった。その他のことも面白かった。合計五テーマの進行状況の説明が終わると次に正夫と健樹の番になった。話は、なれている健樹がすることになっていた。

　健樹はこれまで正夫と話し合ったことを上手くまとめて話をした。話し終わったとき正夫が実験室を見回すと、いつの間にか顧問の先生が二人とも出席していた。質問が幾つか出たが、正夫と健樹は適切に答えた。もちろん調べた範囲内のことだけだったが、答えられないで二人が困っていると先生が助言してくれた。

　その結果、二人で考え、調べたテーマは学園祭で発表することが部会で決められた。それと一年生が一人と三年生が二人も手伝ってくれることになった。こんなことは未だかつてないことだと部長が言った。正夫と健樹はこれから忙しくなるぞと覚悟を決めた。

只野明子との出会い

　十月に入り二学期の中間試験が実施された。正夫の成績は少し上がって七七番になった。したがって正夫は同じ二組に留まることになった。

　中間試験が終わると次の学校行事は運動会だ。高等学校の運動会がどのように行われるか、正夫はあまり興味がなかった。そんなとき健樹が、運動会期間中に北上駅の先にある女子高校で学園祭をやるという情報を仕入れてきた。そこで正夫と健樹はそれを見に行くことにした。運動会は校庭に何に使うのか分からないが高床のむしろ小屋が六棟作られた。これは一、二、三学年の同クラスで使用するという。一般生徒の参加する種目は少ししかないので正夫と健樹は学校を抜け出して、女子高校

の学園祭に出かけてしまった。学園祭はあまり見ることがなかったが、「血液型について」という展示があるのを見つけた。二人は、そこへ行ってみた。四、五人の女子高生がお客の血液型というのを調べてくれるというので正夫と健樹は調べてもらった。正夫の係の女子高生は朗らかに、少し痛いですよとか血を見てひっくり返らないでくださいねと言いながら、正夫の耳に針を刺した。それを針のない注射器に入れて白い皿の上の凹んだ部分に一滴ずつ落とした。そこには何かの液体が前もって入れてあった。そしてガラスの細い棒で掻き混ぜた。すると混ざるのと粒のようになってしまう物が出来た。それを見て女子高生は、

「あなたの血液型はO型です」

と言った。

「それはどういうことですか」

と正夫が聞くと、女子高生は易しく説明してくれた。人の血液には四つの種類があり、お互いに混ぜると固まってしまう物とよく混ざるのものがある。これは病気やケガをして血液が不足したとき、輸血という処置をするが使える物と使うと重大な結果になる物があるという。同じ血液型同士なら混ぜ合わせても固まらないが、違う種類の血液を混ぜ合わすと固まってしまうので大変なことになることがあるという。あなたの御両親の血液型はAB型を除くA、B、O型のどれかだと推定できますと言った。

正夫は血液型に付いては中学の理科で教えられたような気がしたが覚えていなかった。正夫はお礼を言って自分の名前を名乗った。

「僕は大川高校一年生の寺田正夫です。今日は、運動会ですが抜け出してきました」

「私は、只野明子と言います。同じく一年生です」

「血液型が分かってよかったです。また来年来たいと思います。ありがとうございました」

正夫は、只野さんは朗らかで、話が面白くて、その上にきれいな人だと思った。

「来年は私も大川高校の学園祭を見に行きたいと思います。その時はよろしくお願いします。それでは気をつけてお戻りください」

「そうだ、十一月初めに大川高校の学園祭が行われます。時間があったらお出かけください」

「そうですか。ありがとうございます。ちょうどその期間中は両親と旅行することになっているので、申しわけありません」

「それは残念です。それでは来年機会があったらお会いしましょう」

中間試験が済んだので正夫達は学園祭の準備に懸命だった。そして十一月初めから学園祭が始まった。

化学実験室が化学クラブの主な展示会場となり、階段教室では時刻を決めて簡単な化学実験を小・中学生に見せることになっていた。正夫と健樹達は化学実験室に詰

めて説明をする担当になっていた。

　午前九時三十分に実験室のドアが開けられると、中学生や他の高等学校の生徒がたくさん待っていた。正夫は緊張して顔が硬くなっていた。それに気がついた三年生の佐々木恒孝が正夫を展示場から離れたところに呼んだ。

「寺田、ちょっと息を深く吸って思いっきり吐いてみようか。そう、もう一回やってみよう。どうだ少しは落ち着いたか」

「はい。ありがとうございました。僕はどうなっていたんですか」

「そうだな、少し気が何処かへ飛んでいたのかもしれないな」

「そうですか。何か人の顔がどんどん迫ってきてこわかったです」

「誰でも初めはそんなもんだすぺ。いつもの通りになったら持ち場へ戻ってお客さんに笑顔で話をしよう」

「ありがとうございました。頑張ります」

「そら、頑張らなくていいのっしゃ。普段通りでな」

「はい。そうでしたね」

　正夫は、先輩の心遣いに感謝した。二年間の年齢差がこんなにも違うのかと驚いてしまった。正夫達の展示には、市の衛生試験所から借りてきたイオン交換樹脂を使った純水製造器が置いてあり、水道の蛇口にホースで繋げてあり、水道水が細く流れていた。そして試験所の人が一人、少し離れたところに座っていた。

　最初に正夫達の展示を見に来たのは、若い男性のグループだった。正夫達より四、五歳年上のようだった。

「きれいな水を大量に作れるというのはこの器械すか」

「はい。そうです」

　初めに健樹が答えた。

「きれいな水っていうけど、それをどうやって証明するのすか」

「正夫、説明してくれ」

　と健樹が助けを求めた。

「代わって僕が説明します。きれいな水の定義にはいくつかあります。一つは人が飲んでも健康に影響のない水です。それから第二は医療などで使用する水です。それから化学実験や純粋な化学物質を作るときや化学物質の性質を調べるときに使用する水などがあります。初めの水は飲料水といいますが、川の上流などから引いてきた水を浄水場で、初めにゴミを除去します。次に濁りを取るために沈殿池で小さな浮遊物質を採り、さらに何層もの濾過槽を通したものが僕たちの家庭に水道管を通して送られてきます」

「ちょっと待ってくれないか。水道水については分かったけど、その水がきれいかどうかをどうやって証明するんだい」

　と別の人が聞いた。

「水道水については水道局や衛生試験所で飲食用に適す

かどうかを調べていますが、僕は実際にどうやっているかまだ知りません」

「そのイオン交換装置を通した水がどうしてきれいだと言えるのかなあ」

「それは、水道水の中には陽イオンや陰イオンを持った物質が存在することがあります。それをイオン交換樹脂で除去すると水の電気伝導度が小さくなります。それで水からそれらを除去できたということです。最後にイオン交換樹脂を通った水は非常に目の細かいフィルターを通して樹脂から混入するかもしれない不純物を除去することでよりきれいな水を得ることが出来るようになっています」

「それを純水というのは分かったけど、もっときれいな水を得ることができるの」

「最もきれいな水は、酸素ガスと水素ガスを反応させてできた水と言われています」

そのとき衛生試験所の人が立ち上がってきた。

「君たちはどこの大学生だい。君たちは大学で多分専門的な勉強をしてきたのだろう。ここで高校生を試すような質問は良くないと思うけどな。どうだい。この高校生達はいろんなことをよく調べていると思わないかい」

その人達は何故かすごすごと他の場所へ行ってしまった。しかし、正夫たちはあれが大学生なんだと一種羨望の目で見てしまった。

「ありがとうございました。どうなるかと心配でした」

「いや君の答えは堂々としていたよ。よく調べたね」

その言葉を聞いて正夫は何か胸が熱くなってきた。これは雅子が手を握ってきたときの感触とは全く別の熱さだった。正夫はこんな経験をこれまでしたことがなかった。

学園祭の展示場に化学の先生も来て先輩達と話をして戻っていった。正夫は他の展示を見ていないことに気がついて、同じ持ち場の三年生に断って校舎の中を見て回った。講堂ではコーラスをやっていた。明日は講堂で演劇があるらしい。生物クラブはちょっと入り難かったが、正夫と健樹は見学した。ここで顕微鏡の下で動き回っているゾウリムシや花の花粉を見せていた。正夫はゾウリムシが本当に草履のような形をしていることに感動した。生物クラブでは、夏休みに健樹の家を訪ねたとき勘違いしていた鉄魚を展示していた。鉄魚は薄い桃色とわずかに茶色の混ざったような色をしていた。尾びれはデメキンのように三つに別れていた。正夫は鉄魚を観るまでは、もっとごつい姿のもっと大きい魚だと思っていた。というのは何となくずーっと古い時代から生き続けてきた魚だと思っていたからだ。

正夫達は生物クラブの先輩に挨拶をして展示場を出た。正夫は文化系のクラブの展示にはあまり興味がなかったので質問もしないで、すーっと通過した。天文クラブというのがあったので正夫と健樹は展示場へ入ってみた。教室は窓に暗幕を張り巡らせて暗くしてあり、点灯（スポットライト）で写真が浮かび上がるような工夫がしてあった。

正夫はそこで初めて夜空に輝いている星すべてが太陽のような星（恒星という）だということを健樹に説明した。そのほかに星団の写真が数枚張られていたが、ピントが合っていないのであまり興味がわかなかった。その中に一つ面白い展示があった。

地球は太陽の周りを回っているが、円を描いているのではなく楕円に近い形で回っている。正夫はここでも初めて次のようなことを知った。それは普通は太陽に近い距離に地球があれば温かくいわゆる夏になり、遠く離れた位置にあれば寒い冬になると思っていた。しかしそれは間違いであることを知った。

次に、どのくらいの時間で太陽の光が地球に届くかという説明がされていた。日の出を観ていると瞬く間に太陽が昇ってくる、という表現は一般的だという。太陽から地球までの距離は地球が太陽の回りを楕円を描いて回っているので、季節によって変わるので平均で一億四千九百六十万㎞と書いてあった。これを光の速度で割れば、おおよそ八・三分と計算結果が得られるという。

正夫は中学生のとき友達が速さについて言い合っていたのを思い出した。

「宇宙で一番速いのは、光だ」

と一人がいうと、他の一人が、

「いや、そうじゃない、目だ。なぜならまぶたを開けたときすぐにいろんなものが見えるから」

とやり返す。これに対して初めの生徒が、

「いや光の方が速いのだ。目を開けたときに、それが見えるところに光が来ているのだから」

というのだった。このとき正夫はなぜか話の内容が違うことをお互いに言っているような気がしたので黙っていた。正夫は、どんな決着が付いたのかまでは思い出せなかった。

正夫は新しい経験をたくさんして二日間の学園祭が終わった。二日目が終わって後片付けが済み、衛生試験所へイオン交換装置をリヤカーに乗せて返しに行った。衛生試験所の人にお礼を言って高校へ戻ってきた。実験室では反省会が行われていた。正夫達は端の方で静かにしていた。部長の先輩が、各展示の責任者に報告を受けているところだった。実験台の上にはフルーツ牛乳と線路向こうの店の団子が置いてあった。おおむね今年も好評のうちに学園祭を終わることが出来たということだった。

部長は、最後にこれから来年のことを考えていくようにと話をまとめた。その後で顧問の金山先生がご苦労さんといい、今年は一年生も頑張ってくれたのがよかったといって反省会が終わった。

みんなで団子を食べ、フルーツ牛乳を飲んで散会になった。正夫達の責任者の先輩が正夫達のところへ来て、

「君たちもよく頑張ったな。来年が楽しみだと顧問の先生方が言っていたぞ」

といって笑顔を見せてくれた。正夫と健樹は思わず顔を見合わせてにっこりした。

次の高校での行事は校内マラソン大会だ。正夫にとってはこれが苦手だった。

大川高等学校のマラソン大会は、稲刈りが終わった十一月中旬頃に行われることになっていた。

マラソン大会当日、天気は快晴だった。東寄りの風が少し吹いていたが走るのには絶好の天気だった。病気とかその他の理由で参加できない生徒を除いた全員が学年クラス別に運動場に並んだ。校長の話があり、体育の教師が注意事項を読み上げて、いよいよ号砲が鳴った。生徒は三年生からクラス順に運動場の南門から走り出ていった。正夫も少し緊張した顔を見せながらも元気に走り出した。

正夫が運動場の南門に着いたときには、五百番台以内には入れなかったが、最終的には六百番台中間だった。正夫はそれでも頑張ったと自分に言い聞かせた。この後出発時間の調整をして正式な順位が発表される。生徒達が飲み物を口にしながら仲間どうしで話しながら休んでいると、合図の鐘が鳴りいよいよ正式順位と時間が発表された。一位はやはり大内雄一郎だった。彼はこれがきっかけで、当時日本のマラソン大会でも優勝した外国人のザトペックという選手にあやかって大川高校のザトペックと呼ばれるようになった。

マラソン大会が終わると二学期の試験がすぐやってくる。正夫は、二学期はいろんなことがあったのであまり勉強する時間が無かったので心配だったが、何とか無事に済んだ。

そしていよいよ、初めての冬休みになる。正夫はその頃、大新田町の魚屋の息子浅川伸之と親しくなった。仲がよくなったきっかけは中学時代に正夫が母親と大新田町へ野菜を売りに行ったとき、帰りに魚を買った。そのとき店番をしていた男の子が伸之だったのだ。彼が学園祭のときに正夫の展示の説明を聞いて、ぽんと膝をたたいた。それを何故かと聞いた正夫に、伸之は、君は前に大新田町に野菜を売りに来たことがなかったかなあ、と訊ねた。それがきっかけで話をするようになり高校の帰りに時々魚を買うようになった。彼がいるときはこれはと思うほどおまけをしてくれた。それで正夫も登校途中に野菜を届けるようになった。今年初めて採れた枝豆を持って行ったときに、彼の母親が、学校の帰りに必ず寄るように言ったので、店によるとこれを持っていきなといって大きな袋を待たせてくれた。その中には目刺しやサンマのみりん干し、そのほかの干物がたくさん入っていた。それを弘に見せると、弘はこんなにもらっては申し訳ないなといって後日、畑で採れたものをもって挨拶に行った。

十二月に入ると二学期の試験がもうすぐだ。正夫は懸命に各教科の教科書を読んだ。ドイツ語の試験のためには文法を覚えた。der, des, dem, den とかの冠詞は覚えるしかなかった。男性名詞と女性名詞の特色などを教科書を読んで感覚として覚える練習をした。

　そしていよいよ試験が始まり、試験は二日間で終わった。運動会、学園祭、そしてマラソン大会と忙しい日々を過ごしてきた正夫だったが、毎日決まった時間を勉強に向かうことをやってきた甲斐あって中間試験と同じ結果になった。

　諏訪村では、十二月に入って雪が数回降ったが、まだ根雪になっていなかった。あと数日根雪にならなければ助かるんだけどなあと思いながら、自転車のペダルをこいで家へ急いだ。正夫は、冬休みになったら自転車の整備をしなけりゃいけないなと考えていた。朝、冷たい自転車のハンドルを握って風を切ると、手が痺れてきて指先がちぎれてしまうのじゃないかと思うことがあった。耳も冷たかったが、ウサギの皮をなめして作った耳輪があるので暖かった。それで今度はハンドルのカバーを造らなければと考えていた。

　正夫の冬休みは、特別なこともなく日常的なことをこなしながら、教科書を読むことに集中していた。元旦に雅子からの年賀状が届いたことが事件と言えるかもしれなかった。正夫は年賀状を書くのを忘れていた。年賀状には冬休み中に自分の家に来ないかと誘いの文があった。毎日家にいるので突然訪ねてきてもよいとも書かれていた。正夫は文面を見ながら他のことを考えていた。それは学園祭で衛生試験所の人に褒められたことだった。あのときの感動を正夫は生涯忘れはしないと決めた。

　弘が仲間と諏訪神社に行った元朝参りから戻ってきた。それで年始のお雑煮を食べた。菜はサケの焼きものと野菜の煮物だった。今年は両親が戻ってくると言っていたが、何かの事情でまだ帰っていなかった。

　正夫は雅子に会いに行くべきかどうか迷った。というのは正夫はこれから本当にやらなければならないことが見えてきたような気がしたからだ。正夫はこのことを誰かに相談して決めるべきかもしれないと思っていたが、誰に相談すればいいか分からなかった。例えば東京へ行った信二さんのような人がいれば相談できたのだけどそれもかなわなかったので、自分の考えで年の初めにそのことを決心することにした。それで正夫は雅子に会いに行かないことにした。正夫は雅子に済まないと思った。しかし会えば何かずるずると引きずってしまうような気がしていたのだ。

　冬休みは教科書を読み数学の勉強を懸命にやった。そんな中で毎日一時間を区切って新聞を読むことを忘れなかった。世の中は著しく変化しているという様子を新聞を通して知ることが出来た。

　昨年十一月に、アメリカは世界で初めて水素爆弾を製造しその爆発実験を行った。そして近くの海で漁業に携わっていた日本の漁船が大量の死の灰を被ってしまった。そのために乗組員が全員放射線障害を受けたということだった。十二月にはイギリスの首都ロンドンが重篤なスモッグ被害に見舞われたという記事が出ていた。ロンドンは暖流に囲まれて気候は暖かかったが、冬になると石炭を燃やして大量の排気ガスを出す。それが暖流のために発生した霧と相互作用して有毒性の霧になり市民に大きな被害を出したという。

アメリカの大統領は、元軍人のドワイト・アイゼンハワーが選挙で当選した。これからの日本の政治や経済にどんな影響を与えるか予想が立たないと政府も判断しかねていた。

国内の記事では日本中に放送局が出来、放送を開始した。しかもそれは民間の放送局だという。会社が増えれば競争が激しくなってよい番組が出来るのじゃないかと予想された。

十月、衆議院議員総選挙が公職選挙法に基づいて初めて行われた。十月二五日には、「日本の平和条約」が発効したために、ポツダム宣言にしたがって実施された各種の命令が総て廃止されることになった。これで日本はようやく独立国として世界に認められることになるのだと、正夫はある感慨をもった。

冬休みが終わり、三学期が始まった。正夫は雪の降り積もった県道を自転車に乗って大新田町の軽便鉄道の駅へ向かった。自転車は駅近くの同級生の家の店の裏に預かってもらうことになった。初めて軽便鉄道の車両に入ると何だか居心地がわるかった。客はほとんど高校生だった。同級生もいたし上級生もいた。他の高等学校の生徒もいた。正夫は雅子がいないかと見回したが姿が見えなかったので何故かほっとした。

こうして三学期が始まった。正夫は健樹と久しぶりに化学クラブの部室へ行ってみた。三年生は大学受験勉強で学園祭の後ほとんど部室に来なかったが、この日は元部長はじめ数人の三年生が来ていた。

「おめでとうございます。今年もよろしくお願いします」

「よお、おめでとう。といっても俺たちの正月は三月までお預けだけどな」

と三年生は言って笑った。正夫は理由が分からずに聞き直してしまった。

「それはこれから大学受験があるだろう。その結果目的の大学へ入れるまでは正月どころじゃないということさ」

「そうですか。大変ですね」

「大変ですねと言っているけどな、君らもすぐ同じ状態になるさ。そのとき今の俺たちのことが分かるべさ」

「失礼しました」

正夫と健樹の二人は、部室を出て教室へ戻った。ちょうど講堂へ行く合図のベルが鳴ったのでみんながローカに出て並んだ。今日は三学期の始業式があるのだ。正夫は校長先生の話を聞けるのが楽しみだった。

　大川高等学校の三学期の始業式は定刻通りに始まった。小和田校長が演壇に登って話を始めた。

「昨年は日本の新しい公職選挙法が施行されて初めての衆議院議員の総選挙が行われました。また諸君は幼かったのでよく知らないかもしれないが、前の戦争を終結させるために連合軍はポツダムというところに首脳が集まって日本への終戦勧告を行いました。それを天皇陛下が決意して受諾することになって戦争が日本の敗戦という形で終わったのです。その後一部の国を除いた戦争当事国との間で講和条約が結ばれました。その結果、ポツダム命令が解けて日本は文字通り独立国として認められることになったのです。このように幾多の苦難の道を乗り越えて現在のような平和な国になり、将来に希望の灯がともったと感じるのは私だけではないでしょう。そして日本の将来は君たち若者に委ねられることになったのです。諸君はこの機会に勉学に励み、日本の将来の希望の光になってほしい…」

　小和田校長の話は、そのあと二十分ほど続いて終わった。

　次・三男の若者が都会へ出て行くというのはその始まりなのかと考えた。何でも工場での生産が需要に間に合わないくらい注文が殺到していると新聞に書いてあった。その工場で働くために農村の若者が都会へ出て行くのだと思った。

始業式が終わって生徒は教室に戻った。授業は三時限目から始まる。

　授業開始まで時間があったので生徒達は冬休み中のことなどを夢中になって話し合っていた。中には何かの本を静かに読んでいるものもいた。しばらくすると鐘が鳴り担任の教師が教室へ入ってきた。

「諸君、おはよう。これから少時ホームルームを行うので席に着くように」

　生徒はまだ話したりなかったが席についた。そして口々に

「おはようございます」と言った。

「さて、今日から三学期が始まる。三学期は短期間なので、時間を無駄にしないように勉学に励むように。いいな」

「はい」

　と生徒のほとんどが返事をした。高校では校舎の中に三年生の姿を見ることがなくなっていた。時々図書館で会うことがあったが、話しかける雰囲気ではなかった。みんな緊張した顔をして勉強していた。正夫はこの緊張した顔を忘れないことにした。もしかしたら二年後には自分もこんな顔になるのかもしれないと思ったからだ。

　三年生担任の先生方も忙しそうだった。生徒の進学希望の大学へ送る内申書を書いていた。大川高等学校三年生の進学希望者は約六〇%といわれていた。

　下級生達は先輩がどこの大学へ行くのか大変な興味を

持っていた。噂では進学希望者の半数は東北学園大学を受験するということだった。しかし、毎年全員が合格するとは限らなかった。正夫にはこんな話しは噂だと思っていても何だか生々しく聞こえた。

正夫の大川高等学校の一年間が終わる頃、正夫の家では畑の正月が終わり、耕作の準備が始まった。正夫は食事の支度をするとき気がついたのだが、土の室に入れて置いたジャガイモの表面に先が赤い新芽が出ていた。この新芽の付いているイモを切り、切った面に灰を付けて畑に埋めていくのだ。それが土の表面から芽を出して葉を広げて新しいイモが出来る。これが畑の仕事初めだ。

三学期が終わり終業式が終わると正夫は、弘を手伝って畑仕事に励んだ。しかし、夜は卒業した先輩が記念にくれた教科書と参考書を調べることを日課にした。二年生の数学は「幾何学」といって数式があまり出てこないことに気がついた。これが幾何学の問題だと考えた。一年生のときの音楽や美術の授業は選択科目として勉強可能だけど選択しなくてもよかった。化学の教科書は学園祭のときほんの少し読んだので勉強の方法は分かっていた。社会は一般社会ではなく世界史だった。

学年が上がるといろいろな新しい分野の勉強をすることが出来ると正夫は嬉しくなった。これらの教科書を春休み中にある程度読んでおこうと計画を立てた。

正夫は新聞の報道を少しまとめてみた。一九五三年一月半ばに日本の西川電気という会社が国産テレヴィジョンを生産し発売を始めた。価格は十七万五千円という途方もない高額だった。東京で仕事をしている正夫の父親は職人としてはかなりの高額所得者だった。収入は毎月三万円程度だといっていたので、このテレビジョンを買うとすれば六ヶ月分の収入が必要だった。一体誰がこれを買うのだろうかと正夫は思うのだった。

三月には国会で吉田総理大臣が野党の議員と質疑応答中に質問者に「バカヤロウ」と怒鳴りつけたことが問題になり衆議院は解散されることになった。昨年十月に総選挙があったばかりなのにまた総選挙を行うのはお金の無駄使いじゃないかと正夫は思った。一年のとき一般社会で習ったばかりの三権分立の一つがこのような状態でよいのだろうか。

正夫にはもう一つ新聞記事で分からないことがあった。それはソ連邦の政治家スターリンが死んだことが原因で世界中の株価が暴落したという。正夫はもちろん株価というものをほとんど理解できていなかった。何でも会社の景気がよいと株価が上がり、逆に業績が悪くなると株価が下がるということぐらいは知っていた。しかし新聞記事のように一人の政治家が死んだことと株価の変化がどうして連動するのかが分からなかった。授業ではそんなことは聞かされたことがなかった。

正夫は経済や政治というのは、直接人間が関わることなので予想できないことが発生するものだということが少し分かってきた。高等学校の先生達の話によると数学、物理、化学の問題は大方自然の法則に従って変化するので、ある程度物事の先を推測出来る。生物学には人間も含まれているのだが、人間は他の生物とは切り離して考えるのが一般的であるというので、人間以外の生物について観察すると、生物はある法則とか規則にしたがって行動することが原則としてある。しかし、いろんな外的条件が変化すると法則や規則に従わない行動をすることがある。

正夫はこれまでに読んだ書籍の内容を思い浮かべた。小説は、ある設定、それは、例えば為政者とか指導者などにより何らかの条件で決められたことを窮屈に感じたり、あるいは極端に生きていくことが困難になった人々が自分の意に反してその殻を破ることから話が発展していく。それはときには自分より弱いものを虐げて目的のものを獲得したり、あるいは徒党を組んで組織の上位者を追求し、ある場合にはその生命を奪う。そうすることによって自分たちの生命を永らえ、子孫を繋いでいく。このような設定がしばしば見られる。

一般社会で学んだ共存共栄という人類の究極の理想を求めて多くの人々、（そして集団これは国という単位になるかもしれない）を、議論し原則を決めて平安な社会を形成していくのが普通の考え方であるが、ときとして人々の考え方がそれぞれ変わったり、あるいは国同士が理想と実際の社会形成がかけ離れたものになってしまい、争いが発生する。それはしばしば戦争という形で実行される。そして多くの犠牲者が出る。正夫はこの前の戦争体験を通して、結局理想のために犠牲になったのは一般市民だったと思った。そんなものは本当の理想ではないと正夫は心の中で強く否定した。それでは正夫は、理想とは一体どんな状態を考えているのだろうか。それは今の正夫自身にも分からないもやもやとしたものだった。

新聞記事を読んでいると、人間はどんな理想を求めているのか分からなくなってしまう、と正夫は考えた。何だか自分の経済的な利益だけを追求することを理想と考えているような気がした。

そんなある日、正夫に雅子から手紙が届いた。手紙には正夫に会いたいと書いてあった。雅子は今農業協同組合で事務や使い走りにの手伝いをしているがいつでも抜け出せるという。

正夫は、返事を出そうかどうか迷っていた。もうすぐ四月に入る。兄の弘を手伝えるのは高等学校が休みの間だけなのでそれを抜け出すことは出来ない。それよりも弘に雅子に会いに行くなんて、なにがあっても言えないことだった。それで正夫は、春休み中は家の手伝いをしなければならないので雅子を訪ねるのは無理だと返事を書いた。学校が始まればその途中で会う機会が出来るかもしれないとも書いた。正夫は、手紙を読み直して、何だか素っ気ない気がしたが、実際に家の手伝いを休むことが出来ないのだからと自分を納得させた。

正夫の家の畑ではジャガイモの植え付けと大豆の種まきが四月の初めに終わった。更に菜種と麦類の最後の施肥と新芽を出し始めた雑草の抜き取りが始まった。こうなるともう雨の日も小降りなら畑仕事をすることになるのだった。

最近、正夫の体が少しがっちりしてきたと弘が言った。身長がこの一年間で七cmも伸び一五六cmになったので制服の袖が短くなってしまった。それは昨年から袖の先を折り返していたのでそれを伸ばすことで何とかなった。しかしズボンが少し窮屈になってきたのが心配だった。腿のあたりがずいぶん太くなってきたのが原因だった。それで正夫は新学年が始まったら身体検査がありその結果を知らせて制服を何とかしてほしいと手紙を書くことにした。

足も大きくなったようだが、いつも下駄を履いて通学しているので問題はなかった。自転車に乗っているので下駄の歯がすり減ったりかけることは滅多になかった。上履きの草履は自分で作ったものを履くのでこれも問題なかった。

高校二年目の生活

四月になって大川高等学校の新学期が始まった。正夫は二年生になった。通学用の自転車は春休み中に分解してベアリングを洗い、新しいグリースを隆の勧めている鉄工所でもらって来て入れ替えた。前後輪の泥除けもしっかり固定したので乗り心地が非常によくなった。しかし一点だけ問題が見つかった。それはブレーキのゴムがすり減ってきたことだった。他の生徒が乗っている自転車のブレーキは後輪に着けた革製の帯バンドで車輪の脇に付いているドラムを締める方法だったので車輪に影響なかったが、正夫の自転車は約一cm四角で長さ五cmほどの硬いゴムでリームを直接締める方法だったので、リームがすり減っていることに気がついたのだ。通学路の途中にブレーキをかけなければならない下り坂が片道四カ所もあることが原因だった。それで念のために正夫は諏訪川のところにある自転車店の主人に後輪をもらっておいた。

始業式の日、正夫は起床するとすぐに井戸へ行き、新しく水を汲んで来た。その水で冷水摩擦をした。それから食事の用意をして弘を起こして食事をした。身支度を調え終わると少しして英一が来た。

「正夫、おはよう」

「おはよう。英一君。これからもよろしくね」

「それはお互い様だがね。用意がよければ出発と行こうか」

「了解。兄さん行ってきます」

「気をつけていけ」

と弘は家の中から返事した。正夫と英一は県道へ出て坂を下り始めた。松林のいつものところで利夫が自転車の脇に立っていた。この頃、利夫は二人をあまり待たせなくなった。正夫達は三人そろって愛香山の坂を上り始めた。愛香山の南側はなだらかな斜面だったが、北側はかなりの急な坂だった。坂を下り終われば後はしばらく平坦な道路だ。諏訪川の坂は短くゆるかったので楽に越えることが出来た。進の家に着くと、進の他は全員そろっていた。進は相変わらず朝起きが苦手のようだった。目をこすりながら進が出てきたので、

「進、飯食ったのか」

と誰かが聞いた。進は、

「食ったし、顔も洗ったから大丈夫だ」

と言ったので五人そろって出発した。

進には何か問題があると英一が正夫に話した。正夫が後から英一に聞いた話だと、進の母親は数年前に亡くなり、今の母親は父の再婚した女性だというのだ。進は生みの親が忘れられず、義理の母親に対して反抗しているという。そのことに父親は何もしないらしい。家庭内のことなので友人も何も言うことが出来ないと言っていた。そのうち変わるだろうと友人が話していたという。

正夫は中学の修学旅行のとき、進が列車の最後尾でウィスキーを飲んでいたのを思い出した。あのこともその現れなのかと正夫は思った。少年から大人への過程で今が一番大事な時期だと正夫は思うのだが、反抗していても何も解決しないんじゃないかとも考えた。

正夫にはそういう経験がなかったので、どんな心の状態になるのか分からなかった。と言って進に話を聞くというのも出しゃばりすぎだからいけないことだと思った。結局、進本人がそんなことは無駄だということに気がついて、今この大事な時期にやらなければならないことをやり出すのを見守るしかないと思った。そんな進に同情してかどうか分からないが、いろいろ話しかけて進の心を開かせようとしている諏訪中学の同級生の女子がいることを英一から教えられた。彼らのことはみんなも理解していて温かく見守っているという。

そういう話を聞いた正夫は、雅子が正夫の両親が東京に行っていて身の回りのこととか食事なども自分でやっていることが関心を引いたのだろうかと考えた。前に雅子とはそんな話をしたことがあったのを思い出した。正夫は、はっと気がついた。自分の家庭内のことを迂闊に他人に話してはいけないことに気がついた。こうして正夫は少しずつ人間関係についても学んでいった。

大川高等学校に着いた正夫と利夫は、教室へ入る前にクラス分けの表示を見に行った。諏訪村からの通学者全員は一年生のときと同じクラスになっていた。それを確認して二人はそれぞれの教室に行った。二年生の教室は北棟の二階に変わっていた。教室に入ると見慣れた顔がそれぞれグループになって話をしていた。

諏訪村から大川市にある県立大川高等学校、同大川女子高等学校、同大川工業高等学校に通学しているものが集まって、三高校へ新しく入った生徒の歓迎会を母校の

諏訪中学校で開いた。新入生の数は十七人だった。歓迎会は二年生が中心になって実行された。今年は大川女子高等学校も参加したので歓迎会の出席者数は四一人の多数になった。

食事は昨年と同じくカレーライスにした。そのほかにせんべいなどの駄菓子と、これも昨年と同じようにフルーツジュース、それに普通のお茶が諏訪中学校の用務員によって準備された。正夫達二年生が教室の準備をした。

午前十一時頃に三年生と新入生が集まってきた。諏訪村で産まれた生徒達はお互いに顔を知っていて、顔を合わすとにこやかに挨拶をしていた。その言葉遣いは諏訪村に来て八年目の正夫にはまだ理解できないものがあった。

用務員のおじさんが大きな飯の釜を持って二階へやってきた。用務員が何人かで用務員室まで他のものを採りに来てくれといったので、二年生五人が用務員について行った。その五人はすぐに大きな鍋と皿やさじ（スプーン）、コップなどをもって戻ってきた。大きな皿に白菜の漬け物を山盛りにもってあった。

「食事が終わったら知らせてほしいと用務員さんが言っていた」

と用務員室へいった生徒の一人が言った。世話役の菊川文夫が

「わかった」

と返事をした。この時刻には出席者は全員そろっていた。菊川がローカで話をしていた生徒に、

「用意が出来たので三年生と二年生は席について下さい」

三年生と二年生が席に着くと菊川が、

「これから新入生に教室に入ってもらいますが、拍手で迎えてあげたいのですが、よろしくお願いします」

「わかった」

菊川はローカへ戻り、

「それでは新入生は一人ずつ教室の入り口のところで大きな声で自分の氏名を言って入って下さい。机のところに氏名が書いてあるのでそこに座ってください」

「はい」

といって新入生が一人ずつ教室の入り口のところで自分の姓名を名乗り教室へ入り、自分の氏名が書いてある机のところに座った。そのたびに三、二年生達は拍手で新入生を迎えた。全員が決められた席に着席すると菊川が、

「新入生は全員自己紹介が済みましたので、次に上級生のみなさんの自己紹介をお願いします。大川高校、大川工業高校、続けて大川女子高校の二年生からお願いします。二年生が終わったら三年生、そして次の高校へ移る順でお願いします。では、相川君から簡単に」

ということで、上級生の自己紹介が次々と行われた。自己紹介が済んだところでちょうど正午少し過ぎになっ

たのでカレーを盛りつけて新入生達の前に配った。カレーライスが全員に行き渡ったので菊川が、

「それではいただきます。なお白菜漬けは用務員さんからの心付けです。一年生にはお代わりが出来ますのでゆっくり雑談しながら食べてください」

菊川も自分の席について食事を始めた。新入生は初めはあまりしゃべらなかったが、すぐにとなり同志や離れた席の上級生とも話をするようになった。菊川の耳に、

「いつ食事になるかと思っていたよ」

とか
「ずいぶん大川市へ通学している人がいるんだなや」

などという声が聞こえた。菊川は隣に座っている正夫に、

「少し話が長かったかなあ」

と心配そうに話しかけた。正夫は、

「そんなことないですよ、一年生の自己紹介が済んだので同じくらいだったと思うし、今年は女子校も一緒だったから少し時間が掛かったのは当然だよ。それに上級生二人おきに新入生が座るというのもよかった」

と新入生が上級生と話しながらカレーライスを食べているさまを見ながら答えた。食事は和気あいあいの内に済んだ。二年生が食器などを片付けて用務員室へ運んでいくと、用務員の妻がこれをみんなで食べてけさいんといって大きな皿に山盛りになっている、ボタ餅とおろし餅を渡された。

「こんなに食えるかなあ」

と生徒が心配すると、

「若いんだから大丈夫。これくらい食えなくてどうするのっしゃ」

と言って生徒を送り出した。教室へ戻ると、みんなが驚きの声を上げてこんなに食べられないよ、といいながら全部平らげてしまった。

正夫はおろし餅というのを初めて食べた。おろし餅というのは大根おろしを醤油で味付けしたものを餅にかけてあった。ボタ餅も美味かったが、正夫はこれも美味いと思った。正夫にとって初めての経験になった。家に帰ったら弘に教えようと思った。

新入生は食事の後、上級生に学校生活についていろいろ聞いていた。正夫達が昨年の歓迎会で上級生に聞いていたように同じようなことを聞いていた。話に花が咲きいつの間にか午後二時過ぎになったのでお開きにした。歓迎会の間中、正夫は雅子の視線を感じていたが気がつかないふりをしていた。こんなにたくさんの人がいる中ではどうすることも出来なかったからだ。三年生は歓迎会の後、三年生だけで二次会というのを開くことになっているという。二年生は使わせてもらった教室の後片付けをして用務員室へお礼にいった。菊川が代表して、

「今日はありがとうございました。お陰さまでよい歓迎会が出来ました。その上に美味しいお餅まで作ってくれてみんな腹一杯といいながら全部平らげてしまいまし

た」

「いやあ、よかったなや。これからも下級生の面倒見てやって下さい。君たちも大変だろうけど頑張ってけさいん」

「それじゃあ、おじさんもおばさんもお元気で」

荷物を取りに教室に戻るとみんながまだ残っていた。菊川が話したいことがあるので少し待っていてほしいといったのでみなは椅子に腰掛けた。それを見て菊川が話し出した。

「今年の予定を考えたのだけど、話だけでも聞いてほしい」

と言いながら黒板にいくつかの項目を書き出した。その中で正夫の注意を引いたのは、夏休みの諏訪山登山というのがあった。毎日のように見る諏訪山に登ることなんて考えたこともなかった正夫だったが興味が生まれた。

正夫はあの山は登る山ではなくて、毎日おはようと声をかける山だと瞬間思った。しかし山の頂上はどうなっているのだろうかとか、途中の道には何か珍しい木や草や生き物たちがいるのだろうかと考えると絶対にいってみたいと思った。教室から西の方を見るとその諏訪山が船底のところを見せていた。頂上の部分は雲に姿を隠していた。

もう一件は自転車で黒山郡の七ツ森山へ日帰りでいくというものだった。これは正夫の家の畑から南の方に一文字山というのが見える。その上に乗っているようにいくつかの山頂が見える。これが七ツ森山だ。そこは諏訪村よりももっときれいな村だという話しだった。夏の間は雷が何回も襲来し山頂付近の大きな杉に落雷し幹が裂けているという。

諏訪村では初夏の頃、カッコーがよく鳴くがその他の野鳥もたくさんいる。諏訪山に行く道には大きなクルミ林があり、実がなる秋にはクルミを餌にするリスが出てきたり、熊も棲んでいるという。熊といえば、秋深くや春先に諏訪村にも出没して村人と遭遇して怪我人も出ることがあるという話が伝わっている。とくに春先には小熊をつれた母熊は凶暴になることがあるらしい。

菊川の最後の話は、来年春にも新入生歓迎会をするかどうかを決めておきたいという話だった。

一番目の諏訪山登山は実行することに決まった。しかし全員参加ということではなく行けるものが参加することにした。今日行けるという意思表示をしたのは八人だった。連絡係は高橋強に決まった。彼は大川工業高等学校の電気学科に通学している。

二番目の大森山自転車行は五月の連休に行くことに決まった。これは当日参加する人数に関わりなく晴れなら実行することになった。朝八時三十分頃に南村分教場に集合する。弁当と飲み物は各自持参する。雨模様のときは後日まで延期する。当日は十五分間だけ待っているがそれ以上は待たずに出発する。ゆっくり行くので遅くなったものは追いかけてくること。まとめ役は英一に決まった。

最後の来年春の歓迎会に関しては実行することになった。世話係は東城剛と正夫、女子校から早川幸子と雅子に決まった。この四人は中学校への教室借用と新入生への連絡、用務員に料理と物品借用の依頼、買い物などを担当する。

菊川は全員に他に話し合うことはないかと言ったが、誰からも発言がなかったので集会は終了し散会した。

正夫は昇降口へ向かおうとしたとき、澄子に呼び止められた。正夫はみなに先に行っててくれと言って教室に残った。

正夫は福永澄子について教室へ戻った。そのまま窓のところへ行き諏訪山を見た。山はまだ頂上付近が雲に隠れていた。そこへ澄子が近づいてきた。澄子も窓から外を見た。そして正夫に話しかけた。

「今日は新入生の歓迎会がうまくいってよかったわね」

「そうだったね。去年の今頃は僕たちも同じように学校のことを知りたかったのを上級生の人たちが歓迎会を開いてくれたのでいろんなことを聞くことが出来て安心したよ。今年の一年生も喜んでいたね」

「オレらは去年歓迎会のようなことが開かれなかったので入学式まで不安だったのっしゃ」

「僕たちもここで先輩にいろんなことを聞くことが出来たけれど、まだ心配だったからね」

「学校ではうまくやっているのすか」

「そうだね、可もなく不可もないってところかな」

「正夫君って時々大人のような言葉遣いになるのね。何だか必死に大人になろうとしているみたい」

「そんなことないさ。ただ諏訪村に来てから七年も経っているのに諏訪村の言葉を上手く使えないので、ときどき小説に出てくる言葉を覚えていてそれが自然にでてしまうだけさ。ところでここへ呼ばれたのは何か僕に用があったんじゃないの」

「うん、そのことなんだけどね、おれがこんなことを言うのは可笑しいかもしれないんだけどね。正夫君は、雅子のことをどう思っているのすか。雅子はずいぶん悩んでいるみたいで見ていられないのっしゃ」

「……」

「雅子は小さい身体が、この頃少し細くなってきたようなのっしゃ」

「そうなの。僕には今日も久しぶりで会ったけど細くなったようには見えなかったけど」

「もう一度聞くけど、正夫君は雅子のことをどう思っているのすか」

「どうって言われても困ってしまうのだけど。会って話をすれば楽しいし、雅子さんからいろんなことを学べることも確かだしね」

「そういう話じゃなくて、はっきり言うとね。正夫君は雅子のことを好きなのかどうかって言うことなのっしゃ」

「ちょ、ちょっと待ってくれないか。僕は雅子さんのことを嫌いじゃないよ。はっきり言えば好きだといった方が当たっているかもしれない。しかし、今の僕の家のこととか僕が置かれている状況を考えると、はっきり好きだと言ってしまうのが無責任だと思うんだ。僕はまだまだこれからたくさん勉強しなければならないし、高等学校を卒業したら大学へ行くことになるだろうし、そうすると更に少なくても四年間は勉強を続けることになる。その後はどうなるか全く予想できないしね。そうすると僕たちはどうなるか分からない。そんなときに、たとえはっきり雅子さんに何か約束事を言うのは無責任だと思うんだ。澄子さんは分かってくれるかなあ。澄子さんが分かってくれたら雅子さんも分かってくれると思うんだ。僕は雅子さんとはいつまでも友達でいたいと思うんだ」

　澄子はしばらくのあいだ黙って諏訪山を見ていた。

「わかったわ。正夫君の気持ちを雅子に伝えていいかしら。正夫君から言うのはちょっときついかもしれないから」

「……、本当は自分でいうのが筋だと思うけど、そうしてくれる。ハッキリ好きだと言えればいいんだけどね。これはここだけの話にしておいてな」

「わかったわ。正夫君は、私が出しゃばりと思うかもしれないけどごめんね。正夫君は男らしいわ」

　正夫はいつかは雅子に言わなければならないと思っていたが、澄子が気を遣ってくれたことに感謝したい気持ちになった。

　澄子との話が終わって、正夫はみなに追いついた。誰も澄子との話について何も聞かなかった。みんなはうすうすは気がついていたと思うが、わいわいはやす話じゃないことを弁えているようだった。

　女子高校の生徒達は中学校の校庭に出て何かを話し合っていた。男子はプロ野球の話をしていた。川上とか大下のどっちが首位打者になるかとか、中尾や杉下投手はどんな成績を残すだろうかといった話しだった。上級生と新入生達はもう中学校にはいなかった。

　正夫は、澄子との話が正夫の話したとおり雅子に伝わるだろうかと考えた。正夫はこれでもう雅子と話をする機会がなくなったと思った。ちょっと寂しいと思ったがいつかはそういう日が来るのだと思った。

　あと三日で高等学校の始業式になるという日、正夫は弘の遣いで諏訪村農業協同組合の事務所に行かなければならなかった。正夫は躊躇したが、弘は畑仕事があり行けないので、自分が行かなければならなかった。農業協同組合の事務所には雅子がきっといるはずだった。この前のことがあったので正夫は少し気まずい思いをするかもしれないと覚悟した。正夫は弘に頼まれた書類をもって出かけた。愛香山への坂道がいつもよりきつく感じられた。途中の景色もいつもと違って見えた。正夫が澄子に話したことは、実際に正夫が望んでいる将来への希望だったが、それを現実のものにするためにはこれからの二年間はひと一倍勉強しなければならないだろう。一年生の終わりの成績順は六十番台に入ったとはいえ、地方の高等学校で六十番台ではとうてい大学へ行くことなんか不可能だろうと思った。ではどうするか。それはすでに決まっていることだ。つまり勉強するしかないのだ。などと考えながら自転車を走らせていたら、諏訪村農業協同組合事務所に着いていた。事務所は簡易建築物だった。入り口から中に入ると、事務室の中を一望できた。入り口のすぐのところに腰高にテーブルのような台がありその向こう側に机が並んでいた。入り口に近い机に雅子が座って何かの書類を見ながらしきりに書類に書き込みをしていた。すみませんと言葉をかけると、雅子が正夫の方を向いてほほ笑みかけてきた。

「何ですか」

「やあ今日は。あのー兄からこの書類を持って行くように頼まれてきたんですが、どの人が担当者でしょうか」

　雅子はクスッと笑って、隣の席の女性に何か話しかけてから受け付け台のところへ立ってきた。

「どんな書類ですか。ちょっと拝見します」

　と言ってまた悪戯っぽくほほ笑んだ。正夫はドキマギして思わず持っていた書類を床に落としてしまった。すると雅子がまたクスッと笑った。今度は少し大きな音がした。正夫は慌てて書類を拾った。

「これなんですが」

「少し待っててください」

　雅子は書類を持ってとなりの女性のところへ行った。小さな声で何か話をしていたが、すぐ戻ってきて、

「これは、右の方の三番目の男の人に渡してください」

　といって書類を正夫に戻した。雅子はわざと正夫の指に自分の指が触れるように書類をもっていた。正夫は雅子の指が冷たいなあと思った。しかし正夫の目は焦点が定まらないように右の方を見ていた。

「ありがとう」

　正夫は、つまっていた息をゆっくり吐き出すように小さな声で言って右の方へ歩いた。雅子はその様子を見守っていた。

　正夫はその書類がどんなものかを知らなかったので、男の事務員に何か聞かれたが分からないと言うしかなかった。事務員は、

「確かに受け取りました」

　と言って机のところに戻って座ってしまった。正夫はどうしたらよいか分からずちょっとの間その場にとどまっていたら、

「まだ何かありますか」

　と言われた。

「いえ、何もありません」

　といって雅子のいるところへもどった。雅子がするっと立ち上がって小さな紙切れを人に見られないように正

夫に渡した。そして
「ご苦労さまでした」

　といった。正夫は何をどうしたものか分からずに表へ出た。空は薄い雲があったが、その上から日が差していた。正夫は雅子に渡された紙をそっと開いてみた。

　役場の左手の裏で少し待っててください。と書いてあった。正夫は自転車を農協のところにおいて鍵をかけ、周囲をぐるっと見回してから役場の左の方へ歩いて行った。そこは雅子の家の裏手にもなっていた。そして元の線路があった。

　待つ間もなく雅子がやってきた。

「この前の歓迎会はよかったわね。一年生の人たちも喜んでいたそうよ。それから澄子ちゃんが私のことを正夫君に言ってくれたんだけど、澄子のことを悪く思わないでね」

「うん。それは何でもないさ。ただ澄子さんに君のことを言われたので驚いてしまったけどね。それより抜け出してきてしまって大丈夫なの」

「私は決まった仕事をしているわけじゃないし、手伝っているだけだから、少しくらい抜け出しても問題ないのっしゃ」

「そう。でも偉いね、大人の中に入って仕事を手伝えるなんてすごいじゃないか」

「あら、正夫君だって兄さんの手伝いをしているんじゃないの。その方がすごいわ」

「それは違うと思うんだよ」

「正夫君って、やっぱりワタスの思っていた通りだったわ」

　雅子は突然話題を変えた。正夫は雅子が何の話をし出すのか分からず戸惑ってしまった。

　雅子はいつも行く池の方へ歩き出した。正夫は雅子について行くしかなかった。

「オレは正夫君がきっと大学へ行く決心をしていると思っていたのっしゃ。だからオレは正夫君の勉強の邪魔をしないことにしようと思ったのっしゃ。でもときどきとっても会いたくなってしまうことがあるの」

「……」

　正夫は黙っていた。それで雅子が話を続けた。

「わたすはどうかなってしまったのかなあと思うほど正夫君に会いたくなるの。それでね、澄子ちゃんにそういう経験があるのか聞いてみたのっしゃ。もちろんそのときは正夫君の名前を出さなかったわ。澄子ちゃんも正夫君と同じように昭和二一年に東京から家族で諏訪村に来たのね。お父さんが学校の先生をしていたらしいの。あの頃は日本のどこでも男の先生がたくさん兵隊に取られて、先生の数が足りない時期だったから、大新田町の高等学校ですぐ先生になれたらしいのね。澄ちゃんは正夫君と同じように本ばっかり読んでいたそうよ」

「そうかあ。あの人は何だか他の生徒と違っていたものね。ところで雅子さんも元々諏訪村の人じゃないんだろう」

「私の父は、もともと仙台で生まれ育った人なの。師範学校を卒業して先生の口がなかったので軽便鉄道の会社に入ったのね。それで諏訪村の駅長としてこの村に引っ越してきたらしいの」

「やっぱりね。雅子さんも諏訪村の子とどこか違うような気がしていたんだ。言葉遣いはほとんど同じだったけどね」

「それはそうよ。わたすは諏訪村で産まれてここで育ったんだから。姉たちもみんな父が諏訪村に来てから産まれたの」

「そういえば、雅子さんのすぐ上のお姉さんはすごくきれいな人だってね。まるで女優みたいだって中学のとき誰かに聞いたことがる」

「ああ、あの人は頭もいい。映画会社の新人募集に応募したら受かってしまったんだけど、女優にはならなかったのっしゃ。東京へ行ったけどいっぺんで東京が嫌いになってしまったらしいの」

「そうだったんだ。なんか惜しいような気がするけどね」

「話がそれてしまったわ。正夫君は高等学校を卒業したら大学へ進むのね」

「今はそう考えているけど、実現するかどうか分からない」

「なんで」

「大学へ入るためにはもっともっと勉強しなければならないだろう。僕には勉強する時間がすごく限られているからね。これだけは自分ではどうしようもない。今畑をやっている兄も一人で四町歩の畑をきりもりするのは難しいと言っているんだ。それと畑だけでは収入が限られてしまうしね」

「四町歩ってどのくらいの広さなのかなあ」

「四町歩というのは、一町歩が三千坪で、その四倍だから一万二千坪になる。幅六十間で奥行き二百間になる。メートルで言うと幅約百十《メートル》で、奥行き三六〇《メートル》になるんだ」

「すごい広さね。ところでその兄さんは何歳になるの」

「多分二十一歳か二十二歳だと思う」

「それじゃ結婚すればいいんじゃないのかしらね。二人なら出来るんじゃないかしら」

「それもそんなに簡単じゃないだろうね」

二人の話は何故か家庭のことに発展していった。それは雅子が正夫が勉強する時間を何とか作り出そうとしていることを知るからだった。正夫はそんな雅子を優しい目で見ていた。しかしこの問題は自分で考えることであって雅子が口出しすることではないとも考えていた。

今日の雅子は何か清々しているようだった。二人は話しながら歩いていたのでいつのまにか池のところへ来てしまった。池の水面は鏡のように静かだった。青い空をそのまま映していた。池の岸辺から水面を見ると、メダカとは違う小さな魚がたくさん泳いでいた。岸の芦の中には寒天のような白いものの中に黒い小さな点々があるものがたくさん見えた。

「これは蛙の卵だね。どんな蛙が産まれるのだろう。そういえば僕は諏訪村に来て初めて自分で捕まえた蛙の肉を焼いて食べたことがあった」

「えっ、カエルを食べたことがあるのすか」

「開拓団の人たちには初めの二、三年間は政府の援助があって、お米の配給が無料であったんだけどね。その期間が過ぎたら、すぐご飯を食べることが出来なくなってしまったんだ。そのときはいろんなものを食べたなー。川で釣った魚や田んぼの水たまりに〝ド〟という竹で作ったビンのような形をしたものをしかけて翌朝回収に行くとその中にドジョウが入っていた。それも食べた。そのほかにヘビやカエルも食べたし。蕗、ワラビ、野蒜、名もわからないキノコや栗なんかもたくさん食べたなあ。あッ、ごめん昔のことに耽ってしまった」

「大変だったのね」

「でも当時はみんな同じような生活をしていたから何でもなかった。今でもそんなに変わっていないかもしれないよ。何しろ高等学校で弁当の時間になるとみんなが僕の弁当を覗きに来るんだ。そしてね今日は猫飯に海苔がのっているなどと言うのがいる」

雅子は黙って何かを考えている様子を見せた。そして腕時計を見た。

「あら、もうこんな時間になってしまったわ。そろそろ戻らなくちゃ」

「何時になったの」

「十一時を過ぎてしまったわ」

「僕の話ばかり聞かせて悪かったね」

「そんなことないわよ。私はとっても楽しかったわ」

二人は元来た道を戻り始めた。雅子はそーっと正夫の手を握ってきた。

正夫は雅子の小さな手がずいぶん冷たいなと思った。顔色はよいので寒いというわけではないようだ。雅子は握っている正夫の手を後ろに回して右手で持った。その手を少し引っ張ったので正夫の手が雅子の腰のあたりを抱いているような格好になった。こんなところを誰かに見られたらどんな噂が立つのだろうかと心配になって手を振りほどいた。雅子は悪戯っぽく正夫の顔を見た。そしてまた左手で正夫の右手をにぎった。

正夫はこれまで雅子を同級生としてみていたが、雅子の態度が大人の女性になっているように感じた。この前澄子に話したことが思い出された。澄子は雅子にどの程度話したのだろうか。正夫は大学に入る決心をしたことを改めて心に留めることにした。正夫は農協の前に停めておいた自転車に乗って家へ戻った。

新学期が始まった。正夫は化学の勉強は教科書を読んだためかすらすら理解できた。数学は図形（幾何学）だったので直感を働かせれば割合容易に理解できた。厄介なのは社会科の世界史と新しく国語の中に出来た古文だった。世界史は面白かったが例の年代を覚えるのが厄介だった。それと教科書がないので教師が自分のノートを読んでそれを筆記させるのが面倒だった。正夫は参考書を買いたいと思った。しかし大川市にある書店には問題集を売っていたが参考書は売っていなかった。店主に聞くと、今はまだ参考書が作られていないと言うことだった。もうじき東京の大学の先生方が「資料世界史」というのを出すという知らせが出版社から届いていると教えてくれた。出版社と著者をノートに書いて書店を出た。ただ心配だったのは、上・下二巻で千円近い価格（予定）だった。これは高等学校の一ヶ月の授業料が五百五十円なのと比較しての話だが。

古文は日本語の一つの方言と考えればそんなに難しい科目ではないと正夫は考えた。しかし意味不明の単語が出てくることがあったので専用の辞書「古語辞典」も必要だと思った。大川高等学校の図書館に帯出禁止という棚にいろんな辞書類が各十冊くらいずつ揃えてあったのでそれを使うことにしようと正夫は考えた。

図書館と言えば、正夫は大川高等学校へ入学したら図書館の本を全部読んでしまおうと考えたが、それはさすがに不可能だった。こんなに本があるとは思わなかったのだ。図書館の本の分類を見ていると哲学という項目があった。正夫はその分類の棚を見た。そこには外国人の著書が多く、日本人の書いたものは少ししかなかった。前の方のページを繰ってみたが、どの著書も何故か難しい言葉が使われていた。正夫は東畑和朗という人の本を借りてみた。内容は高校生の正夫には理解しがたいものだった。ただ東畑という人は、宗教、特に禅に興味を持っているらしいと言うことが分かった。このような哲学というものが社会の訳に立つのだろうかと疑問に思った。しかし正夫は哲学の本一冊を繰り返し読んだだけなので そんな偉そうなことは言えないことを百も千も承知していた。哲学を人々のために何かの役に立てることが目的ならばもっとわかりやすい言葉で書く必要があるのじゃないかと考えた。何も知らないくせに何を言うかと著者に叱られてしまうかもしれない。正夫自身もこれは少し考えすぎだと思った。

授業が始まると、正夫は幾何学の図形の授業が面白くなった。図形の中で、ある点aと別の点bの距離（長さ）を計算することや、図形の一部の面積を求めることがいろんな定理を使って可能であることを知った。大工が使う曲尺は、正夫が考えたこともないような使い方が出来ることも分かった。平面図形から立体図形へ進むと球の表面積や体積も計算できることが分かった。

古文はもともと本を読むのが好きだったこともあり、文法を理解すれば文章の意味はすぐ理解できた。

全体的に一年生のときよりも授業をよく理解できるようになったと正夫自身が思った。

初夏のある日、遠足に行くことになった。行き先は列車に乗って松島海岸へ行き、そこで宗石寺や五大堂などを見学した。宗石寺の和尚が寺のことを説明してくれた。それによると宗石寺は城のような構造になっていて本堂の裏手にはたくさんの部屋があり、隠し部屋もあった。そこは殿様が宗石寺へ来たとき警護の家来が隠れていて、いざという時に殿様を守るために飛び出してくると和尚が話してくれた。正夫は同級生と一緒に遊覧船に乗って松島湾を遊覧することにした。正夫は牡蠣の養殖場を見たいと思ったが、誰でも見せてくれるというわけではなかった。湾内の島は幾つあるのか分からなかったが数えてみるのは面倒だった。

正夫は島の海面より上の部分が縞状になっているのを見つけた。その上に草や松の木が生えていた。それはどの島でもほとんど同じなのが見られた。

正夫は遠足から帰った翌日に図書館へ行き地層というのはどうして出来るかを調べた。地学の本によると地形が帯状に重なっているのは多くは堆積岩というものだ。例えば水が流れるところにある砂などは次々に水に流されて移動する。それが積み重なって出来たのが堆積岩だ。

堆積岩の中には水が流れていた時代のいろいろなもの、生物の遺骸とか草木、その花粉や種子なども共に堆積してしまう。これらを調べると堆積した時代の自然の様子が明らかになるという。地層が曲がりくねっているところもあり、それは地球の動きによって発生する褶曲という。

正夫はここまで調べて、地球というか自然の力の大きさを考えた。ふと思いついて地震についても調べてみた。地球の力はときどき地震となって現れるという。地震と言えば正夫の知っているのは父母から聞いた関東大地震だった。前に読んだ時代小説の中にも江戸時代に大きな地震があったと書いてあった。関東大地震は東京都・神奈川県を中心に非常に広い地域が震災に見舞われたという。そんなに広い地域を激しく揺らす力はどこから来るのだろうか。

正夫は新しい知識を得ると更に調べなければならないことが次から次へと出てくるのに驚いてしまった。大川高校の図書館にはそういう意味で面白そうな本がたくさんあって嬉しくなった。正夫は改めて図書館の価値が分かったような気がした。

化学の授業は、基本コースと有機化学コースの二つのコースになっていて同時に進行して別々の教師が授業を担当した。基本コースは栗山教諭が担当し、有機化学コースは金井教諭が担当した。

正夫は、栗山教諭の授業で展示実験を見せられた。それはまず酸素を作りガラスの細長い蓋付きの容器の底に少量の水を入れて蓋をしておく。その中に燃焼匙というものの皿に硫黄、リン、鉄釘、銅片を乗せてブンゼンバーナーで燃え出さない程度に熱してそれを酸素の入ったビンに入れると硫黄やリンはもとより鉄釘も銅片も激しく燃えだした。燃えかすをビンの底に落とし水に溶かした。その水を別々のビーカーに入れてリトマス試験紙で酸性・アルカリ性を調べた。そうすると硫黄とリンを燃やしたものを水に溶かした水は酸性を示した。鉄と銅を燃やしたものではアルカリ性を示した。そこで栗山はその理由を生徒に問うた。誰も理由を見つけられなかった。そのとき正夫がふと思いついたことがあり、手を上げた。

「寺田、何かわかったか」

「はい。それは金属の酸化物を水に入れて溶かすとアルカリ性になり、非金属の酸化物の場合は酸性になるということだと思いますが」

「その通りだ。今の寺田の答えを理解できたか」

と言って栗山は説明を始めた。授業が終わった後で、階段教室を出るとき栗山は正夫に声をかけた。

「今日はよく出来たな。これからももっと勉強しなさい。勉強はすればするほどもっと勉強したくなるものだ」

「ハイ。ありがとうございました」

健樹が正夫に近づいてきた。

「正夫よく分かったな。オレも考えたんだけどハッキリした答えになってなかったので手を挙げられなかった」

「僕は去年の学園祭のとき先生が読んでおきなさいといって貸してくださった化学の教科書を読んでいたので、すぐ思い出すことができたんだ」

「そうか。オレもきっちり読んでおけばよかったな。これから頑張るぞ」

「ところで健樹。君の家はお寺だったよな」

「そうだが、それがどうかしたのかい」

「いや、たいしたことじゃないんだけどね。お寺で最も厳しいことって何だろうと思ってね。昔から坊主丸儲けっていう言葉があるだろう」

「それはそうだけどな。俺の家のように檀家のない寺で最も厳しいのは収入の道がないことかなあ」

「そうかあ、そういう厳しさもあるなあ。修行とか住職になる資格なんてあるのかどうか分からないけれど、もしあったとしたらどうなんだい」

「それは無いんじゃないのかなあ。いずれにしても俺ん家《チ》は関係ないよ、そういったことには」

「変なことばかり聞くけどね。いやもう止めにしよう」

「何だか中途半端だな」

「実はね、図書館で哲学の本があったので一冊借りて何回も繰り返し読んだんだけど、その人は禅宗の方と友人なので、禅の道にも詳しいらしいんだ」

「宗教なんてものは厳しい修行をして、徳を身につけると言われているけどね、今は大学もあるので卒業すれば住職になれるのっしゃ。だからあまり修行についてうるさく言うことは無いかもしれない」

「宗教で言う悟りってどんなものなんだろう」

「ひどい言い方をすれば一度住職の座を得れば後は生涯

安楽に暮らしていけると言っている人もいる。宗教と哲学を結びつけるとすれば、やはり禅宗が適当なんじゃないのかなあ。宗教というのはお釈迦さまのように産まれたときに立って歩いたり、唯我独尊などと初めて口から出た言葉が有名になっている場合もある。つまり一般的に言えば修行なんてしないでも良いということも言えるだろうな」

「難しい話になってきたな。悪く思わないでくれよ」

「こんな話はあまりしたことがないが、またいつかゆっくりやろう」

　六月になった。中学校と違って野外でやる学校行事がないので、正夫はときどき変な感じになることがあった。それは、こんなにいつも勉強ばっかりやっていていいのだろうかという疑問のようなものだ。畑仕事は弘兄たちの話し合いで助け合い運動というのが出来て正夫が手伝わなくても済むようになった。しかし、日曜日は畑を手伝うことにしていた。今年もイチゴがたくさん収穫できるようになった。弘は正夫に手伝わせてイチゴやその他の野菜を大新田町へ売りに行った。イチゴは飛ぶように売れてすぐなくなってしまったし、野菜も常連のお客さんがいつも買ってくれるだけで売り切れになってしまった。町の人は今度いつ来てくれるのかと言って弘達が野菜を売りにくるのを心待ちにしてくれているのだった。

　そんなある日、大原台の正夫の家の近くに住んでいる正夫の同級生山口守男の家へ大新田町の警官が二台の自動車でやってきた。そんなことはこれまで一度もなかったので、すぐに大原台の人たちがその家の近くに集まってきた。遠巻きに見ていると山口の父親が警察官に家から連れ出されてきた。両手を鎖の付いた輪（手錠）で繋がれて腰を麻縄のようなものでくくられたいた。それを見ていると組合長が事務所から飛び出してきて、警察官に何か怒ったように怒鳴り始めた。警察官は組合長を少し離れたところへ連れて行き、説明をしているようだった。取り囲んだ大原台の人たちは、その様子を固唾をのんで見守っていた。

　やがて組合長は納得しがたいことを無理に納得させられたといった顔をしてみんなのところへやってきた。見ていた人たちは組合長がしゃべり始めるのを静かに待っていた。組合長は少し毛の薄くなった頭を左手の平で汗をぬぐってから小さな声で話し出した。

「実はな、山口さんは二、三日前に大新田町へ野菜と自分の家でとれたというニワトリの卵を売りに行ったそうだ。その卵はどこから手に入れたか分からないのだが、山口さんは自分の家のニワトリが産んだものだと言っているらしい。しかしな、山口さんのところにはせいぜい自分の家で食べるほどの卵しかとれないほどの数のニワトリしか飼ってないそうだ。私も知っているがせいぜい十羽にも満たない数のニワトリしかいない。ところがな、売りに行った卵のほとんどが腐っていたそうだ。その卵を買った家で使い始めてそのことが分かり、山口さんから卵を買った人が次から次へと腐っていると言い出したので、数人で警察へ相談に行ったらしい。警察で調べてみたら売りに来たのは大原台の山口さんだと判明した。それで先ほどのようなことになったということだ」

「そうだ、山口のところでは雌が六、七羽しかいないな、それが毎日卵を産んだとしても百個以上の卵をためるには二十日くらいはかかるな」

「そうだな」

「俺も知っているけど、自分の家でも卵を食べていると言っていたからな」

その頃には小さな子供たちも大勢の大人が集まっているのを見て物珍しげに集まってきた。警察官は山口さんを車に乗せて大新田町に向かって県道を走り去った。組合長を初め集まってきた人たちは呆然として走り去っていく警察の車を見送っていた。

正夫は高校から帰ってきて、その話を弘から聞いた。

「そのとき守男君はいたの」

「いや、守男は大新田町の高校へ行っていたのでいなかったらしい」

「でもどうして腐った卵を売りに行ったんだろう」

「そうだな、組合長もそのことを不思議がっていた」

正夫はその話を切り上げて、中間試験の勉強を始めた。授業は前もって教科書を読んでおき、先生の説明を聞くとよく理解できるようになっていた。どの科目の参考書を見ても、これまでにいろんな大学で出題された入学試験問題が出ていた。それを解いているうちに問題の意味が分かるようになってきた。

正夫はふと守男のことを思いやった。学校で今日のことが同級生達に知られてしまうと守男は、学校へ行きにくくなってしまうのじゃないか。そんなことにならなければいいのだがと思った。何か誤解があって卵は傷んでいたのに気がつかなかったのかもしれない。正夫は気分を変えるために外へ出てみた。梅雨の時期が迫っているというのに無数の星が空一面に広がっていた。しばらく星空を見ていた正夫は、その日の勉強を終わりにして家に入り就寝した。

大川高等学校の中間試験は三日間で終了した。その間に大原台で起きた不思議な事件の結末が明らかになってきた。ただ山口容疑者が卵の出所をなかなか明らかにしないので警察も困っているという。守男は高校で何人かの大新田町の生徒にいろいろ聞かれたが噂にもならずにすぐ消えたというので正夫は安心した。守男は小学校時代からお互いに雑誌を貸したり借りたりしてきた仲だった。

そして七ツ森山自転車行は事故もなく無事行われた。途中でヘビの脱皮を見たり、太い杉の木が落雷によって割けたり、焦げたりしているのを見ることができた。

六月に入ると空は曇りがちになり、とうとう霧雨が舞い出した。いよいよ梅雨期に入ったのだ。自転車通学には西風を受けるのとは異なる辛い時期だ。しかし、梅雨期は稲作には欠かせない重要な時期だ。田植えは五月中に終わっていたが、その後の成長にはたくさんの水が必要だ。

　そういえば、進は大森山へ行った後、毎日正夫達が集まる時間より早く学校へ行く用意をして待っているようになった。そしてそこに幸子がいて、いつも大新田町の軽便鉄道の駅まで一緒に行くようになった。みんなはそれを無視しているというか知らぬふりをしていた。正夫はといえば、気にならないことはなかったが、深い関心はなかった。

　大川高等学校では、化学クラブで三年生達が夏休み中の計画と学園祭の話し合いを始めた。二年生の健樹や正夫他数人がそこに呼ばれた。二人が実験室の部室へ行くと、三年生の部長が黒板の前に立って他の部員の言うことをまとめて書いていた。黒板の右端を見ると、夏休み中の化学クラブの活動内容案が書いてあった。それには校内で集中的に一年生のための訓練を行うというのがあった。指導員として三年生の五人の氏名が書いてあり、その次に二年生の五人の氏名が書いてあった。その中に正夫と健樹の氏名も書いてあった。

「やあ来たな。事後承諾だが、君たちも夏休みの一年生に対する講習会を手伝ってもらいたいんだ。都合がつかないようならそう言ってくれればいい。そのときは他のものに頼むから」

　健樹は直ぐに、

「今のところは予定がないので大丈夫と思います」

と言った。正夫は、

「僕は…、家に帰って兄と相談しないと返事が出来ません。それで返事は少し時間をいただいた後と言うことでいいでしょうか」

「そうだったな。君の家は君の兄さんと二人で農業をやっているのだったな。もちろん直ぐ返事をしなくてもよいから、兄さんと相談してくるように、な。そうだ、君たち二人は去年、よいアイデアを持ってきたんだったな。今年も何かアイデアを出してほしいんだ。まだ余裕があるから何か考えておいてくれ」

　正夫と健樹の二人は会議が終わると部室を後にした。

「もう学園祭のことを相談しているんだな。何か考えているのか。正夫」

「いや。こんなに早く準備を始めるとは思っていなかったから、今は何も頭の中に入っていないさ」

「そうか。これからそのことも相談しなけりゃな」

「そうだな。一年生にも手伝ってもらえるようなのがいいな」

　二人は学園祭のことを近々話し合うことにした。

「正夫は、この頃何か悩んでいるのじゃないか」

「どうして」

「ときどきため息をついたり、何か暗い感じになったから、ちょっと心配してるんだけどな」

「とくにこれと言って悩んでいることはないけどな」

「それならいいけどな。もし悩み事が出来たら話してくれ。一人で考えるよりも二人で考えた方が気持ちが楽になると思うんだ」

「そうだな。ありがとう。そんな悩みが出来たらきっと相談するよ」

「お互いにそうしよう」

　正夫は宗教について甲斐健樹と話し合ったことを思い出していた。その話は結論は出なかったが、いつかもっと深い話をしようということになっていた。

　夜になって正夫は、今自分が一番恐れていることは何だろうかと考えた。とくにこれと言って恐れなければならないことはないと判断した。中学時代には、朝礼などのときに整列すると、常に前から二、三番目にいたほど小柄で痩せていた身体も、この一年で見違えるほど変わったと自分でも感じた。体重は増えたし足腰の筋肉が付いて少年から青年へ移行しているようだと友達が言っていた。それは高等学校まで十八kmの距離を自転車で通学するようになったからだ。

　勉強も予習と復習をやる余裕みたいなものが出来たことも将来への希望を持てるようになった一因と思えた。

　両親が東京へ行ってしまったこととそれによって少し不自由になったことはあるが、弘と話し合いでいろんなことがうまくいっているのでこれも心配の種にはならなかった。ということで今の正夫には何かを恐れることはなにもなかったし、心配の種は見つからなかった。

　しかし、ちょっとだけ悩みと言うほどではないが、哲学とは何だろうかと言うことが気になっていることを否めなかった。しかし、これもいろんな勉強をしていくうちにいつか理解できるようになると山形さんや中学の先生方が言っていた。確かに小学校のとき書き留めていた不思議帳の内容は今になってみるとほとんどが理解できるようになっていた。つまり不安や恐れることなどは全くないと思った。東京の家が空襲で焼けたとき、とっても強い風が吹いていたので川向こうから火の粉の嵐が襲ってきた。あれは怖かったと言うよりむしろ火の粉ってこんなにも飛ぶんだと言うことに感動した。ただＢ29が手の届きそうな低さで飛んでいるのに日本の高射砲から弾を撃っていないことを悔しかったのを思い出した。そのときのことを思い出していたら、川にたくさんの犠牲者が浮いていたり、道端に作られた防空壕が崩れて、そこにも人が死んでいたのを見たことを思い出した。人が死ぬというのはああいうことなのかとぼんやり考えていた。そして突然人が死ぬことは、いや生きていると言うことは何だろうと気がついた。

　このときまで正夫は自分の生命について考えたことはなかった。そして生命とは何だろうかと考え始めた。正夫もこれまでずいぶんいろんな生き物の生命を奪ってきたことに気がついた。それは自分が生きるためであり、生命を奪うと言うことだなど考えたこともなかった。このとき正夫は重大なことに気がついた。

　正夫が生命のことを考えるようになってから、生命というのはすべて動物に限られていたことに気がついた。その中には小さなトンボやチョウチョウ、アリや蝉のような虫も、堆肥の中にいるミミズも、夏になると出てきて血を吸う蚊も、川で釣る魚も犬や猫そしてヘビもカエルもみんな入っている。しかし毎日食べている米やいろんな野菜などを生命あるものと考えたことはなかった。正夫はこれは大変な間違いだと気がついた。人間は、いや少なくとも自分は毎日大変な種類と量の生命によって支えられているので明確な理由はまだ分からないが感謝しなければならないと正夫は考えた。

　正夫は思わず身震いした。はっと気がついて時計を見た。もう午後十一時を過ぎていた。弘はもう寝ていた。正夫は外へ出て空を見上げたが、星は見えなかった。明日も早く起きなければならないので正夫も寝ることにした。

　翌日、高等学校へ着くと自転車置場で健樹が待っていた。

「おはよう。今日は昨日と違ってサッパリしているな。いいことあったかい」

「おはよう。いいことというほどじゃないけど。新しい考えが出て来たんだ」

「へー、どんなことを考えついたんだい」

「それはな、健樹は生物というとどんな生き物を頭に浮かべるかな」

「そうだな。身近なところでいえば猫や犬、それから家にもいるが牛、その他野生動物なんかかなあ」

「普通はそうだよなあ。しかし、今君のクツの下にある草はどうだ。それから毎日食べている米やその他のいろんな野菜などの食物。それは生物じゃないのか」

「ちょっと待てよ。そうか、俺たちは生物というと目の前で動いているもの、つまり動物しか見ていないということだな。それでこの後の話はどうなるんだい」

「いやなに、俺たちは生物というと植物抜きで考えるのが常だよな。何故植物のことを考えに入れないのかと考えていたんだ」

「それで」

「植物はそんなに存在を否定されてもいいのだろうかと考えた。だってな、授業で習ったことだけど、植物が炭酸同化作用をしなかったら、つまり植物が地上からなくなったら動物の多くは困った状態になってしまうだろう。それなのに何故植物を生物といったとき外してしまうのかなあと考えた。宗教ではどう考えるのかと思ってさ、君に聞こうと思っていたんだ。それもそうだけど、健樹は俺を待っていたんだろう。何か用があったんじゃないのか」

「そのこと、そのこと。この前話していた宗教のことだけどな、親父と少し話をしたんだ」

「そのことは俺も気になっていたんだ」

「親父は、俺にこう言ったんだ。お前は家の中で暮らしているが家が無かったらどうするとな。俺は突然のことなのでおやじが何を言っているのか分からなかった。するとな、昔まだ家がなかった時代に人は何を一番恐れていたか分かるかときたもんだ」

「そうか、なるほどね。家がなければ山の方へ行って洞窟を探してそこに棲むかな」

「山で洞窟を探すか。なるほどそうするかもしれないな。でも何故洞窟なんだい」

「それは多分大昔は大型の野生動物がたくさんいただろうから、その襲撃を防ぐためかもしれない」

「うん。ありえるな。でもそれだけでおわりか。もっと何かあるだろう」

「洞窟の入り口に大きな石を置いて進入されないようにするとか。あるいは入り口のところで火をたいて野生動物が近づけないようにするとかいろいろやるかもしれないな」

「親父が言ったのもそういうことだったのかもしれないな。そんなとき何が一番怖いかとも聞かれたんだ。俺は夜の闇かなあといった。すると親父はそのとおりだというんだ」

「なるほどそうか。洞窟へ入るのも入り口を狭くして火を燃やし続けるのも闇を恐れるからだな」

「親父は続けて朝になったらどうだという」

「朝になれば太陽が出てきて明るくなり、怖いものでも遠くから見つけることが出来る。だから防御する時間が出来るので安心だよな」

「親父はそんなとき人は太陽を拝むものだといった。それが多分宗教の始まりだろうと」

「なるほど、そういうことか。夜の闇と夜明けの太陽。なるほどなあ」

正夫と健樹は、もっとそのことを話したかったが授業開始のベルが鳴ったので教室へ急いで向かった。

中学時代の正夫は体育の授業が苦手だった。それは家の手伝いで毎日が過ぎていったので、身体をそのほかのことで動かすことがほとんどなかったからだ。しかし高等学校へ入ってから毎日自転車に乗って片道十八km、往復三十六kmを通学するようになって、全身の筋肉を使うようになった。そのために身長が伸びたし、体重も増えてきた。

四月の新入生歓迎会のとき、用務員室の脇で同級生の男子を片方二人ずつ合計四人を天秤棒代わりの杉の丸太にぶら下げて肩にかずいたら、ポキッと大きな音がした。この様子を見ていた同級生は正夫の肩が壊れたと思って悲鳴のような声を上げた。丸太にぶら下がっていたものも素早く手を離した。しかし正夫は何でもない様子だったので、皆は不思議な顔をした。その音は杉の丸太が折れた音だったのだ。それ以来皆は正夫のことをチビとか痩せと言わなくなった。高等学校の体育の授業はいくつかの競技に別れてグループごとに競技の基本的な実技を学ぶというものだった。正夫は二年生になって初めて見るテニスを選んだ。そのときテニスにはボールの種類によって軟式テニスと硬式テニスの二種類があることを知った。実際にボールを見ると柔らかいゴムまりと表面が毛の生えた硬い布で覆われているものがあり、このボールを網の着いたしゃもじの化け物みたいなもの、これをラケットというそうだ、で打つのだという。正夫は最近腕に自信があったので硬式テニスを選んだ。後で分かったのだが、硬式テニスはもともとボールが弾むように作ってあるのでボールを打つときにそれほど力がいらないということだった。難しいのは打つときの力の加減で相手方へ戻るボールの弾み方が違うし、ボールをラケットで打つときの角度が難しいというのだ。

テニスのルールや基本的なことを初めの授業で教えてくれた。正夫は、いざコートへ出て実際にテニスボールをラケットで打ってみると、思うところへボールが飛んでいかないことを知った。体育の教師が初めから上手くいったらその人は天才だといって笑っていた。初めはテニスクラブの生徒が相手になってくれたので正夫たち初心者が打ちやすいところへボールを打ち返してくれた。

初心者が失敗してもクラブの生徒は怒りもせずに付き合ってくれた。初心者がときどきまぐれ当たりでまともなボールを打ち返すとクラブの生徒は大きな声で〝その調子〟とか〝ナイスボール〟と大きな声で言ってくれた。体育の授業が終わると全員でトンボという熊手の親分みたいなものをコート中を引っぱって歩いた。これはコートの表面のでこぼこを取るために行うという。その後でクラブの生徒達が大きな鉄製のローラーをコートの端から他の端まで何回も引っ張って回っていた。正夫達が手伝おうとするとこれは難しいのでとやんわり断られてしまった。それほどコートの手入れは大変なことなんだと皆が見ていた。

それも梅雨期に入るとコートに出ることは無くなり、体育館で柔軟体操をやるようになった。これもちょっと見には簡単なことだと思っていたが、身体の筋肉を柔らかくほぐし、敏捷性を身につけるために必要なことだと説明があった。正夫達は何しろどれもこれも初めてのことだったので、言われるままその通り信じるだけだった。しかし中には手を抜いておしゃべりをしているものもいた。教師はそんな生徒を見てもとくに叱りもしなかった。

正夫はやるならまじめにやることにしていたので教師の言うままにいろいろ体を動かしていた。そんなある日、体育の教師がクラスの何人かの名前を呼んで少し離れたところに集めた。そして教師は、

「この中で日本の国技である柔道をやってみたいものはいないか」

と質問した。しかし誰も手を上げなかった。教師は生徒をぐるっと見渡して腰がしっかりして腕の太い生徒に目を付けた。

「結城、君はどうだ。柔道をやってみないか」

「はあ、でも俺は力がないので柔道に向いていないっちゃ。先生」

「握力どのくらいあった」

「俺は、二十八kgくらいでした」

「そうか少し小さいが、鍛えれば何とかなるかもしれないがなあ」

「先生、俺は柔道やる気がないです」

「そうか。誰かいないかなあ。そこの君はなんていったかなあ」

「俺は寺田です」

「そうだ寺田だったな。君は柔道やる気がないか。腕が太いから握力も相当あるだろう。どのくらいあった」

「握力は三十八kg位だったと思います」

「そうかなかなかじゃないか。柔道やってみないか」

「いや、時間が無いのでだめです」

「何で時間が無いんだ」

「それはちょっと言いにくいのですが」

「そうか気が変わったら俺のところへ来てくれ」

「はい」

「今日の授業は定刻まで少し早いが、これで終わりにする。今言ったように柔道をやってみたいというものがいたら申し出てくれ。終わり」

　正夫は身長のない自分に何故柔道をやってみないかと先生が言ったのかを考えた。柔道部の練習を一度見たが、みんな大きな岩のような体格をしていた。正夫はとてもあんな風にはなれないと決めていた。

　七月に入り梅雨はときどき激しい雨を降らせるようになった。正夫の父親がいたら、もうそろそろ梅雨も上がるようだなと言ったかもしれない。正夫は雷が鳴るのが待ち遠しく感じられた。雷が鳴ると梅雨の終了が近いからだ。新聞に出ていた解説によると梅雨期の終盤に雷が鳴るのは、今まで日本列島から離れた位置にいた梅雨前線が日本列島近くまで北上するからだと書いてあった。そして梅雨前線にはいろんな種類があるという。そのうち黒いの半円形のマークと▲マークが前線上にあると、そこは冷たい高気圧（大陸）と暖かい高気圧（太平洋、小笠原気団）とがせめぎ合っているところで、天気、気温、降雨が激しく変化するという。正夫は新聞の天気図の上には前線の線が引いてあるが、実際に見えるのだろうかと、もし見えるのだったら是非見たいと思った。高等学校には地学の先生もいるのでいつか話を聞いてみたいと思った。

　正夫は、それにしても父親はこういった知識をどこから学んだのだろうかと不思議だった。長年生きてきたからと言っても興味がなければ毎年の変化について覚えていることはないだろうし。何か書き留めておいたものがあったのかもしれないとも考えたがそのようなものは見当たらなかった。

　もうすぐ一学期の試験が始まる。正夫はいろんなことを考えていたが、勉強はしっかりやっていたから安心していた。だが油断は出来ないと夜は復習に専念した。最近は問題集もすらすら解答できるようになっていた。それも甲斐健樹という友人が出来たからだ。彼は家がお寺なのに化学や数学が得意なのも不思議だった。

正夫は健樹と秋の学園祭のことを話し合わなければならないのを思い出した。

正夫はいくつかの案を考えていた。化学の授業で学んだばかりのことだ。第一は、酸性やアルカリ性の溶液の濃度と、何か例えばいろんな種類の金属をその中に入れたらどんな反応があるかを見せるのはどうだろうか。このことは具体的にも考えが出来ていた。第二は、チンダル現象と溶液中の物質の沈殿法だ。これは少し難しいかもしれなかったが、出来るだけ簡単な物質と方法を説明するというものだった。

正夫はこの二つを期末試験が終わったら健樹と二人で真剣に案を練ってみようと思った。少しは予備試験をしなければならないかもしれなかった。

これらを「学園祭」というノートをつくって書き留めた。

いよいよ試験の日が来た。幾何学の問題は一目見て全部が分かってしまった。定理を組み合わせて解答すると直ぐ分かるものと、一つの定理だけで証明できるものがあった。五問のうち一問だけ、教科書に載っていない定理を使って簡単に解答できたのが大きな収穫だった。この解答は採点した後で解答用紙を返却するときに先生がたった一人だけ（ということは正夫のことだ）特別な解答法で簡単に説明できたことを紹介してくれた。そして教科書だけでなく参考書や問題集も勉強するようにと付け加えた。

その他の科目も大方出来たと正夫は思っていた。一学期の期末試験の結果は全体で六二番になった。前回から上がったことをうれしいと思った。しかしこの成績では一組に上がることは出来なかった。一組の生徒も懸命に頑張っていることが正夫の胸に伝わってきた。ここからが難しいのだ。ここを乗り越えることができるかが重要なのだと思った。そして弘への感謝の気持ちも忘れなかった。

先生たちが試験の採点をしている間、授業は自習が多かったので正夫は健樹と学園祭のことを話し合った。大体の案がまとまったので健樹がそれを紙に清書して三年生の部長のところへ持って行った。その時、部長は忙しかったので後で見るからといって受け取った。

正夫と健樹は、学園祭のことから離れて、また難しい話をし出した。

「一年生のとき、社会科の授業で社会の仕組みについて勉強したよな。そのとき、いろんなことがすべて自分と関係していると先生が言ったいたが、今の俺はその通りだと思うんだ」

と正夫は切り出した。

「あの授業は初めは面白くなかったけれど、だんだん面白くなってきて二学期に入ると、社会の仕組みがどのように成り立っているかを知ることが出来たな」

「しかし新聞を見ていると、社会の仕組みが正常に動いていないようなことが毎日のように起きているらしい。その中で最も奇妙なのは「金」がと言うことらしい。「金」を持っていればいろんなことが出来るらしい」

「しかし、社会には正義があるだろう。一般の人たちはもちろん〝金〟なんて生活するだけで精一杯の人がほとんどだと思うし」

「例えば、ある市で新しい学校を作る計画を立てていたとする。そのことを察知した建設業者がその設計者と接触して予定建設費を聞き出そうとする。設計者はもちろん普通はそんな話に乗らないと思うんだけど何かの理由があって代償を求めて教えてしまうことがあるらしい。それで建設業者は彼に納得させるほどの〝金〟をわたす。これを賄賂と言う。市は学校を建て得るに相応しい建設業者を選ぶために入札というのをやる。予定額を前もって知っていれば落札するのに有利になる。これは時代小説を読むと江戸時代に何かの普請が実行される前に「入れ札」と言うことをやっていたらしい。そこでも同じようなことをやっていたらしい。もちろん小説を書いた人が現代人だから発想が同じなのかもしれないけれどね。もしこんなことが行われれば、賄賂の金額分を建設費に上乗せするか実際の建設材料の質を落とすかしなければ元が取れない。こんなことが許されるわけがないよな」

「正夫は新聞を読んでいるんだったな。新聞にはいろんな社会の裏の話が出ているらしいが、俺は今の俺たちは正しいことを学ぶことが大事じゃないかと思うんだ」

「そうだな、でも話はこれからなんだ」

「なんだ、今までのは前提だったのかい」

「そうなんだ。だって今の俺たちがこんな話を知ってもどうすることも出来ないだろう」

「そうだなあ」

「今日はね、この話を前提にして俺たちは何を信頼し何を頼りにしたら良いのだろうかということなんだけどね。今の俺にも答えは出ないので健樹に話を聞こうと思ったんだ」

「それが宗教との関係になるんだろうなあ」

「そうなんだ。宗教は何で人々の心の中に入ってしまったんだろう。そういう宗教の本質って何だろうかと言うことなんだ」

「それは難しい問題だなあ。俺たちが話し合って理解できるか分からないぞ」

「それともう一つあるんだ」

「まだあるのかい」

「そうなんだ。人の心を救うという宗教が何でたくさんの種類が必要だったのか。これが今の俺には理屈に合わないような気がしてね。それで健樹の話を聞きたいと思ったんだ」

「正夫はときどき予想外のことを持ってくるんで俺もいい勉強になるが、今はもっと現実の問題を解決した方がいいんじゃないか」

「そうだね。学園祭のことを考えないといけないしね。今の俺の話は後日時間が出来たら付き合ってくれ」

「そうしよう。それで正夫の考えてきた酸の実験のことだけど、自然界にあって俺たちが口に入れるような酸の代表と言えば、例えば酢酸じゃないかと思うんだけど、それも極薄いもの。そういうことだよな」

「その通りなんだけど、酢酸だけじゃ酸が弱すぎる。それでその前にいろんな酸とその性質を説明する必要があると思うんだ」

「なるほどな。そうすると発表の順序を決めないといけないな」

「それも含めて計画書を書いてくるから、また話を聞かせてくれると嬉しいんだけど」

「それはいいけど。夏休みになる前に部長に渡しておかないとな」

「そうだね。頑張って素案を明日書いてくるよ」

「そんなに早く出来るか」

「試験も終わったことだし、出来るだけやってみるさ」

「頼むぜ」

「それとチンダル現象のことも面白いと思うし、それは割合簡単だと思うんだけど、上手くいくかどうかやってみないと分からないところがあるんだ」

「正夫はいつもいろんなことを考えるなあ。たいしたもんだと感心しちゃうよ」

「そんなことないよ。ただ自分で疑問に思っていることをこういう機会にやってみようと考えるだけさ」

「それにしてもさ。よく疑問が次々と出てくるなあ」

「小学校からの癖で自分で説明出来なかったことを書き留めてあるだけさ」

　そんなことを話し合った正夫は、学園祭のテーマに採用されるとまた忙しくなるぞと覚悟していた。しかし、他の生徒がもっと面白いテーマを提案するかもしれないから採用されるかどうかは、三年生と顧問の先生方の考えに任せるしかなかった。

　夏休みに入る前に話したいことがあると工業高校へ行っている高橋強から連絡があった。諏訪山登山のことだ、正夫には直ぐ分かった。

　その日、高校から帰宅した正夫は鞄を置くなり学園祭の計画書案に取り組んだ。大体のことは出来ていたが細かいところは化学の教科書を見ながら、イオンになりやすさの順、つまり教科書ではイオン化傾向と書いているものと酸の強さは何に由来しているのかについて考えながら、必要な項目を書き出した。夕食も風呂の準備も弘にやってもらった。作業が終了したのは午後十一時を過ぎていた。正夫はもう一回読み直して確認した。明日一番に健樹に今書き上げたものを見せて検討する。その結果を健樹に清書してもらう。正夫はいつものように外に出て空を見上げたが、月明かりを感じることが出来たが星をみることは出来なかった。すぐに家に戻って眠りについた。

〝正夫、こんな難しいのはお客さんに説明できないぞ〟

〝教科書に書いてある範囲でなるべく簡単に説明すればいいんだけどな〟

〝イオンについてはどう説明するんだ〟

〝俺たちは教科書に書いてあることよりももう少し詳しいことを調べておく必要があるな〟

〝一応この内容で清書しておくが、訂正するところが見つかったら早く言ってくれよな〟

〝健樹、君も明日までにもう一度この案でよいかどうかを見直してくれ〟

〝うん。そうさせてもらうよ。もし訂正した方がよいところが見つかったら、二人で検討しよう〟

〝もちろんさ。今日はこれでお開きにしようか〟

〝そうだな〟

正夫は、はっと目を覚ました。いつの間にか夢を見ていたのだ。明日、健樹に逢ったらいろんなことを話し合わなければならない。その結果、大幅に修正することになっても話し合いの結果そうなるなら、それはそれで納得できると考えた。

正夫は再び寝に着いた。翌朝浅い眠りから目を覚ました。少し頭が鈍くなっているようだったが、汲みたての水で顔を洗うとすっきりした。昨夜と変わって薄日が差していた。梅雨が明けたのかと思ったが梅雨明けにはまだ少し日にちがかかりそうだと新聞に書いてあった。梅雨明けが近くなると梅雨前線が南に北に移動し、前線の南側に移ると温かくなり時には晴れることがある。逆に北側になると涼しくなり霧雨が降る。つまり前線は北側の冷たい大気と南側の暖かい大気が接触している境界なのだ。前線の移動速度はどのくらいか分からなかったが昨日の夕方には霧雨が止んでいたことと夜中に外へ出たとき月明かりを感じたこと、そして今朝の薄日が差すことを考えると、おおよそ半日で前線が自分の居住する地域を通過すると考えることが出来る。正夫は前線の幅が分かれば前線の動く速さを計算できるのじゃないかと考えた。

正夫が朝食を食べて登校の準備が出来上がったとき英一が迎えに来た。

「正夫、おはよう」

「英一君、おはよう。今日は晴れるといいんだけどね」

「そうだね。今朝のラジオは、これは梅雨明け時期によくある現象で直ぐ梅雨前線が戻ってくると言っていた」

「梅雨明けまでには、もう少し時間が掛かりそうだね」

二人は大原台の坂道を自転車で下って行った。

「強から連絡があったと思うんだけど、明後日の土曜日の午後三時頃に中学校で諏訪山登山の打ち合わせをしたいと言っていた。正夫はこの頃、大分忙しそうだから出席できるかどうか聞いておいてくれって頼まれたんだけど。出席できるかい」

「多分大丈夫と思うけど、少し遅れるかもしれないといっておいてくれるとありがたい」

「うん。分かった」

二人は利夫を待って、三人で愛香山の坂道を上り始めた。愛香山の峠で久しぶりに頂上付近は雲に覆われていたが、諏訪山の姿を見ることが出来た。

英一の話によると、工業高校へ通学している生徒達には、もうすでに諏訪山登山の計画が出来上がっているようだった。

朝の集合場所である進の家に着くと進はまだいなかった。

進の家のところに幸子が自転車に乗ってきた。みんなは簡単に挨拶を済ませると何事もなかったように話の続きを始めた。少しして進がやっと出てきたので出発した。

傘をささないで自転車に乗るのは久しぶりのことだった。何故か片手の置き場に困ってしまう感じがした。正夫はこんなときこそ注意して自転車を走らせた。小野田川の橋の上から川面を見ると、川水は茶色くなり大きな波を打ちながらすごい勢いで狂ったように流れていた。

大川高等学校へ着くと健樹が自転車置き場で正夫の来るのを待っていた。二人は教室へ行く前に部室の実験室へ直行した。

「正夫、ご苦労さんだったな。まだ眠そうな顔をしている」

「ちょっと待っててくれよ。顔を洗うから」

「実験室はいいな。いつでも水を使えるからな」

「そうだな。こんなときは助かるよ」

正夫は、ああサッパリしたと言って手ぬぐいで顔を拭きながらもどってきた。正夫は鞄から数枚の紙を取り出した。それを健樹に見せながら、

「教科書を参考にしながら計画案を作ってみた。こんなことでどうだろう」

健樹はその紙を真剣な眼差しで読んだ。そしてしばらく窓の外を眺めていた。正夫は健樹が何て言うかちょっと不安になってきた。

「正夫…」

「何だい。気に入らないかい」

「いやそうじゃなくて、正夫、これを昨夜一晩でやったのか」

「そうだけど、やっぱり無理かなあ」

「そうじゃないよ。これだけのことをよく一晩で出来たと思って驚いたんだ」

「昨日も言ったけど、おおよそのことはメモしてあったから、そんなに時間がかからなかった。十一時頃に出来上がって、その後外へ出たら月明かりで空が明るくなっていた」

「俺は、悪いけれど、その時間には写経が終わって寝て

いたな」

「それで内容についてはどうなんだ」

「三年生の人に聞かないと何とも言えないところがあるようだ。正夫には普通のことかもしれないけれどな、中学生や一般の人たちに説明するには少し前もって基本的な知識が必要かもしれない」

「なるほど、そうだな。俺は高等学校の教科書を参考にしたということは、俺の頭の中にあったお客さんは、高校生と言うことになるかもしれないな。さすがだな。健樹と組んでよかったよ」

「そう言われると冷や汗が出るよ」

「それでどうしようか」

「これを俺が清書して、二人の意見を付けてこのまま三年生に見せてみるというのはどうだい」

「それがいいな。そのことは健樹に任せていいのか」

「まあいつものことだから、やっておくよ。それで三年生に俺から渡してもいいのか」

「もちろん任せるということはそういうことさ」

　二人は始業の鐘が鳴ったのが聞こえなかった。校舎の中がいやに静かなのに気がついて急いで教室へ行った。教室では担任の教師が夏休み中の注意事項などを話していた。午前十一時頃には一学期の行事はすべて終了した。明日土曜日は先生方の研修会というので授業は行われず、自習と言うことになっていたが、実質的には登校しなくてもよいことになった。正夫は先生方も勉強会を開くのだと思ったが、三年生の話によると違う意味があるらしい。

　化学クラブの打合会は明日土曜日の午前九時から始めることになっているので、正夫は健樹に頼んだ清書を待ち遠しく感じた。

　その夜の食事は正夫が用意した。というのは、帰りに大新田町の魚屋の前を通ったら店のおじさんが正夫を呼び止めた。

「よー正夫、久しぶりだな。息子の話によるとこの頃忙しくしているそうだってな。ときどきみる女生徒とは上手くいっているか」

「えっ。おじさんは何で雅子さんのことを知っているんですか」

「雅子って言うのかい。知ってるなんてもんじゃないぞ。諏訪村じゃ有名だぞ」

「そんな！　どうしてそんな噂が広がっているんだろう」

「正夫、今のは冗談だ。家の奴がちょっと噂していただけだ」

「おじさん驚かさないでよ。心臓が凍るかと思ったじゃないか」

「それはさておいて、明日から夏休みだろう。また野菜を売りに来てくれるんだな」

「はい。よろしくお願いします」

「それでな今日は、この時期には珍しく鰹が入ったんだ。君のとこは二人だったな。これをもっていって食べてくれ」

「おじさん、そんな高いものはうちでは買えないよ」

「そうじゃないんだ。うちの息子が世話になったり、町の人が君んとこの野菜に感謝しているってとこかな。遠慮しないで持っていきな。ショウガのかけらを入れて少し濃いめの醤油味にすると旨いぞ」

「そうですか。それじゃ、ありがたく頂戴します。兄にも伝えておきます」

「元気で仲良くやんな」

「あすは学校へ行かなければならないので来週から野菜を持ってきます。そのときはよろしくお願いします」

「おうよ」

その鰹を煮るのを自分でやってみたかった。弘が畑から戻ってきたらどんな顔をするか楽しみだった。

夕飯と風呂の支度ができた頃を見計らったように弘が畑から戻って来て牛の世話をして、手・足と顔を洗って家に入ってきた。

「ただいま、ううん何かいい匂いがするな」

「何だか当ててごらん」

「これはもしかしたら鰹じゃないか」

「当たった。どうして分かったのかなあ」

「それはな、俺が小さかった頃から親父が鰹、とくになまり節というのが好きでお袋がよく煮てくれたんだ。そのときの臭いと同じだから直ぐ分かった」

「そうかあ。僕は昔のことをほとんど覚えていないけどなあ」

「でもこんな高いものをどうしたんだ」

「実はね、大新田町の魚屋さんの前を通ったらおじさんに呼び止められて、いつも世話になっているからこれを持って行けってくれたんだ。煮方まで教えてくれたんだ」

「でもどうして」

「僕もそこがわかんなかったんだけど、おじさんは君の家の野菜は特別に美味しいと町の人たちが言っているんだって。それで町の人たちの分も含めてお礼だって言ってた」

「町の人たちはそんなに俺たちの野菜を喜んでくれているんだなあ」

「そうだね」

「それじゃ、ありがたくいただくとしようか」

「いただきます」

二人は静かに食事を始めた。久しぶりのご馳走だったのでよく味わいながら食べた。ときどき顔を合わせて頷きあった。

「正夫、今度魚屋さんの親父さんに会ったら俺からもよろしくと伝えておいてくれ。また野菜を持っていくからな」

「うん、わかった。ご馳走様でした」

弘が風呂に入っている間に、正夫は食事の後片付けをした。弘は今夜も青年団の会合があると言っていた。正夫も風呂に入ってから諏訪山のことを調べたが、教科書として使った地図帳しかなかったのでおおざっぱなことしか分からなかった。諏訪山の標高は千五百メートルちょうど。宮城県では蔵王産、栗駒山に次いで三番目の高い山だと言うことが分かった。強の話によれば諏訪村からは一本道で途中に大栗山分教場があることくらいしか分からなかった。その分教場には、初めて諏訪村に来たときの四年生の担任がいるという。あの先生は何という名前だったか思い出せなかった。ただ顔の小さい先生で、いつも詰め襟の洋服、多分高等学校の制服を来ていた。

初日は大栗山分教場に泊めてもらって翌朝早く出発すれば四、五時間で山頂に着くだろう。登山で心配なのは天気の急変だそうだ。夏場はとくに雷雨に気をつけなければならないと本に書いてあった。後は野生動物だ。諏訪村にもときどき熊が出没するくらいだから当然山にもいるだろう。突然出合うと驚いて熊は襲撃することがあるらしい。そんなことがないように音の出る例えば小さなもので大きな音の出る鈴などを持っているといいらしい。こういったことはおそらく進や強達が調べているだろう。明日には分かることだった。

正夫は外へ出て空を見上げた。昨晩は雲の上から月がうす明るく見えたが今日はまた雲が厚くなっていた。また前線が戻ってきたらしい。

朝、目が覚めて真っ先に外を見た正夫は小粒だが雨が降っているのをみた。

昨日の朝は薄曇りながら日が出ていたのに。梅雨はいつ上がるのだろうか。

いつものように朝食を食べ弁当を作って、英一が来るのを待っていた。しばらくして英一が来たので出発した。利男は今日は休むと言っていたので待たずに愛香山の坂を自転車で走り上がった。進の家に着くと珍しく全員そろっていた。ただ幸子は来ていなかった。正夫は自転車を走らせながら、この頃自転車の車輪の回り方がぎこちなくなったのに気がついた。夏休みになったら修理しなければならない。正夫は自転車店と隆兄の工場にしばらく行っていないので近々立ち寄ってみようと思った。

高校に着くと教室で甲斐健樹が清書したものを見せるために正夫を待っていた。正夫は健樹の文字は筆でもペンでもきれいなので感心してしまった。

「これでどうだろう」

「相変わらずきれいで力強い字を書くね。俺も練習しようと思うけど、これはどうにもならない」

「それで内容はこれでいいか」

「もちろんこれで良いよ。部長に渡しておいてくれ」

「分かった。部会のときに渡すよ」

「ところで先生方はどこへ行ったんだろうな」

「そのことだけど噂じゃ、山形県の瀬見温泉というところへ行ったらしいぜ」

「今、瀬見温泉と言ったか」

「そうだ。瀬見温泉と言った。それがどうかしたか」

「中学二年生のときの遠足が瀬見温泉で、湯に入り宿の食事を食べたんだ。それを今思い出したってわけさ」

「俺たちは栗駒岳へ行ったなあ。とっても眺めのよいところで、松島なんかが直ぐ近くに見えた。そうだ諏訪山や蔵王峰も見えたんだ」

「栗駒岳って君の家の近くじゃないか」

「そうだけど、いつも眺めるだけだった山に登ったので感動したなあ」

　正夫達は化学実験室へ行った。化学クラブ員のほとんどが集まっていた。

「全員そろったようなので打合会を始める。顧問の先生方は後からお出でになる予定だ」

　と三年生の部長がいった。正夫達二年生はもう慣れたが、一年生はかなり緊張しているようだった。

「初めに秋の学園祭のことについて討論したい。すでに何人かの部員から提案が出されている。各提案のテーマは黒板に書いてあるとおりだ。内容については各提案者から話してもらう。その前に司会を副部長の吉永君にお願いしたいが異存はないか」

　全員が黙っていた。もちろん異存があるわけじゃない。

「それでは吉永君お願いします」

「吉永です。口べたの私に司会をしろというのはちょっと酷だと思いますが協力してください」

　吉永は自分では口べたと言っているが全く逆だということは全員が知っていた。彼は化学クラブ一の能弁者なのだ。そのことを知っているので三年生でも吉永と議論するのを避けているほどなのだ。

「初めに、一年生の提案者から説明してもらいます。誰が説明するのっしゃ」

　手を上げた一年生は背が高く、丸いクロ縁の眼鏡をかけた高梨という生徒だった。

「俺たちは全員で話し合ってテーマを考えました。化学の知識はまだ少ししかないので詳しく話すことができるかどうかわかりませんが」

　と前置きをして水の話をしだした。山中という温泉町から登校している生徒が、温泉の湯で顔や手を洗おうとして石鹸をつけると全然泡が出ないのが不思議でそれを調べたいという。正夫と健樹は顔を見合わせた。去年の発表ではきれいな水を中心に調べたのでそのことを考えなかったのを思い出した。

「それは面白いな。例えば温泉の湯だけじゃなくて、川の水、湖の水、それからみんなの家にある井戸の水、もう一つ家の水道の水などを調べると面白いかもしれない。良い提案だと思うな。出来るだけ早くどんなことを調べるか、その方法などについて詳しく調べて夏休み明けに計画書を作っておいてくれ」

　高梨は一年生の仲間と顔を見合わせてから緊張した面

持ちで分かりましたと言った。

「次に二年生から二件テーマが提案されている。それじゃ提案者の山森君のグループと寺田・甲斐君のグループ、どちらが先に話しますか」

寺田と甲斐は山森と顔を見合わせて頷いてから、

「私が先に話します」

といって山森がテーマについて話し始めた。山森の話は、油と水は何故溶け合わないのかというテーマだった。油といってもいろんなものがあるが化学クラブなので例えばベンゼンと水を選んで実験したいというものだった。方法はまだ検討中なので今は話せないと言っていた。

「これも面白いテーマだと思う。二種類の液体が混ざり合う条件を調べるというのは面白いだろう。あるいは混ざっているものを分ける方法ということも考えに入れると一層面白いかもしれない。そこを検討の中に入れて計画書を作ってほしい」

山森は、

「はい」

といって仲間の顔を見た。

「それじゃ次ですが、寺田・甲斐グループは誰が説明するのっしゃ」

「俺が説明します」

と言って正夫が説明するために教壇のところへ行った。正夫は初めて気がついたが、教壇というのは二十cmほどの高さなのに、部屋中がよく見えるので驚いた。正夫は数枚の紙を取り出してそれを見ながら説明を始めた。

「ミカン、リンゴ、トマト、ブドウなど普通の食べ物でも酸っぱいものがあります。これはそれぞれの食品に含まれている特別な酸によるものだそうです。そこで酸の種類とそれぞれの酸の強さをしらべます。また俺は塩酸を千倍くらいに薄めたものを舐めてみましたがとても酸っぱかったです。そのような酸といろんな金属が反応するかどうかを調べたいと思います」

「つまり、酸の種類とその酸の強さを調べることが一つ、それから酸の濃度といろんな金属との反応を調べたい。ということだな」

「ありがとうございます。その通りです」

「これも面白いテーマだと思う。しかし実験することが多く大変かもしれないぞ。手の空いている部員に手伝ってもらってやるといいな」

三年生は、二つのテーマを提案した。

「夏休み中に実験したいものは届けを出しておくように、絶対に無断で実験しないように。それではクラブの運営について意見を聞きたいと思う。意見のあるものは手を上げてから発言するように」

誰も手を上げなかったので化学クラブの打ち合わせ会は終了した。正夫と健樹は夏休み中、毎週火曜日と水曜日の二日実験したいと届けを部長に出した。それとどんな薬品と器具が必要かも届けた。返事は部長が顧問の先生と話し合った後でくれるというので、お昼まで待つことになった。その間に正夫と健樹は実験室にどんな薬品と器具があるかを調べておいた。

　顧問の先生の許可書をもって部長が実験室へ戻ってきた。すべてのテーマが顧問の先生によって許可された。それから実験も自由にやってもよいことになった。ただし実験室の壁に書いてある注意事項を必ず守るようにと言われた。

　正夫は健樹と一緒に弁当を食べ、また難しい話を始めた。

　人間は互いにいろんな意味でつながっている。しかし精神的には弱いところがあり、何かを頼りにしながら生きている。ではなぜ人間はなにかを頼りにしなければならないのか。何かを頼りにするということはどういうことなのかと話し合った。

　正夫と健樹の話は宗教は人間の魂を救済できるだろうかと言うことに向かった。健樹がほとんど話していた。宗教という考え方はいつ頃人間の中に発生したのだろうか。それは宗教と言ってもいろんなものがあるので一概には言えないという。健樹は仏教寺の住職の子供だということで仏教のことを話し出した。それは健樹が寺に伝わる書き物を筆写しながら考えたことだと言った。

　大昔と違って野生生物の恐怖は、かなり軽減された。しかし人間同士の争いは果てしなく続いているという。その原因の多くは貧しさだという。

　正夫は自分が貧しかったといって他人を攻撃することはしなかったと言い切った。健樹は、それは貧しさの程度が違うからだと反論した。

　正夫は午後三時に中学の同級生と諏訪山登山の打ち合わせ会が諏訪中学校であるのでもう帰るといって健樹との話し合いを打ち切った。続きはまたいつかやろうということになった。

諏訪山登山

　正夫は自転車に乗って諏訪中学校へ急いだ。ときどき早く梅雨が明けないかと空を見上げた。大新田町へ入り南に向かう県道に入った。小野田川の橋を渡りながら川面を見ると流れは朝よりも少し静かになっているようだった。

　小粒の雨は朝から降り続いていた。正夫のズボンの裾がびしょ濡れになってしまった。ようやく諏訪中学校へ着いた。昇降口に着くと、そこに雅子がいた。雅子は正夫の姿を見て、

「ずいぶんヨゴレ（濡れた）たわね。風邪引かないようにしてね」

　と言って真っ白なハンカチを差し出した。正夫は、

「ありがとう」

　と言ってハンカチを受け取った。そのとき雅子の指が

正夫の指に触れた。正夫は素早く手を引っ込めようとしたが、電気が走ったように固まってしまった。雅子も手をそのままにしていたので二人の指が触れたままになっていた。正夫は、初め冷たかった雅子の指が急に熱くなったように感じた。雅子と正夫の目がお互いに見つめ合った。そこへ足音が聞こえてきたので、二人はどちらからともなく指を離した。

　雅子は、

「先に教室へ行ってるわね」

　と言って昇降口の向かいの階段を上がっていった。

　正夫は少しの間、真っ白なハンカチを見つめていたが足音が近づいてきたので、ズボンのポケットにしまった。腰に下げていた手拭いで濡れた腕と足を拭いた。そこへ英一と強が顔を見せた。

「やっと着いたな」

「やあ遅くなってしまった。悪かった」

「もう一人予定者が来ていないんだ」

「俺より遅くなるって誰だい」

「健二がまだなんだ」

「彼は俺より早く帰ったけどな」

「まあいいさ。そのうち来るだろう。二階の教室へ上がろう」

「うん」

　三人は階段を上がって、教室へ行った。教室には五人が来ていた。

「今着いた。遅くなって悪かった」

「待っていたぞ」

　と先に来ていた仲間が口々に言った。

「ところでこの中に諏訪山へ登ったことがある奴はいるのかなあ」

「俺は中学のとき部落の青年団の人にくっついていったことがある」

「俺も中学のときに青年団の人に連れて行ってもらった」

　と強と相川が言った。

　そこへ健二が教室へ入ってきた。

「やあ、遅くなってしまった。悪かったな。言い訳するようだけど、ちょっと用事が出来てそれを済ませてきたので遅くなってしまった」

「やあ、久しぶり」

　と大川工業高校の生徒達が口々に言って握手をしていた。正夫はそう言えば握手をあまりしたことがないなと思った。大川女子高校の生徒も、

「しばらくぶり。元気だった」

　と言って笑顔を見せていた。再会の挨拶が一通り済んだところで、強が立ち上がって、

「みんなそろったので、打ち合わせ会を始めたいと思います。懐かしい話は会が終わってからいっぱいやってください」

　諏訪中出身のリーダーが何となく強に決まっていた。

「まず、配った紙の一ページ目を見てください。諏訪山登山計画と書いてあります。その次の行から日程が書いてあります。ただし決行日は梅雨がいつ明けるかによりますが、一応八月上旬を予定しています。というのは正夫の話では、昔から梅雨明け十日といわれているようにその時期が一番天気が安定しているらしいので決めました。はっきりした日にちは後日連絡線を通して連絡します。

　日程は、第一日目は午後二時にここ諏訪中学校に集合してください。大栗山分教場へ向かいます。約四十分で着く予定です。そこには大山先生がいて教室に一晩泊めてくれます。その日の夕食と翌日の朝食と弁当は持っていった米などを出して先生の奥さんに手伝ってもらって作ります。山での食事は当番を決めましたのでその人が作って下さい。その下に注意事項として乾パンなどの非常食を各自二食分と氷り砂糖を持参して下さい。

　次に携行品について書いてあります。つまり全体で必要なもの（一）と個人で必要なもの（二）のことです。（一）は往復二泊三日の食事に必要な米、野菜、缶詰などの数量が書いてあります。

　その他雨具や着替えなども持って行った方がよいと思います。山は千五百メートルの高さがありますから、ここよりかなり涼しいと思います。その他の携行品については各自が選んで持っていって下さい。それから虫さされや軽い風邪引きの薬は女子に持ってきてもらいます。

最後に参加費として一人あたり三百円を徴収しますので用意しておいて下さい。会計は健二にお願いします。何か質問がありますか」

「地図はあるのですか」

「細かい地図はありませんが役場から大体のことが書いてある地図の写しをもらうことになっています」

「それから米軍の演習は大丈夫なのですか」

「それは役場から米軍に問い合わせをして安全を確認してあります。他にありませんか」

　強はみんなを見ていたが誰も手を上げなかったので、

「それではこれで一応終わります。何かあったら出発の前にお願いします」

　これで諏訪山登山打ち合わせ会は終了して、後は梅雨がいつ明けるかだ。このとき正夫は戻り梅雨ということがあるのを知らなかった。

　お開きになったとき、雅子がみんながいるところで、正夫に用があるので残ってほしいといった。正夫はちょっときまり悪かったがいいよといって教室に残った。他の生徒達はお先といって下へおりて行った。

　みんなが下へ降りて行った後で雅子は何となく窓のところへ行った。正夫もついて窓のところへ行った。

　雅子は初め何かを正夫に言おうか言わない方がよいか迷っている様子だった。正夫は雅子が話し出すまで待っていた。

「突然変なことを聞くけど、正夫君は誰か好きな人がいるのすか」

「どういうこと」

「例えばね、大川市の北の方の町から女子高校へ通学している人を誰か知っているのすか」

「北の方の町の人って、そんなところの人なんて誰も知らないけどね。何でそんなことを聞くの」

「実はね、そこから来る生徒の一人が私のクラスにいるのっしゃ。その彼女が諏訪村に住んでいるこれこれの様子の人を知っているかと私に聞きにきたの。それが正夫君のことに当たるような気がして、それで心配というかちょっと気になったの」

正夫は何の話か理解できず、しばらく雅子の顔を見ながら考えた。そしてあることを思い出した。

「もしかしたら、前に友達の家へ行ったとき渡り鳥が飛来する沼を見に行った話をしたね。その帰りに弁当を食べるのに水を飲ませてもらおうとして一軒の農家へ寄ったとき、女子校へ通学していると言っていた同年齢の女の子がいたっけ。でもその後その人のことなんて全く忘れていた。もしかしてその人のことかなあ」

「そう。その子だと思うわ。きっとその子のことよ。彼女が近頃クラスの子に自慢げに諏訪村の大川高校生を知っていると話しているの」

「もう、ずいぶん前のことであまり覚えていないけど、あの人はそんな風には見えなかったけどなあ。そうだ、その時一緒に行った友人の方が何か好意を持ったように見えたけど」

「そうよねえ。正夫君は勉強の方が好きだものね。安心したわ」

「……」

雅子はホッとした様子で正夫の手を取った。正夫はされるままにしていた。

「私ね、諏訪山に登ったら正夫君にいいものあげるよ。楽しみにしていてね」

「何をくれるの」

「それは今はまだ内緒よ」

雅子は謎のような言葉を正夫に告げた。正夫はそんな雅子が素敵に見えてきた。

「雅子さんはまだ詩を読んでいるの」

「ええ、高校の図書館に詩の本がたくさんあるの。今は島崎藤村の詩を読んでるわ。藤村の詩は初めに国語の教科書で読んだ『千曲川旅情の歌』に感動してしまったの。それで藤村の詩集を借りて読んでるの」

「あの詩は僕も読んで素晴らしいと思った。小諸なる…今でも覚えているよ。それに小諸は僕にとって一生涯忘れられない所でもあるんだ」

「どんな思い出があるのすか。差し支えなければ話して」

「昭和二〇年八月一日に学童疎開に行くとき列車が止まったことがあった。というのはね、戦争が激しくなってきて東京は毎日のようにアメリカ軍のB29によって爆撃されて、見渡す限り焼け野原になってしまった。そのとき僕の家族は東京の郊外といってもいい葛飾というところに住んでいた。児童は国の政策で地方の山村に疎開させられた」

「戦争の終わるころ、諏訪村も空襲されたことがあったわ」

「兵舎があったからね、兵隊さんがいると思ったのかもしれないね」

「兵舎が幾棟も火事になったり、爆弾で大きな穴が開いていたと大人が話してたわ」

「それでね、学童疎開というのが盛んにおこなわれた。僕たちは新潟県の直江津というところのお寺に疎開したんだ。その往復に小諸へ列車が止まった。小諸の婦人会のおばさんたちが、食事と言っても往きはサツマイモといり豆で、帰りはおにぎりを元気で頑張りなといって差し入れてくれたんだ。その時のことが忘れることができないんだ」

「そうだったの。この話は初めて聞いたわね。正夫君は両親の元を離れて寂しかったでしょうね」

「でもね、その頃、子供は国の宝だと言ってとっても大事にしてくれたんだ。そのことも忘れてはいけないことなんだ」

「小諸にそんな大事な思い出があったのね。私は子供の頃から諏訪村から出たことがないからわからないけどね」

「戦争はやってはいけないと子供の僕の心に刻んだんだ。これで僕は一生そう思い続ける決心をしたんだ」

「正夫君は、そこが偉いのよね」

雅子は、正夫の手を自分の胸に持って行った。正夫はドキリとして手を振り離そうとしたが雅子はきつく握っていて振り放せなかった。正夫は初めて女性の胸の柔らかなことを知った。正夫は女性って大胆なことをするものだと思った。雅子の柔らかい胸の感触が正夫の手を通して強烈に伝わってきた。正夫は思わず雅子を抱きしめたくなったが、際どく避けることができた。雅子は真剣な顔をしていた。

「ごめんな。これ以上のことは僕にはできないんだ。前にも言ったけれど僕にはやらなければならないことがあるんだ」

「私の方が悪かったわ。ごめんなさい」

「約束はできないけど、いつか…」

二人は何事もなかったように教室を出て階段を下りて一階に行った。

その翌日から激しい雷雨が諏訪村を見舞った。正夫と弘はなす術無く家にいた。正夫は学園祭の実験項目について考えメモを書いていた。そこで気がついたことがあった。リンゴ、ミカンやブドウなどの酸っぱさの原因物質はリンゴ酸、クエン酸そして酒石酸という物質だと分かったが、それらの酸の強さをどうやって計るのだろう。それが分からなかった。化学の教科書を開いてみた。塩酸の酸は、水酸化ナトリウム溶液を使って指示薬フェノールフタレンが変色することで測定できる。しかし同じ方法で非常に弱い酸を測定できるのだろうか。正夫はこれは一度実験してみなくてはならないと考えた。

新聞に書いてある天気予報は、二、三日中に梅雨が明けるだろうという。今降っている雨は、二日目になっても本降りが続いていた。厚い雲で昼間も薄暗く頻繁に発生する稲妻と雷鳴は恐ろしいほどだった。弘は牛の世話があるために激しい雨の中を牛小屋へ走って行った。その間も遠く近く大きな音を轟かせて稲妻が走った。正夫の家の西側にある県道に沿って太く丈の高い松の木に落雷したらしく、稲妻と同時にどっしーんと轟音が鳴り響いた。続いてメリメリバリバリという音が響いた。そして急に雨がひときわ激しく降ってきた。

「これで梅雨が明けるだろ。この激しい雨で畑が心配だなあ」

「そうだね。父さんが梅雨明けには激しく雷をともなった雨がふるってよく言っていたね」

「新聞にはどう書いてあるんだい」

「太平洋高気圧が強くなってきたって書いてあったよ。この雨は太平洋高気圧と北の高気圧が押し合いで前線が活発になっているようだし、太平洋高気圧が勝てば、梅雨明けになるって。そうすれば本格的な夏になるって書いてあった」

「お前もよくそういう難しいことを知っているなあ」

「それは父さんや兄さん達のお陰だよ。いろんな本をたくさん読む機会を作ってくれたからね」

「そういえば今思い出したんだがな、戦争中に父さんはタンポポやサツマイモの茎を切ると白いねばねばした液体が出てくるのを見つけて、それからゴムを作れないかと懸命だった。しかし目鼻がつく前に何もすることが出来なくなってしまった」

「へー、そんなことがあったの。父さんって変わっていたんだな」

「俺はそうは思わないがな。戦争が不利になっていろんな物資がなくなり飛行機も作れなくなってきたので、少しでもお国のお役に立ちたいと大人はみんな頑張っていたんだと思うぜ」

「そうだね。今の僕の言い方は間違っていた。神風はとうとう吹かなかったしね」

「戦争中〝かくて神風は吹く〟という映画があったな。正夫は覚えているかなあ」

「うん。覚えているよ。蒙古の大軍が九州に攻め込んできたとき、神風、たぶん台風が来て大風が吹いて蒙古軍の船を沈めてしまったという映画だった」

「そうだな。だからこの戦争でも最後は神風が吹いて敵の軍艦を沈めてくれるという期待があったんだそうだ。何しろ神国日本だからな。神様が助けてくれると信じていたんだ」

「でも、蒙古軍の軍艦と今の軍艦では大きさが違うし、台風ぐらいじゃ沈まなかったんだね。弘兄さんとこんな話をしたのは初めてだね」

「そうだな。でもこれが最後にしよう」

「そうだね。僕も戦争の話をするのはこの頃いやになってきたんだ」

正夫は数日前に雅子と戦争の話をしたのを思い出してしまった。そして雅子の胸の柔らかな感覚を思い出してしまった。女子は何であそこまで大胆になれるのだろうと考え始めたとき、全天が真昼のように明るくなり、同時にドッシーンというものすごい音が鳴り響いた。正夫も弘も同時に頭を抱えて床に伏せた。その後シーンとして物音が全く聞こえなくなってしまった。激しい雨の音がトタン板の屋根を一段と激しく叩いていた。雷光はそれで終わったようだった。そして空が明るくなってきた。正夫は窓から外を見た。そして、

「あっ」

と声を上げた。南前の家が倒れた太い松の木の下敷きになっていた。これは大変だと思っていたら、やがて大勢の大人がその家に駆けつけてきた。組合事務所の人たちも集まってきた。そしてその状態を見て走り戻って、トラクターに乗って戻ってきた。その間にも大人達は家の中から壊れた家具類を持ち出していた。

「いたぞー、ケガをしているが元気のようだ」

と言って背中に背負って壊れた家から出てきた。そしてもう一人それは諏訪中の卒業生で大新田高等学校へ通学している子だった。

落雷が少しずれていたら、正夫の家が同じ目に遭っていたかもしれない。組合事務所の人は怪我人に応急手当をして自動車に乗せて大新田町の楯野外科医院へ連れて行くと言って自動車で出発した。

弘も手伝っていたが、牛のことが気になって牛小屋へ行った。正夫もついて行った。牛は少し暴れたようだったがそのときは敷きワラの上にしゃがんで反芻していた。二人はほっとして前の家へ戻って手伝った。

そのときには空は青く光り、白い雲が浮かぶ夏になっていた。正夫はこんなに急に天気が変わることに感動した。前の家はほとんど壊れてしまった。井戸も屋根が壊れていた。大人達は火事にならなくてよかったなどと話していた。

正夫は落雷がこんなにすごい力を持っていたことを初めて知った。それにしてもこんなに太い松の木が真っ二つに裂けてしまうなんて、初めて見たすごさにほんとに驚いた。前の家のおばさんは少し前から東にある佐々木某という人の家に入り浸りだという噂を聞いたことがあった。それで助かった。そのおばさんの夫は数年前に病気で亡くなったという話だった。一方の佐々木某の妻も畑で農作業していたときにちょっとしたケガをしたときに破傷風菌が入って、それが元で病気になって亡くなっていたらしい。正夫には大人の世界のことはよくわからなかったが、お互いの夫と妻を失った女と男がくっ

つくことは普通のことらしいと思った。

翌日の朝は、早起きしたくなるような青空に太陽が輝きながら昇っていた。正夫は真夏が来たことを感じた。そうすると諏訪山登山が目の前に迫ってきた。正夫は登山の準備をしておこうと思ったが、持っていくものは大してないことに気がついた。

正夫は弘と一緒に牛車を引いて畑へ行った。二人は牛車に乗ることはなかった。牛が来た当時は畑へ行くとき牛車に乗りたいと思った。父親はだめだといった。それはどこの農家でも同じだった。父親がいたとき正夫は何故牛車に乗ってはいけないのかと聞いたことがあった。

「正夫、これから畑を耕したり、重いものをたくさん乗せた車を引いて遠くまでいく牛のことを考えてみな。これから大仕事をする牛のことを考えなくてはな」

といった父親の言葉が身にしみ込んでいたから、牛車が空でも乗ろうと考えたことがなかった。防風林を抜けると諏訪山がクッキリ見えた。久しぶりに見る諏訪山は早く遊びに来てほしいと言っているように正夫には見えた。正夫は〝もう少し待っててほしい。来週中には行くからね〟と心の中で話しかけた。正夫は亡くなった新城市にいた顔も知らない姉とその娘、つまり従妹のことを思いやった。諏訪山に登れば新城市が見えるのだろうか、見えたらいいなと思った。その姉さんは正夫が産まれたときには結婚していて山形へ行ったと聞いていた。

大雨の後だったので、畑の大豆も雑草も生き生きしていた。

正夫と弘は畑に着くとキュウリ、ナス、トマト、ネギ、葉物などを収穫して、牛車の荷台に敷きワラを敷いたいくつかのカゴの上に並べていった。カゴが一杯になると大新田町目指して牛車を出発させた。牛車はそれこそ牛歩の速さで大新田町へ着いた。そのまま町中をゆっくり移動するといつの間にか町のおばさん達が牛車を取り巻くように集まってきた。そして口々に新鮮ねえとか光っているわなどと言っては野菜を買ってくれた。魚屋の前に着いたときは半分以上が売れていた。魚屋のおじさんが店先にいたので、

「おはようございます。魚屋のおじさん。昨日はご馳走様でした。兄さんこっち」弘は集まってきた付近のお客さんに野菜を売っていたのだ。

「おはようございます。いつもありがとうございます。今日は野菜を持ってきましたのでお納め下さい」

「おはようさん。こっちこそいつもありがとうよ」

「昨日の鰹は弟が上手に煮てくれたので、お袋を思い出してしまいました」

「ほう、この坊主は料理も出来るのかい。頼もしいな」

「料理って言うにはほど遠い代物です」

「君のところの野菜はこの町でも評判でな。みんな毎日待っている。これからもよろしくな」

「ありがとうございます。皆さんに喜んでもらえると私たちも嬉しいです」

「全部売れたら帰りに寄ってくれ」

「ありがとうございました」

　兄弟は、牛車を引いて町の北へ向かった。警察署のところへ着く前に全部売れてしまったので牛車を回した。弘は弟に売上代金の中からいくらかの金を渡して本でも買ってきなと言った。

「兄さん、ありがとう」

　正夫は本屋に飛び込んでいった。いろいろ物色していたが、曜文社の大学受験シリーズの英語の参考書を買って弘のところへ戻った。

「正夫、牛車に乗ってもいいぞ」

「え、いいよ。牛が可哀想だもん」

「そうか」

　兄弟は牛車の前を歩いた。

「正夫、お前はよく勉強しているが本当に上の学校へ行きたいのか」

「うん。行きたい」

「そうか。勉強する時間のことを少し考えないとな」

「どういう意味なの」

「畑の手伝い時間を少し減らしてやろうと思ってな。そのために牛が引く農具を入れようと考えている。これは青年団の会合で話し合ったことなんだ」

「その話をずーっとしてきたんだね」

「そうだ。今年はもう間に合わないが、秋までに導入して来春から使用する。使うのは一日交替で順番をきちっと守る。もちろん二軒で連続二日間使用することも出来る。今のところ十軒が仲間に入ると言っている」

「それで農作業が少しは楽になるの」

「そうだなあ。収穫物を売りに行くのには役に立たないからなあ。それでも相当役に立つと思う。父さんの作ってくれた大豆の種まき気もあるし。兄さん達が作ってくれたトーミ（脱穀した物の実と不要物を風で選別する器械）や脱穀機もあるから後は雑草取りぐらいだろう」

「僕も出来るだけ手伝うから」

「その出来るだけというのを止めて、例えば夏休みの午前中に手伝い、午後は自分の時間にするというのはどうだ」

「それじゃ弘兄さんが大変でしょう」

「ありがとうよ。計画ではそれで十分だと思うんだ。収穫も共同でやることになっているからな。それと組合で除草剤というのを検討しているということだ」

「それって、危険じゃないの」

「それはこれからいろんな実験結果を待たなければならない。販売者は安全と言っているけどな」

「もし使うことになったら、出来るだけ濃いのを使わないで、濃度によってとんでもないことが発生することがあると化学の先生が言っていた」

「そうだな、十分気をつけよう」

　そんな話をしながら牛車を引いていたら、いつの間にか家に着いていた。

正夫は顔と手足を洗って部屋に上がった。そして待ち遠しかったように参考書を開いた。

強から連絡線を通して諏訪山登山の日程が決まったと通知があった。その前にもう一度最後の打ち合わせ会を開くので、突然だが明日の午前十時に中学校へ集まるようにという。正夫は弘にそのことを相談すると行ってもよいといってくれた。

翌日、正夫は英一と共に中学校へ行った。

「最終打ち合わせ会なんて大げさだと思いますが、なんていう言い方は俺にはあわねすが。登山は予定通り今週の土曜日に実行します。みんな用意してあると思うので大丈夫だねや」

「ＯＫ」

とみなが答えた。

「うんだら、持ち物に忘れ物がないように。これで終わりです。それじゃ進、みんなに地図を配ってけさいん」

「オーライ」

と言って進は、役場で写してきた諏訪山周辺から諏訪村付近までの出ている紙を配った。それを見て、正夫はとうとう諏訪山に登るんだという実感がわいてきた。地図を見ながら、みんなはなんだ諏訪山ってもっと遠いと思ったけどこんなに近いんだなや、などと話していた。分教場から約四時間くらいで登ることが出来ると聞いていたのが嘘のように思えたらしい。打ち合わせ会は簡単に確認しただけで終了した。

雅子は正夫のとなりの椅子に腰掛けていた。

「正夫君、この後何か予定があるのすか」

「とくに急ぐ用事は無いけれど…」

「少し諏訪川の方へ行ってみたいんだけど、一緒に行ってくれる」

「いいよ」

「じゃあ、みんなが帰ったらここを出ましょうか」

「いいよ」

進は幸子と何か話しながら教室を出て行った。他の同級生も塊になって話しながら教室を出て行った。彼らは、正夫と雅子のことをそこに誰もいないような素振りで行ってしまった。しばらく正夫と雅子はいつものように窓のところへ行った。窓から見える諏訪山は青空の中にクッキリと舟底のような形を見せていた。

「あの山に登るのね」

「そうだね。いつも愛香山の峠から見ていたけど、その山に登ることになるとは思ってもいなかった」

「私もこの年までと言ってもまだ一七歳だけどね、あの山に登ることになるとは考えたこと無かった」

「そろそろ行こうか」

「そうだね」

正夫と雅子は教室の戸締まりをして階段を下った。この前諏訪川の河原へ行ったのはいつだっただろう、と考えながら正夫は歩いていた。雅子はさすがに中学校の近くでは手を握らなかった。二人は、いつものようにレールを取り外した線路を諏訪川の方に歩いた。

「雅子さんは他の女子と話したかったことがあったんじゃないの」

「ううん。いつも会っているからとくべつ話すことはないわ」

「そう。ところで雅子さんは高等学校を卒業したら、どうしたいと思っているの」

「私はやりたいことがあるけど、私の家にも事情があるのっしゃ。だから大学へは行けないと思っているの。そうしたら後のことは自然に決まってしまうわよね。つまり今手伝っている農業協同組合に勤めることになると思うわ」

「俺だって、今は大学志望だけど家の経済を考えるとどうなるか分からない。だけど働きながらでもやりたいことがあるんだ」

「そこが男の人と女は違うのね。私の家は父がいないでしょ、それに私は九番目の子供だからという理由で勉強なんかしなくてもいいと兄や姉たちは考えているのっしゃ」

「それって…」

　正夫は、雅子が父親の話を初めてしたことに気がついた。そして俺の方がまだ幸せなのかもしれないとも思った。親のことは出来るだけ言わないようにと心に決めた。

　正夫は、戦争が終わって民主主義とか自由について高等学校の社会科で勉強している若者でも家庭の事情でどうにもならないことがあることを知った。それでも女子自身がどうしたいかを自分で考えなければならないとも考えるのだった。

　正夫は、雅子に東京へ出て働きながら勉強できる夜学というのもあると言いたかった。しかしそれは今は言うべきじゃないだろうと考えた。勉強ができるということで人生の大部分が決まると思っていたが、それはほんの一つの条件でしかないのだろう。それでも詩作を続けていれば自分の世界を作ることが出来るかもしれない。そのことを言っていいのかどうかも判断できなかった。結局正夫は何も言えなかった。

「雅子さん、ちょっと呼び方を変えてもいいかなあ」

「どんな呼び方にするの」

「例えば、マコちゃんていうのはどうかなあ」

「それっていいわね。それじゃ私も正夫君のことをマオさんと呼んでもいいかしら」

「いいね。これから誰もいないところではそう呼ぶことにしよう」

「お互いに名付け親って言うことになるわね」

「そうだね」

　たわいもないことで二人はお互いに親密さをましていくのだった。

「それでね雅子、いやマコちゃんは今も詩を書いているの」

「少しずつだけど書きためているわ。いつか陽の目を見ることがあるといいなあと思って」

　正夫は父親から何回も言われてきたことを、ここで雅子に言うべきだと思った。

「それはよかった。僕のおやじは、僕にいつも言っていた言葉があるんだ」

「どんなことを言われていたの。よかったら教えて」

「戦争中のことだけど、東京は毎日何処かが空襲されてもう焼けるところが無いんじゃないかと思ったとき、父さんは僕たち子供を集めてこういったんだ。『お前達はこんなに酷い状態になったことは初めて経験したことだから、今は絶望しているかもしれない。しかし、何も食べるものが無くなったって、着るものがボロボロになってしまったって、住む家がみんな焼かれて無くなってしまってもだ、決して決して将来への希望を捨ててはいけない。こんな状態がいつまで続くことがおかしいのだから、将来は絶対に明るい展望があると信じなければいけない。それまでもう少し頑張ろうと思わなければいけない。いいか、将来に対する希望の火を決して消してはいけない』それは僕がまだ国民学校の二年生が終わる頃の話だけどね。つまり僕の家が空襲で焼かれた後のことだった」

　雅子は、正夫の話した父親の言葉を頭の中に入れておこうとした。

「私の父さんは、戦争中産まれてくる子、産まれてくる子がみんな女だったので肩身の狭い思いをしたらしい。やっと八番目に男の子が産まれた。そしてもう一人男の子をと思ったら私が産まれた。お国にご奉公が出来ないと言っていたのを子供の頃聞いたことがあったのを思い出した。それで父さんは気を病んで向こうの世界へ行ってしまった」

「マコちゃんも大変だったんだね」

「ううん、それは何でもないわよ。ちょっと父のことを思い出したの」

「マコちゃんの父さんは何でなくなったの。病気だったの」

「そうね、病気のようなものね。でもその話はもう止めましょう」

「そうだね。将来の話をしていたのに過去の話を聞きたがるなんておかしいよね」

　正夫は、それ以上聞かなかった。

　諏訪川の河原に着いた二人は、河原伝いに少し上流の方へ行ってみることにした。梅雨が明けると蝉が一斉に鳴き出した。こんなに蝉がいたのかと思うくらいいた。この辺の諏訪川は源流から数㎞しか離れていないので、大きな石というより岩がたくさんあった。一㎞も遡らないのに全く違う風景になっていた。大きな岩の間に流木が流れ着いて根を下ろしたという風に葉を茂らせていた。二人はその岩の上に昇ってみた。そこはちょうど葉陰になって太陽の光を避ける形になっていた。

「少しお腹が空いたね」

「そう思って焼きめし（味噌をぬった焼きおにぎりのこと）を作ってきたわ」

「マコちゃんって僕の気持ちが分かっているみたいだね」

「みたいだというのは当たってないわ」

「じゃあ、予定に入っていたの」

「高校生の男子がお腹を空かさないはずがないでしょう」

「参ったなあ。その通りだ」

「飲み物もあるわよ」

「恐れ入りました」

　と正夫はおどけたように言った。雅子は岩の平らなところに風呂敷のようなものを敷いて食べものと飲み物を並べた。

「まるで遠足に来たみたいだ」

「ほんとにそうね」

　二人は岩の上で焼きめしを食べ始めた。雅子は正夫が焼きめしを美味しそうに食べる様子をじっと見ていた。

「マコちゃんは食べないの」

「私もいただくわ」

　焼きめしを食べながら二人はときどき顔を見合わせてにっこりしていた。正夫は口に食べ物を入れたまま話をしようとして、のどを詰まらせてしまった。

　雅子は慌てる風もなくコップに持ってきたお茶を入れて正夫に渡した。

「ゆっくり食べていいのよ」

　正夫はのどの詰まりをお茶で流し込んで、

「慌てたつもりじゃないんだけどね。家でも食べるのが早いんだよ。それでのどに詰まらせてしまった。ごめん」

「ドンマイ、ドンマイ」

　といって雅子は笑った。正夫にはその笑顔がとてもすてきに見えた。正夫は前に雅子が言った「わたしたちって恋人どうしみたいね」といったのはこういうことなのかと思った。

　正夫は空を見ながら考えた。諏訪村は全体としてそれほど裕福なところではない。一番の問題は医師がいないことだ。だから少しぐらい身体の具合が悪くても巡回してくる薬売りの薬を飲んで我慢してしまう。大原台でも医師がいれば助かる生命が医師がいなかったために適切な手当が出来ずなく亡ってしまった方がいた。もう一つは新聞報道で読んだ記事にもあったように若い人たちがどんどん少なくなっていくことだ。多くの農家には牛か馬が一頭いることはいるが、それで今までのように農作業が順調にいくのだろうか。大原台農業協同組合青年部が検討してきたように農業のやり方を改善する必要があるかもしれないと正夫は思った。大原台の方法はまだまだ検討してこれから実行に移すということだから上手くいくかどうかは分からない。上手くいかなければ正夫自身が困ることになるのだが。

雅子は、正夫の隣に座って正夫と諏訪山を交互に見ていた。

「マオさんは何を考えているのかな。難しい顔じゃないから悪いことじゃないのよね」

「ああ、ごめんね。ちょっと大原台の青年部で今度新しい試みをするんだけど上手くいくといいなと考えていたんだ。上手くいけばその方法を諏訪村の事業としてもやれるんじゃないかと思ってね」

「それってどんな方法なのっしゃ」

「僕は兄から聞いたので、今話していいかどうか分からないんだ。まだ話し合いが進んでいて、多分決定されるだろうということだったけど」

「じゃあ、まだ聞かないことにするわ」

「そうしてくれると助かるんだ。マコちゃんを信用していないというのじゃないからね」

「それは分かっているわ」

「話は変わるけれど、新聞の長期天気予想では、今年は戻り梅雨はないらしい。だから登山の間も今日みたいな晴れの日が続くと思うんだ」

「マオさんは、お天気のことに詳しいのね」

「それほどじゃないけどさ。農作業との関係を調べてみると、昔の人たちは経験的に天気のことをよく知っていたことが分かるんだ。昔の村には、長老という人がいて、その人がいろんなことを覚えていて、村人に適切な助言をしていたらしい。村人はその長老を信頼していて、ほとんどのことは実行に移してきた」

「諏訪村にもそういう人がいたって聞いたことがあるわ。今はもういなくなってしまったけど、拝み様が一部その役割をしているのかもしれないわ」

「その拝み様ってどんな人、出来たら一度会ってみたいなあ」

「それはやめておいた方がいいわ。拝み様は自分は神様のお使い番と思っているの。だからただじゃ会ってくれないのよ。それと今じゃ、村の人も寄りつかなくなっているし」

「そうかもしれないね。現代は科学優先の時代になってしまったから、そういう精神的なことは疎んじられてしまうのかもしれないね」

「そうだ。今年も学園祭に何か考えているのすか」

「うん。ちょっと難しいんだけど」

「去年も一年生なのに難しいことをやったわね。ちょっと理解できないところがあったわ」

「そうだよね。あれは新聞の科学欄に出ていた最先端技術の話だったからね」

「やっぱりね。中学のとき教室の後ろの壁にいろいろ難しいことを書いていたわよね」

「あれも同じさ。ああいう記事を読むと理解できなくても血が騒ぐっていうか、自分も参加したいと思ってしまうんだ」

「そこが他の子と違っていたのね。理科の先生が、あいつはもしかすると大物になるかもしれないと言っていたのよ」

「それはどうかな。ただ背伸びをしていただけかもしれない。今はもう少し地道に勉強しているつもりだけど」

「私はマオさんならきっと何かやってくれると思っているんだけど」

「あまり大きな期待をしない方がいいよ」

二人の話はしばらく続いた。突然雅子が真剣な顔になって、

「マオ君、目をとじて」

正夫は言われるままに目を閉じた。すると雅子は正夫の唇に自分の唇を重ねた。正夫は何故かこのまま動いてはいけないと心が言っているように感じて動かずにいた。しかし胸が激しく鼓動を打っていた。

正夫はふとある映画を思い出した。南村分教場で巡回映画を見た中のシーンだった。川の土手を歩いていた作曲家の男が好ましく思っていた女性と偶然会った。そこで一言言葉を交わしたかと思うと作曲家が突然女性を抱きしめた。女性がそれをふりほどこうとしたら足を滑らせて抱き合ったまま土手を転がり落ちた。すると作曲家は一言何か言うと女性も頷いた。そして二人は唇を重ねた。あのときはまだ小学生だったので何であんなことをするのだろうと思ったが直ぐ忘れてしまった。

この状態はあのときと同じだと思った。正夫の身体にこれまで経験したことのない変化が出てきた。

夏の天気は安定していた。明日諏訪山登山という日の夜、正夫は必要なものの用意が済んだので寝ることにした。しかしなかなか寝付けなかった。雅子とのあのことがあまりにも衝撃的だったので、未だにまぶたに浮かぶのだ。あの唇の感覚が浮かんできて、今日まで勉強が手に着かなくなってしまったのだ。

これではいけないと教科書や参考書を開いても字面を追うだけで内容が全く理解できないのだ。正夫は寝床を離れて風呂場へ行き顔を洗った。そして外へ出て空を見上げた。月が中天にあったので星はあまり見えなかった。こんな夜もあるのだと思った。それでも明るい星は見えた。明日は分教場の校庭で星を見ることが出来るし、明後日は諏訪山の頂上で満天の星空を見ることが出来ると思うと正夫は嬉しくなった。気持ちが落ち着いたのでまた寝床へ戻って寝に着いた。

朝目が覚めると、弘がすでに朝食と弁当のおにぎりを作って待っていた。

「おはよう、正夫。夕べはなかなか寝付けなかったようだな。初めての体験だからそういうこともあるだろう」

正夫はびっくりしてしまった。雅子とのことを弘が何故知っているのだろうと思ったからだ。弘は正夫のそんな心の中のことを知らずに、

「諏訪山の姿を見れば、しゃきっとするさ」

正夫はほっとため息をついた。それを見ていた弘が、

「なんだってため息をつくんだ。今日は嬉しい日だろう。生まれて初めて千五百メートルの高い山に登るのだ。もっときりっとしろ」

「はい」

「そうだ。その調子だ」

正夫と弘は朝食を食べて後片付けをした。弘は畑へ行く準備をした。牛を小屋から連れ出して、牛車の引き具を付けた。正夫は風呂の水を入れ替えるために井戸から水を運んだ。風呂の用意が出来て身支度を済ませると英一が来るのを待った。その間に新聞を読んだ。七月二七日にようやく朝鮮半島の戦争は休戦が成立した。梅雨期の水害も西日本で続いた。六月末に九州地方で多数の死者が出た。続いて七月中旬には和歌山県で千名を越える被害者を出す水害が発生した。

外国では政治が安定しない国もあるようだ。エジプトが独立国となったが、ソ連ではスターリン首相時代の恐怖の副首相と言われた人が身柄を拘束されてまもなく死んだというニュースもあった。

女性歌手の歌った「君の名は」という歌が大ヒットとなった。この歌は、去年からラジオの連続放送劇「君の名は」の主題歌として歌われていたと英一が言っていた。このラジオ劇が放送されると、東京都では銭湯の女湯ががら空きになったと新聞に書いてあったほどだ。

そんなことを思い出しながら新聞記事を読んでいると、英一がリュックサックを自転車の荷台に縛り付けてやってきた。

「正夫、おはよう。天気がよくてよかったな」

「やあ、英一君。そうだね、戻り梅雨も来ないようだから安心だね」

「利男は行かないからこのまま行けるね」

正夫は素早く新聞を片付けてリュックサックを自転車にくくりつけて、戸締まりをして英一と共に県道へ出て中学校へ向かった。愛香山の峠から諏訪山を見ると、青い空にクッキリと勇姿を見せていた。正夫は心の中で「明日は君と対面できるんだ。待っててくれよ」と言った。

中学校へ着くと進以外はみんな来ていた。二人はお互いに「やあ」とか「よう」とか言って合流した。雅子は正夫の方を見て軽く手をあげた。正夫は頭をかくふりをして手をあげた。女子三人は笑いながら楽しそうに話をしていた。そうする間に進がやってきたので強が出発の合図をした。全員が自転車に乗って出発した。正夫は雅子が自転車に乗れることを知った。みんなは二列になったり一列で走っていた。しばらく走ると道は緩やかな登りになった。いつの間にか雅子は仲間から離れて正夫と並んで走っていた。正夫は仲間に少しきまりが悪かったが、並んで走った。雅子はときどき自転車が揺れるのを何とかして持ち直して走った。そのたびに正夫はヒヤッとするのだった。二人とも自転車に乗っているので正夫は助けることが出来なかった。

上り坂がきつくなってきた。正夫達男子は自転車に乗ったまま走ることが出来たが、女子にはそのまま自転車を走らせるのが無理になった。それで自転車を降りて押して歩きだした。強が女子とあまり離れるのはよくないと考えて、みんな降りて自転車を押していこうと言うのでその通りにした。やがて分教場が見えてきた。

「もう少しだ。がんばれ」

そして分教場へ着いた。正夫達は門を通って校庭に入った。強は教員室へ行ったが大山教諭はいなかった。それで進が宿直室の方へ行った。そこにもいなかった。

「大山先生」

と大きな声で呼ぶと、裏の方から返事があった。強が外へ出てみると先生は妻と大きな池を見ながら何かしていた。

「おはようございます。先生久しぶりです。今夜はよろしくお願いします」

「やあ、待っていたぞ。これが妻だ。この少年は諏訪中学校の卒業生で大川市の高等学校へ通っている子たちだ」

「それはそれは、妻のよしのです」

「奥様ですか。初めまして。今夜は泊めていただきますのでよろしくお願いします」

「それはもう、待っていたんですよ」

強は先生夫妻と一緒に校庭へ出てきた。高校生は一斉に、

「おはようございます」

と口々に言った。

「やあ、いらっしゃい。待っていました。大歓迎ですよ」

「ありがとうございます」

と言って挨拶が終わり、みんなは自転車をおいて教室へ入っていった。

教室に入って、荷物を教壇のところにおいた。汗を拭いたりしていると夫人が人数分の湯飲みと大きなヤカンを持って教室へ入ってきた。

「よく来てくれました。歓迎します。まずは冷たい麦茶をどうぞ」

「ありがとうございます。先生とはずいぶん長い間お会いしていませんでしたが、お元気な様子で嬉しいです」

「まあ、ご丁寧な挨拶恐れ入りました」

と言ってみんなを見回して嬉しそうに声を出して笑った。それにつられて高校生達も笑い出した。こうしていっぺんに緊張がとれたので、生徒達は口々に質問しだした。

「この分教場には何人の生徒がいるのですか」

「ここから諏訪山を見ることが出来るのですか」

「校舎の裏にあった池に何がいるのですか」

等々。

「まあまあ一度にこんなに質問されたらどれから答えたらよいのかしら。後で夫に聞いて下さいな」

「すみませんでした。そうします」

麦茶を置いて、夫人は宿舎の方へ戻っていった。それと入れ替わりに大山先生が教室へ入ってきた。

「みんな元気そうだな。諏訪山登山なんてしばらくぶりに聞いた。嬉しいことだ」

大山教諭は高校生を見回して嬉しそうにしていた。しばらくいろんな話をした。

大山はまだ日が高かったので、諏訪川へ魚取りに行こうと生徒達を誘った。みんなは喜んで河原へ降りていった。大山は釣り竿を持たず箱眼鏡という川底を見るための道具を持っているだけだった。それは底にガラスを張った木製の四角形の筒だった。

河原に続く川の中には大小様々の石が転がっていた。大山はみなと一緒に軽く体操をしてから、魚の取り方を説明した。その話を聞いて、正夫は小学校六年生のときに夏休み前に長期休職していた山羊髭校長がしばらくぶりに小学校へ来たときに河原へ行ったときのことを思い出した。同級生の男子が手頃な石を水の中の大きめの石に打ち付けていた。何をしているのかと聞くと魚を捕っているといっていた。そのときの方法と同じだと直ぐ分かった。

まず大山がやって見せて、後は高校生が真似をしてやった。魚がいるかどうかを大山が箱眼鏡で川底を見て魚が石の下に隠れるとその石だと言って指示した。高校生が石をぶつけると、魚が浮いてきた。魚は死んでいるわけじゃなく気絶しているだけなので、まごまごしていると逃げられてしまう。二時間ほども石をぶつけているとかなりの数の魚が捕れた。先生は適当な数に達した頃を見計らって、

「これまでにしよう」

といって魚採りを打ち切った。夢中で魚採りをしていたので気がつかなかったが、みんなの身体が冷たくなっていた。この辺は山の水が温められないうちに流れてくるので冷たかったのだ。

獲れた魚は夕食のおかずに作ってくれると夫人が言っていた。帰り道、強は
「先生、校庭の裏の池には何を飼っているのすか」

「ああ、あれか。あの池には今のようにして捕まえた魚が入れてある。池の水は、山の方に少し行ったところに湧水がある。そこから溝を作って引いてある」

「何尾くらい入っているのですか」

「そうさな、百尾近くいるはずだ」

「そんなにいるんですか。すごいな」

「今は子供達が大川市と仙台市に行っているので焼いて送ってやるのだが、この頃はあまり喜ばなくなったなあ」

「そうですか。おれなら嬉しいけどなあ」

「この頃は少し食品が豊富になってきたからなあ。仕方ないさ」

「諏訪村はまだ何も変わっていないけどなあ」

「この分教場も今は生徒がいないのっしゃ。だから俺たちは留守番みたいなもんだなや」

「終戦から八年目ですからね」

「そうだな。早いものだな」

「ところで、明日諏訪山へ行くのですが、先生もご一緒にどうですか」

「ありがとう。君らとくっついて歩くほどもう元気じゃないよ」

「そうは見えないけどなあ」

「まあ、とにかく君たち危険な目に遭わないようによく注意して登ってきなさい」

「帰りにまた寄らせてもらいます。ところでここからどのくらいで頂上に着けますか」

「そうだなあ、女子もいるので四時間くらい見ておいたらいいと思う」

「何かとくに気をつけるところがありますか」

「そうさなあ、頂上近くのガレ場は湿地になっているので滑りやすいから、気を付けた方がいいだろう。もう一つは頂上の小屋は手入れをしてないから夜はかなり冷えると思う。風邪を引かないようにな」

「わかりました。ありがとうございます。気をつけます」

　やがて夕飯の支度が出来たと夫人が言ってきたので、別の教室へ移動した。

「しまった。米を出すのを忘れていました。それに何も手伝わないですみませんでした」

「それはいいのよ。さあ召し上がれ。お酒は出ないわよ」

「あッ、そうですか」

「冗談です」

「それじゃあ、いただきます」

と言ってみんなで夕食を食べ始めた。昼間獲った鮎とヤマメの塩焼きが旨かった。

　食事が終わって後片付けを済ませて、みんなで校庭へ出た。空には月の明かりを超えるような満天の星が輝いていた。正夫は星座の話をしだした。この話をし出すと時間がいくらあっても足りないので、大きな星座に限ることにした。

　星空の下でうとうとするのが出てきたので、休むことにした。

　夏とはいえ山裾では、夜は涼しいので教室の窓を閉めて寝た。正夫は何となく場所を決めかねていたら女子のとなりになってしまった。もちろん女子は少し離れたところに三人まとまっていたので安心していた。というか少し期待があったことも事実だった。

　みんなは疲れていたので直ぐ寝静まってしまった。正夫はなかなか寝付かれなかったので例によって星を見るために外へ出て行った。すると後から雅子がついてきた。二人は並んで校庭の端に行った。そこにはブランコがあったのでそれに腰掛けようと思った。雅子も後についてきた。二人はブランコを少し揺らしながら空を見ていた。

「あッ、流れ星だ」

「どこどこ」

「流れ星は、一、二秒間ですぐ消えてしまうからずーっと見ていないとだめだよ」

「そうなの、もっと長く光っていればいいのにね」

「流れ星は、小さい隕石の破片が地球の空気の層に入ると摩擦で熱くなり最後は燃えてしまうんだ。隕石の動く速さは人間の目から見たらすごく速いので直ぐ燃え尽きてしまうんだ」

「マオさんは相変わらず何でもよく知っているのね」

「そんなことないさ。たまたま好きな分野のことを本で読んでいただけのことさ。他のことは全く分からないんだ」

「そうなの。それで少し安心したわ」

「何か心配なことがあったの」

「別にそういう意味じゃないのっしゃ」

　翌朝、正夫は起こされるまで分からずにぐっすり寝てしまった。目が覚めるとみんなは朝食の支度をしていた。正夫は飛び起きて校舎脇にある洗面所で顔を洗って、みんなのところへ行って食事の支度を手伝った。

　食事の支度が出来たので教室に集まった。少し離れたところで、雅子は澄子と何事かを真剣に話し合っていた。

　食事が終わって身支度を調えて出発することになった。自転車は分教場で預かってもらうことになった。

　大川夫妻が門のところで見送ってくれた。

「無理しないで行ってこい。離ればなれのものが出ないように固まっていくんだぞ」

「分かりました。帰りにまた寄らせていただきます。いってきます」

　荷物を背負って歩き出した。約一時間が過ぎた頃、道端に山躑躅（ツツジ）の花がいっぱい咲いていた。中学の先輩が教えてくれたように花を摘んで元の方から蜜を吸った。美味しい甘味がわずかに口に入ってきた。みんなも真似をして蜜を吸い出したので道路が摘んだ花で汚れてしまった。登山道はだんだん幅が細くなってきた。下の方に見えた諏訪川が道路面に近づいてきたらしく水の流れる音が聞こえるようになった。

　しばらくすると、滝の見えるところに着いた。滝は大滝という名がついていると誰かが言った。大滝の大きさは落差で四、五十メートルほどだろうと目安をつけた。大滝を過ぎると勾配がきつくなってきた。初めの難所だ。そこを登り詰めると、どこまでも続くクルミの林になった。どのくらいの数か数えられないほどのクルミの木また木だった。これが一斉に実を付けると野生動物は餌に困らないだろうと話し合った。更に一時間ほど登ると岩がごつごつしてきた。そこを過ぎると目の前がぱっと開けた。そして、じめじめしたガレ場に出た。山肌ははい松があちこちに見えたが地面を埋めるようには生えていなかった。正夫は面白いことを見つけた。ガレ場の石というか岩は丸いところが全くなかった。ほとんどが裂けたように角がはっきり見えた。ガレ場の岩はちょっと見ると瓦を割ったように見えた。ガレ場を歩いていると先頭の子がヘビがいるぞと大きな声を出した。走っていって見ると長さ五十㎝くらいの細いヘビだった。みんなはまむしだから気をつけろと言っていたが事実は分からない。

また四十分間くらい歩くと壊れかけた山小屋があった。そこに泊まることになるので荷物を置くことにした。そこから少し南に行くと三角点があった。そこに諏訪山頂上、標高千五百《メートル》と書かれた壊れかけた案内板があった。正夫はついに愛香山の峠から毎日のように見てきた諏訪山に来たのだと実感した。案内板には南の方へ行くと仙台カゴと書かれていた。北の方を見ると諏訪山より少し高い栗駒山が見えた。望遠鏡があればきっと東の方に松島が見えるのだろうと思った。西の方には日本海が見えるはずだった。が地図を見ると、月山（標高一九八〇《メートル》）があり見えなかった。南には諏訪山より高い山が見えた。あれは地図によれば蔵王山ということになる。眼下には諏訪村が諏訪川を中心に広がって見えた。空には雲が全く見えないし、風もないので雷の心配はなさそうだった。

正夫が太陽の位置を磁石で見るとちょうど正午に近いようだった。予定通り約四時間で登ることが出来た。気温は感じで言うと二五度から二八度くらいだと思った。夜は固まって寝ないと寒いかもしれないと思った。

単独行動は危険だと大山先生が言っていたのに、進は幸子と二人で何処かへ消えてしまった。雅子は澄子と二人で三角点の近くで何事かを話し合っていた。強が食事にしようかと言ったのでみんなは賛成した。正夫は、どうやるのかと思ってみていると、大きな水筒から飯ごうに水を入れ集めてきた枯れ枝を燃やしてお湯を作った。それにお茶の葉を入れて煮沸するだけだった。分教場で作ってきたおにぎりと夫人が持たせてくれた漬け物で食事をした。食事の後は少し自由行動にして、その後夜燃やす薪を集める作業があった。

正夫は考えた。旅は目的地に着くと、それで終了となると誰かの本に書いてあった。この登山は目的地に着いたのでこれで終了だ。しかし今夜ここで過ごすという第二の目的がある。正夫にはここで星を見るという第三の目的がある。そしてもう一つの目的は、明日朝、この山頂で日の出を見ることだ。

進達が戻ってきた。彼らが弁当を食べてから薪集めをすることになった。このグループには世話人はいるが、リーダーがいないので勝手に行動するものが出てくるのは仕方がなかった。

薪集めは必ず二人一組になって行動するようにと強が言った。女子は小屋付近で留守番になった。薪は林のところまで行かないと無いかもしれなかった。一斉に行動を始めた。三十分間ほどで一回目の薪集めが終わり、みんなが集まったところで、二回目の薪集めが実行された。二回の薪集めで必要と思われる量を集めることが出来た。

　山小屋をよく調べると、屋根は一応上部全体を覆っていた。窓のガラスは一部が残っていたがほとんど壊れていた。床は床材を支えていた柱が残っているだけで床板はなかった。出入り口はドアの残骸があるだけだった。太陽は西に傾いてきた。明るいうちに夕食を食べようということになり準備を始めた。女子が作ってくれるというので、男子は火をおこしたりして手伝った。食事の用意が出来た。ちょうど太陽が西の空をあかね色に染めていた。東の方にある雲も赤く色づいていた。この分では明日もよい天気になるだろうと正夫は思った。全員が西の方を向いて食事をした。

　自然の中で食べる食事はことのほか旨かった。食器は洗う水がないのでそのままにしておいて明日の朝もそのまま使うことにする。

　正夫は雅子に話があると言って少し離れたところに連れて行った。今夜は二人だけになるのは避けようといった。みんなが余計な気遣いをしないようにしたいからと付け加えた。雅子は少しの間黙っていたが、何でか分からないが目に涙をためていた。その代わりみんなが起きている間は隣に座ってほしいと頼んだ。それで雅子の気持ちが晴れたようだった。西の空に一番星が明るく輝いていた。あれが金星だ。東の空は暗かったが星はまだ見えなかった。食事の後、みんなで歌を歌った。強や進達が旧制高校の寮歌の詩を作り替えた替え歌だった。正夫はこれらの歌は知っていたのですぐ歌詞を覚えて歌い出した。続いて強達はラジオで流行っている〝ひばりの歌〟や〝君の名は〟という歌を歌っていた。正夫はラジオを聞くことがなかったので〝ひばりの歌〟はほとんど知らなかったし、〝君の名は〟という歌を知らなかった。しかし、みんなから離れると白けてしまうので黙って座っていた。正夫は月が昇ってきたので星が見えなくなる前に少し星を見たいからといって離れたところへ移動した。はくちょう座が真上にあったし、わし座も見えていた。夏の大三角形が二つも見えた。正夫はこんなことがあるのだと嬉しくなった。そのほかにも地上では見えない星も千五百メートルの高地にあれば見えることがわかった。

「こんなにたくさん星が見えるの初めてだわ」

　いつの間にか雅子がそばに来ていた。

「家でもたくさん見えるけど、ここでは三六〇度ぐるっと星が見える。僕にとってこれはすごいことなんだ」

「ほんとにきれいとしか表現できないわね」

「一晩中でも星を見ていたいくらいだよ」

「マオさんが望むなら、私も付き合ってもいいわ」

「ありがとう。星にはもう一つ秘密というのじゃないけど面白いことがあるんだ」

「どんなことなの。教えて」

「それはね、マコさんは北極星がどれだか分かるよね」

「北極星はと、あそこが北斗七星だからあれが北極星ね」

「その通りだ。空の星はね、あの北極星を中心に一日でぐるっと一回転するんだ。だから写真機があれば一晩中シャッターを開けておけば星の軌跡が移るんだと本に書いてあった。そこには写真も載っていた」

「そうなの。その写真を見てみたいわ」

「きっと高校の図書館にあると思うよ。天文の本とか地学の本とか見ると出ているんじゃないかなあ」

「それなら九月に高校へ行ったら図書館で探してみるわ。マオさんてほんとに読んだ本の内容をよく覚えているのね。改めて感心したわ」

「理解しているかどうか分からないけれども自然現象には興味があるから覚えるのかもしれないね」

「私も読んだ詩を出来るだけ覚えることにするわ。そして誰かに聞かれたときに話してあげることが出来るようになるわ」

「少し前に『天井桟敷の人々』という映画を見たんだけどさ、外国人ってよくたとえ話で誰それはこういったといって聖書とか詩とか、誰かが言ったとか言って引き合いにするらしいね。映画の中でも出てきたし。マコさんもきっと出来ると思うよ。日本人だと昔から論語や漢詩などの文章や詩の一部を引き合いに出すよね。あれってちょっと格好いいと思うんだ」

　こうしていつか時の過ぎるのを忘れて話し込んでいた。正夫は本気で一晩中起きていたいと思った。正夫は南の空を見上げていた。もしかしたらサソリ座が見えるかもしれないと思ったけど見つけることが出来なかった。雅子は正夫のところへ戻ってきて一緒に小屋に入った。

　小屋の中では新聞紙を敷いた上にみんながごろ寝をしていた。正夫と雅子も新聞紙を敷いて横になった。正夫は終戦後の上野駅の通路のことを思い出した。あの頃は新聞紙はとても貴重品だった。何しろシャツと上着の間に巻けば温たかく、寝るときは床に敷けば温かくなった。しかし正夫が実際にそうした生活をしたわけではない。誰かに聞いた話だ。正夫と雅子は新聞紙を敷いて、その上に並んで寝た。一晩中でも起きて星を見ていたいと言っていた正夫は、少し寒かったのでもぞもぞと動いた。雅子はその動作を感じて正夫の身体に身を寄せてきた。正夫の身体が温かくなり、二人はそのままの格好で寝てしまった。

　ひんやりした空気が小屋の中に入ってきたので、目を覚ました正夫は雅子の身体を離して外へ出た。山小屋は靄に包まれていた。身震いをして離れたところへ行き小用を足した。正夫は空を見上げたが星は見えなかった。東の方が少し明るくなっていたが日の出まではまだ時間がありそうだった。小屋へ戻ろうとしたら雅子が外へ出てきた。続いて澄子も出てきた。

「おはよう」

と互いにいって正夫のそばへ寄ってきた。

「正夫君、少し私たちの方を見ないでね」

といって二人で離れていった。さいわい靄につつまれていたのですぐ姿が見えなくなってしまった。すると男子も起きてきた。初めに小屋から出てきたのは強だった。

「正夫、おはよう」

「おはよう。もうじき日の出じゃないかと思ってな、目が覚めたので出てきたんだ」

「天気はどうだい」

「今日も晴れになるだろうな。太陽が昇ってくると靄が下から上がってくるはずだ。それが晴れになる証拠さ」

「へー。そんなことまで分かるのかい」

「まあ…、受け売りだけどな」

「知識があるってすごいことだな」

「それほどのことじゃないけど、無いよりあった方が少しは役に立つこともあるかもしれない」

「ところでな正夫、お前誰か好きな女子がいるんじゃないのか。例えば北の方の高校生とか」

「いきなりどうしたんだい」

「それを気にしているのがいるんだ。それで正夫に聞いただけさ」

「前にもそんな話があったよ。そのときちんと説明したんだけどな。それに俺は女子が気にするほどもてないぜ」

「それはとにかく心当たりがないのすか」

「というか、まるっきり心当たりがないわけじゃない」

「聞かせてくれよ、正夫」

「実はな」

「うん」

「高校の同級生の家へ泊まりに行ったことがある。その翌日渡り鳥が来る有名な大きな池を見に行ったことがあった」

「それで誰かと知り合いになったとか」

「一部当たっている。そのとき弁当を食べるとき、飲み物がなくてな一軒の農家によって水を飲ませてもらった」

「そこで知り合ったのか」

「まあそんなに急かせるなよ。その農家に女子高生がいた。多分その女子高生だと思う」

「そのとき何か話をしたのか」

「いいや、同級生の方がいろんなことを話していた。ただお世話になったので自分のことも少しだけしゃべった」

「それだけか」

「そうだ」

「女子高生でも女はしょうがないなあ。たったそれだけで自分の運命の人のように言うなんて」

「運命の人ってどういう意味だろう」

「それは謎だなあ」

東の空に赤みが出てきた。

「ようやく日の出だ」

「みんなを起こそう」

強は小用を足して小屋へ戻っていった。そこへ雅子と澄子が戻ってきた。澄子は何だか嬉しそうな顔をしていた。

「もうじき、ご来迎が始まるのね」

「そうだね。もうすぐだ」

「みんな出てくればいいのに」

「今、強が起こしに行った」

そうしている間にも、東の空が赤みをましてきた。そこへ小屋から強達が出てきたので全員でご来迎を迎えることが出来た。

真っ赤に燃えるような大きな太陽が顔を出した。そしてぐんぐん昇ってきた。正夫はこんなに大きな太陽を見るのは初めてだった。

靄はいつの間にか消えていた。今まで肌寒かったのが、太陽が出てくると温かくなってきた。正夫は改めて周囲を見回した。諏訪山の周辺には小高い山がたくさんあるのが見えた。西の方を見ると月山の頂上付近が雲に覆われていた。

太陽はぐんぐん昇っていた。こんなに早く昇ってくる太陽はすぐ沈んでしまうのじゃないかと正夫は心配したが、太陽と地球の位置関係を教えてくれた中学校の理科の先生の話を思い出した。夏の地球は太陽から遠いところにあるので相対的に時間がゆっくり進んでいるように感じる。それで太陽は長い時間夏側の地域に日光を注ぐのだ。もちろん物理的時間の速さは冬も夏も同じだが。人が活動可能な時間が長くなると言うことだ。先生のように旨く説明できないが大体こんなことだっただろうと正夫は思った。

やがて女子が食事の支度を始めた。その様子を見ていると、幸子は口を動かすのが忙しく手をあまり動かさないようだった。食事の用意が出来たと女子が呼びにきた。男子は食事の場所に集まった。食事はご飯と鰯の缶詰と漬け物だった。みんなは朝食を食べながら、ご来迎の美しさについて感動した気持ちを話しあった。正夫は缶詰の鰯を美味しいと思った。戦争中はサケの缶詰ばかり食べていたが、今思えばあれも美味しかったのを思い出した。男子は女子全員に「ごちそうさまでした」とお礼を言って後片付けをした。

今日の予定はとくに決めてあることはなく、下山するだけだった。それで三時間ほど自由行動にすることにした。ただし単独行動は絶対にしないこと、必ず二人以上で行動すること、何か異常があったら持参の警笛を鳴らすこと等が強に言われた。中学時代はおどけものの強と言われていたが、今見る強はずいぶんしっかりしていると正夫は思った。何かの本に書いてあったが、人は責任を感じると自らしっかりしてくるものだというのは本当だと思った。

雅子が正夫の名を呼びながら近づいてきた。

「マオさんはずいぶん長いこと考え事をしていたわね」

雅子がマオさんと呼ぶのは近くに誰もいないということだ。

「この大自然を見ていたら、何だか自分が小さく見えてきていろんなことを考えていたんだ」

「マオさんって面白いわね。科学者みたいだったり哲学者みたいだったり、まるっきり反対のことを平気で言うんですもの」

「それが成長ってものかもしれないよ、なんてだれかが書いていたっけ」

「でもそうかもしれないわ」

「マコさんは今年の学園祭で何か参加するの」

「学園祭ね。今は合唱クラブで練習しているわ」

「そう。合唱クラブに入っているんだ」

「今年は難しい歌なの。菩提樹というのをドイツ語で歌うの」

「そういえば僕も一年生のとき、シューベルトか誰かの子守歌を習った。シュラーフェ　シュラーフェ…とか、野バラの歌、あっとこれはドイツ語の授業でドイツ語の先生が教えてくれたんだった」

「それ歌ってみて」

「残念だけど、両方ともほとんど覚えていないんだ。ごめんね」

二人はいつまでも話をしていたかったが、少し仙台カゴの方へ行ってみることにした。

仙台カゴへの道は角のある石が散らばっていて歩きにくかったが、緩やかな下り坂になっていた。蔵王山はすぐ近くに見えたが、一日がかりで行くほどの距離に見え、とても往復できる距離ではない。東の方に七ツ森らしいのが見えた。

磁石で西南西の方角に光っているところがあった。あれはきっと日本海だと思った。

正夫は日本海と言えばドイツ語の先生が面白い話をしてくれたことがあったのを思い出した。

ドイツ人というのは見識が高く、とても誇り高い民族だということから始まって次のような話をしてくれた。

昭和の初め頃に、ドイツの科学視察団が日本に来た。彼らは日本の有名な光学器械の会社に行った。その会社の技術者は自社の双眼鏡を持ってドイツの視察団のメンバーを蔵王山へ連れて行った。蔵王山の頂上へ着くと、持っていった双眼鏡を取り出して、ここから太平洋と日本海の両方が見えると言った。ドイツ人はそうかといって双眼鏡を覗いた。するとこの双眼鏡はドイツ製だろうと言ったという。技術者は、否これは我が社で設計して制作したものだと繰り返し言ったが、ドイツ人はそんなはずがない、これほど解像度のよいレンズは絶対ドイツ製だと主張した。それで帰京したとき会社の工場を見学したといって工場へ行った。そこで実際に設計の段階から制作の段階までつぶさに視察し、ようやく納得したという。ドイツ人は日本の技術をそれほど低く見ていたのだが、実際に見たことで日本の技術の高さに恐怖を覚えたのではないかとドイツ語の先生が言った。しかし、この話は当時の日本は、軍が厳重に技術の公開を認めていなかったので問題になったらしい。

雅子はこの話を聞いてもあまり感心がわかないようだった。毎日配達される新聞を読んでいると、現代の日本の技術の高さは、世界に冠たるものだと思う。少し前までは欧米の技術の模倣が多かったと言うが、それでは経済的に自立できないと言うことで、政府を初め企業も技術開発に力を注ぐようになったという。変な言い方だけど、それを支えたのが朝鮮戦争だとも言う。ある意味で戦争は科学技術の進歩を大きく促すのだ。例えが悪いかもしれないが、日本海軍の魚雷は航跡が見えないように工夫されているという。そのために船舶のすぐ近くへ来るまで魚雷を発見できなかったらしい。

もう一つの斬新な技術は電探、つまり電波探知機という装置だ。日本では開発途上だったが実際には間に合わないというので、ドイツからその技術を導入した。それを運んだのが大型の潜水艦だった。つまりレーダー監視装置の開発が海軍の戦闘に多大な影響を与えたのだ。

正夫はこんな話は雅子の興味を引かないと思ったが、話してしまった。雅子にとっては映画の「青い山脈」の方が興味があったらしい。正夫は、雅子と一緒にいていろんな話をするのがとっても楽しかった。しかし、少し前に話した正夫の考え方について雅子はどう考えてくれているのだろうかと複雑な気持ちになることもあった。

雅子は正夫の話を遮ることなく聞いていた。いつもの雅子なら正夫の話の途中で何かしら相づちを打つのだったが、それも無かった。

二人は見晴らしのよいところに来たので座って景色を眺めた。雅子は座ると、正夫により掛かった。太陽が昇るにつれて汗ばむほどではないが気温が上がってきた。空はどこまでも青く水平線の方にわずかに雲が見えていた。蝉の鳴き声も聞こえてきた。正夫はこんな高地でも蝉は鳴くのだろうかと思った。諏訪山の小鳥たちは人が近づいても逃げようとはしなかった。人に対して警戒しないようだった。鳴いている小鳥の近くに別の小鳥がいた。あれはきっと恋人、いや恋鳥なんだろう。

山小屋に着くと正夫達の他は全員そろっていた。そして何故か正夫達の方を向いて拍手をした。正夫は何の拍手か分からなかった。

「遅くなってごめん」

「いや、いいんだ」

「そろそろ下山しようと思っていたんだ。弁当は北諏訪山で食べることにした」

「分かった。荷物を取ってくる」

正夫が小屋に入ると雅子も着いてきた。二人は荷物を持ってみんなのところへ戻った。

「じゃあ、出発しようか」

強が言って北諏訪山へ向かって歩き出した。正夫は振り返り振り返り諏訪山とその周辺を目に焼き付けた。北諏訪山へは二十分間ほど歩いて着いた。ここにも三角点があった。北諏訪山からの眺望は少しずれただけなのに全く違った風景に見えた。南西の下の方にいくつかの山とその間に池が見える。北東の方には諏訪村からも見える富士山のような形の山とその先に小野田川が蛇行しているのが見えた。諏訪村は尾根の向こうになって見えなかった。昼食を食べて再び歩き出した。しばらくすると、雅子は澄子と並んで何か楽しそうに話しながら歩いていた。

英一が正夫のところへ来た。

「正夫、中学のときの噂が噂じゃなくなったな」

「中学のときは雅子さんとときどき話をしただけで、噂になるようなことじゃなかったさ」

「そうだろうとは思っていたが、噂には尾ひれがつくからな」

「さっきの拍手はなんだい。なんか学芸会で舞台から降りるときのようだった」

「あれはな、澄子が雅子のことを話してさ、正夫と雅子が一緒に戻ってきたから、ちょっとからかってやろうと話し合ったのさ」

「そうかあ。どんな話になったのか知らないけど、今はそっとしておいてほしいな」

「もちろんそうさ。でもな、正夫は大学へ行くんだろう」

「そのつもりだけど」

「頑張ってほしいな」

「うん。頑張らなきゃな」

大滝へ下る道はかなり急だった。足場が悪いので女子は男子に掴まりながら降りた。下るにしたがって日はまだ高いのに少し薄暗くなった。しかし大滝に着くとまた日が当たり明るくなった。

「下界は熱いなあ」

と誰かが言ったのでみんなは、

「そうだなあ」

と言って笑い出した。滝を見ながら少し休憩をして今度は緩い下り坂を歩いた。道幅も二人並んで歩けるくらいに広くなった。しばらく行くと自動車が通れるくらいの道幅になったので歩くのが楽になった。道路の下になった川の岸に池のようなものが見えた。名前を知っているものがいなかったので、みんなで名前を付けることにした。話し合った結果、「諏訪下池」と決まった。何故湖としなかったかというと、近くから見ると小さいので池にしたのだ。

ここまで来ればあと一時間くらいで分教場に着くだろう。

気温は夏らしく額から汗が滴るくらいになっていたので、正夫は体感で三〇度くらいになっていると推測した。

　正夫の頭の中は学園祭の展示のことで渦を巻いていた。道端に生えているスカンポは茎の皮をむいてかみ砕くとかなり酸っぱい味がした。これも何とか言う名がついているのだろうか。そうだラムネも結構酸っぱいなあ。あれはどうやって作るんだろう。そうだ今度調べて作ってみよう。正夫はまだ飲んだことが無いがコカコーラという飲料水があるという。これも結構酸っぱいらしいし、大川市の中華そば屋で試しに舐めたラー油というのも酸っぱかったなあと思い出していた。誰かが汚れた十円玉をそれに浸けるとピカピカになると言っていた。あれも酸の効果かもしれないと思った。自然界には人間が食べられるものの中にもずいぶん酸っぱいものがあるようだ。それらの酸っぱい原因はすべて何かの酸があるからかもしれない。ラー油の例は特別としてもその他のものも金属に何らかの影響があるかもしれない。

　雅子と澄子は相変わらずにこにこしたり深刻な顔をしながら並んで歩いていた。進は進で幸子と楽しそうに話しながら歩いていた。

「正夫。今度は何を考えているんだい」

　と英一が近づいてきた。

「うん。秋の学園祭のことに関係したことを考えていたんだ」

「正夫はそういうことを考え出すと他のことは何も見えなくなってしまうんだからなあ」

「こんなに集中して考えることが出来るチャンスなんてそんなに無いからね」

「山へ来たときくらい自然のことを考えたらどうなんだい」

「もちろん自然のことを考えていたさ」

「ほう、そうかい」

「例えばな、スカンポの茎を噛んだことがあるだろう。どんな味がした」

「酸っぱかったような気がするなあ」

「だろう。それが今度の学園祭の課題なんだ」

「なるほどな。わかった。続きは後にしよう」

　分教場の建物が見えてきた。みんなは走り出したが、正夫は相変わらずゆっくり歩いていた。そして少し遅れて分教場へ到着した。みんなはもう身体を拭いたり、顔を洗ったり、水を飲んでいた。正夫も手拭いを水に浸けて身体を拭きだした。すると雅子が近付いてきて、身体を拭いてあげようかと言った。しかし正夫はそれは出来ないよといって自分で身体を拭いた。冷たい水で顔を洗ってから冷たい水を飲んだ。冷たい水はことのほか旨かった。そこへ大山夫妻がお握りと麦茶を持ってきた。

「さあ腹も減っているだろう。焼きめしを作っておいたから食ってけさいん」

「ありがとうございます。さあ、みんないただこうぜ」

「ご馳走になります」

「ところで山はどうだった」

みんなが一斉にしゃべり出したので大川は困ってしまった。

「みんなが一度に話したら分からないから一人ずつ話してくれないか」

「そうだな。ではアイウエオ順に話すことにしよう」

と強が言った。

大山夫妻を囲んで高校生の話はどんどん弾んでいった。校庭の木の陰が長くなってきたのに気がついた先生が、

「みんな楽しい話をありがとうよ。もっと聞きたいが日が暮れないうちに帰ってくれ。機会があったら続きを聞かせてもらう」

「もうこんな時刻になってしまったか」

「そうだな、明るいうちに家に着きたいから、この辺でお開きにしよう」

「先生、またいつか訪ねてきます」

「うんだす。俺は小学校四年生のとき先生が担任だったんです」

「ほう。そうかい。もうずいぶん前の話だなあ」

「先生ったら、未だ八年しか経ってないです」

「しかしなあ、俺は正規の教員資格がなかったからここへ派遣されてしまった。その後分教場は廃校になってしまった」

「そうだったんすか。俺たちちっとも知らなかった」

「そうだなや」

そして高校生は大山夫妻に礼を言って分教場を後にした。自転車に乗って諏訪中学校を目指した。途中で清美小学校の方へ行く澄子達二人が別れた。中学校のすぐ西で強が自分の家の方へ行く道で分かれていった。中学校のところで雅子がバイバイと言って家へ向かった。残りの三人は県道へ突き当たる三叉路で進が左へ向かった。英一と正夫は右に向かって自宅へ向かった。二人は愛香山に着いたところで自転車を止めて夕日に映えている諏訪山を眺めた。今朝まであの山の頂上にいたんだと正夫は胸が熱くなった。英一はどんな感慨を持ったのだろうかと正夫は考えた。

「いい思い出が出来たな。正夫」

「そうだな。夜に手が届きそうな近くに見えた星がとくに素晴らしかった」

「それとご来迎も感動的だったなあ」

「そうだなあ。あれで雲海があったらもっと素晴らしかったんだけど。水平線からの日の出を見ることが出来たのは初めてだ。水平線へ太陽が沈むのは何回も見たことがあったけどな」

「へえ、どこで見たんだい」

「ほら前にも言った、学童疎開で行った新潟の海岸でさ。日本海が赤く染まったこともあった」

「正夫はいろんなところへ行ったし、いろんな経験もし

てきたからなあ。それでそれがみんな正夫の身についている。それがすごいと思うよ」

「でもさ、あの頃はみんな同じような経験をしたと思うよ。俺みたいのがたくさんいたさ」

「そうだなあ。今になっては懐かしいと思う人もいるだろうな。正夫のように」

「ちょっと待てよ。俺は当時のことを懐かしいなんて全く思っていないぜ。ただ戦争を起こしてはいけないと言うことはいつでも心の中にあるさ」

「悪かった。正夫の気持ちを理解しているつもりなんだけど、正夫は深刻な顔をしていないから」

「前にも言ったかもしれないけど、いつまでも過去の忌まわしい記憶にこだわっているほど社会は待っててくれないし、進歩というか進化の邪魔になるだけだしな」

「そうだった。正夫はいつでも前向きな生き方をしているんだった」

「そろそろ帰ろうか」

「そうだな、行こうぜ」

　二人は正夫の家の横で別れた。家には弘は未だ畑から帰っていなかった。正夫は登山に持って行ったものを背負い鞄から出して、着ていたものは洗濯物を入れる籠にいれた。それから夕食の支度を始めた。まもなく弘が帰ってきた。牛を牛車へ入れ餌をやったり、井戸から水を桶にくみ入れたりしてから、自分の手足を洗い家へ入ってきた。

「正夫、帰ってきていたのか。夕食の仕度は俺がやるから、少し休んだらどうだ」

「お帰りなさい。大丈夫だよ、僕がやるよ」

「ご飯はあるから、干物を焼くからね。味噌汁も作るから、兄さんは休んでいて」

「それじゃ、俺は風呂を焚くとするか。水は今朝入れ替えたから気にしないでいいぞ」

「ありがとう」

「ところで、山はどうだった。楽しかったか」

「それはもう。山頂で見た星空は忘れられないくらい素晴らしかったし、ご来迎もすてきだった。あんなに大きく真っ赤に燃えながら昇ってくる太陽をみたのは初めてだ。夕日は数え切れないほど見たことがあるけどね」

「そうだったな。またすばらしい経験をしたんだな」

　二人は食事をしている間も山の話をしていた。

　食事が終わって後片付けをし、風呂へ入るとさすがの正夫も起きているのが辛くなって布団を敷いて横になった。すぐに寝息を立て始めた。弘はそんな弟に優しい目を向けていた。

　翌日、正夫は健樹に葉書を書いた。諏訪山へ行ったこと、家の畑の手伝いをしなければならないので今週は高校へ行けないこと、その代わりに来週は必ず行くので顧問の先生かクラブの部長に会えたらそれを伝えてほしいと。

　正夫は弘と朝早く畑へ行った。大新田町へ売りに行く野菜を収穫して牛車に積んで大新田町へ向かった。道々正夫は弘に登山の続きを話した。

「それはよかったな。俺は登山というものを経験したことがないが、危険なところも歩くのだろうな」

「今度の登山は、天気がよくてほんとによかった。頂上付近には木が生えていないので雷雨になったら大変だろうと思った。山小屋はあったけど窓ガラスは割れていたし、床板もなかった。だから新聞紙を敷いてその上で寝たんだ。何だか戦後の上野の地下道を思い出してしまった」

「生き物はいなかったのか」

「そうだ。行きの途中に見たんだけどすごく広い範囲にクルミの木が植えてあった。あれはきっと野生生物の餌を補給するために植えたんだと思うな。それから、栗林もあった。だけど冬に熊が山を下りてくることがあるんだって」

「熊は冬は冬眠して出歩くことは無いのじゃないかなあ」

「でもね、下除の子が冬熊がでるって言っていたよ」

「秋に餌をたくさん食べられなかったのかもしれないな」

小野田川を越えると大新田町の町並みに入った。正夫は父が作った豆播き器を売り出してくれた農機具店に寄ってみようと言ったので弘はそうだなと言って、いくらかの野菜を持って店に入っていった。こういうことが後になって正夫を助けてくれることにつながった。

店主が出てきて弘と挨拶を交わし、弘は正夫を紹介した。

「君は大川高校へ通学しているのかい。何で通学してるんだ」

「はい。正夫と言います。今大川高等学校の二年生です。毎日自転車で通学しています」

「それは大変だなあ。でも前にあったときはもっと小柄だったと思うがな」

「はい、自転車で通学するようになって背が伸びたし、体重も増えました」

「もうじき俺より背が高くなるんだろうな」

「これも弘兄さんのお陰だと感謝しています」

「これはこれは、兄弟仲がよくてよろしいな。ところで今日は何か用事があったのかな」

「いえ、弟が野菜を持って行こうというので寄らせてもらいました」

そう言って、弘は野菜が山盛りになっているカゴを店主に渡した。店主は、ちょっと待っててくれといって店の奥へ呼びかけた。すると店主の妻が手拭いで手を拭きながら出てきた。

「ほら、豆播き器を発明した寺田さんの息子さんがこんなにたくさん自分のところで獲れた野菜を持ってきてくれた。お礼を言ってくれ」

「まあ、美味しそうな野菜だこと。これは売り物じゃな

「かったのすか」

「いいえ、弟、これが弟の正夫といいますが、寄らせてもらおうというので寄らせてもらいました」

「そうだったのね。今度から私のところにも寄ってくれないかしら。近所の人にも紹介するわ」

「ありがとうございます。よろしくお願いします。それじゃ俺たちは先へ行きますから」

「元気で頑張ってくれ。そして兄弟仲良くな」

　二人は町中へ向かった。今日は南町では駐まらないで、中町まで行った。魚屋の前で同級生の浅川伸之が店の手伝いをしていた。正夫は、

「伸之君、おはよう」

「よう、正夫しばらくぶりだな。といっても未だ五日しか経っていないか」

「そうだよ。君のお母さんはいるかい。いたら野菜売りが来たって知らせてほしいんだ」

　伸之は店の奥へ向かって母親を呼んだ。伸之の母親はゴム引きの前掛けをかけ頭を手拭いでまいた姿で出てきた。

「おばさん、この前は美味しい鰹をありがとうございました」

「なに言ってるのよ。いつも新鮮な野菜を分けてもらっているんだから、おあいこよ」

「これは気持ちです。受けとってください」

「あら、悪いはわね。帰りに寄ってくださいね」

　そんな挨拶をしている間に、近所の人たちが集まってきた。弘はその応対に忙しそうだった。正夫も手伝い始めた。中学生の頃母親と来たときには母親の後ろに隠れていたのに変わったもんだと自分でもおかしくなってしまった。ここで持ってきた野菜はほとんど売れてしまった。弘はここで帰ろうかと言ったが、正夫は残っている野菜を楯山の病院と新聞店に持っていきたいと言ったので、弘は正夫に付き合った。楯山外科病院へ行ったが同級生の息子は仙台へ言っていていなかった。それで自分の家の畑で今朝早く収穫した野菜を食べて下さいと言って置いてきた。それから軽便鉄道の駅近くにある新聞店へ行った。新聞店のガラス戸を開けて、こんにちはと大きな声で店の人を呼んだ。奥から年配の女性が現れた。

「あら、大原台の寺田さんの息子さんね。今日は何か用があったの」

「いいえ、今日は僕の家で獲れた野菜を売りに来たのですが、残り物で悪いけど食べて下さい」

「あらまあ。どんな野菜なの」

　といって正夫が抱えていたカゴを見た。

「これは良い野菜ね。全部いただくわ。今財布を持ってくるから待っててね」

「ちょっと待って下さい。今日は初めてなので見本と言うことで無料です。よろしければ今度来たときから買って下さい」

「それじゃ、悪いわ。ちょっと待っててね」

といってその女性は奥へ戻っていった。すぐ出てきて、これをあげるわね。趣味があうといいのだけれど」といって週刊誌を数冊持ってきてくれた。「何とか科学」という題名だった。

「ありがとうございます。僕は本が大好きなので嬉しいです」

「でも悪いことも書いてあるかもしれないから、全部信用してはだめよ」

「はい、分かりました」

「ありがとうね。今度は売りに来てね」

「はい、よろしくお願いします」

ということで、新しいお得意さんができた。

弘は正夫の様子を見ていて、

「正夫は商売が旨いなあ。お陰で助かったよ。これからも頼むぜ」

「とんだところで褒められてしまった」

「さあ帰るとしよう」

二人は町中で肉と魚など食べるものを買って家へ向かった。

弘の農場は上向きに運営されていた。しかし、順調とはいえないのが事実だった。というのも収支で黒字には未だなっていないからだ。何故かというと、もともと戦争中、陸軍の演習場として使われていた荒れ地だったので土壌に栄養分が少なく通常の畑よりも何倍もの肥料を施さなければならなかったからだ。これは大原台の入植者全員にあてはまることだった。だが、大原台農業協同組合事務所の試算によると、これからは肥料購入費の赤字が少なくなっていく予想が出ていた。それが入植者にとって一層の励みになっていた。昭和二十一年に入植した家族の数は二百戸ほどだったという。それが今年には、約三六戸とずいぶん減少してしまった。農業を諦めた人の後には、諏訪村の若い人が後を引き継いで農業を始めた人がたくさん出てきた。そのために農家の次、三男で都会へ出て行く人が他の地域よりも少なかった。

政府は戦争中に乱伐した山林を復活させる事業を始めた結果、日本中の各地で植林事業が進んでいる。そして植林事業でも若い人たちが必要だったが、それが思うまに集まらないという。それに遅れて数年前から、米の生産が不足状態が継続しているために、日本の各地で大原台開拓地のような開拓団の入植に続いて、全国の干潟などを中心に干拓事業を進める計画が話題に上るようになった。その最大のものが秋田県の八郎潟干拓計画だった。八郎潟は汽水湖だったので埋め立てにはオランダの技術を参考にするのがよいと言うことでオランダ政府の協力を求めることになった。それで今オランダの専門家が日本に調査に来ているという。

八郎潟が干拓されて、水田が出来ればかなりの米が供給されることになる。全国で実施されている干拓事業が完成すれば米の配給制度がなくなる可能性もあると新聞記事にあった。正夫は中学校の修学旅行に行ったとき全員が米を持参していたのを思い出した。あれは米を自由に買えないからだった。

正夫の日常は、朝早く畑へ行って野菜を収穫して、それを弘と大新田町へ売りに行く。午後、家へ戻ってからは、風呂の水替えをしてその後勉強する。夕方風呂を沸かして、夕食の支度をする。夜は夕食の後始末をして風呂に入り、その後寝るまで読書をした。そして水曜日と木曜日には、大新田町で野菜を売ってからそのまま大川高等学校へ行って健樹と学園祭で見せる展示の実験をした。

正夫が今読んでいる小説は、高等学校の図書館で借りてきた夏目漱石の『吾輩は猫である』だった。正夫は初め猫のくせに我が輩などというのを気に入らなかった。しかし読み始めると、猫なのに周囲のことをよく観察しているので感心してしまった。実際にこんな猫がいたら面白いと思った。正夫は飼い猫というものに興味がなく、これまであまり見た記憶がなかった。たまに見たのは家の近くにいるがいつも寝そべっている姿しか見たことがなかった。

この小説は、夏目漱石が社会に対して物言いたいのを猫に言わせているのじゃないかと思えた。正夫は読んでいるうちにこの小説を好きになってしまった。『吾輩は猫である』の前に読んだ『坊ちゃん』も、面白かった。祖母と言うか女中を大好きな主人公の坊ちゃんは、物理学校を出たが就職先がなく恩師のすすめで愛媛県の中学校へ赴任する。そこで慣れない習慣や生徒の悪戯に手こずったが、一年ほどで退職するときには生徒との信頼関係が出来上がった。間違ったことをしないという信念が大切であるということを教えているのだと思った。

正夫は本を読むことがこんなに面白いと思ったことはなかった。もちろん活劇風の内容を読んだときはそれなりに面白かったが、夏目漱石の本はもっと違う面白さだった。

正夫にとって前に読んだ芥川龍之介の小説も面白かった。中学の教科書に出ていた『蜘蛛の糸』は問題を残しながら、すごい印象を持った。

正夫は姉が送ってくれた『大学への道』という本を開いた。この本には標準的な大学の学部・学科について解説してあった。ある学科の卒業生の卒業後の進路についても説明してあった。

正夫が現在進学したいと考えている学部・学科は、理学部化学科ということだったのでその部分を初めに読んだ。正夫が驚いたことに化学科といっても、教授一人一人が違う研究をしていることだった。これまで漠然と考えていた化学という世界に、こんなにいろんな研究をしている人がいることを初めて知った。

正夫はこれは大変なことになったぞと思った。正夫はまだまだ世の中のことをほとんど知らないことに気がついた。大新田高校の山形が前に「何かに憧れることと本当にそれをやりたいということは違う」と言っていたことを思い出した。これまでの正夫は、一人の化学者の伝記を読んでその人に憧れていたのだ。しかしほんとにその化学者がやっていたことをやりたいのかというと違うのかもしれないと思った。山形のおじさんが言っていたことの本当の意味は、こういうことなのだと知ることが出来た。正夫は本気で将来のことを考えなくてはいけないと改めて思った。

夏休み中の大川高等学校は校庭で何かの運動部の生徒の大きな声が聞こえるだけで、校舎の中は静まり返っていた。その中で化学実験室では正夫と健樹が静かに実験をしていた。正夫は果物の果汁で金属が解けるかどうかを試してみたかったが、初めは塩酸を使って実験することに健樹と相談がまとまったので、塩酸の一規定液から十倍その十倍と希釈していった塩酸溶液に鉄、銅、錫、亜鉛、アルミニウムを溶かしてみることから始めた。

各実験は出来るだけ同じ条件で進めるようにした。使用する金属の重さ、溶液の量、反応させる時間などを一定にする。その上で反応の様子を詳細に観察することも忘れなかった。とくに金属を溶液に入れた瞬間をしっかり観察した。反応の条件や観察したことは詳細にノートに記入していった。こうして実験は順調に進んだ。

予定していた実験が一通り終了したとき、正夫は弁当を食べながら健樹に話しかけた。

「健樹、君は芥川龍之介の『蜘蛛の糸』という小説を読んだことがあるだろう」

「もちろんあるさ。国語の教科書にあったと思うけどな。それがどうしたんだい」

「あの小説を読んで、何か気がつかなかったかなあ」

「正夫はまた何か問題を見つけたんだろう。それでどんな問題を見つけたんだい」

「ただざらっと読んでいくと何も問題がないんだけどね、よく読むと少なくても二つの問題があるんだ」

「小説家が書いたものだからいろんな問題があっても仕方がないんじゃないのかな。こんなことを言ったら作者に失礼かもしれないし、怒られるかもしれないぞ」

「まあそれはそれとして、一番問題なのは最後の場面で蜘蛛の糸が何故切れたんだろうということなんだ」

「正夫は何故切れたと思うんだい」

「一つはね、たくさんの人がぶら下がって昇りだしたので糸が重さに耐えられなくなって切れたというのはどうだい」

「正夫の考えそうなことだけどな、それは無いんじゃないのか」

「それじゃ、何で切れたんだ」

「それは俺にもよく分からないが、助けようとした男が御釈迦様の思し召しに合わなかったので糸が切れてしまったということかなあ」

「ちょっとしつこいかもしれないが、それでも蜘蛛の糸が切れた因果関係が分からない」

「そこまで行くと作家さんの意図を聞かないと解決しな

いかもしれないなあ」

「俺は、健樹なら答えてもらえると思っていたんだけどなあ」

「だけど、正夫はよくそんなことを考えるなあ。俺はそんなに深く考えながら小説を読まないから感心させられてしまうよ」

「最近、俺はいろんなことを深く考えてしまうことがあるのさ。この小説の話もそうだけど、新聞記事を読んでいると、社会あるいは世界ではいろいろなことが起きているのがよくわかる。世界そして人間はどうなってしまうのだろうかと不安になってしまうこともあるんだ」

「俺はな正夫、人間はそれほど馬鹿じゃないと思うぜ。これは誰かの言った言葉だけどな」

「健樹はそう言うけど、高校で世界史を学んできたことを振り返れば世界の何処かでいつも戦争、あるいは戦争と同じ状態が発生しているのは事実だろう」

「そうだなあ、最近は民族主義というのが出てきたので更に複雑になってきたとラジオで言っているなあ」

「俺は、千人あるいは一万人の中に一人、一般人と違った考え方をする者（かりにAとする）がいるとする。そのときに社会が人々に不安を感じる状態になったときに、Aが大声で政府を攻撃すると不安を感じた人たちやAに協調して何かの利益を得ようとする者達が同調する。こういうことが原因で騒動が発生するのだと思うんだ」

「一向一揆なんかがその例かもしれないなあ」

「今は、宗教というよりは思想が中心になっているからなあ。そうだ、そのことと関連したことで最近固有財産の所持を否定するような思想が出てきたという話も聞いているぜ」

「それさ。戦争中に監獄に収監されていた不満分子といわれた人たちだけどな、その人達が釈放されて社会に復帰したんだそうだ。そして活動を始めたらしい」

「うん。俺もその話を新聞で読んだ。何でも戦争中は思想犯と言われていたらしい。そうだ、終戦後仙台中央刑務所の分室というのが大原台にできて、思想犯の人たちがそこに移されて荒れ地の開墾をしてくれた人たちがその思想犯だと言われていた」

「じゃ、正夫はその人達と話をしたことがあるのか」

「ある。話をしていると、その人達はいろんなことをよく知っていてな勉強になったこともあった」

「そんなことがあったのか。まさか正夫はその人達に同調したというんじゃないだろうな」

「もちろんそんなことはないさ。未だ小学校四、五年生の頃だったからな。ただその人達は、君らつまり俺たちのことだけど、大きくなる頃には社会は大きく変わっているだろうと言っていた。誰でも同じように働き、同じように幸せな生活が約束されると言っていた」

「そんな社会が現実のものになったら、それはすごいことだろうなあ」

「だけどな、話の続きがあるんだ。その人たちの考え方に反対する人たちがいるというんだな。だから実現するには長い時間が必要だし、たくさんの仲間を作る必要があるって言っていた」

「それって、おかしいかもしれないな。もしかしたら正夫達のような子供からそういう考えを持たせるようにしようとしていたのかもしれないぜ」

「当時、俺の父や兄たちもそう言って、彼らに絶対近づいてはいけなと言われた」

「思想・主義というのは難しい問題が複雑に絡んでいて何を信じるかは簡単にはいかないなあ」

「そうだなあ。その前に俺たちにはもっとやることがあるからなあ」

正夫と健樹は実験を再開した。

正夫たちは実験を週二日、三週間かけて予定したすべての実験を終了した。夏休みもあと少しになったので、データの整理は夏休みが明けてからやることにした。

正夫はこれらの実験を通して大事なことを学ぶことが出来た。それは健樹という一所懸命に一緒に実験してくれた友達がいたからだ。正夫の往々にして深く考えてしまう性格によって遅々として進まない中を、健樹はテキパキと進めていった。そんな健樹を見て、正夫は自分に不足していることを学んだのだ。深く考えることも必要だが、計画を進めることも大事なことだと思った。

正夫の生活は日常の畑作業を中心としたものに戻った。朝早く野菜の収穫に畑へ行き、その野菜を大新田町へ売りにいく。町の人たちの評判はよく、いつも野菜は残ることがなかった。そのために魚や肉を時々買うことができたし、弘から小遣いを少しもらえたので参考書を買うことができるようになった。

そんなある日、強が諏訪山登山に行ったものは集まってほしいと英一を通じて連絡があった。正夫は連絡を受けて雅子のことを思い出してしまった。雅子にはとっても会いたいと思う心と会えば深みにはまってしまいそうだという不安があった。正夫は誰かに相談したかったが、高校生の自分の立場を考えるとそうもいかないのだった。そんなとき一人の大人がいることに気がついた。大新田町の農業高校へ勤めている山形先生のことを久しぶりに思い出した。山形先生はいつの頃か大原台の旧兵舎から新しく建てた家へ移って言った。山形が大新田農業高校に勤めていることは確実だった。明日野菜を売りに行ったとき、帰りに高校へ行って予定を聞いくことにした。それで正夫は少し穏やかな気持ちになれた。

相変わらず午後は参考書を見て問題を解いたり、近頃、英語の小説を読むようになった。著者はアーネスト・ヘミングウェイ、小説の題名は「The Sun Also Rises」という。この本は正夫の家の西の防風林に来ていたアメリカ兵付のヤスダコックから記念にもらったものだ。はじめはわからない単語が羅列している感じで次々に辞書で日本語の意味を調べなければならない状態だった。少し進むと内容が理解できるようになって辞書の出番が少なくなっていった。

　翌日、正夫と弘は野菜を牛車に積んで大新田町へ行った。野菜はすぐ売り切れたので、正夫は、弘に断って農業高校へ行った。山形先生は運良く出校しているというので、お会いしたいと受付の事務員に言うと事務員が職員室の方へ歩いて行った。

　山形先生は今ならちょうど時間があるから会いましょうと受付のところへ出てきた。正夫はしばらくぶりの再会にうれしくなった。山形は、

「やあ、正夫君か。しばらく会わなかったらずいぶん大きくなったね」

「先生、ご無沙汰していました。先生もお元気の様子で安心しました。今日は突然おたずねしたのにお会いできてうれしいです」

「今日はわざわざ来てくれたのですか」

「先生に少し相談したいことがありましてご迷惑も考えず来てしまいました」

「正夫君は、大川高等学校へ進学したんだったね。もう二年生になったのかな」

「はい。二年生になりました」

「高校へは自転車で通学しているのかな。どのくらい時間がかかるんだい」

「はい。大新田町経由で約七十分から九十分間かかります」

「畑はまだ皆さんでやっているのかなあ」

「今は両親と上の兄が東京へ行ってしまったので、すぐ上の兄が一人でがんばっています。今日はその兄と野菜を売りに来ました。この町の人たちには喜んでいただいています」

「ほう。朝収穫して売りに来るのかね。それは頑張っているね」

「町の皆様のお陰で時々魚や肉を食べることができるようになりました」

「それはよかった。これからも頑張ってほしいな。ところで今日寄ってくれたのは何か話したいことがあったのかい」

「はい。実は、こんな話をすると先生に怒られるか笑われるわかりませんが」

「まあ。せっかく来てくれたんだから話してみなさい」

「実は、僕はある女生徒から好きだと言われて、手をつないで歩いたり、最近では恥ずかしいんですが、まだ二回ですが口を合わせたりするようになってしまいました。僕は初め、からかわれているのだろうと思っていましたが、彼女の真剣な様子がわかってきて戸惑っているのです。自分としてはこれ以上進む気がないのに、付き合うのは気が引けるのです。会えばお互いに近くに寄っていってしまうのです。こんなことは誰にも話せないで苦しかったのですが、昨日フト先生のことを思い出して思い切って来てしまいました。ご迷惑でしょうが何

か助言していただきたいのですが」

　山形は、しばらく言葉なく考え込んでいた。正夫はこんなことを他人に話すべきじゃなかったもしれないと思い始めた。

「正夫君、君はたくさん本を読んでいたね。今でも読んでいるのかな」

「はい少し本の種類が変わりましたが、まだ読んでいます」

「今はどんな本を読んでいるのかね」

「最近は哲学の本を中心に読んでいますが、一回読んだだけでは理解できないので、繰り返し読んでいます」

「ほう、哲学の本を読むようになったか。それはよかった。哲学は人間の英知を言葉に表したものと言われている。君はこの数年でずいぶん成長したんだなあ。これからも頑張ってくれたまえ。それで君の話だけど、これは戦争中に青春時代を過ごした私たちの年代のものにとってはうらやましいことだ。君たちの年頃はいろんなことに好奇心を持つものだ。特に君はな」

　山形は一度話をとぎらせて、窓から校庭の方を見た。校庭には生徒の影もなくただ夏の強い光が突き刺さるように輝いていた。

　正夫も山形につられて校庭の方を見た。緑濃い木々の幹にとまってアブラゼミがじーと鳴いていた。木々の梢では、そよ風にわずかに葉が揺れていた。山形は旧兵舎にいた頃よりも少しだけ老けたように見えた。頭にも白いものが見えるようになっていた。

「ところで、正夫君はその女生徒のことをどう思っているんだい」

「はい、自分の本心がどこにあるのかわからないというのが事実です。こんなことを言うのは男子として卑怯かもしれませんが、僕を好きだと言ってくれるときは僕の心が温かくなってきます。しかし一方で戸惑いを感じる心もあります」

「君への答えを出すのは難しいと思う。しかし、私は二つの考え方ができると思う。一つは、一般の大人としての考え方だ。もし君がその女生徒を心から好きなら愛を育てるといい。しかし今は高校生であるという自覚を忘れてはいけない。もう一つの考え方は、高等学校の教師としては、今異性に気をとられると言うことは君の将来にどんな影響が出るか誰にもわからない。しかし私は、今は勉強に専心することだと思う。こういう考え方に反対の教師もいるだろうが。私の話は参考になるかどうかわからないけれど、君自身が決めなければならないことだと思う。一つだけ注意しておくことがある。もし今の状態から進めば生物学の基本通り子供が生まれるような状態なることもあり得ると言うことだ」

　山形はまだ言い足りなかったという思いがあったが、正夫は賢い子だから自分でどうすべきかを決めることができるだろうと考えていた。正夫は山形の話を聞いて大人の考え方を知ることができた。そして自分で真剣に考えなければならないと思った。

正夫はしばらくの間、山形の顔を見つめていた。そして山形と出会ったころのことが走馬灯のように正夫の脳裏を通り過ぎていった。しかしそれはそんなに多くないシーンだった。正夫が山形に初めて会ったのは小学生のときだった。その後中学生になって山形に言われた言葉が高校二年生になって初めて理解できた。

「山形先生、今日は突然訪ねてきたのに僕の話を聞いてくださり、その上に貴重なお話をしてくださり本当にありがとうございました。この問題は僕の人生にとっても重要な問題だと受け止めて真剣に考えていきます。本当にありがとうございました」

「何かの役に立つことが言えたのであれば、私もうれしいです。君のように相談に来てくれると私も少しは役に立てることができると思うのだが、なかなか相談に来てくれないんだ。君の話はこれからの生徒指導に役立てたいが、君の名前は絶対に出さないから安心してくれたまえ」

「はい。わかりました。それでは僕はこれで失礼します」

「正夫君も大学へ向かって頑張りなさい」

こうして正夫は雅子とのことを真剣に考えることにした。その上で強からの連絡のあった日は出席することにした。

大川高等学校の夏休みも今日・明日の二日になった。

正夫は今日早く起きて日の出を見ようと思ったがまだ日の出山の陰から出ていなかった。日の出の時刻がずいぶん遅くなったなあと思った。弘はもうすでに起きて牛の世話をしていた。正夫は朝食の用意をし、畑へ行く身支度を済ませた。弘が戻ってきたので食事にした。今朝は珍しく卵かけご飯と熱い味噌汁と小松菜のお浸しにした。ご飯はいつものように押し麦を米の約三分の一入れたものだ。これは母親のやり方を見て覚えたものだった。母親はこの割合が体にもいいし、舌触りもぼそぼそしないのだと言っていたがそのとおりだった。

正夫は、諏訪中学校へは午後集合ということなので、野菜の収穫と大新田町へ売りに行くのを手伝った。今の野菜の種類はナス、キュウリ、トマト、ネギ、ジャガイモそして今年初めて収穫した枝豆が中心だった。葉ものとして小松菜も喜ばれるものだった。キュウリとトマトはもうすぐ終了になってしまう。ナスは秋用に遅く植えたものが収穫できるようになっていた。ネギは父親がやっていたとおりいつでも収穫できるように二ヶ月おきくらいに種子をまいて真冬以外は収穫できるようにしていた。いつでも種まきができる作物があるのをネギによって知った。ジャガイモは二度芋ともいわれるので年に二回は作付けできるらしいことは知っていた。

正夫と弘は畑へ行き、野菜を収穫して牛車に乗せ、大新田町へ向かった。大新田町へ入るといつものように農機具店、電気店、種子店、魚店、書店と回り新聞店と、写真屋と回ってその周辺のそば屋に寄って野菜はすべて売り切れた。後から駆けつけてきたが野菜がないというのでがっかりしている人たちもいた。その人たちは、たまには逆回りで来てくれと言っていた。

昼近くになっていたので、町中の中華そば店に入って中華そばを食べることにした。しかし牛車を止めておくところがないので、店の前に置いてもいいかと店の人に聞いたらお土産（糞のこと）を置いていかなければいいという返事が返ってきた。牛は生き物だからいつどこでお土産を落とすかわからないので中華そばを諦めた。それでいつものようにパンと牛乳を買って食べることにした。

「たまには中華そばでも食べたいと思ったんだけどなあ」

「そうだね残念だったね。僕は高校入学試験の発表のあった日に中学の担任の先生が大川市の中華そば店でごちそうしてくれたので食べたのが初めてでいまのところ最後かなあ」

「旨かったか、その中華そばは」

「この世でこんな旨いものがあるなんて不思議だと思ったくらい旨かった」

「そうかよかったな。それにいい先生だったんだな」

「背の高いハンサムな先生だったけど、僕たちが卒業した翌年大川市の人と結婚して大川市へ引越してしまったんだ。勤め先も大川市の小さな小学校へ転勤してしまったんだ」

「じゃ、あそれっきり会っていないのか」

「ううん、高校の帰りに二回小学校へ寄って会ったことがあった」

「そうか」

「でもね、なんだかとても痩せていたのでみんなで心配していたんだ」

「そんなことがあったのか。元気でいるといいな」

「そうだね。今日諏訪中の仲間に会うので、その先生に会いに行こうと行ってみるよ」

「そうだな」

パンを食べ牛乳を飲み、話しながら歩いているとすぐ諏訪村の役場からの三叉路に来てしまった。正夫は弘に、

「じゃあ、行ってくるね」

「ゆっくりしてきてもいいぞ」

「ありがとう」

正夫は右に曲がって中学校の方へ急いだ。

諏訪中学校の曲がり角の店でラムネを買って飲んだ正夫は、顔を手ぬぐいで拭いて中学校の昇降口に向かった。昇降口の外で澄子と雅子が立ち話をしていた。二人は正夫の姿を見つけると、手を振った。そして澄子は校舎の中へ消えた。正夫が昇降口に到着すると、雅子が正夫の方へ二、三歩近づいて手を差し出した。正夫は思わず握手をする形で雅子の手を握ってしまった。雅子が正

夫を引き寄せようとするのを正夫は雅子の脇をすり抜けるような形で、階段の方へ歩いて行った。

　雅子はしばらくの間正夫の後ろ姿を見送っていたが、すぐ小走りに階段のほうへ行った。

「マオさん、待って」

　正夫は立ち止まり振り返った。

「もうみんな集まっているんじゃないの。急がなくっちゃ」

「マオさん、今日はどうしたのっしゃ」

「いつもと同じだと思うけど、僕は変わって見えるの」

　雅子は、正夫に何か変化があったことを信じたくなかったが、何かが正夫を変えたように思えるのだった。

　正夫は仲間が集まっているいつもの教室へ手を上げて、

「遅くなってしまった。大新田町へ野菜を売りに行っていたんで…」

「やあ、待っていたぞ」

　などと言って仲間が正夫を迎えた。

「これでみんな集まったので話を始めよう。今日はそんなに長くかからない。この前の諏訪山登山の時に写した写真ができあがったので、進に配ってもらう。進よろしく」

「O.K.」

　といって進むが写真を配りだした。

「写真代は、一枚五円だから枚数分を今か次回までに進に渡してくれ」

　正夫はいつこんなに写真を写したのだろうと思った。登山中は写真を写していることを全く気がつかなかった。一枚の写真に正夫と雅子が楽しそうに話をしている姿が映っていた。進と幸子だけの写真もあった。そして月山の上から沈んでいく太陽の写真やご来迎の写真もきれいに写っていた。北諏訪山の写真もきれいに写っていた。

　みんなで写真を見ながら思い出話に花が咲いた。正夫は、まだ一ヶ月もたっていないのにこんなに話が弾むっていうのは何でだろうと不思議に思った。生まれて初めて自分たちだけで計画してそれを実行できたことがよほど嬉しかったのだろう。みんなは写真を見ながら話していたが、一枚の写真を見つけると一斉に正夫の方を向いた。そして手をたたきだした。正夫は何でここで手をたたくのだろうと不思議に思った。正夫はおどけて両手を広げて押さえて押さえてという仕草をして見せた。それでみんなで大笑いになった。ふと雅子を見た正夫は、雅子も笑っていたので何でか安心した。強が立って、

「正夫に諏訪山の思い出について話を聞こうと思うがどうだ」

　とみんなに話した。

「それはいいな」

　と、一も二にもなくみんなが言った。正夫は雅子の方を見た。雅子は正夫の方をじーっと見ていたが目をそら

せてしまった。

「それではちょっとだけ話を聞いてくれ。俺は諏訪山に登るまで高い山に登ったことがなかった。東京にいたときは、上野の山が一番高い山だったと思う。いやいや、神奈川県の神社のある山が一番かもしれないな。そんなわけで諏訪山へ登るなんて無理だと思った。でもさ、去年七ツ森へ行ったことを思い出すと大丈夫とも思った。それで参加させてもらった。実際、登り出すとキツかったところもあった。しかし、これよりももっともっと大変なことを経験してきたんだと頑張ることができた。これはみんなのお陰だと感謝しています。

　初めに分教場でお会いできた大山先生、僕が諏訪村に来て初めて小学校へ転校してきたときの担任でした。あの頃は、みんなが話していることがわからなくてずいぶん困ったものでした。そうだ、諏訪村に来て役場へ移動証明を持って行ったときに始めて会ったのが、そこにいる雅子さんです。あの頃はまるでお人形さんのようにかわいかったのを思い出します」

「ほんだら今はかわいくねえのすか」

　と雅子が言ったのでみんなはまた大笑いした。

「今はかわいいというよりきれいになったと思います。大人への道を歩き始めたのでしょうかね。とても素敵です」

「よう。よう。それでどうする」

　と誰かが茶々を入れた。

「諏訪山への登山道は、もっと険しいと思っていたんだけど周りの景色を見ながら歩くと苦労なしに歩けました。あのすごい広さのクルミ林、その上の雑木林、そして頂上に近づくとハイマツ、それを過ぎるとガレ場になり頂上広場になっていたのが素晴らしかった。ただ残念だったのは野生動物をほとんど見かけなかったことです。女性の作ってくれた食事は、あの自然の中で食べるとことのほかおいしかった」

「山でじゃなくても美味しいっさ」

と澄子が言った。

月山の上に沈んでいく太陽、そして一番星を見つけたときの感動を話した。正夫は夜の星空については何も言わなかった。それは雅子との大事な思い出になることだったからだ。雅子に目をやると雅子の目が少し潤んでいるように見えた。

「そしてみんなで見たご来迎の素晴らしさは言葉で表現できないほどの眺めだった。そして一番よかったことは素晴らしい友達ができたことです。これで終わります」

「正夫。肝心なことを言わねえのすか。それはねえべさ」

「いや、そうじゃないさ。一番大事なことは人に言ってはいけないんだ。わかってほしい」

と言って正夫は雅子の方を見た。この一言で雅子は目から涙をあふれさせてしまった。みんなも雅子の方を見てはっとしたがうつむいてしまった。

正夫の話が終わって、みんなはまた写真を見ながら話し出した。正夫は一人離れて窓から諏訪山を見た。そこへ澄子が近づいてきた。

「正夫君。ありがとう。私の役目は済んだようね」

正夫は何のことを澄子が言っているのか瞬間わからなかったが、すぐ雅子のことだと気がついた。正夫は一瞬、澄子に今日大新田町で高校の先生に会って雅子のことを相談してきたことを話そうかと思ったが胸の中にしまっておくことにした。

強が集まってくれと言ったので正夫は窓から離れて机に戻った。みんなが座ったので強がまた言った。

「この後、俺たちは何かをするのかどうか聞きたいんだけど」

一つの行事が終わったばかりなのですぐに新たな行事を考えるのは難しいと正夫は思った。

「他人のためになるようなことは今の俺たちには考えられないけど、諏訪山登山が終わったばかりなので俺たち自身のこともすぐには出てこないんだけどなあ」

「そうかもしれないけど、みんなで何かしてみたいということはないかなあ」

「今すぐに何かないかといわれても無理だろうと思うので、今度集まるときまでに考えておくというのはどうだい」

「そうだな。そうした方がいいと俺も思う」

とみんながそうした方がよいと言った。それで強もそうすることにした。これで今日の集まりは終わった。

「あさってから学校が始まるな。高校は宿題が無いので助かる」

「でもさ、宿題がなくても勉強しておかないと授業に追いつけなくなってしまう。だからかえって大変かもしれないぜ」

「俺たちの工業高校じゃ、授業はそんなに大変じゃなかった。それより実習の方が重要となっている」

「どっちにしても今ちゃんとやってかないと後でつけが回ってくるかもしれないからさ」

「じゃあ、お互い何についても頑張ろうぜ」

「じゃあ、またな」

「バイバイ」

「バイバイ」

みんなは階段を下りていった。正夫は教室に残っていた。女生徒は何か夢中でしゃべり出した。正夫は二階のローカを講堂の方へ歩き出した。一番西の端に図書室があったのを思い出した。図書室の扉をノックした。すると中から女性の声で、

「どうぞ、お入りください」

と声がした。

「失礼します。卒業生の寺田正夫です」

「あら、去年卒業した寺田君なの」

「はい。その寺田です」

引き戸を開けてニコニコしながら正夫を図書室へ入れ

た。正夫は図書室へ入るなり、書架へ近寄っていった。

「相変わらずねえ。正夫君、大川高校はどうなの。図書館があってたくさん本があるでしょう。何しろ高校いえ、当時は中学だったわね、開学が八十年近く前だから」

「あの学校ってそんなに古いんですか」

「そうなのよ。開設まではいろいろな問題があったみたいだったけれど、結局大川町に設置されることになったの。大川町は今の大川市の前身よ」

「……」

「八十年間に書籍がたくさん集められたのは当然ね。それで正夫君はどんな本を読んでいるの」

「今は西田幾太郎という学者の本を読んでいます」

「あの哲学者の西田先生のことかしら」

「そうですが、これがなかなか難解でどうしたらあんな考え方ができるようになるのか不思議です。一回読んだだけでは理解できないので何回も読み返しています」

「そうね。西田哲学を理解するのは大変よ。まあゆっくり読んでみるといいわね」

「先生も西田先生の本を読んだことがあるのですか」

「そうね、私は若い頃、正夫君と同じように本大好き女学生だったの。ちょうど正夫君と同じような経過をたどって西田哲学に到達した。しかし私は哲学に疑問を持つようになったのね」

「先生のお話はとっても興味があります。機会を作ってゆっくり聞かせていただけませんか」

「そうね。じゃあこうしましょう。私は毎週水曜日と土曜日はここに来て雑用をこなしています。だからその日ならいつ来てもいいわ」

「こんなことを聞いていいかどうかわかりませんが、先生はどこにお住まいですか」

「そういうことは教えてはいけないのですが、卒業生だからいいでしょう。私は大新田町の本町通りに住んでいるの」

「わかりました。今度うちの畑で収穫した野菜を持って行きます」

「そんな、わざわざ大変でしょう」

「いえ、いつもは祝日と日曜日には兄を手伝って朝収穫した野菜を大新田町へ売りに行くんです。そのついでにといっては失礼ですが、寄らせていただきます」

「そう、兄さんの手伝いをしているの。関心ねえ」

「そんなことないです。兄はよくしてくれますから休みの日に手伝うのは当たり前です」

「じゃあ日曜日ということになるわね。楽しみだわ」

「今日は突然お訪ねして申し訳ありませんでした。でも楽しかったです」

「私も久しぶりに正夫君に会えて嬉しかったわ。じゃあまた会いましょう」

「失礼します」

正夫はなんと運がよかったんだろうと感謝した。図書室を出たところで雅子に会った。雅子は何でここにいたのだろうかと不思議だった。

「マオさん。私ね毎週土曜日にここへ来て勉強しているの。今日は遅くなってしまったのでどうしようかと思ったんだけど来てみたの。そうしたら中からマオさんの声が聞こえたのでここで待っていたの」

「そうだったの」

「これからどうするの」

「ちょっと講堂を見たいと思ったのでこっちへ歩いてきたら、図書室のことを思い出したのさ。それでドアをノックしたら先生がいたので懐かしくなって話し込んでしまった」

「それで図書室の印象はどうだったの。何か変わっていた」

「本が増えていた。それも小説というか文学が多くあった」

「そうね、私は時々相談されることがあったの」

「そうかあ、マコさんも本好きだったからなあ」

正夫は図書室へまた来ようと思った。そして講堂への階段を下り始めた。

校舎から講堂への渡りローカは木のスノコが敷いてあったが、冬の間はとても冷たく足が冷えた。途中右側に便所があった。そこもスノコが敷いてあった。校舎の中は目をつぶっていても歩けたものだった。いつとはなしに校舎内を目をつぶって歩く競争をしたものだ。しかし、この渡りローカは少し長かったし、途中に段々があり危ないので目をつぶって歩くことは誰もしなかった。

正夫は目をつぶって壁伝いに講堂への渡りローカを歩き始めた。するといつの間にか雅子が先に行って手をたたいて誘導していた。

「もうすぐ段々があるわよ。気をつけて」

「ありがとう。おっと段々だ。この段々の上が講堂の扉だった」

正夫は講堂の入り口の扉にたどり着いた。ドアノブを握って回してみるドアが開いた。中には誰もいなかった。卓球台が四台、講堂を四分割するように置いてあった。

演壇の上にはグランドピアノが今も置いてあり、存在を誇示するように見えた。ここで写真を撮ったのが卒業アルバムになったのだ。正夫は演壇に上がってみた。今更だったけど、演壇の上から見ると講堂の中がよく見えた。

雅子も演壇に上がってきた。

「マコさんは中学三年生の時ここでくるくる回るダンスをやったね。あれはすごかった。よく目が回らないものだと関心もした」

「もうずいぶん前のことのような気がするわ。でも覚えていてくれたのね」

「もう一つ覚えているよ」

「何を覚えているの」

「ほら、そう、ニンジンっていう一人芝居のようなのをやっただろう。あれは何を表現したいのかよくわからなかった。言葉もなかったしね」

「あれはね、ジュール・ルナールという人の実体験を劇にしたものだって聞いていたわ。髪の毛が赤い男の子がいてね、それでニンジンって呼ばれたのね」

「そうか。それで君も赤い帽子をかぶっていたのかな」

「あれは帽子じゃなくて髪の毛が赤いことをあらわそうとしたのよ」

「それで、そのニンジンって子がどうしたの」

「ニンジンと同じくらいの他の小さい子供は、毎日母親が学校の門のところまで迎えに来るの。ところがニンジンの母親は迎えに来ないの。それに他の子が母親と手をつないで笑いながら帰るのをみてニンジンはとても悲しかったのね」

「それはそうだね」

「ところでマオさんは『赤毛のアン』って小説を知っているかしら」

「知らないなあ。それとどんな関係があるの」

「この小説に出てくる主人公のアンも髪の毛が赤かったのよ。それでずいぶん苦労したらしいの。この小説も作家の実体験らしいんだけど、外国じゃ赤い髪の毛はあまり好かれないらしいのね。そのせいかどうかわからないけど、アンはある夫婦のところへもらわれていったの。ニンジンの母親は赤毛の子供を好きになれなかったのかもしれないわ。それでずいぶん冷たい仕打ちを受けたという話だったの」

「戦争中の日本では、子どもは大事にされていたけど」

「それは男の子の場合ね。私なんかもある意味で辛い思いをしたのよ」

「あの頃はまだ男が中心の世界だったからね」

「男の子は戦争にかり出すために大事にされたのよ」

「それはよく聞かされてきたさ」

「最初に行ったクルクル回るのは、確かショパンという作曲家のピアノ・ソナタ第二番の終楽章だったと思うけど、澄ちゃんと二人で踊ったのよ」

「そうだったね」

　正夫と雅子は諏訪中学校の講堂に関係した話に夢中になっていた。毎年行われた稲刈り後の田で拾った落穂でこの講堂がいっぱいになった話は、思い出してもすごい量だった。

　正夫は、昨夜真剣に考えていたことを雅子にどうやって話を切り出そうか迷っていた。それで演壇の上を歩き回っていた。そんな正夫を、雅子は好ましいと思っていた。それに気がついているので正夫は話し出せなかったのだ。

　正夫はピアノのところで歩くのをやめた。そしてピアノに手をおいて雅子の方を見た。雅子はすぐ反応して正夫のところへ来て正夫に抱きついた。正夫は今日は話せないと諦めた。

正夫は感情に流されないように強い心を持つことにした。雅子は正夫を下から見上げて何かを訴えるような目つきをしていた。正夫は目をそらせて演壇の端に歩いて行った。校庭ではいつの間にか中学生が野球の練習をしていた。正夫は外から入れるドアーの方へ行った。

練習をしていたのは八人だけだった。野球をやるには一人足りないがまだ来ていないらしい。キャッチボールをやっていた一人が暴投してしまいボールが講堂の近くまで転がってきた。

正夫は雅子が横に来ていたので、中学生に見られないようにドアから離れた。

中学生はドアから中をのぞいたが誰も見えなかったので元の位置に戻った。正夫は東の昇降口へ戻るために歩き出した。そのすぐ後ろを雅子が下を向いて歩いていた。二人は職員室の前を通るのはなんだか気が引けたので二階へ上がり東へ向かった。

東の端の階段を下りて昇降口で正夫は下駄を出してはいた。雅子はまだすねるような仕草をしていたが靴を出して履いた。正夫は歩いて家へ帰るのでと言って昇降口から湧水の方へ向かった。雅子は一緒に歩きたいそぶりを示したが諦めて自分の家の方へ歩き出した。正夫が家に着くと弘が青年団の人と話をしていた。

「ただいま」

「おかえり。今、青年団のことで話をしているので奥の部屋に行ってくれないか」

「わかった。ごゆっくり」

といって正夫は奥の部屋へ行った。正夫は教科書を取り出して読み始めたが、雅子の顔が目の前にちらついて集中できなかった。教科書を読むのを諦めて、家の前の畑へ行った。家の敷地にある畑は、各戸同じで一戸あたり二反歩ほどあった。新しい単位でいうと約二千平方メートルになる。

そこには父親が毎年作っていたネギが植わっていた。ネギの中には葱坊主という丸い花を咲かせているものがあった。父親はこれから種を取っていたのだろうかなどと考えた。この畑は家で食べる野菜を中心に作られている。いまはネギのほかに遅まきのナス、トマト、キュウリ、小松菜、ジャガイモ、ニンジン、スイカ（スイカはもう終わりに近い）、マクワウリ、隣家との境界にはコウリャンとトウモロコシが植えてある。

正夫はマクワウリの熟れすぎ状態のものを二個とって家へ戻った。青年団の人に食べてもらおうと思ったがもう帰った後だった。正夫は明日大新田町へ野菜を売りに行くとき図書室の先生の家へこのマクワウリを持って行こうと考えて、今のうちに十個収穫した。

正夫は気持ちがしゃっきりしたので、化学の教科書で元素のイオン化傾向について読み直した。説明では主として金属が溶液中でイオンになりやすい序列ということだ。しかしそれだけではなく、栗山教諭の説明によると、溶液の中に二種類の金属、例えば百分の一モル塩酸溶液の中に銅と鉄の針金を入れると銅はほとんど変化が見られないが鉄の方はどんどん溶けてしまう。これは健樹と実験したとおりだ。これは単に鉄の方が銅よりも溶けやすいという表現だけでは正確じゃないとも言っていた。そこには酸化還元反応が存在するという。これはファラデーという化学者が発見したことだ。高等学校ではそこまでは説明されないことになっている。

正夫は、実験で確かめたことを学園祭ではその範囲内で説明するしかないだろうと思った。なんだか中途半端だと思うけど、自分たちにも十分理解できないことをお客さんに説明することは不可能だ。だから実験で調べたことに限った説明になってしまう。正夫にとってはなんだかモヤモヤして気持ち悪いことだった。

正夫は、学園祭だからもっと突っ込んだ説明をしたいと思った。このことは明後日高校へ行ったときに健樹と相談しよう。その後で先輩や顧問の先生とも相談しようと思った。

正夫は風呂を焚きながら夕食の用意を始めた。今日は毎月二回食べることにした肉の日だった。まず敷地内の畑でネギと小松菜を採ってきた。それと大新田町で買ってきた肉を一緒に炒めるのだ。

風呂がわいたので弘に先に入るように言った。弘は何かの書類を見ていたが、それを片付けて着替えを持って風呂場へ行った。その間に食卓を整えた。食卓の上にはなぜかラムネが置いてあった。ラムネは冷たい水の中に入れておくとおいしくなるがどうだろう。

弘が風呂から上がってきたので食事になった。ラムネはビンの中の球を押し下げると勢いよく泡が吹き出した。それを湯飲みに受けて飲んだが変なアマ酸っぱい水になっていた。しかしもったいないので二人とも全部飲んでしまった。その日は弘が家にいたのでいつもより早い夕食になった。弘は夕食が済み後片付けを引き受けて、それが終わると珍しくまだ宵のうちだったのに寝てしまった。

正夫は食卓の上に英語の教科書を広げて勉強を始めた。外は真っ暗になって空にはたくさんの星が瞬いていた。

翌日朝早く、正夫と弘は畑へ行ってたくさんの野菜を収穫して大新田町へ向かった。その荷物の中に特別の籠も牛車に乗せた。弘には諏訪中でお世話になった図書係の先生にあげるのもだといって許可してもらった。畑で野菜を収穫しているとき見た大根はずいぶん大きくなっていた。あと一ヶ月くらいで収穫の時期を迎えるだろう。大豆畑の雑草もこの頃は少なくなってきたようだ。コウリャンは正夫の身長を遥かに越して赤い穂を出し始めた。正夫は、植物が季節が来るとそれに対応した状態になっていくので感心していた。大根は毎年愛香山の中腹にあるたくあん工場に買ってもらうことになっている。一週間くらい毎日五、六回も牛車で運ぶのだ。工場では直径三《メートル》、深さ五《メートル》はあるような大きな樽に大根と塩と黄色い粉を入れてたくあんを作るのだ。

　正夫にとってその黄色の粉が気になるのだった。しかしそれでたくあんは美味しそうな黄色になるのだと思った。ジャガイモは花が咲いて草が枯れていた。収穫の時期が過ぎてしまったのかもしれないと心配になった。果菜類はあと二週間くらいで収穫時期が終わると弘は言っていた。

　正夫たちは大新田町に着いた。その日は裏通りを通って駅近くの新聞販売店の方から売り出した。新聞店のお上さんがすぐ出てきて近所の人たちに呼びかけてくれた。すぐに三割ほどの野菜がなくなってしまった。それから警察署の近くへ行った。書店や魚屋さんたちが目にとめて集まってくれた。ここで残りは少しになってしまった。それから本町通りの先生の家へ寄って野菜とマクワウリを渡した。先生は代金を払うというのを次からお願いしますと言って断った。最後に電気店と農機具店に寄った。

「今日は遅かったじゃないか。もう来ないかと思ったぜ」

「すみませんでした。今日は駅の近くの方の要望で逆回りになってしまいました」

「そうか。あっちの方の人もお宅の野菜を欲しがるだろうからな」

「今日は残り物と言っても、いつもと同じですから問題ないので、差し上げます」

「そんなことできないよ。母さん出てきてくれよ」

　店の奥へ呼びかけると女将さんが財布を持って出てきた。

「あら今日は荷物が少ないのね」

「はいすみません。逆回りにしたので残りが少なくなってしまいました。その代わりにこのマクワウリをおまけしておきます」

　といって弘は別に分けておいたマクワウリを二個つけた。

「美味しそうなマクワウリね。これでいくらになるの」

「申し訳ありませんが、最後になってしまったので、お代は結構です」

　と弘が言った。

「そんなわけにはいかないと言ったのだけどな」

　店主が言った。

「それはそうよね。汗水流して作ったものをただなんて言われるとこっちが困ってしまうわよ。ねえあなた」

「親父さんには正夫も特別お世話になっていましたし…」

「そうですか。それじゃお言葉に甘えましょう。でも今回だけにしておいてね」

「わかりました。いつもありがとうございました。またよろしくお願いします」

　こうしてこの日も持ってきた野菜が全部売り切れてしまった。最後に諏訪中学校の図書館司書の家へ寄った。

「さあ戻ろうか」

と言って弘は正夫に牛車に乗ってもいいぞと言った。

この牛は家へ来てからもう五、六年にもなるだろう。牛の寿命がどれほどかわからなかったが、人間の年に換算すると年寄りの仲間になったかもしれなかった。

　高等学校の始業式の日になった。正夫はいつものように自転車で高校へ着いた。正夫は大川高等学校の昇降口で健樹にあった。

「やあ、久しぶり。その後元気にしていた？」

「うん、元気だったけどさ」

「けどさって何だい。見た感じは変わってないけどな」

「それがさ…」

「なんだい、どうしたんだ。歯切れが悪いな」

「実はな。前に俺の家へ来た翌日沼へ行っただろう。そのとき帰りに農家へ寄ったよな」

「うん。弁当の握り飯を食べるために寄った農家だな」

「そうだ。そこに女子高生だという子がいたな。その子が……」

「なんだ、なんだ」

「つまりだな、その子がおまえ、つまり正夫のことが好きだと言って紹介してくれって言ってきたんだ」

「あれは健樹が付き合っていたんじゃないのか」

「俺はそう思っていたんだけどな。正夫のことを紹介してほしくて俺に近づいてきたことがわかって会わないようにしていたんだ。それがたまたまバスに乗ったときに彼女に会ってしまった。そうしたら案の定、正夫のことをいろいろ聞いてきたんだ」

「そういえば、諏訪村から女子校へ通学している人にその子が俺のことを聞いてきたと言っていたな」

「あの子は何を考えているんだ。俺にはしきりに正夫が東京から来た人かとか、高校を卒業したら東京へ行くのかと聞いていた」

「それはどういうことなんだい」

「これは俺の想像だから気にしないでほしいんだが、あの子は正夫と付き合って正夫が東京へ行くときに連れて行ってほしいと思っているのかもしれないな」

「何で東京へ行きたいと言っていたんだい」

「うんだ。東京には芸能プロダクションというのがあるだろうとか言っていたことがあった」

「なるほど。それなら俺は山形大学を狙っていると言ったら話が変わるかもしれないぜ」

「そうか。それで俺は東京の大学を狙っているというか」

「でもさ、こんなやり方は嫌だなあ。公平じゃないよ」

「じゃあほっとくか」

「それがいいかもしれないな。でも健樹はどうするんだい」

「俺はそんなに焦っていないから大丈夫だ」

「そんならよかった。相談したいことがあるんだ」

「え。まさかさっきの女子高生のことじゃないよな」

「え、いつわかったんだい」

「え、ほんとにそうなのか」

「冗談だよ。健樹ったら」

「そうか学園祭のことだな」

「そのことさ。昼休みに相談しよう」

二人は教室へ行った。そこでみんなと簡単な挨拶をしながら所定の椅子に腰掛けた。教室のスピーカーからベルの音が鳴った。続いて第二学期の始業式を始めるので整列して講堂へ入るようにと言う指示があった。

各クラスともローカに整列して順に講堂へ向かった。全校生が入ると講堂の中はワーンという騒音で埋めつくされた。一ヶ月以上の休みだったから話がたまっているのだろう。

教員が入ってきた。少し後に校長と教頭が入ってきた。演壇の上に教員が並んで座ると司会の教師が始業式開始を宣言した。校長が演卓の前に進んで一礼してから話を始めた。話は世界情勢から文部省が発表した進学適性検査の変更に及んだ。約三十分で始業式が終わった。

教員が退席した後、生徒は後部席から順に講堂を出て行った。生徒が教室へ戻ってしばらくすると担任教師が入ってきた。いろんな話をした後で、成績表を集めた。それから二学期の予定などの話があった。それで早いが昼食休憩になった。十三時から四時間目の授業が始まる。

正夫と健樹は化学実験室へ行って弁当を食べながら相談をした。夏休み中の実験結果は同じものを別々にまとめてきたのでその突き合わせもやった。

正夫と健樹は学園祭の課題をまとめてみた。健樹はこれでよいと言ったが、正夫はなんとなく納得がいかなかった。しかし健樹の言い分を通すことにした。健樹は計画書を清書してくると言って原稿を鞄に入れた。それを翌日の放課後に部長に見せて、それでよいと言うことになれば部長から顧問の先生に見せて承諾してもらう。正夫は本当は直接顧問の先生に見せて意見を聞きたいと思ったが、物事には順序があることを知ったばかりだったので健樹に任せた。一週間後には結果がわかるので、それから改めて学園祭の準備をする。発表の内容を模造紙に書いて張り出すことと、実験装置を用意しておくことだ。これらは十月になってからでもよいのでそれまでは実験のこぼれがないかを再実験して確かめておくことになる。ここまで話をしてると昼休み時間がなくなってしまった。正夫と健樹は空の弁当箱を持って教室へ戻った。

正夫は予習をしておいたので、授業についていくのは何でもなかった。大新田町へ野菜を売りに行く手伝いをして兄の弘がくれたお金を貯めておいて、ある程度貯まると参考書を買うことができたからだと弘に感謝した。

トマト、キュウリ、ナスなどの野菜を売りに行くのもあと四回だと弘が言っていた。その後は小松菜、大根、ニンジンそして試しに枝豆も持って行ってみるかと言っていたが、売れるかどうかわからなかった。九月の末になると大根の収穫が始まる。たくあん工場では大根を洗って持ってきてほしいと言っているが人出がないのでできないというとその分を納入価格を少し下げたいと言い出した。弘はそれもやむを得ないと言っていた。商売というのはこんなところでも駆け引きがあるんだと正夫は知った。

この頃、再びアメリカ軍が正夫の家の西の防風林へやってくるようになった。正夫はまた戦争がどこかで始まるのだろうかと新聞を隅から隅まで読んでみたが、戦争という活字は見つけられなかった。それで正夫は安心した。アメリカ兵がやってきたら、前の家へまた若くもない見慣れない女性が三人住み込むようになった。

梅雨明けの時の落雷で壊れ、その後建てかえられた前の家の母親は夫が亡くなった後、佐々木某という人の家に同居しているという噂が立っていた。しかしそんな噂は長くは続かず、いつの間にか二人は夫婦のように振る舞っているということだ。周りの人たちもそしらぬふりをして会えば挨拶をするのだった。しかし、前の家の子、正夫より少し年下の男の子はどうしたのか姿が見えなくなっていた。噂話も伝わっていなかった。もしかしたらどこかへ働きに行ったのかもしれないと正夫は思った。

九月も中頃になると台風の襲来が心配されたが、新聞に台風発生のニュースは出ていなかった。このまま行けば今年の稲が豊作になる見込みだという。

そんなある日、健樹が相談したいことがあるから昼休み校庭へ出て来てくれと正夫を誘った。正夫は何事かと弁当を持って校庭の東の並木のところへ行った。健樹は先に来ていた。

「どうしたんだい。健樹が真剣な顔をして」

「早速だけどな、この前話した女子高生がな、どうしても正夫に一度会わせてくれと言うんだけどな。あまり真剣な顔をしているので一応正夫に話してみると言ってしまったんだ」

「それは大変だ」

と正夫は少しおどけて見せた。

「そんな、笑って済まされる問題じゃなさそうなんだ」

「どういう意味だい」

「会ってだめなら諦めると言っているんだ」

「ちょっと待ってくれ。何がだめならなんだい」

「あの子は正夫のことが忘れられないと言うんだ。それで付き合ってほしいと言うことらしい」

「冗談じゃないぜ。俺はこれから大変な勉強をしなければならないんだ。女子高生と付き合うほど暇はないと言って断ってくれよ」

「俺もそう言ったんだけどな。困ったなあ」

「その話はこれで打ち切りにしようや」

「ちょっと待ってくれ。悪いと思ったが、会わせると約束してしまったんだ。ちょっとだけでもいいから会ってやってくれないか」

「健樹がそこまで言うなら、健樹も一緒ならちょっとだけ会ってもいい。だけど付き合うつもりはないぜ」

「わかった。そのことも言っておく」

「やれやれ、健樹も世話好きだなあ。自分のことはどうなんだい」

「俺は正夫が付き合うって言うなら諦めるつもりだ。しかし今の正夫の話を聞いて、俺も女子高生にかまっていられないと思うようになった」

「でも、俺と健樹では立場が違うと思うぜ」

「いや、将来のことを考えれば立場は変わらないさ」

　正夫は、その後数日間はそんな話があったことも忘れていた。健樹もその話を切り出さないのでそれでいいと思っていた。

　翌週になって、健樹が明日の放課後時間を空けておいてくれと言った。正夫は学園祭のことだと思って、いいよと軽く言った。

　翌日になると、健樹は帰る支度で自転車置き場にいた。

　正夫が放課後に自転車置き場に行くと、健樹の姿があった。

「今日は俺の頼みを聞いてくれてありがとうな」

「何いってるんだい。友達の頼みを聞かないやつはゲス野郎だという言葉があるぜ」

「正夫はいろんな言葉を知ってるな」

「時代小説を読んでいると出てくるんだ。ちょっと汚い表現だけどな」

「それじゃ、行こうか」

「どこへ行くんだい」

「まあそんなに遠くないからついてきてくれ」

「わかった」

　二人は校庭の南門を出て東に向かった。そのまま東へ行くと氾濫することで有名な利合川というのがある。二人はそこまで行かないで大川駅の東の道路を北に向かった。大きな道路を渡ったところにそば屋かと見える店があった。入り口の看板に「てんよあります」とか「氷水」と染め抜かれたのぼりが立っていた。健樹は、自転車を外に置いて店へ入っていった。正夫も続いて店内に入った。明るい外から店に入ると室内が暗く内部がよく見えなかった。健樹の白いシャツを目当てにテーブルのところへ行くと健樹の右の席に一人の女子がすでに座っていた。健樹が左の席へ正夫を座らせた。そして女子高生に正夫を紹介した。

「こんにちは、もう忘れたかもしれませんが、一度会っていますね」

　と聞き取りにくいほど小さな声で挨拶をした。正夫も、

「こんにちは、正夫っていいます」

「わたすは、留子っていいます」

　突然健樹が立ち上がって、

「俺はちょっと用があるからこれで帰るわ」

　正夫はあわてて、

「ちょ、ちょっと待ってくれよ健樹」

　健樹は正夫の言葉を無視して外へ出て行ってしまった。仕方なく正夫は元の席に戻って留子の方をみた。留子は下を向いて、膝のところに手を置いてハンカチをいじっていた。

「留子さんって言ってもいいのかしら」

「そう呼んでください」

「それで今日はどんなことなんでしょうか。健樹に付き合うことはできないと返事してくれるように頼んでおいたのですが」

「わかってます。健樹さんにそう言われました」

「それじゃこれで帰ります」

「少し待ってください。ちょっとだけ話をさせてください」

「……」

「あんたが私の家へ来たときから、私はあなたのことが忘れられなくなってしまいました」

「……」

「それで恥ずかしかったのですが、健樹さんにお願いして一度お話しさせてと頼んだんです。健樹さんからは、彼はこれから大学受験で大変になるから諦めた方がいいって言われました」

　正夫は留子が勇気を振り絞って話をしているのがわかった。

「でも一度でいいからと重ねてお願いしました。今日はお会いできてほんとに嬉しかったです。できたら文通をしてほしいんですけど」

「……」

　正夫は留子の真剣な眼差しを見て気持ちが動きそうになったが、ここで何かを約束することはその約束に対して責任が生じると思い、今の自分の事情を話し、何も約束もできないことを話した。

「そうですか。正夫さんは再来年には東京へ行くのですか、大学へ入れば四年間は勉強するんですね。わかりました。頑張ってください」

「ありがとう。君も幸せな人生を送ってください。なんていうと大人みたいだけど僕はまだまだ未熟者です。これから自分を磨きながら将来のことを考えていきます」

「私も頑張ります。神様がいたずらをしていつか会えると嬉しいです」

「ところでここを何で選んだんですか」

「ここはおばさんの家です。ときどき寄らせてもらい、ご馳走してもらっています」

「そうだと思ったよ。いきなりこんなところで会うなんておかしいと思った」

「今日は忙しいのに会ってくれてありがとうございました。これは私が作ったものです。受け取ってくれませんか」

と言って、木を削って人形の形にしたものを正夫の方へ差し出した。正夫は受け取っていいものかどうか考えたが、折角なので受け取ることにした。

　正夫は留子に、

「今日はありがとう、さようなら」

　といって外に出て自転車に乗って西に向かった。大川駅のところに健樹が人待ち顔で立っているのを見つけた。

　正夫は手を上げて健樹に近づいて自転車を止めた。健樹はすぐ近寄ってきた。正夫は健樹の目を見つめた。健樹も正夫の目を見つめた。正夫は健樹が留子を本当に好きなんだとわかった。

「健樹、留子さんには俺のことを分かってもらえたと思う。だから君は何も心配することはないぜ」

「どう分かってくれたんだや」

「週に一回会ってほしいと言っていた」

「なんだって」

　健樹は真剣な顔をして正夫に詰め寄ってきた。

「健樹、今言ったのは冗談だ。ほんとは付き合えないと断った。そうしたら、これを出してもらってくれと言った。それで終わりだ。折角だからもらってきたが、これは健樹が持っている方がいいだろう」

　と言って正夫は人形のようなものを健樹に差し出した。健樹はそれを手に取って見ていたが、鞄の中にしまった。

「正夫、君は時々悪い冗談を言うが、それはやめた方がいい、と俺は思う」

「そうだな。自分でも気がついているんだけどつい出てしまうんだ。悪かった」

「留子は正夫を諦めるといったのか」

「まあそういうことだ」

「そうか。俺は正夫を信じている」

「俺もさ。健樹を信じているよ」

　二人はうなずき合って握手をした。

「じゃあ、俺は帰るからな。留子さんはまださっきのそば屋にいるかもしれないぜ」

「わかった。また明日」

　正夫は自転車にまたがり道路を西に向かった。太陽は少し傾いていたが、まだ日差しが強く暑さは変わらなかった。

　自転車通学をするようになって一年半が過ぎた。近頃は自転車で愛香山の坂道を登っても汗をかかなくなっていた。

　大新田町を過ぎて小野田川の橋を渡ったところで澄子が一人で歩いていたのに会った。正夫は自転車を降りて歩き出した。

「澄子さん、お帰りなさい。いつもこの時間ですか」

「あら、正夫君。今日は遅かったのね」

「うん。ちょっと友達に付き合っていたんでね」

「学園祭の準備は進んでいるのすか」

「うん。そのことで話し合いをしていたんだ。大体は決まったが、後は顧問の先生の許可をもらうだけだ」

「今年も見に行くから、楽しみにしているわよ」

「ありがとう。澄子さんは学園祭で何をやるの」

「私はダンスクラブでグループダンスを校庭でやります」

「見に行きたいけど、今年は行けないかもしれないな」

「時期がズレていればいいのにね。そうすればお互いに見に行けるのに」

「学校同士が話し合いをしないから駄目なんだろうなあ」

「そうだ、生物の先生が私たちに教えに来ているって知ってた」

「いや、知らなかった。どの先生かな。僕が一年生で習ったのは比較的若くて、太っててにやけた人だったけど」

「その先生だと思うわ。ちょっといけ好かないところがあるのね。だけどそういう先生を好きな子もいてね、不思議だわね」

「ここで右に曲がるんだろう」

「そう。それじゃ、さようなら」

「さようなら」

　澄子は東京から諏訪村へ疎開してきて、そのまま居着いてしまったという話だった。だからあまり方言が出ないんだろう。

　最近は高校で就職する生徒のために映画の脚本を読ませて標準語のような話し方の訓練を始めたということがこの地方を中心に配布している地方紙に出ていたとクラスの誰かが言っていた。しかし大川高校ではそんな様子は見られなかった。

　地元の言葉（方言）でしゃべるのが「おしょすい（恥ずかしい）」と感じることなんてないのにと思う正夫だった。正夫も諏訪村に来て初めて聞いた言葉は小学校の先生の話している言葉だった。特別な意味のある単語を別にすれば少し話し方が早いのでわかりにくいとは感じたが、あまり意味が分からなかった。そういえばヤスダコックがアメリカにはいろんな人種が雑多に混ざっているので、言葉が通じないことなんて日常的にあると言っていた。だから何かあれば自国語で堂々と話をするということだった。

　日本の国内だけでもいろんな方言があるのだから、世界にはどのくらいの種類の言葉があるのだろう、と正夫は考えた。正夫の知っているだけでも国の数は三十カ国以上だ。高校で習っているのは日本語を別にして英語とドイツ語だけど、大陸から帰ってきた人もいる。彼らは中国語や朝鮮語を少しだけど分かると言っていた。子供のころにある国にいると、その国の言葉をすぐ覚えるらしい。

学園祭

大川高校の運動会の日が近くなった。今年は珍しく台風が今のところ来なかったので校庭は土ほこりが立っていた。校庭の東側には例年通り、六か所にむしろ張りの高床式の小屋が建てられた。これは各学年の一組から六組までが一、二、三年生でクラスごとに使うものだった。三日前にできあがったのでみんなで行ってみた。実際これは何の目的で作ったのか誰も知らなかった。運動会の日はここで昼食を食べたり、出場選手が着替えたりしていたが、それも多くはなかった。去年は、三年生は誰も来なかったようだったし、正夫たちはほとんどトラックの周辺にいてクラスの選手の応援をしていた。

そういえば、去年は運動会の翌日に小屋を撤去するので授業がなかった。それで市外にある女子校の学園祭が開かれているとクラスの誰かが言ったので、健樹と出かけた。そこで血液型の判定をしてくれたので初めて自分の血液型を知ることができた。耳のところをアルコールに浸してあった脱脂綿で消毒してガラス棒の細いところで小さな傷をつけて血液を絞り出す。それを浅い皿状になったのが五つ並んでいるガラスの上に落とし、ガラス棒でかき混ぜるのだった。それで血液が固まれば不適合で、固まらずにそのままの状態になっているとそれが血液型であるという判定だった。正夫の血液は、A、B、ABの皿ではみんな固まらなかった。それでO形と判定された。そのときの女子高生がおもしろかった。

ガラス棒で耳に傷をつけるときに、

「これからチクリとしますよ、出てくる血を見て驚かないでくださいね。時々血を見て失神する人がいますからそのときは合図してくださいね。倒れたときに何かに当たってケガをしないように気をつけますから」

なんて言っているのでいつ採血したのか分からなかった。

正夫はこれは少し大げさだと思って質問してみた。すると初めて自分の赤い血を見た人でふらふらっと倒れる人がいるので安心させるようにしているということだった。採血者に両親の血液型を聞かれたが正夫は知らなかった。ここで女子高生が説明してくれた。O型の人の両親が二人共O型の場合は必ずO型になる。また両親がAO型、BO型、父親がA型で母親がBO型の場合とその逆の場合にもO型が生まれるということだった。そういえば、正夫は去年習った生物学でも遺伝子のところで同じことを聞いたのを思い出した。

この高校では教科で習ったことを実際に応用することにしているんだと感心してしまった。正夫はこのことだけが印象に残ってほかに何が展示されていたのか覚えていなかった。いや、もう一つ覚えていることがあった。それはこの高等学校を卒業した人が映画女優になったということだった。その女優の名前を聞いたが覚えていなかった。

正夫は、今年は農林高等学校へ行ってみようと健樹と話が決まっていた。この高等学校は隣の市にあり、林業をやる人や酪農をやる人を育てる高等学校だというので、正夫にはまた別の興味があった。

運動会の日は全員出席のことと言われていたのに、クラスの三割くらいが休んだ。その上に三年生は運動部の人しか出席していなかったので、なんとも盛り上がらなかった。それに輪をかけて小学校や中学校と違って親や兄弟姉妹も少ししか来ていなかったからなおさら盛り上がらない、というより寂しい感じがした。

高校生になるとその上の大学受験が待っているので、体を動かすよりも頭を使うことの方が重要だと三年生の人が言っていた。また、体育の授業や競技会の応援などは絶対に行かないらしい。それとほとんどの競技がクラス対抗というのも運動部に所属している生徒が優先されるのだった。だから運動部に所属していない生徒は毎日勉強勉強という日だった。

それは逆に授業でも同じことがあるらしい。運動部の選手は一学年間で必要な出席日数を満たしたら後は来る日も来る日も毎日練習に次ぐ練習の日々を送っているという。正夫は、本当にそんなことがあるのか疑問だったが健樹も言っていたので事実かも知れないと思った。

正夫はそんな日々を過ごしてしまうのはもったいないと思っていた。もちろん勉強に明け暮れている生徒にも勉強する目標はあるのだろうし、昔から〝楽あれば苦あり〟といわれている。その逆があってもいいとも思う。

正夫たち一般の生徒は運動会で二種目の競技に参加できた。それはクラス対抗戦の点数にならないものだけだった。それでも充実した一日だったと正夫は思った。

運動会は十五時過ぎに終わったので掃除当番もなかったので早く帰ることにした。この時期になると落日は諏訪山頂の右肩になっていた。まだ日は高かったが西の空に怪しい雲がたなびいていた。正夫は、もしかしたら明日は雨になるかもしれないな。そうしたら農林高校へは行きたくないと思った。大新田町へ近づくと、道路は大新田高校生がたくさん自転車に乗って東へ向かってきた。すれ違うとき手を振る生徒がいた。周りを見ると西へ向かっているのは正夫だけだったので、からかわれているのだと思った。正夫は今度会ったら自分も手を振ってみようと思った。

正夫はこの頃、授業で好きになった科目ができた。それは古典の授業だ。初めは外国語のように思って授業を受けていたのであまり興味を持てなかった。しかし、漢文の先生の小ぶりの相撲取りのような体格のどこからあの歌うような声が出るのかと不思議に思う美声で教科書を読まれると、なぜか文章に引き込まれてしまうのだった。特に十月から始まった『明月記』は内容がとても気に入ってしまった。早速高校の図書館で本を借りて読み出すと、原作者の藤原定家の観察眼に心を奪われてしまった。中でも昼日中、中天に明るい星が見えるという記述には驚いてしまった。そんなことがあるものかと初めは否定してしまったが、小学生のとき読んだ台風の眼の中では昼間でも星が見えるとか、深い井戸の底でも星が見えるという話を兄の誰かが言っていたのを思い出すと、あり得ないことではないのかもしれないと思った。しかし『明月記』には太陽が輝いている昼間でもその星は見えたという。太陽の光に負けない明るい星の不思議さに興味を持ったのだった。

　正夫はどうしてそんなに明るい星ができたのだろうと考えたが答えが出るはずもなかった。それで地学の山本教諭を職員室に訪ねて話を聞くことにした。地学の山本教諭は、そんなことに興味を持つ生徒がいることに驚いたようだった。しかし、現在たくさんの専門学者が発表している説を説明してくれた。

「寺田といったな。君はすごいことに興味を持ったんだぞ。『明月記』の記述は確かに昼間でも明るく輝いている星のことが書いてあり、人々は朝廷に不吉なことが起こるのではないかと言って、悪鬼退散のために祈祷をして欲しいと願い出たそうだ。朝廷は人民が騒ぐのをそのままにしておけないので悪鬼退散の祈祷を大々的に行った。祈祷というのは当時は医術と同等に扱われていたのだな。すると数日してその星の光は消えて元のようになった。人々は朝廷の威力を讃えてお祭り騒ぎになったという」

「そんなことが本当にあるのですか」

「そこだ、朝廷にも頭のいい臣下がいたのだな。祈祷を進めた臣下はそのおかげで一躍功績を認められて上位階級に登ったという」

「それで本題の方はどうしたんですか」

「当時は誰にも分からなかったのだが、ことが収まってしまったのでそれで幕が下りた。藤原定家も星が消えたあとのことはあまり書いていない。古典の研究者がこのことをある天文学者に相談した。相談された天文学者は早速『明月記』を求めて精読したそうだ。その結果これは星（太陽）が死んだことを表しているのじゃないかという説を提案した」

「星も死ぬんですか」

「そのことは〝星の一生〟について説明する必要があるが、知りたいか」

「はい是非知りたいです」

　正夫はノートに先生の話の内容を書いていたが、もっと知りたいと思った。

「分かった。じゃあ今の時点で発表されている学説をできるだけ優しく説明してあげよう」

　といって山本教諭は数冊の本を机の下方の引き出しから取り出した。

「これは書物になっているので最新とはいえないが、寺田が知りたいことの一部が書いてある。中には数式がたくさん出てくるのでまだ無理だと思うが、簡単に説明しよう。

　我々が住んでいる星は惑星ということは知っているな。この地球を照らしている太陽のような星を一般的に恒星という。恒星はその内部で高温の熱といっても我々が知っているような温度ではなく途方もない高温だ。それは星によって数万Kというような高温だ。空を見るといろいろな色に輝いている恒星がある。その色は温度の違いを表している。例えば我が太陽の表面温度は約六千度で黄色（金色）に見える。しかし青く輝いている恒星もある。その恒星の温度は約五万K以上ともいわれている。

　恒星にはそれぞれ誕生してから消滅するまでの寿命があることが知られている。説明を省略するが、寿命がつきる恒星は条件によって最後の熱を放出するために明るく輝く。そして爆発して消滅する。これは超新星になるともいわれている。その残骸は、高密度の中性子星だったりブラックホールになる場合もある。なんだか尻切れのようになってしまったが、本格的に知るためには大学で何年も研究しなければならない。これでどうだ」

「難しく分からないことがたくさんありますが、恒星が爆発するときつまり、寿命が尽きるときに強大な光を発するということでしょうか」

「まあそういうことだ、ごく簡単に言えばな」

「先生、その本の中で一番簡単なものをお借りできないでしょうか」

「そうだなあ、読み物として書かれたものを貸してあげよう。君は今まだまだ高校の勉強をしなければいけないんだろう。あまりよそ道に深入りしない方がいいと思うがな。それに三年生になれば地学のクラスができるからそこで勉強できる」

「わかしました。ありがとうございました。この本をお借りします」

　正夫は職員室を退室してクラスに戻った。教室では健樹が待っていた。

「正夫、どこへ行っていたんだ。探したぞ」

「何か急用でも発生したのか」

「いや、この前のお礼を言わなきゃと思って待っていたんだ」

「お礼を言われるようなことをしたっけ」

「それがさ。あの留子がおれと付き合ってもいいと行ってきたんだ。お前は彼女には合わない人だって分かったみたいだ。それでなお前の付き合っている女子高生のことを話していたぞ」

「なんだいそれは。どんな話だい」

「留子の話だと、正夫は諏訪村の雅子という女子高生と付き合っていると言っていた」

「そのことか、付き合っているとはいえないがな。留子ってやなやつだな。俺は自分がうまくいかなかったからって他人のことを告げ口するようなやつは嫌いだな」

「やー、言わなきゃよかった。ごめんな」

「健樹もあの子には気をつけた方がいいかもしれないぜ。なんかやな感じがする」

なぜかその場が感じ悪くなってしまった。正夫は気を取り直して健樹に謝った。

「健樹。ごめん。俺の言い過ぎだった。俺は人を責めることなんてしてはいけなかった」

「俺のほうが悪かった。この話はなかったことにしてくれ」

正夫も大人げなかったと思った。

学園祭の日が近づいてきた。部長の話では正夫たちの計画は顧問の先生の許可が出たといわれた。正夫は健樹と実験で使う薬品を調製したり、金属を粉にしたり、小さな破片を作っていた。それぞれをビンに入れて大きなラベルを貼り付けた。

映画館からの路地を広い道路に出ると、一つ目の四つ角の手前左側に大学芋屋があった。正夫はあのときの味が口の中に広がってきて唾液が出てきた。二人が店に入ると店主の親父が元気な大きい声で、

「いらっしゃい。空いてる席へ腰掛けてください」

二人は店に入って驚いた。偶然というものがあるのが信じられなかったが店は女子高生で混んでいた。彼女らはみんな大学芋を食べていた。

すると店の奥の方から知っている声が正夫を呼んでいた。正夫は驚いて声のする方をみると幸子と雅子がいた。すると別の隅の方で健樹さんという声が聞こえた。

二人はお互い呼ばれた方を見てまたまた驚いた。そしてこれはまずいところへ入ってしまったと思い、店を出ようとしたら店主が、

「今日は特別サービスの日だよ」

といって引き留めた。二人は顔を見合わせながら席に戻った。その席は雅子たちの隣の席だった。そこへ留子が友達と寄ってきた。正夫も健樹もいたたまれない気がした。そこへ大川高生が三人入ってきた。それをみて正夫と健樹はほっとした。

雅子たちと留子たちは、もう大学芋を食べ終わっていた。しかし帰ろうとしなかった。正夫は仕方なく前に一度この店で大学芋を食べたことを話した。そこへ店主ができたての大学芋を持ってきた。そして正夫に話しかけた。

「君は去年の大川高校入学試験の発表の日にここへ来たことがあるだろ」

「はい。その日に来ました。あのとき初めて食べた大学芋のおいしさを忘れられませんでした」

「やっぱりそうだったか。忘れずに来てくれてありがとよ」

「美味しいものに吸い寄せられたんですよ」

「旨いこと言うなあ。それいただきだ。いいだろう」

「もちろんですよ」

「じゃ、ゆっくり食べてくれ」

「正夫君たちもここへよく来るの」

「いや、一年半ぶりかなあ。さっき店主が言っていたろう。中学三年の担任がお祝いだと言ってラーメンをご馳走してくれた。その後でここで大学芋を食べ、そこの映画館でヒバリの映画を見せてくれたんだ。あのときの大学芋は一個だったけど一生忘れられない美味しさだった」

「よかったわねえ。うちらの担任は発表見たらすぐ帰ったわね。幸子」

「そうだったわね」

正夫と雅子たちが話している間中、留子は健樹と話をしていたが、ちらちらっと正夫の方を見ていた。雅子はその様子を分かっていたが知らんふりをしていた。

正夫たちは、大学芋を平らげてしまったので帰ろうかと店を出ようとしたら、雅子たちも一緒に店を出ると言って立ち上がった。正夫は健樹にお前は少し残ってていいぞと言った。店を出ると幸子が正夫に雅子を自転車に乗せてってあげなと言ったが、雅子は遠慮した。すると幸子はいいから乗せてってもらいなといって一人で駅の方へ行ってしまった。仕方なく正夫は三日町の方へ自転車を押して歩き出した。町の家並みがなくなったところで雅子を後ろの荷台に乗せて正夫は自転車をこぎだした。初めのうち、雅子は遠慮がちに乗っていたが、国鉄線の踏切を過ぎて人通りがなくなると正夫を後ろから手を回してベルトのあたりをしっかりと抱きしめた。正夫はこんなことは初めてだったので恥ずかしかったが、なんとなくウキウキした気分にもなっていた。

「今日ね、変な人がいたの。少し前に話したことがあったけど大川市の北の方から通学している留子さんという子が私たちの後をつけて回るようになったと思っていたら、あの店にも付いてきたのよ。変な人ねえ」

「俺もあの人と会ったことがある。さっき一緒にいたやつ彼は健樹って言うんだけど、去年彼の家へ泊まりに行ったことを話したよね。そのとき、農家の子に会ったと話したけどだそれがあの留子という子だったんだ。俺は名前も忘れていたんだけど、一週間ほど前に、健樹が用があると言って連れて行かれたそば屋で話をする羽目になってしまった。おれと付き合いたいと言ったけど俺はきっぱり断った」

「そうだったの。でもまだ未練があるみたいね」

「そんなことないと思うよ。彼の話じゃあの子は健樹と付き合うことにしたと彼が言っていたから」

「じゃあもう安心ね。あの子は何かでまかせのことを言う性質みたいだから好きじゃないという人がたくさんいるわ」

「俺も彼に気をつけた方がいいと言ったんだけど、そんなことで有名になってしまうなんてかわいそうな人だね」

「マオさんは、同情して付き合おうなんて考えちゃダメよ」

「それはぜったいないね」

「よかった」

こんなたわいない話をしていたら大新田町を過ぎて小野田川の橋を渡っていた。太陽は諏訪山に隠れようとしていた。諏訪村は夕暮れになっていた。

後ろの荷台で雅子がもじもじし出した。正夫は、雅子が尻が痛くなったと思って自転車を止めて歩くことにした。雅子はすぐに正夫の腕に自分の腕を絡めてきた。諏訪村の町中に入ると、さすがに腕を解いた。今日は雅子の家の前まで送っていかずに三叉路のところで分かれた。正夫はまた自転車に乗って家に急いだ。

学園祭の日、正夫たちは朝早くに高等学校の実験室に集まった。各班は自分たちの持ち場で最後の点検をしていた。正夫の班にはほかに一年生が二人付いていた。一年生の一人は、正夫に何かと話しかけてきた。それは正夫がしつこいと思うほどだった。健樹がそれを見て、正夫の一年生のときとそっくりだなと笑っていた。各班は実験台の真ん中についたてを作りそこに模造紙に書いた説明文と図を書いたものを貼り付けていた。学園祭は今日と明日の二日間開かれる。部員にとって一番の心配はお客さんが来るかどうかということだった。お客さんがたくさん来てくれると張り合いが出るが対応が難しくなることもあった。しかし全員頑張るぞという気構えで待機した。校舎中にベルが鳴り響き、いよいよ学園祭の幕開けだ。

化学クラブに最初に来たのは、男子中学生のグループだった。彼らは実験室の中を一回りして正夫たちの展示の前で足を止めた。

「寺田さんだ。おはようございます」

と元気よく挨拶してくれた。正夫は少し戸惑ってしまったが、すぐ立ち直った。

「おはようございます。今日は俺たちの展示を最初に見に来てくれて本当にありがとう。ところで君たちはどこから来たの」

「はい。我らは諏訪村から来ました」

「それじゃ俺の後輩じゃないの」

「そうです。先輩の活躍を見たくて朝早く起きてきました」

「そう、それは大変だったね。ところで俺の顔と名前をどうして知ったのか教えてくれるかな」

「三年の理科の先生から、こういう卒業生が大川高校にいて化学クラブで活躍していると聞いてきました。握手してください」

と言って全員が並んで手を差し出した。正夫は照れくさかったが彼らの真剣なまなざしに応えようと決めた。そして一人ひとりに声をかけながら握手をした。正夫はなんだか気分が高まってしまった。

「今日はゆっくり見ていってくれ。説明が必要なら声をかけてくれればいい」

「ありがとうございます。それじゃ端から見てきます」

と言って入り口の右の方から展示を見始めた。

健樹か近くに来て、

「正夫すごいじゃないか。後輩が名指しで来てくれるなんてきっとクラブ始まって以来初めてのことだと思うぜ」

「理科の先生に何か言われたんだろうな。でも嬉しいことじゃないか」

「そりゃそうだ。あのうち何人が大川高校へ来てくれるかなあ」

「きっとみんな来てくれるさ」

　中学生たちは正夫たちの展示のところへ来て、説明を読んでいた。

「寺田さん、質問していいですか」

「もちろんさ。あんまり難しいことを聞かないでくれると助かるのだけどな」

「でも理科の先生は難しいことを聞いてこいと言いました」

「困った先生だなあ」

「ここに書いてある有機酸というのはどんなものですか」

「それは、君たちはトマトやリンゴ、ブドウなんかを食べると食酢ほどじゃないけど、わずかに酸っぱい味がするだろう。簡単に言えばそれらは酸が入っているからなんだ」

「そうだ、梅干しはとってもすっぺえなあ」

「そうだ梅は青いうちに収穫してしまうから特に酸っぱい。ほかにも例えばブドウは酒石酸というのが含まれているから酸っぱい。ミカンはクエン酸という酸が入っている。これらを有機酸と言うんだ。ところで果実はたいてい熟すまでは酸っぱいものだ。それが熟すと甘くなったりさらに熟すとお酒の匂いがするようになる。これはどうしてか分かるかな」

　中学生は少しの間考えていたが、分かりませんと口々に言った。

「それはな、種が芽を出せるようになる前に動物に果実を食べられてしまうと自分たちの仲間を増やすことができない。それで種子が完熟するまでは動物に食べられないようにするために果肉に毒を待っていたり酸っぱかったりと防御手段を講じていると考えられているという。そして種子が芽を出せる準備ができると種子を動物に運んでもらえるようによい香りを出したり、甘くなって食べられるようになるんだ。そして動物に種子も一緒に食べてもらって、別の場所に種子を運んでもらうという戦略をとっているといわれている」

「なるほどなあ。植物も子孫を増やすのに苦労しているんだ」

「最後のところは俺の考えたことなので当たっているかどうか分からないぞ」

「でも先輩が考えたことだから当たっていると思います。理科の先生に話してみます」

「おいおい、ちょっと待てよ。先生に笑われてしまうから黙っててくれよ」

「それで、金属が溶けるというのはどういうことですか」

「難しいことを聞くもんだ。これはまだはっきり説明ができていない部分があるらしい。というのは化学の教科書にも書いてないからな。俺も人に説明できるほど理解していない。もっと勉強してからということで勘弁してくれ」

「先輩にも分からないことがあるんですね」

「当たり前だよ。世の中で分かっていることなんてほんの少ししかないんだ。それに何かが分かるとその先のことが分からない。つまり何時になっても分からないことがいっぱいあると言うことだろうな。これは誰かの受け売りだけどな。今の俺には分からないことの方が分かっていることより圧倒的に多いということだ」

「わかりました。ありがとうございます。それで金属といってもいろんなものがあると思うけど、同じ濃度の酸に溶けるものと溶けないものがあるんですか。金属ならみんな同じように溶けると思っていたんですが」

「それがこの発表の課題なんだ。それじゃちょっと実験してもらおう。よく見ていてくれよ」

「はい」

「それじゃ、本田君と高橋君が実験して見せてくれるのでよく見ていてくれ。じゃ始めてくれ」

　一年生の二人は慎重に実験を始めた。初めに鉄で実験した。次に銅で実験した。二つの実験した試験管を並べてみたところ明らかに違いのあることが分かった。

「ついでに説明してみてくれないか」

「できるかなあ」

「経験だからやってみなよ。分からなくなったら替わるから」

　本田が中学生に金属のイオン化傾向を説明し始めた。本田はよく勉強しているなと正夫は褒めてやりたくなった。そこへ健樹がやってきてお客さんだぞと言って入り口の方を指さした。

　正夫は新しいお客が来たことを知らせてくれたのだと思って返事だけした。すると健樹が正夫の耳元でささやいた。正夫ははっとして入り口の方を見て急いで入り口にいった。そこには見慣れた人が立っていた。中学三年生のときの担任だったオトゲ先生だった。正夫はもう少しで先生に抱きつくところだった。

「先生、お元気でしたか。この頃先生のところへ寄れなくてすみませんでした」

「そういう正夫も元気そうだな。噂では勉強も頑張っているようだし、何よりだ」

「諏訪中の卒業生で大川へ通学している人もみんな元気です。今日はまたどうして学園祭だって分かったのですか」

「新聞に出ていたし、市の広報紙にも載っていた。それで、もしかしたら正夫がいるかと思って来てみたら、やっぱりいたって言うわけさ」

「そうだったんですか。先生、よくお出でくださいました。心から歓迎します。ゆっくりご覧になってください。これは健樹君といって大川高校での親友です」

　と言って正夫は健樹をオトゲ先生に紹介した。

「健樹君ですか、正夫のよい相談相手になってやってください」

「俺の方がいろいろ教えてもらったり相談に乗ってもらっています」

　正夫はオトゲ先生に化学クラブの展示を説明して回った。ひと通り説明が終わったので別室の休憩所に案内して雑談した。

「ところで、正夫は大学へ入りたいのか」

「はい。今はそのつもりで勉強しています。大川高校からすぐ大学には入れないかもしれませんが、必ず入るつもりです」

「そうか。しっかり覚悟をして勉強しなければ、希望を叶えることはできないぞ。お前は雅子と付き合っているようだが、雅子のことを考えていたらとても大学は無理だと思う。この際だからはっきり態度を決めなければいけない」

「俺も、そのことを悩んでいました。そして何度も話そうと思ったんですが、あの顔を見ると意気地がなくなってしまうのです」

「それは分かるが、今は自分の一生のことを考えなければいけない時期だ。もちろん女の子が邪魔になって勉強できないやつは何をやったって成就できるはずがないというものもいる。それにそういうことは時間が解決してくれることもある」

「はい。ありがとうございました。今日先生がお訪ねくださって本当によかったです」

「二年生になるともう一人前のようだな」

「先生がおっしゃっていた学問はやればやるほど面白くなるって本当ですね。まだ学問の入り口にも届かない状態ですが、いろいろ分かってくるとその先はどうなっているんだろうという疑問が次から次へと出てきます」

「そうか、正夫もそこまでたどり着いたか。これからが大変だろうが、今お前が口にした言葉は真実だ」

「本当にありがとうございました」

「今日は正夫の元気な姿を見たからこれで帰るわ」

「それじゃ、門のところまでお送りします」

「いいや、ここでいい。君は展示の説明をしなきゃいけないんだろう。戻りなさい」

「それじゃここで失礼します。本当にありがとうございました」

　オトゲ先生は正夫と握手をして校門の方へ歩いて行った。正夫はその後ろ姿を見送った。

只野明子との再会

　正夫は実験室へ戻った。展示を見て、説明を熱心に聞いている中学生や他の高校の生徒がたくさん来ていた。健樹は一年生を指図して懸命に彼らに説明していた。正夫は健樹の傍らへ行き、

「席を外して悪かった。俺が変わるから健樹は少し休んでくれ」

「大丈夫だ。中学の先生だったのか」

「うん、三年生のときの担任で、ずいぶんかわいがってもらったよ。今日はこの地方のニュースを報道する地方紙を見て俺がいるかと思って来てくれたんだ」

「いい先生だったんだな。それじゃ少し休んでくるかな。後頼むぜ」

「ゆっくりしてこいや」

　正夫は一年生に近づいていき、

「君たちも疲れただろう。お客さんも一息ついたようだから休んでくるといい」

「俺たちは大丈夫です。実験が面白いので疲れませんでした」

「それは頼もしいな。でも無理するな。明日もあることだからな」

「それじゃ校内を一回りしてきます」

「ゆっくりしてこいよ」

　正夫は、一年生はよくやってくれるので助かっていると思った。あの一年生は来年化学クラブの中心になってくれるかもしれないと期待も持った。

　ほかのグループの展示場もお客が途絶えていた。今年の学園祭は三年生は指導する立場をとっていたので直接展示について説明することはしなかった。

　入り口の方で女性の話し声が近づいてきた。正夫はさっきオトゲ先生に言われた言葉を思い出してかみしめていた。実験室へ入ってきたのは女子高生の四人組だった。そして正夫の方をみながら何か話し合っていた。正夫は彼女らに近づいて、

「いらっしゃい。大川高校化学クラブへようこそ」

「おはようございます。よろしくお願いします。ちょっと聞きたいのですけど、去年私たちの高校へ来てくれませんでした。そして血液型を調べたと思うのですが」

「去年、行きましたよ。血液型を調べてもらいましたし、血液型の現れる仕組みを説明してくれましたね」

「やっぱりそうですね。今年はお礼に見学に来ました。よろしくお願いします」

　正夫は去年のことを思い出したが、どの人が血液型を調べてくれたのか分からなかった。顔まで覚えていなかったのだ。

「あのときはどうもありがとうございました。初めて自分の血液型を知ることができました。その上に父はA型、母はO型であることも分かりました。君たちの説明

だと父はＡＯ型だったのですね」

「あれれ、そんなことも分かったんですか。お役に立てて嬉しいです。私は只野明子って言います」

「明子ずるいわよ。自分一人だけ名前を言うなんて。私は矢野知子です」

「私は飯田佳子です」

「私は山城公恵です。よろしくお願いします」

　四人が次々に名乗った。正夫はまだ自分の名前を言ってないことに気がついた。しかし名乗る機会を逃してしまった。

「ここは化学の実験室ですか」

　と質問してきたからだ。

「そうです。授業で実験することはないようですけど。俺らはクラブ室として使わせてもらっています」

「化学クラブの発表を見たいんですが、案内してください」

「それは、もちろんです。僕らの担当した発表はあそこです。去年一緒に行った俺より背の高いのと一緒にやっているんです」

「その人はいないんですか」

「今休憩時間なんだけど、もう戻ってくる頃だと思います。やれやれ、噂をすれば影が立つっていうやつだ。彼が戻ってきました」

「あの人眼鏡かけているわね。もう一人いたでしょう。もう少し小柄で眼鏡かけていない人」

「ちょっと覚えていないなあ。彼に聞いてみたらどうだろう。おーい健樹、お客さんだぞー」

「俺にか。だれだい」

　と言って健樹は自分の顔を人差し指で指した。そして正夫に近づいてきた。四人はクスクス笑いながら正夫と健樹の方を見ていた。正夫は女子高生ってよく笑うものだと思った。

「おう、そうだ」

　健樹は、正夫のわきに来て正夫の指さす方をみた。明子ら四人が正夫達の方を向いて小さく手を振っていた。健樹は四人の方へ行き自分から名乗った。健樹はすぐ戻ってきて、正夫に彼女たちのことを聞いた。

「正夫、あの子達は誰だい。俺のことを知っているようなそぶりだったけど」

「誰だと思う、俺も忘れていた人たちだった。というより一回しか会っていないので分からなかったというのが事実だ」

「と言われても。どこかの中学生か。それとも去年も来てくれたお客さんか」

「どちらも外れだ。彼女たちは去年学園祭を見に行って血液型の検査をしてくれた女子高生だ」

「そうか。俺はちょっとの間だけ話をしたけど顔まで覚えていなかった」

「実は俺も同じさ」

「でもよく来てくれたな。お礼を言ってこなくちゃな」

「ついでに展示を説明してやれよ」

「それはお前の役目だろう」

「俺は女子高生が苦手になってしまった」

「とんだイイ男になってしまったもんだ」

「ごちゃごちゃ言うなって」

「わかった、わかった」

　健樹は四人の方へいって説明を始めた。正夫は控室に行った。

　一通り説明を終わって健樹が控え室へ戻ってきた。

「少し早いけど飯を食いに行こうか」

「そうだな、昼頃には去年もいっぱいお客さんが来たからな」

「一年生はどうしようか。彼らも緊張の中で頑張っているから腹が減っているだろう」

「そうだな。それじゃ一緒に行くとしよう。彼らが弁当を持ってきていなかったら一人ずつ飯食いに連れて行こう。弁当を持ってきていたらここで今のうちに食べておくように言うか」

「それがいいだろう」

　二人は展示室へ戻った。健樹が一年生に今のことを話した。一年生は嬉しそうな顔をして控え室へ行った。女子高生四人が別の展示を見に行ったので、お客の姿が途切れた。それを見て部長がみんなに手分けして昼食をとっておくようにと言った。展示室には三年生が残ってくれる。正夫と健樹は校内でパンを売っているところへ行って菓子パンを二個ずつ買った。そして校庭へ出た。二人は芝のあるところへ行ってパンを食べようとしたら、先ほどの四人組の女子高生がいて手招きをした。二人は顔を見合わせたが、結局そっちへ行った。彼女らは弁当のおにぎりと卵焼きなんかが入った器を広げて食べていた。

「ここで一緒に食べてください。腕によりをかけて作ってきました」

「いいのかなあ」

　とわざとらしく二人で言いながら、ためらいもなく彼女らのところに座ってごちそうになった。こんなところを先輩に見られたらなんて言われるだろうかという心配もあったけれど、ごちそうに負けてしまった。

　卵焼き、カボチャの煮物、魚の塩焼き、キノコと肉の炒め物など種類もたくさんあり、量はさらにたくさんあった。焼きめし（味噌を付けて焼いたおにぎり）も美味しかった。正夫と健樹は、なんだかお正月が来たようだと言って女生徒に笑われてしまった。何しろ、彼女達はよく笑うので楽しかった。

　この女高生達は何でこんなにたくさんのご馳走を作ってきたのだろうかと正夫は不思議に思った。どう考えたって彼女らだけで食べられる量とは思えなかった。健樹はすぐ誰とでも仲良く仲間になってしまうという性質を持っていたので四人の女子高生ともすぐ仲良くなってしまった。

健樹は自分の住所を教えるだけでなく、正夫の住所まで四人に教えてしまった。正夫は後で健樹にそのことを注意した。健樹は気をつけると言って詫びた。

　食事をご馳走になり満腹感から少し眠くなってきたなあと思ったとき、一年生が正夫と健樹を呼びに来た。

「部長が早く戻ってくるようにと言ってます。すぐ部室へ来てください」

「もうそんなに時間が過ぎたのか。ちょっと長居しすぎたな。健樹戻るぞ。皆さん美味しい食事をごちそうさまでした。悪いけど部室へ戻ります」

「どう致しまして、今日は何時頃まで説明をするんですか」

「お客さんが途切れるかどうかによって十六時頃になると思うけど」

「また会えるのを楽しみにしています」

　と言ってみんなが立ち上がった。正夫と健樹はもう一度お礼を言って校舎の方へ歩き始めた。その後ろ姿を四人の女生徒はそれぞれの思いで見送った。

　展示室へ着くとお客さんが数組来ていた。正夫達のところだけ誰もいないという異常な状態になっていた。正夫は、しまったと思いながら部長に謝って、すぐ自分たちの展示のところへ行った。正夫達の後を追って一組のお客が近付いてきた。正夫はどこかで会った顔だと思った。しかしすぐには思い出せなかった。

「寺田君、久しぶりだね。昨年の学園祭では失礼した。私も若かったんだなあ。今思い出すと冷や汗が出てくる」

「あのー、失礼ですがどなたさまでしたか。すぐに思い出せないのですが」

「一度会っただけだから覚えてないのは仕方ないさ。昨年の学園祭でイオン交換樹脂のことを質問した者です。あのときは大人げないことをしてしまったと反省しています」

「ああ、思い出しました。イオン交換樹脂の作用について質問してくださった先輩ですね」

「思い出してくれたか。今年のテーマも何か難しいことを選んだね」

「疑問があるとすぐ行動に走ってしまうのが僕の悪い癖なんです」

「それは悪いとは思わないけど、走り出す前に一息入れてよく考えることも必要なんじゃないか」

「はい。中学の先生にもそう言われました。でもそのときは理由が分かりませんでした。よく考えてみます。ありがとうございました」

「やれやれ、またもや余計なことを言ってしまったようだ。ところでもう化学の授業で習ったことかもしれないが、電池や酸化還元反応とイオン化傾向というのはみんな繋がっていることに気がついたかな」

「えッ、そうなんですか。気がつきませんでした。早速調べてみます」

「さっきの言葉はそのことを言っているんだ。つまりよく考えると、化学という学問は元素同士がくっついたり離れたりすることで成立していると言ってもいいかもしれない。つまり原子の中の電子を相手に渡したり、逆に相手からもらったりすることで反応が起きる。これが酸化還元反応です。そのとき結果の物質のエネルギー状態が増減することによって余ったエネルギーを利用する。それが電池だ。こういうことは大学で勉強することだけどな。君も大学へ入って勉強するとそういうことを理解できるようになるだろう」

「失礼ですけど、先輩のお名前を教えてください。それとどこの大学へ行っているかも」

「私は山口泰二、第一東北大学理学部化学科三期生に在籍している」

「すごいなー。僕も頑張ります」

「待っているわけにはいかないが、後輩が入学してくるのは嬉しいな。がんばって入ってこいよ」

「頑張ります。ありがとうございました」

　山口先輩は同年代の女性と一緒だった。二人が展示室から出て行くと、部長が正夫の近くへ来た。

「寺田、山口さんと長く話していたな。いい話を聞かせてくれたか」

「はい。展示の内容は特定のことだけしか説明していないが、化学反応はいろんなことが関係しているという話をしてくれました」

「去年は厳しいことを質問していたが、今年は優しかったんだな」

「山口さんのことを知っているんですか」

「毎年学園祭に来てくれていろいろ教えてくれるので、みんな勉強になると言っている」

「化学クラブには、いい先輩がいるんですね」

「そうだな。俺たちも卒業した後も後輩の面倒をみないとな」

　一年生が正夫と山口の話を近くで聞いていた。彼らがどんな感じを持ったか聞いてみたかったが、次のお客が待っていたので後にすることにした。その後もお客が終了時刻まで続いていた。その日のクラブの展示を終了して整理をして帰ることにした。

　正夫と健樹が実験室を出て自転車置き場へ行くと、通用門の方から聞き覚えのある女子高生の声が聞こえてきた。正夫は、まさかと思って健樹の方をみた。健樹も同じ気持ちで正夫の方をみた。そんな姿を女子高生の一人が見つけて、みんなに正夫達の方を指さしながら何かを言った。四人は一斉に正夫達の方をみた。

　そして手を振った。正夫は仕方なく健樹と二人で女子高生の方へ歩いて行った。

「終わるのが早かったわね」

「もっと遅くなるかと思っていたけど」

「案外早かったわね」

「俺たちは明日また来なければならないし、今日の反省会も開かなければならないから定時に終了したんだ」

「これからどこかへ行くんですか。だったら一緒に行ってもいいですか」

「私たちも来年のために大川高校の学園祭のやり方を知っておきたいわよね」

「そうそう、そうよね」

「仕方がないか。正夫、それじゃ一緒に例のところへ行こうか」

「そうだな。別に秘密の内容じゃないからいいんじゃないか」

「それじゃ行こうか。君たちは家の門限はないのかな」

「何ですか、それ」

「門限はあるけど。そんなに遅くまでやるわけじゃないでしょう」

「分かった。それじゃ行こうか」

六人は校庭の東側の道を通って、踏切を渡り映画館のところに出た。

「こんなところに映画館があったのね」

「すぐそこの角の店だ」

と言って、健樹が先頭になって大学芋屋の戸を開け中に入った。続いて四人が入り、正夫は最後に店に入り戸を閉めた。

「いらっしゃい。まいどうも。今日は今のところすいているから好きな席へどうぞ」

「おじさん。いつものと何かジュースかお茶をお願いします」

「へーっ。そんなにしょっちゅうこの店に来てるんですか」

「そんなわけないだろうが、小遣いには限度があるから」

「ほんとかしらね」

「ちょっと聞きたいんだけどさ。化学クラブの展示を見てどうだった」

「そう、何かどんなことでもいいから話してほしいんだけど」

大学芋を食べながら、フルーツ牛乳を飲みだした。

「これってとっても美味しいわね」

「大学芋ってこれなのね」

「甘くて美味しいわ。いくらでも食べられそう」

「こんなに甘いものを食べると太ってしまうぞ」

「きゃ、どうしよう。大学芋を食べたいし、ブタになるのは嫌だし。困っちゃう」

といいながら女子高生四人は一人ずつ話し始めた。正夫と健樹は、しばらく女子高生四人の話を聞いていたが、そろそろ帰る時刻になったのでお開きにしたかった。そこで正夫は立ち上がった。正夫は四人の女子高生達に、

「俺は遠いから、悪いけど先に帰る」

と言った。すると健樹も
「それじゃ、これでお開きにしようぜ」

と言って立ち上がった。正夫と健樹は四人に丁寧にお礼を言った。女子高生達はもっと話をしたがっていたが正夫達は明日もあるからと言って、店主にお勘定をしてくださいと言って出口の方へ行った。女子高生達の一人が慌てて会計のところへ飛んできた。

「私たちの分は自分で払いますから」

と言って財布を持ち出した。健樹と正夫は、その女子高生に今日はたくさんご馳走になったし、ここは任せてくださいと言って支払いを済ませた。店の親父は、片目を瞑って、店へ来るときはいつも違う子達だなと言って笑い、新しい客が増えると助かるなといった。

正夫と健樹は慌ててこの子達は展示を見に来てくれた人たちでお昼に思わぬご馳走になったので、そのお礼に寄らせてもらいましたと弁解した。

正夫は健樹に女生徒を大川駅まで送ってくれるように頼んで自転車にまたがった。すると、只野明子という子が正夫のところへ走って近づいてきた。

「今日はありがとうございました。私は明日もお弁当持ってきますので展示の説明をしてください。お願いします」

と顔を赤くして言った。正夫は、

「説明はいいけど、お弁当は無理しないでください」

といったが明子は、その言葉が聞こえたのかどうか残っていた三人の方へ戻っていった。残っていた三人が明子に何か言ってからかっているようだった。

正夫は自転車で走り出した。夕日が山の陰にかかっていた。正夫はどんどんスピードを上げた。小野田川を渡りきったときにはあたりは薄暗くなってしまった。秋の落日は釣瓶落としだと実感した。そして家に着いたときには暗くなってしまった。自転車を降りて、急いで家に入ると、弘がすでに夕食の用意と風呂の用意を済まして新聞を読んでいた。

「ただいま。遅くなってしまってすみません」

「いや大丈夫だ。たまには俺も食事の用意をしなければな。風呂が沸いているから先に入ったらどうだ」

「兄さんはもう入ったの」

「いや、まだだけど、今日はお前が先に入りな」

「それじゃ、急いで走ってきたので汗だくになっているので先に入るね」

「おお、そうしな」

正夫は湯に浸かりながら今日一日のことを振り返っていた。疲れが出たのか、いつの間にか湯船の中で寝てしまった。しかし顔が湯につかって目が覚めた。正夫は食事をしながら弘に今日の話をし出した。

正夫は翌日も朝早く高校へ出かけた。高校へ着くとすでに健樹が来ていた。一年生も来ていて展示の説明の仕方を健樹に質問していた。

「おはよう。みんな早いなあ」

「一年生が張り切っているっていうか熱心なんだ」

「来年も楽しみだって学園祭の前に部長が言っていた」

「そうだったな」

正夫と健樹の話を聞いて、一年生は照れていた。

今日は学園祭の二日目、最後の日だ。日曜日だからどんなお客が来るか正夫達部員は一種の緊張感を持っていた。専門的な知識を持った人が来ると緊張は一挙に高くなる。それが分かっているから三年生部員全員が朝早くから登校していた。そのことが一年生の緊張をさらに高める結果になっていた。二年生もそれは同じだった。その緊張感を冗談を言って笑わせて解いてくれるのが部長だった。顧問の先生方は職員室にいて仕事をしているから、何か問題が発生したらすぐ連絡するようにと部長始め全部員に言っていた。午前九時のベルが鳴り、お客が入場してくる時刻になった。その日の初めての客は大川女子高生の二人組だった。

二人は化学クラブの展示を一渡り見てから正夫達に展示の説明をしてほしいと言ってきた。説明は健樹が担当し、実験を一年生が行った。正夫は少し離れたところでその様子を見ていた。

午前十時に近づくと、見学者が次々にやってきた。見学者は中学生と高校生が多かった。一般の大人はあまりいなかった。日曜日と言っても大人は仕事で忙しいのだろう。

正午近くになったとき只野明子が一人で手提げ袋を持って展示室に入ってきた。明子は正夫のところに来て折りたたんだ紙を渡してすぐ出て行ってしまった。正夫はその紙を広げると、「昨日のところで待っています」と書いてあった。その紙はとてもいい香りがしていた。昨日明子が言っていたことをきちんと守ってきたんだ。正夫は少なからず動揺してしまった。

健樹達は続いてくる見学者の対応で忙しそうにしているのに後ろめたさを感じてしまう正夫だった。

健樹の説明が空いたので、正夫は健樹に事情を話して一緒に行ってもらうことにした。二人は一年生に昼飯を食べに行ってくるからと言って展示室を出た。

二人が昨日のところへ行くと明子が一人でぽつねんと座っていた。ふと正夫達が近づいてきたのを感じたのか顔をあげて正夫達の方を見たが、微笑みながらも複雑な顔を見せた。

「他の人はどうしたの」

と健樹が言った。

「今日は私一人で来ました」

「そう。気をつけてな。変な噂が立つと君も困るんじゃないの」

「私は大丈夫です。でも友達を出し抜いたことが分かってしまうと困ることになるかもしれません」

「今日は日曜日で見学者がたくさん来ているからあまりゆっくりできないんだ。正夫、俺は先に戻っているからお前は少しゆっくりしてきてもいいぞ」

と言って健樹は展示室へ戻っていった。明子はなんとなくほっとした顔になって笑みがこぼれた。

「どうぞ、召し上がれ」

　といって明子は弁当を広げた。昨日と同じようにそれは豪華なものだった。

「これは全部明子さんが作ったの」

「明子って呼んでくれたのね、嬉しいわ。私も正夫さんって呼んでいいかしら」

「それはかまわないけれども、僕達は友達ってことにしたいんだけど分かってくれるよね」

「お友達でいいわよ、嬉しいわ。正夫さんこれを食べてくれない。味は自信ないけど頑張ったのよ」

「これは美味しいね。明子さんってどこで料理を覚えたの」

「学校の授業で少しやって、家で作ってみたら母がいろいろ教えてくれたの」

「実はね、今、僕はすぐ上の兄と二人で暮らしているんだけど、食事は僕がいつも作っているんだ。その他の家事って言うのか風呂焚きや洗濯も自分でやっているんだ」

「それじゃ、勉強する暇がないんじゃないの」

「それはなんとか時間の使い方を工夫してやっているけどね。食事はいつも同じものを食べることになってしまうので困っているんだ。や、ごめんな。家庭のことを話すなんて、俺はどうかしているな」

「それはますます大変ね。私、自分で作ったものをノートに書いているの。その中で男の人でも簡単にできるものを選んで書いて送ってあげるわ。いいかしら」

「それは嬉しいな。でもね同じ材料を集めることができるかどうか分からないから、もし代用品で間に合うようだったらそれも書いておいてくれると助かるな。いけね。また甘えたことを言ってしまった」

「お役に立てれば私は嬉しいわ」

　正夫は明子と二人で明子の持ってきてくれた弁当を食べた。明子はそんな正夫を食べる手を休めて見つめるのだった。しばらくして正夫は、

「そろそろ展示室へ戻らなければ、今日も大変ごちそうさまでした」

「どういたしまして。食べきれなかったものをこのまま包んでおくから持って行ってくれないかしら」

「でも入れ物を返すことができるかどうか分からないよ」

「そんなこと気にしないでもいいわ。来年また会えるかもしれないしね。七夕みたいに」

「ありがとう。それじゃ、いつかまた会えると嬉しいな」

「私も同じ」

　と言って正夫は明子が包み直してくれた弁当の残りを持って校舎の方へ歩き始めた。正夫が振り返ると明子は手を振っていた。正夫も手を振って校舎に入った。正夫は弁当を鞄に入れて展示室へ戻った。

　展示室へ戻ると早速、健樹が近づいてきた。

「正夫。あの子は静かに帰ったのか」

「特に騒ぐようなことはなかったぜ」

「それはよかった。今ちょうどお客さんが途切れたところだ。一年生に食事に行ってこいって言ったところさ。それにしても正夫はもてるんだなあ。どうしてなのかなあ」

「それには一つ心当たりがあるのさ」

「なんだい。教えろよ」

「多分、言葉の問題だと思うんだ。俺は東京から諏訪村に来てからずーっと言葉では少し苦労してきたんだ」

「それは分かるな」

「俺は諏訪村の子のしゃべりかたをまねすると、みんながおかしいと言って笑ったんだ。それで俺はそれなら普通に使っていた言葉で話すことにした。俺の話すことは彼らには理解できるんだが、困ったことに彼らが話す言葉が理解できない。すると彼らの方で俺の話し方のまねをするようになった。だから、少なくとも俺のいたクラスというか学年では奇妙な日本語がはやってしまった」

「それも分かるな」

「それは俺が諏訪村に来た初めの頃の俺と同じ状態になったんだな。けどな、彼らは中学を卒業すると例えば東京へ就職していく子がたくさんいたので、なんとか東京の言葉というか教科書に出ている言葉を発音まで含めて勉強したんだ。それはもうみんな懸命だった。ちょうど俺たちが英語の勉強をしているのと同じような状態になったんだ」

「なるほどな。中学を卒業してすぐ親元から遠く離れたところへ就職するというのは大変なことだし、言葉でハンデキャップを背負いたくないというのも分かるな」

「それで俺のことを怖いと思いながらも近づいてくる子がたくさんいた。その中でも積極的に近づいてくるのがいた。しかし俺は特別に親しい付き合いはしないことにした。というのは、俺はいずれ諏訪村から出て行くことを決めていたからな」

「正夫はそこが偉いと思うんだ」

「別に偉いということじゃないけど、漢詩で出てきただろう。〝男子志を立てて郷関を出ず　学もしならずんば死すとも帰らず〟なんて心境じゃないが、というのは郷関を出ずというところが違うからな」

「それは言葉の綾というもんだぜ」

「少なくとも今の俺には、決めた目標があるからそのために全力を注がなければならないんだ」

「なるほど。そういうところが彼女らにはピーンと感じるのかなあ」

「なんだい、変な感心するなよ」

　一年生が食事から戻ってきた。正夫と健樹は、一年生の労をねぎらって大学芋を食べに連れて行こうと話していた。しかし、部長は今日は展示終了後打ち上げ会をやるので後片付けは明日やることになったと伝えていた。

それで正夫達は一年生にご苦労さん会を明日やると伝え

た。

展示はあと三時間で終了する。午後は来場者が切れ目無く続いてきた。そのために部員は全員が総出で説明に当たった。そして午後四時になり入り口の扉が閉め切られた。今年の学園祭は無事終了した。不思議なことに扉を閉めると誰も来なくなった。昨年はその後も戸をたたいて見学したいという人が数人はいた。

結局、最後の見学者がいなくなったのは午後五時近くになった。とりあえず実験台の上を一列だけ片付けて、そこに牛乳とジュースが人数分置かれちょっとした駄菓子が半紙の上に配られた。それから顧問の先生方をお迎えしてご苦労さん会兼反省会が開かれた。

一年生から幾つか上級生に質問が出てそれを三年生が答えた。最後に顧問の先生から労いのお話がありそれでお開きになった。

正夫は今日は早く帰ると言って、健樹と「また明日」と言って自転車置き場へ行った。

翌日、実験室の後片付けが終了した後で二人の一年生を伴って正夫と健樹はいつもの大学芋屋へ行った。しかし珍しく店は閉まっていた。それで、大川駅の近くにあるお汁粉屋へ入った。一年生は物珍しそうに店の中をキョロキョロ見ていた。本当は大学芋の方が正夫に好みだったのだが店が閉まっていたので仕方なかった。この店のお汁粉は家で作るお汁粉より上品というか品良く甘みが付いていた。一年生は三杯もお替わりした。お汁粉の後で出たお茶が、また正夫にとって初めてだったが少し苦みがあり美味しかった。

健樹は一年生に話を向けた。

「高等学校の学園祭で説明をした感想を聞かせてくれないか」

二人はもぞもぞしていたが、少し考えてから話し始めた。

「初めは怖かったです。でも何人かに説明していると褒めてくれる人がいて段々自信を持てるようになりました。もっときつい質問をしてくるかと思ったのですがそんな人が幸いにもいませんでした」

「僕は先輩がある程度レクチュアーしてくれたことと化学の教科書を読む機会ができて、とっても勉強になりました」

「それは僕も同じです。まだ早いかもしれませんが、僕は化学を深く学びたくなりました」

「それはよかった。今度のような経験は、誰でもできるものじゃないし、いい機会だったと思う」

と正夫は言って自分の去年の経験について話した。

「そんなこともあるんですね。そのとき機械を貸してくれた人がいなかったらどうなったんですか」

「それは自分の知識の範囲を超えることだから将来もっと勉強して説明できるようになるまで待ってくださいと謝るしかなかったと思う」

「ということは、寺田先輩は大学へ行き化学を専門に勉強したいと思っているんですか」

「そうなんだ。正夫は中学生の頃には化学に興味を持って上の学校へいって勉強したいと決めていたらしいのさ」

「おい、おい。そんなことまでバラさなくてもいいだろう」

「化学者の卵としては嘘を言うことはできないじゃないか」

「そうですか。僕は今将来何になろうかと迷っているところなんです。機会をつくって相談に乗ってくれませんか」

「俺なんかより先生に相談した方がいいよ。先生は経験も豊富だし、いろんなことを知っているから大いに参考になると思うけどな」

「でも先生には言いにくいこともあるじゃないですか。先輩ならそんなことも話せると思うんです」

「ずいぶん買いかぶられてしまったな。ま、俺でよければいつか話をしようか」

「ありがとうございます」

「健樹、俺はそろそろ帰らなければ日が暮れてしまうので、ここでお開きにしたいがどうだろうか。もちろん一年生がもっと話をしたいというなら、健樹が相手をしてくれると助かる」

「寺田先輩は遠くから通学しているんですか」

「正夫は諏訪村の外れから通学しているんだ。自転車で一時間二十分以上かかると言っている」

「諏訪村には僕の家の近くの人が嫁に行っています。諏訪山の麓だそうですね」

「そうなんだ。冬は家の中に汲み置いた樽の水が朝には十cmほども厚い氷になっていることがあるし、吹雪になると目の前が何も見えなくなってしまうくらい凄いんだ」

「それじゃ、明後日授業で再会しよう」

「じゃあな」

「お気を付けて」

「今日はごちそうさまでした」

と口々に言って正夫を送り出した。

太陽はもう山の陰に入って夕焼けが空をそめていた。西の空の低い位置に一番星が輝いていた。正夫の自転車は発電機が付いていないので、懐中電灯の明かりを頼りに乗るしかない。

正夫は今日も全力で自転車をこいでいた。正夫は明子のくれた弁当の残りをどうしようか考えながら走った。そして先輩が差し入れをしてくれたということにしようと決めた。

家に着くと弘はいなかった。食卓代わりの台の上に置き手紙があった。

〝今日は早い時刻から青年団の会合があるので食事は済ませた。正夫は一人で食べてくれ〟と書いてあった。

正夫は明子の弁当の残りを食べることにした。弘の作っておいてくれたものに箸を付けないのはおかしいのでおかずだけ食べた。弁当の残りは冷たくなっていたけど旨かったので全部食べてしまった。容器は洗って机代わりの箱の中にしまっておいた。

　明日は学校が休みなので、久しぶりに弘の手伝いをしようと風呂に入って早く寝た。

　翌日、朝早く目が覚めた正夫は、家の東にある宅地内の畑で朝食に使う野菜を収穫してきた。ジャガイモとナスをぶつ切りにして味噌汁を作った。細ネギとナスと煮干しを砕いたものを入れた油炒めを作った。その香ばしい香りで弘が、

「正夫、いったいどうしたんだ。今日は休みの日じゃなかったのか」

「うん。休みだけど昨夜早く寝てしまったから朝早く目が覚めてしまった。それで食事の支度を始めた。きっと美味しいものができたと思うよ」

「それは楽しみだな」

「それで食事が済んだら畑へ行ってみようと思っているんだけど、今日はどんな作業をするの」

「ありがとうよ。しかしな、生憎だったけど今日と明日は畑へ行かないんだ」

「どうしてなの」

「今度の土曜日と日曜日に例年やっている大原台開拓団収穫祭をやるので、その準備をすることになっているんだ」

「そうだったんだ。もうそんな時期になっていたんだね」

「正夫は学校の方で忙しかったから開拓団のことまで気が回らなかったんだろう。でもお前が畑を見たかったら行ってきてもいいぞ」

「ほんと。じゃゆっくり畑を見てこようっと」

「そうしな。それで今日は一日のんびりするといい」

「ありがとう、兄さん」

「今日はいつもと違った匂いがするな」

「そうでしょう。今朝は少し変わったものを作ってみたんだ。味はどうか分からないけどね」

　弘は、正夫が今朝井戸から汲んできた水で顔を洗った。

「正夫、いつの間にか井戸水が温かく感じられるようになったな。そろそろ冬支度に取りかからなければいけないな」

「そうだね」

　二人だけの食事は秋の日差しが差し込む部屋で食べた。

「うん、これはなかなかのものだな。何か変わったものを入れたのか」

「炒め物には、煮干しを砕いて入れたんだ。味はどうかなあ」

「これは旨いな。新しい惣菜が増えたな」

　と言って弘は旨そうに炒め物を食べるのだった。正夫

は料理も褒められると、もっと何か工夫ができそうな気がしてきた。

　正夫は一人で畑へ行った。あんなにいろんな種類の作物があったのに、この時期では珍しいほど何も植わってなかった。敢えて言えば、畑の西の奥の方にコウリャンの穂先のない茎がわびしく立っていた。その他には、植え替えられたイチゴのつるが地面の上に乗っかるようにあちこちに根を張っていた。北隣りの家の畑は草ぼうぼうになっていた。これは一体どうしたことだろう。

　正夫は愛香山の麓に出る道を自転車を押しながら歩いた。線路のあったところの手前左側に笹本邦夫の家がある。正夫は寄ってみようと思ったが、普通の高校は今日休みじゃなかったことを思い出して右の道に曲がった。その道は利夫の家へ行く道だった。利夫の家の前に着いた正夫は家の戸と窓が全部閉まっているので利夫はいないと思った。それで家へ帰ることにした。

　家に戻った正夫は、久しぶりに読書することにした。本を読んでいると、明子の持ってきてくれた弁当の味が口の中に広がり、同時に明子の顔が浮かんできた。一度しか会っていない正夫に弁当を持ってくるなんて何でだろうかと考えたが分からなかった。でも感じのいい人だというのは事実だ。正夫は弁当の容器をどうやって返そうかと考えていた。明子の高校の学園祭は終わっていたし、連絡しようがなかった。健樹が正夫の住所を知らせたことがいい結果になるかもしれなかった。

　正夫は気を取り直して書物に向かった。

　大川高等学校では二学期の中間試験が始まった。その結果は翌週発表された。正夫の成績は五人抜いて一組に入れる結果になった。そこで学校から通知があった。もし来年度日本史を選択する意思があるなら、そのことを担任の教師に申し出るようにということだった。その上で二学期の期末試験で現状の成績を維持できたら、三年次になるときに組替えが行われる際に一組に入れるということだった。三年次のクラス分けは一組から四組までは、理科で物理を、数学は解析Ⅱを、そして社会で日本史を選択することが決まっていた。そして五組は理科の物理の代わりに地学を選択することになる。社会は日本史か人文地理学を選択できるようになっている。六組は社会で人文地理を選択し、数学は解析Ⅱを、理科は物理を選択するクラスになっているという。正夫は日本史を選択する気は無かったので、自動的に五組か六組になる。だけど人文地理を選択したいので結果として六組に入ることになるのだった。だから一組に入る希望は全くなかった。それで正夫はそのことを担任の教師に申し出た。

「そうか、寺田はそう決心したんだな。私としては少し惜しい気もするがそれも仕方が無いだろう」

「先生お認めくださりありがとうございます。これからも頑張りますのでよろしくご指導ください」

「分かった。三年次の担任は替わるだろうが、そのことを話しておこう」

十一月もその週で終わりになったとき、只野明子から手紙が届いた。そこには冬休みになったら是非一度会いたいと書かれていた。正夫はあの弁当の味が口いっぱい広がるのを感じた。それは自分自身でも情けない気がしてしまうほどだった。それと来年になるともう会う機会は来ないかもしれない、そうすると弁当の容器を返すことができなくなってしまうとも考えた。

正夫は手紙で返事を書くことにした。そのときの正夫の心の内には雅子のことが何も浮かんでこなかった。正夫の頭の中には何か分からないが微妙に変化が起きていた。

明子と会うのを二学期の終業式の日にしたかった。そのことを手紙に書いた。それに加えて、今は夏目漱石の本を読んでいるとか、三年生になると受験勉強で今より忙しくなるかもしれないとか、とりとめの無いことを書いた。読み直してみると、自分の書いた文字がこんなに下手なのかと恥ずかしくなる正夫だった。それでも一生懸命書いたものなので、明子のくれた封筒の裏に書いてあった住所を書いて手紙を郵便局へ持って行き切手を買って赤いポストに入れた。

手紙が何時、明子の手元に着くのか楽しみであり心配でもあった。そして二学期の期末試験が行われた。期末試験が終わって終業式の前までの三日間は教科担当の教師は採点や成績付けが忙しく自習時間が多かった。そんな中、明子の返事が届いた。明子と会うのは十二月二十三日が都合よいと書いてあり、場所は陸羽東線と東北本線が交差する北上駅の一番線ホームでということだった。それでよかったら返事はいらないと書いてあった。少し気になったが、手紙では間に合わないかもしれないからだと考えて返事を出すのをやめた。

二学期の期末試験の結果が発表された。正夫の成績は中間試験のときと同じだった。これで正夫は三年次で日本史を選択すれば一組には入れる条件ができた。しかし、担任教師に話したとおり人文地理学を勉強したいと思っていたので自動的に六組になるのだった。そして十二月二十二日二学期の終業式がすんだ。

正夫は弘に二学期が無事終了したことを報告した。

「成績も頑張っているな。第一目標の初めの段階を通過できたと言うことだな。両親と兄貴にしらせておくといい」

「うん、そうするよ。それで一つお願いがあるんだけど」

「なんだい。言ってみろよ」

「二十三日に友達の家へ行きたいんだけどいいかしら」

「若いときには、友達と夜を徹して話し合うことはいいことだ。行ってきな。それに畑は今やることはないから心配しなくてもいい」

「ありがとう」

正夫は、明子と会うことを話さなかったのを後ろめたく感じた。しかしいつかは打ち明けるときが来るだろうと思っていた。

二十三日はいつもの時間に起きて出かけた。大新田駅前の新聞店に自転車を預けて軽便列車に乗った。客車には、四、五人の大人が乗っていた。大人達はみんな新聞を読んでいた。

正夫は陸羽東線に乗り換えて北上駅に向かった。途中大川駅を通過したが高校生は一人もいなかった。北上駅には九時二十五分頃到着した。正夫は列車から降りた。ホームを見渡すと正夫の降りたホームは三番線だったので明子の姿がなかった。すると隣のホームから明子の声が聞こえた。正夫は跨線橋を渡って明子のいる一番線へ急いだ。明子は階段の下で手を振って待っていた。

「おはよう、明子さん」

「おはようございます。本当に来てくれたんですね」

そこへ東北本線の上り列車が入ってきた。明子は正夫を促してその列車に乗った。

「これからどこへ行くの」

と正夫は明子に聞いた。

「私の家へ行くの。私は両親が亡くなっていて、今は祖父母の家で暮らしているの。この前会ったとき料理は母に教えてもらったと言ったけど、あれは違うのごめんなさいね。本当は祖母が教えてくれたの」

「そんなことで明子さんへの考えが変わることはないさ」

「そう言ってくれると嬉しいわ。正夫さんて優しいのね」

「僕は親から友達を大切にしない人間にだけはなるなと言われて育てられた」

「いいご両親ね。もうすぐ降りる駅に着くわ」

列車の車内放送で、「次は北松島」と放送していた。正夫は、松島と言えば、中学のときの遠足で一度だけ来たことがあるのを思い出した。

正夫と明子は松島駅で下車した。ホームから眺めると松島湾の中央部分が見えた。たくさんの島が湾内に点在していた。

「きれいでしょう。松島は江戸時代に芭蕉という人が立ち寄ったけど俳句を詠んでいないの。私の家からはもっとよく見えるわよ」

「芭蕉か。奥の細道だね」

「芭蕉のこと知っているのね」

「国語の教科書に書いてあったことだけだけどね。それと与謝野鉄幹の詩にも出てくる」

二人は改札口を出た。明子の家は駅から丘伝いに南へ一㎞ほど行った高台にあった。二人は家に行く前に海岸へ行くことにした。こんな時間に高校生の男女が二人で歩いていることに町の人たちはどう思うんだろうと正夫は心配になった。

「与謝野鉄幹の詩ってどんなものなの」

「うん」

「与謝野晶子っていう人は少し知っているけど…」

「そう」

「正夫さん。どうしたの浮かない顔をして、何か心配事ができたの」

「いやちょっとね。考えすぎかもしれないけれど、町の人たちにどう見えるのか気になったんだ」

「それなら心配ないわ。町の人たちは高等学校の修学旅行で私たちのようなのがたくさん来るので別に気にしていないと思うわよ」

「それならいいけど。もし君に変な噂が立ったら申し訳ないと思って」

「ありがとう。そんなに気を遣ってくれるのは正夫さんだけだわ」

「そう、同級生とか。親友って言うのかなあ、そういう人はいないの」

「普通の友達は同級生が全部そうかもしれないけれどね。女の子ってすぐ人に話してしまうことがあるから親友になれないことがあるのね」

「そう、分かった。僕は親しい人のことを絶対に誰にも言わないよ」

「私はそう信じてお話ししたかったの」

「僕を信じてくれてありがとう。僕たちは男と女だけど親友になれるね」

「私もそう思っているわ」

　二人は宗石寺の方へ行った。参道の途中に大きな蛙の上に反対向きに乗っかっている小さな蛙の石像があった。

「これって変だね親子だと思うのに反対の方を向いているよ」

「これはね私もよく知らないけれど、アマンジャクって言うらしいの」

「それってどういう意味なのかなあ」

「それはね、たとえ親でも自分と違う考えがあるときは、自分の信じる方へ進みなさいっていうことらしいのね」

「そうかあ。今までの僕は親の言うことをきちんと守るのが子供の勤めだと思っていたけど、そうじゃないこともあるんだね」

「でも何でも全部が正しいということじゃないわよね」

「そうだね。それをどうやって判断するかは難しい問題だなあ」

「それはいろんな条件があるからコウコウだっていうことは無いと思うわ。そのときの雰囲気で判断すればいいのじゃないかしら」

「明子さんて、料理だけじゃなくて考え方も素晴らしいんだね」

「あら、過分なお褒めの言葉をいただきました。ありがとうございます」

　宗石寺の中を見学しながら、正夫はこんな人と会うのは初めてだと思った。そして突然、雅子のことが思い出された。雅子にははっきり言わなければいけないと思った。正夫は明子と雅子を比べるつもりは全くなかった。正夫は明子に今まで経験したことがないほど心の豊かさを感じられた。ご両親がいないのにこの性格の良さは生まれつきのものなのか、祖父母の養育が明子の豊かな性格を育てたんだろうか。

「少しお腹がすいたね。どこかで中華そばでも食べようか」

明子は腕時計を見て、

「あら、もうこんな時間になってしまったのね。それじゃ私の家へ行きましょうか。お昼の用意をして待っていると言っていたから。ここからなら十分間くらいで着くわ」

「それはいかに何でも図々しすぎると思うけどな」

「祖父母がそう言って腕に撚りをかけて美味しいものを作って待っているからと言っていたわ」

「初めて会うのに恥ずかしいなあ」

正夫はとんでもない状況になってしまったと思ったが、明子を育てた人と会うのも楽しいかもしれないと思った。

「祖父母は、いつも明子の友達はいつでも連れて来なさいって言ってくれているの」

「明子さんは、信じられているし、可愛がられているんだね」

「私も祖父母をとっても尊敬しているわ」

と言ったとき、丘の鞍部になっているところに着いた。明子が南の方にある一軒の家を指さして、

「もう着いたわ。あれが私の家よ」

「見晴らしの良さそうなところに建っているね」

「そう、松島湾がぜーんぶ見えるの」

「でもさ、なんて言って挨拶すればいいのかなあ」

「祖父母ともに飾らないし、偉ぶらない人たちだから、生のままでいいと思うわ」

「でも緊張するなあ」

「会えば分かるわ。とってもいい人たちなの」

正夫はこんなことになるとは思ってもみなかった。いきなり家族に会うなんて決してよくは思われないだろうと思っていた。

明子が入り口のドアーの呼び出しリングを打ってドアーを開けた。

「ただいま。お祖父さま、お祖母さま。正夫さんをお連れしました」

「おかえり。これはこれは明子の祖父母です。明子のわがままを聞いてくださってありがとうございます。さあ、どうぞお入りください」

と、満面笑顔で初めて会う正夫の緊張感を解くようにドアーの外へ出て招き入れてくれた。

「寺田正夫と言います。今日はお誘いに従って図々しいと思いながら来てしまいました」

「何のなんの、私どもも楽しみにしていたんですよ。明

子がどんな方をお連れするかと少しドキドキしながらお待ちしていたんですよ」

「あなたは、もしかしたら生まれが東京の方ですか」

明子の祖母が聞いた。

「はい、そうです。国民学校三年生まで東京にいました」

「お祖母さん、そういう話はゆっくり後でお聞きしようかね。それよりもう昼時だからお腹がすいているのではないかね」

「まことそうでしたね。用意ができていますから手を洗ってテーブルの方へどうぞ。明子さん洗面所へ案内してあげなさい」

「はい。正夫さんこちらへどうぞ」

正夫は明子の後について洗面所へ行き手を洗い、口をゆすいだ。明子が手ぬぐいを持ってすぐ後ろで待っていた。なんて行き届いた家だろうかと正夫は感動してしまった。一つ一つの様子・仕草がなんだか映画で見た貴族の家のようだった。しかし貴族のような冷たさは感じられなかった。

昼食は明子の祖母手作りの料理がテーブルの上に並んでいた。正夫は目を見張ってしまった。明子の祖父母は正夫と明子を交互に見ては顔を見合わせ肯いていた。

「まずはスープからどうぞ」

「僕はこんな料理を食べたことがないのでどうやって食べたらいいのか分かりません」

「それは気がつかないで申し訳ありませんでした。好きなように食べてくれればいいのですが、あなたの将来のために一品ずつ一般的な食べ方をお教えしよう」

といいながら明子の祖父は食事を食べながら、易しく一般的な西洋料理の種類と食べ方を正夫に教えてくれた。正夫は学校の授業以外の勉強を初めて経験した。自分の家で普通に食べているものもよく考えると昔からの経験や、経験に基づく習慣が基本になっていることを知った。食物は人間が生きていく上で必要なものであるが、限られた素材をいかにして美味しく食べられるようにするか。そうすることが料理というものだ。

西洋料理はスプーン、フォーク、ナイフを使って食べるということだった。肉料理を食べたのは、進駐軍のヤスダコックが食べさせてくれたステーキが初めてだった。本式の肉料理を食べるのは久しぶりのことだったので美味しかった。食事の後のデザートも忘れることができないほどの美味しさだった。そして初めて飲んだ紅茶の香りの豊かさにも感動した。

食事も美味しかったが、それにもまして明子と明子の祖父母の心遣いに正夫は感動してしまった。明子の性格の良さの源が分かった。

食事が終わると明子の祖父母は、

「今日は折角いらしたのだから、ゆっくりしていってください。明子もあんなに楽しそうな様子を見せてくれています。夕飯は和食を用意しますから」

と言って台所へ行ってしまった。明子は正夫を自分の部屋へ案内した。明子の家はいわゆる洋館というものだった。明子の部屋は畳数で言うと多分二十畳くらいの広さだった。部屋の西側がカーテンで区切られていた。その向こうは分からないが、こちら側には勉強机と西洋椅子が置いてあった。東側にある窓から松島湾が一望の下に見えた。そしてローカ側にはたくさん書物がならんでいる書棚があった。明子の話では一階の広間にはグランドピアノがあるという。いろんなことを考えると明子の両親は偉い人なのかもしれない。そして明子の祖父母は、ある種の落ち着きと品のある方々に見えた。

「今日は私の家に来てくれて本当にありがとう。祖父母もとっても喜んでいました」

「でも、初めてきた家で図々しかったかもしれないね」

「そんなことは無いと思うわ。だって夕食まで用意するなんて、私初めて聞きました」

「夕食をごちそうになると、列車の時間が気になるんだけど」

「祖父は、正夫さんとお話をしたいので、都合がよければ列車のことを気にしないでほしいと言っていたわ」

　正夫も初めて会ったばかりなのに明子とも明子の祖父母とも話をしたいと思うようになっていた。明子は、両親のことをあまり知らないようだった。写真を見せてくれたが、まだ小さいときの写真ばかりだった。頭の良さそうな父親と上品な感じの母親に抱かれた明子のかわいらしさが素敵だった。明子が祖父母に聞いたという話をしてくれた。明子の両親は東京の山の手目黒辺に祖父母と一緒に住んでいた。それは日本軍が中国に新しい国（満州）を作った頃のことであった。

　明子の祖父母は、戦争が激しくなってきた頃に仕事をやめて、この地に家を建てて住み始めた。家の周辺で畑を耕して半分自給自足の生活をするようになったという。明子の両親は、アメリカ空軍の爆撃が東京でも激しくなると、明子を祖父母のところへ疎開させた。その直後、山の手辺の空襲で両親が犠牲になったという。

　正夫は明子の両親の話を聞いて、もしかしたら自分もあの三月十日の東京大空襲で犠牲になったかもしれなかったのを思い出した。正夫は明子もあの戦争の犠牲者の一人だったのを知って親近感を強くした。

　しばらく話をしていた後で、明子の祖母が、

「明子さん、お茶が入りましたよ」

と言って明子の部屋に白い大きなお盆に紅茶とお菓子をのせて持ってきてくれた。

「話が弾んでいるようね。正夫さん、ゆっくりしていって下さいね」

「ありがとうございます。でも初めてお邪魔して少し図々しいすぎると思うのですが」

「いいえ、そんなことありませんよ。だいいち明子がこんなに楽しそうにしているのは久しぶりだし、私たちも嬉しいのですから」

「そうですか、それではお言葉に甘えます」

「そうしてくださいね」

正夫は別世界に来たような気がしていた。紅茶を飲み、お菓子を食べてから正夫と明子はまた海岸へ行った。

芭蕉は、松島の景観に感動したあまり俳句を詠めなかったと言う。日本三景の一つ松島は、島々の松の木に積もった雪景色が最も美しいと言われている。正夫達は五大堂を見に島への橋を渡った。島は小さなものだった。そこにある五大堂は宗石寺と関係があると案内板に書いてあった。宗石寺を建立した伊達政宗とも当然何かの繋がりがあるのだろう。宗石寺は伊達家の出城のようなものだという話を聞いた。そのためにお寺の中に守護のための武士が隠れている部屋が随所にあるという。昔は自分の領国でも何時暗殺者に狙われるか分からないので常にその備えをしていた。五大堂の中を見ることはできなかったのが少し残念だった。

「私、正夫さんのことをもっと知りたいわ。小さいときのご両親の話とか」

と明子が突然言った。

「そうだね。僕の父親は、今の静岡県の中部辺にある可睡斎というお寺のあるところの下級武士だったそうだ。母は福井県の鯖江というところにあった藩の馬乗りの武士の娘だったらしい。それが明治維新で武士階級がなくなったときに江戸というか東京に出てきた。父は江戸御家人の寺田家に婿養子に入った。というところまでは聞いたことがあるけど、詳しいことは聞いたことがないんだ」

「江戸から明治へ変わるときにはいろんなことが起きたんでしょうね」

「そうだろうね。すべてが新しい制度の下で進んだんだろうからね」

「ちょうど今の日本も当時と同じ状態なのかしらね」

「そうかもしれないね。古い日本が消滅して、いろんなことがアメリカ方式で進んでいるような気がするんだ」

「そうだ。祖父母には政治と戦争の話はしないでほしいんだけど。どちらかの話をすると、どうしても私の両親のことが話題に出るかもしれないから。私もそうだけど祖父母は両親のことを思い出すのがとても辛いらしいの」

「わかった」

「ありがとう」

「どの家でも他人に触れられるのが嫌なことはあるものだと父が言っていた。だから父は、〝自分がやられて嫌なことを他人にもやるな〟といつも言っていた」

「いいお父様ね」

正夫は、明子の祖父母のように素晴らしい方でも思い出したくないことがあるものだと言うことを知った。

「そろそろ家へ戻りましょうか」

「でも、初めて尋ねた家で僕は少し図々しいと思うんだけど」
「正夫さん、祖父母を悲しませないでほしいの。正夫さんが訪ねてきてくれると話したとき祖父母は本当に嬉しそうだったのよ。私が友達として選んだ方に早く会いたいなんて言っていたわ。ちょっとせっかちのようだけど」

正夫は変なことを考えついた。それは〝義を見てせざるは勇無きなり〟という言葉だったが、少し見当違いだと思って明子には言わなかった。

明子の祖父母は何を考えているのだろう。ただ明子の幸せだけを考えているのかもしれない。明子の家を訪問できた男の人は正夫が初めてだと明子が言っていた。しかも昼食だけでなく夕食まで招待されると言うことは同級生の女子でもなかったことだという。せいぜい紅茶とケーキを出してくれるだけだったという。泊まっていった友人でも正夫に出してくれたような料理を作ってくれたことはなかったという。

それにしてもどうしてこんな状況に発展してしまったのだろう。この前の学園祭のとき健樹が同じ疑問を持ったときのことを正夫は思い出した。

正夫と明子は、明子の家に戻った。明子は夕食まで時間があるので。レコードをかけましょうと言ってピアノのある部屋へ正夫を連れて行った。

明子はどんな音楽が好きかと聞いたが、正夫は返事に困ってしまった。クラシック音楽というのは中学の学芸会で聞いたベートーベンのピアノソナタ「月光」しか知らなかったから、そのことを話した。明子はにっこりしてレコードを選んで電蓄にセットした。すぐにピアノの音が聞こえてきた。正夫は学芸会のとき聞いた月光は、曲の初めの部分だけだったことに気がついた。明子は洋いすに座って横にいる正夫の方をじーっと見つめていた。正夫は何か心の中を見透かされているような感じになった。レコードはすぐ終わってしまった。すると明子は電蓄からレコードを取り出して裏返しにしてまたセットした。すぐに前の続きの音が出てきた。正夫はベートーベンの月光を好きになってしまった。四枚目のレコードが終わると明子は静かに立ってレコードを取り出した。そして他に何か聴きたい曲がないかと正夫に聞いた。正夫は正直他の曲を思いつかないと答えた。正夫は突然高校一年の音楽の授業で習ったシューベルトの子守歌と菩提樹のレコードがあったら、お願いしますといった。明子はにっこりして一枚のレコードを選んでセットした。

ピアノの前奏があって、女性の声で〝シュラーフェ、シュラーフ〟という子守歌が聞こえてきた。正夫はいつの間にかピアノを弾いているように指を動かしていた。明子はその様子を静かに見つめていたが、優しい笑顔になっているのに正夫は気がついた。音楽を聴いている間、明子は何もしゃべらなかった。

正夫も静かに聞いていた。

子守歌が終わったときドアーをそっとたたく音が聞こえた。明子は優しい声で〝はい〟と言ってドアーのところへ行き開けた。そこには祖母がいた。祖母はお盆を持って部屋に入ってきた。お盆の上には紅茶と薄黄色いふわっとしているがしっとりした感じの三角形のお菓子が載っていた。

明子は、祖母さんにありがとうと言ってお盆を受け取り、洋イスの前のテーブルの上に置いた。祖母は静かにドアーを閉めた。

「正夫さん、これはお祖父様がいつも作ってくれるチーズケーキって言うの。私の大好きなお菓子」

「今日はもう初めから、初めて食べるようなものばかりでほっぺたが落ちそうだよ。このお茶もいい香りだしね」

「祖父母は正夫さんが気に入ったのね。私も嬉しいわ」

正夫はなんと返事をしたらいいのか分からなかった。それで、

「ありがとう」

とだけ言った。

「少し聞いてもいいかしら」

「何を聞きたいの。僕の分かることなら何でも聞いてくれていい」

「ありがとう。ほんとはねこんなことを聞くのははしたないことかもしれないんだけどね」

「そんな気を遣うことは全然無いけど」

「それじゃお聞きします」

「そんな改まった言い方は返事に困るなあ」

「そうね。それじゃ普通に聞くわね。正夫さんはいつもどんな本を読んでいるの」

「僕は小さいときから本が好きで、いろんな本を読んできた。僕の家には本らしいものは教科書くらいしかなかったので、近所の人に借りたり、村の公民館から借りたりして読んでいた。だから教科書は全部暗唱できるまで繰り返し読んだし、その他の本は時代小説が多かったなあ」

「今まで読んだ本の中で一番よかったのはどんな本かしら」

「僕の一番印象に残っているのは、パスツールという人の伝記だった」

「その話をしてくれないかしら」

正夫はパスツールについて本で読んだことを話した。話し終わると明子は、

「私もその本を読んでみたいわ」

「僕はいつか必ずフランスのパリというところへ行ってパスツール研究所を見てきたいと思っているんだ」

「私も行きたいわ。今はどんな本を読んでいるの」

「今は高校の図書館で哲学の本を借りて読んでいるんだけど、これは難解でね何回も繰り返し読んでようやく内容を少しだけ理解できるようになった」

「難しい本も読むのね」

「でもね、こんなことを言うと笑われるかもしれないけれど、哲学が人生にどんな影響があるのかはまだ全く分からないんだ」

「途中で話の方向を変えて悪いんだけど、さっき与謝野鉄幹の詩に芭蕉の名前が出てくると言っていたわね。それってどんなことなの」

「与謝野鉄幹の「人を恋うる歌」というのに出てくるんだ。鉄幹という人は情熱家というか激情家と言う人がいるように、激しい感情を表す人らしい。その詩の二節目に出てくるんだけど、芭蕉の心は鉄幹の激しい情熱とは相容れないようなんだ。それで芭蕉のように心を透明にして俳句を詠むというのは好きじゃないらしい」

「そうなの。正夫さんはその歌を歌えるの」

「長ーい歌詞なんだけど、一、二番は歌えると思う」

「じゃ、私のために歌ってくれないかしら」

「でもあまりの下手さに笑わないでほしいんだけど」

「それは大丈夫。初めの節回しを教えて、もしかしたらピアノで伴奏できるかもしれないから」

「ちょっと恥ずかしいね」

「大丈夫よ」

　正夫は初めのところを歌った。

　〝妻を娶らば才たけて　眉目麗しく情けある〞

明子はすぐ曲の調子を覚えてピアノで弾き始めた。二番も間違わずに歌うことができた。

「人生情熱の塊って感じね。男らしい歌だわ。ダンテやバイロン、ハイネの熱無くもそして芭蕉のさびを喜ばずというところね」

　明子は歌詞を思い出しながら書き留めていた。

「お祖父様はこういう歌が好きかもしれないわ。後で聞いてみるわ」

　その後で、明子は私の好きな曲と言ってピアノを弾き出した。正夫にはそれが何という曲か分からなかったが、ショパンという作曲家の曲だと後で聞いた。

　明子のピアノ演奏の腕も相当なものだと正夫は思った。

　夕飯は午後七時頃からということだった。それをご馳走になったら今日はもう帰ることができないと覚悟を決めた。台所いやこの家ではキッチンというらしいところから明子の祖母と違う女性の声が聞こえてきた。正夫が明子に三人の他に誰かいるのかと聞くと時々手伝いに来てくれる近所の女性がいるようだということだった。

　正夫と明子は、明子の部屋の東側に付いている外ローカに出て、揺り椅子というものに並んで座り暗くなってきた松島湾を眺めていた。

「今日は思わぬことが続いて起きたのでまだ夢の中にいるような感じがしています」

「私も同じです。正夫さんとは二度しか会ったことがなかったのに私のわがままを聞いてくださいました。今日は本当にありがとうございました」

「僕は、初めてこういう生活もあることを知ることができました。これまで僕の知っている世界とは全く違う世界ですね。そういうことを考えると、僕は明子さんの友人として相応しいかどうか疑問が出てきます」

「そのことはもう済んだ話と言うことにしてください。祖父母も正夫さんのことを、悪いのですが十分観察していると思います。その上で夕食までご招待したのですから、私と同じ気持ちだと思います。だからもう一度だけお願いします。私の友達になってください」

　正夫は激しい感動を覚えた。思わず明子を抱きしめるところだった。しかし思い留まった。正夫はこの日のことを生涯忘れないと深く深く心にしまい込んだ。

「明子さん。僕からもお願いします」

　二人は顔を合わせて見つめ合い、お互いににっこりした。

「もう星が出てきたね」

　と言って正夫は上空を見た。明子も正夫に習って空を見上げた。

「あれがオリオンで、その右下に青白く輝いているのがシリウスだ。その真上にあるのがペテルギウス、その中間の左の方にあるのがプロキオンというんだけど、この三つの恒星を結んでできる三角形を冬の大三角形というんだよ」

「正夫さんって星のことも詳しいのね」

「プロキオンはこいぬ座にあり、シリウスはおおいぬ座に、そしてペテルギウスはオリオン座に入っている」

「どうやったら子犬や大犬に見えるのかしら」

「それはね言葉で説明してもなかなか理解できないんだけど子犬を想像してみるとそれらしく見えてくるんだ」

「そうかあ。星座を考えたギリシャ人も想像力がたくましかったのね」

「中には一つの星だけで作ってしまった星座もあるんだからね。凄い人たちだね。今現在、空に輝いているのは恒星と言って太陽と同じ星なんだけど、星の色によって分類されているんだ。それと今見えている星の光はずーっと昔の光なんだ。だから今もその星が存在しているかどうかは分からないんだ」

　明子は正夫の話を聞いて星に興味を持つようになった。

「正夫さんの好きな星座はどれなの」

「僕の好きな星座は、はくちょう座だよ。北斗七星の南西の方に両翼を広げて天高く飛ぶ姿が見えるんだ」

「ここからじゃ見えないかしら」

「多分二十一時頃になれば見えると思うんだけど、後で外へ出てみようか」

「うれしいわ。きっと私も好きになってしまうわね」

「白鳥座のことは後で見るとしてちょっと本棚を見てもいいかなあ」

「どうぞ。古い本が多いけれどそれらは両親の愛読書だって祖父が言っていたわ」

「明子さんはどんな本を読んでいるの」

「私の本は右の方の本棚の中段の四段だけ。最近は学校の図書室で借りている日本文学全集と祖父のプレゼントのヘミングウェイの小説を読んでいるわ」

「ヘミングウェイの小説って原語で読んでいるの」

「うん。辞書を引き引きね。だからなかなか先へ進まないの。そのうち前の方を忘れてしまったりしてね」

「明子さんっていろいろなことができるんだね。ピアノもすごく上手だし」

「そんなことないわ。どれも中途半端な状態になっているわ」

「そうは思えないけど。ところでヘミングウェイの小説って『誰がために鐘が鳴る』も読んだの」

「読んだわ。でもああいう小説は、その舞台となったところの歴史を知らないと理解しにくいのよね」

「それは日本の小説でも同じだと思うよ。僕の読んだ歴史シリーズでも創作小説と言っても歴史事実が分からないと小説の中身が理解できなかった。特に歴史のどの部分がその後どう繋がっていくかを知っていると内容が濃いものだと言うことが分かるようになった」

「そうね。『誰がために鐘が鳴る』もどんな理由で独立戦争に発展したのかとか、その結果社会がどのように変化したかを知っているとあるいは調べることができると、二回目に読んだとき理解が深まって一層面白くなったわね」

「でもすごいなあ。外国語の小説をそのまま読むなんて考えてもみなかった」

「祖父がこれ読んでみなと言ってくれたの。それが中学三年生のときだったの。私、驚いて無理ですって言ったの。そうしたら一回で理解できなかったらもう一回読んでごらんと優しく言われたの。それで二回目には歴史を少し調べてから読んだの。そうしたら登場人物の像がはっきりしてきたのね。そのことを祖父に話したらとっても褒めてくれたわ。それが私の勲章になったの」

「明子さんのお祖父さんは学校の先生だったの」

「ごめんなさい。聞いたことがないので分からないわ」

「ううん、謝ることじゃないさ。余計なことを聞いた僕の方こそ悪かった。そういえば、僕の読書の先生は家の近くに住んでいた高校の先生だった。その先生が明子さんのお祖父さんと同じことを言ってくれた。それで大きくなり上の学校へ行くようになったら読書の方法を変えなければいけないと教えてくれた」

「正夫さんはいい人に囲まれて育ったのね」

「そうかもしれないね。中学校の先生方もよくしてくれたし、明子さんみたいな素晴らしい人と知り合うことができた。このことが一番素晴らしいことだ」

「今に豹変するかもしれないわよ」

「そんな脅かさないでよ」

辺りは暗くなっていた。松島湾の島で灯台の光が回っていた。

「お嬢様、夕飯の支度ができたのでお客様をお連れしてくださいとお祖母様が申しています」

「はい。分かりました。すぐ参ります」

　二人が一階へ下りて手を洗ってテーブルのところへ行った。テーブルの上には美味しそうな料理がたくさん並んでいた。そして明子の祖父はすでに席に着いていた。正夫はなんと挨拶すればよいのか分からなかったが、

「こんばんは」

　と言ってもじもじしていると、祖父は正夫君はこの席に着いてください。といって横長の席を指さした。正夫の向かいに明子が腰掛けた。祖母は祖父と向かい合う形で腰掛けた。祖母のわきに小ぶりの車の付いているテーブルがおいてあった。そこにはお茶道具が置かれ、お手伝いの女性がわきに立っていた。その方が給仕をしてくれるようだった。

　みんなが席に着くと、祖父が、

「正夫君、お腹がすいたでしょう。久しぶりに和食膳を作ったので遅くなってしまいました。ゆっくりそしてたくさん召し上がってください」

　と言った。

「このようにきれいな料理は初めてです。食べるのが惜しい気がします」

「正夫君は面白いことを言うね。それじゃいただきましょうか。まずは明子の友人を迎えることができた喜びを祝って乾杯しましょう。グラスにジュースを注いでください」

「かしこまりました」

　と言って、お手伝いの女性が正夫のグラス、次に明子のグラス、そして祖父と祖母のグラスには違った色の液体を注いで回った。

「正夫君。本日は遠いところをよく来てくださいました。明子がどんなに喜んでいるかおわかりでしょう。そして私たちも。これから明子と仲良くしてやってください。お願いします。それでは乾杯」

　と言ってグラスを少しあげるようにしてから口をつけた。正夫も祖父の真似をし、明子の方を向いてにっこりした。

「さあ、後は好きに召し上がって下さいな。明子さん正夫さんにお料理を取り分けてあげてくださいね」

「はい。お祖母様」

　正夫はこんな丁寧なやりとりでもお互いにしっかりした絆で結ばれていることを知った。自分はそんな人たちの間に入り込むなんて絶対できないと思った。

　料理は明子のまねをして食べるようにした。美しく盛り付けてあったこともだけど、どの料理も自分にはもったいないような美味しさだった。

　食事は和やかな会話を交えながらゆっくり進んだ。そして最後に緑色のいい香りのする液体が入った大きなお茶碗が配られ、正夫の大好きなようかんが二切れきれいなお皿にのせてあった。正夫は取り分けてくれた料理を

全部食べてしまった。その上にようかんも食べてしまった。緑色の液体は抹茶と言うことを初めて知った。正夫は時代小説の中で大きめの茶碗に入れた抹茶を回し飲みする場面があったのを思い出した。その場面で作法がどうとか書いてあったような気がした。正夫はお祖父さんの方を向いて、

「僕は初めてお抹茶をいただきましたが、作法も知らないので申し訳ありませんでした」

「何の、お茶は飲みたいようにして飲むべしと昔から言われている。作法というのは後から暇な人たちが考えたことだから、普通に飲めばいいのだと思っています」

「今思い出しました。吉川英治さんの書いた『宮本武蔵』の中に、武蔵が京都の吉岡一門と戦った後で、野点をしていた人たちのところへ行って喉が渇いたので茶を所望したいと言って飲む場面がありました。そのとき武蔵は作法を知らないので失礼すると言ってがぶ飲みしました。そのとき席の主が茶は飲みたいようにして飲めばよいと言ったと書いてありました」

「ほほう、正夫君は読んだ小説の中のことをよく覚えていますね」

「長々とお話しして申し訳ありませんでした」

「正夫君。君はもう我が家の家族同然だから何事も気を遣わなくていいんだよ」

「ありがとうございます」

というのを食事の終わりの言葉としてお祖父さんは正夫と明子を広間の方へ連れて行った。そこで洋いすに腰掛けて、お祖母さんが来るまでしばらく雑談をした。正夫は、明子の祖父の教養の深さに驚いてしまった。言葉の一つひとつが正夫には宝石のように光っているように思えた。

「正夫君、一つ二つ聞いてもいいかね。答えたくなかったらそう言ってくれればいいから」

「はい。何でも聞いてください」

「一つは、ご両親はご健在ですか」

「はい、今は両親とも東京へ行っています」

「二つめは正夫君の兄弟は何人いるのかね」

「僕の兄弟は健在のものが僕を入れて五人です。僕はその一番下です」

「ありがとう。戸籍調べのようなことをして悪かったね」

「いいえ、何でもありません、僕も一つお願いがあるのですが」

「何だね」

「僕は、昨年明子さんの高校の学園祭へ見学に行ったとき初めて明子さんに会いました。そして今年、僕の高校の学園祭に明子さんが友人達と見学に来てくれました。それが二度目です。その翌日も来てくれましたから三回しか会っていません。それなのに今日お招きしていただいた上に大変なご馳走になってしまいました。これからも明子さんと友達になっていただいてもよろしいんでしょうか」

祖父は少しの間考えてから、

「私は、明子のことを全面的に信頼しています。その明子が友達になってほしいというのですから、私たちは何も異存はありませんよ。それでいいね、明子」

「はい。お祖父様。ありがとうございます」

そこへ祖母がきた。

「今日はいい日になりましたね。明子さん」

「本当に。お祖母様」

この家は何という家なんだろうか。すべてが落ち着いた雰囲気で包まれている。正夫の感動はどんどん深くなっていった。危うく自分の家のことを忘れてしまうところだった。

「私たちはもう休む時刻になってしまいました。後は明子お願いするよ」

「はい。お祖父様。私は正夫さんが星のことを教えてくれるというのでもう少し起きています」

「外へ出るときは、風邪を引かないように暖かくしなさいよ。それからお家に入ったら施錠を忘れないでね」

「はい。お祖母様。お休みなさい」

明子の祖父母は二階へ上がっていった。

「もう冬だから、夜は特に冷えるから注意しないとね」

「正夫さんは、セーターか何か持ってきたかしら」

「お泊まりするつもりじゃなかったから何も持ってこなかった。でも慣れているから大丈夫さ」

と言って外へ出た。諏訪村と比べると海に近いこの地はかなり暖かく感じた。空は晴れて天の川を初めたくさんの星が見えた。正夫はまず初めに北斗七星を見つけた。それから次々とたくさんの星座が見つかった。

「明子さん、あそこにひしゃく型をした七個の星があるのが分かるかなあ」

「ええ、分かったわ」

「その星座の器になっている四個の星のすぐ左手に真ん中に明るい星があるね。その星を中心にして前後左右に明るい星が少し離れた位置に見えるだろう」

「わかったわ」

「それがはくちょう座で上に一つあるのが頭の部分で左右にあるのが翼になるところなんだ。そして下というか頭の反対側に二、三個明るい星があるだろう。それが尻尾になるんだ。白鳥は大きな翼を広げて天空を飛んでいるように見えるんだね」

「素敵な星座ね」

「それから身体を反対向きにして見ると中央あたりに青白く光っている星が見えるね。それがシリウスという星だよ。それが冬の大三角形の要になるんだ」

「なんだか雲のように白っぽい筋が見えるわね。あれは天の川ね」

「そう、明子さんも知っているように英語でミルキイウェイというのは白っぽく見えるからだといわれている。他にもいろんな説があるみたいだけどね」

「そういえば、宮沢賢治の『銀河鉄道の夜』にも星の十字架というのが出てくるわ。もしかしたらあれははくちょう座のことかしら」

「そうかもしれないね。いやそうだねきっと」

「星の世界も不思議なことたくさんあるのね」

正夫と明子はその後も星の話を続けた。しばらくして二人は将来の夢のことに話を移した。

「正夫さんは、高等学校を卒業したら東京へ行くんですか」

「そういうことになると思う。どうしても勉強したいことがあるんだ」

「それはさっき話してくれたパスツールという人に関係があるのね」

「僕はパスツール伝記の中に一つの理想を感じたんだ。そのためにも大学に入らなければならない」

「私もお祖父様に東京で勉強したいとお願いしてみようかしら。私は前からやりたいことがあるの。そのことも話してみるわ」

「でもすぐにじゃなく、よく考えて絶対にそのことをやりたいと決心する必要があると思うけど」

「そうね、中途半端な考え方ではダメよね」

「難しい問題もあると思うけど自分の夢を叶えるためにはそれなりの努力をしなければね。僕の父親は僕に勉強する機会は作ってやる、しかしやり始めたら最後まで努力しろと常々いっていた」

「つまりそれはどういうことなのかしら」

「それはね、努力しないで何事も旨くやろうなんて考えるな。ということだと思うよ」

「そうかあ。何かをやるなら責任を持ってやりなさい、ということね」

「きっとそういうことだろうね」

「私もそのくらいの覚悟を持つことができるかどうか考えてみるわ」

「少し冷えてきたね」

「あら、もうこんな時刻になっているわ」

明子は腕時計を見て残念な様子を見せた。正夫はもっと明子と話をしたかった。しかし、あまり遅くまで明子を起こしておくと明子の祖父母が心配するのじゃないかと思ったのだ。

「それじゃ、もっと話をしていたいけど今夜はここまでにしましょうね」

そういって明子は正夫と建物の中に入った。

「ちょっと喉が渇いたわね。ジュースを持ってくるからここにいて」

明子はキッチンの方へ行ってグラスを二つ用意してから何かの木箱の扉を開けた。その箱からジュースを取り出しグラスに注いで正夫のところに戻ってきた。正夫は一口飲むと口の中に素敵な香りが広がった。

「正夫さんは、私の部屋の隣が客室になっているのでそこを使ってください」

といって明子は正夫を客室へ案内した。室内にはベットとちょっとした物書きに使える机とイス、それから電灯のついたスタンドが寝台脇の床にあった。窓のところには二個のカウチとテーブルがあった。ローカ側には書棚があり外国語の書物がずらーっと並んでいた。端の方の書棚には日本語の本があった。そして驚いたことに部屋の隅にはシャワー室兼洗面所、そして便所までついていた。

「明子さん、ここにも書物がたくさんあるね。ちょっと見せてもらってもいいかしら」

「どうぞ。お祖父様が言ったように正夫さんは我が家の大切なお客さんであり家族と同じだと言っていたわね。だから自分の家のようにしていいということよ。シャワーは熱いお湯が出ないかもしれないわね」

「ありがとう。僕はいつも冷水摩擦をしているから平気だよ」

「それじゃ、明日の朝までごゆっくり休んでくださいね。起きる時刻は決まっていませんから」

　といって明子はきれいな小さな手を差し出した。正夫はその手を小鳥を包むように両手で優しく包み込むように握った。正夫はその手を離したくないと思った。明子はそのままじーっとしていたが、しばらくしてから優しく手を離した。

「おやすみなさい、正夫さん」

「おやすみなさい、明子さん」

　と言って明子は正夫のいる部屋から出て行った。正夫は再び戸惑いを感じ始めた。この家の心地よさと言ったら何にも例えようがなかった。正夫はこれからもこの家へ来ることができるのだろうかと思った。

夢と現実

　正夫はベッドというものに初めて寝ることになった。自分が寝返りを打ったときに落ちたらどうしようとか、こんなにふかふかの寝具で寝ることができるだろうかと心配になった。しかしベッドに入るとすぐ寝てしまった。

　夢の中に健樹が出てきた。

〝正夫、お前本気なのか〟

と変なことを言った。

〝何の話だい〟

〝おまえなあ、明子さんを泣かせたら俺が承知しないぞ〟

〝俺は、明子さんを泣かすようなことは絶対にしないと親代わりの方に誓ったんだ〟

〝それならいいが、お前が卒業した後も責任があるんだぞ。そのことを分かっているな〟

〝俺は他人と約束したことは絶対に守るように親に言われているんだ。だから健樹が心配するようなことはしないと君にも約束するよ〟

〝わかった〟

といって健樹は消えた。その代わりに幸子が出てきた。

〝正夫君、君に一つだけいっておきたいことがあるの。雅子との付き合いは早いうちに止めた方がいいと思う〟

〝何でそんなことを言うんだい〟

〝絶対に内緒にしておいてくれるというなら話してもいいけど。どうなの〟

〝なんか難しいことを言うんだなあ。澄子さんと反対のことを言うんだから〟

〝それはね正夫の将来のことがかかっているからだわ〟

〝分かった。絶対他言はしないと約束する〟

〝それじゃ言うけどね。雅子は中学の先生と付き合っているの。それで正夫との関わりを急いでいる〟

〝だって。それじゃあ、噂話は本当なのかい〟

〝本当だわ。俺もその先生に誘われたけれど、俺は進を好きだからって言って断った〟

〝俺はあの先生のことを信じていたんだけどなあ〟

〝本気にしたくないのは分かるさ。でも今にあの先生はいなくなるよ〟

〝なんでさ〟

〝生徒とのことが上の方にばれて転勤するか教師を辞めるかって選択を迫られている〟

〝何で幸子はそんなことを知っているんだい〟

〝俺の姉が諏訪中の教師をやっているのさ。それで職員会議で問題になってしまった。生徒の名前は伏せてあるんだけど、みんな知っていることだってさ〟

正夫はここで目が覚めてしまった。いやな夢だった。正夫は雅子の積極的な行為が腑に落ちなかったのを思い出した。それにしてもこの日、明子の家でそんなことを夢に見たくなかった。正夫は暗雲を追い払うように飛び起きて窓から外を見た。外はきれいな星々がまだ輝いていた。正夫は考えた。このことは明子には絶対に言わないと決めた。星を見ていると諏訪村のことが遠いところの話に思えて、かすんでいった。正夫はそれでいいんだと思った。人と人との信頼関係は嘘が入ってくればそれで終わりになってしまう。だから嘘と分かっていることを口に出すのは絶対にいけないと思った。正夫は父が言った言葉を思い出した。

〝自分がやられていやなことを他人にしてはいけない〟

父の言葉には深い意味があることを初めて知った。正夫は明子とはまだ四回しか会って話をしていないが、明子は絶対的に信頼できる人だと確信した。万が一そういうことにはならないと思うが、思う方向に進まなくても明子に対する信頼は失わないことを心に決めた。

そこまで考えが決まったらまた眠くなってきた。再びベッドに入るとすぐ寝付いてしまった。

朝、目が覚めると冬なのにいろんな鳥が鳴いていた。正夫は冷水摩擦をして身支度を調えた。二階の窓から朝日が昇ってくるのが見えた。窓を開けると冷たい空気が入ってきた。しかし身体は冷水摩擦をしたのでぽかぽかしていた。シャツを脱げば湯気が出ているかもしれなかった。冷水摩擦をした後で身体から湯気が出ているのを見た母が笑ったことを思い出した。

朝食が済んで明子が日課のピアノの練習をしているときに、正夫は明子の祖母と話すことができた。祖父は所用で出かけたけど正午頃には戻ってくるということだった。

「正夫さん。本当にお訪ね下さってありがとうございました。明子はもとよりお祖父さんも感謝の気持ちでいっぱいです」

「とんでもないことです。感謝しているのは僕の方です。どう表現していいか分かりませんが、明子さんの豊かな性格なんて言うと生意気のようですが、お二人の温かな心で明子さんを包み込んできた賜でしょうね。僕は今は恋愛感情からではなく一人の女性として明子さんを信頼できる人だと確信しています」

「あらまあ。過分なお言葉ですこと。夫にもその言葉を伝えておきましょう。私たちは明子の幸せだけを願っているんですよ」

「今は明子さんを信頼できる人だと言うことしかいえません。これから自分を磨いていきたいと思います。それで今は何も約束できませんが、僕が一人前の人間になれたら、まだこんな話をするのは早いと思いますが、お祖父様とお祖母様に大切なものをいただきに参りたいと思います」

「そういう日が来たら、私たちはどんなに喜ばしいことか。待ち遠しいですね。今のお言葉も夫に話してもいいですね」

正夫の言ったことは嘘ではなかった。正夫の心にもう一つの目標が生まれた。

そのために今まで以上に勉強しなければならないと決意した。

正夫と祖母との話が一段落ついたと思ったとき、明子のピアノのレッスンが終わった。明子が女性とローカを歩いてきた。応接間のドアーを開けて二人が入ってきた。女性は祖母に挨拶をしてカウチに座った。明子はキッチンへ行き紅茶とチーズケーキを持って戻ってきた。それを女性の前に置いて正夫を紹介した。

女性は紅茶を飲み、祖母と少しの間話をしてそれではと言って出入り口へ向かった。明子が門のところまで送って行き頭を下げて女性を見送った。しばらくそのままの姿勢でいたが、ゆっくり回れ右をして戻ってきた。

「おまちどおさまでした」

「それじゃ私は二階へ行っていますからね」

と明子の祖母が言って階段を上がっていった。正夫は明子に話しかけた。

「ピアノレッスンは毎日続けてやっているの」

「そうね。先生がいらしてくださるのは、月、水、金の三日だけ、私が高校から帰ってきた後でなの。でも練習は毎日やらないとすぐ元に戻ってしまうのね。だから毎日、特別な事情が無い限り練習をやっているの」

「それで毎回今日のように二時間くらいやるのか。それも大変だね」

「好きなことだから大変とは思わないのよ。本当はもっと練習したい気分のときが多いかもしれないわね」

「僕も今のような生活態度を見直さなければならないなあ」

「正夫さんは今でもギリギリの状態で勉強しているんでしょう。見直さなければならないのは私の方よ」

「そんなことはないさ。明子さんは僕から見ると毎日を生き生きと生きているように見えるよ」

「正夫さんだって、毎日新しいことに挑戦しているじゃないの」

「挑戦というほどじゃないけどね。僕たちはまだ若いんだから、いくらでもいろんな可能性があると思うんだ」

「そうね。これからいろんなことに挑戦しなければね」

「大きいことを言うようだけど、これからの日本を新しい国に作り替えることができるのは僕たちだと思うんだ」

「〝少年よ大志を抱け〟ってことね」

「何かで聞いたことがあるよ、その言葉。誰の言葉だっけ」

「*Boys be ambitious!*　札幌農学校のクラーク博士の言葉よ」

「そうだった。そういえば大川高校の三年生の修学旅行は北海道へ行くことになっているんだ。もし修学旅行へ行けたらそこへ行ってみたいなあ」

「家に写真があるかもしれないわ。本棚を見てくるわね」

明子は二階の部屋へ写真を探しに行った。しばらくして戻ってくると、

「写真があったわ。古い写真なのでセピア色になっているわ。クラーク博士の像のわきに女の人が写っているわね」

「どれどれ、この写真は何時写したものだろうね」

「今度、機会があったらお祖父様に伺ってみるわね」

「無理に聞き出さない方がいいかもしれないよ」

「どうしてそう思うの」

「そのことを話すとお祖父様が悲しむかもしれない」

「そうね。もし必要ならお祖父様の方から話してくれるわね」

「この石碑がクラーク博士の言葉を刻んだものだね」

「そうね。文字はよく分からないけれど下の数字がわずかに読めるわ」

「そうだね一九二だけはわずかに判読できるけど、その次は見えないね」

　写真に写っている女性は、もしかしたら明子の母親かもしれない。でもそのことを正夫は言ってはならないと考えた。もし言ってもいいことだったら明子の祖父母がすでに話しているはずだった。

正夫は明子に、

「そろそろお暇しなければ、兄が心配しているかもしれないから」

「お祖父様がお戻りになるまでもう少し待っててほしいの。何か用事があると言っていたから」

「お祖父さんが、そう言ったの」

「そう、それで今朝早くお出かけになったの」

「ぐっすり寝ていたから気がつかなかった」

「そんなことはいいの。ただお祖父様は何を考えているのかしらね」

「それはお祖父さんの考えで何かの行動をすることだから、憶測しない方がよいかもしれないね」

「そうね、用があればお祖父さんが何か言うでしょうから」

「話が変わるけどね、高校で入っているクラブはなんていうクラブなの」

「社会クラブって言うの。その中にいろいろな分野があってね、私の入っている分野は生命クラブということになっているの」

「それで血液型を調べていたんだね」

「そう。それで被験者の血液型の割合を計算しようと思っていて、結果が出たらそれを来年の学園祭で発表することにしているの。正夫さんは、このことで何かこうしたらもっと面白くなるかもしれないっていうことないかしら」

「うーん。すぐには思いつかないけれど、例えば宮城県内の高等学校とか保健所に協力してもらって、その地域の住民の血液型の分布を調べて比較してみるっていうのは面白いかもしれないけれど、かなり大変かもしれないね」

「正夫さんに相談すると、何かの考えがすぐ出てくるから素晴らしいわ」

「僕は中学生になってから、夏休み中は家で朝・昼・夜の気温を調べてグラフにして学級で報告したことがあった。そうしたら理科の先生が、こういう地域の調査結果というのは重要で気象庁でも必要としていると言ってくださったことを思い出したのさ」

「中学時代ね。今も続けているの」

「朝と夜の気温は記録しているけど、それをどうしたらいいのか分からない。誰かに相談しようと思っているんだけど」

「あら、お茶の時間だわ。ちょっと待っててね」

と言って明子はキッチンの方へ行った。正夫は、また演説をしてしまったと後悔した。

明子がお盆（この家ではトレーと呼んでいる）で紅茶とチーズケーキを持って戻ってきた。

「お祖父さんが作ってくれたチーズケーキはとびっきりだね。どうやるとこんなにふわふわでしっとりできるんだろう。明子さんもつくれるの」

「お祖父様に習っているんだけど、このしっとり感が出ないのね」

「何かちょっとしたコツがあるのかもしれないね。明子さんが作ったチーズケーキを食べてみたいなあ」

「そのうちにね。今度来てくださるときには食べてもらえるように頑張るわ」

「期待しているよ。でもまた来ることが出来るのかなあ」

「お祖父様がお戻りになれば分かると思うけれど、正月にも来て下さると嬉しいわ」

正夫と明子の話は尽きることがなかった。しばらくすると祖父が戻ってきたようで、祖母が一階へ下りてきた。二人は別の部屋で、しばらく何事かを話し合っていた。

やがて祖父が正夫のところへやってきた。

「明子しばらくの間、正夫君を借りるよ」

「はい、お祖父様。なるべく早く戻ってきてくださいね」

「明子、わかったよ。はっはっは。できるだけ早く戻ってくるよ」

お祖父さんの顔は明子がかわいくて仕方が無いという笑顔になっていた。

「正夫君、少しその辺を歩きたいんだが、どうですか」

「はい。私は大丈夫です」

祖父と正夫は連れだって外へ出て行った。その後ろ姿を明子は何か浮かぬ顔をして見送った。祖母が明子のところへ来た。

「お祖父様は正夫さんにどんなお話があるのかしら。お祖母様は知っているの」

「お祖父さんは何かお願いをしたいらしいのよ。明子にもそのうちお話ししてくださるでしょう」

「それじゃ、私はピアノの練習をしてくるわね」

「そうだね、そうしなさい。私はお昼の用意をしますからね」

「私も手伝うわ。もっともっと料理も上手になりたいから」

「おやそうかい。それじゃ、お願いしましょうかね」

二人はキッチンへ入っていった。

祖父は正夫を、明子が昨日正夫を連れていった北の方へ向かって歩きだした。しばらくの間何も話をしなかった。やがて小高い丘の上に出た。

「正夫君、ここから眺める松島湾は全体が一望の下に見ることができるんだよ」

「素晴らしい景色ですね。この景色が雪で覆われるともっときれいになるんでしょうね」

「松尾芭蕉は数回ここを訪れているらしいが、俳句を一句も後世へ残さなかったと言われている」

「それはどう言うことなんでしょうか」

「いろんな説があるが、明確には分からないらしいね」

「仙台にもたくさん弟子の人たちがいたんでしょうが、誰も書き残さなかったのですね」

「そうだね。ところで、もう一度正夫君に聞いておきたいことがあるんだが」

「はい、なんでも聞いてください」

「昨日も聞いたことなんだが。私たち夫婦には明子のことが一番心配なのです。若い人に他人の家のことを聞いてもらうのは筋違いのことなので気が引けるんですが、私たちは敢えて聞いてほしいと切に願っています」

　正夫は気が引き締まる思いで返事をした。

「私はまだ十七歳ですが、昔ならとうに元服して大人の仲間入りをしている年齢です。私でよろしければお話しください」

「ありがとう。実は今朝早く仙台へ行ってきました」

「朝寝坊をしてしまい、お見送りできませんでした。すみませんでした」

「そのことは気にしないでください。お話ししたいのは私の身体のことなのです。午前中に仙台の大学病院に精密検査の結果を聞きに行ってきたのです」

「どこかお体の具合が悪いことがあるのですか」

「そのことなんですよ。私の身体は腫れ物に冒されていて、精密検査の結果を見ながら医師が話すには、私に残された寿命は後一年、長くても二年ということでした」

「それって…」

　正夫は言葉がなかった。それまでお祖父さんの顔を見つめていたが、視線を松島湾の方へ移した。

　お祖父さんのお話はさらに深刻な方向へ向かった。祖父と祖母との間には一人息子がいたが、東京の山の手が空襲に遭ったとき火に巻かれて亡くなってしまった。そのときまだ国民学校三年生だった可愛い女の子がいたが、数ヶ月前に両親のところに避難させていたので助かった。このことは昨日聞いた。

「私は、明子の行く末が心配で仕方がありません。それで明子が友達をお招きしたいと言い出したとき、正夫君のことを聞きました。しかし明子はまだ三回しか会ったことがないというので驚きました。それでも明子は正夫君のことが好きになったというのです。私たちはそんなに簡単に人を信じるのは無理だろうと言ったのです。それで私たちも明子がどんな人を好きになったのか知りたくなって正夫君にお出でいただくことにしました」

　その話のことは正夫自身が信じられないことでもあった。明子は正夫のどこが信頼できる人間だと思ったのだろうかと考えていたが、明子の心の中までは分からなかった。しかし明子の気持ちには誠が感じられた。

「正夫君に今返事をしろと言うほど私たちはせっかちではありません。と言って十分に時間の余裕があるともいえません。私たちは、昨日一日でしたが正夫君の言うことをしっかり聞かせていただきました」

「……」

「そして、私たちなりに明子が正夫君のどこが好きになったのかと考えました」

　そのことは正夫も知りたいことだったので黙って祖父

の話を聞いていた。

「明子は自分にないものを正夫君が持っていることを発見したようです。それは明子にとって掛け替えのないものだったのでしょう。生まれも育ちも違う二人の少年と少女がお互いを信頼できる絆を持ってしまうことはあまりないかもしれませんが、正夫君と明子にはそんな巡り合わせの条件を整えてくれたのでしょう。こんなことを言うと神がかりの話に聞こえるかもしれませんが、自然には理屈では説明できないことが起きるものです。しかし自然には必ず理由があるのだとも思います。正夫君と明子の場合も後でふと気がつくことが出てくるかもしれません」

「只野さんは、もしかして科学者だった、いえ今も科学者なのですか」

「その話はいつか機会があったら話しましょう。今は明子の祖父ということでお付き合いください」

「わかりました」

「そこで、正夫君は明子のことをどう思うかなどと聞かれると戸惑うことでしょうが、正直なところを聞かせてください」

「僕は初め面白い人だと思いました。学園祭で説明をしていると明子さん一人が熱心にノートに何かを書き込んでいました。そのような姿は他のお客さんには一人も見られませんでした。僕はそのときこの人は他の女子高生とは違うと思いました。それで好きになるとかということは考えませんでしたが、翌日は一人で見えて、僕にいろんなことを質問してきました。僕はその熱心な態度になぜか感動を覚えました。正直にお話ししますと前日といい明子さんの作ってきてくれたお弁当は、僕が生まれて初めて食べた美味しい物でした。自分でも情けないほど世の中にこんな美味しいものがあるのを初めて知ったのです。しかし明子さんと付き合えば時々こんな美味しいものを食べられると思ったのではありません。何しろ三回会っただけですから」

「ふむ」

「そのときのお弁当を入れてきた容器をどうやってお返ししようかと心配になりました。そんなとき明子さんから会いたいというお手紙をもらいました。それもいきなり家族の方に合わせたいなんて書いてあったものですから、正直戸惑いました。だけど容器をお返しする機会だからと軽い気持ちで伺いました。申し訳ありませんでした」

「そうでしたか」

「昨日一日、明子さんとゆっくりお話しできたことは僕にとって幸いなことでした。これも僕には初めての経験でした。女性でもこういう人がいるんだと驚きました。一日中話をしていて全く飽きることがありませんでした。それどころか、特に僕の話に合わせると言うこともありませんでした。僕はそのことがとっても嬉しかった。明子さんは精神的に自分というものを確立していると思いました」

「なるほど。あなたもそう思いましたか。そのことを見ていただけたことは私にとっても大変嬉しいことです。私は明子は両親がいないことを必死に隠しています。私はもっと泣いてくれた方が助かるのですがね」

「僕は大人の考え方を理解できないことがあります。僕は何があっても絶対に泣かないと決めています。そのことは両親にとっては物足りないことなのでしょうか」

「正夫君のことは何も知りませんでしたが、私の推測では、正夫君はきっと誰にもいえないような経験をしたんでしょうな。できたらそのお話を私に聞かせてくれませんか」

「僕の一番話したくない思い出というか経験は、昭和二十年三月十日未明の東京大空襲の様子です」

「ほほう。正夫君はあの空襲の経験者だったのですか」

「火の粉の嵐、隅田川に浮いていたものすごい数の溺死者、有馬国民学校の屋上から見た水道の立ち上がりの部分が幾つか見えただけで何もない焼け野原。僕は絶対に戦争を起こしてはいけないと心の奥深くに誓いました」

「私には想像もできない経験をしてきたのですね」

「その後の集団疎開、終戦の日にばらまかれた戦争は終わりましたと書かれた紙。その紙の裏で漢字の書き取りをしました。それから宮城県への開拓団入植。両親も初めての農作業、薪集めとドラム缶製の風呂の水の組み替えと風呂焚きこれは僕の役目でした」

「それで身体が鍛えられたのですね」

「今の体格は高等学校へ自転車通学するようになってから大きくなりました」

「わかりました。正夫君に改めてお願いがあります」

「はい」

「これから明子のいい友人になっていただきたい。これは妻とも相談して決めたことです。そしてできたら私たちの家へ遊びにおいでくださると嬉しいのですが」

「私からも改めて明子さんと友達になることをお許しください。お願いします」

「私どもの方こそお願いします。これで私たちも安心できます。正夫君ありがとう」

「さて二番目のお願いがあります」

　薄く霞がかかっていた松島湾は冬の日差しを受けて今はすっかり晴れてどこまでも続く青い海が光っていた。正夫は今日のこの松島湾の景色を心に刻んだ。正夫は、只野さんの第二のお願いという言葉にさらにに緊張した。

「正夫君、大変申し訳ないのだが、君の家のことを少し話してくれないだろうか。細かいことはいいので大雑把なことだけでも知っておきたいと思ってね。そのことで第一にお願いしたことを反故にしてくれなどと言うことは言いませんよ。明子のことは正夫君と明子の問題ですから」

　正夫はどこまでどう話したらよいのか迷って返事に少

しだけ時間がかかった。

「話したくないというのであればそれでもいいですよ。それで私たち夫婦の考えに影響することはありません。正夫君の家の事情がどうあっても第二のお願いはするつもりです。それは家内と決めたことでもありますからね」

正夫はその言葉に自分の、もしかしたら運命を委ねることになるかもしれないと考えた。自分から家のことを話せば、話のどこかに粉飾される部分が出てしまうかもしれない。それは嘘というか真実を話さないことになってしまう。一度嘘をつけば、それを覆うためにさらに嘘をつくことになるかもしれない。それなら只野から何を聞きたいかを質問してもらってそれに答える方が真実を話すことができるのじゃないか。正夫はそう考えて明子のお祖父さんに言った。

「お願いがあります。只野さんから僕に質問してください。僕はそのことについて隠すことなくお話しします。その後でお話しできなかったことを付け加えさせていただきたいのですがどうでしょうか」

「うーむ」

と只野はうなってから、

「正夫君の今のお話しだけで十分な気もします。しかし妻には理解できないかもしれません。それで幾つか質問させていただきましょう」

「はい、分かりました」

こうして明子の祖父と正夫は、正夫の家族のことについて一問一答の形で話し合いが続けられた。

「正夫君。どうもありがとうございました。孫娘が可愛いばかりに正夫君に言いにくいことまで話していただきました。実は、ここからが本題なのです」

「はい。伺います」

「私達は東京の目黒というところに少しばかりの地所を持ち、そこに家を建てて住んでいました」

目黒には正夫も住んでいたことがあった。狸を飼っている家があってそこの横町を通り抜けるとき異様な匂いに悩まされた記憶がよみがえってきた。近くには軍隊の練兵場があって朝と夕方にはラッパの音が聞こえることがあった。兵舎のわきに厩舎があってその付近を通ると馬のいななきが聞こえることがあった。冬には馬の鼻息が白く見えることがあり、正夫は親に馬がたばこを吸っていると言って笑われたこともあった。

「その家も空襲で焼けてそのまま放置してあったのですが、二年前にそこに家を新しく建てました。といっても私たちが住む家ではなく建物を幾つかの部屋に区切って住むところに困っている方達に一定の料金で貸しています。今の私たちはそこから上がる収入で生活しています。住んでいる家族は二十世帯、約百人が暮らしています。その敷地内に管理人が住む家を建ててあります。今はそこに私の弟夫婦が住んでいます」

正夫は話の内容についていけなくなっていた。要するに只野さんは目黒に結構広い敷地を所有し、そこに家作を作って他人に貸しているということだろうと考えた。

「私たち夫婦は、もう東京に住むことはありません。もし明子が東京へ住みたいというのならそこに住むことも可能です。正夫君が大学を出てしかるべきところに就職して、そのときも明子のことを思っていてくれるなら明子のことを託したいと思います。もちろん明子の意志も聞かなければなりませんが、私たちは明子はもうすでに正夫君と共に生きていきたいと願っていると確信しています。これが二つめのお願いです」

正夫はあまりにも早い展開にかなり戸惑ってしまった。

「お話を伺って、僕は今混乱しています。もちろん明子さんとこれからずーっと友達でいたいと言うことには異存がありませんし、僕自身がそう願っています。少しお時間をいただけないでしょうか」

「もちろんですよ。誰かに相談することも必要でしょうからすぐにとは言いません。できたら次に我が家へ遊びに来てくださるときに正夫君の個人的な返事が頂ければ結構ですよ。実際、私の健康がどこまで保つのかという方も心配なのです」

「分かりました」

「それじゃ、このことは明子にはまだ話さないでおきましょう。正夫君が話すのはかまいません」

「分かりました」

「それでは、そろそろ家へ戻りましょうか。明子に叱られるのはかないませんからな」

「はい」

二人は来た道を戻った。正夫は只野が病魔に冒されているようには見えなかった。家に着くと明子が待ちかねたように飛び出してきた。

「遅かったわね。どこまで行ったんですか」

「明子、悪かったね。思わず話が弾んでしまってね。遅くなってしまった」

「明子は外へ出たり家に入ったり大変だったんですよ」

「あらいやだ。正夫さん、お帰りなさい」

「ただいま。お祖父さんともっと話をしたかったんだけど、明子さんのことも気になったので、もどってきました」

「後でどんなお話をしたか教えてくださいね」

「はい、分かりました」

「それではお昼ご飯にしましょうね。用意はできていますから」

テーブルの上にご馳走が待っていた。四人がテーブルにつくと、お祖父さんがいただきますと言った。三人もそれに習っていただきますと言って食事が始まった。

「今日の昼食はイタリア料理にしました。明子が中心になってメニューをきめました。正夫さんお気に召すとよいのですが。まずはスープから召し上がれ」

スープは深い皿に入っていた。中身は黄色い細切りのもの、それにパンを焦がして小さく切ったものが撒かれている。さらに緑色の粗い粉のようなものこれはどうやら葉物野菜のようだった。それがスープに彩りを添えていた。正夫はどうやってスープを飲むのか分からなかったので、明子のやることを見てまねをした。スープは音を立ててすってはいけないのだと言うことを初めて知った。

「今日の食事も僕には初めて見るものばかりです。ああそうだ、このうどんの細いのは一度食べたことがあるものと同じかもしれません。えーと確かスパゲッチというものだったと思います。もう五年ほど前のことです。その周りにねっとりしたものが絡めてあったと思います」

「そうよ。これはスパゲッチです。絡めてあるのがマヨネーズです。マヨネーズは卵の黄身、食酢、サラダ油、食塩、胡椒、砂糖などからつくりました。ついでに説明しますと、この太いうどんの穴が空いているものはマカロニと言います。それからこちらの四角形のものはパイ生地のパンと思ってください。肉は鶏肉を燻蒸したものです。貝はムール貝がないので松島湾でとれた牡蠣を使いました。私が作ったのでお味のほどは分かりませんが、召し上がってください」

明子は何事をやるのでも一所懸命だった。特に今日は正夫に食べてもらいたいのでさらにがんばった。

「これは何というのですか」

と正夫はスパゲッチとカキなどが混ざったものを指さした。クリーム味だけど何かのピリッと言う味がとても美味しかった。

「それはボンゴレと呼ばれるものです。スパイスは限られたものしかありませんでしたので、本来のものと少し変わっていると思います」

「明子さんの家へ招かれてから毎日初めて食べるものばかりで、僕のお腹はてんてこ舞いしています」

「はっはっは。正夫君は本当に面白いね。私も明子のボンゴレは初めて食べるのですよ。正夫君じゃないけどよくできました。美味しいよ、明子」

「ありがとう、お祖父様」

明子の祖母は明子の方を見ながらニコニコしていた。

正夫は少し太めで穴の空いたものに何かを絡めて皿ごと焼いたものを食べてみた。これもとっても美味しかった。明子が正夫の様子を察して、

「それはマカロニにチーズをのせて焼いたものでグラタンと言います」

「なんだかカタカナの料理が多いですね」

「ごめんなさい、と言っても私のせいではありませんが、外国の料理で日本語には同じ名前の料理がないので原語を訳すとどうしてもカタカナになってしまいます」

「適切なご説明ありがとうございました」

と正夫はおどけて言った。そんな二人を明子の祖父母はニコニコして眺めていた。昼食も和やかに進んだ。正夫は食事の間中、只野との話のことを忘れていた。只野

も素知らぬ顔をして食事を楽しんでいた。只野夫妻は時々顔を見合わせては肯いていた。

　食事が終わると明子はキッチンへ行きデザートとお茶を運んできた。お茶は紅茶で深い色合いのいい香りがしていた。スプーンの上にレモンの薄切りがのせてあった。デザートは大きなイチゴが白いクリームに埋まるようにのせてあるケーキだった。それを配り終わった明子が席に着くと、

「アッサムの紅茶とショートケーキです。どうぞ召し上がれ」

　正夫は紅茶にレモンを搾って入れると紅茶の色が変わったのを発見した。その様子を見ていた只野が正夫に言った。

「正夫君は面白い発見をしたようですね」

「はい、紅茶にレモン汁を入れると、薄まるほど入れたわけではないのに紅茶の色が薄くなりました。どうしてだろうと考えていました」

「やはりそうでしたか。それは次に会うときまでの宿題にしましょうか」

「お祖父様ったら、お客様に宿題を出すなんてひどすぎます」

「明子、そうでもないようだよ。正夫君はさすがに化学クラブに入っているようですね」

「はい。考えてみます。明子さんも気兼ねなく」

「それじゃ、それはそういうことにしておきましょう」

　正夫は、

「ごちそうさまでした」

と言った。それで食事はお開きになった。明子は正夫を連れて自分の部屋へ行った。

「昨日の写真をお祖母様にお見せしようと思ったのだけど、正夫さんの言うとおり、お祖母様が悲しむかもしれないと思ってやめました」

「いつかお祖母さんの方からお話ししてくださると思うよ。それまで待った方がいいね」

「正夫さんとお祖父さんはどんなお話をしたの」

「それは今はお祖父さんとの約束で言えないけど、そのうち話すよ。きっと明子さんも喜んでくれる話だと思うから。そろそろお暇する時刻じゃないかと思うんだけど、列車の時刻表はある」

「ちょっと待っててね。見てくるから」

といって明子は下へ行った。すぐ戻ってきて、

「あと四十七分ほどで東北本線の下りが来ます。駅まで十分間だからそろそろ用意した方がいいかもしれないわね。私はもっとお話ししたいのですけど」

「僕はお祖父さんにいつでもこの家に遊びに来て下さいと言われているんだよ。明子さんと会うのを楽しみに少し勉強もしなければね。僕は明子さんを大切にするとお祖父さんに約束したんだよ。それは明子さんとの約束でもある」

　明子は目を見張って正夫を見つめていたが、そのうち

目を潤ませて正夫に抱きついた。正夫もしっかりと明子を受け止めた。そのままの状態でいると、

「明子さん、そろそろお出かけになった方がいいですよ」

と祖母が下から呼びかけた。明子は身体を離して目頭を拭いてにっこりした。

「正夫さん。この度は私のわがままを聞いてくださってありがとうございました。私の家には電話があります。番号はこれです。郵便局からでもかけることができますから時々電話してください。私いつでも待っていますから」

「今年中はもう無理だけど、冬休みの終わり頃にまた寄らせてください」

「お待ちしています」

二人は一階へ下りていった。祖母が何かを風呂敷に包んで待っていた。祖父母が並んで二人を出口のドアーのところまで送ってきた。

「正夫君、明子のわがままを聞いてくれてありがとう。私も久しぶりに若返った気分です。必ずまた近いうちにお出で下さいね。三人で待っていますから」

「本当ですよ、正夫さん」

明子の祖母も正夫をしっかり見つめながら言った。

「初めてお会いしたのに大変な歓待をいただきました。僕の方こそありがとうございました。来年早々にまたご挨拶に参りたいと思います。それまで宿題を考えておきます」

「明子さん、駅までご案内してくださいね」

「はい。お祖母様」

「それじゃ、ここで失礼させていただきます」

「私たちはここでお見送りしますね」

正夫は頭を深く下げてお礼を言った。正夫と明子は国鉄の駅に向かった。冬の太陽は、弱々しい光を投げていた。正夫は西の山を見たが曇っていて何も見えなかった。正夫は駅のホームで列車が来るまで明子と話をしていた。やがて汽笛の音がして列車が近づいてきた。列車が止まって正夫が車内に入ろうとすると、明子が手を差し出した。正夫は明子の冷たくなってしまった手を両手で柔らかく包み込んだ。ホームのベルが鳴りドアが閉まった。列車が発車しても明子はホームに立って正夫を見送っていた。

明子が階段を下りると改札口の外に祖父が笑顔で手を振って待っていた。明子は祖父のところへ駆け寄って抱きついた。

「お祖父様、迎えにきてくれたの」

「うん、お祖母さんが野菜を買ってきてくれと言うんで、ついでに駅まで来てしまった」

「お祖父様、ありがとう」

「うん、うん。分かっているよ。明子よかったな」

明子は祖父母の気遣いがうれしかった。

「ところでな、明子。明子は正夫君のことを本当に好き

になったのかい」

明子はぽーっと顔を赤くしてしっかり肯いた。

「正夫君はしっかりしたいい子だ。私も好きになってしまった。それにお祖母さんも大好きらしいよ」

「そこが一番心配だったの」

「もう心配いらないよ。明子の目は確かだったな」

祖父と孫は手をつないで町の商店街へ歩いて行った。

正夫は、列車に乗って座席に着くと、昨日からの出来事を思い出していた。正夫にとっては思いがけない経験だった。そして重大な責任を背負うことになってしまった。そんなことを考えていたので北上駅に着いたのに気づかなかった。発車ベルがホームに鳴り響いて窓から外を見て驚いた。明子のお土産の包みを抱えて飛ぶように走って出口へいき飛び出した。直後にドアーが閉まった。正夫は急いで乗り換え列車の止まっているホームへ向かった。そして発車のベルが鳴り出した列車に乗ることができた。西に向かうにしたがって空が曇ってきた。大新田町へ着いたときは雪が降っていた。路面は濡れているだけで、まだ雪が積もっていなかったが、この分では大雪になりそうだと思った。正夫はすぐ自転車を取りに新聞店へ行った。店の人にお礼を言って自転車に乗り家へ向かった。雪を運ぶ風は冷たかった。とくに小野田川の橋の上は身体が縛られるように寒かった。諏訪村の町中は人の姿もまれになっていた。愛香山に差し掛かると路面にうっすらと雪が積もりだしていた。そのときには正夫の身体は寒さを感じなくなっていた。むしろ暖かく感じられた。ようやく家へ着いた。弘は家にいて何かの書類を見ていた。

「ただいま」

弘は書類から目を上げて正夫を見た。

「おかえり。ゆっくりだったな」

「うん。思いがけない話が次々に出てきて長くなってしまったんだ」

「そうか。楽しかったか」

「うん。たくさん話ができた」

正夫は本当のことを弘にも言えないと列車に乗っていて考えてきた。だけど嘘をつかないように工夫した。

「今夜も俺は会合があるので早めに食事にしようかな」

「分かった僕が用意するよ。お風呂はどうする」

「雪が降っているだろう。湯冷めするといけないから今夜は止めておこう」

「根雪になるのかしら」

「そうさなあ、すでに根雪になっていてもいい頃合いだからな。それもあるだろう」

「いよいよ本格的な冬になるんだなあ」

「農作業も区切りがついたし、後は家族がそろうのを待つだけだなあ」

「姉ちゃんも帰ってくるのかなあ」

「それは分からないな。姉さんの会社は今かなり忙しいらしいからな」

「柳川製作所も仕事が忙しいのかしら」

「親が帰ってくれば二人で来るかもしれないな」

「そうだ、お土産があったんだ」

「お土産って、どこの」

「昨日行った家で作ったものだって言っていた」

正夫が重箱を開けると中身は形が崩れていた。

「自転車を飛ばしてきたから形が崩れてしまった。でもこれ美味しいと思うよ」

「それじゃあ、これをおかずに早いけど晩飯にしようか」

「すぐ味噌汁を作るから少し待ってて」

弘はまた書類を読み始めた。農作業の共同化は進んでいるようだったけど何か問題が発生したのだろうか。台所の方から正夫の作る味噌汁の匂いが漂ってきた。正夫は食卓を用意して味噌汁をお椀についだりご飯を盛り付けた。それと小皿を二枚ずつそろえ、食事の用意が調ったと弘に声をかけた。

「惜しかったなあ。魚の天ぷらはそのまま食べることができそうだが、煮物は他のものと和え物になってしまったな」

「ゆっくり自転車をこいでくればよかったね。折角のご馳走が台無しだ」

「それでもこれはなかなかの味だぞ。お前も食べてみろ」

「ほんとだ。味はいいね」

こうして正夫は、ささやかな食卓に色を添えた明子の手作りの料理に感謝した。食事が終わり、後片付けが済むと弘は、

「それじゃ、出かけてくるからな。風邪を引かないようにしろよ」

その日の正夫の服装は、半袖シャツ、Ｙシャツのようなもの、その上に学生服を着ただけだったのだ。明子の住んでいる松島は海に近いのでやはり気温に影響することを知った。正夫は明子の祖父の宿題のことを思い出した。

ここは実験をする必要があると考えた。それにはまず紅茶とレモンが必要だった。それとこれは思いつきだが重曹も必要だった。紅茶と日本茶では違う反応が出るかもしれないが、重曹はあるからそれで実験してみることにした。お茶を普通の濃さに出して重曹を少し入れてみた。すると不思議なことにお茶の色が少し濃くなった。正夫はふと思いついた食酢を薄めて使ってみた。食酢を薄めて濃いめに入れたお茶に加えると水で薄めた場合よりもお茶の色が薄くなった。それに重曹水を加えると再びお茶の色が濃くなった。これらの実験の結果をまとめると、お茶は酸性水を入れると色が薄くなる。逆に重曹水を加えると色が濃くなる。これが紅茶でも同じかどうかを調べる必要があった。しかし紅茶とレモンは諏訪村では売っていないだろうから、大新田町へ行って買わなければならない。しかし今降っている雪は根雪になると

それも難しい。開拓団事務所にあるかもしれないと考えて明日事務所に行ってみることにした。そこになければ三学期が始まるまで待つしか無かった。それともう一つ新しい問題ができた。それは紅茶と日本茶の作り方にどんな違いがあるかと言うことだ。

正夫は疲れが出てきて眠くなったので布団を敷き、寝についた。

翌日正夫は明子に手紙を書いた。

〝明子さん、楽しい二日間を過ごすことができありがとうございました。

お祖父様、お祖母様、この度は初めてお会いした僕をこの上ない歓待でお迎えいただきありがとうございました。楽しい時間を過ごすことができました。なんとお礼を申し上げたらよいか分かりません。ありがとうございました。

明子さん、松島から乗った列車の車中で明子さんのことを考えていて、危うく北上駅を乗り過ごすところでした。なんとか飛び降り、乗り換えることができました。大新田駅に到着したときには雪が降っていました。そのときはまだ積もっていませんでしたが、夜を通して激しく降り続き、この様子では根雪になりそうです。今朝八時頃には約八十六㎝の積雪になっていました。僕は毎年のことだから、何とも思いませんが、降雪量の少ない地方の方（例えば明子さん）には大変だと感じるでしょう。今日中に百五十㎝を超す深い雪になりそうです。

僕は今、お祖父様の宿題を解決する努力しています。我が家には紅茶がないので日本茶で実験してほぼ解決したと思います。次の段階は日本茶と紅茶とでは何か基本的な違いがあり、それが実験結果に影響していないかを調べます。それには両者の製造方法について調べなければなりません。これは高等学校の図書館に行かなければなりません。報告はその後になると、お祖父様にお伝えください。

年末の二八日に両親と兄姉が帰って来ると知らせて来ました。姉は会社の仕事が忙しいので、一月三日には東京へ戻ると言っていました。両親と兄は一月五日頃まで家でのんびりすると書いてありました。

それで明子さんに会う日を一月七日以後にしてほしいのですがお願いできるでしょうか。

只野明子様

寺田正夫〟

正夫は手紙を書くことの難しさを感じた。自分の考えていることが、この文章で通じるだろうかという疑問が出てくるのだ。それにもっともっと書きたいことがあるのに書けないもどかしさもある。それは自分の書く力が不足していること、その原因は文章をただ読み進んで来たことの結果だと考えた。と正夫は気づいていた。それで高校二年生になってから文章の読み方を変えてみたのだ。

ある文章を読むとき、初めに文章全体が何を表現したいのかを考えてザーッと読む。次に各文章がどんな意味を持っているかを考えて精読する。その上でその文章が持っている可能性、つまり読んだ人にどんな感銘とは言わないまでも影響を与えるかを推測する。

しかし、そんな文章を書くことは今の正夫には到底及ばないことだと自覚せざるを得なかった。それで、できるだけ簡明に書くように気を付けていたが、書いた手紙を読み返してみると、心のこもっている文章とは言いがたいと思ってしまうのだ。すぐに思うような文章を書けるようになる訳ではないので、練習するしかない。正夫は、その手本として、芥川龍之介の小説を参考にすることにした。

南村郵便局へ手紙を出しに行った。積雪は一三〇cmほどになっていた。ただ防風林の東側は八十cmほどだった。朝のうちにと思っていたのでワラ靴をはいて、雪が靴の中に入らないように上のところを縄で縛った。県道へ出るとそこはまだ誰も通った様子がなかった。雪をかき分けるようにやっとの思いで郵便局へ着くと開店休業のようで、窓口には誰もいなかった。

「すみません」

と大きな声で呼びかけること数回目にしてやっと人が出てきた。それは中学の同級生で、今は大川工業高校の土木科へ通学している男子だった。彼に手紙を見せることはできないと思い、局員の方を呼んでほしいというとまだ来ていないというので切手を買って封筒に貼りポストに投函した。正夫は、彼と少し話をした。彼は高校を卒業したら東京の土木関係の会社に入りたいと言っていた。

正夫は勉強の結果次第で東京へ行くことになると言って言葉を濁した。

郵便局からの帰りに開拓団の事務所へ寄ってみた。精油工場の人と事務の人が出勤していた。正夫は事務の人に、

「僕は寺田正夫といいます。失礼ですが、こちらに紅茶はありませんか。もしあったら少しでいいのですがいただけませんでしょうか」

「紅茶、そんなものがあったかなあ」

といいながらガラス戸付きの戸棚の中を探してくれた。すると七、八cm角の缶が見つかった。そして事務員が缶を振ってみるとカサカサと音がした。

「古いものだと思うがあったぞ、缶がさびているので、もうこれは飲むのは無理だと思うので缶ごともっていきな。そんなものをどうするんだい」

「ちょっと実験してみたいのです。湯で出した紅茶にレモンを入れると紅茶の色が薄くなるんです。それがどうしてそうなるのかを調べたいんです。まさかレモンは無いでしょうね」

「ちょっとまてよ、黄色いミカンを先週もらったけど、

あまりの酸っぱさにそのままうっちゃってあるかもしれない」

　といって茶器の置いてあるあたりを探してくれた。すると、萎びてしまったレモンが見つかった。

「これでよければ持っていきな。何でもすぐ捨てないでとっておくもんだなあ」

「どうもありがとうございます。昨日は日本茶でやってみたら予想通りの結果になったのですが、やはり紅茶でもやってみたかったのです。しかもレモンまであったなんて僕には奇跡が起きたようです」

「おいおい、大げさ過ぎるんじゃないか。もしかしたら、紅茶にレモンを入れると色が薄くなるのが不思議なのか」

「そのとおりです。どうしてか知ってたら教えてください」

「そうさなあ、もうずいぶん前のことだけどな私のいってた学校で日本でもようやく飲まれるようになってきた紅茶を作ることができないだろうかと研究していた人に話を聞いたことがあったな。日本茶と紅茶の相違は、日本茶は摘んできた葉を蒸して手で揉んで細かくする。他方紅茶は摘んできた茶を発酵させるという。これで日本茶は緑色になり、紅茶は橙色がかった茶色になる。お茶を浸出させて出てきた成分の中には多数の成分が含まれている、その中に酸と塩基で色の変化する物質がある。その物質がレモンのような酸性物質によって色がうすくなり、塩基物質、例えば重曹によって色が濃くなる。その変化に関わる物質は分からないけどな。変色することは事実だ」

　正夫は事務員の人が話してくれたことを必死にメモした。これで家へ戻って食酢と重曹水で試してみることにした。この実験は、学園祭で発表したことと関係があることに気がついた。明子の祖父は正夫達がやった学園祭の発表について明子から聞いていたのかもしれないと思った。正夫はやはり明子の祖父は科学者なんだと推測した。

　諏訪中学校同級会をやるという通知が来た。期日は一月七日午前十一時から同中学校の二階の教室を使うという。正夫は卒業してまだ二年しかたっていないのにもう同級会をやるのかと不思議だった。いずれにしても七日は出席不可能だった。何故かというと明子との約束が先に決まっていたからだ。

　正夫は久しぶりに英一に会った。英一は、

「もう同級会をやるんだってさ。まだ卒業して二年しかたっていないのにな」

「俺も同じことを感じた。高校へ行っていない人は暇なのかなあ」

「いや、案外寂しいのかもしれないぞ。それで仲間を集めてみようと考えたかもしれない」

「それに社会人になってしまえば飲んじゃいけない酒も飲めるしな。いや酒は出ないかな」

「ところで正夫はどうなってるんだい」

「何がさ。身体に異常は無いけど」

「いや、雅子のことさ。最近、話をする機会もないと悩んでいるみたいだぞ」

「そのことは俺から彼女に話す。それよりか英一君がずーっと前に言っていたことだけどな、二年の時の担任と当時の女生徒との噂のことを何か知っているのか」

「そのことだけどな、最近大変なことになっているようだぜ」

「何が起きているんだい。まさか担任が転勤とか退職を選べってなことになっていると言うんじゃないだろうな」

「正夫は何でそのことを知っているんだ」

「えっ、やはりそんなことになっているのか」

「これは幸子から聞いた話だけどな、担任のことがばれて職員会議が混乱しているんだそうだ」

「やはり、ほんとのことなんだな」

「それにしても、正夫はどうしてそのことを知っていたんだい」

「それがな、不思議なことなんだけど、幸子が夢の中に出てきて俺に雅子のことを考え直した方がいいと教えてくれたんだ。それから今職員会議で大問題になっているとも言っていた」

「そんなことが起きるのかなあ。でも現実はそうなっているんだから…。もしかして幸子も正夫のことを好きになってしまったとか」

「冗談でもそんなことを言っちゃだめだ。そんなことは絶対無いさ。幸子も誘われたらしいんだけど、進むと付き合っているので無理だと断ったと言っていた」

「そんなことまで言ったのか。まさか面と向き合って話を聞かされたんじゃないだろうな」

「俺も不思議だったけど、今英一君が話したこととそのままだから信じてもいいんじゃないのかなあ」

　正夫は本当にこんなことが起きることがあるのかと不思議に思った。

「ところで担任には奥さんがいたんだろうしな」

「もちろんいたらしい。それともっとすごいのは、大新田中学の女先生とも問題が起きているらしい」

「大人ってみんながそうじゃないと思うけど、困ったもんだな」

「それじゃ、同級会どころじゃないんじゃないのかなあ」

「誰かにな、確かめてみようか。分かったら後で連絡するよ」

　正夫は都合があって出席できないだろうと英一に話した。

「ご両親が帰ってくるのか。久しぶりだからなお袋の味を味わえるんだなあ。それと何かお土産があるかもしれないしな」

「何言ってるんだい。俺はもうお土産をほしがるガキじゃないぜ。でも一つだけ欲しいものがある」

「それはおそらくラジオだろう」

「何で分かったんだい」

「長い付き合いだからな」

「それはとにかく俺も三学期から忙しくなる。来年度は幸運なことに進学適性検査は実施されないことに決まったそうだ。ということは受験者の多数が国立大学に集中することになるという予想だ。だから受験者にとっては厳しいものになる」

「大学受験も大変だなあ。俺たちは高校を卒業してしまえば就職が待っている。人手は相当不足しているらしいので就職はできるだろうと思う」

「それも一つの生き方だろうし、俺たちのように就職は先送りにする人生もあるのだろうなあ」

「まあ、その話はいつかまたしようぜ」

「そうだな。とりあえず同級会が問題だ」

「それじゃ、またな」

「バイバイ、またな」

昔風に言うと、年の瀬の十二月二十八日になった。生活上は旧暦で起こなわれることが多い。それで正月と言っても晴れがましいことはあまりなかった。

その日正夫の両親と長兄と姉は昼少し前にたくさんの荷物を持って家に着いた。

「お帰りなさい。バスは雪で大変だったでしょう」

正夫は、みんなに気を遣って言った。


「諏訪村に近くなるにしたがって雪が深くなってきたので時々運転手と車掌さんが雪かきをしてたわね」

「お父さんも寒かったでしょう。バスの暖房は効かないから」

今度は弘が父に聞いた。

「そうだったなあ。東京は雪がないだけでも寒さがゆるい」

さらに兄の顔を見ながら、

「兄さんは少し痩せたかなあ」

「そんなことは無いと思うけどなあ。それより正夫はちゃんと勉強しているのか」

「それは大丈夫。二学期末の試験で三年になったとき日本史を選択すれば一組に入ることができると先生に言われた」

「そうかあ、頑張っているんだなあ。それじゃ正夫に特別のお土産を持ってきた。これだ、開けてみな」

「へえー。ずいぶん大きいんだね」

といって正夫は兄のお土産の箱を開けた。中には表面がつるっとした手触りのプラスチック製の箱があった。正夫はそれをとりだして、驚いた。英一が言っていたようにラジオだった。それも雑誌に広告が載っている新式のものだった。

箱には「マジックアイ付き五球スーパー」と書いてあった。正夫はもう他のことに見向きもせずにラジオを見ながら説明書を読み出した。一通り読むと正夫は電源プラグをソケットに差しこんだ。右上についている丸い部分がしばらくして明るくなった。初めは薄い青色だった。その色が濃くなり緑色になったときブーンと音がした。しかしその他の音は聞こえてこなかった。正夫はもう一度説明書を読み直した。すると電源につなげる前にアンテナを張る必要があると書いてあった。箱の下の方を探ると細くて長い電線が見つかった。それがアンテナ線だった。線の片方を三㎝くらいゴムの被覆を剥がしラジオの後ろにあったアンテナというツマミに巻き付けてネジを締めた。反対の端を窓の外に垂らして再びラジオのスイッチを入れた。すると小さな人の声が聞こえた。ラジオの正面についている音量と書いてあるツマミを回してみた。すると音が大きくなり人の声がよく聞こえるようになった。しかし雑音がガーと聞こえた。

　正夫は次に周波数というつまみを回し始めた。すると音が大きくなったり小さくなったり、全く聞こえなくなったりした。左から右へ回し始めて最初に音が大きくなったところで止めた。声がはっきり聞こえてきた。

　その所作を話をしながら見ていた親兄姉が正夫の方を見て手をたたいた。

「正夫、よくできたな。さすがに器用なもんだ」

と兄が言った。

「正夫も蛙の子ね」

と姉が微笑んだ。正夫はまた「蛙の子」という言葉を聞いた。

「これで天気予報や台風情報が聞けるようになったね」

「電気屋の人が大学受験講座というのを夜やっていると言っていたぞ」

「ほんとう、新聞の番組表を見てみるね」

　正夫はすぐ新聞を見た。番組表の文明放送の欄の午後十時から三十分間の番組が二つ出ていた。今夜から早速、聞こうと決めた。でも大きな音を出したらみんなの睡眠の邪魔になると気づいて困ってしまった。正夫はもう一度説明書を読み直した。するとイヤホンという言葉が見つかった。その取り付け口がラジオ前面の左の下の方にあった。今まで使っていたイヤホンを使えると思って取り出して差し込み口とイヤホンの差し込み部分はピタッとはまった。

　するとイヤホンから音が聞こえてきた。と同時にラジオの音が消えた。これで正夫は夜の大学受験講座をラジオで聞くことができるようになった。

　正夫は家族の方を見てにっこり笑った。兄が、

「やはり蛙の子だな」

と、また言った。これで今日は二度目だ。

　正夫はもっと小さいときだったら、何故俺は蛙の子なんだと悩むところだったと思った。しかし今聞いた兄と姉の言葉は一種の褒めことばだと分かっている。

「兄さんありがとう」

「役に立つといいな」

「お腹が空いたわね。何か作りましょうか」

母が立ち上がろうとした。

「昼の用意は正夫が何か作っていたよ。もう少し待って温めるから」

といって弘が台所へ立っていった。正夫はラジオにすっかりとりつかれて昼食の用意を忘れてしまった。

「正夫は何を食べさせてくれるのかしらね」

「うどんじゃないかしらね。暖かいものだといいのだけど」

弘が炬燵の天板に人数分のどんぶりを置いた。どんぶりは湯気を立てていた。

「これは正夫が父さん達が帰ってきたら絶対食べさせるんだと昨日から用意していたんだ。美味しいよ」

「どれどれ。うん香りはいいな」

と父親が言った。他の家族も、

「うん、これは期待できるな」

などと口々に言い合った。

「なかなかいい味を出してるな。これは鳥と椎茸だな」

「あたり」

と突然、正夫が言った。

「正夫は料理の腕を上げたね」

母親が正夫を褒めた。

「これはとっても美味しくできてるわね。どこかで修行してきたみたいね」

「へ、へ、へ」

「何よ、変な子ね」

「なんだその笑い方は、少し下品だぞ」

と上の兄に注意された。

「ごめんなさい。気をつけます」

とにかく家族は再会を喜び合った。食事が終わると両親と兄姉は弘といろいろ話し合っていた。正夫はもうラジオに夢中で何も聞こえなくなってしまった。

夕方になって隆と新子が二人で家へやってきた。しかし翌日も仕事があると言って挨拶だけして戻っていった。姉が、

「何しに来たのかしらね、あの二人」

と言うと、長兄が、

「郷に入らば郷に従えと言うことさ」

「隆兄さんは嫁の家に入ってしまったから、嫁の言うことを聞かないわけにいかないのかもしれない」

「まあそんな言い方はよしたがいい。人には立場が変われば考え方も変わることがあるだろう」

と父親が言ってその話は打ち切りになった。母親は少し困ったような顔をしていた。そのとき正夫が、

「風呂が沸いたよ。お父さんからどうぞ」

「お父さん先に入ったら」

母親が言った。

「そうだな。布団を敷いておいてくれ。風呂から出たら少し休みたい」

「わかっていますよ」

正夫は、父と母の間には今でも以心伝心が生きている

んだと思った。生意気なようだけど、と前提を付けて〝素敵な両親〟だと思った。両親は結婚して東京に住み始めて関東大震災と東京大空襲という災難に遭い二度も全財産を失ってしまった。しかし、その苦労を乗り越えて、たくさんの子供達を育て上げた。だからというわけではないが、正夫は両親に感謝している。その気持ちは明子も同じだと思った。明子も両親を戦争で失い祖父母に育てられた。明子は祖父母に対して甘えることがなかったのかもしれない。現実を受け止めるのにきっと必死で生きてきたのだろうと思った。正夫ははっとした。そして気づいた。正夫は明子を本気で好きになってしまったということを。

　まだ四回しか会っていないのに、こんなに明子に惹かれるのはどうしてなのだろうか。この気持ちは心から本気だと誓える。正夫は明子に早く会いたいと思った。

　弘と長兄はどうやら畑のことを話し合っていた。畑の耕作面積を少し縮小したらどうかということだった。それと縮小した分を田んぼにして稲作と麦を交代でやるという技術的な話もしていた。

　畑の話が一段落したとき、弘が隆兄に結婚を勧められていると長兄に話した。正夫はこれは大変なことになってきたぞと思った。弘兄にお嫁さんが来れば、正夫はどういう立場をとればいいのか考えなければならないだろう。その上に、その女性は正夫の中学までの同級生の姉さんというのだから驚きだ。そいつは中川勝彦という名前だった。家は進の家の少し大新田町寄りの大きな家だ。庭にはイガのない栗がなる木があると言っていた。勝彦は正夫にとってイヤな思い出があった。その勝彦と親戚付き合いをするなんて真っ平ごめんだと思った。しかし実際は弘のことだから、正夫とは直接関係ないといってしまえば済むことじゃないだろうし、困ったことになった。しかし、くよくよしても仕方ないことだし、逆に弘にお祝いを言わなければならないことだと考え直した。話がはっきり決まったらお祝いを言おう。

　そのとき姉が、弘に言った。

「弘は、その話があってから、その女性に会ったことがあるの」

「まだ会ってないよ。だって、どうだという話があっただけだから」

「そう、まだ話を持ってきただけなのね。よく考えなさいよ」

「そんなこと当たり前だよ」

「隆は何で親に相談しなかったのかなあ」

「そこがちょっとひっかかるわね」

　正夫は困ったことになったと思った。折角両親や兄姉が東京から帰ってきて家族が集まったのに、どうしたらいいのかわからなくなってしまった。そのとき父親が風呂から出て部屋へ戻ってきた。母親が台所の方へそっと来るように手招きした。父親は不思議そうな顔をして母親のところへ行った。

「隆がね、弘に縁談を持ってきたんだって、一番上がまだだし、女の子がまだだって言うのに。それで上の二人が弘に何か言ってるのよ」

「弘はどう言っているんだ」

「それはわからないけど、そういう話があったと言うだけだと言っているの。上の二人は、隆が親に相談もしないで、弘に直接話してしまったことにも困ったって言っているの」

「そのうち隆から我々に話があるだろうさ」

「そうですね。新子さんの考えたことかもしれませんね」

「隆は正月にはゆっくり来るんだろう。そのとき話をするんじゃないのか。それまでほっときなさい」

　こんな話が正夫の耳にも入ってしまった。正夫はこれで当分明子のことを親兄弟に話せないなと思った。それはそれでよかったのかもしれないとも正夫は考えた。

　夕飯は母が作ってくれることになった。母親の作ってくれるものは何故か同じようにやっているのに旨いのだ。正夫はこれはよく観察して何が違うかを見ておこうと思った。食事が済むと次々に風呂に入って出るとすぐ奥の部屋に行って寝てしまった。

　翌朝、英一が正夫の家へやってきた。正夫は風呂の掃除をやっていたが一時中止して英一と会った。

「おはよう。正夫」

「おはよう。英一君」

「今日、進らと十時頃に会うことになったんだけど、正夫も一緒に行かないか」

「昨日両親が戻ってきたので、ちょっとなんとも言えない。出かけるときに寄ってみてくれないか」

「わかった。それじゃ行くときに寄るわ。もしいけるようなら一緒に行こう」

「そうしてくれ。ほんとはみんなにも会いたいのだけどなあ」

「そう言ってたと伝えておくよ」

「それじゃ、またあとで」

　正夫は、同級会を開くかどうかをみんなで話し合って決めるほどのことじゃないと思った。正夫は風呂の掃除に戻った。洗い場は、いつも弘と二人だけしか入らないが、昨夜は家族全員が入ったので汚れがひどかった。それで念入りに掃除した。水は寒い時期は早くから汲み入れておくと気温で水温が低くなってしまうので、天気が変わらなければ風呂を沸かし始める直前に汲み入れることにしていたので、朝の内には水を入れない。炊事場の桶には水を入れ替えておいた。これで正夫がやる仕事は半分くらい終了した。

　正夫は両親に、

「これから友達と話し合いがあるんだけど行ってきてもいいかしら」

　と聞いた。

「風呂を焚く時刻までには戻ってきなさいよ」

という母親に、弘が口出しをした。

「たまに友達に会うんだから、ゆっくりして来いよ。風呂は俺が用意するから安心しな」

「水を入れてないけど、入れておこうか」

「それも心配しないでいいぞ。沸かし始める前に俺が汲んで入れるから」

「弘兄さんありがとう」

「いつもよくやってくれているのだから、たまにはいいさ」

正夫は、英一が迎えに来たので一緒に中学校へ行くことにした。

「正夫、両親と久しぶりに会った感想は」

「相変わらず寒がりやだな。便所へいくときの他は炬燵から出てこないよ。若いときは少しは動いていたんだけどなあ」

「東京は諏訪村と違って少しは気温が高いのだろうからな」

「そうだな。兄姉は若いからそれほど応えないらしいけれど、雪には参っているようだ」

そんな話をしながら雪の中を中学校へ向かった。正夫は、冬休みが始まってすぐ作った新しいワラ靴をはいていた。ワラ靴の中には柔らかくたたいたワラを入れてあるので雪道を歩いても足が冷たくならなかった。

中学校へ着くと大川市の高校へ通学している仲間が一人を除いてすでに集まっていた。

「よう、しばらくぶりだったな。といってもまだ一週間しか経っていないけどな」

「それにしても同級会をやるというのは早すぎないか」

「それじゃ、全員集まったようだから話し合いを始めよう。数人から少し早いが同級会をやろうと発案があった。俺も少し早すぎないかと言ったんだけど、やれなくなってしまうかもしれないというのでみんなに相談して決めようということになった。何か言いたいことがあったら言ってくれ」

みんなは同級会を開けなくなるかもしれないという理由を薄々知っているようだった。それでその理由を聞くものはいなかった。誰も意見を言うものが出なかったので同級会を開くことに決まった。期日は一月七日になった。場所は例の通り諏訪中学校に決まった。高校の歓迎会のことを思い出して、メニューはカレーライスにすることで一致した。

その後雑談になった。澄子と幸子が正夫のところへ近づいてきた。例の話をするんだなと正夫は少し緊張した。

「幸子に一つ聞きたいことがあるんだけど」

「珍しいわね。正夫君から話を聞きたいなんて」

「それがな、とっても変な話なんだけど」

「格好付けないで話しなさいよ、ねえ澄子」

「それじゃ言うけどな、絶対勘違いしないでくれよ」

「まだ勿体付けるの」

「実はね、幸子が夢の中に出てきた」

「へー。たまげたわ。それで私が何か言ったの」

「夢の中で、幸子は俺に雅子のことで話があると。そしてあの子は中学二年の担任と付き合っていると言ったんだ」

「そんなことをオレが言ったのすか」

　幸子はおどけたように方言が出た。澄子は黙って聞いているだけだった。

「それから、おれも担任に誘われたけど断ったって言った。僕もそんな噂は聞いたことがあったけどあの先生がとどうしても信じられなかったし、雅子がその相手だなんて酷すぎるだろう」

「夢の中でそんな話が出るなんて不思議ねえ。ねえ澄子」

「そうねえ。そこまで話がわかっているなら雅子のことを話した方がいいかもしれないわね、幸子」

「じゃあ、澄子から話してよ」

「わかった。雅子がね、目にいっぱい涙をためて私に話したの。あの子は担任とのことをすごく後悔しているの。何も知らなかった中学二年の時のことだから当たり前よね」

「俺はその話を忘れようと思っている。だから本当は聞きたくない」

「でもね、これは聞いてほしいの。そうしないと雅子は姿を消してしまうかもしれないから、正夫だってそんなことになるのは嫌でしょう」

　正夫には意味がわからなかったが、とにかく澄子の話を聞くことにした。

「正夫は、雅子のことを嫌いじゃないって言ったわね。諏訪山登山の少し前のことだけど。そのことは雅子に話してあるの。雅子はそれでも喜んでいたのっしゃ」

　正夫は、女って言うのは余計なことを平気でするもんだと少し不愉快になった。今聞いている話だってお節介じゃないのか。そのことを言おうと思ったが、澄子がどんな結論を持っているのかも知りたかった。だが、本当は何も知らないでいた方がよいのだとも思った。

「雅子は結果的には正夫に救いを求めていたのかもしれないわね。でもその後も担任の呼び出しにはついて行っていたらしいのっしゃ。私たち二人はそれだけは止めた方がいいって言ったのよね」

　だけど何かの理由で、雅子は止められなかったらしい。正夫は、雅子の家へ行ったときのことを思い出した。あの厳格そうな母親は雅子の変化に気がつかなかったのだろうかと。もっと早くに気付いて手を打っていたら、今のような苦しい状態にはならなかった。正夫は雅子をかわいそうな人だと思った。やはり父親がいないということが厳格さを欠くことになってしまったのか。

　結局、澄子は何も結論のようなことを話さなかった。前にはあんなにやきもきしていたのに。

　幸子が代わって話し出した。幸子の方がはっきり割り切っていた。それは夢の中で正夫に話したことと同じだった。

「それで正夫君はどう思っているのっしゃ」

「俺もいろいろ考えた。それで大新田高校に俺のことを知っている先生がいて、その先生に相談した。その時、雅子のことは一言も言わなかった。先生は、俺にこう言った。男と女が惹かれ合うことはごく自然なことである。しかし付き合いが深くなれば自然の摂理というか妊娠の可能性が出てくる。そのとき二人はまだ若いのでどうすればよいかわからないだろう。しかし、君の夢はそこで終わりになるかもしれない。それでも彼女と付き合うというのならそれなりの覚悟は必要だろう。そういう人生もあるだろうし、困難を乗り越えて夢の実現に向かって進むことも不可能ではない、と言ってくれた。俺はそれから悩み抜いた」

「それで正夫の判断はどうなったの」

「俺は小さいときの夢を捨てきれないと思った」

「ということは雅子とのことはみんな水に流してしまうと言うことね」

「そう決心した。それで雅子さんとは距離をおき、時間をかけて俺のことを忘れてもらうのがいいだろうと決心した。もちろん雅子さんには謝らなければならないだろうがね」

「そうかあ。先生に相談していたのかあ」

「雅子はそのことを知らずにいたのかしらね。雅子は、もう諦めていたのかもしれないわね。この前話をしたとき、正夫君のことを一言も言わなかったからね」

「正夫君のことを私は理解できたと思う。君の夢を期待してみているわよ」

「私たちの中に一人くらい変わった人がいてもいいわね」

「雅子には君のことを話すの止めたわ」

「そうしましょう」

それで話は終了した。男子は何か言いたそうだったが、離れた場所にいて三人の話し合いを知らんふりをしていた。

　正夫は澄子と幸子と話し合った後で男子のところへ行った。少しぎこちなく感じたが、誰も何も聞かなかった。英一が近づいて耳元で少し話があると言って別の教室へ正夫を連れて行った。

「澄子と幸子との話はどうなった。雅子は今日来ていなかったし、みんなが心配している」

「それは俺も心配していた。今のことがみんなの知るところとなっては苦しいだろうな」

「俺もな噂が本当になってしまうなんて、あの先生はどうなっているんだろうと怒りを覚えることがある」

「いい先生だと思っていたんだけどなあ。熱心に勉強見てくれたのになあ」

「先生の奥さんだっていたたまれないよなあ。教え子の中学生だぜ」

「正夫はどう思っているんだい。どこまでいってたんだい」

「どこまでって何のことだい」

「ほら、手をつないだり、キスしたり、その後のこととかさ」

「何故そんなことを英一に言わなけりゃいけないんだい。そんなこと、逐一他人に言うことじゃないだろう」

「だってさ、みんな心配しているんだぜ」

「何を心配しているんだい。君もその一人なのか」

「イヤ、悪かった。そんなことを他人に言うことじゃないよな」

「これだけ言っておくが、担任のようにはなっていなかったぜ」

　正夫は酷なようだが、これで自分の夢を追うことに専念できることになったと思った。それより、ここまでみんなに担任とのことが知られてしまっては雅子は身の置き所がないだろう。担任も罪なことをしたもんだ。雅子が正夫に近づいてきたのは担任から距離をとりたくなったからだろう。そう思うと正夫は、雅子がかわいそうになってくるのだった。澄子達がいい相談相手になってあげれればよいと思うのだった。

　澄子は、雅子は今大川市の親戚の家に身を寄せていると言った。

　その日の話し合いはなんだかすっきりしない気分のまま終わった。正夫は、英一と話をしながら帰ろうかと思ったが、英一は工業高校の仲間と話があるというので一人で先に帰ることにした。昼食の時刻が過ぎていたが、母親が正夫の食事を用意しておいてくれた。父親は酒を飲めれば雪見酒としゃれるのだが、炬燵に入ったまま動こうとしなかった。相変わらず新聞は隅から隅まで読んでいた。東京から帰ってきた兄姉は雪の中畑を見に行ったが、一面真っ白だと言ってすぐ戻ってきたらしい。大人にとって雪の積もった状態は、何もすることがなく退屈のようだった。姉は東京から持ってきた女性週刊誌を見ていたが、それもすぐ読み終わってしまった。後は炬燵に入ってラジオ放送を聞いていた。弘は縁側でもらってきたワラでせっせと縄をなっていた。正夫は新しく買ってきてくれた参考書を読み始めた。母親は近所の家へ行って話し込んでいるようだった。正夫は普通の生活がここにあると思った。

明子からの手紙

　夜になると、前に隆が作った「麻雀牌」を取り出して兄姉でやった。正夫は単純なゲームにすぐ飽きてしまった。

　雪は今では百七十㎝ほど積もっていて、山がこんもりと丸くなったように見えた。いつも薪取りに行っていた松林も雪で山のようになっていた。もうすぐ正月になるが、正夫は子供の頃のようにうれしいと思うことも無くなっていた。愛香山の斜面では竹で作ったスキーのようなものでよく滑ったものだった。近くの山には兵隊の掘った塹壕の名残があり、そこへ落ちたときはどうしようかと必死で這い上がろうとしたができなかった。英一が来て助けてくれたおかげで事無きを得たが、もし英一が来なかったらどうなっていただろう。ソリでもよく遊んだ。座るところの前に舵取り用の小さいソリを付けて足で向きを変えるのを発明したのは正夫だった。そのソリはその後も大原台の子供達に受け継がれていた。わら靴作りも今年が最後になるかもしれない。というのは姉が長靴を買ってきてくれたからだ。少し大きかったが叩いたワラを入れて履くとちょうどよく足になじんだ。高校へワラ靴で行くのはイヤだったので姉には感謝した。大切に使わなければいけないと思った。

　二十九日になって雅子から手紙が届いた。そこには会えなくて寂しいと書いてあり、私の馬鹿さが大変な問題に発展してしまったことの反省と正夫に対する謝罪の文章が綴られていた。正夫が自分と距離をとるようになったことで、担任とのことが知られてしまったと思った。正夫に対して積極的に接しようとしたことが誤解されていなければ嬉しいとも書いてあった。それはどういうことなのだろうか。担任と深い関係にありながら正夫に近づいたことを言っているのだろうか。正夫には理解できないことだったけれど、それは一種の裏切り行為だともとれる。一つは担任に対しての裏切り行為であるようにもとれる。それももう済んでしまったことだと正夫はすでに割り切っていた。だからこんな手紙をくれなければいいのにと思った。正夫は返事を出さないことにした。

　正夫は、諏訪山登山のときのことが遠い世界の出来事のように思えるのだった。大新田高校の山形先生に相談するのが遅かったらどんな展開になっていただろうかと思うと恐ろしくなった。このことで正夫は一歩成長したのかもしれない。女子高生というのはもう子供ではないのだと言うことを知ることができた。山形先生の言った男と女が深い付き合いになれば生物学的に子孫ができる可能性は高い。その準備と覚悟があるかと言われれば正夫には、全く自信が無かった、と正直に認めざるを得なかった。

　十二月三十日。久しぶりのからっとした晴天になった。今日は餅つきの日だ。子供のようにははしゃぐことはなかったが、楽しい一日になると思った。前日から用意したコウリャンの粉を練ってせいろに入れて蒸す作業から始めた。蒸し上がると臼に移して杵でこねていく後、粘りが出るまでつくのだ。付き上がったら打ち粉を撒いた台の上に移して伸し餅にする。一部は団子状にして後でアンコをまぶしてみんなで食べるのだ。

　次は餅米を蒸して、蒸し上がったら臼に移しコウリャンの場合と同じように捏ねて、ある程度粘りが出たら杵でつく。最初についた餅でお供え用の鏡餅を作り、残りを丸くちぎってアンコや大根下ろし、きな粉などをまぶして食べる。大根おろしで食べると、少し辛みがあり餅の甘みとよく合うので美味しい。おろし餅と言うが、この食べ方は諏訪村に来て初めて知った餅の食べ方だ。村の人たちは納豆を絡めて食べることもあるらしい。

　餅つきの音を聞きつけて、近所の人が臼と杵など餅つきの道具を、空いたら貸して欲しいと言ってきた。これは兄たちが苦労して作ったものなのだが、貸し出すと行方がわからなくなったことが二回もあったので絶対に又貸ししないことと使用後は必ずきれいに洗って返すようにと固く約束してから貸すことにした。

　弘はせっせとポンセンベイ作りに励んでいた。青年団の新年会で子供達に配るという話だった。大原台に子供が何人いるのだろうかと思い出してみたが、正夫には見当もつかなかった。ポンセンベイは作るそばから青年団の人が新聞紙で作った袋に十枚ずつ入れていった。ポンセンベイは米のが一番美味しいが、タイズのやイカや煮干しのも香ばしくて美味しかった。この頃は甘みにサッカリンは使わなくなりズルチンというものを使うようになったと弘が言っていた。

　餅つきは午後二時頃には終了した。道具の清掃が済んだとき、ちょうど母親と姉がつきたてのコウリャン餅と米の餅を食べられるように用意した。青年団の人にも振る舞ったが、彼らはおろし餅しか食べなかった。都合八人で食べたのでつきたての餅はすぐ無くなってしまった。

　餅つきの音が聞こえなくなったので、借りたいという人がすぐ手押し車を持って餅つき道具を持って行った。兄はそのときもう一度くどいようだがといって又貸ししないこととときれいに洗ってから返すことを約束させた。

　午後から夜にかけて母親と姉は煮染めなどお正月料理を作り始めた。これはどうしても今夜の内に作ってお供えしなければいけないらしい。というのは、三十一日に飾るのは一夜飾りと言って忌み嫌うことだからだそうだ。夜の八時頃にはすべての正月のための準備ができた。両親は楽器が入っていた箱を取り出してきた。それを持って奥の間にいき、おいてあった台の上において両開きの蓋を開いた。中には二個の位牌が入っていた。一つは先祖代々の霊と書いてある木の板が入っていた。もう一つは戦争中に亡くなった長兄のものだった。

　両親は箱の前におせち料理の煮染めと二種類の餅を皿にのせて飾った。二人はしばらく位牌を見ていたが、手を合わせてしばらく拝んでいた。

正夫は、これも普通の家庭なのだと思った。

大晦日の昼頃、英一が訪ねてきた。正夫はなんとなく英一を避けたい気分だったが、母親が正夫はいますよと言ってしまったので、仕方なく外に出て行った。

「やあ、正夫君。今年ももう今日一日なってしまったな」

　英一が正夫君と君付けで呼んだのはずいぶん久しぶりのことだと思った。これは何かあるなと正夫は心の準備をした。

「そうだね。それで何かあったのかい」

「今日言うことでもないんだけど、雅子が自殺を計ったらしい」

「えッ。自殺って、どうしてまたそんな」

「それはまだ誰にもわからないらしい。家族の話だと遺書があったという」

「遺書があった」

「ということは発作的なことじゃなく、覚悟の上のことだと考えられると、すぐ駆けつけた幸子から言ってきた」

「でも、命を取り留めたんだろう」

「発見が早かったので、命に別状は無いらしい」

「それは不幸中の幸いだな」

「今、大川市の病院に入っているらしい」

「それにしても、何で今日という日を選んだんだろう」

「……」

「それで、幸子の他にだれか病院へ行ったのか」

「幸子の後から澄子が行っているらしいけど、面会できないのですぐ帰ると言っていたらしい」

「冷たいようだけど俺は行かないぜ。いろいろ言い分がある人もいるだろうけれどな」

「俺も正夫は行かない方がいいと思う。正夫の方がもしかしたら被害者かもしれないしな」

「でもそう思わない人もいるだろう。年末になっていろんなことが起きてしまったな」

「これで同級会もどうなるかわからなくなったな。俺から中止した方がいいと言ってみようと思っている」

「中止にした方がいいかもしれないな」

「それと、もう一つ事件が発生したらしい」

「まだ他にも何かあったのか」

「例の担任が突然転勤願いを出して、大新田の女教師と駆け落ちしたらしい」

「なんだいそりゃ。駆け落ちって、奥さんや生徒のことや雅子達はどうなるんだい」

「そのことを知って、雅子が自殺を計ったのかもしれない。これは俺の推測だけどな」

「まあ、証拠も無いことを言うのはよくないけど、いろんな噂が広がるだろうな」

「困ったもんだなあ。人の噂を面白いと思う人がいるからなあ」

「正夫、来年はいい年にしたいな」

「そうだな。俺は明日から将来に向かって新しい人生を作っていく覚悟をしていたんだ」

「うん。俺も自分の将来について真剣に考えないとな。卒業したら就職が待っているなんて言ったことを反省している」

「そうだな、俺たちはまだまだ若いとも言えない年だからなあ」

「年が明けて何か連絡があったらまた知らせるからな。

よい年を迎えてくれ」

「英一、お前もな。知らせてくれてありがとう」

　正夫が家に入ると母親が、

「誰かに不幸があったのかい」

と聞いてきた。

「英一君との話が聞こえてしまったの。だけど悲しいことにはならなかったらしいって言っていた」

「そうかい、それならよかったね」

「さて風呂の準備もできたし、何か手伝うことがなければ少し本を読もうと思っているんだけど」

「そうしな。用ができたら頼むかもしれないけどね」

　正夫は縁側に足を投げ出して座り読書を始めた。午後二時過ぎになって郵便配達の人が来た。

「寺田正夫さんってこのうちにいるかい」

「はい、僕ですが」

「手紙が来ているよ。それ、これだ」

「ありがとうございます」

　裏を見ると明子からの手紙だった。

　正夫は早速封を切って手紙を取り出した。

〝この前、遠くの私の家まで来てくださり、祖父母に会ってくれてありがとうございました。祖父母は正夫さんのことを大変気に入ってくれました。祖父母からもお礼を伝えてくださいと頼まれました。私はもっと嬉しく思いました。次にお会いすることができる日が待ち遠しくて仕方がありません。

　それから祖父に宿題のことを伝えました。祖父はとても感心していました。

　今時の高校生にもこんな生徒がいるんだなあといって遠くを見ていました。もしかしたら、私の父の中学生の頃のことを思い出したのかもしれません。祖父の話では私の父も好奇心が強く自然をよく観察していたと話してくれたことがありました。今度、冬休み明け前にお出でくださるという話だったので、そのときお話ししようと思っていたのですが、ピアノの発表会というのが仙台で行われることになりました。発表会は三月の春休みになってからなので、まだ先のことですが、それに出場できることになったのでお知らせしました。遠いところですが、お出でいただけたら本当に嬉しいのですが。

　この手紙は大晦日に届くと郵便局の方が言っていましたので、年賀の挨拶は別に出すことにしました。またお会いできる日を楽しみにしています。

　正夫さんは、身体は丈夫だと言っていましたが、油断して風邪を引かないようにしてくださいね。

　一月七日にはお元気な姿を見せてくださいね。

かしこ

只野明子〟

寺田正夫様

正夫は宝物を手にした子供のように明子の手紙を丁寧

に折りたたんで封筒に入れた。そして一番大事な書物の間に挟んで自分の本箱にいれた。

　大晦日の夜のラジオ番組は「紅白歌合戦」一色になっていた。テレヴィジョンでも放送されることが人気を呼んだのだった。正夫の家でも早めに食事を済ませ風呂へ入り、ラジオを囲むような形で炬燵に入って放送開始を待っていた。英一の話では、今年の一月にも「紅白歌合戦」があったという。そのころは正夫の家にはラジオがなかったので関心がなかった。今夜は家族で「紅白歌合戦」を聞くことができるのだ。正夫は歌の戦いというのはどうやって行うのか興味があった。司会者は女性組つまり紅組は、ターキーこと水之江滝子、男性組つまり白組は、高橋圭三というアナウンサーだ。高橋圭三はアナウンサーだからしゃべるのは仕事だから、紅組は不利になるんじゃないかと正夫は思った。

　紅組の出演者で名前を知っているのは四人だけだった。白組の出演者でも知っている名前はやはり四、五人だけだった。

　いよいよ放送が始まった。司会者が自分の組の歌手を言葉巧みに紹介して、ステージへ招き入れ歌手が歌い出す。男女が交代で歌を歌う。正夫は何人かの歌手が歌った歌を知っていたけどほとんどの歌を知らなかった。それで飽きてしまい、本を持ってきて読み出した。歌が騒音に聞こえたが本を読み始めると気にならなくなった。今、正夫が読んでいるのは明子に借りてきた『老人と海』という英語の本だった。読み始めると英語の教科書と同じような感じで読めることがわかった。この小説を書いたヘミングウェイという作家の狙いはどこにあるのだろうか。そんなことを念頭に置いて読んでいる内に小説に引き込まれていくのも気づかずに読んでいた。小説の主人公の老人は、身体の不調に負けずに狙ったマグロを求めて一人で漁に毎日出ているのだった。何十日も不漁が続くが辛抱強く漁に出て行った。そんな老人を見て仲間の漁師は同情の目で見たり、若い漁師は老人をからかった。しかし老人は愛想よく話しに応じるのだった。

　ここまで読んだとき紅白歌合戦の放送が終わったらしくお寺の鐘が鳴り出した。歌合戦に続いて放送されている〝行く年来る年〟という番組に変わったのだ。鐘の音を聞きながら解説のアナウンサーが、その寺の場所や寺にまつわる故事来歴などを紹介していた。

「さて初夢を見ようかな」

　といって寝床へ向かおうとすると母親が、

「初夢というのは明日の夜寝てから見る夢を、初夢というのですよ」

　と教えてくれた。

「明日の夜、寝る前に宝船の折り方を教えてあげますからね。それを枕の下において寝るとよい夢を見ることができると昔から言われています」

「昔の人はそうやって、文化を伝えてきたんだね」

「そんな難しいことは知りませんけどね。いいことも言っているんですよ」

「いろんな習慣や、諺を集めたら面白いかもしれないね」

「もうきっとだれかが本にしていますよ」

「今の世界で、僕たちが知っていることと知らないこととどっちが多いのだろうか」

「そう言うことは、お前達がこれから調べることですよ」

「そうだよね。よし今にきっと調べてやるぞ」

「そうね。それまでに今わかっていることを理解しないといけないわね」

「わかった」

　正夫は母親と初めてこんな話をした。今日はいろんなことが次々と起きて、正夫は不謹慎かもしれないが世の中は面白いと思った。大人は何かが起きても自分に直接関係ないとあまり気にしないようだ。時計を見るともう0時を回っていた。

　元旦を迎えることができたことを感謝して、英一等と元朝参りに行くことになっていた。正夫は少し寝ておこうと寝床に入った。大晦日はいろんなことがあったので疲れていると思ったが、寝床に入ると目がさえてきてなかなか寝付けなかった。雅子とのことが頭の中を次々と通り過ぎていった。何故あんなに危ないことをしようとしたのか。もしかしたら、正夫とはっきりした繋がりができれば担任とのことを忘れることができると思ったのだろうか。雅子がその気になっても担任の方は別れる気になったかどうかわからなかった。現に奥さんがいるのに次々と女性と関係していったのだから雅子の思い通りにはならなかっただろう。諏訪村のような田舎では、奥さんが解決の糸口を考えることができなかったのだろう。諏訪村のような小さな社会では一度妙な噂が立てばそこに住み続けることは難しくなる。

　雅子の母親は雅子の変化に気がつかなかったのだろうか。もしかしたら正夫がカモフラージュの役割を果たしていたのかもしれない。と考えると雅子は相当酷いことになってしまう。正夫はそんな風には考えたくなかった。雅子もそこに気がついて自殺という解決法を選んだのかもしれない。正夫は未遂になってよかったと思った。

　正夫は寝床の中で一人考えても仕方が無いとわかっていたが、このままにしてしまうのには少しばかり気が引けた。元朝参りが済んだら、英一にその後何か連絡が無かったか聞いてみようと思った。ここで正夫はふと、英一の言った言葉をどういう意味だったのか考えてみた。英一はこう言ったのだ。

「ある意味では正夫は被害者だ」

と。正夫は実際に何か被害を受けたという感じを持っていなかったのだから被害者という表現は間違っていると思った。そのことは英一に聞いてみようと考えて、多くの雑念を心の中から追い出した。寝床の中で深呼吸を

二回するともう寝てしまった

昭和二十九年一月一日（一九五四年）正夫は早朝五時前に起きて桶に水を汲んできた。桶は二十リットルの水が入る。一荷の天秤にかかる重量は桶二個に入っている水が四十kgプラス桶自信の重さが二個分で約十kg合計約五十kgになる。井戸からくみ上げた水は温かく、外気に触れると湯気が出ていた。初めの一回目の水は台所の水桶に入れた。その後正夫は風呂桶に水を入れるために五回井戸と家の間を天秤で桶をかずいて往復した。その後で手桶に水を入れて手ぬぐいを濡らし身体を拭いた。これで正夫の身体は暖かくなり湯気が立ち上がる。

正夫は風呂を沸かし両親と家族に新しい水で沸かした風呂に入ってもらうことにしたのだ。これは毎年のことだ。風呂は一時間ほどで沸いた。そのとき母親が起き出してきた。

「正夫、おはよう。今日は元旦だから、おめでとうだったわね。もう水を汲んできてくれたのかい。ありがとうね」

「母さん、新年おめでとうございます。まだ寒いから寝ていればいいのに」

「正夫が頑張っているのに母さんが寝ているわけに行かないでしょう。今年もいい年になるといいわね」

「そうだね。お日様が出てきたらお祈りするよ。お風呂が沸いたら僕は友達と元朝参りに行く約束をしているんだけど」

「一年の計は元旦にありって言うから。行っていらっしゃい」

「ありがとう」

「身体はもう清めたのかい」

「風呂を焚き始める前に冷水摩擦をした。身体から湯気が立っていたよ」

「まあ、そうそう。いつかもそんなことがあったわね」

「もう随分前のことだからね。さてと、もう沸いたかな」

と言って正夫は風呂の湯加減を手を入れてみた。湯をかき回すのを忘れなかった。前に一度表面だけ熱いくらいになっていたので風呂が沸いたと言ったことがあった。父親が入ったら下の方はまだ冷水状態だった失敗をしたことがあった。それで水は温度によって重さが違うことを知ることになった。

外はまだ暗かった。星が見えるので、今日は晴れになるのだろう。母親は昨日の残り物で簡単な食べ物を作ってくれた。それを食べていると英一が来た。

「おはよう」

「おはよう、英一」

「利夫は起きているかなあ」

「それが心配だなあ」

「元旦だから大丈夫さ」

「それじゃあ、出かけようか」

二人は県道の坂道を下っていった。松林のところに人影があった。何か足踏みをしているように見えた。二人はその人影に近づいていった。それは利夫だった。

「おめでとう、利夫君」

「やあ、おめでとう」

「待たせてしまったかなあ」

「ちょうど一分ほど前に着いたところだ」

「それじゃ行こうか」

「新雪が降らなくてよかったなあ」

「そうだね。神社へ行くと誰かに会うかもしれないな」

「そうだなあ。会いたくないやつもいるけどな」

　英一は誰とでもすぐ仲良くなるが、正夫と利夫は人見知りということじゃないが、話をしたくないのもいた。と言っても特定の誰かを毛嫌いするということはなかった。

「まあ元旦だからそんなやつに会っても、おめでとうぐらい言ってやれよ」

「まあな」

　利夫は曖昧に返事をした。愛香山の峠付近で南村の中学時代の同級生に会った。彼らはカッパ様へお参りに行った帰りだと言った。

「われらはどこさいぐんだ」

「俺たちはその先の神社へ行くつもりだけど」

「気つけていってこ」

「サンキュー」

　空にはまだ星が輝いていた。歩いてるので寒さを感じなかった。利夫の話だと、利夫がいた大陸のハルビンというところは、衣服からでている身体の部分は油を塗っていないとすぐ凍傷になってしまうそうだ。凍傷というのは寒冷によって皮膚が損傷してしまうことらしい。だから顔なんかは油でギトギトになるくらい油を塗るという。

　諏訪川を渡ると、すぐ神社の石段になる。それを上がれば神社だ。この神社は昔の古墳だとも伝えられてる。そのためかどうか、神社の北側の下の方に穴が掘られている。今は貯蔵所のように使っているが、埋葬品の盗掘の跡かもしれないとも言われている。

　石段を登っていく途中でお参りに来たたくさんの人とすれ違ったが、知っている顔には会わなかったかった。神社の前に立って賽銭を投げ入れ大きな鈴を鳴らして柏手を打った。

　正夫は、「一年間がもめ事の無い年になりますように」と祈った。

　お参りが済んで石段を下りたところで、正夫はちょっと自転車店に寄ってお礼を言おうとしたがまだ閉まっていた。英一と利夫は中学校へ行ってみようと言い出した。正夫は躊躇したが結局ついて行く形で中学校へ行った。中学校へ着くと校庭にたくさんの人がいた。彼らは卒業生だった。数十人が輪になって諏訪中学校の校歌を歌っていた。正夫達の姿を見つけて大きな声でこっちへ来いって呼んだ。正夫達は恐る恐る輪の中に入って一緒に校歌を歌い出した。輪の中には酒のビンが木の箱に入れておいてあった。酒を飲んでいる先輩が正夫達を手招きした。しかし高校生だからと言って手で合図をすると、その中に一人が酒のビンを持って近づいてきた。その人は三月に卒業する大川高校の三年生だった。

「お前達も飲め」

といってビンを差し出した。しかし、

「俺たちはまだ高校生だから」

と言って断ったが、その先輩はしつこく飲酒を勧めた。三人が逃げるようにして輪の外へ出た。先輩はそこまでは追ってこなかった。三人が引き返そうと歩き出したとき、強と進がやってきた。進はもう酒を飲んでいるようで酒臭かった。丸顔の強が、

「正夫、元気か」

ときいた。

「まあな、強はどうだい」

「俺も元気だが、少し落ち込んでいることもある」

「何が原因なんだい」

「今日は言いたくない。いつか話すさ」

「ま、気が向いたらな」

「ところで、同級会をどうするんだい」

「そのことだけどな、開くのは無理かもしれないなと俺は思う」

「そうだな、俺も無理をしない方がいいと思う」

と英一が言った。利夫はあまり関心がない様子だった。同級会の話はそれで途切れた。進が何かを言いたそうだったが、強が口に人差し指を当てて言わせなかった。

家へ戻ると年賀状が十一枚来ていた。母親がこれはどういう人だいと言いながら渡してくれた。明子と雅子を含めて女子からのが半数もあった。後は中学の英語の教諭や健樹や大川高等学校化学クラブの二年生からのもあった。明子の年賀状は希望に満ちていた。二年生のは、先輩を見習って頑張りますと書いてあった。雅子からの年賀状は読まずにおくことにした。

正月三が日が過ぎた。隆兄はとうとう家へ来なかった。そのことについて両親は何も言わなかった。姉だけが不満そうに隆の嫁に会いたかったと言った。正月気分が抜けると、諏訪中学校では臨時の教職員会議が開かれ通学困難地域の生徒のための宿舎開設をどうするかが話し合われた。諏訪中学校では積雪が多い時期には、家庭科教室を通学困難地域の生徒のために宿舎とすることを数年前から実施していた。食事は用務員室で用意し、女性教諭が舎監として宿泊し、男性教諭が交代で舎監の補佐をしていた。今年度はまだ宿舎を開設していなかったが、三学期が始まれば開設されることになるだろうと言われていた。それほど今年の降雪も多い。しかし、昨年暮れに男性教諭が隣町の女性教諭と駆け落ちする事件が発生し、その教諭の不始末が数々明るみに出たために、宿舎を開設するかどうかが再検討されることになったと

いう。

　正夫の姉は餅や米などのお土産を持って東京へ帰っていった。東京へ帰る前夜に姉は、今年結婚するかもしれないと初めて両親に打ち明けた。両親は何かしてあげられるといいのだがと言ったが、姉は相手の人は仕事が忙しいので、結婚式など簡単に二人で済ませたいと言っているという。姉もそれでよいと言った。両親は仕事が順調にできるようになったから何か考えておくと言うことでその話は済んだ。姉はバスに乗るとき、

「正夫はしっかり勉強しなければダメよ。欲しい参考書があったら知らせなさい。できる範囲で送ってあげるからね」

　といって正夫を励ました。正夫には一番嬉しい言葉だったので涙が出そうになった。

　そして五日には両親が長兄とともに東京へ行ってしまった。正夫は父親ともう少し話をしたかったが、年をとった父親には諏訪村は厳しすぎるようだった。そしてまた弘と二人の生活になった。弘もこの頃、正夫を見習って本を読むようになった。

　同級会は開かないことになったと英一が来て知らせてくれた。それでよかったと正夫は思った。英一はよく進と会っているようだった。進は幸子からいろんな諏訪中学校内の話を聞いているようだった。だから話の内容はほぼ正確なものだった。担任は、冬休みに入る前に退職願を出していたという。それで昔の親友がいる仙台市内の私立中学校へ務めるようになったらしい。正夫はあんなに生徒指導が熱心だった先生の行動を理解できなかった。

　諏訪中学校では処置に困って村の教育委員会に任せることにしたらしい。これまでに担任が対象にした女生徒は何人ぐらいいたのかを教育委員会で調べているということだった。正夫はそんなことを調べて何かの犯罪を証明しようとしているのかと考えたが、氏名が明らかにされた生徒達の秘密を守ることができるのだろうか、と疑問になった。と言ってこのまま放置しておくこともできないだろう。どんな解決法がとられようと諏訪中学校は自分たちの大切な母校であることに変わりはない。担任も退職すればそれで終わりだなんて考えてほしくなかった。それで正夫達に何ができるかというと、少なくとも正夫には現状では何もできないというのが結論だった。だったらこのことについて考えるのが時間の無駄だということになる。それならもう、このことを考えるのを止めることにしようと決めた。

　六日の夕方になって英一が正夫の家へ来た。

「正夫、今日はいい話を持ってきたぜ」

「どんな話だい」

「今年も諏訪中学の通学困難地域の生徒の合宿が実施されることに決まったんだとさ」

「それはよかった」

「それについて、担任のことだけどな、退職願は受け付

けられず免職という処分に決定したと言うことだ」

「それはどんな違いがあるんだい」

「もう、公立学校の教師にはなれなくなったと言うことと報奨金とか退職金が支払われなくなったと言うことだそうだ。今まで積み上げてきたことが全部無になるなんてかわいそうな気もするけどな」

「あの先生はまだ若いのにこれから先、苦労するんだろうな」

「それはそうだろうが、自業自得ということじゃないのか」

人の一生のうちで自分の欲望を強引に通そうとすると間違った方向へ進んでしまうことがあるという教訓として受け入れる正夫だった。

「英一君、僕は残念で仕方がないんだ」

「また、何の話だい」

「いつかまた話す機会があるかもしれない。それまでこの話はお預けということにしようぜ」

「なんだかわからないが、正夫がそう言うならそうしておこう」

「また学校が始まるな。英一はまた大川市の方へ行くんだろう」

「そうだな。しばらく正夫と会えなくなるな」

「利夫はここから通学するのかなあ」

「その話は聞いてないなあ」

「今度いつ会えるかわからないが、お互いに頑張ろうな」

「うん。じゃあまたな」

英一は歩き出し、振り返らないで手を振っていた。

明子の家の再訪問

正夫は、弘に明日友達の家へ行くことを言ってあった。夜になると、弘はまた青年団の会合だと言って出かけていった。

正夫は、暮れに搗いたコウリャン餅を鞄の中に入れた。明子が貸してくれた『老人と海』も読み終わったので新聞紙に包んで鞄の中に入れた。これで出かける用意はできた。窓から外を見ると星明かりと雪明かりで地面がはっきり見えた。風も無いので明日はいい天気になるだろう。寝床に入り、ラジオを聞きながら寝てしまった。

朝起きると風邪が少し出ていた。吹雪になるほど強くないので安心したが、用心のためにカッパを鞄の中に入れた。ラジオは弘が消してくれたようでスウィッチが切れていた。弘は奥の部屋でまだ寝息を立てていたので静かに寝床から出て水を井戸まで汲みに行った。汲み置きの水は分厚い氷で水面が覆われていた。その上から新しく汲んできた水を入れた。すると氷が割れる大きな音がした。

その音で弘が目を覚まして起きてきた。

「兄さんごめん、音を出してしまって」

「大丈夫だ。それより今日は出かけるんだろう。日帰りは大変だから泊めてくれるようだったら明日帰ってくればいいぞ。小遣いは持っているのか」

「うん。父さんと兄さんと姉さんからお年玉をもらったから。貯金する分を引いた残りを持っているよ」

「お前、貯金までしているのか」

「まだほんの少しだけどね。大新田町へ野菜を売りに行ったとき兄さんがくれたものも貯金してあるよ」

「恐れ入ったもんだ」

　と言ったので二人で笑ってしまった。

「よし朝飯は俺が作ってやろう。といっても昨日母さんがたくさん作ってくれたものを少し火にかけるだけだけどな」

「ご飯は炬燵の中に入れておいたから、まだ温かいと思うよ。東京には冷蔵庫というのがあるらしいけど、家の方が大きいのを持っているから便利だな」

「そうだね、台所にそのまま置いておけばいいんだからね。そうだ、兄さんにお嫁さんが来るって本当なの」

「そんなこと分かるもんか。隆兄さんが嫁さんの話を持ってきただけだ。どんな人かも知らないしな」

「それがね、中学のときの同級生の姉さんらしいんだ。中川と言って、小野田川の橋の方へいく県道の町外れより少しこっち側にある大きい農家なんだ」

「へえ、お前の同級生の姉さんか。それは考えなきゃいけないな」

「でもいい人だったらいいけどね」

「先の話は分からないもんだ。今から気にしても仕方ないだろう」

「へー、兄さんも僕と同じような考え方をするんだね」

「それは同じ親に育てられたんだから、考え方が似てもおかしくないさ」

「それって、〝カエルの兄弟〟っていうのかしらね」

「なんだそりゃ、そうか親子だと〝カエルの子はカエル〟というのを真似したのか」

「わかっちゃったの、さすが兄弟」

「こいつめ。さあ飯の用意ができたぞ。炬燵から飯をだしな。まだ暖かいだろう」

　正夫は久しぶりに兄と面白い会話ができたので嬉しくなってしまった。朝食を食べて身支度をして家を出た。

「行ってきまーす」

「ゆっくりしてこいよ」

　正夫は県道へ出た。すると後ろで正夫を呼ぶ声が聞こえた。振り返ってみると英一が急ぎ足で近づいてきた。

「やあ、おはよう」

「おはよう、正夫」

「どうしたんだいこんなに早く」

「これから大川市の親戚へ行くんだ。正夫こそどうしたんだい」

「おれか、俺は友達に呼ばれてこれから出かけるところだ」

「そうか、それじゃ一緒に行こうか」

「そうしよう」

正夫は戸惑ったが、それを顔に出さないようにした。

「正夫は今どんな本を読んでいるんだい」

「昨日読み終わったのは、ヘミングウェイという人の『老人と海』という本だ」

「外国の人の本か。まさか英語で書いてあるわけじゃないよな」

「それがさ、原語って言っても英語だけどな。読み始めると面白いので数日で読んでしまった」

「さすがだなあ。大川高校生はよく勉強しているからな」

「そんなことないさ。誰でも読めるんだけど、手を出さないだけじゃないのかなあ」

こうして大川駅までいろんな話をしながら時間が過ぎた。大川駅で英一が下車すると車内は急に静かになった。北上駅まではあと二十五分間ほどで着く。窓から見える景色はどこを見ても白一色に塗りつぶされていた。

列車は北上駅に着いたので下車して本線への跨線橋の方へ歩いて行くと、明子が手を振って走り寄ってきた。危うくぶつかりそうになったが腕を広げたらそこに明子が飛び込んできた格好になってしまった。二人は初めぎょっとしたが、ゆっくり離れて新年の挨拶を交わした。

「おめでとうございます。本年もよろしくお願いします」

と明子が言った。

「おめでとうございます。僕の方こそよろしくお願いします」

そしてお互いに手を出して握手をした。そこへ本線の列車が入ってきた。

列車に乗り座席に座るとすぐ正夫は、

「お祖父様とお祖母様もお元気でしょうね」

となんとなくぎこちない余所行きの言葉遣いになっていた。明子が手で顔半分をおおいクスリと笑った。

「おかげさまで元気にしておりますわよ」

と言ってまた笑った。今度は正夫も笑ってしまった。

「堅苦しい話し方はこれで終わりにしましょうよ」

「そうしよう。そうだ『老人と海』を読み終わったよ。とっても面白かった。本の中の老人は誰かに似ていると思うんだけど思い出せないんだ」

「私もそのことを考えたことがあるの。だけどついに思い出せなかった」

「もしかして作家のヘミングウェイの写真が載っていたろう。あの写真の人がぴったりだと思うけどな。今気がついた」

「ほんとね、ぴったりだわ。このことをお祖父様に話してみるわ。なんて言うかしら」

「それは楽しみだね」

と話をしているうちに列車は松島駅に到着した。ホームに下りて松島湾を見ると、この前見たときよりもすっきりして見えた。景色に見とれていると、明子が正夫の脇に立って、同じように松島湾を眺めた。この辺は全く雪がなかった。たったの数十km離れているだけなのに、ここは楽園のように感じられた。しかし、諏訪村が地獄に見えると言うことではない。

　正夫と明子は松島湾の海岸を歩きながら、

「そうそう、会ったら聞こうと思っていたんだけど。ピアノの発表会って大変なんじゃないの」

「それは大変なんだけど、私はもう特別なの。と言ってもたいしたことじゃないのよ」

「特別って言うのはどういうこと」

「今度の発表会は、中学生までが対象なの。だから私は特別で、審査の対象になっていないの。私たちのように過去に優勝した経験者が小中学生のために、お手本になるような演奏をしてみせるの。ちょっと晴れがましいけど約束事だから、それなりにみんな頑張って演奏するの」

「そうだったのか。僕は練習が大変になるんじゃないのかと思った。いや、手を抜いても大丈夫なんて考えてないよ」

「正夫さんは、よく分かっているものね」

「僕は何があっても演奏会に行くからね」

「ありがとう。きっとそう言ってくれると思っていたわ」

　その日は、宗石寺の先まで行ってから丘をのぼりだした。

「この辺は全然雪が降らないの」

「そうね。私が覚えている間には毎年一回か二回降るけど、積もることはなかったわね。正夫さんの家の方はどうなの」

「僕の家の周りは、西側に防風林があるので、敷地内の積雪は百cmくらいだった。毎年同じくらい積もるんだけどね。大新田町へ行く道の深いところは百五十cmから百七十cmくらい積もっていたよ。大川駅を過ぎると急に雪が少なくなっていた」

「やっぱり海が近くなると違うのね」

「そうだね」

　やがて尾根道に出た。明子はこの辺のことを自分の家の庭のように知っていると言っていた。

「ここは私の家から一kmくらい離れたところなの。去年の夏頃からポツポツ家が建ち始めて、人の姿が見えるようになってきたの」

「それまではずいぶん寂しかったんだろうね。その人達はどこへ買い物に行っているんだろう」

「時々自動車に野菜を積んで売りにくるって言っていたわ」

「そういえば明子さんの家じゃ、食品の買い物はどうしているの」

「うちはね、それぞれの店に電話をかけて持ってきてもらうの。時々はお祖母様と買い物に行くこともあるけれど」

「電話って便利だね。折角教えてくれた電話番号にかける機会がなくて残念だった。電話の声ってどんな声なんだろう」

「ふふふ。とっても可愛い声だって評判なのよ」

「わかるよ。だって元がいいからね」

「正夫さんって、お世辞も上手なのね」

「そんなことないよ。僕は人のことを褒めたことがないって有名なんだから」

「そうなの」

　話しながら歩いていたら、いつの間にか明子の家の前まで来ていた。明子の祖母が庭で花に水をやっていた。正夫の姿を見ると家の中に声をかけて、門のところへ急ぎ足できた。

「正夫さん。おめでとうございます。今年もよろしくお願いしますね」

「只野のお祖母様、おめでとうございます。僕の方こそよろしくお願いします」

　三人が庭に入り、玄関に着くとお祖父さんがドアを開けてくれた。

「只野のお祖父様、明けましておめでとうございます。今年もいろいろご指導お願いします」

「ようこそお出でくださった。おめでとうございます。今年も明子のこともですが、私たちの話し相手にもなって下され」

「僕でよろしければいつでも声をかけて下さい」

「うーむ、これは年始からいい返事をいただきました。さあさ、どうぞお入り下さい」

「おじゃまします。そうだ。これは珍しいものなのですがお餅と同じように召し上がって下さい。僕が暮れに搗いたものです」

　というと、明子が身を乗り出してきた。

「何ですか。明子さんお客様の前ですよ」

「だって、正夫さんが持ってきて下さった珍しいものってどんなものだろうと思って」

「この子ったら、幼子みたいね」

　祖母は明子を愛しげに見ながら言った。そばで祖父もニコニコしながら明子に頷いていた。

　家に入ってテーブルに腰掛けると、祖母が正夫が持ってきた新聞紙に包んだものを開いた。すると祖父が一目見て、

「これは、もしかしてコウリャン餅じゃないかね。うんそうだ。この色はまさしくコウリャン餅だ」

「失礼ですが、お祖父様はコウリャンを知っているんですか」

「知っていますとも、私は戦争中、大陸のある所に数年間いたことがあるんですよ。そこではお正月には餅米を手に入れられなくてコウリャンを粉に引いて餅を作って

食べたものだ」

「そうだったんですか」

「これは懐かしいものを下さった。お礼をいいます。明子、そういうことだ」

「正夫さんのお家ではどうやってこのお餅を食べるの」

「普通は、焼き餅にしたり、お雑煮にしたりして食べるんだけど。アンを付けて食べるのが僕は一番好きです」

「あらあら、お茶もお出ししないで私としたことが。明子さん手伝って下さいな」

　と言って二人はキッチンへ行った。お茶とケーキが用意してあったらしく、二人はすぐ戻ってきた。その間、お祖父さんはコウリャン餅を手に取って匂いを嗅いだり、端の方を少し折り取って口に含んだりしていた。

「お祖父さんまでなんですか。はしたないですよ」

「これについては堪忍してくれ」

　祖母も、我慢できなくなって夫の真似をしだした。明子はそんな二人を見てニコニコしていた。正夫はもう一点お土産があるのを忘れていたのを思い出した。

「あのー、これは珍しくもないのですが、ポンせんべいというものです。ぼくの兄が作ってくれました。ただ甘みにズルチンというものを使っています。お米、スルメ、大豆、生のサツマイモを薄く切って干したものなどを使っています。お気に召されると嬉しいです」

「ほう、これもまた珍しい物だね。うん、いい香りがするね」

「ほんとに。美味しそうね。明子さんご馳走になったら」

　明子は待ちかねたように、正夫に声を掛けた。

「お餅ってどうやって作るのかしら」

「それはね、詳しいことは分からないけど、お米には蒸すと粘り気のある米があるんだ。それが餅米で、まず餅米をといでざるに入れておく、一時間ほど経ったら、それを蒸籠という道具で蒸す。ほどよく柔らかくなったら太い木を掘って作った臼に移して、初めは杵でもち米を押しつぶすように捏ねるんだ。そうすると粘りが出てくる。次は杵を打ち下ろしてさらに潰しながら捏ねるんだ。それを約十分間から十五分間続ける。そうすると柔らかく粘り気の強い餅ができるんだよ。搗き上がったら大きな台に片栗粉とか米をひいた粉を散らしてそこへ移し、適当な厚さに伸ばしたり、小さくちぎって餡や、きな粉、その他に好きな人は大根おろしや納豆を付けて食べるんだよ」

「餅つきって面白そうね。私もやってみたいな」

「それだけは無理かもしれないなあ」

　と祖父が言った。

「そうですね。餅を搗いていると粘りのある飛沫が飛ぶので着ているものがベトベトになってしまうんだよ。だから人によっては上半身裸で搗く人もいるんだ。それにかなり体力も必要だしね。体力のない人がやると杵で臼を打ったりしてしまうことがあるんだ」

「そうね、私の役目は、つきたてのお餅をちぎって餡を付けて食べることね」

「今の正夫君の話だと、大根おろしを付けて食べるって本当ですか。私は今まで知らなかったから食べてみたいね」

「はい、僕も諏訪村に来て初めて食べましたが、美味しかったです」

「私も食べてみたいわ。どんな味がするのかしら」

「一つ方法があります。切り餅やお供え餅を蒸し直して、それをすりこぎでぼた餅を作るときと同じように練り直すのです。するとつきたての餅のようになります。餅が堅いようでしたら、少し水を加えると柔らかくなります」

「ほほう、正夫君はいろんなことを知っていると思っていたが料理も知っているんだねえ」

「とんでもないです。家で母が作ってくれたものとか自分で作ったもの以外は分かりません。それも見よう見まねでやったことです」

「そうじゃないと思いますよ。正夫君のいろんなことに対する感受性というか才能というものがうかがわれますね。正夫君は毎日のように食事の支度をしていると言っていましたね。おそらくその料理もいろいろ工夫しているのでしょう」

「只野さん、過分なお言葉です」

「これからもいろんなこと、そして場面で工夫をすると素晴らしい仕事ができますよ」

「消え入りたい気がします」

「そろそろ明子にお相手を頼んで、私たちは引っ込みますかな」

「そうですよ、あなた。明子に恨まれる前に私たちは庭へ出てみましょう」

「明子。それでは正夫君のこと頼むよ」

「お祖父様ったら。私は二階でまたいろんな話をお聞きします」

明子の祖父母は、庭に出て行った。

正夫と明子は階段を二階へ上がった。正夫は階段の途中で立ち止まった。

「正夫さん、どうしたの」

「ううん、この前は気がつかなったんだけど、階段の幅がこんなに広かったんだね」

「そうなの。学校の階段みたいだって子供の頃遊びに来た子が言っていたわ」

「二階の部屋にはシャワーと便所がついているし、映画に出てきた外国のお金持ちの家みたいだね」

二人は明子の部屋に入った。窓の所へ行くと、祖父母が小さな花を咲かせている背の低い木に水をやっていた。正夫達の気配を感じて庭の二人が二階を見上げた。目が合うと同時に手を振った。

「でも、私の部屋にはご不浄しかついてないのよ」

「あの部屋だけで僕の家の広さと同じくらいだと思う

よ。でもね一つ心配があるんだけど」

「何が心配なの」

「こんなに広い家を誰が掃除するのかと思ってね」

「それはね、自分の部屋は原則として自分で掃除することに決まっているの。客室とか共通の部屋は、毎週二回この前会った女性が掃除してくれるの。その人に大変でしょう、手伝いましょうかと言ったら、私の仕事をとらないで下さいって言われちゃった」

「その点でも外国の家みたいだね。これで執事がいたらもうそのものだ」

「私は中学生のとき、祖父母と三人でイギリスへ行ったことがあるの。お祖父様のお友達が戦争中のことを水に流して酒を酌み交わそうと招待してくれたらしいの。その方の家はこの家の十倍くらいもあったのよ。庭は運動会ができるほど広くて、ずーっと芝が植えてあったわ」

明子は、遙か彼方の国の思い出を呼び戻したように遠い目をしていた。

「あら、ごめんなさいね。ぼんやりしちゃって」

「僕も外国へ行ってみたいな。いつか明子さんを連れてヨーロッパへ行こう」

「えッ。それ本気で言っているの」

「もちろんさ。明子さんに嘘を言わないよ」

「私って幸せもんだわ。絶対行きましょうね」

「約束するよ。指切りしてもいいよ」

二人は小指を絡めておまじないの言葉を一緒に言った。そして指を何時までも絡めたままにしていた。そのままで話を続けていたが、明子は突然、

「こういうときに聴く曲があるのよ。ちょっと待ってね」

明子はレコードを探していたが、一枚を取り出して電蓄のターンテーブル（正夫はその名前を後で聞いた）に乗せてスウィッチを入れ、針のついたところをそーっと少し持ち上げてレコードの端に乗せて正夫のところに走って戻ってきた。すると力強い歌が聞こえてきた。正夫は初めて聞く曲だった。歌詞の中に幾つかの知っている単語があった。そうだ、この歌はドイツ語の先生が歌って覚えさせてくれた、ベートーベンという作曲家の『交響曲第九番　合唱』の最終楽章で歌われる『歓喜の歌』だと分かった。正夫は曲に引き込まれて手を振っていた。

その仕草を明子はじーっと見ていたが、驚いた様子を見せていた。曲が終わり、レコードが止まった。

「正夫さんはこの曲を知っていたの」

「全体は聞いたことがないけど、大川高校一年のときドイツ語の先生がこの歌の一部を教えてくれた。それを思い出した」

「これは毎年大晦日の夜にみんなで聞くことになっているの。ベートーベンという作曲家の『交響曲第九番　合唱』の最終楽章で歌われる『歓喜の歌』というの。シラーという人の詩だって」

「いいなあ。いつか本物の歌手が歌うのを二人で聞いてみたいね」

「いいわね。それじゃ、これも指切りしておきましょうよ」

　と言って二度目の指切りをした。だが、こんな約束をしたことを明子の祖父母が知ったらどう思うのだろうと少し心配になった。そのことを明子に話すと「きっと喜んでくれると思うわ。今日の昼食のあとで話してみましょうか」

「怒られないだろうか。お二人に心配の種をまくことになるかもしれないよ」

「そんなことないと思うわ」

「僕はちょっと勇気がいるなあ」

「じゃあ、勇気を出して。今日はなんと素晴らしい日なんでしょう」

　正夫は、自分の将来は明子に握られつつあると感じた。しかし、只野との約束を果たすことになるかもしれないとも思った。

　〝男子志を立てて、郷関を出ず　学もしならずんば死すとも帰らず〟だ。と小さな声で言った。明子にそれを聞かれてしまった。

「今なんて言ったの。死すとも帰らずってどういうこと」

「聞こえてしまったの？　これはね、漢詩の一つなんだけど、男が一度心に誓って故郷を後にしたからは、それをやり遂げなければ故郷に戻らない、という意味なんだ」

「漢詩の方を教えて」

「〝男子志を立てて　郷関を出ず　学もしならずんば死すとも帰らず〟っていうんだよ」

「素敵な詩ね。お祖父様は知っているかしら」

「それは知っていると思うけど。お祖父さんの時代は論語が中心だったかもしれないよ」

「それはいつか聞いてみるわ」

「明子さんの苦手なものは何かあるの」

「それは難しい質問だわね。とくに嫌いなものはないけど、苦手っていうと少し大きな魚を料理するとき目玉が気味悪いことかもしれないわ」

「そうだね。あの目玉は表面がゼリーのように見えるしね。僕もあまり見たくないなあ。そういえば魚の目玉には瞼がないんだって。たとえ深い海の底に住んでいる魚でも瞼がないんだって」

「私たちは海の中に入って目を開くととってもしみるのに魚は大丈夫なのかしらね」

「それで目の表面にゼリー状のものがあるのかなあ。三学期が始まったら調べてみるね。分かったら知らせるよ」

「楽しみにしているわ」

　明子は祖母に呼ばれて階段を下りていった。

　正夫は、窓辺に近寄って松島湾を眺めると、海面がキラキラ光っていた。目を庭に戻すと、そこには太陽の穏やかな光が降り注いでいた。庭の建物に近いところに植えてある水仙の蕾を付けた茎が寒さに耐えるように微風に震えていた。空を見上げると、筋状の雲が南西方向から北東の方へ伸びていた。塊の雲は見えなかった。これは移動性高気圧が上空を覆っていることを示している。したがって明日から明後日まで晴れが続くことが予想される。空を見ながらそんなことを考えていると、いつの間にか明子が正夫と並んで立っていた。

「いつからそこに立っていたの、明子さん」

「今戻ってきたところよ。空を見ていたので何かを考えているのかと思って声をかけなかったの」

「そう。海と空がとってもきれいだったので、ボーッと見ていたんだ」

「そろそろお昼ご飯にしましょうって、お祖母様が言ってるわ」

「明子さんと会うと話が弾んで時間の経つのが分からなくなってしまうね」

「そうね。それじゃあ一階へ行きましょう。お祖母様を待たせちゃいけないわ」

「はい」

「あら、ずいぶん素直なのね」

「明子さんの前ではね」

「私の前だけ、ほほほ」

　正夫は明子は何でこんなに朗らかなんだろうと思った。もっともその朗らかさが正夫は好きだった。下のダイニングルームにはもう食事の用意がしてあった。

「正夫さん、この前と同じ所に腰掛けて下さいね」

　テーブルの上には大きな深皿に盛ってある野菜サラダが置いてあった。その他に小さな皿とサラダを取り分けるための小鉢が置いてなかった。

「お待ちどおさまでした」

　と言って明子が大きなお皿を持ってきた。数種類の魚の小さな切り身が並んでいた。魚の切り身の下に一握り大のご飯があった。次にお祖母さんがご飯を海苔で巻いたものが並べてある大きな皿を持ってきた。お祖母さんの後ろをお手伝いの女性が例の台車に味噌汁の鍋とお椀、それと飲物のビンとお茶のセットと魔法瓶を載せて持ってきた。

　正夫はまた新しい食べ物を見た。これは何というものだろうと考えた。のりを巻いてあるのはおにぎりの小さいもののようだった。正夫が初めに明子の方を続いてお祖母さんを見た。そして最後にお祖父さんを見た。

「お待ちどおさまでしたわね。正夫さん、たくさん食べて下さいね。明子さん正夫さんにムラサキを注いであげて下さいね」

　明子が正夫の小皿に醤油と思われるものを注いだ。

「それではいただきます。明子、ムラサキを回しておくれ」

　祖父が言った。

「はい。お祖父様」

正夫は、明子の方を見て何か言いたそうにした。それを察した明子は、

「これはお寿司って言うの。今朝早くお祖父様が知り合いの漁師さんと釣りに出かけて釣ってきた魚をお刺身にしたの。これは、ムラサキ、いいえお醤油を少し付けて食べるのよ。お気に入ると嬉しいわ」

「お寿司と言うんですか。僕は初めて見ました。魚の食べ方もいろいろあるんですね」

「さあ、食べながらお話ししましょう。前から、今日大事なお客様が来るから都合を付けて漁に連れて行ってほしいと知り合いの漁師に頼んでおいたのです。そうしたら連絡があって、今朝早く漁に行ってきました。思わぬ大漁でいろんな魚を分けてもらってきました。それで、お寿司を作ることにしたのです」

「朝早くお出かけだったなんて知りませんでした。お疲れじゃないですか」

「正夫君のお顔を見たら疲れが消えました。正夫君はそういう特技を持っているんですね」

「とんでもないことです」

「明子さん、正夫さんにとってあげて下さいね」

「はい、お祖母様。でも正夫さんがご自分でとった方がたくさん食べることができるかもしれませんわ」

「それもそうですね。正夫さん、たくさん召し上がって下さると作りがいがあるので、たくさん食べて下さいね」

「ありがとうございます。僕はまだ育ち盛りなのでいっぱいいただきます」

「それはいいですな。私も負けないように食べますかな」

「何いってるんですよ、あなた。お年のことも考えて食べて下さいね。お腹を壊すといけませんから」

「わっはっは、それもそうだな。若い人と争っても勝てるわけがないか」

「お祖父様ったら。もう子供になったみたいだわ」

「それはそうさ。今日も嬉しいことがおきたから、子供に戻った気になってしまったんだよ」

お手伝いの女性も手を口に当てて笑っていた。正夫は寿司の魚の名前を知りたくなっていた。その様子を見ていた只野は、さりげなく魚をどうやって釣ったかを話しながらその魚の名前を教えていた。

「この赤身の魚は、船で漁場に行く途中に流し針という釣り方をして釣り上げたマグロです。私一人では釣り上げられなかったので漁師に手伝ってもらいました。大きさは全長百二十㎝くらい、重さは十一㎏ほどありました。小さかったのでハラミ近くのトロと言われる部分は少ししかありません。その少し赤色というより桃色の部分です。口の中に入れると、とろっととろけるような感じがします」

正夫はそれを口に入れた。正夫は只野の言ったことが

本当だと思った。

「僕はこんな美味しいものを食べてもいいんでしょうか。贅沢すぎると思うのですが」

「若い正夫君にとっては今は贅沢と思えるでしょうが、そう思うことを大切にして下さい」

「はい」

と言ったが正夫は意味を判断できなかった。只野の言うことを正夫はしっかり頭の中に刻みつけた。

只野は次々と魚の名前を話の中に取り込んで話を続けた。正夫は魚の味と名前を必死に覚えた。一通り只野の説明が終わると、正夫は寿司を一通り食べたにもかかわらずお腹が空いているのに気がついた。しかし、ガツガツ食べることはしなかった。話に加わりながらゆっくり食べた。海苔巻きを正夫の皿に取り分けながら、

「これは私が作ったの。美味しいといいのだけど」

「明子さんはこういうのも作れるんだね」

「お椀も私が作ったのよ」

お椀の蓋を取ると中に大きめの貝が入っていた。これは多分ハマグリだと正夫は思った。お椀は香りも味も特別美味しいと思った。

海苔巻きに入っている魚はマグロのトロの部分だった。別の海苔巻きにはかんぴょうを甘く煮たものが入っていた。

「小学生のときの遠足を思い出しました。かんぴょうの海苔巻きは僕にとっては特別の思い出があるのです」

「それじゃ、これからは、私をその思い出に加えてね」

「海苔巻きの明子さんって言うことにします」

「まあまあ、正夫さんは面白い人ね」

手伝いの女性は湯飲みにお茶を入れ始めた。

「明子様はお茶でよろしいですか」

「ありがとう。お茶にして下さい。正夫さんはどうなさる」

「明子さんと同じものにして下さい」

「はい、かしこまりました」

お茶を飲み終わると食事はお開きになった。そのとき玄関のベルが鳴った。女性が出ると、何か話していた。

祖母が玄関の方へ行った。

「どうしましたか、やすさん」

「この方が呼ばれてきたと言っているのですが、私は伺っていませんでしたので、要件を伺っていたのです」

お手伝いの女性は〝やす〟という名前だったのを正夫は知ることができた。

「私としたことが、うっかりしていました。やすさんごめんなさいね。今日は写真屋さんに来て下さるようにお願いしていましたの」

「そうでしたか。失礼いたしました」

と来訪者に言って台所の方へいった。

「あなた、写真屋さんが来て下さいましたよ。正夫さんも明子さんも庭に出て下さい。やすさんもお願いしますよ」

といって、祖母も庭に出て行った。祖母は写真屋と写真を撮る場所をどこにしようかと話をしていた。あっちを指さしたり、こっちを見たりしていたが、結局家全体が入る位置に決まった。やすさんが腰掛けを二個持って出てきた。写真屋が距離を測り太陽の位置を見てカメラの位置を決めた。初めに明子と祖父母の写真を写した。次に正夫とやすも一緒に入って写した。最後に明子の希望で、正夫と明子だけの写真も写してもらった。

　写真屋が帰ると四人はテーブルの所へ戻り、デザートの果物を食べた。

　正夫は、この前来たときの紅茶について只野の宿題の報告をした。只野は真剣な顔をして正夫の話を聞いていた。そして正夫の話が一段落すると、

「正夫君。よくそこまで調べましたね。今、正夫君の言ったとおりで間違いありません。ただ色を変える物質が何かはまだ確定していませんがもうすぐ分かることになるでしょう。紅茶の成分で大事なものはアルカロイドというものです。これは少しずつ明らかになってきたので、もうじき全体像が発表されるでしょう」

「一つ伺いたいことがあるのですが」

「はい、なんでしょう」

「緑茶と紅茶では、原料の茶葉が同じなのに製法が違うと色や味が違う物質なってしまうのはどうしてでしょうか」

「難しいが、いい質問ですね。有機物質というのは、そのものが作られた条件が維持されるとあまり変化しないものです。しかし熱、水分など外部の条件が変わると条件によって、性質が変わることが知られています。お茶で言うと日本茶は、蒸して手で揉んで乾燥し細かくします。他方紅茶は製造過程で発酵という処理を加えます。発酵処理を行うと茶の成分がより安定したものになります。こうして両者の違いが出てくるのです。緑茶は原料の性質が保たれた状態になり、紅茶は原料の性質の一部はそのままに、多くは変化した後の性質を残すことになるのです」

「今お話を聞いただけでよく分かりませんが、発酵って面白いですね」

「そうですね。日本の食品の多くは発酵させたものなのですよ」

「そうなんですか」

「例えば毎日食べる、漬物や味噌、醤油、酢、味醂など、それから酒もそうです。それから魚を発酵させたものもあります」

「発酵させると言うことは、ある種の菌の力を借りるので、その菌の影響は出てこないのでしょうか」

「それもいい質問ですね。それじゃあ人間の身体の中を考えてみましょう。我々が食物を食べると胃や小腸・大腸で酵素や各種の細菌によって分解されます。そこではつねに発酵現象が起きているのです。体内の発酵によって原料の食物は分解されて体内に吸収されるようになり

ます。このとき初めの体内というのは口から肛門までのことを言います。次の体内というのは、外界と触れることのない部分のことを言います。前者は外部から入り外部へでる。つまりトンネルのようなものです。トンネルの中で行われる発酵は、本来の意味での体内とは隔絶されているので影響は出ないとされているのですよ」

「お腹の中でも発酵が行われているのですか。それで時々お腹の中でゴロゴロ音がするのですね」

「そういうことも考えられますね。正夫君は実験して証明したところがすごいですよ」

「もう一つ伺いたいのですが」

「何でしょうか。分かることだといいのですが」

「発酵と腐敗は同じような現象だと思うのですが。どこがどう違うのでしょうか」

「これはいいことに気がつきましたね。しかし私がお話する前に正夫君自身で調べてみたらどうですか」

「そ、そうですね。調べてから私の話を聞いていただきます。それから、また至らぬ所を教えて下さい」

「わかりました。これからもいろんな問題が出てくると思いますが、まず自分で調べることを心がけて下さい。科学を志す人にはそれが一番重要なことです」

「ありがとうございます。今のお言葉は心の奥のいつでも取り出せるところにしまっておきます」

「さあ、この話はもう終わりにしましょう。明子に叱られてしまう。明子は本当にいい人に巡り会えました。私も妻も正夫君が明子のよい相談相手になって下さると、もう心配することがありません」

「僕の方こそよろしくお願いします」

「さ、明子が何か話があるようですよ。明子そうだね」

「待ちくたびれました。でもお祖父様のお話しは私にも難しいところもあったけれど面白かったわ。いろんな食べ物が発酵で美味しくなるなんて素晴らしいわ」

「発酵は元々大陸でいろんな動物の乳を発酵させて保存食品に利用されていたんだよ」

「へー、そうなの。例えばチーズとかもそうなのかしら」

「チーズは代表のようなものだよ。日本でも千年以上前に醤油の素となったと言われている魚醤というのもあるよ」

「発酵って古い時代からずいぶん役に立ってきたのね」

「そうだね。人間は自然界のいろんな現象を発見して、それを利用することをやってきたんだね。そういう観察力とそれを応用する能力を獲得したから生き延びることができたのかもしれない」

「正夫さんにもそういう所があるかもしれないわね」

「明子の人を見る目は確かなもんだね」

「正夫さんとお散歩に行ってもいいかしら」

「いいよ、ゆっくり散歩してきなさい」

「正夫さん行きましょう」

「ごちそうさまでした。とっても美味しかったです」

正夫と明子は家のわきの道を南の方へ散歩に出かけた。

「さっきは長々と話し込んでしまって悪かったね」

「ううん、そんなことないわ。私も面白かったもの」

「明子さんのお祖父さんっていろんなことを知っているので驚いてしまったよ」

「私もあんなにいろんなことを知っているとは知らなかったわ。どんな仕事についていたのかしらね。イギリスへ行ったときも英語で何でも話ができたようだし。大陸にも行っていたと言っていたわよね。あのような話を私は初めて聞いたわ。もっとお祖父様のことを知りたいわ」

「明子さん。僕からお願いがあるんだけど聞いてくれるかな」

「急になんなの」

「僕はね、お祖父様のことは明子さんから教えてと言わない方がいいと思うんだけど」

「だってー」

「人には誰でも人に言いたくないことってあるんじゃないかと思うんだよ。それにお祖父様が明子さんに話したくなったら、きっとお祖父様が自分からお話しになると思うんだけど」

「ありがとう、正夫さん。落ち着いて考えると確かにそうよね」

「わかってくれてありがとう。いつかきっと話してくれると思うよ」

「そうよね。私も家族のことを詮索しようとしたことを反省しているわ」

「もうそのことを考えるのは止めよう」

「そうね」

二人は尾根道から海岸へ下りだした。

「この前お邪魔したとき、夜、星を見たね。僕は前に読んだ雑誌の読み物にマグロ漁船が赤道を越えて南太平洋へ行く場面があった。そのとき赤道を通過するときに赤道祭というお祭りをするって書いてあった。そこで乗組員の一人が恋人を思い出して空を見上げた。するとそこに十字に見える星座が見えた。彼は思わず西洋人がやる胸のところで手で十字を切った。そして再び見上げると、手を広げた形の星座が見えた。その星座の下の方はピンと尻尾を持ち上げているように見えた」

「その星座の名前は何というの」

「初めのは、南十字座という星座だ。後のはサソリ座って言う星座だよ。そして真上に大きな星座を見た。それは白鳥座だった」

「私もそんな星座を見てみたいわ」

「僕も南の島へ行って明子さんと星空を見たいなあ」

「私も一緒に見たいわ。絶対行きましょうよ」

「うん、行こう」

「嬉しいわあ。私、はしたないと思われるかもしれないけれど、正夫さんに言いたいことがあるの」

「改まって言いたいというのはなんだい」

「じゃあ、言うから少し後ろを向いていて」

「はい。これでいいですか、明子さん」

「結構です。私、本気で正夫さんを好きになってしまいました」

「……」

「いつまでも、正夫さんと心を一つにしていきたいと思います」

「ごめんなさい、明子さん」

「えッ」

明子は絶句してしまった。

「ごめんなさい。明子さん。明子さんにそんなことを先に言わせてしまったことを許して下さい。僕の方から言わなければいけなかったんです。明子さん、僕は明子さんを好きです。何時までも心を一つにして下さい」

「正夫さん」

「明子さん」

二人は思わず身体を引きつけ合った。このときから正夫と明子は新しい生き方に入った。明子は目に涙をためていた。正夫はその涙を指で優しく拭いた。

「僕は二人だけの時はアコと呼びたいんだけどいいかしら」

「もちろん、いいわよ。嬉しいわ。私はマオさんと呼びます」

「一つお願いがあるんだけど」

「どんなこと」

「僕が変なことを言ったりしたら遠慮なく注意してほしいんだけど」

「それはお互いにそうしましょうよ、マオさん」

「こんな日が来るとは思っていなかった。ありがとう、アコ」

「お祖父様にはまだ言わない方がいいわね」

「そうだね。どこか座れるところがないかなあ」

「座りたいところね。例えばどんなところがいいのかしら」

「そうだね、座ってお話しができるところ」

明子は頭の横に指を当てて少しの間考えていたが、

「あるわ。そこに行きましょう」

明子は正夫を連れて海岸道路を南の方へ歩いていった。あまり大きくないレストランがあった。明子は、

「ここよ。ここなら大事な話をしても大丈夫よ」

と言いながら入り口のドアを開けて正夫を先に店内に入れた。明子が店内に入るとすぐ女性店員が寄ってきて、

「お二人様ですか」

「はい」

「ご案内します。こちらへどうぞ」

といって、道路側の奥の方の席へ案内した。

「メニュをご覧下さい。決まりましたらそのベルを押して下さい」

「あのー、コーヒーを二つお願いします」

「かしこまりました」

　と言って店員はメニュを持って戻っていった。店内には数人の客がいるだけだった。

「この店にはお祖母様と何度か来たことがあるの」

「いい店だね。イスがふかふかだし、松島湾が見えるし、一番は目の前に素敵な人がいることだ」

「マオさんはなんだか変になってしまったのですか」

「いいえ、そんなことはありませんよ」

　そんな冗談を言い合っていると、店員が
「お待ちどおさまでした。コーヒーをお持ちしました」

　と言ってコーヒーを正夫と明子の前に置いて、

「お砂糖とミルクをこちらに置いておきます」

「ありがとうございます」

「ごゆっくりどうぞ」

　と言って戻っていった。そして黒い洋服を着てネクタイを締めている男性店員と話をしていた。男性店員は正夫達の方を見ていたが、つかつかと近寄ってきた。

「いらっしゃいませ。失礼ですが、只野様のお嬢様ではありませんか」

　と言って、笑顔になった。

「はい、そうですが。何か」

「失礼しました。私はいつも只野様のお力添えをいただいているこの店の店主の森川と言います。只野様と奥様はお元気ですか。しばらくご無沙汰していましたものですからお伺いしなければと思っていたのですが、店を空けることができなかったもので失礼しました」

「森川様とおっしゃるんですか。お祖父様に、お会いしたことをお話ししておきます」

「よろしくお願いします。では、どうぞごゆっくりなさって下さい」

「ありがとうございます」

　明子は、この店に数回来たことがあると言っていたが店長のことを分からなかったらしい。

「マオさんは、コーヒーにお砂糖を入れますか。ミルクはどうします」

「お砂糖は甘すぎないほどに、ミルクは少し多めにお願いします」

「分かりました。それでは私と同じくらい入れますね」

　明子はかいがいしく正夫のコーヒーに砂糖とミルクを入れてスプーンでかき混ぜた。正夫は明子の所作を見ていて、どうしてこんなに優雅に振る舞えるのだろうかと感心してしまった。小さいとき両親が愛情いっぱいに育てていたのが見えるようだった。

「さあ、できました。召し上がれ」

「ありがとう」

　と言って正夫はコーヒーカップを手に持って鼻の所へ持って行った。とてもいい薫りだった。ヤスダコックが入れてくれたのが初めて飲んだコーヒーだったので、あのときは苦いと思ったが、このコーヒーは旨いと思った。正夫は明子の方を見て目が合うと不思議とにっこりしてしまった。明子もにっこりして肯いた。

少しするとさっきの店長が、これは店からのプレゼントです、と言ってケーキをのせた皿を二人の前に置いた。明子にはショートケーキを、正夫には黄色いそばようのものを渦巻き状にしたものが載っているケーキだった。明子に目で質問した。

「それはマロンケーキって言うの。栗のアンみたいなものを乗せてあるのよ」

正夫はケーキの端の方をフォークで切り取って、口に入れた。わずかに栗の味がした。香りも栗そのものだった。ケーキ本体もうす黄色になっていた。正夫は甘さが少し不満だった。もっと甘い方がもっと美味しいと思ったのだ。すると明子が話し出した。

「マロンケーキはあまり甘くすると、栗あんがケーキの生地の味を消してしまうのね、それで甘さが舌に伝わる程度にしてあるの」

「アコはお菓子のことも詳しいんだね。どうやって覚えたの」

「お祖母様は料理の天才みたいな人なのよ。お祖母様のお母さん、つまり私の曾祖母様からいろんなことを教えてもらったらしいのね。でも時代が江戸が東京に名前が変わる頃の話だっていつか聞いたことがあるわ」

「曾祖母様は、横浜に住んでいたのかなあ。あるいは長崎とか」

「曾祖母様は長崎の出身だったと聞いたことがあるわ。長崎の商人の娘で長崎では異人と家族ぐるみの付き合いがあって、その異人の奥様から外国のいろんな料理を教えてもらったらしいの」

「アコは、文明開化時代からの血を受け継いでいるんだね。それでいろんな人たちからたくさんのことを学んだんだね」

「私は、お祖母様に近づきたいと思って懸命にいろんなことを勉強したの。でもね、私には何かが足りないと思っていることがあったの」

「それがどんなことか分かったの」

「そう。つい最近私には何かを考え出すという力がないということが分かったの。そんなとき私は大発見をしたの」

「大発見ってすごいじゃないか。何を発見したの」

「それは言えないわ。まだね」

「こら、隠し事をするのか。なんて言わないよ。アコのことだから自分から言うかもしれないからそれまで待っているよ」

「そうね、そうしてくれる。でも言いたくもあるのよね」

「聞かせてくれるんなら嬉しいけどね」

「私はどっちかというと何でも消極的な性質なの。自分で言うのも変だけどね」

「もちろん自分のことを一番よく知っているのは自分だ

よね。だから変なことじゃないと思うよ」

「ありがとう。去年の夏休みに高校の友達三人が私の家へ遊びに来たことがあったの。そのときいろんな話をしていたとき、一人の子が大川高校の生徒が近くに住んでいると言ってたの。その子は野尻って言うところから通学しているんだけど」

「野尻って言うのは東北本線の駅だったね。僕の入っている化学クラブの先輩がそこから通学していると言っていた」

「その子の近くに住んでいる大川高生は、もしかするとその人かもしれないわね。その人が友達にこう言ったんだって。化学クラブに入ってきた新入生の中に一人変なやつがいるって」

「変なやつって誰のことだろう」

「その変な人は、高校に合格したとき、自転車店に通って自分で自転車を組み立てるんだと言って頑張っていたって言うの。その自転車で通学する気だったらしいのね」

正夫はなんだか自分の話に似ているなと思った。

「それでその変人は自転車のことを全部知っていてどんなことでも修理できるようになったんだって。変人さんは大川高校へ進学して化学クラブに入ったんですって」

「なんだか僕の知っている人のようだね」

「クラブ活動で学園祭の話し合いをしたとき、変人さんは変人ぶりを発揮したというの」

「……」

「顧問の先生も驚くようなテーマを提案したらしいのね。他の人たちは学園祭で実験をやってみせることってなかったと言って反対したらしいの。ところがね、その変人さんは化学クラブの展示に実験を見せないなんて変だと言って頑張ったの。結局顧問の先生の許可が出て実験を見せることになったらしいのね。変人さんは頑張って最新の技術の成果を簡単な実験をまじえて発表することになったの」

「変人さんは頑固なところもあるんだね」

「でもね、それが大成功だったらしいのね。先生も職員会議で褒められるなど鼻高々だったという話まで尾ひれとなっているらしいの。でもそのことを変人さんには伝えてないらしいのね。翌年の学園祭でも素晴らしいテーマを考えてきたらしいの。それがまた成功したっていうのね。それで私たちは、その変人さんを見に行きましょうと大川高校の学園祭に出かけてびっくりしたわ」

「もう分かったよ。変人さんは僕のことだったんだね」

「そうなの。一目見て前の年に私の高校の学園祭に見学に来た人だと分かったの。私は大げさだけど稲妻に打たれたように感じたわ。私の持っていないものをこの人が持っていると思ったのね。それでお祖父様に家へ招待してもいいかしらとお尋ねしたら、お祖父様は私が見つけた人に自分も会ってみたいとおっしゃって下さったの」

「そんなことがあったのかあ。うっかりしたことを言えないなあ」

「それは違うと思うわよ。お祖父様はマオさんと会ってすぐ分かったらしいのね。この高校生に自分の後を継いでくれるかどうか見ていこうとおっしゃって下さったの。お祖父様は私のことを褒めて下さったわ。明子も変わっているのかもしれないと言ってね」

「謎が多いお祖父様だね」

「確かにね。でも私はお祖父様が大好きなの」

「僕も大好きになってしまった。アコとは別の意味でね」

「私のお祖父様を好きになってくれてありがとう。とっても嬉しいわ」

「アコのお祖母様も大好きだよ。アコにいろんなことを教えてくれたんだものね」

「本当にありがとう。私マオさんに会えてよかったわ」

「僕だって同じ気持ちだよ」

窓越しに外を見ると、店の屋根の陰が長くなっていた。それで家へ戻ることにした。

正夫と明子は、代金を払おうと出口へ行った。すると店長が飛んできた。

「本日はありがとうございました。代金は結構です、店からのプレゼントにさせていただきます」

「それは何でまた」

と明子が不審げに訊ねると、

「お見受けしたところ、こちらの方はお嬢様の大事なお客様のようでした。早合点かもしれませんが、お嬢様にそんなときが来たのだと嬉しくなってしまいました。そういうわけですから、ご心配なく」

正夫と明子は顔を見合わせてにっこりして、

「それでは遠慮なくご馳走になります」

といって店から出て空を見上げた。珍しく空には雲がなかった。

「今日の空は僕たちのようだね」

「ほんとにそうね」

そう言って二人は海岸通りを北に向かって歩き出した。正夫は並んで歩いていると明子の手が時々触れるのでいっそ明子の手を握ろうかと思ったが怖かったので止めた。触れたとき明子の手は燃えるように熱かった。

正夫は時々海を見ながら明子と学校のことなどを話した。海風は頬を気持ちよく触れていった。明子の家へいく坂道が見えてきた。

「今夜はたくさん星を見ることができそうだね」

「楽しみだわ。今日はどんな星座を説明してくれるのですか」

「それは星を見てからの楽しみだよ」

坂を登り切ったところを右に曲がると、明子の家が見えてきた。

明子の家へ戻ると、お祖父さんが籐椅子に座って読んでいた新聞から顔を上げて、

「おかえり」

「ただいま」

「ただいま戻りました」

と二人が同時に言った。

「明子はなんだかいつもより嬉しそうだね」

「その通りよ、お祖父様」

「それはよかったね。どんないいことがあったのか聞かせてほしいもんだね」

「それは無理よ。そのうちお話しするわ」

「それじゃあ、明子が話してくれるまで待つとしよう。正夫君ご苦労様でしたね」

「はあ、僕もたくさんお話しできて喜んでいます。こういう機会を作って下さったことを感謝しています」

「いやあ、私が機会を作ったのではありませんよ。自然がそのように仕組んだと私は考えていますよ。何はともあれ二人とも喜んでいるのは結構なことです」

「お祖父様、今日は前に行ったことのあるレストランに行ってきました」

「それはよかったね。あすこの店主は元気だったかい」

「はい。お元気のようでした。私は忘れていたのですが、店長さんは私のことを覚えていて、お祖父様にご無沙汰していることを申し訳ありません。よろしくお伝え下さいとおっしゃっていました。それから私たちはコーヒーだけを注文したのに、プレゼントだと言ってケーキを持ってきて下さったの。代金を受け取ってくれなかったのでご馳走になってしまいました」

「それはよかったね。後で私からお礼を言っておくから心配しないでいいよ」

「はい。お願いします。お祖父様」

明子は他人との間の話はきちんと祖父母に報告する。それが祖父母からも信頼されることになる。只野家の三人は堅い信頼関係で結ばれていることを改めて分かった。

だから明子が正夫を家へ招待したいというのを許したのだろう。正夫はこんな家族に一種の憧れを持ってしまった。

明子の祖父母も明子が好きになった正夫を信頼に足る人間かどうかを観察したらしい。正夫は自分のことを包み隠さず只野夫妻に話し、明子にも話したことで信頼されることになった。正夫はどんなことがあってもこの信頼関係を裏切らないことを自分に誓った。信頼関係が深まるにしたがって、それがどんなに喜びを大きくするかが分かってきたのだった。

明子は台所へ行き祖母に何か話をしていた。すぐ戻ってきた明子は正夫を連れて自分の部屋へ行った。それでこれから会える日を決めましょうといって、カレンダーと手帳を持ってきた。正夫はカレンダーに予定を書いたら祖父母に見られたとき困ることがあるんじゃないかと思ったが、カレンダーに予定を書くことによって祖父母が明子をどんなに信頼しているかが分かることに気がついた。明子と祖父母との間には隠し事をすることがないのだ。正夫は自分のことを振り返ってみた。東京へ戻っていった父母兄姉は、正夫の行動について何も聞かなかった。諏訪村にいる隆兄も何も言わない。これはどういうことなんだろうか。これはもしかしたら正夫のことを信頼している証かもしれない。正夫が大学へ進学したいと言ったとき、父親が正夫に言ったことがあった。

「お前が勉強したいのなら、勉強できる状態を作ってやる。それでやって進歩がないなら勉強のことは高等学校までで諦めることだ。人間の生き方はいろいろあるから自分でそれを発見していかなければいけない」

と。正夫は自分のことは自分で考え行動しろと宣言されたと思った。もちろんそういうこともその言葉に含まれていただろう。だが正夫は、さらに深い意味を読み取ることができた。

「マオさん、さっきから何を考え込んでしまったのですか」

「いや、なんでもないよ」

「でも、深刻そうな顔をしていたわよ」

「それは悪かった。前に読んだSF小説のことを思い出したんだ」

「SF小説って初めて聞く言葉だわ。どんな小説なの」

「SF小説というのは、サイエンス・フィクションというのだ。作家が自分の考えている理想の世界を表現するときに、心理的な問題、こんなことができたらと思う科学技術の問題を駆使して小説を書いていくんだ。その原点と言える小説家がH・G・ウェルズという人とジュール・ヴェルヌという人なんだ。ウェルズという人は学問の世界でもいろんな論文を発表して業績を残しているけど、『タイム・マシン』、『透明人間』、『宇宙戦争』が有名なんだよ。僕たちは過去のことや将来のことを知りたいと思うだろう。そんなときどんな方法で過去や未来へ行くかを考えると時間を行き来できる乗り物があるといいなあと思う。ウェルズはそこで『タイム・マシン』という装置を考え出して過去へいったり未来へいったり時間旅行をして冒険する、という話だけどね。これが面白かった」

「ほんとにそういう装置ができたら面白いわね。歴史の先生が喜ぶわね」

「そうだね。だけど、便利なものができるとそれを使う悪者も出てくるんだ。それをどうするかという問題がある」

「そうね、悪い人はいつでもいるからね」

「最初の質問だけどね。ある人が自分の人生で二つの岐路に立ったとき、どちらを選ぶかでその後の人生がまるっきり違うものになってしまうことがあるよね」

「そうね」

「例えば右に行けば平和な田園世界へ行くことができる。しかし左へ行くと世界は殺伐としたものになっていて生きていくのが大変という世界へ行ってしまう。そんなときタイム・マシンで偵察できればどちらへ行くかを決めることができる。しかし一般的にはタイム・マシンがないから、なんとなく選んでしまう」

「人生の分岐路に立ったときどうするかっていうことね」

「そういうことだと思う」

「そういうとき大変な選択に迫られるのね」

「どうやってよりよい方向を選ぶかは考えても分からないことかもしれないね。一つは可能性のある事実を積み重ねて結論に達するということになるのかなあ。なんて考えていたんだ」

「でも私たちって、どっちがなんていう分かれ道には今のところ立つことがなかったと思うのだけど」

「そんなことはないと思うよ。例えば中学を卒業して高等学校へ行きたいと思うとき、どこの高等学校を選ぶかというときがあったと思うんだ」

「私の場合は、そうだわね。お祖父様はどこへ行ってもいいと言ってくれたけど、私は今の高校を選んだ。そうかあ、これがそういうことなのね」

「それともう一つ、なんで僕と付き合いたいと思ったのか。これももしかしたら当てはまるかもしれないよ。でもこれは違う要素が入っていたのかもしれないなあ」

「それは違うと思うわよ。私がマオさんに会って、一目でこの人と思ったんだから」

「なんか変な方向に向かってしまったようだね」

「そんなことないわ。私は選択しなければならないときどうやって選ぶか、その選び方を知っておきたいわ。マオさんはどうやって選んできたの」

「僕の場合は、中学校までは親のいうことを素直に聞いてきた。三年生になって高等学校へ行きたいと思ったとき、親がお前が自分で選ぶ問題だと言ってくれたんだ。それで僕は高等学校へ行くことに決めた。そのとき大新田高校を薦めてくれた人がいた。その人は僕に読書方法を教えてくれた人で、大新田高校へ入れば奨学金をもらえるようにしてくれると言ってくれた。これは重要なことだったけど、親にお願いして大川高校へ行くことができた。そのために僕は誰も同じことをやっているんだけど、家の手伝いはそのまま続ける条件で行かせてもらうことになった。このとき、なんで経済的に楽になる大新田高校を選ばなかったかというと、あそこは農繁期になると学校の農場で実習をかなりしなければならないことを聞いていたからなんだ。農作業は家で十分にやっていることだからやりたくないと考えた。その代わり大川高校へ入学できたら、一日も休まず通学すると決めたんだ。これが自分でどちらかを選択しなければならない初めての経験だった」

「そうなのね。一つ聞いてもいいかしら」

「もちろんさ」

「通学時間がもったいないとは思わなかったのかしら。一日に通学時間が三時間必要だとして、一週間では約二十時間よね。一年間にしたら大変な時間よね。マオさんにとってはこれは貴重な時間だったと思うけど」

「その前に僕は体力が続くかどうか心配だった。何しろ痩せて背が低くてみすぼらしかったからね。でも筋肉は家の手伝いで鍛えられていたと思う。通学時間のことは頭の中になかったと思う。でも実際は、家の手伝いがいやになったこともある。通学時間のことを忘れて、手伝いの時間がもったいなく思えてきたんだよ」

「それでどうしたの」

「家族との約束を反古にすることはできなかった。それで寝る時間を少し少なくしたんだ」

「それも大変なことよね」

「でもね、約束したことは守らなければならないと思っていたからね。自分の生活状態と比べて、大川市内に住んでいる人や、列車で通学している人をうらやましく思ったこともあった」

「その人達は、私もその一人だったんだけど、その分を勉強に使っていたら、マオさんが追いついていくのが大変だったと想像できるわ」

「それで時間の使い方を考えたんだ。というのは、母がいつも僕に他人のことを羨ましがってはいけない。もし羨ましかったら自分で努力して手に入れなさいと言っていた」

「厳しいこと言う方なのね」

「でもね、それが自分を励ます力にもなっていたし、いろいろ工夫することを覚えるようにもなったんだ」

「そこよね。マオさんの素敵なところは」

「ちょっと恥ずかしいことを言ってしまったね。なんだか自慢話をしてしまった。悪かったね」

「ううん、そんなことないわよ。私、マオさんのことをもっと知りたいわ」

「一度に知ってしまうとつまらなくなってしまうよ」

「ぜんぜん。でも時間はいっぱいあるから少しずつね」

　正夫は少ししゃべりすぎたと思った。聞く人によっては嫌らしい自慢話と受けとるだろう。〝過ぎたるは　なお及ばざるがごとし〟という諺を忘れていた。しかし、真剣に受け止めてくれる明子の包容力が素晴らしいと思った。窓から外を見ると、いつの間にか暮色が濃くなっていた。

「アコさん。議論はこのくらいにして、何か音楽を聴きたいなあ。静かな夕暮れを楽しむ曲があるかしら」

「あるわよ。ちょっと待っててね」

　と言って明子はレコードの棚を探し、一枚のレコードを持ってきて電蓄に載せた。電蓄から優しいピアノの音が鳴り出した。うっとりするような音色に自分が引き込まれるような感じになった。曲が終わってもしばらく正夫は動けなかった。

「マオさん、どうしたの。大丈夫」

　正夫ははっと気がついた。どこか遠くに行っていたような感覚になっていたのだった。

「ごめん、ごめん。あまりいい気持ちになってしまってどこかへ飛んでいたように感じた」

「疲れたのかしら」

「そんなことないさ。音楽に引き込まれてしまったようだね。この曲は何というの」

「これは、ドビュッシーという作曲家の『月の光』っていうの。私の好きな曲の一つなの」

「とっても静かないい曲だね。時々雲がかかる様子もあったし」

「マオさんも好きになったのかしら。夕方の曲じゃないかもしれないけれど」

「もちろん一回聞けば曲の善し悪しが分かるなんて言えないけど、心が落ち着いてくる感じだった」

そのとき下からベルの音がした。明子が「はーい」と言って階段を下りていった。

「もう少ししたら夕飯ですって。マオさんは食べ物の好き嫌いはないの」

「全くないといったら事実じゃないけれどね。サメの煮凍りは他に何かあれば食べないかもしれないね」

「私もお祖母様の躾で好き嫌いをなくしたの。子供の頃、ニンジンを食べられなかったの。あの匂いがダメだったのね。でも、お祖母様はいろんな料理法を工夫してニンジンを好きになるようにしてくれたの。今じゃジュースも飲めるようになったのよ」

「好き嫌いがあると、どこかへ行っても楽しみが減ってしまうからね」

「そうよね。損してしまうわね。そろそろ下へ行きましょうか」

二人は広い階段を下りていった。

食堂には、祖父がすでに腰掛けていた。祖母とお手伝いのやすさんがテーブルの上へ料理を並べていた。正夫は祖父に言葉をかけようとしたが、新聞を読んでいるので腰掛けて待つことにした。明子はキッチンへ行って何かをやっていた。只野は顔を上げて、正夫が来たことを気づかなかったことを詫び、新聞の内容を話し出した。

「今年は正月早々皇居前で参拝者が亡くなるという事件がありましたね。天皇陛下も心を痛めたことでしょう。いいニュースもありますよ。今はまだ北海道へ行くのに本州と北海道の間を青函連絡船で海を渡らなければなりませんが、海底トンネルを掘って列車で直接北海道と本州の間を往復できるようになるようですね」

「どのくらい深いところにトンネルを掘り進むのでしょうか」

「海面下二五〇《メートル》、海底から百《メートル》下のようですね。海底部分の長さは二十三km と少し、トンネルの全長は約五十四km と書いてありますね」

「初めて海底トンネルを掘るのでしょうが、すごい技術ですね」

「実はね、これは初めてではないのですよ。下関と門司との間を結ぶ関門鉄道トンネルというのが十二年前に開通していますよ。このとき世界中が日本の技術力の高さに驚いたものです」

「知りませんでした。今度はもっと深いところにトンネルを作るのですから、いろんな問題が発生するかもしれませんね」

「いろいろな場面を想定した対応策を立てていることでしょうがね、不測の事態が発生しないといいのですが」

「トンネルが完成すると本州からお客さんがたくさん北海道へ行くようになるでしょうね」

「船に乗り換えるというのは少々面倒なこともあるからね。それに強風が吹くと欠航することもあるからね。完成が何時になるのか、私は利用できないかもしれませんね」

「みんなで一緒に北海道へ行きましょうよ。明子さんも喜びますよ」

「そうできると嬉しいのですが、希望だけは持つことにしましょうかね」

「是非お願いいたします」

「お祖父様と正夫さん、お話しの続きは食事の後にして、食事にしませんか」

「おお、すっかり話に夢中になってしまった。正夫君、食事にしましょう」

「はい」

　テーブルの上には、肉厚のあるビーフステーキ、野菜サラダの大きなボール、黄色い粘り気のあるスープ、そのなかに五㎜角のこげのあるパンが浮いていた。これはコーンスープというらしい。いい香りのする四角い深皿に入れたもの、表面が焼け焦げていた。これはグラタンというそうだ。そして珍しくスープの他に味噌汁があった。大きい方の皿のわきにナイフ、フォーク、スプーンがおいてあった。

「今日は、ステーキとグラタンを中心にしました。バターを多く使いましたので、スープのほかに味噌汁を用意しました。野菜サラダの他に白菜の漬物を用意しました」

　ステーキ皿の上にはニンジンとジャガイモを半分に切って焼いたものと目玉焼きが添えてあった。

　正夫は一目見てこれは若者向きの料理だと思った。これは祖父には重いだろうと申し訳なく思った。それでも正夫に付き合ってくれるところが嬉しかった。でも遠慮なく自分に合った食事を用意してもらえばよいのにと思った。

　四人が席に着くとお祖父さんが、

「それではいただきましょう」

　正夫は食べる順序があるのではないかと思って明子の方を見た。明子はそれを察して、まずスプーンをスープ皿の真ん中辺から外に向かって動かしてスープをすくって口に運んだ。スプーンは横に口を付けるのではなく縦に口に少し入れて音を立てないようにスープをすった。そうするとスープをこぼさずに済むのだった。

　次にサラダを深めの皿に取ってこれも音を立てないよ

うに食べた。次はステーキだ。左手にフォークを持ち、右手にナイフを持ってフォークを肉の適当なところに刺し、一口大にナイフで切って食べるのだった。肉を半分くらい食べたところで、グラタンを食べるのだが、これがまた難しかった。表面にチーズをのせて、それを焼いて溶かしてあるのでスプーンでとるのがうまくいかなかった。明子の方法を見ると初めに器についている部分をスプーンで剥がすようにしてから口に入る大きさに分けとるとうまくいった。明子は頷きながら笑顔を送ってくれた。それで正夫は落ち着いて食べることができた。正夫はテーブルの上に形の面白いパンがあるのに気がついた。明子に目で合図すると明子はうんうんと頭を縦に振ったので、正夫はパンを一個とって空いている小さな皿の上に置いてからちぎって食べた。お祖父さんは何か話したかったようだけど、正夫が戸惑っているのを見て穏やかな笑顔を見せていた。ここまで食べたものの味は全く分からなかった。三人が正夫を暖かく包んでくれていることを知って、落ち着きを取り戻した。それからは味わいながら食べることができた。

　明子の家で食事をすることで、正夫は食事の取り方を勉強させてもらったと思った。明子は普段もこんな食事をしているのだろうか。それなら明子はもっと肥えているはずだと思った。明子は身長百六十cm、均整のとれた容姿だと思っていた。正夫は今、身長百六十四cm、体重は去年の身体検査のときは五十八kgだったからむしろ細い方だった。明子と並んで写した写真を早く見たいと正夫は思った。

　食事は無事食べ終わった。味はどれも大げさでなくほっぺたが落ちそうだった。食事が終わったので席を応接間の方へ移した。そこへやすさんがケーキと紅茶を入れて持ってきた。

「ごちそうさまでした。只野さんのお宅でいただいた食事はどれも美味しくて驚きました。それに何も分からない僕は明子さんの仕草を見よう見まねで食べ方を覚えることができました。本当にありがとうございます」

「正夫君が将来外国へ行ったとき恥をかかないように気を遣ったことは認めますよ。ですが、ささやかなお礼でもあるのですよ」

「お礼なんて言われるようなことに心当たりがありませんけれど」

「ま、それは後日お分かりになることでしょう。正夫君は他の人と約束したら、その事実をどうしますか」

「僕の両親は、男が一度約束をしたら何があっても絶対に守らなければならない。だから約束をするときはそれなりに覚悟をしなさいと教えてくれました」

「大変厳しいご両親ですね。そのようなご両親を持った正夫君は幸せ者だと思います。私もそのようなご両親に育てられた正夫君のことがよく分かりました」

　そこへ食事の後片付けの終わった明子がきた。祖母はやすさんと何か話をしていた。やがてやすさんは、お辞儀をして、エプロンを脱いで正夫達の方へ礼をして帰って行った。

「お祖父様、今夜も正夫さんが星座の見つけ方と星座の名前の由来について教えてくれるの。外へ出てもいいかしら」

「もちろんいいよ。昼間は暖かったけれど夜は冬が戻ってくるから、風邪を引かないように用意してからにしなさい」

「はい。お祖父様」

祖父は、

「私たちは、ゆっくり部屋でくつろぐことにしましょう」

「私は少し正夫さんとお話しをしたかったのですが、それは明日にしましょう」

「お祖母様ありがとう」

明子の祖父母は頷きあって二階へ上がっていった。明子は自分の部屋から毛布とゴザを持ってきた。庭の真ん中あたりにござを敷き毛布の一枚をその上に敷いて座った。正夫も隣に座った。明子はもう一枚の毛布を肩からかけ正夫にも掛けた。冷たい風はすーっと消えた。正夫は明子の身体の温かさが直に伝わってきたことに戸惑ったが、明子のするままにしておいた。そして星空をザーッと見渡した。そして数年前に読んだ、雲野重三のSF小説の話をしようと決めた。もちろん成り行きで変わることもあるかもしれない。

「アコ、寒くない」

「大丈夫。マオさんがいるから」

「今夜も星がたくさん見えるね。そうだ今日聞かせてくれた、『月の光』っていう曲はずいぶん長く続けて聞けたね。音も膨らんで聞こえたし何が違うのかなあ」

「あれはね、新しいレコードなのよ。最近発売されたLPレコードっていうの。演奏時間が片面約三十分間と長くなって両面に曲が入っているのよ」

「すごいのが出てきたね。演奏時間がもっと長くなるといいね。そうなれば交響曲も連続して聞くことができるようになるしね」

「お祖父様は、わたしのためにいろいろやってくださるのはいいのだけど、この頃時々苦しげな様子を見せることがあるのが気になるの。何か身体の具合がよくないのかもしれないと思って、心配しているの」

「……」

「お祖母様は何か気がついているようだけど、黙っているのよ」

「いつ頃から苦しげな様子を見せるようになったの」

「私が気がついたのは、去年の十一月頃だったわ。学校から帰ってきて自分の部屋へ行こうとしたら、階段の途中でお腹を押さえて荒い息をしていたの。私が気がついて駆けよって、どうしたのって聞いたら大丈夫だよ心配しなくていいといって階段を上がっていったの」

正夫は只野から聞かされたことを明子に話そうかと

思ったが、明子の知らないことを正夫が話したら明子がどんな気持ちになるかを考えた。明子はきっと自分がおざなりにされたと思うだろう。それは一時的にしろ家族の信頼に違和感が入ることになるかもしれない。といって知っていて黙っていることも、後で知っていたことが分かったときには正夫が困った状況に陥ることになる。考えているとある考えが湧いてきた。

「アコちゃん、僕がお祖父さんにそれとなく聞いてみようか」

「そうしてくれる。お祖父様はマオさんを信頼しているから何か話してくれるかもしれないわね」

「でも今はまだ他人の僕に話してくれるかどうか分からないけど、ダメだったら、お祖父さんがアコに自分で話すまで待つしかないよ」

「それはわかってるわ」

「そのことは明日に先送りにして、空を見てみよう」

「マオさんお願いね。お祖父様に何かあったら、わたし…」

「大丈夫だよ、お祖父様はちょっと悪かっただけかもしれないじゃないか。アコが妙な態度をとるとお祖父様がアコのことを心配することになるよ」

「それはわかってるわ。よし、わたしは今まで通りにするわ」

「お祖父様が夕食の前に新聞記事のことを話してくれたんだけど、北海道と本州の間に海底トンネルを掘るんだって。トンネルは海面下百四十m下の海底から更に百m下を通すんだって」

「海水が漏れてトンネル内が埋まってしまうことはないのかしら」

「僕もそれが心配だったので聞いたら、日本では二つめの海底トンネルになるので研究は十分やっているだろうといっていたよ」

「前にも作ったことがあるのね」

「初めの海底トンネルは、本州の下関と福岡県の門司とを結ぶトンネルだって。それが完成したとき日本の技術力の高さを世界中が驚いたんだってさ」

「日本ってすごい国なのね」

「そうだね。明治になってから外国に追いつけ、追い越せという目標を掲げて頑張った結果だって歴史で習ったよ。戦争で負けたとき日本人は、一時自暴自棄になったことがあった。これは新聞の受け売りだけどね」

「お祖父様が嘆いていたことを覚えているわ」

「しかしね、運がいいというのかどうか分からないけれど、朝鮮で戦争が始まっただろう。それで日本の工業が盛んになったんだって。というのは、武器や弾薬をアメリカ本土から運んでくるよりも日本の復興をかねて日本の工業を復活させる必要が出てきたんだね。それで外国からの復員軍人とか、満州をはじめ、アジアのいろんな国で活躍していた人たちが帰国したが、仕事がなくて困っていた。その人達が働けるようになった。それでも労働者が不足していたので、農村の次、三男の人たちが工場へ働きに行った。その結果、更に工業が発展した。これは高校の社会で習ったことの受け売りだよ」

「マオさんて勉強したことをよく覚えているのね。どうしたらそんなによく覚えられるのかしら」

「それは父親の影響かもしれないね。僕の父は何故か宮城県へ来てからも日本経済新聞を読んでいたので僕も読ませてもらったんだ。時々父が記事のことを解説というほどじゃないけど詳しく記事の前後の事情を話してくれた。それが学校で勉強したことと重なっていたんだ、それで少し覚えているというわけさ」

　正夫は話しながらふと空を見た。そのとき偶然流星が右から左へ光を放ってすーっととんだ。

「あ、流れ星」

「え、どこどこ」

「もう見えなくなってしまった」

「わたしも見たかったのに」

「少し上向きになって空を見ることにしようか」

「そうね」

「寒くないかい」

「少し寒くなってきたわ」

「じゃあ、僕にくっつくようにしたらいいよ。何もしないから」

「マオさんならなにかしてもいいわよ」

「そうしたいけどまだ高校生だからね。温めるだけにしておくよ」

「それじゃ私の手を握っててくれる。そうすると身体全体が暖かくなるから」

「まるで湯たんぽだね。少し空を見ようか」

「そうね。流れ星、早く光ってください」

「自然現象だから祈っても効果ないかもしれないよ」

「私はそんなことないと思うわ」

「あ、流れ星」

　明子の願いを叶えるように流れ星が光った。

「私のお願いが通じたのよ」

　正夫はこんな無邪気な明子も好きだった。

「そろそろ家へ戻った方がいいんじゃない」

「もう一つ見られたらね」

　二人は黙って上空を見ていた。しばらくそうしていたら、またスーッと流れ星が光った。

「また見えたわよ。マオさんも見た」

「今度のは大きかったね。それじゃ家へ戻ろう」

「はい、マオさん」

「またアコの家へ来てもいいかい」

「もちろんよ。祖父母もマオさんが来てくれるのを楽しみにしているのだから。二、三日前もね、正夫さんは今度いつ来てくれるのかしらって言ってるのよ」

　正夫はそんなに頻繁に来ることに気が引けていたが、二人とも喜んでくれるなら、嬉しいと思った。

　正夫と明子は手をつないで家の中に入った。明子は鍵を閉めて、正夫にカウチに座って待っててねと言ってキッチンへ行った。すぐお盆に何か湯気の出ているものとケーキを持って戻ってきた。

「これを飲んで暖かくなってくださいな、マオさん」

「ありがとう。やっぱり冬空を見ていると寒さが身にしみるね」

「あら、私が近くにいたのに」

「違うよ、歩いているうちに寒くなったということだよ」

「じゃあ、許してあげます」

　明子は時々こうしてふざけることがある。正夫にとってそれがとっても好ましく思えるのだった。二人は温かい牛乳を飲み、ケーキを食べた。それから二階へ上がって明子の部屋に行った。窓にはカーテンが引いてあった。部屋の中は暖房が入っていたように温かくなっていた。正夫は流れ星について少し明子に話した。そして月の表面に見える丸いものは大きな隕石が月に衝突してできたことも話した。明子は正夫の話に驚きの顔を見せた。しかし正夫もまた明子に話したことを知ったとき、明子と同じように驚いたことを思い出した。

　正夫は、明子を抱きしめてほっぺたを寄せ合った。

「アコさん、おやすみなさい。また明日の朝、素敵な笑顔を見せてね」

「マオさん。さっきのように手をつないで私の横に休んでくれない」

「それはまだ早いよ。大人になるまで待ってて欲しいんだけど」

「そうね。私待っています。おやすみなさい」

　正夫は、明子の部屋から出て隣に用意された部屋に入った。部屋は明子の部屋のようにカーテンが引いてあり、暖かかった。窓に近寄ってカーテンを少し開けて空を見た。窓を半分ほど開けて頭を出して上を見た。ハクチョウ座の向きが少し変わっていた。風が少し出てきたようで星明かりの中で木々の梢が揺れていた。明日は午後になると諏訪村は雪になるかもしれないと思った。そのとき明子の部屋と行き来できる窓際のドアーを叩くかすかな音がした。正夫はそれを無視することにした。もしここでドアーを開けたらどんなことになるか、自分でも保証できないことが分かっていた。それでもいいとも思ったが、只野氏の信頼を裏切ることになると思った。しかし、誰かに許可を得ることでもないだろうとも思う正夫だった。正夫は思いきってドアーを小さな音になるように叩いた。衣擦れの音がして明子の部屋からドアーが開いた。

「マオさん。私、お祖父様のことが心配で眠れないの」

「そのことは、明日僕からお祖父様にお聞きすると…」

「だけど、お祖父様の様子は大変な状態のような気がするのよ。お医者様に見ていただかなければ安心できないわ。顔に出さないと思っても自信がないし。マオさんは私と将来結婚してくれるのかしら」

「僕はアコとも、アコの祖父母とも約束したんだよ。約束は僕にとって一番大切なことなんだ。だから、僕はアコさんと結婚したい。それがまだどういうことか分からないけれどね。アコは僕と結婚してくれるね」

「はい、マオさん。ありがとう」

明子は正夫の腕の中に飛び込んだ。正夫は明子をどうしようもないほど愛おしく思って、きつくきつく抱きしめた。そして唇を合わせた。明子も正夫の身体を両手できつく抱きしめて唇を合わせた。二人はそのまましばらく動かなかった。家の中は静かだった。正夫は明子の身体を離した。明子はもっと抱きしめていてと言った。それでもう一度明子の身体を抱きしめた。正夫の心の中にこれ以上は絶対にダメだと警告する声が聞こえた。感情に流されてはいけないと。

「今夜はもう寝よう。明日は必ずお祖父様に身体の具合を聞くから。それまで僕のことだけを考えて夢に見るといい。心配しなければならないかどうかはお祖父様の返事次第だからね。アコとの約束は絶対に守るから心配いらないよ」

「はい。ありがとう。私もマオさんとの約束は絶対に守るから」

「ありがとう」

正夫は自分の人生で一番重要な約束をしたことを後悔することはないと思った。明子は自分には勝れた存在だ。でも明子の祖父母はそこまで許してくれるのだろうか。明日お祖父さんの健康状態を聞くときに、明子と結婚の約束をしたことを報告して許しもらおうと考えてた。お祖父さんは拒否するだろうか。そんな約束は許すわけにはいかないというだろうか。正夫はどんなことがあっても自分の決心を変えることはないと決めた。

気がついたら朝になっていた。正夫は顔を洗って身支度を調えて1階へ下りていった。明子はもうすでに起きて朝食の用意を祖母と始めていた。

祖父の姿が見えなかった。ウロウロしていると明子が近づいてきた。

「お祖父様はもう少し寝てるとお祖母様がおっしゃったの。どうしたのかしら」

「アコさん、お祖母様に聞いてほしいんだけど。お祖父様に会ってもいいかどうか」

「わかったわ。ちょっと待っててね」

正夫は大したことでなければいいのだけどと、心配になってきた。

「お祖父様が、マオさんに話があると言っているそうよ。お祖父様の部屋に行ってくれるかしら」

「何か一杯飲ませてくれないかな。何でもいいよ」

「すぐ持ってくるから待っててね」

明子はキッチンへ行ったと思ったらすぐ戻ってきた。

「これでいいかしら」

といってリンゴジュースをコップに入れて持ってきた。

「ありがとう」

と言ってそれを一気に飲んで、

「それじゃお祖父さんのところへ行ってくるね」

「何か変なことがあったら、すぐ呼んでね」

「うん。分かった。安心しておいで、アコさん」

正夫は只野の部屋のドアーをノックした。室内からお祖父さんの声がした。

「どうぞ、お入り下さい」

正夫は静かにドアーを開けた。只野はベットの背の部分を立てて、そこに寄りかかって新聞を読んでいた。

「お早うございます。今日もいい天気になっています」

「そうですか。どうやら正夫君は晴れ男ですな」

「私はついているようですからね」

「はっはっは、ほんとに正夫君は面白い人ですね」

「それはそれとして身体のお加減はいかがですか、明子さんも大変心配しています」

「そう、そのことで正夫君との約束を考え直すべきかどうか考えていたのですよ。

「考え直すってどういうことですか」

「明子のことを諦めてもらうということです」

「そのことと関係あるのですが、明子さんと僕は一線を越えてしまいました」

「なんですって」

「僕は明子さんとキスをしてしまいました。それで友達からそれ以上の約束をしました。明子さんも絶対に後悔しないと言ってくれました。申し訳ありません。しかし僕は明子さんを僕の生命がつきるときまで大切にします」

「そうですか。正夫君ありがとう。やはり正夫君は、私が見込んだ人だった。本当に明子のことを頼んでもよろしいのですか」

「もちろんです。頼りないかもしれませんが、明子さんに幸せになっていただくために一生懸命努力します」

「そう言ってもらえると私は治療に専念できます。私たち夫婦は、明子を素直に育てたつもりです。気立てもよくとてもいい娘に育ちました。正夫君、明子のことを今は重荷になるかもしれませんが、よろしくお願いします」

「男として約束します。ちょっと大げさな言い方ですが」

「正夫君、ありがとう」

「私の方こそ、ありがとうございます。一つ相談したいことがあります」

「なんでしょう」

「実は明子さんは只野さんの身体のことをとっても心配しています。直接聞くというのをパニックになると困りますので、少し待ってと言いました。それで僕がお話を聞いて明子さんに間接的に話すというのはどうでしょうか」

「わかりました。その件は妻に頼みましょう。それでど

「そのことをまだ早いと思ったけど、お祖父様にお話しした」

「おじさまはなんて言ったの」

「お祖父様はよろしく頼むといってくれた」

明子は正夫の目をじーっと見つめていたが、明子の目に涙がじわりとにじんできた。正夫はこういう場合、なんと言っていいか分からなかったので、明子の所へ行き、優しく肩を抱きしめた。しばらくそのままでいたが、元気を取り戻したので食事を始めた。食事は、トースト、牛乳、野菜サラダ、ハムエッグとバターだった。明子はトーストを二枚食べたので正夫は安心した。明子も食欲がなくなってきたら困ると思っていたのだ。

明子は、正夫という同年齢だが芯の強い男性が近くにいるようになったことで心強いと思う一方、高齢の祖父について心配が強くなっていた。正夫は昨日の高揚感が縮んでいくのを感じた。しかしそれを明子の前で顔に出すのは避けなければいけないと思い普通に装っていた。食事が終わって、明子がテーブルの上を片付けているとお祖母さんが二階から下りてきた。

「お祖母様、お祖父様は大丈夫なんでしょ」

「もちろんよ。少し気分が優れないと言っていましたが、今は食事もとれたし大丈夫ですよ」

「よかったわー。マオさんお聞きの通りよ」

「よかったね明子さん」

「それからね、お二人にお話しがあるのよ。後で時間をうでしょうか」

「もちろん僕に異論はありません。少し急いだ方が早く立ち直ると思うのですが。その際、僕にできることがあったらおっしゃって下さい」

「わかりました。明子のことで何かあったらよろしくお願いします」

「どうもお邪魔しました。下へ戻ります」

　こうして正夫と明子とのことは正直に明子の祖父に説明することができたし、只野の病気のことも話が決まった。正夫が下へ戻ると明子が後でねと合図をよこした。

　朝食の用意ができたといって、明子は二人分の食事をテーブルの上に並べた。

「お祖父さんとお祖母さんの分がないね」

「お祖父様が自分の部屋で食事をとるというので、お祖母様も一緒にとるといってお祖父様の部屋に持って行ったの。今朝は二人だけでちょっと寂しいわね。それでお祖父様はなんて言っていたのかしら」

「そのことだけどね、食事の後でお祖母様から、アコさんにお話しするようにお祖父さんが頼むといっていた。だからお祖母様の話を聞くことにしよう」

「お祖父様はやっぱりどこか具合が悪いのね」

「今朝、お祖父さんにアコさんのことを話したよ。アコさんは昨夜言ったことを忘れていないね」

「もちろんよ。私はマオさんと一緒に生きていきます。マオさんもそのことを忘れないで下さい」

とっといてね」

「はい」

「わかりました。お祖母様」

　正夫と明子は庭に出て松島湾の方を眺めた。朝日がちょうどさざ波に反射していた。そのきらめく様子の中に明子が立った。明子の姿が光に囲まれた天女のように見えた。今の正夫の頭の中は明子のことでいっぱいになっていた。

　突然、正夫は雅子のことを思い出した。雅子も中学二年生のときに別の担任のクラスに入っていたら、今のような状態にはならなかっただろう。それがおかしな性癖の教師に出会ってしまったのが、雅子にとって不運だったのだろう。

　その教師は、教師としては教育熱心だった。事実、正夫もずいぶんよくしてもらった。しかし、女性に対してはどうしようも無い状態になってしまった。

　正夫は、前に読んだ『ジキル博士とハイド氏』のようだと思った。同じような小説はもう一冊あった。難しくてよく理解できなかったが、夏目漱石の『こころ』という小説だ。人間には誰にでも二重人格が存在するのかもしれない。ただ通常は悪が善に抑えられていることだ。ここで正夫はまた別のことを考えた。あの教師は女生徒に悪さをするのを悪と考えていなかったとしたらどうなるんだろう。正夫はそこまで考えたくなかった。しかし雅子もある意味では、二重人格だったのかもしれない。一方では教師と会い、その反面として、正夫に近づいてきた。正夫は雅子をかわいそうな人だと思った。雅子があの教師に会わなければ、雅子が教師とのことを反省しているならば違う人生を歩くことができただろう。

　正夫は明子にそういう人生を歩かせてはいけないと決めた。たとえ明子が独りぼっちになったとしても、正夫は一生明子を守っていく。

「マオさん、何を考えているの」

「アコさんのことを考えていたんだよ」

「あら嬉しい」

「アコさんは、音楽や料理、他の才能はよく分かったけれど、絵、つまり描画はどうなんだろうと思ってね」

「絵ねえ、あまり自信がないなあ」

「でも、子供のときお人形さんの絵を描いた記憶があるんじゃないの」

「それはあるけど、人に見せられるようなものじゃなかったわね」

「今は描いてないの」

「絵はね、描くのにとても時間がかかるのよ」

「僕は、絵も全くダメなんだ。というのは、言い訳になるけど、小学生のときは絵具どころか筆もなかったから。戦争中は鉛筆で飛行機の絵ばかり描いていたのを覚えている。そうだ、高校一年の時、美術の授業があったんだけど、一度も絵を描かなかった。画家の話を延々と聞かされた」

「どんな画家の話だったの」

「僕の興味を引いたのは、比較的新しい人たちで、ゴッホ、ピカソの二人だった」

「二人とも知っているわ」

「そう。とくにピカソの話が面白かった」

「ピカソっていう人の絵は一見複雑なのよね。でも、例えば人の顔をいろんな方向から同時に見ると、こうなるわよって描いているところがすごいんだって、お祖父様が教えてくれたわ」

「それも面白いと思ったんだけど、ピカソの戦争中の話も面白かった」

「どんな話なの」

「戦争中、ドイツ軍の支配下にあったオーストリアのウィーンで、ドイツ軍に反抗する地下組織が盛んに活動していたんだって。ドイツ軍はそういう人たちを次々に捕まえてアウシュビッツという処刑場へ送ったり、市民の前で見せしめの処刑を行っていた。しかし、そんなことで自由を獲得するための戦いに幕を引くことはなかった。そんなときウィーンにいたピカソが描いた絵の話をしてくれた」

「その絵ってどんな構図だったのかしら」

「写真を見せてくれたんだけどね。一番重要なのは絵の中のヤジロベイだそうだ。これはドイツ軍と地下組織とを天秤にかけている図でね、地下組織が上になっている。つまり、最期は地下組織が勝つことを表しているんだそうだ」

「へー、ピカソってスペイン人よね。その人が何でオーストリアのウィーンに行っていたのかしら」

「ほら、『誰がために鐘は鳴る』っていう小説もスペイン義勇軍というのが出てきたじゃない。それと同じようにピカソも打倒ドイツを目指して義勇軍に入ってウィーンで活躍したって言ってた。そのとき描いたんだろうね」

「芸術家は戦争とは関わりないと思っていたけど、自由のためなら義勇軍にも入るってすごいわね」

「自由ってそれほど大切なものだということだと思うね」

「マオさんも戦争の犠牲者の一人よね」

「アコさんだって同じだよ。それと日本国民全員が犠牲者だという人もいるね」

明子の祖母の話

そのとき、お祖母さんが明子を呼んだ。明子は「はーい」といって祖母のところへ行った。すぐ戻ってきて、

「マオさんと私にお話ししたいことがあるんですって。行きましょう」

明子の祖母は二人の前に甘酒と和菓子を置いた。

「今日は少し冷えるわね。それで甘酒を用意しました。正夫さんは甘酒はどうかしら」

「初めていただきます。私の住んでいる諏訪村では、どぶろくというのを農家の人が作っているようですが、僕はどういうものか分かりません」

「それでは、お飲みになってから好きになるといいわね」

「はい。いただきます」

　と言って正夫は初めて甘酒を口にした。甘酒というので酒が入っているのかと思ったが、正夫には甘いおかゆだと思った。

　明子は正夫の所作を期待を込めて見ていた。

「美味しくて好きになりそうです。初めは甘いおかゆのようだと思いました。それから甘酒というのでお酒の一種かと思いましたが、お酒の匂いはしませんでした」

「そうね。これはお酒じゃないのよ。ただお酒の成分を絞ったものなので温めているときにはお酒の香りがするけどすぐ抜けてしまうので大人でなくても飲めるのですよ」

「寒いときは、ジュースもいいけど、私は甘酒の方が好き」

　と明子は、正夫に同意を求めるように言った。

「そうだね。体中が温かくなってきました」

「それではお祖父さんのお話しをしましょうか」

　正夫は、明子が緊張する様子が分かった。正夫は明子の隣に席を移した。

「明子さんには、しっかり聞いてほしいの。お祖父様は一昨年の夏頃から体調が優れなくなり出したのよ」

「そんなに前から体調が悪くなっていたの。私毎日お会いしていたのに少しも気がつかなかったわ。お祖父様ごめんなさい」

「明子さん、落ち着いて聞いてね」

「はい。お祖母様」

　明子は顔を正夫に向けた。正夫はお祖母さんの前だったが明子の手を握った。

　それで明子は少し落ち着いたようだった。しかし、正夫は自分が明子の家でこんなに表面に出ていいのだろうかと疑問に思った。自分の態度が図に乗りすぎているとも感じた。それというのも明子を初め、明子の祖父母もなんとなく正夫を頼りにしているように思えるから、ついその気になってしまったようだ。

「明子さん落ち着いて聞いてちょうだいね」

「はい。お祖母様」

　こうして明子の祖母は、夫のことを明子に話し始めた。正夫にも聞いて下さいというので正夫も話を聞くことにした。

「只野は、一昨年の夏のある日、身体がだるいと言って掛かりつけの杉下医師に診察してもらったの。杉下医師は丁寧に診察をした後で、私の知り合いの病院を受診して下さい。紹介状を書いておきますからと言った。只野はそんなに大変なことになっているのかと不審に思ったが、紹介された病院に行った。すぐに杉下医師の知人という山野医師の診察が始まった。初めにこれまでの経過を問われた。医師は只野の話を書き留めていた。初めて体調に異変を感じた時期までのことを聞いてから、山野医師は問診の後、内科的な一般診察をした後で採血をした。更に念のためといって胸部と腹部のレントゲン撮影をした。山野医師は検査結果についてお話ししますので奥様とご一緒に明後日、今日と同じ時刻においで下さいと言った。その日はそれで終わった。二日後、只野は妻とともに病院へ行った。山野医師は丁重に二人を診察室へ招き入れ腰掛けさせた」

「今日の体調はいかがですか」

「はい。お陰さまですっきりした気分で朝を迎えることができました」

「それはようございました。これから只野さんの身体の状態を診察し、検査した結果をお話ししますが、落ち着いてお聞き下さい」

「はい」

「初めに結果からお話しします。只野さんは、少し肝機能が弱っているようですね。しばらくの間お薬を飲んで消化のよいものを召し上がるようにして下さい。そして一ヶ月後にまたおいで下さい」

「はい。分かりました。少し不安があったのですが、気が楽になりました」

「それでは今日はこれで。奥様に食事のことでお話しがありますので残って下さい」

「はい」

只野は、診察室を出て待合室へ行って妻を待つことにした。

山野医師は、只野夫人に、ちょっとこれをご覧下さいと言って、一枚のレントゲン写真を見せた。

「私は、写真を見ても何も分からなかった。山野医師は写真を見せながら説明し始めた。私は、只野とのこれまで生きてきたこと、戦争の犠牲者になった息子のこと、そして何かあったときの明子のことも、懐かしさと悔しさとそして希望が頭の中を通り過ぎていったわ。その間、失神したような状態になっていたらしいのね」

「もしもし、奥さん。分かりますか」

私は、はっとなって医師の顔を見た。山野医師は怪訝な顔をしていた。

「あら、すみません。私はぼーっとしてしまったのね」

「いいえ、大丈夫ですか。お話しは次の機会にしましょうか」

「いいえ。申し訳ありませんでした。済みませんが初めからお願いできますでしょうか」

「それではもう一度初めから説明します。」

と言った。山野医師は淡々と写真の説明を始めた。初めに只野に説明の内容をそのまま伝えることがよいかどうかを考えて下さいといった。その頃は、まだ重大な病気は本人に告知することはなかった。と前置きがあって山野医師は只野の状態を説明しだした。

只野のレントゲン写真を見ると、肝臓には豆粒大の影が数個映っていた。それはおそらく大腸から転移した腫瘍だと思われるということだった。医師は、

「このまま放置しておくと、数年で肝臓機能が損なわれる可能性がある。そして同時に大腸の検査も必要だという。大腸の検査はまだ試作段階で実用化されていないが、山野医師の友人が東京の大学病院で開発に関係していて試験を行なっている。もしかしたらそこで検査ができるかもしれないという。この件はご主人と相談して受けるかどうかを考えるようにと言った。受けると決まったら手続きをしましょう」

と、おっしゃったそうだ。

只野は、東京へ行くことを決心した。それがその年の十二月中旬だった。

一週間入院して試験的な検査を受けることになった。それは胃の検査装置だったのだが、山野も希望したので大腸に応用してみることになった。大腸検査を進めるうちに山野医師の表情が自分でも分かるほどに険しくなったそうだ。只野の大腸には多数のガンのようなものが発見された。それですぐ大学病院に入院して、山野医師の立ち会いの下に大腸の大部分を摘出する手術をおこなった。

それで一時的とはいえ、普通の生活ができるようになった。翌年つまり去年十月頃に再び体調に異変が出てきた。初めは軽い黄疸が出た。その頃、明子が友達と大川高校へ正夫さんを訪ねていった。明子はすっかり正夫さんのとりこになってしまった。そして家へ呼んで祖父母に会ってほしいと言ってきた。

只野は、自分の寿命を知っていたようだ。それで正夫に会うことにした。明子は正夫と会って話をしているうちに、明子は素晴らしい人を連れてきたと言って大変喜んだ。これが事の顛末であった。

祖母の話は、正夫が前回来たとき祖父から聞いたことを詳しく語っていた。

正夫は、只野が正夫に何度も何度も明子のことを頼むと言ったことの意味がはっきり分かった。正夫は明子の方をそっと見た。明子は目に涙をいっぱい貯めていたが、泣いてはいなかった。正夫は明子の手をしっかり握った。

明子はそれに答えるかのように正夫の手をしっかり握り返した。祖母はそんな様子を見て安堵したようだった。明子は、祖母に、

「お祖母様。お話ししなければならないことがあります。私は、正夫さんと結婚の約束をしました。まだ先のことですが、お許し下さい」

「そうなの。明子さんおめでとう。そして正夫さん、明子のことをよろしくお願いします」

と言って立ち上がって深々と頭を下げた。正夫もすぐ立ち上がって、

「私はまだ半人前にもなっていませんが、一人前になっ

て明子さんを大切にします。これからも懸命に頑張りますので、よろしくご指導下さい」

　と言って深々と頭を下げた。明子も同時に頭を下げた。

「嬉しいお言葉をいただきました。明子さんよかったわねえ。おめでとう」

　こんな言葉を祖母に言われたのは初めてだった。

「今のお話しを只野に伝えてきます。正夫さんも明子さんも疲れたでしょう。明子さん、正夫さんに甘酒をもう一杯差し上げて下さいな。お菓子も忘れずにね。残すことはないので、全部召し上がっていただきなさい」

「お祖母様。ありがとう」

　祖母は少し肩の荷が下りたように階段を上がっていった。明子は正夫の手を離してキッチンへ行った。

　正夫は、明子が戻ってきたのに気がつかなかった。

「マオさん、今日は心が飛ぶ時間が多いようですね。今度は何を考えていたんですか。もしかして私のことを考えていたの。だったら嬉しいわ」

「それもあるけど、お祖父さんの病気を治す方法って無いのかなあと思ってね。パスツールなら何か考え出すのじゃないかと思って」

「マオさんありがとう。マオさんっていつも何か新しいことを考えるのね。お祖父様が正夫君は今に素晴らしい科学者になるかもしれないって言っていたわ」

「お祖父様が。本当にそう言ってくれたの。よーし、頑張るぞ」

「甘酒とお菓子をどうぞ。私もいただくわ」

「ありがとう」

「今度はいろんなことがあったね。アコも疲れたんじゃない」

「私は大丈夫よ。こう見えてもしぶといんだから。ただし一つだけ弱いところがあるの」

「その弱点を僕が知ったら、アコは大変だね」

「そんなことないわ。だってマオさんはもう知っているんですもの」

「僕自身が分からないことをアコは知っているのかい。これは大変だ」

「何をおっしゃるマオさんよ。あなたはすでにご存知よ」

「はっはっは。とうとうオペラになってしまうのかな」

「ふっふっふ。マオさんも歌で返事を返してよ」

「それは難しいね。僕は音楽を聴く方の人間だから」

「分かったわ。それじゃ、私の部屋で音楽を聴きましょう」

「僕もその気だったんだよ」

　二人は、明子の部屋へ行った。

「初めにこれを聞いてね」

　と言って、一枚のレコードを電蓄にセットして電源を入れた。明子が正夫のところへ駆け戻ると同時に音楽が始まった。その音楽は、〝ジャジャジャジャーン、ジャジャジャジャーン〟という激しい音で始まった。正夫はこの曲に引き込まれてしまった。ときに静かな音になり再び激しい音になる。明子はいつの間にか正夫の肩に頭を乗せていた。そして手をしっかり握っていた。曲は三十分間ほどで終了した。

明子は正夫の顔を見上げて、

「どうでした。マオさんにはぴったりの曲だと思うんだけど」

「これはもしかして、ベートーベンの交響曲じゃないかしら。彼の激しい人間への愛が感じられたんだけど」

「マオさんはやはり聞く側の人ね。その通りです。〝運命はかく開かれる〟と言われたベートーベンの第五番『運命』という曲なの。ベートーベンは耳の病気で聴覚が失われた後でも数々の後世に残る名曲を生み出したの。劇場で演奏が終わり、聴衆が拍手喝采をしているときも、何も聞こえなかったっていう話が残っているのよ」

「すごい作曲家だったんだね」

「もう一曲聴いてほしいの。今度のは少し長いけどとってもいい曲よ」

「お願いします。是非聞かせて下さい」

「かしこまりました。マオ様。準備をしますので少々お待ち下さいませ」

明子は電蓄からレコードを取り出して棚の所へ行きそれをしまい、新しいレコードを持ってきてセットした。レコードが回り出すと、正夫のところへ戻った。

今度の曲は静かな出だしだった。聞いていくうちに途中で調子が突然変わったことに正夫は気がついた。曲が終わった後で明子が説明してくれた。それによると、ベートーベンはナポレオンの素晴らしさを讃えるためにこの交響曲第三番を「ナポレオン」と名付ける予定だった。しかしナポレオンの世界制覇を目的に次々と戦争を仕掛けていくことに、ベートーベンは失望し、別の名前を付けたという。それが『英雄』だった。正夫はこんな素晴らしい曲に自分の名前を付けられたらすごいことだと思った。正夫はピカソの絵を思い出した。

「この曲も素晴らしいね。ベートーベンの曲は少ししか知らないけれど有名なんだろうな。彼は天才だね」

「ピアノ協奏曲の『皇帝』もきっとマオさんの気に入ると思うわよ。それから交響曲第六番の『田園』もね」

「今日は、『運命』と『英雄』の二曲を聴くことができたので満足したよ、僕はもしかしたら芸術に開眼したのかもしれない」

「ほんとうに？」

「ちょっと大げさだったね」

「そんなことないわよ」

「もう一曲、天才の音楽を聴いてみたいな」

「分かったわ。ちょっと待っててね」

明子はレコードをとりにいき、すぐ戻ってきた。

「これはモーツァルトという天才の作った曲よ。きっと気に入ると思うわ」

演奏が始まった。この曲はいかにも軽やかで調子のいい曲だった。曲が終わると明子がこの曲とモーツァルトについて説明した。

「この曲は『交響曲第四十番ト短調』というの。一七八八年に作曲されたの。一七五年も前よ。モーツァルトが天才と言われる一例があるの。子供のとき父親と道を歩いていると音楽が聞こえてきた。彼は少し立ち止まって曲が終わるまで聞いていた。家に着くとその曲を全部譜面に書いたという話が伝わっているの。もちろんこれはほんの一例だけどね。モーツァルトは三十五年の生涯の間に六百曲以上の曲を作ったの。平均すると年間二十曲くらいになると言われているの」

「二日に一曲の割合で作曲してそれがみんな有名になって今も演奏されているんなんてすごい人だったんだね」

「モーツァルトは子供の頃からウィーンのお城へ行っていたらしいの。そこでも逸話が残っているのよ。彼はある日、王女に大きくなったら僕のお嫁さんにしてあげるっていったというの。その王女は十四歳の時に、フランスのルイ十六世と結婚したの。これはオーストリアの女帝マリア・テレジアが仕掛けた政略結婚と言われているんだけど。マリー・アントワネットはベルサイユ宮殿の習慣や風習を改革したことでも有名ね。最後はフランス革命の犠牲になったそうだわ」

「その頃の人はずいぶん若くて結婚したんだね。そうでもないか。日本でも昔は十三、四歳で大名家へ嫁いだと言われているよね」

「そうね。昔は乳幼児の死亡率が高かったから、そして家系を守るために早く結婚して、たくさん子供を産まなければならなかったのね」

「僕の友達なんかにも、たくさん兄姉がいる人が多いよ。多い人は九人兄姉なんて人もいた。あ、ごめんね」

「ううん、大丈夫よ。私はたまたま一人っ子だと言うことだから」

「モーツァルトがどこかへ行ってしまったね」

「そろそろお昼ご飯の用意をしなければ」

「もうそんな時刻になった」

「何か特別食べたいものがあるかしら、マオ様」

「特にないけど、何かの本で読んだ、東京の有名な食堂で出している〝オムレット〟というのがあるんだって。これが美味しいと書いてあった」

「はい承りました。マオ様」

「アコが作ってくれるの」

「さようでございます」

「なんか変な言葉遣いだね。どこかのお店に入ったみたいだ」

「マオさんはそんなにたくさんお店を知っているの」

「小さいとき親が連れてってくれた店が三、四軒、それと大川市で三軒、大新田町で兄と食べた中華そば屋が一軒。これで全部だから多いのかどうか分からない」

「私より多いわよ。私はこの前、マオさんが連れて行ってくれた大川市のお店と昨日入ったところと、祖父母と一緒に入った仙台のお店が二軒くらいよ」

「二人とも似たようなもんだね」

「そうね。それじゃ少し時間をいただきます」

「僕も何か手伝おうか」

「マオさんは、私が作るのを見ていて下さい。わかりましたね」

「はい」

　明子は手際よく、何か赤いものを入れてご飯を炒めた。それから卵を割ってかき混ぜた。そこへお祖母さんが二階から下りてきた。

「明子さん、何を始めたのかしら」

「オムライスを注文されたので作り始めました」

「それはそれは結構なことですね。火傷しないように気をつけて下さいね」

「お祖父様とお祖母様は何を召し上がりますか」

「お祖父様は卵を入れたおかゆを食べたいと言っています。私はお餅を焼いてきな粉を付けて食べるから大丈夫よ」

　明子はほんとに料理の天才かもしれないと正夫は思った。

「はい、できましたよ。今スープを作るのでもうちょっと待っててね」

「はい」

　明子が料理している姿を見て、祖母は何を考えていたのだろうか。もっと料理の種類を教えたいと思ったのかもしれない。

　明子は、大きなトレー（お盆）に出来上がったものを乗せて運んできた。それらをテーブルの上に並べるのを見ているとお腹がぐうーっと鳴った。その音が明子に聞こえてしまった。正夫は恥ずかしかった。

「ごめんなさい。変な音を出して」

「それは健康な証拠ですから、結構なことですわ」

と明子が言った。正夫はそんな言い方をする明子が大人になったり高校生に戻ったりするようで面白かった。

お祖母さんはガラスの容器に水を入れて二階へ上がっていった。正夫は、明子の祖父のことが心配だった。この前聞いた話では、後長くて二年と言った。その兆候が現れてきたのかもしれない。明子のことをよろしく頼むと言ったのも病気がそのように言わせたのかもしれない。正夫は、それでも只野との約束は絶対に守ると決心していた。

「さあ用意ができましたよ、マオさん」

「これがオムレットというのかあ。きれいだね」

　正夫は明子のまねをしてオムレットを食べ始めた。薄焼き卵が赤いご飯とよく合って美味しかった。正夫は明子の顔を見てにっこりした。祖父のことを考えるとにっこりするのは不謹慎かもしれないが、明子の心配を少しでも軽くしようと努めているのだ。

正夫は世辞じゃなく明子の作ったオムレットを美味しいと思った。自分が毎日作る食事と何が違うのだろうかと考えてしまうほどだ。正夫は少し自分の作る食べ物を見直そうと思った。

「マオさん、お味はいかがですか。久しぶりに作ったので、うまく包み込めなかったのですが、味には自信があります」

「炒めも味も申し分ありません。オムレットを初めて食べましたが、こんなに美味しかったのですね」

「マオさんは毎日自分で食事を作っているのよね。どんなことに気をつけているのかしら」

「気をつけると言ったって、毎日同じようにご飯、味噌汁、漬物、それと時々干物の魚、さらにときどき肉を入れた煮物しか作れない。味付けは、醤油と味噌くらいだね。ダシには大体削り節と煮干しくらいだなあ。野菜は自分の家の畑で毎日とれるものを食べている」

「学校へ行くときのお弁当はどうしているの」

「ほとんど毎日、ご飯の間に海苔を挟んだ上に醤油をまぶした削り節をのせたものだよ」

「こんな言い方をしてはいけないかもしれないけれど、食事が偏っているわね。昔の人はそういう食事しかとれなかったのね。これはマオさんの家のことを言っているのじゃないのよ。それは分かってね」

「もちろん分かっているよ」

「とくに宮城県人も含めて、東北の人々の食事は塩分が多すぎるって授業で聞いたわ。それは労働が激しく汗をたくさんかくからだって」

「汗をかくと塩辛いものをたくさん食べるようになるのかあ」

「汗と一緒に身体の中の塩分も身体の外へ出てしまうんだって」

「そういえば、アコさんの家の食事は塩気を感じたことがないね」

「そうね。それはお祖母様の方針で塩分を控えた味付けにしているからよ」

「そうか、それで僕が作ったものと味が違うんだ」

「私がマオさんの食事を作ってあげたいわ。できればお弁当だけでも」

「ありがとう。アコさん。今はその気持ちだけでとっても嬉しいよ」

「マオさん。食べ足りなければもう一つ作りましょうか」

「あまりに美味しいからもう一つと思ったけど、もうお腹がいっぱいになってしまった。ごちそうさまでした」

「どういたしまして。そうだ、お土産にお兄さんの分と二つ作ってあげるわね」

「そこまでしてもらっては、悪いよ」

「そんなことないわ。お祖母様もそう言ってくれたの」

「明日から学校が始まるね」

「そうね。学校が始まるとすぐ会うことができなくなるわね」

「でも、毎週水曜日には午後の授業がないから午後に北上駅で会えるよ。その間は一所懸命勉強しないとね」

「そうよね。お付き合いしたために勉強が疎かになってしまうのは、本末転倒よね」

　明子はちょっと後片付けをしてしまうわねと言って食器をキッチンへ持っていった。水道の水が出る音がした。それが止むと明子が戻ってきた。

「ちょっとお祖父様の様子を見てくるわね」

　と言って明子は二階へ上がっていった。正夫は窓辺へ行って外を見た。風が昨日より強くなっていた。雲が空の半分ほども覆っていた。雲の切れ間から太陽の弱い光が地上に落ちていた。正夫はカウチの所に置いてあった新聞を取り上げた。昨日のものだったが一面から見出しを見ていった。社会面に見入っていると明子が戻ってきた。

「お祖父様が、正夫さんにお会いしたいって言っているんだけど」

「わかった。アコさん、案内してくれる」

「はい、マオさん」

　二人は連れだって祖父の部屋へ行った。祖父はベッドの背中部分を起こして寄りかかっていた。

「お具合はどうですか、お祖父様」

　正夫は、初めて只野をお祖父様と呼んだことに気がつかなかったが、只野は、ニコニコして、

「正夫君、初めてお祖父様と呼んでくれましたね」

「ほんとに」

　お祖母様も嬉しそうに同意した。

「あ、すみませんでした」

「そんなことはありませんよ。これからは私たちをそう呼んでください」

「それじゃ、なれなれしすぎると思いますが。もしそのほうがよろしければ」

「正夫君、今日はこんな状態でお相手するのが申し訳ないですね」

「お顔の色もよくなったようですね。少しでもお元気になられると明子さんも喜ばれます」

「いつも明子のことに気を配ってくださってありがとうございます」

「ほんとにねえ。明子も感謝していることでしょう」

「はい、お祖父様、お祖母様。わたしは感謝の気持ちをどう表現したらよいかわかりません」

「そんなに言われると、すぐ調子に乗ってしまうかもしれませんので、気がついたら注意してください」

「なんの、私たちは責任を押しつけるようで心苦しいのですが、できたらもう一つの我が家と思っていつでも好きなときに気軽においで下され。そうだね明子」

「はい、お祖父様その通りです。マオさん、今のお祖父様の言葉をそのまま受け入れて下さいね。私からもお願いします」

「そうだ、明子あれを持ってきてくれないか。そこの引き出しに入っているから」

「はい、お祖父様」

　明子は部屋の北側の壁いっぱいに作り付けてある書棚の引き出しを開けて、紙包みを持ってきて祖父に渡した。

「これは、私がヨーロッパを旅行したときに買って使ってきたものです。これを正夫君に受けとってもらいたいと思いましてな」

　と言って正夫にその包みを差し出した。正夫は、

「そんな大事なものをいただくわけにはいきません」

「いや、そうじゃないんだよ。私はもうこれを使って何かをすることはないと思ったので、正夫君に引き継いでもらいたいと思いましてな。さあ、手を出して下され」

　そこまで言われれば、正夫といえども手を出さないわけにはいかなかった。

「それじゃ、お預かりします」

　と言って正夫は小さな包みを手にした。

「正夫君。開けてみてください」

　正夫は恐る恐る包みを丁寧に開いた。包みの中身は装飾を施してあるケースに入った万年筆だった。

「こんなに美しいものを僕に…」

「おお、そうだ明子のもあるんだよ。明子もう一つ包みがあっただろう。それを持ってきてくれないか」

「はい、お祖父様」

　明子はもう一度、書棚の所へ行き、引き出しを開けて同じような包みを持って戻ってきた。

「これは、みんなでイギリスへ行ったとき、あちらの方から明子が成人したら差し上げてくれと頼まれたものだ。今がちょうどよい機会だろうから渡しておこうと用意しておいた。明子開けてごらん」

　と言って明子に包みを渡した。明子は丁寧に包みを開いた。それは小さな箱だった。全体に何か模様が彫ってあるきれいなものだった。

「まあなんて美しいのでしょう」

　と言って明子は箱を正夫に見せた。それは足のついた初めて見た美しい箱だった。明子はそーっとフタを開けた。するときれいな澄んだ音がしてきた。

「あらこれ、オルゴールだわ。お祖父様ありがとう」

「よかったね」

「お祖父様、下さった方にお礼を書かなければ」

「そうだね。だけど残念ながらもう彼は遠くへ行ってしまったんだよ。大事にしてあげることが、天国の彼を喜ばせることかもしれないね」

「ご家族の方とか、いらっしゃらないの」

「お子さん夫婦と孫達がいるが、昔のことを思い出させるのはどうかね。私の方から近況報告とともにお礼を書いておくことにしようかね」

　正夫と明子は、祖父母と少し話をしてから明子の部屋に行った。正夫はそろそろ帰る時刻が近づいたこと

をそれとなく明子の伝えた。明子はもっとずーっと一緒にいたいと言ったがそれは無理だと承知していた。明子は正夫の手を取って、自分の身体の後ろに持って行った。正夫は明子がしたいようにさせていた。

「マオさん、私あなたが大好き。何時までも今の気持ちを持ち続けます」

「僕もアコさんが大好きだ。これからずーっといつまでも心をつないで行こうね」

「嬉しいわ」

と言って顔を近づけてきた。正夫は明子を強く抱きしめた。明子の心臓の音が速くなっていった。二人はそのままドアーがノックされるまで離れなかった。

「明子さん、ちょっと」

「はい」

と言って明子はローカに出て行った。すぐ戻ってきて、少しの間一人でレコードを聴いていてくださいといって、レコードを選んでセットした。明子が出ていくと、正夫は一人で曲名はわからないが、素晴らしい演奏を聴いた。レコードのケースを見ると、『ドヴォルザーク作曲 Aus der neuen Welt』と書いてあった。

正夫は、新しい世界を音楽でこう表現するのだと感心した。山があり谷があり、どこまでも続く草原が表現されていた。正夫はうっとりしていた。演奏が終わったとき、明子が戻ってきた。

「正夫さん、お土産の用意ができました」

うっとりした目を明子に向けると、ニコニコしている明子がすぐそばに立っていた。正夫はちょうど曲が終わったところだったのでほっとした。

「いい曲だったねえ。『新世界から』っていう曲だね」

「そうよ。ちょうど今の私たちにぴったりだったでしょう。一緒に聞けなかったのが残念でしたけど」

「それは僕も同じだよ」

明子は正夫の手を取って顔を寄せてきた。

「お祖父様に挨拶してこなくては」

と正夫が言った。

「お祖父様は休んでいるってお祖母様が言ってたわ。後でお祖父様によろしくと言っていたと伝えておくわね」

「そうしてくれる。お祖父様のことを大切にしてね」

手荷物を持って正夫は明子と並んで階段を下りていった。下では祖母が大きめの風呂敷包みを待って待っていた。正夫はお祖母様に挨拶をして玄関を出た。明子と二人並んで駅へ向かった。風が冷たくなっていた。夕暮れにはまだ時間があった。駅に着くと明子が北上駅まで行くと言ったが、お祖父様のことが心配だし、明子が風邪を引いたらそれこそ大変だからと言って優しく断った。列車が到着するというように汽笛を鳴らした。明子は残念そうにしていたが、素早く口づけをした。正夫も優しく応えた。

列車が入ってきた。正夫は客車に乗り込んで、列車が発車するまで明子の手を握っていた。ホームのベルが鳴りドアーが閉まった。明子が手を振った。正夫も手を振った。

正夫が大新田町駅に着くと雪が盛んに降っていた。風は吹雪になるほど強くなかったので一安心した。荷物を持って早足で歩くのは少し無理だと思ったので、バスに乗ることにした。駅の待合室に入ると、そこに雅子と幸子がいた。

正夫は、はっとして一瞬バスに乗るのを止そうかと思った。しかし、幸子が目ざとく正夫の姿を認めて、正夫の名前を呼んだ。すると雅子も顔を上げて、戸惑いとも喜びともつかない顔を見せた。仕方なく正夫は

「やあしばらくぶり」

と言って待合室の少し離れたところに座った。すると、幸子が立って、正夫の方へ近づいてきた。

「正夫君、あんだ雅子さ何か言うことないの」

「とくにないけど」

「そうすか。うんだら雅子にそう伝えてもいいのすか」

「どうぞ」

幸子は、こりゃダメだと言わんばかりに肩をすくめて戻っていった。正夫は、これでいいのだと自分を納得させた。正夫は二人の方を見ないようにした。幸子と雅子は小声で何かを話していた。バスが発車予定の時刻の二、三分前になって駅前に来て止まった。正夫は風呂敷包みを持ってバスに乗り込み、後部席に座った。女子高生二人は前の方の座席に座った。外は雪が更に激しく降っていた。正夫はこの様子では、明日の朝は苦労しそうだなと思った。

バスが発車して大新田町の中を通っている間は、道路の雪は雪かきをしてあったので、バスが通る部分は少なくバスの進行の障害にならない程度だった。町中を出て小野田川にさしかかると河原は真っ白になっていて川幅が狭く見えた。橋を渡りきるとすぐ諏訪村に入った。家並みが続くところまでは積雪がかなりあった。町中に入りバス停に止まった。女子高生二人は、正夫の方をすっと見てバスを下車した。その様子を正夫は目の片隅で見ていたが顔は窓の外に向けたままにしていた。バス停の右側を見ていた正夫は、商店がもうすでに戸を閉めて雨戸も閉めている様子を見た。まだ早い時刻なのに激しく雪が降るときは、お客も来ないので店を早く閉めたのだろう。バスが発車した。諏訪川を過ぎ小学校のわきの店も閉まっていた。空はいつの間にか暗くなっていた。バスに乗り降りする人は全くなく、大原台のバス停に着いた。正夫は料金を払って下車した。防風林のあるところは積雪も少なかった。家に着くと部屋に裸電球が一つついていた。煙は出ていないので火をたいていない。正夫は入り口の引き戸を開けて家に入った。

「ただいま」

と言ったが、弘の姿はなかった。正夫のために明かりを点灯しておいてくれたのだと思った。弘はまた会合に出ているようだった。

正夫は、明子が作って持たせてくれたものを広げてみた。重箱が三段重ねだった。

一番上の重には、煮物が入っていた。その下には焼き魚と何かの佃煮のようなものが入っていた。一番下の重にはオムレットと中を仕切って漬物が蓋付きの別容器に入っていた。正夫は涙が出るほど嬉しかった。明子は栄養のバランスまで考えてくれていた。正夫はヤカンに水を入れて湯を沸かした。そして午後七時まで待って弘が戻らなかったら先に食事をする。これは弘との約束だった。風呂場へ行って風呂の中へ手を入れた。湯がまだ入れるくらいの温度になっていた。台所には鍋に味噌汁が作ってあった。そのすぐわきに鍋に入ったイモの煮っころがしが作ってあった。

正夫は、弘は本当にいい兄だと思った。湯を沸かした残り火を炬燵の中に入れた。窓のカーテン（実際は白い布だ）を閉めた。白湯を飲みながら、只野のお祖父さんのことを考えた。パスツールは、当時、死亡率の高かった狂犬病の治療法を考え出した。正夫はお腹の中の腫れ物を治療する方法を考え出せないのか。今は無理だが、将来は必ず治療法を見つけようと考えた。

午後七時まではまだ一時間ほどあるので、正夫は明日から始まる授業の下調べを始めた。しばらくすると、健樹はどうしているだろうか。彼も大学を目指している以上は、懸命に勉強しなければならない。しかし女子高生の友人が出きてどう付き合っているのだろうなどと考えが浮かんできた。正夫は頭を振ってそれらの考えをふっ切った。すると明子が頭の中に浮かんでにっこりした。しかし、明子の顔を消すことはできなかった。正夫はこの前写した写真を早く欲しいと思った。今度会うときには持ってきてくれるだろうか。明子がにっこりして手を振って消えていった。それで再び勉強に戻った。明日の授業は午後だけになるので、二科目の教科書に目を通し終わったとき弘が帰ってきた。時刻はいつの間にか午後八時を過ぎていた。

「おかえり。友達は元気だったか」

「お帰りなさい。元気だったよ。またお土産をもらっちゃった。いいと言ったんだけどね。わざわざ来てくれたんだからと言って、すごいご馳走を作ってくれた」

「そうか。温かくなったらイチゴとか、すぐ悪くならない野菜を送ってあげるのもいいな」

「そうだね」

「ところで、お前は明日から学校が始まるんだろう。食事をして風呂に入って寝なさい。今夜は夜半まで雪が降ると放送で言っていたから、明日は早めに出ないと遅れるぞ」

「わかった。じゃ、すぐ食事にしようっと。兄さんも食べるでしょ」

「折角のお土産だからいただくよ」

正夫は湯を沸かし、フライパンに油を少し引いてオムレットを温めた。それが済むと弘の作ってくれた煮物を温めた。

炬燵の上に並べたオムレットを見て弘は、

「これは卵焼きだな。でもずいぶん大きいな」

といった。

「これはねオムレットと言うんだって。いつか小さいとき、ほらあの神社の角の食堂で食べたことがあるような気がするんだけどもう忘れてしまった」

「正夫は食べ物のこともよく覚えているな」

「兄さんは学徒動員で大変だったからね」

「そうだな。もう思い出したくもないな。あんな経験は一度でたくさんだ。これから生まれてくる子供達には戦争のない世界を贈りたいな」

二人は食事を終わると、弘が先に風呂に入り、正夫は食事の後片付けをした。正夫が後片付けを終わる頃に弘が風呂から上がってきた。代わって正夫が風呂に入った。弘は先に休むぞと言って奥の部屋へ行って布団を敷いた。ついでに正夫の布団も敷いた。

弘は、正夫が上の学校へ上がるのを楽しみにしていた。何故かというと、自分が一番勉強をしたい時期に戦争が激しくなって、勉強どころじゃなくなってしまったからだ。

勉強をしておけば、いつか何かのときにその効果が出ると信じていた。それで今でも向学心は持ち続けているが、自分の置かれている状態が変わってしまったことを認識していた。それで正夫には、勉強する機会を失わないように励ましているのだった。正夫もそれを気づいているので勉強は第一にするが、家のことで自分にできることはできるだけやろうと思ってやってきた。

町に住んで家の仕事を何もしないという同級生もたくさんいるが、彼らがみんな成績がよいかというと、そんなことはなかった。正夫は、只野のお祖父さんが言ってくれた「人に何かを聞く前に、必ず自分で調べなさい」という言葉は意味が深いと思った。授業中に質問する生徒がいるが、何を知りたいのかがわからないことがしばしばあった。それはやはり前もって調べていないことが原因だと考えた。何を知りたいか、それをどう質問するかが重要なんだ。正夫は只野の話を少ししか聞けなかったが、奥の深い人だと言うことを知った。それははっきりしたことはよくわからないが、すごい人だというしかなかった。その人が病に冒されている。正夫に何ができるのだろうか。

翌日、正夫は五時に起床した。初めに井戸へ行き新しい水を汲んできた。汲み置きの桶は中程まであった水が凍っていたが、その上に新しい水を入れると、初めはミシミシという音がしていたが、しばらく経つとバシャッと大きな音がして氷が割れた。その水を使って正夫は食事の準備をしてから弘を起こしに行ったが、よく寝ていたのでそのままもどって、一人で食事をした。食事が終わると身支度を調えて家を出た。昨日の雪は上がっていたが、外はまだ真っ暗だった。県道に出ると、防風林のあるところは膝の下まで雪が積もっていた。防風林が切れるところから先は膝の上まで雪が積もっていた。正夫は汗だくだくになって雪道を進んだ。愛香山を越えると前に人が歩いているのが見えた。正夫は少し急ぎ足になった。人影に追いつくと、それは珍しく利夫だった。

「やあ、お早う、利夫」

「よう、正夫か、おはよう。今日はおれの方が早かったね」

「足跡がなかったのでまだ寝ているかと思ったよ」

「そうか。今日は前に調べておいた、愛香山を通らない道を来たから」

「へー、そんな道があるのか」

「正夫の家からだと遠回りになるけどな。今度教えてやるよ」

「よろしくな。さあ急ごうか、軽便列車に遅れてしまうとやっかいだからな」

　正夫と利夫は黙って道を急いだ。大新田駅に到着したとき、二人とも汗びっしょりになっていたので服を脱いで乾布摩擦をした。汗をかいたままにしておくと風邪をひくもとになるからだ。二人は鞄から着がえの下着を取り出してそれを着た。その頃になって駅に高校生や勤め人が集まってきた。二人は客車に乗り込んで座席に座った。そこへ進、強、幸子と雅子が乗り込んできた。偶然か意図してか雅子が正夫の前に立った。客車の中では座席に座っている者が目の前に立っている人の手荷物を膝の上に置かせるのが習慣のようになっていたので、正夫は自動的に雅子の鞄を膝の上に置く形になった。雅子は、小声で、

「ありがとう」

と言葉少なく言った。正夫は感情を込めないように、

「どういたしまして」

とだけ言って、利夫と話を始めた。その様子を幸子がチラチラと見ていた。国鉄に乗り換えるとき雅子が何か言いたそうだったが、正夫は急ぎ足に跨線橋を登っていった。すぐ列車がホームに入ってきた。客車の中は、真ん中辺は空いているのに出入り口付近は、身動きできないほど混んでいた。それでも上級生は、参考書を見たり英単語の小さな本を見て単語を暗記していた。

　西の方から通学している古河　恵という同級生は、正夫の姿を見つけて手を上げた。正夫もそれに気がついて手を上げた。恵ってなんだか女子の名前のようだったので、一年生のときよくからかわれたいた。そんなとき正夫は恵と話をするようにした。そのことを恵はよほど嬉しかったようで以来仲良くなった。

　恵は小柄で色白だった。それがからかわれる原因だった。それを払拭することはできなかったが、恵は正夫を信頼できると考えたらしい。正夫が列車に乗るのは冬の積雪の多いときと吹雪の激しい日だけだったから、滅多に列車の中で恵と会う機会はなかった。大川駅から正夫は恵と連れだって大川高校へ行った。その間少しだった

が話ができた。恵は大学進学志望だが、成績が今ひとつ足りないと悩んでいた。三年生になるときには一組に入りたいが、二組に入るのも危ない状態だと言った。

その日、昼休みに正夫は弁当を食べ終わると、恵を図書館へ連れて行った。閲覧室は空いていたので周囲に誰もいない隅の方の席に座った。正夫は、恵の勉強方法を聞いた。恵は、授業の下調べを一応やるようだった。しかし一度目を通すだけらしい。正夫は自分の勉強法を参考までにと言って話した。恵は自分のやり方と正夫の勉強法が全く違うので驚いてしまった。自分がいつもだらけていることがわかった。今度一緒に勉強する時間を作ってくれと正夫に頼んだ。正夫は快く約束した。自習時間や昼食を素早くとった後に一緒に勉強することにした。

今日は始業式があるのでその後、午前中は自習時間になるのが通例だった。

そこで恵と一緒に勉強する時間をとることができる。恵は少しの間渋い顔をしたが、すぐ取り直してお願いしますと言った。

始業式は校長の挨拶があり、続いて教頭の話があった。教頭の話では来年度とその翌年度は進学適性検査がないので、どこの大学でも大学で行う試験だけになるという。これは誰でもが、どの大学でも受験できるということになる。したがって競争率は高くなることが予想されるが、逆の場合もあるだろうと言う。

二年生諸君は、この機会を逃すことなく頑張ってほしいと結んだ。

この年から受験生の間では、四当五落時代に突入したといわれた。この意味は睡眠時間が四時間なら大学合格し、五時間睡眠をとると大学へは入れないという意味である。もちろん起きている時間は勉強することになる。これは今の正夫の生活そのものであった。ただし寝る時間のことだけであるが。始業式が終わると予定通り午前中の授業は自習になった。正夫と恵は図書館へ行き隅の方の席に座って勉強を始めた。恵は、正夫の勉強法を見ていたが、正夫が何をやっているか理解できず落ち着かなくなっていった。正夫は初め問題をじーっと眺めているだけだった。それが三分から五分間経過すると回答を書き始めるのだった。恵は、正夫が考えている時間に何をやっているかを知りたかったのだ。正夫が回答を書き終わるのを待って、

「正夫君、問題をじーっと見ている間に何をやっているのか教えてほしいんだけど」

「いいよ。初めに問題が何を求めているかを考えているんだ。問題が何を求めているかがわかると自然に解答の筋道がわかってくる。そのまま続けると答えが出てくるんだ」

「正夫君の頭の中でやっていることがわかると嬉しいんだけどな」

「それは、口では言えないことかもしれないよ。初めの

うちは解答を見てもいいからたくさんの問題をやることだと思うんだけど。そのとき、ただ写すだけでなく、どうしてそういうことをやるのかを考えながらやるんだ。すると少しずつ解答の筋道がわかるようになってくるんだ。次に同じ問題をやるときは答えを見ないで解答してみる。ここでもどうしてもわからないときは答えを見て何故そんなことをやるのかを考えるんだ。初めのうちはこれをたくさんやっていくうちに少しずつ全体が理解できるようになってくるんだ。ただ僕たちは、難しい問題をどうしてもやりたいよね。だけど難しい問題というのは易しい問題を幾つか組み合わせたものが多いようなんで、易しい問題をやることが必要なんだと思うんだ」

「なるほど、僕もどこかの大学の出題問題を初めにやろうとしていた。だけどすぐ行き詰まってしまい解答を止めてしまうことが多かった。これからは易しい問題をたくさんやることにするよ」

「そうだね」

その後、正夫は問題を一つずつ解答に導く過程を恵と始めた。初め恵はすぐできる問題を始めた。弁当を食べる時刻までそれをやっていた恵は、かなり簡単に問題を解くことができるようになった。この日はそこまでにして弁当を食べることにした。図書館の中には別室がありそこは団らん室になっていた。弁当もそこで食べることができるのだ。弁当を食べる時間にも恵の勉強法に関する話が続いた。

昼休み終了の予鈴が鳴ったので正夫と恵は図書館から教室へ移動した。午後の授業は十六時十分に終了した。掃除当番はそれぞれの担当場所の掃除に行った。それが終われば下校になる。正夫は通用門を出て大川駅に向かった。大川市内は踏み固められた雪があったが自動車が走るところは路面が見えていた。遠くで正夫の名前を呼ぶ声が聞こえた。健樹が追いかけてきたのだ。正夫は立ち止まって健樹が追いつくのを待っていた。

「正夫、話をしようと思ったら教室を出た後だというので追いかけてきた。急いでいるか」

「いや、いつもと同じだけど」

「ちょっと、いつもの店に行こうか」

「いいね。行こう」

といって、大学芋屋の方へ向かった。歩きながら、健樹は噂話を聞いたと言った。

「どんな噂話だい」

「ほら、おれが付き合いだした子が、諏訪村から来ている子が大変なことに巻き込まれていると言っていたんだ。だけど誰のことかどんなことかわからないので、正夫に聞けたら聞いてきてくれと言うんだ。君は何か知っているのか」

「健樹も物好きだなあ。たとえ俺が知っていたとしてもそんなことをしゃべると思うかい。たとえ親友の君が聞いてきてもだ。俺はそんなことをしゃべることはないぜ」

「そうだよな。それが男って言うもんだよな」

「それより勉強してるかい。健樹も大学受験するんだろう」

「そのことだけどな。親父は何をしようとお前の好きにするがいいと言ってくれたんだ。しかし金はないぞと付け足したもんだ」

「君の親父さんは誠実な人だから、君が本気で大学へ行きたいのかどうかを聞きたかったんじゃないのか」

「いいや、味も素っ気も無い言い方だったな」

「それは、ニヤニヤしてそんなこと言えるわけないだろうが」

「そうかなあ。いざとなったら夜学でもいくさ。昼間は働いてな」

「その覚悟を親父さんに伝えたらどうだい」

「そうだな。俺の本気を話してみよう」

　正夫は、健樹は甘いなあと思った。今はそんなことで時間を潰すのはもったいないと思う。

「正夫お前、年が明けたら何か変わったな」

「そんなことないだろう」

「何か自信がついたような物言いをするようになった」

「そりゃあ、一つ年をとったんだから少しは変わらないとな」

「そうだなや。俺も彼女ができたんだから少し大人にならないとな」

「健樹はあの子と付き合い出したんだ。で、うまくいってるのかい」

「通学途中で自転車に乗せると俺の腹に両手を回してしがみついてくるよ。初めは驚いたが、落ちないようにするにはあの方法が一番なんだな」

　正夫は、あの忌まわしい問題が起きる前に雅子を小野田川のところで自転車に乗せたことがあったのを思い出した。しかしそれも遠い昔の話になってしまったと思っていた。健樹は大学芋を食べながらひとしきりノロケ話をした。正夫は健樹の話をほとんど聞いていなかった。明子はもう下校しただろうか。明子の祖父は具合がよくなっただろうか。祖母は何をしているだろうかと言うことしか頭の中にはなかった。

「正夫。そう言うわけでな、俺はこの頃辟易しだしているんだ」

「え、どうしたって。ごめん。魂が飛んでいた」

「いやなに、女子高生でも女なんだと感心してしまったという話さ」

「昔なら十七歳の女子は結婚適齢期だし、子供も産めるような状況になっていただろうから、当然かもしれないな」

「そう言われてみればその通りだ」

「でも気をつけろよ。生物学的には当然の結果が起きることもあるんだぜ」

「それってどういうことだ」

「つまり生殖活動をすれば結果が出ることがあるという

意味さ。そんな結果になったら自分の行動が自分だけじゃ決められなくなると言うことさ」

「正夫は、そんなことまで考えているのか」

「そりゃそうさ。俺には夢があるからな、迂闊なことはしないようにしている」

と言ってしまって正夫は、本当に明子のこともそういう意味で付き合っているのかと自問した。もちろん自分はそれなりの決心をしたし、只野夫妻がそれを認めてくれている。だが結婚はずーっと先の話だ。

「正夫はやはり変わったなあ。前はそんなことを言わなかったし、女子高生のことなんか歯牙にもかけなかったのに、今の話だと何か事件を経験したように感じるけどな」

「それは全くなかったわけじゃないさ。さっきも言ったように、そんな個人的な話をおおっぴらにするもんじゃないと思っているだけさ」

「悪かったな。俺も正夫を見習わないとな」

「そんな必要ないさ。健樹と俺では立場が違うから」

「どう違うんだい」

「それはうまく言えないけれど、健樹は食うに困ったという経験が無いだろう。もちろん農家だからって食うに困ったことがないというのは言い過ぎかもしれない。しかし、カエルやザリガニや蛇まで食べたことはないだろう」

「そうだなあ。でもイモが食事になったことはあるぜ」

「この話はもう止めようぜ。いつまでやったってしようのないことだ」

「そうだな」

「俺たちは始業式で教頭が言っていたように、卒業するときにどうなっているかが問題なんだ。それまで頑張らなきゃならない」

「正夫はしゃべり出すと止まらなくなる癖があるな。大学芋が冷めてしまったぜ。少し食えよ」

正夫は冷めてベトベトになったふやけイモを口にした。それでも美味しいと思うのだった。

健樹はいい奴だ、だから間違いの無いように気をつけてほしいと思った。一年生の時も二年生のときも学園祭で協力してやったことで健樹は信頼できると思った。しかし雅子のことはたとえ健樹でも言えることではない。名前は忘れてしまったが健樹の付き合っている彼女は何でそんなことに拘るのだろうか。その前から諏訪村の誰かのことを気にしてもいたようだった。それもちょっと弁当を食べるとき水を飲ませてもらっただけなのに、こんなに関わってくるのは変だと正夫は思った。〃君子危うきに近寄らず〃か、正夫は君子じゃなかったが、もうこのことを考えるのを止めた。

ちょうど列車の時刻に近づいたので、健樹と分かれて大川駅へ向かった。列車は一時間に一本しか大川駅に止まらないので遅れないように急いだ。駅のホームに着いて柱に寄りかかって列車を待っていると大川工業高の進達がやってきた。

「正夫じゃないか。今日は遅かったんだな」

「やあ、君たちこそいつもこんなに遅いのかい」

「俺たちは毎日午後は実習で、作業が終われば早く帰れることもあるし、遅いときもある」

「授業の他に実習もやるなんて大変だなあ」

「大変だと思ったことはないぜ。何しろ好きでやっていることだからな」

正夫は、はっと思い当たった。〝好きこそものの上手なれ〟だ。

「そういえば、英一はいつもラジオを作っていたな。スピーカーまで作っていた」

「俺たちはいつもどうやっていいものを作れるかを考えているんだぜ」

「そうかあ。それに引き換え、俺たちはただ問題を解くことしか頭の中にない。こんなのは勉強じゃないな」

「俺はそんなことないと思うぜ。もっと難しいことをやるためには基礎をしっかり身につけておかないといけないんじゃないか」

「いいこと言ってくれるじゃないか。俺はそう思ってやってきたし、これからもやっていく」

「正夫、お前は俺たちの夢なんだから頑張ってくれないと俺たちは怒るぜ」

「え…」

そのとき列車が入ってきたので正夫はほっとした。いつもの下校時の列車は高校生で混んでいたが、一本後の列車は勤め人が多く高校生は少なかった。

正夫は窓側に座って一面真っ白な外を見ていた。進達は、何か難しいことを話し合っていた。列車はすぐに西大川駅に着いた。軽便列車に乗り込むと幸子と二、三人の諏訪村から通学している女子高生が乗り込んできた。幸子は正夫の隣の席に座った。

「正夫君。正夫君は大学へ行くんでしょう。勉強をちゃんとやっているのすか」

「さっきも進に聞かれたよ。俺のことをみんなが心配してくれる。嬉しいことだと感謝しているよ」

「後一年で正夫は諏訪村からいなくなるんだねや。いつか戻ってくることがあるのすか」

「今からそんなことは何とも言えないよ。兄が一人残るから、夏休みとかに戻ってくることもあると思うけどね」

「雅子のことだけど、手紙でも書いてあげてほしいんだけど。あんなことが表面に出てしまったから、正夫は怒っているんだろうけどね…」

「はっきり言って、雅子にとって俺は一体何だったんだい。幸子と進はうまくいっているんだろう」

「それはね、いろいろあるけどまあうまくいっていると言えるのかなあ」

「俺は雅子のことを忘れることにしたんだ。今は来年度の受験のことしか頭の中にないよ。あの先生みたいに駆け落ちする人もいるけどね。俺はそんなにふらふらしないし、自分の夢を実現したいという覚悟で勉強している」

「やっぱり正夫は、違うんだねや」

「それは誰でも同じだろうが、そこまで本気になれるかどうかの問題だと思うな」

「ところで、今誰かと付き合っているのすか」

「今俺が話したことがわからなかったんだね。もう雅子のことは口に出さないでほしいんだ。諏訪村を嫌いになりたくないんでね」

「分かったわ」

幸子は正夫の本心を未だに計りかねているようだったが、それは仕方がないと思う正夫だった。しかしこのまま諏訪村の同級生が何時までも雅子のことを聞きたがるのはいやだった。正夫は少し諏訪村の同級生についてうんざりし出していた。小さな村だから同級生といえども、日常の中にちょっとした事件とまでは言わないまでも変化があれば、それを話題にしたいと考えることが正夫には理解できなかった。

軽便列車が大新田駅に着いた。駅前にはバスが待っていた。正夫は一人で歩き出した。すると進達が後を追いかけてきた。それで何か話しかけたがっているようだった。彼らの住んでいるところは正夫の家までの距離の半分ほどなので、ゆっくり歩いても一時間弱で家に着く。正夫の場合は、急いでも百分間くらいはかかってしまう。英一もいないから小野田川を渡ると一人で歩くことになる。それでどうしても早足になり愛香山の峠を駆け上がり駆け下ることになる。それでも正夫が家に着いたのは十八時四十分頃になってしまった。

「ただいま。遅くなってしまった」

「お帰り。飯作ってあるぞ」

「はい。兄さんはもう食べたの」

「うん。七時からまた会議があるから先に食べた。風呂も沸かしてあるぞ」

「兄さん、ありがとう」

正夫はヤカンの湯を沸かし直し、味噌汁を温めて食事をした。正夫は弘にすまないと思った。食事を済ませ、後片付けを終わると翌日の予習を始めた。教科書を読むのはこれで三回目だから、暗記しているのを確認するだけだった。

国語は話の筋が分かり、この文章が何を言いたいのかも理解できていた。理科は、問題集をやったが、進との話を思い出した。しかし問題に集中することにした。この問題の中に何か新しいことを発見できないだろうかとじーっと目を閉じて文章を思い出した。すると今まで気がつかなかったことが理解できた。その問題と二題後の問題は非常に似ているが、ちょっとしたことを置き換えてそれを問題にしていることが分かった。数学の幾何学は同じように不足しているものを見つけてそれを図に書き込むことで解決の糸口が分かるようになった。今のところすべての問題は解答できるようになった。やっかいなのは世界史だった。今までは重大な事件や発見・発明を年代順に並べることだと思っていたが、今は事項の関連性をもとに考えるようになった。すると歴史の流れのようなものが見えてきた。しかし世界中のことを関連付けるのは困難だった。ここはもっと工夫しなければならないと思った。

一月は瞬く間に終わってしまった。三学期は中間試験がないので、三月の学年末試験で三年次のクラス編成の順位が決まることになる。正夫は日本史を選択しないので関係ないが、日本史を履修する生徒は順位を少しでも上げようと血眼になっていた。正夫は彼らに負けないように頑張って勉強した。学期末試験は、三月十日から始まり、三日間で終了した。翌日の土曜日は休日だった。

正夫は明子と約束していたので、弘に断って明子の家を訪ねた。東北本線への乗換駅まで来ていた明子は、列車から降りた正夫を見つけると、正夫の方へ駆け寄ってきて、飛びついた。正夫は他人の目を気にしたが誰もホームにいなかったので安心した。

「マオさん、会いたかったわ。元気、風邪引かなかった」

「アコ、僕も会いたいのを我慢していた。会えてよかった。アコの方こそ元気でいた」

「私は元気でいたわ」

十分間ほど待合室で待っていると東北本線の列車がホームに入ってきた。

二人は手をつないで列車に乗り込んだ。土曜日なので客車の中はがら空きだった。二人だけの貸し切り車両のようだった。

「アコさん。お祖父様の容体はどう」

「寒いうちは辛そうに見えるときもあったけど、三月に入ってからは起き上がって庭に出たりできるようになったわ。それとお祖母様が少しやつれてきたのも心配なの」

「僕がお邪魔したら迷惑じゃないかなあ」

「どうしてそう思うの。お祖父様もお祖母様も毎日のように正夫君は今度いつ来るんだって聞くのよ。学期末試験が終わったら必ず来て下さるわっていうと、ずいぶん先だなあなんて言ってるのよ。だから今日来てくれるわよっていったら、とっても喜んでいたわ」

「そう。僕もお祖父様ともお話ししたいし、お祖母様の料理も食べたい。もちろんアコさんとレコードも聴きたい。ごめんね自分のことばかり言ってしまって」

「そんなことないわ。マオさんがお祖父様達のことを気にかけてくれていることが分かって嬉しいわ。それに約束通り私に会いに来てくれたんですもの」

話に夢中になっていたら、松島駅にすぐ着いてしまった。正夫達はホームに下りて松島湾をみた。三月中旬の海は温かい日差しの中に少し霞んで見えた。

二人はホームの階段を下りて、改札口に向かった。明子は駅員に挨拶をして外へ出た。正夫も続いて外に出た。街中を歩いたが、さすがに町中では手をつながなかった。でも明子はずーっとしゃべり通しだった。そんな明子が正夫は愛おしくて仕方なかった。

明子は八百屋と肉屋で買い物をした。店の人が何かを言って明子をからかった。明子はそれに対してニコニコしながら返事を返していた。そして正夫を店の人に紹介した。正夫はおどおどしながら挨拶した。

「どうも、正夫です」

「お似合いね。かわいいわ」

正夫は顔がほてるのを感じた。きっと赤くなっていると思った。正夫は明子の買い物の荷物を持った。正夫はお土産を持っていないことに気がついた。明子にそのことを言うと明子は、

「マオさんはそんなことを心配しないでいいのよ。来て下さることが一番嬉しいことなのだから」

「ありがとう。アコ、君を大好きだよ」

「私もよ。マオさん大好き」

二人は顔を見合わせてニッコリしあった。丘への道へ入ると二人は手をつないだ。明子の家が見えてきた。庭に二人の人影が見えた。只野夫妻だった。正夫と明子に気がついて、二人は門の方へ近寄ってきた。正夫と明子は早足になって門へ近づいた。正夫が門に入ると、只野が杖をついて近づき正夫を抱きしめた。正夫も只野を抱きしめ背中を優しく叩いた。明子は目を潤ませてそれを見ていた。正夫も目頭が熱くなるのを押さえることができなかった。正夫は挨拶もしていなかったことに気がついた。只野が正夫の身体を離したので改めて挨拶をした。四人は連れだって家に入った。明子はキッチンへ買い物を持って行き、祖母に渡した。二人で飲み物を持ってきてカウチのテーブルの上に置いた。

「お祖父様、お祖母様ご無沙汰しました。今日もお招きいただきまして、ありがとうございます」

「正夫君、よくおいで下さった。ありがとう」

「お体はいかがですか」

「そう、春になって温かくなったら大分楽になりました。気を遣わせてすまないね」

「ほんとによく来て下さいました。正夫さんも元気にしていましたか」

「お陰さまで、この通りです」

正夫は胸を張って見せた。

「最近また身長が伸びました。胸囲も大きくなりました」

「それはそれは、結構なことです。若い人が元気で丈夫というのは頼もしいです」

「野菜がとれるようになったら、お届けしたいと兄が言っていました。それから五月末から七月頃までの間、イチゴがたくさん採れます。それも楽しみに待っていて下さい」

「ほう、正夫君の家の畑にはイチゴも植えてあるのです

か」

「はい。時期になると隣町へ毎日売りに行くんですが、取り切れないものは近所の人たちに分けるほどできます」

「それは楽しみですね」

「ほんとにねえ」

正夫が只野夫妻と話している間、明子はニコニコして正夫を眺めていた。明子は、正夫が祖父母と話をするのを見るのが楽しかった。

しばらく正夫と話していた祖父が疲れを見せたので明子が祖母に合図をした。祖母が祖父にそれとなく、お話しはまた後にしましょうと言った。祖父は肯いて、正夫君、またお話ししましょうと言って階段の方へいった。正夫は近寄って祖父の脇の下に腕を入れ支えて階段を上がっていった。明子もその後について階段を上がった。正夫は祖父を寝台に寝かせて、明子と二人でかけ布団をそっと掛けた。祖母はその様子を見ていたが、目頭を押さえていた。

「また後でお話しを聞かせていただきたいので少しお休み下さい」

「ありがとう。正夫君」

祖母を残して正夫と明子は静かにドアーを閉めて明子の部屋に入った。明子は、

「マオさんありがとう」

「気にしないで。アコのお祖父様は、僕のお祖父様でもあるんだから」

「……」

明子はジッーと正夫を見つめていた。正夫は明子の手をとって自分の方へ引き寄せた。

「アコにお願いがあるんだけど」

「マオさんのお願いってどんなこと。マオさんの言うことは何でもききます」

「アコはもうやってるんだと思うのだけど、お祖父様に前と同じようにしてほしいんだけど」

「そうね、私まで暗い顔をしたら、この家全体が沈んでしまうものね。気をつけるわ」

「泣きたくなったときは僕の胸でよければ貸してあげるよ。僕の胸で思いっきり泣くといい、僕はアコを支えていくからね」

明子は心から正夫を信じるようになった。今までは一抹の不安があったけれど今はそれが氷解していた。

正夫と明子はほんとの意味で信じ合うことができた。二人は手をつないで一階へ降りていった。階段を下りながら、正夫は明子に話しかけた。

「ところで、アコの高校で大学へ進学したいって言う人はどれくらいいるの」

「進学希望者を調べているのかどうか分からないけれど、私の周りの友達の中には一人もいないと思うけど」

「大川女子高校でも、とても少ないと生物の先生が言っていた。その先生は大川高校の先生なんだけど毎週数時

「僕は自分の幸運を決して忘れないようにしているんだ」

「マオさんは自分というものを、確立と言ったらおかしいかもしれないけど、しているのね」

「でもね、今は親の仕送りで高校へ通っているのだから、少しも偉くないんだ」

「そんなことないと思うわよ。ちょっと庭に出てみたいんだけど、いいかしら」

「もちろんさ」

「ありがとう」

「駅のホームで松島湾を見たら少し煙っていたよ」

「春の松島湾はすっきり見えることが少ないのよ」

「でもこういう景色もいいね。僕に絵心があればなんとか書いてみたいと思うけど、それだけは努力のしようがない」

「そうだ、いい物を持って来るからちょっと待っててね」

　明子は家へ戻り、二階へ上がって自分の部屋へ行った。すぐ戻ってきて袋を正夫に渡した。

「ありがとう。これは何」

「この前写してもらった写真よ。みんなで写したのも、私達だけのもあるわ」

　正夫は袋から写真を取り出した。正夫はどの写真でも緊張した顔をしていた。

「ありがとう。これ、みんなもらってもいいの」


間女子校へも教えに行っているらしいんだ。やはり仙台まで通うのは大変だし、経済的にも無理なのかもしれないしね。それと昔から女子に高等教育は不要だという考え方が根付いていたこともあるらしいね」

「うちではそんなこと言われたことがないわね。祖父母とも勉強は若いうちにできるだけやっておかなければいけないって言っていたわ」

「それは自分の教育程度が高いからだと思うよ。でも一般的には女子だけじゃなくて男子も同じかもしれないよ」

「どういうこと」

「戦争中、日本の夫婦は産めよ増やせよと政府のかけ声でたくさん子供を産んだ。それが大人になる頃戦争が終わり、教育どころか食べるのさえ大変な世の中になった。それでも義務教育だけは出さないといけない。だけど高校へは行かせられないので社会に出されてしまった。社会に出た人たちは、自分の食い扶持を自分で働いて稼げと言うことだった」

「何も知らなくて仕事をするなんて大変だったでしょうね」

「そうだね。僕たちは多分とっても幸運なのかもしれないね」

「そうよね。私は祖父母にとっても感謝しているのよ。自分で好きなことをやらせてもらっているから幸運よね」

「もちろんよ。もう一枚小さいのが入っていると思うけど」

　正夫は袋の奥の方にもう一枚あるのが見えた。それを取り出してみると、明子と二人だけで写っている写真だった。明子と二人だけの写真だけは照れながら嬉しそうに笑っていた。

「これが一番ほしかったんだ。もちろんアコさんが近くにいるときは必要ないけどね」

「私もよ。マオさん、喉が渇かない」

「そうだね。喉が乾いてしまったね」

「ちょっと待っててね。なにか飲み物を持ってくるから。そこに腰掛けていて」

　といって木製の長イスを指さした。正夫はそこに腰掛けて、写真をジーッと見ていた。そして、空を見上げ首を回して全天を見た。どこを見ても明子の顔が浮かんでいた。

　太陽の位置が高くなったので霞は消えてしまった。風もなく小春日和だと思ったが、春には小春日和とは言わないことに気がついた。思わず顔を崩したところを明子に見られてしまった。

「マオさん。なにを思い出したんですか」

「ごめんごめん。今日は暖かくていい天気だから、小春日和かなって思ったが、春に小春日和というのは変だなと気がついたらおかしくなってしまった。今日みたいな天気のことをなんて言うんだろう」

「私も分からないわ。はい、ジュースと私の焼いたビスケットです。どうぞ召し上がれ」

「ありがとう」

　ジュースはミカンの果汁だった。ビスケットは、慎二さんのお母さんがくれたものと同じような味で美味しかった。

「これはいい香りがするし美味しいね。何の香りだろう」

「それは内緒です。マオさんにも教えられません。あしからず」

「アー、教えてくれないの」

「そんなに知りたいですか」

「アコ、こんなに知りたいです」

　と言って、正夫は両手を大きく広げて見せた。

「そんなに知りたいのなら教えてあげましょう。材料は、小麦粉、バター、牛乳、砂糖、塩、それと香料のヴァニラエッセンスです。ヴァニラエッセンスはなかなか手に入りませんので何か他の香料でも代用できますし、入れなくても美味しいものができます」

「もしかしてこのいい香りはヴァニラ・エッセンスが入っているの」

「そのとおりです。ヴァニラというのは元々ラン科ヴァニラ属のつる性の植物です。その実を発酵・乾燥を繰り返し行うことによってこの甘い香りが出るのです。そのエッセンスをほんの少し加えることによってこのようにいい香りが出るのです。ヴァニラ・エッセンスは高級アイスクリームにも入っています。以上です」

「そんなに貴重なものを使っているんだ。だから美味しいんだね。アコさんありがとう」

「マオさんが喜んでくれたので作りがいがありました。たくさん召し上がれ。いっぱい作ってあるからお土産に持って帰ってね」

「お心遣いありがとう。でもまだ帰りのことを話すのは早すぎると思いますけど、アコさん」

「そうでしたね」

「気にしないで下さい。アコの気持ちは十分わかっていますから」

　こんなやりとりをしている正夫と明子に、三月の日差しは柔らかく優しく降り注いでいた。明子の祖父にもこの日差しをあげたいと思う正夫だった。

「アコは、お祖父さんの趣味がなんだか知っている」

「一つはクラシック音楽だったと思うけど、もう一つは何か勝ったの負けたのと言っていたのを覚えているわ。それと石がどうとか言っていたけどよく分からないわ」

「なるほどね。少し分かった」

「何かヒントになったの」

「そう、僕はよく知らないけど、大川高校の用務員室で昼休みとか放課後になると教師と生徒が単純なゲームをやっていた。友達が一度見に来いと言うんで見に行ったことがあるんだ。そこでは、線がたくさん描いてある板の上に白い石と黒い石を交互に並べるゲームで、それが終了すると整理して白い石で囲まれているバッテンの数と黒い石で囲まれたバッテンの数とどっちが多いか数えて、その数の多い方が勝ちだと言っていた。確か囲碁という名前だったと思う。きっとそれだね」

「それよ。松島町の人で同じくらいの強さだという方が時々いらしてたわ」

「僕も少し余裕ができたら、囲碁を習いたいな」

「マオさんの趣味は何なの」

「趣味って言えるかどうか分からないけど、星と雲をみることかなあ」

「他にもあるでしょう」

「落語を聞くことかなあ」

「落語ってどんなものなの」

「何を落語家というのか分からないけど、噺家という人が口だけで一人芝居をやるんだ。大人はそれを聞いて笑っていたのを思い出した」

「何が面白いのかしら」

「僕が覚えているのは、もちろんうろ覚えだけどね」

「話して」

「粗筋しか分からないよ。それでもいい」

「もちろんよ」

　正夫は古今亭志ん生という落語家が演じた『火炎太鼓』という話のあらすじを明子に話した。正夫はそのときまでこの落語の面白いところは、女房がポンポン夫をけなすところだと思っていたが、明子は違っていた。明子はすごく価値のあるものでも外見が汚れたりして見栄えが悪いと誰も見向きもしないようなものでも、その奥に秘められた真の価値を素早く発見してしまうようなところがあった。それは明子の感覚的なもので、音と言うことで理解が違うのかと感心してしまった。

「僕の父親はね、寄席という所へ行くのが好きで時々つれてってくれた。子供の僕には話の内容が分からなくて全然面白くなかったけど、大人が笑うとまねをして笑っていた。それに子供がいると紙切りというのを見せてくれた」

「紙切りってどうやるの」

「一枚の紙とハサミだけで、お客が出した題にそってハサミを紙から放さないように切っていき、題に合った絵を作るんだよ。それを黒い台紙の上に置くと絵が浮かんでくるんだ」

「素敵ね。私見たくなったわ。仙台でやってないかしら」

「それは分からないけど、東京には焼けた後に寄席をやるところが再建されたって父が言っていた」

「それで、マオさんは紙切りの絵をもらったことがあるの」

「うんあるよ。一度は加藤清正の絵だった」

「今も持っているの」

「残念だけど空襲で焼けてしまった」

「惜しかったわね」

「そうだね。父は、勝負事はやらなかったけど、趣味としては映画を見ることと落語を聞くことだった。タバコを相当吸っていたけど、お酒はほとんど飲まなかった」

「一度お会いしたいわ。マオさんのお父様とお母様は私を気に入ってくれるかしら」

「もちろんさ。アコは少し話をすると分かるけど、僕の父母だってアコさんを素晴らしい女性だと思うよ」

「そうお、マオさんのかいかぶりじゃないの」

「かいかぶりなんてとんでもないよ。僕は、アコと話をしている間にどんどん好きになってしまったんだから」

「ありがとう。その点は私も同じだわ」

「僕の父親は、どんなことでも義務教育を終えたら本人次第だっていつも言っていた。母はいい家系に生まれながら、父とともにたくさんの困難を乗り越えてきた人だから、人を見る目は確かだと思うよ。僕が好きになった人をそのまま受け入れてくれるよ」

「でも私は、両親ともいないのよ」

「それは事実として受け入れてくれるし、アコさんという人について何の障りにもならない。アコさんは自分をもっと信じないといけないと思うんだよ」

「でもね、ふっと両親のことを思い出そうとするの。でも両親の姿が見えないの。写真でもあればいいんだけどね」

「僕は、アコの両親はきっと素晴らしい人だったと思う祖母はキッチンの方へ行った。そこで明子と何か話し合っていた。

　明子がお盆に大きな茶碗に入った濃い緑色のお茶と何かをのせて応接間へ戻ってきた。明子が近くに来ると、なんとも言えない香りが漂ってきた。

「お昼まで少し間があるからこれを召し上がってくださいとお祖母様が」

「ありがとう。今ね、ちょっと新聞を見ていたら、いろんなことが起きているね」

「それはいいこと。それともよくないこと」

「両方のニュースが出ているよ」

「それじゃ、悪い方から教えて」

「悪いニュースは、日本の漁船が太平洋の珊瑚礁でアメリカが行った核実験の犠牲になったという記事だよ」

「その話はお祖父様に聞いたわ。折角、世界が平和に向かいだしたのに、なんで水素爆弾なんて人類が制御できないものを作り出すんだろうって」

「そうだよね。一つの国が強力な兵器を作れば、他の国もいずれは同じものを作り出す。その結果、世界中でそれを使うような戦争になったら、人類は絶滅してしまうことになる」

「でも人間ってそんなに馬鹿じゃないでしょう」

「僕もそう思いたいけど、この前の戦争のときのドイツのヒトラーみたいな人間がいるからね。こんな言い方は生意気かもしれないけれど」

な」

「どうしてそう思うの」

「アコのお祖父様とお祖母様を見ればわかるよ」

「そうよね。私はお祖父様とお祖母様をとても尊敬しているわ。もちろん私を育ててくれていることを感謝しているわ」

「アコの両親の代わりは誰にもできないけれど、お祖父さんとお祖母さんがアコを大切にしているんだ。その上にアコを一生愛していきたいと決心した人がいる」

「それはマオさんのことよね。私もマオさんを一生愛していきます」

「アコ、僕は君をきっと幸せにするよ」

「マオさん、私もよ」

　正夫は明子の両手を自分の手の中に優しく包み込み、明子の目をのぞき込んだ。明子はしばらくそのままジーッとして正夫の目を見つめていた。

　祖母が階段を下りてくる静かな足音が聞こえた。正夫はまた後でというように明子の手を離した。明子はキッチンの方へ行った。それから正夫はラックに入っていた新聞を手に取って一面を見た。大変な事件の続報が出ていた。マグロ漁船がアメリカ軍が行った水素爆弾の爆発実験で発生した放射性降下物を大量に浴びた事件だ。日本の国民が核爆弾によって被害を受けたのはこれで三回目になる。乗組員に被害者がでなければいいのだがと祈る気持ちだった。

「でもきっと、これはお祖父様の言い方だけど、真っ当な人が必ず出てくるだろうって」

「そうだね。漁船の船員さん達が酷い状態にならなければいいのだけど」

「それじゃ、次はいい話を聞かせて」

「いい話になるかどうか分からないけど、大阪と名古屋でテレヴィジョンの放送が始まったんだって。仙台はどうなっているんだろうね。仙台で放送を始めればここでも見ることができるようになるかもしれないよ」

「でも私は、テレビジョンって好きじゃないわ。目がそっちに向いてしまうと他のことができなくなってしまうんじゃないかと思うのよ」

「そうだね。何かを見ながら他のことをやるのは難しいと僕も思うな」

「他にも何かいいことがあるの」

「これは映画の話だけど、ウォルト・ディズニーという会社が作った「ダンボ」という漫画映画が日本で公開されたって書いてある」

「映画はもうずいぶん前に見たけど、最近は見る機会がなかったわね」

「東京などでは街角にテレビジョンを設置して無料で見せているって書いてあった。これはテレビジョンを普及させるためだって。今はとても高価で普通の家では買えないけど、一般の人が買えるようになるとも書いてあったよ。後はいろんなところで事件があったり、市制に移行する町や村が多くなってきたって」

「あら、ごめんなさい、お茶がさめてしまうわ。どうぞ、めしあがれ。このお菓子は昨日お祖母様に教えてもらって私が作ったの。お口に合うかしら」

そのお菓子は淡い桜の花の色をしていた。表面は米粒でできており中のあんを包んであった。外側は香りのよい桜の葉で軽く巻いてあった。桜の葉の香りがよく、あんを包んでいる米粒の歯ごたえと中のあんのほんのりした甘さがなんとも言えない美味しさだった。正夫はお菓子を口に含んでゆっくりかみながら目を瞑ってしまった。

「マオさん。大丈夫？　お口に合わなかったらちり紙に出してもいいわよ」

正夫は手を上げて制止する様子をした。

「アコさん。大げさに聞こえるかもしれないけれど、僕はこんな美味しいものを食べることができて、なんて言ったらいいか分からないよ」

「私は、マオさんに合わなかったかと思って心配したわよ」

「とんでもないよ。アコさんは料理でも天才だね。いつもとても美味しいものを食べさせてもらっているけど、これは僕の一番好きなものの一つになってしまった。明子さん、ありがとう。お祖母様にもお礼をお伝え下さい」

正夫は思わず改まった口調になってしまったことにも

気がつかなかった。明子も正夫のまねをして改まった言い方を返した。

「過分なお褒めをいただきました。これは道明寺と申します。マオ様のお言葉はお祖母様にもお伝えしておきます」

　もう一つは、やはりあんを包んだ淡いみどり色の餅に柔らかい色のきな粉がかかっていた。これも正夫は美味しいと思った。しかし、言葉が出なかった。自分はいつも粗末なものを食べているんだなあと思った。でも今の社会ではそういう人が普通なんだと思ってきた。だからとくに貧しいとも思わなかった。

「これも美味しいね。色もいいし、形もすっきりしているし。アコさんはよくこんなに繊細なものを作れるね」

「マオさんに喜んでもらいたくて、お祖母様に何回も教えてもらいながら試作を繰り返したのよ。昨日ようやくお祖母様のお許しが出たの」

「お祖母様は、本職のように厳しいんだね」

「ある意味ではね。でも何かをやるときは、しっかりしたことを身につけることが大切だといつも言われているのよ。だから何を習うときでも厳しいと思うことはなかったわね」

「僕の親と同じようなことを言うんだね。何をやるのでも中途半端はいけないといつも言われたよ」

　正夫と明子は庭に出た。

「マオさんが来て下さる日は、いつも晴れになるわね」

「お祖父様にも言われたよ。晴れ男なんだって」

「そういう人がいるの初めて知ったわ」

「たまたま、晴れの日がそういう巡り合わせになっただけだよ」

「今夜も晴れが続くかしら」

　正夫は、人差し指を口に入れてから高く掲げた。明子は驚いたように正夫の仕草を見ていた。

「マオさん、それは何をしているの」

「これはね風向きを感じているんだよ。舐めるなんて汚らしいと思ったでしょう。ごめんね本当は水で濡らしてやるのだけど素早くやるときは、こうするんだ」

「それでどう感じるの」

「風が当たるとその部分が涼しく感じるんだ。それで風向きが分かる」

「それで今はどっちから風が吹いてくるの。無風状態みたいだけど」

「そうでもないよ。風は北東から吹いているから、ちょっと微妙な天気だと思うな」

「どうしてそう思うの」

「この時期は、三寒四温といって、ほぼ規則的に大陸から高気圧が日本列島に近づいてくるんだ。その高気圧が日本の東に去るまで大体四日かかるんだ。その間は晴れの日が続くことが多いと言われている。高気圧が去ると今度は低気圧が来る。すると冷たい雨が降ることがある。その間は寒い日が続くんだ」

「それで今はどんな状態なの」

「北東の風が吹くと言うことは、風下側に低気圧があることが多い。それが東に進むとき日本のどの辺を通過するかによって天気が変わる」

「難しい話だけど天気の変化も面白いのね」

「今僕が話したことは素人の勝手読みと言うんだけど、時々当たることがあるんだよ」

「マオさんは天気のことも詳しいのね」

「天気の移り変わりはとっても面白いんだ」

　正夫はしゃべりすぎないように注意することを思い出した。

「僕も、〝自分かわいがり〟なんて言われたことがあった。これは自分だけがよい子になるというのじゃなくて、他人のことを気にしないという意味だと親しい友人が教えてくれた。それから中学二年生の頃、ある日僕は水を汲みに共同の井戸へ行ったとき近所の母さん達が話しているのを聞いてしまった」

「何を話していたの」

「僕の名前が聞こえてから、一人のおばさんがこう言ったんだ。〝あの子は頭がいいけど、もう少し他の子のことも考えてあげないとね〟、〝そうよね。世の中は子供といってもみんなが仲良くしなければね〟って言ったんだ」

「近所に他に正夫っていう名前の子はいなかったの」

「いなかった。だからあれは僕のことだと思った。でもね、僕はそのことがあってからおばさん達の言ったことはどんな意味だったのだろうと考え続けることになってしまった」

「でも中学二年生でしょう。ずいぶん悩んだんでしょうね」

「しばらくして、僕は気がついたんだ。意味が分からない以上どう変わればいいのかなんて考えてもしようがないとね。それが小説を読んでいるうちに人のことがほんの少しだけ分かるようになってきた」

「でも罪なことを話の種にしたおばさん達ね」

「でもね、僕はむしろお礼を言いたいと思っているんだよ。まだまだ人生なんて考えもしなかった僕に、世の中の仕組みの一部を教えてくれたんだからね」

「そうかあ、マオさんは何でも先生にしてしまうのよね」

「もちろん苦手のものもあるけれど、大体のことは楽しいと思いながらやってしまうことにしている」

「あるものすべて教師って所ね。私もいつかそういう風になれるかしら」

「それが最もいいとは言えないし、それが目的になるのはおかしいと思うよ」

「それはそうね」

「アコは僕が持っていないものをたくさん持っているし、それを僕は羨ましいと思う。人がみんな同じだったら気持ち悪いと思うよ」

「話が変わるけど、マオさんはお祖父様に何かお話を聞いていない。病気のこととか」

　正夫はこの明子の質問にちょっと息をつまらせてしまった。明子の祖父には明子に話してもいいといわれているが、正夫は病気のことはお祖父さんかお祖母さんから話すのが筋じゃないかと思っていた。

「お祖父様は、友人の紹介で仙台の大学病院を受診したと言っていた」

「それで結果はもう分かったのかしら」

「それは分からないけど、お医者さんに何か言われたらしいね。この前お祖母様がそんなことを言っていたじゃない」

「私、お祖父様のことが心配でしょうがないの。時々勉強に集中できないくらい」

「お祖父様は何歳になるのかなあ」

「七十歳を少し超えたところね」

「そんなになっているようには見えないけどね。お祖父様は僕には謎の多い方、これは悪い意味じゃなくて僕の憧れの方になってしまったんだ」

「私はお祖母様のようになりたいと思っているけどね。マオさんはお祖父様の謎を明らかにしたいのかしら」

「そんなことは考えていないよ。生意気なことを言うようだけど、お祖父様の見識というのかなあ」

「それはどこから出てくるものなのか、確かに謎ね」

　明子の祖母は、ほとんど祖父につききっりで看病していた。明子は何気ない様子で壁際の大きな時計を見た。

「マオさん、少しの時間一人にするけど待っててね」

　と言って正夫の手を握った。正夫はその手を自分の方へ引き寄せた。明子は正夫に身体を預けるような形になった。少しの間そのままにしていたが、明子がもう一度時計を見たので正夫は明子の身体を離した。明子はその瞬間正夫の口に自分の口をあててキッチンの方へ行った。正夫はその姿を見送って、

「何か手伝うことはない」

　と言った。明子は振り向いて
「後でお願いするかもしれないわ」

　と言ってニッコリした。正夫は明子がいつもの状態に戻ったので安心した。

　明子がキッチンへ行ってしまったので、正夫は手持ち無沙汰になったのでラックから月刊雑誌を取り上げた。初めの方のページに写真が載っていた。いろんな経歴の人が数人集まって写っていた。同級生という題がついていた。それぞれの写真に写っている人たちは大学で仲のよかった人たちなのだろう。

　この雑誌には、随想の他に小説も数編載っていた。その中の一編を読みだした。その小説を読み終わったとき明子が応接室へ戻ってきた。

「お待ちどおさまでした。昼食の用意ができました。あちらのテーブルへお移り下さい」

「もうそんな時刻になったの。ちょうど短編小説を読み

終わったところだった」

「お祖父様とお祖母様は二階の部屋でお食事をするそうなので、今日は二人だけです」

「お祖父様にご挨拶してこなければ」

「お祖父様はベットの上では申し訳ないけど、よろしくお伝えしてほしいと言っていましたから。それで後ほどお話しできると嬉しいとも言っていました」

「わかりました」

「ではどうぞ、あちらへ」

「かしこまりました」

「ほっほっほ、こういうのも面白いわね」

「僕は肩がこってしまったよ」

「あらまあ。ごめんなさいね」

「どういたしまして」

「まだ続けますか」

「いえ、とんでもない。と思いましたが、たまにはハイソサイエティの真似も気分を高めるね」

「マオ様お手をどうぞ」

「ほんとは僕が言う言葉だね」

「お招きした側の言葉ですよ」

「なるほど。それではよろしくお願いします」

正夫と明子はママゴトをしているような気分になっているようだった。只野が見たら微笑ましく思ったかもしれない。

昼食はグラタンというものだった。それはスパゲッチを五㎝ほどの長さに切ったものをゆでて特製の深皿に入れ、ミルクソースをかけてその上にチーズをのせて焼いたものだった。麺はスパゲッチより太く、マカロニという。焼いているうちに周囲に香ばしい香りが漂っていた。それと薄黄色のどろっとしたスープだ。スープの上に、こんがり焼いたパンを小さな四角形に切ったものが浮かしてあった。別のさらには薄茶色で長さ六、七㎝、太さ直径十五㎜ほどのものを油で炒めたものが載っていた。これはウィンナーソーセージというものだ。それと野菜サラダだった。

「今日もすごいご馳走だね。それぞれ料理の名前を教えてくれないか」

「はい、マオ様。メインディッシュはグラタンといいます。次のお皿はウィンナーソーセージソテイ、薄黄色のものはコーンスープです。サラダは分かりますね」

「これらはどこの国の料理なの」

「メインディッシュはイタリア料理、ソテイはいろんな国にありますが敢えて言えばドイツ料理かしら。スープはアメリカでしょうか」

「今日はたくさんの国へ行くことになりますね」

「はい。ご案内は私、只野明子ことアコがいたします。熱いうちに召し上がって下さい」

「いただきます」

「いただきます」

正夫は初めて食べたグラタンは香ばしい香りだけでな

く、もっちりしていて美味しいと思った。グラタンの中にはネギの味がするが今まで見たことがないネギの種類と思われるものの細切りが入っていた。もう一つ肉の味がする細切りにしたものが入っていた。スープも少し塩をかけてスプーンですくって食べた。これも美味しかった。次にウィンナーソーセージは何かの皮の中に肉が詰めてあった。これも美味しかった。明子の家ではいつもこんなに美味しいものを食べているのかなあと思ったが、明子の体型を見る限りではそんなに太っていないし、いつもは普通の食事を食べているんだろうと勝手に想像した。

食事が終わると、明子はキッチンへ行って紅茶と何かぶよぶよしたお菓子を小鉢のような器に入れて持ってきた。お茶は少し濃いめになっているようだと思った。皿の上に小さいスプーンとその上にレモンがのせてあった。

「アコさん、このお菓子は面白いんだけどなんていう名前なの」

「これはムースっていうの。例えば、日本の羊羹を柔らかくしたようなものかもしれないわね」

「味はミルク系だね」

「よく分かったわね」

正夫は、羊羹と聞いて興味を持った。スプーンで少しずつ味わいながら食べた。

「これもアコが作ったの」

「気に入ってくれたかしら」

「もちろんさ。でも、不思議な味がするね」

「イチゴがあればもっと美味しくなるのよ」

「イチゴね。うちの畑にたくさんイチゴを植えてあるので六月になったら収穫が始まる。そうしたらイチゴを持ってくるね」

「そうしたらイチゴムースを作ってあげられるわね。楽しみだわ」

「僕はイチゴをそのままでしか食べたことがないので楽しみだなあ」

「私もマオさんの作ったイチゴでケーキを作れるなんて楽しみだわ」

二人は、夢の中でイチゴムースを食べているような感じだった。

「マオさん、少し手伝って下さるかしら」

「はい、アコ様」

明子はキッチンへ行って食器を洗うのを手伝ってねといった。もちろん食器洗いは正夫にとっては日常のことだったので驚きもしなかった。ただ、ちょっと戸惑いがあった。それは自分の家で使っている食器と違って明子の家の食器はいかにも高そうなものだったからだ。洗っているうちに手が滑ったらどうしようかと思った。その様子を見て明子は、

「どうしたの。何か困ったような顔をしているようだけど」

「ううん。ちょうっと戸惑っただけさ」

「食器は食器よ、何も変わりはないわ。一つだけお願いがあるわ。それはね、磨き砂を使わないでお湯で洗うの」

「分かった」

正夫は明子と並んで食器を洗った。正夫は何故か嬉しいような恥ずかしいような思いだった。そこへ二階からお祖母さんが下りてきた。二人がキッチンで楽しそうに食器を洗っているのを見てニッコリした。

「明子さん。お客様にお手伝いさせたりして困った子ねえ。正夫さんすみませんね」

「いいえ、僕が手伝わせてほしいと無理にお願いしたんです。申し訳ありません」

「いいえ、明子のわがままを聞いて下さって、申し訳ありませんね」

「お祖母様、その食器もこちらへ渡して下さい」

「はい、明子さん。ついでにお願いね」

「分かりました」

「そうそう、夕食はお祖父さんも正夫さんと一緒に食事をしたいと言っていました。よろしいわね」

「もちろんよ。正夫さんが寂しがっていたのよ。ねえ正夫さん」

「はい。その通りです」

祖母はまた二階へ上がっていった。正夫と明子の二人は食器洗いが終わったので明子の部屋へ行った。正夫はすぐ窓の所へ行き松島湾を見た。明子も正夫のそばに来て並んで窓から松島湾を見た。

「台所仕事を手伝って下さってありがとうございました。とっても嬉しかったわ」

「僕も嬉しかった。ただ、お祖母様に見られたのはまずかったんじゃない。もう来てくれるななんて言われたらどうしよう」

「マオさん。私の顔を見て下さい。私はむしろ喜んでいるのよ。何故かというとね」

「なんで」

「お祖母様はきっとお祖父様に報告しているわ。それで二人で微笑んでいると思うのよ」

「どうしてそう思うんだい」

「だってお祖母様はマオさんをキッチンから追い出さなかったでしょう。それは喜んでいた証拠よ」

「そうかなあ」

「夕飯をお祖父様が同席するって言っていたそうよ。分かったでしょう」

「分かった。お祖父様が床を離れる気持ちを持たれたのはいい兆候だね」

「私も久しぶりにお祖父様とご一緒に食事ができるのは嬉しいわ」

この日、明子は正夫を松島の船着き場に連れて行った。観光船の出船時刻が近づいていた。明子は塩釜港までの乗船券を二枚買った。その様子を見て正夫は驚いて明子に質問した。

「これから遊覧船に乗るの」

「お話しするのが遅くなってすみませんでした。これから塩竈へ行こうと思います。マオさんのお気に入りになるものがたくさん見つかると思います。ご一緒に行って下さいますか」

「驚きましたが、アコさんの言うことですから連れて行っていただきます」

「かしこまりました。それではこちらへ」

と言って、明子は正夫を船内へ連れて行った。船は二階建てになっていたが、二階席には十人ほどお客がいた。下には二人組の客がいた。

「水面の高さから見る島はとっても面白いのよ。島は湾内の海岸に近いところにしかないけど、各島は特徴のある姿を見せてくれます。マオさんはきっと気に入ってくれると思います」

「アコさんは観光船の案内役もできるのだね」

「今のうちなら下船することができるけど」

「いいえ、僕はアコと一緒に塩竈まで行きたいと思います」

「マオさん、ありがとう。実はね、正直にお話すると、お祖母様に塩竈の魚市場でちょっと買い物をしてきてって言われたの。それじゃマオさんをちょっと驚かせてあげようと思ってだまっていたの。ごめんなさいね」

「とんでもないよ。そういうことを思いつくアコが大好きだよ」

　船内放送が、まもなく出港すると告げた。明子は正夫を窓側に座らせた。船が動き出した。正夫は松島湾内にいくつの島があるのか数えようと思ったがやめた。明子が何かのメモを見ながら島の特徴などを島を指さしながら説明してくれた。明子が正夫に寄りかかるような格好になったので、明子の胸の柔らかいところが正夫の肘の所に接触した。正夫は恥ずかしかったが明子がそのままにしているので身体を動かさなかった。明子は次々に現れる島の特長を説明しながら段々正夫に身体を預ける形になってきた。正夫は明子の左手を握った。

　それで明子ははっとして身体を引いた。今度は正夫が明子の腰に腕を回して少し引き寄せた。明子は正夫の顔を見て、

「マオさん、大好きよ」

と言って微笑んだ。正夫もそれに答えてニッコリした。船は松島湾を出ると、岸に近いところを右にカーブしながら進んだ。やがて、船は塩釜港という看板が出ている岸壁に横付けになった。正夫達は最後に船から下りた。

「これから少し歩くけど大丈夫」

と明子は正夫を気遣うように訊ねた。

「もちろん大丈夫だよ。アコの方こそ疲れたんじゃない。朝早くから迎えに来てくれたり、食事を作ってくれたりしたからね。それにずいぶん気を遣ってもらった

し」

「私が疲れて歩けなくなったら、マオさんに背負ってもらうから」

「うんそうだね。早く疲れてくれないかなあ」

「あらまあ。まだ少し体力が残っています」

「ちょっと残念だね」

「あっちに大きな屋根が見えるでしょう。あれが塩釜港の魚市場なの。魚の卸し市場はもう閉まっていると思うけど、小売りの店はやっていると思うわ」

「市場ってどんなところなんだろう。早く見たいね」

　十分間ほど歩くと市場の入り口に着いた。市場の建物は映画で見た飛行機の格納庫のように天井が高く、大きなものだった。一歩中へ入ると、水産物関係の店がまだたくさん開いていた。中には八百屋もあった。正夫はもう好奇心の塊になってあっちをキョロキョロ、こっちをキョロキョロ目を見張っていた。明子は目的の店があるらしく、どんどん歩いて先に行った。慌てて正夫が追いつくと、ちょうど目的の店の前だった。明子はその店の女性と顔なじみらしく冗談を言っていた。そこへ正夫が追いついたのを見てその女性は明子に片目を瞑って、

「この人はもしかして、明子ちゃんのいい人かい」

　と言った。明子は悪びれもしないで、

「そう。祖父母もとっても気に入っている正夫さんです」

「そうかい。明子ちゃんもそういう年になったのだねえ。おめでとう。正夫さんと行ったわね。あなたは明子ちゃんを大事にしないと私が許さないからね」

「お姉さんったら。正夫さんは私をとっても大事にしてくれていますし、これからも大事にしてくれると約束してくれているんです」

「あれまあ、ごちそうさまですね。それで、今日は何が必要なの」

　明子は紙に書いたものをその女性に渡した。女性はメモをザーッと見て、

「明子ちゃん、この人を案内して一回りしておいで、その間に用意しておくから」

「お願いします」

　と言って明子は正夫を連れて奥まったところへ行った。そこには大きな水槽があり多種類の魚が泳いでいたり、水槽の底にへばりついているものもいた。生きている魚を見るのは初めてだった。正夫はただ目を見張って眺めていた。正夫は水槽の上から魚を見たり、しゃがんで見たりして考え込んでしまった。

「マオさんはまた何かを発見したのですか。上から見たりしゃがんで見たりして」

「実はそうなんだ。一つはね、上から見た場合と横から見た場合で魚の大きさが変わるんだ。同じ魚を見ているのにね」

「そうなの」

　と言って明子も上から覗いたり、しゃがんで見たりし

て確かめた。

「ほんとね。これはどうしたことなのかしら」

「僕の推測だと、これは水の性質が原因じゃないかと思うんだけど」

「家に戻ったら、お祖父様に聞いてみましょうか」

「ちょっとまって。僕はお祖父様に質問する前に、自分でできるだけ調べるようにと言われているんだ。だから僕が調べてから聞くことにしようよ」

「分かったわ。この次のとき、お祖父様に聞くことにしましょうね」

正夫達はその他の所も見て回り、正夫は楽しくて仕方がないといった様子だった。もう頼んでおいた品物がそろっていると思うと言って明子は先ほどの店に行った。

店の女性は、

「正夫君と言ったかしらね。面白いものが見つかったかい」

「もっとゆっくり見たくなりました。また来たいと思います。アコさん、また連れてきてくれるよね」

「もちろんです」

「今日はなんだか暑くなってきたわね。はっはっは」

正夫はそんなに暑くないと思ったのにこの女性はどうしたんだろうと思った。明子は女性にお礼を言って荷物を持とうとしたが、少し重すぎたようだったので正夫が持とうとしたら、女性が
「もう少ししたら閉店になるから、車で送っていってあげるから少し待ってなよ」

と言った。明子は正夫の方を見てどうしようかと思ったが、

「それじゃおねがいします」

と言った。女性は、

「あんた達も乗せていってあげるから待ってな」

といって店を閉める準備を始めた。店の始末が終わると女性は荷物を持って、付いておいでと言って歩き出した。正夫と明子は不安そうな様子を見せたが、女性の後に付いていった。女性は車のところで正夫から荷物を受けとって小型のトラックの荷台に荷物を置いて、二人に前の席に乗りなといって、自分は右側の席に乗った。明子を真ん中に乗せて正夫も自動車に乗った。自動車が走り出すと女性は明子と話を始めた。女性は明子の祖父母と親しいらしく、昔話もしていた。自動車が明子の家に着くと女性はさっさと下りて荷物を玄関まで持っていった。玄関には自動車の止まる音を聞きつけて祖母が待っていた。

「あら、郁代さんじゃないの」

「今日は、さっき明子ちゃんが買い物に来てくれたのよ。荷物が少しかさばったから私が送ってきました」

「あらまあ。それはどうもありがとうございました」

「ところであの坊やはどういう人なの」

「あの子はね、明子がこの人と思った人なのよ。とっても頑張り屋さんでお祖父さんもとても気に入ってしまっ

たらしいのね。もちろん私も気に入ってしまったのね」

「ということはお祖父様の眼鏡にかなったって言うことかしら」

「そうね。それで二人が将来結婚することになったら、いろいろ便宜を図ると言っているの」

「それはよかったわね」

「でもこの話は当分内緒にしておいて下さいね」

「もちろんですよ、奥様。それじゃあ私はこれで失礼します。お祖父様にもよろしくお伝え下さい」

「郁代さん、ちょっと待っててくださる」

といって祖母はキッチンの方へ行った。包みを持ってすぐ戻ってきた。

「これね、明子がお客様に食べてもらうのだと言ってたくさん作ってしまったの。持って行って下さらない」

「これは、いつもすみませんね。いただきます。またご用がありましたら電話でいいですから申しつけて下さい」

「ありがとうございます。よろしくお願いしますね。明子さん、郁代さんがお帰りになりますよ」

「はーい」

と言って明子は正夫とともに玄関に出てきた。

「今日はどうもありがとうございました」

「ほんとにありがとうございました。また見学に行きますのでよろしくお願いします」

「いつでもおいで下さいね。待っていますよ」

と言って郁代は帰って行った。明子の祖母の話によると郁代はこの近くに住んでいるとのことだった。

正夫と明子は、明子の部屋で話をしていた。

「アコさんのピアノ発表会はいつだっけ」

「もうすぐね。三月二十六日よ。マオさんは来て下さるんでしょう」

「もちろん聞きに行きます。ズーッと楽しみにしていました」

「ありがとうございます。予定を考えました」

「どう考えたの」

「ちょっと待ってね」

と言って明子は机の上に置いてあった紙を持ってきた。

「ここに書いたのですが、これでいいかしら」

「どれどれ…」

と言って紙に書かれた予定表を見た。発表会は三月二十六日午前九時開始。

午前中は県内各地で予選を勝ち上がってきた小中学生各五人の発表がある。正午の休憩の後、午後一時三〇分から過去三年間の優勝者三人の模範演奏が行われる。

その後、審査結果の発表がある。それで発表会は終了である。その後、参加者全員による記念パーティーがある。それが終了するのは午後七時の予定となっていた。更に前日は練習日なっている。

明子は、前日の午後から参加して、その日は会場で練習をして家へ帰る。翌日は朝早く仙台へ行き、パーティーが終了したらホテルへ戻るという。明子の予定は分かったが、正夫は自分がどうしたらよいか明子に尋ねようとした。すると、明子が、

「マオさんにお願いがあるのだけど」

「どんなこと」

「リハーサルの日と発表会の日に会場へ来て見ててほしいんだけど」

「リハーサルを会場で見てても大丈夫なの」

「それは許可をもらってあるわ。ただし声を出したり手を叩くなど音を出さないという条件が付いているの。お食事はいつも一緒にいただけるようにします。その日は仙台のホテルに同じ部屋しか取れなかったけど、いいかしら」

「アコさんが困らなければそれでもかまわないけど、お祖父さんとお祖母さんはどう言っているの」

「祖父母は、お二人とも行けないので、正夫さんに何時でも近くにいてもらいなさいって言ってくれたの」

「わかった。僕の方はもう兄に話してあるから問題ないし、アコさんのお祖父様とお祖母様がそう言ってくれたのなら心配ないよ」

「ありがとう。このことをお祖父様に話しておきます」

「アコさんは大変かもしれないけれど、楽しみだね。お祖父様とお祖母様も聞きに行くことができるといいのにね」

「そうなの。残念ですけどお祖父様はしばらくの間、静養することになっているらしいの。お祖母様はお祖父様のお世話をするとおっしゃっていたわ」

「おしいなあ。お二人とも楽しみにしていたろうにね」

「そうね。その代わり私には一番大切な人が一緒にいてくれるから何も心配ないわ。ね、マオさん」

「及ばずながら、責任を持ってアコをお守りします」

「そのこともお祖父様にお話ししておきます」

「アコさんは何でもお祖父様に話してしまうんだね」

「そうよ。だから私はお祖父様にもお祖母様にも信頼されているのよ。マオさんは私に何でも言って下さいね。私もマオさんに決して隠し事はしませんから。それが私達には一番大切なことだと思うの」

「そうだよ。僕も自分の存在が否定されるようなこと以外はすべてアコさんに話します」

「よろしい」

「え、それってなに」

「私のいつもの冗談です」

「急に偉くなってしまったのかと思ったよ」

「そんなことはあるわけないじゃありませんか。外国、とくにアメリカでは男女同権が基本だって教科書に書いてありました」

「勉強の時間にしますか、アコ様」

「とんでもありません。マオ様」

「こういう話し方は心が縮こまってしまうようで、かな

わないなあ」

「じゃあ止めましょう。なんでこういうことになったのかしら」

「及ばずながら、からかな。そうだね。失礼しました」

「それそれよ。何かぎこちない話し方になるのって緊張しているからかしら」

「もしかしたら、そうかもしれないよ」

「やはり私がマオさんを緊張させてしまうのかしら」

「そんなことないよ。アコの話し方を聞いていると、もう何も手に付かなくなってしまうんだよ。それで少し緊張するっていうのか、普通の話し方を忘れてしまうんだ」

「でも、たまにはこんな話し方もいいでしょう」

「大川高校の同級生も、時々お前の話し方がおかしくなるって言っていたことがあったなあ。一年生のときだけどね」

「そうなの」

「お前は時代小説の読み過ぎだと言われたことがあるよ」

「そうかもしれないわね。これからは現代に生きているマオさんでいて下さい」

「そうするよ。今は時代小説を読んでいないから大丈夫だと思うんだ」

　正夫は父親の影響で小学五年生頃から長年時代小説を読んできたので、いつの間にかしゃべりかたを真似するようになってしまったのかもしれないと思った。それほど時代小説は面白かったということだろう。

「マオさん。発表会のときは三泊の予定で来て下さいね」

「そうだね。アコのドレス姿を見ることができるのかと思うとドキドキするよ」

「写真機があるといいんだけどね」

「一つだけ心配があるんだけど」

「どんな心配なの。話してみて」

「恥ずかしいんだけど、今着ている服しか持っていないんだ。これじゃあアコに迷惑をかけてしまうんじゃないかと思って」

「そんなことはないわ。私はマオさんの多くを知っていますから」

　正夫は、もう何年も貯金をしてきたが、それで新しい洋服を買うことができるかどうか分からなかった。しかし時間はあと十日しかなかった。正夫は、明日帰りに大川駅で降りて、洋服屋を見てみようと考えた。貯金は多分数千円になっているはずだった。そんな様子を見ていた明子は、

「マオさん、洋服のことは心配ないわよ。私も演奏のときだけドレスを着るけど、あとは普段着にするから」

「だって、パーティーではそうも行かないだろう。アコはいつもの演奏会のようにしていていいよ。僕が目立たないようにするから」

「そのことは私に任せて下さるわね」

「僕もできることを考えるから」

「それじゃ、この話はこれで納めましょうね」

　正夫は、化学クラブの先輩のことを思い出した。

「話が変わるけど、三年生の人たちは、大学入学試験が終わって、今日あたり合格発表があるんだと言っていたけど、どうしたかなあ」

「合格した人はいいけど、そうじゃない人は辛い一年間を過ごすことになるのね」

「中には浪人はダメと親に言われている人もいるって言っていたけどね」

「もしかしたら大学入学試験で、その人の将来が決まってしまうなんて悲しいわ」

「ぼくも来年の今頃はどうなっているかなあ」

「マオさんは頑張っているから大丈夫よ」

「でもね、地方の高校生と都会の高校生では勉強の仕方が違うかもしれないと思うんだ」

「私はそうは思わないわ。もしそうだとしたら地方の出身者は将来が暗くなってしまうでしょう。でもそんな話は聞いたことがないわ」

「それもそうだね。アコさんはとっても僕を励ますのが上手だね。ありがとう」

「それはそうよね」

　正夫はいつものように窓の所へ行った。そのときドアーをノックする小さい音が聞こえた。明子が、

「はい」

　と言ってドアを開けた。そこに祖母がお盆を持って立っていた。

「明子さん、お話しが弾んでいるようね。お茶の時間ですよ。正夫さんと一緒にどうぞ」

「ありがとう、お祖母様。ちょうど喉が渇いたところだったの」

「それから、お茶が済んだら、お祖父様が部屋へ来て下さいって言ってるわ」

「はい、わかりました」

　正夫にもその話が聞こえた。しかし正夫は何も言わなかった。明子はお盆をテーブルの上に置いて、正夫の前に紅茶とケーキをのせた皿を置いた。自分のも前に置いて、

「そうだ、宿題のことをすっかり忘れていた」

「その話じゃないと思うけど、お茶にしましょう」

「このケーキも手作りなのかしら」

「お祖母様がさっき作っていたわよ」

「アコの家でいただくものはどれもこれも手作りで美味しいね」

「お気に召したら私のも食べていいわよ」

「たくさん食べると余韻がうすくなるから、アコが食べて下さい」

「それじゃ、一緒にいただきましょうね」

　正夫はお祖父様がどんなお話しをされるか気になっ

た。正夫と明子はお茶を飲みケーキを食べて、只野の部屋へ行った。明子がドアをノックすると、すぐ
「どうぞ」

と返事があったのでドアを開けて室内に入った。正夫は祖父が少しやつれたように見えた。

「失礼します」

といって正夫が先に入り、続いて明子が入ってドアを閉めた。

「お祖父様、お加減はどうですか」

明子は、正夫の代わりに祖父に声をかけた。

「ありがとう。正夫君も明子ももっと近くへ来て下さい」

「はい」

二人は祖父のベッドの脇に立った。明子は正夫を引き立てるように自分の前に行かせた。

「正夫君、今度は明子のピアノ発表会について行って下さると。本当にありがとうございます」

「とんでもありません。僕は明子さんの晴れの舞台を是非見させて下さいとお願いしたのです」

「お気遣い併せてお礼を言いますよ。明子ももう大人に近づいてきたのだから、一人で行かせてもよかったのですが、やはり若い女性が一人で行くというのは心配だったのです。それで正夫君にお願いしたらどうかと明子に話しましたら、この子は大変喜んで是非と言ってくれました。私も家内もこれで一安心できます。正夫くん、明子のことをよろしくお願いしますよ」

「明子さんのことはご安心下さい。僕がお守りします」

「頼もしいお言葉じゃのう、お祖母さん」

「まことに。正夫さん私からもお願いしますよ」

「私からもよろしくお願いします。その代わり全力でいい演奏をしたいと思います」

「でも緊張しすぎないように明子さんも楽しんで下さい」

「はい。分かりました」

「それで正夫君に一つお願いがあるのじゃが、聞いてくれますか」

「はい、お祖父様のおっしゃることでしたら何なりと」

「ありがとう。実は、私がお祖母さんと結婚の約束をした頃に、もうずいぶん昔のことじゃが、新しく洋服を作ることにしたんです。しかしいろいろあって実現できなかった。それで明子に好きな人ができたら、その方に洋服を一着差し上げたいと二人で待っていました。その願いをようやく叶えることができることになり大変嬉しく思っています」

「正夫さん、是非私どものお願いを聞いて下さると嬉しいのですが」

正夫は返事に困ってしまい、明子の方を見た。明子は初め驚いているようだったが、

「正夫さん、私からもお願いします。お二人のお願いを叶えてあげて下さい」

正夫は三人にジーッと見られて戸惑いを隠せなかったが、意を決して承諾した。

「僕のようなものに、このようなお申し出をいただきまして、なんとお礼を言ったらいいのか言葉がありません」

「よし。これで決まりましたな。お祖母さん、私達はなんと幸せ者なんだろうねえ」

「ほんにそうですね」

「明子、テーラーに電話をかけて、おいで下さるよう言っておくれ」

「はい、お祖父様」

明子は電話をかけるために、いそいそと階段を下りて行った。

「ところで正夫君、仙台のホテルは混んでいて二人部屋しか予約できなかったんじゃが、それでいいだろうか」

「僕は大丈夫ですけど、明子さんが困ることはないでしょうか」

「私達は、正夫君に明子のことを託したのだから、明子が困ることはないと思うし、私達は何も心配していませんよ」

「……」

正夫は言葉を失って俯いていたが口を開きかけたとき、明子が戻ってきた。

「青木さんはすぐおいで下さるとのことです。お祖父様」

正夫は汗をかいているので冷水摩擦をしたいと思い、明子に小声でそのことを告げた。

「分かりました。お祖父様、正夫さんがちょっとお部屋に戻りたいそうですが」

「そうでしたな。心の準備もあるでしょうから。どうぞ」

「ありがとうございます」

正夫は明子と祖父の部屋を後にした。正夫は、明子の手をとって顔を見合わせた。いつものようにお互いにニッコリした。明子は気を利かせてシャワーの使い方を改めて説明した。

「ありがとう」

「下着も替えて下さいね。私が洗っておきますから」

「そんなことしたらお祖母様にしかられてしまうよ」

「大丈夫よ。お祖母様はお掃除のとき以外はお客様のお部屋には入らないから」

正夫は、そこまでしてもらっては申し訳ないと言ったが、明子は将来の夫となる人の下着を洗うのは喜んですることだからといった。

正夫は本当に明子が自分の妻になってくれるんだと確認した。正夫は何かを考えようとしたが、何かがまとまらなかった。明子に追い立てられるようにシャワー室へ入った。いい匂いのする石けんで身体を洗い頭を洗って泡をシャワーで流した。身体を手ぬぐいでしっかり拭いて下着を身につけた。洋服を着てシャワー室を出ると明子が待っていた。

「もうすぐ洋服屋さんが来るから、私のお部屋で待っていましょうか」

「アコさん」

「はいマオさん」

「君は本当に僕のお嫁さんになってくれるんですか」

「もちろんです。二人でそう約束したじゃありませんか」

「ありがとう。アコがこうしてほしいということがあったらなんでも言ってね」

「はい。もうそのようにしていますよ」

「なんだっけ」

「忘れては困りますよ。マオさんはピアノ発表会に来てくれるんでしょう」

「あ、忘れていないよ」

「それから今一番ほしいのはマオさんと私の子供なの」

「それって、脅かさないでよ。いくら何でもすぐというわけにはいかないよ」

「でもお祖父様に、私達の子供を見せてあげたいの」

「うーん」

「私は親権者の許可があれば結婚できるのよ。ただマオさんはあと一年先にならないと結婚できないのよね」

「でも、僕はアコさんの愛を受け入れている」

　正夫はお祖父さんが仙台のホテルを一部屋しかとれなかったと言うが、明子と二人だけで過ごせるように計らってくれたのかもしれないと思った。それほど正夫は只野家の人たちに信頼されているのだった。只野の人柄や見識は並の人とは違うし、そういう人に信頼されると言うことはどういうことなのだろうか。只野家の三人は絶対に正夫を裏切ることはないと正夫は思っていた。それは正夫も同じだった。今でも只野は謎の多い人だったが信頼できる人だ。それは言葉ではなく心で感じたことだった。正夫はこんな思考ができるようになった自分に驚いた。

　このとき玄関のベルが鳴った。明子が一階に下りてすぐ出た。明子はそのまま二階に上がって祖父の部屋に向かった。すぐ出てきて正夫のところに来た。

「用意して待っててね」

　と言ってまた一階へ下りていった。すぐ戻ってきた。今度は二人の人を連れてきた。正夫の部屋のドアーをノックした。正夫が、

「どうぞ」

　と言うと明子とテーラーの二人が入ってきた。

「初めまして、テーラー青山です。こちらは助手の小川です」

「初めまして寺田と言います」

「本日は、只野様からのお話しをいただきまして採寸に参りました」

「よろしくお願いします」

　明子は少し離れたところに腰掛けてノートに何かを書

きながら採寸の様子を見ていた。青山は採寸が終わると、細かいところを正夫に質問し出したが、正夫には全く理解できなかった。すると明子が近くに来て、細部のことを説明しながら正夫に決めさせた。それが済むと青山は帰ろうとした。正夫は青山に少し大きめにしてくれるように頼んだ。

「現在の体格より各二cmほど縫い代に余裕を持たせましょう」

と言って只野に挨拶しに行った。明子は正夫の体格を眺めていたが、青山が部屋を出ると正夫に飛びついてきた。正夫はがっちり明子を受け止めてしっかり抱きしめた。

「アコさんありがとう。お祖父様にもお礼を言わなければ」

「それは夕食のときでいいわ。今はしばらくこのままにしていて」

「……」

明子の祖母が青山達を玄関まで送っていった。ちょうどそのときお手伝いの女性が庭を歩いてきた。明子の祖母は今夜もよろしくお願いしますね、と言って女性とともに家の中に入った。

「アコさん、こういうとき聴く音楽は何だろう」

「そうね、ちょっと待っててね」

明子は一枚のレコードを持って戻ってきた。電蓄にセットして正夫のところに戻ってきた。

静かな音で始まったその曲は、Ferenc Liszt（フランツ・リスト）という作曲家の作曲した「愛の夢」という曲だと明子が教えてくれた。曲が終わると明子はレコードを外して元のラックに戻した。

「早くあなたと愛の夢を見たいわ」

と言って、正夫の腕の中に入っていった。正夫は明子をしっかりと抱きしめて、

「一緒に夢を見ようね。アコさん」

と言って、きつくきつく明子を抱きしめた。

「うれしいわ。それとあなたの赤ちゃんもほしいわ」

「そうだね。アコとマオの赤ちゃんをね」

「正夫さん、私幸せよ」

「僕も同じだよ。アコ」

二人は夢の中に入ってしまった。そしてダンスを知らないのにいつか身体を抱き合ったままおどっていた。回転したときにに外が見えた。外はもう夕暮れになっていた。この時刻の松島湾は湾の遠くの方で回転している光が見えた。それはきっと灯台の明かりだ。今日も一日晴れていた。やはり正夫は晴れ男なのかもしれないと思った。正夫は的外れなことを考えた。というより何にも考えていなかったのだ。

今このときに明子が言ったことを考えなければならない。明子は赤ちゃんが欲しいと言ったのだ。正夫は大新田高校の山形先生のことを思い出した。男と女の関係が深まれば生物学的結果として子孫ができる。それは重大

な責任を持つことになり、かなり自分の夢を変更することになるのだ。正夫は明子をどれほど大切に思っているか分からない。が、明子の希望を叶えればそういう状態になる。明子には特別の条件が入っていることを考えなければならない。それは只野の病状だった。余命一年と医師に宣告されても、只野は強い意志でそれを乗り越えようとしていた。しかし明子はそのことを知っているとは思えなかった。いや、もしかしたら気がついたのかもしれない。只野は最も大切な明子を正夫に託すとまで言ったのだ。しかし、高校生の自分に今は子供はまだ負担が大きすぎると思うのだった。明子は現実のことを言ったわけではないとも思った。

　明子が正夫を愛してしまったことで子供を欲しいと言っただけかもしれないとも正夫は考えた。

「マオさん、また旅行しているのですか」

　正夫は、はっと元に戻った。

「ごめんね。あまりいろんなことが足早に起きるので少し整理していたんだ。ごめんね」

「あまりいろんなことを深く考えないでいいのよ。私達はまだ若いのだから、将来のことを話しましょう」

「そうだね」

　お手伝いの女性が明子を呼びに来た。ドアの外でちょっと話し声が聞こえた。夕食の準備ができたと言ってきたのだ。

「マオさん、夕食の用意ができたって知らせてくれたわ。下へ行きましょう」

　二人が下へ行くと、只野がテーブルのいつもの席に座っていた。

「お祖父様、気分はどうですか」

　と正夫が聞いた。

「今日は暖かいので身体が軽くなったみたいだね。正夫君と一緒に食事をしたくて下りてきました」

「ありがとうございます」

「さあ、明子も座りなさい」

「はい、お祖父様」

「今日はあまりご馳走はないようですが。私に免じて我慢して下さい」

　しかしテーブルの上には見たこともない魚料理が並んでいた。

「今日は明子のお目出たい日になりましたので、カルパッチョとムニエルそして鯛の塩焼きを作りました」

　と、お祖母様が言った。塩焼きは明子が作ったという。魚料理は塩焼きといえども難しいと言われているそうで、明子の料理の腕の見せ所だった。

　テーブルに座る席が変わっていた。正夫と明子が只野の左側に並んで座り、右側に明子の祖母とお目出たいということでお手伝いのやすさんも席についた。

　やすさんは全員にリンゴジュースをグラスに注いで回った。只野は座ったままで失礼するよと言って、

「今日は私たち夫婦にとって記念すべき日になりまし

た。と申しますのは、正夫君と明子は将来結婚する約束をしたと先ほど知らせてくれました。私と妻はどんなに喜んでいるか、そして正夫君にはどんなに感謝しているか分かりません。正夫君、明子お目出度う。明子もどんなに喜んでいるか分かりません。明子は、これからも勉強を続けて正夫君に相応しい女性になってほしいと思います。正夫君はこれから段々難しい問題に遭遇するでしょうが、一つずつよく考えて着実に解決していく努力をしてほしいと思います。そして明子のことをよろしくお願いします」

「私からも明子のことをお頼みしますよ。正夫さん」

「はい。僕はどのように返事をしていいのか分かりませんが、いろんな面で頑張っていきます。明子さんのことは生涯大切にしていきますのでご安心下さい。お祖父様そしてお祖母様、私たち二人のことをいつまでも見まもってくださいますようにお願いします」

「お祖父様、お祖母様、私のわがままをお許し下さって本当にありがとうございます。正夫さんも無理を聞き届けて下さって心から感謝しています。私はまだ未熟ですが、これから正夫さんと支えあっていきたいと決心しました。よろしくお願いします」

「今日はジュースですがこれで乾杯しましょう。乾杯」

他の人も口々に〝乾杯〟と言って正夫と明子を祝福した。

「正夫君、君には大変な決心でしょうが、明子は君の最良の人になると私は信じています。明子は本人を目の前にして言うのは何ですが、私は明子を信じてます」

「お祖父様ったら、今の私があるのはお祖父様とお祖母様のおかげだと感謝していますわ。これからもよろしくお願いします」

「挨拶はそれくらいにして、お食事にしましょうか」

と、祖母が言ったので、みんなが料理を食べ始めた。

正夫は今日も明子が食べるのを真似をしながら食べた。

カルパッチョというのは牛肉の薄切りに何かのソースをかけて味を和ませたものだと正夫は思った。味はこれだけをたくさん食べたいと思うほどだった。

ムニエルは、マグロと鮭の二種類があり、ともに美味しかった。尾頭付きの鯛は赤色がきれいだった。うすく塩が振ってあり、上品な味だった。どの料理も美味しかった。これが料理というものだろと正夫は心に刻み込んだ。

「正夫君のご両親にお会いもしないで、正夫君の意志だけで明子のことを託すのは私にとっては心苦しい気持ちです。君が大学を出て社会人になったら必ず明子との結婚を許して下さるようにお願いに行きます。それまで私の気持ちを分かって下さい」

「只野さん。僕は両親特に父親に常々自分の意志で自分の将来を切り開いていくようにと教えられて育てられました。明子さんとのことは自分の意志で決めたことです。僕は明子さんを私の生ある限り大切にしていきます。そのことについて両親は喜んでくれるでしょう」

「正夫君、ありがとう。明子も自分で自分の進む道を選びました。私たちは明子の目に間違いはなかったと喜んでいます」

と言って只野は正夫の手を両手で握った。正夫もそれに応えた。

祖父は疲れたので、中座すると言って二階へ上がっていこうとした。正夫と明子が両脇から只野を支えるようにして階段をゆっくりのぼった。正夫は只野の身体がこの前よりやつれていることに気がついた。もしかして、病状が進んでいるのかと思った。東京の大学病院の診断では、すでに手術で患部を除去できる時期は過ぎてしまったということを明子の祖母から聞いていた。病気のことは全く分からないが、もうじき痛みが酷くなるという話だった。そうすれば痛み止めの注射を打つようになり、少しずつ意識がもうろうとなるという話だ。その後の話は聞いていなかった。

正夫と明子は、只野をベッドに寝かせ毛布を掛けた。只野は二人の手をとって、二人とも幸せになってほしいと言って二人の手をしっかり握ったが、その手には力が入っていなかった。

只野が目を潤ませているのを正夫は見た。

「お祖父様、明子さんは僕が必ず幸せにします。ご安心下さい」

「正夫君、お願いしますよ。明子が信頼した正夫君には、私たち二人はできるだけの援助をしますからね。勉強を続けてほしいと思います。明子、明子は私たちに最後の幸せを運んできてくれたね。ありがとうよ。正夫君は明子が信頼を寄せたように私たちも信頼しているよ。必ず正夫君と幸せになっておくれ」

「お祖父様。私は大丈夫よ。正夫さんは私の思っていた人でしたから。私は正夫さんと必ず幸せになります。できたらお祖父様に私たちの赤ちゃんをお見せしたいと思います」

「明子、嬉しいことを言ってくれるね。でもね、それは急がなくてもいいんだよ。今の君たちは、もっともっとやっておかなければならないことが山ほどあるのだからね」

「はい」

と言って明子の目からきれいな雫がこぼれた。正夫はハンカチを出して明子にさしだした。明子は小さな声で〝ありがとう〟と言ってハンカチを受けとった。

只野は安心したものか静かな寝息になっていた。正夫は明子の手をとって部屋から音を立てないようにドアを開けてローカにでた。明子は正夫の肩に顔を埋めてそのまま立っていた。正夫は明子の肩を優しく抱いて階段を下り始めた。食堂に入るとお祖母様がお手伝いの女性と何事かを話していた。

「お祖父さんはお休みになりましたか、明子さん」

「はい、お祖母様。軽い寝息になりましたので静かに部屋から出て参りました」

「正夫さん、いつもありがとうございます。さあ食事が中断してしまいましたが召し上がって下さいな。明子さん、正夫さんのお相手をして下さいね」

「はい、お祖母様」

　正夫はできるだけ普通に振る舞おうとした。明子もそれに合わせて明るい顔をした。しかしその顔の裏には祖父のことが心配でしょうがないと書いてあった。正夫はカルパッチョを全部食べてしまった。すると明子が私のも食べて下さるといって皿を正夫の方に動かした。しかし、さすがの正夫も手をつけかねていると、

「正夫さん、残すともったいないから召し上がって下さいな」

「でもアコさんも食べておかないといけないと思います」

「それもそうですね。今から頑張りすぎないで、もう少し食べなさい」

　とお祖母さんが言った。明子は祖母の言葉にしたがって、一切れ食べただけで、

「マオさんお願いします」

　と言って、お皿を正夫の方へ押し出した。正夫はそれではと言って明子の分も食べた。

　明子はそういう正夫を頼もしげに見ていた。その後、明子はムニエルだけ食べてデザートに移った。正夫もデザートを食べ始めた。今日のデザートは、この前お祖父さんの手作りのチーズケーキと少し味が違うのに気がついた。その様子を見ていたお祖母さんが、

「やはり正夫さんには分かりましたか。今日のチーズケーキは明子が工夫して作ったものです。夫の作ったものより少し甘かったでしょう。明子の料理の才能がこんな所にも現れたものと私は喜んでいますのよ」

「お祖母様にはかないません。私の微妙な表情を読み取ってそこまで分かってしまうんですね」

「それは年の功というものかもしれませんね」

「お祖母様、私悔しいわ。なんで私に分からなかったのかしら」

「それはね、今の明子はお祖父様のことが心配であり、正夫さんのことが嬉しくてしょうがないと思っているからですよ」

「お祖母様ったら。私の心の中までわかってしまうんだから」

「ほっほっほ。明子さんの心の中のことはもっとわかっていますよ」

　明子は顔を真っ赤にさせて俯いてしまった。正夫には何が何だか分からなかった。

「アコさん、大丈夫かい」

「あら、正夫さんは明子の小さい頃のよび名を知っていたんですか」

「いいえ、あの…」

正夫は口ごもってしまった。

「正夫さんが私のことをアコさんと呼んでもいいかというので、そう呼んでくださいってお願いしたのです」

「明子はその呼び方が好きでしたからね。中学生になってからはちゃんとした名前で呼ぶようにしましたけどね。好きな者同士の間ではいいことですよ」

　明子の家は大体が静かな雰囲気だったが、正夫が来るようになってから明子も明るくなったと祖母が話した。正夫は、明子の作ったチーズケーキが大好きになってしまった。それはチーズの香りを抑えてあったからでもあった。

　ほんのりと甘く、明子の唇のような感触の柔らかさはなんとも言えなかった。

　正夫は思わず明子の唇を眺めてしまった。明子がそれに気づいて口の周りをナプキンで拭いた。明子の仕草が正夫の心をかき立てた。この人を絶対幸せにすると。

　今日の食事の最後は日本茶だったが、素敵な香りと少し甘い味がした。

「ごちそうさまでした」

と、正夫は言ってテーブルからカウチに移った。明子は後片付けを手伝っていたが、それも終わって正夫のところへ来てカウチに座った。

「お祖父様は食事を少ししか食べなかったけど」

「お祖母様が何かを作っていたから大丈夫と思うわ」

　お手伝いの女性が玄関のところでお祖母さんと話をしていたが、

「それではまた明日参ります」

　と言って門の方へ歩いて行った。

　明子はキッチンへ行って祖母と話をしていたが、すぐ戻ってきて正夫に、

「マオさん、お祖母様がお祖父様は心配ないと言っていたわ。それで今夜はどんな話をしてくださるの」

「今日はね、前にちょっと話したことがあるＳＦの話をしたいんだけど」

「どんな話になるのかしら。楽しそうね」

「この前はＳＦ小説の草創時代のことを少しだけ話したんだけど」

「思い出したわ。『タイムマシン』とか『透明人間』という小説のことよね」

「その通りだよ。Ｈ・Ｇ・ウェルズとかＪ・ヴェルヌという人たちがいた。しかしね、ＳＦという分野を確定したのはもっと後になってからだと言われているんだ。しかし、この話の前に少し星を見たいね」

「私もマオさんと星を見るのが楽しみになってしまったのよ。でも困ることもあるの」

「どうして困るの」

「それはね、星を見ているとマオさんの顔が一つの星座のようになって他の星が見えなくなってしまうの。それがどの星を見ていても同じようになってしまうの」

　正夫は、こんな嬉しい言葉を始めて聞いた。明子の心

が嬉しかった。

「それを困っているのかい」

「え、それはそうじゃなくて。実際は困っていないのよね。逆に嬉しいのだけど、星が見えなくなってしまうの」

「例えばね、白鳥座を見たらアコと僕が白鳥に乗って天空を飛んでいると思ったらどうだろう」

「あら素敵ね。これからはそう考えて星座を見てみるわ」

正夫は明子にいろんなことを想像する方法を我知らず教えていたのだった。明子も好奇心の強い高校生だった。しかもよいと思ったことを実行する性格でもあった。正夫はどこか自分に似ていると思った。

ＳＦ小説は子供達に夢の世界を見せるという。正夫は中学生の頃読んだ漫画の『不思議の国のプッチャー』という漫画を見て、想像の世界のなかで、いろんな可能性を知ることができた。例えば、地球上の天気をコントロールする装置が将来の世界ではできていた。一定の地域を指定してそこに雨を降らせる装置ができていた。一番面白いと思ったのは、日本の各地で起きる火山噴火の原因が判明したというものだった。一般の人たちは地表を生活の場にしているが、それとは別に地底に住んでいる人たちがいるというのだった。この人たちを地底人と呼ぶことにした。地底人の世界でも人口が増加すると居住区域を拡張しなければならない。地底人は、岩石を崩してそれを溶解して山の穴から放出するのだという。地上ではこれを火山噴火と考えていたが、溶岩の中に地上では見かけたことのない人工物と思われるものが発見された。それを調査すると地底にも人類が生息している可能性が議論された。その結果、地底の様子を調査することになった。そして地底人と接触することができた。地表人は突然発生する火山爆発は様々な危険の原因となるので溶岩を放出する場合は地表人に何時どの山でどのくらいの量の溶岩を放出するかを知らせる事を約束さた。地表人は感謝し、逆に地底人に不足している物品を提供するという協定が結ばれたという話だ。正夫はこの漫画を読んでほんとの話だったらいいのにと思った。漫画や小説でもそれを読んだとき、どのように感じるか。また、ＳＦ小説を読んだ人それぞれが何かを将来に期待することができれば素晴らしいと思った。

このような話を正夫から聞いて、明子はＳＦ小説に興味を持った。正夫はここで気がついたことがある。ＳＦ小説はにはフィクションということで、全く頭の中から生まれてくるものと、そのＳＦ小説あるいは漫画が書かれた時点ですでに知られている科学的事実に基づいて、その事実を拡大解釈してまとめられたものがあるのではないかということである。頭の中から生まれたものはおそらくその作家の願望というか希望というものだろうと思った。

「マオさんに一つ聞きたいんだけど」

「なんだい」

「ＳＦ小説ってとっても興味が出てきたわ。でもＳＦ小説の中にも悪人が登場するのは何故かしら」

「うーん。難しい問題だなあ」

「だって作家が理想と考えた世界でしょう。そんなところに悪人が出てくるなんておかしいと思わない」

「そうだね。確かに理想の世界なのに悪人がいるってことはおかしいね」

「もしかしたら、善人だけでは小説にならないからかしら。もしそうだとしたらその作家が考える理想の世界ってどんなものなのかしら」

「それは作家自身に聞かないと分からないけれど、現代人が書く小説だから思考に限界があるのかもしれないね」

「それじゃ理想世界にならないわよ」

「アコは鋭いね。僕なんかはＳＦ小説を読んだときそこまで考えなかった。ただ面白いと思っただけだった。アコに教えられたよ。ありがとう」

「え、そんなこと」

「アコの理想の世界ってどんなものかなあ」

「それはもう決まっているわよ。私の近くにはいつもマオさんがいて、初めの頃はマオさんと私の子供がお庭で遊んでいるの。子供が大きくなったら、子供が何をやりたいかを自分で決めさせて、やりたいことを思う存分やらせてあげるの。だけど甘やかせることはしないわ」

「アコはもう子供のことばかりだね」

「だってそれが私の理想の世界なんですもの」

「そうだね。僕はアコの理想の世界を支えるために一生懸命仕事をしなきゃね」

「ちょっと待って、私だけの世界じゃないでしょう。マオさんと私の理想の世界よ」

「悪かった。そうだね」

　正夫は、明子が少し強くなったかなあと思うことがあった。それだけ明子の正夫に対する愛情の深さが深まったからかもしれないと思った。正夫は、明子の祖父母や自分の父母を見ていても、女性は言葉少なく男性のやることを見ているが、自分の家族を守るためには最大の力を発揮するものだと思った。正夫は、母が収穫した作物を隣町まで七㎞の距離を荷車を引いて売りに行くなんてすごいと思った。父親は絶対にそういうことをやらなかった。明子はそういう女性の力をすでに持っている。正夫は初めて女性の本質のようなものを知ることができた。そして自分もしっかりしなければならないと思った。

　午後九時を過ぎる時刻になった。正夫と明子はＳＦの話を切り上げて、静かに一階に下り、庭に出ることにした。地上は星明かりで視界がよかった。空は雲もなく、たくさんの星が見えた。

「北東に見えるのが白鳥座ね。その西にあるのがカシオペヤ座、北斗七星のひしゃくの先にあるのは何かしら。

もう一つその東にあるのも面白いわね。なんだかわっかに見えるわね。その中に明るい星があるわ」

「アコもずいぶん星座を覚えたね。北斗七星のひしゃくの先にあるのは、うしかい座というんだ。その東に輪になっているのは形の通りかんむり座っていうんだ。アコにぴったりの星座かもしれないね」

「かんむり座は地球からどのくらい離れているのかしら」

「物の本によると、星座のそれぞれの星はすべてが同じ距離にあるわけじゃないので、どの星はどれほどの距離という風に個々の星の距離を調べないと分からないんだ。星座は星の位置関係からその像を想像したものだということだから距離のことは何も意味が無いのだと思う」

「頭の中で星をつないで一つの形を考え出したのね」

「星までの距離は、光の速さでどのくらいの時間かかるかという表現をするから途方もない距離だよね。例えば地球から近い星の代表のようなのはケンタウルス座のアルファ星で四・三九光年と観測結果が出ている。つまり光の速さで四・三九年かかるというわけだね。しかし、高速の乗り物に乗ると高速になるまでの時間とその逆に減速する時間が必要になるのでどれくらいかかるか今の僕には分からないなあ」

「星ってすぐ近くに見えるけど大変な距離の向こうにあるのね」

「そうだね。人間の一生はせいぜい六十年くらいだからとても行けるとは思えないね」

「ということは他の星の生物も地球に到達できるとは思えないのね」

「そうだね。ただ地球の文明より進んだ文明を持っているとすれば少しは可能性があるかもしれないね。僕自身としては他の星の生物と平和的に交流できる日が来るといいなあと思うんだ」

「もしマオさんが宇宙人と会う日が来たら私も連れて行ってね」

「もちろんだよ」

　こうしてその夜の観星会は終了した。二人は家に入り明子は施錠して消灯して、正夫とともに明子の部屋に入った。明子は飲み物を採りに下へ行こうとしたが、正夫に一緒に行ってほしいと言った。正夫はもちろん一緒にキッチンへ行った。明子はお湯を沸かし、お茶を入れた。正夫はこのお茶は何でこんなに美味しいんだろうと考えたが、今のところ分からなかった。正夫は家へ帰ったら、大原台協同組合の事務所の人に聞いてみようと思った。

　お茶を飲み終わって、二人は二階へ上がった。明子の部屋で二人は音楽会の日のことを話し合った。

　時間は早さを増しているかのようにすぐ経過していった。遅い時刻になったので寝ることになったが、明子はもっと一緒にいたいと言うので正夫は明子の隣に横になった。明子は正夫にしがみついてきた。そして正夫の手をとって自分の胸の所に持って行った。正夫は明子の胸に直接触れたのは初めてだったので、その柔らかさに驚いてしまった。

翌朝、正夫は自分のベッドの上で目を覚ました。昨夜のことが幻のように脳裏を通り過ぎていった。あれは夢だったのだろうか。正夫は判断できなかった。カーテンを開けて窓から外を見ると朝日が遙かな洋上に浮かんでいるように見えた。

下の方からピアノの音が聞こえてきた。明子がもう起きて練習しているのだろう。正夫は洗面所に行って顔を洗い身支度を調えて、静かに一階へ下りていった。玄関に近い方から応接室にそっと入り、カウチに座って明子の練習している姿を眺めた。明子のしなやかな指がピアノの鍵盤を激しく叩き、そして静かな音色を生み出していった。正夫はしばらくそのまま動かないで明子の練習が終わるまで見ていた。

今、明子が弾いている曲は何というのだろうか。曲の特徴からすると、もしかしたらベートーベンの曲かもしれないと思った。今日、ピアノを弾いている明子は別人のように見えた。やがて曲が終わった。明子はそのままピアノに向かっていた。正夫は明子が振り向くまで言葉をかけなかった。やがて明子はピアノの上部を少しあげて、支えていた棒を外した。そしてピアノの上部を下げた。それから鍵盤を愛おしむように優しく拭きだした。それが終わると、たたんだ楽譜をピアノの上に置き窓に近づいていった。そして正夫の気配を感じて正夫の方に身体を向けた。そして正夫に近づいてきた。

「マオさん、おはよう。音がうるさかったかしら」

「そんなことはなかったよ。アコさんが真剣にピアノを弾いている姿を初めて見て感動してしまった。曲の途中から聞いたんだけど、すごい曲だったね。もしかしたらベートーベンの曲かしら」

「よく分かったわねえ。これはベートーベン作曲の『アパッショナータ』という曲なの。とても難しい曲なのでこれまで納得できるように弾けなかったのよ。でも今朝はとても気持ちよく弾けたわ。マオさんのおかげね。ありがとう」

「僕がアコさんにお礼を言われることはなにもしていないよ」

「そんなことないわ。今日はとっても嬉しくて早く目が覚めてしまったの。そうしたら、この曲を弾いてみる気になったのね。ほんとにありがとう」

と言って明子は正夫を抱きしめて唇を重ねてきた。正夫もそれに応えた。

「ちょっと散歩に行きましょうか」

「うん、いいね」

二人は玄関の扉を開けて外へ出た。松島湾の方から爽やかな風が吹いてきた。明子は正夫と腕を組まずに手を握った。その手はピアノを弾いていたので熱いほどだった。

「アコさん、寒くない」

「ええ、寒くないはわ。だってマオさんが一緒ですもの」

太陽は松島湾に浮かぶ島の上に乗っかっていた。

明子は手を離して正夫と腕を組み、頭を正夫の肩に乗せた。この時刻にはまだ町は静かだった。

「私、とっても幸せなのが分かるかしら。マオさん」

「僕だって同じだよ。アコさん」

「でも昨夜からのことは絶対に誰にも話さないでね」

「もちろんだよ。アコさんと僕のことは絶対に誰にもいわないと誓うよ」

「ありがとう。私はそういうマオさんが大好きなの。おまじないに指切りしましょうよ」

「そうだね」

と言って二人はお互いに小指を出して絡ませ、一緒におまじないを言った。

明子はうれしいと言って正夫に抱きついた。正夫は明子をしっかりと受け止めた。

このとき正夫は、大新田高校の山形教諭の言った生物学的結果について懸念していたが、明子を好きで明子との結婚の約束までした正夫は、そのことについては何も心配することはなかった。しかし、生物学的結果について明子はどう考えているのだろうか。明子と話し合わなければいけな

いと正夫は決めた。それは今ではないかもしれない。明子のピアノの発表会の後でということにしよう。

「マオさんの魂はまたどこかへ旅行に出かけているのですか」

正夫は明子の言葉にはっと我に返った。

「悪かった。考え事をしていたらまた心が旅行に出かけてしまった。ごめんね」

「一つお願いがあるのだけど、マオさんが私と一緒にいるときは、私のことだけ考えてほしいの。そうしないと私寂しくなってしまうから。もうマオさんのいない世界なんて私には考えられないから。わかってね」

「僕だって同じだよ。これから気をつけるから」

二人はいつの間にか丘の道の北のはずれまできていた。そこは北の方の視界が開けていた。眼下に川が見えた。川の水面がぼやけて見えたが、それはすぐ水蒸気だとわかった。川の名前は明子が高木川というのだと教えてくれた。

「いい景色だね。川の水面から水蒸気がのぼっているよ」

「あら、ほんとだわ。こういう景色を歌にした人がいるの。ちょっと名前が出てこないけど。『早春賦』っていうの」

「その歌の名前は知っているよ。アコさんは歌えるの」

「ええ、歌えるわ。一緒に歌いましょうよ」

「僕に教えてくれる」

明子は、"春は名のみの風の寒さや"と歌い出した。

正夫は、明子の歌う声にうっとりしていた。正夫は自分も本当に明子を好きだと改めて思った。

「一緒に歌いましょうよ」

「この歌はアコさんの歌として僕の胸の中にしまっておきたいな。アコさんが時々僕のために歌ってくれると嬉しいんだけど」

「マオさんがそう思うならそうしておきましょう。そしてマオさんのために時々歌わせてもらいます」

「ありがとう。そろそろ戻ろうか。ずいぶん遠くへきてしまったようだから」

「そうね。祖父母が心配するといけないわ」

　と言っても、急いで歩くことはなかった。腕を組み肩に頭を寄せて歩く姿を他人が見たらどう思うのだろうかと正夫は考えた。もしかしたら、昨日市場で会ったおばさんが言ったようにお似合いだと思ってくれるだろうか。多分、仲の良い恋人同士だと思うだろう。正夫は、はっとした。雅子が言っていた恋人同士というのはこういうことかもしれないと思った。正夫の心がまた飛んでいきそうになったので、今度は自分から明子に話しかけた。

「昨日市場でおばさんが僕たちのことをお似合いねと言っただろう」

「ええ」

「あれって恋人同士という意味なのかなあ」

「そうかもしれないけど、私はもう少し違うと思うわよ」

「どう違うんだい」

「昼間、町中を手をつないだり、腕を組んだりして歩くのはもう少し深い付き合いだと想像するんじゃないかしら。その結果お似合いだねと言ったんだと思うわ」

「そうか、あるときは恋人であり、またあるときは婚約者であるということかなあ」

「今日見たら婚約者だと思うわね」

「そうだね」

　そんな話をしているうちに明子の家が見えてきた。

「アコさん疲れたんじゃない。ピアノの練習をしたすぐ後で結構歩いたから」

「私はマオさんが一緒だと疲れないわ。もし疲れたらマオさんに背負ってもらうから」

「今背負ってあげようか」

「もうすぐだから今はいいわ。今度、しっかり背負ってもらうわね」

　門を通り玄関に入ると味噌汁のいい香りがした。

「ただいま」

「ただいま戻りました」

「まだ寝ていたかと思ったら散歩に行っていたのですね」

「高木川の見えるところまで行ってきました。お手伝いします」

「その前に、お祖父様に挨拶してきなさい。正夫さんも一緒に行ってくださるわね」

「はい。参ります」

　二人は祖父の部屋のドアをノックした。なかから「どうぞ」と声があったのでドアを開けて室内に入った。只野はベットの背中を立ててそれに寄りかかり新聞を読んでいた。

「お祖父様、おはようございます。今散歩から戻ってきました」

「おはようございます。ご気分はいかかですか」

「おはよう。二人とも早いね。今日も気分がいいようでね、こうして新聞を読んでいます」

　こうして只野は新聞に出ている記事について二人に話し出した。それほど気分が良いのだと正夫は思った。

　明子は祖父が話してくれる新聞記事の解説をとても楽しみにしていた。祖父が体調を崩してから時々しか聞けなかった。しばらく祖父の話を聞いていたが、祖母が明子を呼んでいるのが聞こえた。明子は〝はーい〟と行って階下へ行った。すぐ戻ってきて、

「食事の用意ができましたとお祖母様が言っています。お祖父様はどちらで召し上がりますか聞いてきて下さいって」

「そうか正夫君に申し訳ないが、今日もここで食事をとると伝えておくれ」

「はい、お祖父様」

「それじゃ、正夫さん下へ行きましょう。お祖父様また後でね」

「そうだね。正夫君、そういうことなので、失礼しますよ」

「お祖父様、またお邪魔します」

「正夫君と話をするのが最近は楽しみになってしまいましたよ」

「ありがとうございます。私ももっともっとお話をお聞きしたいと思っています」

「正夫さん、お話はまた後にして階下へ行きましょう」

「はい」

　只野は、そんな二人を目を細めて見ていた。明子が可愛くてしょうが無いのだ。そして明子がこの人と選んだ正夫のことを気に入っていた。

　明子と正夫が食堂へ入ると、テーブルの上に炒り卵、鰯の焼き物、漬物が用意してあった。お祖母さんがお盆に小鉢をのせてキッチンから出てきた。その器には大根おろしが入っていた。その上に白くて小さな魚がたくさん載っていた。

「明子さん、正夫さんのご飯と味噌汁をついで上げて下さいね」

「はい、お祖母様」

「それでは、私は二階へ行きますからね。正夫さんごゆっくり召し上がって下さいね」

「ありがとうございます。いただきます」

　祖母は、祖父と自分の食事を岡持のようなものに入れ

て二階へ上がっていこうとしていた。

　正夫はすばやく祖母のところに行き、それを持って祖母の後について二階へ上がっていった。明子は少しの間呆然としていたが、正夫の後を追って二階へ行った。

「マオさんありがとうございました」

「余計な事をしてしまったかしら」

「そんな事ないわよ。私が早く気がつけばよかったのに、ごめんなさいね」

　二人は下へ戻り食事を始めた。

「マオさん、いただきましょう」

「いただきます」

　正夫の好きな味噌汁は刻んだネギと賽の目に切ったトーフだった。ダシが柔らかくトーフにしみ込んでいてなんとも言えない美味しさだった。炒り卵は母の作ってくれたものと同じで少し甘くしてあった。鰯も頭から食べられるようにこんがりとほどよく焼いてあった。

「アコさん、これは魚の小さいのだと思うんだけど何という名前かしら」

「これは、シラスと言っているわ。大根おろしに味が付くくらいに醤油を注いで混ぜて食べると美味しいわよ。好きな人はご飯にのせて食べる人もいるんですって。うちではそういう食べ方をしないけれど」

「シラスは初めて食べるなあ。美味しいね。いつでも売っているのかなあ」

「シラスは鰯の稚魚だって聞いたことがあるわ。それでとってはいけない期間があるそうよ」

「なるほどね。そうしないと鰯を食べられなくなってしまうし、鰯を餌にしている大きな魚が生きていけないものね」

「大きな魚ってどんな魚かしら」

「それは分からないけど、例えば鰹とか鮭もそうかなあ。でも鮭は寒い方の魚だから違うかもしれないね」

「魚じゃないけど、鯨も鰯を食べるのかしら」

「どうだろうねえ。前に何かで読んだ記憶があるけど、鯨はオキアミという何かの幼生を好んで食べる種類があるって書いてあったよ」

「マオさんはほんとに読んだ本の内容をよく覚えているのね」

「興味があったものは大体覚えているかもしれないよ」

　正夫と明子はそんな話をしながら食事を済ませた。明子は食器類をお盆にのせてキッチンへ持って行った。正夫は食器を洗うのを手伝った。正夫が洗い、それを明子が布巾で拭いて食器棚へしまっていった。

　二人はおしゃべりに夢中になっていてお茶を飲むのを忘れていた。正夫がこれは使ってないから洗わないでもいいのかなあと言ったので、明子がお茶を飲むのを忘れていたことに気がついた。こんなことは初めてだったので、正夫はなんだかほっとしてしまった。

「あら、お茶を入れるのを忘れてしまったわね。カウチの方で飲みましょう」

と言ってお茶道具をお盆にのせて応接間へ行った。

「マオさん、ごめんなさいね。お漬物も食べて下さいね」

「これは白菜の漬け物だけど、何かだし汁みたいなものが入れてあるのかなあ」

「それはわからないわ。今度お祖母様に聞いておきます」

明子には、まだまだ祖母に習わなければならないことがたくさんあるようだった。

「アコさんに聞きたいことがあるんだけど」

「どんなこと。何でも聞いて下さい」

「アコさんは僕といるときに緊張することがあるの」

「それは今はなくなったけれど、マオさんの学園祭を見に行ったときはドキドキしっぱなしだったのよ。みんなに後押しされたので話ができたけど。本当は話をしないでそのままみんなと帰ってしまおうとしたの。そしたら誰かが、本気なら行ってきなさいと耳元で小声で言ってくれたのね。それで厚かましいと思ったけど勇気を出して明日も来ますって言えたの」

「そうだったのかあ。その人にいつかお礼を言わなければね」

「ほんと、私もそう思っていたの」

「でも最初は変わった子だなあと思っていたんだけど、僕の説明を真剣に聞いてくれただろう。それで少し見直してしまったんだ」

「だって私は本気だったし、お祖父様がその人がどんなことを考えているのか見ておいでとおっしゃったので、あなたの説明を懸命にノートしたのよ」

「そうだったのかあ」

「家へ帰ってお祖父様にあなたが説明してくれたことをノートを見ながら話したの。そうしたら、お祖父様は明子が本当にその人を好きになったのなら一度会ってみたいとおっしゃって下さったの。それでお手紙を差し上げたのよ」

「そうだったんだね。僕はそんなこととは知らなかったから、女の子ってどんな生活をしているのか見に行こうと思ったんだ。でも図々しすぎると思ったし、明子のご両親とも会うことになると思ったら緊張して話ができないだろうと思った。でもアコさんが北上駅で待っていてくれたのを見て冒険心が湧き上がってきたんだ。怖じ気づくのはかえって失礼になると考えてアコの家まで来てしまい、お泊まりまですることになって、もうこれで終わりだと思った」

「終わりってどういうことなの」

「だって、初めて知り合ったばかりの女性の家へ行ってその夜、泊まるなんて非常識だと思ったのさ。普通の人だったらもう絶対に呼ばれないと思ったよ」

「そうかもしれないわね。でもね、マオさんが寝てから私はお祖父様に呼ばれたの。そこには、もちろんお祖母様もいたわ。お祖父様は最初にこうおっしゃったの。明子が彼、マオさんのことよ、を本気で好きなら私たちも認めるって。だから私は、もう嬉しくてね、よろしくお願いしますって言ったの。後でお祖母様が明子は目に涙をためていたって言うの」

「アコは祖父母に信頼されているんだね。僕は初め、からかわれているんだと思っていたんだよ。それならそれでもいいかってね。でも二回目に伺ったときにお祖父様に君は明子のことを好きになれるかと聞かれたんだ。そのときは少し待って下さい。よく考えてご返事しますと言った。それで翌日散歩に行ったときアコの事情を初めて知ったんだ。そんな事情とは関係なく僕は明子さんと付き合いたいと言った。そしてお祖父様と、こんなことをアコさんが知ったら怒るかもしれないけれど、僕は明子さんを僕の一生をかけてお守りしますって言った。お祖父様はとっても喜んでくれたよ。お祖父様はよろしくお願いするとおっしゃって下さった。それで僕の決心が付いた」

「嬉しいわ」

「だから、お祖父様もお祖母様も僕とアコとが将来結婚することを認めてくれたんだね。アコもそれでいいんだね」

「はい。正夫さん、改めてよろしくお願いします」

「しばらく時間が必要だと思うけど、僕は約束したことは絶対に守るからね」

「私も約束を絶対に守ります」

正夫と明子はお互いに身体を寄せ合って唇を重ねた。そのとき応接間のドアが静かに閉まる音がしたのを正夫は聞き逃さなかった。正夫は今の話を祖母に聞かれたと思った。そして口づけしたのも見られたと思った。キッチンで食器を洗う水道の音がかすかに聞こえた。

正夫と明子はピアノ発表会の日の予定を確認していた。

「それじゃ、前の日にここへ来ていただいて用意してあるものを持って仙台へ行く。そこでホテルにチェックインして、私は発表会の会場へ行ってリハーサルに参加する。その間、マオさんは会場の座席にいてもいいし、会場の近くを散歩してきてもいいわ」

「会場の周りに何か見るところがあるのかなあ。でも僕はアコの一部始終を見ていたいなあ」

「それじゃ会場にいてね。リハーサルが終わると私は少しの間仲間達とお話ししてホテルに戻るわ。その後はマオさんとズーッと一緒よ」

「ホテルでは練習しないの」

「ホテルでは練習できないの。ピアノは先生の話によると、生き物のように周辺の雰囲気で音色が変わってくるらしいのね。それで、慣れないピアノで練習すると感じが変わってくるの。だからホテルにピアノがあっても使えないの」

「そうかあ。音楽をやる人は微妙な感覚を持っているんだねえ」

「私はまだその域に達していないけど、先生はできるだけ気をつけるようにと教えて下さった」

「それじゃ、その日はゆっくり休むんだね」

「それはだめなのよ」

「なんでさ」

「私はもう、マオさんの近くにいつもいたいのよ」

「わかったよ。僕はいつでもアコさんと一緒にいるから安心しな」

「ありがとう。発表会当日は、朝起きて八時三十分までに会場へ着くように出発するわ。マオさんも一緒に来て下さるわね」

「もちろんさ」

「演奏が終わるまで少しの間、寂しいでしょうけど一人で会場で待っていてね」

「アコさんの晴れ舞台を見ることができるんだから寂しくないさ」

「発表会の後のパーティーは一緒に出席してね」

「アコさんが、そう望むなら出席させてもらうよ」

「ただ、近くにいるだけでいいのよ。私はいろんな人と挨拶するけど、あなたは傍にいてくれるだけでいいの。もちろん私が紹介したら挨拶をしてね」

「僕がいてもいいのかなあ。アコの邪魔にならないの」

「何言っているのよ。あなたは明子の大切な人なのよ」

「わかった」

「それで発表会の行事はすべてすむの。その日の夕食はお祖父様とお祖母様のご招待ですって。私もどんなお店か知らないの。楽しみだわ」

「ちょっと心配になってきたよ。そんなに出費させてしまうのは気が引けるなあ」

「何いってるのよ。祖父母ができないことをマオさんにお願いするんだから気にしないでいいのよ。祖父母はマオさんにどんなお礼をしたら良いのかと悩んでいるみたいよ」

「とんでもない。お礼なんて」

「でも、お祖母様もどうしましょうって私に相談するの」

「それじゃ、僕が今一番望んでいることを伝えてほしいんだけど」

「いいわ。なんでも言って」

「僕が一番望んでいることはね。お祖父様が元気になって下さることだよ。それ以外は何もないって言ってくれる」

「正夫さんって…。ありがとう。あなたってほんとに優しいのね」

　明子は正夫の顔をジーッと見つめていた。その目が潤んでいた。正夫も明子を見つめていた。そっと近づいて明子の目を素手で優しく拭いてあげた。

　明子は正夫の胸に顔を埋めた。正夫は優しく明子を抱いて肩をなでた。正夫は、このような行動はどうしてできるのだろうか。と考えたが、自然にそう振る舞っていることに気がついた。明子はちょっと前までピアノ発表会の打ち合わせで正夫をリードしていたのに、家族のことになると気が弱くなると言うか優しさが勝ってしまうようだった。正夫をそれだけ頼りにしているともとれた。そんな明子をたまらなく好きになった正夫は、明子のためなら無理をしてでも聞いてあげようと決めた。

正夫は明子にレコードを聴かせてほしいと頼んだ。

「どんな曲がいいかしら」

「そうだなあ、あまり長くないピアノの曲がいいなあ。例えば作曲家が大切な人のために作曲した曲なんてあるかしら」

明子は少し考えていたが二枚のレコードを持ってきた。一枚はチョピンという作曲家のピアノ小品集だった。もう一枚はシューマンのピアノ曲集だった。正夫は前のレコードを明子に渡して、

「このチョピンという人のがいい」

と言った。明子はクスッと笑ってから、

「これはショパンと読むのよ。ショパンは奥様をそれはとっても愛していたらしいの。マオさんみたいね。これにしましょう」

と言ってレコードを蓄音機にセットして、急いで正夫のところへ戻って来た。

明子は、正夫の肩に頭を乗せて目を瞑った。スピーカーから優しい音が聞こえてきた。一曲が十分間にも満たない曲だったが、ショパンの曲の特色というものが伝わってきたように正夫は感じた。六曲聴いたところでレコードの表面が終わった。明子は頭を正夫の肩に預けたままですやすやと軽やかな寝息を立てていた。正夫は、明子が気疲れしていると思ってそのままにしていた。

明子は、明子なりにギリギリの生き方をしているのかもしれない。正夫が傍らにいることで、それが和らぐならばそのままにしておこうと思った。

明子の実の父母は、戦争の犠牲者になってしまい、今は祖父母と暮らしているが、その祖父が病を得て病床にあるということは並大抵のことじゃないだろう。正夫は、明子の肩を引き寄せて、

「アコ、もっと僕に甘えてもいいよ。僕はアコを大好きだし、愛しているからね」

と聞こえるか聞こえないかの小さな声で言った。明子の表情が緩んだように見えた。これでいいんだと正夫はそのまま動かないでいた。庭のどこかでヒバリが鳴き出した。正夫はヒバリが鳴くのを久しぶりに聞いた。開けておいた窓から入ってくる空気を暖かく感じた。正夫はこんなくつろいだ気分になったのは何時以来だろうと考えたが、思いつかなかった。正夫も子供のときから緊張の連続だったのかもしれない。中学生になっても、いつも家庭の経済のことを気にしていたので、欲しい本を買ってほしいと言ったことがなかった。中学二年生のとき習字の時間に、筆はおろか硯も墨も買ってもらえなくて、みんなが書いているのを静かに見ていた。冬になる

と村の子達はみんな長靴を履いていたのに正夫だけ、自分で作ったわら靴で通学した。上履きも自分で作ったわら草履を履いていた。わら草履もつま先が出ているので冷たかったが、つま先が隠れるように作り方を工夫した。それを村の子達も真似しだした。しかし正夫の作った草履はわらを柔らかくなるまで叩いたので、とっても温かった。

　正夫は、明子の祖父母はどんな会話をしているのだろうか考えた。さっき見られた明子と口を合わせていたことを話しただろうか。明子が話していたことを祖父に話しただろうか。祖父はどんな返事をしただろうか。それらが悪い結果にならないだろうかと正夫は心配になってきた。正夫が少し身体の位置を変えた。明子がはっと目を覚ました。

「私寝てしまったのかしら、ゴメンなさいね、重かったでしょう」

「ううん、そんなことなかったよ。アコの顔をズーッと見ていた。アコさんも疲れているんだなあと思ったよ。僕が傍らにいるときはこうして気を休めるといいよ」

「マオさんはいつでも優しいのね。嬉しいわ」

「レコードは自然に止まったけど、しばらく空回りしていた。大丈夫かしら」

「多分大丈夫よ」

「そんなら良かった。少し前に庭でヒバリが鳴いていたよ」

「あら。もうヒバリが来たのね。私も聞きたかったわ」

「ヒバリってとっても頭がいいんだって」

「どういう風に頭がいいのかしら」

「ヒバリは空中で虫を捕まえて地上に戻って巣にいる子供にそれを与えるんだって。そのときに。親鳥は少し離れたところに下りて、鳴きながらあちこちを歩くんだって。その後で巣に戻って子供に餌を食べさせるんだった」

「どうしてそんな面倒なことをするのかしらね」

「それはね、地上にある巣のすぐ近くに下りるとそこに巣があることがわかってしまうだろう。そうすると他の動物に子鳥を食べられてしまうからだって」

「そうなの。自然ではいろんな生き方の工夫をして生き延びているのね」

「そうだね」

　そのとき明子の祖母が下へ下りてきた。

「明子さん、悪いけどちょっとお話しがあるのだけど」

「はーい」

と明るく返事をして応接間から出て行った。ローカで二人は少し話をしていたが、明子はすぐ戻ってきた。

「お昼の用意ができたら、二階のお祖父様のお部屋でみんなで食事をしましょうとお祖父様がおっしゃっているんですって。正夫さん、どうかしら」

「もちろん僕はお願いしたいくらいだよ」

「それじゃあ、そのようにお祖母様に伝えてくるわね」

といって、明子はローカへ出て行った。

明子はすぐ戻ってきて、

「お祖母様を手伝ってくるので、新聞でも見ていてくれるかしら」

「レコードを聞かせてくれないかなあ」

「どんな曲をお望みかしら」

「例えばベートーベンののどかな曲ってあるのかなあ。もしあったらそれがいいんだけど」

「マオさんにぴったりのがあるわ。両面に入っているのでレコードが止まったら、私がこれからやるようにしてくれると続きを聞くことができるわ」

と言って、明子は一枚のレコードを持ってきて電蓄にセットした。

「止まったらフタを開けて、レコードを裏返してここに置くの。それでフタをしてこのボタンを押せば続きの演奏が聞けるわ」

「わかった、ありがとう」

明子はレコードをセットしてキッチンへ行った。やがてスピーカーから、かすかな音が聞こえ出した。正夫はカウチの背もたれに身体を預けてゆったりした気分になっていた。正夫はレコードが入っていたケースを見た。そこには、ベートーベン作曲の『交響曲第六番PASTORALE』、指揮者はヘルベルト・フォン・カラヤンで、演奏はベルリンシンホニック・オーケストラとドイツ語で印刷されていた。このレコードはドイツで録音されたようだ。

曲は突然大きな音で始まった。まるで雷鳴が轟いているようだった。そしてまた静かな調べになった。この後レコードの裏面に続いていた。

正夫はこの曲は、一年の四季が移り変わる様子を表現しているのだと思った。

正夫はベートーベンの音楽に感動してしまった。

曲が終了すると、待っていたように明子が応接間に入ってきた。

「昼食の用意ができました。お祖父様のお部屋に運ぶのを手伝って下さるかしら」

「いいよ。その前にこの器械の電源を切るのはどうやったらいいのか教えてくれる」

「そのままにしておいても一分後くらいには自然に電源が切れるのよ」

正夫は明子についてキッチンへ行った。祖母は二階の部屋にテーブルを用意すると言って先に祖父の部屋に行った。それで正夫は明子と二人で料理をのせてある大きなお盆を一つずつ持って二階へ上がった。只野が横になっているベッドの脇に普通の大きさのテーブルが置いてあった。テーブルの脚には小さな車がついていた。これならお祖母様が一人でも動かせると思って正夫は安心した。明子はもう一度一階へ戻っていった。正夫もついて行こうとすると、

「正夫さん、お祖父さんがお話があるそうですよ」

「はい」

「正夫君、仙台へ明子を連れて行ってあげて下され。あの子一人じゃ心もとないからね」

「はい、明子さんとそのように打ち合わせをしました。ご安心下さい」

「正夫君のようなしっかり者がついて行ってくれれば、私たちも安心です」

「ほんにそうですね」

「それともう一つ、明子を可愛がってあげて下され。明子はもう正夫君しか目に入らないようだからのう」

「私は身に余る幸せ者だと思っています。何があっても僕は、明子さんに必ず幸せになってもらいます」

「私は病で気が弱くなっているわけじゃないんだよ。正夫君を本当に信頼して明子を託す決心をこれと二人でしました」

　正夫は目を潤ませて只野の肉のうすくなった手を両手でしっかり握った。只野も正夫の手を握ったが、その手にはさらに力がなくなったと正夫は感じた。只野の病状が進んでいるようだった。明子が階段を上がってくる足音が聞こえた。二人は手を離して見つめ合った。

「お待ちどおさまでした。正夫さんこれをテーブルの上に置いて下さるかしら」

「はい」

　と言って明子が持っていたトレーを受けとった。

「ありがとう、正夫さん」

　こんなやりとりでも祖父母には、好ましく見えるのだった。

「あら、お祖父様何があったんですか。なんだかとても嬉しそうね」

「いやあなに、正夫君と明子を見ているとほんとにお似合いだと感じただけだよ」

「ほんとにねえ。明子の嬉しそうな顔がまぶしく見えますよ」

　明子は四人分の茶碗に、お茶を注いでみんなの前に配った。

　明子は、祖父母には料理を小さい皿に少しずつ取り分けていた。

「それではいただきましょうか」

　と只野夫人がいった。

「いただきます」

　この日の昼食は、中華料理だった。牛肉と野菜を細切りにしたものを油で炒めて何かの辛い油を入れたもの。これは青椒肉絲というものだ。次は、豚肉、キャベツ、ピーマン（ニラで替えてあった）、ニンニクとショウガのみじん切り、それといろんな調味料が入っていた。これは回鍋肉という。三皿目は小さなエビとタマネギをトマトケチャップなど調味料を入れて炒め、最後にごま油を入れて出来上がり。と明子が一品ずつ説明してくれた。正夫は学園祭の二日目に明子が持ってきてくれた弁当の中に入っていたのを思い出した。

正夫がもじもじしていると、

「明子さん、正夫さんにはたくさん取り分けて下さいね」

と言った。

「すみません忘れるところでした」

「困ったものですねえ」

明子は、正夫のために大きな皿に自分の分を残して取り分けた。

「アコさん。そんなに食べ切れるかどうか分からないから…」

「大丈夫よ。マオさんは若いのだから、このくらい食べて下さい」

只野が明子の言ったことを聞きとがめた。

「明子は正夫君のことをマオさんと呼んでいるのかい」

「あら、聞かれてしまったのかしら。この呼び方は二人だけのときに使うことにしていたのに」

「そんなこと言わずに、いつでもマオさんって呼ぶようにしたらどうだい。そうでしょう、マオさん」

「ええ、いえ、あの…」

正夫は口ごもって顔を赤くした。

「はっはっは。今日もいい日だねえ。マオさんが来てくれるといつも気分が良くなるのですよ。クスリなどよりよほど効果があります」

「ほんとにそうですね。それで、いつも今度マオさんはいつ来てくれるのだいと明子に聞いているのですよ」

「僕はいつでも来たいと思っているのですが、家の手伝いもありますから。もしお邪魔じゃなかったら、時々寄らせて下さい。アコさんにはいつもお会いしたいので」

「是非そうして下さい」

「お祖父様、ありがとうございます」

と明子が言った

「それでマオさんに一つお願いがあります。今日はそのことを話したかったのです」

「はい。どんなことでしょうか」

「あなた、お食事が済んでからにしたらいかがですか」

「そうでした。まずは食事を楽しみましょう。ほとんどは明子が料理したようです。慣れてきたとは言え勉強中ですから味に不満があるかもしれませんが一緒にいただきましょう」

四人は改めて食事を始めた。正夫は只野がどんな話をするのか少し心配になったが、食事をしているうちに心配は消えてしまった。

料理はほとんどを正夫が食べてしまった。正夫は少し食べ過ぎたかなと思ったが、美味しさに負けてしまったのだった。食事の後は、香りの良いお茶が出た。それは中国茶というのだそうで味も良かった。少し雑談をしてから食器類をかたづけた。正夫は明子を手伝って大きなトレーに食器を乗せてキッチンへ持って行った。茶道具などは明子が運んだ。

「マオさん。ごめんなさいね。二人の秘密の呼び方をお祖父様に知られてしまって」

「別に悪いことじゃないから気にしないでもいいよ」

「そうね。隠し事をしていたような気がしていたのだけどこれでよかったのね」

「そうだよ。こういうことは自然に分かる方がいいのかもしれないよ」

「それじゃ、食器を洗うわね。マオさん手伝って下さるの」

「もちろんさ。こんなことも楽しいもんだなあと思っているよ」

　二人は話をしながら食器を洗って食器棚にかたづけた。お祖母様はキッチンへ下りてこなかった。

　しばらく休んでから庭に出た。松島湾は、遠くの方が靄っていて見えなかった。朝方と風向きが変わっていた。正夫は明日は雨が降るかもしれないなと感じた。

　正夫は明子のことをもっと知りたいと思ったが、明子のことを思って自然に分かるまでそっとしておこうと思った。それまで明子は「謎の天才」ということにしておくことにした。過去のことは問題ではなく、これからどう生きていくかが問題なのだと考える方が合理的だと正夫は考えた。

　只野がクスリを飲んで少し休んだ頃あいを見て、正夫と明子は只野の部屋に行った。只野はどんな話をしようと思っているのだろうか。

「正夫君。今日は君に難しい選択をお願いしたいと思っています」

「お祖父様、何で急にそんなことをおっしゃるのですか」

　明子は、正夫をかばうように正夫の前に立って言った。

「アコ、僕はどんなことを言われても大丈夫だよ。それがアコのことならなおさらさ。お祖父様、どうぞ、なんでも言って下さい」

「正夫君、私のことは前に話したとおりです。今のところ小康状態を保っているのですが、医師の話では急変することもあるので家族と一度話し合いをしておくようにと勧められました」

「お祖父様、何のお話しなの。お祖母様」

「明子。人間は誕生するとある期間成長する。それは身体も精神も同じだよ。これは明子にもわかってもらえるね」

「はい。お祖父様」

「そしていつかは生命反応が終了することがあるのだよ。それでね明子が好きな人が出来たと言ってきたとき私はまだ早いと思ったものだ。しかし、自分の身体の状態を考えると、明子の好きな人というのはどんな方か会ってみたくなった。それで正夫君に会うことにした。正夫君も驚いたことでしょう。でもよくおいで下さった。お礼を申し上げますよ」

　明子がなにか話そうと口を開きかけたとき、只野は口に指を当ててそれを制した。明子は今までこんな経験がなかったので驚いたが、よほど大事な話があるのだと思って口を閉じた。只野は明子に微笑みを見せながら話を続けた。

「もう何回も言ったように私は正夫君と話をして、正夫君の将来への可能性を高く評価しました。それで妻と何回も話し合って、正夫君に正夫君と明子が生涯を共にすることが出来るようにお願いしました。正夫君は私たちの希望をすぐ承知してくれましたが、そこに私は一抹の不安を感じたものです。しかし正夫君は私たちが考えていた以上に思慮深い人だと分かりました。その上でもう一度、正夫君に一つ提案をしたいのです。そして是非とも承諾してもらいたいと考えました。この提案にはいろんな障害が発生するかもしれませんが、わたしは正夫君が必要なら、どんな努力でも惜しみなくするつもりです」

「はい、わかりました。お祖父様のお話が明子さんに関係あることでしたらご心配ありません。しかしそれにはある程度の経済的な努力をする覚悟もしています」

「よくぞ言ってくれました。この話は私たちの都合がかなり入ってくることも承知おき下さい」

「はい。承知しております」

「そこまで言って下さると、わたしも話しやすくなりました。実はほんとに急な話ですが。正夫君にお願いがあります。今度、我が家へお出でになったときに、正夫君と明子の仮の結婚式をさせていただきたいと考えました」

「お祖父様ったら」

明子は驚きもし、喜びで満面輝きを放った。

「お祖父様とお祖母様、それに明子さんも、本当に僕で良いのですか」

「もちろんです。冗談でこんな重要なことを言えません。どうか私どものお願いを承知していただきたいのです」

「分かりました。僕からも喜んでお願いします。しかし幾つか条件があります」

「なんでも言って下さい。たいていのことはお受けできるようにします」

「初めに、明子さんも承知して下さるのですね」

「明子、お前はどう考えている。お前の将来に関わることだから決心が付いたらはっきり言いなさい」

「お祖父様。明子には異存はございません。正夫さんよろしくお願いします」

明子は物怖じせずにはっきり断言した。

「正夫君ありがとうございます。それでその他の条件とはどんなことですか」

「僕はこのことを親には当分話さないつもりです。というのは僕はいつか親から独立して自分の力で生活していきたいと思っているので、それまでは自分の心の中においておきたいのです。そういうわけで経済的には、僕はおそらく困難な状況になると思います。しかし兄を手伝うことで生活は出来ると思いますが、明子さんの分までは無理だと思います。そこでお願いがあります。僕が独立するまで、明子さんを預かってほしいのです」

「そのことはできるだけ正夫君が望むようにいたしましょう。明子もそれでいいかい」

「でも、正夫さんとはいつでもお会いすることが出来るという条件を付けて下さい」

「正夫君、明子の言ったことでよろしいですか」

「僕も明子さんといつでもお会いできることが出来ないと困ります」

「それではこれで決まりましたね」

「お祖母さん、例のものを出して下され」

「はい、お祖父さん」

　と言って、お祖母さんは食器棚のようなものの扉を開けて、グラスと小ぶりのビンを取り出してお盆にのせて戻ってきた。お盆をテーブルの上に置いて、

「これでよろしいですか」

「そうこれでよい。ではビンのフタを開けて少しずつグラスに入れておくれ」

　祖母がビンの蓋を取ると、なんとも言えない香りが広がった。正夫は明子と顔を見合わせてニッコリした。

「これはワインです。ドイツのモーゼルという所を友人に案内されて行ったときに、友人からいただいたものです。現存するのはこれが最後かもしれないものです。友人はお前の生涯で最も喜ばしいときに開けると良いだろうと言っていました。私はその日が今日だと思います。それでこれを開栓しました。アルコールが入っていますが少しだけならいいでしょう。お祖母さん、グラスに注いで下され」

「はい、お祖父さん」

　祖母がグラスにワインを注ぐと芳香が一段と強くなった。

「さあ乾杯しましょう。明子もいっぱいだけ飲んでいいよ」

「はい、お祖父様。酔っ払ったらマオさんに介抱してもらいます」

「もう、これですからな」

「僕の方が介抱してもらうことになるかもしれません」

「それは、任せて下さっていいわよ」

「こいつめ。はっはっは」

「もう当てられてしまいましたね、お祖父さん」

「そうだね。それでは乾杯しましょう。乾杯」

「乾杯」

　とみんなで言ってグラスをあげてから飲み干した。口に入れた途端、口の中に芳醇という言葉があればそれがこれだという感じが広がった。喉元を通るときのまろやかな感触がなんとも言えなかった。正夫はこれまで味わったことがない幸福な感じを受けた。

「正夫君、もう一杯飲みますか」

「いいえ、もう結構です」

「それはまた、どうしてですか」

「今の幸せな気持ちを忘れないためです」

「なるほど。それは一理ありますな」

　正夫は今日の話は明子との婚約が正式に成立したということだろうと思った。これからは、もっと頑張って将来の夢を達成するんだと決心した。

「正夫君ありがとう。これで私も安心しました。明子も正夫君と幸せになるんだよ」

「はい、お祖父様。正夫さんありがとう。よろしくお願いします」

　明子と連れだって正夫は一階へ下りていった。正夫は家へ帰る時刻が近づいていることを忘れなかった。正夫は明子の身体を引き寄せて口づけをした。明子もうれしそうに応じ、しばらくそのままでいた。

　正夫は列車の発車時刻を明子に尋ねた。明子はもうそんな時間かしらと言いながら時刻表を見に行った。戻ってくると、

「あと三十分ほどね。そろそろ用意して下さいな」

「お祖父様とお祖母様に挨拶してくるね」

「私も一緒に行くわ」

　と言って二人で二階へ上がっていった。只野の部屋のドアをノックすると祖母がドアを開けて、

「今寝付いたところだから、起きたら伝えておきましょうね」

「今日はいろいろありがとうございました。また参りますのでよろしくお願いします」

「こちらの方が無理なお願いをしたりして申し訳ありませんでしたね。明子もこれで安心したでしょう」

「お祖母様、私は初めからマオさんを信頼していましたよ」

「これは私としたことが。それではまた近々お出で下さいね」

「それじゃ、行って参ります」

「おやまあ」

　明子と只野の家を出た。松島湾は、一時晴れていたが午前中より靄が濃くなったようだった。

　駅に着くとちょうど列車がホームに入ってきた。明子は北上駅までついて行くと言ったが、正夫は祖父のことを理由に帰ってもらった。

「また、すぐ会えるのだからお互いに少しの間辛抱しよう」

「分かりました。話し合ったとおりに来て下さいね」

「すぐ明子の所へ帰ってくるよ。じゃ行ってきます」

「気をつけて行ってらっしゃい」

　明子は駅のホームでいつまでも手を振っていた。正夫も列車の窓を開けて明子が見えなくなるまで手を振った。正夫は、すぐにでも戻って明子を抱きしめたいと思った。明子も同じだろうと思った。

　正夫はすべてが夢の中で進行しているように感じてい

た。しかし只野の病状は、芳しくないことは事実だ。自分の生命を維持できる期間を限られた場合に、その人はどんな行動をとるのだろうか。正夫は只野のことを思いやった。

　只野は自分の若い頃を思い出し、それを静かに正夫に話した。当時、日本の若者は外国の文化に必死で追いつこうとしていた。そのために若者達はがむしゃらに外国文化を取り込んでいた。只野自身もその一人だった。学問の世界ではどうしようもないほどの遅れがあった。只野は友人達と研究会を作って必死に外国の論文を読んだ。しかし、外国の論文を読めば読むほど絶望的な状態であることを思い知らされた。中には研究会から脱落するものも出てしまった。只野は最後の一人になっても頑張る決心をしていた。特に数学は難解だった。数学の書籍をみんなで書き写してそれを教科書として使った。外国語の文章をそのまま理解できるように語学の勉強もしなければならなかった。そして二年、三年が経過した頃、只野は自分たちの課題を考えようと提案した。そこでまた四人が脱落してしまった。その結果、残ったのは四人になってしまった。その四人の中から二人が世界的な栄誉を得るだろうと言われるようになった。只野は、戦争が激しくなってくると、軍に協力するようにと関係筋を通して要請された。しかし、只野は体調不良を理由に要請を断った。そして、ここ松島湾が見えるところに家を建て静養するために移住した。そのために只野を非国民と非難する噂があると友人が知らせてきた。しかし只野は、人が人を殺傷する戦争には断固反対であった。戦争が敗戦という結果で終了するまでその意志を変えなかった。

　正夫は戦争の最中に明子の両親が亡くなったことは先に聞いていた。

　只野夫妻は両親を幼くして失った明子をこれまで慈しみ育ててきたが、病を得て病床に伏すことになってしまった只野の無念さは計り知れない。

　そんなとき明子が好きな人が出来たと行ってきた。それが寺田正夫という高校生だった。

　高校生の明子にどれほどの判断力があるか分からないが、孫が好きな人が出来たと言ってきたとき、正直只野は困惑した。孫の言うことを信じないわけではないが、まだ高校生だった。しかし、只野の妻は、一度会ってあげたらどうですかと夫に勧めた。それで明子に家へ招待しても良いと言った。明子に招待されて家へ来た寺田正夫に初めて会った只野は、今時の高校生はしっかりしていると感じた。只野は正夫といろんな問題について話をした。正夫はどうやら科学者を目指しているという。

　只野は、明子が好きになった正夫という高校生は自分の若い頃と似ていることに気がついた。まだ若すぎるが、初めて会って四ヶ月しか経っていない正夫に、明子の将来を託すことを頼めるだろうか。彼なら自分たちの願いを聞いてくれるかもしれないと考えた。しかし、それはいかにも非常識と思われた。

只野は、明子が正夫のことをどんなに頼りにしているかを知ったとき、どう考えたらよいのだろうかと迷いが生まれた。まだまだ将来が不確実な一七歳の正夫に不安を感じた。しかし孫の行く末を思うとき、只野は妻と相談して孫の明子が好きだという正夫に人生最大の賭けをすることにしたのだった。

只野は正夫を散歩に連れ出した。そして自分の残された時間のことを医師の話したとおりに話した。これも正夫にとっては迷惑なことだったかもしれない。さらに東京目黒にある家作の管理を弟に依頼しているが、弟にも子供が無く、しかも只野に近い年齢になっていることも話した。只野は自分の家庭の事情を正夫に正直に話した。その上で、明子のことを正夫に話した。只野は、正夫も明子を好きになっていることを知った。それで只野は、正夫といろいろな話をしているうちに、この高校生は何か光るものを持っていることを発見した。それを明子も感じて感情を動かしたのだろうと推測した。正夫のことを知れば知るほど只野夫妻は正夫を気に入ってしまった。そうして只野夫妻は、正夫に明子のことを頼むことにした。初めは友達でも恋人でも良かった。明子の心を支えてくれるだけでも依頼したかった。それに対して正夫は、責任を持って明子を支えていくと約束した。只野夫妻はその謝礼というのはおかしいかもしれないが正夫が必要とすることはどんなことでも願いをできる限り叶えると申し出た。

以上がこの四ヶ月の間に正夫の身の上に起きたことだった。正夫は、明子の高校の学園祭に行ったことがこんなことになるとは考えもしなかった。

正夫は今日もまた北上駅を乗り過ごすところだった。正夫は考え事をすると周囲が見えなくなることを気がついていたのに。正夫は列車を乗り換えて大川駅に到着し列車のドアが開くと、乗車しようとする人は高校生が数人だけだった。その中に大新田町の生徒がいた。正夫は手を上げて〝やあ〟と声をかけた。

「寺田君、どうしてこの列車に乗っているんだい」

「君こそ今日は何があったんだい」

「俺は大川市にある塾のようなところで模擬試験を受けてきたんだ」

「そういうのがあるとは聞いたことがなかったなあ」

「最近出来たので、まだあまり知らていないんだろうさ」

「そこで、高校の勉強の不足しているところを補ってくれるのかい」

「いや、むしろその上を行くと思うんだ」

「どんなところがだい」

「例えば、大学入学試験の問題を解説しながら解答のキーを教えてくれるんだ」

「そうかあ、それはいいなあ」

「やる気があるなら君も入らないか。まだ空きがあるようだから。俺が紹介してあげようか」

「ありがとう。でもなあ、俺は日曜日は家の手伝いをしなければならないから無理だなあ」

「週日にも開講しているよ」

「週日もいろいろ手伝いがあるからなあ」

「それじゃあ、君は何時勉強しているんだい。成績はいいし」

「俺の勉強時間は、毎夜午後七時から一一時までの間だけだけど」

「そんなに少ないのかあ。この頃、四当五落っていわれているじゃないか。心配ないのかい」

「そりゃ心配さあ。でもできる範囲で効率よくやるしかないだろう」

「まあ、それはそうだけどね」

「もう着いてしまったな。乗り換えてからまた話そう」

彼はそういって、一緒に乗り込んできた仲間にバイバイと言って列車から降りて、正夫と一緒に軽便鉄道の客車に乗り込んだ。客が乗ると軽便列車はすぐ発車した。

「そうだ、さっきの話の続だけど、ちょうどそこの入会案内を持っていたからあげるよ」

「ありがとう、返さなくてもいいのかい」

「うん。いいよ提供するよ」

「ありがとう」

正夫は新聞店から自転車を受け出し家路についた。家に着くと夕食の用意がしてあり風呂も沸かしてあった。兄は出かけていなかった。正夫は一人で食事を済ませ、風呂に入って布団を敷いた。食器を洗うとき洗った食器を置くところに新しい湯飲みが三個置いてあった。正夫はお客が三人来たようだと思った。

正夫はラジオのスウィッチをオンにして英語放送を聞き出した。ラジオは歌番組を放送していた。ちょうど午後七時になると時報に続いてニュースを始めた。ニュースで、朝鮮半島の問題を解説していた。朝鮮半島は南北の境界線について話し合いが行われていると言っていた。一つの候補は北緯三八度線にするというのが有力だと伝えていた。ラジオはその後、経済ニュースを伝えていた。

今日一日はいろんなことがあった。それを思い返していると正夫は大変な責任を背負ったことに気がついた。しかし、約束したことは何があっても守らなければならないと決心した。

正夫は、明日から新しい生き方をしなければならないと考えた。しかし、緊張すれば生活が乱れることもあると考えて少しずつ変えることが出来るところから変えていくことにした。ニュースが終わったのでラジオのスウィッチを切って、読書を始めた。今読んでいる本はサマーセット・モーム作の『The Moon and Sixpence』だった。この本によって、正夫は画家という人のいることを知った。小説ではゴーギャンという画家のことが描かれていた。主人公は小説家である「私」が語る形式をとっていた。

　翌日、大川高校へ着いた正夫を自転車置き場で健樹が待っていた。二人はそのまま化学クラブの部室へ行った。部屋には誰もいなかった。

「おはよう。今日は何かニュースがあるのかい」

「ニュースと言うほどのことじゃないんだが、彼女がな、また変なことを言っているんだ」

「あの人とは、こう言っては申し訳ないんだけど、あまり付き合わない方がいいのかもしれないなあ」

「俺も最近手に余るようになった。それで、今度はな」

「ちょっと待ってくれ。あの人の言うことを聞くほど今の俺は暇じゃないんだ」

「そうか。俺も決心しなきゃならないようだな」

「それは健樹が決めることさ。彼女をコントロールできるならそれもいいし、な」

「いや、俺も勉強に力を入れなけりゃならない時期が過ぎているが今からでも始めれば少しは役に立つかもしれないかと思うんだ」

「良いことを始めるのに時を選ぶ、あたわず、なんてどこかの誰かが言っていたっけ。そろそろ教室へ行くか」

「そうだな。彼女の言うことは正夫には話さないことにする。悪かった」

「いいってことよ」

「正夫はこの頃、だんだん大人になってきたようだな」

「それはそうだろう。昔ならもうとっくに元服を過ぎた年だからな」

「古くさいこと言うなよ」

「そういえば、大川市のどこかに勉強を教えるところが出来たという話を聞いたんだけど、知っているかい」

「俺も聞いたことがある。最近出来たと言っていたな」

「大新田町から通学しているやつと会ったとき、彼はそこで勉強していると言っていた」

「へー、もう始まっているのかい」

「そうだ、彼にもらったパンフレットがある。見るかい」

「どれ、見せてくれ」

　教室内には何か緊張が走っていた。正夫が級友にどうしたんだいと聞くと、

「今日の朝礼で、校長が今年の大学合格者を発表するそうなんだ」

「そうかあ、昨日発表だったんだな」

「私立大学は二月中に発表があったんだけどな、校長は何も言わなかったな」

「校長は私立大学を大学と思っていないのかもしれないなあ」

「私立大学だっていいところはいっぱいあるんだけどなあ」

「俺は私立大学しか入れないかもしれないが、がんばるぞー」

　健樹が初めて自分の意志を話した。朝礼の予鈴が鳴っ

た。生徒はローカに並んで講堂へ向かった。講堂の中は三年生がいないので寂しいくらい座席が空いていた。

講堂へ校長以下先生方が入ってきた。校長がテーブルの前に立つと、いつものように係の教諭が号令をかけた。

「起立。礼」

「着席」

生徒が着席すると、校長が胸のポケットから紙を取り出した。そして初めに大学合格者について話した。それが終わると、一、二年生が進級した後の勉強法にについて話した。その後で、退職される教諭について話があった。退職される教諭の中に世界史の教諭が入っていた。校長は退職教諭の功績を紹介した。世界史は、激動の時代をどう生徒に教えるかが困難な教科だった。教科書もない授業を工夫して行ったことを強調した。その他に国際情勢の話になり世界平和の実現のために諸君の若い力が必要な時代になったと話をむすんだ。

正夫は校長の話の中で最後のところに感動した。そのことを健樹に話した。健樹は、正夫の思考の大きさに驚いたが、反論はしなかった。健樹は後刻世界平和なんて一人や二人で出来るものじゃないだろうと正夫に言った。正夫はそのとき、〝ちりも積もれば山となる〟とだけ健樹に言った。

正夫達の二年生期間もあと数日になった。終業式の前日、二年次終了時の成績順位が発表された。正夫の成績は一気に三十二人も抜いて二十八位になっていた。

健樹が飛んできて、

「正夫、どうしたんだい。何でこんなに一気に成績を上げることが出来たんだ」

「特別なことはしていないぜ。ただ問題の分析をして問題が何を求めているかが分かるようになっただけだ」

「どうして、そんなことが分かったんだい」

「例えば、数学とか理系の科目は、比較的簡単だった。たくさんの問題を解いてそれぞれの特色を見つける。特色にしたがってグループ分けをする。そうすると問題の種類はそんなに多くないことがわかった。後は簡単だよ」

「そのために何題くらい解いたんだい」

「数学は分野ごとに五十題くらいかなあ。理科も各科目の分野ごとに五十題くらいだったと思う。英語は原文の小説を十冊くらいは読んだと思うよ。国語は英語と同じようにたくさんの小説を読んだことが役に立っていたと思うよ」

「そうだったのか。少ない勉強時間でよくそこまで出来たなあ。俺は一体何していたんだろう」

「君には余裕があるだろうけど、俺には勉強時間にも経済的にも全く余裕がないんだ。だから出来ることを効率よくやるしかないんだ」

「経済的にはとにかく時間は俺の方が余裕があるはずだよな。正夫式に言うと〝時は金なり〟ということか」

「毎日一題でもいいからコツコツやっていけば進歩するんだと思うな」

そんな話をしているとき、クラス担任教諭が正夫のところへ近づいてきた。健樹が正夫に目で合図したが正夫には通じなかった。

「寺田正夫君。君に少し話があるので来てくれないか」

「はい」

担任教諭は正夫を職員室の隣にある応接室へ連れて行った。そこには学年主任の教諭が待っていた。

「寺田正夫君だね」

「はい、そうですが」

「少し話したいことがある。君の生活環境で最近何か変わったことは起きていないか」

「どういうことでしょうか」

「実は、君の学費に充ててほしいと言って多額の金、一年間の授業料と生徒会費、ＰＴＡ会費その他の経費分も含めても余る金額が大川高等学校事務部に送られてきた。そこで君に心当たりがあるかどうか聞きたいのだが」

正夫は、昨日の今日だ。そんなに早く只野が行動するとは考えられなかった。では、その前にすでに用意してあったのか。いずれにしても只野さんが正夫にゆっくり勉強させようと手配したものだと思った。

「確認をしてみないと分かりませんが、お一人だけ心当たりがあります」

「ここでその方のことを話してくれるかね。学校としても初めてのことなのでどう処置すれば良いか決めかねているんだ」

「お話しします。その方はおそらく松島にお住まいの只野という方だと思います」

「松島に住んでいる只野さんといえば、あの只野真一郎氏のことですかな」

「はい、そうです」

「何で寺田君が只野氏と知り合いになったのか話してくれますか」

「まだお話しできないこともありますが、ふとしたきっかけで只野さんとお話しする機会が出来ました。そしていろんな話をしました。例えば勉強法についてとか、将来の夢とか、家の経済的なこととか、僕のこれまでの経験したことなどを話しました。只野さんはどんな仕事をしている方か教えてくれませんでしたが、いろんなことをよく知っていて僕にいろいろ教えてくれました」

「そうか。只野氏は日本の科学界をリードしてきた方たちの一人だと言われている。その見識の高さは誰も及ばないと高く評価されている。寺田君はその只野氏と直に話が出来たんだね」

「はい。僕は只野さんから、まだ短い間ですがたくさん教えていただきました」

「君はこの高校一番の幸せ者かもしれない。これでわかった。この申し出を君さえ良ければ只野氏のおっしゃるとおりに処理することにする。それでいいね」

「ありがとうございます。只野さんとは近々またお会いすることになっています。そのときお礼を言います」

「君は近々只野氏に会うのですか」

「はい」

「子供じみているが、私もお会いしたい」

「しかし、只野さんは、いま病床にあります。しかもかなり容体が悪いと聞いています」

「……」

「一つお願いがあります。このことは内密にしていただければと思います」

「わかりました。話は以上です」

「それじゃ、これで失礼します。お知らせありがとうございました」

「寺田君、今後も頑張りなさい、期待していますよ」

「ありがとうございます」

　正夫が教室へ戻ると、すぐ健樹が飛んできた。

「正夫、何で呼ばれたんだ成績のことか」

「いや違う、たいしたことじゃなかった」

「まさか何か悪いことじゃないよな」

「それも違うよ。気にするな」

「冗談じゃないぜ、気にしないでいられるかよ」

「ありがとう。俺のことを心配してくれてたんだな」

「そんなことじゃないけどな、先生に呼び出されることなんてそうあることじゃないからな」

　正夫は只野の申し出が嬉しかった。それから只野の名前が真一郎ということを知ることが出来た。更に高校の先生が知っているくらいの有名な科学者だと言うことも知ることが出来た。そういうことを知ることで正夫は少し怖じ気づいた。考えてみればもっと早く気づくべきことだった。只野の落ち着いた雰囲気と物静かな話し方、正夫のようなものに対しても奢らない対応など、どこをとっても超一流の人物だったのだ。そんな只野に今度はいつ来てくれるかと聞かれる自分は何なんだろうと考えてしまった。そして目に入れても痛くないほど可愛がっている孫娘の将来を託されることなんて、とんでもないことだった。物怖じしないと言えば言えなくもないが、正夫は責任の重さがひしひしと身体全体に広がってきた。

　明子は今何をやっているだろうか。高校で友達と話をしているのだろうか。それともテニスをやっているだろうか。正夫は会いたいと思った。しかし明子も、正夫に会いたいと思っているに違いないと思って我慢した。只野真一郎の容体はどうだろうか。お祖母さんは疲れて寝込んでいないだろうか。

　一つの家族の中で家族全員が健康で元気でいると、明るく楽しい生活をすることが出来る。しかし、家族の中の一人でも病気になったり何かの都合で動くことが出来なくなったりすると家庭の中から明るさがうすくなってしまうらしい。只野の一家は当主が重い病気を得ても明子に明るさを持たせていた。明子は心配していたが、明るさを保っていた。

明子のピアノ発表会は次の日曜日だ。そのことについて正夫は兄の弘に嘘をついてしまった。大川高校の卒業生で仙台の大学へ行っている人が大学を案内してくれると。その後で朝から夜まで勉強会を開いてくれると言った。弘は宿泊代はどれくらい必要だと聞いた。正夫は先輩の下宿先に泊めてもらうと言った。弘は正夫の言うことを聞いて、いろんな経験をしておくのもいいことだから行って来いと言った。正夫は心から悪いと思いながら本当のことを話すことが出来なかった。

大川高等学校は、三月二十日から春休みになった。正夫は弘の手伝いで畑へ行く用意をしていると、英一が久しぶりに正夫の家へ来た。

「正夫、久しぶり。この頃忙しそうだな」

「もう少しで、三年生になるだろう。これまでのまとめやら、これからの準備やらをしているんだ。今日は畑で麦踏みをすることになっている」

「そうか頑張っているんだな。実はな今年も新入生歓迎会をやろうという話になっていただろう」

「去年の歓迎会の後で決めたな」

「そうだ。それで今年もやることになっているんだけど、あんな事件があったのでとみんなが気にしているんだ」

「それでみんなは、歓迎会をやりたいのかやりたくないのかどっちなんだい」

「みんなはやりたいと思っているらしいんだが、正夫はどう思うか聞いてくれと」

「俺の意見でやるかどうかを決めるなんておかしいんじゃないのかなあ。それとも俺に何か気兼ねしているのかい。それより今年は全部で何人くらい大川市の高校へ入ったんだろう」

「大川高校へ七人、大川工業高校へ五人、大川女子高校へ四人と聞いているけど」

「毎年、同じくらいだね」

「そうだな。もっと伸ばさないと諏訪村の発展にストップがかかってしまうぞって中学の教師に発破かけるか」

「そういうことも必要だな。ただ通学のことを考えると、難しいかなあ」

「それと学費のこともあるだろうしな」

弘が牛に車をひかせる準備が終わって正夫を待っていた。

「悪いけど畑へ行かなきゃ。四月になったら連絡してくれよ」

「わかった。畑へ行く間際に来て悪かったな」

「知らせてくれてありがとう。じゃあまたな」

弘が、今日は牛車の荷物がないから載ってもいいぞと行ったので正夫は車に乗った。道がでこぼこなので乗り心地は良くなかった。それで降りてしまった。

畑に着くと大麦と小麦の葉は七、八cmになっていた。

弘が牛を遠くへ行けないように杭に綱を縛り付けた。それから二人は正夫手製のわら靴をはいて麦踏みを始めた。麦踏みにはちょっとばかりコツのようなものがある。諏訪村の農家の人たちは麦踏みのときゴム製の長靴を履いて行っていた。しかし長靴は底面に滑り止めのギザギザがあり、また靴底のゴムは堅いので麦の柔らかい葉を踏むと芽の芯が折れたり切れたりして麦を傷めてしまうのだ。それで正夫達はわら靴をはいて麦踏みを行うことにしていた。ワラは柔らかく靴底は平らになっているので麦には優しいのだ。

　正夫の家では初めの頃、古くなった足袋をはいて麦踏みをやっていた。それが非常にうまくいったので麦は毎年他の家の収穫量より多かった。農業もちょっとした工夫で収穫量を増やすことが出来ることを正夫は知った。弘はこういうことをみんなで話し合ってそれを実際に実行していたのだ。

　正夫は四日間麦踏みを手伝った。ほとんどすべての麦踏みが終了した。もう一度二週間後に麦踏みを行うと終了する。

　三月二十五日、正夫はいつもの時刻に家を出て大新田町へ向かった。その日は薄曇りだが時々雲が割れて太陽が顔をのぞかせた。そうすると急に温かくなるのだった。いつも明子の家へ行くときと同じように軽便列車と国鉄列車を乗り継いで、北上駅についた。列車から降りた正夫は、キョロキョロ辺りを見回したが明子はいなかった。そうだった、明子は出かける準備をしているのだろうと考えて、ホームに入ってきた列車に乗り込んだ。松島駅にはすぐ着いてしまった。列車を降りて改札口に向かった正夫はそこで明子に会った。明子は正夫に飛びついてきた。正夫は優しく明子を受け止めた。

「やっと会えたわ。長かったわ」

「そうだねえ。でもこれから一緒にいられるよ。お祖父さんはどう、お祖母さんも元気。アコさんは大丈夫だよね」

「お陰さまでみんな変わりはないわ。マオさんはいつも優しくしてくれて嬉しいわ」

「僕はアコさん初め皆さんがお変わりなければ嬉しいよ」

「ふっふっふ。今日はマオさんは少し変ですね」

「へっへっへ、わかってしまったかあ。いつものアコさんに戻ったね」

「さあお家へ行きましょう。祖父母が首を長くして待っているわよ」

「首がくたびれないうちに行こう」

　この日は寄り道しないでまっすぐ明子の家へ急いで行った。坂道を上がると家が見えてきた。

　明子の家の庭で明子の祖母が駅のある方を見ていた。明子が手を振ると門のところまで駆け寄ってきた。正夫も明子と一緒に手を振って急ぎ足になった。門に着くと祖母が、

「正夫さん、おはようございます。お祖父さんがお待ちかねですよ」

「お祖母様おはようございます。ただいま帰ってきました。アコ、ただいま」

「マオさんお帰りなさい」

「正夫さん、早くお入り下さい」

「はい、お祖母様」

　正夫は二人に抱えられるように家に入った。すぐに手を洗って、二階の只野真一郎の部屋へ向かった。只野の部屋のドアを軽くノックした。中から、

「お入り」

　と返事があったので、ドアを開けて明子と一緒に中に入った。

「ただいま戻りました。お祖父様お変わりありませんか」

「ありがとう。今のところ変わりありません。また会えて嬉しいですよ」

　そこへ只野夫人がお盆に透明な液体の入ったグラスを一個乗せて部屋に入ってきた。

「正夫さん。明子が作って用意しておいたジュースを召し上がって下さいね」

「ありがとうございます。いただきます」

　正夫はグラスのジュースを一気に飲んだ。それはリンゴジュースだった。

「リンゴジュースですね。おいしかったです。忘れるところでした。初めにお礼を申しあげなければならないことでした。昨日高等学校の担任の先生に呼び出されて事実確認したいことがあると言われました。それは寺田正夫君に来年度一年間の奨学金を授与したいとの申し出が、只野真一郎という方からあったと言うことでした。心当たりがあれば受けるようにとのことでした。僕は心当たりがあると言って受けること希望しました。ありがとうございました。只野さんのお陰で心配なく一年間勉強できます」

「よかったですね。何かを心配しながらでは勉強に集中できませんからね」

「もう一つ報告があります」

「ほう、どんなことでしょう」

「只野さんにいろいろ教えていただくことが出来ましたので、学年成績が三十二人飛び越えて二十八番になりました。まだまだ上がありますのでこれからも頑張っていきます」

「それはすごいですね。私は何も勉強のことをお教えした覚えがないのだが、正夫君の努力が実ったんですね。これからも努力を惜しまず頑張って下さい。嬉しいお話しをありがとう」

「正夫さんって、どんな勉強法をしているのかしら」

「たいしたことはしていないよ。ただ、お祖父様にたくさんヒントをいただいたので、少し工夫をしてみたんだ。そうしたら面白いように問題の意味が分かるように

なってきただけだよ」

「明子さん、そろそろお出かけの用意をする時刻ですよ」

「もうそんな時刻になったの。もっとお話ししていたいのに」

「この子ったら。子供みたいね」

「正夫さんも下に来て下さいね」

「はい、お祖父様、ちょっと下へ行ってきます」

「明子のことよろしくお願いしますよ」

「はい、かしこまりました」

三人は一階へ降りて応接室へ入った。そこにはこの前のテーラーが来ていた。

「正夫さん、洋服が出来上がってきてます。ちょっと袖を通して見て下さいね」

正夫は明子がするままに洋服に腕を通した。洋服は少しゆったりした作りになっていた。とても着心地が良かった。正夫は只野にどうお礼を言ったらよいか困ってしまった。

「とてもお似合いだわ。サイズもぴったりね。正夫さん良かったわね。私はそれを着た正夫さんと仙台の町を歩くのね」

「かなり晴れがましい感じがするね」

「ほんに、お祖父さんに早くお見せしましょう」

祖母に促されて、二階へ上がっていった。只野はベッドの上で新聞を読んでいた。三人が只野の部屋へ入っていくと只野は読んでいた新聞をサイドテーブルに置いて、三人の方を見た。正夫の姿を見ると何故か目を潤ませてしまった。明子が、

「お祖父様どうしたの」

「何でもないよ。ちょっと昔のことを思い出してしまっただけだ。正夫君よく似合いますよ。よかった」

「ありがとうございます。なんとお礼を申し上げたら良いのか。大切に着させていただきます」

「ピアノ発表会にそれを着て明子の近くにいてあげて下さい。明子もきっとそれを望んでいることでしょう。そうだね明子」

「お祖父様、どうして私の気持ちを分かるのですか。お祖父様のおっしゃる通りよ。正夫さん、いつでも私の近くにいてね」

「もちろんだよ。約束したとおりだよ」

「それでは明子、発表会へ行ってきなさい。正夫君、明子をよろしくお願いしますよ」

「はい、かしこまりました」

「それでは、お祖父様行って参ります」

二人は明子の部屋へ行って荷物を持って、下へ降りた。祖母はテーラーと何かを話していたが、明子と正夫が降りてきたので話を中断して二人の方を見た。テーラーは、もう一度正夫の着ていた洋服の細部を見て、大丈夫というように肯いた。正夫はテーラーにもお礼を言って玄関の方へ進んだ。

祖母が明子に何かの包みを渡して、二人を送り出した。

「お祖母様行って参ります」

「気をつけていっておいで、正夫さんよろしくお願いしますよ」

「はい、お祖母様行って参ります」

二人は駅へ向かった。正夫は明子と二人で仙台に行くのが少し怖かったが、うれしさはその何倍も大きかった。明子はうれしさを隠しきれないといった様子でウキウキしていた。

駅の改札口を通ってホームへの階段を上がっていった。ホームから松島湾を見たが霞が深く遠くの島はよく見えなかった。列車がホームに入ってきた。列車が止まりドアが開くと二人はすぐ乗り込んだ。仙台までは三、四〇分間ほどで着くらしい。座席に座ると明子はコートのポケットから何かを取り出して正夫に渡した。

「今日は大変だったでしょう。これを食べて。元気がでるから」

それは明子手作りのハート型をしたチョコレートだった。正夫はお礼を言って、口に入れるとすっきりした甘さが口中に広がり幸せな気分になった。

「アコさんはいろんなものを作れるんだね。感心しちゃった。これも美味しいね」

「マオさんのためですもの。いろんなものに挑戦するわよ」

「うれしいね。僕はアコに何をしてあげられるのかなあ。何かあったら言ってくれると助かるんだけど」

明子は車内をぐるっと見回したが、車内には他のお客がいなかった。すると明子は正夫の隣に座って、正夫の手をとった。そこへ車掌が入ってきたので二人はそのまま外を見た。車掌は素知らぬふりをして次の客車へ行ってしまった。

「マオさんは仙台へ行ったことあるの」

「町中へ出たことはないけど。初めて宮城県へ来たときちょうど八年前の今頃、初めて仙台に着いて東北線から軽便鉄道へ乗り換えたとき。その次が小学校六年生のときの遠足でトラックの荷台に乗って松島、塩竈、仙台と回ったとき。最後は中学二年生のときで、今度はバスでほぼ同じコースを回った。仙台で街中を歩いたことはなかった」

「それじゃ、今日は私がご案内しますね。ガイドの明子と申します。よろしくお願いします」

「僕の方こそよろしくお願いします」

「先ほど止まった駅は多賀城駅と言います。多賀城は古く奈良時代から平安時代に国府が置かれたと言われています。当時は調査によって海岸線が多賀城の近くまで来ていたそうです」

「そうだったのか。それにしても朝廷の権力がこの辺まで及んでいたっていうことはすごいね。それともう一つ海岸がこの近くまで来ていたこともすごいね」

「東北地方は金が採れたので、朝廷はそれを手に入れようとここへ国府を置いたと言われています」

「そうか、やっぱり金は権力の象徴なんだね」

「集めた金は都の建物や贅沢な生活のために使われたのね。そのために庶民は苦しい生活を強いられたのね」

「何時の時代でも苦労するのは、一般市民ということになるんだ。これは世界史の先生がおっしゃってたことだけどね。そんな社会はいけないと思うんだけどね」

「申し訳ないんだけど、私には本当の貧しい生活ってどんなものか分からないの」

「戦争中は国民のほとんどが同じように貧しかったけどね。例えば食事は、お米が手に入らなくなり大豆から油を絞ったかすが主食になった。これは僕にはどうやっても食べられなかった。終戦後でも僕は母親と二人でいつも蕗やのびるなどの山菜を採りに行ってそれをご飯の中に入れて雑炊にして食べていた。着るものも家に西にある防風林に休暇でやってきたアメリカ兵の食事を作るコックさんが着ていた白い服を転進するときに捨てていくんだけど、それを拾ってきて母親が自分で黒い色に染めてくれた。それを学校へ着ていった」

「でも着るものはあったんでしょ」

「一度ね、こんなことがあった。はいていたズボンが小さくなっていたのを忘れて友達と相撲を取ったんだ、そうしたらズボンが縫い目に沿って切れてしまった。それを母に言ったら、白い布を丸く縫い付けてくれたんだ。猿のお尻は赤いと言うことを知ってるかい」

「猿のお尻は赤いの。知らなかったわ」

「それなのに僕のズボンは白かったから、みんなは僕のことをシロザルって綽名を付けて笑ったんだ」

「私はそんなとき笑わないなあ。だって人にはそれぞれ自分ではどうにもならないことってあるじゃない」

「でも子供だったからね。それと日常生活で何も起こらない村では大事件だったのかもしれないね」

そんな話をしていると仙台の町中を列車は走っていた。車内放送でもうすぐ終点仙台駅に到着すると言っていた。

「なんだか胸がドキドキするね。アコはどうなの」

「私はこんなときは度胸が据わってなんでもないわ、と言いたいけれどやっぱり少しドキドキするわ」

列車はホームへ入りガタンと音がして停車した。正夫と明子は小さな荷物を持って列車を降りた。東北本線の駅と直角になるようにホームがあったので、仙台駅のメインの改札口まで少し時間がかかった。

改札口を出ると大きなビルディングがたくさん建っていた。正夫はキョロキョロ辺りを見回した。明子はそんな正夫を優しい目で見ていた。

「マオさん、これからホテルに行ってチェックインをします。少し休んだら、会場の下見とリハーサルを少し見てて下さいね。その後でお昼ご飯にしましょうね」

「ホテルなんて始めて入るので震えてきたよ」

「別に怖くはないから大丈夫よ」

「よろしくお願いします」

「はい、かしこまりました。マオ様」

　二人は仙台駅近くのホテルに入った。入り口を過ぎると天井の高い大きな広間があり、右側にテーブルがあり四、五人の事務員がお客を相手に手続きをしていた。明子はそこの後ろに並び、順番が来るのを待っていた。明子の番になった。明子が氏名を伝えると、奥から年配の人が出てきた。

「私は支配人の佐伯俊と申します。只野様ですね。只野様から伺っています。それではこれに宿泊者の氏名と住所をご記入願います」

「はい」

　と言って明子が正夫と明子の二人の氏名を書いた。打ち合わせ通り正夫は只野正夫と書いた。

「お食事はいかがいたしましょうか。ルームサービスもご用意できますが」

「食事はレストランでいただきます」

「承知しました。只野様はお元気でいらっしゃいますか」

「はい、今、体調を少し崩していますが、気持ちは元気です。支配人さんは祖父のことをご存じなのですか」

「はい。只野様には大変お世話になっています。このホテルを計画した際にも大変ご尽力いただきました」

「そうですか」

「当ホテルに滞在中はなんでも申しつけて下さいませ。それではお部屋へご案内いたします」

　支配人は待機していたボーイを呼んで鍵を渡した。その際、何事か小声で話した。ボーイは、

「只野様、こちらへどうぞ」

　と言ってボーイはエレベーターの方へ二人を案内していった。エレベーターに乗るとボーイは最上階のボタンを押した。エレベーターを降りて広いローカを端の方へ歩いて行った。ボーイが一つのドアの前に着くと鍵穴に鍵を差し込んでドアを開けた。

「どうぞこちらのお部屋でございます。ホテル内の各施設はご案内の冊子に書いてありますのでご覧下さい。何かございましたら、どんなことでも電話で申しつけ下さいませ。それではごゆっくりお寛ぎ下さいませ」

　と言ってボーイは出て行った。

　正夫と明子は、窓から外を見た。大きな山がすぐ近くに見えた。あれはきっと蔵王山だと思った。明子は正夫の手をとって自分の後ろへ回し自分が抱かれるような姿勢になった。

「アコさん。こんなすごいところに泊まっていいのだろうか。贅沢すぎるんじゃないかなあ」

「そうねえ。でもお祖父様が、ここなら安全だと言ってました」

「そうだねえ。都会では安全なことが第一だからね」

「もしよければ、会場へ行ってみたいんだけど一緒に

行ってくれますか」

「もちろんですよ。僕はアコの近くから離れませんよ」

「ありがとう。それじゃ出かけましょう。鍵を持って下さる」

「はい、アコ様」

　正夫の緊張は溶けてきたようだった。二人は荷物を置いてエレベーターで一階へ降りた。フロントに明日の会場を見に行ってきますと言って鍵を預けた。

「お気をつけていってらっしゃいませ」

明子のピアノ発表会にて

　二人はフロント係の人たちに見送られてドアを開けて外へでた。明子は行く先の道を知っているようで、正夫の腕に自分の手をかけて歩き出した。

　正夫はなんだか周りがまぶしかった。発表会の会場はホテルから歩いて十分間くらいのところにあった。会場に入るとたくさんの親子連れが練習の順番を待っていた。中の一人が明子を見つけて近寄ってきた。

「只野明子様ですわね。いつもありがとうございました。宅の諒子もようやく発表会に出させていただけるようになりました」

「安田様、ご無沙汰していました。諒子さんの演奏を見られるなんて私もとっても嬉しいことです。よく頑張りましたわね」

「只野様のおかげです。今後ともよろしくお願いいたします」

「私の方こそよろしくお願いします。明日が楽しみですわね」

「ご一緒にいた、あの方は只野さんのお友達の方ですか。いえ、失礼しました」

「あの方は私の大切な方です。いつかご紹介しますね」

「あら、それはそれは」

　安田諒子の母親は明子から離れていった。舞台では子供が熱心にピアノを弾いていた。

「これじゃ、アコがピアノを弾ける時間がないね」

「明日の朝、会場が開く前に練習させてもらうようにお願いしてくるわね」

　明子は舞台に上がって、一人の女性に何か話しかけた。お互いに挨拶をして明子が何か言った。するとその女性が〝わかりました〟というように肯いて、近くにいた別の女性に何か指示してからまた明子に話しかけた。それで明子は正夫のところへ戻ってきた。

「明日、朝一番で練習させてくれることになったわ。マオさんも一緒に来てね」

「分かりました。そのようにいたします」

　二人は会場を後にしてホテルと会場の間にあるアーケード街へ行くことにした。正夫は、この通りには食べ物を売っている店がたくさんあることがわかった。中でも〝ガンの月〟というのはたくさんの店で売っていた。

それから〝仙台駄菓子〟というのもあった。それと笹かまぼこという塩竈名物も売っていた。

「仙台には、ずんだ餅を売ってる店がないのかなあ」

「ずんだ餅って緑色の餡に包まれたお餅のことでしょう」

「そうだよ。あれってね、天皇陛下が大川市にお出でになったときに大川市内のお菓子屋さんで作ってお出ししたら、天皇陛下がおかわりをしたと新聞に書かれたものだから、一度食べてみたいと思っていたんだけど売っていないね」

「それだったら、さっき終点の仙台駅で降りたホームで毎朝十一時頃まで売っているらしいわよ。他では売っていないのですぐ売り切れてしまうんですって」

「そうかあ、残念だったなあ。他には売ってないのかなあ」

「私が知っている限りあの店だけだわね。もちろん作っているところなら売っているかもしれないわね。だけどどこで作っているか分からないの」

「そんなに気を遣わないでいいよ。それよりアコは明日のことだけ考えなきゃ」

「もう一つ考えなければならないの」

「他にも心配事があるのかい」

「心配事じゃないけど、いつも頭から離れないの。だけど困っているということは無いのよ」

「それで安心したよ。だって心配事を抱えながらピアノを弾いても曲への思いが出てこないだろう」

「ありがとう、マオさん、私も安心しました」

　二人の会話はいつものように、明子は正夫を、正夫は明子を思い遣る言葉で終わるのだった。

「マオさんは何か甘いものを食べたいのね。でもそれは食事の後にしましょうね。食事の前に甘いものを食べると食事が美味しくなくなるんですって、だからなるべくなら食事前の甘みは控えた方がいいってお祖母様が言っていたわ。でもね、どうしても食べたいなら止めるのはかえってよくないんですって」

「そうかあ、いわれてみればその通りだね。よし、甘みは食事の後にしよう」

「それじゃ、お好きなものを買ってホテルへ戻りましょう」

　二人は、正夫の好きなぼた餅を買ってホテルへ戻った。時刻は午後一時を過ぎたところだったので、そのままレストランへ行った。入り口の脇にいたメイドが明子と正夫を窓側の席へ案内した。少々お待ち下さいと言って、戻っていったがすぐ戻ってきた。

「メニュをお持ちしました。お料理が決まりましたらそのベルを押してお知らせして下さいませ」

　と言って厚い表紙の冊子を正夫の前に差し出した。メイドは少し待っていたが離れていった。メニュはカタカナと外国語で書いてあったので、明子の方へ回した。明子はメニュを開いて、

「マオさんはお肉とお魚とどちらを食べたいの。それとも中華料理とかパスタもあるわよ」

「よく分からないからアコに任せるよ。アコと同じものを食べたいから」

「それじゃ、手を上げてメイドさんに合図して下さる」

と言って正夫が手を上げるとさっきのメイドがすぐ来た。明子がメイドに外国語で何かを言った。メイドはメモに何かを書き付けた。最後にお飲み物は如何致しましょうかと言った。

「マオさんコーヒーとか飲み物をどうしますか」

「何か飲んだことのないようなジュースと紅茶を頼んでくれる」

「それじゃ、ミックスフルーツジュースを食前に、食後に紅茶をお願いします」

「かしこまりました。それはで少々お時間をいただきます」

「なんだか新婚旅行みたいね」

と明子が正夫をからかうように言った。正夫は顔を赤くしながら、

「そうだね」

と言って明子にはにかんだ笑みを返した。

「マオさん、そんなに緊張しないで。私はマオさんしか見えないので平気よ。マオさんも同じように考えて」

「わかった。他のことを気にするから緊張するんだね」

「それじゃ睨めっこをしましょうか」

と言って二人は睨めっこを始めた。そこへメイドがジュースを運んできた。

メイドは一瞬固まってしまったが、すぐ笑いを飲み込んで苦しそうな顔をした。

「すみません。時々こうして睨めっこをするんです。笑っていいんですよ。でもそれは負けになります」

「あら、それじゃ私の負けですわね」

「ジュースを持ってきてくれたのね。ありがとう」

「お料理が上がりましたらお持ちします。もう少々お待ち下さいませ」

正夫は、ジュースは香りといい味といい、これまで飲んだことがないほど美味しいと思った。もちろん明子の作ってくれたジュースは別物だけどなと思った。正夫は思わず、明子の顔を見た。明子は正夫を見ながら笑っていた。

「アコが笑っている。睨めっこは僕の勝ちになるのかなあ」

「あら、まだ続いていたの。忘れていたわ。ふふふ」

「あ、また笑った」

「だって、マオさんて子どもみたいなんですもの」

やがて料理が運ばれてきた。テーブルの上に並べられた料理は、どれもなんだかどろっとしているように見えた。

「これはなんていう料理なの」

「今日は中華料理にしてみたの。中華料理はお肉や魚と

野菜がふんだんに使ってあるのよ。だから栄養のバランスもよいので食べてきなさいってお祖母様が教えてくれたの。マオさん食べられるわよね」

「それは大丈夫だけど、少し量が多いような気がするんだけど」

「これを一人で食べてもいいのよ。でも、お腹を壊すと私が困るので、ふたりでいただきましょうね」

「よかった。それともこれは初めから二人分なのかな」

「中華料理は大きなお皿に人数分を入れて出す習慣なのね。だから取り皿がたくさん置いてあるのよ。私が取り分けてもいいかしら」

「お願いします」

　明子は上手に大皿から料理を小皿に取り分けた。

「このどろっとしたのはなんだろう」

「これはあんかけみたいなものね。つまり片栗粉を水で溶いたものを具材に絡めて温めるとこうなるの。料理が冷めないようにという意味もあるんですって」

「なるほどね。それじゃ、いただきます」

「いただきます」

　と言って二人は中華料理を食べ始めた。明子はかいがいしく正夫のために取り皿に取り分けた。それを正夫は白いスプーンで料理をすくって口に入れた。そして明子の方を見てニッコリした。甘すっぱい肉が柔らかく、おいしかった。食事時刻から少しずれていたのでレストランの中は数人のお客がいるだけだった。食べ始めると正夫の緊張感が消えた。そうして新婚旅行というのはこういうことなのかなあと思った。出された料理は残さず全部食べてしまった。明子が白い四角の布で口を拭いていたので、正夫も真似をして口を拭いた。こんなに白くて大きい布を口を拭くだけで汚すのはもったいないと思ったが、明子のやることはこういうレストランで食事をするときの習慣だと思って真似をした。

　食事が終わると、それを待っていたかのように先ほどのメイドが来てテーブルの上を片付けた。少しして、今度は紅茶を運んできた。

「ごゆっくりお寛ぎ下さいませ」

　と言って戻っていった。

「中華料理というのを初めて食べたよ。いや二回目かな。中華そばも中華料理というのならね」

「そうよ。一番庶民的な中華料理だと思うわ。私も松島のお店でお祖母様と一度食べた記憶があるわ。そのときは美味しかったわ」

「そう。でも初め運ばれてきたときは驚いたよ。あんなに食べる人がいるのかと思ったからね」

「中華料理は普通五、六人で食べるらしいの。二段になっていて上の台が回るようになっている丸いテーブルを囲んでわいわい言いながら楽しく食べるらしいわ」

「アコもそういうので食べたことがあるの」

「我が家は三人だったから、そういう機会はなかったわね」

「将来、子供がたくさん出来たら、そういうところでみんなで食べたいね」

「そうね。きっと賑やかで美味しく食べられるわね」

と言いながら明子は顔を赤くした。紅茶を飲み終わると二人はエレベーターで部屋へ戻った。

「マオさん、私少し休みたいわ。いいかしら」

「もちろんだよ。明日のためにも少し身体を休めておいた方がいいよ」

「マオさんも少し疲れたでしょう。私の傍に横になって休んだら」

正夫は、明子が言うと少しも警戒することはなかった。

「じゃあ、ドアをロックしてくるね。お風呂に入らないの」

「入りたいわ。それじゃあ私が湯船にお湯を入れてくるわね」

正夫がドアをロックして戻ってくると、明子は着ているものを脱いで裸で大きな鏡に自分の身体を映していた。その大胆な姿に驚いたが、もっと見ていたいという方が勝っていた。

「アコさんはきれいな身体をしているね。とっても輝いているよ。女神様みたいだ」

「ありがとう。私たちは仮の祝言を挙げたのだから、マオさんは私のどこでも触れていいのよ」

「そんなもったいないよ」

「どうして。お祖父様が明子を愛してあげてほしいとお願いしたとき、マオさんは承知したじゃないの」

「だって、それはプラトニックなことだと思うけどなあ。でも本当は全部抱きしめたいのが僕の本心だ」

「私はマオさんが私を全身で抱きしめてくれるのをとっても願っているんだけど」

「わかった。でもその前に僕はお風呂に入って汗を流してくるよ」

「私がマオさんを洗ってあげるわ。その代わりマオさんは私をきれいにしてね」

「ということは一緒にお風呂に入るってことだね」

「マオさんは今の私でもほんとに好き?」

「もちろんさ。どうしようもないほど好きだよ」

「それじゃマオさんも着ているものを脱いで」

二人はお湯があふれている湯船に手を取り合って入った。湯船からお湯があふれ出た。正夫はこのお湯をもったいないと思いつつ明子の身体にしがみついた。明子も正夫にしがみついていた。しばらくそのままでいた二人は、湯船から出てお互いに相手の身体を洗った。二人ともその間一言もしゃべらなかった。

明子はうっとりして正夫のするままにさせていた。お祖父さんが正夫に明子を愛してあげてほしいといったことは、こういうことも含まれているのだろうか。ホテルの客はそれほど混んでいるようには見えなかったのに、只野は混んでいるという理由で一つの部屋に二人を泊まらせたのかもしれないと思った。

高校生の二人にこのような機会を与えたということは、只野は自分の生命の終焉が迫ってきていることを自覚しているのだと正夫は思った。そして自分の生命がつきる前に、明子が自分で選んだ正夫と本当に幸せになれることを願っているのだろうと思った。それが祖父母の明子に対する愛情なのだろうと正夫は考えた。

正夫はこんな状況にあるのにそんなことを考えてしまうほど、只野真一郎のことを思いやる自分に驚いた。

お互いの身体を洗い終わった二人は、また湯船に入った。正夫は恐るおそる明子の胸に触れた。明子はその手を自分の手で嬉しそうに押さえた。二人はお互いに相手の顔を見つめてニッコリした。

しばらくお湯の中で相手の身体を確かめ合っていたが、

「マオさん。そろそろベッドへ抱っこして連れて行ってくれるかしら」

「うん、いいよ」

二人は湯船から出てバスタオルで身体をふきあい、正夫が明子を両腕で抱っこしてベッドに連れて行った。明子はその間中、両手を正夫の首に巻き付けてうっとりしていた。正夫は明子をベットの上に優しく横たえた。それでも明子は手を外さなかったので、正夫は明子の上に覆い被さるように転げ込んだ。

「重かったでしょう。マオさんは力持ちなのね」

と明子が正夫の身体の下から言った。

「少し重かったけど大丈夫だったよ。途中で落とされるんじゃないかと心配した」

「全然心配してなかったわよ。だって私が選んだ人だもの、信頼していたわ」

「それより今の僕の方が重くない」

「私も少しは身体を鍛えていたのよ。だから少しも重くないわ。このままじっとしていてほしいわ」

明子は正夫の唇を求めてきた。正夫もそれに応じた。長いながい口づけが続いた。正夫はこの後どうしたらよいのか分からず困っていた。するとそれを察して明子が手を足の方へ持って行き正夫の大事なところを握った。それが一気に膨張していった。

「マオさんこれも私に下さる」

「もちろんあげるよ。でもどうしたらいいの」

「私も初めてだから、どうするか分からないけど試してみるわね」

二人とも初めての経験だったのでうまくいかなかったが、その後、正夫と明子は甘い甘い夢の中をさまよった。二人はお互いに抱き合ったまま寝てしまった。

突然、電話のベルが鳴ったので、まず明子が目を覚ました。そして受話器を取って夕食のことを話していた。明子は少しお待ち下さいと言って、正夫の方へ向き直った。

「マオさん、夕飯をどうしますかだって。ルームサービスも出来るそうよ」

「もうそんな時刻になったの。出来たら食堂で食べたいね。アコはどう」

「私もその方がいいわ。もしもし、もう少ししたら下へ降りて行きます。よろしくお願いします」

正夫は明子の声が変わったことに気がついた。これまでの可愛い声から何か落ち着いた少し低音の声になっていた。それは女性の声になったのだと思った。正夫は女の人は自分の好きな人に愛されることによって様子や声までが変わったりするのを知った。自分も何かどこかが変わっているのだろうか。

「正夫さん、私とっても幸せよ。正夫さんが本当に私を愛してくれたんですもの。私を何時までも放さないでね」

「それは僕も同じだよ。明子さん、僕はズーッと君を愛し続けるよ。何があっても明子さんを放さないからね」

「ありがとう」

二人は再び抱き合った。

「マオさん、下へ降りていく前にもう一度シャワーを浴びましょう」

「そうだね。でも僕は明子の香りを身体に付けておきたい気もするよ」

「私だって同じよ。でもね、人のいるところへ出て行くときは、気をつけないといけないと思うのよ」

「わかった。僕はそういうところが判らないから、これからもよろしくご指導下さい」

「いいですよ。それではシャワーを浴びましょうね」

と言って二人は浴室へ入っていった。浴槽のお湯は抜いてあった。二人はシャワーを浴びてからタオルを身体に巻いて部屋へ戻った。時刻は午後七時を過ぎていた。

「正夫さん、お祖母様に電話をしてもいいかしら。まだ予定通りだと報告してなかったの」

「いいよ。電話が済んだら食事しに行こう」

「そうね、それじゃ少しの間待っててね」

と言って、明子は家へ電話をかけた。

「お祖母様、私」

「……」

「明日の早朝に練習させてもらえることになりました」

「……」

「正夫さんも、優しくしてくれます。はいわかりました」

「……」

「私はとっても幸せよ。だって正夫さんがいつも傍にいて下さるんですもの」

「……」

「それじゃ、また明日電話します。お祖父様のことよろしくお願いします。正夫さんも気になさっていることを、お祖父様に伝えてくださいね」

明子は、正夫の方を向いて、

「正夫さんお待たせしました。食堂へ行きましょう」

そう言って明子は小さなバッグと部屋のカギを持って正夫のところへ来た。正夫は窓から市内の明かりを見ていた。

「ずいぶん簡単だったね」

「そうよ。元気ですっていうことだけだったから」

「電話があるといいね。家にも電話があれば、毎日でもアコに電話で話が出来るのにね」

「そうね」

と言って二人は部屋を出て、エレベータのところへきた。下へ降りると、ボーイが近寄ってきて、

「只野様、お待ちしていました。今夕は、何をお召し上がりになりますか」

「今夜は和食にしたいのですけど」

「かしこまりました。こちらへどうぞ」

と言って、ボーイは二人を和食堂へ案内した。和食堂へ付くとボーイは入り口近くにいたウエイターに引き継いで、

「どうぞごゆっくり」

と言って離れていった。ウエイターは二人を他の客から離れた席へ案内した。

「お腹すいたでしょう」

「お昼にあんなに食べたのにね、ペコペコだよ」

正夫と明子が席に着くと、ウエイターがメニュを持ってきた。

「お料理が決まりましたら、そこのベルを押してくださいませ」

と言って入り口の方へ戻っていった。

「さてと、マオさんは何を食べたいですか。お魚にするかお肉にするか、それとも両方にしますか」

「でもそんなに頼んで大丈夫なの」

「お金のことは心配しないで、マオさんの好きなものを食べさせてあげなさいとお祖父様に言われているの」

「でもなあ」

「マオさんはお祖父様のお気に入りの大切な人なのよ、それに私にとってもとても大切な方なのよ。もうひとつ、今回は特別な日なのよ。お祖父様の希望を叶えてあげてほしいの」

「わかった。それじゃアコのお奨めを一緒に食べたいのでそれを注文して」

「はい、かしこまりました。マオ様」

と言って、明子はにっこりした。それからベルを鳴らした。ウエイターが足早にやってきた。

「ご注文を承ります」

明子はメニュを指さしながら、いろいろ注文した。ウエイターはご注文のお品を繰り返します、と言って料理の名前をいったが、正夫には判らなかった。

ウエイターが戻っていくと、明子は正夫を見て天女のような笑顔を見せた。正夫は、明子がこんなに輝いているのを初めて見た。

しばらくすると料理が運ばれてきた。テーブルの上に

たくさんの料理が並んだ。正夫は自分でも情けない話だけど、どの料理も美味しそうで早く食べたいと思った。が、明子に食べ方を教えてもらいながら食べることにした。それまで手を出さないことにした。

　正夫はテーブルに並べられたご馳走を見て浦島太郎を思い出した。大変なご馳走の山に囲まれて、それを食べてもよいという。正夫は、これは夢かと思った。これで明子の踊りを見ることが出来たら、正夫が浦島太郎になったことになる。お土産の箱には気をつけようと頭に刻んだ。何故かというと一度に年をとってしまったら困るからだ。と子供ようなことを時々考える正夫の一面があった。

「マオさんはまた何か思いついたのですか」

「はい。子供っぽいことだから言いたくないんだけど。アコさんは知りたいよね」

「その通りよ。是非知りたいわ」

「はい、アコ様。お話しします」

　ということで正夫は、先ほど考えたことを明子に話し出した。すると、

「それじゃ、今度は私が踊りを披露すれば、竜宮城になるわけね」

「そういうことになるね」

「それじゃ、後で私の踊りを見せてあげるわね」

「うん。期待しているよ。でも着物を持ってきてないだろう」

「それがね、こういうこともあるかと思って用意してきました」

「えー、ほんとに用意してきたの。それじゃこのご馳走を食べることが出来ないよ」

「正夫さんは本当にそう思っているの」

「そんなこと本気にしたわけじゃないよ。でもそんな想像をしてみると楽しいじゃないか。これで緊張がとれました。アコさん。さあ、いただきましょう」

「なるほど、そういう緊張緩和法もあるのですね。覚えておきますね」

「何か怖い感じがするなあ」

「これも一つの緊張緩和法ですわ」

「そうかあ。わっはっは。面白いね」

「ほっほっほ。面白いですわね。それでは食事をいただきましょう」

「アコさん、その前にお願いがあります」

「はい、マオさんどんなことでしょうか」

「このご馳走を食べるときに何か食べる順序とか作法のようなものがありますか」

「判りました。公式の会食では順番を追って料理が運ばれてくるのでその通り食べればいいのです。このように一度に出てきたときにはどれから食べても差し支えございません。お好きなものから食べて下さい。一つだけこれはどうでもいいことですが、例えば肉料理を食べた後ですぐ魚料理を食べると、あるいはこの逆の場合も同じ

ですが、前の料理の味が口の中に残っていると次の料理の味が分からなくなることがあります。そのような場合はその間に野菜とかご飯を食べるとよいといわれているようです」

「なるほどね、それは理にかなっているね」

「それじゃ、料理が冷めないうちにいただきましょう。私もお腹が空いてきました」

「そうですね。虫が鳴き出しました」

正夫と明子は明日のことを話しながら、ゆっくり料理を味わいながら食べた。

料理を食べ終わると、ウエイターがやってきてテーブルの上を整理した。

「デザートとお茶をお持ちしますので少々お待ち下さいませ」

と言って、食器を乗せた台車を押して洗い場の方へ戻っていった。二人はどんなデザートが出てくるかと思っていたら、ぼた餅と明子の家で飲んだことがあった抹茶をお盆にのせて持ってきた。

「デザートっていうからケーキとかせいぜい餡蜜かと思ったら、驚いたね。ぼた餅が出てきた」

「マオさんの好きなものが出てきてよかったわね。よろしかったら私の分も食べて下さる」

「それはちょっと無理かもしれないよ。料理が美味しかったので、たくさん食べてしまったから」

「それでは私もいただきます」

二人はお互いの顔を見つめながらぼた餅を食べた。最後に抹茶を飲んで豪華な夕食がすんだ。ウエイターがやってきたので明子は、部屋のカギを見せた。

「失礼しました。お夜食を必要かどうかを伺いたかったのですが、いかがいたしましょうか」

「あなたは何か食べたくなるかしら」

と明子が正夫に聞いた。

「食べるものはいいけど、温かいお茶を飲みたくなるかもしれないね」

「それでは、温かいお茶の用意をしておいて下さいますか」

「かしこまりました」

と言ってウエイターは下がっていった。

正夫と明子は食堂を出てエレベーターに乗って部屋へ戻った。

「美味しかったねー」

「そうね、お祖母様がすすめるわけがわかったわ」

二人はカウチに並んで腰掛けて、話を始めた。

「明日の朝の練習は、何時頃出かけるの」

「七時に会場を開けて下さるので、その時刻に合わせていきたいわ」

「目覚まし時計をセットしておこうか」

「多分大丈夫と思うけど、念のために六時にセットしておいて下さる」

「練習が終わってから朝食になるね」

「そうなりますわね」

「僕も一緒に行ってもいいんだろう。客席で聞いているから」

「そうして下さると嬉しいわ」

「なんだかアコには悪いけど、明日が楽しみだね」

「悪いことはないわよ。私も楽しみなんだから」

「発表会でアコは何時頃演奏することになっているの」

「私は、親が我が子の必死の演奏を聴いて疲れた頃に配置されているので十一時三十分頃かしら。発表の状況によって少しずれるかもしれないけれど」

「僕は、父母達の後ろに座っているからね」

「そうそう、高い舞台から見ると会場の中はとてもよく見えるのよ。だから、マオさんがどこにいるかをすぐ見つけることが出来るわ」

「でも、手を上げて合図をするよ」

「お願いするわね」

　二人は窓際に行って窓から仙台の夜景を眺めた。正夫は、さりげなく明子の肩のあたりに手を回して身体を引き寄せた。明子も正夫の腰のあたりに手を回して正夫に寄りかかっていた。しばらくの間二人はそのままジーッと動かなかった。

「アコ」

「なあに、マオさん」

「ううん。このままジーとしていたいんだけど」

「私もよ。もうしばらくこのままにしていてね」

「よかった」

　二人はそれぞれ自分の将来を考えていた。正夫は、こんな夢のようなことが実際に起きていることをどう考えたらよいのだろうかと。明子とさっきのようなことになって本当によかったのだろうか。いやこれは決して後悔ではない。明子に誘導されたとはいえ、正夫自身もそれを望んだのだから。そして、もう一つは只野真一郎という人に見込まれたことだった。初めはどういう人かまるで分からなかったが、その人の孫娘の明子が、正夫を好きになったと言ったとき、只野は正夫に興味を持った。そこで正夫に会うことにした。明子が喜々として連れてきた正夫に会って話をしたとき、只野は不思議な能力を正夫に見た。それは好奇心の強さと、どこまでも物事を明らかにしたいという願望だった。只野は、正夫に一つの課題を出した。正夫は見事にそれの回答を見つけてきた。それを見た只野は、正夫の将来に孫娘の将来を重ねることを決意した。

　そのとき只野真一郎は病を得て病床についてしまった。それは現代の医学ではどうしようもない病気で余命を後一年と医師は判断した。そのことで只野は明子と正夫が愛し合えるように仮の結婚式をした。これらのことは只野夫人も了解していた。

　これは正夫が後で知ったことだが、二人が経済的に困らないようにという配慮もしてあった。

　正夫は、自分の親兄弟に内緒で決心したとは言え、やはり後ろめたい気がした。いつ親兄弟に報告するか考えていた。

「アコさん。そろそろ休もうか」

「そうね。明日の朝が早いから休みましょう」

　二人は、歯を磨き顔を洗って大きなベッドへ入った。明子は正夫と向き合い正夫の手を自分の胸に持って行った。そして正夫の腕に頭を乗せて目を瞑った。

「マオさん」

「なんだい」

「私嬉しくてしょうがないの」

「二人でいるときはいつものことじゃない」

「それがね、今日は今までと全く違うのよ。私おかしくなってしまったのかしら」

「分かった。それはきっとマオウ菌に感染したんだ」

「それってなにかしら」

「これはね、僕だけが持っている菌でね、しかも一人分しか持てない菌なんだ。この菌は世界で一番愛する人にあげてしまうともう無くなってしまう。しかしマオウ菌をもらった女性は身体の中でその菌をどんどん増殖させてその女性を世界で一番幸せにしてしまうんだよ。それが働きだしたんだよ。それでアコを今まで以上に幸せにする効果が出てきたんだよ」

「その菌は、他の人にも感染するの」

「それはないよ。この菌は一人の女性にしか感染しないんだからね」

「その一人が私だったのね」

「もちろんそうだよ」

「私は幸せ者ね。あなたがたった一人愛することの出来る女性になれたんですものね」

「アコ菌というのはいないのかなあ」

「いるわよ。その菌はね、私だけを愛さなければいられなくする働きがあるの」

「やっぱりいたんだね」

「どういう意味なの」

「その菌はとても強くて、アコを愛さないでいられなくするらしいんだ」

「それで、マオさんがそれに感染したのね」

「そうだよ。だから、こうしなければいられないんだ」

　といいながら、正夫は明子を抱きしめた。

「ああ」

　といいながら、

「もう少し聞いて」

「このままでいいかい」

「いいわ。アコ菌は、マオウ菌と合体すると、もっといいことが起こるのよ」

「もっといいことってどんなことなんだい」

「それは、マオさんがもっと私を愛してくれると分かるわ」

　と言って明子は正夫を抱きしめた。

「明日に差し障りがでないかい」

「大丈夫よ。むしろよい音がでるようなると思うわ」

正夫は明子の言うとおりにしようと決めた。もうこれ以上アコ菌を押さえておくことは出来なかった。

朝、六時に目覚ましをかけておいたのに正夫はその前に目を覚ました。正夫は明子の寝顔をジーッとみていた。正夫はこんな素敵な人が自分を好きになってくれるとは思わなかった。本当にこれで明子が踊ったら竜宮城にいる気分になってしまう。そう思ったら明子が乙姫様に見えてきた。正夫は頭を振った。

明子は乙姫様よりももっと神々しかった。

そんなことを考えていたら、急に明子の顔に触れたくなった。時刻は五時五十分になっていた。正夫は明子を起こそうと思って手を伸ばしたとき、明子が薄目を開けた。

「あら、マオさん。おはよう。もう起きていたの」

「ほんの少し前だけどね。アコの姿があまりにも神々しかったのでみとれていたんだ」

「ふっふふ。ありがとう」

「そろそろ起きる時刻だよ」

「そうね、その前に、ね」

正夫は思わず明子の顔に自分の顔を近づけた。優しく口づけをして布団をめくった。そこには明子の身体が輝いていた。明子は、正夫を驚かそうと思って布団の中で着ていたものを脱いでいたのだ。正夫は思わず明子に身体を重ねた。

二人は時刻のことを忘れたしまったように、愛を重ねた。

「もう時間がないよ。急がなければ、そうだホテルで朝食をとればそのまま会場から戻る必要がないね」

「そうね、簡単な朝食を頼んでおきましょう」

と言って明子は受話器を取り上げた。

「ちょっとシャワーを浴びてくるわね」

明子はシャワーを浴びてタオルで身体を拭きながら浴室から出てきた。そのまま鏡の前に座って簡単にお化粧をした。正夫は素顔の方が好きだったけど、うっすらと化粧をした明子も素敵だと思った。身支度をすると、着替えなどを入れたバッグを持って普段着のまま食堂へ行った。

トーストとミルク、それにサラダという簡単な食事を済ませて二人はホテルを出た。会場はすっかり準備が済んでいた。ピアノ調律師も明子が来るのを待っていた。明子は彼に挨拶をしてピアノの前に行き、イスに腰掛けた。深呼吸を二回してピアノに両手を挙げた。明子は袖のところにいる正夫に合図をしてピアノを弾き出した。それは静かな導入部から始まった。二十分間ほどすぎるとクライマックスになり、それを過ぎると再び静かな音色で消えるように聞こえなくなった。すると調律師やスタッフの人たちが盛大な拍手を送った。正夫も思わず激しく拍手していた。明子は静かにイスから立ち上がり深々と頭を下げた。舞台で聞いていた女性と何事か話をしていた明子が、その女性を正夫のところへ連れてきた。

「只野明子さんの演奏をお聴きになりましたね。今回は一段と素晴らしい演奏を聴かせていただきました。あ、失礼しました。私は明子さんのピアノ教師をしていた、安森紗栄子と申します。これからもよろしくお願いしますね」

「はい、お初にお目にかかります。僕は寺田正夫といいます。明子さん。僕の方こそよろしくお願いします」

「明子さん。この方があなたの大切な人ですね」

「はい、先生」

「明子さんのピアノの音色に艶が加わったのが、これで理解できました」

「先生ったら。正夫さんは、私を最も理解してくれている、世界で一番大切な方です」

「あら、まあ。羨ましいことですわね。明子さん、これからも頑張って下さいね。それでは後で、またよろしくお願いしますね」

「かしこまりました」

安森女史が係の女性に何か指示していた。その女性はどこかに消えてすぐ一枚の紙を持って戻ってきた。それを二列目の中央付近のイスに貼り付けた。そこには寺田正夫様と書いてあった。正夫は大変なことになったと思った。

発表会の開始時刻に近づくと、きれいな服を着た親子連れがたくさん入ってきてイスに腰掛けた。会場が少しざわついてきた。

発表会開始十分前のベルが鳴った。スピーカーからあと十分で発表会を開始すると放送があった。

いよいよ発表会が始まった。初めに先ほどの安森女史の挨拶があり、続いて昨年度優勝者の演奏が始まった。続いて次々と発表者が演奏した。十一時を過ぎた頃、

「ここで特別演奏を只野明子様にお願いします。曲目は、ベートーベン作曲の『ピアノソナタ　アパッショナータ・熱情』です。只野明子様は、…」

と紹介があり、明子がピアノの前に立ち客席に向かってお辞儀をした。イスに腰掛けて、ピアノの鍵盤の上に両手を置いた。正夫は手を上げるのを忘れてしまった。それほど明子の姿は素晴らしかった。鍵盤上の手が静かに動き出した。正夫は目を閉じてピアノの音を聞くことに集中した。正夫はこれが高校生が弾くピアノの音色かと驚いてしまった。先ほどの練習演奏といい、今弾いている演奏といい、正夫の想像を遙かに超えていた。やはり明子は天女だと思った。やがて演奏が終曲した。会場から盛大な拍手が鳴り響いた。明子は立ち上がって、深々と頭を下げた。数秒間そのままでいてから頭をあげた。それでも拍手は止まなかった。スピーカーから女性の声が聞こえてようやく拍手が止んだ。明子は再び頭を下げた。それから軽やかに左の袖に消えた。

正夫はこんな演奏を聴かされた後では、子供達は緊張

してしまうのじゃないかと心配になった。しかしそんな心配は無用だった。その後の子供達は、きっと明子を目指して頑張ったのだろう。こうして午後一時頃には発表会が終了した。その後懇親会が開かれた。たくさんの人が明子に挨拶に来た。その人達に明子は丁寧に優しさを込めて挨拶を返していた。正夫は少し離れたところでその様子を見ていた。こんな姿の明子はすっかり大人の女性に見えた。正夫は少し自信を失いかけた。そのとき明子が正夫に近づいてきた。

「マオさん大丈夫。先ほどから少し変よ」

「ううん、明子が少し眩しくて、まともに見ることが出来なくなってしまった」

「マオさんは私の大切な人に変わりはないわよ。少しお腹が空いたのかもしれないわね。ここは子供用の食べ物中心だからお口に合わないかもしれないけど、一緒に食べましょう」

「アコはやはり僕のアコだね」

「もちろんよ。誰にいっても自慢のマオさんです」

「ありがとう。元気が出てきたよ。まだいろんな人とお話があるんだろう。いっておいで」

「何かあったらすぐ合図してね。すぐ飛んでくるから」

「ありがとう」

正夫は明子に肩身の狭い思いをさせないように気をつけた。明子は安森女史と話をしていた。明子が時々周囲を見るように正夫の方を見て片目を瞑った。正夫も手を上げて答えた。やがて懇親会がお開きになった。明子はすぐさま正夫のところへ来て、

「寂しかった?」

といたずらっぽく聞いた。

「うん、でもアコの姿がいつも僕に見えるところにいたから安心した。ピアノ発表会の予定はこれで全部済んだのかい」

「それがね、安森女史がマオさんも一緒に食事をしたいと言っているのよ。どうしましょうか。いやだったら断ってもいいのよ」

「でも、それはアコのためにならないと思うよ。だから、食事に行こう」

「ありがとう。きっと安田先生は、マオさんの大きさを見たかったのね」

「どういうこと」

「でも、私のマオさんは素敵ね。いい旦那様になるわねって先生が言っていたわよ」

「期待に添えるように頑張るよ」

「それじゃ、そう言ってくるわね」

といって明子は、安森先生の方へ行った。正夫は気がついたことがあった。明子は祖父母の元で、いつの間にか正夫の知らない社会に溶け込んでいるのだと。そして今度は正夫が明子と同じ社会に入っていくように動き出したことを気がついた。

正夫は、只野夫妻が作ってくれた洋服を着ることが出

来て本当によかったと思った。いつもの学生服では明子に肩身の狭い思いをさせるところだった。こんなところでも只野真一郎のさりげない心遣いが嬉しかった。

安森女史との食事会には、調律師、会場係の女性、進行係の女性など十人ほどが参加していた。その人達は白いカバーをかけたテーブルを囲むように座った。正夫は場違いな感じがしたが明子の隣に座った。全員が腰掛けると安森女史が、立ち上がって挨拶し、係の人たちを労った。最後に正夫を紹介した。

「この方は、寺田正夫さんといいます。今回初めてこの発表会にお出でになりました。後で感想をお聞きしたいと思いますが、その前にこの方は只野明子さんの婚約者であることをお知らせしておきます」

安森女史の紹介を聞いて、出席者は驚きの声を上げた。と同時に羨望の目を正夫と明子に向けた。安森女史は続けて、

「寺田さんは、明子さんのお祖父様の只野真一郎様に大変気に入られているとお聞きしています。詳しいことを知りたい方は機会があったら、ご本人に聞いて下さい。それでは乾杯しましょう」

と言って、みなのグラスにジュースやワインが注がれているのを確認した。

「それでは、将来のピアニストのために乾杯」

「乾杯」

といってグラスの中身を飲み干した。もちろん正夫と明子のグラスにはジュースが入っていた。全員が明子と正夫のところへ来て、口々に〝おめでとう〟と祝福した。

明子は正夫と並んでニコニコして、

「ありがとうございます」

と答えていた。正夫はなんだか室内が眩しく感じていた。

食事会は和気あいあいの間に進んだ。しばらくすると、安森女史が立ち上がった。

「お食事中ですが。ここで皆様の本日の発表会の感想をお聞きしたいと思います。良いこともよくない改善したほうがよいこともお話し下さいね」

ひとしきりいろいろな意見が出たが、大方はこのまま今後も続けてほしいという意見が多かった。一通り意見が出尽くした頃合いを見計らって、安森女史が立ち上がって、

「さて、突然ですが、明子さんの婚約者の寺田正夫さんのお話を伺いたいと思います。寺田さまよろしくお願いします」

正夫は、いっぺんに緊張してしまってなかなか口を開くことが出来なかった。すると明子が助け船を出した。明子は正夫の横に立って、正夫ににっこりした。

「マオさん、いえ正夫さんは中学校の学芸会で〝ベートーベンとその弟子〟という劇をやり、初めて「月光の曲」を聴いて感動して以来、クラシック音楽に興味を

持ったそうです」

「その通りです。その後、アコさんの家でいろんな作曲家の音楽を聴かせてもらって感動しました。それでクラシックに興味が深くなりました。今日の演奏会もアコさんの付き添いのような感じで参加させていただきましたが、もう感動しっぱなしでした。小さな子供達が一生懸命ピアノを弾いている姿は素晴らしい絵になると思いました。といっても僕に絵心があるわけではありません。このピアノ発表会が今後も発展するようお祈り申し上げます。このような機会を作って下さった、安森先生と只野明子さんにお礼を申しあげます。おわりです」

　正夫の話が終わると、一斉に拍手がでた。

「寺田様、素晴らしいお言葉をいただきましてありがとうございました。もう少し時間がありますので、お食事を続けながらお話を続けて下さい」

　正夫は明子に小さな声で、

「ありがとう。助かったよ」

　と言った。

「どういたしまして。夫が困っているとき妻が助けるのは当たり前ですよ」

　正夫は、まじまじと明子の顔を見て思わず手をとってありがとうといった。それを近くで見ていた人が〝素敵ねえ〟といいながら手を叩いた。離れたところにいた人たちもそれと察して手を叩いた。さすがの明子も少し照れていた。

　食事会の閉会時刻が来たので、安森女史が立ち上がって閉会の挨拶をし食事会はお開きになった。明子のところに安森女史が近づいてきた。

「只野さん、本日はほんとうにありがとうございました。今後もよろしくお願いしますね。それから寺田様、素晴らしいお言葉をいただきました。これを機会にクラシック音楽に興味を持ち続けて下さいね。本日はありがとうございました」

「かえって、僕の方がお礼を言わなければなりません。ありがとうございました」

「安森先生、本日はマオさんのためにお席を作って下さりありがとうございました。これからもよろしくお願いいたします」

「お二人はマオさんとアコさんと呼び合っているんですね。私も若い頃を思い出しました。戦争中のことでしたが、彼といるときは誠に幸せでした。今のあなた方のようにね」

「その方はどうなったのですか、差しでがましいことですが」

　と正夫が聞いてしまった。

「あ、失礼しました。僕は東京で空襲に遭いましたので」

「そうでしたか。私は戦場に行く夫の一夜妻でした。夫は先の戦争で出征し、南の島へ連れて行かれてそこで戦死してしまいましたのよ」

「お気の毒様です」

「これ以上のお話しを続けると悲しいことを思い出してしまいますので止めましょう」

　正夫は、戦争中にはいろんな過酷な人生があったことを今更のように思うのだった。明子の両親もそうだった。でも明子はできるだけその事実を表面にあらわそうとしないのが、健気だった。

　明子と正夫は別れを惜しむ気持ちで、安森先生と別れてホテルへ戻った。部屋に入ると明子はすぐ演奏会で着ていた服を脱いでしまった。よほど窮屈だったようだ。そしてすぐ湯船にお湯を入れた。

「今日は一日ご苦労さんだったね」

「でもいつもよりは疲れなかったわ」

「そうなの」

「だって、これまでは好きな人が近くにいることがなかったでしょ。今日はマオさんが、いつも私の目の前にいて下さって元気を下さったから疲れ方が少なかったわ」

「僕は、アコの演奏がいつもと全く違うので驚いてしまった。アコは天才だね」

「マオさんが言って下さると、もう有頂天になってしまいそうだわ」

「どんなに有頂天になってもいいよ。それと食事会で、もう少しで恥をかくところだったのに助けてくれてありがとう」

「あれは当然のことをしたまでよ」

「でも、とっても嬉しかったよ」

「マオさん、それが私の仕事の一部なのよ。だから何かで困ったことがあったらなんでもいってほしいの。出来るだけの努力はするわよ。それがあなたに役立てば、それは私の喜びになるのだから。私からも一つお願いがあるのだけど」

「なんだい。何でも言ってごらん。それが犯罪にならない限り最大の努力をするよ」

「そんな大げさなことじゃないの。今日も、いっしょにお風呂に入りましょうね。お願いだから。その前におにぎりとサンドウィッチをお願いしておくわね」

「うん、分かったよ。それからお腹の方もレストランへ行くほどじゃないから、それくらいが丁度いいね」

　明子はフロントへ夜食の注文をしてから、身につけているものをとって、正夫と手をつないで浴室へ入った。初めに身体を洗いあってから湯船に入った。明子の胸は桃のようにほんのり赤くふっくらしていた。そんな胸に触れることが出来るなんて正夫はなんと幸せものだろうと思った。正夫は明子に何をしてあげられるだろうかと考えたが、そのようなものは何にも持っていないことに気がついた。この前聞いたときも、明子は物は何もいらないといっていた。その代わり何時までも私の傍にいてほしいといっていた。それさえもいつでもというわけには行かない今の状態をなんとか出来ないだろうかと考えた。

明子は湯船の中で正夫に寄りかかって目を閉じていた。

「アコさん。今日は疲れているようだね。ベッドへ連れて行ってあげようか」

「ううん、疲れはもうとれたわよ。でもね、もう少しこうしていたいの。マオさんは私の胸を触っていいわよ。私はこうしていたいの」

「それじゃ、こうしていようね」

正夫は明子が時々甘えることがあるのを知った。今も浴槽で明子は正夫に甘えているのだと思った。そんな明子を正夫は愛おしくて仕方がなかった。そういえば明子が怒ったのはこれまで一度もなかった。それほど明子は優しい性格なのだと思った。正夫は明子を大切にしなければ、罰が当たると思った。

しばらくして明子が目を開けた。

「マオさんありがとう。とっても気持ちがよくて寝てしまったようね。おかげで疲れがすっかりとれましたわ」

「それはよかったけれど。ふやけて太くなったかもしれないよ」

「え、それは大変。少し運動して、ふやけた身体を元に戻さなければ。マオさん手伝ってね」

「はい、アコ様。それでどうすればいいのですか」

「昨日と同じ体操をすれば治ると思うの」

「わかりました。また抱っこして運動場へ行きましょう」

「そうしてください」

正夫と明子は湯船からでて身体を拭き、正夫が明子を抱っこしてベッドへ行き優しく横たえた。そのときドアのベルが鳴った。二人は慌てたが、明子が素早くガウンを着てドアのところへ行き、ルームサービスの品を受けとってドアをしめた。トレーをテーブルに置いてベッドへ戻ってきた。こんなときの明子は素早く対応することが出来るのだった。正夫はまたも感心してしまった。

翌朝、正夫はいつものように五時半頃に目を覚ました。明子は正夫の腕に頭を乗せてよく寝ていた。それで正夫は身体を動かすのを止めた。今朝の明子の顔は何か夢を見ているようだった。そんな明子のほっぺたを指でつついた。明子は手を上げて払うような動作をした。その様子がおかしくてもう一度ほっぺたをつついた。明子は薄目を開けて正夫を見た。明子はいたずらっぽい目に笑みを浮かべて手を布団の中に入れ、正夫の大事なところを握った。

正夫も明子の柔らかい膨らみを包み込むように触れた。明子の顔が輝いてきた。その顔を正夫は見たくて明子を愛してしまうのだった。

そしてまた眠った。今度は明子が先に目を覚ました。明子は正夫の筋肉の付いた腕や肩、そして太ももが大好きだった。初めて見た若い男性の力強い筋肉がもう素敵だった。しかしそれは、生活の中で鍛えられたところが肝心なことだった。運動選手のように一部が鍛えられたものとは違うと感じたのだ。それは明子の祖父が言っていた健やかな身体の持ち主っていうものだと思った。明子の祖父は正夫を気に入ったのはそういうところだと言っていた。明子は正夫から聞いたことだが、級友達は正夫のことを運動能力がないと言っているようだけど、明子は違うと思った。正夫は走っていても急に止まることが出来るし、混雑したところでは他人にぶつからないようにすいすいよけて通り抜けていくことが出来た。明子の家の庭で正夫が木剣を振るのを見たときは、素早い動きが明子には見えないほどだった。

　たまたま明子の祖父が見ていたらしく「正夫君は武術を相当やってきたようだね」と言ったのを思い出した。

　一つだけ普通のことがあった。それは走る速さだった。それは生まれつきのことだろうからどうしようもないことだ。

　明子の祖母は、明子に言ったことがあった。人にはいいところもそうでないところもあるけど、悪いところを探してはいけないよ。もちろんむやみに信用するのは気をつけなければいけないけどねと教えてくれた。明子は正夫を好きになっただけでなく心から信頼していた。

「アコさん。僕はまたアコを抱きしめたくなってきたよ。いいかい」

「もちろんよ。私もそれをとっても望んでいるのよ」

　二人はまた愛を確かめ合った。

「マオさん、そろそろ起きて下さい。私お腹が空いちゃったわ」

「今何時なの」

「八時を少し過ぎたところよ」

「もう、そんな時刻になったの。お腹が空いたね」

「シャワーを浴びて食堂へ行きましょう」

「そうだね」

　二人は浴室へ行きシャワーを浴びた。明子は昨日のように薄化粧をしたので一段と美しくなった。正夫は髪の毛の寝癖をとるために、タオルを熱い湯にしたして頭に乗せた。明子の髪の毛は美しく流れるようにさらっとしていた。二人は用意が出来たので食堂へ向かった。

　食堂にはまだ客がいた。正夫達が入っていくとボーイがすぐやってきた。ボーイは二人を席に案内した。二人が席に着くと、メニュを二冊持ってきた。

「朝食は和食と洋食がございます。どちらでもお選びいただけます。決まりましたらベルを押して下さいませ」

　待っている間に飲んだ日本茶が美味しかった。食事が済んで部屋へ戻った二人は、そろそろ家へ帰る時刻が近づいてきたので荷物をまとめて帰る支度をした。

「マオさん。ピアノ発表会に付き合ってくれて本当にありがとう。それとたくさん私を愛してくれて、もうなんて言ったらいいのか分かりません。これからもお出でになったときは私をたくさん愛して下さいね。それが祖父母が一番喜ぶことですから」

「僕は、もうアコに夢中でたくさんアコを愛してしまったけど、お祖父さんとお祖母さんに叱られないかと心配なんだけどね」

「それは問題ないと思うわ。マオさんは、祖父母のお気に入りなのよ。それで私と仮祝言なんて昔のような儀式をしてくれたのよ。これは私とマオさんが愛し合うことを認めたことになるのよ」

「そう。アコもそれでいいんだね」

「もちろんよ。正夫さんは、私が生涯をともにすると決めた人なのよ。私が求めているのだから、マオさんが私を愛してくれると嬉しいわ」

「分かった。アコ何時までも仲良くしようね」

「はい、至らぬ明子ですがよろしくお願い致します」

「僕の方こそよろしくお願いします。それと社会のことをよく知らないのでいろいろ助けて下さいね」

「それは、妻の役目ですからご心配なさらないで下さい。私も困ったときはマオさんに助けていただきますからね。私たちは、もう事実上の夫婦ですから」

「僕は、アコと同じようにお祖父様とお祖母様に感謝しなければね」

「それは、私と祖父母も同じですわ。今だからお話ししますが、お祖母様は、少し心配していたようなの。でもね、お祖父様が言うことをお祖母様は信じることにしているらしいの。それで、お祖母様の心配はなくなったのね。それで、祖父母で相談して仮祝言をすることにしたのね。その相談をしていたときには、もちろん私も一緒にお話を聞いていたわ。私は決まったとき泣いてしまったの。祖父母は、これまで私が泣くのを見たことがなかったのね。そのとき、お祖母様が私の背中をさすって下さって、明子、よかったわねえっていってくれたの」

「そう。皆さん全員で僕のことを信頼してくれたんだね。なんだか泣けそうになってしまったな。僕の責任はしっかりと受け止めてアコを幸せにするからね。今は時々しか会うことが出来ないけれど、必ずできるだけ早く一緒に住めるようにするからね。分かってくれるね。三年生になったらもっと勉強してお祖父様にも喜んでもらわなければね」

「一緒にそうしましょうね」

「それはわかっているよ。これは僕の心の内の問題なんだ」

「何か困っていることがあるの」

「今は何もないし、何かアコにしてあげられることがないかと考えていたんだ」

「ありがとう。でも今は抱きしめてほしいだけだわ」

　正夫は明子の顔を正面から見た。そして優しく、しかし強く明子を抱きしめた。明子は持っていたバッグを放して正夫に応えた。明子は目を閉じて、マオさんと小さな声で言った。しばらくそうしていたが、自然に身体を離した。

「そういえば、昨日お祖母様に電話しなかったでしょう」

「あら、忘れてしまったわ。私としたことが」

「僕がアコに触ったから、時間が無くなってしまったのだね」

「お互い様ね。それじゃ、帰りましょうか」

「荷物は僕が持つよ」

「ありがとう。じゃ、お願いね」

　二人は忘れ物がないかを確かめて部屋を出てエレベータで一階へ行った。明子がフロントへ行って、カギを返しながら会計をして下さいと言った。

「ありがとうございます。只野様ですね、少々お待ち下さいませ」

　と言って事務室へ入っていった。すぐに支配人が現れて、

「只野様、おはようございます。ご滞在中に不自由なことはありませんでしたか」

「ありがとうございました。慌ただしかったのですけど、ピアノ発表会のよい思い出になりました。また寄らせていただきます。そのときもよろしくお願いいたします。それでお会計をお願いいたします」

「承知いたしました。お会計はすでに只野真一郎様から済ませていただいていますのでご心配なく」

「そうですか。それでは失礼します」

「只野様によろしく、そしてお大事になさって下さるようお伝え下さい」

「お言葉のようにお伝えします」

　正夫と明子は出入り口の方へ行った。ボーイが追いかけてきて、

「当ホテルから只野様にお渡し下さいとのことです。よろしくお願いします」

「承知いたしました。お手数をおかけしました」

　二人は少しだけ市内を散歩することにした。まず広瀬川を見て青葉城へ行った。城の建物はなかったが、何か正夫は懐かしいような感情を持った。伊達政宗が京都へ行ったときの話を思い出して思わずクスリと笑ってしまった。

　明子が怪訝な顔をして正夫の方を見た。

「マオさん、何かあったの」

「伊達政宗のことを書いてあったのを思い出したんだよ」

「面白い話なの」

「そうかもしれない。聞きたい」

「もちろんよ。話して聞かせて」

「伊達政宗が初めて京都へ入ったとき、全身に付けているものを金で飾ったという。それを見た京都の人たちは、目を見張る人、田舎者と馬鹿にする人など二分したという。行列はもう目も眩むようだったと、良いに付け悪いに付け大評判になったらしい。それで伊達男というのは伊達正宗とその行列から生まれたそうなんだよ」

「へー、そんな話があったの。それで金ぴかのものを着

ている人を伊達男っていうのね」

「そうらしいね。だけど伊達家は、その後、相続問題でお家騒動が発生してしまった」

「そうね、昔は家長制度が厳しかったから、家長がしっかりしていないと大変な騒ぎになったのね」

「伊達藩は、三代伊達綱宗が放蕩の限りを尽くしたので若くして隠居させられた。その後を継いだのがまだ二歳の綱村だった。その後見人を巡って騒動は続いたんだね」

「昔から、お家三代にしてのれんに瑕が付くっていう言葉をお祖父様に聞いたことがあるわ。今の話がその例かも知れないわね。でも、なんで三代目はだめなのかしら」

「それはね僕も聞いた話だけど、初代は一生懸命働いて成功するね。二代目は初代の努力を見て育ったから初代を先生にして努力をするんだって。しかし三代目は生まれたときからいい境遇にいるから、努力しないで遊ぶようになるんだって。もちろんその人の性格に依るだろうけどね」

「そういうことなのね。私はお祖父様から見ると三代目よ。でも怠け者にはならないわよ。何しろよい手本がすぐ近くにいるんですもの」

「これからもよい手本になれるように努力するよ。それからね、もう一つ面白い話があるんだ」

「どんな話なの」

「それはね、徳川家も初代の家康はいろんなことをやって成功して天下を取ったよね。二代目の秀忠は、初代家康の厳しい教育で少し縮こまってしまった傾向が見えたという。それが三代目家光は『余は生まれながらにして将軍である』と言ったんだって。これをどう解釈するか学者の間で議論されたことがあったんだって」

「そいういう人もいたのね」

「権力争いは、昔のというか今の社会でも国の中だけでなく、一つの国と他の国との間でも起きているんだって。国際紛争というのが世界のあちこちで発生しているんだそうだけど、今後それがもっと激しくなるだろうと世界史の先生が言っていた。それから、民族闘争というのも出てくると言っていたけど」

「なんだか難しい話ね。何で人間は大勢集まると変な感情を持つようになるのかしらね」

　仙台の町にはまだ所々戦争の傷跡が残っていた。正夫はそんな状態を見るのが辛かった。東京はほとんど復興したと言われているのに、地方の都市ではまだ復興の途中にあるのだと思った。

　正夫にはもう一つ中学の担任のことが思い浮かんだ。人の道に反することをしたとは言え、正夫にとっては恩師の一人に違いなかった。今は、仙台のどこかの学校に勤めているらしいが、所在は不明だった。例えば住所が分かったとしても会いに行けるはずはなかった。

「マオさん、また何か考え事が起きたのね。話せることなら話して下さい」

「そうだねえ。あまりよい話じゃないんだけど、聞いたらすぐ忘れてくれるかい」

「マオさんがそう望むなら、そうするわ」

正夫は、実名を伏せて担任のやったことを話した。その先生が今、仙台のどこかに住んでいて学校の先生をしていると思われると話した。

明子は悲しそうな顔をした。正夫は慌てて、

「アコ、ごめんね。いやな話を聞かせるんじゃなかった。出来たらすぐ忘れてほしいんだけど」

「でもね、正直に言うと、私も先生に誘惑されそうになったことがあるの。だけどお祖母様が私の様子に気がついてお祖父さんと相談してすぐ学校に抗議してくれたの。それで何事もなくすんだの。学校で調査したとの報告書がお祖父様のところに送られてきたの。それによると、その教師は他にも手を出していたのね。それが明らかになって、免職させられたといっていたわ」

「そんなことがあったの。いやなことを思い出させてごめんね」

「そういう先生がいることが悲しくなったの。マオさんのせいじゃないわよ」

「僕たちは教員になっても、そういうことは絶対にしないよね」

「もちろんよ。一番信頼している人に裏切られることがどんなに辛いことか。誘惑された生徒達は、その後そのことを一生背負っていくのかもしれないと思うとかわいそうね」

「そうだね。一日も早く忘れてくれるといいね」

その話はそれで終わりにした。

「そろそろ帰りましょうか。祖父母がマオさんに会いたくて首を長くして待っているわよ」

「そうだね。お腹も少し空いてきたんだけど」

「お祖母様がマオさんの好きなものを作って待っているって言っていたわよ。帰るまで我慢できるかしら」

「もちろん。お腹が空いている方が更に美味しく食べられるからね」

「お祖母様は、マオさんが美味しそうに食べる姿がとっても好きなんですって。だから、お祖母様を喜ばせに帰りましょう」

「そうしよう」

二人は、仙台駅に向かった。

「アコさん、疲れていないかい。もし疲れているならおんぶしてあげるよ」

「ありがとう。家までは大丈夫と思うわ。そうだ、マオさんは今夜も泊まって言って下さるんでしょう」

「アコが望むならというより僕の方がそうしたいのだけどね」

「よかった。嬉しいわ。マオさんおんぶはいいから腕を組んでもいいでしょう」

「もちろん、いいよ」

明子は正夫の腕に自分の腕を組ませた。正夫は明子の指先が冷たくなっているのに気がついた。

「アコ、指が冷たくなってしまったね。手をつないで上着のポケットに入れようか」

「あら新発見ね。そうして下さい。マオさんの手は温かいのね」

「力仕事をすると指先が温かくなるんだって。だからいつでもアコの手を温めてあげるよ」

「ほんとにマオさんは優しいのね」

「それはアコを好きだからさ」

二人は少し早足になっていた。そして仙台駅が近づいてきた。時刻表を見るとあと二十分ほどで列車が出るようだったので、切符を買い離れたホームに急いだ。ホームに着くと、台の上に何かの折り詰めをたくさんおいて売っている年配の女性がいた。それはずんだ餅売りの人だった。明子は正夫の方を見て、

「この方がずんだ餅を売っている人よ。一つ買っていきましょうか」

「そうだね。お祖父さんとお祖母さんの分も買っていこう」

「おばさん、二つ下さいな」

と言って明子が代金を払った。正夫は僕が、と言いかけると明子が片目をつぶった。正夫は何から何まで明子に払ってもらうのは悪いと思ったが、何も言わなかった。しばらく待っていると列車がホームへ入ってきた。ドアが開き客が降り終わったので正夫達は客車に入った。相変わらず車内はがら空きだった。ホームで発車を知らせるベルが鳴り、列車が走り出した。

客席の中でも二人は並んで腰掛けて、手を握っていた。途中何事もなく松島の駅に到着した。二人は手を放さずにそのまま立ち上がり列車を降りた。改札口までそのまま歩いていた。改札口は二人並んで通過できないので止むを得ず手を放したが、改札口を過ぎると再び手をつないだ。坂道を登ると明子の家の屋根が見えてきた。家が近づくとお祖母さんが手を振って合図した。そして家の中に入っていった。再び庭に出てくると祖父がゆっくり歩いて庭に出てきた。

「お祖父様、お祖母様ただいま戻りました」

正夫も同じように挨拶した。

「元気で戻ってきてくれましたね。正夫君」

「はい。竜宮城からただいま戻りました。お祖父様はお加減がよろしいようですね」

「旅行中何か不自由はなかったですかな」

「思いがけないことがたくさんありました。お祖父様のお陰と感謝しています」

「なんの、明子の大切な人を明子と同じようにしていただくのは当たり前ですよ。さあ、中に入って下され」

「明子さん、お昼を召し上がったの」

「いいえ、我慢してきましたのでお腹が空きました」

「あらまあ。それじゃすぐ食事にしましょうね」

明子の祖父母の希望

二人は一度、二階へ行き荷物を置いて、手と顔を洗って下へ降りた。只野は、食堂のテーブルの椅子に座って、お祖母さんと何か話をしていた。二人がテーブルにつくと、お祖母さんがキッチンから大きなお皿を乗せたワゴンを押してきた。そこには正夫の好物の小豆餡ときな粉をまぶしたぼた餅が山のように盛ってあった。明子も手伝って取り皿を配ったりお茶を入れたりした。お祖父さんはそんな明子を目を細めて見ていた。正夫は只野の目を見た。その目は少し潤んでいた。

「さあ明子さんも座っていただきましょう。明子さん、正夫さんにお給仕してあげて下さいね」

「はい」

と言って明子は、正夫の取り皿にあずき餡ときな粉のぼた餅を取り分けてくれた。

ぼた餅は粒あんがまぶしてあった。これが正夫にはたまらないのだ。正夫はずんだ餅を買ってきたのを忘れていた。満面幸せといった顔で粒あんぼた餅を四個、きな粉のを二個、都合六個も食べてしまった。お祖母さんは目を細めて愛おしげに正夫を見ていた。明子は少し驚いた様子を見せた。

「正夫さんは、粒あんぼた餅が大好きなのですね」

「そのようだねえ。若いってことが羨ましいよ」

「でもお腹も身の内っていうのよ。お腹を壊さないでね」

「少し食べ過ぎてしまったようです。ごめんなさい」

「明子はすっかり正夫君の奥さんみたいになったね」

「ほんにねえ。私が言うのはおかしいけれど、お似合いですよ。ねえ、あなた」

と言って祖母は夫父を見た。祖父は、

「本当だねえ。私たちも嬉しいねえ。ようやく春がきたようだ。ねえ、おまえ」

「これから素晴らしい花が咲くことでしょうね」

「お祖父様もお祖母様も、あまり冷やかさないで下さい。マオさんが赤くなってしまいましたよ」

正夫は明子と過ごしたこの二日間のことが思い出されて顔が赤くなったのだった。正夫には只野夫妻の言葉が何を意味しているのか分かるような気がした。早く明子が子供を産んでくれることを願っているのだろうと思った。もしそんなことになったら正夫はどうするべきか分からなかった。出来ることは明子がこうしてほしいということを実行すること以外は今は考えられなかった。

ぼた餅を食べ終わると明子が、抹茶を入れてくれた。正夫は抹茶を今では好きになっていた。正夫は抹茶がもう少したくさん量が多いと嬉しいのにと思った。しかしよいものは量が少ない方がよいのかもしれない。

食後お祖父さんが、

「後で正夫君、明子と一緒に私の部屋へ来てくださらんか。お話ししたいことがあるのじゃが」

「はい、分かりました」

只野夫人は夫を伴って二階の寝室へ行った。只野は少し疲れたように感じた。正夫は明子と目を合わせて何だろうかという顔をした。明子は無理しなくてもいいのにと思ったが、何か相談事があるのかもしれないと正夫に言った。

明子は食事の後片付けをして正夫のところへ戻ってきた。明子は正夫をジーッと見つめて何か話したそうにしていたが、別のことを言った。

「マオさん、本当にありがとうございました。これからもよろしくお願いします」

「僕の方こそ迷惑をかけてしまったようで申し訳ありませんでした。僕はいつも言っているようにアコのことなら最大の努力をするよ。だから困ったことがあったら何でも言ってくれると嬉しいんだけど」

「ありがとうございます。お祖父様はこの頃、気が弱くなってきているみたいなの。だから少し無理なことを言ってもはい、はいと言って聞いてあげてほしいのだけど」

「はい。わかりました」

祖母が二階から降りてきた。

「正夫さん、明子さん、お祖父さんがお話ししたいことがあるのでおいで下さいと言っています。よかったらお話を聞いてあげて下さいな」

「分かりました。マオさん、お祖父さんのところは行きましょう」

「はい、アコさん」

二人は二階へ上がって祖父の部屋へ入った。祖父はベッドの背もたれを立てて寄りかかって新聞を読んでいた。

「さあ、ここへ来て腰掛けて下さい。今日は明子にも初めての話をしなければならないんだよ。明子は落ち着いて話を受け入れてほしいんだけどね」

「お祖父様、私はもう大人になりましたから、驚いたりしません」

「それでは話すよ。この前、大学の医師の診断を受けたときのことだ。医師は綿密に診察してくれて、最新の装置で検査をしてくれた。その結果、私の生命は後半年から一年と言われた」

「お祖父様、それってどういうことなの」

「まあ落ち着いて聞いてほしい。私の身体の中には腫れ物が出来て全身に広まっているらしい。それが進行すればということなんだよ。その三ヶ月くらい前になると、かなり苦しいことになるそうだ。最後は鎮痛剤を使用することになる人が多いということだ。そこで私はいずれ生命が終焉を迎えることになるが、その前にやらなければならないことがいろいろとある。それをまだ元気が残っている内にやっておくことにしたのじゃ」

「お祖父様ったら、今まで教えてくれなかったのはどうして」

「それはじゃ、明子は私が見てもとってもしっかり者だ。しかし、両親の顔も知らない境涯の上に私も余命幾ばくもないと知ったらいかに明子でも…。判るね」

「お祖父様」

正夫は明子を支えた。お祖父様の前でもここは場所を選んでいる場合じゃないと思った。ここで明子を支えなくては明子を愛する資格がない。

「明子、これは本当の話だから真剣に聞いてほしい。今は明子が信頼できるといって選んだ正夫君が明子を支えてくれることになった。正夫君は明子と同じ年齢だが、小さいときからいろいろ苦労してきているから、きっと明子の力になってくれると私とお祖母さんも絶対の信頼を寄せている」

「判りました。お祖父様。正夫さんお願いいたします」

「さっきも言ったように明子さんが必要なときはいつでも近くで手をのべるよ」

「それでじゃ。正夫君にも聞いておいてほしいのじゃが」

「判りました」

「まず初めに、正夫君にお願いがあります」

「何でも言って下さい。必ずご希望に添うようにします」

「ありがとう。この話は正夫君にとって大変難しい問題だと思うんだが、どうしても聞いていただきたい」

「はい。」

「正夫君、すぐとは言わないが、この家から高等学校へ通学してくれないだろうか。それは妻も賛成してくれている。経済的には何も心配することはないし明子もそれで安心できる。すぐ返事をほしいのだが、正夫君にもいろいろ考えがあるだろうから、少し考えてほしい」

「明子、君はこれまで何をやっても一番になった。そして正夫君という一番の人を連れてきた。私の提案に明子はどう思うか教えてほしい」

「お祖父様。私にはこれ以上のお話しはありません。正夫さんさえ承諾して下さるならすぐにもそうしていただきたいと思います」

「正夫君、私は何かで人を束縛することは絶対にしないつもりです。だから正夫君が、それはできないというならそれも一つの選択ということで受け入れますよ」

正夫は只野真一郎の真剣な顔を見て、これは自分の生涯を決めるときだと悟った。明子を愛することがその決定的な条件だった。明子は何にも代えがたい人だ。それで正夫の考えは決定した。正夫は只野真一郎に一つの条件を出した。

「私は只野様の申し出を受けることにします。それには一つの条件があります」

「それは何ですか。何でも話して下さい」

「それは明子さんを僕と結婚させて下さることだけです」

「マオさん。それは私も同じ考えです」

「判りました。明子もこの通り言っていますから、正夫君の条件は問題ありません。それにこの前、仮の祝言をしましたね。その仮を心の中でとれば正夫君と明子は今夜からでも夫婦として私たちは認めます」

「ありがとうございます。よろしくお願いします」

「次のことは、妻と二人で何日も話し合って決めたことです。失礼なことも言うかもしれませんがそのまま受け入れて下さい」

「はい。わかりました」

「申し訳ないが、今の正夫君には収入源がありませんね。それで正夫君が大学あるいは大学院を卒業して収入源を得るまで、正夫君と明子それから二人の間に生まれるであろう子供の生活費および学費その他一切の支出は、私達の財産から支払われることにしたいのです。これは是非認めてほしいのです」

「そこまで私にして下さるのですか」

「当然のことですよ。明子はそれほど私たちにとって大事な宝物ですから」

「お祖父様…」

明子は正夫にすがりついて声もでなかった。

「只野さん。こんな僕をそこまで信じて下さってありがとうございます。必ずご期待に添うように頑張ります」

「正夫君。そんなに堅苦しく考えることないですよ。今まで通りに考えて下さい」

そこへ只野の妻が、飲みものを持って入ってきた。

「お話はすみましたか」

「正夫君は、私たちの希望を叶えてくれることになりました。あなたからもお礼を言って下さい。それともう一つお話しすることがあります。私と妻がいなくなったときには、すべての財産を明子に相続してもらいます。これは親族にしか出来ないことですから、理解してください。目黒の土地と建物類も明子に相続されることになります。そのとき既得権を主張できないように適切な処置も打っておきます。これですべてです。あなたもこれで承知してくれますね」

と、只野は妻に同意を求めた。

「正夫さん本当にありがとうございます。明子のことをよろしくお願いしますね」

「承知いたしました。私の心は決まりましたのでご安心下さい」

「こんなところで申し訳ありませんが、正夫君と明子の固めの乾杯をしましょう」

これで正夫の生きる方向は決定的になった。後は親兄姉をどうやって説得するかだった。これは決して予断を許さないことだった。

固めの乾杯が済むと祖父はかなり疲れた様子だったので、正夫と明子は部屋から退室した。明子の部屋へ行き松島の見える窓辺に寄り添い手をつないで海を見た。明子はまだ目に涙をためていた。

「アコ、とても悲しい話だったけど、生物は生命を受けたときから生命消滅に向かって進んでいると、僕が集団学童疎開で行ったお寺の住職さんが説教で教えてくれた」

「それでも私の大事な祖父よ。まだ七十歳なのよ。そんなに若くてどうして……」

「どう言ったらよいか判らないけど、僕に出来ることがあったら言ってほしいんだけど」

「今はこうして、静かにしていたいの。マオさんごめんなさいね」

「謝ることなんかないよ。僕だってとっても悔しいんだから」

「ほんと。今はマオさんが私のすぐ近くにいて下さるからとっても心強いわ。今おっしゃった悔しいってどういうことなの」

「お祖父様の病気を治せない医学の遅れが悔しいんだよ。将来はもっと早く病気の原因を発見できる社会になっていると思うんだ。そうすれば病気の源を除去可能だと思うんだよ」

「マオさんはそういうことを考えているのね。やっぱりお祖父様の言ったとおりだわ」

「お祖父様はどう言っていたの」

「正夫君は現在問題になっていないが必要とされていることを考え出す能力があるようだって言っていたのよ。それからその考えが可能になれば社会が大きく変化するようになる。この能力は大変貴重なものだって。今のことがそれなのかもしれないわね。それでお祖父様は、私が正夫さんと付き合うのを認めたらしいの。それだけじゃなくて、私が本当に正夫さんを好きなら将来結婚してもよいとも言ってくれたの」

「お祖父様は怖いくらいすごい人なんだねえ」

「それが、お祖父様の病気が思ったよりも早く進行したらしいのね。それでお祖父様が元気なうちに私たちのことを決めたかったのね。それで、正夫さんに不愉快な思いをさせないように大変気を遣ったわ」

「もういいよ。こういうときは僕の胸に飛び込んでおいで、そして泣きたかったら僕の胸で泣いていいんだよ。僕はアコと一緒に将来を歩いて行くことに決めたんだから」

「ありがとう、マオさん。マオさんを試すようなことをした祖父母のことを許してあげてね」

「僕はアコの祖父母の元で勉強できることを誇りに思っているんだ。それに毎日アコと一緒に高等学校へ行けるしね、こんな嬉しいことはないんだよ」

「私もお祖父様にはとっても感謝しているのよ。だってマオさんと私を応援してくれるんですものね。それにお祖母様も賛成してくれて、私って考えてみると幸せ者よね」

「そうだよ。だから現実の問題は受け入れなければならないんだよ。それがお祖父様を励ますことにもなるんじゃないかと思うんだ。悲しんでいるとお祖父さんの意志が崩れてしまうかもしれない。まあ、そんなことはないと思うけどね」

「わかったわ。私は今までと同じように明るく振る舞うわ。わたしはマオさんの明るくて朗らかな妻だからね」

「それでいいんだよ。アコが喜んでいる姿を見せればお祖父様も安心するだろう。それが病気に負けない生きる力になると思うな」

「はい、正夫さん。それじゃ私を抱きしめて下さい」

「その調子だよ。僕の妻は将来に希望を待たなければならないんだよ」

「そうね。将来のためにこれからもっともっと勉強しなければね」

「お祖父様のことは当分近くで見守ることにして、お祖母様の健康も考えなければいけないね。最も気を張って頑張っているのがお祖母様だからね。すべてをアコ一人で見守るのは無理だから、僕も協力するよ」

「ありがとう、マオさん。それじゃマオさんはこの家から高校へ通学してくれるのね」

「そうだよ。夜は一緒に勉強できるし、学校へも一緒に通学できるよ」

「うれしいわ。私はマオさんをもっともっと大事にするからね」

「ありがとう。僕もアコさんを大事にするよ。でもあんまり気張らないで普通にしていこうね」

　明子は正夫に抱きついて目を潤ませた。しかし、それはうれし涙だった。

「少し散歩に行きましょうか。外の空気も変わっているかもしれないわよ」

「そうだね。この辺はいつ頃桜が咲くのかなあ」

「そうね、いつもの年だと四月十日過ぎ頃だったと思うわ」

「東京じゃ、もうそろそろ桜が咲くころだね。僕はお花見に行った記憶はないけれど、賑やかだって聞いたことがあるよ」

「この辺にはあまり桜の木がないわね。そうだ宗石寺の参道にあったわ。見に行きましょうよ」

　正夫と明子はお祖母様に声をかけて散歩に出かけた。坂を下る道筋の両側は松林で覆われていることに初めて気がついた。松林の中に点在する広葉樹も桜ではなかった。宗石寺の方へいく山側の道には細い灌木が生えていた。宗石寺に着いて参道を見ると、両側に桜の古木がほぼ十メートル間隔で植えられていた。桜の木は傷みが酷く根元に近い部分の木の枝にも花芽はまだ付いていなかった。サクラの木の根元を見ると所々大きな穴が空いていた。これは手入れをしないと木が枯れてしまうと思った。でもどうしたらよいか判らなかった。高校へ行ったら調べることにした。

「桜の木は少ないね。諏訪村には天皇陛下が皇太子殿下の頃に行幸（巡行）があり、愛香山で桜のお手植えがあったというので、その山の県道側はたくさんの桜が植わっているんだ。その他にも山林の所々に山桜が生えていて花が咲くと木のあることが判るんだよ」

「お手植えの桜と山桜は何が違うのかしら」

「お手植えの桜の種類は判らないけれど比較的うすい色の花が咲くんだけど、山桜は白い花が咲いている。それが咲くと山にこんなに桜の木があったのかと改めて判るんだよ」

「そうだ。仙台駅でずんだ餅を買ってきたのを忘れていたわ。お昼にぼた餅を食べたから、すっかり忘れてしまったわ」

「天皇陛下がお代わりをするくらい美味しいと言うことだからね」

「帰ったら食べてもらいましょうね」

「そうだね。この先はどこまで行けるのかなあ」

「もう少し河口の方まで行ってみましょうよ」

「いいよ。でもアコさんは疲れていないかい」

「大丈夫よ。だって筋骨たくましいマオさんが一緒なんですもの」

　宗石寺から高木川までは約一・五㎞ほどの距離だった。川幅はそれほどでもなかったが、橋の上から川面を見ると水量は豊富だった。

「アコさん、橋の上は風があるから寒いんじゃない。無理しちゃダメだよ」

「そうね少し寒くなってきたわ。マオさんの服のポケットに手を入れてもいいかしら」

「どうぞ、手を出して」

　正夫の服のポケットが膨らんだ。明子はどうやらこれが好きになったようだ。

　明子は正夫の肩に頭を乗せて目を閉じて歩いていた。正夫は明子が歩くところを選びながらゆっくり歩いた。

「そろそろ帰ろうか。今日はアコさんも疲れてるんだろう」

「そうね、帰りましょう。マオさん、おんぶしてくれますか」

「いいよ」

　と言って、正夫はしゃがんで明子が背中に捉まるのを待った。明子はもじもじしていたが、

「やっぱり歩くわ」

　と言ってポケットに手を入れた。

「大丈夫かい」

「うん、大丈夫よ。少し甘えてみたかったの」

「突然だけどね、アコは何人くらい子供をほしい」

「え、マオさんったら。たくさんほしいわね。一人や二人じゃ遊べないものね。私は一人でつまらなかったわ」

「でもね、僕みたいに常時五人もいると大変らしいよ。母はあまり子供を叱ったことはなかったけれど、食事のときなんかいつも大騒ぎだった」

「私はそういうのもいいと思うわよ」

　坂を登ると明子の家の屋根が見えてきた。すると明子

がまた、

「マオさん、やはりおんぶして下さる」

「いいよ、我慢しちゃダメだよ。僕もダメなときはダメって言うからね」

　と言いながら、しゃがんで背中を向けた。明子は正夫に背負われると腕を正夫のくびに巻き付けた。正夫は明子が可愛くてしょうがなかった。

　家が見えてきたとき祖父の部屋が見えた。窓に祖母が外を見ているのが正夫に見えた。祖母は、正夫が明子を背負っているのを見て驚いた様子で窓を締めて姿を消した。

　正夫が庭に入ると、祖母が飛び出してきた。

「正夫さん、明子がどうかしましたか。大事ないですか」

「お祖母様、大丈夫ですよ。今日はいろんなことがあったので少し疲れたようです。このまま寝室へ行って寝かせてあげたいのですが」

「よかったわ。どうぞ連れて行った下さい」

「それでは」

　明子はベッドに寝かせてもまだ目を閉じていた。よほど疲れてしまったようだ。明子に毛布をそっと掛けて部屋を出ようとすると、明子が正夫の手をつかんだ。

「アコさん、起こしてしまったかい」

「ううん、マオさんありがとう。お祖母様に見られてしまったわね。でもきっと喜んでいるわよ」

「そうだといいんだけど」

「今頃お祖父様に話しているわよ。お祖父様も笑っているわよ」

「そうだといいんだけど」

「だって、私たちがこんなに仲がよいことがわかったと思うわ」

「アコは元に戻ったね。よかった」

「マオさんのおかげよ。ありがとう」

「ご褒美に何をほしいですか。何でもほしいものを言って下さいな」

「今はアコの笑顔だけでいいよ。それが僕の一番好きなものだからね」

「それじゃ私が物足りないわ。こうするのはどうかしら」

　と言って明子は正夫に口づけをした。柔らかい唇が正夫の心をつかんでしまった。正夫は明子のするままになっていた。しばらくその状態を続けていた明子が唇を離した。ドアーをそっと叩く音がした。明子が、

「はい、どうぞ」

　と言ってドアを開けに行った。

「あら、明子さん大丈夫なの」

「はい、正夫さんに甘えてしまいましたの。私の正夫さんって優しいでしょう。お祖母様」

「この子ったら。でも時々甘えるのはいいことよ」

「それじゃ、時々甘えます」

祖母はトレーを持って明子の部屋に入ってきた。

「正夫さん疲れたでしょう。お茶とお菓子を持ってきましたから召し上がれ」

「ありがとうございます。いただきます」

二人は窓際のカウチのところでお茶を飲むことにした。お菓子は道明寺と桜餅だった。それを見て明子が、ずんだ餅を思い出した。

「マオさん、ずんだ餅をお祖父様とお祖母様に持って行ってくるから少し待っててね」

と言ってバッグから紙包みを取り出して祖父の部屋へ行った。祖母がさっきのことを祖父に話していた。祖父は、入ってきた明子を見て笑いかけた。

「明子、お前だけが正夫君に甘えるのじゃなくて、正夫君にも甘えさせてあげなさい。それが二人が末永く仲良く出来るコツだよ」

「はい、お祖父様わかっています」

「この子ったら、成長したわね」

「これでわしたちも安心じゃな」

祖父母は明子を優しい目で見つめた。

「また忘れるところでした。マオさんがずんだ餅を食べたいというので仙台駅で買ってきました。これはお祖父様とお祖母様の分です。食べて下さいね」

「ありがとう。正夫君にもお礼を言っておいておくれ」

「それじゃ、私は正夫さんのところへ戻ります」

「正夫君にありがとうと伝えておくれ」

「はーい」

明子は正夫のところに戻ってきて、

「お祖父様がありがとうって言ってました」

夕暮れが近づいてきた。西の方の山はかすんで見えなくなっていた。正夫はこれで菜の花が咲いていたら歌の景色そのままになるんだけどなあと思った。

明子は夕飯の支度を手伝いにキッチンへ行った。キッチンから明子と祖母の話し声が聞こえ、時々笑い声が混ざっていた。

正夫は祖母のことを考えてみた。永年連れ添ってきた夫が、死を迎える病床についてしまったことはどんなに辛いことだろうか。まだ七十歳を越えたばかりの夫は、まだまだやりたいことがあったに違いない。夫がこれまでやってきた仕事の集大成を後輩に任せることがどんなに悔しいか、自分で出来ないもどかしさもあるだろう。祖母は、夫の心中を思う日々を送っているに違いなかった。しかしその中で一点、明子が希望の太陽であった。

祖母は自分の教育法が間違っていなかったと思った。やりたいことをすべて全力でやるように、という明子への教育は成功したと思っただろう。明子はいろんな面で最大の努力を少しも嫌がらずにやってきた。それは夫とともに誇りにしていることだ。明子はピアノはもちろん幼少時から始めた合気道でもかなりの域に達していた。料理は自分が手をとって教え込んだ。それらをどれ一つも嫌がらずにやってきた明子は、自分たち夫婦の大切な宝物であった。

　そして最大の喜びは、明子が連れてきた正夫だった。初めはぼーっとした少年だったが、夫と話している姿を見て、夫も感心するほどの科学的な才能を持っていることがわかった。その才能を伸ばす努力を惜しまない態度にも驚嘆した。そして明子をこよなく愛してくれることも夫婦には嬉しいことだった。若い男の子が同年の女の子を背負って町中を歩くと言うのは勇気のいることだ。それを出来るほど正夫は明子を愛している証拠だと夫と話し合った。明子は正夫の背中で寝てしまうほど正夫を信頼していることも嬉しかった。

　自分を褒めすぎるのはみっともないと正夫は気がついてそこの部分を考えから削った。

　祖母は、夫の病を運命として受け入れているのだろうか。只野夫婦の宗教観については一度も話をしたことがないので判らない。正夫は死後の世界を信じていなかったので宗教については判断しようがなかった。正夫は祖父と宗教の話をしてみたいと思った。高名な科学者の宗教観を是非知りたいと思った。

　芥川龍之介の「蜘蛛の糸」を読むまで、死んだ後にも別の世界があるなんて考えたことがなかった。しかしそれは小説の中の話だと思っていた。そして諏訪村のお寺で見た映画で、お釈迦様は死ぬことを境目にして二つの世界があることを説いていた。とすると死ぬと言うことは何だろうか。正夫の論理からすれば、死後の世界で地獄で苦しむというのはおかしい。もちろん極楽で幸せな生活をするということなどあり得ないと考えた。それは死んでも感覚があるということになるからだ。

　健樹と話し合ったときには結論が出なかったが、今の正夫には二つの世界があるというのは真実ではなく矛盾した思考だとはっきり言える。それでは宗教というのは何だろうか。古来、人間は恐怖（死と暗闇）から逃れるために太陽を求めた。太陽だけが恐怖から逃れる方法だった。しかし夜は太陽がない。たき木を燃やす火では限界があるから恐怖を逃れられない。その代わりを言葉で巧みに恐怖心を和らげることに成功した人がいる。それが宗教の初めだと正夫は考えてきた。宗教を信じる人たちがたくさんいるということは、社会が正常に運営されていない証拠だろう。恐怖のない世界。どうやれば、それを実現できるのだろうか。

　それを実現できるのは宗教ではなくて、人々が相互に信頼するようになることだろう。とすると宗教は何のために発生し、存在を続けることになったのだろう。人の心の中に死後の世界を植え付けて、そこには極楽と地獄があると説き極楽へ行きたければよいこと、人のためになることをしなさい。逆に悪いことをすれば、死後地獄へ連れて行かれ恐ろしい目にあわされると説かれた。それで社会が安定すればよいがそうはいかなかった。その原因は、貧困層と富裕層との間の格差が広がることが、現実社会での地獄を発生させている。善良な人たちが戦争で業火に見舞われるような世界はあってはならないと考えた。

正夫は戦争中の敵機による爆撃の凄まじさを目の当たりにしたことを思い出してしまった。あの様子を地獄と言わずに何を地獄と言えるだろうか。

キッチンの話し声が止んだことに気がついた正夫だが、近くに誰かがいることに気がつかなかった。

「マオさん、どうしましたか。悪いけど窓を閉めてくれますか」

正夫は外が暗くなったことにも気がつかなかったのだ。

「はい、アコさん」

と言って窓を閉めた。明るい部屋から見ると外は暗く星が見えていた。そして階下へ行った。

「夕食の用意が出来ました。今夜は二人だけですから寂しいかもしれませんね」

「お祖父様の方を手伝わなくてもいいの」

「お祖母様が一緒に召し上がるそうだから心配ないわよ」

「今日は何か簡単なものでもよかったんだけど、またたすごいご馳走だね」

「今日はマオさんにおんぶしてもらったし、マオさんは栄養をとらないといけないわよ」

「それほど体力を使ったわけじゃないけど、美味しそうな食べ物を見ると全部食べてしまいたくるよ」

「ほほほ、私にも少し残しておいて下さると嬉しいわ」

「冗談です。こんなに食べたらすぐ眠ってしまいますよ」

「それは困ります。それじゃ、私も食べていいですね」

「もちろんですよ」

「それじゃ、いただきます」

二人だけの食事が始まった。一口食べるごとに二人は顔を見合わせてニッコリするのだった。

食事が済みお茶を飲みながら、一日のことを思い出して話をしていた。今日の発表会で明子が演奏したピアノ曲はベートーベンの『ピアノソナタ第二十三番 Appassionata（熱情）』という曲だと知った。正夫は、もじゃもじゃの頭を振りかざして演奏するベートーベンの姿を想像したが、ベートーベンの激しい曲に向かいピアノを弾いている明子の姿は激しさもあったが、優雅さを垣間見ることが出来た。正夫はまだ、ピアノ曲という一つの楽器で演奏することの難しさを理解できていないと自覚していた。明子と同じような過去に優勝した経験者は他に二人いたが、ショパンの曲を弾いていた。ショパンの曲はベートーベンの曲と比べると優雅さが目立つような気がした。

子供達の弾いた曲の数曲は正夫も知っているものもあった。演奏会が終了した後の懇親会も終わったとき安森紗栄子は、明子ともっと話をしたそうな様子だった。正夫の想像では明子に音楽学校へ進学しないかと勧めたかったのだろう。

「ところでね、アコさん。アコさんは音楽学校に入りたいと思わないの」

「急に何で音楽学校の話が出てきたの」

「懇親会の後で安森さんが明子に話しかけたかったようだったからさ。あの演奏を聴いたらアコさんを推薦したかったんじゃないかと思ってね」

「そうね。私は初めの頃、芸術大学へ入りたいと思ったのよ。でもね、私くらいの人は日本中にたくさんいてね、その人達と競争するのがいやだったの。それはその人達を恐れているんじゃないのよ。競争になれば私が勝てると思うんだけどね。そのために、一日に十時間以上もピアノの練習をする人生がよいと思わなかったのよ。今はまだ正夫さんにも言えないけれど、私は一つの計画を育てているの」

「そうかあ、変なことを言って悪かったね。その計画が育ったら教えてね。何か協力できることがあるかもしれないからね」

「そのときは必ず相談するから待っててね」

「わかったよ。楽しみだなあ」

この日の正夫と明子はさすがに疲れが出てきたので休むことにした。

「そろそろ休みましょうか。今日は私の部屋で休んで下さるでしょう」

「アコさんがそれを望むなら僕に異存はないよ」


時刻はすでに午後十時を過ぎていた。明かりを消すと、明子が正夫の腕に頭を乗せて目を閉じた。正夫は明子が寝息を立てるのを待って腕を枕に変えた。というのは正夫が寝返りを打つと、明子が目を覚ますのを心配したからだ。

正夫は窓から入ってくる星明かりで明子の顔をジーッと見ていた。そして、明子は正夫にとって本当に掛け替えのない大切な人だと思った。やがて正夫も目を閉じた。正夫は隣で寝息を静かに立てている明子が愛しくてどうしようもなかった。正夫は明子の胸に優しく触れながら眠りにつき、こんな夢路を辿った。

〝正夫は希望の大学へ入ることが出来た。そして、妻の明子と子供とお祖母様の四人で目黒の家に住んでいた。お祖母様は孫の子供をとても可愛がってくれた。明子は、編み物をしたり、相変わらず祖母に料理を教えてもらったりしながら、毎日正夫が大学から帰るのを待っていた。明子の外部の人との交わりは、時々ピアノを習いに来る近所の子供だったり、近くの合気道の道場で週に二回だけ女子部と子供達に技を教えるくらいだった。

祖父の三回忌は松島で行った。というのはお祖父様は東京に出たがらなかったと祖母が言ったからだ。正夫も東京の人混みが好きになれなかった。明子も外出を好まなかった。

外から見ても羨ましく見える正夫達の生活は平々凡々な日々として過ぎていった。明子は子供を愛し、正夫を愛し不満がなかった。〟

「マオさん、ちょっとベットから出るわよ。起こしてしまってごめんなさいね」

　という明子の声で正夫は目を覚ました。

「ついて行かなくても大丈夫？」

「大丈夫だけど、お水も飲みたいから一階まで付いてきてくださるかしら」

「いいよ」

　と言って二人は手をつないで一階へ降りていった。電灯を点けるとガラスコップが戸棚の中で光った。明子は声に出さなかったが正夫にしがみついた。

「驚いちゃった。正夫さんも驚いたでしょう」

「そうだね、急にしがみつくんだもの」

「グラスが電灯を点けたとき光ったのよ。猫かと思ったわ」

「この近所に猫がいるのかい」

「いるって話を聞いたことがないけれど。犬はいるわよ。あまり吠えないけれどね」

「僕の家には真っ黒の犬がいるんだよ。もうずいぶん年寄りになってしまったけどね。父が畑へ行くと作業をしている近くで寝そべっていた」

「どんな種類の犬なの」

「それがね、純粋の雑種犬なんだ。だけどとても頭がいい犬でね、畑を荒らすネズミやモグラを狩りだしてくれた」

「純粋の雑種犬ね。初めて聞く種類だわね」

「ごめんよ。純粋というのは雑種を強調して使った言葉だよ」

「あらそうだったの。またマオさんの冗談だったのね」

「ごめん、ごめん。目が覚めてしまったかい」

「まだ眠いわ。今何時かしら」

「四時頃だと思うけど」

「それじゃ、もう一眠りしましょうよ」

「はい。アコ様」

　二人が、再びベットに入ると、明子は魅惑的な顔を見せて、

「マオさん。明日からしばらく会えなくなるわね。だから、お願いね」

「僕もそのつもりだったよ」

「嬉しいわ」

　と言って明子は下着を脱いだ。

　その後一眠りして目が覚めると、下のキッチンから包丁で何かを切る音が聞こえてきた。祖母が朝食の用意を始めたようだ。正夫は明子を起こそうか迷って顔を見つめていた。その気配を感じて明子が目を開けた。手を正夫の首に巻き付けて自分の方へ引き寄せた。こういう場合、正夫は明子がするままにしていた。

「おはよう、マオさん」

「おはよう、アコさん」

「少しの間、マオさん一人にするけど我慢しててね」

「お祖母様を手伝いに行くんだろう。いっておいで」

「それじゃあね」

と言い、また口づけをして下へ降りていった。正夫は起きて隣の部屋へ行きシャワーを浴びた。ほんとうは明子の匂いを付けたままにしておきたかったのだけど。シャワーを浴びながら、明子の家から通学することについて、正夫はどうやって兄を説得するかを考えていた。ふと正夫はいい考えを思いついた。


少し前の時代には、普通のことだった住み込みで勉強させてもらう書生になるということにしよう決めた。正夫は身支度を調えて下へ降りていった。祖母と明子は何事かを話しながら、いつものように笑っていた。この二人はほんとの親子のようだった。正夫は少し羨ましくなった。正夫は母と笑いながら話をしたことを思い出せなかった。母だけじゃなく家族全員が笑うことは少なかったような気がした。それはやはり家が貧しいことが原因じゃないかと思った。

正夫は、家の貧しさをどうしようかと考えたことはなかったが、好きと言うことでは決してなかった。家族全員が懸命に働いて生きていけるのは素晴らしいことだと思うが、いつも緊張している生活からいつか必ず脱出したいと思っていたことも事実だった。明子の家に書生として入るという方法でそれが叶うのかもしれない。正夫が明子の家に書生というかたちで入ることで、只野夫妻と明子の態度が変わることも考えておかなければならなかった。多分そんなことはないと思うのだが。正夫はいろんな心の準備をして明子の家に住まわせてもらうことにしようと決めた。明子と今のような関係になったとしても、明子を絶対に信じていたとしても、正夫は緊張感を解いてはいけないと考えた。

それが只野家に対する信義だと思った。それだけの心構えをして両親と兄姉に話をすることにした。

正夫は庭に出て木剣の素振りを始めた。正夫の体力は、この季節なら木剣を五百回くらい振っても汗をかかなくなっていた。時間があれば、剣術の形を練習したかったがそれは将来のことにした。剣道の師範が言ったかったように、剣術の基本は素振りにあると信じていていたからだ。一日朝夕五百回ずつ合計千回の素振りの後で形をやるようにといわれていた。正夫はそれを長い間守ってきた。


明子と祖母が食堂の窓から正夫を見ていた。

「明子さん、正夫さんの姿を見てどう思いますか」

明子は正夫を感動して見ていたので、祖母が言った言葉を聞き逃してしまった。祖母はそんな明子を優しい目で見ていた。

「正夫さん、朝食の用意が出来ましたよ。身体を拭いてきて下さいね」

「あ、ちょうど素振りが済んだところです。すぐ行きます」

正夫は二階へ上がり再びシャワーを浴びてすっきりし

て食堂へ行った。テーブルの上には、仙台のホテルで食べたような朝食が用意されていた。

「今朝は二人でのお食事になりました。お祖母様は、お祖父様のところでお食事をするそうです」

「そうだ、お祖父様におはようを言ってこなくちゃ」

「お祖父様はお食事の後、身体を清めてからお会いできるわ。それまで待ってて下さいと言っていました」

「もちろんです」

「それでは食事にしましょうね」

　と言って明子は味噌汁をおわんに注ぎ、ご飯をよそって正夫と自分の前に並べた。こういうときの明子はまるで正夫の母か姉のように振る舞っていた。いや妻のようにと言った方が当たっているかもしれない。

「いただきます」

「いただきます」

　と言って食べ始めた。この家で食べるものの味は、どんなダシを使っているのか判らないけれども正夫にとってはなんとも言えないものだった。もちろん正夫の作るものも煮干し汁と鰹節を使っているので味は悪くない。が明子の家の食物を食べると自分の作るものは何か物足りなかった。明子に聞いたが、これは秘密ですと言って教えてくれなかった。しかし、後で教えてくれたのは、鰹節の代わりにあごだしというものを使うこともあると言っていた。それから重要なのは昆布だしを使うということだった。正夫の家ではお正月の煮物やお雑煮に使うが普段は使うことがなかった。でも明子の家の味を出せるまでは大変だと思った。

　食事の後、正夫の家では、お茶を飲むことは両親がいるときだけで、それ以外のときは白湯を飲むのが普通だった。明子の家ではお茶、紅茶、コーヒーなど好きなものを飲むことが出来た。時々抹茶も飲むことも出来た。

「ごちそうさまでした。おいしかったです」

「ごちそうさまでした。お粗末様でした」

　と明子が言った。このとき明子は正夫が緊張している様子に気がついた。明子はどうやったら正夫の緊張を解くとが出来るかを考えた。今の状態で明子の家から大川高校へ通学することに少し不安を感じたからだ。それにもう一つ緊張する原因があることに気がついた。正夫が明子の家から通学することを両親にどうやって納得してもらうか考えているのだろう。このことに明子は何も力になることができず歯がゆい思いだった。今は正夫についていって説明することは不可能だった。

　食事の後片付けを正夫に手伝ってもらった明子は、

「片付けが済んだら私と少しお話ししてくれないかしら」

「もちろんいいよ。アコと話をするのは楽しいからね。それにしてもアコから言い出すなんて何かいつもと違うね」

「だいじなことなの。お茶は何がいいかしら」

「紅茶を飲みたいなあ。もしかして赤ちゃんが出来たとか?」

「そんなに早く赤ちゃんが出来たかどうか判らないわよ」

「そうなの。後は何か大事な話というと…。判らないや。それじゃカウチの方へいこうか。それともアコの部屋がいいかなあ」

「そうね、私の部屋にしましょう」

「わかった。お茶が入るまでここで新聞を少し読んでるね」

「はーい」

正夫は久しぶりに新聞を読んだ。正夫の興味がある記事は、ビキニ環礁で行われた水素爆弾による被爆者のその後の状態だった。幸いなことに被爆死亡者がいるという記事はなかった。それから、京都のある中学校で変な授業が行われているという事件の顛末がでていた。この事件はその中学校で教職員組合に所属する教員が行う授業と教育委員会の実施する授業が並列で行われているということだ。中学生はとんだ迷惑なことにあっていると言うことだ。戦争が終わる前までは教育委員会というのはなかったということだったが、敗戦後に外国の教育法が採用され教育委員会というのが出来た。これがまた敗戦後、教職員組合というのが出来て、そこに所属する教員とが対立することがしばしば発生しているという。

「マオさん、お茶が入りましたよ。私の部屋へ行きましょう」

「はい」

二人は二階の明子の部屋へ入った。カウチに腰掛けるとテーブルにトレーを置いてお茶を正夫の前に置いた。明子の座るところにもお茶を置いて明子が座った。

「話ってなんだい。なんでもいってごらん」

「聞きたいのは、マオさんは四月からこの家から大川高校へ通学してくれるのよね」

「それはみんなで話し合ったことだからそうさせてもらうつもりだけど、なにか不都合が出てきたのかい」

「ううん。そうじゃなくて、マオさんがご両親にどうお話しするのかと思って心配していたの」

「そのことはね、後でお祖父様にお願いしたいことがあるんだけどね」

「どんなことなのかしら。私に何かお手伝いできることがあるかしら」

「今のところ判らないけれど、お願いすることが出来たら、そのときはお願いするよ」

「絶対話して下さいね」

「よろしくね」

「お祖父様にはどんなことをお話しするのかしら」

「僕の立場をしっかりしておいた方がよいかもしれないと思ってね。例えば何の名目もなしにここに住まわせてもらうというのは難しいと思うんだ。それで、高名な先生の書生という身分にしていただくことが出来ないか、お願いしたいんだけどね」

「そうかあ、それなら十分理由になるわね。お祖父様がどんなに偉い方かどうか判らないけれど」

「昔から、灯台もと暗しっていうからね。僕もついこの前知ったばかりなんだけどね、大川高校の理科の先生方が、一度お会いしたいというほど高名な方らしいんだよ」

「そうなの。何か人と違うという気はしていたんだけどね」

正夫は明子に自分の考えを話した。明子はその案に賛成した。只野はどう考えるだろう。明子は、

「ちょっと持っててね、お祖父様の都合を聞いてくるから」

正夫は紅茶を飲んで待っていたが、二、三分間後に明子が戻ってきた。

「お祖父様がお話を聞きたいと言っています。正夫さんさあ、行きましょう」

「お祖父様はなんと言うかしらね。ちょっと心配だよ」

「大丈夫よ。お祖父様は私のためになることなら大抵のことは聞いて下さるわよ」

正夫は明子とともに只野の部屋に向かった。正夫はドアを軽く叩くと、

「どうぞ。お入りなさい」

という返事が戻ってきた。正夫はドアを開けて先に入り、明子が続いて部屋に入って只野の近くへ行った。只野はいつものようにベットの背当てを起こして寄りかかり新聞をよんでいた。

「そこへお掛けなさい」

と言って二つ並べてあった椅子に二人を座らせた。

「正夫君、何か私に話したいことがあるそうじゃね」

「はい、お願いがあって伺いました」

「正夫君、そんなに堅苦しいしゃべり方は終わりにしましょう」

「はい、判りました」

「その話というのはどんなことかね」

「はい昨日、新学期からこちらから高校へ通学させていただくことになりましたが、そのことでお願いがあります」

「判りました。何でも言って下され」

「それではお話しします。こちらから高校へ通学させていただくのは、この上ないことと喜んでいます。そこで出来ましたら、只野さんの書生という身分にしていただければ両親に話しやすいのですが。そのようにお願いできますでしょうか」

「これは私としたことが、そこまで考えていませんでしたね。よろしいでしょう。正夫君を私の書生ということに決めましょう。それですべてがうまくいくでしょう」

「ご承知下さってありがとうございます。この家で僕に出来ることがあったら何でもしますので申しつけて下さい」

「正夫君には、この家で勉強してもらうのが目的ですから決まった仕事などはありません。いや一つありますかな」

「それはどんなことでしょうか」

「この家で一番難しい仕事かもしれませんぞ」

「お祖父様、正夫さんの勉強の邪魔になることはさせちゃダメですよ」

「ほれ、ご覧の通りです。仕事というのは明子の面倒を見てあげてほしいということですよ。明子、それでよかったかな」

「お祖父様ったら、ありがとうございます。正夫さん、よろしくお願いします」

正夫は二人のやりとりを楽しく見ていた。

「判りました。明子さんお手柔らかにお願いしますよ」

「マオさんまで」

「それで何か書き付けのようなものを書きますかな」

「それは多分不要だと思います」

「それでいつから来て下さるのかね」

「四月五日に参りたいと思います。それでよろしいでしょうか」

「結構ですな。明子、よかったな。引っ越しの荷物はどのくらいあるのじゃろうか」

「着替えと書籍が少々と学校の道具だけですから、大きな風呂敷包みで間に合うと思います」

「着替えは明子が揃えておいてくれるじゃろう。明子、頼みましたよ」

明子はニコニコして、

「それは任せておいて下さい。いいわねマオさん」

「ご面倒をおかけします。よろしくお願いします」

ということで何も心配することがなくなった。正夫は〝産むは案ずるよりも安し〟だと思った。ただ言葉遣いにまだ不安があった。目上の人に対して失礼の無い話し方を学ばなければいけないなあと思った。

その後、正夫と明子はお祖父様としばらく雑談をして明子の部屋へ戻った。

「アコさんありがとう。これで何の心配もなくなった。四月から一緒に通学できるね。でも本当にこれでいいのかなあ」

「何言ってるんですか。お祖父様が進めた話ですから、何も問題はありませんよ。もうそういうことは考えないでいいのよ」

「わかった」

正夫はまだ戸惑いを持っていたが、それを顔に出さないことにした。

「アコに一つ聞きたいことがあるんだけど」

「なあに、マオさん」

「毎月の通学定期代はどのくらいかかるの。それから、アコはお小遣いとして毎月いくらもらっているの」

「通学定期券はいくらかしら。ちょっと待っててね」

明子は勉強机のところへ行ってカバンの中を見ていた

が、すぐ戻ってきて
「半年分でこれくらいよ」

　と言って定期券を正夫に見せた。

「お小遣いは、毎月五百円いただいているわ。余ったら貯金しておくの。足りなかったら別にいただくわ。そうか、マオさんは今までは自転車通学だったから定期券は必要なかったのね。このことはお祖母様に話しておくわね」

「そんな、いいよ僕も親から送ってもらうから」

「それじゃ、ここに住んでもらう意味がないじゃないの。お金のことは心配しないでって祖父母が言っていたわよ。もうきちんと考えていると思うわよ」

「でもそんなに迷惑かけちゃ申し訳ないじゃないか」

「マオさんは私の大切な人、良人になる人よ。祖父母は、マオさんを私と同じようにしてくれるわよ。マオさん、私はマオさんが好きよ。そして心から愛しているわ」

　と言って両手を差し伸べた。正夫はその手をつかんで引き寄せた。明子はうれしそうに正夫の腕に飛び込んだ。明子は、正夫はまだ緊張していると思った。それを解き放す方法は一つしかないと考えた。

「マオさん、お散歩に行きませんか」

「うん、いいよ」

　明子は、祖母に正夫と外でお昼を食べてきますと断って散歩に出かけた。この日は前に行ったレストランのある方へいった。二人は海岸の砂浜を歩くことにした。砂はどうしてこんなに細かくなっているのだろうかと正夫は不思議に思った。去年登山したときの分教場下の諏訪川上流では、砂そのものがあまりなかったのを思い出した。夏に泳ぎに行った畑の先の川岸には砂はあったが粒がもっと大きかったような気がした。

　海岸を歩いていると、いろんな漂着物が吹きだまりのように集まっていた。正夫は小さな声で「椰子の実」という童謡を歌った。明子はすぐ気がついて、一緒に歌い出した。二人は顔を見合わせて微笑み合った。明子は正夫の腕に手を置いて肩に頭を寄せた。明子の好きな格好になった。砂浜には誰もいなかった。

「アコ、こうして歩いているととっても心が安まるよ」

「そうお。それだったら毎日こうして散歩しましょうね。私もこの恰好が大好きになってしまったわ」

「そうだね。僕たちにはこれからいろんなことが起きると思うけど、アコのことは僕が必ず守るからね」

「ありがとう。私もマオさんが、何かの拍子で困ったことになったら、一緒に乗り切っていくわ」

「そうだね、それが一番大切なことだからね」

「そうだ。マオさんが家に来たら私に勉強を教えて下さいね。もう楽しみにしているんですもの」

「アコはどの科目が苦手なの」

「あまりないけど、数学が、苦手というほどじゃないけど、あまり時間をかけたくないかしらね」

「アコは何でも真剣にやるから理解力がいいんだね」

「そうね、何かをやるときは真剣にやらないと時間がもったいないじゃない」

「アコの言うとおりだね。僕は自分の時間があまり取れないから時間を無駄にしないようにしてきただろう。後はアコと同じで、何かをやるときは時間を無駄にしないようにする癖が付いてしまったのかしらね。何時か時間に追われない時代が来るかなあ」

「そうよね。祖父母の年齢になれば、少しは時間に余裕が出るかもしれないわよ。でもね、マオさんはそんな年齢になっても次々といろんなことを考え出して忙しくしているように感じるわ」

「それは困ったね。そんなときはアコが別のことをやってくれって頼めばいいかもしれないね」

「私たちって、少しおかしいのかしら」

「どうしてさ」

「まだ結婚もしていないのに、ずいぶん先のことを話しているから」

「でも仮にだけど結婚したんだから、二人の将来のことを話してもいいんじゃないかなあ」

「それもそうね。ふっふっふ」

「何かおかしいことを言ったかい」

「ちょっと楽しくなったの」

「そういえば、僕もなんだか浮いてきたなあ」

「浮くのはいいけど浮かれるのはダメよ」

「はい、将来の奥様」

「将来じゃなくて、私はもうマオさんの奥様のつもりよ」

「わかったよ。じゃあ言い直すからね。はい奥様」

「それでよろしくってよ」

　他人がこの会話を聞いたら、まるでママゴトをしている子供のように感じたかもしれないと正夫は思った。というのは正夫と明子は恥じらいもなくこんな話を出来るようになっていたからだ。

「少し休みたくない、アコ奥様」

「そうね。この前来たレストランがもうすぐだから、そこへ行きましょうね」

「あのレストランは感じがよかったね」

「ケーキもいただいたしね」

「でも、ケーキはアコが作ったものの方が美味しいと思ったよ」

「そーお、褒めて下さって嬉しいわ」

「でもね、思うんだけどいつもいつも同じ味を出すというのは大変なんだろうなあと」

「それはやはり、それを仕事として作っている人にはかなわないわよ」

「うん、そうだねえ。確かに職業として作っている人はそれなりにいろんな努力や工夫をしているんだろうからね」

「それと、家庭で作るものは大抵それを食べる家族のことを考えて作るんだし、家族もその味になれているからね。他所のものを食べると美味しくないと感じるのかもしれないわね。逆に美味しいと感じることもあるかもしれないわ」

「なるほどね。アコってすごいね。僕はアコをさらに好きになってしまった」

「私たちってお互い似ているところがあるわね」

「そうかもしれないね。それに早く気がついたのがアコだったんだ。僕はその頃、化学クラブで何をやるかでかなり考え込んでいたので、アコに気がつかなかった。これはアコに謝らなければならないね。ごめんなさい」

「それは何でもないし、私にとっては幸いだったのよ」

「何で幸いだったんだい」

「それはね、マオさんが他の女性に興味を待たない状態でいてくれたんですもの」

「僕は途方もない幸運を掴めたということになるんだね」

「幸運かどうかは判らないけれど、出会いの必然性があったんだってお祖父様は言っているわ」

「お祖父様が、そう言ったのかい」

「そうよ、それもかなり真剣な様子でね」

「お祖父様がね」

「お祖父様の言った必然性ってどういうことかしら」

「僕の考えではお祖父様に失礼かもしれないけれど、昔風にいえば運命の出会いというのかもしれないね」

「運命というのは宗教上の言葉じゃないかしら。宗教って矛盾したことを言うことがあるわよね。例えば人が死んでもあの世で生きているとかね」

「それはね。僕の考えでは、教育的な面があるんだと思うんだ。悪いことをすると地獄へ落ちるとかね。地獄というのは死んだ後でも大変な苦しみを味わうという。逆のこともあるけどね」

「でも外国の宗教では、罪を犯しても自ら神の前で懺悔をすれば許してもらえるとかね」

「それも何となく矛盾しているような気がするね。もちろん社会的道義に反することは他の方法で償わなければいけないだろうけどね。精神的には反省するということで許されるのかもしれないね」

「だからお祖父様のいう必然性というのは、宗教に関係ない言葉だと思うのよ」

「こんな話は、今だから言えることであって、未来世界では宗教は何の役にも立たない存在になっているかもしれないよ。それがいいことかどうか判らないけれどね」

「SF小説では宗教はどう扱っているのかしら」

「僕が読んだSF小説は少ないけれど、宗教の出てくるものは覚えがないなあ」

「あら、もうレストランの前に来てしまったわよ。入りましょう」

「そうだね、いつの間にかお腹が空いたね」

二人はレストランに入っていった。この前の人が急ぎ足で出入り口まで来て出迎えてくれた。

「只野様、よくおいでくださいました。お席へご案内いたします。お祖父様のお加減はいかかですか」

「ありがとうございます。変わりなく病を楽しんでいるようです」

「それは、それは。本日はお二人様でございますね」

「はい。何か美味しいものをお願いしますね」

「かしこまりました。係のものを呼びますので何なりとお申し付け下さい」

と言って戻っていった。

正夫と明子は食事を済ませて、さらに先へ行ってみることにした。海岸の砂浜が狭くなり砂利が混ざっていた。その中には貝殻が所々に隠れるように石の隙間に入っていた。明子が砂利と小石が混在しているところに、これまで見たことのないものを見つけた。それは半透明で、何かの生き物の抜け殻のように見えた。それから二人はヤドカリの話に夢中になった。ヤドカリは大きく成長すると、それまで入っていた貝殻から大きい貝殻を求めてさまよい、適当な大きさの貝殻を見つけると中に入っているものを追い出して、そこに入り込んでしまう。当然先住者との争いになるが、負けた方は新しい貝殻を見つけてさまようという。

「生物の世界では強いものが勝つのね」

「そうだね。人間の世界でも同じだと思うけれど、人間は複雑なことができるから、かなり違ったことになるようだね」

「それはどういうこと」

「例えばね、僕の父親が言っていたんだけど、この前の戦争で悪者として東京裁判その他の裁判で犯罪者になったのは日本の軍人だった。でもね本当に裁かれなければならないのは、戦争の原因を作ったものや勝者となった国の軍人や政治家も入らなければ不公平だって」

「それはそうよね。お祖父様は、この戦争は初めからやるべきじゃなかったと言ったことがあるの」

「そうだって、父も言っていた。父は、戦争に反対していた元首相だった広田弘毅というひともA級戦犯として判決を受け、死刑になってしまったって言って悔しがっていたことがあった」

「それっておかしいわよね。戦争を止められなかったというのが罪になったのかしら」

「東京裁判では、裁判は軍事法廷という形式になっていたらしいんだね。だから自分たちが有利になるように進められたんだそうだ」

「やはり強いものが勝つということになったのね」

「人間も普通の生物と同じ部分が強く出たということだろうね」

「マオさんは、お父様といろんなことをお話しするのね」

「そうだったね。今は離れて住んでいるから余り話をする機会が無くなってしまったけどね。アコごめんね、寂しい思いをさせてしまった」

「ううん、もう大丈夫よ。これからはマオさんがいろんな話をしてくれるから。それに親とはいえ、いつまでも引きずっていても先に進めないから」

「アコ、これからは二人で沢山いろんな話をしようね」

「そうしましょうね。マオさん、そろそろ戻りましょうか」

「そうだね」

　二人は来た道を話を続けながらゆっくり引き返した。明子はさっき拾った何かの抜け殻と拾い集めたきれいな貝殻を大事そうにハンカチに包んで抱えていた。

「アコ、疲れていないかい」

「今は大丈夫よ」

「疲れたら疲れたと言って、また背負ってあげるから」

「背負ってもらいたいけれど、ここからじゃ少し遠いわね」

「かまわないよ」

「でも、もう少し家に近づいてからお願いするわね」

「いつでも背負ってって言いなよ」

「ありがとう。マオさんだって疲れているでしょう」

「僕は少し寝れば疲れはどこかへ行ってしまうから大丈夫だよ」

「マオさん。頼りにしているわよ。でも一週間も離ればなれになるのよ」

「しばらくといっても一週間くらいだから、待っててくれるね」

「できるだけ早く戻ってきてね」

　正夫と明子は坂道の下まで来た。明子が足を止めてしまったので、

「アコ、背負ってあげるから、おいで」

と言ってしゃがんで背中を明子に向けた。

「ほんとに大丈夫なの」

「心配ないよ」

「ありがとう」

　正夫は明子を背負って坂道をゆっくり歩いた。明子は正夫の歩くリズムが好きになってしまった。正夫は、明子は大きく見えてもこれほどの重さしかないので内心驚いていた。家の近くまで来ると、今日も庭で草むしりをしていた祖母が二人を見つけて二階へ上がっていった。少しして客間の窓から祖父母が二人の方を見て何か話をしていた。正夫が家のドアを開けようとすると、ドアが内から開いた。正夫は驚いて明子を落とすところだった。ドアは祖父が開けてくれたのだった。

「正夫君、ご苦労様でした。明子がお世話をかけますがよろしくお願いしますよ。明子は誰かに甘えたことがないので正夫君に甘えているようですな。正夫君、明子を甘えさせてあげて下され。お願いします」

「僕はこういう明子さんも大好きです。僕の方こそ甘えさせていることをお許し下さい」

「何の。そう言われると、返す言葉がありません。な

あ、お祖母さん」

明子は正夫に背負われると安心しきって寝てしまうようだった。祖母が、

「ここへ寝かせて下さい」

と言ってカウチを並べたところに下ろすように言った。正夫は静かに明子をカウチに寝かせて足をのばしてあげた。それで明子は、はっと目覚めた。

「明子さん、よくお休みでしたね」

「あら、お祖母様、お祖父様も一緒に。私困ったところを見られてしまいましたか」

「そんなことはないよ。正夫君が嫌がっていないようだから、もっと甘えなさい」

「お祖父様ったら」

「そろそろ正夫さんがお戻りになる時刻が近づいてきましたよ」

「そうでした。マオさんちょっと二階へ来て下さるかしら」

と言って応接室のドアのところへ行った。

「お祖父様もお祖母様も少しの間、待ってて下さいね」

「はい、はい判りましたよ」

二人は明子の部屋へ行った。部屋に入るなり明子は正夫を抱きしめて、

「マオさん。ありがとうございました。今度は学校が始まる二日前に来てくれるでしょう」

と言った。

「そうさせてもらうよ」

「しばらくお別れですけど、風邪なんか引かないでね」

「アコさんも元気でいてくれよ」

「はい正夫さん」

明子は、机の引き出しを開けて何か封筒のようなものを取り出した。

「正夫さん。これは祖父母からお渡しするように言いつかったものです。参考書など学用品の他に、後輩達に何かをご馳走するときに使って下さいと言っていました。通学証明書を取って置いて下さいね。それから移動証明は、ご両親の了解が得られたらお持ち下さいと言うことでした」

「お二人のお心遣いありがとうございますといって下さい。アコにもお礼言います」

「私は嬉しいのですから、お礼なんて必要ないわよ」

正夫は本当にこんな厚意を受けていいのだろうかと、まだ悩んでいた。しかし、ことはどんどん進んで行ってしまうので理解するのが追いつかない状態だった。

正夫は只野夫妻にお礼を言い、お別れの挨拶をした。明子は泣き出しそうな顔をして庭に出ていった。

「あの子ったらどうしたんでしょうね」

「そっとしといてあげなさい。正夫君、四月にお待ちしていますよ。元気な姿を見せて下され」

「ほんに。正夫さんが来てくれるのが楽しみですね」

正夫は只野夫妻に見送られて帰途についた。今度の三泊四日も思いがけないことが続いて起こったのであっという間に過ぎてしまったような気がした。正夫はしばらく歩いてから振り返って明子の家の方を見た。

夫妻はまだ見送っていた。正夫が手を振ると夫妻も手を振ってくれた。明子は腕を組んで駅まで行った。明子は北上駅まで行くというのを無理にホームまでと言ってなだめた。ホームから松島湾を見ると穏やかな海が見えた。いつも島に当たって白く見える波もこの日は見えなかった。やがて列車が来て正夫は明子の手をほどき、客車に入っていった。明子は窓の外で何かを言っていた。窓を開けると北上駅で乗り過ごさないようにと注意してくれた。列車が発進した。明子は今日もいつまでも手を振っていた。正夫は窓を閉めた。北上駅はすぐなので必死で窓の外を見て眠らないように気をつけた。

無事に大新田駅に到着した正夫は、新聞店のお上さんにお礼を言って自転車を受け取り家へ向かってこぎ出した。

家に着くと、元気な声で、ただいまと言って、入り口の戸を開けた。台所に女性がいたので正夫は他所の家へ入ってしまったのかと思った。外へ出ようとすると、その女性が正夫を呼び止めた。

「正夫さんすか？　お帰りなさい。私は勝彦の姉です。よろしくお願いします」

正夫は戸惑ったが、弘兄のお嫁さんになる人だと気がついた。

「正夫です。初めまして」

正夫は後をどう続けたらよいか判らないので言葉を切ってしまった。そこへ弘が帰ってきた。

「正夫、お帰り。元気だったか。この人はこの前話した人だ。しばらく一緒に住んでくれることになった。そういうわけだ。正夫の方はどうだった」

「合宿はうまくいったよ。そこですごい人に紹介されたんだ。そのことで兄さんに相談したいことがあるんだけど」

「何かいい話のようだな。夕食の後で話を聞こうか」

「うんわかった。それじゃ風呂を沸かすね」

と言うと、女性が

「お風呂は沸いていますちゃ。食事の準備もすぐ出来ますちゃ」

「そうですか」

正夫は習慣でやっていたことがなくなってしまった。女性は丸顔で優しそうだった。正夫は弘とうまくやってくれるような気がした。弘が先に風呂に入りなというので、正夫は先に風呂に入った。風呂から出ると食事の用意が出来ていた。正夫は、これじゃ何もすることがなくなってしまったと思った。食事は明子の家で食べるものとは全く異なるが、それなりに美味しかった。食事が終わると女性が

「いっぱい食べてけさいん。味はどうでしたか」

と聞かれたので、

「自分で作ったものと比べられないくらい美味しかったです。ご馳走様でした」

「お粗末様でした」

弘はそんなやりとりを安心したというように見ていた。

弘が風呂に入り、女性は食事の後片付けを終わらせると正夫に話があると言いだした。

「正夫さんと私の弟の勝彦は同級生なんだってねや」

「はい、そうです。たしか小学校五年生の時だったと思います」

「そうですか。勝彦は勉強が嫌いでねや、少しは勉強しろと何回も言ったんですけど。正夫さんは本を読むのが好きだったのすか」

「読書は好きでした。この辺の方の持っていた本を借りてきては読みまくりました」

「どんな本を読んだのすか」

「いろいろです。父が好きだったので、講談本をよく読みました。野村胡堂、大佛次郎とか、山本周五郎とかは諏訪村の公民館で借りてきて読みました。それと近くに住んでいた大新田高校の先生から日本文学全集というのを借りて読みました、その全集にあった森鷗外、夏目漱石、芥川龍之介の小説は全部読みました。それから月刊雑誌に出ていた、佐々木邦、海野十三、南洋一郎、小松崎茂という方の小説も読みました。それから漫画も読みました」

「へー、ずいぶんたくさん読んだのねや。今は何か違うものを読んでいるのすか」

「今はもう読んでいませんが、少し前までは難しいものを読んでいました」

「ずいぶん読んだのねや。それでそれは何かの役に立ったのすか」

「それはありません。読書は今すぐ何かの役に立つというものではありません」

「それじゃ、いつか何かの役に立つのすか」

「読書そのものが役に立ったと言うことは聞いたことがありません。しかし、本の中身は多くの場合、人々が経験したことが書いてあるので、それは知識の財産として蓄積されます。そして何か困難に遭遇したとき参考になることがあるかもしれない、と聞いています」

そのとき弘が風呂から出てきたので、話はそこで終わった。

「いい湯だったよ。あなたも風呂へ入ってきたら」

「はいはい、それでは風呂に入ってきます」

弘は、正夫のところへきた。

「正夫、さっき相談したいことがあると言っていたが、どんなことだい」

「それなんだけどね、先輩の大学生の一人が、前に高校の学園祭のとき話をしていろいろ教えてくれた人だけどね。その人の紹介である高名な物理学者に会うことが出来たんだ。その人は僕のことを気に入ってくれて、高校での授業料などを援助してくれることになってね。その人が自分の家から高校へ通学して勉強してみないかと言ってくれたんだ。書生と言うことで総ての費用は不要というんだけど」

「それはすごい話じゃないか。それでお前の希望はどうなんだ」

「僕は、日本を代表するような方のところで勉強できるなんて夢のようなことだと思っている」

「そうか。今聞いただけでは判断できないが、悪い話じゃないな。俺は賛成だ。きっとお前のためになるだろうからな。それでいつから行くことになるんだ、というか相手の方はいつから来てくれと言っているんだ」

「出来たら四月初めに来るのが、切りがいいだろうと言っていた」

「それもそうだな。俺の一存でいいから、勉強してこい。ただし、途中で投げ出すことだけは許さないぞ。この件は俺から親父に話しておく」

「兄さんありがとう。僕頑張るよ。こんな幸運を掴まない手はないよね」

「それじゃ、何かと用意しなければな」

「それだけどね、勉強道具とほんとに必要なものだけ用意してくればいいって言ってくれたんだ。でも親父はいいって言うかなあ」

「それは俺から言っておくから問題はないさ。俺のこともあるしな」

正夫は、弘兄がこんなに頼り甲斐があるとは思っていなかった。弘も縁談がまとまったようなので、いい機会だったのかもしれなかった。

正夫は、あす明子に電話をかけようと思った。明子の顔を見たくなった。

午後八時頃になって、英一が訊ねてきた。

「よう、英一。元気だった」

「よう。少し会わないうちに正夫は大人になったみたいだな。何か心境の変化があったのかい」

「そんなのあるわけないじゃないか、いやあったかもしれないな」

「なんだい。何かあったのか」

「まあ、そんなことは後にして、今日はなんだい」

「それさ。新入生歓迎会だけどな、四月三日にやることになった。新入生の数はいろいろな事情があって少なくなって全員で十一人だけだってさ。正夫も出席できるだろう」

「困ったもんだなあ。中学校も例の問題が発覚して生徒指導まで十分に手が回らなかったんだろうな」

「そういうことも言えるかもしれないなあ」

「それからもう一つ、自転車旅行とどこかの山に登山することも考えておいてくれっていうことだ」

「そのことだけどな、歓迎会は出席できると思うが、旅行と登山は無理かもしれないんだ」

「やはり何かあるんだな。ま、いいか。正夫には正夫の生き方があるんだからな」

「そうさ、人のことを詮索するより自分のことを考える方が大切だ」

「やはり、正夫は大人になったな。俺と考え方が違ってきた。俺はまだ将来のことを真剣に見つめたことがなかったからな」

「そんなことは五十歩百歩さ」

「また判らないことを言い出したな」

「四月から、英一とも会う機会が少なくなる。寂しくなることもないだろうがな」

「そうだな、寂しいと思う人もいなくなったしな。しかし大川高校へ通学するんだろう」

「もちろん、それは変わらないよ」

「正夫も知っていることだろうが、雅子はノイローゼのようになってしまったらしい。高校も辞めたいとか言い出しているようだと幸子が言っていた」

「そう」

「それだけか、正夫」

「他に何を言えって言うんだい」

「可哀想だとか、何か言い方があるだろうと俺は思うんだけどな」

「俺は一人の男として、友達だった人の悪口を言いたくないだけさ」

「そうか、わかった。彼女のことを聞かせて悪かったな」

「謝るようなことじゃないさ。これからは誰からも彼女のことを聞きたくないとみんなに言っといてくれるとありがたいけど。無理にじゃなくていいけど」

「わかった。みんなもこの話をしたくないようだから大丈夫だろう」

「諏訪村は、俺にとってはいろんな思い出がつまっている。この村を後にすることになっても、諏訪村は俺を育ててくれた素晴らしい村だ。決して忘れないさ」

「それじゃ、四月三日に会おうぜ」

「それじゃあな」

　英一はいいやつだと正夫はお礼を言いたかった。新入生歓迎会のときにみんなにも言わなければならないだろう。

　正夫は、これからは俺は自分のためだけじゃなく多くの人のために勉強しなければならない。しかし、今勉強していることは、過去にたくさんの人たちが残してくれたことを辿っているだけだと感じていた。そういうことを理解してから自分の考えていることを始めることが出来るようになる。それまでは辛抱するだけだ。〝急いては事をし損じる〟という諺があるじゃないかと正夫は思った。

　寝る時になって、正夫はあの女性はどうするんだろうと心配した。弘に言うと弘と女性は奥の部屋に寝るという。正夫は囲炉裏の横で寝ることに決めた。正夫はさすがに疲れが出て布団に横になるとすぐ寝てしまった。

　翌朝、目が覚めて水を汲みに行こうとしたら、女性はもう起きて朝食の支度をしていた。正夫はやはり女性の食事作りは手際がいいなあと感心してしまった。

「おはようございます」

「おはよう、正夫さんはずいぶん早いのね」

「いつも風呂の準備と水汲みが僕の役割だから」

「今日は学校へいくことないんでしょう」

「そうだけど、習慣を変えることが出来ないから」

「それじゃ、お風呂の方を任せてもいいすか」

「もちろんです。それで、あなたのことをなんて呼べばいいのでしょうか」

「名前で呼んでくれてもいいし、普通は姉（義姉）さんと呼んでくれればいいわよ」

「それじゃ、義姉さんと呼ばせてもらいます」

「嬉しいわねや。正夫さんは私のことを認めてくれるのですか」

「認めるも何も僕が何かを言う問題じゃないですから」

「ありがとうね。仲良くやっていきましょうね」

「はい、よろしくお願いします」

「お風呂の準備が済んだらご飯にしましょう」

　正夫は風呂の湯を汲み出し新しい水を入れて中を洗ってから、また汲み出す作業をいつものように三回やった。この時期は水を朝から入れておくと燃料が余分に必要になるので風呂を焚く直前に水を汲み入れることにしていた。そのことを説明して台所用の水を汲んできた。義姉は正夫が一荷の桶をかずいて楽々と運んでくるのをみて驚いていた。

「弟の勝彦にも正夫さんのやることを見せてあげたいわね」

「これですか、これは小学生の頃からやっていることなので苦しいと思ったことはないです」

「一つはこっちに入れて下さいね。もう一つはそこに置いてくれればいいわ」

「これでいいですか」

「はい、ご苦労さんでした。もうすぐ食事が出来ますからね」

「はい」

　と言って正夫は外へ出て愛香山の方を見てから、開拓団の門のところへ行った。そこまで行かなければ諏訪山が見えないからだ。山は珍しくくっきりと姿を見せていた。雪はまだたくさん残っているが、朝日を受けて橙色に輝いていた。

　それは正夫の人生を祝福しているかのように感じられた。

　正夫は山を見たので家へ戻った。弘も起きていて食卓の前に座って正夫が戻るのを待っていた。

「遅くなってしまったごめんね。山を見てきた。今日はすっきりした姿を見せていたよ」

「まあ、座って食事にしよう」

「はい」

義姉が味噌汁とご飯を用意し、野菜の煮物と鰯の焼いたのも出ていた。菜の種類は同じだったが何かが違っているように感じた。だがそれが何かは判らなかった。

「今日はどんな作業をするの」

「今日は麦踏みと見回りだけだから手伝わなくてもいいぞ」

「それじゃ、大新田町へ行ってきてもいいかなあ、大新田高校の先生に会いに行ってきたいんだけど」

「行ってきてもいいぞ。ゆっくりしてこいよ」

「ありがとう、兄さん」

正夫は〝ごちそうさま〟と言って、食器を流しに持って行った。それを見て義姉は弘に言った。

「あなたたちはとってもよく協力してきたのねえ。羨ましいわ」

「それは二人で協力して仕事を分担しなければ、うまくいかなくなってしまうからね」

「正夫さんもよくやっているわね」

「そうなんだよ。自分の進む道を自分で切り開いていくことに努力している。だから俺もできるだけ正夫が勉強しやすいようにしてやるように心がけている」

「男の兄弟っていいわね。私の家なんか女が多いでしょう、男は正夫さんと同級生の勝彦だけだから、甘やかされて育ってしまったのね。勉強もしないし家の手伝いもしないのよ」

「そのうち気がつくさ。そのまま大人になるわけないからね」

「そうなるといいんだけど」

「だって、いやでも自分の家を背負っていかなければならなくなるんだから」

「そうなってくれるといいんだけどねや」

正夫は兄たちがそんな話をしているのを聞き流していた。食器を洗い終わって部屋に戻り、本を読み始めた。今読んでいるのは明子が貸してくれたものだった。弘と義姉は食事の後片付けが終わると畑へ行った。正夫は九時を過ぎた頃、大新田町へでかけた。

正夫は久しぶりに自転車で大新田町への道を名残惜しい気持ちで走った。途中の愛香山峠で諏訪山を見た。今日はまだすっきりした姿を見せていた。カッパ神社へも寄ってみた。お祭りの日は歩くのが難しいくらい混雑しているのに普通の日には人っ子一人いなかった。更に進んで諏訪川脇の自転車店にも寄った。事情を話すとよく頑張っているなと言って褒めてくれた。その裏の鉄工所の社長さんに会ってお礼を言った。社長も、頑張れよと励ましてくれた。ここまで来て、何だか永久の別れの挨拶回りをしているような感じになってきたので、これ以上他のところには回らないでまっすぐ大新田高校へ向かった。高校に着いて受付で山形先生が出勤しているかどうかを訊ねた。先生は出勤しているというので面会したいと、お願いするとすぐ職員室へ来るように言われ

た。職員室に行くと山形先生は席を立って入り口の方へ来て、教室へ行きましょうと先に立って歩き出した。教室に入ると、

「寺田君、君は身長も伸びたし立派になったね」

　と言って正夫の身体を眺め回した。

「先生、いろいろご忠告ありがとうございました」

　と挨拶してから只野真一郎のことを話し、その方の家で書生として勉強させてもらうことになったと話した。

「只野真一郎というと、あの物理学では日本の宝とか良識と言われている方のことですか」

「私は全然知りませんでしたが、仙台の大学へ行っている高校の先輩が紹介してくれて、お話を伺ううちに只野先生から申し出があり、勉強させていただくことになりました」

「寺田君、君はすごい人に巡り会えたんだね。ところで、先生はお元気でしたか」

「それが、体調を少し崩していると言っておられました」

「そうですか。何にしても寺田君は只野先生の下で勉強できる幸運に全力で応えなければいけません。頑張って下さい」

「はい、只野先生を目指して頑張る決心をしました」

「ところで君は、大川高校での成績はどうなんですか」

「まだまだ努力が足りないと頑張っていますが、二学年は二十八番で終わってしまいました」

「それはクラスでですか。それとも学年でですか」

「学年でです」

「それは、よくそこまで頑張りましたね。これからももっと頑張って下さい」

「ありがとうございます。期待に添えますように努力を惜しまず勉強します」

「これは蛇足になりますが。去年相談に来たことはどうなりましたか」

「それは、先生のご忠告を守ることで切り抜けることが出来ました。ありがとうございました」

「それはよかったですね。今度来るときもよい話を持ってきて下さいね。期待していますよ」

「ありがとうございます。それじゃ、これで失礼します。先生にお会いできて本当によかったです」

　ということで目的を達した。つぎに、諏訪中学校図書室の先生の家を訪ねることにした。ここでも幸運に先生にお目にかかることが出来た。先生の家へ上がらせてもらうことが出来た。正夫はご無沙汰を詫びてから、しばらく諏訪村を離れることを話した。

「諏訪村を離れるというのはどういうことですか」

「実はある高名な学者の家で書生になり、勉強させてもらうことが出来ることになったのです」

「私の知っている方かしら」

「実はこの話は諏訪村では内緒にしておきたいのですが」

と言って山形先生に話したことを話した。

「それはおめでとう。寺田君はどこか違うと思っていました。家の手伝いをしながらよくそういう好運を掴むことが出来ましたね」

「僕も夢を見ているような感じです。でも夢で終わらせないように頑張ります」

「大川高校での成績はどうですか」

「入学時は三六〇人中の中間くらいでした。二学年終了時は学年二十八番に上がりました。まだまだ上がいるのでもっと頑張らなければなりません」

「そうですか、これからも期待していますからね」

正夫は、先生方が卒業生の成績に関心を持っていることに驚いた。生徒は卒業してしまえば、次の年度の新しい生徒が入って来るので前の生徒のことなど忘れてしまうのかと思っていたが、それは間違いだと気がついた。それは卒業生の励みにもなることだと思った。

図書館司書先生に別れを告げてから新聞店と魚屋に寄った。しかし諏訪村を離れる一件は何も話さなかった。ただお礼に寄ったとだけ言って辞した。最後に電気店に寄った。ここの主人には大変お世話になったのでそのお礼もしたかった。電気店に寄るとおばさんが店番をしていた。店は少し寂れたように見えた。

「こんにちは。寺田です」

「あらまあ、正夫君ね」

「はい。お元気ですか。おじさんはお留守ですか」

「正夫君、寄ってくれてありがとうね。実はね家の人は今体調を崩して病院に入っているのよ。大川市の病院に」

「どうされたんですか。英一君は何も言っていませんでしたが」

「あの子はこの頃寄ってくれなくなったのよ」

「何で、あんなにこの店を頼りにしていたのに」

「大川市の店に行っているのかしらね」

「今度英一に会ったら言っておきます」

「いいのよ、亭主が入院中だしね。あまり役に立てないかもしれないから」

「僕も何も知らずに申し訳ありませんでした。何かお手伝いできることがあったら言って下さい。といっても数日のうちに諏訪村を離れることになってしまったのですが」

「あら、どうしてなのすか」

「実は、英一君にも言わないでほしいのですが、ある有名な方の家で勉強させていただけることになったのです。それでその方の家に住まわせていただくことになりました」

「それはよかったわねえ」

「それというのもこのお店で電気を通して下さったおかげです。本当に感謝しています。僕、四月になったら病院へお見舞いに行きます。病院の名前を教えてえて下さい」

「ありがとうね。でも亭主は誰にも言うなと言うのよ。でも正夫君なら亭主も喜ぶかもしれないわね」

と言って大川市の病院を教えてくれた。

「野菜をとれるようになったら、お持ちするように兄に言っておきます。おばさんも身体には気をつけて下さいね」

正夫はしばらく話をしてから電気店を後にした。正夫は人にはいろいろな生活があるのだなあと思った。正夫は魚店に向かった。ここの息子の伸之は信頼できる同級生だったので会いたかった。店に行くと女主人が店にいた。

「こんにちは。いつも野菜を買っていただいている寺田です」

「あれま、しばらくぶりだね。今日はどうしたんだい」

「伸之君に会いに来ました。彼いますか」

「いるよ。まだ寝ているかもしれないけれどね」

「もうお昼に近いのに、まだ寝ているんですか」

「この頃何があったのか夜遅くまで勉強しているからね。そっとしてあるのよ。ちょっと待っててね、起こしてくるから」

「大丈夫ですか」

「もうこんな時刻だから大丈夫でしょう」

「それじゃ、お願いします」

女店主が二階へ上がっていった。

目をこすりながら伸之が出てきた。

「なんだ寺田君か」

「何だとはご挨拶だなあ。猛勉強中だと聞いたが起こして悪かったな」

「よく来てくれたな。まあ上がれよ。そういえば、君のことがクラスで話題になってな、みんな何が起きたんだろうと不思議がっている」

「別に不思議に思うほどのことじゃないさ。まだ上に二十七人もいるんだからな」

「そう言ってしまえばその通りだけどな。それで今日はどうした風の吹き回しだい。何か俺に用があってきたんだろう」

「特別な用があったというんじゃないけどな。俺は四月になったら諏訪村を離れることになる」

「何でまた、急に東京へでも行くのか」

「そうじゃなくてな、ある学者の家の書生になることが決まったんだ。それで一年間その学者の家に住むことになった。もちろん大川高校へはその家から通学することになる」

「何でそんなことになったんだい」

「それはな、一昨年、去年と学園祭を見に来てくれた高校の先輩が特別ゼミというのに招待してくれたんだ。そこで、高名な大学の先生だった方を紹介してくれたんだ」

「俺にはそんな話来なかったなあ」

「それは化学クラブの先輩だったからだろう」

「それで君はどうするんだい」

「俺は兄に相談したら喜んでくれたので、お世話になる決心をした」

「生活費とかいろいろかかるだろう」

「それが一番心配だったんだけど、全部その先生が持ってくれるということになった」

「それって、すごいことじゃないか」

「君に一つだけお願いがあるんだが、それはこの話は君を信用して君だけに話したことなので他の人たちには絶対言わないでほしいんだ」

「わかった。俺も嬉しいよ。寺田はすごい努力家だからな。それが認められたんだろう」

「みんなだってそれなりに努力していると思うけれどな。いい先輩に巡り会えたことが幸運だったのかもしれないな」

「何がよい結果に繋がるか、面白いもんだなあ」

「ところで伸之も、来年大学受けるんだろう。どんな分野に行くつもりなんだい」

「俺は工学部を目指している。出来ればその後で経営学を勉強したいと思っている」

「二つもかい。それは大変だなあ。どうしてまた」

「俺は会社を作って経営者になるつもりなんだ」

「それはすごいじゃないか。頑張ってくれよな」

「ところで君は昼飯を食べたのかい」

「いや、まだだけど」

「それじゃ一緒に何か食うことにしょう。ちょっとお袋に言ってくるから待っててくれ」

と言って伸之は母親のところへ行った。すぐ戻ってきて、

「お袋が君のことが気に入っているようで、何か美味しいものを食べさせてくれると言っている。時間は大丈夫か」

「今日はゆっくりしてきていいって言われて出てきたから大丈夫だ」

「そういえば、君は俺の部屋に上がったのは初めてだったな」

「そうだったな。ずいぶんきれいにしているじゃないか」

「いや、俺がきれいにしているわけじゃないさ。母親がいつもやってくれるんだ」

「いいお母さんだな。俺なんか何でも自分でやらなけりゃならなかったからなあ」

「今度君が行く家ではどうなるんだい」

「さあな、自分のものは自分でやるのが当然だと思うけどな」

「とにかく君は幸運を掴んだと言えるんだろうな。頑張ってくれよ。俺も負けないからな」

「俺たちは、別々の道を進むことになるけど、いつか何かの拍子で仲間になったり、競争相手になったりすることがあるかもしれないけど頑張ろうぜ」

「仲之、降りておいで」

と仲之の母親が呼んだ。

「寺田、下へ行こう」

「うん」

二人が下へ降りていくと、台所の方からいい匂いがしてきた。食卓の上にどんぶりが置いてあった。その他に八角形の皿の上に変なものが載っていた。

「寺田、食べようぜ。これは近くの中華料理屋からの出前だけど結構うまいんだぜ」

「中華そばは判るけど、こっちの皿の上のはなんだい」

「これは餃子というものだ。野菜や挽肉を小麦粉を練ったもので包んで焼いたものだ。それをこの小さい皿のタレを付けて食うんだ。うまいぞ。それに栄養が付くんだってさ。さあ食おうぜ」

「それじゃ、いただきます」

ラーメンは久しぶりに食べたが、この店のラーメンはうまかった。初めて食べた餃子は、何だか変な匂いが強くあまり好きになれないと思った。それでも悪いと思って少し食べた。食べ終わると、仲之の母親が皿に米粒が表面にくっついているものと白いまんじゅうをのせて持ってきてくれた。もう一品みつ豆のようなものが入っている小さめの器も載っていた。これは杏仁トーフというものだそうだ。さすがの正夫もお腹がいっぱいになった。

「ご馳走様でした」

「お粗末様でした」

と仲之が言った。それから二人はまた仲之の部屋へ行って話をした。二時間ほど話し込んで仲之と別れた。それから郵便局へ行き電話をかけたいと申し込んだ。電話は五分ほど待って只野の家に通じた。

受話器の向こうで明子の声が聞こえた。

「もしもし、只野です。どちら様でしょうか」

「明子さん、僕正夫です」

「まあ嬉しい。電話をかけてくださったのね」

「昨日の夜、兄に話したら勉強しろって言ってくれた。住所も移していいって」

「よかったわ。ちょっと心配してたのよ。祖父母に伝えておきます。それでいつこちらに来ることが出来るの」

「それがね、四月三日に諏訪村から大川市にある三つの高校へ入学できた新入生歓迎会というのをやることになったんだって。これは毎年のことだから出席しないといけないいんだ」

「それはそうよね。それで」

「翌日には行きます。途中、高校へ寄って通学証明書を発行してもらわなければならないから、いつもの列車の前の列車に乗れると思う」

「通学証明書は住所を移してからじゃないといけないいんじゃないかしら」

「そうかあ。それじゃ今言った列車で行くよ。そっちの役場の手続きは教えてくれるよね」

「それは心配ないわ。私が一緒に行きますから」
「ありがとう。お願いします」
「かしこまりました。待ち遠しいわ」
「それじゃ、四日に会おうね」
「はい」

正夫は明子の電話の声も素敵だと思った。

正夫は転居証明をもらうために役場へ寄った。転居証明の取り方を係の人に聞いて書類を作ったが印鑑が必要だということなので、この日はもらえなかった。それでその書いた書類を持って帰路についた。

正夫は、愛香山の峠で自転車を降りて、しばらく山を眺めた。

山を見ながら書生として明子の家で暮らすことに不安もあったが、新しい経験が出来ると思って身震いした。学童疎開の経験が生きるかもしれないと思った。

正夫が家へ帰ったとき、弘はまだ畑から戻っていなかった。正夫は風呂の水を入れようと思って湯船のフタを開けると、すでに水が入っていた。これでは家で正夫のやる仕事がなくなってしまう。明子の家へ住まわせてもらうことにしたのはよい機会だったのかもしれないと思った。

四月三日になった。今日は新入生歓迎会だ。正夫は三年生だから準備を手伝うことはないと言われていたので十時頃まで読書をして過ごした。本を読みながら、この家ともしばらくお別れだなあと感慨にふけった。両親はなんと言うだろうか。そのことがまだ少し心配だったが、弘が俺に任せておけと言うので心配しないことにしようと思うが、やはり心の片隅では心配していた。

正夫は自転車に乗って県道に出て中学校へ向かった。途中、役場によって転居手続きを済ませた。その証明書を大事に内ポケットにしまい、外からポケットを押さえて確認した。中学校へ着くと、三年生は四、五人しか到着していなかった。

「よう、しばらく」

と言いながら正夫は同級生に近づいた。

「ひさしぶりだな、正夫」
「元気だったか」
「よう」

などと言って正夫に近寄ってきた。女子は正夫を離れた位置から見ていた。挨拶が終わると、幸子が目配せして、正夫をローカへ誘った。二人はローカを講堂の方へ歩き出した。

「寺田君は、すごく頑張ったんだってね。上位一割以内に入ったとか聞いたわよ」
「たまたまそうなっただけだと思うよ。だって特別なことをしたわけじゃないから」
「でも噂がすぐ伝わって来るのよ」
「また、噂話かい。君たちは噂話が好きなんだねえ」
「でも、ほんとに近い噂は気になるでしょうが」
「僕は気にならないけれどね」

「そんなことを言わないで正夫君のことを少し聞かせてよ」

「そんなことをしたら、どんなに大きな話になってしまうか判らないから、噂話の種はまかないよ」

「正夫君は諏訪村を出て行くんだってね」

「誰がそんなことを言ったんだい」

「私は彼に聞いたんだけど。何でも婿養子に行くって言っていたわ」

　ここまで聞いて、正夫は突然大きな声で笑い出してしまった。

「噂話って小説より面白いね。想像力もたくましいし、驚いたよ」

　正夫は一つの実験をしたくなった。ここで正夫がちょっとしたヒントのように聞こえる言葉を口にすると、どのように伝わっていくかをやってみたくなった。

「大川高校へは今のまま通学するんでしょう」

「もちろん、卒業まで大川高校へお世話になるよ」

「それじゃ、どこから通学するのよ」

「前に大川市の北の方から通学している奴がいる話をしたっけ。そいつの家はお寺でね、一緒に勉強したいと行ってきていたんだ。それと僕の兄が結婚することになったので、僕が家を出ることにしたんだ。ちょうどよい機会だったからね」

「そういうことだったのね。正夫君のお兄さんが同級生の姉さんと結婚するかもしれないという話は聞いたわ」

「ちょっと待ってよ。そんなことも噂になっているのかい。恐ろしいところだね」

「小さな村では、いろんなアンテナが張られていて、小さなことでもすぐひっかかってしまうのよ。何しろ話題が少ないところだからね」

「そうすると、僕が友達のお寺に行くこともすぐ広まってしまうんだろうな」

「それでわかったわ。雅子の同級生の人が正夫が行くお寺に近いところに住んでいるんですってね。その子は正夫にすごく気があって付き合いたいので紹介してほしいと頼まれたことがあるらしいの。そういうことだったのね」

　どうやら幸子は、正夫とその女子高生を結びつけて考えたのだろうと推測した。正夫はこんな実験をするべきじゃないと思ったが、噂話の無意味なことを考えてほしかったので敢えてやったのだ。

「正夫君は、新しい人と付き合うことにしたのね」

「新しい人というわけじゃないよ。高校へ入ったときにすぐ友達になったんだから」

「そんなに早くから付き合っていたの」

「初めて話をして、すぐいい奴だと思ったよ」

「そう、ずいぶん話をしたからもう戻りましょうか」

「そうだね」

　正夫が仲間のところへ戻ると、彼らは好奇心の目を正夫に向けていることに気がついた。英一も噂好きな一人であることを知った。正夫が諏訪村を去ることは英一しか知らないことだからだ。今日からはその噂話に尾ひれが付くことになる。そしてそれがみんなの共通の意識として残っていく。後で真実を知ったとき彼らは正夫についてどんな感情を持つのだろうか。おそらく自分たちのことを棚に上げて正夫に非難の目を向けることになるかもしれないと思った。正夫はまともな考え方をする人がいるかいないか楽しみになった。でも正夫はすぐ反省した。友達にこんな試すようなことをするのは大人げないと思ったからだ。

　二人の二年生が、正夫達のところにやってきて、

「全員そろいましたので会場の教室へ来て下さい」

「わかった、すぐ行くよ」

「お待ちしています」

　正夫は二年生は礼儀正しい子がいることが嬉しくなった。二年生と三年生が腰掛けると新入生が会場の教室へ入ってきた。二、三年生が拍手した。新入生は頭をかきながら、それぞれの名前が書いてある指定席へ向かい着席した。

　正夫はその中に去年の学園祭に来た子がいるのを見つけ手を振った。彼の方も正夫を覚えていて手を小さく振った。自己紹介があり、歓迎会は和気あいあいのうちに進んだ。例によってカレーライスを食べてしばらく歓談してお開きになった。入ってくるとき手を振った新入生が正夫のところへやってきた。

「寺田先輩、お久しぶりです。僕もようやく先輩の後を追っかけることが出来るようになりました。どうぞご指導お願いいたします」

「おめでとう。偉そうなことを言うけど、今スタートラインに着いたところだからこれからどうするかを考えて俺を追い越してほしい」

「判りました。先輩を追い越すように頑張ります」

「嬉しいことを言ってくれるねえ。俺も頑張るからな」

「俺も化学クラブに入ることにしています。失礼します」

「待っているよ」

　彼は仲間のところへ戻ると周りの子たちに何か言われていた。正夫は三年生のところへ行くと、諏訪村から出て行くんだって、と口々に言って理由を聞きたがった。

「そんなに俺のことを心配してくれているのなら、誰にも言わないという条件で話してもいい。でも約束を守らなければ、俺は諏訪村から心を別のところへ移すことにする」

　みんなは黙ってしまった。しばらくその状態が続いたあとで、幸子が話し出した。幸子の話が終わると、

「正夫はさすがだな」

　とかなんとか言ってまじまじと正夫の顔を見た。

「もしかするとずっと向こうに住むことになるかもしれないんだ」

「それってその彼女の婿さんになるってことか」

「すぐというわけじゃないけどな、その可能性はある」

「本気か、正夫」

「はっはっは。今までの話は総て冗談だよ。君たちも暇なんだなあ。そんな噂を詮索する時間があったら、他に何かやることがないのかい」

「なんだって、幸子に話したことも全部冗談だって言うのかい」

「そうだ。噂話なんてそんなものだって言うことを知ってほしかったのさ。真実はもっと崇高なものだと俺は思うがな」

「そうか。考えてみれば噂話を本気にするのは馬鹿がやることだもんな」

「そこまでは言わないぜ。でも俺たちはまだやらなければならないことがたくさんあるんじゃないのかい。噂話に花を咲かせても何も生まれてこないと、俺は思うんだ」

「わかった。俺たちが馬鹿だった。人の噂話を面白おかしく花を咲かせようなんて、俺たちはどうかしていた。正夫、悪かった」

「もういいよ。それより、英一君。俺はこの前大新田高校へ用があって行ってきたんだけど、その帰りに君と行ったことがある電気店に寄ったんだ。そうしたら奥さんが一人で寂しそうに店番をしていた。どうしたんですかと聞くと、あの親父さんが体調を崩して大川市の病院に入院していると言っていた。それで俺はお見舞いに行こうと思っているんだけど、どうだい一緒に行かないか」

「そうか。俺はずいぶんご無沙汰してしまったからなあ。いつ行く」

「始業式の後でっていうのはどうだい」

「いいだろう。ただし午前中は何か用事があるかもしれないから、午後二時頃ではどうかなあ」

「いいぜ。それじゃ、そうしよう。待ち合わせの場所は病院の入り口付近でいいかな」

　三年生は別の教室へ集まって、登山と自転車旅行の話し合いをした。話し合いの間中、正夫は何も言わなかった。窓から見える諏訪山を眺めていたが、そんな姿を見せるとまた変な噂話に繋がると考えて、話を聞くふりをすることにした。心の中では、明日会える明子のことを考えていた。明子は合気道三段ということだった。合気道というものを正夫は全く知らなかった。明子は合気道のことをほとんど口にしなかった。何故だろうか。正夫がその技のことを知れば恐れと甘えがでることを嫌ったのかもしれない。そのとき剣道の師範から聞いた話を思い出した。〝武術というものは、自らそれを使うものではない。またそれを誇示するものでもない。武術を使うものは覚悟を決めなければならない。〟とその師範は先輩師範に教えられたと話してくれた。このことは、武術には限らないと正夫は思った。海音寺潮五郎の小説だったと思うが、武士の覚悟をテーマにした短編だったが、正夫はこの短編小説を読んでいくうちに、覚悟というものがどういうのもかを理解できるようになった。この前の戦争中にたくさんの若者が人生の途中で自らの意志ではなく、危急存亡の時であると言われて戦場に向かった。学業半ばで戦場へ行かされたものも多数いたと聞かされた。だからお前達も将来、大日本帝国のためにお役に立つことが出来るように心身を鍛えておくようにと国民学校で教えられた。しかし、小説で説かれた覚悟というのはこれとは違うと正夫は思った。

明子の習った合気道の師範は精神的にどんな教育をしたのだろうか。明子の物怖じしない態度や常に落ち着いた立ち居振る舞いを見ると、かなり心身を鍛えているように見えた。

ふと正夫は、明子の両親に会ってみたいという願望を持った。それは叶わないことだが、幼い頃の明子にどんな影響を与えたのか知りたくなったのだった。明子の祖父母も明子に最大限の愛情を持って育てたことだろうと思うが、やはり祖父母と両親とでは異なるものがあっただろう。明子は両親のいない寂しさをじっと胸の内に秘め、祖父母に感謝しながら成長した。そして、自己を築いてきたのだ。そんな明子に、正夫は自分が重なって見えるのだった。

正夫は、これから明子の笑顔をたくさん引き出していこうと思った。そして自分も笑顔を絶やさないようにしていこうと決めた。その明子に、明日会えるのだ。

「それじゃ登山は××山へ行くことでいいですか。自転車日帰り旅は鉄魚の池へ行くことになりました。それでいいですか」

という言葉ではっと我に戻った正夫だった。

「正夫は、どっちにも行けないと言うことでいいのかな」

「残念だけど、そうだね。楽しんできてほしい」

「もしいけることになったら一緒に行こう。みんな待っているから」

「ありがとう」

「何か他に話がありますか。ないようなのでこれで諏訪中二八会をお開きにします」

諏訪中二八会というのは、昭和二十八年春に諏訪中学校を卒業し、大川市にある高等学校へ通学している卒業生の会だ。

正夫は自転車を中学校へ置いて、諏訪川へ行ってみようと思った。しかし、途中で引き返してきた。中学校へ戻り、自転車に乗って大新田町へ向かった。小野田川の橋の上で自転車を止めて川を眺めていた。上流には美崎富士山が見えた。今は春たけなわの時期だが、小野田川には秋から冬にかけて鮭が遡上してくることがあった。それをたくさんの人たちが捕まえようとして、冷たい水の中を動いていた。

正夫は何となく楯山茂に会いたくなった。正夫は後になってこのときのことをセンチメンタルになっていたと思って苦笑した。

茂は家にいた。すぐ茂の部屋に通してくれた。茂は勉強していたらしい。

「しばらくぶりだったな。寺田君」

「君も頑張っているようだね」

「今日はまたどうしたんだい」

「ちょっと話をしたくなってね」

「少しくらいならいいぜ」

「今日、諏訪村の中学校で新入生歓迎会があった。今年大川高校への入学者は三名だけだった。一人少なくなった。三高校全部で十一人だった。この人数は四人減少になった。これを君ならどう思うかなあ。君は」

「難しいことを言い出すんだなあ。君は」

「それがさ、諏訪村の人口が減ってきたらしいんだ。その原因は出稼ぎだと言われ始めた。といってもこんなことは俺が考えることじゃないか」

「俺もそう思うな。そういえば、君もずいぶん頑張ったな。二年の担任が驚いていたぜ。そして俺たちはこんな情けないことは初めてだと言われてハッパかけられてしまった」

「あっちでもこっちでも大騒ぎになっているようだな。そんなに大変なことなのかなあ」

「一組の連中には大問題だからな。誰かが二組に落ちることになるんだ。もっとも毎年二、三人は入れ替えがあると言っていたけどな」

「俺にとってはまだ上に二十七人もいるんだぜ」

「そういうことじゃなくて、三〇人くらいごぼう抜きにしたことが騒ぎの原因のようだけど。どんな勉強をしたんだい」

「たいしたことはしてないさ。この前君の家へ来たとき、君から聞いたことがヒントだったんだ。問題の意味をよく考えること、ということだったと思うけど」

「そんなことを俺が言ったのかい。そうか、俺はそれを忘れていたなあ」

「そういえば、前に言っていた大川市の塾のようなところへ行っているのかい」

「あそこは中学生までのようだな、初めは高校生も入れたらしいんだが、講師の方がついていけなかったらしい」

「へー、そんなことってあるんだな」

「それで大川高校の卒業生で大学へ行っている人たちが仲間を集めて、夏休みなどの長期休暇中に講習会を無料で開いてくれる計画を立てているそうだ。まあ、無料と行ってもそれなりのお礼をすることにはなるだろうけどな」

「大川高校の先輩にはいい人がいるんだなあ」

「そうだなあ、俺たちも見習わなければならないな」

「誰かに聞いた話だけど、三年生の一、二、三、四組みの生徒は学期末ごとに成績順のクラス替えがあるって、聞いたけど本当かい」

「ほんとだ。二年生の終わりに担任からそう言われた」

「そうやって大学合格者の人数を増やそうと言うんだな」

「高校も、高校としてのステータスを維持しなければならないようだし、大変な時代に入っているんだなあ」

「高校から進学しない人たちはどうするんだろう」

「大学進学だけが人生じゃないからなあ。これからの世の中がどう変わっていくのか判らないが、そういう人たちにもいろんなことをやれる機会を持てるような社会にしなければいけないなあ。俺はそう考える」

「なるほど、そういう社会もいいなあ。俺も考えなければならないなあ」

「正夫君。俺たちにはその前にやらなければならないことがあるだろう」

「そうだった。それを忘れてはいけないな」

「君は、まっすぐな性格なんだなあ。感心したよ」

「それってどういう意味なのか理解できないけど、君は大人なんだなあ」

　正夫はその後しばらく雑談してから茂の家を後にした。

　家に戻ると、義姉が畑から戻っていた。正夫は風呂の水を汲みに行こうとしたら、義姉がもう汲んでありますよと言ったのでまたやることがなくなってしまった。正夫は義姉にお礼を言って読書することにした。

　やがて弘が畑から戻ってきた。牛の世話を終わって家に入ってきた。

「正夫、歓迎会はどうだった」

「今年の新入生は少なくて寂しかった」

「そうか、諏訪村もこの頃変わってきたからな」

「どう変わってきたの」

「東京近辺の工業地帯が好景気で人を集めている。それで農村から若い男性がたくさんそこへいくようになったんだな。それで農村から若い男性がいなくなってきた。そういうことが原因かもしれないな」

「新聞では朝鮮戦争と関係があると書いてあったよ」

「そうだ。朝鮮特需と言って喜んでいるが、そのためにたくさんの朝鮮の人たちが亡くなっている。実際はそんなに喜んではいけないことかもしれないな」

「戦争はもうたくさんだ。と誰もが思っていたのに、よその国の戦争を金儲けのために利用するなんて…」

「ところで正夫は、明日から只野先生の家へ行くんだろう。準備は出来ているのか。そうだ、ちょっと待ってくれ」

　と言って弘は、押し入れの中をごそごそやっていたが封筒を持って戻ってきた。

「これわな、正夫がこれまで手伝ってくれたものをためておいたんだ。わずかだけど持って行け。何かの役に立つこともあるだろう」

　と言ってその封筒を正夫に渡した。

「兄さんありがとう。大事に使わせてもらうよ」

「それから親父達のことは心配しなくていいぞ。俺がきちんと話をしておくからな」

　正夫は、弘がこんなに頼りになることを改めて知った。正夫はとってもうれしかった。弘に連絡場所と電話番号を書いた紙を渡した。義姉が、

「夕飯の支度が出来たわよ」

　と言ったので二人は食卓に着いた。食卓の上には鰯じゃない魚が皿にのっていた。他に肉の入った煮物があり、茶碗には赤飯が盛ってあった。

「へー、今日はどうしたんですか、義姉さん」

「それは弘さんに聞いて下さいな」

「明日は正夫の新しい人生の始まる日だから、そのお祝いのまねごとだ」

「ありがとう。〝男子志を立てて郷関を出ず　学もしならずんば死すとも帰らず〟っていうことだね。僕頑張るよ」

「頑張ってくれ。そうしないと俺が両親に嘘をついたことになる。それは困るからな」

　こうして諏訪村最後の夜が更けていった。正夫は夜中に目が覚めたので外へ出てきた。空は所々雲が浮かんでいたがたくさんの星が見えた。風がなかったので明日も好天になるだろうと予想した。そして寝に着いた。

　朝、目が覚めると弘はもう牛の世話をしている様子だった。義姉は台所でいつものように魚を焼いている様子だった。まな板を包丁でトントンと音をさせながら何かを切っているようだった。

「おはようございます。僕寝坊してしまったかしら」

「そんなことないと思うけど。弘さんが少し早く起きると言っていたから」

「今何時だろう」

「六時十分前よ」

「ありがとう。それじゃ顔を洗ってくるね」

「すぐご飯を食べられるわよ」

「はーい」

　正夫は井戸に行って水を汲み顔を洗った。帰りに牛小屋で作業をしている弘に朝食の用意が出来ていると告げて家へ戻った。食卓の上には食事の用意が出来ていた。弘が戻ってきたので食事を始めた。

「正夫、持って行くものが多いなら大新田駅まで牛車で運んでやるぞ」

「そんなにないから大丈夫だよ。教科書もまだ買ってないし」

「そうか。気遣いが大変だろうが元気でやってこいよ」

「一年間なんてすぐだから、それより僕の顔を忘れないでよ」

「こいつめ、冗談を言ってやがる」

「正夫さんって真面目一本だと思っていたけど冗談も言うのね。よかったわ」

「僕はまだ若いんだから冗談の中段も言うよ」

「そのくらいにしておけよ」

正夫は、本当はウキウキしたいところなのを我慢しているのだった。もうすぐ明子に会えると思うと正夫は心が晴れ晴れしてくるのだった。

朝食が済んで、正夫は出かける用意が出来た。しかしもう一度持参するものを点検した。明子に貸してもらった本が二冊が荷物に入っていないので驚いた。

それを荷物に入れたとき参考書も持っていこうと荷物に加えた。荷物は少し大きくなったが、重さを感じることはなかった。

「正夫、それじゃ元気でな。時々ははがきでも書いてくれ。親父の方は俺が言っておくから心配要らないぞ」

「兄さん、いろいろありがとう。僕も頑張るからね」

「正夫さん、風邪なんか引かないで頑張ってけさいん」

「ありがとうございます。義姉さん。兄さんをよろしくお願いします。では行って参ります」

「達者でな。両親にも時々は便りを書けよ」

「はい」

と言って正夫は自転車に乗り大新田駅に向かった。正夫は松島まで自転車で行こうと考えていたが、小さいとは言え荷物があるので諦めた。愛香山の坂道ともしばしの別れだ。お別れは昨日済ませたので、今日は素通りした。

大新田町の新聞店に着いた。女店主が店にいたので正夫は自転車を店の邪魔にならないところに置いといて下さいとお願いした。そして駅に向かった。切符売り場に着くと、雅子と幸子が待合室で何か話をしていた。それで切符は大川駅まで買うことにした。

「あら、正夫君じゃないの。今日は高校へ行くのすか」

と幸子が話しかけてきた。雅子は幸子の後ろに隠れるように小さくなっていた。

「そう、新入部員勧誘方法について打ち合わせをすることになっているんだ」

「部長になると大変ね」

「実際には副部長が全部取りしきってくれるんだ。それに二年生に気が利くのがいてね、助けてもらっている」

「そうかあ。正夫君も偉くなったのねや」

「そんなことないさ。幸子さんは今日からもう下宿へ行くのかい」

「そうよ。そういえば、正夫君はずいぶん成績を上げたらしいわね。二十八番とか聞いたけど、すごいわね」

ここはわざと雅子に聞こえるように言ったのだと思った。

「大したことじゃないさ。俺から勉強をとったら何も残らないからね。それに上にはまだ二十七人も出来るのがいるってことだからね。これからも頑張らなければならないんだ」

「ということは、トップを目指しているってことになるわね」

「上には上がいるから簡単じゃないよ」

軽便列車がホームに入ってきた。正夫は彼女らとは別の車両に乗った。

正夫は雅子に話しかけなかった。あの忌まわしい事件は、生徒に落ち度がないとは言え、何か誘惑される原因となる奢りとか何かがあったのは間違いないと、正夫は考えていた。正夫はそんな考えをすぐ止めた。

軽便列車が発車してすぐ西大川駅に着いた。正夫は前の方の車両に乗るためにホームの大川駅よりに行った。そのとき、幸子が着いてきて、詮索するような質問をした。

「ずいぶん大きな荷物を持っているけど、まるで引っ越しするみたいだわね」

「これは、後輩に貸すいろんな本が入っているのさ。家に置いといてももったいないからね」

「そうなの。正夫君はそういうところも違うのよね」

と納得して雅子のところへ戻っていった。正夫はこれはやっかいなことになったぞと思った。何しろ、幸子は拡声器のような人だから、どんな尾ひれが付いて話が膨らむか心配になってきた。列車が入ってきたので正夫は客車に乗り込んだ。大川駅へは一四、五分間で到着する。

大川駅に列車が到着したので、正夫はそのまま目を閉じて座席に座っていた。乗降客は少なかったが、幸子は身長が高いので下車して改札口の方へ歩き出したのが見えたので正夫は安心した。

正夫は次の北上駅に、もしかすると明子が待っているかもしれないと思うと明るい気持ちになってきた。北上駅に着き下車すると、やはり明子が待っていた。正夫の姿を見つけると、明子は走ってきた。正夫も走り出したが荷物が邪魔して走りにくかったので、早足で明子に近づいた。明子が正夫の胸に飛びこんできた。正夫はそれをがっちり受け止めた。

「お帰りなさい。マオさん」

「ただいま、アコさん。元気にしていた」

「うん。風邪も引かなかったわよ」

「それはよかった。お祖父様のお加減はどう」

「気候が少し暖かくなってきたので、少し元気になったような気がするわ。それより、正夫君は本当に来てくれるだろうかと心配していたわ。電話があったことをお話したのに」

「もちろんお祖母様もお元気だろうね」

「お陰さまで元気にしています」

二人は荷物を持って隣のホームへ行った。

「アコさん」

「はい。何でしょうか」

「またアコに会えて嬉しいよ」

「私もよ。祖父母もきっと喜ぶわ」

「早くお祖父様とお祖母様にお会いしたいなあ」

「ほら、列車が入ってきたからもうすぐ会えるわよ」

二人は列車に乗り座席に並んで座った。荷物は反対側の座席に置いた。

「ほんとはね、ここまで自転車で来たかったんだけど、荷物が少しあったので止めてしまった」

「どれくらい距離があるのかしら」

「約五十kmから六十kmの間くらいだと思う。だから時速十五kmで走るとして、約四時間くらいかなあ」

「そんなに走ったら疲れてしまうわよ。これからもあんまり無理はしないでね。何かあったら私困ってしまうもの」

「わかりました。アコを心配させるようなことは絶対にしないよ。アコも同じだよ」

「はい、わかりました」

　そんな話をしているとすぐ松島駅に着いてしまった。明子は、

「今日はおんぶしてもらえないわね」

　と言ってクスクス笑った。

「残念だけど今日は無理だね。また今度ね。でもアコは僕の背中ですぐ寝てしまうんだから話も出来ないよ」

「だって、とってもいい感じなんですもの」

「僕に背負われるのがすっかり好きになってしまったね」

「すぐ寝てしまうくらい安心なのよ」

「今に背負われた美女って評判になるよ」

「それは困るわよ」

「僕はあまり困らないけどね」

「どうして困らないの」

「だって自慢の美人を背負っているんだよ。誇らしいくらいさ」

「ほんとにそう思うの」

「もちろんだよ。僕は僕の一番大切な人を背負っているんだからね」

「私は、逆に一番信頼している人に背負ってもらっているのよね」

「こういうのを、どっちもどっちっていうらしいよ」

「面白い表現ね。私、マオさんの言葉集というノートを作ることにするわ」

　やがて明子の家が見えてきた。祖母が今日も庭で雑草抜きをしていた。そして正夫と明子を見つけると、家の中に駆け込んでいった。二人が庭に入り玄関のドアを開けようとすると、祖父がドアを開けてくれた。正夫は、

「只今戻りました。今日からお世話になります。よろしくお願いします」

　と挨拶すると、祖父は、

「なんの、私どものわがままを聞いて下さり、お礼を言います。私どもの方こそよろしくお願いしますよ」

　と言って祖母と一緒に頭を下げた。正夫は慌てて荷物を置いて頭を下げた。

「さあ中へ入って下さい。今お茶を入れますからね。その前に明子さん、正夫さんをお部屋にご案内して下さいな」

「はい、お祖母様。正夫さんどうぞこちらへ」

　と言って、階段を上がって二階へ行った。この前泊めてもらったところじゃなく、明子の部屋をカーテンで二つに仕切った、海側の部屋に案内された。カーテンは片方にまとめることが出来るようになっていた。

「私は仕切りなんか不要だと言ったのよ。でもお祖母様は正夫さんの勉強の邪魔になるかもしれないからと言ってカーテンを取り付けてくれたの。机と着替えを入れる洋箪笥も揃えてくれたのよ」

「ずいぶんご迷惑をかけてしまったね」

「そんなことないわよ。これくらいは当たり前だわ」

「ベッドはとりあえず正夫さんが使っていたものを使って下さいって。必要なら新しいのを用意するそうよ」

「だけどこんなにしてもらうとお礼のしようがないなあ」

「それは正夫さんが大学に入ることで帳消しになるわよ」

　二人は下へ降りていくと、テーブルの上にケーキと紅茶が用意されていた。

「正夫君どうですかな。とりあえず明子の隣の部屋で我慢して下さい。なにか不都合なことがあったらすぐ言って下さい。対応を考えますから、本棚はもうすぐ持ってきてくれるでしょう。それまで少しの間、不便をかけます」

「とんでもないことです。僕はいつもリンゴ箱で勉強していましたから、今見せていただいたものは夢のようです。ありがとうございます。一生懸命頑張ります」

「正夫君、そんなに頑張らなくてもいいのですよ。学問は逃げたりしませんから。それに緊張するといい考えが浮かんでこないものですよ」

「そうですよ。この家は自分の家だと思って明子と仲良くして下されば、私どもは何も言うことありません」

「ありがとうございます。それで僕はこの家で何かやることがないのでしょうか」

「今も申しあげたとおりです。まずは大学を目指して勉強していただくこと、それと明子に勉強やあなたが知っているいろんなことを教えてくれることだけです」

「私から一つお願いがあります」

　と祖母が言った。

「それはね、時々、私たちにもお話を聞かせていただきたいのですよ。そう、もう一つありました」

「何でしょうか。何でも言って下さい」

「私たちを正夫さんのほんとの祖父母と思ってくださいね。それで明子と同じように呼んで下さると私たちも嬉しいのですが」

「はい判りました。お祖母様」

「正夫さん、ありがとうね」

　その後、明子も加わってケーキを食べ、紅茶を飲みながら話をした。

「正夫君、私は少しはしゃぎ過ぎたようじゃ。これで休ませてもらうよ。後は明子と話し合っていろいろ手続きをして下され。もう全く遠慮は必要ないから」

「ありがとうございます。明子さんお世話になります」

「やだあ、正夫さんたら」

　明子は少し大げさに言った。

　祖母は、夫を二階へ送っていった。明子は後片付けをして正夫を二階へ誘った。境界のカーテンを開けると大きな部屋になった。正夫は東側の窓に近づいて松島湾を見た。明子は正夫に寄り添って松島湾を見た。いつの間にか二人は手をつないでいた。

「今日から明子と一緒にこの家で暮らせるんだね。まるで夢を見ているようだよ」

「私も同じよ。正夫さん」

　しばらく海を見ていたが、

「昼食を食べたら転入手続きに行きましょうね。役場はすぐ近くだから散歩がてら行くことが出来ます」

「いつもの駅の近くなんだね」

「そうよ」

「アコはそういうこともみんな出来るんだね。大したものだ」

「祖父母が、元気なときは私は何もしなかったけどね」

「僕なんか役場へ行ってもどこへ行けばいいのかわからなくて困ってしまった」

「みんながみんな出来なくてもいいのよ。自分でやらなければならないときは役場で親切に教えてくれるから」

「アコには迷惑かもしれないが、よろしくね」

「マオさんのことでなら迷惑なんて思わないわよ」

「ありがとう。またおんぶしてあげるからね、いつでも背負ってって言いなよ」

「うれしいわ。マオさんの背中は温かくて気持ちいいから大好き」

　正夫は、明子に聞きたかったことがあったのを忘れてしまった。

「アコ、一つお願いがあるんだけど」

「どんなことなの。私に出来ることかしら」

「そうだよ。今までアコとお祖母様が作ってくれた食事は、僕には贅沢すぎるんだ。それでもっと簡単な食事にしてほしいんだけど」

「あら、これからはお客様じゃないから、あんなにこったものは出せませんよ。ただ栄養のバランスは考えて作りますから残さずに食べて下さいね」

「よかったあ」

「他にはありませんか」

「ありません」

　正夫は持ってきた下着を洋タンスに入れようと引き出しを開けたら、シャツやパンツがたくさん入っていた。もう一つの引き出しを開けると靴下や、学生服の下に着るYシャツが袋に入って入れてあった。正夫は驚いて明子の方を見た。明子は何か楽しいことを見ているようにニコニコしていた。上部の扉を開けると普段着が三着吊してあった。

「これ全部アコが用意してくれたの」

「私一人で買ってきました。だってマオさんの体格を知っているのは私だけですからね」

「それにしても男子用のパンツを買うとき恥ずかしくなかったのかい」

「初めはそう思ったけど、私の大切な方のためだと思ったら恥ずかしくなくなったわ」

「ありがとう、明子」

「はい、正夫さん。お腹空いてきたでしょう。昼食の用意をするわね」

といって、明子は、正夫に口づけをして下へ降りていった。このとき正夫は中学二年生の担任の先生が大川市の女性と結婚した後、病気になり亡くなったのを思い出した。その先生は働き過ぎだと噂されていた。それに関連して、大原郵便局にいた人のことも思い出した。その人は婿入りしたので、ずいぶん肩身の狭い思いをしていたのを見たことがあった。というのは、正夫は何かを買いにその店に行った。ちょうどそのとき、その家では食事をしていた。結婚相手の女性とその家族は座敷で食卓を囲んで話をしながら食事をしていたが、婿さんは店先の板の間に箱膳を前にして一人で食事をしていたのだ。その差別を見て婿入りはごめんだと思った。

それと比べて正夫は婿入りではないが、全部祖父母持ちでこの家に住まわせてもらうのに何にも差別らしいことを感じなかったのだ。それだけでも正夫は幸せだと思った。そして祖父母と明子の広い心配りに感謝した。

正夫は何か明子を手伝うことがないか聞くために下へ行った。明子は一人で台所で包丁で何かの皮をむいているようだった。そのくらいなら正夫にも出来ると思って、明子に声をかけた。

「アコさん、何か手伝うことない」

明子は驚いて後ろを振り向いた。

「お祖母様に叱られるかもしれないけれど、ジャガイモの皮をむいて下さるかしら」

「何を作るんだい」

「サラダを作るの」

「それじゃ、茹でてから皮をむいた方が簡単だよ」

「そうだわね。何に使うかでやり方を変えるのはいいわね。それじゃ、マオさんの言った通りにしましょう」

明子は感心して正夫と話をしながら手際よく昼食の用意をした。総てのお菜が出来上がると、ワゴンの上にトレーを置きその上に作ったものをのせた。そうしてテーブルに持って行き並べた。お茶は緑茶を用意した。

明子は二階へ行って祖父母に昼食の用意が出来ましたと告げた。そして正夫が手伝ってくれたことも話した。祖父母は二階で食べるというので、トレーに二人分の食事を乗せて二階へ持って行った。正夫は今後どんな生活が始まるのか不安と期待の混合した精神状態になっていた。

明子が戻ってきたので、二人だけの食事を始めた。パンを焼いたものにバターを塗り、その上にジャガイモのサラダと、キャベツのパリパリしたもの（後でレタスというものだと明子が教えてくれた）と丸い形のうすく切った香ばしい香りの肉をのせてかぶりついた。他に一口大のおにぎりに海苔を巻いたものもあった。スープはコンソメスープというものだった。スープの中にはタマネギをうすく切ったものがほどよい歯ごたえになっていた。二人は、始め無口だったが、すぐ話を始めた。正夫は小さいときから食事中は話をしてはいけないと躾けられていたが、明子の家ではそうじゃなかった。明子の話では食事は楽しく食べると栄養分が吸収されやすくなるらしい。そういえば外国の映画の中の食事の場面では、ガヤガヤ話をしながら食べていたのを思い出した。

「マオさん今何を考えていましたか」

「え、ごめん。食事のときの礼儀について思い出していたんだ」

「どういうこと、話して下さる」

　正夫は、今思い出したことを明子に話した。明子は感心したように、

「昔の日本の家庭はそうだったらしいわね。お祖父様もお祖母様もそういう躾を受けてきたみたいよ。でも祖父母が外国へ行ったとき招待された家では、みんなで楽しそうに話をしながら食事をしてたんですって。それで我が家でも食事のときにはその日あったことなどを話し合うようにしたらしいの」

「その方が楽しいよね」

「私たちもこれからそうしたいのだけど、マオさんはどうしますか」

「僕もその方がいいと思うよ」

「それじゃ、そうしましょうね」

「うん」

　食事はおいしかった。こんな簡単な食事でも明子は手を抜かなかった。正夫はそのことにも感心した。食事の後片付けをして明子は二階へ上がっていった。そして食事が済んだ祖父母の食器をトレーに乗せて戻ってきた。正夫もキッチンにいき食器洗いを手伝った。明子はウキウキしているようだった。今までこんなことは無かったと言いながら、正夫のほっぺたにチュッと口をつけた。正夫は、祖母にこんなところを見られたらどう言われるかと思って、顔を赤くした。

　食事のあと少し休んでから、祖父母に断って町役場に出かけた。出かける前に、明子は正夫が持って行くものをきちんと確認した。役場は駅の近くにあるので二人は山の尾根道を歩いて行った。右手の雑木林の間に松島湾が見えた。林のないところからは松島湾の全体が見えた。左手には北から栗駒山、大川平野その左に諏訪山が見えた。諏訪山の麓に諏訪村があり、正夫の家がある。正夫は、いつか明子に大原台の畑を見せたいと思った。

「マオさん、この坂の下に鉄道が走っているでしょう。私はこの鉄道の列車に乗って遠くへ行ってみたいと思っているの。東京へはいつか必ずいけると思うけど北の方へはなかなか行く機会がないと思うのよ」

「そうだね。北へ行くというのは一種の勇気みたいなものが必要なのかもしれないね。でもいつか必ずアコと一緒に行こうね」

「北の旅へ連れてって下さるの」

「うん、約束するよ」

「嬉しいわ、いつ頃連れてって下さるの」

「僕が大学生になったら、お祖母様も一緒に行こう」

「マオさん約束よ。指切りしてね」

と言って小指を正夫の目の前にさしだした。正夫は明子を抱きよせて指切りをした。尾根道の坂を下って舗装された広い道を川に沿って駅に向かった。駅の前にあまり大きくない町役場があった。役場の入り口を入り、住民課というところへ行った。明子が脇で見まもる前で、正夫は転居手続きを行った。手続きは滞りなく済んだ。そしてすぐに住民票を申請した。住民票をもらうまで少し待たされた。正夫は明子と二人で役場の中を見て回った。

観光課というところのテーブルの上にたくさんのパンフレットがあったので数種類のパンフレットをもらった。明子はどんな課があるかを見ていた。正夫はそんな明子を見てシャキッと姿勢を正した。正夫は恥ずかしかった。

「寺田さん、住民票が出来ましたので窓口までお出で下さい」

と少し離れた住民課で呼んでいた。二人はすぐ窓口に行って住民票をもらって役場を後にした。駅の周辺を少し散歩することにした。川を渡ったところに二階建ての洋品店があった。

「ここでマオさんのいろんな衣類を買ったのよ。この付近が松島では一番賑やかなところなのよ」

と明子が言った。

「町中を少し歩いてもいいかなあ」

「いいわよ。さあ行きましょう」

といって明子は正夫の腕に自分の腕をのせた。正夫はこんな町中でと思ったが、明子がしたいようにした。本屋があったので二人は店内に入った。正夫はまず参考書の棚のところへ行った。明子もついて行った。三年生の数学は微分・積分と確率が中心だと言うことを知った。物理はごく基本的な内容だった。その中に微分式や積分式がたくさん出てきた。これはゆっくりしていられないぞと正夫は、新たな闘志のようなものを感じた。参考書を選んでいると明子が「何冊か買っていきましょうよ」

と行った。正夫はポケットを探ったが財布が見つからなかったので、困った様子を見せると明子が、私財布を持ってきているからと言った。それで正夫は易しいのと難しいのと二冊の数学の参考書を買いたいと選んだ。明子はそれを持って、会計に行って本を出した。店員が何か言ったようだったが正夫には聞こえなかった。明子はニコニコしながら代金を店員に渡した。店員は参考書を紙袋に入れて明子に渡した。明子は正夫を見て袋を叩いた。

「アコは何か買わないの」

「私は教科書で十分なのよ」

「なんで」

「だって、私には素敵な家庭教師が付いているから、なんでも聞くことができるんですもの」

「それじゃ、僕は歩く参考書って言うことだね」

「参考書じゃなくて、先生よ」

「せいぜいがんばります。新人教師をいじめないで下さい」

「それは聞くことが出来ません。たくさん問題を出して困らせるようにしたいと思います」

「これは大変だ。でも僕は困難に遭うと燃えてくるんだ」

「それを聞いて安心しました」

　二人は書店を出て少し町中をゆっくり歩いた。

「マオさん、喉が渇いたわ」

「僕も喉が渇いたよ」

「それじゃ、どこか探しましょう」

「アコが知っている店があるならそこへ行こうか」

「そうしましょう。いいお店があるわ」

　と言って明子は正夫の手をとって広い通りから横丁に曲がったところにある店に入ったた。すると受け付けにいた女性が、

「あら、明子さんお久しぶりですこと」

「ご無沙汰していました。何か美味しい飲み物とお菓子をお願いします」

「はい。かしこまりました。あら今日は素敵な男性がご一緒ですね。恋人かしら」

「ご紹介します。この人は私の大切な人で正夫さんと言います」

　と言って明子は、正夫を紹介した。

「正夫です。よろしくお願いします」

「あらまあ。こちらこそよろしくお願いします。この時間は空いていますから好きな席にお座り下さい」

　二人は入り口から離れた窓側の席に座った。受付の女性がすぐやってきてメニュを明子に渡した。明子は、メニュを見ながら、注文した。

「かしこまりました。少々時間がかかりますので、お待ち下さい」

「アコさん、何を頼んだの」

「それは内緒よ。来たらきっと喜んでくれると思うわ」

「アコさんに任せておけば心配ないね」

　二人は登校時刻と帰校時刻のことを話し合った。しかし授業時間割表を見なければわからないこともあるので始業式まで待つことにした。始業式の日に駅の時刻表を

書き写してくることにした。

二人の前に店の女性がトレーを持ってやってきた。テーブルに並べられたものを見て正夫は目を見張った。

「アコさん、これはなんて言うのかしら」

「それはね、はね餅って言うのよ。食べてみて、きっと気に入ると思うけど」

正夫は、初めにお茶を一口飲んだ。正夫は箸が付いていなかったので、手をおしぼりで拭いてはね餅を手づかみに持って端の方を口に入れた。それはうすくのばした餅の中に小豆あんを入れて、こんがり焼いてあった。餅の上の部分が噴火したように餡が噴き出していた。餅の下は厚めの海苔が敷いてあり、その香りがとってもよかった。明子は正夫の様子をニコニコしながら見ていた。餅の中の餡が熱かったが火傷をするほどではなかった。海苔の香りと餅の焼けた香りと餡の甘さがぴったり合ってなんとも言えない美味しさだった。正夫は、明子を見て目をパチパチさせた。

「お味はどうでした」

「お餅もこうして食べるとすごく美味しいもんだね」

「これはできたてを食べるのが最高なのでお土産に持って帰ることが出来ないの」

「僕はもう大好きな食べ物になってしまった」

「でも一番好きなのは私だってことを、食べ物で忘れないでね」

「それは全然違うから大丈夫だよ。アコは僕の心の中では特別なところにあるから大丈夫だよ」

二人が店を出るとき店の女性が、先にご馳走様でしたと言った。二人は慌ててご馳走様でしたと言って店を出た。女性はドアの外まで出てきて、

「お祖父様とお祖母様によろしくお伝え下さいね」

「かしこまりました」

この店の人も祖父母のことを知っているのだった。

「美味しかったねえ。アコは美味しいものをいろいろ知っているんだね」

「あれは、店が困っているときに、お祖母様が考え出したのよ。それでお店にお客がたくさん入るようになったって、さっきの方が言っていたわ」

「そうかあ。アコの祖父母は、町の人のためにいろいろ役に立っているんだね」

「それで、町の人たちは、お祖父様に町長になってほしいと言ってきたこともあるのよ。それは堅く辞退したけどね」

「そうなんだね。学問だけじゃなく人格者でもあるから町の人たちも慕ってくれるんだね」

祖父母は、自分の住んでいる町をどうやって生き生きさせるかも考えているんだと思った。

「アコさん、もう一つ買いたいものがあるんだけどいいかしら」

「もちろんいいわよ。何をお求めでしょうか」

「文具なんだけど。鉛筆、消しゴム、計算用紙とかノー

トもほしいんだけど」

「わかりました。文具店に行きましょう。鉛筆は私もたくさんもっているけど。マオさんの使うのはどんな濃さかしら」

「僕はＡＢかＢ１という柔らかいものを使うんだよ。その方が滑りがよくて書きやすいんだ」

「私は大体、Ｈとかせいぜいｆを使っているわよ」

「芯が硬いと、紙が破れたりすることがあるだろう」

「そうね。でもＢだと紙が汚れることも考えなくてはね」

「そうだね。僕は先生の話していることをできるだけ詳しく筆記することも大切なので滑り易いのを使うんだよ」

「あそこが文具店よ」

二人は文具店へ入った。文具店はこぎれいなたたずまいだった。文具の種類も多かったので、正夫はいろいろ見て回った。ここでも代金を明子は払ってくれた。正夫は後で清算するからと言ったが、明子はそんな必要ないわといってニッコリした。二人は家へ戻ることにした。

坂道を上がったところで、明子がもじもじし出した。正夫はしゃがんで明子を背負うために明子に背中を向けた。明子はすぐ正夫の背中におぶさった。明子は初めは正夫の背中で歌を歌っていたが、しばらくするとすやすやと寝息に変わってしまった。正夫は大きく揺れないように静かに足を運んだ。

明子をこうして背負って歩いていると、正夫は幸せな気持ちになるのだった。だからよほど疲れていなければ背負ってあげることにした。明子も正夫の背中で寝てしまうほど正夫を信頼している。そんな関係を正夫は大切にするのが当たり前だと考える。

家が近づいてきた。今日は祖母は窓から外を見ていないようだったので、正夫は家の中まで明子を背負って入った。そのままベッドに寝かせようとしたが、階段を上がるときに明子が目を覚ましてしまった。

「あら、もう家に着いてしまったの」

「このまま寝かせてあげようと思ったのに、起きてしまったの」

「それじゃこのまま二階へ連れて行って下さる」

「いいよ、もうすぐだからね」

「正夫さん、私嬉しいわ」

「僕も嬉しいよ。さあ着いたからベットの上に下ろすよ」

「ありがとう。今日は少し遠かったから疲れたでしょう」

「大丈夫だよ。このまま少し休むかい」

「少しじっとしていたいわ」

「それじゃ、僕は買ってきたものを整理するね」

「ダメよ。ここにいて手を握ってて下さい」

「わかったよ」

正夫はベットの脇に椅子を持ってきて座り、明子の手を優しく握っていた。

　明子は目を閉じて何か小さくブツブツ言っていた。正夫が耳を近づけると、マオさんを好き、マオさんを好きと呟いていた。正夫はもう一方の手で明子の髪の毛をなでた。その手を明子が手で押さえた。

「アコはもう少し休んだら。ずいぶん気を遣わせてしまったから疲れたろう」

「マオさん、かえって気を遣ってくれてありがとう。もう起きますから手を貸してください」

　正夫は握っていた手を離さずにそのままひっぱろうとしたが、逆に明子に引き寄せられてしまった。二人の顔と顔が重なった。

　明子は元気に起き上がり、正夫の買ってきたものを机の上に広げた。

「鉛筆削りは私と一緒でいいわね。それと机は向かい合わせにしたいのだけどどうかしら」

「それはいいね。いい考えが浮かばないときにアコの顔を見るといい考えが浮かぶような気がするからね」

「私は美と智の女神になるのかしらね」

「もう一つあるよ」

「それは何かしら」

「僕にとってアコは愛の女神ということさ」

「マオさんにはそういうことにしておきましょう」

「僕はアコさんにどんなに助けられているか」

「それはお互い様です。さあ作業を始めましょうか」

「参考書はとりあえず机の上に置きますよ。鉛筆は削って引き出しに入れておくわね。マオさんは下敷きを使わないの」

「そのために柔らかい芯の鉛筆を使っているんだ。でもテストのときには必要だね」

「それじゃ、私の予備のを使って下さいね」

「ありがとう」

「これで大体いいわね」

「手伝ってくれてありがとう」

　正夫の不安は少しずつ消えていった。正夫はこんなに善意のあふれる人たちに初めて会った。正夫は、只野夫妻と孫の明子と付き合うようになって、自分の心が洗われるように感じ始めた。自分のいやな面が明らかになってくると、海に飛び込んでゴシゴシ洗い流したくなるのだったが、それをこの家族が代わりにやってくれる。

　明子はお茶を入れてくると言って下へ降りていった。正夫は机に向かって買ってきた参考書を開いた。「極限」という言葉が気になった。lim と書いてあった。さらに先を見ると微分という言葉が出てきた。これは lim と微分との間に何か関係があると思った。そして「積分」だ。積分は微分の反対の意味があるようだ。今夜から易しい方の参考書を読み始めることにした。

　明子が飲み物を持ってきたので、正夫は明子の部屋にあるカウチにすわった。

「今日は少し長い距離をおんぶしてもらったので、紅茶に少しお砂糖を入れました」

「ありがとう」

　正夫は一口お茶を口に含むと、レモンの香りと紅茶の香りと甘みがほどよく混ざって美味しかった。甘さ加減もよかった。正夫は明子をみてニッコリした。

「お気に召したようですね」

「うん。とっても」

「マオさんはすぐ表情に現れるからね。何でもわかってしまうのよ」

「悪いことは出来ないね」

「悪いことの種類にもよりますよ」

「悪いことに種類があるとは知らなかったなあ」

「ここで言う悪いことと言うのは、警察が関わるような犯罪ではないの」

「大体わかったからそれ以上言わないでもいいよ。僕はアコと祖父母を欺くことは絶対にしないからね。これからズーッと安心していていいよ」

「マオさんったら」

「一つ聞きたかったんだけど、お祖父様は何かクスリを飲んでいるのかしら」

「クスリは特に飲んでいないようよ。でもどうして」

「何だか元気になったように思ったから」

「そうね、祖父は季候がよくなったからだと言っていたわ」

「そうか、病は気からって言うからね。気心と天気の気」

「正夫さんってそういうことをすぐ思いつくのね」

「半分は昔からある言葉だけどね」

　学校が始まると、こんな話もあまり出来なくなるかもしれないと正夫は思った。

「アコはいつも何時頃寝て何時頃起きるの」

「私は大体夜十時頃には寝ることにしているの。起きるのは五時半頃かしら。マオさんは」

「僕は、寝るのは十二時頃かな。起きるのは六時頃だよ」

「睡眠時間が少ないのね。それで身体は大丈夫なの」

「今までは実際きつかったけど、アコと一緒に通学できるようになれば列車に乗っている時間は頭を空にしようと思っているので楽になると思うよ」

「私が列車で乗り過ごさないように起こしてあげるわよ。私の肩を枕にして休んでね。いつも私がやっているように」

「ありがとう。そうさせてもらうよ」

「尾根道を歩くときは私が背負ってあげるわよ」

「それは遠慮しておくよ。アコの身体を傷つけたらお祖父様とお祖母様に申し訳ないから」

「それじゃ肩を貸してあげるわよ。それで少しは疲れがとれると思うわ」

「ありがとう。お願いしたくなったらそう言うから、そのときはよろしく」

「はいかしこまりました。マオさんが私をそうやって頼ってくれると私も嬉しいわ」

「僕たちは似たもの同士って言うのかなあ」

「そうよ。あら、いつの間にか外が暗くなってきたわ。そろそろ夕飯の支度にかかる時刻が来たようね」

「何か手伝うことがあったら言ってね」

「ありがとう。お昼のことをお二人にお話ししたら笑われてしまったわよ。でもいけないとは言われなかったわ。お祖母様に献立を聞いてくるわね」

といって正夫のほっぺたにチュッとして、祖父の部屋へ行った。程なく明子は一枚の紙を持って戻ってきた。

今日はお手伝いしていただくことはないようだわ」

「それじゃ、アコの傍にいて、アコを見ていてもいいかい」

「うれしいわ。そうしてくれると私の心が温かくなるわ。これは福謝熱って言うのかしら。文字は幸福の福、謝は感謝の謝。熱は暑い熱って書くのよ」

「福謝熱かあ。アコも面白いことを言うね」

「誰かさんから移ったのかもしれないわよ」

明子は正夫と一緒にキッチンへ行った。

明子はウキウキしながら料理の下拵えを始めた。野菜カゴから野菜を選んで取り出した。その野菜を洗った。野菜は葉菜なので洗うだけで済んだ。次に冷蔵庫から魚を出し、魚の頭と内臓を外し、三枚に下ろして皮をむいた。

明子の手元を見ていると食材が自らそうなるように形を変えていくのだった。普通は頭の付いた魚を手にするのを嫌がると聞いたが、明子はそんな様子を見せなかった。むしろ魚に感謝しながら調理しているように見えた。

祖母は祖父の部屋で一緒に食べることになった。夕食は明子と正夫の二人ですることになった。祖父の食事はお粥と食べやすく柔らかくしたものだった。そのためか、体格はずいぶん細くなったように見えた。祖母も疲れが出てきたように感じられる。正夫は老人に必要な栄養を取れるような食事にする方法を調べなければならないと思った。このことを明子と相談しなければならない。でも栄養のことは祖母の方がもっとよく知っているのだから祖母に聞くのが一番だと思った。

テーブルの上に料理が並んだ。それを見て正夫は魚とエビの天ぷらが大きな皿に載っていた。それとトーフの味噌汁、野菜の煮物と漬物があった。正夫にはこれでも贅沢だと思えた。

「マオさん食べましょう」

「どれも美味しそうだね」

「マオさんが見ていてくれたから、上手に揚げることが出来ました」

「僕は魚やエビを揚げたことがないけど、野菜を揚げても何だかカラッとしなかったなあ」

「それはね、多分油の温度が適切じゃなかったからだと思うわよ」

「そういうことかあ」

「それより食べましょうよ」

「そうだった。美味しものを美味しいうちに食べよう」

　二人は寂しい食卓を挟んで向かい合って座って食べ始めた。天ぷらのつけ汁も素晴らしい味だった。正夫は、明子にこれだけの味を出せるように教育した祖母はどんな育ち方をした方なのか興味を持った。

「アコさん、この魚は衣はカリッとしているのに中の魚はふっくらしていてとっても美味しいね。エビも同じように美味しいし」

「お祖父様にもこれを食べさせてあげたいのに、残念だわ」

「少し体調がよくなればいろいろ食べてもらえるよ」

「そうね」

「悪かったね、僕ばっかり夢中になって食べてしまった」

「心配事があると食欲が出ないのよ」

「でもね、アコには無理にでも食べてもらわないと困るんだけど」

「どうしてなの」

「それはね、もしかしたらアコのお腹に赤ちゃんがいるかもしれないじゃないか。アコの栄養状態が悪くなると、心配なんだけど」

「そうだったわね、私のためだけじゃなかったんだわ」

　正夫はそんなことを言ってもいいのかどうかわからなかったが、アコまで体調を崩したら困るので一番言いにくいことを言ってしまった。

　明子は気を取り直して食事を食べ始めた。正夫は、明子がどんなに心細いかよくわかっていたのでなんとか元気づけようと思った。

「アコさん、この煮物も美味しいね。いつも思うんだけど、アゴだしというのはほんとに美味しいんだね。どこで売っているんだろう」

「これはね、町中では売っていないそうよ。うちで使っているのは、お祖父様の教え子がときどき贈って下さるの」

「その方はどこに住んでいるのかなあ」

「はっきりはわからないけれど、中国地方の日本海に面した県だと言っていたようだけど」

　明子が元気になったので正夫は安心した。正夫は明子をどこまでも支えていかなければならないと思った。祖母がトレーを持って階段を下りてきた。明子がすぐかけよってトレーを受け取った。トレーの上を見て明子は、

「あら嬉しいこと。お祖父様が天ぷらを全部食べて下さったわ」

「お祖父様が、明子は料理の腕を上げたなあとおっしゃっていたわよ」

「マオさん、今の聞いたでしょう。褒めてくれるのはマオさんだけじゃなかったんだわ」

「私も褒めてあげますよ。それと大切な方が出来ると料理の腕がとっても上がるものなのよ。明子さんよかったわね」

「お祖母様まで褒めて下さるの」

「もちろんですよ。明子さんはもうお嫁さんになっても大丈夫ですよ」

「私はもうマオさんのお嫁さんになったつもりよ。お祖母様」

　正夫は顔を赤くしてしまった。女性の方がこういうことは平気なんだと思った。お祖母様まで明子と話を合わせていた。正夫は明子の夫として何が出来るんだろうかと考えたが、今の自分には何も出来ない悔しさがあるだけだった。祖父が言っていたように、今は一つの目標だけに集中することが恩返しになると思った。

　明子と祖母はキッチンでなにかを話していた。話の中に赤ちゃんという言葉が出てきたので、さっきのことを話しているのかもしれないと思った。ということは、祖母は明子が赤ちゃんを産むことを認めていると言うことか。そして祖父も。正夫は祖父の余命を考えると、早く明子が子供を産むことを望んでいるのかもしれないと思った。しかしそれはそれでいいだろうと思った。正夫は明子と過ごしていく決心を変えることはないと決めたのだから。

「マオさん、退屈でしたか」

「そんなことないよ。考え事をしてたから」

「どんなことを考えていたのかしら。楽しいことだったのかしら」

「楽しいことだったよ」

「それならよかったわ」

「アコはお祖母様といろんなことを話すんだね。とっても素敵だよ」

「だって私が安心してお話しできるのは祖父母しかいなかったんですもの。今はもっと信頼できる人が近くにいて下さるから、その方といつでもお話が出来るから嬉しいわ」

「僕がその人なら、これからたくさん話をしようね」

「もちろんマオさんしかいないわよ。私がおしゃべりだなあと思うほどお話ししましょうね」

「そうだね。難しい話だけじゃなく、毎日あったことなどもね」

「何だか楽しくなってきたわね。毎日マオさんがどんなことをしていたかわかるものね。でもね、これはマオさんを詮索しようというわけじゃないからね」

「アコがそんなことをするわけないじゃないか」

「私もその日あったことを、話せるだけお話しするからうるさがらないでね」

「子守唄を聞くように聞くからね」

「そんな意地悪言わないで」

「わかった。ごめんよ、今のは冗談だよ。そうだ駅から家まで背負ってあげるからそこでも話してくれるかい」

「ということは、毎日おんぶしてくれるということね」

「そうだよ」

「帰りが楽しみだわ。でも疲れているときはいいわよ」

「それも体力を鍛える方便だから大丈夫さ」

「マオさんは何でも上へ向かうように考えて行動するのね」

「そうかもしれないね、今までは時間が足りなくて友達にも迷惑ばかりかけてきたからね。時間をうまく使うことを考えてきたんだよ」

「どんな一日だったの」

「例えば中学までは、朝六時に起きると、まず前の井戸からみんなのための水を汲んでくるんだ」

「どのくらい汲んでくるの」

「二十リットル入る桶二個を、天秤棒で肩にかずいてくるんだよ。それが終わると風呂掃除をするんだ、きれいになったら水を汲んできて入れておく、このために四回、合計百六十リットルを井戸から汲んでくる。それが済むと七時頃になる。それから朝食を食べて身だしなみを整えて、七時半頃中学校へ行く。十六時頃家に帰るとすぐ友達と薪採りに行くんだよ。場所は歩いて十分間くらいのところにある松林へ背負子というのを背負って松の枯れ枝を三束とってくる。時々二回行くこともあった。それで畑へ行っている両親や兄たちが帰ってくるまでにお風呂を沸かすんだ。風呂を焚きながら燃える明かりで本を読むんだ。台所の水桶も常にいっぱいにしておく。風呂が沸くとランプのホヤガラスの掃除をする。その頃は電気を引いてなかったから、ランプ掃除は大切な仕事だった。でもそれを勉強のためには使わせてもらえなかった。何しろ灯油は高かったからね」

「今の話だと勉強する時間が無いじゃないの」

「だから教科書は学校の授業でやったことはそのとき全部覚えることにしたし、教科書が配られたときに全部覚えてしまうことにしていたんだよ」

「でも日曜日は勉強できたんでしょう」

「日曜日は雨が降らなければいつも畑へ行って手伝っていた。僕だけ少し早く戻って風呂の用意をいつも通りやるんだ」

「それでも学校の成績は上位に入っていたのね」

「まわりの子達も同じように家の手伝いをしていたんだと思うよ」

「農家の人は大変だったのね」

「そうだね。何しろどこもかしこも子供も働かないと生活できない状態だったからね」

「辛かったでしょうね」

「多分そうは思わなかったと思うよ。周囲の子達がみんな同じだったから。でも本を読んだり勉強したりするのは、それが好きか将来の目的がある子だけだったね」

「ずいぶん大変だったのね。これからは私は優しくするから勉強時間をとって頑張って下さいね」

「アコは、十分優しいよ。こんなに優しくしてもらって感謝している」

「もっともっと優しくなるわよ」

「でも甘やかさないでほしいんだけど」

「私には甘えていいのよ。それが私には嬉しいことですもの」

　食卓で長い問話をしていた二人は下げてきた祖父母の食器も洗い、片付けが終わった頃に祖母が降りてきた。

「少し休んだらお祖父様が、二人とお話ししたいと言って言ましたよ」

　といってコップに水を入れて二階へ戻っていった。二人は戸締まりをして電灯を消して二階へ上がった。

　正夫と明子は祖父の部屋へ行った。

「正夫君おいでなさい。いよいよ今日からこの家で勉強することになりましたな。回りを気にしないで、自分のやりたいように始めて下さい。私はもうあなたのお役に立つことはないでしょうが、物理学と数学なら相談に乗れるかもしれません。どうしても理解できなかったら聞いて下さい」

「ありがとうございます。よろしくお願いします」

「明子も正夫君を見習って勉強しなさい。それと正夫君からいろいろなことをまなびなさい。正夫君はいろいろ苦労されいるので工夫することを知っているからね。工夫することは人生でも学問でも大事なことだからね」

「はい、お祖父様。正夫さんはいい先生でいろんなことを教えてもらっています」

「正夫君よろしくお願いしますよ。それと明子のよい相談相手になって下さい」

「私の方こそ明子さんにいろいろ教えてもらっています」

「それはまあ、お互いに助け合うことが重要だということです。何か私に聞きたいことはありませんかな」

「一つお尋ねしたいことがあります」

「何でしょう」

「新聞に出ていたビキニ環礁で行なった水素爆弾の実験で被爆された漁船の乗組員の方達の将来はどうなるんでしょうか」

「これは難しいことを訊かれましたな。私が今の立場でこの問題について話をして報道に漏れるようなことがあると、微妙な問題が生じる恐れがあります。それで、これは正夫君に約束してほしいのですが絶対に他言しないで正夫君の興味を満たすだけということにして下さい」

「わかりました」

　只野の話は、かなり理解困難の部分があったができるだけ優しく話してくれたと正夫は思った。

「今のお話しでは、日本とアメリカ合衆国との間で外交問題に発展することはありませんか」

「鋭い質問ですね。今の日本国とアメリカ合衆国ではそこまで発展させる力が日本国にあるとは思えません」

「そうですか。そうすると被爆した船員の方へのお見舞い金は日本政府で負担するのでしょうね」

「私もそういうことになると思います」

　正夫はここで考えこんでしまった。祖父はそんな正夫を頼もしげに眺めていた。明子は正夫と祖父との話が難しく退屈してきた。

「お茶を入れてきますね」

　と言って下へ降りていった。祖母も明子について行った。祖父と正夫の話はその後もしばらく続いた。この問題が終わったところで、祖母と明子がトレーにお茶を入れてもってきた。

「お話しは済みましたか。喉が渇いたでしょう、お茶を入れてきましたよ」

「おお、ありがとう。久しぶりに正夫君と話をさせてもらったよ」

「お祖父様ありがとうございました。いい勉強になりました。他言は致しませんのでご安心下さい」

「わたしは正夫君を知っているつもりですよ。明子ほどじゃないですが」

「お祖父様ったら。ずいぶん難しそうなお話しでしたね。今度は私にもわかるお話しにして下さいね」

「私もお願いしますよ」

　と、祖母が言ったので四人は大笑いになった。

「今日はほんとにいい日になりましたね、あなた」

「そうだね。久しぶりに笑い声も出たし、私はこれで休ませてもらうことにしよう」

「どうもありがとうございました。それではお休みなさい」

「お祖父様、お祖母様お休みなさい」

　正夫と明子は祖父の部屋を後にして自分たちの部屋に行った。

「お祖父様は疲れなかったかしら」

「大丈夫と思うわよ。あんなに大きな声で笑ったお祖父様を久しぶりに見たわ。マオさんありがとうございました」

「そんな、僕の方こそお祖父様の本質をほんの少しだけ知ることが出来てよかったよ。お祖父様と親しくお話しできたと高校の先生に話したら羨ましがられるだろうな」

「でも、お祖父様との約束は守って下さいね」

「それは大丈夫だよ。約束は決して反古にしないから」

　時刻は二十一時近くになっていた。

「アコには今日たくさん歩かせたりしたから疲れたろう。先に休んでもいいよ。僕は今日買ってきた参考書を少し見たいので、もう少し起きているけど」

「そうね。私は疲れていないけど、マオさんの邪魔にならないように、少しだけ読書をしてからベッドに入ります」

　正夫は机に向かい、参考書を開いた。その向こう側で明子は読書を始めた。

　明子は時々正夫が真剣な眼差しで参考書を読んでいるのを見て楽しそうな顔をした。

しばらくして、正夫は参考書から目を離すと明子が机に顔を落として寝ているのに気が付いた。風邪を引かせたらいけないと思って、正夫は明子を抱き上げてベッドに寝かせた。明子は夢の中でありがとうと言った。

正夫は少しの間、明子の顔を眺めていたが、また机に向かった。極限の意味を理解したところで正夫も休むことにした。正夫のベッドは明子のより大きめだった。電気を消してベッドに入ると、すぐに明子が正夫のベッドに入ってきた。そしていつものように正夫の腕を枕代わりにして寝息を立てた。正夫は明子の耳にそっと口を寄せてアコを好きだよと言った。カーテンの隙間から漏れてくる星明かりで明子の顔を見ていると、正夫は世の中にこんなに優しい顔をした女性は明子の他いないと思った。その人が自分の腕の中で優しい寝息を立てていることが奇跡と思えた。

明子は人をうらやんだこともないし、人を蔑むこともなかった。祖父母の愛を一身に受けて育ったことがわかる。それに引き換え、正夫は自分の卑屈さを思い知った。正夫はそんな自分をなんとかして変えなければいけないと思った。まず初めに、明子と話をするときは素直な気持ちで話をする。そして祖父母からいろんなことを学ぶのだ。

やがて正夫も寝息を立て始めた。

〝父親は小難しい顔をしていた。母親は何かほっとした顔をしていた。脇で弘が正夫を勉強させるために、こんないい条件で勉強することが出来るなんて二度とないと強く訴えていた。父親はしばらく無言でいたが渋々納得した。そこへ正夫が入っていった。弘は「正夫、父さんが納得してくれたぞ、よかったなあ」と言った。兄さんありがとう〟。

と言うと目が覚めた。隣で明子がどういたしましてと言った。明子は寝ていてもいつでも、正夫のことを考えていたのだ。正夫は感動して思わず明子を抱きしめた。明子もそれに応えて正夫の胸の中で丸くなった。正夫は心からそんな明子を愛おしく思った。夜は静かに時を刻んでいった。やがて遠くで一番列車の音が聞こえた。時計を見ると五時半を過ぎたところだった。もうひととき寝ようと思って目を閉じた。明子はまだ丸くなって正夫の懐の中にいた。

カーテンが明るくなってきた。正夫は、いつのまにか寝ていたのだった。どこかで小鳥がさえずっていた。家の中はシーンとしていた。正夫は、今朝は特別な朝だと思った。新しい人生の始まりだと言えば大げさかもしれないが、正夫の気持ちとしてはその通りだった。

「マオさん、おはよう」

明子が目を覚ました。

「アコおはよう。ゆっくり眠れたかい」

「ええ。マオさんはどうでした」

「一晩中、アコさんを感じていた。でもぐっすり眠れたよ」

「そう、よかった。新しい人生の始まりの日が明けたわね」

「え、アコ今なんて言った」

「新しい人生の始まりの日が明けたわね、と言ったのよ。それがどうかしたの」

「そうじゃなくて、少し前に僕も同じことを感じたから。これって以心伝心っていうことかなあ」

「あら、以心伝心と一心同体ってことよね。嬉しいわ」

「一心同体というのはいいねえ」

「新しい人生の始まりのキスをして」

「アコさん、これからもよろしくね」

「マオさん、私の方こそよろしくね」

二人はお互いに相手を引き寄せてキスをした。明子の目が潤んできた。正夫は、明子を絶対に離さないぞと言うようにきつく抱きしめた。明子も正夫に応えた。

「しばらくこうしていたいの」

「こうしていようね」

「マオさん、何か変わったわね」

「新しい人生の始まりだからね。アコを見習うことにしたんだ」

「それは大変な挑戦になるわよ」

「でも決めたことだから、挑戦するよ」

「ありがとう」

「アコは今のままでいてほしいんだけど」

「私は変われないの」

「僕は今のアコが大好きなんだ」

「それじゃ、このままでいるわね」

「うん、ありがとう」

正夫と明子の新しい人生が始まった。正夫は改めて気を引き締めた。明子はそんな正夫を見るのが好きだった。

明日は大川高等学校の入学式と在校生の始業式が行われる。そのために新入生が集まるので、化学クラブの部員募集をすることになっている。そして明後日はいよいよ授業が始まる。高校三年生は学校で最上級生だから下級生の見本になるような行動をとるようにと校長の訓示に出てくる。

正夫は昨年秋の部会で化学クラブの部長に推薦された。クラブの部長にはいろんな仕事がある。クラブの部室として使わせてもらっている実験室の管理、下級生部員の指導も重要な仕事だ。化学の教諭との連絡もする。そして最も重要なことは秋の学園祭の課題募集と課題決定、学園祭の準備と発表と、かなり仕事がある。それが終われば部長交代だ。そして三年生部員の引退で終了する。正夫は化学クラブ部長を引き受けてしまったのだから、責任を持ってやらなければならないと決めていた。しかし実務は健樹が大方はやってくれるので助かる。

春休みの最後の日になった。明子は起きて洗面所で顔を洗って、キッチンへ行った。正夫も顔を洗って明子を追いかけてキッチンへ行った。

「アコ、何か手伝うことない」

「キャベツの細切りを作ってほしいんだけど。無理だったらいいわよ」

「挑戦してみるよ」

　正夫はキャベツの外側の葉を一枚取り外して、まな板の上に置き包丁で切り出した。明子は正夫が手を切らないか心配だったが、上手に切っていたので安心した。明子は卵焼きと何か黄色のどろっとしたものを作っていた。それが出来上がると、丸い長い肉の塊を出して薄く切り出した。

「マオさんそこにあるボールに水を入れて火にかけてくださるかしら」

「オーケー」

　と言われたとおりボールで湯を沸かした。何をするのかと思っていたら、正夫が切ったキャベツを煮えたぎっている湯の中に入れてすぐ湯を切った。それで朝食の準備は飲み物以外は作り終えた。明子はワゴンにトレーを乗せてお皿を並べた。その上に作ったものを手際よく盛り付けていった。祖父母の分は別のトレーに乗せた。そこへ祖母が降りてきた。

「明子さんおはよう。あら正夫さんもいらしたのね」

「おはようございます、お祖母様。正夫さんが手伝って下さったのよ」

「それはそれはご苦労さんでした」

「お祖母様、おはようございます。手伝うと言うより見ていただけです」

「お祖父様と私の分は私が持って行きますね」

「私がお持ちしますわ。お祖母様、パンをすぐ焼きますから少し待ってて下さいね」

　と言いながらパンをパン焼き器に入れてスイッチを入れた。同時に牛乳を手つき鍋に入れて温めた。トレーにカップに入れた牛乳とパンをのせて、明子が祖母と二階へ上がっていった。明子はすぐ戻ってきてワゴンを食卓に持って行った。料理を並べて、

「マオさんお待ちどうおさまでした。さあ、いただきましょう」

「アコの手際よさに驚いたよ。料理人としても通用するんじゃないかなあ」

「それは無理よ。仕事として料理を作るのは大変なことなのよ。せいぜい下拵えの手伝いというところかしら」

「そうかなあ」

「食べましょう。いただきます」

「いただきます」

　二人は朝食を食べ始めた。正夫はお世辞と冗談は紙一重なのを知った。これは誰と話しても同じだと思った。そういえば健樹も真面目な顔で冗談言うなよといったことがあったなあと思い出した。これからはあまり冗談を言わないようにしようと思った。そういえば健樹はどうしているだろうか。彼女とうまくいっているかなあ。明日会えば分かるか、と思った。

「アコさんはいつから高校へ行くの」

「私は明日入学式だから明日から行くわ。マオさんも明日からでしょう」

「入学式の後、部員募集をやるので帰りは少し遅くなるかもしれないけど、通常の時刻の列車に乗るよ」

「私も入学式の後で部員募集を手伝うことになると思うのよ。だから帰りはマオさんに合わせるわ」

「僕が早く乗換駅に着いたら、アコが来るまで待っているからね」

「明日は特別だから、いつもの列車に乗れなかったら待たないでいいことにしましょうよ」

「アコがそれでいいならそうしよう」

「でもちょっと寂しいわね」

「僕も一人で帰ってくると家へ入り難いなあ」

「そんな気遣いは要らないけど、馴れるまではそうよね。それじゃマオさんの言うとおりにしましょう」

「よかったあ。これで安心だ」

　正夫は、今までの明子と違った明子を見た気がした。何となく強い明子の姿を見た。明子は温和そうだったが、主張するところはきちんと主張する。これは〝新しいタイプの女性像〟だと新聞に書いてあったのを思い出した。

　考えてみれば当然だと理解できる。これまで祖父母と生きてきたとはいえ、両親の愛情を知らないのだから。自分がしっかりしないと、どんなことになるかを常に用心しているのだろう。それは当然だ。正夫は自分だけは信頼されていると思っていた。もちろん明子は正夫を信頼していると言ってくれた。しかし、心の片隅で何かを用心しているのかもしれない。正夫は、明子の心の閉ざされている部分を優しく開いてやらなければならないと考えた。そのためにはどうしたらいいのか。ただ言葉だけをどんなに言ってもダメだろう。それではどうするか。これは明子の将来を豊かなものにするかどうかの問題だからじっくり考える必要があると判断した。

　去年読んだ哲学の本に、人間の心の深い部分の瑕を癒やす方法は人間の愛しかないと書いてあったのを正夫は思い出した。そのためには全身全霊を以て接することが重要であると。

　明子が望んだこととは言え、今の正夫は明子の言いなりになっている。それは全身全霊で明子を愛しているとは言えないのかもしれない。正夫は一つの決心をした。それは言葉ではなく行動で示すことだ。

　朝食が終わった後、明子は祖父母が食べた食器を下げにいった。正夫は食器洗いを手伝ってから明子に片付けが済んだら来てほしいと言って二階へ上がった。

　明子はすぐやってきた。

「マオさんどうしたの」

「僕は今までアコを愛すのに積極的じゃなかったと思う」

「そうね、何か私の一方的であまり楽しくなかったわ」

「これは言い訳になるけど、僕は僕が置かれた状態を信じることが困難だった。でもね、僕はアコに遠慮しないことにした。それでいいかい」

「マオさんはようやく男らしくなったのね」

「そうだよ。アコ、こっちにおいで」

「はい。マオさん」

　正夫は明子を抱き寄せて自分から口づけをした。明子もそれに嬉しそうに応えた。明子は目を細く開けて正夫を見た。明子は、正夫が本気で明子を愛していることがわかり目から涙があふれ出た。

「今日はアコにちょっと連れて行ってほしいところがあるんだけど、時間をとれるかなあ」

「あら嬉しい。どこへ行きたいの」

「大きな神社へ行きたいんだ。例えば塩竈神社って遠いかなあ」

「そんなことないわよ。お祖母様に今日の予定を訊いてくるわね。ちょっと待っててね」

　明子は祖父の部屋へ行ったが、すぐ戻ってきた。

「特別な用事はないそうなので、これからすぐでも行けるわよ」

「じゃあお願いするね。用意するから」

「私は少しお化粧しようかしら」

「アコらしさが消えないようにね」

「マオさん好みにするわよ。着ていくものは普段着でいいわね」

「いいよ、僕と不釣り合いにならない程度の洋服でもいいよ」

「今日のマオさんは楽しそうね」

「楽しいよ」

　二人は用意が出来たので祖父母に断って出かけた。祖母が玄関まで見送ってくれた。二人は手をつないで歩き出した。祖母はそんな二人を嬉しそうに眺めていた。

「マオさんは、どうして神社へ行く気になったのかしら」

「それは内緒だけどアコだけに教えてあげるね」

「それじゃ、内緒にならないわよ」

「それもそうだね。僕は、お祖父様の病気がよくなりますようにということと、アコが可愛い赤ちゃんを産んでくれますように、そしてお祖母様も健やかに過ごせますようにとお祈りしたいんだ」

「一度にそんなにたくさんお願いして大丈夫かしら」

「神様はきっと聞いて下さるよ。若い二人の心からのお願いだから」

「そうよね。一つ聞きたいんだけど、マオさんはほんとに私に赤ちゃんを産んでほしいの」

「もちろんさ。ただアコが学校へ行けなくなったら困るかなあと思っていたことは確かだけどね」

「それは大丈夫よ。私ってほんとうに幸せだわ。マオさんは、赤ちゃんが出来るのを躊躇しているんじゃないかと心配だったのよ」

「それはね躊躇していた、今は全く迷っていないよ」

「私ね、マオさんに謝らなければならないことがあるの」

「謝らなくてもいいんだよ。アコも迷っていたんだろう。僕がもっとはっきりしなかったからいけないんだ」

「マオさんはほんとに変わったのね」

「自分だけで生きていこうとするのを変えたんだよ。僕にはアコが必要だし、アコも僕を必要としてくれると嬉しい」

「そうよね。私たちは二人で協力して、新しい絆を作りましょうね」

本塩釜駅で降りると、西に向かって歩き出した。

塩竈神社の社殿には朱塗りの建物がたくさんあった。どれが本殿か、探さなくてもいいように、正夫は境内入り口脇にあった掲示板の地図を見た。正夫には全体像がすぐ頭の中に入った。

「最初に本殿へ行ってお願いをしようね」

「そうね。こんなにたくさんの建物があると全部見るのは大変ね」

「お賽銭も奮発しないとね。たくさん願い事があるから」

「私は小さいときお祖母様に、お賽銭はいくら入れるのと聞いたことがあるの。するとと願い事がいっぱいあるからいくらというものじゃないのよって教えられたわ」

「なるほどね。信仰というのはそういうものなんだね。

また一つ教えられたね。ところでね、外国の哲学者は、“信仰とは、自分の力の及ばない問題に遭遇したときに絶対の力を持っている神に願い事をすることから始まる”と書いてあった。僕は、自分で判断できないことを判断しなければならない場合に神に判断を仰ぐそれが信仰だと思うんだ」

「神って何かしら。私は信仰についてよくわからないけど、もっと単純なものじゃないかと思うんだけど」

「例えばどんなこと」

「例えば、私がマオさんを信じるようにね。こんな単純なことはないでしょう」

「その例は嬉しいね。僕も二番煎じだけど、僕がどんなにアコを大切に思っているかということだね」

二人は、塩竈神社本殿に着いた。神社の縁起を読んで正夫と明子は社殿の前に行った。賽銭を箱に投げ入れて、大きな鈴を鳴らしお祈りをした。二人は長いこと祈りを捧げた。明子が顔を上げ、正夫を見たが正夫はまだ何事か呟いていた。明子は慌ててまた頭を下げた。正夫が顔を上げると、明子も顔を上げた。顔を合わせて互いにニッコリした。

「マオさんはずいぶん長いことお祈りしてたわね」

「うん。たくさんお願いしたからね」

「さっき言ってたこと全部お願いしたよ」

「その他のこともお願いしたの」

「どんなことをお願いしたの」

「僕とアコのことをいろいろとお願いしたんだ。アコはどんなことをお願いしたの」

「私は、元気な赤ちゃんを授かりますようにということと、マオさんが目的を達成しますようにと、そしてお祖父様の回復とお祖母様の健康をお願いしたの」

「アコありがとう。きっといいことがあるよ。でも自分たちも努力もしなければね」

「そうよ。〝天は自ら助くる者を助く〟という言葉があるわね。この言葉はお祖父様から聞いたんだけど、私は何となくこの言葉を好きになったわ」

「そうだね、神様にお願い事をするためにどんなにたくさんお賽銭を上げても、自分でも努力しなければうまくいかないという意味だね。僕もこの言葉を好きになったよ」

　二人は境内にある他の社殿を見て歩いた。正夫と明子は社務所に行って、病魔退散、家内安全、勉学成就、それと安産のお守りも買った。ついでにここら辺に食べ物屋さんがあるかどうかを聞いた。社務所の巫女さんが近くにある食べ物屋さんを紹介してくれた。

　明子に聞くと、さすがの明子もこの辺までは知らないと言った。それで教えてくれた食べ物屋に行くことにした。二人は日本そば屋に入った。正夫は天丼を頼み、明子は天ぷらそばを注文した。注文したものが出来上がるまで少し時間がかかるというので、正夫は店にあった新聞を借りて読んだ。明子ものぞき込むように新聞を見た。

　注文した品物が出来てきたので、正夫は新聞をたたんで元あったところに戻して、食事を始めた。天丼にはエビが二本と細長い魚と野菜の小さい物が二個のせてあった。天ぷらは明子が揚げた物ほどじゃなかったが美味しかった。魚はアジだと思った。野菜はネギのかき揚げとニンジン、ジャガイモ、ゴボウの細切りのかき揚げだった。さすがの正夫も全部食べるとお腹いっぱいになった。

「マオさん、今日はなんだかすっきりした顔をしてるわね」

「お腹がいっぱいになると幸せだなあと思うんだ」

「面白いのね。でも、私もそうかもしれないわ。それにケーキがあればもっと幸せなんだけどなあ」

「食べ終わりましたか。お下げします。ちょっと待っててくださいね」

　と店の女性が言って、空になった食器をトレーにのせて下げていった。少ししてまた女性が来た。

「間違っていたら、ごめんなさいね」

「はい、何でしょうか」

「あなたは、只野様のお嬢さんではないでしょうか」

「そうですけど。なんでお祖父様のことをご存じなんですか」

「そのお話しは只野様から聞いて下さい。私はずーっと前に只野様にお世話になった山城素子といいます。長いことご無沙汰しておりましたが、只野様はお元気でしょうか」

「はあ」

「これは私のホンの気持ち代わりです。お口にあえば幸いです」

　と言って、あんみつを置いた。

「ありがとうございます。遠慮なくいただきます」

「私がお嬢様にお会いしたのはお嬢様が小学校へ入る前でしたから覚えていないでしょうが。こんなに大きくなったんですねえ」

「おばさん、これとっても美味しいですね。ねえマオさん」

「うん美味しいね。お腹がいっぱいでしたが食べてしまいました」

「あら、嬉しいですね。お嬢様こちらの方は」

「私の許嫁です」

「あら、それはおめでとうございます。ほんとに月日の経つのは早いですね。私もこんな年になってしまいましたから。あら、長いこと引き留めてしまって申しわけりません」

「それでは私たちは次のところへ行きますので、会計して下さい」

「本日は、おいで下さりましてありがとうございました。お代はお祝い代わりということにさせていただきまして、結構です」

「でも、そうはいきませんわ。お代を受けとっていただかないと、もう来ることが出来なくなります」

「これは今回だけということにしていただいて、次からはきちんといただくということにして下さいませ。只野様に、よろしくお伝えください」

「それでは、お言葉に甘えさせていただきます。祖父に山城様のことをお伝えいたします」

「ご馳走様でした」

　正夫と明子は、そば屋を出た。

「アコのお祖父様はいろんな方のお世話をしたんだね。感動してしまったよ」

「敗戦後の混乱期に復興のためにいろいろやったみたいね。そのときの話はしてくれないけれど」

「うーん、まいったなあ」

「何がまいったのかしら」

「お祖父様のやったことさ」

「それは今と社会の様子が違っていたからでしょうね。」

「そうだね。何だか楽しみだね。行こう」

「マオさん私、塩竈のお店で買い物をしたいのだけど」

「いいよ。塩竈の町中は初めて見るんだけど、賑やかなのかなあ」

「それは松島よりは大きい町だから商店もたくさんあるわよ」

　正夫と明子は駅に向かって歩き出した。さすがにここでは手をつながなかった。駅近くに二階建ての大きな店があった。明子はそこへ入り食品売り場へ行った。明子は缶詰を数種類買った。それは全部外国産の物だった。次に野菜売り場へ行った。そこには正夫がこれまで見たこともない野菜があった。明子はその中から珍しい物を買った。一つは白菜を細長くしたような物で香りの強い物だった。それから野球ボールほどの大きさの赤い物と黄色い物を買った。最後にニンジンの葉のような物などをかった。そして最後に肉屋に寄った。ここでは牛肉と豚肉を買ってそれを同時にミンチにしてもらった。ほかにステーキ用と書いてあった牛肉の切り身を三枚買って終わりになった。買った物は明子が持ってきた袋に入れて正夫が持った。

「マオさんは何か欲しいものがないの」

「あったら、駄菓子を少しほしいかなあ」

「それじゃ、あっちにあるから選んで下さいな」

　と言って明子は正夫を連れて行った。そこにはアメからセンベイなどたくさんの種類の菓子が売られていた。正夫はアメ、甘納豆、大きな四角い形のセンベイを手に取った。明子は自分好みのお菓子を数種類カゴに入れた。それから祖父母に頼まれた菓子をカゴに入れて会計のところへ行った。

　正夫は重い物を持ち、明子は軽い物をもって駅へ向かった。

「少し疲れたわね。マオさんはどう」

「僕もすこし疲れた」

　二人は駅近くにあった甘味処に入った。

「疲れたときには甘いものが必要よ」

「そうだね。またあんみつを食べようかな」

「ここはね、お汁粉が美味しいのよ。それとあんころ餅」

「両方食べたいけどね」

「じゃ、そうしましょう。私はお汁粉だけにしますけど」

　そこへ店員が来たので明子が注文した。

「お祖父さんとお祖母さんの好みの食べ物って何なの」

「お祖父様は、お酒だったけど、今は何かしらね。まさか甘みじゃないと思うけど、あまり間食しないから」

「今はお酒も飲まなくなったんだね。お祖母さんは」

「お祖母様は羊羹が好きみたいよ」

「そうかあ、それでさっき羊羹を買っていたんだね」

「そうよ。マオさんは何で小豆が好きなの。前に聞いたかもしれないけれど」

　正夫は集団疎開で行った新潟の農家で食べたぼた餅に涙が出るほど感動したことを話した。

「そのとき、僕は四つか五つも食べてしまったんだ。他の子も同じように食べた。そのときから小豆が、というよりあんこが好きになった」

「そうだったのね。あの頃は私も食べるものがなくて痩せこけていたわよ」

「僕もその集団疎開先のお寺で、お別れ記念の写真が一枚だけあるけど、みんな痩せこけて頭でっかちの姿をしていた」

「子供を大切にしていたけど、みんな大変だったのね」

「僕なんか中学校卒業するときでも同じような姿だったよ。朝礼なんかで身長順に並ぶといつも前から二番目にいたからね」

「それが二年間でこんなにたくましく成長したのね。もっと成長するかもしれないわね」

「それで、この前洋服を作ってくれたとき少し大きめにお願いしたんだ」

「そうだったのね」

「今までのことは、これからのための参考になるからね」

「正夫さんはそのように考えるのよね。だから上を見て進めるのね」

「お待ちどおさまでした」

と言って店員が注文した品を二人の前においた。明子が、

「ありがとう」

と言って、すぐ食べ始めた。

「美味しいわね」

「美味しいわね」

正夫はお汁粉を食べ終わって、明子の方を見た。明子は半分ほど食べたところだった。正夫は、明子が食べ終わるのを眺めながら待った。明子の食べ方は、食べ物を大切にするように食べていた。明子がお汁粉を食べ終わって口を拭いてから、

「マオさん、あんころ餅を食べないの」

「アコと一緒に食べようと待っていたんだよ」

「私はお腹いっぱいだわ。でも折角マオさんが待っててくれたんだから、一ついただきます」

と言って皿からあんころ餅を一つとって口に入れた。

「これも美味しいわね」

と言って、お皿を正夫の方へ押した。それで正夫もあんころ餅を食べた。

注文したものを食べ終わった二人は店を出て駅に向かった。列車は来るまで十分間ほど待つことになったのでベンチに座った。

「アコさん」

「なあに」

「今日もありがとう」

「お安いご用でした」

列車が来て、二人は乗車して座席に並んで腰掛けた。明子は正夫の肩に頭を乗せて目を閉じた。正夫は明子の手を握った。列車はすぐ松島駅に着いた。

改札口を出て少し歩き坂道にさしかかったところで正夫は、明子に言った。

「アコさん、おんぶしようか」

「荷物が多いから坂を登ってからお願いします」

「それじゃ、手を引いてあげるよ」

と言って、明子の手を取った。坂の上で明子を背負った正夫はゆっくり歩いた。明子はいつものように正夫の肩にアゴを乗せて目を閉じた。玄関についても明子は目を覚まさなかった。やはり少し疲れてしまったのだろう。

三年生の新学期

翌日の朝六時頃、正夫は目を覚ました。体操着を着て手作りの木刀を持って庭に出た。東の空に向かって拝礼してから木刀の素振りを始めた。初めは上下に振る動きを百回繰り返し、次に足を同時に動かす素振りを三百回行い、最後に抜き打ちの練習を百回繰り返して終了した。木刀を振るとき出るビュッという音が聞こえたらしく、明子が二階の窓から顔を出して、

「おはよう」

と声をかけた。正夫は手を振って、それに応えた。正夫は散水栓のところへ行き、手ぬぐいを濡らして冷水摩擦をして部屋に戻った。明子は鏡台に向かって髪をとかしていた。

「アコ、おはよう」

「マオさんおはよう。ずいぶん早くから素振りをするのね」

「あれはほぼ毎日、もうずーっとやってきたことだから、やらないと体がなまってしまうんだ」

「何回くらい素振りをするの」

「毎回数えているわけではないけど、約五百回以上やることにしている」

「そんなにやるの。疲れてしまうでしょう」

「そんなことないさ。逆にやらないと体調がおかしいくらいだよ」

「ちょっと腕に触ってもいいかしら」

「いいよ」

明子は正夫の上腕にそーっと触れた。いつも腕を組んだり、背負ったときにつかまっているのに改めて触れるとくすぐったくて笑い出してしまった。

「何がおかしいのよ」

「ただくすぐったかったんだ」

「チョット腕に力を入れてみて」

正夫は腕に力を入れた。二の腕に大きなこぶが出来た。明子はそこを押して、

「わー、かたいわねー。ぶら下がれるかしら」

「アコの体重は無理だろうと思うけど、やってみる」

「やってみたいわ」

と言って、明子は正夫の腕に両手をかけてぶら下がった。少しの間だけぶら下がることが出来たが、すぐ耐えきれずに正夫は腕を下げてしまった。

「やはり無理だよ。あとちょっと体重を減らせば大丈夫かもしれないよ」

「そんな意地悪言わないで。今の体重が私の最良体重な

んだから」

「悪かった。僕がもっと鍛えればよかったんだね」

「そうよ。ふん」

と言って明子は笑いながら正夫にしがみついた。そして口を合わせた。

「さてと、食事の用意をしてくるわね。お弁当も作っておくわよ」

「ありがとう。楽しみにしているよ」

「まかせといてね」

「何か手伝うことない」

「今朝は簡単だからないわ。ありがとう」

正夫は忘れ物がないかもう一度確認しメモを書いた。入学式、教科書購入、高校への住所変更届け、通学定期購入証明書をもらうこと、新入生勧誘、副部長の健樹との打ち合わせ、部室での待機等々、結構忙しい日になりそうだった。

もう一つ、大事なことは通学経路の列車発着時刻を書き写すことがあった。

明子が正夫のところへ来た。

「マオさん、食事の用意が出来ましたよ」

「はーい」

二人は食堂へ行った。祖母はまだ下にはいなかった。正夫と明子の二人だけの食事になった。パンとバター、イチゴジャム、野菜サラダ、目玉焼き、ハムの薄切り数枚、それとスープが用意されていた。パンは正夫のために三枚焼いてあった。それと牛乳もあった。明子のはパン一枚だけだったが後は同じだった。

「いただきます」

「どうぞ召し上がれ。私もいただきます」

二人は食べ始めると顔を見合わせてニッコリする。食事が終わり、正夫は後片付けを手伝った。七時三十分近くになったので、二人は登校の準備をして、祖父母の部屋へ朝の挨拶に行った。祖父は起きてベッドの上で新聞を読んでいた。祖母は洋ダンスのところで何かしていた。

「お祖父様、お祖母様、おはようございます。これから学校へ行ってきます」

「やあおはよう。昨日は塩竈神社のお守りをありがとう」

「はい」

祖母が明子を呼んで何か小声で話していた。明子はすぐ戻ってきて、

「お祖父様、お祖母様、それでは行ってまいります」

「気をつけていくのですよ」

「はい、頼りになる正夫さんが一緒だから大丈夫です」

二人は一旦自分たちの部屋に戻った。

「マオさん、これをお祖母様から預かってきました。六ヶ月通用の通学定期券代と今月のお小遣いだそうです。今月はいろいろ本を買ったりするでしょうから足りなかったら私に言って下さいね」

「ありがとうございます」

明子は自分の机の引き出しを開けて何か大きな包みを出した。

「これは私からの進級お祝いです。気に入って下さると嬉しいんですけど」

「見てもいいかしら」

「どうぞ、今日からでも使って下さい」

正夫は包みを開けた。出てきたのはカバンだった。

「こんな高そうな物を僕に」

「古いものも愛着があるでしょうけれど、これも使って下さい」

「ありがとう。これは明日から大切に使わせてもらうよ」

「よかったわ。それでは出かけましょう」

正夫が玄関に行くとそこに新しい運動靴があった。

「今日からこれを履いて下さい」

「そんなに何から何までしてもらうとお返しが出来ないよ」

「何言ってるんですか、私がマオさんになにかしてあげることが出来るのは私の喜びなのですから。心配しないで下さい。将来の旦那様」

「あまり甘やかさないでほしいけど」

「はい、分かりました」

靴は正夫の足にぴったりだった。二人は弁当をもって家を出た。正夫は駅に着くと列車発車時刻表を書き写した。列車が来たので乗車し、車窓から海を眺めた。海は太陽に光を反射してキラキラ光っていた。

北上駅に着くと、ホームに出ていた時刻表の必要な部分だけ書きとめた。ここで明子は東行きに、正夫は西行きに乗り換えるのだ。陸羽東線のホームは、島形だったので同じホームで待つことになった。二人はさすがに少し離れたところに立って列車の来るのを待った。明子は友達がたくさんいたので気を遣ったのだ。

正夫の方の列車が早く来たので正夫はちらっと明子を見た。明子はそれとなく手を小さく振って合図した。正夫も手を胸に当てるような仕草で答えた。

大川駅に到着すると、たくさんの高校生が下車した。正夫は、待合室の列車発着時刻表を書き写した。そのとき誰かに肩を叩かれた、振り向くと諏訪村の女子高三年生が三人いた。正夫は遅く降りれば会わずに済むと思っていたが、その人たちに会ってしまった。

「正夫君、何してんのっしゃ」

「え。今年はクラブの部長をやるので下級生の乗る列車の時刻を調べていたんだ」

「部長すか。それは大変だねや。頑張ってけさいん」

「女子校へはここから何分くらいかかるんだい」

「ゆっくり歩いて二十分くらいかしらね。それじゃまた会いましょう」

「じゃあ」

やれやれと思っていたら、今度は工業高校の生徒が来た。

「よお、正夫じゃないか。何してるんだい」

「下校時付近の時刻表を写してたんだ」

「なんでまた」

「今年、化学クラブの部長をやることになったので、下級生が列車で帰る時刻を調べていたんだ」

「それは大変だな。それはそうと、正夫は今年は登山に行かないんだって」

「そうだ。高校三年生は自分の将来を決める年だから勉強が忙しくなるだろう。多分登山どころではなくなると思っているんだ」

「そうか、普通科は大変だなあ。頑張ってくれ」

「ありがとう。君も就職が早く決まるといいな」

「早く決まるとありがたいな。じゃあ、またな」

　正夫はやれやれと思った。時刻表は大方書き取ったので高校へ向かった。初めに事務室へ行き住所変更の手続きをした。続いて通学証明書を書いてもらった。男の事務員が怪訝な顔をした。

「君は二年生終了まで諏訪村から通学していたんだね」

「はい、そうですが」

「何でまた松島に変わったんだろう」

「勉強できるようにして下さる方がいて、その方のお世話になることになったんです」

「そういえば、君の授業料他はすでに払い込まれているね。その方のことかい」

「そうですが、問題あるでしょうか」

「いやそんなことはないさ。頑張りたまえ」

「ありがとうございます」

「そうだ、思い出した。君は二年生終了時に二八番になった生徒だね」

「偶然です」

「そんなことはないだろう。大川高校は偶然で成績を上げることが出来るほど楽じゃないぞ」

「でも特別なことはしませんでしたから」

「まあ、とにかく頑張りたまえ」

「ありがとうございます。手続きはこれで終わりですか」

「そうだね。後はこちらでやっておくから心配しなくてもいいよ」

「よろしくおねがいします。それでは教室へ行きます」

　正夫の教室は、南館三階の東端にあった。教室へ入ると、黒板に着席場所が指定されていた。このクラスは教室間を移動することがないので一度決まるとそのまま卒業まで変わらないのだ。これはとっても楽だった。南窓側の前から三番目が正夫の席だった。クラスの顔ぶれを見ると半数は知っている顔だった。後は初めて見る顔だった。正夫の隣にいるのは山口という生徒だった。彼は何となく傲慢な感じがした。彼が立って正夫の方を向いて、

「俺山口、君はたしか寺田だったな。一年間よろしく

な」

「俺の方こそよろしくな」

と言って握手をした。山口の手は身体の大きさに似合わない華奢な感じだった。正夫は健樹の顔を探した。まだ登校していないようだった。しばらくすると眼鏡をかけた身長がそれほどない優しそうな人が入ってきた。

その人は正夫の組の担任になる、片田と言う教師だった。おはようと少し甲高い声で言って教壇に立った。

「まだ全員来ていないようだが、体育館で学年クラス別に教科書を販売しているので、空いている今のうちに買ってくるように」

と言って教室から出て行った。

生徒は競うように体育館へ行った。すでにたくさんの生徒が来て教科書を購入していた。正夫もクラスの者と並んで教科書を買った。新しいインクの匂いがぷーんとしていい感じだった。文具を売っているところがあった。そこへ行くといろいろな物を売っていた。チョット欲しいものがあったが、正夫は買わなかった。無地のノート代わりのレポート用紙というのを三冊買った。買った物を持って教室へ戻ると健樹が来ていた。お互いに、

「よう、しばらく」

と声を掛け合って近づいた。健樹の席は真ん中の列の前から四番目だった。

「二年生が部員勧誘をやってくれている。三年生は部室で待機しているから大丈夫だ」

と健樹が言ったので正夫は安心した。

「今日はいろいろ手続きがあって遅くなってしまったので、部室へはまだ行ってないけど健樹が行ってくれたんなら安心だ。教科書に名前を書いてからちょっと様子を見てこようか」

「俺も行くか」

正夫は買ってきた総ての教科書の表紙に、誰にでも見えるように万年筆で名前を書いた。それを布のカバンに入れて、健樹と部室へ行った。

「おはよう。元気だったかい」

「おはよう」

と、二人は言いながら部室の実験室へ入っていった。

「おはようございます」

初めのは三年生部員、後のは二年生部員だ。

「入部希望者は何人来た」

「今のところ四人です。そのうち二人は諏訪村出身です。一人は大川市内、もう一人は大新田町出身者です」

「諏訪村から二人も入ったかあ。去年、学園祭に来た連中かなあ」

「そんなことを言っていました」

「諏訪村の歓迎会で、かならず化学クラブに入りたいと言っていた」

「部長のことをしきりに聞いていました」

「そういうときは、本人に聞いてくれと言ってくれるとありがたい」

「わかりました」

「そろそろ入学式・始業式が始まるから教室へ戻っていいぞ。俺たちも戻るから」

「それじゃ、戻りますがまた来ます」

「ご苦労さん。よろしくな」

二年生が教室へ戻ると、三年生が、

「正夫、貫禄が出てきたな。頼もしいぜ」

「からかうのはよしてくれ」

健樹までが、

「ほんとだよ。貫禄が出てきた。冗談でなくな」

「健樹までそんなこと言うなよ」

「俺たちも教室へ戻ろうか」

「そうだな」

授業開始前の予鈴が鳴った。すぐに担任がやってきて、出席をとった。

「これから入学式と始業式を始めるが、例年のように二、三年生は先に講堂へ入って新入生が入場するときに拍手で迎えるように。それではローカに出て整列して講堂へ向かいます」

生徒はガヤガヤしゃべりながらだらだらとローカへ出て並んだ。全員が並ぶと歩き出した。正夫の組みは六組なので一番最後に講堂へ入る。講堂の中は騒音が酷かった。正夫達が講堂に入るとき、講堂前のローカに一年生が緊張した顔をして並んでいた。

やがて教員が入ってきて所定の位置に腰掛けた。少し遅れて校長と教頭が来賓客を案内して演壇に上がって、指定された椅子に腰掛けた。係の教諭が、

「これから新入生の入場です。皆さん拍手でお迎え下さい」

新入生が講堂へ入ってきた。在校生初め、教諭、来賓も拍手をした。その中を新入生は緊張した顔で所定の席に着いた。係の教諭が、マイクロホンに向かって、

「只今から、昭和二九年度入学式並びに始業式を始めます。一同ご起立下さい」

講堂の中がざわざわと音を立てて来賓も含めて立ち上がった。

「それでは、国歌斉唱をお願いします」

音楽の教諭がピアノを弾いた。それに合わせて全員で国歌を歌った。歌い終わるとあちこちで咳をする音が聞こえた。

「ご着席下さい。初めに校長先生から挨拶があります」

校長が立ち上がって正面の机に向かった。式服の内ポケットから封筒を取り出し、演台に紙を広げて、さっと目を通した。そして校長の話が始まった。校長の話が終わると、来賓の挨拶があった。それが終わると講堂の両脇にいた合唱団員が立ち上がり、校歌を歌い出した。校歌の歌詞はいかにも昔作ったというような内容だが、歌っていると歌詞の意味が胸に響いてくるのを正夫は感

じた。入学式・始業式が終わった。

講堂へ入ったときと同じように校長が来賓を案内して退場した。教員が続き、その後、三年生次いで二年生が講堂から教室へ戻った。一年生は別に話があるというので講堂へ残った。

正夫達が教室へ戻ると、すぐ担任の片田教諭が教室へ入ってきた。片田教諭はなにかせわしない仕草で、今日の予定を黒板に書いた。それはクラスの班決めとクラス委員と副委員、その他各委員等を決めること、掃除当番の場所と実施予定表だった。次に印刷物が数枚配られた。年間行事予定表、時間割表等々。

正夫は年間予定表を見た。学園祭は十月二九日は準備の日、三十、三十一日に学園祭、十一月一日は撤収日だ。十一月二日は振替休日になる。

「そうだ寺田君チョットきてくれ」

と言って、歩き出した。正夫は健樹に部室で待っててくれと行って片田教諭を追いかけた。片田は職員室へ入って正夫に話しかけた。

「君は、住所変更届を出したね。それが只野先生のお宅の住所になっていた。これはどういうことなんだね」

「はい。只野さんが私の家へ書生として勉強に来なさいと行ってくれましたのでお受けしました。こういうことになるとは思いもしませんでした」

「只野先生はお元気でしたか。もしお元気でしたら一度本校でお話をしていただきたいのだがね」

「実を言いますと、只野さんは、病床に伏せっています。今は小康状態を保っていらっしゃいますが、かなりお悪いということです」

「そうですか。それではこの話は回復されてからと言うことにしましょうかね。それにしても寺田君は、昨年よく頑張ったし、そういう状況に入るとさらに勉強できますね。がんばりなさい。以上です。それじゃ只野先生によろしくお伝え下さい」

「はい、かしこまりました。それでは失礼します」

正夫は、自分が大変な状況に置かれていることをはっきり認識できた。しかし、やるぞと言う決心はさらに強くなった。一旦教室に戻り荷物を持って部室の化学実験室へ行った。部室には健樹が一人待っていた。

「正夫は、この頃先生に呼ばれることが多くなったな。なにか事情があるのか。困ったことなら相談に乗るぞ」

「いや、大したことじゃないから安心してくれ」

「そうか」

「健樹もしっかりした考えを持たなければだめだぜ」

「いつも正夫に励まされているなあ」

「健樹はしっかりしているのに時々頼りなく見えるときがあるから心配だよ」

「自分じゃ堅くやっていると思うんだがなあ」

「個人的なことは、そのくらいにしておこうぜ。クラブの今年度の予定表を作らなければならないな」

「そうだな。去年までの予定表があるので参考に出来ると思うんだ」

「健樹はそれを持ってきてるかい」

「いや、部の保管戸棚にあるんじゃないか。探してみよう」

二人は準備室へ行き保管戸棚を開けて去年の予定表を探した。

「あった。これだろう」

と健樹が一束のノートを持ち出した。それは「昭和二八年度化学クラブ記録」と表紙に書いてあった。

「そうだ。これだ」

「向こうで調べようか」

「そうだな」

二人は部室に戻り、年間予定表を見つけた。

「これはよく出来ているな」

「明年のことだから、新しいことをやらなければこれを参考にして、カレンダーを見ながら作ってみるよ」

「それじゃ、そうしてくれるかい。出来たら検討しよう」

そのとき部室のドアを叩く音がした。

「どうぞ、入ってけさいん」

そっとドアを開けて入ってきたのは三人の新入生だった。

「こんにちは。新入生の早坂純夫です」

「僕は同じく肥後今朝夫です」

「僕は同じく遠藤久夫です」

「君たちは入部希望者なのかな」

と健樹が聞いた。

「はい、そうです。よろしくお願いします」

「正夫、話を聞こうじゃないか」

「そうだな。こっちへ来て座ってくれないか。僕は今年化学クラブの部長になった寺田正夫と言います」

「知っています。去年も、一昨年も学園祭に来ました。そこで寺田さんの姿を見ました。格好良かったです」

と遠藤久夫が言った。

「僕たちは去年の学園祭に来て先輩に説明してもらいました。格好良かったなあ。よろしくお願いします」

「俺のことは、誰も見ていなかったのかなあ」

と健樹が言った。

「いえ、寺田さんといるところを何回も見ましたから覚えています」

「それを先に行ってくれよ」

と健樹はおどけていった。それでみんなが笑った。

「すみませんでした」

「それじゃあ、この入部届に氏名、住所、クラス名、綽名、得意技などを書いてけさいん」

「はい」

と言って三人はそれぞれの用紙に書き出した。

「今朝言っていた四人はまだ入部希望届けを書いていないな」

「そうだな。これで七人か。全員残ってくれるといいんだけどなあ」

　一年生が書き終わったようなので、正夫は話を始めた。

「化学クラブは他のクラブと少しだけ違うところがある。それをこれから説明するからよく聞いてほしい。もし理解できなかったら途中でもいいから質問してくれ。健樹、メモを取ってくれるかい」

「オッケー」

　と言って、健樹は新しいノートを取り出した。

「第一は、化学薬品を取り扱うということだ。化学薬品の中には危険なものもあるので取り扱いは、その薬品の性質を調べてからになる。先輩の話だけど、説明書にはある薬品について、その『薬品を水に溶かしたものに酸を入れて』というところで次の行に移った。それでそこまで読んだ人が酸を入れようとした。そこでみんなが騒いだので事無きを得た。その薬品は酸と反応すると毒ガスが発生する薬品だったのだ。もし酸を入れていたら大変なことになっていたかもしれない。もう一度言うけど、その化合物に酸を入れると猛毒の気体が発生する。それを吸ったら極めて危険な状態になったかもしれない。そして次の行には『はいけない』と書いてあった。この例は、もう一つ教訓がある。説明は何でもそうだが最後まで読まなければいけないと言うことだ。薬品を取り扱う場合にはこのように細心の注意が必要だということだ」

「次は、激しい変化を与えないということも重要だ。例えば早く混ぜようとして激しく振ったり、かき混ぜたりする、あるいはいきなり強い火で熱することは避けなければいけない。何故かというと激しい操作をすると反応が激しく起こり容器から噴き出したり、場合によっては爆発することがあるからだ。と言って怖がっていたら何も出来ない。そういうことは先輩達がやるのを見て覚えなければならないということだ。後は健樹から説明してもらうのでしっかり聞いておくことだ。なにか質問があればどうぞ」

　初めに驚かせたので質問どころではなくなったかもしれない。誰も質問しなかった。

「それでは今度は俺が部活動の一般的なことを説明する。部活動の年間予定表は今作成中なので部の総会のときに渡します」

　と健樹は言って一般的な約束事を説明した。

「それでは、部からの知らせはこの部室に張り出すので時々部室に顔を出して見てけさいん」

「はい、わかりました」

「来週の水曜日の五、六時限に部総会を開く予定だから、今の意志が変わらなかったらできるだけ出席してけさいん」

「はい、ありがとうございました」

　正夫と健樹は年間予定表を作ることにした。初めに健樹が去年までの予定表を参考にしてカレンダーに当てはめていく。それを正夫と検討して素案を作り他の三年生に了解を得て、必要な修正をしてから総会に提出する。

「健樹そろそろ昼飯にしようか」

「そうだな。腹が減ってきた。俺は弁当持ってきたが、正夫も持ってきたか」

「持ってきたさ。さあ食おう」

「その前に湯を沸かそうか」

と言って健樹は大きなビーカーを洗い水を入れて三脚の上に置いてバーナーの火をつけた。

「お茶っ葉ってあったっけ」

「保管庫の中に入れたと思ったけどな。ちょっと探してくれ」

正夫は準備室へ行き保管庫を開けた。お茶と書いた紙が貼り付けてある缶を見つけて実験室へ戻った。ちょうど湯が沸いたので茶葉を適当に入れて火を消した。健樹が二百㎖と書いてあるビーカーを二個持ってきて洗った。湯がいい色になったので、箸を伝わらせてビーカーに注いだ。二人は弁当を食べ始めた。

「正夫の弁当はすごいな。自分で作ったのか」

「まあな。健樹のは相変わらず大きな焼きめしだな。たまには卵焼きでも入れたらどうだ」

「朝は忙しくてな」

「お互い様だな。俺のは昨夜の残り物だ」

「そうか、そうだよな」

正夫は弁当を食べ終わると〝ご馳走様〟と言って、容器を洗ってしまった。健樹はその様子を見ていてなんとなく納得したような顔をした。

二年生が部室へやってきた。

「先輩、こんにちは。二年生が二人、化学クラブへ入りたいと言ってきたんですが、どうしますか」

「珍しいことがあるもんだな」

「ちょっと話をして、続けたいようだったら入れることに異存はないけど」

「近くにいたらここへ連れてきたくれないか」

「わかりました。連れてきます」

「今年はずいぶん入部希望者が来たな。一年生が七人と二年生が二人だ」

「九人か。もう少し増えるかもしれないな」

「入会制限することは出来ないしな。まさか三年生まで入りたいなんて言ってこないよな」

「それはないだろう」

さっきの二年生が、二人の二年生を連れてきた。

「こんにちは。おれ、高橋雄三っていいます。よろしくお願いします」

「こんにちは。僕は、時田秀一って言います。よろしくお願いします」

「今日は。俺は寺田正夫、今年は部長をやることになっている」

「やあ、俺は甲斐健樹、副部長をやることになった。よろしく頼む」

「君たちは何で化学クラブへ入りたいと思ったんだい」

「俺は、一年の時、生物クラブに入っていました。俺はいろんなことをやってみたいので今年は化学クラブに入りたいと思いました」

「うん、わかった。時田君はどうして化学クラブへ入りたいと思ったの」

「僕は、去年一年間クラブ活動をしませんでした。それで他になにかをやったかというと何も残っていませんでした。それで今年は化学の授業もあるし、化学クラブへ入れば授業の助けにもなるかと思って選びました」

「前半のことは、よく気がついたと思います。後半の部分は自分でなにかをやらないと勉強の足しにはならないかもしれない。だから積極的に自分からやらなければダメだと思うよ」

「はい、努力します」

「それでは、来週の水曜日五、六時限目に総会をやるので、そのときも意思が変わらなかったら必ず出席して下さい」

「それじゃ、この入部届に氏名その他を書いて下さい」

二人は入部届を書いて健樹に渡した。

「それでは失礼します」

と言って部室を出ていった。

「今日はこれで終わりにして大学芋でも食いに行くか」

「いいな、あすこの親父さんにもしばらく合っていないからな」

正夫と健樹は、校庭へ出たが生徒はもうほとんどいなくなっていた。さっきの二年生の姿が見えたので健樹が誘おうというので正夫が声をかけた。

「今日はご苦労さんだったな。これから大学芋を食いに行くところなんだけど一緒に行くか」

「ほんとですか。行きます」

三人は大学芋屋を目指して歩き出した。

「ところで君の名前はなんて言うんだっけ」

「俺は山木豊です。よろしくお願いします」

「俺たちの名前はわかっているよな」

「はい、知っています」

大学芋屋に着いて、ドアを開けて

「親父さんしばらくぶりでした。元気でしたか」

「よお、若者達、俺は大丈夫だがな」

「俺はってどういうことですか」

「いやあ、いえのことだから、君たちに話せることじゃないよ」

「何はともあれお大事に」

「ありがとう。今日は何にする。女学生がいないから静かだな」

「先輩達はいつも女学生と一緒に来るんですか」

「そんなわけあるかよ。たまたま学園祭のときにこの店で会っただけだよ」

「親父さんイモとラーメン三個ずつ」

「おーらい」

　店主は仕事にかかった。

「山木君は将来何をやりたいと思っているんだい」

「俺すか、俺はまだはっきり決めていないんすが。こんなことを出来たらなあと思うことはあります」

「あと一年間でよく考えなければならないなあ。なんて偉そうなこと言うようだが俺はまだ迷っているんだぜ。この正夫は中学の頃から決めていたらしいんだがな」

「しかしなあ、いろんなことを勉強しているとそれが形を変えてくることがあるんだよ。基本的なことは変わっていないんだがな。ところで山木はどんなことを考えているんだい。何がきっかけでそう考えるようになったのかなあ」

「俺は、この前、三月に水素爆弾の実験で放射能被害を受けた人たちや、戦争末期に落とされた原子爆弾の犠牲者のことをもっと知りたいと思うようになりました。そのためには、化学のことをよく知っている医者になろうと思うようになりました」

「俺も水爆被害者のことを心配して、ある方に質問してお話を聞いた。原爆被害者の例から見て、水爆被害者もおそらく同じような経過を辿ることが予想されると言っていた」

「その方は誰なんですか」

「それは言えないんだが信頼できる方だ」

「寺田さんはそういう方とお知り合いなんですか。すごいなあ」

「そんなことはないさ。ひょうんなことからお話しできるようになっただけだ」

　そのとき、注文した品を持って店主がやってきた。

「お待ちどおさま。今日は難しい話をしているね」

「いいえ、これは若者談義ですよ」

「なるほどね、若者談義か。いいなあ。俺も若いときがあったが、そんな話を出来なかったなあ」

「それはどうしてですか」

「山木君、それはな戦争中は言論統制もあったし、軍隊では相手を殺すこと以外のことを考えてはいけないと指示されていたんだ。それは俺たち国民と日本国を守るためと言われていた。しかし、敗戦前には本土決戦隊には武器も弾薬もなかったという、それでも兵隊を集めていた。そして毎日、海岸の砂浜に穴を掘った」

「寺田君はよくわかっているんだな」

「一応戦争体験者ですから」

「やあ、これはすまなかった。ラーメンがのびてしまうぞ」

「そうだ。さあ食べようぜ」

「いただきます」

　店主は正夫達が食べる姿を見て嬉しそうな顔をして調理場へ戻っていった。三人は食べている間、何もしゃべらなかった。

「俺、初めてラーメンを食べました。美味しいですね」

「俺も大川高校の合格発表の日に担任の先生が合格祝い

にって、この先の中華屋でラーメンをご馳走してくれたのが初めてだった。美味かったなあ」

「俺より二年も早く美味しいものを食べたんですね」

「そのとき店主が、お祝いだと言ってたしか餡蜜か何かを出してくれたんだ。それも美味しかったなあ。その後、この店で先生が大学芋を買ってくれたんだ。これも忘れられない美味しさだった」

「そうだったな。店の外で美味しそうに食べてくれた中学生を思い出した」

グラスに入れた水を持ってきた店主が、二年少し前のことを思い出したと言うように話した。

「親父さんは覚えててくれたんですね。肉を初めて食べたときと同じくらい、世の中にこんな美味いものがあるのを初めて知った」

「それほどじゃないがな。そう言ってくれると嬉しいよ」

店主は水を置いて調理場へ戻った。

「ところで山本はどこから通学してくるんだい」

「俺は、岩出山から来ます。岩出山は町ですが、ほとんどは農家です。昔江戸時代は伊達家の出城があったと言われています」

「君の家も伊達家に関係しているのかい」

「それはわかりません。それにしてもこの大学芋って美味しいですね」

「そうなんだ。いつまでも忘れられない味だと俺は思っている」

健樹はそれまで黙って二人の話を聞いていたが、我慢できなくなって口を開いた。

「医者になりたいようなことを言ったが、山木は毎日何時間くらい勉強している」

「大体学校での時間を別にして五時間くらいだと思います」

「それじゃ一年終了時の成績はかなり上だろう」

「五十番代でした」

「俺よりかなりいいな。俺は百番少し前だった」

「でも二年終了時には二八番だったと聞いています」

「君までそんなことを知っているのか」

「先生がおっしゃっていましたから。もちろん名前は言いませんでしたが、化学クラブにいると言っていました」

「先生も困ったもんだなあ」

「正夫のことは伝説みたいなものだから、仕方ないだろう」

「今年中には十番以内を目標にしているなんて言ったら大変なことになってしまうんだろうな」

「先輩、ほんとうですか」

「冗談だよ。上に行けばみんなもそれなりに努力しているからなあ。難しいだろう。でも俺も頑張らなければな」

「でもクラブの部長って大変じゃないですか」

「それは、この健樹がいろいろやってくれるし、みんなも協力してくれるから心配していないけれどな」

「先輩は毎日何時間くらい寝ているんですか」

「そうさなあ、嘘言ってもしようが無いから正直に言うと、約五から六時間の間だ。もっと少ないときもある」

「やはりすごいですね」

「勉強時間は問題ないと思うぜ。勉強の中身が問題だ。効率悪ければ何時間机に向かっていても意味ないからな」

「そうですか。俺ももっと体力をつけて勉強に集中できるようになりたいと思っているのですが、先輩は何をやっていたんですか」

「それは、家の手伝いと自作の木刀の素振りを毎朝五百回やっている。足は自転車通学で鍛えられたのかもしれないな」

「家の手伝いってそんなに役に立ったんですか」

「そうだな、腕力と体幹を鍛えることが出来たと思う」

「そうですか。生活の中で自分を鍛えることが出来るんですね」

「正夫はな、いいと思ったことはすぐ実行する奴なんだ。だから俺たちには真似が出来ない」

「しかし、おれはよく考えてからやるぜ」

「腕力と体幹を鍛える家の手伝いってどんなことでしょうか」

「俺の家には井戸がなかった。それで前の家の井戸から木の桶で汲んできた。距離は約五十メートル、桶は水を入れた状態で一個約三十kg。それを天秤棒で二個かずいて家まで運ぶ、それを自分の身長の高さのドラム缶にエイ、ヤと持ち上げて水を入れるんだ」

「それは大変なことですね」

「そうだな、小学校の六年生からやっていた。それが終わると薪取りに行く。松の枯れ枝を鉈で落として適当な長さに切って束ねる。それを背負子に三束のせて家へ帰る。これは毎日二回やった」

「それじゃ、勉強する時間が無いじゃないですか」

「時間は少ないが、使える時間を有効に使う方法を考え出した」

「なるほどそうですね。俺は時間を無駄にしていました」

　話に花が咲いている間に大学芋が冷えてしまった。三人は冷えた大学芋を食べたが美味くなかった。正夫は店の時計を見た。十五時四十分になっていた。

「そろそろ、お開きにしようか」

「もうこんな時刻になっていたのか」

「今日は先輩に会って話が出来てよかったです。俺ももう少し考えてみます」

「おじさん、お勘定お願いします」

「おう」

　店主はすぐ伝票を持って三人のところへ来た。

「今日は俺が出しておくから、いいよ」

と言って正夫は伝票を持って出口へ向かった。

「いつも悪いな」

「ごちそうさまでした」

「毎度ありい」

健樹と店の前で分かれて正夫と山木は大川駅の方に向かった。健樹は怪訝な顔で正夫を見た。正夫と山木はまた話をしながら歩いて行った。健樹は自転車にまたがってペダルをこぎ出した。

駅に着いて正夫は山木と別れ、定期券売り場へ行き通学証明書を出して通学定期券を購入した。ホームに着くと、たくさんの高校生がいた。山木はホームの中程にはいなかった。東行きの列車は西行きの後から発車する。この線の駅の間は単線になっているので東行きと西行きの列車が同時に入ってくる。それでホームは混雑するのだ。

西行きの列車が入ってきた。下車する人は少なかったが、ホームにいた高校生のほとんどが乗車した。正夫のように東行きの列車に乗るのは多くはなかった。東行き列車がホームへ入ってきた。すぐに西行きの列車が発車した。正夫が列車に乗り座席に座ると列車はすぐ発車した。

正夫は、今日一日の出来事をメモ帳に書き出した。列車はまもなく北上駅に到着した。正夫は下車して明子を探した。正夫が下車する場所の近くに明子が立っていた。

「マオさん、こっちよ」

「アコ、待ったかい」

「少しだけね。やっぱり待っててよかったわ」

「大川駅で西行きが発車してから東行きが発車するので、いつもこの時刻になってしまうんだけど、ごめんね」

「いいのよ。この列車が到着するまで東北本線の南行きはこないから」

二人が南行きホームに下りると、ちょうど東北本線の列車がホームに入ってきた。二人は顔を見合ってニッコリした。列車に乗り込むと二人は座席に並んで座った。明子はすぐ正夫の手を取った。

「今日は大変だったでしょう」

「そうだね。入部希望者が十人も来たんだ。中に優秀な二年生で入部したいというのもいたしね」

「私の方は、それほどじゃなかったけど。お昼過ぎには終わったのでお友達と久しぶりにたくさんお話しできたわ」

「それはよかったね。女子高生だけだと賑やかなんだろうね」

「そうでもなかったわ。けど新しい先生の品定めをしたり、新入生が可愛いわねとか話題はたくさんあったわよ」

「アコは、さっぱりしたように見えたから楽しかったんだね」

正夫は西の空を見た。太陽は諏訪山の頂上より少し左の上にあった。松島湾は夕色が迫っていたが、その雲は夕焼けに染まっていた。

「マオさん下車駅に着いたわよ」

「もう着いたの」

「さあ降りましょう」

「うん」

二人は下車して改札口を出た。坂を登ったところで、正夫はしゃがんで明子に背中を向けた。

「マオさん、大丈夫なの」

「大丈夫だよ。アコをおんぶできるのは久しぶりだからね」

「そうだっけ。そんなことないわよ、昨日もおぶってくれたわ」

「そうだったかなあ」

「でも、嬉しいわ。お言葉に甘えさせていただきます。お願いします」

「どうぞ、将来の奥様」

「あら」

と言って明子は正夫の首に手を回した。そしていつものように正夫の肩にアゴを乗せて目を閉じた。正夫はなるべく揺らさないように歩いた。明子はすぐ寝息を立て始めた。

正夫にとっては明子を背負うのは、言ってみれば鍛錬のようなものだった。

いつものように玄関を入っても明子は目を覚まさなかった。

「正夫さんいつもありがとうね。明子はすっかり安心しているのね」

「あ、お祖母様。すみません」

「あなたが謝ることはないわよ。まるで赤ちゃんのような顔をして寝ているわ。二階まで行けたら、ベッドにそっと下ろしてあげてくださいな」

「はい。そのようにします」

正夫はゆっくり振動しないように階段を上がった。そしてベットに静かに寝かした。制服はそのままでは皺になってしまうと思ったがどうしようもなかった。毛布を掛けて一階へ下りた。

「ご苦労様でしたね。お茶を入れたのでどうぞ」

「ありがとうございます」

「正夫さんとこんな感じでお話しするのは初めてかもしれませんね」

「そうですね」

「今更こんなことをお聞きするのは筋違いかもしれませんが、あなたは明子をほんとに大切にしてくれるのですか」

「もちろんです。僕は皆さんの前でお話ししたように決心を変えることはありません。僕は明子さんを必ず幸せにします」

「ありがとうございます。私の口から言うのも変なんですが、明子は私たちの一番大切な宝物です。正夫さんもそのことを承知しておいてくださいね」

「改めてお祖母様にお礼を申しあげます。僕に明子さんとのことをお許しいただいたことを本当に嬉しく思っています」

「あら、お茶が冷めてしまったわね。新しいのを淹れましょうね」

「いえ、これでいいです。アコさんは、どうしておぶさるとすぐ寝てしまうのでしょうね」

「それはね、正夫さんの背中が大きくて気持ちがよいのでしょう。もう一つは幼いときに背負ってあげることがなかったからかもしれないわね」

「少し遅くなりましたが。僕がその役目を引き継がせていただきます。僕にとってもこんな嬉しいことはありませんので」

「まあ、正夫さんは優しいんですね。申し訳ありませんがよろしくお願いしますね」

「かしこまりました。体力が続く限り甘えてもらいます」

「今日、正夫さんと二人きりでお話しできてよかったわ。ありがとうございました」

「とんでもありません。僕の方こそお祖母様とお話しできて嬉しかったです」

「あらあら、わたしとしたことが。お祖父さんにお茶を持っていくのを忘れてしまうところでした」

　祖母は、正夫にニッコリ笑って、お茶を持って二階へ上がっていった。正夫は、祖母の入れてくれたお茶を飲みながら、新聞を読んだ。今月初めに次々に出来た市が百を超えたという記事が出ていた。明子が目をこすりながら制服のまま起きてきた。

「マオさん。私いつの間にかベッドで寝ていたわ。ありがとうございます。なんでマオさんに負ぶさるとすぐ寝てしまうのかしら」

「僕の背中が大きくて安心できるからかもしれないね」

「そうね。時々父の背中もきっとこうなのだと思うことがあるのよ。だから安心してしまうのね」

「そうだよ。僕の背中をアコの甘えられる場所として使うことを許可します」

「ありがとうございます。謹んでお受けします」

　二人は二階へ上がった。正夫は普段着に着替えて、机の上に教科書を広げた。それを明子も見習った。明子が正夫の教科書を見て、

「あら、マオさんは音楽と美術を受講するの」

「そう。音楽史のような授業があったんだ。その授業は音楽家の曲を聴かせてくれるんだって。美術は前期は近代美術の絵画と彫刻鑑賞が中心で、後期になると近代から現代の絵画、彫刻の写真を大きな画面で見せてくれるんだって。先生の解説付きで」

「素敵な授業ね。私もその授業を聞きたいわ」

「アコはもう知っていることばかりだと思うよ」

「そういうことじゃなくて、そんな素敵な授業をマオさんと一緒に聴きたいと言うことなのよ」

「そうできると嬉しいけれど、多分無理だね。だけどヨーロッパへ旅行したときにいろんな国の美術館を見て回るっていうのはどう」

「マオさんが連れて行ってくれるのね」

「約束するよ」

「嬉しいわ」

　と言って明子は正夫に抱きついた。正夫は明子の背中を優しく叩いた。

「アコ、着がえをしなけりゃダメだよ」

「忘れていたわ。すぐ着替えてくるわね」

　明子は、大人に見えるときと子どもっぽく見えるときがある。それが正夫には嬉しいことだった。

　明子は教科書を広げて正夫の教科書と同じものがないかを比べていた。古文の教科書以外は総て同じだった。

「同じ教科書を使うので嬉しいわ。マオさんに教えてもらえるものね」

「でも初めは自分でやってみなければダメだよ。どうしても分からないときは聞いてもいいからね」

「もちろんそうします」

　窓から見える空は夕焼けに染まっていた。

「もうこんな時刻になったわ。私は夕飯の支度をしますから下へ行きます」

「なにか手伝うことあるかい」

「マオさんは勉強しててください」

「なんかあったら呼んでね」

「はい。出来たら呼ぶので下へ来てね」

　正夫は、時間割表を白紙ノートに書き写した。毎日主要科目の授業があるので、もたもたしているとおいて行かれるぞと気を引き締めた。国語と英語は今の状態を維持すればよい。英語は明子が貸してくれたヘミングウェイの小説を辞書なしで読めるようになったので少し楽になった。そのなかで問題は古文だ。古文は日本語であって日本語とは少し違うのだ。それは単語と助詞の使い方が違う。これも馴れれば克服できる。問題は数学と物理学だ。数学は考え方が少し分かってきたのでもう少しで解決できるだろ。ということは物理学が問題なだけだ。これは祖父のことを考えれば最大限の努力をしなければならない。中学の数学の教師が言っていたことを思い出した。

　数学と物理学はとことんやれば必ず答えを得ることが出来ると。そこには解釈の相違はないと教えてくれた。答えが出ないか間違った答えを出すということは、考え方の筋道が間違っていることだとおしえてくれた。これはこれまで高校二年間で実践したことと一致する。それを改良して勉強することにした。

　明子が正夫のところへ来るまで正夫は気がつかなかった。

「マオさん、お祖父様に顔を出すんだけど、マオさんはどうしますか」

「もちろん一緒に行きます。ちょっと遅くなってしまったね」

「お祖母様が帰ってきたことを話してくださっているから大丈夫よ」

「でも行こう」

　正夫は、明子とお祖父様の部屋へ行った。ドアをノックするとすぐ、

「どうぞお入り」

　と返事があった。明子が先に入り、正夫が続いて入った。正夫が先に挨拶した。

「帰宅の報告が遅くなりました。申し訳ありません」

「正夫君、そんな堅いことを言わないでくだされ。君はもう我が家の家族の一人と考えてくれると私も嬉しいんじゃが」

「ありがとうございます。お願いがあります」

「ほう、どういうことですか」

「出来たら正夫と呼んでいただけたらと思います」

「そう呼んでいるつもりじゃが」

「いえ、君をとってほしいんですが」

「そうですか、私としたことが。これからは正夫と呼ぶことにしましょう」

「お祖父様、それがいいわよ」

　と明子も賛成した。祖母も肯いていた。

「それから、いつも明子を背負ってくれてありがとう。正夫の背中が広くて気持ちがいいのだろうね。それですぐ寝てしまうんだね。明子」

「お祖父様ったら。でもすぐ寝てしまうのは事実よね。とっても安心できるんですもの」

「正夫の背中で甘えることが出来る明子は幸せだね」

「ほんとにねえ」

「はい、お祖父様。私とっても幸せです」

「これは驚いた。手放しだね。結構なことだよ。正夫これからもよろしく頼みます」

「かしこまりました」

「それじゃ、夕飯にしましょうかね」

「私はここで摂らせてもらうよ」

「それでは、私たちは下で食べますわね」

　正夫と明子は祖父の部屋を出て階下へ下りた。

「マオさん、おかずとお味噌汁を温めるのでちょっと待っててね」

「なにか手伝おうか」

「それじゃ、お茶セットをテーブルに持って行ってくださいな」

「わかった」

　食事の用意が出来たので、二人で食事を始めた。

「お祖父様はお元気そうだったね」

「そうね、よかったわ」

　二人は学校のことを話しながら食事をした。その後お茶を飲みながら話を続けた。

祖母が、祖父母の食器を持って下りてきた。明子は、すぐ立ち上がって受けとってキッチンへ持って行った。

「お祖父様が大変喜んでいましたよ。正夫さんがようやくこの家に馴染んできたねって言ってました」

「よかったわね、マオさん」

祖母が二階へ上がっていったので、正夫達も食器を片付けて洗って仕舞った。

明子の手が空いたので、正夫は明子の手をとって庭に出た。空はすっかり暗くなってたくさんの星が見えた。

「星を見るのは久しぶりだね」

「そうね。初めてここで星を見たときは寒かったわね」

「お祖母様が毛布を持ってきてくれたっけ」

「あのときは、まだお祖母様は心配だったらしいのよ」

「どうして」

「マオさんが、私になにか悪さをするんじゃないかと思ったのね。でもマオさんからは手も握ってくれなかったわ」

「そうだったかなあ」

「祖母は安心したらしいけど、私はつまらなかったわ」

「だって、まだ、アコの家へ始めてきたときだったんじゃないかなあ」

「でも、私は手ぐらい握ってくれると期待していたのよ」

流れ星が光った。明子が先に見つけた。

「流れ星よ」

正夫も目の端にそれを見た。

「私、今お願い事をしたの」

「どんなことをお願いしたの」

「それは内緒よ。話したらお願いが叶わなくなってしまうから」

「それじゃ、叶ったら分かると言うことだね」

「それまで我慢してくれるの」

「もちろんだよ。アコが悪いことをお願いするわけないからね」

「マオさんにもいいことだから、安心してね」

「うん」

「そろそろ勉強の時間ですよ、マオさん」

「はい、アコさま。家へ入りましょう」

「流れ星を見ることが出来たし」

正夫は明子に背中を向けた。

「今日はいっぱいおぶってもらったから歩いて行くわ」

「アコは夕食の準備をしたり大変だっただろう」

「それはいつものことだから、なんでもないわ。さ、入りましょう」

明子は、ドアと窓に施錠して明かりを消した。二階へ上がると、二人はそれぞれの机に向かって勉強を始めた。正夫は数学の本を出して読み始めた。一節が済むと、繰り返し読んだ。理解できたと思うと、問題集の問題を解いた。授業はどのくらいの早さで進むのか分からないので、もう一節やることにした。正夫は勉強を始めると周囲のことは何も感じなくなるのが常だった。第二節が終わったところで喉が渇いているのに気がついた。明子は机に横顔をつけて寝ていた。

　そのままにしておくと風邪を引くかもしれないので、明子を抱っこしてベッドに連れて行き、寝かしつけて毛布を掛けた。部屋の電気を消灯し、正夫はスタンドで本を読むことにした。

　しばらく明子の顔を見ていた正夫は、明子の額にそっと口づけをして、水を飲みに洗面所に行った。もどってくると、正夫は物理の教科書を読み始めた。第一章は力について書かれていた。初めはあまり数式は出てこなかった。出ている式も単純な式だけだった。しかし正夫は、三角関数についてもっと勉強する必要を知った。数式の中に三角関数が入っていたのだ。三角関数の簡単なものは中学で学んだ。しかし物理学の教科書に出てくる三角関数は初めて見るような記号だった。式の中でそれがどんな役割を持っているかは、まだ不明だ。次の日曜日は、三角関数を徹底的に勉強することにした。力についての章の半分ほどは理解できたので、問題集を始めた。基本的な問題はすぐ分かったが、複雑になってくると問題が何を求めているかを理解するのに少し時間が必要だった。そのために正夫式解析法を使うことにした。すると問題はすらすらと解けた。十題の問題をやって答え合わせをすると全問正解だった。

　正夫は時計を見た。二十三時を少し過ぎたところだった。

　正夫は次に英語の教科書を見た。第一課にはイギリスの作家の作品だった。一通り見ると時刻は翌日の一時過ぎになっていた。

　正夫は洗面所へ行って脂の浮いた顔を洗ってから、寝間着に着替えてベットに潜り込んだ。明子が目をこすりながら起きて正夫のベッドに入り込んできた。正夫はいつものように明子の頭の下に腕を置いて枕代わりにさせた。正夫もすぐ寝てしまった。正夫はぐっすり寝てしまったので明子が起きたのに気付かなかった。

「マオさん、おはよう。食事の用意が出来ましたよ」

「もうそんな時刻になったの」

「そうよ六時半よ。素振りの時刻でしょ」

「分かった。アコおはよう」

　と言って正夫は目の上の明子の顔を引き寄せた。明子は喜んで正夫と口を合わせた。正夫は、これがこれからの習慣になるような気がした。

　正夫は顔を洗って木刀を持って庭に出た。初めに身体をほぐす体操をしてから、素振りを始めた。五百回終わったところで、二階へ行きシャワーを浴びた。身支度を調えて、下へ行った。テーブル上には明子の作った朝食が用意されていた。明子と向かい合って食事を始めた。

「マオさん、昨日も私を寝かせてくれたのね。ありがとう」

「風邪引くといけないから毛布を掛けるだけにしようと思ったけど、ベッドへつれていってしまった」

「ありがとう。今度はマオさんのベッドに寝かせてね」

「そうするよ」

「後片付けをしたら、出かける時刻になるわよ」

「僕は用意できてるよ。まだ余裕があるから忘れ物無いようにしてね」

「はーい。少し待っててね」

「いいよ、お祖父様に挨拶して来るよ」

「私も一緒に行くわ」

　明子の用意がすぐ出来たので、二人そろって祖父の部屋へ行って朝の挨拶をして、行ってまいりますと言って家を出た。

「今日もいい天気ね」

「そうだね。もうじきサクラが咲くね」

「本数は少ないけれどね、庭のサクラの木もたくさん花をつけるのよ。毎年お花見をしたの。知り合いの人も来るのよ」

「今年もお花見をしようね」

「そうしたいわ」

「招待状なんか出したの」

「出したわ。私がデザインして」

「それじゃ、今年もお祖父様に話して招待状を出そう」

「マオさんは手伝ってくださるの」

「もちろんさ」

「それじゃ、私たちのお披露目も出来るわね」

「それはお祖父様とお祖母様のお許しが必要だよ」

「それはきっと大丈夫よ。そうすれば、皆さんも余分な気を遣わなくて済むわね」

「そうだね」

　駅に着いたので、その話は終わりにした。今日も明子がお弁当を作ってくれた。昨日のは卵焼きと野菜も入っていて美味しかった。これで「猫弁」と言われることもなくなるだろう。正夫は明子に感謝することばかりだった。正夫は明子に何をしてあげられるだろうかと考えた。これまでも何回も考えているが、明子を大切にすることだけしか見つからなかった。

　ホームに行くと数人の人が列車を待っていた。正夫と明子はホームの前の方に行った。列車がホームに入ってきた。下車する人は二、三人しかいなかった。乗車する人も正夫達を含めて十人ほどだった。列車はすぐ発車した。

「アコさん、今日も松島湾は静かだね」

「そうね、マオさんの好きな諏訪山も今日はすっきり見えるわよ」

「ほんとだ。アコも諏訪山を見るようになったんだね」

「だってマオさんの家があの山の麓にあるんでしょう」

「少し離れているけど、その間に集落はないから麓と行っても同じだね」

「マオさんはお家に帰りたくないの」

「アコ、男子志を立てて　郷関を出ず　学もしならずんば　死すとも帰らず　人間到る処青山あり　だよ」

「最後の青山って何なの」

「骨を埋めるところと言う意味かなあ。これは覚悟を表している詩だからね」

「男の人は大変な覚悟をしているのね」

「女性だって同じだと思うよ」

「どう同じなのかしら」

「だって、結婚して嫁に行くときは相手の家へ一人で行くんだろう。その覚悟は大変なことだと思うけどね」

「そうね。それも親が決めた相手の顔も知らないで嫁ぐこともあるでしょう」

「そうだね」

「みんな大変なんだわ」

　そんな話をしていると、すぐ北上駅に着いてしまった。二人は列車を降りて陸羽東線のホームに出た。明子は、

「マオさん帰りに待っているからね」

「寄り道しないで戻るから待っててね」

　と言って明子は友達のいる方へ離れていった。西行きの列車がホームに入ってきたので、正夫は明子の方をちらっと見て乗車した。明子も正夫の方に小さく手を振って合図した。

　大川駅に付くと東行きの列車もほぼ同時刻に到着するので改札口は混んでいた。高校へ着くと健樹がすぐやってきた。

「正夫、この頃自転車に乗ってこないのか」

「そうだよ」

「なんでだ」

「まあ、個人的な事情が出来たので列車通学になった。時間が少し窮屈になったが、勉強する時間が増えたので助かっている」

「そうか、来年は大変だからな」

「それで年間予定表を作ってみたので、時間があったら見ておいてくれ」

　と言って二枚の紙を差し出した。

「君も忙しいのに悪かったな。見せてもらうよ」

　そこへ山木が、昨日の礼を言いに来た。

「昨日はご馳走様でした。お話も聞けて嬉しかったです」

「義理堅いな。機会を作ってまた行こうか」

「両親に先輩のことを話したら、よかったなと言ってくれました。ありがとうございました」

　と言って戻っていった。正夫は今日から始まる授業がどう行われるか期待していた。

　一時限目の数学の教師は、色白で太っていた。ほぼ四角い顔は何となくきつい目をしていた。動作はゆったりしていた。声もゆったりしていたが、全体的には正夫の好みではなかった。正夫はそんな考えを悟られてはいけないと思い、授業だけに集中することにした。第一節の

説明が終わった。

「寺田、この節のまとめを言って見ろ」

「はい」

と言って昨夜読んでまとめておいたことを話した。

「よし。おおよそそういうことだ。もう一つこの節に関係した問題をやったものはいるか」

だれも答えなかった。

「何回も同じ者を指すのはいやだが、寺田どうだ」

「はい、十題やりました」

「それで何が分かった」

正夫は昨夜問題を解いた感想を述べた。

「よし。そういうことだ。他のものも出遅れないように勉強しなさい。本日はこれで終了する」

一時限目の数学はまあまあの経過で終了した。そして午前中の授業はこんな調子で総て終了した。弁当は部室で食べることにした。部室ではすでに二年生も含めて十人ほどが弁当を食べていた。正夫と健樹もその中に入って話しながら弁当を食べ始めた。

正夫と健樹の話は年間予定表のことだった。

「大体、健樹の書いたとおりでいいと思う」

「それじゃ三年生に見せて聞いてみよう」

健樹は複製した用紙を三年生に見せて説明した。そして何事か話をしていたが、戻ってきて正夫に話の成り行きを話した。

「彼らはこれでいいんじゃないかと言った。正夫は、それでいいのか来週の火曜日までに加除修正することがあったら言ってくれ」

「わかった。さて教室へ戻るか」

「そうしよう」

二人は教室へ戻った。午後は英語と古文だ。最後は選択科目の時間だ。授業が始まる少し前になって、珍しく諏訪村の利夫が訪ねてきた。

「利夫君どうした。なにか困ったことが出来たのか」

「正夫はこの頃自転車通学しなくなったらしいので、訪ねてきた。いつか話を聞いてくれないか」

「いいよ。といっても昼休みくらいしか時間を作れないけど」

「昼休みでいいよ。明日はどうかなあ」

「それじゃ、弁当を食べながら話を聞こう」

「よかった。それじゃ明日、昼休みにここへ来るよ」

「うん、待っているよ」

午後の授業も何事もなく経過した。正夫は、市内の書店へ行って古語辞典を買おうと思った。健樹も一緒に行くというので二人で出かけた。本屋は映画館もある大川市のメイン道路の中ほどにあった。店に入ると若い女性の声で、

「いらっしゃいませ」

といわれた。

「高校の参考書はどの辺にありますか」

「参考書ですね。こちらへどうぞ、ご案内します」

と言って、女性が先に立って二人を店の奥の左の方へ連れて行った。

「こちらでございます」

「ありがとう」

と言って正夫と健樹は、参考書を探した。正夫は古語辞典、『徒然草』と『土佐日記』を本棚から取り出した。『土佐日記』の中をパラパラと開いてみた。本文があり、その後に現代語訳があり、さらに単語の意味などが出ていた。『徒然草』は全体が短い文章で書かれていた。なにか日記のような感じだった。前書きを読むと著者の吉田兼好が生存していた時代の社会風刺も書かれていると書かれていた。『土佐日記』は紀貫之が任地の土佐から京へ戻る旅を、女性の名前を借りて仮名で旅の途中の出来事などを書いているという。五十日以上の日数を掛けた旅なので、いろんなことを見聞したらしい。

正夫は短歌の本も買おうと思ったが、もしかしたら明子が持っているかもしれないと思って、明子に持っているかどうかを聞いてから買うかどうかを決めることにした。健樹もなにか参考書を選んでいた。会計をしてもらって書店を出た。

「ここに映画館があったよな」

「あった。いまもあるぜ」

「『ベルリン物語』、『お茶漬けの味』、『天井桟敷の人々』とか数本の映画を見たことがあった」

「正夫は物覚えがいいなあ」

「今言った映画は特に印象深かっただけさ。『ベルリン物語』は、爆撃でメチャクチャになったベルリンの町を復員兵が昔を思い出しながら歩いていた。あのときの語りは物静かで、僕たちが高校一年の時に習ったドイツ語とは全く違っていた」

「そうだったなあ。だけど『天井桟敷の人々』と言う映画は俺にはチンプンカンプンだった気がする」

「俺にも全く意味不明だったなあ」

正夫は店の時計を見た、

「そろそろ列車の発車時刻が迫ってきたからここで行くぜ」

「また明日な」

正夫と健樹は買った本を大事そうに抱えて別れ、それぞれの道を歩き出した。正夫が大川駅のホームに着くと東行きの列車が着いていた。正夫は改札口を駆け抜けて車内に入ると発車合図のベルが鳴り出した。危ないところだった。話しに夢中になると時間の経つのが早くなるなと正夫は思うのだった。列車が走り出した。本を開いて読み始めたらすぐ北上駅に着いてしまった。下車すると、明子がホームで友達と話をしていたので正夫は素知らぬふりをして階段を降り東北線の上りホームで明子を待つことにした。明子は正夫の姿を目の端にとどめたようだったので安心した。南行きの列車がホームに入ってきた。明子は友達に手を振ってわかれ、走って階段を降りてきた。

「マオさんお帰りなさい。友達がなかなか放してくれないので、ヒヤヒヤしちゃったわ」

「アコさん、待たせたね」

　二人は南行き列車に乗っていつものように並んで座席に腰掛けた。

「今日はね、いいことがあったのよ」

「どんなこと」

「英語の時間に先生に褒められたの。私の発音がきれいだってさ」

「僕と逆だね。僕は解釈はいいけど、発音をもっと練習しなさいって言われちゃった。それでアコにお願いがあるんだけど僕の発音を直してくれないかなあ。アメリカの兵隊には通じたんだけど、彼らの話していることは半分くらい推測で理解したようなふりをしていただけなんだ」

「いいわよ。その前に英語の歌を一緒に歌いましょうよ。歌はすごく役に立つのよ」

「一日十五分間だけ僕に時間を作ってくれると嬉しいんだけど」

「それじゃ、今日から早速やりましょう」

「ありがとう。アコ先生お願いします」

「承知しました。あら、もう着いてしまったわ」

「二人でいると時間の経つのが早いね」

「そうね。マオさん、今日は少し駅前のお店で買い物があるの、付き合ってくださるかしら」

「いいよ、荷物は僕がアコと一緒に背負ってあげるからね」

「そんな、毎日ではマオさんが疲れてしまうわよ」

「大丈夫。アコを背負うのは楽しみと同時に体力をつける練習にもなっているんだから、協力してください」

「わかりました。喜んで協力させていただきます」

　そういうときの明子の顔は本当に嬉しそうだった。明子と正夫は列車を降りて、この前来たことのある駅近くの店へ入った。明子は肉屋と八百屋で買い物をした。それから明子は正夫に、

「マオさん、少し向こうを向いててくださらない」

と言って、薬屋へ入っていった。

「いいよ」

　正夫はこの小さなデパートのような店が面白かった。一階は、大体口に入るものの店がならんでいた。二階には衣料、文具、子どもの玩具、書店などがあった。

「お待ちどおさま。マオさん」

「もう済んだの」

「買い物は終わりました。なにかお腹に入れていきましょうか」

「そうだね、お茶と軽いものがいいね」

「それじゃ、私の知っている店を紹介するわね」

「アコさんはいろんなところを知っているから楽しみだね」

「女性は食べ物屋さんの地図を持ち歩いているのよ」

「でも、アコはちっとも太っていないし、細いということもないよね」

「それは健康管理をきちんとしているからよ」

「偉いんだなあ」

「これからはマオさんの健康管理も私に任せてくれると嬉しいんだけど」

「そこまで僕のためにやってくれるの」

「それはそうよ、マオさんは私の大切な人だから。マオさんがそうしてと言うならばだけど」

「面倒だろうがお願いしてもいいですか。アコさん」

「喜んで引き受けました。でも時々は甘えてくれてもいいのよ。緊張することはとっても身体によくないことですからね」

正夫は、明子はほんとに頼りになる人だと思った。こんな幸せに浸ってもいいのかと思った。

二人は賑やかな通りの小ぎれいな店に入った。店に入るとすぐに年配の女性が現れた。

「これはお珍しいこと。只野のお嬢様。おいでなさいまし。お二人ですか」

「おばさま、お久しぶりです。なにか軽いものをお願いします。それとココアも」

「かしこまりました。失礼ですが、こちらはお嬢様のお友達ですか」

「と言うよりかもっと大切な方で、正夫さんと言います」

「それはそれは。おめでとうございます。お祖父様方もご承知の方ですね」

「はい。これはまだ内緒なのですが仮の決まり事をお祖父様がやってくださいました」

「そうですか。正夫様、これからはこの店をごひいきにしてくださいね」

「はい。二人で寄らせていただきます」

女性が内扉の向こうに行くと、

「あの方も知り合いなんだね」

「そう、お祖母様のお話相手の人よ」

さっきの女性がココアとケーキを持ってきた。

「お待ちどおさまでした。ところでお祖母様はお元気ですか」

「はい、お陰さまで元気です。おばさまのお話が時々出るのですよ」

「あらまあ、一度伺わなければと思っていながら足が進まないので申し訳ありませんとお伝えください。ではごゆっくりどうぞ」

ココアはコーヒーより味が濃かった。ケーキは栗のような味がしたうす黄色いものだった。正夫と明子は見つめ合ってケーキを食べココアを飲んだ。二人はしばらく話をしてから店を出た。

いつものように坂を上がったところで、正夫はしゃがんで明子に背中を向けた。明子はニッコリして正夫に負ぶさった。明子は今日は眠らないようにと思ったが、やはり寝てしまった。家について、正夫は明子をベッドに寝かしつけて、着がえをしてから机に向かった。

明子はすぐ目を覚まして、着がえをして正夫のところへ来た。

「今日は寝ないように努力したんだけどダメでした」

「そんなこと気にしなくてもいいんだよ。今気がついたんだけど、アコはこのごろ頃ピアノの練習をしないね。大丈夫なの」

「高校のピアノを借りることができたの。それで昼休みと放課後に少しずつ練習しているわ」

「そうか。それはよかったけど。家でもじっくり練習しなよ。僕はアコがピアノの練習をしている間ここで勉強しているから」

「でも相当音が大きいわよ。勉強の邪魔になるといけないわ」

「そんな心配は全くないよ。僕は外の音をやろうと思えばシャットアウトできるから」

「そうなの、どうやってシャットアウトするかあとで教えてね」

「うん。教えてあげるけど出来ない人もいるみたいだった」

「どうしてなのかしら」

「僕の考えでは、一つのことに集中できなかったんじゃないかなあ」

「それなら、私は自信があるわよ」

「アコはピアノに集中する。僕は勉強に集中する。だからアコは遠慮無くピアノの練習をできるってわけさ」

「めでたしめでたしと言うことになるのね。でもねもしどうしても気が散るようだったら知らせてね」

「そういうときはアコのピアノを聞くよ」

「ありがとう。それじゃ土曜日の午後と日曜日の午前中に練習させてもらうわね。昨日の今日だけど、日が少し長くなったような気がするわね」

「そうだね、一月、二月のころは、一日に畳の目一筋ほど日が伸びると言うんだそうだが、この頃は毎日数分ずつ伸びているみたいだね」

「私も何かで読んだことがあるわ。マオさんはこういうときにそれがすぐ出てくるのよね」

祖母が明子を呼んでいた。明子は、

「はい」

と返事をして、

「そろそろ、夕飯の支度をする時刻ね。しばらく待っててね」

と言って、キッチンへ行った。正夫は今日買ってきた本の徒然草を取り出して初めのところを読み始めた。

〝つれづれなるままに日くらし　硯に向かひて心にうつりゆくよしなし事を　そこはかとなく書きつくれば　あやしうこそものぐるほしけれ〟正夫は、これは序文だろうと思った。意味は、何もやることがないまま過ごしているが、筆を執って心に浮かんできたり、世間のことをそれとなく書いていると心がどうしようもなく落ち着かなくなってくる、ということだろう。正夫はそれをノートに書いた。正夫は徒然草を読み解くと当時の人たちの生活の様子を知ることが出来ると思った。これは興味あることだった。

「マオさんは本当に何かに集中すると何も聞こえなくなってしまうのね」

「あ、ごめん。呼ばれたの」

「何回か呼んだけど聞こえなかったのね」

「ごめんね。本を読んでいたので聞こえなかった」

「何を読んでいたの」

「『徒然草』だけど、これは初めのところを読んだだけだけど面白そうだね」

「私も読んだわよ。その時はよくわからなかったけれど、去年読み直したら面白かったわ」

「やっぱりね」

「何がやっぱりなの」

「もしかしたら、アコはもう『徒然草』を読んでいるかと思ったんだ。そうだ、一つ聞きたいんだけど、アコは短歌の事も詳しいんだろう」

「特に詳しいとはいえないけど、『万葉集』、『古今和歌集』とか読んだわよ」

「それでその本はまだ持っているの」

「ええ、まだ持っているわよ。それがどうしたの」

「古典の授業のときのために少し読んでみたいんだけど」

「そうなの。ちょっと待っててね」

明子は本棚に行って数冊の本を持って戻ってきた。

「これだけだけど、どうぞ。私の本棚はマオさんには全面開放していますから、いつでも利用してくださいね」

「ありがとう」

「忘れるところだったわ。マオさん、夕飯の支度が出来ました。食べてからまたお話ししましょうよ」

「そうしよう」

正夫と明子は下へ行った。祖母が祖父の夕飯と二人分を大きめのトレーに乗せて階段を上がろうとしていた。正夫はすぐ近づいてトレーを受けとって階段を上がって行った。祖母は明子と顔を見合わせて、

「正夫さんはよく気がつくわね」

「そうね、それとお祖父様にお会いしたかったのかもしれませんわ、お祖母様」

「そうかもしれませんね。私はお祖父様と一緒に夕飯を食べますからね。正夫さんのことはよろしくね」

「はい、お祖母様、頃合いを見て食器を下げに行きますから、そのままにしておいてくださいね」

「はい、よろしくね」

正夫はすぐ戻ってきたので明子は、正夫の茶碗にご飯を盛り、味噌汁を付けた。

「お祖母様が喜んでいました。お祖父様はどうでした」

「お元気のようだったので安心したよ」

「よかったわ。さあ夕飯にしましょう」

　二人は食事を始めた。食事をしながら正夫は高校の教師のことを話した。

「担任の物理の先生が、しきりにお祖父様にお会いしたがっているんだよ。高校で講演をしてもらいたいとも言っていた」

「お祖父様に話せば、きっと無理をしても出かけると思うわ。でも体調を考えると受けさせたくないわ。お祖母様も同じ考えだと思うのよ」

「僕も同じだよ。それで体調が勝れないと言っておいた」

「お祖父様がお元気になられたら嬉しいのだけど」

「それをこの前、塩竈神社で二人でお祈りしたんだろう。きっと叶えられると思うよ」

「そうね」

「辛抱強くお祖父様とお祖母様を支えていくことが僕たちの義務だよ」

「正夫さん、ありがとう。正夫さんがそう言って下さると私はとっても心強いわ」

「お礼を言うのは僕の方だよ。明子にもね」

「……」

「今日も美味しいものをありがとう。いつも言うんだけどアコは料理も天才だね」

「お祖母様のおかげよ。お祖母様はいつも食事を美味しくいただくことは、その家族が幸せになることだって言っているの」

「そうだね。僕たちが幸せになったのはアコのおかげだね。ありがとう」

「マオさんにそう言ってもらうと嬉しいわ」

　食事が済み、後片付けも済んでから、二人は祖父母の部屋へ行った。祖父母はちょうど食事が済んだところだった。

「正夫、いろいろ気を遣わせて済まないね。それと、毎日明子をおぶって帰ってくるそうだね。面倒掛けるね」

「とんでもありません。あれは僕の体力強化法の一つなので面倒じゃありません」

「ほほう、体力強化法かね。それはまたどうして」

「はい、こちらへ来させていただく前には、毎朝、風呂の水を入れ替えをして、片道十八㎞の道を自転車で往復していました。その他にもいろいろやっていました。それがなくなったのでアコを背負って歩くのはいい運動になります。お許しを得ないで申し訳ありませんでした」

「正夫、わかりましたよ。君が疲れないならばそうしてください。でも無理はいけませんよ」

「はい、ありがとうございます」

　明子まで、

「お祖父様、ありがとう」

「明子ったら」

　と、祖母も笑ってしまった。正夫と明子は、トレーを持ってキッチンへ行った。

「正夫さんが来てから明子が明るくなりましたわね、あなた」

「そうだね、よかったなあ。正夫君が明子を甘えさせてくれるから緊張がとれてきたのだろう。赤ちゃんはまだ出来ないかね」

「あなた、それは神様からの授かり物ですから」

「うーん。間に合えばいいのだがね」

　正夫と明子は、祖父母がそんな話をしているとは知らずにキッチンで食器を洗って戸棚に片付けた。明子は戸締まりを確認して、消灯して自分たちの部屋へ行った。

「マオさん、お願いがあるの」

「何だい」

「今日は、私の希望を聞いてくださらない」

「わかった。勉強を早く切り上げるからね」

「それじゃ、英語の歌から始めましょうね」

　明子は隣の客間へ正夫を連れて行った。初めに明子が歌い、続いて正夫が歌う。明子は正夫の発音がよくなるまで何回も繰り返し歌を歌わせた。十回以上歌ってようやく明子の許可が出た。正夫は明子はやるとなったら満足するまで指導することがわかった。

「マオさん、よく出来ました。今歌ったことを思い出して文章を声を出して読んでくださいね」

「はい、ありがとうございました。明日もよろしくお願いします。アコ先生」

「わかりました。それでは三時間は自由時間にしますから好きな勉強をしてください」

「はい」

　正夫は数学、物理と英語の勉強を一時間ずつやった。アコは正夫のベッドで横になっていた。正夫がベッドに入ると、

「マオさん、赤ちゃんは出来なかったみたいよ」

「どうしてわかったの」

「それは私だけがわかることだから、マオさんにも教えられないの。ごめんなさいね」

「それはいいよ。男と女の違いはある程度わかっているから」

　その夜、二人は愛し合った。明子は満足して寝息を立てて始めた。正夫は明子の胸に手を置いて感触を楽しんでいたがすぐ寝てしまった。

　正夫の只野家での生活はこんな風に経過した。そして六月初めに一学期の中間試験が始まった。選択科目の試験はなかったので五教科六科目だけの試験だった。試験は三日間行われた。正夫はよいできだと思っていたが、結果発表では六人抜いて二二位になっていた。意外なことに人文地理が少し成績が落ちていた。その分以上に数学と物理と古文がよかった。前に正夫のところに来た利夫の相談は、勉強に追いついていけなくて大学へ入るのは諦めなければならない。それで正夫の勉強法を聞きに来たのだった。中間試験の成績は二百番以下だったので、しょうがないと思った。利夫は大体が締まりのない

生活をしているように見えたので、そのことも正夫は注意した。しかし効果無く三十番も下がってしまった。いい方法を知っても実行できなければ何もならないことが証明された。〝学問に王道なし〟と言うことだと正夫は思った。

家庭教師としての明子は優しかったが、きちんとしたことを教えてくれた。明子は、アメリカ映画の中でしゃべっているアメリカ英語ではなく、きれいな発音のイギリス英語だった。歌もイギリス民謡が中心だった。そのおかげで正夫は、高校の英語の授業で教師に褒められるようになった。英語の勉強では明子にずいぶんお世話になった。後は文法をもう少し勉強しなければならない。これは自力でやろうと思った。

数学は極限から、微分に入ったので少し時間を掛けるようにした。微分方程式が実際の問題に出てくると問題の意味を理解するのに時間がかかった。それで正夫は勉強法を工夫している最中だった。これは七月に入る前に解決しなければ遅れてしまう。それで教科書と参考書を繰り返し繰り返し読んだ。実際に問題もやった。問題はすぐ解答できたが、それは解答の方式に従って解答しただけだった。だから本当に問題を理解出来たことにはならなかった。

明子はピアノの練習を始めた。家にいるのにこんなに長い時間、正夫と明子が離れていることは珍しかった。離れていると言っても同じ家の中にいるのだからたいした距離ではないが、気分的には離れていると感じてしまうのだ。

日曜日になった。朝食が済むと後片付けをして少し休んだ。そして明子はピアノの練習を始めた。正夫は明子の練習を邪魔しないように二階へ行き机に向かった。明子が弾くピアノの音が聞こえてきた。正夫は目を閉じて、ピアノの音に聞き入った。明子の弾くピアノの曲は正夫の心をぐんぐん引きつけていくのだった。選択科目の音楽で聴いたような曲だと思ったが、レコードの音は何か柔らかくなっていて聞きやすかった。しかし明子の音はさすがに直に聞く音だったので迫力があった。生の音と電気を通った音でこんなに違うのを正夫は初めて知った。だから演奏会は人気があるのだろう。

レコードの音はとても聞きやすいが、何かがたりないように感じるのだった。

これは物理の授業のときに調べてみる必要があると正夫はメモした。

電気・磁気学は来週から始まるのでいい機会だ。英一がいれば、彼に聞くことが出来るのだが、他人に聞くよりもまず自分で調べることだ。これはお祖父様が言っていたことだし、自分でもそうしてきた。正夫は物理の教科書を取り出して電磁波というところを開いた。そこには電波は波であると書いてあった。

波という概念はいろんなところで使われるらしい。そこで正夫は中学の理科の教師が見せてくれた実験を思い出した。光源から出た光は隙間を通ってプリズムに当たると、屈折して進路を変える、そしてプリズムを出るときに再び進路を変えた。あの実験では入射光を縦と横のスリットを通した。あのとき先生はなんと説明してくれたんだっけ。確か単色光になったと言った。それが波とどういう関係になるのか。

　明子のピアノ練習が終わったようだ。汗をかいて少し上気した顔で二階へ来た。正夫は手ぬぐいを水ですすいできつく絞って明子に渡した。

「考え事をしていたらピアノの音が聞こえたのでそのまま聞いていた」

「おしぼりありがとう。冷たくて気持ちがいいわ」

「疲れているかもしれないけれど、一つ聞いてもいいかしら」

「いいわよ。どんなこと」

「ピアノの音が余韻というのか長く聞こえたり、すっと聞こえなくなったりするのはどうやるのかと思って」

「あれはね、ピアノの足を置くところにペダルがあるの。それを踏み込むと音が長くなるのよ。普通は踏まないのでピアノの歯切れがよい音になるの」

「そういうことか。それは楽譜に指示されているの」

「指示されているところもあるし、演奏者によって少し踏んだり長く踏んだりすることもあるわね」

「それが演奏者の特徴にもなるんだ」

「さっき考え事をしていたっていったでしょう。何を考えていたの」

「まだ結論が出ていないんだけど、同じ曲でもレコードの音と、実際の演奏で聞く音とはどうして違うのだろうかと思ったんだ」

「それはね、実際に演奏を聞くときの音は反響によって倍音がたくさん出たりするのね。だけどレコードの音は器械の都合で周波数幅を切ってしまうことがあるんですって。だから音域が狭くなってしまうのね。もちろん人間に聞こえる音の周波数にも限界があるのだけど、微妙なところが違うらしいの」

「なるほど、そういうことなんだね。勉強になりました」

「それじゃ、ご褒美くださらない」

　と言って明子は正夫の膝に乗って顔を近づけてきた。

「今日は特別のご褒美をあげるね」

「嬉しいわ」

　二人は英語の歌を歌い出した。正夫は英語の発音がよくなってきたと明子が褒めてくれた。それで次は二人だけのときは、できるだけ日常のことは英語で話そうと決めた。

　正夫は明子の時間のやりくりに驚いた。明子はこれまで、いろんなことを勉強したり、料理を習ったり、たくさんの本を読んだり、ピアノも演奏家として認められているし、最近わかったことは合気道も三段の腕前ということだ。その上にそれをひけらかすこともなく、あの明るさで正夫に接してくれる。祖父母に対しても細かい気遣いをする。それでも疲れた様子を見せない。そういう明子を知れば知るほど正夫は感動してしまうのだった。だから明子を背負うと、明子は正夫の背中で寝てしまうのがうれしかった。時間にして二十分間ほど歩くだけの距離だが、明子は正夫の背中で安らぎを得ているのかもしれない。正夫はそういう明子が可愛いと思うと同時に頼りになる女性だと信頼している。

「アコさん、お昼ご飯を食べたら散歩に行きたいんだけど、時間をとれるかしら」

「とれるわよ。それよりたまには外で食事をしましょうか」

「もったいないし、お祖父様達に悪いよ」

「それは大丈夫よ。お祖母様もたまには外でお食事したらどうって言ってくれているから」

「それなら、そうしようか」

「うれしいわ。お祖母様にどこか美味しいお店を聞いてくるわね」

「僕も行こうか」

「夕食を祖父母と一緒に食べましょう。そう言ってくるわね」

「わかった」

　明子は一人で祖父の部屋へ行ったが、すぐ戻ってきた。

「マオさん。お二人ともたまには行ってきなさいって言ってくれたわ。おすすめの店も聞いてきました」

「それじゃ、出かけようか」

「ちょっと待っててね。用意してくるから」

　明子は薄く化粧をしてきた。通学時の様子と全然違う様子になっていた。正夫はそんな明子を見つめてしまった。

「マオさん、どうしたのよ」

「アコは元々美しいのだけど、今日はふるいつきたいほどきれいなので驚いた」

「ふるいついてもいいわよ」

　正夫は明子をきつく抱きしめた。ほんとにふるいついてしまった。明子も正夫に抱きついた。

「マオさん、それ以上強く閉めるとお洋服がしわになってしまうわよ」

「あ、ごめんね。これが僕の明子なの」

「そうよ、全部マオさんのものよ」

「嬉しいよ」

「それでは出かけましょう」

　正夫と明子は手をつないで玄関を出た。その様子を客間の窓から祖母がニコニコしながら目で追っていた。祖母は心の中で、

「明子の両親のときと同じだわね。よくお似合いよ」

と呟いていた。その様子を良人にも話した。只野は正夫と明子二人の写真を見て、よかったなあと言うように頷いていた。これで明子も幸せになってくれるだろう

し、心の中にあるしこりも正夫が解きほぐしてくれるだろう。後は自分の命がつきる前に明子の子どもを抱いてみたいという願いが叶えば満足だと思った。若すぎる明子に子どもを産んでくれとは言えない。言えば自分の我を通すことになってしまうから。

明子と正夫は駅に向かった。

「どこへ行くのかなあ」

「塩竈のお店がおすすめだとお祖母様が言っていたわ」

駅に着くと二人は切符を買って改札を通りホームへ登った。昼間見るホームからの松島湾は太陽の光を受けてキラキラ輝いていた。

「アコの通っていた小学校はどこにあるの」

「高木川の河口近くにあるのよ。木造の古い建物だったわ。いつもお祖母様が送り迎えしてくれたのよ。お祖母様は歩きながらいろんな話をしてくれたわ。今のマオさんみたいにね」

「そうだったの。それが今いろいろな面で役に立っているんだね」

「そうかもしれないわね。そのときはフーンと言って聞いていただけだけどね。一、二年生の頃は雨が降るとおんぶしてくれたこともあったわ」

「それでおんぶが好きになったんだね」

「マオさんの背中は特別なのよ」

「素敵なお祖母様だったんだね」

「そうよ。中学校は列車に乗って一つ先の駅で降りるとすぐ近くにあったわ」

「小学生のときや中学生のときに何か運動をやってたの」

「小・中学校のときは走るのが速かったのよ。それで学校の代表にも選ばれたのよ」

「やっぱりね。足の筋肉がいい形をしているものね」

「そんなところをいつ見たのよ」

「ごめん。アコのことを何でも知りたかったから、お風呂に入ったときに見てしまいました」

「正直に話してくれたので許してあげます」

「これから気をつけます」

「マオさん、冗談よ。ほんとはね、私の全身を見てもらいたいの。しっかりとね」

「でも、眩しくて目が潰れないかなあ」

「それは大丈夫わ。少しマオ光を混ぜてあげるから」

「マオ光ってなんなの」

「それはね、私の特技で作り出したものでね、私とマオさんだけに見える光なのよ」

「アコはだんだん謎めいてくるね」

「女性は謎が多い方が魅力的なんですって」

「僕に謎を見せるのはあまり得策じゃないと思うけどなあ」

「どうしてなの」

「僕は謎解きの名人だからさ」

「あらもう、塩釜駅に着いてしまったわ。ここで下車するのよ。お祖母様が予約してくれているのよ。だから私たちにはお任せってとこね」

　二人は駅を出て五分ほども歩くと、松籟亭《しょうらいてい》という店が見つかった。

「ここだわ」

「何だか入りにくい感じだね」

「でも、きっとお祖母様の知り合いのお店だと思うから大丈夫よ」

　正夫と明子は入り口のドアを開けて店に入った。店は和風の落ち着いた感じだった。正夫には少し居心地が悪い感じだった。しかし、店の人が出てくるとそんなことはないことがすぐわかった。

「只野様ですね。お待ちしておりました。どうぞこちらへ」

　と言って年配の女性が先に立って、庭の見える部屋に案内してくれた。

「今日はもうお客様が引けてしまいましたので、ごゆっくりなさってくださいね」

「ありがとうございます。でも、このお部屋でよろしいのですか」

「それはもう、只野様にはいつもお世話になっていますのでご遠慮はいりませんよ。お料理はお祖母様のお話しの通りでよろしいですね」

「はい。結構です。よろしくお願いします」

「お祖父様のお加減はいかがですか」

「ありがとうございます。温かくなってきたのでベッドを離れることが出来るようになりました」

「それはそれは、ようございました。ところでお嬢様、こちらの方はお友達ですか」

「今は、祖父母のお気に入りで、私の婚約者の正夫さんと言います」

「それは、おめでとうございます。本日は主人に腕に撚りをかけるように申しつけますね。正夫様、以後ごひいきにしてくださいね」

「はい、僕の方こそよろしくお願いします。僕はこういうところで食べるのは初めてなので、無作法がありましたら今後のためにお教えください」

「あら、ご丁寧なご挨拶をいただきました。只野様のお嬢様がご一緒ですからご心配には及びませんよ。あらまあ、とんだ長話をしてしまいました。お庭を散歩できますからご自由にどうぞ」

　と言って女性、この女性は店の女将さんらしい、部屋から出て行った。明子は平然としていた。

「マオさん、庭に出てみましょうか」

「そうだね。ずいぶん広い庭のようだね」

「池もあるわよ。大きな鯉が泳いでいるわ」

「すごい店に入ってしまったね」

「お祖母さまはいつもこう言うのよ」

　といって、明子は祖母から聞いた話をしだした。一流の人間になるためには一流の付き合いをしなければいけない。そのためには一流の店に入ってもおどおどしないように慣れておく必要がある。それは誰と話しをするときも同じだという。と言って相手を見下す所作は絶対にしてはいけない。これは祖母も幼い頃から躾けられたことだという。

　正夫も只野家で知らぬうちに、そういう躾を受けているのかもしれないと思った。この店に入っても明子は堂々としていたが、正夫はどこか腰が引けていた。それは慣れていないからであろう。正夫は改めて明子の祖父母に感謝するのだった。正夫と明子は部屋に戻った。

　先ほどの女性が同年齢の白い実験服のようなものを着た男性と一緒に料理のトレーを持って現れた。大きなテーブルの上に料理を並べた。こんなに食べきれないと思うような種類と量だった。正夫は明子におばさまの話を聞いた後だけに驚いたような素振りを表に出さなかった。

「お嬢様、これが料理長であり、私の夫です」

「初めまして只野様のお嬢様、そしてこちらが許嫁の正夫様ですね。初めまして、よろしくお引き立てくださいまし」

「正夫です。僕の方こそよろしくお願いします」

「お給仕は明子様にお任せしてもよろしいでしょうか、それとも私がいたしましょうか」

「私がお給仕させていただきます」

「それではごゆっくりなさってください」

「飲み物はお茶でよろしいですか、お酒はダメですからね」

「はい、お茶で結構です」

　明子は物怖じしない態度ですぐ返事を返した。正夫はさっき明子が祖母の話として言った事をそのまま実行しているように思った。正夫が女将さんに言ったことを後悔した。あれはまるで自分の恥をさらけ出したようなものだ。それを明子がさらりと窘めてくれたんだと思い、明子に謝りたかった。祖母の名を汚してしまったかもしれなかったからだ。

　料理は鍋物だった。肉の薄切りにしたものを熱いだし汁にさっと浸けて、きれいな器に入っているつゆを付けて食べるのだ。肉の他に豆腐、キノコ、野菜数種類も用意されていた。明子はこれをしゃぶしゃぶと言う料理だと教えてくれた。正夫は、肉はいろんな食べ方があるものだと知った。肉を食べ終わると、鍋の中にご飯を入れておじやにして食べた。いろんなもののダシがきいていて美味しかった。

　女将さんが敷居の外側に来てお肉の追加をしましょうかと言った。明子は正夫の方を見た。正夫がもうたくさん食べたと意志を伝えると、

「ごちそうさまでした、お肉は十分いただきました」

　と言って断った。

「それではデザートと新しいお茶をお持ちしますね」

と言って部屋から出て行った。正夫は肉が薄かったの

で食べた気がしなかったが食べ終わると、ちょうどよい量だと思った。

「アコさん、僕はいらないことを言ってしまったね。ごめんね。お祖母様に迷惑を掛けたんじゃないかと心配なんだけど」

「マオさん、こういうところの人たちはお客のことを絶対に他の人に言わないから心配はいらないわ。それにお祖母様に迷惑になるようなことじゃないわ」

「社会生活のことも勉強しなければいけないね」

「なんでも万全にできる人なんていないと思うわ。だから機会があるときに一つずつ覚えればいいと思うわよ」

　女将さんがデザートと新しいお茶を持ってきた。

「なにか他に食べたいものはございませんか」

「十分いただきました」

「この店は古くから営業してきましたので、古い時代の料理を書いた巻物があるのですよ。もしご覧になりたい希望がありましたら後ほどご案内いたしますが」

「創業はいつ頃なんですか」

「はっきりしないのですが、少なくとも数百年前と言われています。伊達家の方々がよく来店したと書いてありますから。もちろんその頃はしゃぶしゃぶはなかったでしょうが」

「それじゃ後で見せてください」

「かしこまりました」

　と言って女将さんは戻っていった。

「この店は庭も広いし古くからやっていたんだね」

「昔の料理の本があるなんて素敵ねえ」

「アコの料理帳に付け加えるものがあるといいね」

　二人は帳場へ行った。女将さんは、

「お会計は済んでいますよ。ありがとうございました」

「ごちそうさまでした」

「よろしければ資料室へご案内しますが」

「よろしくお願いします。料理にはとても興味がありますので」

「それでは、ご案内します。こちらへどうぞ」

　二人は女将さんの後についてローカを奥の方へ歩いて行った。しばらく歩いて一度外へ出て、白塗りの土蔵のような建物のドアのカギを開けて、

「こちらです。只野様は古い書物をお読みになれるとうかがっておりますのでご自由にご覧ください。一つだけお願いがあります。手を触れないでくださいと書かれているものには触らないでほしいのです。何しろ古い紙なので触っただけで崩れることがありますので」

「わかりました。では拝見させていただきます」

　初めに目に付いたのはイノシシとウサギの絵が出てくることだった。古い時代は今のようにブタや牛を食べる習慣がなかったのだろう。それでイノシシやウサギを食べていたのだ。ウサギは跳ねるので鳥の仲間ということにして食べたと言われていた。牛肉を食べるようになったのは明治時代で、進歩的と言うか外国かぶれした学生

と体力強化のために軍隊で無理に食べさせたと言われている。四本足の動物を食べないという習慣は宗教の影響だと思われる。しかし牛馬の皮を使用した馬具などは古い時代から作られていた。

「四つ足動物を食べないと言いながらイノシシは食べたのね」

「それはもしかしたら干支と関係があるのかなあ」

「でもイノシシは干支に入っているわよ」

「そうだった。野生動物というので食べたのかもしれないね。イノシシは山鯨とも言われているから食べたのかもしれないね。こじつけだろうと思うけど」

「ここの書物のページを繰ることが出来ると面白いのにね。残念だわ」

「きっと専門家が写真を写しているんじゃないの」

「そうよね。いつか見ることが出来るわね」

　出来れば博物館で保存するような資料かもしれない。江戸中期頃の料理の控えはそれほど珍しい物なのだろうと正夫は思った。

　二人は帳場にいた女将さんにお礼を言って店を出た。

明子、正夫の家へ行く

　正夫と明子は、塩竈の街中を一時間ほど散歩し、途中で明子はいつものように祖母から頼まれた買い物をしてから家へ戻った。尾根道は明子を背負ってゆっくりあるいた。明子は寝ないように英語の歌を歌いだした。正夫も一緒に歌った。しばらくすると明子の声が聞こえなくなった。やはり寝てしまったらしい。そういうとき正夫は、明子が愛しくてしようがなかった。この人を必ず幸せにすると思うのだった。家に着き玄関を通って二階に連れて行き、正夫のベッドに寝かせても目を覚まさなかった。正夫は明子の額にそっとキスをして買い物をキッチンへ持って行った。

　そこへ祖母が二階から下りてきた。

「お祖母様、今日は美味しいご馳走をいただきました。ご馳走様でした。買い物はここに置いてあります」

「明子はまた寝てしまったんですね。正夫さんの背中がほんとに気に入ってしまったのですね」

「僕はそれが嬉しいです」

「正夫さん、いつまでも明子を愛してあげてくださいね」

「それはもう言うまでもありません。僕は明子さんが好きで好きでたまりませんので」

「正夫さんったら。お願いしますよ」

「かしこまりました。少しお話ししてもよろしいでしょうか」

「どうぞ、あちらで腰掛けてくださいな。お茶をもって行きますから」

「はい」

　正夫はカウチに腰をおろした。祖母が紅茶とビスケットを持ってきた。

「お紅茶にしましたよ。どうぞ」

「ありがとうございます」

「それでお話しって言うのは」

「今日行ったお店はずいぶん古くから営業しているそうですね。何でも数百年前から続いていると言っていました」

「そうらしいですね。でも持ち主が代を重ねているわけじゃないと思いますよ」

「どういう意味ですか」

「むかしね、戦国時代のことだけど、身分を証明するために家系図を持って歩いたのね。それでいい大名に雇われることがあったそうよ」

「履歴書の代わりに家系図ですか」

「そう、だけどね、家系図というのは偽物が多く出回ったり、家系図のよいものは売買されたらしいの。それで信用されなくなってしまったのね」

「今そんなことをしたら犯罪になってしまいますね」

「あの家も終戦後の東京から来た人が居抜きで買ったらしいのよ。だからあまり信用できないかもしれないわね」

「あの巻物も偽物でしょうか」

「それは専門家が調査して判断しなければわからないでしょうね」

「世の中にはそういうこともあるんですね」

「でも、お食事は美味しかったでしょう」

「はい。美味しかったです」

「正夫さん、今のお話は他人には言わないでくださいね」

「はい、言いません」

そこへ明子が起きてきた。

「私もお紅茶をいただきます」

と言ってキッチンへ行った。小さなトレーに自分のカップとポットを持ってきた。

「お祖母様、もう一杯如何ですか」

「いただきます」

「マオさんは」

「いただきます」

明子は祖母、正夫のカップに紅茶を注いで、最後に自分のカップに紅茶を注いだ。

「ビスケットがもう少し必要ね」

と言って祖母が取りに行った。明子は紅茶を飲んで、正夫の方を見てニコッとした。

「今日は眠らないように歌を歌っていたのに、マオさんも歌い出したので子守唄になってしまいました」

「寝ながらでも僕の家庭教師をしてくれるんでありがたいよ」

「もう諦めてぐっすり寝かせてもらうことにしようかしら」

「As you like it」

「あら、シェークスピアが出てきましたね」

「まあまあ、英語の勉強しているのですか」

「いえ、そういうわけじゃないのですが」

「それでは私は上へ行きますからね。明子さん十八時頃になったら夕飯の支度を始めますからね」

「はい。お祖母様」

「アコさん、ちょっと相談があるのだけど」

「どんなこと」

「実はね今頃は諏訪村の家の畑でイチゴがたくさん出来ている頃なんだ。それで今度の日曜日にアコの都合がよければイチゴを採りに行きたいんだけど」

「お泊まりじゃないんでしょう」

「そうだね。僕の家は人を泊められるような状態じゃないんで、少し疲れるかもしれないけど朝早く行って夕飯前には戻れるようにしたい」

「祖父母に相談してみるわね。でも楽しみだわ」

「今、家にいるのはすぐ上の兄とそのお嫁さんだけだから気遣いはいらないよ」

「その他の野菜も持ってくることが出来ると思うんだ」

「私、お兄様にもお会いしたいわ」

　正夫は早速弘兄に葉書を書いた。明子がいけなければ一人で行くことになるだろう。その時は大新田町から自転車に乗れる。正夫は、どうしても明子の家族に美味しいイチゴをたくさん食べてもらいたいのだった。

　明子が祖父母に相談に行ったので、正夫はビスケットとお茶を持って机に向かった。物理の教科書を出して読み始めると、すぐ明子が戻ってきた。

「祖父母が行ってもいいって言って下さったわ。楽しみだわね」

「それじゃ、一緒に勉強しよう」

「はい」

　と言って明子は「体育と衛生」という教科書を開いた。正夫はすぐ物理の中に入ってしまった。明子が近くにいることも忘れて物理に取り組んだ。レポート用紙に図を書いて何か考えたり、数式を使って問題を解いたりしている姿を明子は頼もしげに見ていた。今年は六月中旬になったのに、よい天気が続いていた。明子は梅雨時の衛生管理についてレポートを書き始めた。気温と湿度の関係で調理した食物にカビが生えるまでの時間を調べていたのだ。砂糖の量を増やしてもカビは生えるようだった。これは注意しなければいけない問題だと考えた。調理した食物が腐ることとカビが生えることは全く違う事だと気がついた。明子は後で正夫の意見を聞いてみようと思った。

　一区切り付いたようで、正夫が顔を上げた。明子の顔が目の前にあったのでチョット驚いたようだったがすぐニッコリ微笑んだ。明子もそれを待っていたように微笑んだ。

「マオさんは夢中になると怖い顔になるのね」

「そうかなあ。他の事が頭に入らなくなるのは確かだけどね。顔までは気がつかなかったなあ。でもニヤニヤして勉強は出来ないから、勉強中は我慢してくれないか」

「もちろんいいわよ。私だって同じかもしれないからね」

「アコ光で緩和させるからね」

「アコ光って何なの」

「マオ光と同じものだと確信しているんだけど」

「あ、そうかあ。お互いにそうしましょうね」

「協定成立だね」

　二人は握手をした。その手をどちらからともなく引き寄せたので抱き合う形になった。時刻は十七時になるところだった。二人はあと一時間頑張ろうと言うことにした。明子は引き続きレポートを書きだした。正夫は国語の教科書を取り出して読み始めた。森鷗外の『高瀬舟』と言う小説だった。正夫は前にこの小説を読んだが内容が何を意味しているのかはっきりしなかったのを思い出した。今度は二回読んでからじっくり考えてみた。高瀬舟というのは、重大な罪を犯し有罪になった罪人を遠島するときに大阪へ送るためのものである。

　罪人にもいろんな事情で罪を犯す者がいる。高瀬舟で大阪へ送られる罪人の一人に限って親族の一人の同乗が認められる。二人は積もる思いや今後のことを夜を徹して話し会うことが出来る。他方、高瀬舟に同乗して大阪へ送る仕事を嫌う同心もいる。そういう同心は罪人と係累のものが夜を徹して話し合うのをうるさく思うのだった。その夜、大阪に送られる罪人の話が語られる。同心はいつの間にか罪人の話に聞き入ってしまうのだった。二十頁ほどの短編小説の中に人間とは、人生とは、とかいろいろなことが盛り込まれている小説だった。

『高瀬舟』を読んで正夫は感動してしまった。前に読んだときは字面を追っているだけだった。山形先生が言っていた読み方を変えなければいけないと言うことがよく理解できた。

　ふと気がつくと明子が正夫をジーッと見つめていた。

「マオさんは何を読んでいたの」

「国語の教科書に出ている『高瀬舟』を読んでいた」

「何か感動したように目頭を押さえていましたよ」

「『高瀬舟』は前に二度も読んだのに、今日ほど感動を覚えたことがなかった」

「私も読んだけどそれほど感動しなかったわ。もう一度読んでみようかしら」

「そうだね。僕も前に読んだときは、こんなことがあったんだっていうことしか読みきれなかった」

「そうだったの。マオさんが前に言っていた先生の事を思い出したわ」

「実はね。僕も思い出したんだ。だから今日は僕の読書改革の日になるんだ」

「マオさん、おめでとう」

　祖母から呼ばれて明子がキッチンへ下りていった。正夫は次に古文を始めた。

古文は馴れてきたので、それほど困難ではなくなった。文法もほとんど理解できた。ただやっかいなのは時代によって少し表現が変わることだ。しかしそれも慣れればどうということはないだろう。

正夫は『徒然草』を読み出した。『徒然草』を読むにしたがって、兼好法師の書いていることは現代社会でも通じることがあると思った。僧職にある兼好法師だからこのような人間観察ができるのかも知れないと正夫は考えた。

明子が部屋に入ってきた。しかし、正夫は気がつかなかった。考えをまとめるように、暮れていく松島湾を眺めていた。

「マオさん。ちょっと相談があるのだけど、今いいかしら」

「いいよ。ちょうど区切りが付いたところだから」

「実はね、明日の次の日曜日にマオさんのお家に連れて行ってもらうことにしたんだけど、明日に変えることが出来ないかしら」

「僕もね、明日は晴れから夕方には天気が下り坂に向かうと思うんだ。そのまま梅雨に入ることが予想されているらしいんだ」

「お祖父様もそうおっしゃっていたそうなの」

「わかった。僕の方は特別用意することはないから、アコが準備が出来るならそうしよう」

「特に私も用意することはないんだけど、マオさん、何かを持って行った方がよいものがあったら教えてほしいんだけど」

「そうだなあ、長靴が必要かもしれないな。それと虫除けのためにズボンと長袖のシャツ、それと麦わら帽子があるといいと思うよ」

「新しいものじゃなくてもいいわよね」

「もちろんだよ。汚れてもいいような手袋、例えば軍手もあった方がいいね」

「何か怖いものがいるかしら」

「一番怖いのブヨという虫なんだ。できるだけ皮膚を出さないように注意すれば大丈夫だよ。そうだ、手拭いを一本持っていくといいよ。首に巻くのに使うんだ」

「わかったわ」

と言って、明子はそれらを紙に書いていた。

「忘れてたわ。夕食の用意が出来たの。今日も二人で食べるのよ。祖父母には悪いけど新婚みたいで楽しいわ」

「そうだね」

二人は一階へ下りていった。祖母が大きなトレーに二人分の夕食を乗せて運ぶところだった。

「お祖母様、僕が持って行きます」

「そーお、じゃ、お願いするわね」

明子もお湯が入っているポットと水を入れたグラスを小さいお盆に乗せて正夫の後ろから階段を上がった。

「こんばんは」

「ああ、正夫、いつも手伝ってくれてありがとう」

「いいえ、何も出来なくて申し訳ありません」

「そんなことはないですよ。明日は明子を実家へ連れて行ってくれるそうですね。ありがとう。よろしく頼みますよ」

「はい、突然のことで申し訳ありません。広い畑でいろんな作物を見てもらいたいと思います」

「明子、明日は楽しみだね。正夫君、明子のことを許嫁と言って紹介してくれていいですよ」

「是非そうさせていただきます」

「あら、明子さんが顔を赤くしているわ」

「お祖母様ったら、からかわないで下さい」

と言ってほっぺたを膨らませたが、すぐ笑い出した。このときは四人で賑やかに笑った。祖父は目を細めてそんなやりとりを笑いながら見ていた。

「夕食を運んでくれてありがとう。あなたたちも食事を摂りなさい。今日は早く寝るのですよ。明日は早い列車に乗るのですからね」

「はーい。それでは食事が終わった頃、下げに来ますね」

「そうしておくれ」

正夫と明子は下へ行って食事を始めた。この頃は、明子はすっかり新婚の花嫁といったように正夫の世話を焼いていた。正夫はこんなに幸せな生活を続けていて罰が当たらないかと心配することもあった。明治時代より前には、十三歳で元服し、十七歳では家督を継いで一人前に働いていたという。さっきは祖父が許嫁と紹介してよいと言ってくれた。正夫は明子を見て、絶対に君を幸せにするからと心の中で誓った。

「マオさん、明日は楽しみね。今夜眠れないかもしれないわ」

「まるで、遠足前夜の小学生みたいだね。僕もアコを兄に合わせることが出来るのが嬉しいよ」

「諏訪村を通ればマオさんの友達にも会うかもしれないわね」

「小さい村だから、会ったときに許嫁と紹介すれば、その日のうちに知れ渡ってしまうかもしれないよ」

「私はそれでも平気よ。だって祖父母が許してくれたんですもの。それにマオさんも私を大切にしてくれるんですもの」

「僕たちは固く結ばれているんだからね」

「そうよね」

「アコは何があっても僕が全力で守るから大丈夫だからね」

「ありがとう。私の旦那様は、ほんとに頼りになります」

夕食はそんな話をしながら食べてもとっても美味しかった。

「今日は少し早く寝ることにしようね。二十二時頃に勉強が終わるようにするからね」

「私は、明日の準備をして、少し本を読みます」

　食事が済んで、後片付けも終わると正夫はカウチに座って新聞を読み出した。明子は正夫の隣に座って、正夫の肩に頭を乗せて新聞をのぞき込んだ。大きな見出しに、イギリスが中華人民共和国と国交を結んだ、という記事がでていた。中華人民共和国が世界に認められることになった証だと書いてあった。新しく独立した国が、世界で認められることは、大変なことなんだと正夫は知った。

　明子がいつの間にかいなくなった。気がつくとトレーを持って二階から下りるところだった。

「ごめんね、僕が持つよ。新聞記事を読んでいてアコが二階へ行ったのに気づかなかった」

「気にしないで。マオさんは夢中になると他のことがシャットアウトされてしまうのをわかっていますから」

「悪かった。アコを無視したわけじゃないから」

「勉強中は許してあげますから、その他のときは私のことも気にして下さいね」

「はい分かりました」

「よろしい」

「アコは時々怖くなるんだね」

「そんなことありませんよ。私はいつでもマオさんに優しい妻です」

「それはもう、その通りだけどね」

「今のは前に見た映画の一場面なのよ。どんな気持ちだった」

「まいったなあ。というのがほんとのところだね」

「そうよね。私はマオさんが何かに夢中になっているのを見るのが大好きなのよ。だから私もマオさんが夢中になっていることを知りたいと思うの」

「よかった。これから途中でも話をしようね。何でも聞いてくれていいよ」

　明子は、正夫に手伝ってもらって食器の後始末を終えてから、明日の用意を始めた。と言っても小さなバッグに入る程度だった。正夫はピクニックのときに持っていくようなカゴがあったら持っていきたいと言った。明子はちょっと待っててねと言って一階へ行き、すぐカゴを持って戻ってきた。

「これでどうかしら」

「ちょうどいいよ。それを持っていこうね」

「何に使うのかしら」

「イチゴを入れるのに使うのさ。これいっぱいとれたらお祖父様とお祖母様にたくさん食べてもらえるよ」

「嬉しいわ」

「それじゃ、少し勉強をして寝るとしようかな」

「私は戸締まりをしてくるわね」

「僕もついて行くよ」

「ありがとう」

「チョット外へ出てみてもいいかなあ」

「いいわよ。星を見るんでしょう」

「星は後でね。今は風向きと空気の湿気を感じるんだよ」

「そうかあ。分かったわ。明日の天気を予想するんでしょう」

「当たり。よく分かったね」

「この頃、マオさんのことを分かるようになったのよ」

「あまり突っ込むとお化けが出るぞー」

「オー、怖い。でもマオさんがいるから大丈夫でーす」

「そういうのをパラドックスっていうんだよ」

「何だか難しい話になりそうだから次の機会に聞かせてね。眠れなくなると困るから」

「分かった。そうしよう。それじゃ少し勉強しようか」

明子は戸締まりをして正夫の背中に負ぶさって自分たちの部屋へ戻った。明子は鼻歌を歌っていた。正夫は、明子はほんとうに自分の背中が好きなんだ、と思うと正夫は嬉しかった。

その夜は二十三時まで勉強してベッドに入った。明子はすでに同じベッドで寝ていた。明子は正夫の首に腕を回して引き寄せた。

正夫が目を覚ますと明子はベッドにいなかった。時計を見るとまだ六時前だった。顔を洗って一階に下りていくと、明子がキッチンで楽しげに歌を歌いながら何かをやっていた。

「アコ、おはよう。早くから何をしているんだい」

「お兄様に食べていただこうと思ってご馳走を作っているのよ。もうすぐ終わるから少し待っててね」

「ありがとう。素振りをしてくるから」

と言って正夫は木刀を持って庭に出て素振りを始めた。五百回が終わったとき、明子が
「朝食の用意が出来ましたよ。正夫さん」

「分かった。ちょうど今終わったところだよ」

正夫は二階へ行ってシャワーを浴びた。身支度をして下へ行くと朝食がテーブルに並べてあった。

「さあ食べましょう。お待ちどおさまでした」

「いただきます」

食事が済んだ頃に祖母が下りてきた。

「おはよう。今日は天気が持ちそうですね」

「おはようございます。そうですね」

「お祖母様、おはようございます」

「ずいぶん早くからゴトゴトやっていましたね」

「聞こえてしまいましたか。すみませんでした」

「いいえ、どういたしまして。聞こえてきたのは明子さんの歌声ですよ。とっても楽しそうでした」

「あら、そうでしたの」

「遅くならないうちにお祖父様に挨拶して出かけなさい」

「はい、正夫さん行きましょう」

「はい」

祖父は起きていて二人が来るのを待っていた。

「来たね。今日はたくさん楽しんできなさい。正夫、よろしく頼みますよ」

「はい、しっかりお守りします。それでは行って参ります」

「お祖父様、お土産を待ってて下さいね」

正夫と明子は荷物を持ち、いつものように手をつないで駅に向かった。空は薄い雲があったが、雨の心配はなさそうだった。西の空にも朝焼けはなかった。

「天気も心配なさそうだし、アコも元気だし、いい日になるね」

「そうね。嬉しいわ」

駅に着くとすぐに列車がホームに入ってきた。客車の中には二人だけしか乗客がいなかった。

「アコに聞きたいんだけど」

「なあに、マオさん」

「行きは大新田町から自転車の後ろに乗せたいんだけど、我慢できるかな」

「小さな座布団を持ってきたから大丈夫と思うけど」

「それじゃそういうことにして、自転車が具合悪いようだったらバスで行こう」

「そうね。私変なのかしら」

「どうかしたの」

「なんだか心配でもあり、楽しくもあるのよ」

「心配の所を僕に貸してみな。全部楽しみにしてあげるから」

「それじゃお願いね」

「心配を受けとったよ。これで大丈夫だからね」

「ありがとう」

列車は北上駅に着いた。西行きの列車が待っていたのですぐ乗った。

軽便鉄道の西大川駅に着いた。明子ははしゃいでいた。こんな可愛い汽車に乗れたことを喜んでいた。正夫は明子を連れて新聞店へ行った。店主のおばさんに挨拶して自転車を見に行った。自転車はすぐ乗れるように保管されていた。お礼を言って自転車を持ちだそうとしたとき、店主が明子を見つけて、

「寺田さん、あの方は」

「今、僕がお世話になっている方のお孫さんで、僕の大切な人です」

「初めてお目にかかります。明子です、よろしくお願いします」

「あらまあ。ご丁寧に。おめでとうございます。今日は寺田さんの実家へおいでになるのですか」

「はい」

「それはよかったですね。ちょうど、イチゴもたくさんなっている頃ですから」

「昨日もお兄さんが持ってきてくれたわよ。美味しかったわ」

正夫は明子が持ってきた座布団を荷台に置いて明子を座らせた。荷物は前のカゴに入れた。

「アコさん走り出すよ。しっかり僕につかまっててね。辛くなったら我慢しないで言ってね」

「はい、お願いします」

正夫は自転車をこぎ出した。街中を通り、小野田川にさしかかった。

「ここが小野田川っていうんだよ。寒くなると時々鮭が遡上してきて、みんなで追いかけ回している」

「こんな山の方まで鮭が上ってくるのね」

小野田川の橋を渡ってしばらく走って、諏訪村の集落に入った。

「ここからしばらくの間が諏訪村で一番賑やかなところだよ。この西の方に中学校があるんだ」

「でもあまり店がないわね」

「そうだね。役場や農協があるのだけどね、もう少し行くとまた小ぶりの川がある。それは諏訪川と言うんだ。いろんな思い出があるんだよ。いつか話してあげるからね。ここがその川だよ。そこに自転車店があるだろう。僕が高校に合格したときお世話になったおじさんがいる。その人は片腕で自転車を組み立てるんだよ」

「片腕で自転車を組み立てるなんてすごいわね」

「僕も初めは驚いたけど、順応って言うのは、たいしたもんだと思った」

「世の中には一生懸命頑張っている人がいるのね」

「そうだね。右手に見えるのが小学校だよ」

「結構大きいじゃないの」

「僕が通学していた頃の諏訪村の人口は約二万人くらいいたんだけどね。出稼ぎなどで次、三男の人たちがいなくなった。それに女性も都会へ働きに行った。その結果、子どもが少しずつ減ってきたんだね」

「そうなのね」

「ここを左に入るとカッパ神社っていう古くからある神社があるんだよ。そうだ、宗石寺にあったあまのじゃくっていうカエルがここにもあったよ」

「あまのじゃくはどこにもあるのね。お尻が少し痛くなってきたわ」

「もうすぐ峠道になる。そこはさすがの僕にもアコを乗せたままじゃ自転車をこげないから、歩いてもらうから、もう少し我慢して。大丈夫かな」

「もう少しなら大丈夫よ」

正夫と明子は愛香山の麓に到着した。自転車を止めて明子を下ろし、坂道をゆっくり歩き出した。

「坂を登り切ったら少し休むからね。もう少し頑張ってね」

「大丈夫よ。マオさんの方こそ大丈夫」

「僕は馴れているからだいじょうぶだよ。もう少しだからね」

二人は左側の牧場を見た。白黒ぶちの牛が数頭草を食べていた。

「あら、牛がいるわよ。大きいおっぱいだわね」

「アコの方がかっこいいけどね」

「変な比較をしないでください」

「ごめん。あすこにサクラの木があるだろう。あの中のどれかが今の天皇陛下が皇太子殿下の時お出でになり、お植えになったサクラだって言われているんだ。そのズーッと上の高いところに愛香神社っていうのがあるけど、そこからの眺めは諏訪村一番の眺めなんだよ。僕の一番好きなところだ」

「行ってみたいけど、今日は無理ね」

「そうだね、またいつか機会があるよ。ここがこの道の最高点で愛香峠って僕らは呼んでいた」

「いい名前ね。愛する人の香りって言う意味かしら」

「きっとそうだよ。今まで気がつかなかったけどね。何か歌でもあると分かるんだけどね」

「諏訪山はどの方向に見えるの」

「ちょうど、この方向に、ほら、頂上の部分が黒く見えるだろう」

「ほんとだわ。船の底を描いたみたいね。あそこに行ってみたいわ」

「機会があるかどうか分からないけれど、機会があったら行こうね」

「マオさんのお家はまだ遠いの」

「もうすぐだよ。この坂を下って小さな坂道を上がったところにある。でもすごいところだから驚かないでよ」

「それは大丈夫です。それじゃ行きましょうよ」

「そうだね、また後ろに座って、しっかり僕につかまっててよ。もうすぐだから」

「これが一本松という川で、少し下流で泳いだりしたんだよ」

　ほんの数分間で細い川が流れているとこに来た。

「水はとってもきれいに澄んでいるわね。これじゃ魚は住めないのかしら」

「この程度なら魚は棲めるよ。この先の坂を上がると僕の家があるんだ」

　正夫は大原台の門から敷地内に入ることにした。

「さあ着きましたよ。アコさん。疲れただろう」

　明子は物珍しげに周りを見ていた。

「音がしないのね」

「もう少しすると、カッコウが鳴き始めるよ」

「カッコウが鳴くの。素敵ねー」

　正夫は明子の手をとって家に入った。

「ただいま。兄さんいるの」

「オー、正夫か。どうしたんだ」

「兄さん、こちらはお世話になっている、只野さんの孫の明子さんだよ。明子さん、これが弘兄さんだよ」

「私、只野明子です。よろしくお願いします」

「正夫、どうしたんだい。嫁さんを連れてきたのか」

「そう思ってくれてもいいよ。いきなりそんなことを言うと明子さんが驚いてしまうよ。ところで義姉さんは」

「今、水を汲みに行っているようだな」

「今日は、明子さんにうちの畑を見せたくてきたんだ。今年もイチゴがたくさんなっているんだってね。新聞店のお上さんが言っていた」

「そうだ、昨日野菜を売りに行ったからな」

「手伝えなくてごめんね」

「何言ってるんだ。お前にはやることがあるんだろう。只野さんの家ではしっかり勉強しているのか」

「それはもうとってもよくしてもらっているよ」

「明子さんていったね。正夫はご迷惑を掛けていませんか」

「お兄様と呼ばせてもらいますね。正夫さんはとってもよく気を遣ってくれています。それに夜中まで勉強しているし、私の勉強も見てくれます」

「そうですか。よくやっていますか。正夫にとってはこの上ないことです」

「弘さん。誰か見えたのすか」

　と言って姉さんが水桶を持って戻ってきた。

「正夫が、只野さんのお孫さんを連れて遊びに来たんだ」

「あら、そうなの」

　義姉が頭にかぶっていた手ぬぐいを取りながら家へ入ってきた。

「正夫さん、しばらくぶりね」

「義姉さん、お元気のようですね。こちらはお世話になっている只野さんのお孫さんの明子さんです。明子さん、こちら兄のお嫁さんです」

「明子です。よろしくお願いします」

「初めまして、弘の妻です」

「今日はイチゴを食べに来たんだよ。まだあるよね」

「まだまだあるよ、と言うより今が盛りだ」

「今日は泊まっていけるんでしょ」

「そうはいかないんだ。明日学校があるしね」

「そうか、それじゃ、イチゴと野菜を持てるだけ持って行けばいい」

「それじゃ、イチゴ取りに行こうか」

「正夫さん、チョットお土産をどうしますか」

「そうだったね。明子さんから出してくれないか」

「はい。分かりました」

「なんですか」

「あのー、これ今朝私が作ったものなんですけど、お口に合うようでしたらどうぞ召し上がってください」

　と言って義姉が包んである風呂敷を開けた。

「あらまあ、すごいご馳走じゃないの。朝早く起きて作ったのすか」

「はい。お昼にみんなで食べましょう」

「すごいご馳走だね。待てよ、こういうのを前にも食べたことがあるような気がするけどな」

　と弘が行った。

「そうかもしれないけど、お昼が楽しみだね」

「それじゃ、畑へ行こうか」

「そうしよう」

　四人はお弁当を持って、牛車を引いて畑へ向かった。門を出ると山でカッコウが鳴いていた。

「あら、カッコウが鳴いているわ。素敵ねー。正夫さんこれは本物よね」

「そうだよ。自然に鳴いている本物のカッコウだよ」

大原台の門を出たところで英一に会った。

「正夫、久しぶりだなあ。元気だった」

「元気だよ。君の方はどうだい。就職はもう決まったのか」

「いやまだだ。遠くに行くならすぐ決まるんだけどな」

「遠くってどこまで」

「関西だけどね」

「そんなに遠くへ」

「詳しいことはいつか話すよ。ところであの人は誰だい」

「アコ、ちょっときてくれない」

明子が正夫のところに来ると正夫は、

「この人は今僕がお世話になっている方のお孫さんで明子さんていう」

と紹介した。

「俺、英一って言います。小学校からの友人です」

「明子です」

「正夫、どういう仲なんだい」

「はやく言えば許嫁だ」

「それはおめでとう」

それで会話は終了した。正夫と明子は弘の後を追っていった。


畑に着くと、正夫はすぐに明子を連れてイチゴ畑に行った。明子はイチゴ畑を見ると目を丸くして喜んだ。

「これってこのまま食べてもいいのかしら」

「泥のついていないものなら大丈夫だよ。こうやって爪の先で実の付け根を切るんだよ」

明子は正夫の真似をしてイチゴをとって口に入れた。明子は正夫を見て、得も言われないほどの笑みを浮かべた。

「これって、八百屋や果物店で買ったものよりズーッと美味しいわね。もっと食べてもいいかしら」

「お腹を壊さない程度にならいいよ」

「でも食べ過ぎてしまいそうだわ」

「初めてだからいっぱい食べてもいいよ。お祖父様とお祖母様の分はとっといてね」

「もう少し食べたら、他のところも見せてほしいわ」

「それじゃ、ゆっくり食べてから見て回ろう」

二人は大きくて真っ赤になったイチゴを食べ出した。明子はニコニコして笑みが消えなかった。そんな二人の様子を見ていた弘夫婦が、〝お似合いだけどなあ〟と話しているのは聞こえなかった。

「マオさん、お腹いっぱいになっちゃったわ」

「顔中が赤くなってしまったよ」

「え、ほんとに」

「冗談です」

「また、やられてしまいましたね」

正夫は、明子を連れてジャガイモ、ネギ、コウリャン、大豆、キュウリ、トマト、なす、スイカ、マクワウリ、カボチャ、小豆などの畑を見せて歩いた。

明子はキュウリをもいで食べたり、トマトを食べたりした。そしてキュウリやトマトがこんなに美味しいことを知らなかったと感動していた。スイカやマクワウリはまだ実花が咲いたところなので食べることが出来なかったが、産毛でくるまれている実の部分をそーっと触って可愛いと言って喜んでいた。

明子は初めて見た畑の様子にすっかり感動していた。正夫はこんなに清々しい顔をした明子を初めて見た。

「マオさん、作物ってほんとに可愛いわね。私も何か植えてみたくなっちゃった」

「どんなところが可愛いの」

「小さいうちは産毛で身体を守っていたり、スイカや瓜はもうたまらないわ」

「そうだね。あれは僕も可愛いと思うよ。そういう心を持って育てると一生懸命美味しくなろうとするんだって何かに書いてあった」

「それから、イチゴはとっても美味しかったし、キュウリもトマトも木からとってすぐ食べたのでもうなんて表現したらよいのか分からないくらい美味しかったわ。お祖父様とお祖母様にも食べさせてあげたいわ」

「もちろん食べてもらおうね」

「ほんと、お二人ともきっと大喜びするわよ」

「きっとお喜びになるよ。今日いっぱいもらっていこうね」

「マオさん、もうお昼じゃないかしら。お弁当を食べましょうよ」

「そうだね。兄に言ってこよう」

正夫は弘のところへ行き、そろそろお昼にしようと言った。義姉が、

「そうね、もうお昼頃だわ。お湯を沸かすわね」

「僕がやります」

「いいのよ。正夫さんは明子さんのところに付いててあげなさい。一人にしてはダメよ。絶対にね」

「分かりました。ありがとう義姉さん」

「幸せになるのよ、明子さんと一緒にね」

「うん、そうするよ」

正夫は明子のところへ戻った。

「義姉さんに叱られてしまった」

「どうしてさ。何か悪いことをしたの」

「それがね、明子を一人にしてはいけないって叱られたんだよ。早くそばへ行きなさいって」

「お義姉さんっていい人ね。今日はいろいろないいことがあったわね。マオさんのおかげです」

「正夫さーん、明子さーん、お昼にしましょう。こっちへ来てくださいね」

「はーい。すぐ行きます」

四人が弁当を囲むようにむしろの上に座った。

「明子さん、お弁当を開いてくださる」

義姉がお茶をコップに注ぎ、お手拭きを渡した。

「それじゃ、いただきましょう。明子さん一人でこんなにたくさん作ったの」

「はい、一部正夫さんも手伝ってくれましたけど」

「でも、すごい量だね。それに美味しいね。大変だったでしょう」

「私はお料理を作るのが楽しくてなんとも思いません。いつも正夫さんが美味しい美味しいと言って、たくさん食べてくれますから嬉しいです」

「いいお嫁さんになるわね」

「そうですか。嬉しいです」

「正夫さんは優しくしてくれますか」

「ええ。とっても優しくしてくれます。いつもおんぶしてくれるんですよ」

「あれまあ、それはいいわねえ」

「でもすぐ寝てしまうんです。正夫さんの背中はとっても気持ちいいので」

「もうその辺にしておいてください」

と正夫が照れながらいった。

「あら、正夫さんごめんなさいね。私おしゃべりしすぎたわ」

「弁当を食べたら、もらっていくものを収穫するから一緒にやろう」

「楽しそうね。収穫の方法を教えてね」

「そんなに難しくないから大丈夫だよ」

「正夫、自転車に乗って大新田まで行くのか」

「帰りはバスで行こうと思っているんだけど」

「送っても大丈夫なものは送ってやるから。早く食べたいものだけ持っていけばいいさ」

「そうだね。そうするよ」

「ご馳走様でした」

「後片付けは私がやります」

「そーお、じゃ、お願いしますね」

「はい」

明子は正夫に手伝ってもらって弁当を食べた後の始末をした。

「そうだ、このお重にイチゴを入れていこうかしら、そうすれば潰れないから傷まないわね」

「そうだね。カゴには野菜を入れていこう」

「そうね、重箱を拭くまで待っててね」

明子は何かのためにと持ってきた、半紙のようなもので丁寧に油を拭いた。

「よしっと。これにイチゴをもらっていきましょうね」

「それだけで足りない分はカゴに入れていこう」

「途中で食べたくなるかもしれませんからね」

「それじゃ、収穫に行こうか。ハサミを持っておいで」

「はい、正夫さん」

「弘兄さん、この辺のナスとトマトとキュウリを採ってもいいかしら」

「いいぞ、好きなだけ持っていきな」

「ありがとう。明子さん、それじゃあ始めようか。イチゴは最後でいいよ」

「どうして」

「一番傷みが早く来るものは最後まで草から栄養をもらってためてもらうのさ」

「なるほどね」

明子は楽しくて楽しくてしょうがなかった。早く祖父母にイチゴを食べさせたかった。カゴが野菜で一杯になったので、それでおしまいにした。イチゴは三段重ねの大きな重箱にたくさん入れた。それから荷物をまとめて正夫と明子は、兄と義姉にお礼を言って、畑を後にしようとした。義姉が少し待っててと言って牛車に牛をつないできた。正夫と明子は牛車に乗せてもらった。大原台のバス停までは歩いて二十分間ほどかかるが、バスの発車時刻までは十分余裕があった。明子と義姉は何か話を始めた。大原台の門の前にバス停が出来ていたことを正夫は知らなかった。牛車でゆっくり来たが、バスが来るまでに十五分間ほど時間があったので、正夫は門内の建物の配置を指さしながら説明していた。防風林の中に、今はいないが、アメリカ兵がたくさん来ていたことも話した。進駐軍の車が来ると手を上げて乗せてもらったことも話した。

遠くでバスの音が聞こえた。バスが郵便局のところへ来たので、バスが見えた。正夫は手を上げてバスを止めた。二人は義姉に挨拶をしてバスに乗り込んだ。明子は義姉ともっと話をしたかったようだった。バスの後ろの窓から義姉の姿が見えなくなるまで手を振っていた。

「マオさん、マオさんの周りの人たちはみんないい人ばかりね。よかったわ」

「義姉さんとずいぶん話をしていたね」

「あの方の弟とマオさんは同級生なんですってね。あの方はマオさんのことをとっても褒めていたわよ」

「どんな風に褒めていたんだい」

「あの方がお兄様と結婚する前、正夫さんはどんなに勉強が忙しくても家のことは全部終わるまで教科書を見なかったんですってね。そのくせに少しでも暇があると本を読んでいたって言ってたわ。ほとんど勉強する時間がないのに成績はよかったんですって」

「かなり褒めすぎかもしれないよ。時間がなかったのは認めるけれどね。人間ってやればなんでもできるんだって分かったのも中学生のときだったかなあ」

途中のバス停で幸子が乗ってきた。まずいのに出くわしたと思ったが仕方なかった。何しろ幸子は拡声器みたいな人だからだ。目ざとく正夫の姿を見つけると近くの席に来たが、正夫がわざと気がつかないふりをして明子と話をしていると、話しかけてこなかった。これで大川駅まで一緒の列車になるのだと思うと知らないふりも長くは続けていられないと思った。

バスが大新田駅に着くと幸子は先に素知らぬふりをし

て下りた。明子と正夫がその後に下りたが、切符売り場に行くと、行き先を探るように近くにいた。

　正夫は、大川駅まで二人分の切符を買って軽便列車に乗り込んだ。

　明子が大事そうに抱えている重箱からいい香りがもれていた。そして正夫が持っているカゴからも新鮮な野菜の香りが漂っていた。正夫達の近くに座った人がこの香りはどこから漂ってくるのかと探すような動作をした。明子がその様子を見ていて正夫の方を向いてクスクス笑い出した。軽便列車は走り出し、すぐ終点についた。東行きのホームの前の方に立っていると、まもなく列車が到着した。そして正夫と明子は客車に入り、隣り合わせに座った。明子は、その間ズーッと正夫に話をしていた。明子はイチゴをカゴから取り出して、幸せそうに食べた。

　やがて明子は正夫の肩に頭を預けて目を閉じた。大川駅で先に下車した幸子がホームの中を探しているようすが目に入った。すぐに西行きが来たので東行き列車が発車した。明子は大川駅に着いたのも知らずに目を閉じていた。楽しさが大きかった分、疲れも出たのかもしれないと正夫は思った。家のところまでどうやって背負っていくかを考えたが明子が背中で寝てしまうと危険だと思った。やってみるしかないかと考えて明子の手を握って優しくなでた。東北本線の北上駅に到着した。正夫は明子を起こしてホームに下りた。


「アコは少し疲れたのかなあ」

「私、寝てしまったのかしら」

「可愛い顔をして寝ていたよ」

　すぐに列車がホームに入ってきた。ドアが開くと数人の客が下車した。正夫達が客車に入るとすぐ列車が動き出した。

「そうだ。私忘れていたわ。義姉さんから、これをマオさんに渡してほしいと頼まれたの」

　と言って明子はお年玉袋みたいなものを差し出した。

「何だろう」

　その袋を覗くとお札が入っていた。

「お金が入っているよ。それも千円も。どうしようか」

「大金ね。きっとマオさんにお小遣いをくれたのよ。もらっておいて後でお礼状を出したらいいわ」

　列車が松島駅に着いた。ホームに下りて改札口のところで、明子が駅員と何か話をしていてお金を渡した。

「どうしたの」

「途中の分を払ったのよ」

　いつもの坂道を上がったところで、正夫は明子に背中を向けてしゃがんだ。明子は今日は荷物が一杯だから私も歩いて行くわ、と言って重箱を大事そうに両手で抱えて歩いた。家が見えてきた。祖母が庭で女性と話をしていた。

「お祖母様、ただいま戻りました」

「ただいま戻りました」

「おや早かったわね。楽しかったかい、明子」

「ええ、とっても楽しかったわ。ちょっとこれを嗅いでみてくださる」

「こんなところでかい」

と言って明子が持っていた重箱に顔を近づけた。

「あらまあ、いい香りだこと。どうしたの」

「正夫さんのお兄様にいただいてきました」

祖母と話をしていた女性は、用が済んだのか、

「それじゃ、これで失礼します」

と言って帰って行った。正夫も明子も知らない人だった。三人は家に入り、正夫と明子は着替えをし、手と顔を洗って祖父の部屋に行った。祖母が祖父の身体を起こしていた。

「ただいま戻りました」

と正夫が先に言い、明子も、

「お祖父様ただいま戻りました」

「楽しかったかい。迷惑を掛けなかっただろうね」

「とっても素敵なところだったわよ。カッコウも鳴いていたし、たくさんの作物を見ることが出来たし、イチゴをたくさん食べることが出来たのよ」

「それはよかったね。野生のカッコウの声なんてなかなか聞くことが出来ないからね。正夫は疲れなかったかい」

「はい、明子さんが喜んでくれたので僕も嬉しかったです」

「それはよかったね」

「お祖父様とお祖母様にお土産があるのよ」

「お土産って何だろうね」

「そうですね。早く見たいものですわね」

「それではここでお披露目します」

と言って明子は重箱をとりだした。

「お祖父様、フタを開けてみてください」

「何だかいい香りがしてきたね」

と言って重箱のフタを開けた。するとイチゴのいい香りが部屋いっぱいに広がった。

「これは大変なもんだね。一つ食べてもいいかな」

「そのままで食べることが出来ますよ。私はお腹がいっぱいになるまで食べてしまいました」

「この子ったら、困ったものですね。正夫さんに笑われてしまいますよ」

祖父母がイチゴを口に入れた。しばらく新鮮なイチゴの味を楽しんでいた。

「これは美味しいね。初めてこんな美味しいイチゴを食べたよ。正夫ありがとう」

「ほんにねえ。これを食べると店で売っているイチゴを食べたくなくなりますわ。これがイチゴのほんとの味なんですね」

「そんなに褒めていただいて兄たちも喜びます」

「お祖母様、他にもあるのよ」

と言って、カゴを包んでいた風呂敷を開いた。野菜の

匂いが広がった。

「これも私が収穫させてもらったの」

「新しいキュウリとナスはトゲがあるから気を付けなさい。それにしてもナスのトゲなんて久しぶりに見ましたわ」

　明子の土産話はつきなかった。只野家に春が来たような明るい声が絶えなかった。しばらく賑やかに話に花が咲いたが、明子が正夫に声を掛けてキッチンへ行った。イチゴは重箱一段分を祖父のところにおいてきた。

「マオさん、このキュウリで何を作ろうかしら。希望があったら言ってくれない」

「そうだね、キュウリ揉みを食べたいと思うけど、お祖父さん達はどうかしらね」

「祖父母もそれがいいときっと言うわよ。後で聞いてみるわね。トマトはそのまま食べるのがいいかしら」

「僕はそのままの方が美味しいと思うけど、何かイタリア料理風のものでもいいよ」

「それもお祖母様に相談してみるわね」

　明子はそれぞれの素材の特徴の出る料理を考えていた。明子の作れる料理の幅が広いのに正夫は驚いた。いつこんなにいろんな料理を覚えたのだろうか。明子の祖母が教えてくれたと言っていたが、その祖母も計り知れないものを持っているようだった。

　正夫と明子は、少し疲れたようで横になりたくなった。目覚まし時計を一時間後に鳴るようにセットして、ベッドに潜り込んだ。明子も正夫のベッドに入ってきた。

「マオさん、今日は本当にありがとうございました。またいつか連れて行ってね」

「うん。いいよ、また行こうね」

「うれしいわ。お義姉さんも素敵な人だったし、お兄様も心の広い頼りになる人だったわね」

「そうだね」

　明子は、正夫の腕の中で目を閉じた。正夫の手はいつの間にか明子の豊かなところに触れていた。正夫はまだ外は明るいのにと思ったが我慢できなかった。

　いつの間にか雨が降り出したようだ。屋根を叩く雨の音が心地よかった。そして眠りについた。

　ローカで誰かの声が聞こえたようだったが、目を開けることが出来なかった。

　正夫の腕が軽くなった。それでも正夫は寝ていた。しばらくして一階から女性の声が聞こえてきた。正夫はようやく目を覚ました。女性の声は祖母と明子が話をしている声だった。正夫はベッドから出てシャワーを浴びた。カーテンが閉めてあった。正夫はカーテンを開けたが、遠くの灯台の回転している光が暗く見えた。外は雨が降っていた。町の明かりも靄っていてかすれて見えた。

　正夫は枕元のラジオのスイッチを入れた。男のアナウンサーが音楽の話をしていた。正夫はつまみを回して米語放送を聞いた。〝テレホーン・コール〟という番組をやっていた。司会者が何かを言うと視聴者がどっと笑うという他愛もないものだったが、何故面白いのか分からなかった。

　雨は霧雨に変わったようで屋根を叩く音は聞こえなくなった。

　明子が夕食の支度が出来ましたよと言いに来た。正夫は、ラジオのスイッチを消して明子と一階へ下りていった。何かいい匂いがしていた。

　食卓の上に並んでいた料理は、今日、畑から採れた野菜を使った料理だった。

　明子に話したキュウリ揉みも作られていた。トマトはイタリア料理に使われていた。

　キュウリ揉みは正夫も作ったことがあるが、母親が作ったくれたようにキュウリを薄く切ることはできなかったので酢和えのようなものになってしまった。

「いただきまーす」

　と明子が言って食事が始まった。正夫はまずキュウリもみを食べた。美味しかった。母親が作ってくれたものと同じだった。正夫の目が潤んできた。

「マオさんどうしたの」

「キュウリ揉みを食べたら昔のことを思い出してしまった」

「どんなことだったの」

「アコに話すのは悪いから話したくない」

「マオさん。マオさんは私との約束を忘れたのですか。マオさんが話すことなら大丈夫よ。私にはマオさんがいるんですからね」

「そうだったね。小さいときに食べたキュウリ揉みを思い出してしまったんだ。アコが作ってくれたキュウリ揉みの味がその時の味そっくりなんで感動したんだ」

「そうだったのね。これからも時々作るわね」

「ありがとう」

「ナスは煮物と漬け物にしたわ。明日の朝には漬け物を食べることが出来るわよ」

「それは楽しみだね。お弁当にも少し入れてくれないかな」

「いいわよ。たくさん入れてあげるわよ」

「いいや、二、三切れでいいよ。アコが作るとみんな変化して美味しくなるね」

「それは素材がいいからよ」

「今日はいい日だったね」

「そうね。私いろんな経験を出来たわ。マオさんありがとう」

「アコがあんなに喜んでくれたので、僕はとっても嬉しかったよ。アコありがとう」

「少し外へ出てもいいかなあ」

「私も一緒に行ってもいいかしら」

「もちろんさ」

「あれ、僕はどうかしていたよ。雨が降っているのを忘れていた」

「あら、そうだったわね。私たちってお似合いね」

「そうだね。それじゃ、後片付けをして勉強を始めよう」

「私は祖父母の食器を下げてくるわね」

「僕も一緒に行くよ」

「お祖父様は、いつもマオさんのことを聞くのよ」

「どんなことを聞かれるの」

「第一番目は、正夫君は明子を愛してくれるかって言うのよ。だから、私はいつも優しくしてくれるわって答えるの。するとね、学校の方はどうなんだろうって言うのよ。中間試験で五人抜いたらしいわっていうと、頑張っているけどこれからが勝負だって言うの」

「僕もそう思うんだよ。今、上にいる連中はそれなりに勉強しているからね。これからが真剣勝負なんだ」

「マオさん、頑張ってね。私、美味しいものを作って応援するから」

「アコのためにも頑張るよ。それにお祖父様とお祖母様にもご恩返しになるからね」

「でもお祖父様は、慌ててやってもダメだって言っていたわよ。あくまでも基本をしっかり身につけてほしいって」

「これはありがたいお言葉だね」

正夫は身を引き締めた。

祖父母の食器を下げてきて、洗って片付けた。カウチに座って二人はしばらく話をした。

「イチゴをたくさん食べたわね。美味しかったわ。それから取り立てのキュウリも美味しかったわ。トマトもね。おナスはさすがに生では無理だと思ったわ」

「イチゴを食べているときのアコの写真を写したかったなー」

「そんなに酷かったかしら。もう夢中だったからね」

「女神が、こぼれるような笑みを作っていた」

「とうとう私を神にしてしまったのですか」

「まだズーッと先の話だよ。とっても可愛かったんだからあ」

「褒めすぎじゃないのかしら」

「逆だよ。まだ褒め足りないくらいだよ」

「でも嬉しいわ。マオさんがそう言ってくれるのが一番嬉しいわ」

二人は戸締まりと消灯をして二階へ上がった。机に向かい勉強を始めた。

勉強を始めると正夫の態度は一変した。もう明子のことも頭に入らないようだった。明子はそんな正夫の態度に少し寂しさを感じるのだったが、自分と祖父母といつか生まれる赤ちゃんのために頑張っているんだと思って時々正夫の顔を眺めていた。

明子はどう頑張っても目がくっついてしまうので二十二時前に正夫のベッドへ潜り込んだ。正夫はそれにも気がつかなかった。しばらくしてようやく机上から目をそらせて明子の方を見た。明子はすでにベッドで寝息を立てているので安心した。正夫は最後に人文地理の教科書を取り出した。その日は地図上の距離を測定する方法を始めた。A、B二点間の水平距離と地形図の等高線を使用して実距離の比較をする計算だ。等高線は一区間が二十メートルとして計算するというものだった。次に傾斜の計算もやった。これらの計算は三角関数も使用すると簡単に計算できた。教科書の例題をやって、後から例題の解法と比べると、正夫のやった解答は簡単になっていたので、何か説明が不足しているのじゃないかと検討をした。こう言う場合、気をつけなければいけないのは、自分の独りよがりになってしまうことがあることだった。そこまで終わって時計を見ると一時を過ぎていた。

正夫は脂の浮いた顔を洗ってベッドに入った。明子が待っていたように正夫の腕に頭を乗せた。明子は顔に触れても目を覚まさなかった。そして正夫も寝てしまった。

七月中旬に一学期の期末試験が行われる。それまでの三週間を正夫は真剣に勉強した。明子も家の手伝いをし、正夫の健康に気を配り、祖父母の世話の手伝いをしながら一生懸命に勉強した。

諏訪村の兄から農産物を一週間おきに送ってくれるようになった。イチゴも送ってきたが、時間がかかったので、畑で食べたような新鮮さは失われていた。

梅雨空は時々強い雨を降らせ、雷が鳴ることが多くなった。これはそろそろ梅雨が明ける日が近いことを示していた。正夫の家の畑は高台にあったので畑が水没することはない。しかし、北西にある土地は正夫の家の畑から見ると崖下になる所では畑が水没したと新聞に出ていた。田んぼは少しくらいの冠水は問題ないと言われていたが心配だった。

明子は忙しい中、大きな植木鉢を買ってきて、何かの種を植えた。正夫が何の種をまいたのかと聞いても、大きくなるまで待っていてねと言って教えなかった。松島は、諏訪村よりも温暖なので、果菜の種をまいても収穫できるかもしれない。

そして梅雨が明けるころになって一学期の期末試験が実施された。正夫は何故か落ち着いていた。それは六月に明子を弘に合わせることが出来たからかもしれなかった。弘と義姉はお似合いだと喜んでくれた。それと苦しいときにあのときの明子の笑顔を思い出すと心の中に温かい気が広がるのが分かった。すると不思議に落ち着いてくるのだった。

いよいよ期末試験が始まった。正夫は明子のあの笑顔のおかげで試験は思った通りの結果を得ることが出来たと思っていた。

梅雨が明けた。そして一学期期末試験の結果が発表された。正夫は予想された順位付近に自分の氏名がないので慌てた、下の方へ見ていったが見つからなかった。すると健樹が後ろに来て肩をつついた。

「正夫、今度はずいぶん頑張ったんだな。驚いたよ」

「何言ってるんだい。俺の氏名が見つからないんだ。少しは自信があったんだけどなあ」

「正夫、何言ってるんだい。上の方を見てみろよ、すごいじゃないか。大川高校始まって以来の快挙だって先生方の間でも話題になっているんだぜ」

　正夫はそう言われて上の方を見た。正夫はそこに信じられないものを見た。正夫の成績は六番にあった。正夫は驚いてしまった。もちろん高校の成績がよければ大学へ入ることが出来るなんて思っていなかったが、中間試験の時に上にいた連中は少し甘く考えていたのじゃないかと思った。正夫はさらに気を引き締めて頑張る決心をしていた。教室へ戻ると、担任の教師が正夫を呼びに来た。

「寺田、ずいぶん頑張ったな、校長が君に会いたいと行っている。一緒に来てくれ」

「はい、どんなご用なのでしょうか。校長先生に呼ばれるような心当たりはないのですが」

「まあ校長室へ行けばそれも分かるだろう」

　校長室の前に着いた。担任が校長室のドアをノックした。すぐに中から声がした。

「どうぞお入りください」

「失礼します。校長先生、寺田正夫君を連れてきました」

「ありがとうございます。先生もご一緒に話を聞いてください」

「はあ、それではよろしくお願いします」

「こちらにお掛けください。寺田君もそこに腰掛けてください」

「はあ。寺田も腰掛けなさい」

「それではお話しを始めます。寺田君、今度の成績はよく頑張りましたね」

「ありがとうございます」

「担任の話によると、寺田君は只野先生のお宅に書生として勉強させてもらっているそうだね」

「はい、とても幸運でした」

「只野先生はお元気ですか」

「医師のお話では小康状態が続いているということでした」

「重い病気を得たのですか」

「只野先生との約束で申し上げられませんが、かなり重いようです」

「ほう。差し支えないところを話してくれますか」

「僕が勉強を続けたいなら、それが叶うようにしておくので頑張りなさいと言ってくださいました」

「よほど気に入られたようですね」

「身に余ることだと思っています」

　このとき、授業開始の予鈴が鳴った。校長は、

「寺田君、これからも頑張ってくれたまえ。期待していますよ。何か私に出来ることがあったら話しに来てくだ

さい」

「ありがとうございます。ご指導よろしくお願いいたします」

と言って正夫は校長室から教室へ戻った。校長はその後担任と教頭と三人で何事かを話していた。ホームルーム開始のベルが鳴ったが、担任は少し遅れて教室へ来た。

担任からは、夏休みの注意事項と、この夏休みが自分の将来を決める大事な時期であることを意識して過ごすようにと注意があった。それから三年生は自主的に勉強するだろうと期待しているので、夏期休暇中の宿題はなしとなった、と話があった。一学期の終業式まで授業は総て自習になるので登校しなくてもよいことになった。以上でホームルームは終了した。授業もないというので正夫は健樹とクラブ部室の実験室へ行った。誰もいない実験室はがらんとしていた。

「正夫はどんな勉強をしているのかとみんなが知りたがっているんだけど、俺も知りたいな」

「それは前にも健樹に話した通りで特別なことはしていないさ。教科書を繰り返し読んで書いてあることを理解すること。練習問題も自分で回答してから教科書の答えと比べること。それが出来たら問題集の問題をやる。それだけさ」

「どの科目もそれだけかい」

「そうだよ。他にやることがあったら教えてほしい」

「そう言ったら身も蓋もないじゃないか」

「しかし、やるしかないだろう。自分に合った方法が一番だということさ」

「そうだよな。何か特別な方法があるわけないか」

「昔から、〝学問に王道なし〟っていうじゃないか。そうだ、英語は単語をたくさん覚えることだ。それは日本語だって同じことだろう。赤ちゃんは自然に言葉を覚えていくよな。今の俺たちは赤ちゃんと同じだと思う。一生懸命言葉を覚えようとしている」

「なるほどな。英語に関しては俺たちはまだ赤ちゃんか」

「それは単なる比喩だから気にしないでくれよ」

「話が変わるけど、夏期休暇中の下級生の講習のことだけどな。正夫は忙しいようだったら俺たちでやろうかって話がまとまっているんだけどな」

「その前に課題募集もしなければならないだろう」

「それも含めての話なんだ」

「でもなあ。俺の立場はどうしたものかなあ」

「それは代表でいいんじゃないかとみんなは言っているし、俺も頑張るから」

「みんなに気を遣わせて悪いじゃないか。俺はやっていけると思っているんだがな」

「それはそれとして、正夫にはみんなの期待もあることを忘れるんじゃないぜ」

「それは買い被りだと思うんだけどな」

そんなわけで正夫は実務を離れた部長ということになった。健樹達に気を遣わせることを心苦しいと思ったが、三年生全員の意向だというので厚意を受けることにした。

その日、正夫はいつもの時刻に列車に乗った。北上駅に着くと明子が南行きのホームの階段近くで友達と話をしていた。目ざとく正夫の姿を認めると小さく手を振って合図した。正夫も手を上げて合図した。列車がホームに入ってきた。明子の友達は明子に手を振ってホームに残った。正夫は近くのドアから列車に乗った。列車の中で二人は並んで座った。

「お帰りなさい。今日は何かいいことがあったのですか」

「何でそう思うの」

「マオさんのことはすぐ分かるのですよ」

「まるで千里眼みたいだね」

「それって何」

「千里眼っていうのはね、見たいと思ったところはどこでも何でも見ることが出来る便利なものなんだ」

「ほんとにそういうものがあれば便利ね。いつでも見たいときにマオさんを見ることが出来るわ」

「でもね、人間はそんなものを必要としないんだよ」

「どうしてさ」

「アコと僕の間は信頼という強い絆で結ばれているだろう。だから僕の心の内にはいつもアコがいるし、アコの心の内には僕がいるからさ」

「そうよね。私もそう考えているわ」

松島駅に着いたが、二人は下りるのが遅れるところだった。慌てて下車するとすぐにドアが閉まった。改札口を出て坂道を上がっていった。

「危なかったねえ」

「乗り越してもよかったのよ。ところで、いい話の一つ目はどんな話なの」

「今日ね、校長先生に呼ばれて校長室へ行ったんだ。そうしたら、勉強をよく頑張ったと褒められた」

「どうしてなの」

「一学期の試験結果が六番になったことが、これまで大川高校ではなかったことなんだって」

「それはすごいわね。早速、お祖父様にお話ししなければ」

「それはいいけどさ。まだ上に五人もいるんだよ。だから訊かれたらと言うことにしてくれないかなあ」

「分かったわ。でもね、お祖父様は知りたがっていると思うわよ。いろいろ事情があるから」

「分かった、僕から報告して、これからもよろしくとお願いすることにしよう。アコも一緒に行ってくれるね」

「もちろんよ。よかったわ。お祖母様も喜んでくださるわよ」

「それがご恩返しになるんだよ」

「そうね」

正夫はしゃがんで、明子に背中を向けた。明子は喜んで正夫の背中にとりついた。明子は正夫の背中で眠らないように頑張った。しかし正夫の歩くリズムが心地よく明子は目を閉じた。すぐ寝息を立て始めた。

　祖母が二階の窓からそれを見て良人に伝えた。只野は窓に近寄りその姿を眺めて妻と笑顔を交わした。

　只野は、正夫の明子に対する優しさを自分の目で見て安心した。只野にとってこれでほとんど総ての心配事はなくなったと思った。あとは自分の身体のことだけだった。

　正夫は明子を背負って家に入り、二階の部屋へ連れて行きベッドに寝かせた。

　明子は、短い眠りの中で夢を見ていた。赤ちゃんを抱いておっぱいを飲ませていた。その脇で正夫が赤ちゃんのほっぺたを指で優しくつついていた。明子は自分のほっぺたもつつかれているのを感じて目を覚ました。明子が目を開けると正夫の顔が目の上にあった。明子は、

「ありがとう。マオさん」

と言って正夫の顔を引き寄せた。

「アコは嬉しそうだったね。いい夢でも見たのかなあ」

「マオさんには、分かるのね」

「内容までは分からないけどね」

「実はね、私が赤ちゃんにおっぱいを飲ませている夢を見たの。その脇であなたが赤ちゃんのほっぺたを指で優しくつついているの」

「そうかあ。アコはもう赤ちゃんを産む心の準備が出来たようだね」

「そうよ。私、あなたの赤ちゃんがほしいわ。とっても」

「僕もその時期になったと思うんだ」

「そうね。私はマオさんをほんとに信頼しているし、祖父母も同じだと思うのよ。だからお祖父様に孝行するためにもあなたの赤ちゃんがほしいの」

「お祖父様もそう希望していると思うね」

「それじゃ、あなたも協力してくださるわね」

「アコの準備ができたのなら協力するよ」

「うれしいわ。でも勉強に影響しないようにしましょうね。私、マオさんのために特別なお食事を作るわね」

「アコだって身体を大事にするんだよ」

「ありがとう。マオさん、大好きよ」

　正夫と明子は重要な一つの目的をもった。

「マオさん、お祖父様のところへ行きましょう」

「もう今のことを報告するのかい」

「違うわよ。それは私のお腹に赤ちゃんで出来てからでいいわね」

「わかったよ」

　二人は祖父のところへ行った。

「一学期が終わります。来週から夏休みになります。お祖父様のおかげで勉強が出来たことをお礼申しあげます」

「お祖父様、私も同じ日から夏休みになるのよ。正夫さんはね、期末試験の結果について校長先生に褒められたんですって」

「ほほう、それは大変結構なことだったね。それでどんな結果だったんだね、正夫君」

「はい、お陰さまで成績が上がりまして、六番になりました」

「ほう、よく頑張りましたね。おめでとう」

「でもまだ上に五人もいます。これからもよろしくお願いします」

「私の期待していた通りでしたね。これからも頑張ってください。それから明子のこともよろしくお願いしますよ」

「はい。それはもう。明子さんも優しくしてくれますので、僕にはこの上なくありがたいことです」

「それじゃ今日は久しぶりに、一緒に夕食を摂りましょうかね。明子、お祖母さんにそう伝えてくれるかい」

「はい。お祖父様ありがとう」

　正夫はもっと只野と話をしたかったが、疲れが出ないように早めに退室した。明子は下へ行き、祖母に祖父の話を伝えた。そして自分の部屋へ戻ってきた。

「私、お祖母様にマオさんの成績のことを話してしまいました」

「お二人なら問題ないよ。ありがとう」

「お祖父様が、お祖母様にこう言っていたそうよ」

「正夫君にはこの夏休みに仙台の予備校に勉強に行ってもらいたいと思っているが、お祖母さんはどう思うかって」

「正夫さんは今が大事な時期だから、あなたからお奨めになったらどうですか」

「そうしようかねえ。今が一番大事な時期だからね。広い世界を見ることは大切なことだ」

「そうですねえ」

「何から何までありがたいことだと感謝しています。アコのためにも僕は頑張ります」

「是非そうしてくださいね。そして私のお願いもよろしくね」

　と言って下へ降りていった。その後、明子がいないことに気がついた。祖母と二人で買い物にでも行ったのだろうと思った。

　正夫は、今週中に一学期の復習をやることにした。勉強を始めると、明子のことも忘れてしまった。成績順で正夫より上の五人は頑張ってくるだろうと思った。いや上のものだけではなく正夫に抜かれた生徒も頑張ってくるだろう。正夫は初めに国語の復習から始めた。次は古文、それから数学、次に物理学、そして英語の順に復習することにした。国語と古文、英語は明子と普通に話の中でいろいろ議論し合っていけばいいと思った。その後は理系科目の数学と物理学を中心に先に進むことになると思った。夏休み中には積分まで終わらせたかった。

はっと気がついたのはクラブ活動のことだった。正夫は、部長を健樹に交代してもらう方がいいと思った、明日高校へ行ったら、健樹に話してみることにした。この前、祖父に話をしたとき、祖父は一度『論語』を読んでみたらどうかと言ったのを思い出した。それは精神修養と漢字の用法、意味、そして漢字の書き取りのために『論語』の写本はいい勉強になると言ったのを思い出した。これは明子と二人でやろうと決めた。

いつの間にか窓の外が暮色に包まれてた。開けておいたドアから明子と祖母が話をしているのが聞こえてきた。しばらくすると明子が少し手伝ってもらえるかしらと聞きに来た。

正夫は明子について祖父の部屋に行った。祖父母の部屋の隣の部屋からテーブルを運んでほしいということだった。祖父のベッド左側に祖父母の食事を置き、祖父のベッドテーブルに料理をのせられるようにした。祖父の右側に明子と正夫が並んで座るように配置した。正夫は明子がキッチンへ行って料理を運ぶというので手伝った。

夕食は、いつ用意したのか赤飯まで付いていた。小ぶりの赤い魚（稚鯛）、それに香りの強いキノコとかまぼこを入れた吸い物、ちょっとした野菜と牛肉の煮物、そして香の物が付いていた。正夫はこんなにたくさんの食材をいつ用意したのか不思議に思った。いつもの食事でこんなに揃えてあるのだろうかと思った。

鯛の焼き加減を初め、祖母と明子の料理の腕は相当なものだと正夫は改めて感動した。

食事が終わると、祖父が、

「正夫に話したいことがあるのだが、聞いてくれますかな」

と言って正夫の顔をジーッと見た。

祖母と明子が席を立とうとすると、

「二人にも聞いておいてほしいのでそのままここにいておくれ」

と言った。正夫は、何か重大な話があるのだろうと緊張した。

「実はね、正夫。夏休みの間に仙台の予備校に通って勉強したらどうかと思ったんだがね。大川高校も優秀な生徒がたくさんいるが、世の中にはとんでもない人がいるものだ。そんな人たちのことを見ておくのは正夫にとって将来のためになるのじゃないかと思うのですよ。もちろん明子も一緒に行きたければ行ってもいいんだよ。少しの時間でも一緒にいたいだろうからね」

「お祖父様ったら、でも嬉しいわ。離れたところにいるのはいやですから。私も頑張って一緒に勉強します」

「そうしてくれるかい」

「はい、是非お願いします」

「正夫もいいですか」

「もちろんです。僕も明子さんが近くにいてくれた方が張り合いが出ます」

「しかし、明子の方ばっかり見ていてはダメですよ」

「勉強している時間は目に入らないかもしれませんが是非勉強に行かせて下さい」

「それでこの件は決まったのですが、どこがいいかと考えているところです。正夫君は友達に何か訊いていませんか」

「友達とそういう話をしたことはありません。お祖父様のお知り合いのところがあれば伺いたいのですが」

「それじゃ、私の知人に訊いてみましょう。頑張って下さいね」

「はい。広い世の中の一部でも知ることが出来たら、さらに頑張る力になると思います」

只野は、明日にでも知人に訊いておきましょうと言って、話題を変えた。

正夫は複雑な思いだった。少なくとも県内の高校から優秀な生徒が集まって切磋琢磨する広い世界へ自分を置くことに一抹の不安を持ったからだ。それとは逆に、そこまで自分の勉強の手助けをしてくれる只野夫妻の気持ちがたまらなく嬉しかった。そして明子も一緒に勉強したいというのもうれしかった。只野家の人たちがこんなに手助けしてくれるのを断れないし、正夫にはそれに応える義務があると思った。

「よし、できる限りやるぞ」

という思いで明子を見、そして只野に感謝の目を向けた。只野は頷いて明子をみた。

「明子、君は素晴らしい人を連れてきてくれたね。私は嬉しいよ」

「お祖父様。ありがとうございます。正夫さんを前にして言うことかどうか分かりませんが、早く正夫さんのお嫁さんになりたいというのが、今の私の希望です」

「それはね、明子。結婚には法律で決められていることもあるんだよ。女性は十六歳で親または親権者の許可があれば結婚出来ることになっている。しかし男性は十八歳を過ぎるまで結婚できないんだよ。だから私たちは正夫と明子が将来結婚するものと決めて仮の結婚式をしてもらった。だから正夫と明子は結婚したものと私たちは認めているんだよ。二人は自分たちの生活を大切にしてほしい。わかったね。正夫もそう理解していると思っていいんだね」

「はい。お祖父様」

明子も、

「お祖父様、わかりました」

正夫と明子は顔を見つめ合ってニッコリした。

翌日、授業はないと言われていたが、正夫は高校へ行った。教室には十人ほどの生徒が数人ずつグループになって何事か話していた。しばらくすると健樹が教室へ入ってきた。正夫の姿を認めると、

「よう、正夫。今日から休まないのか」

「うん。健樹に少し相談があってな、出てきた」

「何だかやな予感がするな」

「ズバリってところだ。実はな、今の俺はあるすごい科学者の家の書生という身分になっているんだ」

「今時書生って、そんなのがあるのかい」

「多分無いだろうけどな。俺の方からお願いしてそういう身分にしてもらったんだ」

「それでその家に住んで、家の仕事を手伝ったりしているのか」

「それはないんだ。俺の仕事は勉強することだけなんだ」

「何か裏の事情があるんじゃないのか」

「それは全くない。何しろ全くの善意の人たちなんだ」

「今時そんな人がいるんだなあ」

「これ以上の事情は言えないが、悪く思わないでくれ」

「わかった。それで話ってのはどんなことなんだい」

「そう、それだけどな。その方が夏休み中に仙台の予備校へ行ってみないかと言ってくれているんだ。大川高校での成績を県下の高校生が集まってくるところで試してみたらどうだと言ってくれたんだ」

「正夫は、努力してきたことが花になってきたな」

「それでな、健樹。化学クラブの部長を続けていくことが困難になってきた。情けない話だけどな。それで悪いんだけど部長を交代したいんだが。どうだろうか」

「部員みんなの期待で選んだんだからそう簡単に交代ができるとは思わないけど、正夫の事情もあるだろうから三年生全員でとりあえず相談してみるよ」

「健樹にはいろいろ迷惑掛けて申し訳ないな」

「任しておけよ。俺がうまくやってみるからさ」

「頼む」

「ところで今度六位になっただろう。やはり勉強時間が増えたからかなあ」

「それはそういうこともあるだろう。それと勉強法を変えたことの方が大きいかもしれないなあ。これが県内の他の高校生にどのくらい通じるか試してみたいと思っている」

「大げさに言えば、大川高校のレベルが県内でどのくらいかがわかるかもしれないな」

「俺一人のことだから、それでどうのこうのというのは難しいと思うけどな、やってみることはいいことかもしれないな。カエルになるのはいやだからな」

「また変なこと言い出したな。カエルってなんだい」

「昔から、小さな世界でお山の大将になってもしょうがない。広い世界へ出れば、自分以上のものがたくさんいるかもしれないじゃないか。そのことを〝井の中の蛙大海を知らず〟っていうだろう。その蛙になりたくないと言うことさ」

「そういうことか。そうだな世界へ飛び出すカエルと井の中のカエルじゃ大違いだからな」

　健樹は変なところに感心した。そのあと二人は部室の実験室へ行った。授業がないためか三年生は一人も来ていなかった。三年生にもなればそれぞれいろんな用事があるので誰も登校していなかった。そこへ化学の教諭が来た。

「さすがに誰も来ていないかと思ったが、部長と副部長が来ていたか。うん、ちょうどよかった。寺田君に訊きたいことがあるんだが」

「先生、俺席を外しますか」

「そんな必要もないだろう。ただしここでの話は絶対に他言しないこと。いいな」

「わかりました」

「さてと寺田、君は只野真一郎という物理学者を知っているかね」

「はい、存じ上げています。それが何か」

「その方から君のために経済的な援助をしたいと申し出が、今年初めにあった」

「伺っています」

「そしてこの夏休みに仙台にある予備校を教えてほしいとお尋ねがあった。私は驚いて、君の成績を担任に訊いた。そうしたら寺田、君はずいぶん頑張っていたんだな。私も嬉しくなった。それで只野先生に仙台の予備校をご紹介させていただいた。君はそこで勉強する気があるかい」

「はい。只野先生には是非行かせてほしいとお願いしました」

「よし、わかった。君にその覚悟があるならそのようにご返事しておく。大川高校との格差がどのくらいあるかわからないが一度決めたら最後までやってみろ」

「はい。ありがとうございます。よろしくお願いします」

「話はそれで終わりだ。只野先生は君のことを褒めていたぞ。期待に添うよう努力しなさい」

「ありがとうございます」

と言って教諭は、実験室から出て行った。

「正夫、すごいことになっているじゃないか。俺も応援するから頑張れよ」

「健樹、ありがとう」

「ひとつだけ教えてほしいことがある」

「なんだい。個人的なこと以外なら訊いてくれ」

「その只野って言う人は偉い人なのかい」

「俺もよくは知らないのだが、日本の物理学の指導的な方だって聞いている。しかし、俺にはそんなに偉い方には見えないけど、やはりどことなく威厳があるなあ。しかし気さくな人だと思う」

「どうしてそんな偉い先生と知り合うことが出来たんだい」

「それは、今は言えないんだ。わかってくれ。いつか言う機会があると思うがそれまでは訊かないでほしい」

「わかった。さっきの話で部長の件は了解した。ところで仙台の予備校へはいつから行くんだい」

「それは今日帰ってみないとスケジュールがどうなっているかわからないんだ」

「その只野さんの家から通うのか」

「そうなると思う」

「そうか」

と言った健樹の顔に寂しさが浮かんでいた。正夫は明子のことを卒業するまで話さない方がいいと思った。

正夫は、家に帰ると只野に呼ばれて只野の部屋へ行った。

「正夫、早速だがね、仙台駅近くにある蛍雪予備校というのがレベルが高く内容も充実しているそうだ。そこでどうだろう。講習開始は七月二八日から始まるそうです。明子もそこへ行かせたいが、ついて行けるかどうか少し心配です。もちろん明子も頑張るとは思いますがね」

「もちろん結構です。頑張ります。それから明子さんのこともお任せください。僕ができる限りサポートします」

「それはありがたいことだが、正夫は自分のことに専念してほしい」

「はい、判りました」

「それでは手続きは私の方でやっておきます。こう言うやり方は好ましくないのだが、正夫君が自分で手続きするのは大変だと思うのでそうしたいと思います。よろしいですか」

「もちろんです。ご面倒お掛けしますが、よろしくお願いします」

「何事でも自分の目で見、あらゆる感覚を駆使して集中して観察することが重要です。それは将来、研究者になるための必要条件になります。このことを頭の中に入れておいてください」

「ありがとうございます。いつかお祖父様のやってきた仕事についてお話ししてほしいと思いますが、お願いできますでしょうか」

「そうですね。わかりました。いつかお話ししましょう。今少しずつ回想録を書いていますので、これも読んでいただきましょう」

「お願いします。正直に申しあげますと、僕は明子さんとお付き合いするようになって、お祖父様やお祖母様のことを外の方から聞くことが多々ありました。しかし、実際のことは一つも知りませんでした。そして今のような恵まれた状態においていただけることが僕には身に余ることで感謝しています」

「私はね。親馬鹿ならぬ爺馬鹿というか、明子が可愛くて仕方がないんですよ。その明子がこの人ならと決めて私たちに話してくれたとき、不安を持ちましたよ。しかし明子が連れてきた正夫は、強い意志を持っているようでした。そして思慮深いものを持っているように感じましたよ。正夫も明子の積極的な働きかけに戸惑ったことでしょう。でもそれに十分応えてくれましたね。感謝していますよ。ここから後は二人の問題になります。私たちは正夫に何回も確かめるようなことを言いました。それは明子の将来のことを考えてのこととお許しいただきたい」

「お話しくださってありがとうございます。僕は何回も申しあげますが、明子さんを心から好きになりました。僕の将来をともにする女性として手を取り合っていろいろな困難を乗り切っていきます。本当にありがとうございます」

「この話はこれで終わりにしましょう。夏休みに入ったら明子と二人で仙台へ行って、どんなところか見てくるといいですね。それまでは自分の時間を大切にしてください」

「何から何までありがとうございます」

「明子の大切な人なら私たちとっても大切な人ですから、気にしないでください」

「お話の途中で申し訳ないのですが、今何時でしょうか」

「どうしたのかね」

「実は、僕が早く帰ることをアコさんに言ってなかったのを思い出しました。迎えに行ってきたいのですが」

「わかりました。行ってきて下さい」

　正夫はそのまま家を出て駅に向かいホームへ駆け上がった。ちょうど北行きの列車が入ってきたのでそれに飛び乗った。正夫は胸をなで下ろした。もしこの列車に乗れなかったら明子が困ってしまうだろうと思った。北上駅に着くと明子がホームでぽつねんと立っていた。

「アコさん。ごめんね。待たしてしまったね」

「マオさん、どうしたのかと思ってちょっと寂しかったわよ」

「今日は早く帰ってきてしまったんだ。それでお祖父様と話をしていて遅くなってしまったんだ。ほんとにごめんね」

「お祖父様とどんなお話をしたの」

「アコの話と予備校の話をしたよ。それとお祖父様のお仕事の話も少し教えてくれるって言っていた」

「お祖父様のお仕事のお話は私も聞きたいわ」

「それじゃ、一緒に聞かせてもらうことにしようね」

　二人は南行きの列車が来たのでそれに乗った。

「アコも仙台の予備校へ僕と一緒に行ってみたいんだろう」

「そのとおりです」

「それじゃ、一所懸命勉強しようね」

「マオさんと一緒なら私も張り合いがでるわ」

「がんばろうね。アコ」

　列車は降車駅に着いた。二人は商店街に行って祖母に頼まれた買い物をした。

「マオさん、私お腹が空いたわ。何かちょっと食べていかない」

「そうだね。アコに任せるよ」

「それじゃーと、あれにしようかな、それともあっちにしようかな」

「そんなに食べたいものがあるのかい」

「マオさんと一緒に食べるなんてそんなにないから、いろんなものを食べたいのよ」

「わかった。それじゃ二種類食べて帰ろうか」

「ほんとに、わあ嬉しい。それじゃ初めにこっちへ行きましょう」

「はい。アコ様」

「この店はね、野菜をたくさん使ったどんどん焼きがおいしいのよ。さあ入りましょう」

　といって、「何じゃ」という名前の店に入った。

「おや、これは珍しいお客様ですよ。いらっしゃいませ只野様のお嬢さん。今日は素敵なお友達を紹介してくれるんですね」

「こんにちは。この方は私の大切な人です」

「おやまあ。只野様もご存じなのですか」

「もちろんです。それはそうと、いつものものをお願いします」

「かしこまりました。お祝いをかねて特別なものをお作りしましょう。少々お待ち下さいね」

「お願いします」

　二人は仙台の予備校の話をしだした。生徒数はどれくらいいるのだろうかとか、どんな先生が教えてくれるのだろうとか、どこの高校生が勉強しに来るのだろうとか、最後は授業の内容について話した。店主は調理をしながら二人の方をチラリと見ていた。店主は、あの明子さんが男の子と一緒に店に来るなんて、自分も年を重ねたものだと思った。明子が初めてこの店に来たときは、祖母と一緒だった。まだおかっぱの可愛いお嬢さんだったことを思い出した。ピアノを弾き、仙台のなんとか言う先生に見込まれて懸命に練習をしたという話も聞いたことがあった。あの子の祖母は料理をよくし、あの子も仕込まれたということだ。厳しい躾にもめげず明子は、明るい子に育った。そしてお婿さんを見つけたらしい。今日はいい日になったと思った。

「お待ちどおさまでした。見たところ高校生のようですからお酒は控えました。その代わりにこれを飲んでみて下さい」

　と言って豊かな香りの橙色のとろりとした液体を出した。明子はそれを一口飲んで大きな目をさらに大きくした。

「このような飲み物を初めて飲みました。香りといい味も素晴らしいですわ。マオさんも飲んでみて」

　明子に言われて、正夫も一口くちに含んだ。それは正夫がこれまで口にしたもの、自分の家のイチゴと同じくらい美味しかった。そしてこれは日本の果物ではないと感じた。

「美味しいね。初めて飲んだ」

「そうですね。私も初めて飲みました。祖父母にも飲ませてあげたいと思いました」

「そうだね。持って帰れるといいのだけど」

「只野様。残念ですがこれは新鮮さが勝負なんですよ。特に揺れると空気で味が変わってしまいます」

「残念だね。アコ」

「料理も美味しかったです。また寄らせてもらいます」

　店を出ると明子は、

「私もうお腹がいっぱいです。次のところはまたの機会にしましょうね」

「そうだね。あれは子どもの頃食べたことがあるよ。東京ではどんどん焼きって言ってた」

「私もお祖母様がおやつに小さいのを作ってくれました」

　買い物も済んだし家へ帰ることにした。坂道を上がったところで、正夫は明子を背負った。明子は歌を歌っていたがすぐ寝息を立て始めた。正夫はそんな明子が大好きだった。

　明子の通学している高等学校は期末試験が大川高校より二日遅れて終わった。その翌日から終業式まで三年生は自習時間になるので学校へ行かなくてもよいことになっていた。それで正夫と明子は、仙台の予備校を見に行った。明子は仙台の街中のことをよく知っていて、正夫を案内するような恰好になっていた。明子は正夫と二人で仙台の街中を腕を組んで歩くのが楽しくてしょうがなかった。時々正夫の顔を見ながら話しかけるのだが、正夫は緊張していて、明子が健気に正夫の緊張を解こうとしていることに気がつかなかった。そしてとうとうこう言った。

「マオさん、『備えあれば憂いなし』って言う言葉を知っているわよね。どういう意味か教えてくれない」

「突然どうしたのさ。『備えあれば憂いなし』っていうのはね、何事も前もって準備を滞りなくしておけば、いざ異変が発生したときに慌てることなく処理できるっていうことだよ。アコは何でそんなことを言い出したんだい。アコだってそれは知っていることじゃないか」

「マオさん、怒らないで下さいね。私、マオさんが私のことも目に入らなくなっていたので寂しかったのよ」

「そうか、僕は緊張のあまりアコのことも気がつかなかったんだね。ごめんね。そうかわかった。それであんなことをわざと聞いたんだね」

「よかったわ。いつものマオさんに戻ってくれたのね」

「この前、お祖父様にも言われたんだよ。何かに驚いたりとっさの判断が必要なときに、経験や知識がないと慌てて混乱を招くことがある。だから、日頃から心身の鍛錬と、いざというときのための心の準備をしておかなければいけないってね」

「わたしはね、お祖母様にお料理を習っているときに、料理を始めてからあれがないっていうと同じようなことを言われたことがあるの。今はね、そのことに神経を使わないでも済むようになったけど、お祖母様の躾は厳しかったのよ」

「そうか。アコのことがまた少しわかったよ。ありがとう。何かご褒美をあげなくちゃね。何がいい」

「今の私が一番欲しいものは一つだけです。それ以外は何もいりません」

「わかりました。大きな目標だけど頑張ろうね」

「マオさん、よろしくお願いしますね」

「わかりました。ところで蛍雪予備校はこの辺じゃないかなあ」

「もうすぐよ。ほら、あそこに看板が見えるわ」

「ここまで仙台駅から徒歩で十五分間くらいで着くね」

「ちょっと中を見せてもらいましょうよ。まだ生徒はいないかもしれないわね」

「講師の方がいたら少しお話を聞きたいね」

　二人は、入り口脇の受付へ行った。受付の窓ガラスを軽く叩いて室内の人を呼んだ。二人に気づいた受付係の人が窓ガラスを開けた。

「何かご用でしょうか」

「ちょっと中を見せてもらってもいいでしょうか」

「ええ、いいですよ。上の階へはあちらの階段をご利用下さい。他に何か」

「僕たちは夏休みの講習会に出席することになっているんですが、授業内容の書いてあるものとか、それとも教科書のようなものがあるならお見せいただきたいのですが」

「お名前をいただけますか」

「はい、僕は寺田正夫、彼女は只野明子と言います」

「わかりました。保護者の方が申し込まれたのですね」

「はい、そうですが」

「確認できました。ちょっと上のものに相談してきますので少しお待ち下さい」

　正夫と明子は顔を見合わせてニッコリした。受付の女性はすぐ戻ってきて、二人分のテキストを渡してくれた。各講師の氏名と担当科目、時間割などを書いた冊子もくれた。二人は女性にお礼を言って階段の方へ歩き出した。すると四十歳くらいの男性が飛び出してきた。

「お待ち下さい。もしかして只野先生のお孫さんでしょうか」

「はい、そうですが」

「私は只野先生に物理学を教えていただいた平山と申します。先生はお元気でしょうか」

「はい、お祖父様は体調を崩して静養しています」

「それはいけませんね。お見舞いに伺いたいのですが」

「申しわけありませんが、今はどなたともお会いしないことにしているようです」

「それでは平山敦が元気でやっていますとお伝え下さい」

「わかりました。必ずお伝えします。私たちは講習会を楽しみにしていますのでよろしくお願いします」

「お待ちしています。それではごゆっくりご覧下さい」

　蛍雪予備校の建物は木造二階建てだった。ローカは広く生徒で混雑するのを防いでいた。教室は二階に四室あった。それぞれの教室には五十人分の机と椅子があり、教卓・教師用の机と椅子は置いてなかった。生徒が満杯になれば二百人が二階で講習を受けることになる。もちろん二階にも男女別々の手洗い場があった。ローカの突き当たりに外へ出るドアーがあった。そこに非常口と書いてあった。木製の床だったが靴を脱がないでそのまま上がれるのが嬉しかった。

一階は大きな部屋に机と椅子が並んでいた。二百人くらい入るようだった。ただその真ん中に仕切りようの木製の可動式壁のようなものがあった。正夫は二百人も入ったら人の呼吸で空気が澱んでしまうのじゃないかと心配した。一階にも男女別々の手洗い所があった。

どの教室の黒板も新しい緑色のものだった。正夫は緑色の黒板か、と面白かったが、それがどのように使われるのか楽しみだった。

正夫と明子は一通り見たので受付の女性にお礼を言って、建物から外に出た。

「こぢんまりしていたけど、良さそうなところだね」

「どこかの店に入って少しお話ししたいわ」

「そうしよう。アコはどこか静かなところを知っている」

「ここは駅の近くだから、いいところがあるわ」

と言って明子は、正夫と腕を組んで駅の方へ歩き出した。正夫は方向感覚がよいので一度通った道を忘れることがなかったが、今歩いている道は覚えていないので新しい道だと思った。しばらく行くと賑やかな道に出た。明子はその辺りにあった白い建物に入っていった。入り口のすぐ横に階段があった。明子はどんどん階段を上がっていった。正夫も遅れないように明子の後を追った。二階の入り口のところで明子は正夫が追いつくのを待って、腕を組みドアーを開けて中に入った。そこには明るい色の椅子があった。奥の方を見ると縦型のピアノがおいてあった。正夫はもしかしたら、この店は明子のピアノの仲間かと思った。

「いらっしゃいませ。あら明子さん。今日は学校はどうしたんですか」

と明子より少し年上の女性が言った。

「美代子さん少し休ませてくださいな」

「どうぞごゆっくり。お連れさんですか。初めてお連れ様とお出でになりましたわね」

「正夫さんって言うの。私の大切な人よ」

「それはおめでとうございます」

「お紅茶といつものケーキをお願いします」

「かしこまりました」

と言って美代子という女性店員は奥へ行った。

「アコさんはいろんなところに友達がいるんだね」

「美代子さんはピアノの先輩なの。とてもお上手でいつも優勝していたのよ」

「上には上がいるもんだね。僕はアコが一番だと思っているけどね」

「あの人は、家庭の事情でピアノを諦めなければならないことになってしまったのよ」

「それは気の毒だね。でもいつか復活するんじゃないの」

「私もそう信じているのだけどね」

「お待ちどおさまでした。ごゆっくりどうぞ」

と言って紅茶とケーキを置いて、美代子は奥へ行ってしまった。

正夫と明子は蛍雪予備校でもらってきたテキストを出して見始めた。正夫は、明子にできるだけ話を向けるように気をつけた。明子はそれがうれしいようでニコニコしながら話をした。紅茶もケーキもとても美味しかった。正夫は、明子が入る店の飲食物はいつも美味しいと思った。正夫は、テキストの内容は高校の教科書と同程度だと思った、しかし、教える人が変わればそこには違った内容が伴うものだと期待した。

「マオさん、私には難しそうね」

「大丈夫だよ。僕と一緒に復習すればわかるようになると思うよ。だから頑張ろうよ。僕はアコがすぐそばにいてくれれば励みにもなるしね」

「じゃ私も頑張るわ」

こうして正夫と明子は蛍雪予備校へ通うことになった。初日に全員同じ問題を解く試験があった、その成績でクラス分けが行われた。正夫と明子は一組で同じになった。正夫は十六位だった。明子は女子の八位だった。全体では三九位だった。

正夫は明子の学力を初めて知った。これなら正夫が手伝いをする必要がない。

正夫は明子について勉強のことはほとんど何も知らなかったが、蛙の子はカエルだと思った。正夫はうかうかしていると明子に負けてしまうぞと気を引き締めた。講習初日は試験とその結果発表とクラス分けが行われて終了となった。予備校での座席は早く来た者から好きなところへ座ることができた。翌日から四週間の講習が始まった。

時間割は、表になっているが、すべての講習を聞く必要はない。

正夫は明子の体力を心配していたが、さすがに合気道三段になるまで鍛えただけあって、明子の体力はかなりのものだった。一週目の最後の時間に二回目の試験が行われた。正夫は十一位に上がったし、明子も総合で三十位に上がった。正夫は明子の努力の成果に驚いてしまった。この調子でいくと最後の試験では追い越されてしまうのではないかと思った。正夫は本気でこの機会を有効に利用しなければならないと思った。

正夫は、こんなに近くにライバルがいることを知り嬉しくなった。それにしても明子の底が知れないほどの能力に驚いたことも事実だ。そしてもうひとつ驚いたことに正夫は、流れるままにここまで来てしまったような気がした。しかしそんなことはないと自分で否定した。正夫は明子のことを知れば知るほど明子への愛を深めていく自分を知っていた。

「マオさん、私、驚いちゃった。どうしたんでしょうねえ」

「僕はアコの学校の成績を全く知らなかったので、なんて言ったらいいのかわからないけど、僕は油断出来ないぞって思ってしまったよ」

「マオさんったら、冗談は時と場合によりますよ。自分では何を解答したかわからなかったのよ。きっとまぐれ当たりが重なったのね。そういえばマオさんだってすごいじゃないの」

「そんなことないよ。まだ上に十人もいるんだからね」

「でもそういうことで勉強しているわけじゃないんでしょう」

「もちろんそうさ、競争に勝つために勉強しているわけじゃないよ」

「よかったわ。マオさんが競争に勝つために猛勉強しているなんて言ったら、私、マオさんを嫌いになってしまうかもしれないわよ」

「悪かった。順位を上げることと勉強することとは目的が違うことを忘れるところだった。アコ、また大切なことを指摘してくれてありがとう。気をつけるから、嫌いになるなんて言わないでくれないか。僕はもうアコに夢中なんだから」

「わかりました。目的を間違えないと約束してくれたら許してあげます」

「約束します。アコ様」

「ああ楽しかった。かかあ天下ってこういうことなのかしら」

「アコさん、そんな言葉をどこで覚えたんですか」

「前にね、友達と将来どんな妻になりたいかって話をしたことがあったの」

「女性ってそういう話をするのかあ」

「そうしたらね、誰かがかかあ天下がいいと言ったのよ。それでみんなでその人の話を聞いたの」

「それでどういう話だったの」

「それはね、良人をすごく愛して、良人に喜んで仕事をしてもらうようにする妻になるんだって言ったの。それからみんなでどんな風にするのがいいかって話し合ったのよ」

「でも、それって男にとってもいいかもしれないね。愛する妻や子ども達が喜んでくれる家庭なんて素敵じゃないか。そして自分も仕事を楽しくやっていけるなんてすばらしいと思うな」

「でもね、その言葉の本当の意味するところは、ぐうたら亭主とガミガミ言う妻ということらしいのよ」

「へー、そうなんだ。でもさ、そんな夫婦でも案外うまくいっているのかもしれないよ」

「そうね。どんな形がいい夫婦かなんて誰にも言えないのかもしれないわね。マオさんと私の場合はどんな形になるのかしら」

「今は何も言えないけれど、僕の希望は二人の間では絶対に内緒事をしない夫婦になるのがいいと思うんだ。昔風に言うなら一心同体っていうことだね」

「私もそう考えていたのよ。あら、これって一心同体ということかしら」

「そうだね」

「嬉しいわ。マオさん」

「僕もだよ。アコ」

「来週も頑張りましょうね、マオさん」

「今日はどこかで美味しいものを食べたいんだけど」

「いいわよ。お祖母様にはもう言ってきたから少し遅くなっても大丈夫よ」

「アコさんは、僕の将来がわかるみたいだね」

「そうよ。総てじゃないけど、ある程度はね、特にお腹の様子は手に取るようにわかるのよ」

「まいったなあ。僕はいつもお腹を空かしているみたいじゃないか」

「だって、さっきからマオさんのお腹が鳴いているんですもの」

正夫は、明子の手をとって、

「千里眼の明子さん、そろそろ出かけたいのですが。どこへ連れて行ってくれるのですか」

「マオさんは何を食べたいのですか」

こういうときの明子は正夫の母親になったような言い方をするのだった。正夫はその響きが心地よく心に響くのが楽しかった。

「今日はお肉を食べたいなあ」

「そう思っていました。それでは出かけましょうか」

第二週目が始まった。出席者の数が少なくなったような気がする。講義内容のレベルが上がった。週末になって第三回目の試験が行われた。その結果は、正夫は一桁台になった。明子も上がって二四位になった。

正夫は試験結果について明子に一言も言わなかった。明子も話題にしなかった。その日は、明子が祖母に頼まれた買い物を買うために仙台駅近くのデパートに行った。初めに婦人物売り場へ行った。正夫がもじもじしていると、明子はマオさんはここで待っていて下さいと言って階段脇のベンチを指さした。正夫はやれやれと思ってそこに座って講義ノートを取り出した。その週の講義を思い出しながら読み返した。一度読み終わったところで小ぶりの紙袋を持った明子が戻ってきた。

「ずいぶん待たせてしまったわね。ごめんなさいね」

「用事は済んだの」

「後は地下の食料品売り場で買い物をするの。一緒に来てくれますか」

「もちろんだよ。出来たら甘いのものを一つ買ってくれると嬉しいんだけど」

「わかりました。こうやって一緒に買い物をするのも仲のいい夫婦の理想かもしれないわね」

「そうだね。昔は男女が一緒になって買い物するなんてあり得なかったらしいよ」

「それはそうね。〝男女七歳にして席を同じゅうせず〟なんて言っていたんですものね」

「でも、男は働いて得たお金を全部お上さんに渡していたらしいよ。でもそんなことは珍しいことなんだろうけどね。そろそろ買い物をした方がいいんじゃないの」

「あら、話に夢中になって忘れるところだったわ。ありがとう、マオさん」

「何を買うの」

「お祖母様が料理で使うものなの。だけど売っているかどうかわからないのよ」

「それじゃ、店員さんに聞いてみたらどうかしら」

「そうね。そうしましょう」

明子は輸入食品売り場へ行った。店員に何か話していたが、店員が明子を売り場の奥の方へ連れて行った。そこでなにか話を聞いていた明子が正夫の方を見て手招きした。正夫はそこへ行くと、店員が丁寧に挨拶した。正夫も挨拶を返した。

「マオさん、お祖母様がおっしゃった物がないの。それで店員さんが同じようなものをお持ちなって、もしそれではダメなら返してくれればいいと言ってくださったの。どうしましょう」

「料理のことはよくわからないけど、目的がわからないとなんともいえないね。でもとりあえず買っていったらどうかしら」

「それじゃ、お言葉に甘えることにするわね。店員さん、おっしゃる通りにさせていただきますのでよろしくね」

「ありがとうございます。すぐ用意させていただきますので、少々お待ち下さいませ」

他の品物を見ていると、さきほどの店員が戻ってきた。明子は包装して持ってきたものを受け取り、代金を支払って、正夫と店内を見て歩くことにした。

「今日はね、お祖父様からマオさんに贈り物を買うように言いつかってきたのよ。ここへ入るとき店の案内板を見たら四階にあるようなので行きましょう」

「お祖父様に、贈り物って嬉しいけどあまり贅沢させないでほしいって言っておいてよ。今でも十分贅沢させていただいているのだから」

「はい、分かりました。でも、そういう正夫さんをお祖父様は可愛いのね。頑張り屋だし、私に優しくしてくれるのが嬉しいのよ」

「頑張り屋は確かにそうだけど、アコに優しいというのはまだ足りないと思うんだけどね」

「そんなことはないわよ。マオさんが家へ来てくれてから、笑いが聞こえるようになったのよ。お祖父様もお祖母様もそのことをとっても喜んでいるのよ。わずかばかりのお礼だけど喜んで受けてあげてほしいの」

「わかりました。喜んでいただきます」

二人が四階に着くと、そこは宝石や時計売り場と文具や書籍を売っているところだった。

「マオさんの好きな書店があるわよ。だけど先にこっちへ行きましょうね」

と言って明子は正夫を時計売り場へ連れていった。

「お祖父様は正夫さんに腕時計を贈りたいと言っていました。マオさんどれがいいか選んで下さい。ただし余り廉いものはダメですよ。私のと同じくらいの価格以上のものにしてください」

「アコが選んでくれた方が嬉しいんだけど」

「それでいいですか」

「お願いします」

明子は店の人と話をしながらいろいろな腕時計を見せてもらっていた。しばらくして明子が正夫を手招きした。正夫が明子のところへ行くと、三種類の腕時計が並べてあった。

「店員さん、この人の腕時計なの。少し説明してあげてくださるかしら」

「かしこまりました。それではこの腕時計から説明いたします」

初めに説明してくれたのはS社のものだった。それはその頃にしてはかなり薄いものだった。しかも自動巻きと言って、腕に着けた状態で腕を振るとその力でゼンマイが巻かれるのだった。これは最新式の腕時計だった。次のはC社のものだった。機能はS社のものとほとんど同じようだったが、厚さがありかなり重かった。もう一つは外国製のもので文字盤の数字が夜光製のものだった。

正夫は外国製を初めから除外した。すると後は性能的には同じだったが重さが気になった。それで正夫は明子の方を向いて、

「この三種類の中ではこのS社製のものがいいと思うんだけど、アコはどう思う」

「私もそれが一番よいと思ったわよ。長時間着けていると重いのは結構疲れるのよね」

「アコはいつも腕時計をしているの。僕は見たことがないけど」

「私は、いつもはバッグに入れているのよ、今持っているから見て」

と言いながら、バッグから腕時計を取り出した。それは非常にシンプルな形のS社製のものだった。明子にぴったりのものだった。

「ありがとう。アコさんにぴったりだね。ぼくとしてはこのS社製の時計にしたいんだけどいいかしら」

「もちろんです。店員さんそれではこちらの腕時計をお願いいたします」

「かしこまりました。保証書に記入していただくことがありますのでカウンターの方へお出で下さい」

二人は店員の後についてカウンターへ行った。

「これがS社の保証書です。ここところへ氏名と住所を

ご記入お願いいたします」

正夫は明子に書いてくれるように頼んだ。明子はすらすら正夫の氏名と明子の家の住所を書いて店員に渡した。それを見た店員が驚いたような顔をして、

「失礼ですが、只野真一郎様のご家族の方でしょうか」

「はい、真一郎は私の祖父です」

「さようでございましたか。少々お待ちいただけますでしょうか」

と言って、店員は仕切りの中に入っていった。一、二分間して年配の男性を伴ってカウンターへ戻ってきた。その男性は名刺を出しながら、

「いらっしゃいませ。宝石時計担当の碇と申します。失礼ですが、お嬢様は只野様のお孫さんでいらっしゃいますか」

「はい、そうですが。何故祖父のことをご存知なのでしょうか」

碇は、この百貨店再生のときに大変お世話になったことその後もいろいろ相談に乗っていただいてきましたと、説明した。ここでも只野真一郎は仙台市の復興に力を貸してきたようだった。

「それでお買い上げいただいた商品につきまして、当社の規定により株主優待を適用させていただきます。君そのように処理して下さい」

「かしこまりました。それでは、優待割引が適用されましたので、この金額になります。よろしくお願いいたします」

「ご丁寧にありがとうございました。それではこれでよろしいですか」

「はい、ありがとうございました」

「只野様によろしくお伝え下さい」

「お伝えします。ありがとうございました」

「マオさん、次の買い物に行きましょう」

「はい、次はどこへまいりますか。アコさん」

二人は手をつないで店の中を歩きだした。しばらく店内を見て回って買い物を済ませて家路についた。家へ戻ると明子は祖母のところへ行き買ってきたものを見せた。祖母は包装を開いて中身を外から見ていたが、フタを開けて香りを嗅いだ。

「明子さん、これでいいわよ、ありがとうね」

その他の買い物も見せた。それが終わると明子は正夫を祖父のもとへ連れていった。

「お祖父様、申しつけられたものを求めてまいりました」

と言って、時計の包みを祖父に渡した。祖父がそれを受けとって、正夫の方を向いた。

「正夫、いつもありがとうございます。日頃君がこの家に笑顔と笑いを届けてくれたお礼をしたくて何が良いかといろいろ考え、明子とも相談して腕時計がよいだろうと明子が薦めてくれました。それで今日買ってきてもらいました。快く受けとって下され」

「本当は僕の方がお礼をしなければならないのに」

「君はにこれから大切な将来があるのです。それをやり遂げることが私たちへのお礼と思っています。包みを開けて腕に着けてみて下さい」

と言って、祖父は正夫に包みを渡した。正夫は丁寧に包装紙を開いて箱を取り出した。

「胸がドキドキしています」

箱を開けると腕時計が早く腕に着けてほしいというように光っていた。

「失礼します」

と正夫は言って、腕時計を手首に着けた。腕輪の太さは少しゆるめにしてあった。

「マオさん、よく似合うわよ。よかったわね」

「でもこんなに高価なものを…。ありがとうございます。大切に使わせていただきます」

「その腕時計は、正夫に相応しいよ。よかった」

「ほんとにねえ」

祖母もそう言ってくれた。正夫はこの家の人たちは、ほんとに善意の人たちだと思った。

「それではお茶にしましょうかね」

「そうしてくれるかい。少し喉が渇いたね」

明子と祖母がキッチンへ行った。只野がそれとなく予備校の様子を聞いた。

「二週目に入ると受講者の数が少なくなり始めました」

「講習の内容はどうですか」

「一週目は三年の一学期の復習の感じでしたが、二週目は大学の入学試験問題をやるようになりました。まだ習っていないことがたくさんありましたのでよい勉強が出来ました。ありがとうございました」

「こんなことを聞くのは立ち入り過ぎと思うが、成績はどうですか」

「二週目の試験では一桁台に入ることが出来ました」

「ほほう、それは頑張りましたね。予備校へ行っていただいた甲斐がありました」

「成績のことで明子さんに叱られました。自分でも恥ずかしく思いました」

「ほう、明子が正夫を叱ったのですか。それはまたどうして」

「僕がうっかり成績が上がったことを得意げに話したからです。反省しています」

「明子はどう言ったのですか」

「成績を上げるのが目的で勉強しているのかと言われました。もしそんなことを本気で言うなら僕を嫌いになってしまうかもしれませんって言われました」

「明子がねえ。それで君はどうしましたか」

「はい、明子さんに謝りました。勉強する目的を取り違えていたことを心から詫びました。お祖父様もお許しいただけるでしょうか」

「正夫。何か目的を持って始めたら、その目的のことを中心に考えないと本来の目的を忘れてしまうことがあります。そうして多くの人は何も得ずに終わってしまうことが多いのですよ。これから気をつけて下さい」

「はい。肝に銘じて忘れません」

「それでこの話は終わりにしましょう。ちょうどお茶が来たようですから」

明子と祖母がトレーにお茶とケーキを乗せて戻ってきた。

翌日、日曜日午前中に、正夫は予備校のテキストの内容の復習と予習をした。明子も向かいの机で一緒に勉強した。明子は教えてほしいと言っていたが、そんな必要は何もなかった。それどころか明子は食事の支度や洗濯など家事のほとんどを一人でやっているのだった。掃除はお手伝いのおばさんが来てくれる。もし明子が自分と同じように自由に時間を使えたら正夫以上の結果を出すだろうと思った。明子は只野の家を継ぐという義務を背負って生きてきたのだ。しかも正夫のために多大な犠牲を払っている。そういう明子を見るにつけても正夫は明子に感謝の気持ちがいっぱいだった。涙が出るほど嬉しかった。そして正夫は思わず目に涙を浮かべていた。その様子を明子は机の向こうからジーッと眺めていた。

「マーオさん。どうしましたか」

「うん」

「目にゴミが入りましたか」

と言って、明子が立って正夫のところへ来た。そして正夫の顔を上向きにして目をきれいな手でひらいた。

「ゴミはありませんね」

明子はそう言って正夫の身体を抱き寄せた。そして柔らかい唇を正夫の口に重ねた。正夫は思わず明子の腰のあたりを両手でしっかり抱き寄せた。

「マオさん、どうしたんですか。もしかしてホームシックになったのかしら」

「ホームシックって何」

「だれか懐かしくなって会いたいとか」

「それなら当たりだ」

「その人きれいな人」

「うん。とってもきれいな人。世の中にこんなにきれいな人がいるなんて信じられないくらい。心もきれいな人だよ」

「その人って誰かしら」

「今、僕の腕の中にいる人のことだよ」

「それって私のことなのかしら」

「そうです」

「でも、毎日一緒にいるじゃないですか」

「でもね、僕は、こんなにすてな明子に全部おんぶしていて申し訳ないと思っている。そんなことを考えていたら、なんだか目が熱くなってきてしまったんだ」

「そうだったの。でもね、マオさんは私にそんなに気を遣うことないのよ。だって、私がマオさんを好きになって、マオさんと一緒にいつもいることが出来るようになったんですもの。私にとってこんなに嬉しいことはないのよ。だからもっと私にマオさんの世話をやらせてほしいのよ。お願いね」

正夫は明子をしっかりと見つめていた。明子の必死の感情が正夫の心の中に深く深く入り込んできた。

「アコさんありがとう。これからもお願いします。僕もねアコの期待に添うように努力するからね」

「二人でがんばりましょうね。マオさん」

「うん。アコの仕事を手伝うからね」

「必要なときにはお願いするわね」

「何でも手伝うから、そう言ってね」

「はい。お願いします」

正夫達の部屋は、窓がたくさんあり、風がよく入り通り過ぎていく。明子が祖父母の部屋へ行った後、正夫は東側の窓から松島湾を眺めた。真夏の太陽が海面に反射して眩しかった。ふと、弘から来た手紙を取り出して読み返した。兄嫁が一生懸命手伝ってくれるので、畑の方は順調にいっていると書いてあった。父母が秋になったら帰ってくるというので、正夫も都合が付いたら彼女を連れて帰って来ないかとも書いてあった。

正夫のことは父母にも説明してあるので何も心配ないとも書いてあった。弘は、明子に一回会っただけなのに気に入ってくれた。父母も絶対に気に入ってくれると思うと書いてあった。

正夫は、来春の大学受験に向かって懸命に勉強しているので家に帰れないと返事を書いた。そして再びぼーっと松島湾を眺めた。明子が部屋へ来た。

「マオさん、食事の準備が出来ましたよ」

「はい、いきます」

正夫は明子と手をつないで下へ降りていった。祖父の食事は祖母が部屋へ持っていった。正夫がテーブルにつくと、明子が、お皿に盛り付けてあった汁のないラーメンを持ってきた。

「今日は暑いので冷し中華そばにしました。これで足りなければもう少しありますから、そう言ってくださいね」

「彩りがきれいだね。タマゴ、キュウリ、ハム、トマトそれにニンジンだね。それとゴマ油の香りがとっても美味しそうだね」

「ご明察の通りです」

二人は冷し中華そばを食べ始めた。正夫は、明子の方を見て笑みを浮かべて、

「美味しいね。これにイチゴが載っかっているとさらに華やかになるね」

「マオさんのお家のイチゴは美味しかったわね。そうね、これに載せると華やかになるわね。お祖母様に言ってみましょう」

「美味しかったねー」

「もう一杯分ありますよ。どうですか」

「普通盛りは無理ですが、半分ほどでもいいですか」

「ちょうどそのくらいの量だと思います。マオさんは何

でも美味しそうに食べてくれるので作り甲斐がありますよ」

「だっていつも美味しいんだから普通にそういう顔になってしまうんだよ」

「ちょっと待っててね。すぐ持ってくるから」

「ありがとう」

明子はキッチンへ行き、すぐ戻ってきた。それは一皿目と同じに盛ってあった。正夫は最後まで美味しそうに食べ終わった。

「ご馳走様でした。とっても美味しくいただきました」

「とってもいいお顔になりましたよ。誰でも美味しいものを食べると幸せになるのですものね」

「そうです。これで欲を言えばもう一つ欲しいものがあるんだけど」

「私にできるものですか」

「アコにしか出来ないものです」

「それでは作ってあげますから言って下さい」

「それじゃ、そのまま目を閉じて下さい」

正夫は明子に近づくとキスをした。

「ありがとうございました。美味しかったです」

「ありがとうございました」

明子もお礼を言ってニッコリした。二人は後片付けをしてからまた勉強を始めた。その日の夜は四人で食事を食べた。正夫と明子は翌日からの一週間のために早くベッドに入った。


蛍雪予備校の第三週目が始まった。受講生はまた数を減らした。初めの半分くらいになってしまった。女子は明子を含めて十人ほどになってしまった。しかし正夫は、上位者はそれほど減っていないことに気がついた。正夫はこれからが勝負だと感じた。講習内容は、国・公立大学の試験問題が中心になった。正夫に解けない問題はほとんどなかった。明子も同じだった。正夫は、一度明子の真剣な目を見て驚いた。明子の真剣な様子を見て明子にも大学へ進学してほしいと正夫は思った。どんな科目を選択するかはわからないけれど、どの学科を選んでも必ず一流になれると信じていた。今は祖父のために子どもを産みたいと望んでいるが、生活が落ち着いたら大学を目指してほしい。そのことはいつの日か明子と話し合わなければならないと思った。大げさに言えば明子に進学してもらわないと日本の大きな損失になるとさえ考える正夫だった。正夫はその前に只野の考えを聞いておく必要があると思った。只野の意見を聞くのは時間があまりないことも事実なので早いほどよい。

しかし、只野と話をするにはそれなりに話の進め方を考えておかなければならない。

一週間はあっという間に過ぎて土曜になった。第三回目の試験が実施された。結果はすぐ発表された。正夫は三位になったし、明子は十位になった。これはすごいことだと思った。正夫と明子の差が少なくなった。講師の話では、二人ともこのままの条件で勉強していけば、国立一期校に十分合格する成績だということだった。

　蛍雪予備校の最終週が始まった。出席者数はとうとう半数くらいになってしまった。最終週は九月から高校で勉強する内容が整理されて説明された。これはとても役に立つと思った。金曜日は全科目の模擬試験が行われた。そして、翌日最終日は午前いっぱいかけて個人別に講評・相談が行われた。

　正夫は二番目に呼ばれた。

「寺田正夫君ですね」

「はい、そうです。四週間お世話になりました」

「いいえ。寺田君はずいぶん頑張りましたね。今の状態を維持した上でさらに新しい知識を身につければ来年の大学入学試験に合格は間違いないでしょう」

「お伺いしてもよろしいでしょうか」

「どうぞ。ここでの話しなら何でもお答えしますよ」

「今の時点でここをもっと重点的に勉強した方がよいというようなところはないでしょうか。自分では気がつかないので」

　相談員の講師は、書類を少しの間だ、見ていたが、

「とくにないようですが、敢えて言えば社会科の勉強をするとさらに合格の確率が上がると思います。そのためには三年分の教科書を熟読するとよいでしょう」

「わかりました。ありがとうございます」

　その後講師は、正夫がもしこの予備校の日曜日の特別講習を受けたいなら招待すると言ってくれた。正夫は明子も一緒ならと話をした。それから正夫は講師と勉強方法や身体の鍛え方などを話して面談を終了した。

　蛍雪予備校では、四週間総て出席した受講生に、それはあまり意味がないのかもしれないが、講習修了書を渡していた。

　明子の面談は簡単に終了したらしく、相談室から出てきたので、正夫は手を上げて合図した。明子がそれを見つけて小走りできた。

「私、褒められちゃったわ」

「それはすごいじゃないか。おめでとう」

「でも休みなく出席したからよ、きっと」

　明子の話では今の状態を維持していけば国立の女子大学合格は間違いないということだった。こうして夏休みの蛍雪予備校受講は終了した。

　明子は正夫の下着と運動靴を買うと言って、この前の百貨店に入った。その後で外で食事をしてきてもよいと祖母が言ったというので、三月に行ったホテルのレストランに予約してあると言った。そのホテルに泊まってもよいと祖父も言ってくれたという。明子は今年の夏は旅行に行ってないので、正夫と二人だけの時間を持ちたいと言った。只野夫妻が正夫と明子のためにそのように計らってくれたのだ。正夫は、明子がこうしたいということに従うことにした。その夜はホテルで食事をした。そしてこの前の部屋に泊まることにした。二人は幸せな夫婦のように過ごした。そして翌朝、

「アコさん、おはよう」

明子は素顔を正夫に見せながら、

「マオさん、おはようございます。まだ夢の中にいるような気分です。ありがとうございます」

「それじゃ、夢をもう一度見ようか」

「ほんとに、嬉しいわ」

と言って明子は正夫の首に腕を回した。

夢の中を再び彷徨いだした正夫と明子は快い眠りについた。今度は明子が先に目を覚ました。明子は正夫の顔を見ながら、指で顔の輪郭をなぞった。そして正夫の鼻の先をやさしく触った。しかし、正夫は目を覚まさなかった。

明子は目を閉じて正夫の身体を寄せた。

そこで正夫がやっと目を覚ました。

「アコさん、おはよう」

明子は目を開けずに笑顔になった。

「アコは起きていたんだね」

「マオさんがなかなか目を醒まさないのでタヌキの真似をしていました」

「こんなにきれいなタヌキがいるかなあ」

「さあ、どうかしら」

「もう少しこうしていたいんだけど」

「私もよ」

「お祖父様とお祖母様に感謝しなければね」

「お二人とも私たちに気を遣っているのかしら」

「家ではやはり僕たちが気を遣うだろうと思っているのかもしれないね」

「でも嬉しいわ。祖父母の優しさがしみじみ身にしみてくるわね」

「そうだね。だから明子が赤ちゃんを産んでくれるまでお祖父様に長生きしてもらわないとね」

「マオさん、私たちも頑張りましょうね。大変でしょうけどよろしくね」

「アコの方こそ大変だろうと思うけど、僕が全面的にサポートするから頑張ってね」

「二人で頑張りましょうね」

二人は、ベッドの中で顔を見つめながら相手を思いやっていた。

八時を過ぎたので正夫と明子は起床することにした。

「マオさん、今日は山の方へ行ってみたいのだけど、どこかいいところを知らないかしら」

「食事の時にフロントで聞いてみようか」

「それがいいわね。それじゃすぐ仕度をしましょう」

と言って風呂場に行った。正夫も続いてシャワーを浴びに入った。二人はすぐ出て身支度を調えた。

初めにフロントで蔵王山へ行けるかどうか聞いてみた。フロントの人が夏休み期間中観光バスがあると教えてくれた。すぐお調べしますと言って事務室の奥へ行った。その間に朝食を摂った。食べたものは一番簡単なトーストとハムエッグだった。

フロントへ戻ると、

「お急ぎになれば間に合うバスがあります。予約を入れておきますからすぐお出かけ下さい」

「ありがとうございます」

と、お礼を言って部屋へ戻り荷物を持ってチェックアウトをして、すぐバス発車場へ向かった。切符はホテルから予約してもらったのですぐ乗ることが出来た。バスに乗車するとすぐバスが発車した。初めに白石へ行った。

「よかったね」

「マオさんのお陰だわ」

「僕も蔵王山には行きたかったから、ちょうどよかった」

「宮城県で一番高い山だから、いろんなところが見えるかもしれないわよ」

「前にドイツ人技術者が蔵王山に行った話をしたよね」

「それでどうしたんでしたっけ。そうだ、太平洋と日本海が見えたっていう話しね」

「そう、その話。今日はいい天気だから同じように見えるかもしれないよ」

「素敵ね。楽しみだわ」

　バスは白石駅近くを通り、ぐんぐん高度を上げていった。やがてバスは青木温泉町に着き小時間休憩を取ることになった。正夫と明子はこけしを作っているところを見学した。バスの発車時刻になったので大急ぎでバスに戻った。バスは山頂目指して高度を上げていった。やがて広場に到着した。ここでは一時間の休憩時間がとられた。

　少し歩いたところに真っ青の水をたたえた池があった。

「これがお釜だね」

「きれいな水色ね」

「この水は強い酸性水だって言うから手を入れられないし、近くに行くと滑って水に落ちるから、行かない方がいいよ」

「次は、コマクサという高山植物があると書いてあるわ」

「コマクサは小さいので見つけるのが大変だよ。あっちの方にコマクサ群生地と書いてあった。行ってみようか」

「行きましょう。見つかるといいわね」

　二人は群生地で捜したが、元々の姿がわからなかったのでどれがコマクサかわからなかった。通りかかった人がこれがそうだよと教えてくれた。それは二、三㎝ほどの肉厚の針のような葉に、草丈十㎝ほどの薄紫色の花が着いていた。しかし花の時期は過ぎているようだった。

「可愛いわね。一本ほしいわ」

　と言って花を取ろうとした。正夫は慌ててそれを止めた。

「アコさん、高山植物は厳しいところで生きていくために一所懸命なんだよ。だからみんなに見てもらうようにそっとしておく方がいいんだ」

「そうだったわね。コマクサさん驚かせてごめんなさいね。これからも元気で花を咲かせて下さいね。そしてマオさん、止めてくれてありがとう」

「それじゃ、次はあの高いところへ行ってみようか」

「そうね。日本海が見えるといいわね」

「そうだね。アコさん、息苦しくない」

「ええ、大丈夫です」

「ここは千八百メートル以上あるから気圧が少し低くなっているんだよ」

　正夫は、明子が口を開けて呼吸をしていたので気になったのだった。

「少し休もう。まだ時間は十分あるから」

「ありがとう。少し休んでいきましょう」

「呼吸を速くするようにしてみて」

　明子は呼吸を浅く速くしてみた。

「あら楽になったわ。マオさんはこういうことも知っているのね」

「本で読んだことがあるんだよ。もう少しだけど無理はいけないよ。もし赤ちゃんに触るようなことがあったら大変だからね」

「マオさんたら。まだ出来たかどうかわからないわよ」

「でも用心しないとね」

「マオさんはいつも私に優しいのね」

「当然だよ。アコは、僕の一番大切な人だからね」

　明子はじっと正夫を見つめていたが目頭が熱くなってきた。そして人目があるのに正夫に抱きついた。傍を通る人がニコニコしながら若いっていいわねえと言った。

　高台に着いた二人は、太平洋がよく見えることを確認した。日本海の方は、遠くで境界がわからなくなっていたので見えたのかどうか判断できなかった。

　正夫は北の方を見た。諏訪山の頂上がかすかに見えた。

「あれが諏訪山だよ。標高千五百メートルだから、蔵王山よりも三四〇メートル低いんだけど、よく見えるね。その少し右奥に見えるのが栗駒山だ。アコの高校からも見えると思うけど」

「ええ、見えるわよ。校歌にも書いてあるわ」

「仙台より北にある高校では、たくさん使われているって音楽の先生が言っていたよ」

「今日は来てよかったわ、マオさんも一緒だし」

「それじゃ、名残惜しいけどそろそろバスに戻ろうか」

「そうですね。少し疲れてしまったわ」

「アコは身体を大事にしなくちゃいけないよ。。おぶっていくよ」

「ここじゃ恥ずかしいわ」

「そんなことないよ」

　と言って、正夫は背中を明子に向けた。明子は周囲を見てからおぶさった。

バスのところへ来ると運転手が飛んできて、

「大丈夫ですか」

と言った。

「少し疲れただけだと思います。急に高いところへ来たから。アコさん、さっきのように息をして」

明子はさっきと同じように速い呼吸をした。それで少し楽になったようだった。バスの運転手が正夫に言った。

「君は登山部に入っているのかい」

「いいえ、少し山に登った経験があっただけです」

「君の言った呼吸法は高山病の治療の第一歩なんだよ。これからもお嬢さんをサポートしてあげるといいね」

「ありがとうございます」

そんなことがあってバスは出発した。朝来た道を逆方向に走った。こけしの里で休憩したときには、明子は回復していた。それでこけし店に入り、祖母のために少し大きめのこけしを買い求めた。バスが走り出すと、明子はバスの中で正夫に寄りかかって目を閉じていた。正夫は明子の手を優しく握ってさすっていた。正夫も目を閉じている間に寝てしまったようだ。バスが仙台駅に着くと運転手が二人をそっと揺すって起こした。

「あっ、もう仙台に着いたんですか」

「お客さんよく寝ていたから、早く着いたように感じたんでしょう。またこのバスに乗って下さいね。お待ちしています」

「ありがとうございました。よい思い出が出来ました。また乗せて下さい」

「ごきげんよう」

と明子も元気に言った。明子は家へ電話した。すると祖母がもう一晩ホテルに泊まってゆっくりしてお出でと言ったと正夫に言って同意を求めた。正夫は親指と人差し指で丸形を作り了解した。それで再びホテルに戻った。ホテルでは祖母から連絡がありましたと言って同じ部屋に通してくれた。

「小さな新婚旅行みたいだったね。もう普通になった」

「たくさんの人たちの前で、おんぶしてくれてありがとうございました」

「大事な人をおぶうのに何も遠慮なんかしなくてもいいんだよ」

「正夫さんは本当に優しくて頼もしいわ」

と言って明子は正夫に抱きついた。正夫もしっかり受け止めた。

二人は家へ戻って祖父母に貴重な体験をさせてくれたことだけでなく、いろんなことの考え方も教えていただきました。と言った。

「それは何よりでしたね」

「ありがとうございました」

「明子はどうだったね」

「私もとっても楽しかったわ。この四週間これまでで一番集中して勉強したわ。マオさんが一緒だったので安心だったしね」

「明子のおのろけが始まったね」

「だって本当なんですもの」

「それはよかったね」

「お祖父様、蔵王山へ行ってきたのよ」

「それはよかったね」

「お釜をみて、小高いところに登って、仙台から太平洋を見て、西の方に日本海がかすかに見えたわ」

「よく晴れていたんだね」

「そうよ。とってもいい天気でした。まるで私たちが行くのを待っているみたいでした。コマクサも見ることが出来たし素敵だったわ」

「正夫が一緒だと総てが虹のように見えるんだね」

「そうなのよ。お祖父様、どうしてかしら」

「それは自分の胸に聞くとわかるよ」

「そうかしら」

と言って、明子は自分の胸に手を当ててみた。明子は笑みを浮かべて手を放した。

「でも、蛍雪予備校へ行ってよかったわ」

「そうだね、若いときにいい経験はできるだけたくさんするのはいいことだからね」

明子が祖母に呼ばれて下へ行った。

「正夫、いつも明子を支えてくれてありがとう。明子があんなに喜ぶのを見るのは君が来てくれるまでなかった」

「明子さんに比べたら、僕なんかずいぶん幸せ者だったと思います。今はもっと幸せですけど。だけど同情で明子さんを好きになったわけじゃありません。御両親のことを知りませんでしたから」

「わかっていますよ。これからもよろしくお願いしますよ」

「明子さんといい将来を作っていく決心ですから、生意気のようですが、ご安心下さい」

只野は、そんな正夫を頼もしげに見るのだった。そこへ明子と祖母がお茶とケーキを持ってきた。

「明子と正夫さんが蔵王山へ行ってきたそうですよ。あなた」

「そうだってねえ。明子もうれしかったと見えてね、仙台市内から仙台湾が見えたって言ってたよ」

「それから少し疲れたら、正夫さんが他の乗客がいる前でおんぶしてくれたんですって。正夫さんありがとうね」

「高山病になったのかい」

「正夫さんが呼吸を速くするようにと教えてくれたので、その通りにしたら楽になったのよ。それに青根まで降りたら治ってしまったしね」

「正夫さんありがとうございます。こんな明子だけど可愛がってあげてくださいね」

「お礼を言わなければならないのは、僕の方です。思いがけずに蔵王山に行くことが出来たのですから」

「正夫さんと明子はとってもお似合いですよ」

「僕は明子さんに、いろんなことを教えてもらっています。明子さんは何でこんなにいろんなことをたくさん知っているのか不思議に思うことがあります。英語は明子さんが僕の酷い発音を直してくれています。これが厳しいんですよ」

「正夫さんったら、あれでも易しくしているんですよ」

「まあ、お互いに不足しているところを助け合えるなんて素晴らしいじゃないか」

「忘れていました。ホテルに泊まらせていただいてありがとうございました」

「時々はそういうこともいいでしょう」

「何から何まで感謝しきれないほどです」

「アコさん、お祖母様にお土産を渡しましたか」

「あら、忘れていました。ちょっと待っててくださいね」

明子は、自分の部屋に戻って、中くらいの箱を持ってきた。

「お祖母様、これ、青木温泉のこけし屋さんで見つけてきました」

「あらまあ、ありがとう。開けてもいいかしら」

「どうぞ」

祖母は包装紙を丁寧に開いて、箱を開けた。

「あらまあ、可愛いこけしですこと。ありがとうね」

「お祖父様にはもう少し時間がかかりますが、待っててくださいね」

「今度は謎をかけられてしまったね。でもいつまでも待ちますよ。明子」

そこまで話をして正夫と明子は祖父母の部屋を出た。

「アコさん。疲れていなかったらピアノを聴かせてほしいんだけど」

「いいわよ。どんな曲をお望みなの」

「夫婦の愛を讃えるような曲ってあるかしら」

「そうね。わかりました。ではピアノのところへ行きましょう」

二人はピアノのところへ行った。明子は楽譜を探してきて、曲を弾き始めた。正夫は明子と並んで腰掛けに座り、目を閉じて聞いていた。その曲は正夫の心を豊かにしていった。

明子は曲を弾き終わると、正夫の顔をのぞき込んだ。正夫はすやすやと寝息を立てていた。明子はしばらく正夫をそのままにしておいたが、二階へ連れて行きベッドに寝かした。

明子は正夫の顔をジーッと見ていたが、自分もベッドに入って目を閉じた。

正夫は、夢の中でも、学園祭に来た明子が誘ってくれたことを絶対に忘れないと決めた。あのときは、美味しい弁当に気をとられていたけど、こんなことになるなんて自分は何という幸せ者だろうと思った。そう思ったら明子の身体が目の前にあった。正夫は明子の胸に触れた。明子がピクッと身体を動かした。それからはもう夢の中にいるようで何もわからなかった。

トントンとドアを叩く音がしたが、返事をしなかったので下へ行く足音が聞こえた。あれはきっとお祖母様だ。こんな姿を見られたらどう思うだろうと心配になったが、明子は正夫の唇に指を当てて黙っててと無言で言った。

しばらくして明子はベッドから出て普段着に着替えて階下へ行った。正夫はそのまま寝てしまった。

正夫が夢うつつでいると、明子が夕飯の仕度が出来ましたよと呼びに来た。正夫は目をこすりながら外を見ると、空は昼から夜へ移っていた。

「今日はお祖母様が腕に撚りをかけて美味しいものを作ってくれましたよ。さあ、起きて顔を洗ってきなさい」

「はい。アコさん」

正夫はベッドから出てシャワーを軽く浴びて、明子が新しく買ってくれた下着を身につけた。その下着は少し余裕がありとても着けやすかった。短ズボンをはいてそのままの格好で下へ降りていった。祖母は祖父の食事を持って二階へ行ったので、明子と二人で食事をとることになった。テーブルの上には大ぶりのステーキと普通の大きさのステーキが皿の上に乗っていた。野菜サラダと黄色いスープもあった。これはコーンスープだ。

「すごいご馳走だね」

「お祖母様の得意料理の一つなのよ。お肉の外側は肉汁が流れ出ないように焼いてから、遠火でゆっくり焼くの。その火加減が難しくて私にはまだ出来ないの。これから勉強するわね」

「アコはもういろんな料理が出来るじゃないか」

「でもね、今のうちにマオさんに美味しい料理を食べてもらうようにお祖母様に習っておかなければって思うのよ」

「アコは、そうやっていつも僕のことを思ってくれているんだね。ありがとう。食べ方に何か規則のようなものがあるかしら」

「とくにないわ。そう一つだけ、西洋料理は食器の音をさせないように気を遣うといいわね」

「それが行儀作法なんだね」

「一般的には食べたいように食べなさいって言われているらしいわ。さあいただきましょう」

高等学校の二学期が九月の第一月曜日から始まる。その前に正夫は一度高校へ行ってみた。明子も行きたいと言ったが、化学クラブの仲間と話をするのでどのくらい時間がかかるかわからないからと言って、一人で出かけた。高校へ着くと、まっすぐ化学クラブの部室へ行った。部室には健樹が一人でいた。彼は何かの本を読んでいた。

「よう健樹、しばらくぶりだな。長いこと留守にして悪かったな」

「これは驚いた。正夫はもう部室のことを忘れたと思ってたぜ。今日はどうした風の吹き回しだい」

「健樹の顔を見たくなって来たんだぜ。皮肉みたいなことを言うなよ」

「そうか、悪かったな。それで予備校の方はどうだった」

「あんなにたくさんの生徒が来るとは思わなかったぜ。それもみんな俺が一番だというような奴ばっかりな」

「どんな高校から来ているんだろうな」

「よくはわからないけど、大体は仙台市内の生徒のようだった。後は俺のように地方のいろんな高校から大学進学を目指している生徒だろうね」

「それで成績はどうだったんだい。やはり仙台の生徒は出来るのかい」

「仙台にいくつの予備校があるかわからないけれど、俺は九月以降の日曜講習に優待生として無料参加してほしいと言われた」

「それって凄いことじゃないのか。ところで正夫は何でその予備校を選んだんだい」

「俺の世話になっている方が、大川高校の先生に相談したらしいんだ。その他の人とも相談したんだが、そこが最も評価が高いというので推薦してくれたんだ」

「そこで結構いい成績だったんだなや。順位はどうだった」

「それはある人と約束したので言えないが、トップにはなれなかった」

「ちょっと待てよ。と言うことは二番と言うことか」

「順位は問題じゃないんだって、その人が言った。俺は愕然としてしまった」

「どういうことなんだい」

「将来を見据えた準備期間の途中なんだから基本をしっかりやることが重要なんだと言うんだ。言われてみればその通りだよな」

「なるほどな。その人の言う通りだ。その謎の人物はどんな人なんだい」

「今の俺の目標の人と言っておこうか」

「秘密の宇宙人だったりして」

「それはいいけど、新人講習はどうだった」

「それはなんとかうまくいったんだけどな、学園祭のテーマが出てこないんだ」

「まだ期間があるから、そのうち出てくるさ。待てば海路の日和ありって言うからな」

「でもそんなにのんびりしていられないんだぜ。あと二ヶ月しかないんだからな。何かいい方法を考えなければ」

「授業が始まったら招集をかけてみようか。そこで課題の募集をするか、あるいはこっちで幾つか課題を用意してそれをやるのがいたらそれでもいいし」

「そうだな。他の手も考えるとするか」

「そうだな。新学期が始まるまでに何か考えてみるよ」

「おう、時間がないが頼むぜ」

「そうだ、久しぶりに例の店に行ってみるか」

「うんだな。いくべ」

　正夫と健樹は久しぶりに連れ立って大学芋屋へ向かった。

「お前の方はどうなっているんだい」

「健樹だけに少しだけ話すが、俺もいい人に思われている。俺もその人にもう夢中だ。将来その人と結婚することに決めた」

「それ以上は話さなくてもいいよ。よかったなあ」

「うん。ありがとう」

　二人は大学芋屋に着いた。店はまだ開けていなかったが店主は二人を招じ入れた。

「よう、ずいぶんご無沙汰だったじゃないか。元気にしていたかい」

「はい。親父さん。何かと忙しくて、夏休みになって初めて大川高校に来ました」

「そりゃよかった。忙しいときにはいろんなことが出来るもんだ。特に若いときは忙しいに限るさ」

「中学時代も、もう一人自分がいて半分仕事をしてくれたらなあ。なんて思ったことがあったんだ。なかなか暇にならなくてね」

「そりゃあ何よりだ。なまじ暇があるとついよくないことを考えるもんだからな」

「この店は相変わらずはやっているの」

「それがなあ、この時期は材料のイモが手に入らないから中華そば屋をやっている。結構評判がいいようだぜ」

「そうですか、それじゃ今日は大学芋を食べられないのですね」

「ところがどっこい。新しいことを考えてやってみたんだ。今日はこれから作ってみるから試食してくれ」

「ついでに焼きそばが出来たらそれも一緒に食べたいな」

「わかった。お馴染みさんだから、飛びっきりのものを作ってやるよ。待っててくれ」

「それじゃ、ここで話をしているからお願いします」

「そうしてくれ。彼女の話でもして待っていな」

　店主は奥の調理場へ行って仕事を始めた。甘い油の香りがしてきた。正夫は健樹とクラブ活動の話をしだした。

　しばらくすると、店主が何か丸いものを大きな皿に山盛り持ってきた。

「ほら出来上がったよ。これが新しい試みってやつだ。食べて感想を聞かせてくれ」

　正夫と健樹はそれを一つ小さな皿に取り分けて、表面に付いている皮を取り口に入れた。その様子をじっと見ていた店主が、

「どうだい」

　と二人に尋ねた。初めに健樹が、

「親父さんこれは美味いよ。いいんじゃないかなあ」

そして正夫は、

「うまいけど、親父さんはサツマイモの代わりを用意できたと思っているんじゃないの。俺は、このイモの、つまりジャガイモの味を引き出していないのじゃないのかなあと思うんだ。どうやったらいいかわからないけれど、例えば甘さだけじゃなくてわからない程度に塩味を着けるとかするともっと美味しくなるような気がするんだけど」

「正夫はいいこと言ってくれるね。よし、やってみよう」

「たとえば薄い塩水に皮をむいたイモを数時間浸けておくとかってどうだろう」

「うん。それも試してみよう。ありがとうよ。今日の会計は相談料として焼きそばまでおまけだ」

「やったあ」

　正午近くなったので、お客が入り出した。それで、正夫達は店を出た。

「あの焼きそばは美味かったなあ」

「そうだなあ、店をやっていくってのも大変なんだなあ」

「そこで考えたんだけどな、食べ物の味付けって言うのは塩が中心だよなあ」

「そうだなあ。醤油も味噌も塩がなければ出来ない。正夫なんでそんな話しをするんだい」

「学園祭の課題にならないかと思ったんだけどな。難しいかなあ」

「おいおい、また何か考えついたのか」

「課題が出てこないって言うから、身近な科学について考えたんだ。それには毎日食べるものについて考えてもわからないことがいっぱいあるだろう」

「なるほどな。それも面白いかもしれないな」

「具体的なことはまだ不明だが部会で出してみようか。みんなで考えれば何かが進むかもしれないな」

「そういうことにして部会に出してみよう」

「それじゃ、俺はこれで帰るから学期が始まったらまた会おうぜ」

「おい、もう帰るのか」

　正夫は手を振って大川駅の方へ歩き出した。駅近くの公衆電話で明子に電話をかけた。明子はすぐ電話に出た。

「もしもしアコさん。今高校を出るところ。これから帰るから」

「マオさん。私、淋しかったんだから。一番速い列車で迎えに行くわね。いつもの北上駅で待ってるからね」

「うん。わかった。急いで行くよ」

「じゃあね」

　正夫は大川駅に着いた。列車が到着するまで三十分間近くあったので駅前の食品店に入った。店員に塩について聞くとこにした。店主が出てきて話を聞かせてくれることになった。

塩の種類は、この店で売られているだけでも数十種類もあるという話だった。それらの中には外国の塩も入っていた。色の付いているものもあった。この店は学園祭の課題をやる上で参考になると正夫は思った。列車が到着する時刻になったので、店主にお礼を言って駅のホームに入った。すぐに東行きの列車が入ってきたので正夫は列車に乗り込んだ。

　正夫はこの課題は明子に相談すると何か出てくるかと思いながら、ぼんやりと窓から見える景色を眺めていた。列車が駅に止まり扉が開いた。

　明子がホームで待っていた。いつも乗降する位置に来ると、しきりに列車の窓から客車の中を探していた。正夫の姿を見つけると盛んに手を振った。正夫もそれに応えて出口へ歩きながら明子に手を振った。ドアーが開き正夫はホームに降りた。明子が待ちわびたように正夫に飛びついた。

「マオさん。お帰りなさい。寂しかったんだから」

「ごめんよ。でも今日は連れて行くわけに行かなかったんだよ」

「それはわかっていたわよ」

「今日は久しぶりに会った許嫁とのデートだから、何か美味しいものを食べようか」

「あら、ほんとにそうだわ。そうしましょう」

　明子はデートという言葉ですぐ機嫌を直した。明子は正夫の腕に自分の腕を回してニコニコしながらとりとめもないことを話し出した。商店街に入ると明子はメイン通りの一本海側の道へ入った。メイン通りの近くなのに夜は来たくないような場所だった。そのことを明子に言うと、

「この辺は土地の人しか来ないところだからあまり心配要らないけれど、私もマオさんの意見に賛成だわ」

　しばらく歩いて、明子は一軒の普通の家に見える家に入った。

「この家はね、和風のお菓子と飲み物が美味しいところなのよ」

　明子は奥に向かって声をかけた。すると奥から返事が返ってきた。

「あら、お珍しいわね。お祖父様のお加減はいかがですか」

「ありがとうございます。今は小康を保っています」

「それは結構ですね。あら今日はお連れ様がいらっしゃるのですか」

「はい。これは正夫さんと言います。私の許嫁です」

「あらまあ。それはおめでとうございます。皆さんもいらしているから、ちょうどよかったわ。是非紹介させてくださいな」

「皆様がいらしているのですか。お会いしたいです」

「それではこちらへどうぞ」

　と言って女性店主は明子と正夫を奥の部屋へ案内した。案内された部屋は、広い庭に面した明るい大きな部

屋だった。正夫は、入り口とこんなに違う家があるのを不思議に思った。正夫は不思議な感覚に襲われた。

部屋には二十歳を幾つか越えた四人の女性と年配の男性が一人いた。

明子が店主に連れられて入っていくと、

「あら、明子お嬢様しばらくぶりねえ。お元気でしたか」

「はい、元気でした。ありがとうございます」

「今日は明子様がお連れ様とご一緒においでです。明子様ご紹介してくださいな」

「はい、おばさま。こちらの男性は私の許嫁の寺田正夫さんです。高校を卒業したらすぐ結婚することになっています。お祖父様もお祖母様もとても気に入ってくださっています」

と言って明子は正夫の方を見た。そして正夫を前に押しやった。

「初めまして寺田正夫と言います。今明子さんが言った通りです」

正夫が話し終わると、拍手が起こった。

「明子お嬢様、おめでとうございます」

「明子お嬢様、何だか肌の艶が一段と輝いてきましたわね」

などと言って、全員が祝福してくれた。先客達はおのおの自己紹介をしたが、正夫には全員の顔と氏名を覚えることが出来なかった。女性店主は、

「それではお二人のお菓子を用意してきますね。明子様はいつものでよろしいですか」

「正夫さんも初めてなので同じものをお願いします」

「はい。かしこまりました。少々皆様とお話をしながらお待ちくださいね」

「はい、お願いします」

明子は、正夫を気遣って、先客達と少し距離をおいていた。先客達も正夫にどう接したらいいかわからずに自分たちの話に夢中になっていた。

正夫は、このようなところに昼間から来ている人たちはどんな家庭の人なのかと考えていた。

「マオさん、ここのお庭はとても素敵なのよ。庭に出てみましょうか」

「そうだね。期待できそうな庭だね」

明子は先客達に断って、庭下駄を履いて庭に出た。部屋から見たよりもかなり広い庭だった。海よりの方に池があり、たくさんの鯉が泳いでいた。池を渡る太鼓橋があったが鎖で橋に入れないようになっていた。小さな山もあった。山には登れなかったがぐるっと回ることが出来た。庭の周辺は高い塀で囲まれていた。家に近いところは白い砂利が敷いてありテーブルが置いてあった。そこは塀で初めに入った部屋から見えないようになっていた。明子はそこでもお菓子を食べることが出来ると言っていた。

そこへ店主がお菓子とお茶を持って庭に出てきた。

「ここで召し上がることも出来ますよ」

「それじゃ、ここでいただきますので、このテーブルに置いてください」

「はい。それではここに置いておきますからゆっくりお楽しみください」

「ありがとうございます」

　店主が戻っていくと、

「マオさん、ここのお茶は有名なのよ。それとこのお菓子はお祖母様がとても褒めていらしたの。さあ、いただきましょうね」

「何か気後れしてしまったよ。何か場違いのところのようだったから」

「マオさんは、気の弱いところがあるのね。でももっと堂々としていないとお祖父様に笑われてしまいますよ。〝少年よ堂々としてあれ〟なんて言っちゃって。オホホホ」

「初めて聞いた言葉だね」

「そうでしょうね。私が初めて使った言葉ですもの」

「そうかあ。でもいい言葉だね」

「このお菓子はどうですか。美味しいでしょう」

「でも僕はアコが作ってくれたケーキの方が好きだなあ」

「どうしてなの」

「それはね。このお菓子は、小豆を使ってないからかもしれないね」

「あら、このお菓子の中心は小豆なのよ。上手に加工してあるからわからなかったのね」

「そうなの。小豆を使ってないと思ったんだけど。それじゃ食べ治してみようかな。あれもうなかったんだ」

「私のを食べてくださいな。もう一皿いただきましょうね」

　明子はテーブルの上のボタンを押した。すると別の女性がやってきた。

「お呼びでしょうか」

「すみません、これをもう一皿お願いします」

「かしこまりました。お茶も新しいのをお持ちしましょうか」

「お願いします」

「少しお待ちくださいませ」

　女性が去ると、明子は、

「二皿お願いしておけばよかったかしら」

「そんなには食べられないと思うけど」

　明子はお菓子の話を正夫に聞かせた。正夫はこれまで粒あんのことしか美味しいと思ったことがなかったので、明子の話を聞いて小豆の加工したものも美味しいと思うようになった。正夫は自分の無知が少しずつ改善されるような気がした。そういう意味でも明子に感謝してもしきれなかった。

　店主が新しいお菓子の皿を持って現れた。

「お待ちどおさまでした。正夫さんは気に入ってくださったのですね。ありがとうございます。どうぞ、試作品を一つ付けました。召し上がってみてください」

「アコさんはこのお店でもお祖母様みたいなもんなんだね」

「あら、今のはマオさんにと言うことみたいですよ」

「何でわかるのさ」

「ご覧なさいよ。これは小豆の粒で外側をくるんであるのよ」

「ほんとだ。こんなのも作れるんだね。それにとっても美味しいよ」

「そうね。美味しいわね。これはこの店の評判を高くするかもしれないわね」

「きっとそうなるよ。楽しみだね」

　二人は満足して家路についた。坂を登ったところから正夫は明子をおぶって歩き出した。明子は歌をうたっていたが、やがて寝息を立てていた。いつものことだが、そんな明子が大好きだった。

　正夫はそれは真実だと思った。正夫は愛の意味をよくはわからない。しかし明子を好きだと言うことは嘘偽りのないことだ。正夫は家に着いたので明子を背中からベッドに下ろした。ベッドに寝かせてもまだ寝ていた。正夫はあどけない顔をして寝ている明子を好ましく思うのだった。

　いよいよ明日から大川高等学校の二学期が始まる。正夫と明子は、準備を整えていた。正夫は明子が揃えてくれた下着類をきちんとたたんで、靴下とともにベッドサイドのテーブルの上に置いた。その品々の一つ一つが明子が正夫を好きである証拠だと正夫は感謝していた。その気持ちを伝えようと明子を見ると明子もちょうど正夫を見るところだった。目を合わせた二人はお互いに手を差し出した。指が絡んで二人はベッドの上に転がった。

「アコさん」

「なあに」

「いろいろ揃えてくれてありがとう。明日から気持ちよく通学できるよ」

「何でも申しつけてくださいね。私は正夫さんに何かをして差し上げるのが生き甲斐ですから」

「アコさん」

　正夫は涙ぐんでしまった。

「どうしたのよ。私はとっても幸せなのよ。だって、いつもマオさんがすぐ近くにいてくれるんですもの」

「僕はもっと幸せ者だよ。アコが手の届くところにいつもいてくれるからね」

　初めのうちは、正夫は未だに自分の置かれている状況を理解することが難しかった。しかし、正夫は現実を受け入れることにした。

「マオさん。自分で言うのはおかしいけど、私たちはとってもお似合いね」

「そうだね。自分で言うのもおかしいけれど、ほんとにお似合いだね」

「この頃、お祖父様はマオさんのことばっかり話したがるのよ」

「どんなことを話すの」

「私に向かって、明子は確かな目を持っているねって言うのよ。どうしてって言うと、正夫を見れば明らかじゃないかって言うの」

「それはどういう意味なのかなあ」

「私の想像だけど。お祖父様はマオさんのことをとっても気に入ったのだと思うのよ」

「僕なんてまだまだとってもお祖父様の気に入られるところまで行っていないと思うけど」

「そんなことないわよ。お祖父様は、こうも言っていたわよ」

「どう言っていたんだい」

「今時のあの年代の人に、あれだけの根性を持っているのは少ないと言っていたわ」

「どういう意味かなあ」

「何はともあれ、悪いと言っているわけではないと思うのよ。お祖父様は滅多に人のことを言わない人だけど、マオさんの話になると頬が緩みっぱなしになってしまうのよ。お祖母様もそれを喜んでいるわ」

「そういう話を聞くと、僕ももっと頑張らなければいけないね」

「そうですね。マオさん。あと半年ですからマオさんの健康は私が守りますから、マオさんは頭脳の健康と発達の方を頑張ってくださいね」

「ありがとう、アコ。別の方も頑張るからね」

「あら、マオさんが嬉しいことを言ってくれたわ。よろしくお願いします。待っている方達に失望させないようにしましょうね」

「そうだね。無期限の期限に間に合わせないとね。アコも大変だろうけど僕が支えるから頑張ってください」

「マオさん、よろしくお願いしますね」

二人はベッドの上で身体に向きを変え向き合う格好になった。

九月に入って二学期の授業が始まった。正夫は化学クラブの部会を開いて、テーマの提案を正式にまとめた。申込期限は二週間後と決めた。その後いろんなことを話し合ってその日の部会を終了した。その後で諏訪村から通学している二年生が仲間二人と正夫達のところへ来た。

三人の話は、学園祭のことではなく、誰かに聞いたらしく仙台の予備校のことを聞きに来たのだった。健樹もその話を聞きたいと言って正夫を囲んだ。

正夫は仕方なく蛍雪予備校のことを話した。

「どんな高校から生徒が来ていたのですか」

「それは発表されていないのでわからないけど、その予備校は仙台市内で一番難関な予備校だと聞いていた」

「予備校の名前はなんて言うのですか」

「大川高校の記章と同じ、と言うか歌にもある蛍と雪、つまり蛍雪予備校と言うんだけど」

「その予備校のことは聞いたことがあります」

「俺、中学校の先生が話してくれたことがあったので覚えています」

「先生は東京の春秋予備校に対抗できるレベルだと言っていました」

「俺も聞いたことがあります。そこへ入るのが大変で大学へ入るより難しいとも言っていました」

「俺はそんな話を聞かなかったなあ。俺の場合、今お世話になっている先生の紹介で夏期講習に行ったんだけど」

「それで、寺田先輩の成績はどうだったんですか」

「成績のことはそれほど問題ではないと思うんだ」

「でも気になりますが、後輩のためと思って教えてください」

「それではここだけの話ということで言うけど、ちょっと言っておくけど格好付けているわけじゃないことをわかってほしいんだ、ある人に成績のことを言えば、それは目的を見失うことになると言われたんだ。実際には最終的には三百人中二番だった」

「へー、すげーなー」

「俺も先輩の後を追っかけなけりゃ」

「正夫、と言うことは逆に言えば大川高校もかなり高いレベルにあるということになるな」

「冗談を言わないでくれよ、健樹。俺一人のデータで全体を標準化するのはどうかな。科学的じゃないと思うけど」

「そりゃあそうだな。今の言葉は取り消しだ」

「先輩に〝成績のことを言えば、それは目的を見失うことになる〟と言った人は誰なんですか」

「それはね、君の問いだけど個人的に言われたことなので答えられないんだ。わかってくれよ」

「わかりました。先輩はよい方とお話しできる立場にあるんですね」

「例えば来年の夏休みにそこへ行くとしても通うのが大変だなあ」

「あ、俺の姉が仙台に住んでいるので、そこから通うことが出来ます」

「それは素晴らしい。頑張ってくれよ」

「はい、ありがとうございました」

「それじゃ、これでお開きにしようか。下校の時間が迫ってきたから、悪いけど俺はこれで失敬するよ」

「ありがとうございました」

と言って、二年生達は部室から出て行った。健樹はまだ何か言いたそうだった。

「もう一つだけ聞かせてくれよ。正夫」

「大事なことかい」

「正夫が蛍雪予備校へ行ったのには大川高校の教員が関係しているのか」

「健樹だけになら話してもいいだろう。俺の世話になっている方が、どんな関係があるのかわからないけれど、金井教諭に相談して紹介してもらったと行っていた」

「なるほどな。金井教諭も正夫に期待しているのだろうな」

「そんなことは分からないぜ。たまたまかもしれないからな」

「正夫は幸運をつかんだみたいだな。これからも頑張ってくれ」

　ということで正夫はその日は下校することにした。東行きの列車が大川駅を発車するまで四十分間ほどになっていた。正夫は、明子が選び祖父が買ってくれた時計を見るのが楽しみだった。

　正夫は健樹に申し訳ないと思っていたが、自分の将来のことに集中することにした。大川駅に着いた正夫は、駅の売店でフルーツ牛乳を買って飲んだ。この飲み物の味は、たくさんの人に好まれて日本中で売れてるといつかの新聞に出ていた。

　西行きの列車がホームへ入ってきたので、正夫は東行きホームへ行った。西行きホームを何気なく見ると、諏訪村から通学している女子高生が四人いた。その中の一人が正夫の姿を見つけて仲間に何事か言った。全員が正夫の方を向いて、手を振って合図した。正夫もそれに合わせて手を振った。そこへ西行きの列車がホームに入ってきたので、正夫と四人の女子高生の間には距離が出来た。すぐに東行きの列車が入ってきたので正夫はそれに乗り込んだ。同時に西行きの列車が発車した。すぐに東行きの列車も発車した。北上駅には明子がすでに待っていた。正夫の乗っている列車がホームに入ると明子は窓の中をのぞき込むようにして正夫の姿を探していた。正夫は、いつものように階段付近のドアから下車した。明子が飛んできた。

「マオさん、お帰りなさい」

「ただいま、アコさん。ベンチに座っていればいいのに。身体を大事にしてくれなきゃ」

「マオさん、ありがとう。まだわからないのよ」

「でもアコの様子を見ていて何か変わったように見えたんだよ」

「そーお。もうじきはっきりわかるわよ。でも気を遣ってくれて嬉しいわ」

　南行きの列車がホームに入ってきた。正夫と明子は手をつないで列車に乗り込んだ。窓の外に見える田んぼの稲は、出穂して花が咲いているものもあった。

「マオさん。わたしねこの頃、何だか幸せが心の中を満たしているようなの」

「それは何か変化が起きているからかもしれないね」

「いいことだと嬉しいんだけど」

「そうに決まっているよ。だから絶対無理しないでね」

「わかりました」

　松島駅に着いたので二人はゆっくり列車から降りて、改札口へ向かった。この頃駅員も、

「お帰りなさい」

と言ってくれるようになった。正夫が明子の家に来てもうじき一年になるので、駅員も正夫の顔を覚えたらしい。正夫も、

「ただいま」

と挨拶を返した。

明子は祖母の買い物があると言って街中に行きたいというので一緒に行った。明子と正夫は駅前のデパートへ入って行った。初めに乾物店に入って何かを探していたが、見つからなかったので店員に尋ねた。店員は肯いて明子を案内して一つの棚の前に立った。そこで缶詰らしいものを持って説明していた。明子は了解してそれを求めた。その他数種類の乾物を購入した。次に行ったのは肉屋だった。そこでは牛肉の脂の少ないものと羊のかたまり肉を求めた。それから衣料品店へ入った。白いさらしの反物を一巻を求めた。

「マオさん、買い物に付き合ってくださってありがとうございました。お礼に何か美味しいお菓子をご馳走したいと思いますが、それともご飯の方がよろしいかしら」

「そうだね。折角だから少し軽いおそばやがあればそこへ行ってみたいけど」

「そうしましょう。私もお腹が空いていたのです」

二人は明子の案内で日本そば屋へ入った。その店も大川市の東外れにあったそば屋と違って何だか高級店のようだった。正夫は明子を見て、

「こんな高級そうな店じゃなくてもいいのに」

「でもね、祖母はどうせ食べるなら美味しいものを食べなさいと言っているの」

「もったいないと思ったけれども、何かお祖母様の意図があるのかもしれないね」

二人はその店に入って案内を請うた。すぐに店の人が出てきた。

「おやまあ、お久しぶりですね、明子様。お食事ですか。あら、お連れの方がいらっしゃるのですね」

「はい、何か食べさせてくださいますか。それとこれは私の許嫁の正夫さんと言います。よろしくお願いします」

「それはそれは。お食事の用意は少し時間がかかりますが、お待ちくださいね。どうぞこちらへ」

と言って、庭の見える部屋へ案内した。庭は広くこの前の店と比べても引けをとらない美しさだった。庭の先に松島の島々が展望できた。ほどなく先ほどの人ともう一人店員のような人が料理を持ってきた。それを食卓上に並べた。正夫はそれを見て驚いてしまった。思わず明子と顔を見合わせた。明子も簡単な食事と思っていたからだ。

「どうぞごゆっくり召し上がってくださいませ」

店の人が部屋から出て行くと、明子が、

「大変な料理を食べることになってしまいました。マオさんお腹の入るところに余裕がありますか」

「僕の方は大丈夫だよ。アコの方はどうだい」

「私もこの頃たくさん食べることが出来るようになってきたのよ。だから大丈夫と思います」

「それじゃ、いただきます」

正夫は、やはり明子に変化が出ているようだと確信した。

「美味しいわねえ」

「アコと食べるときはいつも美味しいので少し運動しなければいけないと思っているんだ」

「そう言えば、予備校へ行っているときは木刀振りをしなかったわね」

「そうだったね。やはり他の高校の生徒に負けないようにと思っていたから怠けてしまった。明日から復活するよ」

「そうしてくださいね。油断大敵ですからね」

「また注意されてしまったね」

「あら、美味しいものを食べているのにお説教めいたことを言ってしまいました。ごめんなさい」

「アコが謝ることないよ」

二人は、ご馳走を食べ終わった。すると見ていたように初めの女性がお茶とデザートを持ってきた。

「大変美味しかったです。ご馳走様でした」

「僕は、初めてこんな美味しいものを食べました。ご馳走様でした」

「これは、ご丁寧なお言葉をいただきまして恐縮します。あら、とんだお邪魔をしてしまいました。ごゆっくり」

お茶は抹茶だった。お菓子は京菓子だった。さすがの正夫もお茶だけ飲んでお菓子は明子の方へ回した。明子は私もお腹がいっぱいと言いながら正夫の分のお菓子も食べてしまった。

「マオさん、もう食べられないわよ」

「アコも健康そのものだね」

「そうよ。私はズーッと健康だったわよ」

食べ終わったので二人は受付のところへ行ったが誰もいなかったので、置いてあったベルを鳴らした。すぐ女性がやってきた。

「お会計をお願いします」

「お会計ならもう済んでいますよ」

「あらお祖母様に言ってなかったのにどうしてわかったのかしら」

「失礼なことと思いましたが、明子さんはまだ未成年でいらっしゃいますので保護者の方にお知らせしたのです。ごめんなさいね」

「いいえ、お心遣いありがとうございました」

「明子様、失礼ですがこれをお祖母様にお持ちくださいますか」

「はい、わかりました。ご馳走様でした」

「またお寄りくださいね」

明子　母への道を歩き始める

正夫と明子は、家へ向かった。坂道を上がったところでいつものように正夫が背中を向けると、明子は今日はいっぱい食べたから歩きます。と言ってニッコリ笑った。

家へ着くと祖母が庭にいて、明子が歩いて帰ってきたので逆に驚いてしまった。

「ただいま戻りました。お祖母様、ご馳走様でした。簡単におそばを食べようと思ったのに大変なご馳走を出してくれたものだから驚いてしまいました。それからこれを店の方から預かってきました」

「大変なご馳走をいただいてしまいご馳走様でした。それとご迷惑をお掛けしました」

「正夫さん。何も遠慮は必要ありませんよ。あなたは明子と同じように私たちの大切な孫と同じですからね」

「ありがとうございます」

明子は買い物を祖母に渡した。

「明子さん、ちょっと来てくださいな」

祖母は明子に夕食をどうしようかしらと相談していた。明子はいらないと思うけどおにぎりを少し作っておきますと言って正夫のところへ戻ってきた。

二人は二階へ上がって、祖父に帰宅の挨拶をしに祖父の部屋へいった。

正夫は、只野の部屋をノックした。只野の〝どうぞ〟という返事があったので二人は部屋に入った。

「ただいま戻りました。お祖父様お加減は如何でしょうか」

「正夫、お帰りなさい。今日も概ねよかったですよ」

「お祖父様、明子もただいま戻りました」

「明子、お帰りなさい。それで一つ聞いておきたいんだけど。二人とも日曜日の講習をどうするんだね」

二人は思わず顔を見合わせてしまった。正夫は参加したいと思っていたが、明子のことが心配だったからだ。明子は自分の身体の変化に気がついたようで、あまり無理をしない方がよいのではないかと思っていた。

「お祖父様、私、この頃身体の調子が普通じゃないの。だから私は参加するのは無理かもしれないわ。でも正夫さんには参加してほしいと思っているの。正夫さんは遠慮しているのと、私のことを心配してくれているので返事に困っているんだと思うのよ」

「そうかい。明子はちょっとお祖母さんと相談してきなさい。ありのままを話すんだよ」

「はい、すぐ行ってきます」

明子が下へ行くと、只野は正夫に話し始めた。

「私たちはね、正夫君。君をもう私たちの家族と思っているんだよ。だから遠慮せずに何かしてしてほしいことがあったら話してください。いいですね」

「はい、ありがとうございます。早速ですが、毎日曜日の講習に参加させてほしいのですがよろしいでしょうか。予備校の講師の方は招待すると言ってくれたのですが」

「それは結構ですね。さすが仙台一番の予備校ですね。是非参加しなさい」

「ありがとうございます。それでは明日から参加しますのでよろしくお願いします」

「正夫にも私のやってきたことを少しずつ話しておくことにしました。と言っても学問的なことは日々進歩しているので、追いついていくのが困難になってきましたが、できるだけ話しましょう。初めは研究に志すものの考え方についてです」

「ありがとうございます。明子さんも一緒に聞きたいと言うと思うのですがよろしいでしょうか」

「もちろんですよ。明子も正夫の妻になるのだから何かの参考になるでしょう」

そこへ祖母と明子がお茶を持って部屋に入ってきた。

「正夫さん、話の花が咲いていたようですね」

「はい。これからも時々話を聞かせていただきます。アコさんも一緒に聞きたいでしょう」

「ええ、お祖父様のお話を聞くのは初めてかもしれないので興味があります」

「よしよし。少し理解が困難なこともあるだろうから、正夫に後から説明してもらうといいね」

「嬉しいわ。マオさんよろしくお願いします」

「あらまあ、明子までお祖父さんのお話を聞きたがるなんて知りませんでしたよ」

「だって、お祖父様は私には話す機会がなかったんですもの。嬉しいわ」

「これは大変なことになってしまったね。それじゃ、話す内容について少し整理しておかなければならないね」

四人はお茶を飲んで新聞に出ていた記事について話し合った。こんなことは初めてだと後で明子が正夫に言った。明子は少し興奮しているようだった。しばらく雑談をしてから正夫と明子は祖父の部屋を出た。自分たちの部屋に入ると、明子はほんとにうれしそうに正夫に言った。

「マオさんのお陰で謎の人、只野真一郎のお話を聞くことが出来ることになりました。ありがとうございます」

「ところでねアコさん。僕は明日から日曜講習に参加しようと思うんだけどいいかしら」

「もちろんよ。私も一緒に行きたいけれど、さっきお祖母様にお話ししたら、もしかしたら望みが叶ったのかもしれないと言われました。初めてのことだし今が大事なときだから、しばらくの間無理な動きをしないように気をつけなさいって言われたの。一緒に行けなくてごめんなさいね」

「アコさん。謝ることじゃないよ。明日はお祝いをしなければならないね」

「マオさん、それはまだ先の話よ。そのうちお医者様に見てもらうことになるわ。それで確認できたらお祝いしましょうね」

「わかった。それからおんぶするのはどうなのかしら」

「それはお医者様に相談してみるわね」

正夫は何だか心の中に温かいものが生まれてきたのを感じた。明子は正夫の目をのぞき込んで、

「マオさんにはしばらく不自由させるかもしれませんけれど、安定するまで我慢してくださいね」

「もちろんさ。僕のアコさん」

「私きっとマオさんに宝物を贈りますからね」

「僕の宝物が二つになるんだね。嬉しいよ。僕も目的に向かって頑張るよ」

「もしかしたら来年の春には家族が増えるかもしれないわね。楽しみだわ」

「アコの学校はどうするんだい」

「お祖母様が学校と相談して出席日数が満たされるまで出席して、目立つようになったら休学することにしてもらうと言っていたわ。私もそれでいいと思うのよ」

「そうだね。学校にはきちんと説明しておかないと、思わぬ噂が立つことがあるからね」

「それはお祖母様も心配してくれたわ。もし希望が叶わなかったら、不足している科目を検定試験で取得することも出来るから心配いらないわよ」

「僕ができる限りのサポートをするからね」

「よろしくお願いするわね」

正夫に新たな力が湧いてきた。その力には目的のために何かを犠牲にすることはいけない。例えばそれが、化学クラブの学園祭についてもだ、と考えることにした。

正夫は、学園祭も手抜きをしないことにした。しかし化学クラブに使える時間帯は水曜日に限ることにした。このことを健樹に相談しておかなければならない。

日曜日の講習については、蛍雪予備校に問い合わせをしたところ、いつからでもよいから出席してほしいと言ってくれた。正夫はそれで出席した。そこには夏休みに首位だった生徒も来ていた。仙台市内の高校生は勉強することで自分の人生を切り開いていくことを両親に指導されていると話してくれた。街中では高校を卒業してすぐ就職することも可能だが、進学する生徒が多いという話だった。両親がそれだけ熱心に子どもの将来を考えているようだった。正夫は偶然とは言いながら非常に素晴らしい人が親代わりになって指導してくれていることがどんなに幸運なことか計り知れないと思った。

明子の身体の変化に伴って正夫の決意はその度合いを高めることになった。正夫は九月中は化学クラブの主題の選択と後輩の指導で忙しかった。そのために勉強量に不満があった。しかし時間は普通に過ぎていき、十月に入ると二学期の中間試験の時期になった。それでも頑張らなければならない。

明子は祖母に連れられて産科を受診した。その結果、妊娠が確認された。その日の夕食は、祖父母の心づくし

のご馳走でお祝いをした。その夜、明子はベッドの中で祖母が、新しい生命を育てるために正夫と別の部屋で休むように言った。しかし明子は、一人で寝るのはいやだと言って正夫と今まで通りにすると言った。明子はこんな嬉しいことを一人じめするのではなく、正夫と一緒に感じたいという理由だった。正夫は明子のお腹をそっと触ってみたが変わったようには思えなかった。明子は笑い出してしまった。

「マオさん、今から表面に出てきたら私は学校へ行けないわよ。わかるようになるのは十二月に入った頃とお医者様が言っていたわ」

「ずいぶん長くお腹の中にいるんだね」

「そうよ。お腹の中で可愛くなろうなろうと努力しているのよ」

「それは心配ないさ。男の子だったらアコに似て凄く可愛いだろうし、女の子だったらやはりアコにそっくりになるんだろうなあ」

「マオさん、それじゃマオさんに似ているところはないって言うの。それは困るのよ」

「そうだったね」

「それから、おんぶは控えた方がいいって言っていたわ。残念ね。でもそれには理由があるのよ。私も足腰を少しずつ動かしていたほうがいいんですって」

「それじゃ、手をつないで散歩というのはいいんだね」

「その通りよ。マオさんは私の手を絶対に放さないでね」

「もちろんだよ。アコは僕の最も大切な人なんだから」

「うれしいわ。私、きっと可愛い赤ちゃんを産むわ」

「お願いだよ、アコさん」

明子は、十二月いっぱい通学することになった。その後は休学することにした。高校への説明は祖母がきちんとしてくれたので問題は起きなかったので、明子はそのまま卒業できることになった。明子も大変だろうと正夫は思った。それで正夫は当たり前のことだけど、明子がしてほしいことを総て叶えてあげることにした。

二学期の中間試験が始まった。正夫は問題のほとんどを回答できた。しかし人文地理の問題で設問の一つを間違えてしまった。それは山の斜面の距離を計算するときに角度を忘れていたのだ。それで、試験科目全問正答を外してしまった。その結果、学年の二位になってしまった。一位は高校入学からズーッと首位を通してきた佐々木雄一だった。噂話では佐々木はここまで総て満点を取ってきたという。教員の間では佐々木は天才だと言われていたらしい。それに引き換えて正夫は、努力家と言うことになっていたらしい。

十月末になって、佐々木雄一が東京都中央区にある高校に転校することになったと言うことを健樹が知らせてくれた。一瞬正夫は腑抜けたようになった。それは目標の一つが消えてしまったからだった。そして考え事に入ってしまった。

「正夫、大丈夫か。ここに少し横になれ」

と言って健樹は、椅子を並べて正夫を横にさせた。正夫はすぐ気がついて、

「健樹何をしてるんだ」

と言った。健樹は逆に驚いて、

「正夫、お前気がついたのか。よかったなあ。俺は救急車を呼ばなければと思ったんだ。よかった」

「俺がどうかしていたのか」

「正夫の心がトリップしていたようだったんだぜ」

「なんだいそれ。ちょっと考え事していたんだ」

「そうだったのか。それにしてもよかった。何もなくて」

「心配かけて済まなかったな」

「それはそうと、学園祭はうまくいくかなあ」

「三年生も二年生もそして一年生も頑張っているんだから、後は俺たちのマネージ次第じゃないのか」

「それはそうなんだけどな。俺たちの企画も考えたらどうだろうか」

「それはいいかもしれないな。それで何か案があるのか」

「いや。特にこれって言うのは無いんだけどな。今思いついたんだけどな、日本の科学の歴史を調べるって言うのはどうだい。それなら今からでも間に合うかもしれないぜ」

「日本のと言うと大変だなあ」

「それはそうだ。だから例えば、明治維新後のことに限定するっていうのはどうだろう」

「うんだなや。それなら資料も結構あるかもしれないしな」

「それでいってみようか。出来たらまだ何をするか決めてない一年生を呼び出して手伝ってもらうのはどうだい」

「そうだな、一年生が手伝ってくれれば三年間それを続けていけるかもしれないしな」

「そういうことも考えられるな」

「それじゃ、一年生の勧誘を健樹がやってくれるかい」

「いいとも。ちょっと名簿を見て誰が残っているか調べてみようか」

「今まで部室へ来ていなかった奴を呼び出してみると面白いかもしれないぜ」

「よし、俺に任せておけよ」

「それじゃ俺は帰るから、よろしくな」

「正夫は案を練っておいてくれよ」

「わかった。じゃあな」

　正夫はまた新しいことを思いついてしまった。そしてそれを口に出してしまった。そのために時間が使われることを知っていてやってしまうのだった。

　それは正夫のよいところでもあり、困ったところでもあった。

　正夫の頭の中は、明子のことで満杯のはずなのに、新

しい思いつきが出てきてしまうのだった。大川駅に着くと、諏訪村の同級生がいた。しかし、あまり話をしたことがない生徒だったので目で挨拶をして通り過ぎようとした。すると好奇心旺盛な幸子が正夫の方を向いて仲間のところへ来るように手招きした。

　正夫はあまり話したくなかったが、たまには仕方ないと思って彼らに近づいていった。

「正夫君、久しぶりね」

「そうだね。もうじき学園祭があるからその時会えるんじゃないかと思っていた」

「諏訪村のみんなが正夫が付き合い悪くなったって言っているわ」

「今どこに住んでいるんだい。諏訪村には帰っていないのかい」

「勉強はうまく進んでいるのすか」

　などと口々に質問してきた。正夫は手を振って、

「みんなが一斉に話したらどれも聞こえなくなってしまうよ」

「それじゃ、今勉強は進んでいるのすか」

「二学期の中間試験で満足な成績になっていたよ」

「俺もそのことは聞いた。何でも学年で二番だったって言っていたっけ」

「順位はそれほど問題じゃないけどね」

「それじゃ本当なんだねや。凄いじゃねえすか」

「だから順位が問題じゃなくて、目的を達成できるかどうかが問題なんだ」

「今どこに住んでいるのすか」

「それは今言えないんだ。いつか話せるようになったら説明するよ」

「謎が多いねや。気になるけど個人の問題だから仕方ないか」

「家へはもうしばらく行ってないな。兄が結婚したんでね。ほら北町の勝彦っていった小学校からの同級生がいたろう。彼の姉さんが嫁さんだ」

「あら、そうすか。大原台の人と一緒になったって聞いたことがあるわ」

「うんだ、俺も聞いたっけ」

「正夫も諏訪村で誰かと一緒になってズーッと住んでくれればいいのにねや」

「それはないよ」

「そうだろうな。あんなことがあったからな。仕方ねえべさ」

「そういうことじゃないんだけどな。そろそろ西行きの列車が来る時刻だぜ」

「そうだな、それじゃまた機会を作ってあおうや」

「じゃ、バイバイ」

　諏訪村の同級生は大川駅のホームへ入っていった。正夫も少し遅れてホームへ入った。すぐに西行きの列車と東行きの列車がホームに入ってきた。正夫は客車に入って座った。両方の列車が発車した。明子が待っている駅

まで十数分間で着く。

　北上駅に到着する前から客車のドアのところにいて明子の姿を目で探していた。明子はすぐドアの近くに立っていた。ドアが開くと正夫は両手を広げて明子を抱き留めた。明子は満面の笑みで正夫に抱きついた。

「アコ、お待ちどうさま」

「どういたしまして。すぐ列車が入ってくるようよ。南行きのホームに行きましょう」

「ゆっくりでいいよ。時間は十分あるからね」

「アコのカバンも僕が持つから。今日は何か買い物はないの」

「いくつかあるの。薬屋さんに寄っていくから外で待っててね」

「一緒にいなくて大丈夫なの」

「だって少し恥ずかしいんですもの」

「それじゃ、外の少し離れたところで待っているからね」

「ありがとう」

　下車駅に着くと、いつものたくさん店のあるデパートへ入っていった。正夫は外で待つことにして、川面を眺めていた。川水は澄んでいて、魚が泳いでいるのがよく見えた。集団で泳いでいたかと思うと、サッと別々の行動をとって泳いでいるものもいた。しかし、しばらくするとまた一塊になって上流の方へ泳いでいった。すると別の塊が泳いできた魚が同じような行動をとる。まるで川の中に目印があるように思えた。

「マオさん。何を見ているんですか」

「この川には魚がたくさん泳いでいるんだね。今は海の方から来て上流の方に行ってしまったけど。次々に来るんだよ」

「この川にはボラとか鮎とか淡水でも生きていられるような魚がたくさん来るので有名なのよ」

「そうかあ。魚は海水魚と淡水魚といるのは知っていたけど、両方とも平気なのもいるんだね」

「そうらしいわね。成長の段階でも棲むところが違うらしいの」

「そういえば、鮭も産卵の時期になると淡水の川を遡上して産卵に適したところでタマゴを産むんだったね」

「鮎もそうよ。鮭は産卵が終わると死んでしまうけど、鮎は川を下ってくるんだって。それを落ち鮎と行って人間が捕まえてしまうのね」

「今日はいい勉強になりました。またよろしくお願いします」

「話題はマオさんが探してくれなければいけないのよ」

「はい分かりました」

「ところで大川高校の学園祭に今年は行ってみたいんですけど、いいかしら」

「もちろんいいよ。また友達を連れてくればいいよ。そして帰りにあの大学芋屋で食べようか」

「賛成でーす。みんなを誘わなければ」

「でも人数はあんまり多いと店に入りきらないからね。適当な人数にして」

「私と行動するのは、この前の人達だけだから心配ないわ」

　明子達が見学に来たら、健樹や二年生はどう対応するのか少し心配になったけど、明子が大川高校に来るのはこれが最後かもしれないと思って歓迎することにした。健樹にも言っておかなければならないだろう。これで正夫と明子の関係が明らかになってしまうかもしれないと覚悟した。

　正夫は健樹や二年生達とやる明治期の科学技術についての資料がほぼ集まったのでまとめの段階に入っていた。その他の部員も一生懸命やったので学園祭には間に合うことになった。学園祭まであと十日になった。化学部員達は仕上げにかかっていた。正夫は健樹と相談して、みんなよくやっていたので学園祭が終わったら、例の大学芋屋で打ち上げ会を開くことにした。

　正夫は、学園祭前日の金曜日の帰りは少し遅くなると明子に断って登校した。明子は拗ねて見せたが元々そう言うことの出来る人じゃないので、すぐニッコリして了解してくれた。その代わり土曜日には友達と見学に行くからと言った。

　今年は仲間が大勢いるからお弁当は作らないでいいと言った。その代わり夕食にご馳走してほしいと。

　そして、ついに学園祭の前日になった。用意は万端できあがり、翌日から来るお客に説明するための練習を行った。今年は二年生と一年生がよく頑張った。説明も的を射ていたし、話す速さも申し分なかった。健樹と、彼らはどこかで練習したのかなあと話し合った。来年のことを言うと鬼が笑うかもしれないが、来年の学園祭はテーマを早くに決めて準備していけばもっと素晴らしいものになると期待出来るという結論を得た。

　それでいつもの時刻に下校することが出来た。大川駅近くの喫茶店で正夫は健樹と二人でコーヒーを飲んでから帰ることにした。

「正夫、今年はあの高校生達が来るといいんだがねえ。俺たちも来春には卒業だしな。もう一度会ってみたいと思うんだが」

「明日あたり来るんじゃないか。その代わり俺たちも向こうへ行かなければいけないぜ」

「四人ともいい子だったなあ」

「そうだったねえ。実はな健樹、俺はあの中の一人と付き合っているんだ。もう言ってもいいと思うので話すんだが」

「俺もそんな気がしていたのっしゃ。多分あの背の高い子じゃないのか」

「当たりだ。今、俺はあの子の家で暮らしている。それも住み込みの書生という身分でな」

「それであの子の名前はなんて言うんだったっけ」

「只野明子って言うんだ」

「只野って、まさかと思うけどあの物理学者の只野真一郎先生かい」

「実はそうなんだ」

「それは大変だなあ。だってあの方は日本はおろか世界の只野博士だぜ」

「俺は去年の暮れにそのことを知ってびっくり仰天さ」

「さぞ堅苦しいんじゃないのか。くわばらくわばら」

「それがな、とっても気さくな人なんだ。只野氏の奥様もとってもいい人なんだ」

「それであの子は只野博士の娘さんなのか」

「いや、あの子の両親は、この前の戦争で空襲の犠牲者になってしまったらしい。それで祖父母が引き取って育てたんだそうだ。女の子なのに両親に甘えられない分を祖父母が大切に、時には厳しく育てたらしい」

「それじゃ、あの子も頭脳明晰っていうわけか。どのくらい出来るんだい」

「そうさなあ。蛍雪予備校では俺とどっこいどっこいっていうところだった」

「正夫、そんな凄い子とよく付き合う気になったなあ」

「しかしな、初めはそんなことは全く知らなかったさ。父母のことも祖父母のことも知らなかった。しかしな、化学の金井先生もお世話になったらしいぜ。それで蛍雪予備校へ行くことになったくらいだから」

「ところで書生ってどんな仕事をするんだい」

「町屋に住んでいるし、高齢だからお客もそんなに来ないので全く仕事なんか無いんだ。だから俺は恐縮して小さくなっていたんだ」

「その後はまたの機会に聞かせてもらうよ。一つだけ聞いてもいいか」

「難しいことじゃなければどうぞ」

「その娘さんと正夫は将来結婚することに決めたのか」

「そういうことになってしまった。と言うより俺の方が彼女にまいってしまったというのが正しいかもしれないな」

「このやろうめ。でもお前もこれからが大変だなあ」

「そんなことはないさ。時間があるっていうのがこんなに素晴らしいことを俺は只野氏の家へ移ってから初めて知った。それも至れり尽くせりだからなおさらだ」

「明日が楽しみだなあ。みんなに話しておいた方がいいか」

「それはやめてくれ、変な評判が立ったら困るからな。特に健樹の彼女には絶対言わないでほしいんだ」

「分かった。それは約束しよう。それと諏訪村の連中にも言わないことにしよう」

「ありがとう。そうしてくれ」

そんな話をした後で正夫は大川駅へ向かった。いつもの列車が来るまで少し時間があったので、駅近くの書店へなんということなくと入った。そこで正夫は相川と雅子が一緒にいるのが目に入ったので、顔を合わせないように店から出た。正夫の母親が時々世間ってずいぶん狭いものだと言っていたのがこのことかと思った。いつもと同じ列車に乗ることが出来て、北上駅で明子に会えたらどんなに嬉しいかと思っていたら列車がホームに入ってきた。相川が雅子を送って駅へ飛び込んできた。どちらからともなく手を取り合って暫時別れを惜しんでいたが、雅子はホームへの階段を駆け上がっていった。

正夫な何となく安堵感をもった。それ以上の感慨は出てこなかった。すぐに東行きの列車が入ってきた。正夫は客車に入ると学園祭のパンフレットを取り出して化学クラブのところを眺めた。列車が発車した。すぐに北上駅に着いた。ホームに明子がいたのを認めて列車を降りた。明子が素早く正夫の姿を見つけて階段のところまで来た。正夫は階段を走り降りて、明子のところに着いた。すぐ手を取り合って、

「よかった。アコが待っててくれたんだね」

「そう、もしかしたらと思ったの。よかったわ」

南行きの列車がホームに入ってきたので乗車した。

「今日は買い物はあるの」

「今日の買い物は大変なのよ。マオさんが来てくれてよかったわ」

「お野菜と魚、肉を買うの。重いからどうしようかと心配だったの。マオさんに以心伝心で伝わったのね」

「そうだね。アコ光が知らせてくれたんだよ」

二人は北松島駅に着いたので下車し、またいつものデパートに入っていった。買い物が済んで、明子が何か食べていこうというので、ちょうど腹が減っていた正夫はすぐ賛成し付き合った。

明子は橋を渡り広い道路の次の狭い道へ入っていった。こんな所にあるのは飲み屋だろうと思ったが、それは外れた。小ぶりの店で入り口から入るとカウンターの向こう側に白い服を着た中年の男が椅子に座って新聞を読んでいた。明子の姿を見てその男が、

「やあ珍しい人のお出ましだね。お祖父さんとお祖母さんは元気かい」

「今日は。お陰さまで二人とも元気です。おじさまはどうですか」

「俺は病気している暇が無いくらい忙しいんだ。こりゃだめだといって病気のほうが寄り付いてくれないよ。お嬢さん、今日はお連れさんがいるんだね」

「この人は私の許嫁の正夫さんです」

「寺田正夫です」

「お嬢さんもそういう年になったんだねえ」

「それよりお腹が空いてしまったの。何か美味しいものを作って下さい」

「承知しました。お祝いにとびっきりの酒があるので一本付けましょうかね」

「おじさま、私達はまだ高校生ですよ」

「お連れさんは体格がいいので成人かと思ったんだけどなあ」

店主は包丁を動かしながらそんなお愛想を言った。そ

の包丁さばきを見て正夫がつぶやいた。

「手さばきもすごいけどその包丁もすごいんですね」

「ほう、君は刃物のことがわかるのかい。これはね、俺の相棒でな、もう十年も使ってきたものだが、一回も研いだことがないんだ。仙台の大学の先生が発明した合金で作ってくれたんだけどな」

「使い終わったら見せてくれますか」

「これは人に触らせたくないんだが、只野さんのお嬢さんの許嫁じゃしょうがないか。ちょっと待っててくれ」

「そんなに大切にしているものなら、そこに置いてみるだけでいいです」

「君は若いのによくわかっているなあ。そういう人ならこいつも見て欲しいと言うだろう」

「ありがとうございます」

明子はそんな正夫を初めて見た。そしてこの店につれてきてよかったと思った。店の主とも話が合うようでよかったと明子は正夫の顔を見つめていた。

店主は調理が終わったと言って包丁を正夫の前に置いた。正夫は店主に断わって、包丁を手に取った。包丁の手元から刃先を目を細めて眺めてから、刃紋をみた。そして指でそっと刃の感じを当たった。次に刃先の所を指ではじいた。もう一度包丁の刃の線を見て丁寧に店主に返した。その様子を見ていた店主が何か言いたそうだったが黙っていた。正夫は、

「このような刃物を初めて見させていただきました。ありがとうございました」

「感想はどうだい」

「すごいとしか言いようがありません。実は、私の兄が刀の研ぎ師になるつもりで修行していたのですが、戦争で希望が叶えられなくなってしまいました。その兄から刀のすごさをいろいろ聞いていました。それで興味を持ったので見させていただきました。すばらしいものを拝見させて下さってありがとうございました」

「お嬢さん、この人はたいしたもんだねえ。まず言葉遣いが気に入った。そして刃物が好きだと言うことも気に入ったよ。仲良くいい家庭を作ってくださいよ」

「ありがとうございます。お言葉に従います」

「はい、料理ができあがったよ。ゆっくり食べてくんな」

「わあ、きれいねえ。どれから食べましょうか。マオさん」

「ほんとだねえ。それじゃ、いただきます」

二人は店主の心づくしの料理を食べ始めた。食べながら二人は顔を見合わせてニッコリするのだった。そんな様子を見ていた店主は、俺もこんな時代があればよかったなあと思った。俺の時代は、戦争が生活の中心だったからなあと感慨にふけった。

正夫と明子は料理を食べ終わった。店主はそれに気がつかなかった。

「おじさま、ごちそうさまでした」

店主は、はっとして、

「ちょっと待っておくれ」

と言って、何かの料理を作った。

「これは俺からのささやかなお祝いだ。食べてくれ」

出されたものを見て二人はおどろいた。大きな皿に魚の頭がのっていた。

「わあ、すごい。これは何の兜ですか」

「今朝入ったマグロの兜だ。君は兜なんて言う言葉を知っているんだねえ。嬉しいね」

「どこから食べるのでしょうか。おじさま食べ方を教えて下さい」

「そうだなあ、まずは頭の部分の身を食べる。それから目玉の後ろというかほっぺたの部分を食べる。最後に目玉を食べるといい」

「え、目玉も食べるんですか」

「そう、そこが一番うまいところだ」

明子は、身の部分をとって皿にのせた。それからほっぺの肉を取り出した。それで皿が山盛りになった。目玉はそのままにしておいた。やはり気味が悪かったので取り出せなかった。

二人は、おそるおそる取り出したものを食べた。正夫はこの味を忘れないぞと思った。明子もこんな美味しいものを初めて食べたと言って正夫に笑顔を向けた。最後に目玉をどうするか困っていると、店主が目玉を取り出してくれた。

「気味悪いだろうが、これも是非食べてみて欲しいんだがな。中に白い玉が入っているがそれは残してもいいよ」

明子は気味が悪いと言いながら箸を付けた。正夫もそれに習って箸を付けた。口の中で溶けるようになり、いい香りが広がった。

明子は、思わず美味しいといった。正夫も大きく頷きながら笑顔になった。

「おじさま、これって美味しいですね。ゼラチン質の部分があってしかも少し歯ごたえがあってとっても美味しかったです」

「それはよかった。目玉は、女性がとりっこするくらい人気なんだ。というのは、そのゼラチン質に美容成分がたくさん入っていると女性週刊誌に出たもんだからな」

「そうなんですか。これで私もきれいになれるわね、マオさん」

「それ以上きれいになったら眩しくなって見れなくなってしまうよ」

「お嬢さんのお婿さんはいいこと言うね。ますます気にいった。それじゃ口直しを食べてくんな」

と言って、店主はずんだ餅を出した。

「お婿さんは宮城県のお人じゃないようなので、これを食べて下さい。宮城県の自慢の食べ物だから」

「ありがとうございます」

明子もずんだ餅を食べた。正夫は、

「ずんだ餅は、天皇陛下が宮城県においでになった時、大川市で食べて、おかわりしたという話が伝わっています。それほど美味しいんですね」

「そうだったなあ。もう昔話になってしまったが、そんな話があったなあ」

「今日は時間外に来たのに美味しいものをごちそうさまでした。お勘定をして下さい」

「そうだなあ、今日の所はお嬢さんのお祝いとこの人のほめ言葉を代金代わりにしておこうか」

「それじゃ困ります。お祖母さまに叱られてしまいます」

「俺の嬉しい気持ちをお祖母さんはわかってくれるさ。また来ておくれ」

「それじゃ、お祖母さまにお伝えしておきます。ごちそうさまでした」

「大変美味しいものと、珍しいものをいただきました。ごちそうさまでした」

「いい家庭を作って下さいよ」

「任せて下さい」

　と言って二人は店を出た。正夫は箱に入った買い物を肩にかずいて歩き出した。

「マオさん、美味しかったわねえ」

「アコはいろんな店を知っているんだねえ」

「それはね、お祖母さまがあの店は安心して食べることができますよって教えてくれたのよ。それで店を選んだのよ」

　正夫と明子は、手をつないで家路についた。

「遅くなってお祖母さまが心配していないかなあ」

「それは大丈夫よ。正夫さんにあったら、何か食べて帰るからって電話しておきましたから」

「アコはきちんと所在を明らかにしているんだねえ。偉いなあ」

「偉くはないのよ。祖父母に余計な心配をさせないためだから」

「そこが偉いと言ったんだよ」

「ありがとう。マオさんに褒められると少し、くすぐったくなってしまうんですもの」

　家へ着いた。明子がドアを開けて、荷物をかずいている正夫を先に通した。

「あらまあ、大きな箱をかづいてきたのね。ごくろうさんでした。そこに座って。冷たい飲み物を持ってきますからね」

　明子は早速さっきの店のことを祖母に話していた。祖母はすぐ電話でお礼を言っておきますからねと言って笑顔を見せた。

　大川高等学校の学園祭が始まった。正夫は、胸が苦しいような気がしていた。何故かというと、明子が学園祭を見に来ると言っていたからだ。毎日一緒にいるのにこの緊張感はどうしたものだろうと考えたが、正夫自身には分からなかった。健樹がそんな正夫を見て、

「正夫、何をそんなに緊張しているんだい。彼女が来るからか。それは楽しみだべさ」

「だけどさ、みんなに俺が付き合っていることを知られたら何かと面倒じゃないか」

「それはそうだが、みんなはお前達を祝福してくれるぜ」

「それが困るんだよ。健樹、頼むから一般のお客さんと同じように説明してくれよ。それがお客さんに対する礼儀だと思うぜ」

「念には及ばないよ。下級生にも同級生にも話してないから安心しろよ」

「それを早く言ってくれればいいのに」

　正夫の緊張感はすぐ消えてしまった。学園祭開始のベルが全校舎に鳴り響いた。校舎の前で待っていたお客さんが先を争うように校舎に入ってきた。そして自分たちの見学したいところへ校内地図を見ながら急ぎ足に向かった。

　お客さんの多くは高校生と中学生だった。中には在校生の両親や兄姉もいた。化学クラブの部屋にいち早く到着したのは、諏訪村の中学生だった。それも男女合わせて二十人くらいいた。いっぺんに展示室が賑やかになった。入り口から順に見学するものや正夫達の発表の場所に来るものなどがいた。彼らはどの人が寺田さんだべと言っていた。正夫は、

「俺が諏訪中出身の寺田正夫です。君たちは諏訪中学校の生徒さんですか」

「はい、そうです。寺田先輩ですか。俺たち中学校の先生に会ってこいと言われていました。会えて嬉しいです」

「俺も、みんなが来てくれて嬉しいよ。さあ何でも質問してくれ。難しいことは答えられないかもしれないよ」

「発表のことを説明してください。お願いします」

　それではと言って正夫は説明を始めた。中学生達はノートにメモしながら必至に正夫の説明を書き留めていた。正夫の説明が終わって、二年生に実験してくれるように頼んだ。二年生は簡単に説明しながら実験を見せた。中学生達は感動していた。実験を見せてくれた二年生に丁寧にお礼を言った。その後で、正夫に質問した。正夫も優しい言葉を使って質問に答えた。それが一段落した後で、控え室へ移ってジュースを振る舞って雑談をした。中学生は喜んで他の展示を見に行った。

　しばらくすると、大川女子高校生が四人来た。彼女らは正夫の諏訪中学の同級生だった。

「正夫君がいたわ。ちょうどよかったねや」

「正夫くん。元気でいたのすか」

「正夫君の展示を見に行くべさ」

「うんだねや」

　正夫は困ったと思ったが、彼女たちもお客さんなので相手をしないわけにいかなかった。

「やあ、よくお出で下さいました。ごゆっくりご覧くだ

さい。もし説明が必要でしたら係の者にそうおっしゃって下さい」

「正夫君は何だか別人になったみたいね」

「うんだなあ、いやに他人行儀だなや」

「きっと部長になったから、いろんなところに気を遣っているんじゃないかしら。諏訪村からすごい人が出たってことっしゃ」

「正夫君、少しお話できないかしら」

「すまない、俺はいつも連絡できるところにいなければならないんでここを離れられないんだ」

「そおすか。うんだら今日の発表が終わったらでもいいんだけど」

「ごめん。今日から三日間は忙しいんだ。時間をとれないと思うんだ。だから約束できないんだ」

「正夫君は、変わったわね。それじゃ、しょうがないか」

「俺は諏訪村の自然が好きだ。カッコウの声が村中に響く村なんて日本中探してもないかもしれない。その大好きな諏訪村をつまらないことで嫌いになりたくない。付き合いが悪くなったとしても俺の心は諏訪村にあるんだ」

「分かったわ。私たちも諏訪村が大好きなのっしゃ。正夫君がその諏訪村を嫌いにならないようにするわ。ねえみんな」

「うんだねえ」

「正夫のことをそっとしておくべさ」

「分かってくれてありがとう。ゆっくり見ていって下さい。係の者も必死で勉強した結果だから、何か質問してくれると喜ぶと思うよ」

「正夫君は、本当に部長になったのね」

正夫はこれで女子高の同級生に何かを聞かれることがなくなったと思った。

この間もお客が続いて見学に来た。諏訪中の同級生は化学クラブの展示を見終って別の会場へ行った。

十一時半を過ぎた頃、また女性のガヤガヤ言う声が聞こえてきた。正夫ははっと緊張した。また別の諏訪中学校の同級生が来たと思ったのだ。しかし、聞き慣れた声が聞こえてきたので、ドアのところまで出迎えた。

「お姫様達のお出でですね。お待ちしていました。昨年また来てくださると伺っていましたので」

と正夫が声をかけると、北上東高校の女子高生達は、

「あら」

と言って笑った。相変わらずこの人達はよく笑うと思った。明子は後ろの方にいてニコニコしていた。

「明子、前へ出て挨拶しなさいよ」

「今日は、お久しぶりです。また来てしまいました」

「ようこそお出で下さいました。どうぞごゆっくり見て行って下さい」

「今日もお弁当をみんなで作ってきましたので、ご一緒できたら嬉しいです」

「去年のお弁当が忘れられなくて一年間待ち遠しかったです」

「それじゃ、見学させていただきます」

「どうぞ、ごゆっくり」

　四人の女子高生は笑顔でそれぞれの展示を見、そしていろいろ質問していた。明子は例によって展示を見ていろいろ説明を聞きながら小さなノートに何かを書き込みながら見学していた。

　一通り見学を終わると正午を過ぎてしまった。正夫はその間に下級生を食事に行かせていた。健樹は少し離れたところから正夫と明子達の様子を見ていた。明子達は見学を終わると昨年のところで待っていると言って、展示室から出て行った。そこへちょうど下級生達が戻ってきたので、正夫と健樹は飯に行ってくると言って二年生に任せて外へ行った。

　明子達四人は去年と同じように芝生の上に大きな布を敷いて、その上に弁当を広げて正夫達が来るのを待っていた。

　正夫と健樹の姿を見つけると四人は盛んに手を振って合図した。明子は立ち上がって左手を広げてお腹のあたりにおいて右手を振っていた。正夫は自然にお腹をかばっているのかなあと思った。正夫は走り寄って明子を抱きしめたい衝動を覚えたが、かろうじて押さえることが出来た。

「今年も来ていただいて、ありがとうございました」

と言って正夫はみんなに頭を下げた。

「今年の展示では、味のことを発表していましたわね」

「どの発表ですか」

　明子はいつものように一歩下がって仲間の話を聞いていた。

「味の発表です。私たちが一番興味あるものでしたわ」

「そう、毎日食事を作るときに参考になること書いてありました」

「あれはもっと調べて実験もしたかったんですが、時間がありませんでした」

と健樹が言った。正夫は少し明子に近寄った位置に腰掛けていたが少し明子の方に位置をずらした。

「さあ、お弁当を食べましょう」

「そうしましょう。お二人とも遠慮無く召し上がって下さい」

「今年も凄いご馳走だねや。いただきます。正夫も手を出せよ」

「いただきます」

と言って正夫と健樹は、お弁当を食べ始めた。正夫は一口食べてこれは明子の味だと確信した。明子の方を見て頷くと、明子も頷いた。正夫はこれだけの味を出すのは普通の女子高生には無理だと思った。弁当を食べ終わると明子がお茶を注いでくれた。これもいつも明子が入れてくれる紅茶だった。今日は少し甘めにしてあった。

　食事が終わると、一人が、正夫に聞いた。

「今日は遅くなるのですか」

「今年は三年生だから、少し遅くなるかもしれないな、正夫」

「そうだなあ。少し遅くなるかもしれないな。なるべく早く帰れるようにしたいな。明日もあるから」

「そうだな、今日は、十六時にドアを閉めるから、少し整理して二十分頃には下校できるかもしれないな」

「そうしたら、また大学芋を食べに行きたいわ。明子も行くでしょ」

「行きたいわ」

「それで決まりね。私たち少し早く行っているわね」

「道を覚えているかい」

「もちろんです。食べ物屋のことは一度行ったら忘れません」

「それじゃ、そういうことにしましょう。ご馳走様でした。じゃあまた後で」

「どうもご馳走様でした。来年もよろしくお願いします」

「え、寺田さんは来年もここに通うのですか」

「あ、そうかあ。俺たちは来年三月には卒業するんだったっけ」

「寺田さんって面白いところもあるんですね」

と、明子は笑いながら正夫の方を見て悪戯っぽく言った。

　正夫と健樹は展示場へ戻ったが、お客は一組しかいなかった。下級生に遅くなったことを謝って、少し他の展示を見てきてもいいぞと言った。彼らは喜んで、〝行ってきます〟と言って化学クラブ展示場から出て行った。

　第一日目が終わったので正夫と健樹は、大学芋屋へ出かけた。正夫は帰りに明子と一緒に電車に乗れるのが嬉しかった。しかし、こんな遠出をさせない方がいいのじゃないかと心配もした。

　正夫は健樹と明子達が待っている大学芋屋へ行った。この店の最近の売れ筋に正夫が提案したジャガイモのバター焼きが加わった。この時期はサツマイモもジャガイモもあるので店の中が高校生だけでなく一般の女性客もたくさん入るようになった。店主は正夫に感謝していた。学園祭のとき正夫が明子達を連れて店に行った時、店主は正夫と明子のことを知っているような感じで、明子にこのメニュは正夫が提案してくれたものだと自慢していた。明子は正夫と顔を合わせてニッコリ笑顔を作った。店主は頷いて二人を見た。正夫は明子とのことを気づかれたと思った。しかし店主は何も言わなかった。明子はこれって美味しいわねえと友達に言っていた。バターを使うので大きいジャガイモ一個で価格は大学芋一皿と同じだった。女子高生はどっちかというと大学芋の方が好きなようだった。ジャガイモのバター焼きは、もう少し上の年代の女性に人気があった。正夫と健樹は相変わらず大学芋を注文した。ひとしきり話をした後、正夫と健樹は明日もあるからと言ってお開きにした。女子高校生達はもっと話をしたそうだっかたが、明日もあるからと言ってお開きにした。大川駅に着くとちょうど西行き、東行きの列車がほぼ同時にホームに入ってきた。正夫達は列車に乗って腰掛けた。列車はほぼ同時に発車した。よく見ると明子は少し太ったように見えた。正夫はそろそろ学校を休む時期かもしれないと思った。北上駅にはあっという間に着いたように感じた。

「アコさん、乗り換えだよ」

「はい、マオさん」

明子は三人にまたねって言って立ちがり、正夫と二人で東北本線上りホームへ降りていった。ちょうどホームに入ってきた南行きの列車に乗り込んで座った。

「今日は買い物があるの」

「少しだけあるわ。ガーゼを買うの。そのガーゼで赤ちゃんのために必要なものをお祖母様に習って作っているの。産着なんてとっても可愛くて、思わず頬ずりしてしまうほどよ」

「僕にも見せてほしいな」

「家へ帰ったら見せてあげるわよ」

「手や顔を洗ってからだね」

「そうよ」

松島駅に着くと明子はデパートへ入っていった。薬局へ入っていったので正夫は外で待っていた。すると、明子が呼びに来て、

「今日の買い物はマオさんも一緒でいいのよ。さあ行きましょう」

明子が正夫と一緒に入っていくと薬局の店員が、

「おめでとうございます。お電話でご注文いただいた品はこちらの袋に入れておきました。お確かめください」

「はい、ありがとうございます。それでは確認させていただきます」

と言って明子は袋の中のものを確認しだした。

「ありがとうございました。全部そろっています」

「マオさん、次は布地屋さんへ行くのよ」

「はい。奥様、お供いたします」

「マオさんったら。でも嬉しいわ。これからも二人だけの時はそう言ってくださいね。旦那様」

「旦那様って言うのは照れちゃうなあ。マオでいいよ」

「それじゃ、そうしましょう」

「アコの友達はもう知っているのかい」

「一番仲がよかった三人には知らせたわ。そうしたらね、明子に先を越されてしまったなんて言うのよ。でもお目出度うと言ってくれたわ」

「女子は赤ちゃんが出来るのが羨ましいんだね」

「それはそうよ。この感触は何とも言えないからね。自然と笑顔になってしまうのよ」

布地屋に着いた。明子はさらしと言う白い布を買った。

「マオさん、今日はこれくらいにしておくわね。さあ何か食べに行きましょう」

「分かった。さあ行こう」

と言って、明子はまた新しい店に正夫を連れて行った。そこは肉料理の店だった。正夫は最近肉をたくさん食べるようになった。それは明子が食べるようになったからだった。しかし、高齢の祖父母には違う食事を作った。


そして、今の自分は明子のために何をしてあげられるかを考えたがよくわからなかった。今夜明子に聞いてみることにした。

明日は蛍雪予備校の日曜講座を欠席することになるのが辛かった。

翌日の展示もお客さんがたくさん来た。概ね展示は成功したと正夫は思った。

学園祭が終わると、すぐマラソン大会が行われる。正夫は他の三年生と同じように出場辞退を考えたが、明子のすすめで出場することにした。


マラソン大会出場の話を聞いたクラス担任が正夫のところへ来て、

「寺田はマラソン大会に出場するんだってな。大丈夫か」

「先生、ありがとうございます。高校の最後の思い出ですから出場したいと決めました。がんばります」

「そうか。自分でそう決めたのなら楽しんで走ってこい」

「はい」


十一月中旬過ぎると田んぼの稲は総て刈り取られていた。田んぼの表面は刈り取った後の根株がわびしい感じがした。諏訪山もうっすらと白い衣を着ていた。今頃諏訪村では落穂拾いの学校行事が実施されていることだろうと正夫は遠い第二の故郷を懐かしく思った。


マラソン大会の当日は薄曇りの肌寒い日になった。大川高校では例年のように校庭にマラソン大会出場者全員が集合し、校長のお話しがあり、続いて体育教諭の注意事項があって、いよいよ出発の号砲が鳴った。校庭の南門から先を競って生徒が走り出た。コースは昨年と同じ三森町往復一時間半ほどのコースだった。正夫は頑張って全校出場者の中間ほどの順位になった。正夫は順位のことを気にしなかったが、完走できたという充実感を味わった。これも明子の励ましがあったからだと感謝した。大会が終わり教室へ戻って着がえをしていると健樹がやってきた。

「正夫はよく頑張ったな。去年よりずいぶん順位をあげたじゃないか」

「そういう健樹はどうだったんだい」

「俺は途中で腹が痛くなって棄権してしまった」

「それは残念だったな」


マラソン大会で優勝したのは、三年連続で大内雄一郎だった。

「これで主だった学校行事が終わったな」

「そうだな。後は試験が二回あるだけだ」

「三学期の期末試験には大学受験する生徒はほとんど受けないと言われているぜ」

「俺はそういうのは嫌いだな。学校の授業も全部出たいと思っている」

「何故だ」

「大学受験は将来を決めるかもしれない大事なことだ。しかし高校の最後の授業にムダなことはないだろう。それに最後の試験も大事だと思うけどな」

「正夫は手を抜かない主義だから俺は何も言わないけれど、真っ当を通し続けるのは苦しいぜ」

「それは、おかしいと思うんだけどな。もし正しいことを通し続けることが苦しいからと言って、手を抜いたり正しいことを無視すれば、それがどんなに小さいことでも蓄積して普通に正義を通さなくいてもよいという世界になってしまう。俺はそんな世界はいやだな」

「それが正夫の理想なんだよな。ところで正夫の彼女もお前の言うことに賛成しているのかい」

「それは、俺と彼女は一心同体だからな。俺が間違ったことを言ったりやろうとしなければ、それがそのまま俺の理想の人だぜ。その元と言えば、彼女が両親から受け継いだ素質、育ててくれた祖父母の養育の賜だろうな」

「そこまで言われたら、俺は何も言えないな」

「それはそうだけど。そんなに悄げるなよ。人にはいろんな考えがあるということさ」

　大川高等学校三年生の主な行事はあと二回の試験と卒業式になった。卒業式まであと百日ほどになった。

　十二月に入って、明子の体型が変化してきた。祖父母は明子に、そろそろ学校を休んだらと言った。だが明子は二学期の試験が終わるまで後二週間だから頑張ると言った。正夫は明子の身体を労って一緒に歩くときは明子の歩調に合わせて歩いたり、買い物も今まで通りに荷物はすべて正夫が持つことにした。ただ、明子を背負って歩けないのが残念だった。

　そして二学期の試験が始まった。大川高校では三年生の多くは試験に出席したが、ほぼ一クラス分の人数の生徒は試験を受けなかった。それでも卒業日数は足りているというので卒業には差し支えないという。それに大学への内申書はもう書き終わっているという噂があったことで安心していた。正夫はこれはおかしいと思ったが無視することにした。もしもほとんどの三年生が同じようなことになったら学校はどうするのだろうか。あの厳格な校長が黙認しているのも頷けなかった。

　そんな中、健樹はまたおかしな話を持ってきた。校長が三年生が二学期の試験を休んだ生徒が多数いても問題にしないのは、校内である計画があり、それを進めるためだということだ。その計画というのは、生徒が受験に失敗するのはいい教員が不足しているからだという。いい教員を招くためには住居を提供することが必要であり、その資金を三年生の卒業記念事業にしたいからだという。厳しくすれば寄付が集まらなくなると考えているのだそうだ。

　もしこの話が本当なら、正夫はどうしたらよいのだろうかと考えてみた。正夫はそのことを今の明子に話すことはしなかった。些細なことで明子の体調を崩すこともあると考えたからだ。

　健樹はどう考えているかを聞くのを忘れていた。

　二学期の試験結果が発表された。今まで首位にいた生徒が東京の高校へ転校した結果というわけではないが、正夫が全問正解で首位になっていた。

　そして終業式が済み冬休みになった。正夫は明子の身体が日ごとに変わっていくのを楽しんでいた。しかし祖父の容体は少しずつ弱っていくように感じた。めっきり痩せてきたのが心配だった。そんな様子にもかかわらず祖母は明るく振る舞い明子を励ましていた。

　正夫が窓から松島湾を眺めていると明子が近くに来て話しかけた。

「マオさん、何だか元気がないわね」

「そんなことないよ。こんなことを言ったらアコに叱られるかもしれないけれど、毎日アコの体型が母親になっていくのがとっても楽しみなんだ。それを何かに記録できないのかなあと思ってね」

「そうね。もっと早くから記録しておきたかったわね」

「ちょっとお腹に触ってもいいかな」

「いいわよ。時々動くから驚かないでね」

　正夫はそっと明子の腹部に手を置いた。赤ちゃんが早く両親に会いたいと言って動いているように感じた。正夫は耳を近づけた。そして赤ちゃん元気で育っておくれと優しく言った。明子はそんな正夫の頭を優しくなぜた。正夫と明子はとっても幸せだった。特に明子は早く祖父母に赤ちゃんを見せたかった。

　明子は休学に入り家事一切をやり始めた。そういう明子が疲れないように気を遣い、できるだけ手伝った。

　年末になって、弘から久しぶりに手紙を受けとった。両親は昨年来たときのあまりの寒さに懲りて今年は帰ってこないので、正夫は帰ってこなくてもよいと書いてあった。正夫は明子と相談して年が明けてから正夫一人で帰ってくることにした。そのことを弘に速達便で知らせた。

　正夫は念のためにと明子のベッドの両側に転落防止のための側柵を付けた。

　明子は、

「私、寝相がいいので必要ないわ」

と言ったが、正夫は万一のことを考えたんだと言って説得した。

　正夫は、受験科目として選ぶ予定の科目の勉強を中心にしていた。蛍雪予備校の冬休みの講習にも招待されたので、明子と相談して参加している。蛍雪予備校は入学試験が近いということもあって、夏よりも真剣に受講している高校生で満員状態だった。午前中は基本的な講義があり、午後は毎日模擬試験が実施されていた。模擬試験の解答は翌日午前の講義が始まる前に一階ローカの壁に順位とともに張り出される。その結果を見て一喜一憂する受講生が多い中、正夫は静かに通り過ぎることにしていた。例えば、こんな会話が耳に入ってくることもあった。

「この寺田って言う人はいつもトップだな。どんな人だろうか」

「この人っていつもトップにいるわね。一度会ってみたいわ」

　等々だ。しかし正夫は明子に言われた通り順位は問題じゃないと思っていたので無視した。正夫は只野夫妻、妻となる明子、そして明子のお腹の中で成長している子どものために目的からそれたことはできる限りしないようにしていた。

　そしてクリスマスが過ぎ新年を迎えた。正夫は朝早く起きて身を清め、いつものように木刀を持って庭に出た。太陽はまだ水平線の向こう側にあり、水平線近くの雲を黄金色に染めていた。正夫は礼拝してから黙祷した。しばらくその姿勢を保っていた正夫は、足を開き木刀を初めはゆっくり、そして少しずつ力を込めて振り出した。木刀が風を切る音がし出すと、明子が起きて窓から正夫の姿を見つめていた。明子は自分の腹部をさすりながら何か呟いていた。正夫は素振りが終わり、水平線から姿を現した太陽に向かって礼拝し、柏手を打って何事か祈った。

それから庭の水道で足を洗って家に入った。入り口のドアのところに明子が手ぬぐいを持って待っていた。

「マオさん、おめでとうございます。今年もこの子とともによろしくお願いいたします」

　と言って明子は自分の腹部を優しくなでた。

「アコさんと赤ちゃん、おめでとうございます。今年もいい年になるように頑張ろうね」

　と言って明子の腹部を優しく触った。その時明子の腹部が動いた。

「あ、赤ちゃんが返事をしてくれたよ、アコさん」

「お父様の声が伝わったのね。いい子ねえ」

「そうだねえ、ほんとに。ちょっとシャワーを浴びてくるから待っててね」

　正夫は木刀を持って、二階へ上がって行った。正夫は明子が用意しておいてくれた下着を持ってシャワー室へ入り、温めの湯で身体を洗った。その後で冷水摩擦をした。身体がぽかぽかしてきたのでいい気分になった。キッチンからいい香りがしてきた。明子がお雑煮を作っているのだ。正夫は下へ降りて明子に何か手伝うことがあるかどうか聞いた。明子は、

「マオさん、お餅を焼いてくださいな」

「はい、幾つ焼こうか」

「お祖父様の分を一つとお祖母様の分を二つ。そしてマオさんの分を三つ、私と赤ちゃんの分を二つ、合計八つ焼いてくださいな。七輪に火を入れてありますから、そ

その時、祖母がキッチンへ入ってきた。正夫の言葉が聞こえたようで、

「お祖父様が元旦だから一緒にお祝いしましょうと言っていますよ。明子さんお雑煮の用意は出来ましたか」

「はい、ちょうど今できあがりました」

「それではそれをお祖父様のお部屋に持っていってくださいな。正夫さんも手伝ってくださいね」

「はい。何をすればいいでしょうか」

「これを持っていってくださいな。そして前にやったようにテーブルをお祖父様の近くに置いてくださいな」

「はい」

　正夫は大きなお盆に載せられたおせち料理（この言葉を正夫は初めて聞いた）を持って明子と一緒に祖父の部屋へ行った。明子は、部屋の前のテーブルにお雑煮の鍋と焼いた餅を載せた皿を置いて、トントンとドアをノックすると祖父の返事があった。正夫は返事の声を聞いて今日は具合が良さそうだと思った。

　部屋に入ると祖父はいつものようにベッドの背当てを起こして寄りかかって新聞を読んでいた。正夫と明子は持ってきたものをドア脇のテーブルに置いて、祖父に新年の挨拶をした。初めに明子が、

「お祖父様、新年おめでとうございます」

　と言ったので、正夫も
「お祖父様、明けましておめでとうございます。今年もご指導よろしくお願いします」


れでお願いしますね」

「はい。七輪でお餅を焼くのは久しぶりだなあ」

　正夫は言われた通りに餅を焼きだした。正夫は餅を頻繁にひっくり返しているので明子がどうしてか尋ねた。

「昔から魚は金持ちの子に焼かせろ、餅は貧乏人の子に焼かせろという諺があるんだって。餅は焦げすぎないように芯まで焼くには頻繁にひっくり返すんだって。魚は皮を少しこがした方がひっくり返すときに身が崩れないんだって」

「そうなの、初めて聞いたわ。でもどうして貧乏人の子なのかしら」

「それはね、貧乏人の子は早く食べたいからもう焼けたかな、もう焼けたかなとひっくり返すんだって。それが結局餅を上手に焼くコツだっていうわけさ」

「理屈は分かったけれど、金持ちの子とか貧乏人の子とかって言うのは好きじゃないわ。第一金持ちの子が魚を焼くことなんてないでしょうにね」

「そう言われればその通りだね。例が悪かったね。ごめんよ」

「マオさんが謝るほどのことじゃないわ。私が少しムキになってしまいました。ごめんなさいね」

　二人は顔を見つめ合って笑いながら、

「今年初めて二人で謝ったね。これからも話し合いをしようね。ところでお祖父様に新年の挨拶をしにいくのをどうしようか」

と言った。祖父は、眼鏡を外して二人をしげしげと見て、

「新年おめでとう。去年はいろいろお世話になったね。今年も世話をかけると思うがよろしく頼みますよ」

　と言った。挨拶が済んだので、正夫と明子は部屋の隅に置いてあるテーブルを祖父の近くに持ってきた。そこへ用意してきたものを並べた頃に祖母が部屋に入ってきた。祖父母の部屋は暖房がほどよく効いていた。

　祖母が祖父の脇に腰掛け、その向かいにベッド側に正夫が、祖母の前に明子が座った。

「正夫は、今朝も素振りをしたのですか」

「はい、ご来迎を待ちながら行いました」

「今年も頑張ってくださいね」

「はい」

「明子のお腹はどうですか」

「はい、順調に育ってくれています。この頃少し動くのが分かるようになってきました」

「是非元気な子を産んでくださいね」

「はい、お祖父様。もうしばらくお待ちくださいね」

「元気な子をお願いしますよ」

「かしこまりました」

　と言ってみんなで笑った。祖母は食事の用意が出来ましたよと言った。

「それではいただきましょう。おや、これは上手にお餅が焼けていますね」

「マオさんが焼いてくれたんですよ」

「ほんとに上手に焼けていますね。芯まで柔らかくなっていて表面が少し香りを出すように焦げていますね」

「明子さんの指導がよかったからです」

　只野家の昭和三十年の元旦は和やかに始まった。

　しかし、社会では、一月二日に悲劇が発生した。皇居へ年賀に訪れた人たちが、何かの拍子で倒れた。その後から後から詰めかけた人たちが将棋倒しになり、多数の人が亡くなってしまったのだ。天皇陛下初め皇族の方々は深く心を痛めた。

　もう一つ正夫にとって印象的なことは、夏になるとアイスキャンデーを売りに来た。その時五銭を持って買って食べたことを思い出した。その五銭玉と一銭玉、十銭玉が元旦から無くなってしまったことだ。正夫は子どもの頃に思い出が消えてしまうことを寂しいと思った。

　只野家では明子を中心に和やかに時間が過ぎていく。正夫だけは、そんな中でも勉強に励んでいた。明子の腹部は大分目立つようになってきた。それで買い物は正夫が中心になって出かけるようになった。重いものは電話で注文して配達してもらうことが多くなった。しかし明子の運動のために、正夫は明子と散歩に出るようにした。そんなある日、明子は、

「マオさんにお願いがあるのですけど」

「アコさんの言うことなら何でもききますよ。お願いって何だい」

「そろそろこの子の名前を考えたいのだけど」

「そうだね。この子の名前を考えないといけないね。僕たちで幾つか候補を挙げて、お祖父様とお祖母様に相談しようか」

「それがいいわね」

「男の子かなあ、それとも女の子かなあ。アコはどっちだと思う」

「私は出来れば両方がいいわ」

「と言うことは双子って言うことかい」

「もしそうだったら忙しくなるわね」

「でも忙しさなんて問題じゃないよ。アコの身体の負担がきつくなければそう望みたいよ」

「でも、それはまだ分からないわよ」

「でも、男子名と女子名を考えておこうよ」

「そうですね」

　明子はとっても幸せだった。その幸せを祖父母と正夫とで分かち合うことが出来ることを感謝した。

　正夫は一月六日の朝、只野の家を出た。明子は祖母と一緒にたくさんのおせち料理を持たせてくれた。明子は、門のところまで正夫を送ってくれた。

「アコ、行ってきます。赤ちゃんを大切に、そしてアコも十分気をつけて待ってるんだよ。重いものを持ったりしてはいけないよ」

「マオさん、ありがとう。それよりマオさんの方が寒いところへ行くのですから、風邪を引かないようにしてくださいね。それとお兄様とお義姉様によろしくお伝えくださいね」

「それじゃ、いってきます」

「その辺まで一緒に歩きたいわ」

「でも、転んだりするといけないからここでいいよ」

「それじゃ、行ってらっしゃい」

　正夫は大きな荷物を持って、時々後ろを振り返っては手を振りながら駅へ向かった。駅のホームから西の方を見ると、諏訪山がくっきり見えた。列車がホームに入ってきた。列車の窓から改めて松島湾を見ると小さな舟が行き交っていた。もう漁に出ているのだろうか。

　正夫は北上駅で下車した。ホームに止まっていた西行きの列車に乗り換えた。列車は乗客が乗るとすぐに発車した。大川駅に着いたが下車する乗客は少しだった。列車は西大川駅に到着した。改札口を出て軽便鉄道の客車に乗った。ここでも乗客が乗り終わるとすぐに発車した。大新田駅に着くと駅前にバスが待っていた。正夫はバスに乗り荷物を座席に置いた。やがてバスは発車して、見慣れた風景を映し出しながら諏訪村に向かった。途中、道路の雪は道路の外側に作ってあった塀の外側に吹きだまりを作っていたが、道路には少ししか積もっていなかった。愛香山の坂道を登り出したが、左側の広場には牛の姿はなかった。雪で草が見えなくなっていたので外へ出してないのだろう。峠に着いたとき正夫は諏訪山を見た。山全体が雪に埋まっていて美しかった。愛香

「そりゃ、またたまげたなあ。ずいぶん頑張ったんだなあ」

「英一君、どこでそんな話を聞いてきたんだい」

「結構有名なんだぜ。その話は」

「困ったもんだなあ」

「何も困ることなんかないさ」

「そうだ。それじゃ大学へ入ったらまた知らせてくれ。ところで君も何か用事があるんだろう」

　と事務員が英一に話を向けた。

　英一の話はすぐ済んだ。それで利夫も誘って正夫の家で話をしようということになった。二人で利夫の家へ行くと利夫は家にいて、俺の家で話をしようと言ったので、正夫と英一は利夫の家で話をすることにした。

「利夫君、新年おめでとう」

「英一君、正夫君おめでとう。とうとうもう少しで卒業することになったね」

「そうだね」

「もう三年間が過ぎてしまうんだね」

「正夫君はずいぶん頑張ってきたね」

「俺はある人に言われたんだ」

「なんて言われたんだい」

「その人は偉い人なのかい」

「言われたのは、〝何かの目的があって勉強するのなら、学校の成績は問題じゃない。その目的にどのくらい近づいたかが問題なのですよ。だから普通高校でも工業高校でも商業高校でも同じなんです〟ということなんだ。俺はその言葉を聞いたとき頭をがーんと殴られたような気がした」

「なるほどな。凄いことを言われたんだな」

「言われてみればその通りだと納得してしまうな」

「それで、そんなことを言ってくれたのはどういう人なんだい」

「初めに言われたのは、英一君も会ったことがある俺の許嫁だ。しかし同じことを言ってくれたのは世界的に有名な物理学者の方なんだ」

「正夫君はそんな凄い人と話をしたことがあるのかい。それも凄いことだなあ」

「実を言うとな、俺はその方の家で勉強させてもらっているんだ」

「まさか、ほんとか」

「するとこの前の人はその方のお嬢さんなのか」

「お嬢さんじゃなくて孫娘さんだ」

「そのお嬢さんも、勉強はできるのか」

「そうだな。仙台の予備校の模擬試験の結果でも俺とどっこいどっこいってところだな。実を言うとな、俺はそんなに出来る人とは知らなかったし、彼女の祖父母もそんな凄い人だとは知らなかったんだ」

「どんなきっかけでそんな凄い彼女と知り合ったんだい。もうそろそろ教えてくれてもいいだろう」

「是非聞きたいな」

「話してもいいけど、絶対に口外しないと約束できるか」

「それは約束するよ、なあ利夫君」

「俺も約束する」

　そういうわけで正夫は明子との出会いについて簡単に話した。

「それじゃ、正夫君は、彼女に見初められたということじゃないか」

「俺は、正夫君は例の同級生とどうかなっていると思っていたんだけど、そうじゃなかったんだなあ」

「同級生の人は、話をする程度だったんだけど、彼女があまりにも積極的になってきたので近づかないようにしていたんだ。だから英一君が心配するようなことはなかった」

「わかった。正夫君、これからも頑張ってくれよな」

「俺も頑張るから、正夫君も頑張ってくれよな」

「ちょっと余計なことだけど、俺は勉強を頑張っていないぜ。むしろ楽しんでいるといった方が当たっているな」

「ところで利夫君は、大川高校を卒業したらどうするんだい」

「英一君と同じように就職することにしたよ」

「どんな職種を選ぶんだい」

「今考えているのは、自衛隊に入ろうと思っている」

「そういえば、強君も自衛隊に入ると言っていた」

「彼は海上自衛隊だと言っていたな」

「利夫君は」

「俺は航空自衛隊をと思っているんだ」

「ところで、英一君はもう決まったのかい」

「なんとか決まったよ。関西地方にある鉄鋼会社に決まった」

「それはおめでとう」

「よかったなあ。でも何で鉄鋼関係の会社なんだい」

「そうだなあ、てっきり電気関係の会社に入ると思っていたんだけどなあ」

「それはな、大きな会社には当然いろんな部門があるだろう。その中に電気部門があるということさ」

「俺には会社の組織は分からないけど、たくさんの人が持ち場を決めて働いているんだろうなあ」

「そういえば、進君も決まったらしいぜ。何でも本社が東京にある化学関係の会社だって行っていた」

「そういえば、郵便局の子はどうしたんだろう。歓迎会にも出てこなかったな」

「彼は全く話をしたことがないんだ」

「もう一人建築科で勉強していたのがいたよな」

「彼は、東京の大きな建設会社に入ったと言っていた」

「幸子って女子は」

「彼女は進について東京へ行くらしいが詳しいことは分からない」

「幸子の他の女子校の人たちはどうなっているんだろ

う」

「東京で就職する人が三人、諏訪村に残る人が一人だそうだ」

「それで全部かなあ」

「もう二人いるよ」

「邦夫も東京へ行くって言っていたし、健は仙台へ行くって言っていた」

「結局、村に残るのは一人だけっていうことか」

「みんな遠くへ行ってしまうんだなあ」

「そうそう、利夫はいつ試験があるんだい」

「二月中に東京へ出てこいと言われている」

「中学の同級生もたくさん村から出て行くのかなあ」

「そうだなあ、家を継がない人はどこかで就職しなければならないだろうからな。そういえば相川も東京の会社に決まったと言っていた」

「話が変わるけどな、大原台の人たちもずいぶんいなくなったなあ」

「そうなんだ。今じゃ耕作地が荒れ地になっているところがたくさん出ていると兄貴が言っていた」

「そうだな、みんな戦争後の食糧増産に希望を持ってきたのにな」

「そうだなあ、ようやく作物が出来るようになったのになあ」

「東京周辺で工場がたくさん出来たので戻って行ってしまったのさ」

「工場で働けば、働いただけ収入が増えるという話だから仕方ないか」

「俺の親父も去年の正月に戻ってきたけど、あまりの寒さに今年は来ないと言ってきたからなあ」

　それからも長い時間話は続いていたが、外が暗くなってきたのでお開きにした。

「利夫君とこんなに話をしたのは初めてだな」

「おれもそうだ。同じ高校へ通っていたけどあまり会う機会がなかったなあ」

「俺達は、ある年になると、それぞれ進む道が違うから仕方ないか」

「それで、中学で終わった人たちは同窓会をやろうと言っていたんだなあ。高校を卒業するとさっきの話のように多くの人が散りじりになってしまうから、その前に会っておきたいと思ったんだなあ」

「正夫君はいつまで家にいるんだい」

「明日にはあっちの家へ戻ることにしている」

「そうか、それじゃ、これでまたしばらく会えなくなるなあ」

「機会を作ってまた会おうや」

「そうだなあ。それこそ同窓会をやることになるな」

「それじゃ、英一君にはずいぶん助けてもらったけど何もお礼が出来ない。いつか埋め合わせをするよ」

「そんなことを気にするなよ。お互い様じゃないか。それじゃ、彼女によろしくな」

正夫は久しぶりに仲間と話をした。彼らとも、もうすぐ別れの時が来る。正夫は諏訪村に来て九年間が過ぎようとしていることに不思議な感慨を持った。その間いろんな経験をすることが出来た。自分で思うのはおかしいが寝込むような病気もしないでよく頑張れたと思う。栄養失調の子どものように小さな身体で家の手伝いをよく出来たと思った。そのお陰で身体を鍛えることが出来たし、いろんな疑問について考えるようになった。そしてむさぼるように読んだいろんな小説、少しだけだったが面白い漫画、家の手伝いをしながらいろんな技術を覚えたこと、小学校、中学校そして高等学校の三つの段階の学校で積み重ねた知識、それはまだまだ少ないが今後に役に立つだろうと思った。そんな中で少しだけ足りないと思うことがある。それは同年代の子ども達とあまり遊べなかったことだ。それは、遊びの中にもいろんな問題があり、それによって自分を成長させることが出来たかもしれないと思うのだった。しかし過ぎてしまったことはどうしようもないので悔やんでも仕方ないことだった。

夜になって久しぶりに木の風呂に入った正夫はすっかり気分転換できた。弘は相変わらず出かけたがこの日は早く戻ってきた。三人は炬燵に入って弘の作ったポンせんべいを食べながら、弘はこれから経営が厳しくなる農業のことを話した。それは青年団でもいろいろ話し合いが行われていることだった。一番の問題は、畑の一部を田んぼにして主食を確保することだった。しかし、政府は外国米の輸入問題に絡めて日本における米生産量を減少させる計画を考えていると新聞などで報道されていることが問題だった。この問題は大原台開拓地が生き残れるかどうかという重大なことだという。その検討結果次第では、大原台の農家が減少する可能性も出てくる。

正夫は九年間の諏訪村での経験が消えてなくなるのは困ると思うのだが、自分が何の力にもなれないのが悔しかった。義姉を交えた弘との話し合いはあまり展望のない状態で終わった。お茶を飲んで、正夫は外へ出てみた。空には星が降るようにたくさん見えた。この天気は二、三日続くようだった。

少し寒くなったので正夫は寝ることにした。明子はもう寝ていることだろう。その間にも赤ちゃんは明子のお腹の中で育っているのだと思うと思わず笑顔になってしまう正夫だった。アコさん、赤ちゃん、お休み。

翌日、正夫は早く起きて愛香山に登った。頂上にある神社に参拝して明子の健康と祖父母の健やかな人生と赤ちゃんが無事生まれることを熱心に祈った。

すると下の方で話し声が聞こえた。正夫は立ち上がって下の方を見ると若い女性が二人神社への階段を上ってくるのが見えた。正夫は頂上から諏訪村を一望して階段を下り始めた。神社へ登る道は別にあるが雪が凍結していて滑り落ちる危険があるために階段を利用するしかなかった。階段の途中で話をしながら登ってきた女性とすれ違った。一人は愛香山のすぐ下の家の同級生だった。

もう一人はケットを頭から被っていたので顔が見えなかった。お互いの新年の挨拶をしてすれ違った。正夫はさらに通称カッパ神社へ行き参拝してから家へ戻った。

大原台の同級生はみな都会へ出て行って、知っている人は誰もいなかった。それで昼前に松島へ帰ることにした。義姉は何も無いけどと言って重箱に餅とコウリャン餅をいっぱい入れてくれた。その他にポンせんべいもいろんな種類のものを持たせてくれた。別れを惜しんで県道へ出た。ゆっくり村の中を見ながら歩き始めた。きのうバスから見た景色は、歩いてみると初めて諏訪村に来て母と役場へ行ったときのことが思い出された。あのときは見るもの総てが珍しくて嬉しかった。母が何回も通った道を歩くように役場までの道を間違わずに歩いたのを不思議に思ったものだ。そして役場の前でお人形さんのような姿の女の子に会った。その子の言葉のほとんどが正夫には理解できなかった。それが雅子だったのも不思議な運命だった。そして小学校（国民学校から改組された）の校庭にあった二宮尊徳の銅像も印象に残った。そして家（兵舎）の近くの小川で不思議な魚を見つけた。それは多分ヤツメウナギという生き物だった。正夫は、小学校の行事でもいろんなことを覚えた。

学校で給食が始まったのは一九四七年で正夫が五年生の時だった。これはMSA援助物資としてアメリカ合衆国からの援助だと言われていた。それは脱脂粉乳というものだった。今の正夫にはそれがどんなものか理解できた。つまり牛乳からバターを採取した残りの液体を乾燥して粉末にしたものだった。だから何か軽い感じで、子どもでも美味しくないと思った。それより一緒に出てきた味噌汁の方がみんなが美味しいといっていた。

そして担任の教頭先生が校舎の北側にあった農場で畑仕事を教えてくれた。それと農場へ行くところに小さな川があり、渇水期に橋の付け替えも教頭先生の指導でやった。五年生の子どもに出来るかどうか不安だったが、みんなで協力して完成したときには思わず万歳と言って手を高く上げた。その他にもセンブリ採り、キキョウの花とり、イナゴとり、落穂拾いや、石炭ストーブの焚きつけ用の杉の枯れ枝集めなどいろんなことを経験した。小学校四年生から卒業までの三年間ではあまり勉強した覚えがなかった。その代わり生きていくための方法をたくさん覚えた。これは学校としては付属的なことだろうが、当時は生きることが大変な時代だったから勉強どころではなかったのかもしれない。

六年生の担任は相川君のおじさんという人だった、この先生は軍服から身分を証明するものを外したものを着ていた。正夫のことをとてもよく指導してくれた。正夫が卒業するとまもなく結婚して仙台の郊外へ転居していった。

そんなことを思い出しながら歩いていた正夫は、諏訪川に着いた。自転車店は開業していなかったが、店主は店先で近所の人と話をしていた。

「おや、正夫じゃないか」

「おじさん三年前はずいぶんお世話になりました。お陰さまで三月に大川高校を卒業できそうです」

「それはおめでとう。よく頑張ったようだな。体格が見違えるように立派になった。そうだ、正夫のことはある人から聞いたぜ。何でも首席で卒業するらしいじゃないか」

「たまたまそういうことになってしまいましたが、これからが大変です」

「そうか。これからも頑張れよ」

「ありがとうございます。これから鉄工所に行くのでこれで失礼します」

　正夫は諏訪川沿いの鉄工所へ行った。仕事は休みだったので住居の方へ回った。社長の家族の人たちが庭に出て羽根つきをしていた。

「おめでとうございます。正夫です」

「おや珍しい人が来てくれたね。おめでとう。ずいぶん頑張ったようだな」

　と社長が言った。

「社長さんのお陰で頑張ることができました。ありがとうございました」

「これから大学受験だな。どこを目標にしているんだい」

「今は、東京の国立大学ですが」

「それはたいへんだ。あと少しだけど、しっかり勉強しな。合格したら知らせてくれ」

「はい。よい知らせをお届けに来たいと思います。それではこれで失礼します」

「正夫は、ずいぶん変わったなあ。前は大人ぶった子どもだったが、子どもの部分が少なくなったようだ」

「そうですか。同級生達には今でも変人扱いされていますけど」

「それは一種の憧れとかやっかみのようなもんだろう」

　そこへ隆が来た。

「隆兄さんおめでとうございます」

「うん。今日はどうした風の吹き回しだい」

「これから当分会えなくなるかもしれないのでお知らせに来ました」

「そうか頑張れよ」

　と言って、隆は社長の方へ行ってしまった。仕方なく正夫はバス停留所へ向かった。

　バス停留所には幸子と雅子がバスを待っていた。二人とも下宿へ戻るようで大きな荷物を持っていた。

「やあ、おめでとう」

「おめでとう。諏訪村で会うなんて久しぶりだなや」

「そういえば、この前幸子さんは卒業後どうするか聞けなかったね」

「俺は東京さいぐことに決めたんだ」

「ずいぶんたくさんの同級生が諏訪村から出て行ってし

まうらしいね」

バスが来て正夫達は乗り込んだ。正夫は歩けばよかったと思ったが後の祭りだった。大新田駅について軽便列車に乗ると、大川高校の同級生が数人乗り込んできた。それでその同級生と話をすることになり、正夫はほっとした。

西大川駅で国鉄の列車に乗り換えると、すぐ大川駅についた。大川高校の同級生達が下車して、正夫一人になった。正夫は明子に早く会いたいと気持ちがはやった。北上駅に着いて南行きの列車に乗ると少し落ち着いてきた。もうすぐ明子に会えると思うと、うれしさがこみ上がってきた。そして松島駅に着いた。改札口をかけるように通り抜け、すぐの坂道を駆け上がった。すると明子が祖母と歩いているのに出会った。正夫は明子の名を呼んで走り寄った。明子は目に涙を浮かべて正夫に飛びついた。祖母はそんな二人を優しく見ていた。

「アコさん、ただいま。お祖母様ただいま戻りました」

「マオさんお帰りなさい。とっても寂しかったのよ」

「明子は、あなたのことが心配でよく眠れなかったようですよ」

「アコ、寂しい思いをさせてごめんね」

「もう大丈夫だよ。マオさんが戻ってきてくれたんですもの」

「明子ったら手放しですね。私は先に行きますから二人でお話をしながらゆっくり歩いていらっしゃい」

「お祖母様、ありがとうございました。僕が後を引き継ぎます」

「お願いしますよ」

そう言って祖母は家に向かって歩き出した。正夫と明子はその姿を見送ってからゆっくり歩き出した。

「アコさん、おんぶしてあげたいけどだめだよね」

「そうね。今お腹を押されると困ったことになるかもしれないから我慢しておきますわ」

「アコさん、大丈夫だった」

「涙が出たけど夜はぐっすり寝ました。だってこの子に障るといけないからね」

「ありがとう」

家が見えてきた。明子のお腹は長身のためにそれほど目立たなかった。

「お祖父様の様子はどう」

「今のところはそれほど痛みがないようですけれど、お医者様のお話ではあまりよくないと言っていたわ」

「僕がなんとかしてあげたいと思うけど、それが出来ないのが悔しいよ」

「お祖父様も、マオさんの気持ちは十分わかっていると思うわ。だからいつも通りに見守ってあげましょうね」

「うん。分かった」

二人は家に入った。祖母はキッチンで食事の用意をして待っていた。

「ただいま戻りました」

と少し大きな声で言った。祖父に聞こえるようにもっと大きな声を出したかったが、休んでいるといけないので加減した。

「お祖母様、明子さん。たくさんの美味しいご馳走をありがとうございましたと兄たちが申していました。お重の中にささやかなものですが、お渡しするようにと預かってきました。今はこのようなものしかないので申し訳ないと伝えてほしいとも言っていました」

「あらまあ、これはお祖父様がお喜びになりますよ。今はお休みですから、後でお雑煮にしてお祖父様に食べていただきましょうね」

「喜んでいただけると嬉しいです」

　正夫と明子は祖母の作ってくれた昼食を諏訪村の話をしながら食べた。二人は食事を終わって後片付けをした後で、応接室でカウチに座って諏訪村の話の続きをした。

「諏訪村の正夫さんの同級生はずいぶん村を出てしまったんですね」

「そうなんだよ。だから村に残っている男の子は何となく焦ったり、落ち着かなくなっているみたいだね」

「自分だけが村に取り残されたように感じてしまうのね」

「それとは別のことだけど、兄のところでもいろんな問題が起きているらしいんだ」

「どんな問題なの」

「そこは大原台開拓団と言うんだけどね、今所有している土地は四町歩の畑だけなんだ。それはいいのだけど、主食となる米を作れないんだ。畑だけでは現金収入が少しあるけど主食の米を買わなければならない。それで畑の一部を田んぼにして稲を植えようと考えた。すると政府の稲作許可が必要だと言われたらしいんだね」

「何故政府の許可がいるのかしら」

「新聞で読んだところでは、日本が食糧難で困っているときにたくさん外国から米を買った。ところが日本で生産される米が増えると外国からの米輸入を減らさなければならない。すると相手の国が困ってしまう。というのは、日本が輸入してくれると予定して、たくさん生産できるようにしてしまったからだって」

「そうかあ。すぐには減量できないってことなのね」

「その通りだね。それで日本で稲の作付面積を増やして収穫量が多くなるのは困るんだね。それが許可がもらえないという理由らしいんだ。何だか回りくどくなってしまったけれど、それで大原台の存続が困難になってきているんだって。現に農業を諦めて元いたところ、例えば東京その他のところに戻ってしまった家族がずいぶんいるらしい。その人達の畑は手入れをしないから雑草が繁茂してしまい、それも困っているらしい」

「大変な問題になっているのね」

「それで兄たち青年団員が毎日のように話し合いをしているんだけど、なかなか解決策が出てこないらしいいんだ」

「どこでも大変なんですね。私たちは幸せなんですね」

「僕たちだって将来苦しいときがあるかもしれないけれど、アコと子ども達は僕が絶対守るから心配しないでいいよ」

「信頼していますわよ、旦那様。よろしくお願いします」

「今日は変な話を聞かせてしまって悪かったね」

「謝ることはないわ。世の中にはいろんなことが関係して起こることを知ることが出来ましたから」

「赤ちゃんに聞こえてなければいいんだけど」

「赤ちゃんは今おねんねらしいから大丈夫よ」

「暗い話はこれでお終いにしようか。アコさん、赤ちゃんに日光浴をさせてあげようよ」

「そうしましょう」

正夫と明子は手をつないで庭に出た。日差しは一月だというのに地上を温めていた。

「明日から三学期が始まるわね。実質あと二ヶ月間で卒業式になるのね」

「三年間は早かったのか、ゆっくりだったのか分からないけれど、アコさんと付き合うことになってからは別な思い出がいっぱい出来たね」

「そうですね。私は私たちの高校の学園祭に来たマオさんにお会いして、お話がしたくてどうしようもなかったんですよ。その願いが叶ってこうやって一緒にいることが出来てとっても幸せなの。マオさんありがとうございます」

「アコさん、何言っているんですか。それは僕も初めは驚いたさ。だってこんな素敵な人が僕と付き合いたいなんて言うんだもん。あのときは、例えの意味が違うかもしれないけれど〝青天の霹靂〟というのはこういうのだろうと思ったよ」

「意味は違わないと思いますわ。私も一所懸命でしたから」

「女性からあんなに真剣に付き合ってくださいと言われたのは初めてだったから、アコのことを一人の高校生としか思っていなかった。ほんとのことを言うとね、僕にもこういう人が出来たんだと感動したんだよ。そして招待状をもらったとき返事を書くのが苦痛だったんだ」

「それはどうしてなの」

「だって、アコの手紙の文字がとっても美しいのに比べて、僕の字はミミズがのたくっているとよく言われていたからさ」

「でも、そういうことは私には問題じゃなかったわ。文字は後からでも直そうと思えば直せるでしょう。でも性格とか資質というのはなかなか直すことが出来ないらしいから」

「アコさんはとっても合理的なんだね」

「お祖父様の影響かしら」

「なるほどそうかもしれないね。ところで何か飲みたくなったね」

「そうですね。お茶を淹れてきますね」

「僕が淹れてくるよ」

「いいのよ。私は少し歩かないといけないんだから。あなたはそこにいてくださいな」

明子は新妻のような話し方をするようになった。それが正夫には嬉しかった。

明子がトレーにお茶とお菓子も載せてきた。明子を見ていた正夫は明子がこの頃とっても美しくなったと思うようになった。元々きれいな人だったけれど。

「マオさん、そんなにジーッと見られると恥ずかしくなってしまいます」

「いや、アコさんがこの頃とっても美しくなったので見惚れていたんだ」

「あらまあ、褒めてくださったご褒美に美味しいお菓子をどうぞ召し上がれ」

「これもきれいだね。アコが作ったの」

「お祖母様に教えてもらいながら作ってみました。そうしたらね、ほら前に塩釜へ買い物に行ったとき帰りに自動車に乗せてくれた人がいたでしょう、あの人が来たの。それでお茶うけにお祖母様がお出ししたの。そうしたらこのお菓子はどこで売っているんですかなんて聞かれたの。お祖母様が、これはこの子が作ったものですよって言うとね、私の店で売らしてくださいなんて冗談を言うのよ。私顔が赤くなってしまいましたわ」

「でも本当に美しいし、味も素晴らしいじゃないの。あの人案外本気だったんじゃないのかなあ」

「マオさんまで冗談を言わないでください」

「冗談じゃないよ」

「でもお祖母様は、製品にするにはもう少し工夫が必要ですねって言っていました。幾つか作ったものを見ていて分かったことがあるのよ」

「どんなことなの」

「それはね。一つ一つが少しずつ形が違うのね。よく見ないと分からないくらいだけど」

「なるほどね、お祖母様はそこまで見ていたんだね。アコも凄いけれど、お祖母様はもっと凄いんだね」

「だから、なかなかお許しが出ないのよ」

「そういう方に仕込まれたアコも素晴らしいと思うよ。後は僕がお祖父様に近づく努力をすることだね」

「それは、お祖父様が築いてきた時間も考えて焦らないことですよ」

「またアコに教えられました。ありがとう」

「マオさんより、私の方がお祖父様との付き合いが長いだけです」

正夫は明子の知性の深さにも驚くばかりだった。正夫は明子と話をするのが楽しくてしょうがなかった。話の中でキラリと光る言葉に感動してしまうのだった。

祖母がお茶の入れ物を持って庭に出てきた。

「お話が弾んでいるようですね。楽しいお話ですか」

「はい。正夫さんがためになることを教えてくれるので楽しかったわ」

「私もお話に入れてほしかったですね。今度入れてくださいね」

「はい。そうだ、アコさん昨日話していたことを相談してみたらどうだろう」

「そうですね。お正月でおめでたいことですから、いいですわね」

「あら、楽しいことのようですね。それじゃ、お祖父様が目を覚ましましたから、みんなで行きましょう」

　三人は家に入り、祖父の部屋に行った。

「お祖父様、先ほど戻りました」

「おかえりなさい。お兄さんは元気でしたか」

「はい、お陰さまで夫婦そろって元気でした」

「それはよかったですね。御両親には会えましたか」

「それが昨年のお正月に来たとき、あまりの寒さに懲りたらしく、今年は東京でお正月を迎えると言ってきたということでした」

「それは残念でしたね。ここと比べるとかなり気温が低いのでしょうね」

「今年は雪が二メートルも降ったということでした。僕が行ったときは少なくなっていましたが、まだ一メートルくらいありました」

「やはり山の麓ですから雪も多いのですね」

「はい。ここは海が近いので温かくて驚いています」

「あなた、正夫さん達が何か相談があるらしいのですよ」

「そうですか。どんなことでしょうか」

　正夫は明子と顔を見合わせてから、

「実はまだ早いと思いますが、明子さんと相談してお祖父様とお祖母様にお願いすることができました」

「ほう、どんなことでしょうか」

「お祖父様、正夫さんと相談したのですけど赤ちゃんの名前を考えておこうかと思ったのです。出来たらお二人に名付け親になっていただきたいのですけど」

「それはまた、大任ですね」

　と言って祖父は祖母の方を見た。祖母は少し考えていたが、

「そうですね。そう言ってくれると嬉しいですけど、まずは正夫さんと明子で考えてみたらどうですか。その後で相談しましょう」

「うん。それがいいね。二人で考えてから相談するということにしましょうか」

　正夫は明子を見た。明子が肯いた。

「それで結構です。後でまた相談しますのでよろしくお願いします」

「分かりました。そういうことにしましょう」

　只野家のお正月は穏やかな日々が続いた。

　大学受験を目指す正夫は最後の追い込みに入った。高校では授業に出席し授業内容を必死で理解していた。家

へ戻ると、教科書の再確認をした。明子はそんな正夫を見て少し痩せてきたなと思った。それでも正夫は素振りを毎朝続けていた。

　明子は正夫の健康維持のために栄養バランスのよい食事を作って懸命に支えた。正夫はそのことに気がついていたが黙って明子に頼った。そういう明子はお腹が目立つようになったので買い物は祖母が行くようになった。時々は明子も一緒に出かけたが買った物は店から配達してもらうようにしてもらった。店の人たちは、明子のお腹を見てみんな〝おめでとうございます〟とか、〝これから賑やかになりますね〟と言った。祖母は嬉しそうにお礼を言うのだった。

　二月下旬に三学期の定期試験が行われた。三年生は半数以上が受験しなかった。そんな中で正夫は勉強の集大成というわけじゃないが、よく頑張って首位を維持した。これで大川高等学校での予定は卒業式だけになった。そして三年生は卒業式まで事実上の休校になった。

「マオさんご飯ですよ。食べないと能率が下がってしまいますよって赤ちゃんが言っていますよ」

　正夫は〝赤ちゃん〟という言葉にサッと反応した。

「分かりました。すぐ行きます」

　正夫は一階へ降りていった。食堂のテーブルの上に天ぷらそばと野菜サラダと厚切りのハムを炒めたものが二人分用意してあった。グラスには水が入っていた。他に果物のジュースもあった。

「美味しそうだね。アコさんはそれだけでいいの」

「赤ちゃんの分もこの中に入っていますよ」

　と言って明子は突然笑い出した。

「アコさん突然どうしましたか」

「さっき面白いことを発見してしまったのです。それで思い出し笑いをしてしまいました」

「何を思い出したんだい」

「マオさんは私が呼んでも声が届かないのですが、赤ちゃんがと言うとすぐ返事をしてくれました。それが面白くて」

「そうか。でもアコさんを無視しているわけじゃないからね」

「それはわかっていますわよ。そばがふやけないうちにいただきましょうか」

「そうだね。いただきます」

　天ぷらはエビと細身の透き通るような魚だった。それと野菜の揚げ物が載っていた。

「たくさん天ぷらが載っているので、どこから食べたらいいか難しいね」

「好きなものから食べてくださいな」

「どれも好きだから困っているんです」

「それは大変ですね。それじゃ端から食べてくださいな」

「そうしよう」

　正夫はそばを食べるのは久しぶりだった。だし汁は何とも言えない味だった。天ぷらもからっと揚がっていて美味しかった。そしてハムは明子手作りのものだと言うことだった。正夫はまたもや明子のすごさに驚いてしまった。天才が厳しい努力をした結果かもしれないと思った。

「アコさんはそれで赤ちゃんの分も摂れるんですか」

「大丈夫ですよ。赤ちゃんの分も摂れていますが、不足したときは時々おやつとして食べていますから。この子はとってもよく動くので私がお腹空いてしまうの」

「それじゃ栄養のことも考えて、おやつでも何でも食べて赤ちゃんにお腹を空かせないようにお願いしますよ」

「あら、激しく動いたわ。お父様の言ったことを喜んでいるようだわね」

「そこまで分かるんですか」

「私と赤ちゃんは一心同体ですからね」

「なるほど、それはそうだね。ちょっと嫉妬するなあ」

「何言っているんですか、あなたが話しかけると、この子は必ず動いて返事をするんですよ」

「本当ですか」

「私は、こんな大切ことを冗談で済ませようとしませんよ」

「そうかあ。それこそ以心伝心ということかなあ」

「そうねえ。これで三人とも心で繋がったことになりましたね」

「めでたし、めでたしだね」

　正夫は何とも言えないよい気分になった。後、心配なのは祖父の病状だった。この頃、痛みが少しずつ増してきているようだった。鎮痛剤の量も増えてきたようだった。それでも祖父は頑張って、痛みが少ないときには自叙伝を執筆していた。原稿が出来た分ずつ祖母がまず読んで誤字を訂正する。その後で正夫と明子が読ませてもらう。祖父の生い立ちから、興味を持ったことをどうやってきたかが書いてあった。祖父は高等学校時代（それは今の大学教養期間に相当）にはしばしば山に登っていたという。それと京都の古いお寺で座禅を組んで精神を鍛えたと書いてあった。正夫はそういう鍛え方もあることを初めて知ることができた。祖父は子どもの頃から星の観察をし、星の運動を数式で表現することを趣味としていた。その結果の論文を英語で書いて天文学の専門雑誌に発表したこともあるという。その他にも学生時代に幾つも論文を発表していた。

　正夫は、祖父のことを知るにしたがって自分の小さいことを身にしみて感じるのだった。正夫は、祖父の自叙伝の原稿を読んでいて、時々気持ちが萎えることがあった。そんな様子を見て明子は、いろんな方法で正夫を励ますのだった。それで正夫は立ち直り、自分のやり方で頑張るぞと勇気づけられるのだった。そのための最初の難関は大学に入ることだった。

　いよいよ大学入学試験の日が近づいてきた。体調は明子の栄養管理と木剣の素振りを毎日やることで問題なかった。

正夫は二年生までの教科書の復習を終了した。三年生の復習は蛍雪予備校で行ったので、残りの一週間を一般社会の復習に当てた。

そして。正夫は二月二五日に上京することにした。その日すべての準備を整えて夕食をとってから、正夫は明子と生まれてくる赤ちゃんのことを話した。そしていよいよ東京へ出発する時刻になった。

明子は、

「私は祖父母と正夫さんが帰ってくるのを待っていますからね。赤ちゃんのために頑張ってください」

と正夫を激励した。祖父母も、

「少しの間、寂しくなるが吉報を待っていますよ」

と言ってニッコリしながら正夫を送り出してくれた。

正夫は夜行列車に乗り、上野駅に早朝に着いた。改札口のところで兄が出迎えてくれた。両親が住んでいるところは上野駅から歩いて二十五分間くらいのところだというので歩いて行くことにした。道々兄といろんな話をした。

「正夫はしばらく会わないうちに男らしくなったな。両親も驚くぞ」

「兄さん一週間ほどお世話になります」

「国立大学を受けるんだってな。自信あるのか」

「自信は分からないけれど、やれることは全部やったつもりだよ」

両親の住居に着いた。両親は受験する大学のすぐ近くの西方町に住んでいた。母は温かい味噌汁と赤飯を用意して待っていた。

「ただいま。正夫が今着きました」

両親ともに出入り口まで迎えに来た。

「ほう、正夫はずいぶんがっちりしてきたなあ。見間違えたぞ」

「そうですねえ。さ、部屋に入りなさい。食事の用意が出来ていますからね。ローカの右側に洗面所があるから、顔と手を洗ってきなさい」

正夫は言われた通りに顔と手を洗って部屋に戻った。小さな食卓に明子の作る食事と違う食事が用意してあった。正夫と両親と兄の四人で食事が始まった。母親が正夫をしげしげと見て目に涙を浮かべていた。食事の間、四人はほとんど話をしなかった。正夫はこれも明子の家と違うと思った。でもすぐ馴れてしまうだろうとも思った。

家族は正夫がどんな生活をしてきたかについては何も聞かなかった。それは正夫が気を遣うのを避けているようだった。

三月に入り、入学試験の前日、正夫は試験場の下見に目的の大学へ行った。大学校内は静かだった。受験生らしい子と付添の親が数十組下見に来ていたが静かだった。受験生は、何故かおどおどしているように見えた。校舎の中には入れなかったが、さすがに建物は立派だと思った。仙台の大学は木造の部分がたくさんあったが、ここはほとんどレンガ作りの建物だった。戦争でもここは空襲されなかったという話だった。

　下見を終わった正夫は久しぶりに見る東京の町を散歩して昼過ぎに両親のところへ戻った。父と兄は仕事台を挟んで向かい合わせに座って仕事をしていた。台の上にはダイヤモンドと翡翠の入ったケースが置いてあった。それは父親が帯留めを作る材料だった。今の東京に帯留めを作れる職人は、正夫の父親ともう一人しかいないので作るそばから売れてしまうと言っていた。それは一個数十万円もする帯留めを買える人がたくさんいると言うことだ。昼食は四人で出前の天ぷらそばを食べた。東京のそばは少し茶色でざらっとした舌触りが気になった。自分の家の畑で作ったそばの実を石臼で粉にひいて、打ったそばは薄い灰色だったし、つるんとしていた。午後は部屋で小説を読んで過ごした。父親達はその日の仕事を夕方には終わり、銭湯に行って夕食を食べて早めに寝ることにした。正夫は別の部屋で一人布団に入って小説の続きを読み出した。しかしいつの間にか寝に就いた。

　入学試験当日、正夫は早めに目を覚ました。そっと布団から出て着替えをし、外へ出た。そして早足で三十分間ほど近所を散歩した。家へ戻ると母親が朝食の用意をしていた。

「母さん、おはよう。今日はいい天気になりそうだよ」

「もう起きていたのかい。疲れないようにしないと」

「大丈夫だよ。いつもの日課をやっているだけだから。冷水摩擦をしようかな」

「そうしなさい。身体も頭もすっきりするわよ」

「冷水摩擦と言えば、小学校の時だったと思うけど、学校の帰りに雨が降ってびしょ濡れになって帰ったことがあったね」

「そうだったかしら」

「母さんが服を全部脱がせて身体を拭いてくれたことがあった。その後で冷水摩擦をしたら身体が温かくなって、湯気が出てきたんだ。そうしたら母さんが驚いて、この子ったら身体から湯気が出ているわって言って、二人で大笑いしたことがあったんだ」

「そうだったわね。思い出したわ」

「そうだ、今日は午後も試験があるから、おにぎりを作ってくれないかなあ」

「分かっているわよ。そのために多めにご飯を炊きましたからね」

「さすがだなあ」

「何、生意気言っているんですか、この子は。それより持っていくものの準備は出来ていますか。忘れ物がないようにしなさいよ」

「うん。だけどもう一度確認しておくよ」

　正夫は筆記用具、受験票など受験に必要なものとハンカチ、ちり紙などを確認した。

正夫は母の作ってくれた食事を食べて大学へ向かった。大学までは歩いて十分もかからなかった。大学の広場には、受験番号が書かれた案内板を持った学生が立っていた。正夫は自分の受験番号の書いてある案内板のところへ行って並んだ。ぞろぞろと受験生が集まってきた。受験生の付き添いの人たちは少し離れたところに立っていた。しばらくして試験会場への入室の合図が鳴った。そして案内板を持っている人について受験会場へ入室した。そこには年配の人の他に五人の若い監督助手が待っていた。

受験生が全員指定の席に座ると、年配の人が受験についての説明をした。監督助手五人は会場内をぐるぐる回って荷物を身近に置いてないかなどを調べていた。またベルが鳴った。監督助手が問題と解答用紙を配り出した。配り終わると、また問題集の表紙に書いてある注意事項について説明があった。説明が終わると、何とも言えない沈黙が教室内を支配した。時々あちらこちらで空咳をする受験生がいた。試験開始のベルが鳴った。

「解答始め」

という声がかかり、一斉に鉛筆が紙の上を滑る音が聞こえだした。正夫は初めに自分の氏名を解答用紙の所定の場所に書いた。それから問題をジーッと見た。しばらくして解答を書き出した。これはいつもの通りだ。その日の試験は順調に終わった。正夫は受験票と筆記用具を持って教室を出た。少し遠回りをして家に戻った。しかし、家族は素っ気ないほどに、

「おかえり。お風呂に行くかい」

と言っただけで、入学試験のことは何も言わなかった。正夫はそれがまた嬉しかった。今頃、明子はどうしているだろうかと正夫は思った。お腹の赤ちゃんは元気にしているだろうか。正夫は只野の家族を思いやりながら明日の試験のために早めに寝ることにした。

第二日目の試験も順調に終了した。正夫は大学校内の公衆電話から明子に電話をかけた。

「アコさん。正夫です。赤ちゃん元気ですか」

「マオさんね、私も赤ちゃんも元気ですよ。この頃暴れてしようがないんです」

「お祖父様の容体はどうですか」

「少し痛みの出る間隔が短くなってきたみたいです。でも、すぐにどうと言うことはありませんからご心配なく」

「明日戻ります。アコと赤ちゃんにすぐにも会いたいから今夜にも汽車に乗りたいんだけど、両親と兄に話があるので明日の夜行列車になってしまいます」

「もしかして、私たちのことを話すのね」

「そう。赤ちゃんが生まれる前にきちんとしておかなければいけないと思って」

「ありがとう。マオさん。祖父母にもそのように伝えておきます」

「それじゃ吉報を待っててね。赤ちゃんによろしく」

「赤ちゃんはもう聞いたようですよ。嬉しがって暴れていますから」

「それじゃあね。また電話するからね」

「なるべく早く帰ってきてくださいね」

「わかりました」

正夫は、大学の植物園に行ってみようと思って歩き出した。植物園の門に着いたが、今日は〝大学行事のためにお休み〟という札が門のところに下がっていた。入学試験で職員が狩り出されたのだろう。

それで家へ戻った。入り口のところで母親が買い物に出るのに会った。それで買い物について行くことにした。この頃普通では食べることが出来ないようなマグロが不思議なほど廉価だった。それにマグロがどこで捕れたかを書いた札が下がっているのも不思議だった。正夫の母親はそんなマグロを買っていた。

「このマグロは何か安売りする理由があるのかなあ」

と正夫が母親に聞くと、

「お父さんは、マグロが大好きでね。放射能のことなんて問題ないって言っているのよ。マグロがないときはトビウオの塩焼きがお気に入りなのよ」

と言ったので、正夫は思い出した。それはビキニ環礁で水爆実験が実施され、日本のマグロ漁船が死の灰で放射能汚染された。そのマグロ船が捕ったマグロは廃棄されたが、その後で別の地域で捕れたマグロも放射能汚染が疑われ買う人がいなくなった。それで、マグロが安売りされているということだと思った。正夫と母親は鮮魚店でマグロの刺身を買った後、八百屋へ寄り、その後で甘味処で草団子を買った。それはあんこの中に草団子が埋まっているような感じのものだった。正夫の父親は、酒を一滴も飲まない代わりに甘いものには目がなかった。正夫はその性質を引き継いでいるのだと思った。

正夫の父と兄は仕事を終わり、正夫と一緒に銭湯に出かけた。そこでも二人は正夫に試験のことを何も聞かなかった。正夫は一瞬二人は正夫のことについて関心がないのかと思った。もしそうであれば、只野家のことを話してもムダかもしれないと思った。正夫はそれでも明子のことは言わなければならないと思った。

正夫は久しぶりに父と兄の背中を洗ってあげた。父は身体全体が白くきれいな肌だった。そういえば、父は戦争中のある日、銭湯で見知らぬ人に身体のことを褒められたことがあったと言っていた。そしてその人は是非墨を入れさせてほしいと言ったそうだ。その人はいわゆる彫り師で入れ墨を彫る人だったらしい。父はとんでもないと言って相手にしなかったと言っていた。

正夫は父親と兄よりも身長では正夫の方がずっと大きくなっていた。

「正夫も洗ってやろうか」

と兄が言ったが、正夫はいつも冷水摩擦で慣れているからと言って遠慮した。

銭湯から出て帰り道に父が珍しく何か食べていくかと

言った。正夫は父と兄に話があるんだけどと言って寄り道しなかった。

家に着くと父が、話というのは何だと言った。正夫は一年前から世界的に有名な学者の家で勉強させてもらってきたことを説明した。

「その方はその時、内臓の腫瘍で余命一年と宣告されていた」

「つまり、そのなんだ、がんになっていたということか」

「そうなんだよ。だから今年の夏まで持たないだろうと医師に言われたと言っていた。最近は身体全体が非常な痛みを感じるようになってきたらしい」

「それほど悪い状態になっていたなら、お前はすぐにも戻って何かしてあげなければならないんじゃないか」

「もう少し聞いてほしいんだけど」

「話してみなさい」

「その人は只野真一郎という物理学者だっていうことが後で分かった」

「あの有名な只野博士か」

「そう。その方の息子さんと奥さんは、目黒に住んでいたけど東京の空襲で亡くなってしまった。その時僕と同い年のお嬢さんがいたが、空襲が激しくなる前に松島に住んでいる祖父母、つまり只野さんのところに預けた。祖父母は親代わりにそのお嬢さんをしっかり者に育てた。そのお嬢さんと僕がちょっとしたきっかけで知り合うことになった。それでその子が僕に家へ来てほしいと言った。そしてその子の祖父母に会ってほしいと言って家へ招待された。

それで僕は只野さんに会った。その時、僕はその方がそんなに有名な方だと知らなかった。話をしているうちに只野さんは、僕にこの家で勉強してみないかと言ってくれた。しかし、僕は弘兄の手伝いをしなければならないので弘兄さんに相談した。そうしたらそれはいい機会だから他人の飯を食ってこいと言って賛成してくれたんだ」

「そのことは弘から聞いている」

「それで僕は勉強する時間ができ、懸命に勉強した。その結果、自分で言うことじゃないけど高等学校を首席で卒業できることになった」

「お前は首席で卒業できるのか」

「そうなんだ。只野さんは僕が勉強するためなら出来るだけのことをすると言ってその通りにしてくれた。僕はどんなに感謝しても仕切れないほどの恩を受けた」

「それほどまでしてくれたのか。誰にでも出来ることじゃないな」

「そうなんだ。それでね、僕がその子を好きになったら将来孫娘と結婚してやってほしいとまで言われた。今すぐでなくてもいいと言ってくれた」

「それで、お前はどうしたいんだ」

「できたら、只野さんの頼みを受けたいと思うんだ」

「そのお嬢さんはどんな人なんだ」

「それが、こんな人が世の中にいるのかと思うほど素晴らしい人なんだ」

「お前はそのお嬢さんを好きになってしまったのか」

「うん。どうしようもないほど好きになってしまった」

「将来をかけてもいいと思うほどにか」

「僕の生涯をこの人にならかけてもいいと思うほど好きになってしまった」

「わかった、お前の人生はお前のものだ。私は喜んであげたい。母さんも同じだと思う」

　正夫は、父母の顔をジーッと見ていたが目頭が熱くなってしまった。父母の心の広さに感動した。兄を見ると兄も賛成してくれたように肯いていた。

「父さん、母さん、そして兄さんありがとう。お嬢さんの名前は、只野明子といいます。すぐにも会ってほしいけど、お祖父さんのことがあるから、もう少し待っててほしいんだけど」

「わかった。いずれ私たちも挨拶に行かなければならないだろう」

「ところで、正夫はずいぶんこざっぱりしたものを身につけているわね。そういうものも只野さんが用意してくれたんですか」

「そうなんだ。僕は遠慮したんだけど、書生という身分にしてもらったからには衣食住のことも含まれているんだよと言って、いろいろ用意してくれました」

「正夫、お前の努力が実ったわねえ。でも、これからはいろんな試練があるかもしれないから、できる限り明子さんを守っていかなければなりませんよ」

「はい、お母さん。その覚悟は出来ています」

「お前も成長したわねえ」

　それで話は済んだ。このことを早く明子に知らせたかったが、夜半を過ぎていたので明日知らせることにして休むことにした。正夫は二つの難題が一度に解決したので安心したようでぐっすり寝てしまった。

　翌朝正夫は、蛎殻町、人形町付近を見たいと思って出かけたいと母親に言った。母親は、私も一緒に行きましょうと言うので二人で出かけた。道々、母と話しながら歩いた。

「正夫は明子さんと言いましたね、その方と結婚したいと思っているのですか」

「お母さんだから正直に言いますが、只野さんの要望で仮祝言をしました。只野さんの病気のことを昨日は詳しく話さなかったんだけど、後数ヶ月の命と只野さんは医師に宣告されたと言っていました」

「そんなに急な話なのですか」

「僕が只野さんのお宅へ招かれたときには手の打ちようがないと言っていました」

「それで、正夫は安産のお守りをもらいに行きたいのですね」

「正直に言います。そのとおりです。明子さんのお腹には赤ちゃんがいます。後一ヶ月の内には産まれるということです。明子さんは只野さんに赤ちゃんを見せたいと言っています」

「やはりそうだったのですね。しばらくはお父さんに話さないでおきましょうね」

「お母さん、ありがとうございます」

「それともう一つ聞いておかなければならないことがあります」

「はい。何でも聞いてください」

「大学の学費をどうするのですか」

「そのことは、只野さんが孫娘つまり明子さんのために、今の状態で社会が続けば暮らしに困らない程度の財産を残すことにしてあるといっていました。その中には、僕の大学の費用と生活が安定するまでの経済的な援助が含まれると言っていました。そのために目黒にかなり広い土地があり、そこにアパートを二十戸分建ててあるそうなんだ。その他に管理人の家が建ててあり、そこに住むことが出来ると言っていました。今は只野さんの弟さんが住んでいてアパートを管理しているということです。その方達も子どもがいないのでそろそろ引退したいと言っているといっていました。僕たちが上京したときは、その家に住み、管理人の仕事をしてほしいとも言っていました」

「ずいぶん行き届いた考えを持った方ですね」

「僕はね、母さん。只野さんにいろんなことを教えてもらった。それは父さんが教えてくれたものとは違うものだったけど、只野さんの人格を見習いたいと思った。こんなことを言うと生意気と叱られるかもしれないけれどね。明子さんはその方の血を引いているんだよ。頭もいいし、料理もプロ並みだと祖母に褒められているって言っていた。合気道やピアノでも子どもに教えてもいいと先生に言われるほどなんだ。僕には過ぎた人なんだよ。是非一度会ってほしいな。母さんもすぐ気に入ってしまうと思うよ」

「私も是非早く会いたいですね」

　正夫達は安産の神様のいる神社へ着いた。正夫は母とともに初めに参拝してから社務所に行って安産のお守りを求めた。正夫はこういうことは母に相談するに限ると改めて知った。神社を後にして、人形町の交差点近くにあるウナギ屋へ入った。

「ここのウナギは昔からとっても美味しいんですよ。食べていきましょうね」

「ウナギなんて初めてかなあ。ドジョウは諏訪村でも食べたよね」

「そうだったわ。あの頃は魚は、正夫が川で捕ってくるものしか食べられなかったわね」

　店に入るとかなり年配の店主が二人を迎えてくれた。

「いらっしゃい。空いている席へ腰掛けてください」

「どこでもいいのですか」

「はい、お好きな席へどうぞ」

「それじゃここにします。それで、上うな重を二つお願いしますね」

「かしこまりました。これから捌きますのでしばらく時間がかかりますがよろしいですね」

「はい、結構です。お願いしますね」

　店主は生け簀のようなものからウナギを二匹取り出して頭に畳針のような大きな針を刺して止め捌きだした。

「ところで、正夫は明子さんとどうやって知り合いになったの」

「それがね、明子さんの通学している高校の学園祭に大川高校の同級生と見学に行ったんだ。そうしたら血液検査をしていたのでみんなで調べてもらったんだ。そのなかに明子さんがいた。それで僕がO型であることを初めて知った。それからしばらくして大川高校の学園祭に彼女たちが見学に来た。その前に化学クラブの先輩が、明子さんの友達に、俺のいる化学クラブに変わった奴がいると話したらしんだね。それで明子さんが僕に興味を持ったんだって。見学に来たとき凄いお弁当を持ってきてくれたんだ。僕達は彼女たちの意図が分からなかったんで、何で初めて会ったのにお弁当って驚いた。そうしたら翌日には明子さんが一人でまたお弁当を持って僕に会いに来た。僕達は学園祭が終わってから僕の友達の一人と三人で大学芋屋へ行って少し話をした。その時はそれで帰ったんだけど、十二月になって明子さんから家へ来てほしいという招待状が来た。弘兄さんと相談して行くことにした。そうしたらいきなり明子さんの祖父母に紹介されたんで驚いてしまった。それにその日はお祖父さんが話をしたいので泊まっていってほしいって言われて、またびっくりしてしまった」

「初めて行った家に泊まってしまったのかい」

「話をしているうちに列車が終わってしまったので仕方なかった」

「それじゃ、しかたなかったわねえ」

「明子さんの祖父母と四人でいろんな話をした。それがとっても素晴らしかった。それに食事が凄かったんだ」

「お前は食べることにつられたのね」

「後で聞くと、こんなことは初めてだと言っていた。でもお祖父さんがどんな人か全く分からなかったんだ」

「どんな料理が出されたの」

「それがね、僕が初めてみるようなものばかりで、とっても美味しかった。驚いたことに、その料理は全部明子さんが作ったって言うんだ」

「正夫のために一所懸命料理したのね。私もだんだん明子さんを好きになってきましたよ」

「ありがとう、お母さん。明子さんはお母さんに気に入ってもらえるかしらって心配していたんだよ」

「正夫のことをそんなに好きで、正夫も大好きな人を母さんが好きになるのは当たり前ですよ。早く会いたいわねえ」

「お待ちどおさまでした。焼きたてのうな重です。ところで一つ伺ってもよろしいですか」

「いい香りですねえ。それで何を聞きたいのですか」

「それがですね。もう十年以上前のことですが、この店へよく来てくれた年配のご夫婦がいたのですよ。その方は浜屋さんの裏手に住んでいるって言ってました。その方達も空襲で酷い焼け方をしたからどうなさっただろうと案じていました」

「それは私かもしれませんね。昭和二十年三月十日までは確かに浜屋さんの裏手に住んでいましたから。そして良人とよくこの店に来ましたよ」

「やはりそうでしたか。その後はお元気でいらっしゃいましたか」

「はい、お陰さまでなんとか生き続けてきました」

「こちらは、ご子息様ですか」

「はい。末っ子の正夫と言います。私は寺田と申します」

「私は、この店の主の八木下と言います。これからもご贔屓にお願いします。長話をして申しわけありませんでした」

　正夫達はうな重を食べた。肝吸いというのが付いてきたが、正夫は初めてなので気持ち悪かったが吸ってみると美味しかった。

　ウナギを食べ終わって外へ出ると道路の反対側に写真館があった。その写真館は家族みんなで写真を写してもらったところだ。人形町の通りから西側は空襲の被害を免れて昔のまま残っていた。その横町の道沿いには佐田歯医者があった、国民学校の同級生の住んでいた家だ。さらに向こうにコンクリートの建物があった。それは区役所の支所だ。こうして敗戦の年から九年も経っているのに火災に遭わなかったところは、古い家が残っていた。正夫と母は三越まで歩いて行った。途中の鎧橋の袂にあった家には思い出があった。空襲で焼け出された日にその家に休ませてもらったのだ。それで温かい白湯をいただいた。三越で明子と祖父母へのお土産を買った。母親は正夫がお金を持っていることに驚いたが何も言わなかった。

「母さん、疲れただろう。ゆっくり歩けばいいからね。どこかで少し休んでいこうか」

「そうですね。それじゃ白木屋へ行って甘いものでも食べましょう」

　そう言って二人は白木屋へ入った。白木屋はいろんな変遷を経て今のように百貨店として営業するようになった。二人はしばらく休んでから東京駅へ行き、国鉄中央線に乗って御茶ノ水駅まで行った。そこからは大学行きのバスに乗って終点の大学校内バス停で下車すれば家まですぐだった。

　正夫は夕食を食べてから外へ出て公衆電話で明子の声を聞いた。

「アコさんかい。今夜の夜行列車で戻るからね。もう少し待ってて下さいね。赤ちゃんは元気にしていますか」

「マオさん。私も赤ちゃんも元気ですよ。相変わらずお腹の中で暴れています。それじゃ明日朝早く仙台駅に着くんですね」

「そうだよ。それじゃ祖父母によろしく伝えてくださいね」

「待っていますからね」

　正夫は仕事を終わった父、兄と銭湯に行った。夕方早い時間だったので中は空いていた。

「正夫は今度いつ帰ってくるんだ」

「合格発表の日になると思うんだ」

「それで何日くらいこっちにいるんだ」

「いろいろ手続きをしたり、ちょっと行ってみたいところがあったりで四日くらいになると思う」

「大学へはここから通うんだろう」

「それは少し考えてから決めたいんだ」

「まあ、お前にもいろいろ都合があるだろうから、よく考えて決めるといい」

　銭湯から帰ると、食卓にご馳走が並んでいた。トビウオの塩焼きとマグロの刺身、それにコロッケが付いていた。

　食事が終わって、八時頃に家を出て上野駅に向かった。この時間でも大学から上野駅行のバスがあったのでそれを利用した。兄が送っていくと言ったが一人で大丈夫だからと言って出かけた。

　列車は上野駅のホームに入っていたので乗車して発車を待った。列車は定刻に動き出した。正夫は本を読んでいたがいつの間にか寝てしまった。目が覚めたのは白石という駅の手前だった。客車の中を見回すと乗客はみんな寝ていた。

　もう少しで仙台に着く。正夫は窓から山の方を見た。去年の夏に明子と行った蔵王山が見えた。あのとき明子を背負って大勢の中をバスまで歩いたのを思い出した。アコは他人がいっぱいいるからと言って遠慮したが、背負ってよかったと思った。車内放送がもうすぐ終点仙台駅に到着すると放送していた。仙台駅に着き正夫はすぐ降りて、松島方面行きのホームに向かった。列車は、すでにホームに止まっていた。車内でしばらく待つと発車ベルが鳴り、列車が動き出した。

　列車が北松島駅に到着した。正夫は下車して改札口へ急いだ。改札口を出て坂道を駆け上がるつもりだった。ところが明子が改札口の外で待っていた。

「正夫さん。ここよ」

　と手を振っていた。正夫は驚いて急に止まった。

「アコさん、迎えに来てくれたの」

「お祖母様は、すぐ会えるのだから無理に行かない方がいいわとおっしゃったんだけど、一刻も早く会いたくて来てしまいました」

「僕も急いで家に着くように走って改札口を出たんだよ」

「マオさんが、血相変えて走ってきたのでどうしたのかしらと心配になってしまいました」

「赤ちゃんも驚いてしまったかなあ」

「大丈夫ですよ。私がしっかり守っていますから」

「アコさんありがとう。赤ちゃん、素晴らしいお母さんでしょう。元気な顔を早くお父さんに見せておくれ」

「あら、また動いたわ」

「やっぱり、話を聞いてくれてるのかなあ」

「そうよ。だって私たちの赤ちゃんですもの」

「ほら、また動いたわ」

「そうだ、こんなところでおかしいけれど、アコさんにお土産があるんだよ」

「何かしら」

「これなんだけど。笑わないでね」

「早く見せてくださいな」

「はい、これです」

「なにかしら」

　と言いながら紙包みを開けた。中から、可愛い袋に入っているお守りが出てきた。

「お守りを買ってきてくださったのね」

「これはね、戦争中に住んでいたところの近くにある有名な安産の神様のお守りだよ」

「嬉しいわ。マオさんありがとう」

「それは母と一緒にもらいに行ったんだよ。母さんにはアコのことを全部正直に話した。そうしたらね、母さんも早くアコさんに会いたいと言ってくれたんだよ」

「嬉しいわ、マオさん。それでお父様にもお話ししてくださったの」

「うん、話したよ。そうしたら正夫が自分の人生を切り開くのに何も躊躇することはないと言ってくれた。その後で私たちも挨拶に行かなければと言っていたよ」

「そうですか。よかったわ。嬉しいわ。あら、また赤ちゃんがお腹をけっているわよ。ちょっと触ってみて」

　正夫が明子のお腹に触れるとあちこちお腹が膨らむのが分かった。

「ほんとだ。激しくけっているね。アコさん大丈夫かい」

「このくらい元気な子じゃないと困るわよ。でも女の子だったらどうしましょう」

「それは大丈夫だと思うけど。何しろ前例があるからね」

「それはどういうことなのよ」

「アコさんがいいお見本だと言っているのです」

「マオさんたら。でも嬉しいわ。私みたいに元気でおしとやかになるわね」

「その通りです」

　二人はもう家に着いてしまったというように顔を見合わせた。門を入ると、祖母が入り口のドアを開けてくれた。

「ただいま戻りました」

「お帰りなさい、朝食の用意が出来ていますよ。明子と二人でゆっくり食べてくださいな。明子さんお願いしますよ」

「はい、お祖母様」

「お祖父様に挨拶に行きたいのですが」

「今、お薬で寝ていますから、少し後にしてくださいな」

「わかりました」

　祖母は二階へ上がっていった。

「アコさん」

「何ですか」

「お祖父様の容体はどうなんですか」

「今月に入って病状が進んでいるとお医者様が言っていました。痛みが頻繁に出るようになってきたようです」

「僕に何か出来ればなあ」

　正夫はそう言って、自分自身に対するもどかしさを感じていた。明子は正夫の様子をじっと見ていたが、

「マオさん。お祖父様もお祖母様も正夫さんには大変感謝していましたよ。私に明子はほんとに素晴らしい人を好きになってくれたねと言って私もお礼を言われてしまいました」

「でもね、僕はお祖父さんの病状を緩和する方法がないというのが悔しいんだよ」

「お祖母様も、今の時代の医学でどうしようもないのだから、最後まで希望を持って見守ってあげましょうと言っています。正夫さんもお祖父様の最後の仕事を手伝ってあげてくださいね」

「それはもう承知しています。できる限りお手伝いさせていただきますよ。それとアコさんも、こう言っては叱られるかもしれませんが、お腹の赤ちゃんのことを第一に考えてください。そのためにも僕が頑張るから」

「マオさんのお気持ちはじゅうぶん分かっています。マオさんは大学の勉強に集中してくださいね」

　今、只野家では重い空気と喜ばしい空気が混在していた。

大学入学試験合格

いよいよ入学試験の合否発表の日が近づいてきた。正夫は、その確認といろいろな手続きと目黒の明子の大叔父に会うために、数日間明子に祖父母のことを託して上京することになった。

　科学一類の発表の掲示板を見ていた正夫は自分の番号が書いてあることを確認した。すぐ事務室に行き受験証を出して合格証を交付してもらった。その他いろいろな書類をもらって家へ帰った。それを両親と兄に見せた。正夫の父は、

「今日は特別な日になったな。母さん、そういうことだから、特別なお祝いをしてあげなさい」

「正夫、お父さんにお礼を言いなさいよ。それからここまで来れた理由もね」

「何だ、私に話があるのか。言ってごらん」

正夫は、初めに父と家族全員に支えてもらったお陰でようやく目的のスタートに付けたことを感謝していると言った。その後で只野家で勉強させてもらったことや大川高等学校を首席で卒業できることなどを話した。それから目黒の只野家の家屋敷のことなども話した。その他、明子とのことも正直に話した。父は黙って聞いていたが、しばらく沈黙の後で総てのことを許してくれた。

「正夫。親兄姉はお互いに協力するのは当然だが、只野さんの家族の方々のように正夫にこんな素晴らしい機会を作ってくれたことを生涯忘れてはいけない。明子さんと言ったな、正夫が大好きだと言った人のことはとりわけ大切にしなければいけない。やがて生まれてくるだろう子どもの将来についても、正夫は責任を持たなければいけない。わかるな」

「はい。お父さん。自分の決心したことを曲げることはありません。只野さんにも僕の生涯をかけて明子さんを守ると約束しました」

「正夫も大人になったなあ。母さん」

「そうですねえ。これで私たちも安心ですね」

「教育というものは大事なもんだなあ」

「ほんとにねえ」

正夫は明日大学へ行きいろいろな手続きをすることにした。そのために、戸籍関係の書類が必要なので、先日、母と前を通った区役所支所へ行くことにした。そして明後日に、目黒の只野の弟さんを訪ねることにした。夕食の前に明子に電話をした。大学に合格したことを伝えると、明子は涙声になって、おめでとうと言ってくれた。そして赤ちゃんも喜んでいますよと言って笑った。正夫は祖父母にも伝えてくれるように頼んでから、祖父の容体を聞き目黒へ行った方がよいかどうかを相談した。明子は祖母と話が済んでいたようで、もう電話してあるから一度会ってきてほしいと祖母が言っていたと言った。

正夫は実家の住所を知らせて、電話がないので何かあったら電報を打ってくれるように明子に頼んだ。大川高等学校の卒業式の前日には帰ることにして電話を切った。父と兄は今日も仕事を早めに終わり、正夫を伴って銭湯へいった。

兄が正夫に話しかけた。

「正夫、俺たちは戦争のために上の学校へ行けなかった。それはそういう時代に生まれたのだから仕方がない。正夫も小さいときから家の手伝いで苦労してきたが、ようやく自分の意思で勉強が出来るようになった。出来るだけのことはしてやるから大きな目標に向かって頑張るんだぞ」

「うん。兄さんにはいろいろ助けてもらったことを心から感謝しているよ。そのお返しに僕は精一杯頑張るよ」

「その意気だ。そうだ、今日は妹も結婚相手と一緒に来るからちゃんとお礼をいいな」

「わかりました」

　銭湯を出て、ゆっくり帰ってくると家の中から笑い声が聞こえていた。今日は賑やかな夕食になるなと正夫は思った。家に入ると、姉が玄関まで来て、

「正夫お目出度う。よく頑張ったわね。高等学校も首席ですって」

「それは姉さんのお陰です。一生ご恩を忘れません」

「そんなに言われると顔が赤くなってしまうわよ。お互い様ってことにしておきましょうか」

　部屋には大きな食卓が置いてあり、その上に赤飯と赤い魚の焼き物が大きな皿に乗っていた。その他にも煮物や正夫の好きなトンカツもあったし、エビの天ぷらもあった。こんなに食べられるかと思うほど賑やかに乗っていた。母さんが、貝のすまし汁を持って台所から来たのでみんなは正夫を中心にして席に着いた。席には座布団まで敷いてあった。食卓の脇に外国語で書かれたラベルが貼ってあるビンが二本とビールが三本おいてあり、食卓の上にグラスが人数分用意されていた。

「正夫はまだ十八歳まで二十日ほどあるが、今日は私が許すから同じもので乾杯をすることにした。まずビールを注いでくれないか」

　と父が言った。姉が栓を抜き正夫のグラスからビールを注いだ。みんなのグラスにもにビールが注がれると、父はグラスを持って、

「正夫の大学合格を祝って乾杯」

　と言ってグラスにチョット口をつけた。正夫は、父は酒を飲めない人だと知っていたので、そうやって形だけでも飲む振りをしてくれたことが嬉しかった。正夫は一口ビールを口に入れたが苦いのでそれで終わりにした。

「さあ、ご馳走を食べましょう」

　と母が言ったので、みんなで小皿に取り分けて食べ始めた。姉が赤い焼き魚（鯛）を取り分けてくれたので食べてみた。しっかり身が締まっていて美味しかった。後は好き好きで自分で大皿から取り分けて食べた。東京の鮨も美味しかった。煮染めも美味しかった。姉の結婚相手の人もいろいろ話しかけてくれて嬉しかった。夕食は二時間ほどもかかったが楽しく過ぎていった。そしてお開きになった。姉たちは自分の家へ帰っていった。後片付けを母は一人でやり出したので正夫が手伝った。

「正夫が手伝ってくれるとは思わなかったわね」

「諏訪村では大体、僕が食事の仕度と後片付けをやっていたから何でもないよ。母さんこそ疲れたでしょう。後は僕がやっておくからもう休んだら」

「ありがとうね。もう少しだから終いまでやってしまいましょう」

「はい」

　こうして合格祝いの日は深夜を迎えた。正夫は母と並べて敷いた布団に入り母と話をしながら寝に着いた。

　翌日、大学に行き入学手続きを済ませた。一度家に戻り、昼食を食べてから目黒へ行った。住所を書いた紙を

見ながら探したが分からなかったので、交番へ行き道順を教えてもらった。そのとおり行くと公園があった。その辺を探したが見つからなかったので、公園に入っていった。すると一軒の家から只野と似た人が出てきて、正夫に近づいてきた。どうやらここは公園じゃなく只野の屋敷だった。

「もし、あなたは寺田正夫さんではありませんか」

「はい、寺田正夫ですが。もしかして只野様でしょうか」

「そうです。お待ちしていました。どうぞこちらへお出で下さい」

正夫は、この方も只野と同じように科学者だと確信した。後ろを歩きながら、どんな分野で活躍しているのだろうか。あるいはしていたのだろうかと考えた。

「この建物が、ここの管理人の建物です。今は私が兄の代わりに住んでいます」

只野は家へ入り、正夫に腰掛けるように椅子を薦めた。

「初めてお会いしたあなたにこんな話をするのは、ご迷惑かもしれないと思いますが、あなたも既にご存じのことですからお話しします。兄の病気は今の医学ではどうしょうもない状態に進んでしまいました」

「はい。僕は悔しくてしようがありません」

「ありがとうございます。私も悔しいのですよ。後二十年少なくとも十五年あれば、早期診断の方法が発見されているでしょう」

そこへ只野の妻がお茶とケーキを持って入ってきた。それをテーブルに置いて出て行こうとしたが、只野が呼び止めて正夫を紹介した。

「あら、明子さんのお相手というのはこの方ですか。明子の大叔母の只野佐枝です。よろしくお願いします」

「正夫君は今年、新東京大学科学一類に合格したそうだよ」

「それはおめでとうございます。明子さんにはもう知らせたのですか」

「はい夕べの内に知らせました」

「喜んだでしょうね」

「はい。お祝いの準備をして帰るのを待っていると言っていました」

「赤ちゃんはいつ生まれる予定なの」

「今月末から来月上旬の間だと言っています」

「もうすぐですね。良いことが続いていますね。おめでとうございます」

「はい、ありがとうございます」

「さて、正夫君。兄から大体のことは聞いているでしょうが、この家と屋敷のことはいずれ引き継ぎの時に詳細を話します」

「はい」

「その前に、お帰りになったら兄からお話しがあると思います」

「分かりました。本日はご挨拶に伺いましたが、ここは初め公園かと思いました。少し見学してもよろしいでしょうか」

「もちろん結構ですよ。と言うより私がご案内いたしましょう」

　と言って二人が外へ出て行った。妻の佐枝も同行した。

「ここは、兄が私設の研究所を建てる予定で購入したと聞いています。しかし戦争は劣勢になり始めた頃、兄は松島に移って静かに研究することにしたようです。兄には男子がいました。その子が結婚して女の子が出来ました。それが明子です。東京への米軍の空襲が激しくなってきたので明子を兄のところへ疎開させたのです。その後、すぐこの辺が空襲に遭い夫婦は犠牲になってしまいました。その知らせを聞いた兄は非常に落胆してしまいました。それで残された明子をとても可愛がって育てました。しかし、躾けもしっかりやったようです。そのお陰で明子は珍しく素直で気立ての優しい子に育ちました。そのことはあなたも既にお気づきのことでしょう」

「僕は、こんな人がいることに感動しました」

「そうでしょうね。大叔父の私が言うのはおかしいと思うでしょうが、明子はほんとに今時珍しい子に育ちました。その明子が、どこであなたのことを知り信頼できる人だと考えたのか分かりませんが、明子があなたを家に招待したとき、兄はあなたのことを大変褒めていました」

「いえ、僕は只野さんに褒められるようなものではありません」

「兄は、あなたの才能を見抜いていたのだと思いますよ」

「恐れ入ります」

「兄は、明子のことも信頼していましたし、その明子があなたを好きになって連れてきたことを喜んでいました。それであなたに明子のこととこの場所を託す決心をしたのだと思います。私からもよろしくお願いします。私には子どもがいませんので明子が可愛くてしょうがないのですよ」

「僕も、初めは明子さんのことを変わった女子高生だと思っていましたが、とんでもない間違いでした。むしろ僕には過ぎた女性だと思っています。それでと言うことではありませんが、僕は明子さんを僕の生涯をかけて幸せにすると約束をしました」

「それは、私にも大変嬉しいことです。よろしくお願いします」

　話をしながら、アパートの建っているところへ来た。

「ここに二十戸の家族が住んでいます。さらに二十個分のアパートを建設することになっています。その費用は、あなた方に負担がかからないようになっています。それともう一つ、ここに幼稚園を作ることになっています。これは兄の奥さんに園長になっていただくようにお願いしてあります。いずれは明子が園長になるでしょう。そして最後の一つは、小さなものですが只野真一郎記念公園を計画しています。結構大がかりな計画になりますので管理が大変でしょうが、実務は専門家にお願いすることになるでしょう」

「大変な計画ですね。明子さんもその計画のことを知っているのでしょうか」

「明子には兄が大雑把なことを話しているでしょうが、詳しいことはまだ話していません。あなたと一緒の席上でお話しすることにしています。さてあなたに約束してほしいことがあります」

「なんでしょうか」

「今話したことはまだ計画中のことも入っています。それでこの件に関しては計画が完成するまで、どなたにも話さないでいただきたいのです。明子には話してもいいでしょう」

「わかりました。僕を信頼して下さってありがとうございます」

「あなたは、兄が言った通りの人ですね。私も嬉しく思います」

「僕は何と言ったらよいか言葉がありません。これからよろしくご指導お願いいたします」

「ところで、いつ松島へ戻る予定ですか」

「こちらに伺わせていただくことが出来ましたので今夜の夜行列車で戻りたいと思います」

「そうですか。お戻りになったら兄夫婦と明子に私たちは元気でいると伝えて下さい」

「かしこまりました。それではこれで失礼します」

「ああ、もう一つだけ、授業が始まったら、明子が来るまでここから通学して下さい。私どもが松島の家と同じように、お世話させてもらいますから。それに教養学部の授業が行われる校舎はここから近いですから」

「ありがとうございます。それでは奥様、またすぐ戻って参りますのでよろしくお願いします」

「私どものところから是非通学してくださいね。お待ちしていますよ」

正夫はまたまた素晴らしい方と知り合いになった。明子のお陰で素晴らしい人と次々に知り合いになれることが嬉しかった。正夫は明子の声を聞きたくなった。明日の朝になれば明子に会えるのが待ち遠しかった。家に戻って母に今夜松島へ帰ると言うと、

「もう帰るのかい。それじゃ明子さんにお土産があるから持っていっておくれ」

「明子さんにお土産をくれるの。何だろう」

「これを明子さんに渡してくださいね。お父さんが作ったものですから喜んでいただけるといいですね」

「お母さんありがとうございます。明子さんは両親の愛情を知りませんので、可愛がってあげてください。お願いします」

「わかっていますよ。お父さんも認めてくれたので大丈

夫ですよ」

「明子さんもきっと喜んでくれるよ。ありがとうございます」

父はあまり感情を表面に出さない人だったが、正夫の大学合格以来、父の表情が柔らかくなったようだった。それは母親も感じていたようだった。

「父さんはね、正夫が一人前になったと言って喜んでいましたよ」

「これから親孝行するからね。長生きしてください」

「私たちはまだそんなことを考える年ではありませんよ。それより正夫は、たくさんの人のお世話になってここまで来れたことを決して忘れてはいけませんよ」

「それはいつも考えの中に入っているよ」

「父さんとも話したんだけど、早くお前の好きになった人に会いたいわね」

「きっとびっくりするよ。今時こんな子がいるなんてと思うよ」

「この子ったらもうどうしようもないのね。そろそろ夕飯の仕度をしようかね。父さんたちも仕事が終わる頃だから一緒にお風呂に行ってきたら」

「僕は、今日夜行列車に乗るので今日は止めとくよ」

正夫は、母親が夕食を作るのを見ていた。父と兄が風呂から戻ってきたので、

夕食を食べた。その後、しばらくみんなで話をしてから上野駅に向かった。上野駅の公衆電話で明子に明日朝帰ると伝えた。

「マオさん。赤ちゃんがもう外に出たいと言い始めたようですよ。だからお迎えに行けないかもしれませんが我慢して下さいね」

「大丈夫だよ。駅から走って帰るから」

正夫は改札口を通ってホームに行くと、仙台行きの列車がもう入線していた。

正夫は車内に入って座ると、モームの本を取り出して読み始めた。赤井田という方が脚注などを書いていた。日記風の本は、日常の思いつきや出来事などが書いてあった。日本の兼好法師の書いた『徒然草』に少し似ているなと思った。いつの間にか列車は走り出していた。車内灯が少し暗くなったので正夫は本をしまい、時計を見た。二十三時になっていた。正夫はゆっくりした姿勢になって目を閉じた。

窓の外が明るくなり始めた。気がつくと列車はもう仙台市内をゆっくり走っていた。そして車内放送で終点仙台駅にもうすぐ到着すると放送があった。乗客は降車口の方へ移動していった。正夫は列車が停車してから立ち上がり降車口に向かった。ホームに降りてすぐに松島方面行き乗り場へ急いだ。ホームに着くと列車はすでに止まっていた。客車に入り座って窓の外を見ると、ずんだ餅を売っていた。それを二個買った。一つは祖父へのお土産として、もう一つは明子と食べるのだ。列車が発車して三十分間ほど経つともう松島駅だった。正夫は下車

して改札口を駆け抜けるように通り、坂道を駆け上がった。そして門に着いた。入り口のドアに近づくと明子がドアを開けてくれた。

「アコさん、ただいま」

「マオさんお帰りなさい。行ったり来たりで疲れたでしょう」

「大丈夫だよ。赤ちゃんは元気かい」

「ちょっとお腹に触ってみて下さいな。もう動きが凄いのよ」

「どれどれ」

と言って正夫は明子のお腹に優しく手を添えた。するといきなりけられたような感じがした。

「ほんとだ。赤ちゃんもう少し優しく動いておくれ。お母さんのお腹が心配だから」

祖母が二階から降りてきた。

「お祖母様、ただいま戻りました」

「正夫さんお帰りなさい。お祖父様が会いたいと言っていますよ」

「はい。すぐ参ります」

正夫は合格通知とずんだ餅を持って祖父の部屋のドアをノックした。

「どうぞ」

と祖父の声がしたので部屋に入った。

「ただいま戻りました。合格証をもらって参りました」

と言って書類を見せた。祖父は目に涙を浮かべて、

「正夫、おめでとう。これからが正念場ですね。しっかりやって下され」

と言ってくれた。

「はい。自分の道を切り開いていきます。これからもご指導お願いします」

「私の願いは総て叶ったようです。後は明子次第ですね。待ち遠しいですよ」

「僕も同じです。それから目黒へ行ってきました。大叔父様がいらしてお話を出来ました。お祖父様に諸事順調に進んでいると伝えて下さいと言うことでした」

「そうですか。ご苦労様でした」

「それから、これは仙台駅で買ってきたずんだ餅ですが、お口に合うでしょうか」

「それはありがとう。わしはこれを今日あたり食べたいと思っていたんです」

「それは良かったです」

「正夫は朝食を食べたのですか」

「いいえ、まだです」

「それでは食べてきなさい。腹が減っては仕事が出来ないと言いますからな」

「はい」

と言って、正夫は祖父の部屋から出た。自分たちの部屋に行き手と顔を洗って下へ行った。

明子がテーブルに朝食の準備をして待っていた。

「アコさんに母から言いつかってきたものがあるんだ

よ」

「私にですか。何でしょう」

「はい、これです」

と言って正夫は、小さな包みを明子に渡した。明子は早速包みを開けた。それは父が作った翡翠とダイヤモンドが付いたブローチだった。明子は驚いた顔になってから満面を笑顔にした。

「お母様がこれを私にくださったのですか」

「そうだよ。それは父が明子さんにと言って作ってくれたんだって。父もアコさんに早く会いたいのだろうね。結婚指輪は僕が父に注文してきたから今度行ったときには出来上がっていると思う。それまで待っててくださいね」

明子はうっとりした顔をしてブローチを眺めていた。明子は、もしかしたら自分の母を思っていたのかもしれなかった。

「これを祖父母に見せてきてもいいかしら」

「いいよ、見せておいで」

明子は急ぎ足で、二階へ上がっていった。それで正夫は一人で食事をすることになった。明子はよほど嬉しかったのだろうと思った。まもなく明子が戻ってきた。

「お祖父様もお祖母様もとっても喜んで下さったわよ。お母様にお礼状を書かなければね。あら、ごめんなさいね。あまり嬉しかったので食事のことを忘れてしまいました」

「そんなにアコさんが喜んでくれたので母も喜んでいるよ」

「私に父母が出来るのね。とっても嬉しいわ。マオさんありがとうございます」

「父母もとっても喜んでいたよ。こんなに素敵な娘が出来ることをとっても喜んでいるよ」

「お母様に早くお会いしたいわ」

「そうだね、三人で会おうね。それでね、一つ大事なことがあるのだけど相談に乗ってくれる」

「どんなことかしら」

「もうじき生まれる赤ちゃんに父親無しの戸籍を作れないから、僕達は結婚届を出したいんだけどどうだろう」

「本当にそうしてくださるのですか。明日にも出したいです。そうすれば赤ちゃんも安心ですからね」

「それじゃ明日役場へ行こう。その前にお祖父様とお祖母様に話さなければいけないね」

「それじゃ今行きましょう。もう待てないのよ。あまり時間がないの」

「わかった。それじゃお祖父様のところへ行こう」

二人は祖父母に明日結婚届を出しに行きたいのですがと話した。祖父母は二人の顔をジーッと見ていたがおもむろに言った。

「正夫君は明子を本当に好きなんですね」

「はい。本当に好きです」

正夫は言葉少なく答えた。

「明子、お前も正夫君を本当に好きなんだね」

「はい。私の人生をかけて正夫さんを好きです」

「わかりました。正夫君、明子二人で協力して悔いのない人生を歩いてください。それでは明日二人で結婚届を出してきなさい。それで正夫と明子は法律上も夫婦になります。おめでとう。明日、お祝いをしましょう。お前様もそれでいいですね」

と祖母に向かっていった。

「私もこんな嬉しいことはありませんよ。正夫さん、明子さんおめでとうございます。これで赤ちゃんも元気な顔を見せてくれるわね」

正夫と明子は祖父母の前に並んで、

「お祖父様、お祖母様、明日役場へ行って結婚届を出して参ります。ありがとうございます」

正夫はいろんなことがスムーズに進むことに感動した。正夫と明子は自分達の部屋へ行って窓辺に椅子を持ち寄り外を眺めた。明子は正夫の手を自分のお腹に持っていき赤ちゃんが動くのを感じてもらった。

「アコさん」

「なあにマオさん」

「一つだけ心配事があるんだけど」

「どんなことですか」

「これまでは僕も第一の目標に向かってきたんだけど、これから二人の生活が始まると生活していくための費用を何か働いて捻出しなければいけないと思うんだ」

「あら、マオさんはお祖父様とその件もお話ししたのではありませんか」

「だけどお祖父様にこれ以上ご迷惑をかけるのが気が引けるんだよ」

「何も心配しないでいいのよ、マオさんは。目黒の大叔父様にお会いしたんでしょう。あの方はマオさんになんと言っていましたか」

「いろんな計画を進めているとおっしゃっていた」

「そうなの。私も詳しく聞いていませんけどね。幼稚園を作って、お祖母様が初代の園長になるらしいわよ。それとお祖父様が万一のことがあったときは、私がそれらを引き継ぐことになっているのですよ。私たちが戸籍を作れば正夫さんにもその管理責任が生じます。それには当然報酬が発生することになるでしょうね。それが正夫さんの収入になります」

「それでも僕には不安が残るんだけど」

「正夫さん、私の目を見てくださいな。私明子は、あなた正夫さんのためなら懸命に家計を支えます。そのために私は手始めに幼稚園教諭の資格を取ります。そしてお祖母様の後を引き継ぎます。マオさんは私との約束を必ず守ると言ったことを忘れていませんよね」

「もちろんです。明るい未来のために約束を忘れることはないよ」

「結婚届に。何が必要か役場に問い合わせておきますね」

「お願いします」

　正夫は自分の責任の深さを痛感した。まだまだ自分の甘さに不甲斐なさを感じる正夫だった。

　翌日、正夫と明子は連れだって役場へ行って結婚届を出した。役場の係は、おめでとうございます。確かに結婚届を受け付けましたといった。

　これで明子のお腹にいる赤ちゃんも元気に生まれることが出来るようになった。お祝いは、明日正夫の卒業式が済んでから行うことにした。家に戻ると、すぐ祖父母に報告した。祖父母は目を潤ませて、

「おめでとう。これで赤ちゃんも安心ですね」

と言って喜んでくれた。少しの時間祖父母と話をして退室した。自分達の部屋に戻って正夫と明子はしっかりと身体を寄せてキスをした。

「それから話が変わるけど、明後日は卒業式だから高校へ行ってくるよ」

「そうでしたわね。私もついて行きたいけれど、この様子では無理ですね」

「アコだって卒業式があるんだろう。卒業出来るといっていたのだから卒業式に行きたいだろうに」

「でもそれは決めていたことだから。その代わりお友達が免状を持ってきてくれることになっています。その時はみんなでお互いにお祝いしましょうね」

「そうだね。みんなも驚くよ、きっと」

大川高等学校卒業

　卒業式の日になった。明子は、正夫の下着からシャツを新しいものを用意していた。今日はこれに着替えてくださいなといった。学生服はクリーニングしておいてくれた。正夫はここまで明子がしてくれることを心から感謝した。

「マオさん。お小遣いは足りますか。今日は最後の日だからどこかで集まることになるかもしれませんよ」

「ありがとう。充分あるよ。健樹ともしばらく会えなくなるから、大学芋屋へ行くことになるかもしれないね」

「ゆっくりしてきてくださいね。家のことは心配いりませんから」

「それじゃ、アコさん、赤ちゃん行ってきます」

「いってらっしゃい」

　明子はお腹をさすりながら正夫を送り出した。正夫は明子と一緒に歩いたいつものルートを通って大川駅に到着した。改札口を出ると諏訪村から通学していた中学の同級生が誰かを待っていた。彼らが正夫の姿を見つけて近づいてきた。

「正夫君おはよう。しばらくぶりだね。受験は大変だったんだろう。どうだった」

「やあ、みんなしばらくぶりだったね。元気だった」

「俺たちは元気だった。正夫は卒業式に出ないのかと

思っていたんだ」

「どうしてさ」

「大学受験はどうなったのっしゃ」

「一応目的のところに入学できることになった」

「やっぱりね。噂はほんとだったんだ」

「どんな噂なんだい」

「正夫君は大川高校をトップで卒業するということさ」

「それは今日の卒業式まで分からないよ」

「でも三学期の期末試験はトップだったたって聞いたぜ」

「俺は普段の評判が悪いからな。今までだってそういう経験をしたから」

「でも今朝の新聞に正夫のことが出ていた」

「まさか。そんなことあるわけないだろう。それより何でみんながここに集まっているんだい」

「今日、卒業式が終わったらみんなで飯でも食おうということにしてるんだ。正夫君には連絡が付かなかったので、ここで待っていたんだ」

「正夫君、来てくれるだろう」

「ちょっと急なんで今すぐ返事が出来ない。大川高校のクラブの話もあるからなあ」

「それじゃ、都合が付いたらこの場所へ来てくれないか」

　と言って一枚の小さな紙を正夫に渡した。そこには大新田町の店の名と簡単な地図と電話番号が書いてあった。

「大新田町で集まるのかい。それは無理だと思うな」

「やっぱりダメか。大川市内でやろうと言ったんだけど、帰りのこともあるからと大新田にしたんだ」

「俺は、大原台へは帰らないんだぜ。悪かったな。そろそろ高校へ行かなければ。それじゃ楽しくやってくれ」

「ま、仕方ないか。それじゃ元気でな」

「おう、君たちもな。いつか会えるさ、その時を楽しみにしているよ」

　正夫は大川高校へ急いだ。教室へ入ると、卒業予定者は半分くらいが出席するようだった。その一人がさっき担任が探していたぞと知らせてくれた。正夫は、職員室へ急いで行った。

　職員室のドアをノックすると、どうぞという声が聞こえた。正夫が室内に入ると、担任が手招きして正夫を呼んだ。正夫は担任のところへ行った。

「寺田君、電話で聞きましたが、目的の大学入学試験に合格したんだね。おめでとう」

「ありがとうございます」

「それで幾つか相談があるのだが」

「はい、どういうことでしょうか」

「一つは、大川高等学校から、あの大学に現役で入るのは君が初めてです。それで校長先生が卒業式で紹介したいと言っています。いいですね。」

「あまり大げさにならない程度にお願いします」

「分かりました。そのように伝えておきます。次は、これは事後承諾してほしいのですが、新聞社が報道してしまいました。何でも大学の掲示板で調べて君のことを知ったらしいんだ。新聞社には記事にする前に相談してほしかったと申し入れておきました」

「それは新聞社の仕事の範囲内のことでしょうから結構です。でもこれ以上騒がないでほしいのですが」

「何か困ることがありますか」

「はい、合格することが目的ではなく、スタートラインに着いたばかりですから」

「そうですね。その件はこれくらいにしておきましょう。三つめは、只野先生から昨年お預かりした学費の残りがあります。只野先生に電話で相談したのですが、先生は学校へ寄付してくださるとおっしゃいました。これでよろしいでしょうか」

「結構です」

「四つめです。これが最後です。卒業式で寺田君を特別表彰したいと校長先生が言っているのですが、どうでしょうか。本校の記録として残しておきたいと言うことです」

「それは私の考えにないことですので、出来れば遠慮したいのですが」

「私は、違う考えを持っています。君を目標にして頑張る生徒が出てくれれば、それは意義のあることだと思います」

「そこまでおっしゃるのでしたら、異存はありません。でも只野先生に叱られるかもしれません」

「それは私の方から只野先生に説明しておきます。それでどうでしょうか」

「結構です。後輩のためになるなら嬉しいです」

「それじゃ校長先生に報告しておきます。ご苦労さまでした」

「それでは失礼します」

と言って正夫は職員室から退出した。教室へ戻ると健樹が待っていた。

「よう、正夫。元気してたか。よく卒業式に出る気になったな」

「それがな、いろいろ大変なことが起きてるようなんだ」

「それで担任に呼び出されたのか」

「そうなんだ。大げさにしてほしくないのだが、校長先生が間に入っている部分があって困っている」

「不名誉なことじゃないなら我慢しろよ」

「それはそうだけどなあ」

「それより、今日は卒業式が終わったら大学芋屋でご苦労さん会をやろうということになったんだ」

「みんなで乾杯するってのはいいな。是非やろう」

「賛成してくれるか。ありがとうよ」

「何言っているんだい。化学クラブへの貢献度は健樹が一番だぜ。俺も感謝している」

その時、講堂へ集まるようにと担任が教室へ来た。卒業予定の生徒がローカに並び講堂に向かった。前もって下級生が講堂へ入っていて卒業生を拍手で迎えた。いつものように来賓を案内して校長先生が入ってきた。全員が席に着くと、司会の先生が起立と言って全員を立たせた。そして国歌斉唱をした。卒業式は例年の通り進んだ。校長は講話の最後に、

「今年の卒業生の中に特記すべき生徒がいます。それは今年本校から新東京大学科学一類に合格した生徒がいます。彼は三年前、本校に合格した時、通学用の自転車を町の自転車店に通って、店の裏に捨ててあったものから部品を集めて組み立てようと頑張りました。さらに、在学中の三年間、化学クラブに所属して学園祭にいろんなアイデアを出して盛り上げました。そのお陰で学園祭に来てくださるお客さまが増加しました。そう言う努力が今回の快挙に繋がりました。その生徒の氏名は今年度、首席で卒業した寺田正夫君です。寺田君立ってください」

　正夫は渋々だったが、決断したようにキリッと起立した。すると一斉に拍手が起こった。正夫は四方に向かって深々と頭を下げた。

「寺田君ありがとう。一、二年生諸君、君たちの先輩にこんな人がいることを頭に入れて、無から有を生み出してほしい。それが出来るのはどれだけ頭を使うかにかかっていることを忘れないでほしいと思います。さて、この喜ばしい快挙を成し遂げた寺田君に、私は大川高等学校特別表彰を贈りたいと思います」

　校長の話が終わると講堂中になり響くような拍手が起こった。来賓の方々も拍手をしていた。拍手が鳴り止むと、司会の先生がこれで昭和二九年度卒業式を修了します。ありがとうございました。卒業生から退出してください。在校生は卒業生が全員退出するまで拍手をしていた。

　卒業生は懐かしい教室に戻ってまもなく、担任が教室へ入ってきた。卒業生は卒業証書を開いてみているもの、成績表を見ているものもいた。担任は最後の訓示を始めた。

「諸君はこれから社会に出ると、いろいろ厳しいことが起こるだろうが努力して頑張ってほしい。卒業したからと言って本校と縁が切れることはありません、何も口実がなくてもたまには遊びに来てほしい」

　生徒は一斉に先生ありがとうございましたと言って拍手した。

「寺田君、チョット校長室へ行ってくれませんか。校長先生が何か話があるようです」

「はい分かりました。健樹そういうことだからチョット行ってくるわ。部室で待っててくれるか」

「オーケー」

　正夫は校長室へ行った。ドアをノックすると中から

「どうぞ」

　と返事があった。正夫はドアを開けて一礼して校長室

に入った。

「やあ来てくれましたね。市長、これが寺田正夫君です」

「寺田正夫君ですか、この度はおめでとうございます」

「ありがとうございます」

　校長先生は、正夫を呼んだわけを説明した。

「寺田君にここへきてもらったのは、大川市長も交えて少しお話をしたかったからです」

「はい」

　初めに、市長が質問した。

「あなたは只野真一郎博士の家の書生をされているそうですね」

「はい。その通りです」

「もし差し支えなければ、書生の仕事について教えてほしいのですが」

「書生と行っても、僕の都合でそうしていただいたのです」

「ほう。それで只野先生の家では何をしていたのですか」

「ほとんど仕事らしいことはしていませんでした。只野さんは、僕の将来の夢を実現するために勉強してほしいということでした」

「それで衣食住と学費、通学費用を提供してくれたんですね」

「勉強するために必要ならできる限りのことをするとおっしゃってくださいました」

「それは、良かったですね」

「はい。自分も初めは信じることが出来ませんでした」

「ところで、只野博士が話されたことで印象に残っている言葉がありますか」

「はい。只野先生は〝勉強していて自分が学年で何番目になったかと言うことは問題ではありません。問題なのは勉強することによって自分の目標にどれだけ近づけたかということです〟とおっしゃってくださったことです」

「なるほど、いいお言葉ですな。私どもは教育方針を間違えていたかもしれませんな」

「そうですな。校長先生」

「我々はこれまで成績の順位をあげることだけに拘っていたようです」

「これから教育方針を考えることを提案しましょう」

「ところで寺田君は、大学でどんな勉強をしたいのですか」

「今は科学一類を選びました」

「只野博士の後を継ぐ予定ですか」

「それはまだ分かりませんが、今は違う分野に興味があります」

「ところで寺田君、君の努力に報いるために大川市から記念品を授与したいと思います」

「ありがとうございます。先ほど只野さんのお話をしたように、僕はまだスタートラインに到着したばかりなので、晴れがましいことは遠慮したいのですが」

「これは、君の後輩が目標にする一つの一里塚と考えてほしいのです。だから受けとってくださると校長先生もお喜びになると思いますが」

「それほどまでおっしゃってくださるのでしたらご厚意をお受けします」

「よかった。一応贈呈式に則って文面を読ませていただきますよ」

　正夫はやはり遠慮しておけば良かったと思った。しかし、市長と校長の好意を無にするのはどうかと思った。それで受けることにした。正夫はそんなことよりクラブの仲間と話しをしたかった。

　正夫は校長室を出ると、そのまま化学クラブの部室へ急いだ。三年生全員がそろっていた。正夫が部室に入ると全員が拍手してくれた。部室に驚いたことに大川女子高校卒業生が数人いた。

「これはどうしたことだい」

　正夫は戸惑った。すると健樹が正夫に近づいて、彼女らはこれまで交流してくれたお礼を言いに来たと言っている。でも本音は正夫を見に来たんだと思うぜ」

「冗談は、明日言ってほしいもんだな」

　女子高校の卒業生一人が立ち上がって、正夫に近づいてきた。

「寺田正夫さんですね。首席でご卒業お目出度うございます。その上に新東京大学科学一類に合格したこともおめでとうございます。握手してくれませんか」

　と言って右手を差し出した。正夫は躊躇したが握手に応じた。すると残りの人たちも握手を求めてきた。正夫は仕方なくそれに応じた。健樹が正夫に一言言えと促した。

　正夫は止むを得ないと思って立ち上がった。

「今日は思わぬことの連続で頭の中が混乱しています。この一年間はほとんど健樹他のみんなに迷惑をかけてしまいました。申しわけありませんでした。そしてありがとうございました。僕も含めて化学クラブのみんなが無事卒業できたことは良かったと思います。これからもお互いに頑張っていきましょう。最後に女子校から来てくださった方々、ご卒業お目出度うございます」

　大川女子高校卒業生は、あまり笑わなかった。明子達ならニコニコして明るくなったのに。

「それでは簡単なおつまみを食べながら、酒はありませんがいろんな飲み物があります。それを飲みながら歓談してください」

「なおこの会は十三時までにします。その後大川高卒業生はいつもの店で祝賀会をします」

　と話すと女子校卒業生が、質問がありますと言って手を上げた。

「どうぞ、何でしょうか」

「後の会に私たちも参加したいのですが、ダメでしょうか」

　健樹が何人かの仲間に目で合図するとみんなが頷いたので、

「結構です」

と言った。仲間の一人が正夫のところへ来た。

「入学試験は難しかったか」

「そんなことはなかった。教科書を調べておけば多分全問出来たと思う」

「でもすごいなあ。寺田君は学校の行事も手を抜かずにこなしていたのに、良く勉強する時間があったなあ」

「今だから言うけど、学校の授業はその場で全部覚えることにしてたんで、後は家で問題集を毎日十問解くと決めてやっただけだ」

「俺は来年また受験する予定だ。頑張ってみるよ」

「あまり頑張らないで、やるときは周辺の音が聞こえないくらい集中してやるといいぜ」

「わかった」

　正夫はいろんなことを思い出していた。初めての学園祭で卒業生の先輩が勉強の仕方を教えてくれたこと。健樹の家へ行ったこと。西風の強い日は自転車をこげなかったことなどたくさんの思い出が次々と現れては消えていった。そういう正夫を、女子校卒業生がもの言いたげに見ていた。健樹が、正夫のところへ来て、

「正夫、大丈夫か」

と聞いた。

「ああ、大丈夫だ。そろそろ場所を変えるか」

「そうだな。あまり遅くならない方がいいかもしれないな」

「ちょっと聞いてくれ。そろそろ口に入れるものがなくなったので、場所を変えたいと思う。残っている飲食物は腹へ仕舞うか処分してほしい」

「大学芋屋へ十三時三十分までに集合だ。よろしく」

　正夫と健樹は教室へ戻って見たが誰もいなかった。それで用務員室へ行き、用務員にお世話になったお礼を言った。次に職員室へ行って在室していた教諭全員にお礼を言った。最後に図書館と事務室へ行きお礼を言った。

「それじゃ、出かけようか」

「そうだな。何となく去り難しと言うところだけどな」

「俺は東京へ行くからしばらくの間はここへ来ることはないかもしれないけれど、健樹は同窓会とかあって来ることもあるだろう。数年で変わることもないだろうが何かあったら知らせてくれよ」

「うん。分かった」

　二人は最後だということで正門から母校を後にした。振り返ってみるともう一つ思い出が湧いてきた。

　歩き出すと女子校卒業生が門の外で待っていた。それで思い出が消えてしまった。

「待っていました」

「なんでまた」

「寺田さんとお話ししたくて」

「彼は来週中にも東京へ行ってしまいます。俺も三月中には東京へ行く」

「君たちはどうするんだい」

「私は仙台の短大に行くことになっています」

「私はしばらくして結婚することになっています」

「私は家の店を手伝いながら絵を描きます」

「私も仙台の短大に行きます」

「みんな決まっているんだね。僕のいた諏訪村で、大川市内の高校へ通学していたものは、女子一人以外は十四人みんな就職などで諏訪村からいなくなってしまうんだ。何だか寂しいなあ」

　そんな話をしながら歩いていたら、もう大学芋屋に着いてしまった。健樹がドアを開けると、店主の元気な声が聞こえた。

「いらっしゃい。待っていましたよ」

「親父さん言葉が変わったね」

「そりゃあそうさ。君たちは先ほどから社会へ出たんだからな」

「そうか、これが社会人になったと言うことか」

「そういうことだ。それにこれからはいろいろな責任を持たなければならない」

「ここで一般社会の授業を受けるとは思わなかったなあ」

「ま、授業はそこまでにしておこうか。ほぼ貸しきりだからどこでも好きなところへ座ってくれ」

「もう少し来るのがいるので、そろったら始めたいと思います。よろしく」

「オッケー」

「今度は英語の授業になるかと心配したよ」

「せっかく卒業したのにな。でもな、社会ではすべてが授業だと思った方がいい。それを受け入れるかどうかで将来の損得勘定が変わってくる」

「なるほど、そういうことですか」

　十三時三十分近くになって全員がそろった。

「親父さん、全員そろったから始めてください」

　大学芋屋での大川高校化学クラブ卒業祝賀会は、十五時三十分頃お開きになった。

　大学芋屋の店主は、何故か正夫を特に可愛がってくれた。

「正夫君は、大物になる素質があるし、奥さんがまた素晴らしい人だから、俺は大いに期待しているぜ」

　とお世辞を言ってくれた。

「ありがとうございます。せいぜい期待に添えるように努力します。妻にもそのように言っておきます」

「今日は、いやに素直だな。君たちの話が終わったら声をかけてくんな。奥さんにお土産を持っていってもらいたいのでな」

「ほんとですか。明子も本当は今日付いてきたかったのですが、お腹がこれなもんですから諦めたようです」

と言って右手でお腹のあたりが膨らんでいる素振りをした。

「それは重ね重ねおめでとう。今年はいい年になったなあ、正夫の家は」

「ところが、ここだけの話にしておいてほしいんだけど」

「うん。分かった。約束するよ。男同士の約束をな」

「ありがとう。実はね、祖父只野真一郎の病気が危険な状態になっているのです。僕は祖父の病気を治せないのが悔しくて仕方がありません」

「そうか。正夫にも悩みと言ったら叱られるかもしれないがあるのだなあ。それじゃ、お祖父さんの分も何か栄養の付くものを作ってやろう」

「それなら流動食のようなものをお願いします」

「分かった。任せておけよ」

と言って店主は少しの間、考えていたが、何かゴトゴトやり出した。

出来上がったものを容器に入れ、きれいな袋に明子の分と一緒に入れて正夫に渡した。

「これを食べれば少し元気を取り戻せると思うぜ。大事に看病するんだぜ」

「ありがとうございます。嬉しいです」

と言って正夫は店主の手を握りしめた。店主も正夫の手をしっかり握り返した。

「おやじさん、機会を作ってまた必ず来ますので忘れないでいてくださいね」

「正夫のことはどんなことがあっても忘れることはないぞ。元気でまた顔を見せてくれ」

「それじゃあ、おやじさんも元気でいてください」

と言って、正夫は健樹と大川駅まで歩きながら名残を惜しんだ。女子校卒業生も付いてきた。大学芋屋の店の中で、女子校卒業生達はみんなと住所交換をしたが、正夫は加わらなかった。それで彼女達は、不満そうだった。彼女らは、正夫が目当てだったようだなと健樹が言った。正夫は彼女らにははっきり言った方が良いと考えた。

「僕はもうすぐ東京へ行ってしまいますし、付き合っている人がいるのでごめんなさい」

「うんだらしかたないべ」

と言って諦めてくれた。と思ったら誰かが正夫の住所を知らせたらしく、大原台の兄のところに四月になって手紙が届いたと知らせてきた。正夫はそれを送り返すか破棄してくれるように兄に頼んだ。

正夫は健樹と握手して駅の構内に入っていった。そろそろ東行きの列車が来る時刻だった。女子校卒業生の一人が正夫の後を付いてきた。

「あなたもこっちの方へ行くんですか」

「私は北上駅の一つ先の駅近くに家があるのです。北上駅までご一緒してもいいですか」

「それなら少しお話が出来ますね」

「ありがとうございます」

「僕はそんなに大したものじゃありませんから、普通に話してください」

「私は、さっき言いましたけど四月から仙台の短大に通学します。そこで幼稚園の保育の勉強をしたいと思っています」

「それはいい話ですね。実は僕の妻も東京で保育の勉強をしたいと言っています。これからの社会は、新聞の受け売りですけど、女性も家を出て働く時代になるでしょうから、子どものことは子どもの専門家が見ることになるだろうと記事に書いてありました」

「私もそう思っています」

「あなたも素晴らしい人生計画をお持ちなのですね」

「奥様はどこの高校を卒業したのですか。こんなことを聞くのは失礼かもしれませんが」

「そんなことはないですよ。妻はあなたが下車する駅の高等学校を今年卒業しました」

「あら、ほんとですか」

列車がホームに入ってきた。二人は車内に入り向かい合わせの席に着いた。

「寺田さんが選んだ方ですから、奥様は素敵な方なんでしょうね」

「僕と同じ普通の人ですよ。ただ料理は祖母に躾けられたので相当なものだと僕は満足しています。あれ、ごめんなさい。自慢話に聞こえたら謝ります」

「そんなことありません。私、奥様にお会いしたくなりました」

「明子もそう思うでしょう」

「明子さんていうのですか」

「そうです。今は寺田明子、結婚する前は只野明子って言いました」

「もしかして、あの高校の三人組みの一人ですか」

「そうらしいです」

「私も知っています。あの高校に通ってる友達が言っていました」

「なんと言っていたんですか」

「三人ともとっても素晴らしい人だけど、只野さんという方は勉強も出来るし、料理や合気道も高段者だって言っていました」

列車が北上駅に到着した。

「ありがとう。いつかどこかで会うことが出来たらその続きを聞かせてください」

正夫は、彼女と握手をして列車を降りて名前も知らない彼女を見送った。彼女は手を振って去って行った。

正夫は南行きの列車がホームに入ってきたので乗り込んだ。まもなく発車した。窓の外に暮れなずむ淡い松島湾が見えたがすぐ松島駅に着いた。改札口を出て、明子に頼まれた買い物をするために駅前の店に入った。小さなメモ用紙を見ながら、幾つかの頼まれたものを買った。店の人は、おや、今日は素敵なお嫁さんを置いてきたのかい、とか一人で買い物じゃ、もうすぐ産まれるのかいとか言った。

　買い物が済んだが、明子がいないので何かを食べていこうと思わなかった。買い物を入れた袋とお土産の袋を持って家へ急いだ。ドアのところで明子が待っていた。

「マオさんご苦労様でした。買い物はそのテーブルの上に置いてください。あらもう一つありますね。これは何ですか」

「忘れるところだった。それを開けてみて。中に二つ入っているだろう。一つは大学芋屋の親父さんからアコさんへの特別お土産です。もう一つは店主がお祖父様に食べてほしいと言って特別に作ってくれました。お口に合うかどうか心配していましたが」

「まあ、嬉しいこと。お祖父様もお喜びになるわよ。私のは大学芋とジャガイモのバター焼きですね。あの店のおじさんは私のことを覚えていてくれたのですね。いい方ですね」

「そうだね。それに何故か僕のことを気に入ってくれているんだよ。きっと高校入学試験の合格発表の時、中学三年の担任が連れて行ってくれたのが印象に残ってしまったんだね」

「それとここに簡単な手紙が入っていました。ジャガイモのバター焼きは、あなたが教えてくれたと書いてありますよ」

「え、そんなことをバラしてしまったのかい」

「でも悪いことではないから、いいのではありませんか」

「余計なことをしてしまったと思っています」

「店の方が喜んでいるのですから、でもこれからは少し考えましょうね」

「はい。アコさんありがとうございました」

「それでは、お祖父様のところへ行きましょう。マオさんは卒業証書を持っていって見せてくださいな」

　正夫は、明子に大抵のことは従うことにしている。残りの一部分も全部相談することにしている。正夫にとって、明子は良識の宝庫なのだ。それが明子に負担にならなければ良いのだがと思っている。

　正夫と明子が祖父の部屋へ行った。祖父は祖母と何かの書類を見ながら話をしていた。

「お祖父様、本日、大川高等学校を無事卒業できました。ありがとうございました」

「そうですか。それでは次の段階に進めるのですね」

「はい」

「それでは今夕、ささやかですが祝賀会をやりましょう。明子その身体で大変でしょうがお願いしますよ」

「はい、お祖父様」

「私も手伝いますよ」

「お願いします。マオさん、お祖父様にお渡しするものがあるでしょう」

「そうでした。なんだか僕は緊張しているようです。これは卒業証書、これは校長先生がくださった特別表彰状、それにこれは大川市長から直接渡された記念品です。そして、これは僕が時々行く大学いも屋の店主の方が、お祖父様に差し上げてくれと行って作ってくれたものです。お口に合えばよろしいのですがと言っていました」

「はて、なんでしょうかな」

　と言いながら入れ物のフタを開けた。中には野菜と何かの肉をすり身にしたものがお粥の濃さで入っていた。

「ほう、これはよく考えてありますな。香りも素晴らしい。行儀悪いが一口食べてみたくなりました」

「そうおっしゃると思ってお皿とスプーンを用意してあります。さあ試食してみてください」

　どこまで明子は気がつくのかとおどろいた。祖父はお皿からスプーンでそれを掬って口に入れた。祖父は三人の顔を見渡しながら、黙って肯いた。

「お前さんも食べてごらん」

　と言って祖母の方へ容器を押し出した。明子は別のスプーンを祖母に渡した。祖母も同じようにスプーンに掬って口に入れた。途端に何とも言えない顔をした。そして明子にまわした。明子は正夫にスプーンを渡し、自分もスプーンで掬って口に入れた。正夫も同じように口に入れた。

　正夫は初めて食べたような味を経験した。四人は、これは何だろうかと考えた。しかし、只野家では初めての味だった。

「正夫、お願いすることが出来ました。これを作った方を一度ここへ連れてきてくれませんか」

「お祖父様、どうしたんですか。私もこの店に正夫さんに連れられて一度行ったことがあります」

「これは、私が中国へ行ったときに、どんな病気でも治してしまうと信じられていた一人の男がいた。私は一度、その人の作った料理を食べたことがある。それは何とも不思議な味だった。その時、同僚の一人が胃がんに罹りもう助ける手立てはないと医師が話していた。彼にその男が作った食べ物を数日食べさせると彼は快方に向かいだした。一ヶ月ほど経過したとき、彼の胃がんはほとんど消えていた。それはもう奇跡としか言いようが無かった。その時の味とこの味は同じなんだよ」

「お祖父様。これから電話して事情を話してお出でいただけるようお話しします」

　正夫はすぐ一階に行き、大学芋屋に電話をかけた。店主がいてすぐ電話が繋がった。

「親父さん、俺寺田です」

「さっきお別れしたのにどうしたんだい」

「はい、その通りなんですが。親父さんに折り入ってお願いがあるのですが」

「改まって、どうしたんだい」

「実は祖父が医師の診断で余命が限界に近付いているというのです。それでさっきいただいたものを早速祖父に食べていただいたら、これを作った方にすぐにもお会いしたいというのですが。祖父をそちらに連れて行くのは無理なので出来たら今夜にでもこちらにお出でいただけないでしょうか。宿泊の用意はすぐ出来ますし、必要な費用もなんとか出来ると思います。是非お願いします」

　電話の相手はしばらく無言だった。一、二分間経って返事があった。

「わかりました。今日はすぐ閉店にして準備をして伺いましょう。道順をお知らせください」

「ありがとうございます。北上駅から上り列車に乗って北松島駅で降車してください。改札口のところでお待ちしています」

「分かりました。出がけに電話を入れます。電話番号は、はい分かりました。後ほどお会いしましょう」

　正夫は祖父の部屋に戻り、電話の内容を報告した。

「そうですか、ありがとう。正夫は行動するとなると迅速に事を運びますね」

明子双子の男子出産

　祖母と明子が頼もしげに正夫を見ていた。

「祝賀会にその方も加わっていただきましょう。正夫君よろしいですか」

「もちろんです。アコもいいね」

「私はマオさんと一心同体ですから。だけど、赤ちゃんが待ってくれないかもしれませんよ」

「明子、産まれそうなんですか」

と祖母が言ったので、正夫と祖父は驚いてしまった。

「はい、お祖母様。お医者様のところに行った方がいいかもしれません」

「痛みが、近くなってきたのですね」

「はい、お祖母様」

「正夫さん、明子をお医者様に連れていってくださいな。そして診察の結果が分かりましたら電話をください」

「はい、お祖母様。タクシーを使ってもよろしいでしょうか」

「いいですよ。本当はおぶっていきたいのでしょうけどね」

「さすがに今の様子では無理ですね」

と言うと、みんなが笑った。久しぶりの笑い声が部屋に響いた。

「これはいい前兆ですね」

「ほんとにそうですね」

　正夫は、明子を抱きかかえるようにして、階段を下りた。タクシー会社へ電話をして、すぐに二階へ駆け上がった。

「どうしました」

「大学いも屋の親父さんから電話があると思いますが、駅に迎えに行きますと伝えてください」

「わかりました。それでは明子は私が連れて行きましょうか」

「そうしてくださると助かります。お願いします」

「そうしましょう」

　三人は、それぞれのやるべきことを迅速に行動した。祖母は明子とタクシーに乗って産科医院へ行った。正夫は電話を待ちながら、祖父と話をしていた。

「世の中には科学では説明できないことがあるものですねえ。そういう現象を科学者は調べもしないで否定してしまうのです。これは科学の真の姿に目を閉じていることになるでしょうね。地球が誕生してからこの方、自然界では生物がいろんな状況に適応しようと、ものすごい努力をしてきたのです。その努力を理解しようともしないで無視してはいけないのですね。ある生物が他の生物を攻撃するように見えるのは、生きていこうと努力している結果なのですね。そしてまた、攻撃者を撃退しようとするのも生きようと努力していることなのですね」

「それを調節できれば地球は理想の星になると思うのですが」

　電話のベルが鳴ったので正夫は受話器をとった。

「正夫君か、俺だ。今列車に乗るところだ。出迎え頼むぜ」

「はい、分かりました。お待ちしています」

　電話が切れた。時刻を見計らって駅に向かった。家には祖父一人になるのが心配だったが、やむを得ないと思った。駅のホームに上がって列車が入ってくるのを待った。

　明子は産院についてすぐ医師の診察を受けた。その結果、産まれるのはもう数日先になるだろうということだった。それと心音が二つ聞こえると言われた。

　明子は祖母と顔を見合ってニッコリした。正夫にはまだそのことを言っていなかったのだ。二人はタクシーを呼んで家に戻った。そのすぐ後に、正夫は大学芋屋の親父さんを連れて門を入った。

　明子が正夫と店主を見つけてドアを開けて待っていた。明子の息が少し弾んでいることに気がついた正夫は、目顔で大丈夫かと聞くと片目をつぶって肯いた。

「正夫君。奥さんは臨月なのかい」

「そうなんです。今日中にもと思ったのですが、帰ってきたからまだ間があるようですね」

「それで正夫のお祖父さんにはいつ会えるんだい」

　そこへ祖母が二階から降りてきて、正夫は、店主を祖母に紹介した。祖母は一緒にきてくださいと言った。

「チョット手と顔を洗いたいんだが」

「二階に部屋を用意してありますからそこでどうぞ。では」

　正夫は、祖母に祖父のところへ先に行ってもらった。

　正夫は店主に、

「急にお願いしたのに時間を作ってくれてありがとうございます」

と礼を述べた。

「チョット胸の内に感じたことがあってな、それでこさせてもらった」

「こちらの部屋です」

と言って、祖父の前の部屋のドアを開けた。その部屋に正夫は初めて入った。その部屋は、バス・トイレが付いている十二畳くらいの広さで、ベッドが二つ置いてあった。窓からは松島湾が一望できた。店主は部屋に入るなり窓に駆け寄りガラス戸を開いた。それからおもむろに洗面所へ入って手と顔を洗って部屋へ戻ってきた。

「さあ、お祖父さんに会わせてください」

と正夫に言った。

「一つ聞いてもいいでしょうか」

「なんだい」

「おじさんの名前を聞いておきたいんですけど」

「なんだ。俺の名前は、芽津木昭人。本名は伏せておこうか」

「分かりました。これから芽津木さんとお呼びします」

「それでいいよ。よろしくな」

「お祖父様のことよろしくお願いします」

「効果があるかどうか分からないけれど試してみる価値はあると思うぜ」

「では祖父に会ってください。こちらです」

正夫は祖父の部屋のドアをノックした。中から
「どうぞ」

と返事があったので、正夫は芽津木と祖父の部屋に入った。正夫が祖父に芽津木を引き合わせた。

「芽津木さん、祖父の只野真一郎です」

「お祖父様、こちらが芽津木昭人さんです」

「初めまして、只野です。正夫がお世話になりました」

「芽津木です。あなたは只野さんですね。私が子どもの頃、一度お会いしたことがありました」

と言って、芽津木は祖父のベッドに近づいた。

「顔を良く見せてください。少しやつれていますね。でも、俺が来たから元気になってもらいますよ」

「初対面の方に失礼ですが、私にはもうあまり時間がないと医者に言われているんです。しかし、ひ孫をこの手に抱きたいのでもう少し時間をほしい」

「出来るだけのことはやらせてもらいますよ。しばらく私の指示通りにしてください」

「わかりました。総て芽津木さんにお任せしますよ。ひ孫をこの手に抱かせてください」

「わかった。正夫に持たせたものは食べたかい」

「一口食べて中国に行ったときのことを思い出した。それですぐ正夫に電話をかけてもらった。良く来てくれました」

「今日はあれを全部食べてくれましたね。あすからは本式のお粥をお作りします。それを一月間食べてください。それからのことはその後で考えましょう。厨房と道具をしばらく借りることになるけれどそれは了解してく

れますね。それから家の中が少し臭くなるかもしれないが我慢してください。家族にもそのことを言っといてほしいのですが」

「わかりました。思うままに使ってくだされ」

「それではチョット身体に触らせてください」

「お願いしますよ」

と言って祖母が手伝って着ているものを脱がせた。

「一言、言っておきますが、私は医者じゃないから、こんなことをすると法律に引っかかるかもしれないけれど、その辺はよろしく頼みます」

「家のものはみんな理解していますよ」

芽津木は、祖父の身体のあちこちを触ったり押さえたりした。三十分間以上、繰り返し触れたり押したりしていたが、もういいですよと言って、寝間着を着るように言った。

「少し無駄話をしたいんだが、いいですか」

「何でも話してください。その前に私の方から一つだけ聞きたいのだが、いいかね」

「もちろんどうぞ」

「芽津木さんは、中国にいたことがありますか」

「私はそう長い期間じゃないけど、父親が元々中国人だったから、産まれたときから死ぬまで中国から他国に出たことがないと言っていました」

「すると、あなたは私が中国の安寧省で会った方のお子さんと言うことになりますね」

「そのとおりです。子どもの頃一度あなたに会いました。私は、父から日本人にもこんな立派な人がいたとよく聞かされました。お名前も只野真一郎という方だと言っていました」

「それは、奇遇ですね」

「私は正夫君が明子さんを連れて店に来たときに、その娘さんを見てもしかしてと思いました。それでそれとなくあなたのことを聞くと、只野真一郎さんのお孫さんだって言うので確信しました」

「そうでしたか。この正夫君は私どもにとっては福をもたらす人なのですよ」

「私にとっても同じことが言えます」

「それはまたどうして」

「毎年六月頃から九月末まで、店で使う材料のサツマイモが手に入らなくなる時期があります。この時期、客が減ると言ったら、正夫がジャガイモで何か考えたらと言ってくれたんですよ。ホテルで出るジャガイモのバター焼きはきっと受けるよと言ってくれたんです。それでやってみると高校生にはあまり向かなかったのですが、若い女性に人気が出て助かりした」

「なるほど、そんなことがねえ」

「さて、私は仕事を持っていますから、ズーッとここにいるわけにはいきません」

「そうですね」

「それで毎晩、一日分の食事を作って三つに分けておきますので毎食できるだけ決まった時間に食べてください。まずは一ヶ月間続けてください。それから身体の様子を見て内容を少し変えることも考えましょう」

「ご面倒でも、よろしくお願いします」

「私の方こそよろしくお願いします。私の父も喜んでくれるでしょう」

「さて、もうすぐ夕食の時刻になります。風呂に入ってくつろいで下さい」

「それではそうさせていただきます」

芽津木が祖父の部屋から出て行くと、祖父は正夫を近くに呼んで礼を言った。

「とんでもないことです。今日、店に寄ったとき帰り際に明子の話が出てお祖父様のことを少し話しただけです。芽津木さんはチョット待っていてくれと言って、何かを料理していましたが、これをお祖父様に食べてくれるようにと言って渡してくれたんです」

「芽津木さんは、父親から何か言われていたのが偶然現実になったのですね。気持ちの上だけかもしれませんが。何か元気が出てきましたよ。正夫のお陰です」

「きっと赤ちゃんがお祖父様に抱いてほしいと言っているのじゃないかと思います。明子もそれを第一に願っているのですから」

正夫は明子に話があると言って祖父の部屋を出た。明子は祖母を手伝って料理を作っていた。

「アコさん、何か手伝うことないかしら」

「大丈夫ですよ。手伝ってほしいときはお呼びしますのでよろしくね。少し休んでいてください」

「はい」

お手伝いの人もいたので、正夫は自分の部屋に行って少し休むことにした。

この日の夕食は、明子の出産が近いこと、正夫の大川高等学校卒業、新東京大学合格、それと、お祖父様の中国へ行ったときに会った息子さんと再会できたこと、等々の話を兼ねて行われることになった。夕食は芽津木も加わって賑やかな笑い声がいつまでも続いた。芽津木は、祖母と明子の作った料理を食べて驚いた顔をしたが黙っていた。

祖母が、良人が少し疲れた様子を見せたのでお開きにしましょうと言ったので、それぞれの部屋へ引き上げた。明子は、正夫に手伝ってもらって後片付けを終えた。戸締まりをして正夫と明子も自分達の部屋に行った。明子が正夫に改めて、

「マオさん、ご卒業おめでとうございます。これからも大変でしょうが、私が一生懸命支えますから頑張ってくださいね」

と言って、正夫にキスをした。

「アコさん、ありがとうございます。でも、卒業式に出席させてあげられなくて申し訳ありません」

「そのことは、もう話し合いが済んでいることですよ」

「そう言ってもね」

「それよりマオさんを驚かせることがあるのですよ」

「まだ驚かなければならないの」

「そうです。それはね、さっきお医者様に行ったでしょう。そうしたら、先生は私のお腹の中で、心音が二つ聞こえるとおっしゃったのです。それでよく調べてもらったら、二人の赤ちゃんがいるというの。私もお祖母様も驚いてしまいました」

「ほんとなんだね。前に話していたことが現実になったんだね。素晴らしい。これで一人ずつ抱っこして散歩に行けるね」

「ところがね、赤ちゃんのお洋服とかいろんなものを一人分しか用意してないでしょう。これからもう一人分用意しなければならないのよ」

「それは、僕が用意してくるよ。何が必要か書き出しておいてくれるとありがたいです」

「でもね、お祖母様が私と一緒に行って下さると言っていますから」

「それじゃ、僕は荷物持ちでついて行きます」

「そうしてくださると私も嬉しいですわ」

正夫は何だか不思議と、よいことが続いていることに気がついた。これで祖父の病状が少しでもよい方向へ進めば、こんなに嬉しいことはなかった。そうなれば赤ちゃんを祖父に抱いてもらえる。これが親孝行というと変だが、そういうことになるだろうと思った。

「マオさんは何を考えているのですか」

「赤ちゃんが二人になれば、赤ちゃんを取りっこしないで済むと思ったのさ」

「そうだったの」

「アコも大変だろうけど頑張ってね。僕もできるだけ支えるからね」

「マオさん、私たちいつまでも一緒よね」

「もちろんだよ。よく教会で結婚式を挙げると、〝死が二人の仲を裂くまで永久に愛し合う〟と誓いの言葉を言うんだって。僕達も結婚式をするときはそういう言葉で誓い合いたいと思っていたんだ」

「そうだったの。マオさんってロマンチストだったのね。絶対そうしましょうね」

「お祖父様の病状が少し快方に向かったら結婚式を挙げようね」

「嬉しいわ。正夫さん、大好きよ」

「僕だってアコを大好きだよ」

その夜は二人とも、久しぶりにゆっくり休むことが出来た。

正夫は朝早く起きて木刀を振りに庭に出た。太陽はもう少しで海から昇ってくるようで、東の空は何とも幻想的な彩りに輝やいていた。海面に太陽が見えたので、正夫は木刀を振り出した。しばらくすると二階の窓から明子がお腹をさすりながら口を動かして正夫の素振りを眺めていた。きっとお父様は今日も元気ですねと赤ちゃん達に話しているのだろう。抜き打ちの練習に変わるとき、正夫は二階の窓辺にまだ明子の姿があるのを認めた。手を振ると明子も手を振った。

平和な朝が明けてきた。今日の太陽は輝きが強くなっていると正夫は感じた。

正夫は、時代小説の中で、抜刀術の師範が〝抜刀術の勝負は鞘の中にある〟と言っていたのを思い出した。これは今の自分にはまだ理解できていないと正夫は感じていた。

時代小説には、剣術道場で一定のレベルに達した者へ〝免許皆伝〟という卒業証書のようなものを授与すると書かれている。場合によっては、その証書には何も書かれていない白紙のものもあったという。一般的には技の解説とか、生きていくための目標といったものが書かれていたらしい。その中で正夫の興味を引いたことは白紙の免許皆伝書であった。これにはどういう意味があるのだろうか。正夫は幾つかの説明が出来ると思った。第一は、これまでやってきた修行のことを白紙に戻し新たに修行しなさいということだ。これには大きな意味があると思う。正夫はその意味を、ここまでは創始者が工夫したことを習うのであってそれで終わりではないということであり、これからは自分で新しく工夫しなさいということだ。しかし、白紙の意味は誰がどう感じ取るかは本人次第だから指示すると言うことだろう。これは正夫に対して祖父が言ったことに通じることだと思った。

「マオさーん。朝食の用意が出来ましたよ」

「はーい。もう終わったから、すぐ行きます」

正夫は足を庭の散水用の水道で洗って家に入り、二階へ行った。シャワーを浴びて冷水摩擦をして身支度を調えて食堂へ降りていった。芽津木はもう家を出て自分の店へ戻ったということだった。

「朝食も食べないで戻っていったの」

「お祖母様はそのように言っていましたよ」

「でも、しばらくの間だ、お店が終わってから来てくれると言っていたから今夜にでもお礼を言えるだろう」

「そうですね。マオさんて良い方と知り合いになるのですね」

「でも僕にとっては、みんな偶然なんだよ」

「お祖父様が、〝情けは人のためならず〟っていうけど、正夫はその意味をよくわかって行動しているようだね、とおっしゃっていたわよ」

「特に考えていないからアコさんに注意されてしまうんだけど」

「それがマオさんのいいところだっておっしゃっていたわよ。私は余計なことを言ってしまったことを謝りますね」

「謝るなんて、そんな必要ないよ。アコがたしなめてくれるから、僕が暴走しないですむのだから。これからもよろしくお願いします」

「さあ、お食事にしましょう」

「ご飯と卵焼き、味噌汁そして漬物。パンもいいけどこ

「こういうのもいいね」

「これで目刺しの焼き物があれば申し分ないのでしょう。今日は用意してなかったの」

「これで十分だよ」

食事が終わると明子が、

「私のお腹に近くから何か話しかけてみて下さらない」

「こうかい」

と言って正夫は赤ちゃんに話しかけた。

「みんなが待っているから、用意が出来たら早く姿を見せておくれ」

「ほら、赤ちゃんが動いているわよ。よくわかるのね」

「今日は音楽を聴かせてあげようよ」

「そうですね。この子たちは音楽も好きみたいですよ。音楽を聴かせると、動きがやさしくなるんですよ」

「アコさんに似ているのかなあ。生まれるときに、お母さんありがとう、なんて言ったりして」

「お釈迦様じゃないですから、そんなことを言うわけないでしょう。ねえ赤ちゃん。あら返事がないわ」

「それごらん。やはり僕が言った通りになるんだよ」

「あら、動いたわよ」

「ほらね。やはり分かるんだよ」

「もしかしたら、産まれてくるためにいろいろ考えているのかもしれないわね」

「きっとそうだよ。きちんと準備が出来るまで行動しないというアコに似ているといいね」

「それとマオさんに似ているのもいいわよ」

「それじゃあ、二人とも僕らに似ているということだね」

「あら、ほんとだわ。二人が二人に似てるというのが一番いいわね」

「赤ちゃんが生まれてくるのが楽しみだね」

明子と祖母と正夫の三人は、赤ちゃん用品をもう一人分買うために出かけた。

赤ちゃん用のベッドは正夫と明子の部屋に置いてあるのでそこへ少し間を開けて、もう一つ並べて置くことにした。

赤ちゃん用の買い物は、前に買った店で総てを揃えた。ベッドや揺りカゴのような大きな物は配達してもらうことにした。その他のものでもかなりの量になった。しかし、正夫は明子には荷物を持たせなかった。何故かというと荷物をかかえると地面が見えなくなるからだ。

買い物が終わったら、祖母が、

「何か食べていきましょう」

と言って駅近くのレストランに入った。祖母と外で食事をするのは正夫にとって初めてのことだった。その店も苦しいときに祖父母がアイデアを出して再生させたという。祖母について正夫達が入っていくと、店主が飛び出してきて、祖母の手を取らんばかりに席へ案内した。祖母が店主に挨拶して料理を注文しようとすると、店主が、

「お食事になさいますか。それでしたら私どもに任せてください」

と言った。祖母は、

「私はもう少ししか食べることができませんが、この子たちに美味しいものをたんと食べさせてくださいな」

と言った。

「おや、お嬢さまはおめでたのようですね。おめでとうございます。料理は私どもにお任せください」

と言って厨房へ戻っていった。正夫は明子と目で話をして、

「お祖母さま、赤ちゃんが生まれる前に名前を考えておきたいのですが」

「それはね正夫さん、赤ちゃんが生まれてからでも大丈夫ですよ。男の子か女の子かわかるまで、ああだこうだと二人で楽しんでおくことですよ」

「なるほど、そういうものですか」

「マオさん。そういうことにしましょうよ」

「今が一番楽しい時期ですからね、私たちに遠慮なく楽しみなさい」

「わかりました」

ウェイトレスがバターとバターナイフを載せたパン皿とグラスに水を入れて持ってきた。別の人がナイフ、フォーク、スプーンを並べていった。正夫がそれらの並んでいる順序を見ていると、明子が使う順序を教えてくれた。正夫はこんなにいっぱい使うのはもったいないと思ったが、西洋流の作法だと思って使い方を頭の中に入れた。

料理の初めに野菜サラダが出された。次にスープが運ばれてきた。それから小型のパンを数個パン皿に載せていった。

「僕は、お祖母様と外で食事をするのは初めてです」

「そうでしたね。私は、近頃外食をしなくなりましたから」

食事は和やかに進み、最後のケーキは正夫の分も明子が食べて終了した。食後の紅茶は、ダージリンだと言われたが、正夫には他の紅茶との違いは分からなかった。

家に戻ると、明子が苦しそうな様子を見せた。正夫は祖母を呼んできた。

「明子さん、産まれそうですか」

「はい。お祖母様。今度は赤ちゃんの顔を見ることが出来そうです」

「それじゃ、もう少し様子を見てからお医者様のところへ行きましょうね」

正夫は何をしたらよいのかわからないでうろうろしていた。祖母は、産院へ持っていく必要な品物を正夫に見せて、

「正夫さん。産院へ電話しといてくださいな。それから行くときはこれを持っていってくださいな」

「はい。これだけでいいのですか」

「そうですよ。これ以外の物は産院で用意してくれます

から」

「わかりました」

「明子さん、どうですか。今日は正夫さんについて行ってもらいなさいね」

「はい、お祖母様。マオさん、いよいよですよ。心の準備は出来ましたか」

「心の準備は出来ているけど、何をどうしたらよいかわからないので困っているんだけど」

「赤ちゃんを産むのは私ですから、マオさんは私の手を握っていてくだされればいいのですよ」

「産室に入ってもいいの」

「もちろんですよ。マオさんに新しい生命が誕生するところにいてほしいのです」

「わかりました」

「マオさん。お祖母様を呼んでくださいね」

「はい」

と言って正夫は二階へ駆け上った。祖父の部屋をノックすると祖母の声でどうぞと返事があった。正夫は、

「アコさんが、お祖母様に来てくださいと言っていますが」

「分かりました。正夫さん慌てなくても大丈夫ですからね。夫は妻を励ましてあげなければなりませんよ。あなた、いよいよですよ」

「そうですか。正夫、明子に頑張りなさいと伝えてください。君が傍にいて手を握っていれば、明子は安心しますからね」

「はい、分かりました」

正夫は祖母について一階へ行き明子の様子を見た。明子は苦しそうな顔を見せながらも嬉しそうだった。

「今度は、産まれそうですね。正夫さんタクシーを呼んでくださいな」

「はい、分かりました」

と言ってタクシー会社に電話をかけた。タクシーはすぐ来てくれると言った。

「タクシーがすぐ来てくれるそうです」

「そうですか。正夫さんはさっきの荷物を持ってタクシーに乗せてくださいね。私も一緒に行きますが、しばらくいて戻りますから、元気な赤ちゃんが生まれたらすぐ知らせてくださいね」

「はい」

タクシーが来たので三人は乗り込んだ。荷物は後ろのトランクに運転手が入れてくれた。

「運転手さん、ゆっくり走ってくださいね。産まれそうなので」

「分かりました。おめでとうございます。元気な赤ちゃんが生まれますよ」

「ありがとうございます」

タクシーはあまり振動しないようにゆっくり走り出した。産院にはこれから行くと電話しておいたので、タクシーが到着すると、看護婦さんが入り口のところに待っ

ていた。初めに正夫がタクシーから降りて、明子の手をとって静かに降りさせた。運転手はトランクから荷物を出して一人の看護婦に渡した。祖母も降りて明子を宝物を抱えるように産院に入っていった。明子は看護婦の言う通りに病室へ入った。

看護婦は正夫に入り口のところの待合室で少し待っているようにと言った。

正夫は、ここでは医師と看護婦の言う通りにしなければならないのが不満だったが、正夫は明子に何もしてあげられることがないのを承知していた。

明子は、赤ちゃんを産む部屋に連れていかれた。祖母も一緒について行った。

しばらくすると祖母が正夫のところに来た。

「正夫さん、お医者様の許可をいただきましたから手を洗って明子のところへ行ってしっかり明子の手を握っていてあげてくださいな。私はお祖父さんが心配ですから一足先に帰りますから。それと芽津木さんのことは心配しないでいいですよ」

「はい。分かりました」

正夫が産室へ行きかけると、祖母が、

「正夫さん、お願いしましたよ」

と言って明子の病室へ入っていった。正夫は、祖母は明子に付き添っていたいのだろうと思った。正夫が産室に入ると、明子が胸から上の部分しか見えないように仕切りをした布のこちら側にいて、正夫が近づくと正夫の手をしっかり握った。明子の顔は嬉しそうに正夫に向けていた。

「アコさん、頑張ってくださいね。僕はここにいるから」

「マオさん、ありがとう。きっと元気な子を産みますからね」

明子の顔が苦しそうになった。医師が、明子を励ました。

「頭が出てきましたよ。正夫さん、こちらに来て赤ちゃんが生まれるところを見ててあげてください」

と言った。正夫は明子の顔を見た。明子は正夫に見てあげてくださいと言った。看護婦がしきっていた布をとりはずした。

その時赤ちゃんが生まれた。看護婦は赤ちゃんを抱きあげて下向きにして軽く背中をさすった。赤ちゃんは何かを吐き出した。そして元気に泣き声を上げた。正夫はすぐにも抱きしめたいと思ったが看護婦が、

「産湯につかってきれいになってから、抱っこしてくださいね」

と言って赤ちゃんを別の部屋に連れて行った。そして赤ちゃんがきれいになってガーゼにくるまれた状態で戻ってきた。

「さあ、お父さん、抱っこしてあげてくださいな。お母様にも見せてあげてくださいね。頭の下に手を広げて支えてくださいね。はい、お父様ですよ」

正夫は、赤ちゃんがこんなに小さいとは思わなかった。しかしこの赤ちゃんはかけがえのない宝物だ。正夫は赤ちゃんを明子に見せた。明子は手を伸ばして我が子を愛おしげに撫でた。そして正夫にニッコリとほほえんだ。赤ちゃんは柔らかく温かかった。生まれた赤ちゃんは男の子だった。顔は真っ赤だった。どちらに似ているかなんてまだ分からなかった。

しばらくすると、明子が再び顔を歪め始めた。明子の様子を看護婦に伝えると、医師と看護婦が来て二人目の赤ちゃんが産まれますよ、と言いながら明子にいろいろ励ましの言葉をかけていた。正夫は赤ちゃんを抱っこしながら少しうろたえてしまった。すると別の看護婦が来て赤ちゃんを別の部屋に連れて行った。正夫がついて行こうとしたら、

「お父様はここにいて奥様を励ましてください」

「はい。分かりました」

医師が、

「頭が出てきましたよ。もう少しいきんでください。そうです、出てきましたよ。はい、無事産まれましたよ。今度も男の子ですよ。おめでとうございます」

看護師はさっきと同じように赤ちゃんを下向きにして背中をさすった。一人目と同じように何か液状のものを吐き出して大きな泣き声を上げた。

看護婦は明子の身体をガーゼで優しく拭いて後始末をした。二人目の赤ちゃんがきれいになってガーゼにくるまれて戻ってきた。最初の子は寝てしまったと言った。明子に赤ちゃんを見せた。明子は無事二人の赤ちゃんを産み疲れた様子をしていた。

「アコさん、よく頑張ったね。宝物をありがとう」

「マオさんが付いていてくれたから頑張れたのですよ」

看護婦が明子のところへ来た。

「さあ病室へ戻りますよ。揺りかごに入れて赤ちゃんをすぐお連れしますからね」

「もうおっぱいをあげてもいいのですか」

「後で先生からお話しがありますから、指示に従ってくださいね。少しお休みになったほうがいいですよ」

看護婦が、赤ちゃんを連れてきた。正夫は祖父母に無事出産を知らせるために電話をかけに待合室へ行った。

「明子さんは頑張って男の子二人の赤ちゃんを産んでくれました。三人とも元気です」

「そうですか。それはおめでとうございました。明日行きますと明子に伝えてくださいね」

祖母は、すぐ祖父に伝えると言って電話を切った。明子の部屋に行くと、明子はさすがに疲れたと見えてすやすやと眠っていた。正夫は椅子に腰掛けて、明子の手を優しく握っていた。

明子はぐっすり寝ていたが、夕方近くになって医師が明子の診察に来たので目を覚ました。

医師の話では、二人の赤ちゃんは、双子の割には体重が普通より少し少ない二千八百gだった。それが珍しい

と言った。

　医師は、お母さんの身体が大きかったから二人ともよく育って産まれました。元気よく育ってくれることでしょう。それから、これは当院からのお祝いですと言って、何かの包みを明子に渡した。

「もしよろしければ、四人一緒の写真を写してあげますよ」

　正夫と明子は顔を見合わせて、

「お願いします。マオさんよかったわね」

　と言った。夕食は産院で正夫の分も用意してくれた。赤ちゃんの授乳は後で決まった時間にあげるようにとのことなので、一緒に食事をすることが出来た。食事が終わると、看護婦が赤ちゃんを連れて来て写真を写しましょうね、と言った。正夫と明子は赤ちゃんを一人ずつ抱っこして写真を写してもらった。正夫は赤ちゃんの頭がこんなに尖っていたらどうするんだろうと明子に言った。明子は笑って、

「マオさん、心配ありませんよ。さっき先生にそのことを言ったら産まれるときはみんな尖っているそうですよ。でも日にちが経てば普通の形になるんだそうです。でも寝かせるときに気をつけないと、いわゆる絶壁頭になったりすることがあるそうですよ」

「そうなのかあ、それで安心したよ。僕もこれから赤ちゃん学を勉強しなければいけないね」

「そうですね。でもマオさんは自分の勉強もありますからほどほどでいいですよ。私がしっかり勉強しておきましたから」

「いつ勉強したんだい」

「だって、高校へ行かなくなったときに『赤ちゃんの育て方』という本を買ってきたりしました。それにお祖母様にもいろいろ教えていただきましたのよ」

「お祖母様の時代と今はかなり違うんじゃないのかなあ」

「お祖母様も何冊か本を買ってきたようですよ」

「まさか、お祖父様はそんなことないよね」

「それがねー」

「もしかして、お祖母様と一緒に勉強したとか言うんじゃないよね」

「大当たりです。例えば、名前の付け方とかね」

「あまり驚かさないでよ」

　看護婦がやってきた。

「お母様のおっぱいが出るようにしますので、旦那様も協力してくださいね」

　と言って、看護婦は明子の乳房を優しく揉み出した。しばらくすると、白い液体がじわーっと滲み出たと思ったら、勢いよくぴゅっと飛び出した。

「あら、もったいない、赤ちゃんに飲ませたかったわね」

　正夫はこのくらいは仕方ないだろうと思ってみていたが、看護婦の話は違う意味だった。最初に出る乳には、

大切な成分がたくさん入っていると言うことだった。明子が授乳する準備が整っていることを確認した看護婦が、

「赤ちゃんを連れてきますから待っててくださいね」

　と言って部屋から出て行った。すぐに赤ちゃんを入れた揺りかごを二つ持って戻ってきた。

「こちらがお兄様ですよ。おっぱいをたくさん飲ませてあげてくださいね」

　と言って、明子に手渡した。

「もう一人の分はどうするのでしょうか」

「お兄様には右とか左とか決めておくといいですね。吸い方の違いがあるかもしれませんから」

　明子は豊かな胸から赤ちゃんに乳を吸わせた。赤ちゃんは元気よく乳を吸いだした。その様子を見て、明子がもうすっかり母親になりきっていたことに、正夫は感動してしまった。女性は自分の置かれた状態にすぐ馴れるのだと思った。明子が赤ちゃんに授乳している間、看護婦が明子にいろいろ教えていた。明子はそれを従順に聞いていた。授乳が終わると、赤ちゃんを自分の方に向けて頭を肩にのせて、赤ちゃんの背中を優しくあやすようにたたいた。すると赤ちゃんはゴホッとゲップをした。

「はい、これでいいですよ。赤ちゃんはお乳と一緒に空気もたくさん吸ってしまいます。それを出してあげる必要があるのですよ。今やったように優しくたたいてくださいね。それからまだ首が据わっていないので必ず頭を急にたおさないようにしてくださいね。それともう一つ、大人と赤ちゃんでは強さが全く違うので総て優しく接してくださいね」

「わかりました。つい抱きしめたくなってしまいそうなので気をつけます」

　おっぱいを飲んだ赤ちゃんを明子の横に寝かせた。そうしてもう一人の赤ちゃんに授乳を始めた。この赤ちゃんも明子のおっぱいを懸命に飲み始めた。赤ちゃんが乳を飲み終わると、教えられたように飲み込んだ空気を吐き出させた。二人の赤ちゃんは、明子の両脇でスヤスヤと寝てしまった。

「アコさん、ご苦労さんでした。疲れたでしょうから一緒に休んでください。僕がここにいて見まもっていますから」

「そうさせてもらいますね。マオさん、赤ちゃんを同じ側に移してくれますか」

「はい。可愛いねー。お祖父様にいつ見ていただけるかなあ」

「一週間ほどで退院できるそうですから、もうすぐですよ。それよりマオさんはもうお家に戻ってもいいですよ。私とこの子たちは心配ないですから」

「そうだねえ。お祖父さんたちにお知らせしなければねえ。それと芽津木さんのこともあるから戻ります。明日早く来るからね。何か玩具を持ってこようか」

「マオさんたら。赤ちゃんはまだ分かりませんよ。今は

部屋に流れているこの優しい音楽で十分ですから」

「そうだったね。それでは、赤ちゃんまた明日ね」

「気をつけてくださいね」

正夫は明子に優しくキスをして部屋を出た。受付のところに行くと、

「寺田さん、チョットお持ちください」

と言って受付の女性が、正夫の近くに来た。

「寺田さん、おめでとうございます。これは本院からのお祝いです」

と言って、冊子のような物を渡した。

「ありがとうございます。何でしょうか」

「先ほど写した写真です。お家にいる方に見せてあげてください」

「ありがとうございます。祖父母も喜ぶと思います。それではまた明日来ます」

正夫は少し前に赤ちゃんを見て抱っこしたのに、写真で見る赤ちゃんもやはり可愛い。この気持ちはどうしようもない。正夫は歩いて家路を辿ったが、その途中で何回写真を見ただろう。

家に着くとすぐ祖父の部屋へ行った。ドアをノックして返事があるとすぐドアを開けて中に入った。

「お祖父様、明子が二人も赤ちゃんを産んでくれました。三人とも元気です。赤ちゃんがお乳を飲む様子が何とも言いようがなく可愛いので感動しました」

「正夫、まあ落ち着いて話してください。それで二人とも男の子だったんだね」

「そうです。泣く声が力強かったです」

「それでは、赤ちゃんたちの名前を考えなければなりませんね」

「そのことですが、あんなに可愛い男の子の名前なんてとても考えられません」

「しかし、いつまでも赤ちゃんではすまないでしょう」

「そうなんですね。そうだ、産院で写してくれた写真をいただいてきました。これです」

「まだどちらに似ているとは言えませんね。でも本当に可愛いですね」

「お祖父様もそう思うでしょう」

「はっはっは、正夫はもう夢中ですね。気をつけてくださいよ」

祖父は祖母の方を見て写真を差し出しながら、

「あなたも写真を見てごらん」

と言った。祖母は写真を受け取り、しげしげと眺めた。

「お祖父さま。よかったですねえ。正夫さん、ありがとうございます。こんなに可愛い赤ちゃんを二人も授けてくれました」

「これで私も安心しました。明子が戻ってきたら、お祝いをしよう」

明子と赤ちゃんが退院する日になった。家に帰ったら赤ちゃんと祖父が初めて対面する。正夫には祖父の喜ぶ

様子が想像できた。祖父母と明子の三人だった家族が六人になったので家の中が急に賑やかになる。これで芽津木の作ってくれる食事で祖父の病状が少しでも快方に向かえば言うことないのだった。

　赤ちゃんは明子の授乳で元気よく育っている。毎日、顔が変わっていくのが正夫には不思議だった。夜泣くことはなかったが、昼間は大きな声で泣くことがある。そんなとき祖母が、この子は正夫のように大きくなりますよと、嬉しそうに明子に言うのだった。

　明子は、その言葉に幸せそうに赤ちゃんを見るのだった。赤ちゃんの名前は、祖父母と四人で考えて、上の子を「慎平」、下の子を「和夫」と決めた。慎平の「慎」は祖父の名前の一字をもらった。和夫の「和」は上の子の「平」と会わせて平和を願った。「夫」は正夫の名前の一字を付けた。

　明子の出産から七日目に、正夫と祖母が産院へ迎えに行き、明子と二人の赤ちゃんが一緒に家へ帰ってきた。明子は久しぶりに我が家に戻ると、二人の赤ちゃんを両手に抱っこして周囲を見回した。

「ここが、あなたたちのお家よ。太陽の光がよく当たっているでしょう。あなたたちのお父様は、この庭で毎朝木刀の素振りをしているのですよ」

　正夫と祖母は荷物を持って家に入り二階の部屋に運んだ。祖母は祖父の部屋へ行き、三人とも無事退院してきましたと報告しているのだろうと正夫は思った。正夫は庭に出てきて明子から赤ちゃんを受けとり、太陽の光が赤ちゃんに直接当たらないように自分の影になるようにした。

「さあ、お家に入ろうね」

　と言って明子と一緒に家に入った。四人はそのまま二階の祖父の部屋に行った。ドアを軽くたたくと中から、

「お入りなさい」

　と優しい声が帰ってきた。正夫はドアを開けて、明子と慎平を先に通し、続いて和夫を抱っこして正夫が入った。

　祖父は、零れんばかりの笑顔で、四人を迎えた。正夫と明子は慎平と和夫を祖父に抱いてもらった。

「慎平、和夫、初めまして、ひいお祖父さんですよ。これからよろしくお願いしますよ」

　慎平と和夫は祖父の腕の中で静かにしていた。

「まだ笑ってくれないね」

「お祖父様、それはまだ無理ですよ」

「あなたったら、まだ目も見えませんよ」

「まだ見えないんですか」

　と正夫が聞いた。

「そうですよ、目が見えるようになるのはもう少し日にちが経ってからですよ」

　只野家に新しい家族が二人も増えて笑いが零れるようになり明るくなった。

　正夫と明子は、芽津木の特別な食事のお陰で、まだ十

日しか経っていないのに祖父の体力が少し付いてきたように感じた。その証拠は、二人の赤ちゃんを両腕に抱っこしていることが出来るようになった。

　祖母が、

「あまり長いこと抱っこしていると疲れますよ」

と言われて、祖父は赤ちゃんを正夫と明子の手に渡した。祖父はさすがに疲れを見せて横になった。

「お祖父様はずいぶん喜んでいたわね」

「そうだね。赤ちゃんを抱っこできて嬉しかったんだね」

「私、お祖父様とお祖母様に少しは恩返しが出来たでしょうか」

「もちろん出来たよ。あんなに喜んでいたんだもの」

　明子は少し休みたいというので自分達の部屋に戻った。慎平と和夫を赤ちゃんベッドに寝かせて明子も自分のベッドに横になった。三人がすやすやと寝てしまった。

寺田正夫　東京へ

　正夫は、机に向かって入学式までのスケジュールを見直した。

四月
一日　東京へ　目黒の只野氏宅に寄宿
二日　新東京大学へ行き奨学金支給申し込み手続き、その他の書類受領
三日　両親のところへ行く
四日　学内諸施設の説明会　健康診断
五日　休日
六日　授業開始　西部校舎

　明子と二人の子どもは、五月下旬になってから目黒へ移ることになっている。いやもう少し遅くなるかもしれない。当分の間、正夫は大叔父夫婦の家に同居させてもらうことになる。大叔父に東京での生活について教えてもらうことがたくさんあるからだ。

　祖母が正夫に用事をお願いしたいと言って部屋に来た。

「正夫さん、申しわけありませんが買い物に行ってくださるかしら」

「はい、何を買ってくればよろしいでしょうか」

「ここにメモを書いておきましたので、それを買ってきてほしいのです。もしそれがなければ、店の人に聞いて同じような物を買ってきてくださいな」

「わかりました。三人はよく寝ているようですから、すぐ行ってきます」

「お願いしますね」

　正夫は祖母に渡されたメモを持って、いつも買い物をする駅の近くのデパートに出かけた。買い物をして戻ってくると明子が赤ちゃんにお乳を飲ませていた。

「アコさん、よく眠れなかったの」

「時間は短いけどぐっすり休めましたよ」

「今ね、お祖母様に言いつかって買い物に行ってきたんだよ」

「あら、そうでしたの。ありがとうございます。もう少しすれば私がいけるようになりますから、しばらくの間お願いしますね」

「気にしないで。アコさんの必要な物も買いに行きますよ」

赤ちゃんはお乳を飲むと少しの間手足を動かしていたが、すぐ寝てしまった。

「この子たちはよく寝てくれるね。どんどん大きくなるんだね」

「そうですね。マオさんにお願いがあります。もう少ししたら部屋が温かいうちに、この子たちをお風呂に入れてくれますか」

「いいよ。だけど怖いような気がするね」

「大丈夫ですよ。私が教えてあげますから。一番気をつけることは、赤ちゃんの耳にお湯が入らないように軽く親指と小指で押さえることね。後は優しく身体にお湯をかけて、ガーゼで皮膚を傷つけないように優しく拭くようにすればいいのです」

「それじゃ、先生の指導の下でお風呂に入れてみます。爪を切っておかなくてはいけないね。」

「とっても可愛いくて、マオさんは泣いてしまうかもしれませんよ」

「そうだね。今だって寝ている姿を見ているだけでも涙が出てくるんだから、しょうがないね。赤ちゃんたちに泣き虫って言われてしまうかもしれないよ」

「この子たちはそんなこと言いませんよ」

「それじゃ、用意が出来たら呼んでね」

「もう一つ聞いておかなければならないことがあります」

「何でも聞いて下さい」

「マオさんはいつ東京へ立つ予定ですか」

「そのことを相談しようと思っていたんだ。いろいろ考えると四月一日には東京へ着いていたい。東京では目黒の大叔父様のところでお世話になりたいんだけど、どうだろう。もちろん大叔父様と奥様は、一緒に是非大叔父様の家から通学してほしいって言っていたし、目黒からの方が近いという利点もあるんだ」

「そのことは、祖父母も大叔父様と奥様に電話でお願いしていたそうよ。今日、明日にもお祖父様からお話しがあると思いますよ」

「目黒の家の周辺がどんな様子か調べておかなければと思うんだよ。アコさんが来たときに、アコさんを案内する僕が迷わないようにね」

「私もそうしておいてくださると心強いわね」

「それで、三月三十一日の夜行列車で出発したいのだけど。心配なのはアコと赤ちゃんたちのこととお祖父様とお祖母様のことなんだ。僕は無責任すぎるのじゃないかと思っているんだけど」

「私は、そうは思いませんよ。マオさんにはやらなければならないことがあるでしょう。それをやるためなら、家族は最大の協力をするのは当たり前ですよ。私はマオさんが勉強するのと同じように、子どもたちをしっかりと守って育てていきます。だからマオさんは自分のことをやっている間は、そのことだけに集中して下さい。そうしていただかないと私たちも心配になってしまいますから」

「ありがとう。アコの言うことを肝に銘じておくから、子どもたちのことはお願いします。僕はいつものことだけど、アコに勇気をもらっているね。アコが東京へ来るまでの間は、毎月二回は帰ってくるから赤ちゃんに会わせてほしいんだけど」

「もちろんそうして下さいな。赤ちゃんだけでなく、私もお会いしたいのですよ」

「それじゃ、この話はお互いに了解したということだね」

「そうですね。マオさんは安心して勉強に励んで下さい。ということですから、あと六日間は私たちは一緒ですね」

「アコはいつ頃東京へ来られるのかなあ」

「今の予定では、お祖父様のこともありますが、マオさんの夏休みが終わるとき、一緒にいけると思います」

「まちどおしいね。その頃にはもう離乳食を食べるのかなあ」

「そうですね。そろそろという時期になるかもしれませんね」

「楽しみだなあ」

「そろそろ、赤ちゃんの湯浴みにしましょうか。マオさんの準備は出来ていますか」

「チョット怖いけどやってみます」

　正夫は初めて赤ちゃんに湯浴みをさせることがとっても嬉しかった。いわゆる肌の接触が出来るからだ。おむつの交換も教えてもらったので試しにやってみたが、可愛いので頬ずりしたくなってしまうのだった。

　明子の指導で湯浴みをしてあげると赤ちゃんは気持ちよさそうに初めは手足をバタバタさせていたが、すぐ寝てしまった。

　その夜、食事の後で祖父から話があるといわれて、正夫は明子と一緒に祖父の部屋に行った。

　祖父は、正夫が東京へ行った時の宿泊するところを目黒の弟の家にしたらどうかと言った。そこなら通学にも便利だし、今弟が管理している仕事のことも知ることが出来る。明子と赤ちゃんたちのことは保育が順調にいき、明子が一人でも出来るようになったら東京へ行ってもらいましょう。そして学費、その中には必要な書籍代なども入っています。その他の生活費は全く心配しないでよいとも言ってくれた。経済のことは明子に総てうまくいくように任せておいて下さいという話だった。

明子はしっかりした子ですから、正夫の力になってくれるでしょう。最後に東京に行ったら、連絡だけは絶やさないでほしいし毎週とは言わないけれど、たまには松島へ帰ってきて東京の様子を話してほしいという。

「正夫には本当に感謝しているのですよ。芽津木さんの食事を食べるようになって、気持ちがしゃんとしてきました。赤ちゃんを抱っこしていられる時間が少し長くなりましたよ」

「お祖父様、何から何まで手配りしていただき、こんなに嬉しいことはありません。僕が東京に行っている間、明子と慎平と和夫のことをよろしくお願いします」

「そのことは心配いりませんよ。私たちがついていますからね」

「ありがとうございます」

「お祖父様。よろしくお願いします。正夫さんと少しの間とはいえ離れるのは寂しいですが、赤ちゃんたちと頑張ります」

「弟には私から電話で連絡して、お願いしておきましたから安心して行って下さい」

「それでは、夕食の用意を始めましょうかしら。明子さん、赤ちゃんが寝ている間に少し手伝ってくれますか」

「はい、お祖母様。正夫さんは赤ちゃんを見ていて下さいね」

「はい、分かりました。もう立ち仕事をしても大丈夫だろうか。僕が手伝いましょうか」

「少しずつ慣れていいかなければいけないのですよ」

「そうですか。わかりました」

「それでは夕食が済んだらまたお話ししましょう」

「はい。それでは失礼します」

正夫は祖父が疲れないように気を遣うのだった。

正夫は明日、諏訪村の弘を訪ねたいと明子に行ってあったのでその準備をした。今日正夫は、芽津木が祖父の特別食事を作るために来たら、芽津木にお礼を言って、ゆっくり話をしたいと思った。

正夫は、両親には手紙を書いた。四月一日に上京すること、大学へは目黒から通学すること。双子の赤ちゃんが生まれたこと。名前は慎平と和夫と名付けたことなどを書いた。

翌日正夫は諏訪村へ行った。弘と義姉はちょうど家にいた。

「こんにちは。正夫です」

と言って家に入った。

「正夫か、よく来たな。明子さんも一緒か」

「今日は僕一人で来たよ。というかこの前、双子の男の子の赤ちゃんが生まれたんだ。それで今日はまだ遠出するのは無理なのでね」

「それはおめでとう。只野さんはなんて言っているんだ」

「それはとっても喜んでくれたよ。正夫にはお礼を言わなければならないなあって言われた」

「そうかあ。これから大変だろうけど頑張ってくれ。俺たちも頑張るからな。ところで東京へはいつから行くんだい」

「四月一日には着くように行くと決めている」

「明子さんと赤ん坊も一緒に行くのか」

「それはまだ先のことになる。それで一週おきの金曜日の夜行で帰ることにしている」

「そうか。これから大変だろうが頑張ってくれ」

「ありがとう」

「俺たちは、これから畑にいくところだ。正夫もついて来るか」

「しばらく見られなくなるから見に行きたい」

　畑に着くと麦の草丈が高くなり、もうじき出穂する様子だった。畑は作付けの準備をしている最中なので麦と菜種の畑だけが緑になっていた。

　正夫は、兄たちは農業の仕事を頑張っているんだと改めて思った。畑を一通り見た正夫は、その日は泊まらずに帰ることにした。畑から戻る途中、英一の家へ寄ると、彼はもう会社に行ってしまった後だった。

　正夫は兄と義姉に会えたのでよかったと思った。畑も順調のようだったので安心した。正夫は歩いて大新田町へ行くことにした。愛香山の峠から諏訪山を見たが、ガスがかかっていて見えなかった。いろんな思い出があったが、そのことに浸るのはまだ早いと思った。卒業以来初めて諏訪小学校へ寄ることにした。

「こんにちは」

　と言って受付の窓を軽く叩いた。中から返事があって、事務員が小さな窓を開けた。

「なんでしょうか」

「僕は六年前にこの小学校を卒業した寺田正夫と言います。当時の先生がいらしたらお目にかかりたいのですが」

　事務員は、チョット待ってくださいと言って事務室を出て行った。すぐ年配の方と一緒に戻ってきた。

「私は教頭の早坂です。寺田正夫さんですか。六年前というとどなたが担任だったでしょうかな」

「はい。相川先生でした」

「わかりました。ところで君は少し前に新聞に出ていた寺田君ですか、大川高校を卒業した」

「新聞のことは見ていませんが、大川高校を卒業した寺田です」

「わかりました。今、校長先生に話してきますので少し待っててください」

　と言ってまた事務室から出て行った。すぐに戻ってきて
「校長が会いたいと言っていますので上がってけさいん。スリッパはその戸棚に入っています」

　正夫はスリッパに履き替えて事務員の後について校長室へ行った。校長は、

立ち上がって正夫を迎えた。

「初めまして、私は校長の大場大介です。寺田正夫さんですね。良くお出で下さいました」

「寺田正夫です。昭和二十一年四月に四年生でこちらの小学校へ転校してきて、六年前に卒業しました」

「あなたは大変努力して大川高校を首席で卒業して、新東京大学へ入学されたと新聞に出ていました。そのような方がこの村から出たことを私ども教育に携わる者として大変喜んでいますよ」

「過分なお言葉です。今日は、お礼を申しあげたくてお尋ねしました。ありがとうございました」

「それはご丁寧にありがとうございました」

「それではこれで失礼します」

「もうお帰りですか」

「はい。これからまだ少し寄るところがありますので、失礼します」

と、言って小学校を後にした。後は役場へ行ってお礼を言うことにした。役場について受付で教育長にお会いしたいと言って案内してもらった。教育長の部屋に通されると、驚いたことに中学二年生の時の美術の先生が教育長になっていた。さすがに先生は正夫のことを思い出せなかったが最近どこかで聞いた名前だと言った。すると係の女性が教育長の耳元で何かささやいた。教育長は
「最近新聞で呼んだ名前だと思っていました。良くお尋ね下さった。」

「今日お尋ねしたのは、お礼を言いたくて参りました」

「それはどういうことでしょうかな」

「僕をここまで育てて下さったのは諏訪村の方々のお陰だと感謝しています。それで一言お礼を申しあげたくて参りました」

「それはご丁寧にかえってありがとうございます」

「僕は諏訪村を第二の故郷だと思っています。将来また寄らせていただきたいと思います。その時はよろしくお願いします」

「君のような卒業生がいるのを知って嬉しいですよ。また是非お立ち寄り下さい」

「それではこれで失礼します。先生もお達者でお仕事をなさって下さることをお祈りしています」

「ありがとうございます。君もこれからの長い人生を希望を持って進んで下さい」

役場では村長が他出しているというので、伝言を頼んで玄関を出た。玄関を出たところに中学の同級生だった相沢卓がいた。

「やあ、ずいぶん久しぶりなあ。寺田君、元気だった」

「えーと、確か相沢卓君だったよね。しばらくぶり。元気だった。相沢君は役場に勤めているの」

「高校を卒業してすぐ採用されたんだ。俺の他に六人ほどいるよ」

「そんなに同期がいるのかい」

「それから農協にも五人ほどいるよ」

「それじゃ賑やかになるね」

「でもな、みんなで集まることはほとんどないんだ」

「そうなの」

「これから時間があれば、久しぶりにみんなを呼ぶことが出来るけど」

「それがね、もうすぐ東京へ行くんで時間がないんだ」

「そういえば、新東京大学へ入ったんだってね」

「運が良かったのさ」

「それは凄いことじゃないか。俺たちも自慢できるな」

「お願いだから、騒がないでほしいんだけどなあ」

「了解したよ。それじゃ、俺これから研修があるので行かなければ」

「それじゃあ、お互い頑張っていこうぜ。さようなら」

　正夫はその後大新田町の新聞店へ寄った。

「こんにちは。寺田正夫です」

「あれまあ、すっかり立派になって、もう高校を卒業したのね」

「はい、お陰さまで無事卒業できました」

「そういえば新聞に寺田君のことが書いてあったわね。えーと、首席で卒業して、新東京大学に入ったと書いてあった。おめでとう。これからも頑張っておくれよ。遠くから応援しているからね」

「ありがとうございます。がんばります。おばさんもお元気でお過ごしください」

　そして軽便鉄道の駅に行き列車に乗った。座席に座ると、すぐ近くの席に幸子がいた。こういう偶然が、これまでに数回もあった。幸子はすぐ正夫を見つけて正夫の向かい側に座った。

「正夫君、久しぶりだねや。元気だった」

「まあ、なんとかね」

「彼女も元気でいるのすか」

「元気でいるよ。結婚したんだ」

「ほんとすか」

「こんなことで嘘言っても仕方がないだろう」

　軽便列車が走り出した。

「おめでとうと言っておきますね。一緒に東京へ行くのすか」

「すこし遅れて上京することになっているけど。それより諏訪村を出る人はもうみんな出発してしまったのかい」

「後はオレだけだ。みんないなぐなってしまったねや」

「日本の社会全体が都会へ人を集めようと躍起になっているようだからね」

「あんだはいつ上京するのっしゃ」

「四月初め頃と予定しているけど」

「オレはあすた東京さいぐ。今日は大川市で卒業生がお互いの送別会に出るので行くとこだ」

「この前、北上駅の先に住んでいるという女子校の卒業生と少し話をしたけど、名前も聞かないで分かれてしまった。その人は仙台の短大に行くって言っていた」

「その子だったら、多分、橋口っていう人だと思うけど。住所とか知りたいのすか」

「そういうわけじゃない。きちんとした目的を持っている人だと思っただけさ」

「その子も今日来るかもしれないわ」

　軽便列車が西大川駅に着き二人は乗り換えた。東行き列車がすぐ到着した。

　待っていた客が乗車すると同時に発車した。いろんな話をした後で最後に正夫が幸子に聞いた。

「君はどこへ就職したの」

　幸子が返事を言う前に列車は大川駅に到着した。それで正夫は幸子と別れた。北上駅で乗り換えて南行きのホームへ行った。

　正夫が帰宅すると、明子が入り口で待っていて飛びついてきた。正夫は前にはよくこんなことがあったのを思い出した。

「お兄さまたちは元気でしたか」

「元気だったよ。赤ちゃんのことを話したら、俺たちもほしいなって言っていた。その前におめでとうと伝えてくださいって」

「またお会いしたいわねえ。こんど慎平と和夫を連れて行きましょうね。この子たちに、あのイチゴを食べさせてあげたいわ」

「そうだね。おいしかったね」

「私は、あんなに美味しいイチゴを食べたの初めてだったから、いっぱい食べちゃったわね」

「畑のイチゴがみんな食べられてしまうかと思った」

「ほんとはそうしたかったのよ」

「今は慎平と和夫は寝ているのかな」

「きょうはお祖母様が湯浴みしてくださったのよ。さすがに慣れた手つきだったわよ」

「何をやってもお祖母様は上手なんだね」

「そうね、赤ちゃんの世話をしたのは、何十年も前でしょうにね」

「すごいね。アコさんもそう言われるようになるのかなあ」

「年をとったらそうなるかもしれませんことよ」

「そうだ今日は買い物しないでいいのかい」

「昨日マオさに買ってきてもらった物で美味しいものを作るって言っていたわ」

「それは楽しみだね。少しお腹が空いてしまったと思ったら、昼食を摂ってなかったんだ」

「あらたいへんだわ。チョット待っててね。簡単にできるものを作って持ってきますから」

　明子はキッチンに行って何かゴトゴト、トントンとやり出した。間も無くできた食事をトレーに乗せて持ってきた。

「どうぞ召し上がれ。夕飯のために少なくしておきました」

　と言ったが、サンドイッチは結構な量があった。

「いただきます」

と言ってそれを食べ始めた。明子もこの頃お腹が空くと言っていたので、正夫は明子にも勧めた。明子は少しだけいただくわと言いながら、よく食べたので正夫は安心した。

正夫は毎日赤ちゃんの湯浴みをした。祖父母と明子と慎平と和夫と自分の六人の和やかな日々が続いた。芽津木にも会っていろんな話をし、お礼も言った。

そして三月三十一日になった。正夫は今夜の夜行列車でいよいよ上京する。夕食は少し早めに食べることにした。明子が総て料理してくれた。身体に触らないようにと注意したが祖母が手伝うというので安心した。夕食の用意が出来るまで、正夫は揺りかごの脇で二人の赤ちゃんを優しく撫でながら何事かを話しかけていた。

夕食が済んで少しの間、明子と過ごした。その後で祖父母に出発の挨拶をして荷物を持って玄関に行った。明子と祖母が二人の赤ちゃんを一人ずつ抱っこして見送ってくれた。

「マオさん、無理しないで健康に気をつけて下さいね。慎平ちゃんと和夫ちゃんがお父さん行ってらっしゃいって言っていますよ」

と言って赤ちゃんの手を振ってくれた。

「明子も赤ちゃんたちも元気でね。頑張ってくるからね。お祖母様、お祖父様とアコと子どもたちをよろしくお願いします」

「正夫さんも元気で頑張って下さいね。明子たちもすぐあなたのところへ送り届けますからね」

「それじゃ行って参ります」

東京へ、そして回想

正夫は、仙台駅で東京行きの夜行列車へ乗り換えて車内に入り腰掛けた。やがて定時に列車が東京へ向けて発車した。正夫は落ち着くと、諏訪村に来た当時からのことが走馬灯のように思い出された。そして高等学校に入ってからの劇的な生活の変化と経験が鮮明に思い出された。中学では常に上位にいた正夫だったが高等学校に入ると、上にたくさんの生徒がいた。正夫は勉強時間がないことが悔しかった。そこで勉強法を考えて実行してみるとかなりの効果があった。

そんなとき、明子の高校の学園祭を見に行った。その学園祭が明子との出会いに発展した。その明子が普通の高校生とは違い非常に聡明な人だった。正夫は、初め普通の高校生と同じだと思って付き合いだしたが、明子はもっと真剣であることに気がついた。そして只野慎一郎という人に出会った。その人が明子の父だと思ったが祖父だった。

正夫は、只野慎一郎の無言のテストに合格した。そして明子と正式に交際が認められた。そして只野からの学費を含める生活費の援助の申し出を受けることになった。その結果、学力が向上し、大川高等学校を首席で卒業できた。その上に新東京大学科学一類に入学できることになった。それと同時に明子と正式に結婚した。そして双子の赤ちゃんを授かった。祖父の病気が最終段階に近づいてきたとき、これは高校卒業式の後だったが、正夫は大学イモ屋の店主と話をした。その人は祖父が中国へ行ったときに知り合った方の子どもであり、父親の特殊な料理の秘法を受け継いでいたことが分かり、祖父のためにその秘法を使って食事を作ってくれることになった。それを食べ始めてまだ十日ほどなのに祖父の体力が増してきた。そして正夫と明子の子たちを抱っこすることが出来るようになった。

正夫は日常生活の中で人と人との交差がうまくいくと自分を取り巻く状態がうまく進むことを知った。正夫はこれを教訓として生きていきたいと考えた。

そして列車の揺れが正夫を心地よい眠りに誘った。列車は東京の上野駅を目指して走っていた。

東京でこれから正夫はどんな人と出会うのだろうか。

著者略歴

寺井　稔（てらい　みのる）

昭和11（1936）年東京日本橋に生まれる。

日本橋区立有馬国民学校入学。

宮城県加美郡色麻村立小学校へ４年次転入、卒業。同中学校卒業。

宮城県立古川高等学校入学・卒業（昭和30年）。

東京都立大学理学部入学・卒業。

東京都立大学理学部、東京都立科学技術大学、大妻女子大学を経て定年退職。

名誉教授は自意により辞退。

生態工学会元副会長（創立時ＣＥＬＳＳ学会）・理事。元環境科学技術研究所技術検討委員。

東京都立大学客員教授。航空宇宙技術研究所客員研究員。放射線医学研究所客員研究員。


東京大空襲、学童疎開、開拓団員として社会の変化を経験した。大学退職後、経験したことをまとめて『その日から　子供の戦争・戦後体験記』として日本文学館から自費出版し、第十七回日本自費出版文化賞に入選した（2014）。

『自然と生活環境』（2002）宣協社。『家政学事典』（2004）朝倉書店（共著）。

『ほとけのこ』（仏教協会発行）に科学童話多数発表。

その他の著述
ブログ記事：future2058に削除済みのものを含めて約1500編以上。

（令和元年12月現在）

寺田正夫　愛と人生の開拓記

2020年２月22日　　初版発行

著　　者　寺井 稔
発行・発売　創英社／三省堂書店
〒101-0051　東京都千代田区神田神保町１-１
Tel：03-3291-2295　Fax：03-3292-7687
制　　作　プロスパー企画
印刷／製本　藤原印刷

ISBN978-4-86659-111-7　C0093
乱丁、落丁本はおとりかえいたします　定価はカバーに表示されています